Glas
Der Dunkle Turm

STEPHEN

KING

Glas

Der Dunkle Turm

Roman

Aus dem Amerikanischen von
Joachim Körber

WILHELM HEYNE VERLAG
MÜNCHEN

Titel der amerikanischen Originalausgabe:
Wizard and Glass
Die Originalausgabe erschien bei Donald M. Grant, Hampton Falls

Umschlaggestaltung: Atelier Ingrid Schütz, München
Satz: Leingärtner, Nabburg
Druck und Bindung: Wiener Verlag, Himberg
Printed in Austria

ISBN 3-453-13878-3

Dieses Buch ist Julie Eugley und Marsha DeFilippo gewidmet. Sie beantworten die Post, und die meiste Post in den vergangenen Jahren betraf Roland von Gilead – den Revolvermann. Im Grunde genommen haben mich Julie und Marsha durch ihr Nörgeln an den Schreibcomputer zurückgetrieben. Julie, du hast am wirksamsten genörgelt, darum kommt dein Name als erster.

Ich rief nach einem Trunke froh'rer Zeiten,
Daß Kraft mir sei zu kühnlichem Beginnen,
Dem Kämpfer ziemt's, bevor er ficht, zu sinnen:
Ein Schluck des alten Glücks hilft fürder schreiten.

Herr Roland kam zum finstern Turm
Robert Browning

ROMEO
Ich schwöre, Fräulein, bei dem heil'gen Mond,
Der silbern dieser Bäume Wipfel säumt …

JULIA
O schwöre nicht beim Mond, dem Wandelbaren,
Der immerfort in seiner Scheibe wechselt,
Damit nicht wandelbar dein Lieben sei!

ROMEO
Wobei denn soll ich schwören?

JULIA
Laß es ganz.
Doch willst du, schwör bei deinem edlen Selbst,
Dem Götterbilde meiner Anbetung:
So will ich glauben.

Romeo und Julia
William Shakespeare

Am vierten Morgen schickte der Zauberer zu Dorothys großer Freude nach ihr, und als sie den Thronsaal betrat, begrüßte er sie freundlich.

»Setz dich, mein liebes Kind. Ich glaube, ich habe eine Möglichkeit entdeckt, wie wir dich aus diesem Land kriegen.«

»Und zurück nach Kansas?« fragte sie eifrig.

»Na ja … das mit Kansas weiß ich nicht so genau«, sagte der Zauberer. »Ich habe nämlich nicht die leiseste Ahnung, in welcher Richtung es liegt …«

Der Zauberer von Oz
L. Frank Baum

Inhalt

Vorrede

»Glas« ist der vierte Band einer längeren Geschichte, die von Robert Brownings epischem Gedicht »Childe Roland to the Dark Tower Came« inspiriert wurde.

Der erste Band, »Schwarz«, erzählt davon, wie Roland von Gilead Walter verfolgt und schließlich einholt, den Mann in Schwarz, der Freundschaft mit Rolands Vater heuchelte, in Wahrheit aber Marten diente, einem großen Zauberer. Den halbmenschlichen Walter zu fangen ist freilich nicht Rolands Ziel, sondern lediglich Mittel zum Zweck: Roland möchte den Dunklen Turm erreichen, wo er hofft, daß die rasch zunehmende Zerstörung von Mittwelt zum Stillstand gebracht, vielleicht sogar umgekehrt werden kann.

Roland ist eine Art Ritter, der letzte seiner Art, und der Turm das Objekt seiner Besessenheit, sein einziger Lebenszweck, als wir ihn kennenlernen. Wir erfahren von einer frühen Mannbarkeitsprüfung, die ihm Marten aufzwingt, der Rolands Mutter verführt hat. Marten geht davon aus, daß Roland die Prüfung nicht besteht und man ihn »nach Westen« schickt und ihm die Revolver seines Vaters auf ewig vorenthält. Roland jedoch vereitelt Martens Pläne und besteht die Prüfung ... aufgrund seiner klugen Wahl der Waffen.

Wir erfahren, daß die Welt des Revolvermannes auf eine fundamentale und schreckliche Weise mit unserer verbunden ist. Diese Verbindung wird zum erstenmal enthüllt, als Roland in einem Rasthaus in der Wüste Jake trifft, einen Jungen aus dem New York des Jahres 1977. Es existieren Tore zwischen Rolands Welt und unserer eigenen; eines davon ist der Tod, und auf diese Weise gelangt Jake zum erstenmal nach Mittwelt, nachdem er auf die 43rd Street gestoßen und von einem Auto überfahren wurde. Gestoßen hat ihn ein Mann namens Jack Mort ... aber das Ding in Morts Kopf, das bei dieser speziellen Gelegenheit seine mörderischen Hände geführt hat, war Rolands alter Feind Walter.

Bevor Jake und Roland Walter einholen, stirbt Jake erneut ... diesmal, weil der Revolvermann, vor die qualvolle Wahl zwischen seinem symbolischen Sohn und dem Dunklen Turm gestellt, sich für den Turm entscheidet. Jakes letzte Worte, bevor er in den Abgrund stürzt, lauten: »Dann geh – es gibt andere Welten als diese.«

Die letzte Konfrontation zwischen Roland und Walter findet in der Nähe des Westlichen Meeres statt. In einer langen Nacht des Palavers weissagt der Mann in Schwarz Roland seine Zukunft mit einem seltsamen Tarotspiel. Auf drei Karten – der Gefangene, die Herrin der Schatten und der Tod (»aber nicht für dich, Revolvermann«) – wird Roland besonders hingewiesen.

Der zweite Band, »Drei«, beginnt nicht lange, nachdem Roland im Anschluß an diese Konfrontation mit seiner alten Nemesis am Ufer des Westlichen Meeres erwacht und feststellt, daß Walter längst tot ist, nur ein paar Knochen mehr an einem Ort voller Knochen. Der erschöpfte Revolvermann wird von einer Schar fleischfressender »Monsterhummer« angegriffen, und bevor er entkommen kann, wird er ernstlich verletzt und verliert Zeige- und Mittelfinger seiner rechten Hand. Die Bisse haben ihn außerdem vergiftet, und als er seine Reise am Westlichen Meer entlang nordwärts fortsetzt, wird Roland krank... möglicherweise sterbenskrank.

Auf seinem Weg sieht er drei Türen, die frei auf dem Strand stehen. Diese öffnen sich in unsere Stadt New York in drei verschiedenen Zeiten. Aus dem Jahr 1987 zieht Roland Eddie Dean, einen Gefangenen des Heroin. Aus dem Jahr 1964 zieht er Odetta Susannah Holmes, eine Frau, die beide Beine bei einem U-Bahn-Unfall verloren hat... der kein Unfall war. Sie ist wahrhaftig die Herrin der Schatten, denn eine bösartige zweite Persönlichkeit verbirgt sich in der umgänglichen jungen Schwarzen, die ihre Freunde kennen. Diese verborgene Frau, die brutale und gerissene Detta Walker, ist fest entschlossen, sowohl Roland als auch Eddie zu töten, als der Revolvermann sie nach Mittwelt zieht.

Zwischen diesen beiden Zeiten wird Roland, wieder im Jahr 1977, in den höllischen Verstand von Jack Mort versetzt, der Odetta/Detta nicht nur einmal, sondern zweimal verletzt hat. »Tod«, hat der Mann in Schwarz zu Roland gesagt, »aber nicht für dich, Revolvermann.« Und Mort ist auch nicht der dritte, von dem Walter geweissagt hat; Roland hindert Mort daran,

Jake Chambers zu ermorden, und kurz darauf stirbt Mort unter den Rädern eben der U-Bahn, die Odetta 1959 die Beine abgetrennt hat. Aus diesem Grund gelingt es Roland nicht, den Psychopathen nach Mittwelt zu ziehen... Aber, denkt er, wer würde so jemanden schon um sich haben wollen?

Doch es kostet seinen Preis, gegen eine vorherbestimmte Zukunft zu rebellieren; ist das nicht immer so? Ka, *Made,* hätte Rolands alter Lehrmeister Cort vielleicht gesagt, *so ist das mit dem großen Rad, das sich immer dreht. Stell dich nicht davor, wenn es das tut, sonst wirst du darunter zerquetscht, und das bedeutet das Ende für dein dummes Gehirn und deine nutzlosen Schläuche voll Eingeweide und Wasser.*

Roland denkt, daß er möglicherweise nur mit Eddie und Odetta drei gezogen hat, da Odetta eine zweifache Persönlichkeit besitzt, doch als Odetta und Detta zu Susannah verschmelzen (größtenteils dank der Liebe und des Mutes von Eddie Dean), weiß der Revolvermann, daß es nicht so ist. Und er weiß noch etwas: Er wird von Jake heimgesucht, dem Jungen, der sterbend von anderen Welten gesprochen hat. Halb glaubt der Revolvermann sogar, daß es nie einen Jungen gegeben hat. Als er Jack Mort daran hinderte, Jake vor das Auto zu stoßen, das ihn töten sollte, hat Roland ein Zeitparadoxon geschaffen, das ihn zerreißt. Und in unserer Welt zerreißt es auch Jake Chambers.

»tot.«, der dritte Band der Serie, beginnt mit diesem Paradoxon. Nachdem sie einen riesigen Bären getötet haben, der entweder Mir genannt wird (von dem alten Volk, das in Furcht vor ihm lebte) oder Shardik (von den Großen Alten, die ihn gebaut haben... denn der Bär entpuppt sich als Cyborg), verfolgen Roland, Eddie und Susannah die Spur der Bestie zurück und finden den Pfad des Balkens. Es gibt sechs solcher Balken, die sich zwischen den zwölf Türen erstrecken, welche wiederum den Rand von Mittwelt bedeuten. An der Stelle, wo sich die Balken kreuzen – im Zentrum von Rolands Welt, vielleicht dem Zentrum aller Welten –, werden er und seine Freunde endlich den Dunklen Turm finden, glaubt der Revolvermann.

Inzwischen sind Eddie und Susannah nicht mehr länger Gefangene in Rolands Welt. Sie haben sich ineinander verliebt, sind auf dem besten Wege, selbst Revolverleute zu werden, und damit sind sie vollwertige Mitglieder bei der Suche und folgen ihm bereitwillig auf dem Pfad des Balkens.

In einem sprechenden Ring nicht weit vom Portal des Bären entfernt verschmilzt die Zeit, das Paradoxon wird beendet und der wahre Dritte endlich gezogen. Jake gelangt am Ende eines Rituals nach Mittwelt zurück, bei dem alle vier – Jake, Eddie, Susannah und Roland – sich an die Gesichter ihrer Väter erinnern und sich ehrenvoll freisprechen. Nicht lange danach wird das Quartett zum Quintett, als Jake Freundschaft mit einem Billy-Bumbler schließt. Bumbler, die wie eine Mischung aus Dachs, Waschbär und Hund aussehen, verfügen über eine begrenzte Fähigkeit zu sprechen. Jake nennt seinen neuen Freund Oy.

Der Weg der Pilger führt sie nach Lud, einem großstädtischen Ödland, wo die degenerierten Überlebenden zweier alter Gruppen, die Pubes und die Grauen, einen alten Konflikt austragen. Bevor sie die Stadt erreichen, kommen sie in einen kleinen Ort namens River Crossing, wo noch einige uralte Einwohner existieren. Sie erkennen in Roland ein Überbleibsel aus den alten Zeiten, bevor die Welt sich weitergedreht hat, und erweisen ihm und seinen Gefährten die Ehre. Danach erzählen ihm die alten Leute von einer Monorail, einer Einschienenbahn, die möglicherweise immer noch von Lud in das wüste Land fährt – auf dem Pfad des Balkens mit Richtung auf den Dunklen Turm.

Jake machen diese Neuigkeiten angst, aber wirklich überrascht ist er nicht; bevor er von New York weggezogen wurde, hat er zwei Bücher in einer Buchhandlung gekauft, die einem Mann mit dem vielsagenden Namen Calvin Tower gehörte. Eines ist ein Rätselbuch, bei dem die Lösungen herausgerissen wurden. Das andere, *Charlie Tschuff-Tschuff*, ist ein Kinderbuch über einen Zug. Eine amüsante kleine Geschichte, würden die meisten sagen ... aber Jake findet, daß Charlie etwas hat, das ganz und gar nicht amüsant ist. Etwas Furchterregendes. Roland weiß noch etwas: In der Hochsprache seiner Welt hat das Wort *char* die Bedeutung Tod.

Tante Talitha, die Matriarchin von River Crossing, gibt Roland ein silbernes Kreuz, das er tragen soll, und die Reisenden machen sich auf ihren Weg. Bevor sie Lud erreichen, finden sie ein abgestürztes Flugzeug aus unserer Welt – ein deutsches Kampfflugzeug aus den dreißiger Jahren des zwanzigsten Jahrhunderts. Im Cockpit eingezwängt sitzt der Leichnam eines Riesen, mit ziemlicher Sicherheit der legendäre Gesetzlose David Quick.

Als sie die baufällige Brücke über den Fluß Send überqueren, fallen Jake und Oy beinahe einem Unfall zum Opfer. Während Roland, Eddie und Susannah davon abgelenkt sind, gerät die Gruppe in den Hinterhalt eines sterbenden (und außerordentlich gefährlichen) Gesetzlosen namens Schlitzer. Er entführt Jake und bringt ihn ins unterirdische Reich des Ticktackmannes, des letzten Anführers der Grauen. Der richtige Name von Ticktack ist Andrew Quick; er ist der Urenkel des Mannes, der bei dem Versuch ums Leben kam, mit einem Flugzeug aus einer anderen Welt zu landen.

Während Roland (mit Hilfe von Oy) sich auf die Suche nach Jake macht, finden Eddie und Susannah die Wiege von Lud, wo Blaine der Mono erwacht. Blaine ist das letzte oberirdische Werkzeug des riesigen Computersystems, das unter der Stadt Lud liegt, und er kennt nur noch ein einziges Interesse: Rätsel. Er verspricht, die Reisenden zur letzten Haltestelle der Einschienenbahn zu bringen, wenn sie ein Rätsel lösen können, das er ihnen stellt. Andernfalls, sagt Blaine, werden sie nur eine Reise unternehmen, nämlich dahin, wo der Pfad an der Lichtung endet... mit anderen Worten, in den Tod. In diesem Fall würden sie jede Menge Gesellschaft haben, denn Blaine hat die Absicht, ein Nervengas freizusetzen, das alles in Lud töten wird: Pubes, Graue und Revolverleute gleichermaßen.

Roland rettet Jake und läßt Andrew Quick zurück, den er für tot hält... aber Andrew Quick ist nicht tot. Er wird halb blind und mit schrecklichen Gesichtsverletzungen von einem Mann gerettet, der sich Richard Fannin nennt. Fannin gibt sich jedoch auch als der Zeitlose Fremde zu erkennen, ein Dämon, vor dem Walter Roland gewarnt hat.

Roland und Jake stoßen in der Krippe von Lud wieder auf Eddie und Susannah, wo es Susannah – mit etwas Schützenhilfe von »der Schlampe« Detta Walker – gelingt, Blaines Rätsel zu lösen. Sie verschaffen sich Zutritt zu der Einschienenbahn, mißachten, der Not gehorchend, die entsetzten Warnungen von Blaines geistig gesundem, aber schwachem Unterbewußtsein (Eddie nennt diese Stimme den Kleinen Blaine) und stellen fest, daß Blaine vorhat, mit ihnen an Bord Selbstmord zu begehen. Die Tatsache, daß der eigentliche Verstand des Mono sich in Computern befindet, die immer weiter hinter ihnen zurückbleiben und unter einer Stadt liegen, die zum Schlachthaus geworden ist, wird keine Rolle mehr spielen, wenn das rosa Geschoß irgendwo auf der Route mit einer Geschwindigkeit von über achthundert Meilen pro Stunde aus der Schiene springt.

Es gibt nur eine Chance, zu überleben: Blaines Faible für Rätsel. Roland von Gilead schlägt einen verzweifelten Handel vor. Mit diesem Handel endet *tot.*; und mit diesem Handel beginnt *Glas*.

Prolog
Blaine

»GIB MIR EIN RÄTSEL AUF«, forderte Blaine.

»Leck mich«, sagte Roland. Er sagte es mit normalem Tonfall.

»*WAS* HAST DU GESAGT?« In ihrer eindeutigen Fassungslosigkeit bekam die Stimme des Großen Blaine große Ähnlichkeit mir der seines ungeahnten Zwillings.

»Ich sagte, leck mich«, sagte Roland gelassen, »aber wenn dich das verwirrt, Blaine, kann ich auch deutlicher werden. Nein. Die Antwort lautet: nein.«

Es erfolgte lange, lange Zeit keine Antwort von keinem der beiden Blaines, und als der Große Blaine schließlich antwortete, antwortete er nicht mit Worten. Statt dessen verloren Wände, Boden und Decke wieder ihre Festigkeit und Farbe. Innerhalb von zehn Sekunden hatte die Baronskabine wieder aufgehört zu existieren. Der Mono flog jetzt durch die Gebirgskette, die sie am Horizont gesehen hatten: Eisengraue Gipfel rasten mit mörderischer Geschwindigkeit auf sie zu und stürzten dann in leblose Täler ab, wo riesige Käfer krabbelten wie in ein Bekken eingeschlossene Wasserschildkröten. Roland sah etwas wie eine gigantische Schlange, die sich plötzlich aus einer Höhle wand. Sie ergriff einen der Käfer und zerrte ihn in ihren Bau. Roland hatte niemals solche Tiere und eine solche Landschaft gesehen, und seine Haut wollte sich vor Gänsehaut fast von den Knochen schälen. Es war, als hätte Blaine sie auf eine andere Welt transportiert.

»VIELLEICHT SOLLTE ICH UNS GLEICH HIER ENTGLEISEN LASSEN«, sagte Blaine. Seine Stimme klang nachdenklich, aber darunter konnte der Revolvermann eine tiefe, pulsierende Wut hören.

»Vielleicht solltest du das«, sagte der Revolvermann gleichgültig.

Eddies Gesicht drückte nackte Panik aus. Er formte mit dem Mund die Worte: *Was TUST du da?* Roland achtete nicht auf ihn;

er hatte alle Hände voll mit Blaine zu tun und wußte genau, was er tat.

»DU BIST UNHÖFLICH UND ARROGANT«, sagte Blaine. »FÜR DICH MÖGEN DAS INTERESSANTE EIGENSCHAFTEN SEIN, ABER FÜR MICH SIND SIE ES NICHT.«

»Oh, ich kann noch viel unhöflicher sein.«

Roland von Gilead löste die Hände und stand langsam auf. Er stand scheinbar im Nichts, Beine gespreizt, rechte Hand an der Hüfte, linke auf dem Sandelholzgriff des Revolvers. Er stand da, wie er so oft auf den staubigen Straßen von hundert vergessenen Städten gestanden hatte, auf Dutzenden Duellplätzen in Felsentälern, in zahllosen dunklen Saloons mit ihrem Geruch nach bitterem Bier und muffigen Mahlzeiten. Es war nur ein weiterer Showdown auf einer verlassenen Straße. Das war alles, und das war genug. Es war *Khef*, *Ka* und *Ka-tet*. Daß es immer zu dieser Konfrontation kam, zum Showdown, war ein Eckpfeiler seines Lebens und die Achse, um die *Ka* sich drehte. Daß der Kampf diesmal mit Worten ausgefochten würde und nicht mit Kugeln, spielte keine Rolle; es würde dennoch ein Kampf auf Leben und Tod werden. Der Gestank des Tötens in der Luft war so deutlich wie der Gestank von Aas in einem Sumpf. Dann kam die Kampfeslust über ihn, wie immer... und er war eigentlich nicht mehr er selbst.

»Ich kann dich eine unsinnige, schwachköpfige, närrische Maschine nennen. Ich kann dich eine dumme, unkluge Kreatur nennen, deren Verstand nicht mehr ist als das Heulen des Winterwinds in einem hohlen Baum.«

»HÖR AUF!«

Roland fuhr in demselben gelassenen Tonfall fort und schenkte Blaine nicht die geringste Beachtung. »Du bist, was Eddie ein ›Spielzeug‹ nennt. Wärst du mehr, könnte ich noch unhöflicher sein.«

»ICH BIN SEHR VIEL MEHR ALS NUR –«

»Ich könnte dich zum Beispiel einen Schwanzlutscher nennen, aber du hast keinen Mund. Ich könnte sagen, daß du verächtlicher als der verächtlichste Bettler bist, der jemals durch die elendeste Gosse der Schöpfung gekrochen ist, aber selbst so eine Kreatur ist besser als du; du hast keine Knie, auf denen du kriechen könntest, und du würdest nicht auf sie sinken, selbst wenn du sie hättest, weil du keine Vorstellung von einem menschlichen Makel wie Barmherzigkeit hast. Ich könnte sogar sagen, daß du deine Mutter gefickt hast, wenn du eine hättest.«

Roland machte eine Pause, um Luft zu holen. Seine drei Gefährten hielten den Atem an. Um sie herum herrschte erstickend das verdatterte Schweigen von Blaine dem Mono.

»Ich *kann* dich dagegen eine treulose Kreatur nennen, die ihre einzige Gefährtin Selbstmord begehen ließ, einen Feigling, der Freude daran gehabt hat, die Dummen zu peinigen und die Unschuldigen zu töten, einen verlorenen und plärrenden mechanischen Troll, der –«

»ICH BEFEHLE DIR, SOFORT DAMIT AUFZUHÖREN, SONST TÖTE ICH EUCH ALLE AUF DER STELLE!«

In Rolands Augen loderte ein so wildes blaues Feuer, daß Eddie zurückwich. Er hörte verschwommen, wie Jake und Susannah stöhnten.

»Töte, wenn du willst, aber befiehl mir nichts!« brüllte der Revolvermann. *»Du hast die Gesichter deiner Erbauer vergessen! Nun töte uns entweder, oder schweig und hör mir zu, mir, Roland von Gilead, Sohn des Steven, Revolvermann und Lord der alten Länder! Ich bin nicht jahrelang und meilenweit gereist, um mir dein kindisches Plappern anzuhören! Hast du verstanden? Und jetzt wirst du MIR zuhören!«*

Es folgte ein weiterer Augenblick schockierten Schweigens. Niemand atmete. Roland sah mit erhobenem Kopf streng geradeaus und hatte die Hand auf dem Griff seiner Waffe liegen.

Susannah Dean hob die Hand zum Mund und ertastete das unmerkliche Lächeln, wie eine Frau ein ungewohntes neues Kleidungsstück betasten mochte – einen Hut vielleicht –, um sicherzustellen, daß es noch richtig sitzt. Sie hatte Angst, dies könnte das Ende ihres Lebens sein, aber in diesem Augenblick wohnte nicht Angst in ihrem Herzen, sondern Stolz. Sie sah nach links und stellte fest, daß Eddie Roland mit einem erstaunten Grinsen betrachtete. Jakes Gesichtsausdruck war noch einfacher: unverhohlene Bewunderung.

»Sag es ihm!« hauchte Jake. »Tritt ihn in den Arsch! Recht so!«

»Du solltest besser zuhören«, stimmte Eddie zu. »Es ist ihm wirklich ziemlich scheißegal, Blaine. Nicht umsonst haben sie ihn den Tollen Hund von Gilead genannt.«

Nach einem Augenblick, der sich endlos zu dehnen schien, fragte Blaine: »HAT MAN DICH SO GENANNT, ROLAND, SOHN DES STEVEN?«

»Schon möglich«, antwortete Roland, der gelassen in der Luft über dem leblosen Gebirgszug stand.

»WELCHEN NUTZEN HABT IHR FÜR MICH, WENN IHR MIR KEINE RÄTSEL AUFGEBT?« fragte Blaine. Jetzt hörte er sich wie ein verdrossenes, trotziges Kind an, das ausnahmsweise einmal länger aufbleiben durfte.

»Ich habe nicht gesagt, daß wir das nicht tun würden«, sagte Roland.

»NICHT?« Blaine klang verwirrt. »ICH VERSTEHE NICHT, UND DENNOCH DEUTET DIE STIMMANALYSE AUF VERNÜNFTIGE ARGUMENTATION HIN. BITTE UM ERKLÄRUNG.«

»Du hast gesagt, du möchtest sie *sofort*«, antwortete der Revolvermann. »*Das* habe ich abgelehnt. Dein Eifer hat dich unziemlich gemacht.«

»ICH VERSTEHE NICHT.«

»Er hat dich unhöflich gemacht. Verstehst du *das*?«

Es folgte ein langes, nachdenkliches Schweigen. Jahrhunderte waren vergangen, seit der Computer eine andere menschliche Reaktion als Unwissenheit, Gleichgültigkeit und abergläubische Unterwürfigkeit erfahren hatte. Schließlich: »WENN DIR UNHÖFLICH ERSCHIEN, WAS ICH GESAGT HABE, SO BITTE ICH UM VERZEIHUNG.«

»Ich nehme die Entschuldigung an, Blaine. Aber es gibt noch ein größeres Problem.«

»ERKLÄRE.«

»Mach das Abteil wieder undurchsichtig, dann sage ich es dir.« Roland setzte sich, als wäre ein weiterer Disput – und die Möglichkeit des sofortigen Todes – jetzt undenkbar.

Blaine kam der Bitte nach. Die Wände nahmen Farbe an, die Alptraumlandschaft unten verschwand wieder. Die Anzeige auf der Streckenkarte blinkte jetzt in der Nähe des Pünktchens mit der Aufschrift Candleton.

»Gut«, sagte Roland. »Unhöflichkeit ist verzeihlich, Blaine, das hat man mir in meiner Jugend beigebracht. Aber man hat mir auch beigebracht, daß Dummheit es nicht ist.«

»INWIEFERN BIN ICH DUMM GEWESEN, ROLAND VON GILEAD?« Blaines Stimme klang leise und geheimnisvoll. Susannah mußte an eine Katze denken, die mit leuchtendgrünen Augen und wedelndem Schwanz vor einem Mauseloch lauert.

»Wir haben etwas, das du willst«, sagte Roland, »aber du bietest uns als Belohnung, wenn wir es dir geben, nur den Tod. Das ist *sehr* dumm.«

Es folgte eine lange, lange Pause, während Blaine darüber nachdachte. Dann: »WAS DU SAGST, STIMMT, ROLAND VON GILEAD. ABER DIE QUALITÄT EURER RÄTSEL WURDE NOCH NICHT UNTER BEWEIS GESTELLT. ICH WERDE EUCH FÜR SCHLECHTE RÄTSEL NICHT MIT DEM LEBEN BELOHNEN.«

Roland nickte. »Ich verstehe, Blaine. Hör nun zu und empfange Einsicht von mir. Ich habe meinen Freunden schon einiges davon erzählt. Als ich ein Junge in der Baronie Gilead war, fanden jedes Jahr sieben Jahrmärkte statt – Winter, Weite Erde, Säen, Mittsommer, Volle Erde, Ernte und Jahresausklang. Rätsel waren ein wichtiger Bestandteil jedes Jahrmarkts, aber am Tag der Weiten Erde und dem der Vollen Erde waren sie besonders wichtig, denn da sollten die Rätsel angeblich Gelingen oder Mißlingen der Ernte vorhersagen.«

»DAS IST ABERGLAUBE, DER NICHT DURCH TATSACHEN ZU BEGRÜNDEN IST«, sagte Blaine. »ICH FINDE ES BEUNRUHIGEND UND ÄRGERLICH.«

»Natürlich war es Aberglaube«, stimmte Roland zu, »aber du würdest überrascht sein, wie gut die Rätsel die Ernte vorhersagen konnten. Löse mir zum Beispiel das folgende, Blaine: Was ist der Unterschied zwischen einem Anzug und zwei Wasservögeln?«

»DAS IST SEHR ALT UND NICHT BESONDERS ORIGINELL«, sagte Blaine, aber er schien glücklich zu sein, daß er überhaupt etwas zu lösen hatte. »DAS EINE IST EIN ZWEIREIHER, DAS ANDERE SIND ZWEI REIHER. EIN RÄTSEL, DAS AUF EINER PHONETISCHEN ZUFÄLLIGKEIT BASIERT. EIN ANDERES VON DIESER ART, DAS MAN SICH AUF DER EBENE ERZÄHLT, WO DIE BARONIE NEW YORK GELEGEN IST, LAUTET FOLGENDERMASSEN: WAS IST DER UNTER-

SCHIED ZWISCHEN EINER KATZE UND EINEM RENNFAHRER?«

Jake meldete sich zu Wort. »Das kenne ich. Ich habe es erst dieses Jahr in der Schule gehört. Die Katze läßt das Mausen nicht, der Rennfahrer läßt das Sausen nicht.«

»JA«, stimmte Blaine zu. »EIN AUSGESPROCHEN DUMMES RÄTSEL.«

»Da muß ich dir endlich einmal zustimmen, alter Kumpel Blaine«, sagte Eddie.

»ICH BIN NICHT DEIN KUMPEL, EDDIE VON NEW YORK.«

»Ach herrje. Leck mich am Arsch und fahr zum Himmel.«

»ES GIBT KEINEN HIMMEL.«

Darauf fiel Eddie keine passende Antwort ein.

»ICH WÜRDE GERN MEHR VON DEN JAHRMARKTSRÄTSELN IN GILEAD HÖREN, ROLAND, SOHN DES STEVEN. DAS SCHEINT MIR SEHR INTERESSANT ZU SEIN.«

»Am Tag der Weiten Erde und der Vollen Erde versammelten sich zwischen sechzehn und dreißig Rätselmeister im Saal der Großväter, der eigens zu diesem Zweck geöffnet wurde. Das waren die einzigen Tage im Jahr, an denen das gemeine Volk – Händler und Farmer und Viehzüchter und dergleichen – den Saal der Großväter betreten durften, und an diesen Tagen drängten sich *alle* hinein.«

Die Augen des Revolvermannes waren in die Ferne gerichtet und verträumt; es war ein Gesichtsausdruck, den Jake schon in jenem nebulösen anderen Leben gesehen hatte, als Roland erzählte, wie er und seine Freunde Cuthbert und Jamie sich einmal auf die Galerie eben dieses Saals geschlichen hatten, um eine Art festlichen Tanz zu beobachten. Jake und Roland hatten die Berge erklommen, Walter dicht auf der Spur, als Roland ihm davon erzählt hatte.

Marten saß neben meiner Mutter und neben meinem Vater, hatte Roland damals gesagt. *Das konnte ich selbst so hoch droben erkennen – und sie und Marten tanzten einmal langsam und schwungvoll, und die anderen machten ihnen Platz und applaudierten, als es vorbei war. Aber die Revolvermänner klatschten nicht …*

Jake sah Roland neugierig an und fragte sich wieder, woher dieser seltsame Mann gekommen war … und warum.

»Ein großes Faß wurde auf den Boden in der Mitte des Saales gestellt«, fuhr Roland fort, »und da hinein warf jeder Rätselmeister eine Handvoll Rindenrollen, auf denen die Rätsel geschrieben standen. Viele waren alt – Rätsel, die sie von den Ältesten gelernt hatten –, aber viele waren auch neu – eigens zu diesem Anlaß erfunden. Drei Schiedsrichter, darunter immer ein Revolvermann, hörten sie sich an und akzeptierten sie nur, wenn sie ihnen fair erschienen.«

»JA, RÄTSEL MÜSSEN FAIR SEIN«, stimmte Blaine zu.

»Also wurde gerätselt«, sagte der Revolvermann. Ein Lächeln umspielte seine Lippen, als er an jene Zeiten dachte, da er in dem Alter des geschundenen Jungen war, der mit einem Bumbler auf dem Schoß ihm gegenübersaß. »Sie rätselten Stunden und Aberstunden. Eine Reihe wurde in der Mitte des Saals der Großväter gebildet. Die Position in dieser Reihe wurde durch das Los bestimmt, und da es viel besser war, am Ende der Reihe zu stehen als am Anfang, hoffte jeder auf eine hohe Zahl, obwohl der Gewinner mindestens ein Rätsel richtig lösen mußte.«

»NATÜRLICH.«

»Jeder Mann oder jede Frau – denn viele von Gileads besten Rätselmeistern waren Frauen – näherte sich dem Faß, zog ein Rätsel und reichte es dem Meister. Der Meister stellte es, und falls es noch unbeantwortet war, wenn der Sand der Uhr nach drei Minuten durchgelaufen war, mußte der Teilnehmer die Reihe verlassen.«

»UND WURDE DEM NÄCHSTEN MANN IN DER REIHE DASSELBE RÄTSEL GESTELLT?«

»Ja.«

»ALSO HATTE DIESER MANN ZUSÄTZLICH ZEIT ZUM NACHDENKEN.«

»Ja.«

»ICH VERSTEHE. KLINGT ZIEMLICH KNORKE.«

Roland runzelte die Stirn. »Knorke?«

»Er meint, es hört sich nach einem tollen Spaß an«, sagte Susannah leise.

Roland zuckte die Achseln. »Ich nehme an, den Zuschauern hat es Spaß gemacht, aber die Teilnehmer nahmen es sehr ernst, und wenn der Wettstreit zu Ende und der Preis ausgegeben war, kam es nicht selten zu Streit und Faustkämpfen.«

»WAS WAR DAS FÜR EIN PREIS?«

»Die größte Gans der Baronie. Und Cort, mein Lehrmeister, trug diese Gans jedes Jahr nach Hause.«

»ICH WÜNSCHTE, ER WÄRE HIER«, sagte Blaine ehrfürchtig. »ER MUSS EIN GROSSER RÄTSELMEISTER GEWESEN SEIN.«

»Das war er allerdings«, sagte Roland. »Bist du bereit für meinen Vorschlag, Blaine?«

»NATÜRLICH. ICH WERDE MIT GROSSEM INTERESSE ZUHÖREN, ROLAND VON GILEAD.«

»Sollen die folgenden Stunden unser Jahrmarkt sein. Du wirst uns keine Rätsel aufgeben, denn du möchtest neue Rätsel hören und nicht die Millionen herbeten, die du zweifellos schon kennst –«

»KORREKT.«

»Wir könnten die meisten sowieso nicht lösen«, fuhr Roland fort. »Ich bin sicher, du kennst Rätsel, die selbst Cort überfordert hätten, wären sie aus dem Faß gezogen worden.« Dessen war er nicht sicher, aber die Zeit der Peitsche war vorbei; es war Zeit, das Zuckerbrot anzubieten.

»NATÜRLICH«, stimmte Blaine zu.

»Ich schlage vor, anstelle einer Gans sollen unsere Leben der Preis sein«, sagte Roland. »Wir stellen dir die Rätsel, während wir fahren, Blaine. Wenn du jedes einzelne gelöst hast, bis wir in Topeka sind, darfst du deinen ursprünglichen Plan in die Tat umsetzen und uns töten. Das ist deine Gans. Aber wenn *wir dich* besiegen – wenn wir ein Rätsel in Jakes Buch oder unseren Köpfen finden, das du nicht kennst und nicht beantworten kannst –, dann mußt du uns nach Topeka bringen und uns freilassen, damit wir unsere Suche fortsetzen können. Das ist *unsere* Gans.«

Schweigen.

»Hast du verstanden?«

»JA.«

»Bist du einverstanden?«

Blaine der Mono schwieg wieder. Eddie hatte einen Arm um Susannah geschlungen, saß starr da und sah zur Decke der Baronskabine hoch. Susannahs linke Hand strich über ihren Bauch; sie dachte an das Geheimnis, das dort wachsen mochte. Jake strich Oy behutsam über das Fell und vermied die blutigen

Stellen, wo der Bumbler gestochen worden war. Sie warteten, während Blaine – der echte Blaine, der jetzt weit hinter ihnen war und sein Quasi-Leben unter einer Stadt lebte, wo alle Einwohner von seiner Hand getötet dalagen – über Rolands Vorschlag nachdachte.

»JA«, sagte Blaine schließlich. »ICH BIN EINVERSTANDEN. WENN ICH ALLE RÄTSEL LÖSEN KANN, DIE IHR MIR STELLT, NEHME ICH EUCH MIT ZU DEM ORT, WO DER PFAD AUF DER LICHTUNG ENDET. WENN EINER VON EUCH MIR EIN RÄTSEL AUFGIBT, DAS ICH NICHT LÖSEN KANN, SCHENKE ICH EUCH DAS LEBEN UND BRINGE EUCH NACH TOPEKA, WO IHR EURE SUCHE NACH DEM DUNKLEN TURM FORTSETZEN KÖNNT, WENN ES DAS IST, WAS IHR WOLLT. HABE ICH DIE BEDINGUNGEN UND KLAUSELN DEINES VORSCHLAGS RICHTIG VERSTANDEN, ROLAND, SOHN DES STEVEN?«

»Ja.«

»NUN GUT, ROLAND VON GILEAD.
NUN GUT, EDDIE VON NEW YORK.
NUN GUT, SUSANNAH VON NEW YORK.
NUN GUT, JAKE VON NEW YORK.
NUN GUT, OY VON MITTWELT.«

Oy sah kurz auf, als er seinen Namen hörte.

»IHR SEID *KA-TET*, EINS AUS VIELEN. SO WIE ICH. WESSEN *KA-TET* DAS STÄRKERE IST, WERDEN WIR JETZT HERAUSFINDEN MÜSSEN.«

Es folgte ein Augenblick der Stille, die lediglich vom konstanten Dröhnen der Slo-Trans-Motoren unterbrochen wurde, welche sie durch das Wüste Land in Richtung Topeka trugen, dem Ort, wo Mittwelt endete und Endwelt begann.

»ALSO«, rief die Stimme von Blaine. »WERFT EURE NETZE AUS, WANDERER! STELLT MIR EURE FRAGEN, MÖGE DER WETTSTREIT BEGINNEN.«

Erster Teil

Rätsel

Kapitel 1
Unter dem Dämonenmond (I)

I

Die Stadt Candleton war eine vergiftete und verstrahlte Ruine, aber nicht tot; nach all den Jahrhunderten wimmelte es noch von finsterem Leben – krabbelnde Käfer, so groß wie Schildkröten; Vögel, die wie kleine, mißgebildete Drachen aussahen; ein paar stolpernde Roboter, die wie Edelstahlzombies mit quietschenden Gelenken und flackernden Nuklearaugen durch die verfallenen Gebäude schlurften.

»Zeig deinen Ausweis, Kumpel!« rief derjenige, der die letzten zweihundertvierunddreißig Jahre in der Halle des Traveller's Hotel von Candleton festsaß. In die rostige Raute seines Kopfes war ein Stern mit sechs Zacken eingestanzt. Im Lauf der Jahre war es ihm gelungen, eine flache Nische in die stahlverkleidete Wand zu graben, die ihm den Weg versperrte, aber das war alles.

»Zeig deinen Ausweis, Kumpel! Südlich und östlich der Stadt sind erhöhte Strahlenwerte möglich! Zeig deinen Ausweis, Kumpel! Südlich und östlich der Stadt sind erhöhte Strahlenwerte möglich!«

Eine aufgedunsene Ratte, die blind war und ihre Eingeweide in einem Sack wie eine verfaulte Plazenta hinter sich herzog, schleppte sich über die Füße des Wachroboters. Der Wachroboter bemerkte es nicht, sondern schlug weiter seinen Stahlkopf gegen die Stahlwand. »Zeig deinen Ausweis, Kumpel! Erhöhte Strahlenwerte möglich, Paps tottert und gottverflucht!« Hinter ihm in der Hotelbar grinsten die Schädel von Männern und Frauen, die auf einen letzten Drink hierhergekommen waren, bevor die Katastrophe sie einholte, als wären sie lachend gestorben. Vielleicht traf das auf einige von ihnen zu.

Als Blaine der Mono oben vorbeidonnerte und durch die Nacht schoß wie eine Kugel durch den Lauf eines Gewehrs, zerbrachen Fensterscheiben, Staub regnete herab, und mehrere Schädel zerfielen zu Staub wie uralte getöpferte Vasen. Draußen wehte kurz ein Wirbelsturm radioaktiven Staubes durch die Straße, und der Pfosten zum Festzurren der Pferde vor dem Elegant Beef and Pork Restaurant wurde wie Rauch in den stürmischen Luftzug gesogen. Auf dem Dorfplatz zerbarst der Springbrunnen von Candleton in zwei Teile, aber kein Wasser ergoß sich daraus, nur Staub, Schlangen, mutierte Skorpione und einige der blind krabbelnden Schildkrötenkäfer.

Dann war der Schemen, der über die Stadt dahinraste, wieder verschwunden, als hätte es ihn nie gegeben, Candleton wandte sich wieder dem Zerfallen und Verwittern zu, der Aktivität, die in den letzten zweieinhalb Jahrhunderten sein Ersatz für das Leben gewesen war... und dann kam der Überschallknall, dessen Donnerschlag zum erstenmal seit sieben Jahren über der Stadt ertönte und genügend Vibrationen erzeugte, daß der Kaufladen auf der anderen Seite des Springbrunnens einstürzte. Der Wächterroboter versuchte, eine letzte Warnung auszustoßen: »Erhöhte Strah–«, und dann fiel er endgültig aus und stand in der Ecke wie ein Kind, das unartig gewesen ist.

Zwei- oder dreihundert Räder außerhalb der Stadt, wenn man sich auf dem Pfad des Balkens bewegte, sanken die Strahlungswerte und die Konzentration von DEP3 im Erdreich rapide. Hier verlief die Schiene des Mono keine drei Meter über dem Boden, und hier lief eine Hirschkuh, die fast normal aussah, graziös aus einem Fichtenwald und trank aus einem Bach, dessen Wasser sich zu drei Vierteln selbst gereinigt hatte.

Die Hirschkuh war *nicht* normal – der Stummel eines fünften Beins hing wie eine Zitze vom Zentrum ihres Bauchs herab und schwang beim Gehen wirbellos hin und her, und ein blindes drittes Auge schaute milchig von der linken Seite der Schnauze. Dennoch war sie fruchtbar und ihre DNS für einen Mutie der zwölften Generation in einem hinreichend guten Zustand. In den sechs Jahren ihres Lebens hatte sie drei lebende Junge zur Welt gebracht. Zwei dieser Kitze waren nicht nur lebensfähig gewesen, sondern normal – brauchbare Tiere hätte Tante Talitha aus River Crossing sie genannt. Das dritte, ein gräßlich plärrendes nacktes Ding, war rasch von seinem Erzeuger getötet worden.

Die Welt hatte – jedenfalls in diesem Teil – damit angefangen, sich selbst zu heilen.

Die Hirschkuh senkte das Maul ins Wasser, fing an zu trinken und schaute dann mit großen Augen und tropfender Schnauze auf. In der Ferne konnte sie ein leises summendes Geräusch hören. Einen Augenblick später folgte ein leuchtendes Lichtpünktchen. Furcht durchzuckte die Nerven der Hirschkuh, aber obwohl ihre Reflexe schnell waren, und das Licht, als sie es zum erstenmal sah, noch viele Räder des einsamen Landstrichs entfernt, hatte sie keine Chance zu fliehen. Bevor sie auch nur daran denken konnte, ihre Muskeln in Bewegung zu setzen, war das ferne Fünkchen zu einem sengenden Wolfsauge aus Licht geworden, das die Lichtung und den Bach mit seinem Leuchten überflutete. Mit dem Licht kam das wütende Summen von Blaines Slo-Trans-Motoren, die mit Höchstleistung liefen. Ein rosa Streifen war über dem Betonwall zu sehen, auf dem sich die Schiene befand; ein Kometenschweif von Staub, Steinen, kleinen verstümmelten Tieren und wirbelndem Laub folgte hinterher. Die Hirschkuh wurde durch die Erschütterung von Blaines Durchfahrt augenblicklich getötet. Obwohl sie zu groß war, um in den Luftsog der Einschienenbahn gerissen zu werden, wurde sie doch fast siebzig Meter mitgeschleift, während Wasser von ihrer Schnauze und den Hufen tropfte. Der größte Teil ihres Fells (und das wirbellose fünfte Bein) wurde ihr vom Leib gestreift und hinter Blaine hergezogen wie ein abgelegtes Kleidungsstück.

Es folgte eine kurze Stille, dünn wie neue Haut oder frühes Eis auf einem Teich am Jahresende, und dann folgte der Überschallknall wie ein lärmendes Geschöpf, das zu spät zu einem Hochzeitsempfang kommt; er zerriß die Stille und schlug einen mutierten Vogel – es könnte ein Rabe gewesen sein – tot aus der Luft. Der Vogel fiel wie ein Stein hinunter und landete platschend im Bach.

In der Ferne ein schwindendes rotes Auge: Blaines Rücklicht.

Am Himmel kam der Vollmond hinter einer Wolkenbank hervor und überzog Lichtung und Bach mit den kitschigen Farben von Pfandleihhausjuwelen. Der Mond hatte ein Gesicht, aber keines, das Liebende gerne angesehen haben würden. Es schien das schmucklose Gesicht eines Totenschädels zu sein, wie diejenigen im Traveller's Hotel in Candleton; ein Gesicht, das mit der Heiterkeit eines Irren auf die wenigen Überlebenden, die sich unten abquälten, hinabsah. Bevor sich die Welt weitergedreht hatte, war der Vollmond am Jahresende in Gilead Dämonenmond genannt worden, und angeblich sollte es Unglück bringen, ihn direkt anzusehen.

Jetzt spielte das freilich keine Rolle mehr. Jetzt gab es überall Dämonen.

2

Susannah betrachtete den Streckenplan und sah, daß sich das grüne Licht, das ihre Position anzeigte, inzwischen fast auf halber Strecke zwischen Candleton und Rilea befand, Blaines nächstem Halt. *Aber wer hält?* dachte sie.

Von dem Streckenplan drehte sie sich zu Eddie um. Eddie hatte den Blick immer noch auf die Decke des Baronswagens gerichtet. Sie folgte dem Blick und sah ein Quadrat, bei dem es sich nur um eine Falltür handeln konnte (aber, überlegte sie, wenn man es mit einem futuristischen Mist wie einem sprechenden Zug zu tun hatte, nannte man es vermutlich Schleuse oder irgendwie noch *cooler*). Die rote Strichzeichnung eines Mannes, der durch eine Öffnung tritt, befand sich darauf. Susannah versuchte sich vorzustellen, jemand würde den Anweisungen der Zeichnung Folge leisten und bei über achthundert Meilen pro Stunde zu dieser Schleuse hinausgehen. Sie sah kurz, aber deutlich das Bild einer Frau vor sich, deren Kopf vom Rumpf gerissen wurde wie eine Blüte von einer Blume; sie sah den Kopf über die ganze Länge des Baronswagens fliegen, wo er vielleicht einmal aufprallen und dann mit glotzenden Augen und peitschendem Haar in der Dunkelheit verschwinden würde.

Sie verdrängte das Bild, so schnell sie konnte. Die Luke dort oben war wahrscheinlich sowieso mit ziemlicher Sicherheit verriegelt. Blaine der Mono hatte nicht die Absicht, sie gehen zu lassen. Möglicherweise gewannen sie ihren Weg ins Freie, aber Susannah hielt das nicht für sicher, selbst wenn es ihnen gelingen sollte, Blaine mit einem Rätsel zu verblüffen.

Ich sag's nicht gern, aber für mich hört sich das ganz nach einem verlogenen Blaßgesicht an, Süßer, dachte sie mit einer geistigen Stimme, die nicht ganz der von Detta Walker entsprach. *Ich trau deinem mechanischen Arsch nicht. Ich glaube, nach einer Niederlage bist du gefährlicher als mit dem blauen Siegerabzeichen an deinem Gedächtnisspeicher.*

Jake hielt dem Revolvermann sein zerfleddertes Rätselbuch hin, als wollte er nicht mehr die Verantwortung dafür übernehmen. Susannah wußte, wie sich der Junge fühlen mußte; möglicherweise hing ihr Leben von diesen schmutzigen, abgegriffenen Seiten ab. Sie war nicht sicher, ob sie die Verantwortung übernehmen wollte, es zu tragen.

»Roland«, flüsterte Jake. »Möchtest du das?«

»*Möch*«, sagte Oy und warf dem Revolvermann einen abweisenden Blick zu. »Olan-möcht-as!« Der Bumbler schlug die Zähne in das Buch, nahm es aus Jakes Hand, streckte Roland den unverhältnismäßig langen Hals zu und überreichte ihm *Ringelrätselreihen. Denksportaufgaben und Logeleien für alle.*

Roland betrachtete es einen Moment mit geistesabwesendem und nachdenklichem Gesichtsausdruck und schüttelte den Kopf. »Noch nicht.« Er betrachtete den Streckenplan. Blaine hatte kein Gesicht, daher mußte die Karte als Ansprechpunkt dienen. Der blinkende grüne Punkt war noch näher an Rilea. Susannah fragte sich kurz, wie die Landschaft aussehen mochte, durch die sie fuhren, entschied aber, daß sie es eigentlich gar nicht wissen wollte. Nicht nach dem, was sie nach Verlassen der Stadt Lud gesehen hatten.

»Blaine!« rief Roland.

»JA.«

»Kannst du den Raum verlassen? Wir müssen uns beraten.«

Du bist nicht bei Verstand, wenn du glaubst, daß er das tun wird, dachte Susannah, aber Blaine antwortete schnell und eifrig.

»JA, REVOLVERMANN. ICH WERDE SÄMTLICHE SENSOREN IM BARONSWAGEN ABSCHALTEN. WENN EURE KONFERENZ BEENDET IST UND IHR BEREIT SEID ZU BEGINNEN, WERDE ICH WIEDERKOMMEN.«

»Klar, du und General MacArthur«, murmelte Eddie.

»WAS HAST DU GESAGT, EDDIE VON NEW YORK?«

»Nichts. Nur Selbstgespräche geführt.«

»UM MICH ZU RUFEN, MÜSST IHR EINFACH NUR DIE KARTE BERÜHREN«, sagte Blaine. »SOLANGE DIE KARTE ROT IST, SIND MEINE SENSOREN ABGESCHALTET. SEE YOU LATER, ALLIGATOR. AFTER AWHILE, CROCODILE. VERGISS NICHT ZU SCHREIBEN.« Eine Pause. Dann: »OLIVENÖL, ABER NIEMALS CASTORIA.«

Das Rechteck mit dem Streckenplan im vorderen Teil der Kabine wurde plötzlich so grellrot, daß Susannah es nicht ansehen konnte, ohne die Augen zuzukneifen.

»Olivenöl, aber niemals Castoria?« fragte Jake. »Was, zum Henker, soll *das* bedeuten?«

»Ist nicht wichtig«, sagte Roland. »Wir haben nicht viel Zeit. Die Bahn rast ebenso schnell ihrem Ziel entgegen, ob Blaine nun bei uns ist oder nicht.«

»Du glaubst doch nicht, daß er wirklich weg ist, oder?« fragte Eddie. »Ein aalglatter Schwindler wie er? Komm schon, werd erwachsen. Er horcht, jede Wette.«

»Das bezweifle ich sehr«, sagte Roland, und Susannah kam zum Ergebnis, daß sie ihm zustimmte. Wenigstens vorerst. »Man konnte hören, wie aufgeregt er war, daß er nach so vielen Jahren wieder Rätsel knacken kann. Und –«

»Und er ist von sich eingenommen«, sagte Susannah. »Er geht davon aus, daß er mit unseresgleichen nicht viel Mühe haben wird.«

»Wird er das?« fragte Jake den Revolvermann. »Wird er Mühe mit uns haben?«

»Ich weiß nicht«, sagte Roland. »Ich habe kein As im Ärmel versteckt, wenn du das meinst. Es ist ein Spiel mit gleichen Chancen … aber wenigstens eines, das ich schon gespielt habe. Das *wir alle* schon gespielt haben, zumindest in gewissem Maße. Und wir haben das.« Er nickte zu dem Buch hin, das Jake von Oy zurückgenommen hatte. »Es sind Mächte hier am Werk, gewaltige Mächte, und nicht alle versuchen, uns von dem Turm fernzuhalten.«

Susannah hörte ihn, mußte aber an Blaine denken – Blaine, der weggegangen war und sie allein gelassen hatte wie ein Kind, das »dran« war und gehorsam die Augen schloß, während seine Spielkameraden sich versteckten. Aber waren sie nicht genau das? Blaines Spielkameraden? Der Gedanke war irgendwie schlimmer als die Vorstellung, wie sie versuchte, durch die Luke zu entkommen, und ihr der Kopf abgerissen wurde.

»Also, was sollen wir tun?« fragte Eddie. »Du mußt einen Plan haben, sonst hättest du ihn nicht weggeschickt.«

»Seine hohe Intelligenz könnte ihn – in Verbindung mit seiner langen Einsamkeit und erzwungenen Untätigkeit – menschlicher gemacht haben, als ihm selbst klar ist. Jedenfalls ist das meine Hoffnung. Zuerst müssen wir eine Art Geographie erstellen. Wir müssen herausfinden, sofern wir es können, wo seine Stärken und Schwächen liegen. Wo er sich seiner Sache sicher ist und wo er sich nicht so sicher ist. Bei Rätseln geht es nicht nur um die Intelligenz dessen, der sie stellt, glaubt das nur nicht. Es geht auch um die blinden Flecken dessen, der sie gestellt bekommt.«

»Hat er blinde Flecken?« fragte Eddie.

»Wenn nicht«, sagte Roland gelassen, »werden wir in diesem Zug sterben.«

»Ich mag die Art, wie du es verstehst, uns zu beruhigen«, sagte Eddie mit einem dünnen Lächeln. »Das ist einer deiner zahlreichen Vorzüge.«

»Wir werden ihm für den Anfang vier Rätsel stellen«, sagte Roland. »Leicht, nicht ganz so leicht, schwer und sehr schwer. Er wird alle vier lösen, davon bin ich überzeugt, aber wir werden darauf achten, *wie* er sie beantwortet.«

Eddie nickte, und Susannah spürte einen schwachen, fast widerwilligen Funken Hoffnung. Es hörte sich an, als wäre das genau die richtige Vorgehensweise.

»Dann werden wir ihn wieder wegschicken und Kriegsrat halten«, sagte der Revolvermann. »Womöglich kriegen wir eine Idee, in welche Richtung wir unsere Pferde schicken sollen. Diese ersten Rätsel können aus sämtlichen Bereichen stammen, aber«, er wies ernst mit dem Kopf auf das Buch, »wenn ich Jakes Geschichte aus der Buchhandlung zugrunde lege, muß die Antwort irgendwo da drinnen sein, nicht in meinen Erinnerungen an Jahrmarktsrätsel. Sie *muß* da drinnen sein.«

»Frage«, sagte Susannah.

Roland sah sie an und zog die Brauen über seinen blassen, gefährlichen Augen hoch.

»Wir suchen nach einer *Frage*, nicht nach einer Antwort«, sagte sie. »Diesmal sind möglicherweise die Antworten unser Tod.«

Der Revolvermann nickte. Er sah verwirrt aus – sogar frustriert –, und diesen Gesichtsausdruck sah Susannah nicht gern bei ihm. Aber diesmal nahm Roland das Buch, als Jake es ihm reichte. Er hielt es einen Augenblick (der verblaßte, aber immer noch fröhlich rote Einband sah in den großen, sonnenverbrannten Händen ausgesprochen seltsam aus... besonders in der rechten mit den fehlenden zwei Fingern), dann gab er es Eddie.

»Du bist leicht zu knacken«, sagte Roland und drehte sich zu Susannah um.

»Schon möglich«, antwortete sie mit dem Anflug eines Lächelns, »trotzdem ist es nicht sehr höflich, so etwas zu einer Dame zu sagen, Roland.«

Er wandte sich an Jake. »Du kommst als zweiter mit einem, das etwas schwerer ist. Ich komme als dritter. Du als letzter, Eddie. Nimm eines aus dem Buch, das schwer aussieht –«

»Die schweren sind ziemlich hinten«, ließ Jake sie wissen.

»... aber verkneif dir deine Witze. Es geht um Leben und Tod. Die Zeit für Witze ist vorbei.«

Eddie sah ihn an – den alten Langen, Großen und Häßlichen, und Gott allein wußte, wieviel häßliche Dinge er schon getan hatte, um seinen Turm zu erreichen – und fragte sich, ob Roland überhaupt eine Ahnung hatte, wie sehr das weh tat. Nur diese beiläufige Ermahnung, sich jetzt, wo ihrer aller Leben auf dem Spiel stand, nicht wie ein Kind zu benehmen, zu grinsen und Witze zu reißen.

Er machte den Mund auf, um etwas zu sagen – ein Eddie Dean Special, das witzig und spitz zugleich sein würde, eine Bemerkung von der Sorte, wie sie seinen Bruder Henry immer auf die Palme brachte –, doch dann machte er ihn wieder zu. Vielleicht hatte der Lange, Große und Häßliche ja recht; vielleicht war es an der Zeit, die Bonmots und kindischen Witzchen zu lassen. Vielleicht war es an der Zeit, endlich erwachsen zu werden.

3

Nachdem sie sich drei Minuten murmelnd unterhalten und Eddie und Susannah rasch in *Ringelrätselreihen* geblättert hatten (Jake wußte bereits, welches er Blaine zuerst aufgeben wollte, sagte er), ging Roland zur vorderen Wand des Baronswagens und legte die Hand auf das grell leuchtende Rechteck. Sofort erschien der Streckenplan wieder. Obwohl man in der geschlossenen Kabine kein Gefühl von Bewegung wahrnehmen konnte, war der grüne Punkt näher denn je an Rilea herangekommen.

»ALSO, ROLAND, SOHN DES STEVEN!« sagte Blaine. Eddie fand, daß er sich jovialer anhörte, fast schon ausgelassen. »IST DEIN *KA-TET* BEREIT ZU BEGINNEN?«

»Ja. Susannah von New York wird die erste Runde eröffnen.« Er drehte sich zu ihr um, dämpfte die Stimme ein wenig (sie ging nicht davon aus, daß das viel nützen würde, wenn Blaine mithören wollte) und sagte: »Wegen deiner Beine mußt du nicht vortreten wie wir anderen, aber sprich deutlich, und rede ihn jedesmal persönlich mit Namen an, wenn du dich an ihn wendest. Falls – *wenn* – er dein Rätsel richtig löst, sagst du ›Danke-Sai, Blaine, du hast richtig geantwortet.‹ Dann wird Jake in den Mittelgang treten, und er ist an der Reihe. Alles klar?«

»Und wenn seine Antwort falsch ist oder er gar nicht antwortet?«

Roland lächelte grimmig. »Ich glaube, darum müssen wir uns jetzt noch keine Gedanken machen.« Er sprach mit lauter Stimme weiter. »Blaine?«

»JA, REVOLVERMANN?«

Roland holte tief Luft. »Es geht los.«

»AUSGEZEICHNET!«

Roland nickte Susannah zu. Eddie drückte ihr eine Hand; Jake tätschelte die andere. Oy sah sie mit seinen goldenen Augen gebannt an.

Susannah lächelte ihnen nervös zu, dann sah sie zu dem Streckenplan. »Hallo, Blaine.«

»HOWDY, SUSANNAH VON NEW YORK.«

Ihr Herz klopfte, ihre Achselhöhlen waren naß, und sie stellte erneut etwas fest, das ihr zum erstenmal in der ersten Klasse aufgefallen war: Es war schwer, den Anfang zu machen. Es war schwer, vor der ganzen Klasse aufzustehen und als erste ein Lied zu singen, einen Witz zu erzählen oder zu schildern, wie man seine Sommerferien verbracht hatte... oder sein Rätsel zu stellen. Das Rätsel, das sie ausgesucht hatte, stammte aus Jake Chambers' verrücktem Englischaufsatz, den er ihnen während des langen Palavers nach ihrem Aufbruch von River Crossing fast Wort für Wort erzählt hatte. Der Aufsatz mit dem Titel MEIN VERSTÄNDNIS VON WAHRHEIT enthielt zwei Rätsel, von denen Eddie Blaine schon eins gestellt hatte.

»SUSANNAH? BIST DU NOCH DA, MEIN KLEINES COWGIRL?«

Wieder spöttisch, aber diesmal klang der Spott beschwingt, humorvoll. *Heiter*. Blaine konnte charmant sein, wenn er bekam, was er wollte. Wie bestimmte verzogene Kinder, die sie gekannt hatte.

»Ja, Blaine, ich bin da, und hier ist mein Rätsel. Was hat vier Räder und Fliegen?«

Es folgte ein eigentümliches Klicken, als würde Blaine den Laut eines Mannes nachahmen, der mit der Zunge am Gaumen schnalzt. Danach folgte eine kurze Pause. Als Blaine antwortete, war die Heiterkeit fast gänzlich aus seiner Stimme verschwunden. »NATÜRLICH DER STÄDTISCHE MÜLLWAGEN. EIN KINDERRÄTSEL. WENN EURE ANDEREN RÄTSEL NICHT BESSER SIND, WIRD ES MIR ZIEMLICH LEID TUN, DASS ICH EUER LEBEN AUCH NUR SO KURZE ZEIT VERSCHONT HABE.«

Diesmal leuchtete der Streckenplan nicht grellrot auf, sondern blaßrosa. »Macht ihn nicht wütend«, flehte die Stimme des Kleinen Blaine. Jedesmal, wenn er das Wort ergriff, stellte sich Susannah einen schwitzenden, kleinen, kahlköpfigen Mann vor, dessen Bewegungen allesamt etwas Geducktes hatten. Die Stimme des Großen Blaine kam von überall (wie die Stimme Gottes in einem Film von Cecil B. DeMille, dachte Susannah), aber die des Kleinen Blaine nur von einer Stelle: einem kleinen Lautsprecher direkt über ihren Köpfen. »*Bitte* macht ihn nicht wütend, Leute; er hat die Bahn geschwindigkeitsmäßig schon im roten Bereich, die Stoßdämpfer kommen kaum noch nach. Der Zustand der Schiene hat sich seit unserer letzten Fahrt hierher deutlich verschlimmert.«

Susannah, die zu ihrer Zeit genug holprige Züge und schwankende U-Bahnen erlebt hatte, spürte nichts – die Fahrt ging so glatt wie beim Aufbruch von der Krippe in Lud –, aber sie glaubte dem Kleinen Blaine trotzdem. Sie vermutete, *wenn* sie ein Holpern spüren würden, dann wäre es wahrscheinlich das letzte, was sie überhaupt spüren würden.

Roland stieß sie mit dem Ellbogen an und holte sie in die Wirklichkeit zurück.

»Danke-Sai«, sagte sie, und dann klopfte sie, einem verspäteten Einfall nachgebend, mit den Fingern der rechten Hand dreimal rasch an den Hals. Das hatte Roland getan, als er zum erstenmal mit Tante Talitha gesprochen hatte.

»DANKE FÜR DEINE HÖFLICHKEIT«, sagte Blaine. Er hörte sich wieder amüsiert an, und Susannah dachte, daß das gut war, auch wenn seine Amüsiertheit auf ihre Kosten ging. »ICH BIN ALLERDINGS KEINE FRAU. SOFERN ICH ÜBERHAUPT EIN GESCHLECHT HABE, BIN ICH MÄNNLICH.«

Susannah sah verwirrt zu Roland.

»Linke Hand für Männer«, sagte er. »Auf das Brustbein.« Er klopfte, um es ihr zu zeigen.

»Oh.«

Roland wandte sich an Jake. Der Junge stand auf, setzte Oy auf seinen Stuhl (was nichts nützte; Oy sprang sofort wieder auf und folgte Jake, als dieser in den Mittelgang und vor den Streckenplan trat) und wandte seine Aufmerksamkeit Blaine zu.

»Hallo, Blaine, hier ist Jake. Du weißt schon, Sohn des Elmer.«

»STELL DEIN RÄTSEL.«

»Was bewegt sich und kommt nicht fort, hat einen Mund und spricht kein Wort, hat ein Bett und kann doch nicht schlafen, und birgt für manchen einen sicheren Hafen?«

»NICHT SCHLECHT! MAN MÖCHTE HOFFEN, SUSANNAH NIMMT SICH EIN BEISPIEL AN DIR, JAKE, SOHN DES ELMER. DIE ANTWORT MUSS FÜR JEDEN MIT EINEM FÜNKCHEN INTELLIGENZ AUF DER HAND LIEGEN, ABER DENNOCH EIN GUTER VERSUCH. EIN FLUSS.«

»Danke-Sai, Blaine, du hast richtig geantwortet.« Er schlug sich mit den Fingern der linken Hand dreimal nacheinander auf das Brustbein, dann setzte er sich. Susannah legte einen Arm um ihn und drückte ihn kurz. Jake sah sie dankbar an.

Nun stand Roland auf. »Heil, Blaine«, sagte er.

»HEIL, REVOLVERMANN.« Wieder hörte sich Blaine amüsiert an ... möglicherweise angesichts des Grußes, den Susannah vorher noch nicht gehört hatte. *Heil was?* fragte sie sich. Hitler fiel ihr ein, und dabei mußte sie an das abgestürzte Flugzeug denken, das sie außerhalb von Lud gesehen hatten. Eine Focke-Wulf, hatte Jake behauptet. Das wußte sie nicht, aber sie wußte eines, daß ein *ernsthaft* toter Typ darin saß, der so alt war, daß er nicht mal mehr stank. »GIB MIR DEIN RÄTSEL, ROLAND, UND MACH DEINE SACHE ANSTÄNDIG.«

»Anständig ist, wer anständig handelt, Blaine. Hier ist es jedenfalls: Was hat vier Beine am Morgen, zwei Beine am Mittag und drei Beine am Abend?«

»DAS IST TATSÄCHLICH ANSTÄNDIG«, gab Blaine zu. »EINFACH, ABER ANSTÄNDIG. DIE ANTWORT IST EIN MENSCH, DER ALS BABY AUF HÄNDEN UND KNIEN KRABBELT, ALS ERWACHSENER AUF ZWEI BEINEN GEHT UND IM ALTER AUF EINEN STOCK ANGEWIESEN IST.«

Blaine hörte sich wahrhaftig selbstgefällig an, und Susannah fand plötzlich etwas Interessantes heraus: Sie verabscheute dieses selbstgefällige, mörderische Ding. Maschine oder nicht, *es* oder *er*, sie haßte Blaine. Sie vermutete, daß es nicht anders wäre, wenn er sie nicht gezwungen hätte, ihr Leben bei einem albernen Rätselwettstreit aufs Spiel zu setzen.

Roland jedoch schien nicht im mindesten beleidigt zu sein. »Danke-Sai, Blaine, du hast richtig geantwortet.« Er setzte sich, ohne sich auf das Brustbein zu klopfen, und sah Eddie an. Eddie stand auf und trat in den Mittelgang.

»Was geht ab, Freund Blaine?« fragte er. Roland zuckte zusammen, schüttelte den Kopf und hob kurz die verstümmelte Hand, um die Augen abzuschirmen.

Blaine schwieg.

»Blaine? Bist du da?«

»JA, ABER NICHT IN DER STIMMUNG FÜR ALBERNHEITEN, EDDIE VON NEW YORK. GIB MIR DEIN RÄTSEL. ICH VERMUTE, ES WIRD TROTZ DEINES DUMMEN GEBARENS SCHWIERIG SEIN. ICH FREUE MICH DARAUF.«

Eddie sah Roland an, der ihm mit der Hand winkte – *Los doch, bei deinem Vater, los!* – und dann wieder zu der Karte sah, wo der grüne Punkt gerade den mit der Aufschrift Rilea passiert hatte. Susannah sah, daß Eddie vermutete, was sie so gut wie sicher wußte: Blaine war klar, daß sie seine Fähigkeiten mit einem Spektrum von Rätseln auf die Probe stellten. Blaine wußte es ... und genoß es.

Susannah spürte, wie Niedergeschlagenheit über sie kam, als ihre Hoffnung schwand, einen einfachen und schnellen Ausweg zu finden.

4

»Nun«, sagte Eddie, »ich weiß nicht, wie schwer es dir vorkommt, aber für mich war es eine echt harte Nuß.« Und er kannte die Antwort nicht, da der Lösungsteil von *Ringelrätselreihen* herausgerissen worden war, jedoch glaubte er nicht, daß das eine Rolle spielen würde; es gehörte nicht zu den Grundregeln, daß sie die Antworten kennen mußten.

»ICH WERDE ZUHÖREN UND ANTWORTEN.«

»Kaum gesprochen, schon gebrochen. Was ist das?«

»SCHWEIGEN, ETWAS, WOVON DU WENIG VERSTEHST, EDDIE VON NEW YORK«, sagte Blaine wie aus der Pistole geschossen, und Eddie spürte, wie ihn ein wenig der Mut verließ. Es war nicht nötig, mit den anderen zu beratschlagen; die Antwort lag auf der Hand. Und daß sie so schnell gekommen war, das war der echte Hammer. Eddie hätte es niemals zugegeben, aber er hatte die Hoffnung gehegt – insgeheim fast eine Gewißheit –, daß er Blaine mit einem einzigen Rätsel zu Fall bringen konnte, *ka-bumm*, alle Männer des Königs und alle Pferde des Königs konnten Blaine nicht mehr zusammensetzen. Dieselbe innere Gewißheit, überlegte er, die er jedesmal verspürte, wenn er im Hinterzimmer irgendeines Zockers die Würfel in die Hand genommen oder beim Blackjack bei einer Siebzehn noch eine Karte verlangt hatte. Das Gefühl, daß er nichts falsch machen konnte, weil er eben *er* war, der Größte, der Einzigartige.

»Ja«, sagte er seufzend. »Schweigen, etwas, wovon ich wenig verstehe. Danke-Sai, Blaine, du hast richtig geantwortet.«

»ICH HOFFE, IHR HABT ETWAS HERAUSGEFUNDEN,

DAS EUCH HELFEN WIRD«, sagte Blaine, und Eddie dachte: *Du beschissener mechanischer Lügner*. Blaines Stimme hatte wieder ihren zuversichtlichen Tonfall angenommen, und Eddie registrierte mit vorübergehendem Interesse, daß eine Maschine ein derart breites Spektrum von Emotionen ausdrücken konnte. Hatten die Großen Alten sie eingebaut, oder hatte sich Blaine an einem bestimmten Punkt selbst seinen emotionalen Regenbogen gebastelt? Eine kleine dipolare Abwechslung, um sich die langen Jahrzehnte und Jahrhunderte zu vertreiben? »MÖCHTET IHR, DASS ICH MICH WIEDER ZURÜCKZIEHE, DAMIT IHR EUCH BERATEN KÖNNT?«

»Ja«, sagte Roland.

Der Streckenplan leuchtete grellrot auf. Eddie drehte sich zu dem Revolvermann um. Roland setzte hastig einen gefaßten Gesichtsausdruck auf, aber zuvor sah Eddie etwas Schreckliches: einen kurzen Ausdruck vollkommener Hoffnungslosigkeit. Eddie hatte so eine Miene noch nie gesehen; nicht, als Roland von den Bissen der Monsterhummer tödlich verletzt worden war; nicht, als Eddie seinen eigenen Revolver auf ihn gerichtet hatte; nicht einmal, als der abscheuliche Schlitzer Jake gefangen hatte und mit ihm nach Lud verschwunden war.

»Was machen wir jetzt?« fragte Jake. »Eine zweite Runde für uns vier ausdenken?«

»Ich glaube, das hätte wenig Sinn«, sagte Roland. »Blaine muß Tausende Rätsel kennen – möglicherweise Millionen –, und das ist schlecht. Aber schlimmer, *viel* schlimmer, ist die Tatsache, daß er die *Technik* von Rätseln versteht ... die Stelle, die der Verstand aufsuchen muß, damit er sich Rätsel ausdenken und sie lösen kann.« Er drehte sich zu Eddie und Susannah um, die wieder die Arme umeinander gelegt hatten. »Habe ich damit recht?« fragte er. »Stimmt ihr mir zu?«

»Ja«, sagte Susannah, und Eddie nickte widerwillig. Er *wollte* nicht zustimmen ... aber ihm blieb keine Wahl.

»Und?« fragte Jake. »Was sollen wir *tun*, Roland? Ich meine, es muß doch einen Ausweg geben ... Oder nicht?«

Lüg ihn an, du Dreckskerl, sandte Eddie seine Gedanken verbissen in Rolands Richtung.

Roland hörte den Gedanken vielleicht und gab sich größte Mühe. Er strich Jake mit der verstümmelten Hand über das

Haar und zerzauste es. »Ich glaube, es gibt immer einen Ausweg, Jake. Die entscheidende Frage ist, ob wir genug Zeit haben, das richtige Rätsel zu finden, oder nicht. Er sagte, er braucht etwas weniger als neun Stunden für seine Route –«

»Acht Stunden, fünfundvierzig Minuten«, warf Jake ein.

»... und das ist nicht viel Zeit. Wir sind schon fast eine Stunde unterwegs –«

»Und wenn die Karte stimmt, haben wir die halbe Strecke bis Topeka bereits hinter uns«, sagte Susannah mit gepreßter Stimme. »Könnte sein, daß unser mechanischer Freund uns belogen hat, was die Länge der Fahrt angeht. Um seine Chancen ein wenig zu verbessern.«

»Könnte sein«, stimmte Roland zu.

»Also, was sollen wir tun?« wiederholte Jake.

Roland holte tief Luft, hielt den Atem an, ließ ihn entweichen. »Laßt mich ihm vorerst alleine meine Rätsel stellen. Ich werde ihm die schwierigsten aufgeben, an die ich mich noch von den Jahrmärkten meiner Jugend erinnere. Und, Jake, wenn wir uns dann immer noch mit gleicher Geschwindigkeit dem Punkt der... Wenn wir uns Topeka mit derselben Geschwindigkeit nähern, solltest du ihm, glaube ich, die letzten Rätsel aus deinem Buch aufgeben. Die schwersten Rätsel.« Er rieb sich geistesabwesend das Gesicht und betrachtete die Eisskulptur. Das kalte Ebenbild seiner selbst war inzwischen zu einem unkenntlichen Klumpen geschmolzen. »Ich finde immer noch, daß die Lösung in dem Buch sein muß. Warum sonst hättest du zu ihm hingeführt werden sollen, bevor du in diese Welt zurückgekommen bist?«

»Und wir?« fragte Susannah. »Was sollen Eddie und ich tun?«

»*Nachdenken*«, sagte Roland. »*Nachdenken*, bei euren Vätern.«

»›Ich schieße nicht mit meiner Hand‹«, sagte Eddie. Plötzlich fühlte er sich weit entfernt, sich selbst fremd. So hatte er sich gefühlt, als er erst die Schleuder und dann den Schlüssel in Holzstücken gesehen hatte, die beide nur darauf warteten, daß er sie schnitzend daraus befreite... und gleichzeitig war dieses Gefühl völlig anders.

Roland sah ihn seltsam an. »Ja, Eddie, du sprichst die Wahrheit. Ein Revolvermann schießt mit dem Verstand. Woran hast du gedacht?«

»An nichts.« Er hätte vielleicht mehr gesagt, aber plötzlich kam ihm ein seltsames Bild – eine seltsame *Erinnerung* – in die Quere: Roland, wie er während einer Rast auf dem Weg nach Lud bei Jake kauerte. Beide vor dem zum Lagerfeuer aufgeschichteten Holz, das nicht angezündet war. Roland wieder einmal bei einer seiner ewigen Lektionen. Diesmal war Jake das Opfer. Jake mit Feuerstein und Stahl, wie er versuchte, Feuer zu entfachen. Funke um Funke sprang über und erlosch in der Dunkelheit. Und Roland hatte gesagt, daß er albern sei. Daß er nur … nun ja … *albern* sei.

»Nein«, sagte Eddie. »Das hat er überhaupt nicht gesagt. Jedenfalls nicht zu dem Jungen, das hat er nicht.«

»Eddie?« Susannah. Sie klang besorgt. Beinahe ängstlich.

Nun, warum fragst du ihn *nicht, was er gesagt hat, Bruderherz?* Das war Henrys Stimme, die Stimme des Großen Weisen und Bedeutenden Junkies. Zum erstenmal seit langer Zeit. *Frag ihn, er sitzt praktisch direkt neben dir, nur zu, frag ihn ruhig, was er gesagt hat. Hör auf, um ihn herumzutänzeln wie ein Baby mit einer Ladung in der Windel.*

Nur war das keine gute Idee, weil es so in Rolands Welt nicht lief. In Rolands Welt war *alles* ein Rätsel, man schoß nicht mit der Hand, sondern mit dem *Verstand*, dem verdammten *Verstand*, und was sagte man zu jemandem, der den Funken nicht ins Anmachholz bekam? *Geh näher mit dem Feuerstein hin*, natürlich, und das hatte Roland gesagt: *Geh näher mit dem Feuerstein hin, und halt ihn ruhig.*

Aber um das alles ging es hierbei nicht. Es war nahe dran, ja, aber nahe dran zählte nur bei Hufeisen, wie Henry Dean zu sagen pflegte, bevor er zum Großen Weisen und Bedeutenden Junkie wurde. Eddies Gedächtnis hinkte ein bißchen hinterher, weil Roland ihn in Verlegenheit gebracht … beschämt … einen Witz auf seine Kosten gemacht hatte …

Wahrscheinlich nicht mit Absicht, aber … *etwas*. Etwas, wodurch er sich so gefühlt hatte wie bei Henry immer, na klar doch, weshalb sollte Henry nach so langer Abwesenheit hier sein?

Nun sahen ihn alle an. Sogar Oy.

»Los doch«, sagte er zu Roland und hörte sich ein bißchen giftig dabei an. »Du wolltest, daß wir nachdenken, wir denken bereits nach.« Er selbst dachte so angestrengt nach …

(Ich schieße mit dem Verstand)
daß sein verdammtes Gehirn fast in Flammen stand, aber das würde er dem alten Langen, Großen und Häßlichen nicht auf die Nase binden. »Mach voran und gib Blaine ein paar Rätsel auf. Spiel deine Rolle.«

»Wie du willst, Eddie. Roland erhob sich von seinem Sitz, ging nach vorne und legte wieder die Hand auf das scharlachrote Rechteck. Der Streckenplan erschien sofort. Der grüne Punkt hatte sich weiter von Rilea entfernt, aber für Eddie war klar, daß der Mono deutlich abgebremst hatte, womit er entweder einem vorgegebenen Programm folgte, oder aber Blaine hatte soviel Spaß, daß er es nicht eilig hatte.

»IST DEIN *KA-TET* BEREIT, MIT UNSEREM JAHRMARKTSRÄTSELWETTSTREIT FORTZUFAHREN, ROLAND, SOHN DES STEVEN?«

»Ja, Blaine«, sagte Roland, und Eddie fand, daß sich seine Stimme belegt anhörte. »Ich werde dir jetzt eine Weile allein Rätsel aufgeben. Wenn du nichts dagegen hast.«

»ALS *DINH* UND VATER DEINES *KA-TET* IST DAS DEIN GUTES RECHT. WERDEN ES JAHRMARKTSRÄTSEL SEIN?«

»Ja.«

»GUT.« Abscheuliche Zufriedenheit in der Stimme. »DAVON WÜRDE ICH GERNE MEHR HÖREN.«

»Na gut.« Roland holte tief Luft, dann fing er an. »Gib mir zu essen, und ich lebe. Gib mir zu trinken, und ich sterbe. Was bin ich?«

»FEUER.« Ohne Zögern. Nur diese unerträgliche Überheblichkeit, ein Tonfall, der sagte: *Das war schon alt, als deine Großmutter noch jung war, aber versuch es noch mal! Soviel Spaß habe ich seit Jahrhunderten nicht mehr gehabt, also versuch es noch mal!*

»Ich gehe vor der Sonne, Blaine, und doch werfe ich keinen Schatten. Was bin ich?«

»WIND.« Ohne Zögern.

»Du sprichst die Wahrheit, Sai. Das nächste. Es ist leichter als eine Feder, und doch kann kein Mensch es lange halten.«

»DER ATEM.« Ohne Zögern.

Aber er hat *gezögert,* dachte Eddie plötzlich. Jake und Susannah sahen Roland mit gequälter Konzentration und geballten Fäusten an und *beschworen* ihn, Blaine das richtige Rätsel zu stellen, den Hammer, dasjenige mit der Du-kommst-aus-dem-

Gefängnis-frei-Karte; Eddie konnte sie nicht ansehen – schon gar nicht Suze – und sich konzentrieren. Er betrachtete seine eigenen Hände, die er ebenfalls geballt hatte, und zwang sich, sie flach auf den Schoß zu legen. Das fiel ihm überraschend schwer. Vom Mittelgang hörte er, wie Roland weiter die Golden Oldies seiner Jugend herunterleierte.

»Lös mir das, Blaine: Wenn du mich brichst, höre ich nicht auf zu arbeiten. Wenn du mich rührst, ist meine Arbeit getan. Wenn du mich verlierst, mußt du mich wenig später mit einem Ring finden. Was bin ich?«

Susannah hielt einen Moment den Atem an, und obwohl Eddie den Blick gesenkt hielt, wußte er, daß sie dachte, was er dachte: Das war ein gutes, ein *verdammt* gutes, vielleicht –

»DAS MENSCHLICHE HERZ«, sagte Blaine. Immer noch ohne Zögern. »DIESES RÄTSEL BASIERT ZUM GRÖSSTEN TEIL AUF POETISCHEN MENSCHLICHEN EINBILDUNGEN, MAN VERGLEICHE ZUM BEISPIEL JOHN AVERY, SIRONIA HUNTZ, ONDOLA, WILLIAM BLAKE, JAMES TATE, VERONICA MAYS UND ANDERE. ES IST BEMERKENSWERT, WIE MENSCHEN SICH AUF DIE LIEBE KONZENTRIEREN. UND DENNOCH IST SIE VON EINER EBENE DES TURMS ZUR NÄCHSTEN KONSTANT, SELBST IN DIESEN SCHLECHTEN ZEITEN. FAHRE FORT, ROLAND VON GILEAD.«

Susannah atmete weiter. Eddies Hände wollten sich wieder zu Fäusten ballen, aber er ließ es nicht zu. *Geh näher mit dem Feuerstein hin,* dachte er mit Rolands Stimme. *Geh näher mit dem Feuerstein hin, bei deinem Vater!*

Und Blaine der Mono fuhr weiter in Richtung Südosten unter dem Dämonenmond.

Kapitel 2
Die Wasserfälle der Hunde

I

Jake wußte nicht, wie leicht oder schwer Blaine die letzten zehn Rätsel in *Ringelrätselreihen* finden würde, aber ihm kamen sie ziemlich kniffelig vor. Natürlich, vergegenwärtigte er sich, war er auch keine Denkmaschine mit einem Computergedächtnisspeicher von der Größe einer Stadt, auf den er zurückgreifen konnte. Er konnte es nur versuchen, Gott haßt Feiglinge, wie Eddie manchmal sagte. Wenn die letzten zehn nicht ausreichten, würde er es mit Aaron Deepneaus Samson-Rätsel versuchen (*Speise ging von dem Fresser*, und so weiter). Wenn auch das nicht klappte, würde er ... Scheiße, er wußte nicht, *was* er tun, oder auch nur, wie er sich fühlen würde. *Tatsache ist*, dachte Jake, *ich bin im Eimer*.

Warum auch nicht? In den letzten acht Stunden oder so hatte er ein außergewöhnliches Spektrum von Emotionen durchlaufen. Zuerst Todesangst: weil er sicher war, daß er und Oy von der Hängebrücke über den Fluß Send in den sicheren Tod stürzen würden; weil Schlitzer ihn durch das verrückte Labyrinth der Stadt Lud schleppte; weil er dem Ticktackmann in seine schrecklichen grünen Augen schauen und versuchen mußte, unlösbare Fragen über Zeit, Nazis und die Natur von Übergangsschaltkreisen zu beantworten. Das Verhör beim Ticktackmann war wie eine Abschlußprüfung in der Hölle gewesen.

Dann das Hochgefühl, als er von Roland gerettet worden war (und Oy; ohne Oy wäre er inzwischen fast mit Sicherheit Toast); sein Staunen über alles, was sie unter der Stadt gesehen hatten; seine Ehrfurcht darüber, wie Susannah Blaines Tor-Rätsel gelöst hatte; und der letzte irrsinnige Wettlauf, um an Bord der Einschienenbahn zu gelangen, bevor Blaine das unter Lud gelagerte Nervengas freisetzen konnte.

Nachdem er das alles überlebt hatte, war eine Art von freudiger Gewißheit über ihn gekommen – natürlich würde Roland Blaine besiegen, der danach seinen Teil der Abmachung einhalten und sie putzmunter an seiner Endstation absetzen würde (was immer in dieser Welt als Topeka gelten mochte). Dann würden sie den Dunklen Turm finden und dort tun, was immer sie tun mußten, in Ordnung bringen, was in Ordnung gebracht werden mußte, reparieren, was repariert werden mußte. Und dann? Und wenn sie nicht gestorben sind, dann leben sie noch heute, klar doch. Wie die Leute in einem Märchen.

Aber ...

Sie hatten an den Gedanken der anderen teil, hatte Roland gesagt; *Khef* zu teilen gehörte auch zu dem, was ein *Ka-tet* bedeutete. Und seit Roland in den Mittelgang getreten war, um Blaine mit Rätseln aus seiner Jugend auf die Probe zu stellen, sickerte ein Gefühl der Hoffnungslosigkeit in Jakes Gedanken. Es kam nicht nur von dem Revolvermann; Susannah sandte dieselben trostlosen schwarzblauen Schwingungen aus. Nur Eddie nicht, aber das lag daran, daß er anderswo weilte und seinen eigenen Gedanken nachhing. Das konnte gut sein, aber dafür gab es keine Garantie, und –

– und Jake bekam wieder Angst. Schlimmer, er fühlte sich verzweifelt, wie ein Tier, das von einem unerbittlichen Widersacher immer tiefer und tiefer in eine letzte Ecke getrieben wird. Er kraulte mit den Fingern unablässig Oys Fell, und als er sie betrachtete, fiel ihm etwas Bemerkenswertes auf: Die Hand, in die Oy gebissen hatte, um nicht von der Brücke zu fallen, tat nicht mehr weh. Er konnte die Löcher sehen, die die Zähne des Bumblers hinterlassen hatten, und das Blut, das auf Handfläche und Handgelenk eine Kruste bildete, aber die Hand selbst tat nicht mehr weh. Er ballte sie vorsichtig zu einer Faust. Er spürte einen leichten Schmerz, aber schwach und wie aus weiter Ferne, so gut wie gar nicht da.

»Blaine, was kann geschlossen einen Schornstein hinauf, aber nicht offen einen Schornstein hinab?«

»DER SONNENSCHIRM EINER DAME«, antwortete Blaine in dem Tonfall vergnügter Überheblichkeit, den allmählich auch Jake zutiefst verabscheute.

»Danke-Sai, Blaine, wieder hast du richtig geantwortet. Das nächste –«

»Roland?«

Der Revolvermann drehte sich zu Jake um, und sein konzentrierter Gesichtsausdruck hellte sich ein wenig auf. Es war kein Lächeln, kam ihm aber immerhin schon sehr nahe, und darüber war Jake froh.

»Was ist, Jake?«

»Meine Hand. Sie hat wie verrückt weh getan, aber jetzt hat es aufgehört!«

»ACH JE«, sagte Blaine mit der polternden Stimme von John Wayne. »ICH KÖNNTE KEINEN HUND MIT EINER SO ÜBEL ZUGERICHTETEN VORDERPFOTE LEIDEN SEHEN, GESCHWEIGE DENN EINEN FEINEN KLEINEN KUHTREIBER WIE DICH. DARUM HABE ICH MICH IHRER ANGENOMMEN.«

»Wie?« fragte Jake.

»SCHAU AUF DIE ARMSTÜTZE AN DEINEM SITZ.«

Jake gehorchte und sah ein schwaches Gitter aus Linien. Es hatte eine gewisse Ähnlichkeit mit dem Lautsprecher des Transistorradios, das er mit sieben oder acht Jahren gehabt hatte.

»EINER VON VIELEN VORTEILEN, WENN MAN IN DER BARONSKLASSE REIST«, fuhr Blaine mit seiner selbstgefälligen Stimme fort. Jake schoß durch den Kopf, daß Blaine perfekt in die Piper School passen würde. Die erste dipolare Slo-Trans-Arschgeige der Welt. »DAS SPEKTRALVERGRÖSSERUNGSGLAS DES HANDSCANNERS IST GLEICHZEITIG EIN DIAGNOSTISCHES WERKZEUG UND AUSSERDEM IMSTANDE, IN GERINGEM UMFANG ERSTE HILFE ZU LEISTEN, WIE ICH ES BEI DIR GETAN HABE. DARÜBER HINAUS IST ES EIN SYSTEM ZUR NAHRUNGSZUFUHR, EIN AUFZEICHNUNGSGERÄT FÜR HIRNWELLENMUSTER, EIN STRESSANALYTIKER UND EIN EMOTIONSVERSTÄRKER, DER AUF NATÜRLICHE WEISE DIE PRODUKTION VON ENDORPHINEN STIMULIEREN KANN. DER HANDSCANNER VERMAG EBENFALLS, AUSSERORDENTLICH REALISTISCHE ILLUSIONEN UND HALLUZINATIONEN ZU ERZEUGEN. WÜRDEST DU GERNE DEIN ERSTES SEXUELLES ERLEBNIS MIT EINER BEKANNTEN SEX-GÖTTIN VON DEI-

NER EBENE DES TURMS HABEN, JAKE VON NEW YORK? VIELLEICHT MARILYN MONROE, RAQUEL WELCH ODER EDITH BUNKER?«

Jake lachte. Er vermutete, daß es riskant sein könnte, über Blaine zu lachen, aber diesmal konnte er einfach nicht anders. »Es *gibt* keine Edith Bunker«, sagte er. »Sie ist nur eine Figur in einer Fernsehserie. Der Name der Schauspielerin ist, hm, Jean Stapleton. Außerdem sieht sie wie Mrs. Shaw aus. Das ist unsere Haushälterin. Nett, aber – du weißt schon – keine Tussi.«

Längeres Schweigen von Blaine. Als sich die Stimme des Computers wieder zu Wort meldete, war der scherzhafte Was-haben-wir-für-einen-Spaß-Tonfall einer gewissen Kälte gewichen.

»ICH BITTE UM VERZEIHUNG, JAKE VON NEW YORK. AUSSERDEM ZIEHE ICH MEIN ANGEBOT EINES SEXUELLEN ERLEBNISSES ZURÜCK.«

Das soll mir eine Lehre sein, dachte Jake und hob eine Hand, um ein Lächeln zu verbergen. Laut (und mit einer, wie er hoffte, hinreichend demütigen Stimme) sagte er: »Schon gut, Blaine. Ich glaube, dafür bin ich sowieso noch ein bißchen zu jung.«

Susannah und Roland sahen einander an. Susannah hatte keine Ahnung, wer Edith Bunker war – *All in the Family* war in ihrem »Wann« noch nicht in der Glotze gelaufen. Aber sie begriff dennoch das Wesentliche der Situation; Jake sah, wie sie mit ihren vollen Lippen stumm ein Wort formte und es dem Revolvermann schickte wie eine Botschaft in einer Seifenblase:

Fehler.

Ja. Blaine hatte einen Fehler gemacht. Mehr noch, Jake, ein elfjähriger Junge, hatte ihn entlarvt. Und wenn Blaine einen gemacht hatte, konnte er wieder einen machen. Vielleicht gab es doch Hoffnung. Jake beschloß, daß er diese Möglichkeit behandeln würde wie das *Graf,* das starke Apfelbier von River Crossing, und sich nur ein bißchen davon gönnen würde.

2

Roland nickte Susannah unmerklich zu, dann drehte er sich wieder zum vorderen Teil des Waggons um, wahrscheinlich, um weitere Rätsel zu stellen. Bevor er den Mund aufmachen konnte, spürte Jake, wie sein Körper nach vorne gedrückt wurde. Es war komisch; man spürte überhaupt nichts, wenn die Einschienenbahn sich in voller Fahrt befand, aber in dem Moment, wo sie bremste, merkte man es.

»HIER IST ETWAS, DAS IHR WIRKLICH SEHEN SOLLTET«, sagte Blaine. Er hörte sich wieder fröhlich an, aber Jake traute diesem Ton nicht; manchmal hatte er gehört, wie sein Vater Telefongespräche in diesem Tonfall begann (für gewöhnlich mit einem Untergebenen, der SIGM gebaut hatte, Scheiße im großen Maßstab), und am Ende stand Elmer Chambers immer über den Schreibtisch gebeugt da wie ein Mann mit Magenkrämpfen, brüllte, was die Lungen hergaben, während seine Wangen rot wie Tomaten und die Ringe unter seinen Augen violett wie Auberginen wurden. »ICH MUSS HIER SOWIESO RAST MACHEN, DA ICH AN DIESEM PUNKT AUF BATTERIEBETRIEB UMSTEIGE, WAS BEDEUTET, ICH MUSS AUFLADEN.«

Die Bahn hielt mit einem kaum merklichen Ruck an. Wieder strömte die Farbe aus den Wänden ringsum; sie wurden transparent. Susannah stöhnte vor Angst und Staunen. Roland ging nach links, tastete nach den Wänden des Wagens, damit er sich nicht den Kopf stieß, dann beugte er sich mit den Händen auf den Knien und zusammengekniffenen Augen nach vorne. Oy fing wieder an zu bellen. Nur Eddie schien nicht von dem atemberaubenden Ausblick berührt zu werden, den ihnen der Transparentmodus des Baronswagens bot. Er drehte sich einmal mit nachdenklichem und vor Konzentration verkrampftem Gesicht um, dann betrachtete er wieder seine Hände. Jake sah ihn kurz neugierig an, dann schaute er wieder hinaus.

Sie befanden sich auf halbem Weg über einem gewaltigen Abgrund und schienen in der mondstaubgeschwängerten Luft zu schweben. In der Ferne konnte Jake einen breiten, reißenden Fluß sehen. Nicht den Send, es sei denn, in Rolands Welt konnten die Flüsse irgendwie an verschiedenen Stellen ihres Laufes in verschiedene Richtungen fließen (Jake wußte nicht genügend über Mittwelt, um diese Möglichkeit völlig auszuschließen); außerdem war dieser Fluß nicht ruhig, sondern reißend, eine Sturzflut, die zwischen den Bergen herausgeschossen kam wie etwas, das stinksauer war und sich prügeln wollte.

Einen Augenblick betrachtete Jake die Bäume an den Steilhängen dieses Flusses und registrierte erleichtert, daß sie ziemlich normal aussahen – beispielsweise Fichten, wie man sie in den Bergen von Colorado oder Wyoming zu sehen erwartete –, doch dann wurde sein Blick zum Rand des Abgrunds zurückgezogen. Hier brach sich die Strömung und stürzte in einem so breiten und tiefen Wasserfall nach unten, daß für Jake die Niagarafälle, die er mit seinen Eltern besucht hatte (eine von drei Urlaubsreisen der Familie, an die er sich erinnern konnte; zwei mußten wegen dringender Anrufe des Fernsehsenders seines Vaters abgebrochen werden), im Vergleich dazu aussahen wie etwas aus einem drittklassigen Freizeitpark. Aufspritzende Gischt, die wie Nebel aussah, machte die Luft in dem umliegenden Halbrund noch dichter; ein halbes Dutzend Regenbogen funkelten fröhlich darin wie verschlungener Juwelenschmuck aus einem Traum. Für Jake sahen sie wie die ineinandergreifenden Ringe des Symbols der Olympischen Spiele aus.

In der Mitte des Wasserfalls, etwa sechzig Meter unterhalb der Stelle, wo der Fluß sich über den Abgrund ergoß, befanden sich zwei gewaltige Steinvorsprünge. Jake hatte keine Ahnung, wie ein Bildhauer (oder ein ganzes Team) da hinuntergelangt sein konnte, wo sie sich befanden, konnte aber nicht glauben, daß sie einfach in dieser Form erodiert waren. Sie sahen aus wie die Köpfe riesiger zähnefletschender Hunde.

Die Wasserfälle der Hunde, dachte er. Danach gab es noch eine Haltestelle – Dasherville – und dann Topeka. Endstation. Alles aussteigen.

»EINEN MOMENT«, sagte Blaine. »ICH MUSS DIE LAUTSTÄRKE ANPASSEN, DAMIT IHR IN DEN GENUSS DER GESAMTWIRKUNG KOMMT.«

Es folgte ein kurzes, flüsterndes Heulen – eine Art von mechanischem Räuspern –, und dann brach ein gewaltiges Tosen über sie herein. Es war Wasser – mehrere Milliarden Liter pro Minute, vermutete Jake –, das sich über den Rand der Felsklippe ergoß und schätzungsweise sechshundert Meter in ein tiefes Felsbecken fiel. Dunstschwaden schwebten an den derben Beinahe-Gesichtern der vorstehenden Hunde vorbei wie Dampf aus den Abzügen der Hölle. Die Lautstärke stieg immer weiter an. Inzwischen vibrierte Jakes ganzer Kopf davon, und als er die Hände auf die Ohren drückte, sah er Roland, Eddie und Susannah dasselbe tun. Oy bellte, aber Jake konnte ihn nicht hören. Susannah bewegte wieder die Lippen, und wieder konnte er die Worte ablesen – *Aufhören, Blaine, aufhören!* –, aber nicht wahrnehmen, ebensowenig wie Oys Bellen, obwohl er sicher war, daß Susannah schrie, so laut sie konnte.

Blaine steigerte die Lautstärke des Wasserfalls immer noch, bis Jake spüren konnte, wie seine Augen in den Höhlen erbebten, und er sicher war, daß seine Ohren ausfallen würden wie überlastete Stereolautsprecher.

Dann war es vorbei. Sie schwebten immer noch über dem dunstigen Abgrund, die Regenbogen kreisten immer noch langsam und traumhaft vor dem Vorhang des endlos fallenden Wassers, die nassen und brutalen Steingesichter der Wachhunde ragten aus den Wassermassen hervor, aber das Donnern des Jüngsten Gerichts war vorbei.

Einen Augenblick glaubte Jake, daß sich seine Befürchtungen erfüllt hätten und er taub geworden wäre. Dann stellte er fest, daß er Oy bellen und Susannah weinen hören konnte. Anfangs kamen ihm diese Geräusche fern und tonlos vor, als hätte er Wattebällchen in den Ohren stecken, doch dann wurden sie deutlicher.

Eddie legte einen Arm um Susannahs Schultern und sah zu dem Streckenplan. »Bist ein netter Kerl, Blaine.«

»ICH DACHTE NUR, ES WÜRDE EUCH GEFALLEN, DAS TOSEN DER WASSERFÄLLE BEI VOLLER LAUTSTÄRKE ZU HÖREN«, sagte Blaine. Seine hallende Stimme hörte sich heiter und gekränkt zugleich an. »ICH DACHTE, ES KÖNNTE EUCH HELFEN, MEINEN BEDAUERLICHEN FEHLER IN SACHEN EDITH BUNKER ZU VERGESSEN.«

Meine Schuld, dachte Jake. *Blaine mag nur eine Maschine sein, und obendrein eine selbstmörderische Maschine, aber es gefällt ihm trotzdem nicht, wenn man über ihn lacht.*

Er setzte sich neben Susannah und legte einen Arm um sie. Er konnte die Wasserfälle der Hunde immer noch hören, aber das Geräusch schien jetzt weiter entfernt zu sein.

»Was geschieht hier?« fragte Roland. »Wie lädst du deine Batterien auf?«

»DAS WIRST DU GLEICH SEHEN, REVOLVERMANN. UNTERHALTE MICH BIS DAHIN MIT EINEM RÄTSEL.«

»Na gut, Blaine. Hier ist eines, das Cort selbst erfunden hat, und zu seiner Zeit konnten es viele nicht lösen.«

»ICH WARTE MIT GROSSEM INTERESSE DARAUF.«

Roland, der eine Pause machte, vielleicht um seine Gedanken zu sammeln, sah zu der Stelle auf, wo das Dach des Abteils gewesen war, man aber jetzt nur noch Sterne am schwarzen Himmel sehen konnte (Jake konnte Aton und Lydia erkennen – den Alten Stern und die Alte Mutter – und fühlte sich durch den Anblick der beiden, die einander nach wie vor von ihren angestammten Plätzen aus beobachteten, seltsam beruhigt). Dann sah der Revolvermann wieder zu dem beleuchteten Rechteck, das ihnen als Blaines Gesicht diente.

»›Immer essend, allverzehrend, nie zufrieden, allzerstörend, niemals jemals wirklich satt, bis sie die Welt verschlungen hat.‹ Wer ist die Dame?«

»DIE ZEIT«, antwortete Blaine. Immer noch kein Zögern, nicht einmal ein Stocken. Nur diese Stimme, spöttisch und höchstens zwei Schritte von Gelächter entfernt; die Stimme eines grausamen kleinen Jungen, der zusieht, wie Käfer auf einer heißen Herdplatte herumlaufen. »ABER DIESES SPEZIELLE RÄTSEL STAMMT NICHT VON DEINEM LEHRMEISTER, ROLAND VON GILEAD; ICH KENNE ES VON JONATHAN SWIFT AUS LONDON – EINER STADT IN DER WELT, AUS DER DEINE FREUNDE KOMMEN.«

»Danke-Sai«, sagte Roland, und sein Sai hörte sich wie ein Seufzen an. »Deine Antwort stimmt, Blaine, und zweifellos stimmt auch, was du über die Herkunft des Rätsels sagst. Ich habe lange vermutet, daß Cort von anderen Welten wußte. Ich glaube, er hat Palaver mit den *Manni* gehalten, die außerhalb der Stadt lebten.«

»DIE *MANNI* SIND MIR EINERLEI, ROLAND VON GILEAD. SIE WAREN IMMER EINE NÄRRISCHE SEKTE. GIB MIR EIN ANDERES RÄTSEL AUF.«

»Na gut. Was hat –«

»STILL, STILL. DIE KRAFT DES BALKENS WÄCHST. SEHT DIE HUNDE NICHT DIREKT AN, MEINE INTERESSANTEN NEUEN FREUNDE. UND SCHIRMT EURE AUGEN AB!«

Jake wandte den Blick von den kolossalen Felsskulpturen ab, die aus dem Wasserfall herausragten, bekam aber nicht rechtzeitig die Hände hoch. Aus den Augenwinkeln sah er, wie die konturlosen Köpfe plötzlich blauglühende Augen bekamen. Gezackte Blitze schossen daraus hervor und auf die Bahn zu. Dann lag Jake auf dem Boden des Baronswagens, hatte die Handballen auf die geschlossenen Augen gedrückt und hörte mit einem leicht klingelnden Ohr Oy heulen. Hinter Oy war das Knistern von Elektrizität zu vernehmen, die um den Zug herumstürmte.

Als Jake die Augen wieder aufschlug, waren die Wasserfälle der Hunde verschwunden; Blaine hatte das Abteil undurchsichtig gemacht. Aber den Lärm konnte er nach wie vor hören – einen Wasserfall von Elektrizität, eine Energie, die irgendwie aus dem Balken gezogen und durch die Augen der Steinköpfe freigesetzt wurde. Blaine lud sich offenbar damit auf. *Wenn wir weiterfahren,* dachte Jake, *fährt er batteriebetrieben. Dann wird Lud wirklich hinter uns liegen. Endgültig.*

»Blaine«, sagte Roland. »Wie wird die Energie des Balkens an dieser Stelle gespeichert? Warum kommt sie aus den Augen der steinernen Tempelhunde heraus? Wie machst du sie dir zunutze?«

Blaine schwieg.

»Und wer hat sie geschaffen?« fragte Eddie. »Waren es die Großen Alten? Sie waren es nicht, richtig? Denn sogar vor ihnen gab es Menschen. Oder … *waren* es Menschen?«

Blaine schwieg weiter. Und das war vielleicht gut. Jake war nicht sicher, wieviel er über die Wasserfälle der Hunde oder das, was darunter vorging, wissen wollte. Er war schon einmal in der Dunkelheit von Rolands Welt gewesen und hatte genug gesehen, um zu wissen, daß der größte Teil dessen, was dort gedieh, nicht gut oder sicher war.

»Es ist besser, ihn nicht zu fragen«, ertönte die Stimme des Kleinen Blaine über ihren Köpfen. »Sicherer.«

»Stell ihm keine dummen Fragen, dann wird er keine dummen Spielchen spielen«, sagte Eddie. Sein Gesicht hatte wieder diesen abwesenden, verträumten Ausdruck angenommen, und als Susannah seinen Namen aussprach, schien er es nicht zu hören.

3

Roland setzte sich gegenüber von Jake hin und strich sich mit der rechten Hand langsam über die Stoppeln der rechten Wange, eine unbewußte Geste, die er nur zu machen schien, wenn er müde oder seiner Sache nicht sicher war. »Mir gehen die Rätsel aus«, sagte er.

Jake sah ihn erschrocken an. Der Revolvermann hatte dem Computer fünfzig oder mehr gestellt, und Jake fand, das waren eine Menge, einfach so aus dem Gedächtnis und ohne Vorbereitung, aber wenn man bedachte, daß Rätsel dort so eine große Rolle gespielt hatten, wo Roland aufgewachsen war …

Einen Teil von alledem schien er Jake im Gesicht abzulesen, denn ein zaghaftes, gallenbitteres Lächeln umspielte seine Mundwinkel, und er nickte, als hätte der Junge laut gesprochen. »Ich verstehe es auch nicht. Wenn du mich gestern oder vorgestern gefragt hättest, dann hätte ich dir gesagt, daß ich mindestens tausend Rätsel im Mülleimer meines Gedächtnisses aufbewahrt habe. Vielleicht zweitausend. Aber …«

Er hob eine Schulter zu einem Achselzucken, schüttelte den Kopf und strich sich wieder mit der Hand über die Wange.

»Es ist nicht so, als hätte ich sie vergessen, sondern als wären sie überhaupt nie dagewesen. Ich schätze, was mit dem Rest der Welt geschieht, geschieht auch mit mir.«

»Du bewegst dich weiter«, sagte Susannah und betrachtete Roland mit einem mitleidigen Ausdruck, den Roland nur ein oder zwei Sekunden ertragen konnte; es schien, als würde ihre Teilnahme ihn verbrennen. »Wie alles andere hier.«

»Ja, ich fürchte, das stimmt.« Er sah Jake mit zusammengepreßten Lippen und stechenden Augen an. »Wirst du mit den Rätseln aus deinem Buch bereit sein, wenn ich dich rufe?«

»Ja.«

»Gut. Und faß wieder Mut. Wir sind noch nicht fertig.«

Draußen erlosch das leise Knistern der Elektrizität.

»ICH HABE MEINE BATTERIEN AUFGELADEN, UND ALLES IST IN ORDNUNG«, verkündete Blaine.

»Großartig«, sagte Susannah trocken.

»Tick!« stimmte Oy zu und ahmte Susannahs sarkastischen Tonfall genau nach.

»ICH MUSS EINE REIHE VON UMSCHALTFUNKTIONEN DURCHFÜHREN. DIESE WERDEN ETWA VIERZIG MINUTEN BEANSPRUCHEN UND SIND WEITGEHEND AUTOMATISCH. WÄHREND DAS UMSCHALTEN VONSTATTEN GEHT UND DIE ZUGEHÖRIGE CHECKLISTE ABGEHAKT WIRD, WERDEN WIR UNSEREN WETTSTREIT FORTSETZEN. ICH FINDE GROSSEN GEFALLEN DARAN.«

»Wie wenn man auf dem Zug nach Boston von Elektrizität auf Diesel umsteigt«, sagte Eddie. Er hörte sich immer noch an, als wäre er nicht ganz bei ihnen. »In Hartford oder New Haven oder einem dieser anderen Käffer, wo niemand, der seine beschissenen fünf Sinne beisammen hat, wohnen wollte.«

»Eddie?« fragte Susannah. »Was hast du –«

Roland berührte sie an der Schulter und schüttelte den Kopf.

»KÜMMERT EUCH NICHT UM EDDIE VON NEW YORK«, sagte Blaine mit seiner übertriebenen Herrgott-macht-das-aber-Spaß-Stimme.

»Ganz recht«, sagte Eddie. »Kümmert euch nicht um Eddie von New York.«

»ER KENNT KEINE GUTEN RÄTSEL. ABER DU KENNST VIELE, ROLAND VON GILEAD. VERSUCH ES MIT EINEM NEUEN.«

Und während Roland dieser Aufforderung nachkam, dachte Jake an seinen Abschlußaufsatz. *Blaine ist eine Pein,* hatte er dort geschrieben. *Blaine ist eine Pein, und das ist die Wahrheit.* Es war tatsächlich die Wahrheit.

Die *letzte* Wahrheit.

Nicht ganz eine Stunde später setzte sich Blaine der Mono wieder in Bewegung.

4

Susannah beobachtete voll grausiger Faszination, wie sich der blinkende Punkt Dasherville näherte, passierte und die letzte Kurve der Fahrt machte. Die Bewegung des Pünktchens verriet, daß Blaine jetzt, nachdem er auf Batterien umgeschaltet hatte, ein wenig langsamer fuhr, und sie bildete sich ein, daß das Licht im Baronswagen etwas schwächer war, aber sie glaubte nicht, daß es am Ende einen erheblichen Unterschied machen würde. Blaine mochte seine Endstation in Topeka mit sechshundert statt achthundert Meilen pro Stunde erreichen, aber seine letzten Passagiere würden so oder so Zahnpasta sein.

Roland wurde ebenfalls immer langsamer und suchte tiefer und tiefer im Mülleimer seines Gedächtnisses nach Rätseln. Aber er *fand* sie, und er weigerte sich aufzugeben. Wie immer. Seit er angefangen hatte, ihr Schießunterricht zu geben, empfand Susannah eine widerwillige Zuneigung zu Roland von Gilead, ein Gefühl, das eine Mischung aus Bewunderung, Angst und Mitleid zu sein schien. Sie glaubte, daß sie ihn nie richtig mögen würde (und der Detta-Walker-Teil in ihr würde ihn wahrscheinlich immer dafür hassen, wie er sie gepackt und, während sie noch tobte und raste, in die Sonne gezerrt hatte), aber ihre Zuneigung war dennoch stark. Schließlich hatte er Eddie Deans Leben und seine Seele gerettet; hatte ihren Liebsten gerettet. Dafür, wenn schon wegen sonst nichts, mußte sie ihn lieben. Aber sie liebte ihn noch viel mehr für die Art, wie er niemals, *niemals* aufgab. Das Wort *Rückzug* schien nicht zu seinem Wortschatz zu gehören, nicht einmal wenn er mutlos war ... wie in diesem Augenblick eindeutig.

»Blaine, wo findest du Straßen ohne Wagen, Wälder ohne Bäume, Städte ohne Häuser?«

»AUF EINER LANDKARTE.«

»Du hast richtig geantwortet, Sai. Das nächste. Ich habe hundert Beine, aber kann nicht stehen, einen langen Hals, aber keinen Kopf; ich verschlinge das Leben der Magd. Was bin ich?«

»EIN BESEN, REVOLVERMANN. EINE ANDERE VERSION ENDET: ›ICH *ERLEICHTERE* DAS LEBEN DER MAGD.‹ DEINE GEFÄLLT MIR BESSER.«

Darauf achtete Roland nicht. »Der es macht, der braucht es

nicht, der es kauft, der will es nicht, der es braucht, der weiß es nicht. Was ist das, Blaine?«

»DER SARG.«

»Danke-Sai, du hast richtig geantwortet.«

Die verstümmelte rechte Hand strich über die rechte Wange – die altbekannte gereizte Geste –, und das leise Kratzen der schwieligen Fingerkuppen seiner Finger machte Susannah eine Gänsehaut. Jake saß mit überkreuzten Beinen auf dem Boden und betrachtete den Revolvermann mit einer Art verbissener Eindringlichkeit.

»Ein langer Narr, ein dürrer Mann, hat hunderttausend Schellen an. Was ist es, Blaine?«

»EINE PAPPEL.«

»Scheiße«, flüsterte Jake und kniff die Lippen zusammen.

Susannah sah zu Eddie und verspürte einen kurzen Anflug von Zorn. Er schien das Interesse an der ganzen Angelegenheit verloren zu haben – er hatte sich »ausgeklinkt«, wie er in seinem schrägen Achtziger-Jahre-Slang zu sagen pflegte. Sie überlegte, ob sie ihm einen Ellbogen in die Seite rammen und ihn ein wenig aufwecken sollte, dann erinnerte sie sich, wie Roland den Kopf geschüttelt hatte, und ließ es bleiben. Seinem debilen Gesichtsausdruck nach zu schließen, sollte man nicht meinen, daß er nachdachte, aber vielleicht tat er es ja doch.

Wenn ja, solltest du dich lieber ein bißchen beeilen, Schatz, dachte sie. Das Pünktchen auf dem Streckenplan war immer noch näher an Dasherville als an Topeka, würde den Punkt in der Mitte aber innerhalb der nächsten Viertelstunde erreichen.

Derweil ging der Wettstreit immer weiter, Roland servierte Fragen, Blaine retournierte die Antworten blitzschnell, knapp über dem Netz und unerreichbar.

Was baut Schlösser, trägt Berge ab, macht manche blind, hilft anderen sehen? SAND.

Danke-Sai.

Was lebt im Winter, stirbt im Sommer und wächst mit der Wurzel oben? EIN EISZAPFEN.

Blaine, du hast richtig geantwortet.

Ein Tal voll und ein Land voll, und am End ist's keine Handvoll? NEBEL.

Danke-Sai.

Eine scheinbar endlose Parade von Rätseln marschierte an ihr vorbei, eins nach dem anderen, bis sie jeden Sinn für ihren Spaß und ihre Verspieltheit verlor. War es so in Rolands Jugend gewesen, fragte sie sich, wenn die Rätselwettkämpfe von Weite Erde und Volle Erde stattfanden, bei denen er und seine Freunde (obwohl sie glaubte, daß nicht *alle* seine Freunde gewesen waren, o nein, auf gar keinen Fall) um die Jahrmarktsgans gewetteifert hatten? Vermutlich lautete die Antwort darauf ja. Sieger war vermutlich derjenige gewesen, der am längsten frisch bleiben und sein armes gequältes Gehirn irgendwie bei der Sache halten konnte.

Der Hammer war, daß Blaines Antworten jedesmal so verdammt *schnell* erfolgten. Wie schwer ihr ein Rätsel auch immer vorkommen mochte, Blaine schmetterte es immer sofort auf ihre Seite des Platzes zurück, *ka-bamm*.

»Blaine, was hat Augen und kann doch nicht sehen?«

»DARAUF GIBT ES VIER ANTWORTEN«, entgegnete Blaine. »EINE SUPPE, STÜRME, KARTOFFELN UND JEMAND, DER RICHTIG VERLIEBT IST.«

»Danke-Sai, Blaine, du hast richtig –«

»HÖR ZU, ROLAND VON GILEAD. HÖRT ZU, *KA-TET*.«

Roland verstummte auf der Stelle, kniff die Augen zusammen und legte den Kopf etwas schief.

»IHR WERDET IN KÜRZE HÖREN KÖNNEN, WIE MEINE MOTOREN ZULEGEN«, sagte Blaine. »WIR SIND JETZT EXAKT SECHZIG MINUTEN VON TOPEKA ENTFERNT. AN DIESEM PUNKT –«

»Wenn wir sieben Stunden oder länger unterwegs sind, dann bin ich aber mit der Brady-Family aufgewachsen«, sagte Jake.

Susannah sah sich erschrocken um und rechnete mit neuerlichem Terror oder einer kleinen Grausamkeit als Reaktion auf Jakes Sarkasmus, aber Blaine kicherte nur. Als er weitersprach, kam die Stimme von Humphrey Bogart wieder an die Oberfläche.

»DIE UHREN LAUFEN HIER ANDERS, SCHÄTZCHEN. DAS MUSST DU INZWISCHEN GEMERKT HABEN. ABER KEINE BANGE: *THE FUNDAMENTAL THINGS APPLY AS TIME GOES BY*. WÜRDE ICH EUCH BELÜGEN?«

»Ja«, murmelte Jake.

Das traf offenbar Blaines Sinn für Humor, denn er fing wieder an zu lachen – das irre mechanische Gelächter, bei dem Susannah an die Schreckenskabinette von schäbigen Freizeitparks oder Jahrmärkten denken mußte. Als das Licht im Einklang mit dem Gelächter pulsierte, machte sie die Augen zu und hielt die Hände auf die Ohren.

»Hör auf, Blaine! Hör auf!«

»PARDON, MA'AM«, sagte die Ach-je-Stimme von Jimmy Stewart mit ihrer gedehnten Sprechweise. »TUT MIR ECHT LEID, FALLS ICH IHRE OHREN MIT MEINER HEITERKEIT RUINIERT HABE.«

»Ruinier das«, sagte Jake und zeigte dem Streckenplan den Mittelfinger.

Susannah rechnete damit, daß Eddie lachen würde – man konnte sich darauf verlassen, daß vulgäres Benehmen ihn zu jeder Tages- oder Nachtzeit amüsierte –, aber Eddie sah nur weiter mit gerunzelter Stirn, leeren Augen und offenem Mund in seinen Schoß. Er sah auf unangenehme Art wie der Dorftrottel aus, dachte Susannah und mußte wieder an sich halten, ihm nicht den Ellbogen in die Seite zu rammen, damit der blöde Gesichtsausdruck verschwand. Lange würde sie sich nicht mehr zurückhalten; wenn sie am Ende von Blaines Strecke sterben mußten, wollte sie Eddies Arm um sich spüren, wenn es soweit war, Eddie in die Augen sehen, Eddies ungeteilte Aufmerksamkeit haben.

Im Augenblick jedoch ließ sie ihn besser in Ruhe.

»AN DIESEM PUNKT«, fuhr Blaine mit seiner normalen Stimme fort, »WÜRDE ICH GERNE MEINE – WIE ICH SIE NENNEN MÖCHTE – KAMIKAZE-FAHRT BEGINNEN. DAS WIRD MEINE BATTERIEN ZIEMLICH SCHNELL VERBRAUCHEN, ABER ICH FINDE, ES LOHNT SICH NICHT MEHR, ZU SPAREN, IHR NICHT AUCH? WENN ICH AM ENDE DER STRECKE MIT DEM PRELLBOCK AUS TRANSSTAHL ZUSAMMENSTOSSE, SOLLTE ICH BESSER MIT MEHR ALS NEUNHUNDERT MEILEN PRO STUNDE FAHREN – DAS SIND FÜNFHUNDERTUNDDREISSIG RÄDER. SEE YOU LATER, ALLIGATOR. AFTER AWHILE, CROCODILE. VERGISS NICHT ZU SCHREIBEN. DAS SAGE ICH EUCH IM GEISTE DES FAIR PLAY, MEINE INTERESSANTEN

NEUEN FREUNDE. WENN IHR EUCH EURE BESTEN RÄTSEL BIS ZUM SCHLUSS AUFGEHOBEN HABT, WÄRT IHR GUT BERATEN, WENN IHR SIE MIR JETZT STELLEN WÜRDET.«

Angesichts der unüberhörbaren Gier in Blaines Stimme – seinem unverhohlenen Verlangen, ihre besten Rätsel zu hören und zu lösen – fühlte sich Susannah müde und alt.

»Ich habe vielleicht gar keine Zeit mehr, dir meine *allerbesten* zu stellen«, sagte Roland mit einem beiläufigen, nachdenklichen Tonfall. »Das wäre doch jammerschade, oder nicht?«

Es folgte eine Pause – kurz, aber es war ein deutlicheres Zögern, als der Computer bei Rolands Rätseln hatte erkennen lassen –, und dann kicherte Blaine. Susannah verabscheute den Klang seines irren Gelächters, aber dieses Kichern hatte eine zynische Resignation an sich, die sie noch mehr erschütterte. Vielleicht weil es fast rational war.

»GUT, REVOLVERMANN. GUTER VERSUCH. ABER DU BIST NICHT SCHEHEREZADE, UND WIR HABEN AUCH NICHT TAUSENDUNDEINE NÄCHTE, UM PALAVER ABZUHALTEN.«

»Ich verstehe dich nicht. Ich kenne diese Scheherezade nicht.«

»EINERLEI. SUSANNAH KANN ES DIR ERKLÄREN, WENN DU ES WIRKLICH WISSEN MÖCHTEST. VIELLEICHT SOGAR EDDIE. ES KOMMT NUR DARAUF AN, ROLAND, DASS ICH MICH DURCH DIE AUSSICHT AUF WEITERE RÄTSEL NICHT VON MEINEM VORHABEN ABBRINGEN LASSEN WERDE. JETZT GEHT ES UM DIE GANS. IN TOPEKA GIBT ES DEN PREIS, SO ODER SO. HAST DU DAS VERSTANDEN?«

Wieder strich Roland sich mit der verstümmelten Hand über die Wange; wieder hörte Susannah das leise Kratzen seiner drahtigen Bartstoppeln unter den Fingern.

»Wir spielen bis zum Ende. Niemand gibt auf.«

»RICHTIG. NIEMAND GIBT AUF.«

»In Ordnung, Blaine, wir spielen bis zum Ende, und niemand gibt auf. Hier kommt das nächste.«

»ICH WARTE WIE IMMER MIT VERGNÜGEN DARAUF.«

Roland sah Jake an. »Mach dich mit deinen bereit, Jake, ich bin mit meinen fast am Ende.«

Jake nickte.

Unter ihnen drehten die Slo-Trans-Motoren der Bahn weiter auf – das Poch-poch-poch, das Susannah weniger hörte, als vielmehr in den Kiefergelenken, den Schläfen und den Pulsadern ihrer Handgelenke spürte.

Nichts wird uns retten, wenn nicht ein Knüller in Jakes Buch ist, dachte sie. *Roland kann Blaine nicht bezwingen, und ich glaube, das weiß er. Ich glaube, er wußte es schon vor einer Stunde.*

»Blaine, ich geschehe einmal pro Minute, zweimal jeden Augenblick, aber nicht einmal in hunderttausend Jahren. Was bin ich?«

Und so würde der Wettstreit weitergehen, begriff Susannah. Roland würde fragen, und Blaine würde weiter ohne Zögern antworten, was zunehmend schrecklicher wirkte, wie ein allsehender, allwissender Gott. Susannah hatte ihre kalten Hände im Schoß verschränkt und beobachtete, wie sich das leuchtende Pünktchen Topeka näherte, dem Ort, wo jeder Streckendienst aufhörte, dem Ort, wo der Pfad ihres *Ka-tet* auf der Lichtung enden würde. Sie dachte an die Hunde des Wasserfalls, wie sie aus den donnernden weißen Wassermassen unter dem dunklen Sternenhimmel herausgeragt hatten; sie dachte an ihre Augen.

An ihre elektrisierenden blauen Augen.

Kapitel 3
Die Jahrmarktsgans

I

Eddie Dean – der nicht wußte, daß Roland ihn manchmal als *Kamai* betrachtete, als Narren des *Ka* – hörte alles und nichts; sah alles und nichts. Das einzige, was wirklich Eindruck auf ihn machte, als der Rätselwettstreit richtig begann, war das Feuer, das aus den Steinaugen der Hunde schoß; als er die Hand hob, um die Augen vor dem grellen Kettenblitzleuchten abzuschirmen, mußte er an das Portal des Balkens auf der Lichtung des Bären denken, wie er das Ohr dagegengedrückt und das ferne, traumartige Summen von Maschinen gehört hatte.

Als Eddie sah, wie die Augen der Hunde aufleuchteten, als er hörte, wie Blaine die Energie in seine Batterien leitete und sich für seine letzte rasende Fahrt durch Mittwelt auflud, hatte er gedacht: *Nicht* alles *ist stumm in den Hallen der Toten und den Räumen des Verfalls. Auch jetzt funktioniert noch einiges von dem Zeug, das die Alten zurückgelassen haben. Und das ist das Schreckliche daran, findest du nicht auch? Ja. Genau das ist das Schreckliche.*

Danach war Eddie kurze Zeit bei seinen Freunden gewesen, geistig wie körperlich, aber dann versank er wieder in sein Nachdenken. *Eddie ist ausgeklinkt,* hätte Henry gesagt. *Laßt ihn in Ruhe.*

Das Bild von Jake, wie er Feuerstein und Stahl aufeinanderschlug, ging ihm nicht aus dem Sinn; er gestattete seinem Verstand, eine oder zwei Sekunden dabei zu verweilen wie eine Biene, die sich an einer süßen Blume labt, und dann wandte er sich wieder anderen Dingen zu. Denn nicht diese Erinnerung wollte er haben; sie war nur der Weg zu dem, was er *wirklich* wollte, eine Tür wie diejenigen am Ufer des Westlichen Meeres oder diejenige, die er in den Sand des sprechenden Rings gekritzelt hatte, bevor sie Jake herübergeholt hatten ... nur war diese Tür in seinem Verstand. Was er wollte, befand sich dahinter; im Augenblick machte er nichts anderes, als … nun … am Schloß herumzuspielen.

Ausgeklinkt, in der Henrysprache.

Sein Bruder hatte seine Zeit überwiegend damit verbracht, Eddie fertigzumachen – weil Henry Angst vor ihm hatte und eifersüchtig auf ihn war, wie Eddie schließlich klar wurde –, aber er erinnerte sich an einen Tag, als Henry ihn aus der Fassung brachte, indem er etwas Nettes sagte. Sogar *besser* als nett; unfaßbar.

Ein paar von ihnen hatten in der Gasse hinter Dahlie's gesessen, manche aßen Eis – Popsicles und Hoodsie Rockets –, manche rauchten Kents aus einer Packung, die Jimmie Polino – Jimmie Polio hatten sie ihn alle genannt, weil er dieses versaute Mistding hatte, diesen Klumpfuß – aus der Kommodenschublade seiner Mutter stibitzt hatte. Logischerweise hatte Henry zu denen gehört, die rauchten.

Es gab gewisse Möglichkeiten, in der Bande, zu der Henry gehörte (und zu der Eddie, als sein kleiner Bruder, ebenfalls gehörte), auf bestimmte Dinge anzuspielen; das Rotwelsch ihres erbärmlichen kleinen *Ka-tets*. In Henrys Bande verprügelte man nie jemanden; man *schickte ihn mit einem verdammten Milzriß nach Hause*. Man trieb es nie mit einem Mädchen; man *fickte die Schlampe, bis sie um Gnade winselte*. Man wurde nie high; man *knallte sich eine echte Bombe rein*. Und man machte nie Krawall mit einer anderen Bande; man *ließ die Sau raus*.

Die Diskussion an jenem Tag hatte sich darum gedreht, wen man bei sich haben wollte, wenn man die Sau rausließ. Jimmie Polio (er durfte als erster sprechen, weil er die Zigaretten besorgt hatte, die Henrys Kumpane *die beschissenen Krebsstäbchen* nannten) entschied sich für Skipper Brannigan, weil, sagte er, Skipper vor keinem Angst hatte. Einmal, sagte Jimmie, war Skipper sauer auf seinen Lehrer – das war bei der Tanzveranstaltung am Freitagabend – und prügelte ihn windelweich. Schickte *DEN VERDAMMTEN ANSTANDSWAUWAU* mit einem verdammten Milzriß nach Hause – kann man sich so was vorstellen!? Das war sein alter Kumpel Skipper Brannigan.

Alle hörten sich das feierlich an und nickten, während sie ihre Rockets aßen, ihre Eishörnchen lutschten oder ihre Kents rauchten. Alle wußten, daß Skipper Brannigan eine elende Memme war und Jimmie nur Scheiße erzählte, aber keiner sagte es. Herrgott, nein. Wenn sie nicht so taten, als glaubten sie Jimmie Polios unerhörte Lügengeschichten, würde niemand so tun, als glaubten sie ihre eigenen.

Tommy Fredericks entschied sich für John Parelli. Georgie Pratt gab Csaba Drabnik den Vorzug, der in der Gegend auch den Beinamen Der Total Verrückte Ungar trug. Frank Duganelli nominierte Larry McCain, obwohl Larry McCain im Jugendknast saß; Larry war der *große Macker*, sagte Frank.

Nun war Henry Dean an der Reihe. Er ließ der Frage die ernste Beachtung zuteil werden, die ihr gebührte, dann legte er seinem überraschten Bruder einen Arm um die Schultern. *Eddie,* sagte er. *Mein kleines Bruderherz. Er ist der Mann.*

Alle starrten ihn fassungslos an – am fassungslosesten jedoch Eddie selbst. Sein Kiefer hing ihm fast bis zur Gürtelschnalle herunter. Und dann sagte Jimmie Polio: *Komm schon, Henry, hör auf mit dem Scheiß. Das ist eine ernste Frage. Wen würdest du als Rückendeckung haben wollen, wenn die Kacke am Dampfen ist?*

Es ist *mein Ernst*, hatte Henry geantwortet.

Warum, Eddie? hatte Georgie Pratt gefragt und damit die Frage ausgesprochen, die auch Eddie durch den Kopf ging. *Der könnte sich nicht aus einer Papiertüte befreien. Einer* nassen *Papiertüte. Also* warum, *verdammt?*

Henry dachte noch ein wenig nach – nicht, davon war Eddie überzeugt, weil er den Grund nicht wußte, sondern weil er sich überlegen mußte, wie er ihn in Worte kleidete. Dann sagte er: *Weil Eddie, wenn er sich in seine verdammte Zone geklinkt hat, den Teufel selbst überreden könnte, sich in Brand zu stecken.*

Das Bild von Jake stellte sich wieder ein; eine Erinnerung auf der anderen. Jake, der mit Feuerstein auf Stahl schlug und Funken auf das aufgeschichtete Holz regnen ließ, Funken, die herunterfielen und erloschen, bevor sie ein Feuer entfachen konnten.

Er könnte den Teufel selbst überreden, sich in Brand zu stecken.

Geh näher mit dem Feuerstein hin, hatte Roland gesagt, und nun kam eine dritte Erinnerung hinzu; Roland an der Tür, zu der sie am Ende des Strands gelangt waren; Roland, glühendheiß vor Fieber und dem Tode nahe, der zitterte wie Espenlaub, hustete, seine blauen Kanoniersaugen auf Eddie richtete und sagte: *Komm ein bißchen näher, Eddie – komm ein bißchen näher, bei deinem Vater!*

Weil er mich packen wollte, dachte Eddie. Leise, fast wie durch eine dieser magischen Türen zu einer anderen Welt, hörte er Blaine verkünden, daß das Endspiel begonnen hatte; wenn sie ihre besten Rätsel aufgehoben hatten, wäre es nun an der Zeit, sie zu stellen. Sie hatten noch eine Stunde.

Eine Stunde! Nur eine Stunde!

Sein Verstand versuchte, sich daran zu klammern, aber Eddie scheuchte ihn weg. Etwas spielte sich in ihm ab (jedenfalls betete er, daß es so war), ein verzweifeltes Assoziationsspiel, und daher durfte er sich sein klares Denken nicht durch Fristen und Konsequenzen und den ganzen Mist versauen lassen; in dem Fall würde er jede Chance verlieren, die er noch hatte. In gewisser Weise war es, als würde er etwas in einem Stück Holz erkennen, etwas, das man schnitzen konnte – einen Bogen, eine Schleuder, vielleicht einen Schlüssel, um eine unvorstellbare Tür zu öffnen. Aber man durfte nicht zu lange hinschauen, jedenfalls nicht am Anfang. Denn dann verlor man es. Es war fast so, als müßte man beim Schnitzen woanders hinsehen.

Er konnte Blaines Motoren spüren, die unter ihm aufdrehten. Vor seinem geistigen Auge sah er den Stahl auf Feuerstein schlagen und hörte mit seinem geistigen Ohr Roland zu Jake sagen, daß er mit dem Feuerstein näher hin mußte. *Und schlag nicht mit dem Stahl darauf, Jake;* kratz *daran.*

Warum bin ich hier? Wenn dies nicht das ist, was ich will, warum kehrt mein Gedächtnis immer wieder hierher zurück?

Weil ich nicht näher rangehen kann, ohne in die Schmerzzone zu geraten. Nur ein mittelgroßer Schmerz, aber ich mußte dabei an Henry denken. Wie Henry mich fertiggemacht hat.

Henry sagte, du könntest den Teufel selbst überreden, sich in Brand zu stecken.

Ja. Dafür habe ich ihn immer geliebt. Das war toll.

Und nun sah Eddie, wie Roland Jakes Hände, eine mit dem Feuerstein, die andere mit dem Stahl, näher an das Anmachholz führte. Jake war nervös. Eddie konnte es sehen; Roland hatte es auch gesehen. Und um ihn zu beruhigen, um sein Denken von der Verantwortung abzulenken, das Feuer anzuzünden, hatte Roland –

Er stellte dem Jungen ein Rätsel.

Eddie Dean blies Atem ins Schlüsselloch seiner Erinnerung. Und diesmal ließ sich die Zuhaltung drehen.

2

Der grüne Punkt näherte sich Topeka, und Jake spürte zum erstenmal Vibrationen… als wäre die Schiene unter ihnen in einem Ausmaß verfallen, daß Blaines Stoßdämpfer nicht mehr richtig mit dem Problem fertig wurden. Die Vibrationen vermittelten endlich auch einen Eindruck von Geschwindigkeit. Wände und Decke des Baronswagens waren immer noch undurchsichtig, aber Jake stellte fest, daß er die Landschaft nicht an sich vorbeisausen sehen mußte, um es sich vorstellen zu können. Blaine rollte jetzt mit Höchstgeschwindigkeit und raste seinem letzten Überschallknall voraus durch das wüste Land zu der Stelle, wo Mittwelt aufhörte, und Jake konnte sich auch die Prellböcke aus Transstahl am Ende der Schiene nur zu gut vorstellen. Sie würden mit diagonalen gelben und schwarzen Streifen bemalt sein. Er wußte nicht, woher er das wußte, er wußte es eben.

»FÜNFUNDZWANZIG MINUTEN«, sagte Blaine liebenswürdig. »MÖCHTEST DU ES NOCH EINMAL VERSUCHEN, REVOLVERMANN?«

»Ich glaube nicht, Blaine.« Roland hörte sich erschöpft an. »Ich bin am Ende; du hast mich geschlagen. Jake?«

Jake stand auf und wandte sich dem Streckenplan zu. Das Herz schien ihm sehr langsam, aber sehr fest in der Brust zu klopfen, jeder Schlag wie eine Faust, die auf ein Trommelfell hämmerte. Oy kauerte zwischen seinen Füßen und schaute ängstlich zu seinem Gesicht auf.

»Hallo, Blaine«, sagte Jake und leckte sich die Lippen.

»HALLO, JAKE VON NEW YORK.« Die Stimme klang freundlich – ungefähr so wie die Stimme eines netten alten Onkels, der die Angewohnheit hat, die Kinder zu mißbrauchen, die er von Zeit zu Zeit hinter die Büsche führt. »MÖCHTEST DU MIR RÄTSEL AUS DEINEM BUCH STELLEN? UNSERE GEMEINSAME ZEIT WIRD KNAPP.«

»Ja«, sagte Jake. »Ich möchte es gerne mit diesen Rätseln versuchen. Nenne mir bei jedem die Antwort, die du für die richtige hältst, Blaine.«

»DAS WAR GUT GESPROCHEN, JAKE VON NEW YORK. ICH WERDE DEINEM WUNSCH ENTSPRECHEN.«

Jake schlug das Buch an der Stelle auf, die er mit dem Finger markiert hatte. Zehn Rätsel. Elf, wenn man Samsons Rätsel mitzählte, das er sich für den Schluß aufheben wollte. Wenn Jake alle beantwortete (was Jake mittlerweile für wahrscheinlich hielt), würde sich Jake neben Roland setzen, Oy auf den Schoß nehmen und auf das Ende warten. Schließlich gab es andere Welten als diese.

»Hör zu, Blaine: In einem dunklen Tunnel liegt eine Bestie aus Eisen. Sie kann nur angreifen, wenn sie zurückgezogen wird. Was ist das?«

»EINE KUGEL.« Kein Zögern.

»Geht man auf lebenden, sind sie ganz leise. Geht man auf toten, tönt raschelnd ihre Weise. Was ist das?«

»ABGEFALLENES LAUB.« Kein Zögern, und wenn Jake im Grunde seines Herzens wirklich wußte, daß das Spiel verloren war, weshalb verspürte er dann solche Verzweiflung, solche Verbitterung, solche Wut?

Weil Blaine eine Pein ist, deshalb. Blaine ist eine richtig GROSSE Pein, und das würde ich ihm wirklich gerne unter die Nase reiben. Ich glaube, selbst ihn zu stoppen steht dagegen nur auf Platz zwei meiner Wunschliste.

Jake blätterte die Seite um. Er war jetzt sehr nahe an dem herausgerissenen Lösungsteil von *Ringelrätselreihen*; er konnte es unter seinen Fingern spüren, eine Art unebenmäßigen Wulst. Sehr nahe am Ende des Buchs. Er dachte an Aaron Deepneau in seinem Manhattan-Restaurant für geistige Nahrung; Aaron Deepneau, der ihm sagte, daß er jederzeit zurückkommen und eine Partie Schach spielen könne, und übrigens, der alte Fettsack mache eine ganz anständige Tasse Kaffee. Heimweh, so heftig, daß es ihm wie das Sterben vorkam, rollte wie eine Welle über ihn hinweg. Ihm war, als hätte er seine Seele für einen Blick auf New York verkaufen können; verdammt, er hätte sie für einen tiefen Atemzug der Luft über der Forty-second Street zur Hauptverkehrszeit verkauft.

Er kämpfte dagegen an und wandte sich dem nächsten Rätsel zu.

»Ich bin Smaragde und Diamanten, die der Mond verlor. Die Sonne holt mich, kaum kommt sie hervor. Was bin ich?«

»TAU.«

Immer noch unerbittlich. Immer noch, ohne zu zögern.

Der grüne Punkt näherte sich Topeka und schloß allmählich das letzte freie Stück auf der Streckenkarte. Jake stellte seine Rätsel eins nach dem anderen; Blaine beantwortete sie eins nach dem anderen. Als Jake zur letzten Seite kam, sah er eine umrandete Nachricht vom Autor oder Herausgeber oder wie immer man jemanden nannte, der solche Bücher zusammenstellte: *Wir hoffen, Sie hatten Spaß an dieser einmaligen Kombination von Phantasie und Logik, die man RÄTSEL nennt!*

Ich nicht, dachte Jake. *Ich habe kein bißchen Spaß daran gehabt, und ich hoffe, du erstickst.* Doch als er die Frage über der Botschaft sah, verspürte er einen winzigen Funken von Hoffnung. Ihm schien, als hätten sie sich zumindest in diesem Fall wirklich das Beste bis zum Schluß aufgehoben.

Auf der Streckenkarte war das grüne Pünktchen nicht mehr als einen Fingerbreit von Topeka entfernt.

»Beeil dich, Jake«, murmelte Susannah.

»Blaine?«

»JA, JAKE VON NEW YORK.«

»Ich fliege ohne Flügel. Ich sehe ohne Augen. Ich klettere ohne Arme. Ich bin furchterregender als jede Bestie, stärker als jeder Widersacher. Ich bin listig, ruchlos und voll Macht, und am Ende herrsche ich in aller Pracht. Was bin ich?«

Der Revolvermann sah mit strahlendblauen Augen auf. Susannah wandte den erwartungsvollen Blick von Jake ab und dem Streckenplan zu. Doch Blaines Antwort erfolgte so prompt wie immer: »DIE MENSCHLICHE PHANTASIE.«

Jake überlegte kurz, ob er widersprechen sollte, dann dachte er: *Wozu die Zeitverschwendung?* Wenn die Antwort richtig war, schien sie immer zwingend logisch zu sein. »Danke-Sai, Blaine, du hast richtig geantwortet.«

»UND DIE JAHRMARKTSGANS GEHÖRT FAST MIR, WEISS GOTT. NEUNZEHN MINUTEN UND FÜNFZIG SEKUNDEN BIS ZUM ENDPUNKT. MÖCHTEST DU NOCH MEHR SAGEN, JAKE VON NEW YORK? MEINE VISUELLEN SENSOREN SAGEN MIR, DASS DU DAS ENDE DEINES BUCHS ERREICHT HAST, DAS, WIE ICH LEIDER SAGEN MUSS, NICHT SO GUT WAR, WIE ICH GEHOFFT HATTE.«

»Jeder hält sich für einen gottverdammten Kritiker«, sagte Susannah *sotto voce*. Sie wischte sich eine Träne aus einem Augenwinkel; ohne sie direkt anzusehen, nahm der Revolvermann ihre freie Hand. Sie umklammerte seine fest.

»Ja, Blaine, eins habe ich noch«, sagte Jake.

»AUSGEZEICHNET.«

»Speise ging von dem Fresser, und Süßigkeit von dem Starken.«

»DIESES RÄTSEL STAMMT AUS DEM HEILIGEN BUCH, DAS ›ALTES TESTAMENT DER KING-JAMES-BIBEL‹ GENANNT WIRD.« Blaine hörte sich amüsiert an, und Jake spürte seine letzte Hoffnung schwinden. Er dachte, er müßte weinen – weniger aus Angst als aus Frustration. »ES WURDE VON SAMSON DEM STARKEN GESTELLT. DER FRESSER IST EIN LÖWE, DIE SÜSSIGKEIT IST HONIG VON BIENEN, DIE IHREN STOCK IM SCHÄDEL DES LÖWEN GEBAUT HABEN. NOCH EINES? DIR BLEIBEN IMMER NOCH ACHTZEHN MINUTEN, JAKE.«

Jake schüttelte den Kopf. Er ließ *Ringelrätselreihen* los und lächelte, als Oy es geschickt mit seinem Maul fing, Jake den langen Hals entgegenstreckte und es ihm wieder hinhielt. »Ich habe alle gestellt. Ich bin fertig.«

»OOCH, KLEINER KUHTREIBER, IST ABER VERDAMMT SCHADE«, sagte Blaine. Unter den gegebenen Umständen fand Jake diese polternde John-Wayne-Imitation unerträglich. »SIEHT GANZ SO AUS, ALS WÜRDE ICH DIESE LECKERE GANS GEWINNEN, ES SEI DENN, JEMAND ANDERS MÖCHTE SICH ZU WORT MELDEN. WAS IST MIT DIR, OY VON MITTWELT? KENNST DU IRGENDWELCHE RÄTSEL, MEIN KLEINER BUMBLER-FREUND?«

»Oy!« antwortete der Billy-Bumbler mit durch das Buch gedämpfter Stimme. Jake nahm es, immer noch lächelnd, und setzte sich neben Roland, der einen Arm um ihn legte.

»SUSANNAH VON NEW YORK?«

Sie schüttelte den Kopf, ohne aufzuschauen. Sie hatte Rolands Hand in ihrer eigenen gedreht und strich sanft über die verheilten Stümpfe, wo die ersten beiden Finger gewesen waren.

»ROLAND, SOHN DES STEVEN? SIND DIR NOCH WEITERE RÄTSEL VON DEN JAHRMÄRKTEN GILEADS EINGEFALLEN?«

Roland schüttelte ebenfalls den Kopf... und dann sah Jake, daß Eddie Dean seinen hob. Eddie hatte ein eigentümliches Lächeln im Gesicht, einen eigentümlichen Glanz in den Augen, und Jake stellte fest, daß ihn die Hoffnung noch nicht ganz verlassen hatte. Plötzlich erblühte sie neu in seinem Verstand, rot und heiß und lebendig. Wie... nun, wie eine Rose. Eine Rose im vollen Feuer ihres Sommers.

»Blaine?« fragte Eddie mit leiser Stimme. Jake fand, daß sich seine Stimme seltsam erstickt anhörte.

»JA, EDDIE VON NEW YORK.« Unmißverständlich Geringschätzung.

»*Ich* habe ein paar Rätsel«, sagte Eddie. »Nur um die Zeit zwischen hier und Topeka zu vertreiben, verstehst du.« Nein, begriff Jake, Eddie hörte sich nicht an, als würde er ersticken; er hörte sich an, als würde er Gelächter unterdrücken.

»SPRICH, EDDIE VON NEW YORK.«

3

Während er dasaß und Jake zuhörte, wie er seine letzten Rätsel stellte, hatte Eddie über Rolands Geschichte von der Jahrmarktsgans nachgedacht. Von dort aus war sein Verstand wieder zu Henry zurückgekehrt, durch den Zauber assoziativen Denkens von Punkt A nach Punkt B gelangt. Oder, wenn man es auf Zen sagen wollte, mit Trans-Bird Airlines: *goose to turkey* – von der Gans zum Truthahn. Er und Henry hatten sich einmal darüber unterhalten, von Heroin runterzukommen. Henry hatte behauptet, daß *cold turkey* nicht die einzige Möglichkeit wäre; es gab, behauptete er, auch so etwas wie *cool turkey*. Eddie hatte Henry gefragt, wie man einen Fixer nannte, der sich gerade einen heißen Schuß gesetzt hatte, und Henry hatte ohne mit der Wimper zu zucken geantwortet: *Den nennt man einen* baked *turkey*. Wie hatten sie da gelacht... aber jetzt, diese lange, seltsame Zeit später, sah es ganz so aus, als ginge dieser Witz auf Kosten des jüngeren Bruders Dean, ganz zu schweigen von den neuen Freunden des jüngeren Bruders Dean. Es sah so aus, als würde es gar nicht mehr lange dauern, bis sie alle *baked turkey* waren.

Es sei denn, du kannst ihn aus der Zone rausziehen.

Ja.

Dann tu es, Eddie. Das war wieder Henrys Stimme, der alte Mitbewohner in seinem Kopf, aber jetzt hörte sich Henry ernst und bei Verstand an. Henry hörte sich wie sein Freund an, nicht wie sein Feind, als wären die alten Konflikte endlich beigelegt und alle alten Kriegsbeile begraben. *Tu es – bring den Teufel dazu, sich selbst in Brand zu stecken. Vielleicht wird es ein bißchen weh tun, aber du hast schon schlimmere Schmerzen ertragen. Verdammt, ich selbst habe dir größere Schmerzen zugefügt, und du hast überlebt. Prima überlebt. Und du weißt, wo du suchen mußt.*

Natürlich. Bei ihrem Palaver am Lagerfeuer, das Jake schließlich doch in Gang gebracht hatte. Roland hatte dem Jungen ein Rätsel aufgegeben, damit er sich entspannte, Jake hatte einen Funken in das Anmachholz geschlagen, und danach hatten sie alle um das Feuer gesessen und geredet. Geredet und gerätselt.

Und Eddie wußte noch etwas. Blaine hatte Hunderte Rätsel beantwortet, während sie auf dem Pfad des Balkens nach Südosten gefahren waren, und die anderen glaubten, daß er jedes einzelne ohne zu zögern beantwortet hatte. Eddie hatte dasselbe gedacht… aber als er nun über den Wettstreit nachdachte, fiel ihm etwas Interessantes auf: Blaine hatte doch gezögert.

Einmal.

Und er war sauer. Genau wie Roland.

Der Revolvermann, den Eddie häufig zur Verzweiflung trieb, hatte ihm gegenüber nur ein einziges Mal richtige Wut erkennen lassen, kurz nachdem er den Schlüssel geschnitzt hatte, als Eddie fast erstickt wäre. Roland hatte versucht, das Ausmaß dieser Wut zu verbergen – hatte versucht, sie als weiteren Anflug von Verzweiflung auszugeben –, aber Eddie hatte gespürt, was darunterlag. Er hatte lange Zeit mit Henry Dean zusammengelebt und immer noch ein feines Gespür für alle negativen Emotionen. Und er war verletzt gewesen – nicht unbedingt durch Rolands Wut selbst, sondern durch die Verachtung, die unterschwellig darin mitschwang. Verachtung war stets eine der Lieblingswaffen von Henry gewesen.

Warum konnte das tote Baby die Straße überqueren? hatte Eddie gefragt. *Weil es auf das Huhn geschnallt war, har-har-har!*

Später, als Eddie versucht hatte, sein Rätsel zu verteidigen, als er sagte, daß es geschmacklos, aber nicht sinnlos wäre, hatte Rolands Antwort seltsame Ähnlichkeit mit der von Blaine gehabt: *Ich kümmere mich nicht um Geschmacklosigkeit. Dein Rätsel ist sinnlos und daher unlösbar. Ein gutes Rätsel ist keins von beidem.*

Aber als Jake Blaine seine letzten Rätsel stellte, wurde Eddie etwas Wunderbares klar: Das Wort *gut* war ein relativer Begriff. So war es immer, und so würde es immer sein. Auch wenn der Mann, der es gebrauchte, schätzungsweise tausend Jahre alt war und schießen konnte wie Buffalo Bill, war es ein relativer Begriff. Roland selbst hatte zugegeben, daß er nie gut bei Rätselwettkämpfen gewesen war. Sein Lehrmeister behauptete, daß Roland zu gründlich nachdachte; sein Vater machte einen Mangel an Phantasie dafür verantwortlich. Aus welchem Grund auch immer, Roland von Gilead hatte nie einen Jahrmarkträtselwettstreit gewonnen. Er hatte seine sämtlichen Zeitgenossen überlebt, und das war ganz sicher eine Art von Sieg, aber er hatte nie eine Preisgans nach Hause getragen. *Ich konnte die Waffe immer schneller ziehen als meine Klassenkameraden, aber um Ecken denken konnte ich nie besonders gut.*

Eddie erinnerte sich, wie er versucht hatte, Roland begreiflich zu machen, daß Witze Rätsel waren, die einem helfen sollten, dieses häufig übersehene Talent zu fördern, aber Roland hatte ihm keine Beachtung geschenkt. So, vermutete Eddie, wie ein Farbenblinder der Beschreibung eines Regenbogens keine Beachtung schenken würde.

Eddie glaubte, daß Blaine ebenfalls Schwierigkeiten damit haben würde, um Ecken zu denken.

Er hörte Blaine die anderen fragen, ob sie noch mehr Rätsel hätten – er fragte sogar Oy. Er konnte den Spott in Blaines Stimme hören, konnte ihn sogar ausgezeichnet hören. Klar doch. Weil er zurückkehrte. Zurück aus der legendären Zone. Er kam zurück, um festzustellen, ob er den Teufel überreden konnte, sich selbst *in Brand zu stecken.* Diesmal würde keine Schußwaffe helfen, aber das war vielleicht gut so. Das war vielleicht gut so, weil –

Weil ich mit meinem Verstand schieße. Meinem Verstand. Gott hilf mir, diesen zu groß geratenen Taschenrechner mit meinem Verstand über den Haufen zu schießen. Hilf mir, ihn um die Ecke herum zu erschießen.

»Blaine«, sagte er, und dann, als der Computer geantwortet hatte: »*Ich* habe ein paar Rätsel für dich.« Beim Sprechen stellte er etwas Wunderbares fest: Er mußte sich anstrengen, um ein Lachen zu unterdrücken.

4

»SPRICH, EDDIE VON NEW YORK.«

Es blieb keine Zeit, den anderen zu sagen, daß sie auf der Hut sein sollten, daß alles mögliche passieren könnte, aber so, wie sie aussahen, war das auch nicht nötig. Eddie vergaß sie und richtete seine ungeteilte Aufmerksamkeit auf Blaine.

»Was hat vier Räder und Fliegen?«

»DER STÄDTISCHE MÜLLWAGEN, WIE ICH SCHON SAGTE.« Mißbilligung – und Mißvergnügen? Ja, wahrscheinlich – es troff förmlich aus dieser Stimme. »BIST DU SO DUMM ODER UNAUFMERKSAM, DASS DU DICH NICHT ERINNERST? ES WAR DAS ERSTE RÄTSEL, DAS IHR MIR AUFGEGEBEN HABT.«

Ja, dachte Eddie. *Und was wir alle nicht gemerkt haben, weil wir darauf fixiert waren, dich mit einer echt harten Nuß aus Rolands Vergangenheit oder Jakes Buch zu verblüffen, ist die Tatsache, daß der Wettstreit da beinahe schon zu Ende gewesen wäre.*

»Das hat dir nicht gefallen, was, Blaine?«

»ICH FAND ES AUSGESPROCHEN DUMM«, stimmte Blaine zu. »VIELLEICHT HAST DU ES DESHALB NOCH EINMAL GESTELLT. GLEICH UND GLEICH GESELLT SICH GERN, EDDIE VON NEW YORK, IST ES NICHT SO?«

Ein Lächeln erhellte Eddies Gesicht; er zeigte dem Streckenplan den Finger. »Stecken und Steine brechen meine Beine, aber Worte können mich nicht verletzen. Oder, wie wir damals in unserem Viertel zu sagen pflegten: ›Du kannst mich den Hunden zum Fraß vorwerfen und wieder zurückholen, aber deswegen werde ich nicht den Ständer verlieren, mit dem ich deine Mutter ficke.‹«

»Beeil dich«, flüsterte Jake ihm zu. »Wenn du etwas tun kannst, dann *tu* es!«

»Er mag keine dummen Fragen«, sagte Eddie. »Er mag keine dummen Spiele. Und das *wußten* wir. Wir wußten es aus *Charlie*

Tschuff-Tschuff. Wie dumm kann man sein? Verdammt, *das* war das Buch mit den Lösungen, nicht *Ringelrätselreihen*, aber wir haben es nicht kapiert.«

Eddie suchte nach dem anderen Rätsel aus Jakes Abschlußaufsatz, fand es und stellte es.

»Blaine: Wann ist eine Tür keine Tür?«

Zum erstenmal, seit Susannah Blaine gefragt hatte, was vier Räder hatte und Fliegen, ertönte ein eigentümliches Klicken, als würde ein Mann mit der Zunge am Gaumen schnalzen. Die Pause war kürzer als die nach Susannahs erstem Rätsel, aber sie war trotzdem da – Eddie hörte sie. »NATÜRLICH, WENN SIE EIN GLAS IST – AJAR«, sagte Blaine. Er hörte sich mürrisch und unglücklich an. »DREIZEHN MINUTEN UND FÜNF SEKUNDEN BIS ZUR SELBSTZERSTÖRUNG, EDDIE VON NEW YORK – MÖCHTEST DU MIT DERART ALBERNEN RÄTSELN AUF DEN LIPPEN STERBEN?«

Eddie saß starr aufrecht und sah den Streckenplan an, und obwohl er warme Rinnsale von Schweiß seinen Rücken hinablaufen spüren konnte, wurde sein Lächeln noch breiter.

»Hör auf zu winseln, Freundchen. Wenn du in den Genuß kommen willst, uns über die ganze Landschaft zu klatschen, wirst du dich schon mit einigen Rätseln herumärgern müssen, die nicht ganz deinen Maßstäben von Logik entsprechen.«

»DU WIRST NICHT AUF DIESE WEISE MIT MIR REDEN!«

»Oder was? Du wirst mich töten? Daß ich nicht lache. Spiel einfach. Du hast dich auf das Spiel eingelassen, jetzt spiel es.«

Das rosa Licht flammte kurz auf dem Streckenplan auf. »Du machst ihn wütend«, klagte der Kleine Blaine. »Oh, du machst ihn so *wütend*.«

»Verpiß dich, Winzling«, sagte Eddie nicht unfreundlich, und als das rosa Licht wieder erlosch und der grüne Punkt wieder zu sehen war, der Topeka fast erreicht hatte, sagte Eddie: »Beantworte das, Blaine: Ein Schlechtgelaunter und ein Gutgelaunter standen auf einer Brücke über den Send. Der Schlechtgelaunte fiel herunter. Warum fiel der Gutgelaunte nicht auch herunter?«

»DAS IST UNSERES WETTSTREITS NICHT WÜRDIG. ICH WERDE NICHT ANTWORTEN.« Beim letzten Wort fiel Blaines Stimme tatsächlich in eine tiefere Tonlage, so daß er sich anhörte wie ein Vierzehnjähriger, der sich mit dem Stimmbruch herumplagen muß.

Jetzt leuchteten Rolands Augen nicht nur, sie blitzten. »Was sagst du, Blaine? Ich kann dich nicht gut verstehen. Willst du sagen, daß du aufgibst?«

»NEIN! NATÜRLICH NICHT! ABER –«

»Dann antworte, wenn du kannst. Beantworte das Rätsel.«

»ES IST *KEIN* RÄTSEL!« heulte Blaine fast auf. »ES IST EIN WITZ, ETWAS, WORÜBER DUMME KINDER AUF DEM SPIELPLATZ KICHERN KÖNNEN!«

»Antworte sofort, sonst verkünde ich, daß der Wettstreit vorbei und unser *Ka-tet* der Sieger ist«, sagte Roland. Er sagte es in dem trockenen und selbstsicheren Tonfall der Autorität, den Eddie erstmals in der Stadt River Crossing gehört hatte. »Du mußt antworten, denn du beklagst dich nur über Dummheit, nicht über eine Verletzung der Regeln, auf die sich beide Seiten geeinigt hatten.«

Wieder dieses Schnalzen, aber diesmal viel lauter – so laut sogar, daß Eddie zusammenzuckte. Oy legte die Ohren an den Kopf an. Danach folgte die längste Pause bisher; mindestens drei Sekunden. Dann: »DER GUTGELAUNTE FIEL NICHT HERUNTER, WEIL ER BESSER DRAUF WAR«, verkündete Blaine mürrisch. »EINE UMGANGSSPRACHLICHE WENDUNG. SCHON ALLEIN DADURCH, DASS ICH EIN DERART UNWÜRDIGES RÄTSEL ÜBERHAUPT BEANTWORTE, FÜHLE ICH MICH BESUDELT.«

Eddie hielt die rechte Hand hoch. Er rieb Daumen und Zeigefinger aneinander.

»WAS SOLL DAS BEDEUTEN, ALBERNE KREATUR?«

»Das ist die kleinste Violine der Welt, und die spielt ›Du bist ja so dermaßen der Gefickte‹«, sagte Eddie. Jake bekam einen unbeherrschten Lachkrampf. »Aber vergiß den billigen New Yorker Humor; zurück zum Wettstreit. Warum tragen die Lieutenants der Polizei Koppel?«

Die Lichter im Baronswagen fingen an zu flackern. Und mit den Wänden passierte auch etwas Seltsames; sie verblaßten pulsierend, als wollten sie wieder transparent werden, und dann wurden sie wieder milchig. Eddie wurde ein wenig schwindlig, obwohl er dieses Phänomen nur aus den Augenwinkeln sah.

»Blaine? Antworte!«

»Antworte«, stimmte Roland zu. »Antworte, oder ich erkläre den Wettstreit für beendet und erinnere dich an deine Zusage.«

Etwas berührte Eddie am Ellbogen. Er sah nach unten und erblickte Susannahs kleine und wohlgeformte Hand. Er ergriff die Hand, drückte sie, lächelte Susannah zu. Er hoffte, daß das Lächeln zuversichtlicher aussah, als der Mann, der lächelte, sich fühlte. Sie würden den Wettstreit gewinnen – dessen war er fast sicher –, aber er hatte keine Ahnung, was Blaine tun würde, wenn es soweit war.

»DAMIT ... DAMIT IHRE HOSEN NICHT HERUNTERRUTSCHEN?« Blaines Stimme wurde fester und wiederholte die Frage als Feststellung. »DAMIT IHRE HOSEN NICHT HERUNTERRUTSCHEN. EIN RÄTSEL, DAS AUF DER ÜBERTREIBUNG VON –«

»Richtig. Gut, Blaine, aber versuch nicht, Zeit zu schinden – das wird nicht funktionieren. Das nächste –«

»ICH BESTEHE DARAUF, DASS DU AUFHÖRST, DIESE ALBERNEN –«

»Dann halt den Zug an«, sagte Eddie. »Wenn du so aus dem Häuschen bist, halt hier an, dann werde ich aufhören.«

»NEIN.«

»Okay, dann geht es weiter. Was ist schwarzweiß und fliegt durch die Luft?«

Ein weiteres Schnalzen, diesmal so laut, daß es sich anfühlte, als bekäme man eine stumpfe Nadel in das Trommelfell gestochen. Eine Pause von fünf Sekunden. Nun befand sich das grüne Pünktchen so nahe bei Topeka, daß es das Wort bei jedem Blinken wie Neon zum Leuchten brachte. Dann: »EINE NONNE, DIE AUF EINE TELLERMINE GETRETEN IST.«

Die richtige Antwort auf eine Scherzfrage, die Eddie zuerst in der Gasse hinter Dahlie's oder einem anderen Treffpunkt gehört hatte, aber Blaine hatte offenbar einen Preis dafür bezahlt, daß er seinen Verstand in einen Kanal gezwängt hatte, um sie erfassen zu können: Die Lichter des Baronswagens flackerten heftiger denn je, und Eddie konnte ein leises Summen in den Wänden hören – die Art von Geräusch, die der Verstärker einer Stereoanlage machte, bevor er den Geist aufgab.

Rosa Licht flackerte von dem Streckenplan. »Aufhören!« rief

der Kleine Blaine mit einer so zitternden Stimme, daß sie sich anhörte wie die Stimme einer Figur in einem alten Zeichentrickfilm von Warner Bros. »Aufhören, ihr bringt ihn um!«

Was denkst du, hat er mit uns vor, Winzling? dachte Eddie.

Er überlegte, ob er Blaine eins servieren sollte, das Jake ihm erzählt hatte, als sie in jener Nacht um das Lagerfeuer saßen – Was ist grün, wiegt hundert Tonnen und lebt auf dem Meeresgrund? Moby Rotz! –, ließ es aber sein. Er wollte weiter innerhalb der Grenzen der Logik bleiben, als mit diesem möglich war ... und das konnte er auch. Er glaubte nicht, daß er surrealistischer werden mußte als beispielsweise ein Drittkläßler mit einer einigermaßen gutsortierten Sammlung von Garbage-Pail-Kids-Karten, um Blaine im großen Stil fertigzumachen ... und zwar auf Dauer. Denn wie viele Emotionen seine modernen dipolaren Schaltkreise ihn auch nachahmen ließen, *er* war und blieb doch ein *Es* – ein Computer. Schon jetzt, nachdem er Eddie so weit in die Twilight Zone des Rätselratens gefolgt war, geriet sein gesunder Maschinenverstand ins Wanken.

»Warum gehen die Menschen zu Bett, Blaine?«

»WEIL ... WEIL ... GOTTVERDAMMT, WEIL ...«

Ein leises Quietschen ertönte unter ihnen, und plötzlich schwankte der Baronswagen heftig von rechts nach links. Susannah schrie. Jake wurde in ihren Schoß geworfen. Der Revolvermann hielt sie beide fest.

»WEIL DAS BETT NICHT ZU IHNEN KOMMT, GOTTVERDAMMT! NEUN MINUTEN UND FÜNFZIG SEKUNDEN!«

»Gib auf, Blaine«, sagte Eddie. »Hör auf, bevor ich dir den Verstand völlig auspusten muß. Wenn du nicht aufhörst, wird es soweit kommen. Das wissen wir beide.«

»NEIN!«

»Ich kenne eine Million von diesen Püppchen. Hab sie mein ganzes Leben lang gehört. Sie bleiben mir im Gedächtnis kleben wie Fliegen an Fliegenpapier. He, bei manchen Leuten sind es Kochrezepte. Also, was meinst du? Willst du aufgeben?«

»NEIN! NEUN MINUTEN UND DREISSIG SEKUNDEN!«

»Okay, Blaine, du hast es so gewollt. Hier kommt der Knaller. Wieso konnte das tote Baby die Straße überqueren?«

Der Mono machte wieder einen gigantischen Satz; Eddie wußte nicht, wie er danach noch in seiner Schiene bleiben konnte, aber es gelang ihm irgendwie. Die Schreie unter ihnen wurden lauter; Wände, Boden und Decke des Wagens pulsierten wie verrückt zwischen durchsichtig und undurchsichtig hin und her. Eben noch waren sie umschlossen, und im nächsten Moment rasten sie durch eine graue Landschaft im Tageslicht, die sich flach und konturlos bis zu einem Horizont erstreckte, der sich wie eine schnurgerade Linie durch die Welt zog.

Die Stimme, die jetzt aus den Lautsprechern ertönte, war die eines hysterischen Kindes: »ICH WEISS ES, EINEN AUGENBLICK, ICH WEISS ES, AUFLÖSUNG IN ARBEIT, ALLE LOGIKSCHALTKREISE IM EINSATZ –«

»Antworte«, sagte Roland.

»ICH BRAUCHE MEHR ZEIT! IHR MÜSST MIR MEHR ZEIT GEBEN!« Nun lag so etwas wie brüchiger Triumph in der schrillen Stimme. »KEIN ZEITLIMIT FÜR DIE ANTWORT WURDE VEREINBART, ROLAND VON GILEAD, VERHASSTER REVOLVERMANN AUS EINER VERGANGENHEIT, DIE TOT HÄTTE BLEIBEN SOLLEN!«

»Richtig«, stimmte Roland zu, »es wurde kein Zeitlimit vereinbart, da hast du ganz recht. Aber du darfst uns nicht töten, solange ein Rätsel unbeantwortet ist, Blaine, und Topeka rückt näher. Antworte!«

Der Baronswagen pulsierte wieder zur Durchsichtigkeit, und Eddie sah so etwas wie ein hohes und rostiges Getreidesilo vorübersausen; es blieb kaum lange genug in Sichtweite, daß er es identifizieren konnte. Nun konnte er die wahnwitzige Geschwindigkeit voll abschätzen, mit der sie reisten; schätzungsweise dreihundert Meilen schneller als ein Verkehrsflugzeug.

»Laßt ihn in Ruhe!« stöhnte die Stimme des Kleinen Blaine. »Ihr bringt ihn um, sage ich! *Ihr bringt ihn um!*«

»Hat er nicht genau das gewollt?« fragte Susannah mit der Stimme von Detta Walker. »Sterben? Hat er gesagt. Uns ist es auch egal. Du bist nicht so schlecht, Kleiner Blaine, aber selbst eine Welt, die derart im Arsch ist wie die hier, muß ohne deinen großen Bruder besser dran sein. Wir hatten nur die ganze Zeit etwas dagegen, daß er uns mitnimmt.«

»Letzte Chance«, sagte Roland. »Antworte, oder gib die Gans auf, Blaine.«

»ICH ... IHR ... SECHZEHN LOGARITHMUS DREIUNDDREISSIG ... ALLES KOSINUS INDEX ... ANTI ... ANTI ... IN ALL DEN JAHREN ... BALKEN ... FLUT ... PYTHAGOREISCHE ... CARTESISCHE LOGIK ... KANN ICH ... DARF ICH ... EINEN PFIRSICH ... ISS EINEN PFIRSICH ... ALLMAN BROTHERS ... PATRICIA ... KROKODIL UND SCHIEFES GRINSEN ... ZIFFERBLATT ... *TICK TOCK, ELEVEN O'CLOCK, THE MAN'S IN THE MOON AND HE'S READY TO ROCK ... INCESSAMENT ... INCESSAMENT, MON CHER* ... O MEIN KOPF ... BLAINE ... BLAINE WAGT ... BLAINE WIRD ANTWORTEN ... ICH ...«

Blaine wechselte mit der Stimme eines Kleinkinds in eine andere Sprache und fing an zu singen. Eddie hielt es für Französisch. Er kannte die Worte nicht, aber als die Trommeln einsetzten, kannte er den Song nur zu gut: »Velcro Fly« von Z. Z. Top.

Das Glas über dem Streckenplan barst. Einen Augenblick später explodierte der Plan selbst aus seinem Sockel und gab den Blick auf blinkende Lichter und ein Labyrinth von Schaltkreisen dahinter frei. Die Lichter pulsierten im Einklang mit den Trommeln. Plötzlich flammte blaues Feuer auf, züngelte um das Loch in der Wand, wo der Plan gewesen war, und färbte es rußigschwarz. Tiefer in der Wand, wo Blaines stumpfe, patronenförmige Schnauze lag, ertönte ein lautes knirschendes Geräusch.

»Es konnte die Straße überqueren, weil es auf dem Huhn festgeschnallt war, du dummes Arschloch!« schrie Eddie. Er stand auf und ging auf das rauchende Loch zu, wo der Streckenplan gewesen war. Susannah packte ihn hinten am Hemd, aber Eddie spürte es kaum. Tatsächlich wußte er kaum, wo er sich befand. Das Feuer der Kampfeslust war über ihn gekommen, verbrannte ihn überall mit seiner rechtschaffenen Hitze, fritierte seine Nervenzellen und röstete sein Herz mit seinem heiligen Lodern. Er hatte Blaine im Visier, und obwohl das Ding hinter der Stimme bereits tödlich verwundet war, konnte er nicht aufhören, weiter abzudrücken. *Ich schieße mit dem Verstand.*

»Was ist der Unterschied zwischen einer Wagenladung Bowlingkugeln und einer Wagenladung toter Eichhörnchen?« tobte Eddie. »Man kann eine Wagenladung Bowlingkugeln nicht mit der Heugabel abladen!«

Ein gräßlicher Schrei, eine Mischung aus Wut und Qual, drang aus dem Loch, wo der Streckenplan gewesen war. Dem folgte ein Schwall blauen Feuers, als hätte irgendwo vor dem Baronswagen ein elektrischer Drache heftig ausgeatmet. Jake rief eine Warnung, aber die brauchte Eddie nicht; seine Reflexe waren durch Rasierklingen ersetzt worden. Er duckte sich, und der Stromstoß fegte über seine rechte Schulter hinweg, so daß sich seine Nackenhaare auf dieser Seite aufrichteten. Er zog den Revolver, den er trug – einen schweren Fünfundvierziger mit abgeschabtem Sandelholzgriff, einen der beiden Revolver, die Roland vor dem Verfall von Mittwelt hatte retten können. Er ging weiter auf das vordere Ende des Wagens zu ... und selbstverständlich redete er weiter. Wie Roland gesagt hatte, Eddie würde redend *sterben*. Wie sein alter Freund Cuthbert. Eddie konnte sich viele schlimmere Arten zu gehen vorstellen, und nur eine bessere.

»Also, Blaine, du häßlicher, sadistischer Pisser! Da wir gerade bei Rätseln sind, was ist das größte Geheimnis des Orients? Viele Männer rauchen, bis auf Fu Manchu. Kapiert? Nein? Schlecklich schlimm, Jim! Wie ist es mit diesem? Warum taufte die Frau ihren Sohn Siebeneinhalb? Weil sie seinen Namen aus einem Hut gezogen hat!«

Er hatte das pulsierende Rechteck erreicht. Nun hob er Rolands Waffe, und plötzlich ertönte ihr Donnern in dem Baronswagen. Er feuerte alle sechs Schuß in das Loch ab, wobei er den Hahn mit der flachen Hand spannte, wie Roland es ihnen beigebracht hatte, und wußte nur, daß es richtig war, angemessen ... Das war *Ka*, gottverdammt, das verdammte *Ka*, so brachte man etwas zu Ende, wenn man ein Revolvermann war. Er war ein Angehöriger von Rolands Stamm, durchaus, seine Seele würde wahrscheinlich in die tiefste Grube der Hölle fahren, aber daran hätte er für alles Heroin in Asien nichts ändern wollen.

»ICH HASSE DICH!« greinte Blaine mit seiner Kinderstimme. Das schrille Kreischen war verschwunden; sie wurde sanft, nuschelnd. »ICH HASSE DICH FÜR IMMER!«

»Nicht das Sterben macht dir zu schaffen, richtig?« fragte Eddie. Die Lichter in dem Loch, wo der Streckenplan gewesen war, verblaßten. Das blaue Feuer züngelte weiter, aber Eddie mußte kaum den Kopf nach hinten halten, um ihm auszuweichen; die

Flamme war klein und schwach. Bald würde Blaine so tot sein wie alle Pubes und Grauen in Lud. »Das *Verlieren* macht dir zu schaffen.«

»HASSE ... FÜRRRRRrrrrr ...«

Das Wort verflachte zu einem Summen. Das Summen wurde zu einer Art von stotterndem, pochendem Geräusch. Dann war es verstummt.

Eddie sah sich um. Da stand Roland und hielt Susannah mit einer Hand um ihre Kehrseite, wie man ein Kind halten mochte. Sie umklammerte mit den Oberschenkeln seine Taille. Jake stand auf der anderen Seite des Revolvermannes, Oy zu seinen Füßen.

Ein seltsam verkohlter, aber irgendwie nicht unangenehmer Geruch kam aus dem Loch, wo der Streckenplan gewesen war. Eddie fand, daß er wie brennendes Laub im Oktober roch. Sonst war das Loch so tot und dunkel wie das Auge eines Leichnams. Alle Lichter darin waren erloschen.

Deine Gans ist gekocht, Blaine, dachte Eddie, *und dein verdammter Truthahn ist gebraten. Fröhliches Scheiß-Thanksgiving.*

5

Das Kreischen unter dem Zug verstummte. Vorne ertönte ein letztes knirschendes Poltern, und dann verstummten auch diese Geräusche. Roland spürte, wie seine Beine und Hüften sanft nach vorne schwangen, und streckte die freie Hand aus, um sich zu stützen. Sein Körper wußte vor seinem Kopf, was passiert war: Blaines Motoren hatten den Geist aufgegeben. Sie rollten einfach noch auf den Schienen dahin. Aber –

»Zurück«, sagte er. »Ganz nach hinten. Wir rollen. Wenn wir nahe genug an Blaines Endhaltestelle sind, könnte es immer noch zu einem Zusammenstoß kommen.«

Er führte sie an der Pfütze vorbei, die von Blaines als Willkommensgruß geschaffener Eisskulptur übriggeblieben war, in den hinteren Teil des Wagens. »Und haltet euch von diesem Ding fern«, sagte er und zeigte auf ein Instrument, das wie eine Kreuzung zwischen einem Klavier und einem Cembalo aussah. Es stand auf einer kleinen Plattform. »Es könnte verrutschen. Ihr

Götter, wenn wir nur sehen könnten, wo wir sind! Legt euch hin. Schützt die Köpfe mit den Armen.«

Sie folgten seinen Anweisungen. Roland ebenfalls. Er lag da, preßte das Kinn in den königsblauen Teppich, kniff die Augen zu und dachte darüber nach, was gerade geschehen war.

»Ich erflehe deine Verzeihung, Eddie«, sagte er. »Wie sich das Rad des *Ka* doch dreht! Einmal mußte ich dasselbe zu meinem Freund Cuthbert sagen ... aus demselben Grund. Ich habe eine gewisse Blindheit in mir. Eine *arrogante* Blindheit.«

»Ich glaube kaum, daß die Notwendigkeit besteht, Verzeihung zu erflehen«, sagte Eddie. Er hörte sich unbehaglich an.

»O doch. Ich habe verächtlich auf deine Witze reagiert. Nun haben sie uns das Leben gerettet. Ich erflehe deine Verzeihung. Ich habe das Gesicht meines Vaters vergessen.«

»Du mußt dich nicht entschuldigen, und du hast niemandes Gesicht vergessen«, sagte Eddie. »Du kannst nichts für deinen Charakter, Roland.«

Der Revolvermann dachte gründlich darüber nach und fand etwas heraus, das wunderbar und schrecklich zugleich war: Dieser Gedanke war ihm noch nie gekommen. Nicht einmal in seinem ganzen Leben. Daß er ein Sklave des *Ka* war – das wußte er seit seiner frühesten Kindheit. Aber seines *Charakters* ... seines eigenen *Charakters* ...

»Danke, Eddie. Ich glaube –«

Bevor Roland weitersprechen konnte, kam Blaine der Mono zu einem letzten und bitteren Halt. Sie wurden alle vier heftig durch den Mittelgang des Baronswagens geschleudert, Oy bellend in Jakes Armen. Die vordere Wand der Kabine wurde eingedrückt, und Roland prallte mit der Schulter dagegen. Trotz der Polsterung (die Wand war mit Teppich verkleidet und, wie es sich anfühlte, mit einer nachgiebigen Masse abgedämmt) war der Stoß heftig genug, ihn benommen zu machen. Der Leuchter schwang vorwärts, riß aus seiner Verankerung und überschüttete sie mit Glasprismen. Jake rollte sich beiseite und verschwand gerade rechtzeitig von der Stelle, wo der Leuchter herunterkrachte. Das Klavier-Cembalo flog von seinem Podest, stieß gegen eines der Sofas, überschlug sich und blieb mit einem mißtönenden *Brrrannnggg* liegen. Die Einschienenbahn kippte nach rechts, und der Revolvermann wappnete sich, um Jake und Susannah mit seinem eigenen Körper abzuschirmen, sollte sie sich völlig überschlagen. Dann kippte das Abteil zurück; der Boden war noch ein bißchen schräg, stand aber still.

Die Reise war vorbei.

Der Revolvermann richtete sich auf. Seine Schulter war immer noch taub, aber er konnte sich auf den Arm stützen, und das war ein gutes Zeichen. Links von ihm setzte sich Jake auf und entfernte mit benommener Miene Glasscherben aus seinem Schoß. Rechts tupfte Susannah eine Schnittwunde unter Eddies linkem Auge ab. »Nun gut«, sagte Roland. »Wer ist ver–«

Über ihnen ertönte eine Explosion, ein hohles *Plop!*, das Roland an die großen Kracher erinnerte, die Cuthbert und Alain manchmal angezündet und in Abwasserrohre oder in die Ableitungen hinter der Spülküche versteckt hatten, um jemandem einen Streich zu spielen. Und einmal hatte Cuthbert ein paar ganz große mit seiner Schleuder abgeschossen. Das war kein Streich gewesen, kein kindlicher Spaß. Das war –

Susannah stieß einen kurzen Schrei aus – mehr aus Überraschung als aus Angst, dachte der Revolvermann –, und dann schien ihm dunstiges Tageslicht ins Gesicht. Es tat gut. Der Geschmack der Luft, die durch den aufgesprungenen Notausgang hereinkam, war noch besser – angenehm vom Duft des Regens und feuchter Erde geschwängert.

Ein knöchernes Klappern ertönte, und dann fiel eine Leiter – deren Sprossen aus geflochtenen Stahltauen zu bestehen schienen – aus einem Schlitz über ihnen.

»Erst werfen sie den Leuchter nach einem, und dann werfen sie einen hinaus«, sagte Eddie. Er richtete sich mühsam auf und zog Susannah hoch. »Okay, ich weiß, wann ich unerwünscht bin. Machen wir die Fliege.«

»Hört sich gut an.« Sie streckte die Hand wieder nach der Schnittwunde in Eddies Gesicht aus. Eddie nahm ihre Finger, küßte sie und sagte ihr, das Berühren der Figüren mit den Pfoten sei verboten.

»Jake?« fragte der Revolvermann. »Okay?«

»Ja«, sagte Jake. »Was ist mit dir, Oy?«

»Oy!«

»Er anscheinend auch«, sagte Jake. Er hob seine verletzte Hand und sah sie traurig an.

»Tut wieder weh, nicht wahr?« fragte der Revolvermann.

»Ja.« Was immer Blaine damit angestellt haben mochte, die Wirkung ließ nach. »Ist mir aber egal – ich bin froh, daß ich noch lebe.«

»Ja. Leben ist gut. Und *Astin* auch. Es ist noch ein bißchen da.«

»Du meinst Aspirin.«

Roland nickte. Eine Pille mit magischen Eigenschaften, aber eines der Worte aus Jakes Welt, die er niemals richtig aussprechen könnte.

»Neun von zehn Ärzten empfehlen Anacin, Liebling«, sagte Susannah, und als Jake sie nur fragend ansah: »Schätze, in deinem Wann benutzen sie das nicht mehr, hm? Spielt keine Rolle, wir sind hier, Zuckerschätzchen, genau hier und bei bester Gesundheit, und nur darauf kommt es an.« Sie zog Jake in ihre Arme und gab ihm einen Kuß zwischen die Augen, auf die Nase und dann mitten auf den Mund. Jake lachte und wurde knallrot. »Darauf kommt es an, und im Augenblick ist das die einzige Sache auf der Welt, die zählt.«

6

»Erste Hilfe kann warten«, sagte Eddie. Er legte Jake einen Arm um die Schultern und führte den Jungen zur Leiter. »Kannst du mit der Hand klettern?«

»Ja. Aber ich kann Oy nicht mitnehmen. Roland, würdest du das tun?«

»Ja.« Roland nahm Oy und schob ihn in sein Hemd, wie er es getan hatte, als er auf der Suche nach Jake und Schlitzer in den Schacht unter der Stadt geklettert war. Oy lugte heraus und sah Jake mit seinen strahlenden, goldumrandeten Augen an. »Rauf mit dir.«

Jake kletterte. Roland folgte ihm so dicht, daß Oy an den Absätzen des Jungen schnuppern konnte, wenn er seinen langen Hals streckte.

»Suze?« fragte Eddie. »Brauchst du Hilfe?«

»Damit du mit deinen ungezogenen Händen meine hilflose Kehrseite befingern kannst? Im Leben nicht, weißer Junge!« Dann zwinkerte sie ihm zu und kletterte, indem sie sich mit ihren muskulösen Armen hochzog und mit den Beinstümpfen balancierte. Sie kletterte schnell, aber nicht schnell genug für Eddie; er streckte die Hand aus und kniff sie sanft dorthin, wo es guttat. »Huch, meine Unschuld!« rief Susannah lachend und verdrehte die Augen. Dann war sie draußen. Nur Eddie blieb übrig, der am Fuß der Leiter stand und sich in dem Luxusabteil umsah, das gut und gerne der Sarg ihres *Ka-tet* hätte werden können.

Du hast es geschafft, du Bengel, sagte Henry. *Hast ihn dazu gebracht, sich selbst in Brand zu stecken. Und ich wußte haargenau, daß du das kannst. Weißt du noch, wie ich das hinter Dahlie's zu diesen Trantüten gesagt habe? Jimmie Polio und den anderen? Und wie sie gelacht haben? Aber du hast es getan. Du hast ihn mit einem verdammten Milzriß nach Hause geschickt*

Nun, wie auch immer, es hat funktioniert, dachte Eddie und berührte den Griff von Rolands Waffe, ohne es zu bemerken. *Für uns hat es jedenfalls gereicht, daß wir noch mal davongekommen sind.*

Er kletterte zwei Sprossen hinauf und sah nach unten. Der Baronswagen machte bereits einen toten Eindruck. Sogar *lange tot.* Nur noch ein zusätzliches Artefakt einer Welt, die sich weitergedreht hatte.

»*Adios,* Blaine«, sagte Eddie. »So long, Partner.«

Und er folgte seinen Freunden durch den Notausgang hinauf auf das Dach.

Kapitel 4
Topeka

I

Jake stand auf dem leicht schrägen Dach von Blaine dem Mono und sah nach Südosten, den Pfad des Balkens entlang. Der Wind blies sein Haar (inzwischen ziemlich lang und entschieden nicht mehr im angemessenen Piper-Haarschnitt) in Wellen von Stirn und Schläfen zurück. Seine Augen wurden groß vor Überraschung.

Er wußte nicht, was er erwartet hatte – möglicherweise eine kleinere und provinziellere Version von Lud –, aber was er *nicht* erwartet hatte, war das, was da über den Bäumen eines nahegelegenen Parks aufragte. Es war ein grünes Straßenschild (vor dem trüben grauen Herbsthimmel schrie die Farbe geradezu) mit einer blauen Abbildung darauf:

Roland ging zu ihm, nahm Oy behutsam aus seinem Hemd und setzte ihn ab. Der Bumbler schnupperte an der rosa Oberfläche von Blaines Dach, dann sah er zur Vorderseite des Mono. Hier wurde die glatte Patronenform von zerdrücktem Metall unterbrochen, das streifenförmig nach hinten gerissen worden war. Zwei dunkle Schlitze – sie begannen an der Spitze des Mono und reichten bis zu einem Punkt etwa zehn Meter von der Stelle entfernt, wo Jake und Roland standen – zogen sich als parallele Linien durch das zerrissene Dach. Am Ende eines jeden befand sich ein flacher Metallpfosten mit schwarzgelben Streifen. Diese schienen an einem Punkt unmittelbar vor dem Baronswagen aus dem Dach der Einschienenbahn zu ragen. Jake fand, daß sie ein wenig wie Torpfosten beim Football aussahen.

»Das sind die Pfeiler, mit denen er zusammenstoßen wollte«, murmelte Susannah.

Roland nickte.

»Wir haben großes Glück gehabt, großer Junge, weißt du das? Wenn dieses Ding viel schneller gefahren wäre ...«

»*Ka*«, sagte Eddie hinter ihnen. Er hörte sich an, als würde er lächeln.

Roland nickte. »So ist es. *Ka*.«

Jake wandte sich von den Torpfosten aus Transstahl ab und wieder dem Schild zu. Er war halb überzeugt, daß es nicht mehr dasein oder etwas anderes darauf stehen würde (MAUTSTRASSE VON MITTWELT vielleicht, oder ACHTUNG, DÄMONEN), aber es war noch da, und es stand auch noch dasselbe darauf.

»Eddie? Susannah? Seht ihr das?«

Sie schauten in die Richtung, in die er mit dem Finger zeigte. Eine lange Zeit – so lange, daß Jake fürchtete, er hätte eine Halluzination – sagte keiner etwas. Dann meinte Eddie leise: »Ach du Scheiße. Sind wir wieder zu Hause? Und wenn ja, wo sind die ganzen Leute? Und wenn so etwas wie Blaine in Topeka haltgemacht hat – *unserem* Topeka, Topeka, Kansas –, wie kommt es, daß ich davon nichts in *Sixty Minutes* gesehen habe?«

»Was ist *Sixty Minutes?*« fragte Susannah. Sie schirmte die Augen ab und sah Richtung Südosten zu dem Schild.

»Fernsehsendung«, sagte Eddie. »Hast du um fünf oder zehn Jahre verpaßt. Alte weiße Typen mit Krawatten. Unwichtig. Dieses Schild –«

»Das ist Kansas, kein Zweifel«, sagte Susannah. »*Unser* Kansas. Schätze ich.« Sie hatte ein weiteres Schild erspäht, das man gerade noch über den Bäumen erkennen konnte. Nun zeigte sie darauf, bis Jake, Eddie und Roland es auch gesehen hatten:

»Gibt es in deiner Welt ein Kansas, Roland?«

»Nein«, entgegnete Roland und betrachtete die Schilder. »Wir sind weit jenseits der Grenzen der Welt, die ich kannte. Ich hatte den größten Teil der Welt, die ich kannte, schon hinter mir gelassen, bevor ich euch drei getroffen habe. Dieser Ort…«

Er verstummte und legte den Kopf schief, als lausche er einem Geräusch, das fast außer Hörweile war. Und sein Gesichtsausdruck… der gefiel Jake gar nicht.

»Na also, Kinderchen!« sagte Eddie strahlend. »Heute lernen wir etwas über die schräge Geographie von Mittwelt. Seht her, Jungs und Mädels, in Mittwelt startet ihr in New York, reist nach Südosten bis Kansas und folgt dann dem Pfad des Balkens, bis ihr zum Dunklen Turm kommt, der mittenmang in allem steht. Zuerst kämpft ihr gegen die riesigen Hummer! Danach fahrt ihr mit dem psychopathischen Zug! Und dann, nach einem Besuch in der Snackbar für eine kleine Erfrischung –«

»Hört jemand etwas?« unterbrach ihn Roland. »Irgendeiner von euch?«

Jake lauschte. Er hörte den Wind durch die Bäume des nahegelegenen Parks streichen – das Laub zeigte gerade erste Verfärbungen – und das Klicken von Oys Zehennägeln, als er auf dem Dach des Baronswagens zu ihnen zurückkehrte. Dann verstummte Oy, so daß selbst dieses Geräusch –

Eine Hand packte ihn am Arm, und er zuckte zusammen. Es war Susannah. Sie hatte den Kopf angewinkelt und die Augen aufgerissen. Eddie horchte ebenfalls. Auch Oy; er hatte die Ohren gespitzt und winselte leise tief in der Kehle.

Jack spürte, wie er eine Gänsehaut auf den Armen bekam. Gleichzeitig spürte er, wie sich sein Mund zu einer Grimasse verzerrte. Das Geräusch war, obwohl sehr leise, die Audio-Variante eines Bisses in eine Zitrone. Und er hatte so etwas schon einmal gehört. Als er fünf oder sechs gewesen war, gab es im Central Park einen Verrückten, der sich für einen Musiker hielt ... Nun, es gab *viele* Verrückte im Central Park, die sich für Musiker hielten, aber das war der einzige, den Jake je gesehen hatte, der auf einem Werkzeug spielte. Der Bursche hatte ein Schild neben seinem umgekehrten Hut, auf dem stand: BESTER SÄGENSPIELER DER WELT! KLINGT NACH HAWAII, ODER ETWA NICHT? BITTE UM EINE MILDE GABE!

Greta Shaw war bei Jake gewesen, als er den Sägenspieler zum erstenmal gesehen hatte, und jetzt erinnerte sich Jake, wie hastig sie an dem Mann vorbeigeeilt war. Er hatte dagesessen wie der Cellist eines Symphonieorchesters, genau so, nur mit einer rostfleckigen Handsäge auf den gespreizten Beinen; Jake erinnerte sich an den komisch-entsetzten Gesichtsausdruck von Mrs. Shaw und ihre bebenden, zusammengepreßten Lippen, als ob – ja, als ob sie gerade in eine Zitrone gebissen hätte.

Dieses Geräusch war nicht *exakt* so wie das,

(KLINGT NACH HAWAII, ODER ETWA NICHT?)

das der Typ im Park durch Vibrationen seiner Säge erzeugt hatte, aber fast: ein heulendes, zitterndes, metallisches Geräusch, bei dem einem zumute war, als würden einem die Stirnhöhlen vollaufen und die Augen gleich anfangen zu tränen. Kam es von irgendwo vor ihnen? Jake konnte es nicht sagen. Es schien von überall und nirgends zu kommen; gleichzeitig war es so leise, daß er es auch seiner Einbildung hätte zuschreiben können, wenn die anderen nicht –

»Aufpassen!« rief Eddie. »Helft mir, Leute! Ich glaube, er wird ohnmächtig!«

Jake wirbelte zu dem Revolvermann herum und sah, daß sein Gesicht so weiß wie Hüttenkäse über der staubigen Farblosigkeit seines Hemds geworden war. Seine Augen waren groß und leer. Einer seiner Mundwinkel zuckte unkontrolliert, als würde ein Angelhaken darin stecken.

»Jonas und Reynolds und Depape«, sagte er. »Die Großen Sargjäger. Und *sie*. Die Cöos. Sie waren diejenigen. Sie waren diejenigen, die –«

Roland stand in seinen staubigen, rissigen Stiefeln auf dem

Dach der Einschienenbahn und taumelte. Sein Gesicht zeigte den kläglichsten Ausdruck, den Jake je gesehen hatte.

»O Susan«, sagte er. »O mein Liebling.«

2

Sie fingen ihn, bildeten einen schützenden Ring um ihn herum, und dem Revolvermann wurde ganz heiß vor Schuldgefühlen und Selbstekel. Was hatte er getan, um derart enthusiastische Beschützer zu verdienen? Was, davon abgesehen, daß er sie so unbarmherzig wie ein Mann, der Unkraut in seinem Garten jätet, aus ihrem vertrauten Alltag herausgerissen hatte?

Er versuchte ihnen zu sagen, daß alles in Ordnung wäre, daß sie zurücktreten könnten, daß es ihm gutgehe, brachte aber keine Worte heraus; das schreckliche heulende Geräusch hatte ihn viele Jahre zurückversetzt, in die Schlucht westlich von Hambry. Depape und Reynolds und der alte hinkende Jonas. Am meisten jedoch haßte er die Frau vom Berg, und zwar aus schwarzen Tiefen der Gefühle, die nur ein sehr junger Mann erreichen kann. Ah, aber wie hätte er etwas anderes tun können, als sie hassen? Sein Herz war gebrochen. Und nun, all die Jahre später, schien ihm das gräßlichste Faktum menschlicher Existenz zu sein, daß gebrochene Herzen heilten.

Zuerst durchfuhr mich's: Lug ist, was er spricht,/Der graue Krüppel mit dem tück'schen Blick …

Wessen Worte? Wessen Gedicht?

Er wußte es nicht, aber er wußte, daß auch Frauen lügen konnten; Frauen, die herumhüpften und grinsten und zuviel aus den Winkeln ihrer alten Triefaugen sahen. Es spielte keine Rolle, wer das Gedicht geschrieben hatte; diese Worte waren wahre Worte, und nur darauf kam es an. Weder Eldred Jonas noch die Vettel auf dem Berg hatten Martens Klasse gehabt – oder auch nur die von Walter –, wenn es um das Böse ging, aber sie waren böse genug gewesen.

Dann, danach … in der Schlucht westlich der Stadt … dieses Geräusch … das, und die Schreie der verwundeten Männer und Pferde … Einmal in seinem Leben war selbst der stets unbeschwerte Cuthbert still gewesen.

Aber das alles war lange her, in einem anderen Wann; im Hier und Jetzt war das heulende Geräusch entweder verstummt oder vorübergehend unter die Hörschwelle abgesunken. Aber sie würden es wieder hören. Das wußte er genausogut, wie er wußte, daß er einen Weg beschritt, der ins Verderben führte.

Er sah zu den anderen auf und brachte ein Lächeln zustande. Das Zittern in seinem Mundwinkel hatte aufgehört, und das war immerhin etwas.

»Mir geht es gut«, sagte er. »Aber hört mir gut zu: Wir sind sehr nahe am Ende von Mittwelt und sehr nahe am Anfang von Endwelt. Die erste große Etappe unserer Suche ist zu Ende. Wir haben es gut gemacht; wir haben die Gesichter unserer Väter nicht vergessen; wir haben zusammengestanden und waren aufrichtig zueinander. Aber nun sind wir zu einer Schwachstelle gelangt. Wir müssen sehr vorsichtig sein.«

»Einer Schwachstelle?« fragte Jake und sah sich nervös um.

»Stellen, wo das Gewebe der Existenz fast völlig abgenutzt ist. Es werden immer mehr, da die Macht des Dunklen Turms nachläßt. Erinnert ihr euch, was wir unter uns gesehen haben, als wir Lud verlassen haben?«

Sie nickten ernst und dachten an den Boden, der zu schwarzem Glas geschmolzen war, an uralte Leitungen, in denen türkisfarbenes Hexenlicht leuchtete, am mißgestaltete, verkrüppelte Vögel mit Schwingen wie große Segel aus Leder. Roland konnte es plötzlich nicht mehr ertragen, daß sie so um ihn herumstanden und auf ihn herabsahen, wie Leute um einen Raufbold, der bei einer Kneipenschlägerei gestürzt war.

Er hob die Hände zu seinen Freunden – seinen neuen Freunden. Eddie ergriff sie und half ihm auf die Füße. Der Revolvermann konzentrierte seine ganze Willenskraft darauf, nicht zu schwanken, und stand aufrecht.

»Wer war Susan?« fragte Susannah. Die Falte in der Mitte ihrer Stirn deutete darauf hin, daß sie beunruhigt war, und zwar nicht nur durch eine zufällige Ähnlichkeit der Namen.

Roland sah sie an, dann Eddie, dann Jake, der auf ein Knie gesunken war, damit er Oy hinter den Ohren kraulen konnte.

»Ich werde es euch erzählen«, sagte er, »aber dies ist weder der Ort noch die Zeit.«

»Das sagst du immer wieder«, antwortete Susannah. »Du hältst uns nicht wieder nur hin, oder?«

Roland schüttelte den Kopf. »Ihr werdet meine Geschichte hören – wenigstens diesen Teil davon –, aber nicht auf diesem Kadaver aus Metall.«

»Ja«, sagte Jake. »Hier oben zu sein ist, als würde man auf einem toten Dinosaurier spielen, oder so. Ich denke immer, Blaine könnte wieder zum Leben erwachen und anfangen, ich weiß auch nicht, wieder seinen Unsinn mit unseren Köpfen zu treiben.«

»Das Geräusch ist weg«, sagte Eddie. »Dieses Ding, das sich wie ein Wah-Wah-Pedal angehört hat.«

»Es erinnerte mich an einen alten Burschen, den ich immer im Central Park gesehen habe«, sagte Jake.

»Den Mann mit der Säge?« fragte Susannah. Jake sah sie mit vor Überraschung runden Augen an, worauf sie nickte. »Nur war er nicht alt, als ich ihn gesehen habe. Nicht nur die Geographie ist hier durcheinander. Die Zeit ist auch merkwürdig.«

Eddie legte ihr einen Arm um die Schulter und drückte sie kurz. »Amen.«

Susannah drehte sich zu Roland um. Ihr Blick war nicht vorwurfsvoll, aber ihre Augen drückten eine derart gelassene und unverhohlene Einschätzung aus, daß der Revolvermann sie fast gegen seinen Willen bewunderte. »Ich werde dich an dein Versprechen erinnern, Roland. Ich möchte etwas über dieses Mädchen wissen, das meinen Namen trägt.«

»Du wirst es hören«, wiederholte Roland. »Aber laßt uns erst vom Rücken dieses Monsters verschwinden.«

3

Das war leichter gesagt als getan. Blaine war leicht schräg in einer Freiluftversion der Krippe von Lud zum Stillstand gekommen (eine wüste Spur zerfetzten rosa Metalls lag auf einer Seite davon und markierte das Ende von Blaines letzter Fahrt), und es waren gut acht Meter vom Dach des Baronswagens bis zum Beton unten. Falls es eine Leiter zum Absteigen gab wie die, die so zweckdienlich aus dem Notausgang heruntergeklappt war, mußte sie bei dem Zusammenstoß eingeklemmt worden sein.

Roland legte die Tasche ab, kramte darin herum und holte den Wildlederharnisch heraus, mit dem sie Susannah getragen hatten, wenn das Gelände zu uneben für den Rollstuhl gewesen war. Wenigstens um den Rollstuhl mußten sie sich keine Gedanken mehr machen, überlegte der Revolvermann; sie hatten ihn bei der wilden Jagd, als sie Blaine hatten erreichen wollen, einfach im Stich gelassen.

»Was willst du damit?« fragte Susannah trotzig. Sie hörte sich immer trotzig an, wenn der Harnisch ins Spiel kam. *Ich hasse die blass'n Wichser unten in Miss'ippi mehr als diesen Harnisch,* hatte sie einmal mit der Stimme von Detta Walker zu Eddie gesagt, *aber manchmal isses knapp, Süßer.*

»Ruhig, Susannah Dean, ganz ruhig«, sagte der Revolvermann und lächelte ein wenig. Er fädelte das Geflecht der Gurte des Harnischs auseinander, legte das Sitzteil beiseite und flocht die Gurte wieder zusammen. Mit einem altmodischen Schifferknoten band er sie an sein letztes brauchbares Stück Seil. Während er arbeitete, lauschte er nach dem Heulen der Schwachstelle … wie sie zu viert nach den Göttertrommeln gehorcht hatten; wie er und Eddie gehorcht hatten, als die Monsterhummer wie Anwälte mit ihren Fragen anfingen (»Dad-a-cham? Did-a-chee? Dum-a-chum?«), wenn sie Nacht für Nacht aus den Wellen kamen.

Ka ist ein Rad, dachte er. Oder, wie Eddie zu sagen pflegte: Was rumging, das kam auch wieder rum.

Als das Seil fertig war, band er eine Schleife am Ende des geflochtenen Teils. Jake trat voller Zuversicht mit dem Fuß hinein, hielt sich mit einer Hand an dem Seil fest und ließ es sich Oy in der Beuge seines anderen Arms bequem machen. Oy sah sich nervös um, winselte, reckte den Hals und leckte Jakes Gesicht.

»Du hast doch keine Angst, oder?« fragte Jake den Bumbler.

»Angst«, stimmte Oy zu, blieb aber ruhig, als Roland und Eddie Jake an der Seite des Baronswagens hinabließen. Das Seil war nicht lang genug, daß er bis ganz auf den Boden kam, aber Jake hatte keine Mühe, den Fuß zu befreien und den letzten Meter zu springen. Er setzte Oy ab. Der Bumbler trottete schnuppernd davon und hob ein Bein an der Mauer des Bahnhofsgebäudes. Das Gebäude war nicht annähernd so grandios wie die Krippe von Lud, hatte aber ein altmodisches Aussehen, das Roland gefiel – weiße Dielen, überhängende Erker, hohe, schmale Fenster und offenbar Schieferziegel. Ein *Western*-Aussehen. Auf einem Schild über den Türen der Bahnhofshalle stand in Goldbuchstaben:

ATCHISON, TOPEKA UND SANTA FÉ

Städte, vermutete Roland, und die letzte kam ihm bekannt vor; hatte es nicht ein Santa Fé in der Baronie Mejis gegeben? Doch das führte wieder zu Susan, der holden Susan am Fenster, mit offenem Haar, das ihr über den Rücken fiel, mit einem Duft nach Jasmin und Rosen und Geißblatt und altem süßem Heu – Gerüche, von denen das Orakel im Berg nur einen blassen Abklatsch zustande gebracht hatte. Susan, die sich zurücklehnte und ernst zu ihm aufschaute, um dann zu lächeln und die Hände hinter dem Kopf zu verschränken, so daß ihre Brüste sich hoben, als sehnten sie sich nach der Berührung seiner Hände.

Wenn du mich liebst, Roland, dann liebe mich ... Vogel und Bär und Hase und Fisch ...

»– nächste?«

Er drehte sich zu Eddie um und mußte alle Willenskraft aufbieten, um sich aus dem Wann von Susan Delgado zurückzuziehen. Es gab wahrhaftig Schwachstellen hier in Topeka, und zwar von unterschiedlichster Art. »Ich war mit den Gedanken anderswo, Eddie. Erflehe deine Verzeihung.«

»Susannah als nächste? Das hatte ich gefragt.«

Roland schüttelte den Kopf. »Du als nächster, dann Susannah. Ich gehe als letzter.«

»Wirst du zurechtkommen? Mit deiner Hand und allem?«

»Ich schaffe es.«

Eddie nickte und stellte den Fuß in die Schleife. Als Eddie nach Mittwelt gekommen war, hätte Roland ihn mühelos selbst hinunterlassen können, zwei fehlende Finger hin oder her, aber Eddie war schon seit Monaten ohne seine Droge und hatte zehn bis fünfzehn Pfund an Muskeln zugelegt. Roland akzeptierte Susannahs Hilfe dankbar, und sie ließen Eddie gemeinsam hinunter.

»Jetzt du, Lady«, sagte Roland und lächelte sie an. In letzter Zeit kam es ihm ganz natürlich vor, zu lächeln.

»Ja.« Aber zunächst stand sie nur da und biß sich auf die Unterlippe.

»Was ist los?«

Sie griff mit der Hand zum Bauch und rieb sich dort, als hätte sie Schmerzen oder Bauchgrimmen. Er dachte, sie würde sprechen, doch sie schüttelte nur den Kopf und sagte: »Nichts.«

»Das glaube ich nicht. Warum reibst du dir den Bauch? Bist du verletzt? Bist du verletzt worden, als wir so plötzlich zum Stillstand gekommen sind?«

Sie nahm die Hand vom Kleid, als wäre die Haut im Süden ihres Nabels heiß geworden. »Nein. Es geht mir gut.«

»Wirklich?«

Susannah schien sehr gründlich darüber nachzudenken. »Wir reden«, sagte sie. »Wir halten ein *Palaver,* wenn dir das lieber ist. Aber du hattest vorhin recht, Roland – dies ist weder der Ort noch die Zeit.«

»Wir alle vier, oder nur du und ich und Eddie?«

»Nur du und ich, Roland«, sagte sie und stieß ihren Beinstumpf durch die Schlinge. »Nur eine Henne und ein Hahn, jedenfalls am Anfang. Und jetzt laß mich bitte runter.«

Das tat er, sah sie dabei stirnrunzelnd an und hoffte von ganzem Herzen, daß sein erster Gedanke – der ihm sofort in den Sinn gekommen war, als er die unablässig reibende Hand gesehen hatte – nicht zutraf. Denn sie war in dem sprechenden Ring gewesen, und der Dämon, der dort hauste, hatte mit ihr seinen Spaß gehabt, während Jake versuchte, zwischen den Welten überzuwechseln. Manchmal – *oft* – konnte der Kontakt mit einem Dämon alles verändern.

Und niemals zum Besseren, soweit Roland wußte.

Er zog das Seil zurück, als Eddie Susannah um die Taille gefaßt und ihr auf das Bahngleis geholfen hatte. Der Revolvermann ging zu einem der Pfosten, die sich durch Blaines patronenförmige Schnauze gebohrt hatten, und band unterwegs das Ende des Seils zu einer Gleitschlinge. Diese warf er über den Pfosten, zurrte sie fest (wobei er sorgsam darauf achtete, daß er nicht nach links zog), und dann ließ er sich selbst auf den Bahnsteig hinunter, in der Taille abgeknickt und Fußabdrücke auf Blaines rosafarbener Seite hinterlassend.

»Zu dumm, daß wir das Seil und den Harnisch verlieren«, bemerkte Eddie, als Roland neben ihnen stand.

»*Mir* tut es nicht leid um den Harnisch«, sagte Susannah. »Ich würde lieber auf dem Asphalt kriechen, bis ich Kaugummi an den Armen bis rauf zu den Ellbogen habe.«

»Wir haben gar nichts verloren«, sagte Roland. Er schob die Hand in die Fußschleife aus Wildleder und ließ sie heftig nach links schnappen. Das Seil rutschte von dem Pfosten herunter, und Roland wickelte es fast so schnell auf, wie es herunterkam.

»Toller Trick!« sagte Jake.

»Oller! Rick!« stimmte Oy zu.

»Cort?« fragte Eddie.

»Cort«, bestätigte Roland lächelnd.

»Der Ausbilder aus der Hölle«, sagte Eddie. »Besser du als ich, Roland. Besser du als ich.«

4

Als sie auf die Türen zum Bahnhofsgebäude zugingen, ertönte das tiefe, blubbernde Heulen erneut. Roland stellte amüsiert fest, daß seine Gefährten alle drei gleichzeitig die Nasen rümpften und die Mundwinkel nach unten zogen; damit sahen sie nicht nur wie ein *Ka-tet*, sondern obendrein wie Blutsverwandte aus. Susannah zeigte in Richtung Park. Die Schilder, die über den Bäumen aufragten, waberten ein wenig, so wie Gegenstände im Flimmern der Hitze.

»Ist das von der Schwachstelle?« fragte Jake.

Roland nickte.

»Werden wir sie umgehen können?«

»Ja. Schwachstellen sind gefährlich, so wie Sümpfe voller Treibsand und Saligs gefährlich sind. Wißt ihr, was das ist?«

»Wir wissen, was Treibsand ist«, sagte Jake. »Und wenn Saligs lange grüne Biester mit großen Zähnen sind, kennen wir die auch.«

»Genau das sind sie.«

Susannah drehte sich ein letztesmal um und sah Blaine an. »Keine dummen Fragen und keine dummen Spiele. In der Hinsicht hatte das Buch recht.« Von Blaine sah sie zu Roland. »Was ist mit Beryl Evans, der Frau, die *Charlie Tschuff-Tschuff* geschrieben hat? Glaubst du, sie gehört auch dazu? Daß wir sie vielleicht sogar kennenlernen? Ich würde mich gern bei ihr bedanken. Eddie ist dahintergekommen, aber –«

»Es ist möglich, denke ich«, sagte Roland, »aber eigentlich glaube ich es nicht. Meine Welt ist wie ein riesiges Schiff, das so nahe an der Küste gesunken ist, daß der größte Teil der Trümmer an den Strand gespült wurde. Vieles von dem, was wir finden, mag faszinierend sein, manches mag nützlich sein, wenn *Ka* es erlaubt, aber es werden trotzdem Trümmer sein. Sinnlose Trümmer.« Er drehte sich um. »Wie dieser Ort, schätze ich.«

»Ich würde das nicht gerade als Wrackteile bezeichnen«, sagte Eddie. »Sieh dir die Farbe dieses Bahnhofs an – sie ist ein bißchen rostig von den Regenrinnen unter den Erkern, aber soweit ich sehen kann, ist sie nirgendwo abgeblättert.« Er blieb vor den Türen stehen und strich mit den Fingern über eine der Glasscheiben. Sie hinterließen vier klare Spuren. »Staub, und zwar nicht wenig, aber keine Sprünge. Ich würde sagen, daß dieses Gebäude spätestens seit … schätzungsweise Sommeranfang nicht mehr gewartet wurde.«

Er sah Roland an, der achselzuckend nickte. Er hörte nur mit halbem Ohr zu und konzentrierte sich nur mit halbem Verstand. Der Rest von ihm war mit zweierlei beschäftigt: dem Heulen der Schwachstelle und damit, die Erinnerungen zurückzudrängen, die ihn überwältigen wollten.

»Aber Lud war schon seit *Jahrhunderten* Verfall und Untergang preisgegeben«, sagte Susannah. »Dieser Ort … vielleicht ist es Topeka, vielleicht auch nicht, aber mir kommt er wie eine der unheimlichen kleinen Ortschaften in *Twilight Zone* vor. Ihr Jungs werdet euch vielleicht nicht mehr daran erinnern, aber –«

»Doch, ich schon«, sagten Jake und Eddie wie aus einem Mund, dann sahen sie einander an und lachten. Eddie streckte die Hand aus, und Jake schlug darauf.

»Sie zeigen immer noch Wiederholungen«, sagte Jake.

»Ja, andauernd«, fügte Eddie hinzu. »Normalerweise werden sie von Konkursverwaltern gesponsert, die wie Foxterrier aussehen. Und du hast recht. Dieser Ort ist *nicht* wie Lud. Warum auch? Es ist nicht dieselbe *Welt* wie Lud. Ich weiß nicht, wo der Übergang stattgefunden hat, aber –« Er zeigte auf das blaue

Schild der Interstate 70, als würde das ohne den Schatten eines Zweifels beweisen, was er sagen wollte.

»Wenn es Topeka ist, wo sind die Menschen?« fragte Susannah.

Eddie zuckte die Achseln und hob die Hände – wer weiß?

Jake legte die Stirn an die Glasscheibe der mittleren Tür, hielt die Hände seitlich ans Gesicht und sah hinein. Er verharrte mehrere Sekunden in dieser Haltung, dann sah er etwas, bei dem er schnell zurückzuckte. »Oh-oh«, sagte er. »Kein Wunder, daß es in der Stadt so still ist.«

Roland trat hinter Jake und sah über den Kopf des Jungen hinweg, wobei er selbst die Hände ans Gesicht preßte, um das Licht abzuhalten. Der Revolvermann zog zwei Schlußfolgerungen, noch ehe er sah, was Jake gesehen hatte. Die erste, dies war ganz eindeutig ein Bahnhof, aber kein *Blaine*-Bahnhof … keine Krippe. Die andere war, daß der Bahnhof tatsächlich zu Eddies, Jakes und Susannahs Welt gehörte … aber möglicherweise nicht in ihr *Wo*.

Das ist die Schwachstelle. Wir müssen vorsichtig sein.

Zwei Tote saßen aneinandergelehnt auf einer der langen Bänke, die fast den gesamten Raum ausfüllten; abgesehen von den schlaffen, runzligen Gesichtern und den schwarzen Händen sahen sie aus wie Zecher, die nach einer ausufernden Party in der Bahnhofshalle eingeschlafen waren und den letzten Zug nach Hause verpaßt hatten. An der Wand hinter ihnen hing ein Schild mit der Aufschrift ABFAHRTSZEITEN, darunter standen die Namen von Städten und Orten und Baronien in einer Reihe. DENVER, lautete einer. WICHITA ein anderer. OMAHA ein dritter. Roland hatte einmal einen einäugigen Spieler namens Omaha gekannt; er war mit einem Messer in der Kehle an einem Watch-Me-Tisch gestorben. Er hatte die Lichtung am Ende des Weges mit zurückgelegtem Kopf betreten und bei seinem letzten Atemzug die ganze Decke mit Blut bespritzt. Von der Decke dieses Raums (den Rolands verstockter und träger Verstand hartnäckig als Rasthaus betrachtete, als wäre dies ein Zwischenhalt an einer halbvergessenen Postkutschenstraße wie diejenige, die ihn nach Tull geführt hatte) hing eine wunderschöne Uhr mit vier Zifferblättern. Die Zeiger waren bei 4.14 Uhr stehengeblieben, und Roland vermutete, daß sie sich nie wieder bewegen würden. Das war ein trauriger Gedanke ... aber dies war auch eine traurige Welt. Er konnte keine weiteren Toten sehen, aber die Erfahrung hatte ihn gelehrt, wo zwei Tote herumlagen, lagen wahrscheinlich vier weitere irgendwo außer Sichtweite. Oder vier Dutzend.

»Sollten wir reingehen?« fragte Eddie.

»Warum?« konterte der Revolvermann. »Wir haben hier nichts zu suchen; es gehört nicht zum Pfad des Balkens.«

»Du würdest einen großartigen Fremdenführer abgeben«, sagte Eddie ätzend. »›Alle schön zusammenbleiben, und laufen Sie bitte nicht in die –‹«

Jake unterbrach ihn mit einer Frage, die Roland nicht verstand. »Hat einer von euch einen Vierteldollar?« Der Junge sah Eddie und Susannah an. Neben ihm befand sich ein rechteckiges Metallkästchen. Darauf stand in blauen Buchstaben:

DAS TOPEKA-CAPITAL-JOURNAL BERICHT ÜBER ALLES WISSENSWERTE IN KANSAS! DIE ZEITUNG IHRER HEIMATSTADT! *VERPASSEN SIE KEINEN TAG!*

Eddie schüttelte amüsiert den Kopf. »Hab mein ganzes Kleingeld irgendwann verloren. Wahrscheinlich beim Bäumeklettern, kurz bevor du zu uns gestoßen bist, als ich versucht habe, kein Imbiß für einen Roboterbären zu werden. Tut mir leid.«

»Moment mal ... Moment mal ...« Susannah hatte die Handtasche aufgemacht und kramte auf eine Weise darin, bei der Roland breit grinsen mußte, obwohl er mit seinen Gedanken ganz woanders war. Irgendwie war das so *typisch Frau*. Sie nestelte zerknüllte Kleenex auseinander, schüttelte sie, um sich zu vergewissern, daß nichts darin steckte, fischte eine Puderdose heraus, sah sie an, warf sie wieder hinein, förderte einen Kamm zutage, warf *den* wieder hinein –

Sie war so beschäftigt, daß sie nicht mitbekam, wie Roland an ihr vorbeischlenderte und den Revolver aus dem Schultergürtel zog, den er unterwegs für sie gebastelt hatte. Er feuerte einen einzigen Schuß ab. Susannah stieß einen kurzen Schrei aus, ließ die Handtasche fallen und griff nach dem leeren Holster unter ihrer linken Brust.

»Blaßbacke, du hast mir einen *Heiden*schreck eingejagt!«

»Du solltest besser auf deine Waffe aufpassen, Susannah, sonst könnte es sein, daß das Loch beim nächstenmal, wenn sie dir einer wegnimmt, zwischen deinen Augen ist, statt... Was ist das, Jake? Eine Art Nachrichtengerät? Oder enthält es Papier?«

»Beides.« Jake sah erschrocken aus. Oy hatte sich halb den Bahnsteig hinunter verkrochen und sah Roland mißtrauisch an. Jake steckte den Finger in die Mitte des Verschlusses der Zeitungsbox. Ein kleines Rauchwölkchen kam daraus hervor.

»Los doch«, sagte Roland. »Mach es auf.«

Jake zog an dem Griff. Er leistete einen Moment Widerstand, dann fiel irgendwo im Innern ein Stück Metall herunter, und die Tür ging auf. Der Kasten selbst war leer; auf einem Schild an der Rückwand stand: WENN KEINE ZEITUNG MEHR DA IST, BITTE AUSSTELLUNGSEXEMPLAR NEHMEN. Jake zog sie aus der Drahthalterung, dann versammelten sich alle darum.

»Was, in Gottes Namen...?« Susannahs Flüstern klang entsetzt und vorwurfsvoll zugleich. »Was soll das bedeuten? Was, in Gottes Namen, ist hier *passiert?*«

Unter dem Titel der Zeitung stand in schreienden schwarzen Buchstaben, die fast die halbe erste Seite einnahmen:

SUPERGRIPPE »CAPTAIN TRIPS«
GRASSIERT UNGEHINDERT
FÜHRENDE REGIERUNGSBEAMTE
MÖGLICHERWEISE AUS DEM LAND GEFLOHEN
KRANKENHÄUSER VON TOPEKA ÜBERFÜLLT
MIT KRANKEN UND STERBENDEN
MILLIONEN BETEN UM HEILMITTEL

»Lies es laut vor«, sagte Roland. »Es sind Buchstaben eurer Sprache, ich kenne sie nicht alle, aber ich würde gern genau wissen, worum es sich bei dieser Geschichte handelt.«

Jake sah Eddie an, der ungeduldig nickte.

Jake schlug die Zeitung auf und zeigte ein Rasterbild (Roland hatte schon derartige Bilder gesehen; man nannte sie »Fottergrafien«), das sie alle schockierte: Es zeigte eine Stadt an einem

See, deren Silhouette in Flammen stand. **FEUER IN CLEVELAND WÜTET UNGEHINDERT** lautete die Bildunterschrift.

»Lies, Junge!« sagte Eddie zu ihm. Susannah sagte nichts; sie las den Artikel – den einzigen auf der ersten Seite – bereits über seine Schulter. Jake räusperte sich, als wäre seine Kehle plötzlich trocken geworden, und begann.

5

»Autor der Story ist John Corcoran, plus Mitglieder der Redaktion und AP-Berichte. Das bedeutet, eine Menge Leute haben daran gearbeitet. Okay. Los geht's. ›Amerikas größte Krise – und möglicherweise die größte der ganzen Welt – verschärfte sich über Nacht, als die sogenannte Supergrippe, die im Mittleren Westen als Halswürger und in Kalifornien als Captain Trips bekannt ist, sich weiter ausbreitete.

Obwohl die Zahl der Todesopfer derzeit nur geschätzt werden kann, behaupten medizinische Fachleute, daß die Krankheit bislang einen Blutzoll gefordert hat, der das menschliche Vorstellungsvermögen übersteigt: Zwanzig bis dreißig Millionen Tote allein auf dem Gebiet der Vereinigten Staaten ist die Schätzung, die Dr. Morris Hackford vom St. Francis Hospital und Medical Center in Topeka nannte. Von Los Angeles, Kalifornien, bis Boston, Massachussetts, werden Leichen in Krematorien, Fabriköfen und Gräben im Freien verbrannt.

Hier in Topeka werden die Hinterbliebenen, die noch gesund und kräftig genug sind, dringend gebeten, ihre Toten zu einer der nachfolgenden drei Sammelstellen zu bringen: die Müllverbrennungsanlage nördlich des Oakland Billard Park; der Boxenbereich an der Rennbahn Heartland Park; die frische Aushebung an der Southeast Sixty-first Street, östlich von Forbes Field. Zufahrt zu dieser Grube sollte über die Berryton Road erfolgen; aus Kalifornien wird gemeldet, daß die dortigen Hauptverkehrsstraßen durch Autowracks und mindestens ein abgestürztes Transportflugzeug der Air Force versperrt sind.‹«

Jake sah mit ängstlichem Blick zu seinen Freunden auf, sah hinter sich zu dem stummen Bahnhof und beugte sich dann wieder über die Zeitung.

»Dr. April Montoya vom Stormont-Vail Regional Medical Center weist darauf hin, daß die Zahl der Todesopfer, so schrecklich sie sein mag, nur einen Aspekt dieser furchtbaren Geschichte bildet. ›Auf jeden Menschen, der bisher im Zuge dieser neuen Grippewelle gestorben ist‹, sagte Montoya, ›kommen weitere sechs, die krank in ihren Häusern liegen, möglicherweise sogar ein ganzes Dutzend. Und soweit wir bisher feststellen konnte, ist die Genesungsrate gleich null.‹ Danach fügte sie unserem Reporter hustend hinzu: ›Ich persönlich mache keine Pläne für das Wochenende.‹

Weitere Lokalmeldungen:

Sämtliche Flüge von Forbes und Phillip Billard wurden storniert.

Amtrak hat jeglichen Zugverkehr eingestellt, nicht nur in Topeka, sondern in ganz Kansas. Der Amtrak-Bahnhof Gage Boulevard wurde bis auf weiteres geschlossen.

Sämtliche Schulen in Topeka wurden ebenfalls bis auf weiteres geschlossen. Dazu gehören die Bezirke 437, 345, 450 (Shawnee Heights), 372 und 501 (Topeka Zentrum). Das Lutheran und das Technical College in Topeka sind ebenfalls geschlossen, ebenso die University of Kansas in Lawrence.

Die Einwohner von Topeka müssen in den kommenden Tagen und Wochen mit Stromverknappung, möglicherweise sogar Stromausfall rechnen. Die Betreiberfirma Kansas Power and Light hat ein ›Langsames Abschalten‹ des Kernkraftwerks Kaw River in Wamego bekanntgegeben. Niemand im Büro für Öffentlichkeitsarbeit des KawNuke beantwortete Anrufe aus der Redaktion, aber eine Stimme vom Band gibt bekannt, daß es keinen Störfall in dem Kraftwerk gegeben hat und es sich um eine reine Vorsichtsmaßnahme handelt. KawNuke, schließt die Tonbandaufzeichnung, wird ›wieder ans Netz gehen, wenn die derzeitige Krise überwunden ist‹. Der Trost, den diese Ansage möglicherweise spenden könnte, wird jedoch durch die letzten Worte der Ansage wieder zunichte gemacht, die nicht ›Auf Wiedersehen‹ oder ›Danke für Ihren Anruf‹ lauten, sondern: ›Gott wird uns in dieser schweren Prüfung beistehen‹.«

Jake machte eine Pause und schlug die Fortsetzung des Artikels auf der nächsten Seite auf, wo weitere Abbildungen zu sehen waren: ein ausgebrannter Lastwagen, der verkehrt herum auf der Treppe des Kansas Museum of Natural History lag; der Verkehr auf der Golden Gate Bridge in San Francisco, der sich Stoßstange an Stoßstange staute; haufenweise Tote auf dem Times Square. Ein Leichnam, sah Susannah, war an einem Laternenpfosten aufgehängt worden, und das rief alptraumhafte Erinnerungen an die Flucht zur Krippe von Lud wach, die sie und Eddie hatten durchstehen müssen, nachdem sie sich von dem Revolvermann getrennt hatten; Erinnerungen an Luster und Winston und Jeeves und Maud. *Als die Göttertrommeln diesmal einsetzten, ist Prüglers Stein aus dem Hut gezogen worden,* hatte Maud gesagt. *Wir ham ihn tanzen lassen.* Aber selbstverständlich hatte sie gemeint, sie hatten ihn *hängen* lassen. Wie sie, schien es, einige Leutchen zu Hause im guten alten New York gehängt hatten. Wenn die Lage schlimm genug wurde, schien irgendwie immer jemand ein Seil zum Lynchen zu finden.

Echos. Alles hallte inzwischen wie Echos. Sie wurden von einer Welt zur anderen hin und her geworfen, verhallten aber nicht, wie gewöhnliche Echos, sondern wurden immer lauter und schrecklicher. *Wie die Göttertrommeln,* dachte Susannah und erschauerte.

»›Auf nationaler Ebene‹«, las Jake weiter, »›wächst die Überzeugung, daß Regierungsmitglieder, die die Existenz der Supergrippe anfänglich, als Quarantänemaßnahmen noch eine gewisse Erfolgsaussicht gehabt haben könnten, geleugnet hatten, in unterirdische Schutzbunker geflohen sind, die für den Fall eines Atomkriegs als Denkfabriken gebaut wurden. Vizepräsident Bush und führende Mitglieder des Kabinetts Reagan wurden in den letzten achtundvierzig Stunden nicht gesehen. Von Reagan fehlt seit Sonntag morgen jede Spur, als er am Gottesdienst in der Green Valley Methodist Church in San Simeon teilnahm.

›Sie haben sich in die Bunker verkrochen wie Hitler und die anderen Nazi-Ratten gegen Ende des Zweiten Weltkriegs‹, sagte Congressman Steve Sloan. Auf die Frage, ob er etwas dagegen hätte, namentlich zitiert zu werden, lachte der Vertreter von Kansas, ein Republikaner in seiner ersten Amtsperiode, nur und sagte: ›Warum sollte ich? Ich habe mich selbst schon angesteckt. Nächste Woche um diese Zeit werde ich nichts weiter als Staub im Wind sein.‹«

Feuersbrünste, die höchstwahrscheinlich auf Brandstiftung zurückgehen, wüten weiter in Cleveland, Indianapolis und Terre Haute.

Eine gigantische Explosion, deren Zentrum in der Nähe des Riverfront Stadium in Cincinnati lag, war offenbar nicht atomarer Natur, wie zuerst befürchtet wurde, sondern geschah infolge einer natürlichen Gaskonzentration aufgrund mangelnder ...‹«

Jake ließ die Zeitung aus den Händen fallen. Ein Windstoß ergriff sie und wehte sie über den ganzen Bahnsteig, wobei die zusammengelegten Blätter auseinandergerissen wurden. Oy streckte den Hals und packte eines davon im Vorbeifliegen. Er nahm es in den Mund und kam damit so folgsam wie ein Hund mit einem Stöckchen zu Jake getrottet.

»Nein, Oy, ich will es nicht«, sagte Jake. Er hörte sich elend und sehr jung an.

»Wenigstens wissen wir jetzt, wo die ganzen Leute sind«, sagte Susannah, bückte sich und nahm Oy das Blatt ab. Es waren die letzten beiden Seiten. Sie waren voll Todesanzeigen in der kleinsten Type, die sie je gesehen hatte. Keine Bilder, keine Todesursachen, keine Begräbnistermine. Nur dieser gestorben, geliebter Mann von Soundso, und jener gestorben, geliebter Sohn von Jill und Joe, noch einer gestorben, geliebter was auch immer von wem auch immer. Alles in der winzigen, nicht völlig ebenmäßigen Schrift. Gerade diese Unregelmäßigkeit der Schrift überzeugte sie davon, daß dies alles Wirklichkeit war.

Aber wie sehr sie versucht haben, ihre Toten selbst am Ende noch zu ehren, dachte sie und spürte einen Kloß im Hals. *Wie sehr sie es versucht haben.*

Susannah faltete die vier Seiten zusammen und studierte die Rückseite – die letzte Seite des *Capital-Journal.* Sie zeigte ein Bild von Jesus Christus mit traurigen Augen, ausgestreckten Händen und den Malen der Dornenkrone auf der Stirn. Darunter drei trostheischende Worte in riesigen Buchstaben:

BETET FÜR UNS

Sie sah mit vorwurfsvollem Blick zu Eddie auf. Dann gab sie ihm die Zeitung und klopfte mit einem braunen Finger auf das

Datum ganz oben. Es war der 24. Juni 1986. Eddie war ein Jahr später in die Welt des Revolvermanns gezogen worden.

Er hielt sie lange Zeit in der Hand und strich mit dem Finger immer wieder über das Datum, als könnte er es mit dieser Bewegung irgendwie ändern. Dann schaute er zu ihnen auf und schüttelte den Kopf. »Nein. Ich habe keine Erklärung für diese Stadt, diese Zeitung oder die Toten hier im Bahnhof, aber eines kann ich mit Fug und Recht behaupten – als ich weggegangen bin, war alles in Ordnung in New York. Oder nicht, Roland?

Der Revolvermann sah ein wenig gallig drein. »Mir kam nichts in deiner Stadt in Ordnung vor, aber die Menschen, die dort lebten, schienen keine Überlebenden einer derartigen Seuche zu sein, nein.«

»Es gab etwas, das Legionärskrankheit genannt wurde«, sagte Eddie. »Und natürlich Aids –«

»Das ist die Sex-Krankheit, richtig?« fragte Susannah. »Die von warmen Brüdern und Drogensüchtigen übertragen wurde?«

»Ja, aber in meinem Wann gehört es nicht zum guten Ton, Schwule als warme Brüder zu bezeichnen«, sagte Eddie. Er versuchte zu lächeln, aber es kam ihm steif und unnatürlich auf seinem Gesicht vor, daher ließ er es bleiben.

»Also ist das ... das nie passiert«, sagte Jake und berührte vorsichtig das Gesicht von Christus auf der Rückseite der Zeitung.

»Aber es ist geschehen«, sagte Roland. »Es geschah im Juni-Säen des Jahres eintausendneunhundertsechsundachtzig. Und wir sind hier, in der Nachernte dieser Seuche. Wenn Eddie recht hat, was die Länge des verstrichenen Zeitraums betrifft, hat die Seuche dieser ›Supergrippe‹ im Juni-Säen dieses *letzten* Jahres stattgefunden. Wir sind in Topeka, Kansas, in der Mahd von sechsundachtzig. Das ist das *Wann*. Was das *Wo* betrifft, wissen wir alle, daß es nicht das von Eddie ist. Es könnte deines sein, Susannah, oder deines, Jake, weil ihr eure Welt verlassen habt, bevor dieses Wann eingetroffen ist.« Er zeigte auf das Datum der Zeitung, dann sah er Jake an. »Du hast einmal etwas zu mir gesagt. Ich bezweifle, ob du dich daran erinnerst, aber ich erinnere mich; es ist eines der wichtigsten Dinge, die jemals jemand zu mir gesagt hat: ›Dann geh, es gibt andere Welten als diese.‹«

»Noch mehr Rätsel«, sagte Eddie finster.

»Ist es nicht eine Tatsache, daß Jake Chambers einmal gestorben ist und jetzt gesund und munter vor uns steht? Oder zweifelt ihr an meiner Geschichte von seinem Tod unter den Bergen? Daß ihr von Zeit zu Zeit an meiner Ehrlichkeit zweifelt, weiß ich. Und ich nehme an, ihr habt eure Gründe dafür.«

Eddie dachte darüber nach, dann schüttelte er den Kopf. »Du lügst, wenn es deinen Zwecken dient, aber ich glaube, als du uns von Jake erzählt hast, warst du so im Arsch, daß du nur die Wahrheit sagen konntest.«

Roland stellte zu seinem Erstaunen fest, daß ihn kränkte, was Eddie sagte – *Du lügst, wenn es deinen Zwecken dient* –, aber er fuhr fort. Schließlich entsprach es im Grunde der Wahrheit.

»Wir sind zurück zum See der Zeit gegangen«, sagte der Revolvermann, »und haben ihn herausgezogen, bevor er ertrinken konnte.«

»*Du* hast ihn herausgezogen«, verbesserte Eddie.

»Aber ihr habt geholfen«, sagte Roland, »und wenn es nur dadurch war, daß ihr mich am Leben gehalten habt; ihr habt geholfen, doch belassen wir es vorerst dabei. Darauf kommt es nicht an. Wichtiger ist, es gibt viele mögliche Welten und eine unendliche Vielzahl von Türen, die zu ihnen führen. Dies ist eine dieser Welten; die Schwachstelle, dir wir hören können, ist eine dieser Türen ... nur viel größer als die, die wir am Strand gefunden haben.«

»*Wie* groß?« fragte Eddie. »So groß wie das Tor einer Lagerhalle oder so groß wie die Lagerhalle selbst?«

Roland schüttelte den Kopf und hob die Handflächen zum Himmel – *wer weiß?*

»Diese Schwachstelle«, sagte Susannah. »Wir sind nicht nur in ihrer Nähe, oder? Wir sind *durchgekommen*. So sind wir hierher gelangt, in diese Version von Topeka.«

»Möglich«, gab Roland zu. »Hat einer von euch etwas Seltsames gespürt? Ein Schwindelgefühl oder vorübergehende Übelkeit?«

Sie schüttelten die Köpfe. Oy, der Jake genau beobachtet hatte, schüttelte diesmal auch den Kopf.

»Nein«, sagte Roland, als hätte er es erwartet. »Aber wir haben uns auf die Rätsel konzentriert –«

»Wir haben uns darauf konzentriert, nicht getötet zu werden«, grunzte Eddie.

»Ja. Vielleicht sind wir durchgekommen, ohne daß wir es bemerkt haben. Wie auch immer, Schwachstellen sind nicht natürlich – sie sind Schwären auf der Haut der Existenz und können nur existieren, weil irgend etwas schiefgeht. In *allen* Welten.«

»Weil beim Dunklen Turm etwas nicht stimmt«, sagte Eddie.

Roland nickte. »Und selbst wenn dieser Ort – dieses *Wann* und dieses *Wo* – jetzt nicht das *Ka* unserer Welt ist, könnte es dieses *Ka* werden. Diese Seuche – oder andere, noch schlimmere – könnte sich ausbreiten. Genau wie diese Schwachstellen sich ausbreiten und an Größe und Zahl wachsen. In den Jahren meiner Suche nach dem Turm habe ich vielleicht ein halbes Dutzend gesehen, und wohl noch einmal zwei Dutzend gehört. Die erste … die erste habe ich schon gesehen, als ich noch sehr, sehr jung war. In der Nähe einer Stadt namens Hambry.« Er rieb sich wieder mit der Hand die Wange und registrierte ohne Überraschung, daß er Schweiß zwischen den Stoppeln spürte. *Schlaf mit mir, Roland. Wenn du mich liebst, dann schlaf mit mir.*

»Was auch immer mit uns passiert ist, es hat uns aus unserer Welt hinauskatapultiert, Roland«, sagte Jake. »Wir sind vom Balken heruntergefallen. Schau.« Er deutete zum Himmel. Die Wolken zogen langsam über ihnen dahin, aber nicht mehr in die Richtung, in die Blaines Schnauze zeigte. Südosten war nach wie vor Südosten, aber die Spuren des Balkens, an die sie sich so gewöhnt hatten, waren verschwunden.

»Spielt das eine Rolle?« fragte Eddie. »Ich meine … der *Balken* mag verschwunden sein, aber der *Turm* existiert in allen Welten, oder nicht?«

»Ja«, sagte Roland, »aber möglicherweise ist er nicht von allen Welten aus *zugänglich*.«

In dem Jahr, bevor Eddie seine wunderbare und erfüllende Karriere als Heroinsüchtiger begonnen hatte, hatte er es kurze Zeit und nicht besonders erfolgreich als Fahrradkurier versucht. Nun erinnerte er sich an bestimmte Fahrstühle von Bürogebäuden, die er benutzt hatte, um Sendungen zuzustellen, überwiegend Gebäude, in denen Banken oder Anlagefirmen residierten. Es gab Etagen, wo man den Fahrstuhl nicht anhalten und aussteigen konnte, es sei denn, man hatte eine spezielle Karte, die man in den Schlitz unter den Zahlen schob. Wenn der Fahrstuhl zu diesen abgesperrten Etagen kam, wurde die Zahl in der Anzeige durch ein X ersetzt.

»Ich glaube«, sagte Roland, »wir müssen den Balken wiederfinden.«

»Davon bin ich überzeugt«, sagte Eddie. »Kommt, machen wir uns auf den Weg.« Er machte zwei Schritte, dann drehte er sich mit hochgezogenen Brauen zu Roland um. »Wohin?«

»Die Richtung, in die wir gefahren sind«, sagte Roland, als wäre das offensichtlich gewesen, ging mit seinen staubigen, rissigen Stiefeln an Eddie vorbei und auf den Park gegenüber zu.

Kapitel 5
Highwaysurfen

I

Roland ging zum Ende des Bahnsteigs und kickte unterwegs rosa Metallteile aus dem Weg. An der Treppe blieb er stehen und drehte sich ernst zu ihnen um. »Noch mehr Tote. Wappnet euch.«

»Die sind doch nicht … hm … glibberig, oder?« fragte Jake.

Roland runzelte die Stirn, doch sein Gesicht hellte sich auf, als er begriff, was Jake meinte. »Nein. Nicht glibberig. Trocken.«

»Dann ist es gut«, sagte Jake, hielt aber Susannah, die momentan von Eddie getragen wurde, die Hand hin. Sie lächelte ihm zu und legte die Finger um seine.

Am Ende der Treppe, die zum Pendlerparkplatz an der Seite der Bahnhofshalle führte, lagen ein halbes Dutzend Leichen zusammen wie eine umgestürzte Korngarbe. Zwei Frauen, drei Männer. Nummer sechs war ein Kind in Strampelhosen. Ein Sommer tot in Sonne und Regen und Hitze (ganz zu schweigen davon, der Barmherzigkeit von streunenden Katzen, Waschbären oder Murmeltieren ausgesetzt zu sein) hatten dem Baby einen Ausdruck von uralter Weisheit und Rätselhaftigkeit verliehen, wie bei einer Kindermumie aus einer Inkapyramide. Jake vermutete anhand der ausgebleichten blauen Kleidung, daß es ein Junge gewesen sein mußte, aber mit Sicherheit konnte man es nicht sagen. Ohne Augen und Lippen und mit einer zu staubigem Grau verblaßten Haut machte es das Geschlecht zu einem Witz – warum hat das tote Baby die Straße überquert? Weil es auf die Supergrippe geschnallt war.

Dennoch schien der Kleine die Reise durch Topekas einsame Monate nach der Seuche besser überstanden zu haben als die Erwachsenen um ihn herum. Sie waren wenig mehr als Skelette mit Haaren. In spindeldürren, von lederner Haut umhüllten Knochen, die einmal Finger gewesen waren, hielt einer der Männer den Griff eines Koffers, der wie der Samsonite aussah, den Jakes Eltern besaßen. Was das Baby betraf, dessen Augen waren (wie bei allen anderen) nicht mehr da; große, leere Höhlen starrten Jake an. Darunter war ein Ring farbloser Zähne zu einem streitsüchtigen Grinsen entblößt. *Was hat dich so lange aufgehalten, Junge?* schien der tote Mann mit dem Koffer zu fragen. *Ich hab auf dich gewartet, und es war ein langer heißer Sommer!*

Wo habt ihr Leute gehofft, hingehen zu können? fragte sich Jake. *Wo, bei der gequirlten Kacke, habt ihr gedacht, wäre es sicher genug? Des Moines? Sioux City? Fargo? Auf dem Mond?*

Sie gingen die Treppe hinunter, Roland als erster, die anderen hinter ihm; Jake hielt, dicht gefolgt von Oy, immer noch Susannahs Hand. Der Bumbler mit seinem langgestreckten Körper schien jede Stufe in zwei Abschnitten zu nehmen, wie ein Wohnwagen mit zwei Achsen, der über Bremsschwellen fährt.

»Langsam, Roland«, sagte Eddie. »Ich möchte die Krüppelplätze überprüfen, bevor wir weiterziehen. Möglicherweise haben wir Glück.«

»Krüppelplätze?« sagte Susannah. »Was ist das?«

Jake zuckte die Achseln. Er wußte es nicht. Roland ebensowenig.

Susannah wandte sich Eddie zu. »Ich frage nur, Süßer, weil es sich ein wenig *on*-angenehm anhört. Du weißt schon, als würde man Neger ›Schwarze‹ oder Schwule ›warme Brüder‹ nennen. Ich weiß, ich bin nur eine arme dumme Provinzschnepfe aus den dunklen Tagen von 1964, aber –«

»Da.« Eddie zeigte auf eine Reihe Schilder, die den Weg zum nächstgelegenen Parkplatz des Bahnhofs wiesen. An jedem Pfosten befanden sich zwei Schilder, das obere jeden Paars blau und weiß, das untere rot und weiß. Als sie ein wenig näher kamen, sah Jake, daß das obere das Symbol eines Rollstuhls zeigte. Bei dem unteren handelte es sich um eine Warnung:

200 $ STRAFE FÜR
UNRECHTMÄSSIGE BENUTZUNG
DER BEHINDERTENPARKPLÄTZE
STRENGE ÜBERWACHUNG
DURCH DIE POLIZEI VON TOPEKA

»Sieh dir das an!« sagte Susannah triumphierend. »Das hätten sie schon vor langer Zeit machen sollen! Verdammt, zu meiner Zeit konnte man sich glücklich schätzen, wenn man mit seinem Rollstuhl durch Türen von irgendwas paßte, das kleiner war als das Shop'n Save. Teufel, man konnte schon froh sein, wenn man den Bordstein hochkam! Spezielle Parkplätze? Vergiß es, Süßer!«

Der Parkplatz war fast vollkommen belegt, aber obwohl das Ende der Welt gekommen war, standen nur zwei Autos ohne Rollstuhlsymbole auf den Nummernschildern in der Reihe, die Eddie als »Krüppelplätze« bezeichnet hatte.

Jake schätzte, daß die Respektierung von »Krüppelplätzen« zu den geheimnisvollen Dingen gehörte, an die die Leute sich ein Leben lang hielten, wie Postleitzahlen auf einen Brief zu schreiben, sich das Haar zu scheiteln oder vor dem Frühstück die Zähne zu putzen.

»Und da haben wir's!« rief Eddie. »Behaltet eure Karten, Leute, aber ich glaube, wir haben ein Bingo!«

Eddie trug Susannah weiterhin auf den Hüften – was er noch vor einem Monat nie und nimmer über einen längeren Zeitraum hin geschafft haben würde –, als er zu einem Schlachtschiff von Lincoln lief. Auf dem Dach war ein kompliziert aussehendes Rennrad festgeschnallt; aus dem halboffenen Kofferraum ragte ein Rollstuhl. Und es war nicht der einzige; als er die Reihe der »Krüppelplätze« entlangschaute, sah Jake mindestens vier weitere Rollstühle, die meisten auf Dachgepäckträgern, manche in Kleinbussen oder Kombis, einer (der uralt und erschreckend klobig aussah) war auf die Pritsche eines Pickup geworfen worden.

Eddie setzte Susannah ab und bückte sich, um die Halterung zu untersuchen, an der der Rollstuhl befestigt war. Sie bestand aus einer Menge kreuz und quer gezogener Stretchkordeln und einer Art Sicherungsriegel. Eddie zog die Ruger, die Jake aus der Schreibtischschublade seines Vaters genommen hatte. »Schieß in das Loch«, sagte er fröhlich, und bevor einer von ihnen auch nur daran denken konnte, sich die Ohren zuzuhalten, drückte er ab und schoß das Schloß von dem Sicherungsriegel. Das Geräusch hallte in der Stille und kam als Echo zurück. Mit ihm kam das heulende Geräusch der Schwachstelle, als hätte der

Schuß es geweckt. *Klingt nach Hawaii, oder etwa nicht?* dachte Jake und verzog mißfällig das Gesicht. Vor einer halben Stunde hätte er nicht geglaubt, daß ein Geräusch derart körperliches Unbehagen hervorrufen konnte wie ... nun, sagen wir der Geruch von verwesendem Fleisch, aber jetzt glaubte er es. Er sah zu den Straßenschildern hinauf. Aus diesem Blickwinkel konnte er nur ihre Oberseiten erkennen, aber das genügte, um festzustellen, daß sie wieder flimmerten. *Es erzeugt eine Art Feld,* dachte Jake. *So wie Mixer und Staubsauger statische Störungen in Radio- und Fernsehgeräten hervorrufen, oder wie dieses Zyklotrondingens die Haare an meinen Armen aufrichtete, als Mr. Kingery es in den Unterricht brachte und dann Freiwillige suchte, die sich danebenstellten.*

Eddie stemmte den Riegel beiseite und schnitt mit Rolands Messer die elastischen Kordeln durch. Dann zog er den Rollstuhl aus dem Kofferraum, untersuchte ihn, klappte ihn auseinander und ließ die Stütze einrasten, die auf Sitzhöhe quer über die Rückseite verlief. »*Voila!*« sagte er.

Susannah hatte sich auf eine Hand gestützt – Jake fand, sie sah ein wenig wie die Frau in diesem Gemälde von Andrew Wyeth aus, *Christina's World* – und betrachtete den Rollstuhl staunend. »Allmächtiger Gott, er sieht so klein und leicht aus!«

»Spitzenleistung moderner Technologie, Liebling«, sagte Eddie. »Dafür haben wir in Vietnam gekämpft. Hüpf rein.« Er bückte sich, um ihr zu helfen. Sie leistete keinen Widerstand, runzelte aber die Stirn, als er sie auf den Sitz niederließ. Als rechnete sie damit, daß der Stuhl unter ihr zusammenbrechen würde, dachte Jake. Als sie mit den Händen über die Armstützen ihres neuen Gefährts strich, entspannte sich ihr Gesicht allmählich.

Jake schlenderte ein Stückchen davon und ließ seinen Blick über eine andere Reihe Autos schweifen, strich mit den Fingern über die Hauben und hinterließ Spuren im Staub. Oy watschelte hinter ihm her, blieb einmal stehen und hob ein Bein an einem Reifen, als hätte er das sein ganzes Leben lang getan.

»Hast Heimweh, Süßer, was?« fragte Susannah hinter Jake. »Wahrscheinlich hast du gedacht, daß du nie wieder ein richtiges amerikanisches Automobil sehen würdest, hab ich recht?«

Jake dachte darüber nach und kam zu dem Ergebnis, daß sie

nicht recht hatte. Es war ihm nie in den Sinn gekommen, daß er für immer in Rolands Welt bleiben würde; daß er nie wieder ein Auto sehen könnte. Er glaubte nicht, daß ihn das besonders stören würde, aber er glaubte auch nicht, daß es in seinen Karten stand. Jedenfalls noch nicht. In dem New York, aus dem er gekommen war, gab es einen bestimmten unbebauten Platz. Er lag an der Ecke Second Avenue und Forty-sixth Street. Einst war dort ein Delikatessengeschäft gewesen – Tom und Gerry's, Party-Platten sind unsere Spezialität –, aber heute gab es dort nur noch Schutt, Unkraut, Glasscherben und …

… und eine Rose. Nur eine einzige wilde Rose, die auf einem Brachgrundstück wuchs, wo einmal Häuser mit Eigentumswohnungen hochgezogen werden sollten, aber Jake hatte so eine Ahnung, als würde auf der ganzen Welt nichts Vergleichbares wachsen. Vielleicht auch nicht in den anderen Welten, von denen Roland gesprochen hatte. Es gab Rosen, wenn man sich dem Dunklen Turm näherte – Milliarden von Rosen, wie Eddie behauptete, hektarweise, groß und blutrot. Er hatte sie in einem Traum gesehen. Und doch vermutete Jake, daß sich diese Rose selbst von denen unterschied … und daß er, bis deren Schicksal so oder so entschieden war, mit der Welt der Autos und Fernseher und Polizisten, die wissen wollten, ob du einen Ausweis bei dir hattest und wie deine Eltern hießen, noch nicht fertig war.

Und da wir gerade von Eltern sprechen, mit denen bin ich wahrscheinlich auch noch nicht fertig, dachte Jake. Der Gedanke beschleunigte seinen Herzschlag mit einer Mischung aus Hoffnung und Sorge.

Auf halber Höhe der Autoreihe blieben sie stehen; Jake starrte mit leerem Blick über die breite Straße (Gage Boulevard, vermutete er), während er darüber nachdachte. Nun holten Roland und Eddie sie ein.

»Dieses Baby ist ein großer Spaß, nachdem ich zwei Monate die Eiserne Jungfrau geschoben hab«, sagte Eddie grinsend. »Ich wette, man könnte das Ding einfach vorwärts *pusten.*« Er blies seinen Atem heftig gegen den Rücken des Rollstuhls, um es zu demonstrieren. Jake überlegte sich, ob er Eddie sagen sollte, daß es wahrscheinlich andere mit Motoren da hinten auf den »Krüppelplätzen« gab, doch dann wurde ihm klar, was Eddie die ganze Zeit gewußt haben mußte: Ihre Batterien würden leer sein.

Susannah achtete vorerst nicht auf ihn; sie interessierte sich für Jake. »Du hast mir nicht geantwortet, Süßer. Machen dir diese Autos Heimweh?«

»Nee. Ich war nur neugierig, ob es alles Autos sein würden, die ich kenne. Ich dachte vielleicht... wenn diese Welt von 1986 aus einer anderen Version meiner 1977er entstanden wäre, könnte man es erkennen. Aber ich kann es *nicht* sagen. Weil sich alles so verflixt schnell verändert. Selbst in neun Jahren...« Er zuckte die Achseln und sah Eddie an. »Aber *du* kannst es vielleicht. Ich meine, du hast doch tatsächlich 1986 *gelebt*.«

Eddie grunzte. »Ich habe da gelebt, aber nicht unbedingt genau *aufgepaßt*. Ich war die meiste Zeit vollgedröhnt bis über die Ohren. Trotzdem... ich denke...«

Eddie schob Susannah wieder über den glatten Asphalt des Parkplatzes und zeigte dabei auf Autos. »Ford Explorer... Chevrolet Caprice... Und das ist ein alter Pontiac, das kann man an dem geteilten Kühler erkennen –«

»Ein Pontiac Bonneville«, sagte Jake. Ihn amüsierte und rührte Susannahs staunender Blick ein wenig – die meisten dieser Autos mußten so futuristisch für sie aussehen wie Scoutschiffe aus Buck Rogers. Das warf die Frage auf, was Roland davon hielt, und Jake sah sich um.

Der Revolvermann interessierte sich überhaupt nicht für die Autos. Er sah über die Straße, in den Park, zur Straße... Nur glaubte Jake nicht, daß er irgend etwas davon tatsächlich sah. Jake hatte die Vermutung, daß Roland einfach nur in seine eigenen Gedanken schaute. Wenn ja, deutete sein Gesichtsausdruck darauf hin, daß er dort nichts Gutes fand.

»Das ist einer von diesen kleinen Chrysler Ks«, sagte Eddie und zeigte darauf, »und das ist ein Subaru. Mercedes SEL 450, ausgezeichnet, das Auto der Champions... Mustang... Chrysler Imperial, gut in Schuß, muß aber älter als Methusalem sein –«

»Paß auf, was du sagst, Junge«, sagte Susannah mit, wie Jake fand, einem Anflug aufrichtiger Schroffheit in der Stimme. »Den kenne ich. Für mich sieht er neu aus.«

»Entschuldige, Suze. Wirklich. Das ist ein Cougar... noch ein Chevy... und noch einer... Topeka liebt General Motors, wer hätte es gedacht ... Honda Civic ... VW Golf ... ein Dodge ... ein Ford ... ein –«

Eddie blieb stehen und betrachtete ein kleines Auto am Ende der Reihe, weiß mit roten Verzierungen. »Ein Takuro«, sagte er fast zu sich selbst. Er ging um das Auto herum und betrachtete das Heck. »Ein Takuro *Spirit*, um genau zu sein. Schon mal von der Marke und dem Modell gehört, Jake von New York?«

Jake schüttelte den Kopf.

»Ich auch nicht«, sagte er. »Ich verdammt auch nicht.«

Eddie schob Susannah Richtung Gage Boulevard (Roland bei ihnen, verharrte aber nach wie vor überwiegend in seiner eigenen Welt, ging weiter, wenn sie weitergingen, und blieb stehen, wenn sie stehenblieben). Kurz vor dem Automaten an der Einfahrt des Parkplatzes (ANHALTEN UND KARTE ZIEHEN) machte Eddie halt.

»Bei dem Tempo sind wir Mummelgreise, bis wir diesen Park da drüben erreichen, und tot, bevor wir es zum Highway schaffen«, sagte Susannah.

Diesmal schien sich Eddie nicht zu entschuldigen, schien sie nicht einmal zu hören. Er betrachtete den Stoßstangenaufkleber an der Vorderseite eines rostigen alten AMC Pacer. Der Aufkleber war blau und weiß, wie die kleinen Rollstuhlschilder an den »Krüppelplätzen«. Jake ging in die Hocke, damit er besser sehen konnte, und als Oy den Kopf auf Jakes Knie legte, streichelte er ihn abwesend. Die andere Hand streckte er aus und berührte den Aufkleber, als wollte er sich vergewissern, daß der Sticker wirklich da war. KANSAS CITY MONARCHS stand darauf. Das O in Monarchs war ein Baseball mit Streifen dahinter, die Geschwindigkeit symbolisieren sollten, als würde er über den Park hinausschießen.

Eddie sagte: »Sag Bescheid, wenn ich mich irre, weil ich so gut wie null über Baseball westlich des Yankee Stadium weiß, aber sollte das nicht Kansas City *Royals* heißen? Du weißt schon, George Brett und so weiter?«

Jake nickte. Er kannte die Royals, und er kannte Brett, obwohl er in Jakes Wann ein junger Spieler und in Eddies Wann schon ziemlich alt gewesen sein mußte.

»Ihr meint Kansas City *Athletics*«, sagte Susannah, die sich verwundert anhörte. Roland schenkte dem allem keine Beachtung; er kreiste immer noch in seiner eigenen privaten Ozonschicht.

»Nicht '86, Liebling«, sagte Eddie freundlich. »'86 waren die Athletics in Oakland.« Er sah von dem Aufkleber zu Jake. »Vielleicht eine Jugendligamannschaft?« fragte er. »Triple A?«

»Die Triple A Royals sind trotzdem die Royals«, sagte Jake. »Sie spielen in Omaha. Kommt, gehen wir.«

Und obwohl er nicht wußte, wie es den anderen erging, schritt Jake leichteren Herzens weiter. Vielleicht war es dumm, aber er war erleichtert. Er glaubte nicht, daß diese schreckliche Seuche auf seine Welt wartete, weil es in seiner Welt keine Kansas City Monarchs gab. Vielleicht waren das nicht ausreichend Informationen, auf die er seine Schlußfolgerung aufbauen konnte, aber es *fühlte* sich richtig an. Und es war eine ungeheure Erleichterung, zu wissen, daß seine Mutter und sein Vater nicht dazu ausersehen waren, an einer Krankheit zu sterben, die die Leute Captain Trips nannten, und in einem ... einem Erdloch oder so was verbrannt zu werden.

Aber so sicher war das auch wieder nicht, selbst wenn es sich nicht um die 1986er Version seiner 1977er Welt handelte. Denn selbst wenn diese schreckliche Seuche in einer Welt ausgebrochen war, wo es Autos gab, die Takuro Spirits hießen, und George Brett für die K. C. Monarchs spielte, behauptete Roland, daß sich die Probleme ausbreiteten ... daß sich Sachen wie die Supergrippe durch das Gewebe der Existenz fraßen wie Batteriesäure durch ein Stück Stoff.

Der Revolvermann hatte vom See der Zeit gesprochen, ein Ausdruck, den Jake anfangs für romantisch und bezaubernd hielt. Aber angenommen, dieser See wurde zu einem stehenden, sumpfigen Gewässer? Und angenommen, diese Bermudadreieck-Dinger, die Roland Schwachstellen nannte, einst außerordentlich selten, wurden die Regel, und nicht die Ausnahme? Angenommen – oh, und das war ein schlimmer Gedanke, der einen mit Sicherheit bis lange nach drei Uhr am Einschlafen hindern würde –, die gesamte Realität geriet ins Wanken, je baufälliger der Dunkle Turm wurde? Angenommen, es kam zu einem Einsturz, eine Etage fiel in die darunter ... und die darunter ... und die darunter ... bis –

Als Eddie ihn an der Schulter faßte und zudrückte, mußte sich Jake auf die Zunge beißen, um nicht zu schreien.

»Du machst dir selbst Gänsehaut«, sagte Eddie.

»Was weißt du schon davon?« fragte Jake. Das hörte sich unhöflich an, aber er war wütend. Weil er große Angst hatte oder weil er durchschaut worden war? Er wußte es nicht. Und es kümmerte ihn auch nicht besonders.

»Wenn es um Gänsehaut geht, bin ich ein alter Hase«, sagte Eddie. »Ich weiß nicht genau, was dir durch den Kopf geht, aber was immer es ist, dies wäre ein *ausgezeichneter* Zeitpunkt, nicht mehr darüber nachzudenken.«

Das, überlegte Jake, war wahrscheinlich ein guter Rat. Sie überquerten zusammen die Straße. Und gingen auf den Gage Park und einen der größten Schocks von Jakes Leben zu.

2

Als sie unter dem schmiedeeisernen Torbogen mit dem Schriftzug GAGE PARK in altmodischen, verschnörkelten Buchstaben hindurchgegangen waren, gelangten sie auf einen Plattenweg durch einen Garten, der zur Hälfte aus britischer Gartenkultur und zur Hälfte aus ecuadorianischem Dschungel bestand. Da sich den heißen Sommer des Mittelwestens über niemand darum gekümmert hatte, waren die Pflanzen wie wild gewachsen; und da sich in diesem Herbst niemand darum gekümmert hatte, hatten sich die Pfanzen wie wild vermehrt. Ein Schild unmittelbar nach dem Bogen verkündete, daß es sich hier um den Reinisch Rose Garden handelte, und es wuchsen tatsächlich Rosen; überall Rosen. Viele waren eingegangen, aber einige der wilden gediehen noch und weckten bei Jake sehnsüchtige Erinnerungen an die Rose auf dem Brachgrundstück Ecke Fortysixth und Second – so sehnsüchtige Erinnerungen, daß sie schmerzhaft waren.

Auf einer Seite des Parks befand sich ein wunderschönes altes Karussell, dessen tänzelnde Hengste und Rennpferde reglos auf ihren Pfosten verharrten. Die Stille des Karussells, dessen bunte Lichter erloschen und dessen Dampforgel für immer verstummt war, machte Jake erschauern. Der Baseballhandschuh eines Jungen hing über dem Hals eines Pferdes, an einer Wildlederschnur baumelnd. Jake konnte ihn kaum ansehen.

Hinter dem Karussell wurde die Vegetation noch dichter und wucherte den Weg so sehr zu, daß die Reisenden schließlich in einer Reihe gingen wie verirrte Kinder in einem Märchenwald. Dornen von wild wuchernden und unbeschnittenen Rosensträuchern zerrissen Jakes Kleidung. Irgendwie hatte er die Führung übernommen (wahrscheinlich weil Roland immer noch tief in seinen Gedanken versunken war), und aus diesem Grund sah er Charlie Tschuff-Tschuff als erster.

Sein einziger Gedanke, als er sich den schmalen Gleisen näherte, die den Weg kreuzten – kaum mehr als eine Spielzeugbahn –, war der, daß der Revolvermann stets behauptete, *Ka* wäre wie ein Rad, das sich immerzu drehte und wieder an den Ausgangspunkt zurückkehrte. *Wir werden von Rosen und Zügen heimgesucht*, dachte er. *Warum? Ich weiß es nicht. Ich schätze, es ist auch ein Rät –*

Dann sah er nach links, und »OHerrgottimHimmel« fiel aus seinem Mund, alles in einem einzigen Wort. Seine Beine gaben unter ihm nach, und er setzte sich. Selbst ihm kam seine eigene Stimme verwässert und kläglich vor. Er wurde nicht ohnmächtig, aber die Farbe floß aus der Welt, bis die wild wuchernde Vegetation an der Westseite des Parks fast so grau aussah wie der herbstliche Himmel darüber.

»Jake! Jake, was ist los?« Das war Eddie, und Jake konnte aufrichtige Sorge in seiner Stimme hören, aber sie schien über eine lange und schlechte Leitung zu kommen. Aus Beirut, zum Beispiel, oder vom Uranus. Und er konnte Rolands beruhigende Hand auf der Schulter spüren, aber sie war so weit weg wie Eddies Stimme.

»Jake!« Susannah. »Was ist los mit dir, Kleiner? Was –«

Dann sah sie es auch und verstummte. Eddie sah es und sagte ebenfalls kein Wort mehr. Roland ließ die Hand sinken. Alle standen da und gafften … außer Jake, der *saß* da und gaffte. Er ging davon aus, daß er mit der Zeit wieder Kraft und Gefühl in den Beinen haben würde und aufstehen konnte, aber im Augenblick fühlten sie sich an wie weiche Makkaroni.

Der Zug war fünfzehn Meter entfernt in einem Spielzeugbahnhof abgestellt, der demjenigen auf der anderen Straßenseite nachempfunden war. Vom Dachfirst hing ein Schild mit der Aufschrift TOPEKA. Der Zug war Charlie Tschuff-Tschuff, mit Gleisräumer und allem; eine Dampflokomotive 402 Big Boy. Und Jake wußte genau, wenn er genügend Kraft finden, aufstehen und da rübergehen würde, dann würde er zweifellos ein Mäusenest auf dem Sitz finden, wo einmal der Lokführer gesessen hatte (dessen Name zweifellos Bob Soundso gewesen war). Im Schornstein würde noch eine Familie nisten, Schwalben.

Und die dunklen, öligen Tränen, dachte Jake und betrachtete den winzigen Zug vor seinem Miniaturbahnhof mit Gänsehaut am ganzen Körper und harten Eiern und einem Kloß im Magen. *Nachts weint er diese dunklen, öligen Tränen, und die machen seinen hübschen Stratham-Scheinwerfer ganz rostig. Aber in deiner Glanzzeit, Charlie-Boy, hast du eine Menge Kinder gefahren, richtig? Immer rund um den Gage Park, und die Kinder haben gelacht, aber manche haben nicht* wirklich *gelacht; manche, die dich durchschaut haben, die haben geschrien. So wie ich jetzt schreien würde, wenn ich die Kraft dazu hätte.*

Aber seine Kraft kehrte zurück, und als Eddie ihm eine Hand unter die Achsel schob und Roland unter die andere, konnte Jake wieder aufstehen. Er stolperte einmal, dann blieb er aufrecht stehen.

»Nur fürs Protokoll, ich mache dir keinen Vorwurf«, sagte Eddie. Seine Stimme war grimmig, ebenso sein Gesicht. »Mir ist selbst ein bißchen nach Umkippen zumute. Das ist der Zug aus deinem Buch; das ist er bis ins kleinste Detail.«

»Nun wissen wir also, woher Miss Beryl Evans die Idee für *Charlie Tschuff-Tschuff* hatte«, sagte Susannah. »Sie hat entweder hier gelebt, oder sie hat Topeka irgendwann vor 1942 besucht, als das verdammte Ding veröffentlicht wurde –«

»– und hat den Kinderzug gesehen, der durch den Reinisch Rose Garden und rund um den Gage Park fährt«, sagte Jake. Er überwand seinen Schrecken allmählich, und er, der nicht nur ein Einzelkind, sondern den größten Teil seines Lebens ein einsames Kind gewesen war, verspürte eine Aufwallung von Liebe und Dankbarkeit für seine Freunde. Sie hatten gesehen, was er gesehen hatte, und hatten den Grund für seinen Schrecken verstanden. Logisch – sie waren ein *Ka-tet.*

»Er beantwortet keine dummen Fragen, er spielt keine dummen Spielchen«, sagte Roland nachdenklich. »Kannst du weitergehen, Jake?«

»Ja.«

»Sicher?« fragte Eddie, und als Jake nickte, schob Eddie Susannah über die Gleise. Roland ging als nächster. Jake wartete einen Moment und erinnerte sich an den Traum, den er gehabt hatte – er und Oy an einem Bahnübergang, und der Bumbler war plötzlich auf die Schienen gesprungen und hatte den näherkommenden Scheinwerfer heftig angebellt.

Jake bückte sich und hob Oy auf. Er betrachtete den rostenden Zug, der stumm vor seinem Bahnhof stand, wo seine dunkle Frontlampe wie ein totes Auge aussah. »Ich habe keine Angst«, sagte er mit leiser Stimme. »Keine Angst vor dir.«

Die Frontlampe erwachte zum Leben und leuchtete einmal auf, ein kurzes, aber grelles und nachdrückliches Aufblitzen: *Ich weiß es besser; ich weiß es besser, mein lieber kleiner Angsthase.*

Dann ging sie aus.

Keiner der anderen hatte es gesehen. Jake sah den Zug noch einmal an und rechnete damit, daß die Laterne wieder aufleuchten würde – daß das verfluchte Ding vielleicht sogar anspringen und auf ihn zugerast kommen würde –, aber nichts geschah.

Jake hastete mit klopfendem Herzen seinen Gefährten hinterher.

3

Der Zoo von Topeka (der *weltberühmte* Zoo von Topeka, wenn man dem Schild Glauben schenken wollte) war voll von leeren Käfigen und toten Tieren. Manche der befreiten Tiere waren fort, andere ganz in der Nähe verendet. Die großen Affen befanden sich noch in dem Bereich mit dem Schild Gorillagehege, und sie schienen Hand in Hand gestorben zu sein. Irgendwie war Eddie bei dem Anblick zum Weinen zumute. Seit der letzte Rest Heroin aus seinem Körper gespült worden war, schienen seine Gefühle stets kurz davorzustehen, sich zu einem Orkan auszuweiten. Seine alten Kumpels hätten sich totgelacht.

Hinter dem Gorillagehege lag ein grauer Wolf tot auf dem Weg. Oy ging vorsichtig darauf zu, schnupperte, streckte den langen Hals und fing an zu heulen.

»Bring ihn zum Schweigen, Jake, hast du verstanden?« sagte

Eddie verdrossen. Plötzlich merkte er, daß er verwesende Tiere riechen konnte. Das Aroma war schwach, in den heißen Tagen des gerade zu Ende gegangenen Sommers fast verweht, aber der Rest reichte immer noch aus, daß er sich fast übergeben mußte. Nicht, daß er sich genau daran erinnern konnte, wann er zum letztenmal etwas gegessen hatte.

»Oy! Zu mir!«

Oy heulte ein letztesmal, dann ging er zu Jake zurück. Er stand zu Füßen des Jungen und sah mit seinen unheimlichen Eheringaugen zu ihm auf. Jake hob ihn hoch, trug ihn in einem Halbkreis um den Wolf herum und setzte ihn wieder auf dem Plattenweg ab.

Der Weg führte zu einer steilen Treppe (wo bereits Unkraut zwischen den Platten hervorwuchs), und oben schaute Roland über den Zoo und den Garten zurück. Von hier konnten sie mühelos den Kreis sehen, den der Zug fuhr und der es Charlies Passagieren ermöglichte, die gesamte Begrenzung des Parks abzufahren. Jenseits davon wehte ein kalter Windstoß raschelndes Laub über den Gage Boulevard vor sich her.

»So fiel Lord Perth«, murmelte Roland.

»Und das Land erbebte unter diesem Donnern«, fuhr Jake fort.

Roland sah überrascht auf ihn hinab, wie ein Mann, der aus tiefem Schlaf erwacht; dann legte er Jake lächelnd einen Arm um die Schultern. »Ich habe Lord Perth zu meiner Zeit gespielt«, sagte er.

»Tatsächlich?«

»Ja. Schon bald sollst du davon hören.«

4

Nach der Treppe folgte eine Voliere voll mit toten exotischen Vögeln; nach der Voliere eine Snackbar, wo (angesichts der Lage möglicherweise herzlos) der BESTE BUFALLOBURGER TOPEKAS angepriesen wurde; nach der Snackbar ein weiterer schmiedeeiserner Bogen mit einem Schild, auf dem stand: BESUCHEN SIE DEN GAGE PARK BALD WIEDER! Dahinter lag die kurvige Steigung einer Zufahrt zum Highway. Darüber ragten deutlich die grünen Schilder auf, die sie zuerst von der anderen Straßenseite gesehen hatten.

»Schon wieder Highwaysurfen«, sagte Eddie mit einer so leisen Stimme, daß man sie kaum hören konnte. »Gottverdammt.« Dann seufzte er.

»Was ist Highwaysurfen, Eddie?«

Jake glaubte nicht, daß Eddie antworten würde; als Susannah sich umdrehte und ihn ansah, wie er mit den Händen die Griffe ihres neuen Rollstuhls hielt, wandte Eddie sich ab. Dann drehte er sich wieder um, erst zu Susannah, dann zu Jake. »Das ist nichts Schönes. Nicht viel in meinem Leben war schön, bevor Gary Cooper kam und mich über die große Kontinentalscheide gezogen hat.«

»Du mußt nicht –«

»Ist aber auch nichts Besonderes. Ein paar von uns haben sich versammelt – ich, mein Bruder Henry, normalerweise Bum O'Hara, weil der ein Auto hatte, Sandra Corbitt und vielleicht noch dieser Freund von Henry, den wir Jimmy Polio nannten –, und dann haben wir alle Namen in einen Hut geworfen. Derjenige, den wir gezogen haben, war der… der Reiseführer, hat Henry immer gesagt. Er – sie, wenn es Sandy traf – mußte nüchtern bleiben. Jedenfalls relativ. Alle anderen haben sich total die Birnen zugeballert. Dann haben wir uns alle in Bums Chrysler gequetscht und sind die I-95 rauf nach Connecticut gefahren, oder den Taconic Parkway in den Staat New York… nur haben wir ihn immer Catatonic Parkway genannt. Wir haben Creedence oder Marvin Gaye oder vielleicht auch die Greatest Hits von Elvis im Kassettenrecorder angehört.

Nachts war es besser, am besten bei Vollmond. Manchmal sind wir stundenlang rumgefahren und haben die Köpfe zu den Fenstern rausgestreckt wie Hunde, wenn sie Auto fahren, haben zum Mond raufgesehen und nach Sternschnuppen gesucht. Das haben wir Highwaysurfen genannt.« Eddie lächelte. Es sah gequält aus. »Ein reizendes Leben, Leute!«

»Hört sich irgendwie lustig an«, sagte Jake. »Nicht das mit den Drogen, meine ich, sondern nachts mit Kumpels herumfahren, den Mond anschauen und Musik hören… das hört sich klasse an.«

»War es an sich auch«, sagte Eddie. »Auch wenn wir so zugedröhnt waren, daß wir uns eher auf die Schuhe gepißt hätten als in die Büsche, war es klasse.« Pause. »Das ist ja das Schreckliche daran, kapierst du das nicht?«

»Highwaysurfen«, sagte der Revolvermann. »Also dann, machen wir es.«

Sie verließen Gage Park und überquerten die Straße zur Auffahrt.

5

Jemand hatte etwas mit Farbe auf beide Schilder an der Aufwärtskurve der Rampe geschrieben. Auf das Schild mit der Aufschrift ST. LOUIS 215 hatte jemand in Schwarz gekritzelt:

HÜTET EUCH VOR DEM WANDELNDEN GECKEN

Auf dem mit der Aufschrift NÄCHSTER RASTPLATZ 10 MEILEN stand in dicken roten Buchstaben:

HEIL DEM SCHARLACHROTEN KÖNIG!

Das Scharlachrot war selbst nach dem ganzen Sommer noch zum Schreien grell. Beide Schilder waren mit einem Symbol geschmückt –

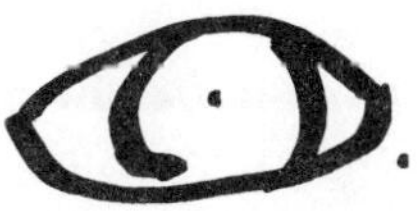

»Weißt du, was irgendwas von dem Zeug bedeuten soll, Roland?« fragte Susannah.

Roland schüttelte den Kopf, sah aber besorgt aus, und der verinnerlichte Ausdruck verschwand nicht aus seinen Augen.

Sie gingen weiter.

6

An der Stelle, wo die Zufahrt sich mit dem Highway vereinigte, versammelten sich die zwei Männer, der Junge und der Bumbler um Susannah in ihrem neuen Rollstuhl. Alle sahen nach Osten.

Eddie wußte nicht, wie die Verkehrssituation außerhalb von Topeka aussehen würde, aber hier waren sämtliche Fahrspuren, die nach Westen und die nach Osten, mit PKWs und Lastwagen verstopft. Auf den meisten Fahrzeugen türmten sich Habseligkeiten, die der Regen einer Jahreszeit rostig gemacht hatte.

Aber der Verkehr war ihre geringste Sorge, als sie dort standen und stumm nach Osten sahen. Die Stadt erstreckte sich auf beiden Seiten rund eine halbe Meile – sie konnten Kirchtürme, eine Ladenzeile mit Imbißrestaurants (Arby's, Wendy's, McDonald's, Pizza Hut und eines, von dem Eddie noch nie gehört hatte, Boing Boing Burgers), Autohandlungen und das Dach einer Bowlingbahn mit Namen Heartland Lanes erkennen. Voraus konnten sie eine weitere Ausfahrt von der Schnellstraße sehen, über die man dem zugehörigen Schild zufolge das Topeka State Hospital und die S. W. 6th erreichte. Jenseits der Ausfahrt befand sich ein gewaltiges altes Gebäude aus roten Backsteinen mit winzigen Fenstern, die wie verzweifelte Augen aus wucherndem Efeu herausschauten. Eddie überlegte sich, daß ein Haus, das so sehr wie Attica aussah, ein Krankenhaus sein *mußte*, wahrscheinlich die Art von Wohlfahrtsfegefeuer, wo arme Leute stundenlang in beschissenen Plastiksesseln saßen, damit ein Arzt vorbeikommen und sie wie den letzten Dreck behandeln konnte.

Hinter dem Krankenhaus hörte die Stadt unvermittelt auf, und die Schwachstelle begann.

Eddie fand, sie sah wie Brackwasser in einem weiten Sumpfland aus. Sie drängte sich silbern schimmernd auf beiden Seiten zum höhergelegenen Band der I-70 und ließ die Schilder und Leitplanken und liegengebliebenen Autos schimmern wie Fata Morganas; dieses blubbernde Summen ging von ihr aus wie Gestank.

Susannah hielt mit heruntergezogenen Mundwinkeln die

Hände auf die Ohren. »Ich weiß nicht, ob ich das aushalten kann. Echt. Ich will nicht zickig sein, aber mir ist jetzt schon zum Kotzen zumute, und dabei hab ich den ganzen Tag noch nichts gegessen.«

Eddie erging es ähnlich. Und doch konnte er den Blick bei aller Übelkeit kaum von der Schwachstelle losreißen. Es war, als hätte das Unwirkliche ... was bekommen? Ein Gesicht? Nein. Das riesige und summende silberne Wallen vor ihnen hatte kein Gesicht, sondern stellte sogar die Antithese eines Gesichts dar, aber es hatte einen Körper ... einen Aspekt ... eine *Präsenz*.

Ja; das war der beste Ausdruck. Es hatte eine Präsenz, so wie der Dämon, der in den Steinkreis gekommen war, als sie versucht hatten, Jake herüberzuziehen, eine Präsenz gehabt hatte.

Derweil kramte Roland in den Tiefen seiner Tasche. Er schien sich bis ganz nach unten vorzuarbeiten, bis er gefunden hatte, was er suchte: eine Handvoll Patronen. Er löste Susannahs Hand von der Armlehne und legte ihr zwei Patronen auf die Handfläche. Dann nahm er zwei weitere und steckte sie sich, das abgerundete Ende zuerst, in die Ohren. Susannah sah zuerst erstaunt drein, dann amüsiert, dann zweifelnd. Am Ende folgte sie seinem Beispiel. Fast im selben Moment nahm ihr Gesicht einen Ausdruck glückseliger Erleichterung an.

Eddie nahm seinen Rucksack von der Schulter und zog die halbvolle Schachtel .44er heraus, die zu Jakes Ruger gehörten. Der Revolvermann schüttelte den Kopf und streckte die Hand aus. Es lagen immer noch vier Patronen darauf, zwei für Eddie und zwei für Jake.

»Was stimmt damit nicht?« Eddie schüttelte zwei Patronen aus der Schachtel heraus, die hinter den Hängeheftern in Elmer Chambers' Schreibtischschublade gelegen hatte.

»Sie sind aus deiner Welt und werden das Geräusch nicht abhalten. Frag mich nicht, woher ich das weiß; es ist einfach so. Versuch es, wenn du willst, aber sie werden nicht funktionieren.«

Eddie zeigte auf die Patronen, die Roland ihm entgegenstreckte. »Die stammen auch aus unserer Welt. Aus dem Waffengeschäft Ecke Seventh and Forty-ninth. Clements', hieß es nicht so?«

»Die stammen nicht von da. Es sind meine, Eddie, häufig

nachgeladen, aber ursprünglich aus dem grünen Land. Aus Gilead.«

»Du meinst die *nassen?*« fragte Eddie fassungslos. »Die letzten nassen Patronen vom Strand? Die richtig durchnäßt wurden?«

Roland nickte.

»Du hast gesagt, die würden nie wieder schießen! Sosehr man sie auch trocknen würde! Daß das Pulver – wie hast du gesagt? – ›verdorben‹ wäre.«

Roland nickte wieder.

»Warum hast du sie dann aufgehoben? Warum schleppst du nutzlose Patronen den weiten Weg?«

»Was hatte ich dir beigebracht, sollst du sagen, wenn du etwas getötet hast? Um den Geist zu klären?«

»›Vater, führe meine Hände und mein Herz, damit kein Teil des Tieres vergeudet wird.‹«

Roland nickte zum drittenmal. Jake nahm zwei Patronen und steckte sie sich in die Ohren. Eddie nahm die letzten beiden, aber vorher probierte er es mit den beiden aus seiner Schachtel. Sie dämpften das Geräusch der Schwachstelle, aber es war immer noch da, vibrierte in der Mitte seiner Stirn und ließ seine Augen tränen, wie bei einer Erkältung, und seinen Nasenrücken kribbeln, als würde er gleich explodieren. Er nahm sie heraus und steckte statt dessen die größeren Patronen – die aus Rolands uralten Revolvern – hinein. *Mir Patronen in die Ohren stecken,* dachte er. *Ma würde Backsteine scheißen.* Aber das spielte keine Rolle. Das Geräusch der Schwachstelle war verstummt – jedenfalls nicht mehr als ein fernes Summen –, und darauf kam es an. Als er sich umdrehte und Roland ansprach, ging er davon aus, daß sich seine eigene Stimme gedämpft anhören würde, als würde er Ohrenstöpsel tragen, aber er stellte fest, daß er sich selbst ziemlich gut hören konnte.

»Gibt es etwas, das du *nicht* weißt?« fragte er Roland.

»Ja«, sagte Roland. »Eine ganze Menge.«

»Was ist mit Oy?« fragte Jake.

»Ich glaube, Oy geht es bestens«, sagte Roland. »Kommt, bringen wir noch ein paar Meilen hinter uns, bevor es dunkel wird.«

7

Oy schien das Heulen der Schwachstelle nichts auszumachen, aber er blieb den ganzen Nachmittag in Jake Chambers' Nähe und betrachtete mißtrauisch die liegengebliebenen Autos, die die nach Osten führenden Fahrspuren der I-70 verstopften. Und doch, sah Susannah, versperrten diese Autos den Highway nicht vollständig. Der Stau dünnte aus, als die Reisenden den Innenstadtbereich hinter sich ließen, aber selbst da, wo der Verkehr dicht gewesen war, waren einige Fahrzeuge an den einen oder anderen Straßenrand gefahren worden; eine Anzahl hatte man einfach vom Highway herunter auf den Mittelstreifen gefahren – in der Stadt eine Betonschwelle, außerhalb eine Grasfläche.

Jemand ist mit einem Räumfahrzeug am Werk gewesen, schätze ich, dachte Susannah. Der Gedanke machte sie glücklich. Niemand hätte sich die Mühe gemacht, einen Weg auf dem Highway freizuräumen, während die Seuche noch wütete, und wenn es danach jemand getan hatte – wenn danach noch jemand *da* gewesen war, um es zu tun –, bedeutete das, daß die Seuche nicht jeden erwischt hatte; diese dichtgedrängten Todesanzeigen waren nicht das Ende vom Lied.

In einigen Autos saßen Tote, aber die waren, wie die anderen am Fuß der Bahnhofstreppe, trocken, nicht glibberig – zum größten Teil Mumien, die Sicherheitsgurte trugen. Die meisten Autos waren leer. Viele der Fahrer und Beifahrer, die in den Verkehrsstaus steckengeblieben waren, hatten wahrscheinlich versucht, die verseuchte Zone zu Fuß zu verlassen, vermutete sie, aber das war wohl nicht der einzige Grund, warum sie gelaufen waren.

Susannah wußte, daß man sie selbst am Lenkrad festketten müßte, um sie in einem Auto zu halten, falls sie die Symptome einer tödlichen Krankheit spürte; wenn sie schon sterben mußte, dann wollte sie es in Gottes freier Natur tun. Ein Hügel wäre am besten, eine leicht erhöhte Stelle, aber wenn es nicht anders ging, würde auch ein Weizenfeld genügen. Auf keinen Fall wollte sie ihren letztem Atemzug tun, während sie den Duftspender roch, der am Rückspiegel baumelte.

Einst, vermutete Susannah, hätten sie bestimmt viele Leichen der vom Tod überraschten Fliehenden sehen können, aber jetzt nicht mehr. Wegen der Schwachstelle. Sie näherten sich dieser Stelle unablässig, und sie wußte genau, wann sie sie passierten. Eine Art kribbelndes Erschauern lief durch ihren Körper, so daß sie ihre abgetrennten Beine anzog, und der Rollstuhl blieb einen Moment stehen. Als sie sich umdrehte, konnte sie sehen, wie Roland, Eddie und Jake sich die Bäuche hielten und die Gesichter verzogen. Sie sahen aus, als hätten sie alle gleichzeitig Magenschmerzen bekommen. Dann richteten Eddie und Roland sich auf. Jake bückte sich und streichelte Oy, der ängstlich zu ihm aufgeschaut hatte.

»Alles in Ordnung mit euch Jungs?« fragte Susannah. Die Frage kam mit der halb quengelnden, halb humorvollen Stimme von Detta Walker heraus. Sie plante nie, diese Stimme zu benutzen; manchmal kam sie einfach aus ihr raus.

»Ja«, sagte Jake. »Aber ich fühle mich, als hätte ich einen Kloß im Hals.« Er betrachtete die Schwachstelle nervös. Die silberne Leere umgab sie mittlerweile völlig, als wäre die ganze Welt zu einem flachen Norfolk-Sumpf in der Morgendämmerung geworden. In der Nähe ragten Bäume aus der silbernen Oberfläche und warfen verzerrte Reflexionen, die nie ganz still oder scharf umrissen blieben. Ein wenig weiter entfernt konnte Susannah ein Getreidesilo erkennen, das zu schweben schien. Die Worte GADDISH FEEDS standen in rosa Buchstaben, die unter normalen Umständen wohl rot gewesen wären, auf der Seite.

»Mir kommt es vor, als hätte ich einen Kloß im *Kopf*«, sagte Eddie. »Mensch, schaut auch an, wie diese Scheiße schimmert.«

»Kannst du sie noch hören?« fragte Susannah.

»Ja. Aber ich kann es aushalten. Und du?«

»Hm-hmm. Gehen wir.«

Es war, als würde man im offenen Cockpit eines Flugzeugs durch eine unterbrochene Wolkendecke fliegen, entschied Susannah. Sie schienen meilenweit durch diese summende Helligkeit zu gehen, die nicht ganz Nebel und nicht ganz Wasser war, sahen manchmal Umrisse darin aufragen (eine Scheune, einen Traktor, eine Werbetafel für Stuckey's) und verloren schließlich alles wieder aus den Augen bis auf die Straße, die konstant auf der hellen, aber irgendwie einförmigen Oberfläche der Schwachstelle verlief.

Dann kamen sie ganz unvermittelt heraus. Das Summen verklang zu einem fernen Rauschen; man konnte sogar die Patronen aus den Ohren nehmen und wurde nicht zu sehr behelligt, wenn man sich der anderen Seite der Lücke nicht zu sehr näherte. Es gab wieder Panoramen zu sehen …

Nun, an sich war das zu großspurig ausgedrückt, es *gab* eigentlich keine richtigen Panoramen in Kansas, aber man konnte offene Felder und vereinzelt herbstbunte Bäume an einer Quelle oder Viehtränke erkennen. Kein Grand Canyon oder Brandung, die gegen das Portland Headlight toste, aber wenigstens konnte man in der Ferne einen wahrhaftigen *Horizont* ausmachen und dieses unangenehme Gefühl des Eingeschlossenseins teilweise abschütteln. Dann ging es wieder in die Suppe hinein. Jakes Beschreibung, dachte Susannah, traf es am besten: Es wäre, hatte er gesagt, als würde man endlich das Hitzeflimmern erreichen, das man an heißen Tagen weit entfernt über dem Highway sehen konnte.

Was immer es war und wie auch immer man es beschreiben wollte, man befand sich mitten in einem klaustrophobischen Fegefeuer; die ganze Welt war verschwunden, abgesehen von dem doppelten Band der Straße und den Umrissen der Autos, die Schiffswracks auf einem gefrorenen Ozean glichen.

Bitte hilf uns, hier herauszukommen, betete Susannah zu einem Gott, an den sie nicht mehr exakt glaubte – sie glaubte nach wie vor an *etwas*, aber seit sie am Ufer des Westlichen Meeres in Rolands Welt zu sich gekommen war, hatte sich ihre Vorstellung von der unsichtbaren Welt nachhaltig verändert. *Bitte hilf uns, den Balken wieder zu finden. Bitte hilf uns, dieser Welt der Stille und des Todes zu entkommen.*

An einem Hinweisschild mit der Aufschrift BIG SPRINGS 2 MI. kamen sie zu der größten freien Stelle bisher. Hinter ihnen, im Westen, schien die untergehende Sonne durch eine vorübergehende Öffnung in den Wolken, hüllte den oberen Rand der Schwachstelle in scharlachrotes Glühen und setzte die Heckscheiben und Rücklichter der liegengebliebenen Autos in Brand. Auf beiden Seiten erstreckten sich menschenleere Felder. *Volle Erde ist gekommen und gegangen*, dachte Susannah. *Ernte ist auch gekommen und vergangen. Das ist es, was Roland Jahresausklang nennt*. Sie erschauerte bei dem Gedanken.

»Hier schlagen wir unser Nachtlager auf«, sagte Roland kurz nach der Ausfahrt Big Springs. Voraus konnten sie sehen, wie die Schwachstelle wieder auf den Highway übergriff, aber das war noch Meilen entfernt – im Osten von Kansas konnte man verdammt weit sehen, wie Susannah gerade herausfand. »Wir können Feuerholz sammeln, ohne der Schwachstelle zu nahe zu kommen, und das Geräusch wird auch nicht so schlimm sein. Vielleicht können wir sogar schlafen, ohne Patronen in die Ohren zu stopfen.«

Eddie und Jake kletterten über die Leitplanke, stiegen die Böschung hinunter und sammelten Holz in einem trockenen Bachbett, wobei sie immer dicht zusammen blieben, wie Roland es ihnen geraten hatte. Als sie zurückkamen, hatten Wolken die Sonne wieder verschluckt, und ein aschgraues, uninteressantes Zwielicht begann sich über die Welt zu legen.

Der Revolvermann riß Zweige klein, um Anmachholz zu bekommen, dann legte er sein Feuer in der gewohnten Weise darum herum und baute eine Art Holzkamin auf der Standspur. Während er das tat, schlenderte Eddie zum Mittelstreifen, wo er mit den Händen in den Taschen stehenblieb und nach Osten sah. Wenige Augenblicke später leisteten Jake und Oy ihm Gesellschaft.

Roland nahm Feuerstein und Stahl zur Hand, schlug Funken in den Schaft seines Kamins, und wenig später brannte das kleine Lagerfeuer.

»Roland!« rief Eddie. »Suze! Kommt mal her! Seht euch das an!«

Susannah begann mit ihrem Stuhl auf Eddie zuzurollen, dann packte Roland – nachdem er einen letzten Blick auf sein Lagerfeuer geworfen hatte – die Handgriffe und schob sie.

»Was sollen wir uns ansehen?« fragte Susannah.

Eddie hob den Arm. Zuerst konnte Susannah nichts erkennen, obwohl die Straße auch nach dem rund drei Meilen entfernten Punkt, wo die Schwachstelle wieder begann, deutlich zu sehen war. Dann ... ja, vielleicht sah sie etwas. Möglicherweise. Eine Art Umriß am äußersten Rand ihres Gesichtsfelds. Wenn die Dämmerung nicht schon eingesetzt hätte ...

»Ist das ein Haus?« fragte Jake. »Verflixt noch mal, es sieht aus, als wäre es mitten über den Highway gebaut worden!«

»Was meinst du, Roland?« fragte Eddie. »Du hast die besten Augen des Universums.«

Eine Zeitlang sagte der Revolvermann nichts, sondern sah nur mit in den Revolvergurt gehakten Daumen den Mittelstreifen entlang. Schließlich sagte er: »Wenn wir näher dran sind, werden wir es deutlicher sehen.«

»Oh, komm schon!« sagte Eddie. »Ich meine, du dicke Scheiße! Weißt du, was das ist, oder nicht?«

»Wenn wir näher dran sind, werden wir es deutlicher sehen«, wiederholte der Revolvermann ... was natürlich überhaupt keine Antwort war. Er schlenderte quer über die nach Osten verlaufenden Fahrspuren zurück, um nach seinem Lagerfeuer zu sehen, und seine Absätze klackten auf dem Asphalt. Susannah sah Jake und Eddie an. Sie zuckte die Achseln. Die anderen ebenfalls ... und Jake brach in glockenhelles Gelächter aus. Normalerweise, dachte Susannah, benahm sich der Bengel mehr wie ein Achtzehnjähriger als wie ein Junge von elf Jahren, aber bei diesem Lachen hörte er sich an wie ein Neunjähriger, der auf zehn zugeht, und das machte ihr nicht das geringste aus.

Sie schaute zu Oy hinunter, der sie ernst ansah und die Schultern rollte, als wolle er ebenfalls mit den Achseln zucken.

8

Sie aßen die in Blätter gewickelten Köstlichkeiten, die Eddie Revolvermannburritos nannte, rückten näher ans Feuer und legten mehr Holz nach, als es dunkler wurde. Irgendwo im Süden schrie ein Vogel – wahrscheinlich der einsamste Laut, den er in seinem ganzen Leben gehört hatte, überlegte Eddie. Keiner von ihnen redete viel, und ihm wurde bewußt, daß das um diese Tageszeit meistens der Fall war. Als wäre die Zeit, wenn die Erde den Tag mit der Nacht vertauschte, etwas Besonderes, eine Zeit, die sie irgendwie von dem mächtigen Bund befreite, den Roland *Ka-tet* nannte.

Jake fütterte Oy kleine Stückchen Dörrfleisch aus seinem letzten Burrito; Susannah saß auf ihrem Schlafsack, hatte die Beine unter ihrem Wildlederrock verschränkt und schaute verträumt ins Feuer; Roland hatte sich auf die Ellbogen gestützt und sah zum Himmel, wo die Wolken allmählich die Sterne freigaben. Eddie, der ebenfalls aufschaute, sah, daß der Alte Stern und die Alte Mutter verschwunden waren; der Polarstern und der Große Bär waren an ihre Stelle getreten. Dies war vielleicht nicht seine Welt – Automobile von Takuro, die Kansas City Monarchs und eine Imbißkette namens Boing Boing Burgers deuteten alle darauf hin –, aber Eddie machte die Ähnlichkeit dennoch nervös. *Möglicherweise*, dachte er, *die Welt nebenan*.

Als der Vogel wieder in der Ferne rief, rappelte er sich auf und sah Roland an. »Du wolltest uns etwas erzählen«, sagte er. »Eine aufregende Geschichte aus deiner Jugend, glaube ich. Susannah – das war ihr Name, oder nicht?«

Der Revolvermann sah noch einen Moment zum Himmel – nun war es Roland, der sich unter fremden Sternbildern zurechtfinden mußte, überlegte Eddie –, und dann richtete er seinen Blick auf seine Freunde. Er sah auf seltsame Weise so aus, als müsse er sich rechtfertigen und fühle sich nicht wohl in seiner Haut. »Würdet ihr annehmen, ich wolle Zeit schinden«, sagte er, »wenn ich euch um noch einen Tag bäte, um über diese Dinge nachzudenken? Oder vielleicht will ich in Wirklichkeit auch nur eine Nacht, um von ihnen träumen zu können. Es sind alte Dinge… möglicherweise tote Dinge, aber ich…« Er hob die Hände zu einer Art zerstreuter Geste. »Manche Dinge finden keine Ruhe, nicht einmal, wenn sie tot sind. Ihre Gebeine schreien aus der Erde.«

»Es gibt Geister«, sagte Jake, und Eddie sah in seinen Augen einen Schatten des Grauens, das er in dem Haus in Dutch Hill verspürt haben mußte. Des Schreckens, den er empfunden haben mußte, als der Torwächter aus der Wand gekommen war, um ihn zu packen. »Manchmal gibt es Geister, und manchmal kommen sie wieder.«

»Ja«, sagte Roland. »Manchmal gibt es sie, und manchmal kommen sie wieder.«

»Vielleicht ist es besser, nicht darüber nachzugrübeln«, sagte Susannah. »Manchmal ist es besser, wenn man einfach auf sein Pferd steigt und losreitet – besonders wenn man weiß, daß es eine Sache ist, die einem nicht leichtfallen wird.«

Roland dachte gründlich darüber nach, dann sah er ihr in die Augen. »Morgen abend am Lagerfeuer werde ich euch von Susan erzählen«, sagte er. »Ich verspreche es beim Namen meines Vaters.«

»Müssen wir es hören?« fragte Eddie unvermittelt. Es erstaunte ihn fast selbst, diese Frage aus seinem Mund zu hören; niemand war neugieriger auf die Vergangenheit des Revolvermanns gewesen als Eddie. »Ich meine, wenn es wirklich weh tut, Roland ... richtig schlimm weh tut ... vielleicht ...«

»Ich bin nicht sicher, ob ihr es hören müßt, aber ich glaube, ich muß es erzählen. Unsere Zukunft ist der Turm, und damit ich mit ganzem Herzen zu ihm gehen kann, muß ich meine Vergangenheit, so gut ich kann, zur Ruhe betten. Ich kann euch unmöglich alles erzählen – in meiner Welt ist selbst die Vergangenheit in Bewegung und ordnet sich in vielen entscheidenden Dingen neu –, aber diese eine Geschichte mag stellvertretend für alle anderen stehen.«

»Ist es ein Western?« fragte Jake plötzlich.

Roland sah ihn verwirrt an. »Ich verstehe nicht, was du meinst, Jake. Gilead ist eine Baronie der westlichen Welt, ja, und Mejis ebenfalls, aber –«

»Es wird ein Western«, sagte Eddie. »Rolands Geschichten sind alle Western, wenn man es recht bedenkt.« Er lehnte sich zurück und zog die Decke über sich. Aus Osten wie Westen konnte er schwach das Heulen der Schwachstelle hören. Er suchte in den Taschen nach den Patronen, die Roland ihm gegeben hatte, und nickte zufrieden, als er sie berührte. Er nahm an, daß er heute nacht ohne sie schlafen konnte, aber morgen würde er sie wieder brauchen. Sie hatten ihr Highwaysurfen noch nicht beendet.

Susannah beugte sich über ihn und gab ihm einen Kuß auf die Nasenspitze. »Fertig für heute, Süßer?«

»Jawoll«, sagte Eddie und verschränkte die Hände hinter dem Kopf. »Es kommt nicht alle Tage vor, daß ich mit dem schnellsten Zug der Welt fahre, den klügsten Computer der Welt vernichte und dann herausfinde, daß alle von der Grippe gekillt worden sind. Und das alles vor dem Abendessen. So eine Scheiße macht einen Mann schon müde.« Eddie lächelte und machte die Augen zu. Er lächelte immer noch, als der Schlaf ihn übermannte.

9

In seinem Traum standen sie alle an der Ecke Second Avenue und Forty-sixth Street und sahen über den niederen Bretterzaun auf das Brachgrundstück dahinter. Sie trugen ihre Kleidung von Mittwelt – eine geflickschusterte Kombination von Wildleder und alten Hemden, überwiegend von Spucke und Schnürsenkeln zusammengehalten –, aber keiner der Fußgänger, die auf der Second vorübereilten, schien es zu bemerken. Niemand bemerkte den Billy-Bumbler auf Jakes Armen oder die Artillerie, die sie bei sich trugen.

Weil wir Geister sind, dachte Eddie. *Wir sind Geister, und wir finden keine Ruhe.*

Am Zaun klebten Werbeplakate – eines für die Sex Pistols (eine Revival-Tour, wie das Poster behauptete, was Eddie ziemlich komisch fand – die Pistols waren eine Gruppe, die *nie wieder* zusammen spielen würde), eines für einen Komiker, Adam Sandler, von dem Eddie noch nie gehört hatte, eines für einen Film mit dem Titel *The Craft* über Teenager-Hexen. Über diesem Plakat stand in der staubig-rosa Farbe von Sommerrosen folgendes geschrieben:

Sieh den mächtigen BÄR dort aufgestellt!
In seinen Augen die ganze WELT.
Ein Rätsel das Gestern, die ZEIT wird dünn:
Und der TURM, der wartet mittendrin.

»*Da*«, sagte Jake und zeigte darauf. »*Die Rose. Seht ihr, wie sie auf uns wartet, dort, mitten auf dem Grundstück.*«

»*Ja, sie ist sehr schön*«, sagte Susannah. Dann zeigte sie auf das Schild, das neben der Rose stand. Ihre Stimme klang so besorgt, wie ihre Augen aussahen. »*Aber was ist damit?*«

Dem Schild zufolge planten zwei Baufirmen – Mills Construction und Sombra Real Estate –, gemeinsam die Wohnanlage Turtle Bay zu errichten, deren Häuser genau an dieser Stelle gebaut werden sollten. Wann? IN KÜRZE, mehr hatte das Schild dazu nicht zu sagen.

»*Ich würde mir darüber keine Gedanken machen*«, sagte Jake. »*Das Schild stand schon früher hier. Wahrscheinlich ist es so alt wie der –*«

In diesem Augenblick zerriß der Lärm eines anspringenden Motors die Stille. Auf der anderen Seite des Zauns, auf der zur Forty-sixth Street gelegenen Seite des Grundstücks, stiegen schmutzigbraune Abgase auf wie Rauchzeichen, die schlechte Nachrichten verkündeten. Plötzlich barsten die Bretter auf dieser Seite, und eine riesige rote Planierraupe brach durch. Sogar die Schaufel war rot, obwohl die Worte, die darauf standen – HEIL DEM SCHARLACHROTEN KÖNIG –, in einem Gelb so grell wie Panik geschrieben waren. Auf dem Fahrersitz saß, mit höhnisch verzerrtem, halb verfaultem Gesicht über dem Steuerpult, der Mann, der Jake auf der Brücke über den Send gekidnappt hatte – ihr alter Freund Schlitzer. Auf dem nach hinten geschobenen Helm standen in Schwarz die Worte LAMERK FOUNDRY. Darüber war ein einziges offenes Auge gemalt worden.

Schlitzer ließ die Schaufel sinken. Sie fraß sich diagonal über den Platz, zertrümmerte Backsteine, pulverisierte Bier- und Limoflaschen zu funkelndem Staub und schlug Funken auf den Steinen. Direkt in ihrem Weg nickte die Rose mit ihrem anmutigen Kopf.

»*Mal sehn, obber jetz noch welche von euern dummen Fragen stellt!*« schrie diese unliebsame Erscheinung. »*Fragt sovieler wollt, meine lieben kleinen Fürze, warum auch nicht? Euer alter Freund Schlitzer ist ganz verrückt auf Rätsel! Aber nur dassers kapiert, was ihr auch fragt, ich werd das fiese Ding überfahren, plattwalzen, ay, das werd ich! Und dann noch mal drüber! Stumpf und Stiel, meine lieben kleinen Fürze! Ay, Stumpf und Stiel!*«

Susannah kreischte, als die scharlachrote Schaufel der Planierraupe sich der Rose näherte, und Eddie griff nach dem Zaun. Er würde sich hinüberschwingen, sich auf die Rose werfen, sie beschützen …

… aber es war zu spät. Und er wußte es.

Er sah zu dem kichernden Ding auf der Planierraupe und stellte fest, daß Schlitzer nicht mehr da war. Nun war der Mann am Steuer Lokführer Bob aus *Charlie Tschuff-Tschuff.*

»*Aufhören!*« schrie Eddie. »*Um Himmels willen, aufhören!*«

»*Ich kann nicht, Eddie. Die Welt hat sich weitergedreht, und ich kann nicht anhalten. Ich muß mich mit ihr bewegen.*«

Und als der Schatten der Planierraupe über die Rose fiel, als die Schaufel einen der Pfosten zerbrach, die das Schild hielten

(Eddie sah, daß aus dem IN KÜRZE ein JETZT geworden war), stellte er fest, daß der Mann am Steuer auch nicht mehr Lokführer Bob war.

Es war Roland.

10

Eddie richtete sich auf der Standspur des Highway auf und atmete keuchend sichtbare Wölkchen aus, während sein Schweiß auf der heißen Haut bereits abkühlte. Er war sicher, daß er geschrien hatte, er *mußte* geschrien haben, aber Susannah schlief immer noch an seiner Seite, nur ihr Kopf ragte aus dem gemeinsamen Schlafsack heraus; links neben ihm schnarchte Jake leise und hatte einen Arm, der nicht unter seinen Decken lag, um Oy geschlungen. Der Bumbler schlief ebenfalls.

Roland nicht. Roland saß ruhig auf der anderen Seite des Lagerfeuers, reinigte seine Waffen im Sternenlicht und sah Eddie an.

»Alpträume.« Keine Frage.

»Ja.«

»Ein Besuch von deinem Bruder?«

Eddie schüttelte den Kopf.

»Dann der Turm? Das Rosenfeld und der Turm?« Rolands Gesicht blieb gleichgültig, aber Eddie konnte die unterschwellige Begierde hören, die Rolands Stimme stets annahm, wenn es um den Dunklen Turm ging. Eddie hatte den Revolvermann einmal einen Turm-Junkie genannt, und Roland hatte es nicht bestritten.

»Diesmal nicht.«

»Was dann?«

Eddie erschauerte. »Kalt.«

»Ja. Du solltest deinen Göttern danken, daß es wenigstens nicht regnet. Herbstregen ist ein Übel, dem man nach Möglichkeit aus dem Weg gehen sollte. Wovon handelte dein Traum?«

Eddie zögerte immer noch. »Du würdest uns nie verraten, Roland, oder?«

»Das kann kein Mensch mit Sicherheit sagen, Eddie, und ich habe schon mehr als einmal den Verräter gespielt. Zu meiner

Schande. Aber … ich glaube, die Zeiten sind vorbei. Wir sind ein *Ka-tet*. Wenn ich einen von euch verrate – möglicherweise sogar Jakes pelzigen Freund –, verrate ich mich selbst. Warum fragst du?«

»Und du würdest niemals unsere Suche verraten.«

»Mich von dem Turm abwenden? Nein, Eddie. Das nicht, niemals. Erzähl mir deinen Traum.«

Eddie gehorchte und ließ nichts aus. Als er fertig war, betrachtete Roland stirnrunzelnd seine Waffen. Sie schienen sich selbst wieder zusammengesetzt zu haben, während Eddie geredet hatte.

»Was hat das zu bedeuten, daß ich dich am Ende die Planierraupe habe fahren sehen? Daß ich dir immer noch nicht traue? Daß ich unbewußt –«

»Ist das Ologie der Psyche? Die Kabbala, von der ich dich und Susannah sprechen gehört habe?«

»Ja, könnte man wohl sagen.«

»Das ist Scheiße«, sagte Roland wegwerfend. »Schlammlöcher des Geistes. Träume bedeuten entweder nichts oder alles – und wenn sie alles bedeuten, dann sind sie fast immer Botschaften von … nun, von anderen Ebenen des Turms.« Er sah Eddie listig an. »Und nicht alle Botschaften werden von Freunden geschickt.«

»Etwas oder jemand spielt mit meinem Kopf herum? Willst du das damit sagen?«

»Ich halte es für möglich. Aber dennoch mußt du mich im Auge behalten. Ich werde damit fertig, im Auge behalten zu werden, wie du wohl weißt.«

»Ich traue dir«, sagte Eddie, und allein die Verlegenheit, mit der er es sagte, verlieh seinen Worten Glaubwürdigkeit. Roland sah gerührt drein, beinahe erschüttert, und Eddie fragte sich, wie er diesen Mann je für einen Roboter ohne Gefühle hatte halten können. Roland fehlte es vielleicht ein wenig an Phantasie, aber Gefühle hatte er durchaus.

»Eine Sache an deinem Traum stimmt mich außerordentlich bedenklich, Eddie.«

»Die Planierraupe?«

»Die Maschine, ja. Die Gefahr für die Rose.«

»Jake hat die Rose gesehen, Roland. Sie war unversehrt.«

Roland nickte. »In seinem Wann, dem Wann dieses speziellen Tages, gedieh die Rose prächtig. Aber das bedeutet nicht, daß es immer so sein wird. Wenn das Schild der Baufirma von Kommendem gesprochen hat … wenn die *Planierraupe* kommt …«

»Es gibt andere Welten als diese«, sagte Eddie. »Weißt du nicht mehr?«

»Manches könnte nur in einer existieren. An einem *Wo*, in einem *Wann*.« Roland legte sich hin und sah zu den Sternen hinauf. »Wir müssen diese Rose beschützen«, sagte er. »Wir müssen sie um jeden Preis beschützen.«

»Du glaubst, daß sie auch eine Tür ist, nicht wahr? Eine, die zum Dunklen Turm führt.«

Der Revolvermann sah ihn mit Augen an, in denen sich das Sternenlicht spiegelte. »Ich glaube, sie könnte der Turm *sein*«, sagte er. »Und wenn sie zerstört wird –«

Seine Augen fielen zu. Er sagte nichts mehr.

Eddie lag noch lange wach.

II

Der neue Tag dämmerte klar und strahlend und kalt. Im hellen Tageslicht war das Ding, das Eddie am Abend zuvor erblickt hatte, deutlicher zu sehen … aber er konnte immer noch nicht sagen, was es war. Wieder ein Rätsel, und allmählich hatte er sie gründlich satt.

Er betrachtete es mit zusammengekniffenen Augen, die er vor der Sonne abschirmte, während Susannah auf einer Seite und Jake auf der anderen stand. Roland war hinten beim Lagerfeuer und packte alles ein, was er als ihr *Gunna* bezeichnete, ein Wort, das ihre sämtlichen irdischen Habseligkeiten zu beinhalten schien. Das Ding vor ihnen bereitete ihm allen Anschein nach kein Kopfzerbrechen, und er wußte offenbar nicht, was es war.

Wie weit entfernt? Dreißig Meilen? Fünfzig? Die Antwort schien davon abzuhängen, wie weit man in diesem flachen Land sehen konnte, und darauf kannte Eddie die Antwort nicht. In einem war er ziemlich sicher, nämlich daß Jake in mindestens zweifacher Hinsicht recht gehabt hatte – es handelte sich um eine Art von Gebäude, und es erstreckte sich über alle vier Spuren des Highway. Es mußte so sein; wie sonst hätten sie es sehen können? Es hätte in der Schwachstelle verschwinden müssen … oder nicht?

Vielleicht steht es in einer dieser freien Stellen – »Löcher in den Wolken« hat Suze dazu gesagt. Vielleicht ist die Schwachstelle auch zu Ende, bevor wir so weit kommen. Vielleicht ist es auch eine gottverdammte Halluzination. Vorläufig kannst du es jedenfalls vergessen. Wir müssen noch eine ganze Weile Highwaysurfen.

Aber das Gebäude ließ ihn nicht los. Es sah aus wie ein ätherisches blau-goldenes Gebilde aus Tausendundeiner Nacht … nur hatte Eddie das Gefühl, als wären das Blau vom Himmel und das Gold von der gerade aufgegangenen Sonne gestohlen worden.

»Roland, komm mal kurz her!«

Zuerst dachte er, der Revolvermann würde nicht kommen, doch dann zurrte Roland eine Wildlederschnur um Susannahs Bündel, stand auf, stemmte die Hände an den verlängerten Rücken, streckte sich und kam zu ihnen.

»Götter, man könnte annehmen, niemand in dieser Bande hat einen Sinn für Hausarbeit, bis auf mich«, sagte Roland.

»Wir helfen mit«, sagte Eddie. »Tun wir doch immer, oder nicht? Aber sieh dir zuerst dieses Ding an.«

Roland gehorchte, aber nur mit einem kurzen Blick, als wollte er es nicht einmal zur Kenntnis nehmen.

»Das ist Glas, oder nicht?« fragte Eddie.

Roland sah noch einmal kurz hin. »Ich *wotte*«, sagte er, ein Ausdruck, der *Schätze ja, Partner* zu bedeuten schien.

»Wir haben eine Menge Gebäude aus Glas, wo ich herkomme, aber die meisten sind Bürohäuser. Dieses Ding da vorne sieht mehr nach etwas aus Disneyworld aus. Weißt du, was es ist?«

»Nein.«

»Warum willst du es dann nicht ansehen?« fragte Susannah.

Roland riskierte noch einen Blick auf das ferne Funkeln von Licht auf Glas, aber wieder geschah es hastig – kaum mehr als ein Blinzeln.

»Weil es Ärger bedeutet«, sagte Roland, »und es liegt auf unserem Weg. Zur gegebenen Zeit werden wir dort sein. Es ist nicht nötig, in Ärger zu leben, bevor der Ärger da ist.«

»Werden wir heute hinkommen?« fragte Jake.

Roland zuckte mit nach wie vor verschlossenem Gesicht die Achseln. »Es gibt Wasser, wenn Gott es will«, sagte er.

»Herrgott, du hättest ein Vermögen als Texter für Glückskekse verdienen können«, sagte Eddie. Er hoffte wenigstens auf ein Lächeln, bekam aber keins. Roland ging einfach über die Straße zurück, ließ sich auf ein Knie nieder, schulterte Tasche und Rucksack und wartete auf die anderen. Als sie fertig waren, setzten die Pilger ihren Fußmarsch auf der Interstate 70 nach Osten fort. Der Revolvermann ging voran, den Kopf gesenkt und die Augen auf die Spitzen seiner Stiefel gerichtet.

12

Roland war den ganzen Tag still, und als das Gebäude vor ihnen näher kam (*Ärger, und auf unserem Weg,* hatte er gesagt), wurde Susannah klar, daß sie es hier nicht mit Verdrossenheit zu tun hatten oder mit Sorge wegen irgendwas, das weiter in der Zukunft lag als heute abend. Roland dachte über die Geschichte nach, die er ihnen erzählen wollte, und er war weitaus mehr als besorgt.

Als sie Rast machten und zu Mittag aßen, konnten sie das Gebäude vor ihnen deutlich sehen – ein Palast mit vielen Türmchen, der fast ausschließlich aus Spiegelglas zu bestehen schien. Die Schwachstelle lag ganz in der Nähe, aber der Palast überragte alles ganz gelassen und griff mit seinen Türmchen nach dem Himmel. Natürlich wirkte er hier in der flachen Landschaft von Kansas vollkommen fehl am Platze, aber Susannah fand, daß es das schönste Gebäude war, das sie in ihrem Leben je gesehen hatte; sogar noch schöner als das Chrysler Building, und das wollte schon etwas heißen.

Je näher sie kamen, desto schwerer fiel es ihr, woanders hinzusehen. Es war, als würde man eine grandiose Illusion sehen, wenn man die Schäfchenwolken beobachtete, die über die himmelblauen Glaszinnen und Mauern des Glasschlosses dahinzogen ... und trotzdem machte es zugleich einen soliden Eindruck. Einen unbestreitbaren Eindruck. Teilweise lag das sicher nur an dem Schatten, den es erzeugte – Trugbilder warfen, soweit sie wußte, keine Schatten –, aber nicht nur. Es *war* einfach *da.* Sie hatte keine Ahnung, was etwas derart Wunderbares hier draußen im Land von Stuckey's und Hardee's zu suchen hatte (ganz zu schweigen von Boing Boing Burgers), aber es war da. Sie ging davon aus, daß die Zeit den Rest offenbaren würde.

13

Sie schlugen schweigend ihr Lager auf, sahen schweigend Roland zu, wie er den Holzkamin aufschichtete, der ihr Lagerfeuer werden würde, und danach saßen sie schweigend davor und sahen zu, wie der Sonnenuntergang das riesige Glasgebilde vor ihnen in ein Schloß aus Feuer verwandelte. Die Türme und Zinnen leuchteten zuerst blutrot, dann orange, dann in einem Goldton, der rasch zu Ocker abkühlte, als der Alte Stern am Firmament über ihnen auftauchte –

Nein, dachte sie mit Dettas Stimme. *Das isser nich, Mädchen. Überhaup nich. Das ist der Nordstern. Derselbe, den du zu Hause gesehen hass, als du auf dem Schoß von deim Daddy gesessen biss.*

Aber sie stellte fest, daß sie sich den Alten Stern wünschte; den Alten Stern und die Alte Mutter. Zu ihrem Erstaunen verspürte sie Heimweh nach Rolands Welt, und dann fragte sie sich, warum sie das überraschen sollte. Immerhin war das eine Welt, wo niemand sie eine Niggerhure genannt hatte (jedenfalls bis jetzt noch nicht); eine Welt, wo sie ihren Liebsten gefunden hatte ... und gute Freunde obendrein. Bei dem Gedanken wurde ihr ein wenig nach Weinen zumute, und sie drückte Jake an sich. Er ließ sich lächelnd und mit halbgeschlossenen Augen drükken. In der Ferne heulte die Schwachstelle vernehmlich, aber auch ohne Ohrstöpsel erträglich ihr Klagelied.

Als die letzten Reste Gelb auf dem Schloß an der Straße verblaßten, ließ Roland sie auf der Überholspur des Highway sitzen, kehrte zu seinem Lagerfeuer zurück, bereitete wieder das in Blätter gewickelte Hirschfleisch zu und reichte es ihnen. Sie aßen schweigend (Roland so gut wie nichts, wie Susannah bemerkte). Als sie fertig waren, konnten sie die Milchstraße auf den Wänden des Schlosses vor ihnen sehen; grelle Spiegelungen von Lichtpünktchen, die wie Feuer in stehendem Gewässer funkelten.

Eddie war derjenige, der das Schweigen schließlich brach. »Du mußt nicht«, sagte er. »Du bist entschuldigt. Oder losgesprochen. Oder was zum Teufel erforderlich ist, damit dieser Ausdruck von deinem Gesicht verschwindet.«

Roland beachtete ihn nicht. Er trank, wobei er den Wasserschlauch auf den Ellbogen stützte wie ein Hinterwäldler, der Selbstgebrannten aus einem Krug trinkt, den Kopf zurücklegte und zu den Sternen sah. Den letzten Mundvoll spie er auf die Straße.

»Leben für dein Saatgut«, sagte Eddie. Er lächelte nicht.

Roland sagte nichts, aber seine Wangen wurden blaß, als hätte er ein Gespenst gesehen. Oder gehört.

14

Der Revolvermann drehte sich zu Jake um, der ihn ernst ansah. »Ich habe die Mannbarkeitsprüfung im Alter von vierzehn Jahren abgelegt, der jüngste meines *Ka-tel* – meiner Klasse, würdest du sagen – und vielleicht der jüngste überhaupt. Davon habe ich dir erzählt, Jake. Erinnerst du dich?«

Davon hast du uns allen erzählt, dachte Susannah, hielt aber den Mund und ermahnte Eddie mit Blicken, es ebenfalls zu tun. Roland war nicht bei sich gewesen, als er es erzählt hatte; Jake war tot und lebendig zugleich in seinem Kopf, und der Mann hatte gegen den Wahnsinn gekämpft.

»Du meinst, als wir Walter gejagt haben«, sagte Jake. »Nach dem Rasthaus, aber vor meinem ... Sturz.«

»Ganz recht.«

»Ich erinnere mich dunkel, aber das ist alles. So wie man sich an das erinnert, wovon man träumt.«

Roland nickte. »Dann hör zu. Ich werde dir diesmal mehr erzählen, weil du älter bist, Jake. Ich schätze, das sind wir alle.«

Susannah faszinierte die Geschichte beim zweitenmal nicht weniger; wie der Knabe Roland zufällig Marten, den Ratgeber seines Vaters (den *Hofzauberer* seines Vaters), in den Gemächern seiner Mutter entdeckte. Nur war natürlich nichts davon Zufall gewesen; der Knabe wäre mit einem kurzen Blick an der Tür vorbeigegangen, hätte Marten sie nicht geöffnet und ihn hereingebeten. Marten hatte Roland gesagt, seine Mutter wolle ihn sprechen, aber ein Blick auf ihr schuldbewußtes Lächeln und die niedergeschlagenen Augen, wie sie auf dem Stuhl mit der niederen Lehne saß, hatte dem Jungen verraten, daß er der letzte Mensch auf der Welt war, den Gabrielle Deschain in diesem Moment sehen wollte.

Alles andere verrieten ihm ihre geröteten Wangen und der Knutschfleck an ihrem Hals.

So war er von Marten zu einer frühen Mannbarkeitsprüfung verleitet worden, und indem er eine Waffe wählte, mit der sein Lehrer nicht gerechnet hatte – seinen Falken David –, hatte Roland Cort besiegt, seinen Stock genommen … und sich Marten Broadcloak zum Feind seines Lebens gemacht.

Cort, der übel zugerichtet war und dessen geschwollenes Gesicht Ähnlichkeit mit der Koboldmaske eines Kindes bekam, hatte, bevor er ins Koma fiel, lange genug gegen die Bewußtlosigkeit gekämpft, um seinem jüngsten Revolvermannanwärter einen Rat zu geben: Halte dich noch eine Weile fern von Marten, hatte Cort gesagt.

»Er gab mir den Rat, die Geschichte unseres Zweikampfs zur Legende werden zu lassen«, sagte der Revolvermann zu Eddie, Susannah und Jake. »Zu warten, bis Haare im Gesicht meines Schattens wuchsen und er Marten in seinen Träumen verfolgte.«

»Hast du seinen Rat angenommen?« fragte Susannah.

»Ich bekam keine Möglichkeit dazu«, sagte Roland. Er verzog das Gesicht zu einem gequälten, schmerzlichen Lächeln. »Ich wollte darüber nachdenken, und zwar ernsthaft, aber bevor ich auch nur damit anfangen konnte, haben sich die Dinge … geändert.«

»Das tun sie gerne, nicht wahr?« sagte Eddie. »Meine Güte, ja.«

»Ich begrub meinen Falken, die erste Waffe, die ich jemals einsetzte, und vielleicht die beste. Dann – und ich bin sicher, daß ich dir diesen Teil vorher noch nicht erzählt habe, Jake – ging ich in die Unterstadt. Die Sommerhitze entlud sich in Gewittern und Hagelstürmen, und in einem Zimmer über einem der Bordelle, wo Cort bekanntermaßen ein und aus gegangen war, wohnte ich zum erstenmal einer Frau bei.«

Er stocherte nachdenklich mit einem Ast im Feuer, schien die unbewußte Symbolik seines Tuns zu erkennen und warf ihn mit einem schiefen Grinsen weg. Der Ast landete schwelend vor dem Reifen eines liegengebliebenen Dodge Aspen und ging aus.

»Es war gut. Der Sex war gut. Natürlich nicht die tolle Sache, über die ich und meine Freunde nachgedacht und geflüstert und gerätselt hatten –«

»Ich glaube, alle Jungs überschätzen gekaufte Muschis, Süßer«, sagte Susannah.

»Ich schlief ein und hörte die Trunkenbolde unten zum Klavier singen und den Hagel ans Fenster prasseln. Am nächsten Morgen erwachte ich in ... nun, sagen wir einfach, ich erwachte auf eine Weise, wie ich es an so einem Ort nie und nimmer erwartet hätte.«

Jake legte Holz auf das Feuer. Es loderte auf, beleuchtete Rolands Wangen und malte Halbmonde aus Schatten unter seine Brauen und die Unterlippe. Und als er weiterredete, stellte Susannah fest, daß sie fast sehen konnte, was an jenem längst vergangenen Morgen geschehen war, der nach nassem Kopfsteinpflaster und regenschwangerer Sommerluft gerochen haben mußte; was sich in der Kammer einer Hure über einer Schänke in der Unterstadt von Gilead, Sitz der Baronie von Neu-Kanaan, einem kleinen Fleckchen Land in der westlichen Region von Mittwelt, abgespielt hatte.

Ein Knabe, dem von seinem Kampf am Tag zuvor noch die Knochen weh taten und der gerade eben in die Geheimnisse des Sex eingeführt worden war. Ein Knabe, der jetzt mehr wie zwölf als vierzehn aussah, dessen dichte Wimpern sanft auf seinen Wangen ruhten, dessen Lider diese außergewöhnlichen blauen Augen schlossen; ein Knabe, der mit einer Hand locker die Brust einer Hure umfing und dessen Handgelenk mit den Narben, die ihm der Falke geschlagen hatte, braungebrannt auf der Tagesdecke lag. Ein Knabe in den letzten Augenblicken des letzten ungetrübten Schlafs seines Lebens; ein Knabe, der sich gleich in Bewegung setzen wird, der fallen wird wie ein losgetretener Kieselstein auf einer steilen und unebenmäßigen Geröllhalde; ein fallender Kieselstein, der einen weiteren mit sich reißt, und noch einen, und alle Kieselsteine reißen weitere mit sich, bis die ganze Halde in Bewegung gerät und die Erde vom Lärm des Erdrutschs erbebt.

Ein Knabe, ein Kieselstein auf einem Hang, der locker und lawinengefährdet ist.

Ein Knorren explodierte im Feuer. Irgendwo in diesem Traum von Kansas schrie ein Tier. Susannah sah, wie Funken vor Rolands unglaublich altem Gesicht stoben, und erblickte in diesem Gesicht den schlafenden Knaben jenes Sommermorgens, der in einem Lotterbett lag. Und dann sah sie, wie die Tür krachend aufflog und Gileads letzter gequälter Traum sein Ende fand.

15

Der Mann, der hereinkam und mit großen Schritten quer durchs Zimmer zum Bett ging, bevor Roland die Augen aufschlagen konnte (und bevor die Frau neben ihm das Geräusch auch nur registrierte), war groß, schlank und trug verblichene Jeans und ein staubiges Hemd aus blauem Drillich. Auf dem Kopf hatte er einen dunkelgrauen Hut mit einem Band aus Schlangenleder. An seinen Hüften hingen zwei alte Lederholster. Aus ihnen ragten die Sandelholzgriffe der Pistolen, die der Junge eines Tages zu Ländern tragen sollte, von denen dieser finstere Mann mit den wütenden blauen Augen nicht einmal träumte.

Roland war in Bewegung, noch ehe er die verklebten Augen öffnen konnte, rollte sich nach links und tastete unter dem Bett nach dem, was dort lag. Er war schnell, beängstigend schnell, aber – und auch das sah Susannah, sah es ganz deutlich – der Mann in den verblichenen Jeans war noch schneller. Er packte den Jungen an der Schulter, zog und zerrte ihn nackt aus dem Bett auf den Boden. Dort lag der Junge und streckte wieder blitzschnell die Hand nach dem aus, was unter dem Bett lag. Der Mann in den Jeans trat ihm auf die Finger, bevor er es zu fassen bekam.

»Dreckskerl!« keuchte der Junge. »Oh, du Drecks –«

Aber inzwischen waren seine Augen offen, er sah hoch und erkannte, daß der zudringliche Dreckskerl sein Vater war.

Die Hure hatte sich mit verquollenen Augen und schlaffem und quengeligem Gesicht aufgerichtet. »He!« rief sie. »Also wirklich! Sie können hier nicht einfach so reinplatzen, das geht nicht! Wenn ich schreien würde –«

Der Mann beachtete sie nicht, streckte die Hand unter das Bett und zog zwei Revolvergurte heraus. Am Ende eines jeden befand sich ein Revolver im Holster. Sie waren groß und wirkten erstaunlich in dieser weitgehend waffenlosen Welt, aber sie waren nicht so groß wie diejenigen, die Rolands Vater trug, und die Griffe bestanden aus abgegriffenem Metall und wiesen keine Einlegearbeiten auf. Als die Hure die Waffen an den Hüften des Eindringlings und die in seinen Händen sah – diejenigen, welche ihr jugendlicher Freier bis zu dem Augenblick getragen hatte, als sie ihn mit nach oben genommen und aller Waffen beraubt hatte, abgesehen von der einen, mit der sie am besten vertraut war –, verschwand der verschlafen quengelige Ausdruck von ihrem Gesicht. An seine Stelle trat die listige Miene der geborenen Überlebenskünstlerin. Sie sprang aus dem Bett, lief durch das Zimmer und verschwand durch die Tür, bevor ihr blanker Hintern die Chance hatte, länger als einen kurzen Moment im Licht der Morgensonne aufzuleuchten.

Weder der Vater, der neben dem Bett stand, noch der Sohn, der zu seinen Füßen nackt auf dem Boden lag, würdigte sie auch nur eines Blickes. Der Mann in den Jeans hielt die Revolvergurte hoch, die Roland am vergangenen Nachmittag mit Hilfe von Corts Schlüssel aus der Waffenkammer unter der Baracke der Lehrlinge geholt hatte. Der Mann schüttelte die Gurte unter Rolands Nase, wie man ein zerrissenes Kleidungsstück vor der Nase des unartigen Welpen schütteln würde, der dran rumgekaut hat. Er schüttelte sie so heftig, daß eine der Waffen herausfiel. Trotz seiner Benommenheit fing Roland sie im Flug auf.

»Ich dachte, du wärst im Westen«, sagte Roland. »In Cressia. Hinter Farson und seinen –«

Der Vater schlug Roland so fest, daß der Junge durch das Zimmer in eine Ecke stürzte und ihm Blut aus einem Mundwinkel floß. Rolands erster, erschreckender Instinkt war, die Waffe zu heben, die er noch in der Hand hielt.

Steven Deschain sah ihn an, die Hände in die Hüften gestützt, und las den Gedanken, noch ehe er vollständig ausformuliert war. Er verzog die Lippen zu einem erbarmungslosen Grinsen, bei dem sämtliche Zähne und der größte Teil des Zahnfleischs zu sehen waren.

»Erschieß mich, wenn du willst. Warum nicht? Mach diesen Fehlschlag vollständig. Ah, ihr Götter, ich würde es begrüßen!«

Roland legte die Waffe auf den Boden und stieß sie mit dem Handrücken weg. Plötzlich wollte er seine Finger nicht mehr in der Nähe des Abzugs eines Revolvers haben. Er hatte sie nicht mehr vollständig unter Kontrolle, diese Finger. Das hatte er gestern festgestellt, etwa zu dem Zeitpunkt, als er Cort die Nase gebrochen hatte.

»Vater, ich habe gestern meine Prüfung abgelegt. Ich habe Cort seinen Stock weggenommen. Ich bin ein Mann.«

»Du bist ein Narr«, sagte sein Vater. Das Grinsen war jetzt verschwunden; er sah hager und alt aus. Er ließ sich auf das Bett der Hure fallen, betrachtete die Revolvergurte, die er noch hielt, und ließ sie zwischen seine Füße fallen. »Du bist ein vierzehnjähriger Narr, und das sind die schlimmsten und verzweifeltsten.« Er sah wieder wütend auf, aber das störte Roland nicht; Wut war besser als dieser Ausdruck von Resignation. Dieser Ausdruck eines alten Mannes. »Ich weiß, daß du kein Genie bist, seit du ein Säugling warst, aber bis gestern abend habe ich nicht geglaubt, daß du ein Idiot bist. Daß du dich von ihm hast treiben lassen wie ein Stück Vieh zur Schlachtbank! Götter! Du hast das Gesicht deines Vaters vergessen! Sag es!«

Und das ließ die Wut des Jungen hell auflodern. Bei allem, was er am Tag zuvor getan hatte, hatte er das Gesicht seines Vaters fest vor Augen gehabt.

»Das ist nicht wahr!« schrie er von seinem Platz, wo er mit nacktem Hintern auf den rauhen Bodendielen in der Kammer der Hure saß und den Rücken an die Wand lehnte, während die Sonne durch das Fenster schien und den Flaum seiner hellen, makellosen Wangen berührte.

»Es *ist* wahr, du Balg! Du närrischer Balg! Sag deine Bußformel, oder ich werde dir das Fell über die –«

»Sie waren zusammen!« platzte er heraus. »Deine Frau und dein Minister – dein Zauberer! Ich habe das Mal seines Mundes an ihrem Hals gesehen! *Am Hals meiner Mutter!*« Er griff nach der Waffe und hob sie auf, achtete aber selbst in seiner Scham und Wut sorgsam darauf, daß er mit den Fingern nicht in die Nähe des Abzugs kam; er hielt den Lehrlingsrevolver nur am schlichten, schmucklosen Metall des Laufs. »Heute werde ich dem Leben dieses verräterischen Verführers mit dieser Waffe ein Ende setzen, und wenn du nicht Manns genug bist, mir zu helfen, dann kannst du wenigstens beiseite treten und m–«

Einer der Revolver an Stevens Hüfte war aus dem Holster und lag in der Hand, noch ehe Roland eine Bewegung sehen konnte. Ein einziger Schuß ertönte, ohrenbetäubend wie Donner in dem kleinen Zimmer; es dauerte eine volle Minute, bis Roland die murmelnden Fragen und den Aufruhr unten hören konnte. Der Lehrlingsrevolver indessen war fort, aus Rolands Hand geschossen, wo lediglich ein Kribbeln zurückblieb. Der Revolver flog zum Fenster hinaus und war dahin, sein Griff ein zertrümmertes Stück Altmetall und seine kurze Rolle in Rolands langer Geschichte damit beendet.

Roland sah seinen Vater erschrocken und staunend an. Steven erwiderte den Blick und sagte lange Zeit nichts. Aber nun stellte er wieder das Gesicht zur Schau, das Roland seit seiner frühesten Kindheit kannte: ruhig und selbstsicher. Resignation und der Ausdruck halbwegs unbewußter Wut waren daraus verschwunden wie die Gewitter der vergangenen Nacht.

Schließlich sprach sein Vater. »Es war falsch, was ich gesagt habe, und ich entschuldige mich. Du hast mein Gesicht nicht vergessen, Roland. Aber ein Narr warst du trotzdem – du hast zugelassen, daß dich einer, der weit listenreicher ist, als du es in deinem Leben je sein wirst, zu etwas getrieben hat. Nur durch die Gnade der Götter und das Wirken von *Ka* bist du nicht nach Westen geschickt worden, ein weiterer wahrer Revolvermann, der aus Martens Weg entfernt wurde ... aus John Farsons Weg ... und aus dem Weg, der zu der Kreatur führt, die sie beherrscht.« Er stand auf und streckte die Arme aus. »Wenn ich dich verloren hätte, Roland, wäre ich gestorben.«

Roland stand auf und ging nackt zu seinem Vater, der ihn heftig umarmte. Als Steven Deschain ihn zuerst auf die eine und dann auf die andere Wange küßte, fing Roland an zu weinen. Dann flüsterte Steven Deschain Roland sechs Wörter ins Ohr.

16

»Was?« fragte Susannah. »Was für sechs Wörter?«

»›Ich weiß es seit zwei Jahren‹«, sagte Roland. »Das hat er geflüstert.«

»Herr im Himmel«, sagte Eddie.

»Er sagte mir, daß ich nicht in den Palast zurückkehren könnte. Falls doch, wäre ich bei Einbruch der Nacht tot. Er sagte: ›Du bist trotz allem, was Marten tun konnte, für dein Schicksal geboren; aber er hat geschworen, dich zu töten, bevor du ein Problem für ihn werden kannst. Es scheint so, als müßtest du, obwohl als Sieger aus der Prüfung hervorgegangen, Gilead verlassen, doch du wirst nach Osten statt nach Westen gehen. Aber ich schicke dich nicht allein und ohne Grund dorthin.‹ Dann fügte er fast wie einen verspäteten Einfall hinzu: ›Und auch nicht mit einem Paar armseliger Lehrlingsrevolver.‹«

»Was für ein Grund?« fragte Jake. Die Geschichte hatte ihn eindeutig gefesselt; seine Augen leuchteten fast so hell wie die von Oy. »Und was für Begleiter?«

»Das alles sollt ihr nun hören«, sagte Roland, »und wie ihr über mich urteilt, wird die Zeit erweisen.«

Er seufzte – das tiefe Seufzen eines Mannes, dem eine schwierige Aufgabe bevorsteht –, und dann warf er frisches Holz auf das Feuer. Als die Flammen emporloderten und die Schatten ein wenig zurücktrieben, fing er an zu reden. Er redete die ganze, merkwürdig lange Nacht hindurch, und er beendete die Geschichte von Susan Delgado erst, als die Sonne im Osten aufging und das Schloß aus Glas dort drüben mit den leuchtenden Farben eines neuen Tages bemalte – und mit einem seltsam grünlichen Licht, das seine wahre Farbe war.

Zweiter Teil

Susan

Kapitel 1
Unter dem Kußmond

I

Eine perfekte silberne Scheibe – der Kußmond, wie er in der Vollen Erde genannt wurde – schwebte über dem zerklüfteten Hügel fünf Meilen östlich von Hambry und zehn Meilen südlich des Eyebolt Canyon. Unterhalb des Hügels hielt sich die Spätsommerhitze auch zwei Stunden nach Sonnenuntergang noch drückend, aber auf dem Cöos war es, als wäre die Erntezeit mit ihren heftigen Winden und der frostkalten Luft bereits gekommen. Für die Frau, die mit einer Schlange und einer alten mutierten Katze als einziger Gesellschaft hier oben lebte, sollte es eine lange Nacht werden.

Aber das spielt keine Rolle; spielt keine Rolle, meine Liebe. Fleißige Hände sind glückliche Hände. Das sind sie.

Sie wartete, bis der Hufschlag von den Pferden ihrer Besucher verklungen war, und saß leise am Fenster im großen Zimmer der Hütte (es gab nur noch ein anderes, ein Schlafzimmer, wenig größer als ein Schrank). Musty, die sechsbeinige Katze, saß auf ihrer Schulter. Mondlicht schien auf ihren Schoß.

Drei Pferde, die drei Männer trugen. Die Großen Sargjäger, so nannten sie sich selbst.

Sie schnaubte. Männer waren komisch, ay, das waren sie, und das Amüsanteste an ihnen war, wie wenig sie davon wußten. Männer, mit den großspurigen, wichtigtuerischen Namen, die sie sich gaben. Männer, so stolz auf ihre Muskeln, ihr Trinkvermögen, ihr Eßvermögen; so immerwährend stolz auf ihre Pimmel. Ja, selbst in diesen Zeiten, wo so viele nichts als einen seltsamen, verkümmerten Samen verschießen konnten, der Kinder hervorbrachte, die nur dazu taugten, daß man sie im nächsten Brunnen ertränkte. Ah, aber es war niemals ihre Schuld, oder, meine Liebe? Nein, es war immer die Frau – ihr Schoß, ihre Schuld. Männer waren solche Feiglinge. Solche grinsenden Feiglinge. Diese drei hatten sich in nichts vom üblichen Schlag unterschieden. Der hinkende Alte, den sollte man vielleicht im Auge behalten – ay, das sollte man, ein klares und über die Maßen neugieriges Paar Augen hatte sie aus seinem Schädel angeschaut –, aber sie sah nichts in ihnen, womit sie nicht fertig werden würde, sollte es darauf ankommen.

Männer! Sie konnte nicht verstehen, weshalb so viele Frauen sie fürchteten. Hatten die Götter sie nicht so geschaffen, daß der empfindlichste Teil ihrer Eingeweide einfach aus ihren Körpern heraushing wie ein falsch plaziertes Stück Darm? Tritt sie dorthin, und sie rollen sich zusammen wie Schnecken. Liebkose sie dort, und ihr Verstand schmilzt dahin. Wer an dieser zweiten Weisheit zweifelte, mußte sich nur ihre zweite Aufgabe in dieser Nacht ansehen, die, die noch vor ihr lag. Thorin! Bürgermeister von Hambry! Kommandant der Garde der Baronie! Kein größerer Narr als ein alter Narr!

Doch keiner dieser Gedanken hatte echte Macht über sie oder war von echter Bosheit erfüllt, jedenfalls noch nicht; die drei Männer, die sich die Großen Sargjäger nannten, hatten ihr ein Wunder gebracht, und sie würde es sich ansehen; ay, ihre Augen damit anfüllen, das würde sie.

Der Krüppel, Jonas, hatte darauf bestanden, daß sie es versteckte – man habe ihm gesagt, sie hätte eine Stelle für solche Sachen, nicht, daß er sie selbst sehen wollte, keine *einzige* ihrer geheimen Stellen, da seien die Götter vor (über diesen Witz hatten Depape und Reynolds gelacht wie Trolle) –, und daher hatte sie es verstaut, aber jetzt hatte der Wind den Hufschlag ihrer Pferde verschluckt, und nun würde sie tun, was ihr beliebte. Das Mädchen, dessen Titten Hart Thorin sein letztes bißchen Verstand geraubt hatten, würde frühestens in etwa einer Stunde hier sein (die alte Frau hatte darauf bestanden, daß das Mädchen zu Fuß von der Stadt kam, und auf die reinigende Wirkung eines derartigen Fußmarschs im Mondschein verwiesen, aber in Wahrheit wollte sie nur einen sicheren Zeitpuffer zwischen ihren beiden Verabredungen haben), und in dieser Stunde würde sie tun, was ihr beliebte.

»Oh, es ist wunderschön, da bin ich sicher«, flüsterte sie. Und spürte sie eine gewisse Hitze an der Stelle, wo ihre uralten krummen Beine sich vereinten? Eine gewisse Feuchtigkeit in dem trockenen Bachbett, das dort verborgen lag? Ihr Götter!

»Ay, selbst durch die Schachtel, in der sie es versteckt hatten, konnte ich seinen Glanz spüren. So wunderschön, Musty, wie du.« Sie nahm die Katze von den Schultern und hielt sie sich vors Gesicht. Der alte Kater schnurrte und streckte seinen Mopskopf ihrem Gesicht entgegen. Sie gab ihm einen Kuß auf die Nase. Die Katze machte vor Wonne die milchigen, graugrünen Augen zu. »So wunderschön wie du – das bist du, das bist du! Hihi!«

Sie setzte die Katze ab. Das Tier ging langsam zum Herd, wo die Flammen eines nächtlichen Feuers oberflächlich an einem einzigen Holzscheit leckten. Mustys Schwanz, der an der Spitze zweigeteilt war, so daß er aussah wie der Schwanz eines Teufels in alten Gemälden, zuckte in der düster-orangeroten Atmosphäre des Raums hin und her. Die zusätzlichen Beine, die an den Seiten herunterhingen, zuckten wie im Traum. Der Schatten, der über den Boden fiel und an der Wand hinaufwuchs, bot ein Bild des Schreckens: ein Ding, das wie eine Kreuzung zwischen Katze und Spinne aussah.

Die alte Frau stand auf und ging in ihre Schlafkammer, wo sie das Ding aufbewahrte, das Jonas ihr gegeben hatte.

»Wenn du das verlierst, verlierst du deinen Kopf«, hatte er gesagt.

»Hab keine Angst, mein guter Freund«, hatte sie geantwortet und ein schiefes, unterwürfiges Lächeln über die Schulter erstrahlen lassen, während sie die ganze Zeit dachte: Männer! Was für alberne Wichtigtuer sie doch waren!

Nun ging sie zum Fußende des Betts, kniete nieder und strich mit einer Hand über den Erdboden dort. Als sie das tat, erschienen Linien in der sauren Erde. Sie bildeten ein Rechteck. In eine dieser Linien schob sie die Finger; die Linie gab unter der Berührung nach. Sie hob die verborgene Klappe hoch (auf solche Weise verborgen, daß niemand ohne die Gabe sie jemals würde öffnen können) und legte ein Fach frei, das rund dreißig Zentimeter im Quadrat maß und sechzig Zentimeter tief war. Darin befand sich ein Hartholzkästchen. Auf diesem Kästchen hatte sich eine schmale grüne Schlange zusammengerollt. Als sie den Rücken der Schlange berührte, hob das Tier den Kopf. Es öffnete das Maul zu einem lautlosen Zischen und entblößte vier Paar Fangzähne – zwei oben, zwei unten.

Sie hob die Schlange hoch und redete zärtlich auf sie ein. Als sie den flachen Kopf dicht an ihr Gesicht hielt, klaffte der Mund noch weiter auf, und das Zischen wurde lauter. Sie machte selbst den Mund auf; zwischen den runzligen grauen Lippen schob sie die gelbliche, übelriechende Matte ihrer Zunge hervor. Zwei Tropfen Gift – die im Punsch ausgereicht hätten, um eine ganze Abendgesellschaft zu vergiften – fielen darauf. Sie schluckte und spürte, wie ihr Mund, ihr Hals und ihre Brust brannten, als hätte sie starken Alkohol getrunken. Einen Augenblick verschwamm das Zimmer vor ihren Augen, und sie konnte Stimmen in der stinkenden Luft der Hütte hören – die Stimmen derer, die sie »die unsichtbaren Freunde« nannte. Aus ihren Augen lief klebriges Wasser die Furchen hinab, welche die Zeit in ihre Wangen gegraben hatte. Dann stieß sie den Atem aus, und das Zimmer wurde wieder klar. Die Stimmen verklangen.

Sie küßte Ermot zwischen seine lidlosen Augen (*die Zeit des Kußmonds, wahrhaftig,* dachte sie), dann legte sie ihn beiseite. Die Schlange glitt unter das Bett, rollte sich zu einem Kreis zusammen und sah ihr zu, wie sie mit den Handflächen über die Oberseite des Hartholzkästchens strich. Sie konnte die Muskeln ihrer Oberarme beben spüren, und die Hitze in ihrem Unterleib wurde deutlicher. Es war Jahre her, seit sie zum letztenmal den Ruf ihres Geschlechts vernommen hatte, aber nun spürte sie ihn, das tat sie, und es lag nicht am Wirken des Kußmonds, jedenfalls nicht sehr.

Das Kästchen war verschlossen, und Jonas hatte ihr keinen Schlüssel gegeben, doch das war kein Hindernis für sie, hatte sie doch lange gelebt und viel gelernt und mit Kreaturen verkehrt, vor denen die meisten Männer trotz allem hochtrabenden Geschwätz und großspurigem Gebaren davongerannt wären, als stünden sie in Flammen, wenn sie auch nur einen Blick darauf erhascht hätten. Sie streckte eine Hand zu dem Schloß, in welches der Umriß eines Auges eingraviert war sowie ein Spruch in der Hochsprache (**ICH SEHE, WER MICH ÖFFNET**), dann zog sie die Hand wieder weg. Plötzlich konnte sie riechen, was ihre Nase unter normalen Umständen nicht mehr wahrnahm: Schmutz und Staub und eine verdreckte Matratze und die Krümel von Essen, das im Bett gegessen worden war; die Gerüche von Asche und uraltem Weihrauch; den Geruch einer alten Frau mit feuchten Triefaugen und einer (jedenfalls für gewöhnlich) trockenen Muschi. Sie würde das Kästchen nicht hier drinnen öffnen und das Wunder bestaunen, das es enthielt; sie würde nach draußen gehen, wo die Luft klar und rein war und nur nach Salbei und Mesquite duftete.

Sie würde es sich im Licht des Kußmonds ansehen.

Rhea vom Cöos Hill zog das Kästchen grunzend aus dem Erdloch, erhob sich mit einem weiteren Grunzen (diesmal von weiter unten) auf die Füße, klemmte sich das Kästchen unter den Arm und verließ das Zimmer.

2

Die Hütte lag so weit unterhalb der Hügelkuppe, daß die bittersten winterlichen Windböen abgehalten wurden, die in diesem Hochland fast unablässig von der Erntezeit bis zum Ende von Weiter Erde wehten. Ein Pfad führte zum höchsten Punkt des Hügels; unter dem Vollmond war er ein Graben voller Silber. Die alte Frau watschelte schnaufend hinauf, das weiße Haar stand ihr in schmutzigen Strähnen vom Kopf ab, und unter dem schwarzen Kleid schwankten ihre alten Beutel von einer Seite zur anderen. Die Katze folgte in ihrem Schatten und verströmte weiterhin ihr rostiges Schnurren wie einen Gestank.

Oben auf dem Hügel wehte ihr der Wind das Haar von dem verwüsteten Gesicht weg und trug ihr das stöhnende Flüstern der Schwachstelle zu, die sich ins entgegengesetzte Ende des Eyebolt Canyon gefressen hatte. Sie wußte, es war ein Geräusch, das die wenigsten gerne hörten, aber sie selbst liebte es; für Rhea vom Cöos hörte es sich an wie ein Schlummerlied. Am Himmel stand der Mond, auf dessen blasser Haut Schatten die Umrisse der Gesichter eines küssenden Liebespaares skizzierten ... das heißt, wenn man den gewöhnlichen Narren da unten glauben wollte. Die gewöhnlichen Narren da unten sahen in jedem Vollmond ein neues Gesicht oder Gesichter, aber die Vettel wußte, daß es nur eines gab – das Gesicht des Dämons. Das Gesicht des Todes.

Sie selbst jedoch hatte sich nie lebendiger gefühlt.

»Oh, meine Schönheit«, flüsterte sie und berührte das Schloß mit ihren gichtigen Fingern. Ein schwacher rötlicher Schimmer war zwischen den gespannten Knöcheln zu sehen, ein Klicken zu hören. Sie atmete schwer, wie eine Frau, die ein Rennen gelaufen ist, und machte das Kästchen auf.

Rosafarbenes Licht, schwächer als das des Kußmonds, aber unendlich viel schöner, strahlte daraus hervor. Es fiel auf das verlebte Gesicht über dem Kästchen und verwandelte es einen Moment lang wieder in das Gesicht eines jungen Mädchens.

Musty schnupperte mit ausgestrecktem Kopf, angelegten Ohren und einem rosa Schimmer in den alten Augen. Rhea wurde sofort eifersüchtig.

»Geh weg, närrisches Ding, das ist nichts für deinesgleichen!«

Sie scheuchte die Katze weg. Musty wich zurück, zischte wie ein Kessel und stakste beleidigt zu dem Gipfel, der die höchste Stelle des Cöos bildete. Dort blieb er sitzen, verströmte Mißfallen und leckte sich eine Pfote, während der Wind ihm unablässig durch das Fell kämmte.

In dem Kästchen lag eine Glaskugel. Aus ihr erstrahlte das rosa Licht; es pulsierte leicht wie der Schlag eines zufriedenen Herzens.

»Oh, meine Schönheit«, murmelte sie und nahm sie heraus. Sie hielt die Kugel vor sich; ließ das pulsierende Leuchten auf ihr Gesicht fallen wie Regen. »Oh, du lebst, das tust du!«

Plötzlich wandelte sich die Farbe in der Kugel zu einem dunklen Scharlachrot. Rhea spürte eine Vibration in den Händen wie von einem unvorstellbar starken Motor, und erneut spürte sie diese erstaunliche Nässe zwischen den Beinen, dieses Ziehen der Gezeiten, das sie schon längst hinter sich gewähnt hatte.

Dann hörte die Vibration auf, und das Licht in der Kugel schien sich zu entfalten wie Blütenblätter. An seine Stelle trat ein rosafarbener Schimmer … aus dem drei Reiter herauskamen. Zuerst dachte sie, es wären die Männer, die ihr die Glaskugel gebracht hatten – Jonas und die anderen. Aber nein, diese waren jünger, sogar jünger als Depape, der etwa fünfundzwanzig war. Der auf der linken Seite des Trios schien einen Vogelschädel am Knauf seines Sattels befestigt zu haben – seltsam, aber wahr.

Dann verschwanden er und der auf der rechten Seite, als die

Macht der Glaskugel sie irgendwie ausblendete, und nur derjenige in der Mitte blieb zurück. Sie bemerkte die Jeans und Stiefel, die er trug, den flachen Hut, der seine obere Gesichtshälfte verbarg, die Anmut, mit der er auf dem Pferd saß, und ihr erster alarmierender Gedanke war: *Revolvermann! Aus dem Osten, von den Inneren Baronien, ay, vielleicht aus Gilead selbst!* Aber sie mußte die obere Gesichtshälfte des Reiters nicht sehen, um zu erkennen, daß er wenig mehr als ein Kind war und keine Waffen an den Hüften trug. Und doch glaubte sie nicht, daß der Junge unbewaffnet kam. Wenn sie nur ein wenig besser sehen könnte …

Sie hielt die Glaskugel fast an ihre Nasenspitze und flüsterte: »Näher, Liebchen! Noch näher!«

Sie wußte nicht, was sie zu erwarten hatte – höchstwahrscheinlich gar nichts –, aber die Gestalt in dem dunklen Glasrund kam tatsächlich näher. *Schwamm* fast näher, wie ein Pferd mit Reiter unter Wasser, und sie sah einen Köcher mit Pfeilen auf seinem Rücken. Vor ihm, am Knauf seines Sattels, hing kein Vogelschädel, sondern ein Kurzbogen. Und auf der rechten Seite des Sattels, wo ein Revolvermann vielleicht ein Gewehr in einer Tasche getragen haben würde, ragte der federgeschmückte Schaft einer Lanze auf. Er gehörte nicht zum Alten Volk, so sah sein Gesicht nicht aus … aber sie glaubte auch nicht, daß er vom Äußeren Bogen stammte.

»Aber wer *bist* du, Herzblatt?« hauchte sie. »Und wie soll ich dich erkennen? Hast den Hut so weit runtergezogen, daß ich deine gottserbärmlichen *Augen* nicht sehen kann, das hast du! An deinem Pferd vielleicht … oder vielleicht an deinem … Geh weg, Musty! Warum behelligst du mich so? Arrrr!«

Die Katze war von ihrem Aussichtspunkt zurückgekehrt, wand sich zwischen den geschwollenen alten Knöcheln der Frau und maunzte mit einer Stimme zu ihr auf, die noch rostiger als ihr Schnurren klang. Als die alte Frau nach ihm trat, wich Musty behende aus … kam aber unverzüglich zurück, fing wieder an, sah mit Mondscheinaugen zu ihr auf und gab das leise Maunzen von sich.

Rhea trat wieder nach ihr, diesmal so wirkungslos wie beim erstenmal, dann sah sie wieder in die Glaskugel. Das Pferd und sein interessanter junger Reiter waren verschwunden. Ebenso das rosa Licht. Sie hielt nur noch eine tote Glaskugel in der

Hand, deren einziges Licht in einer Spiegelung des Mondes bestand.

Der Wind wehte böig und drückte ihr Kleid an die Ruine ihres Körpers. Musty ließ sich von den schwächlichen Tritten seiner Herrin nicht beeindrucken, kam wieder näher und strich ihr erneut um die Knöchel, wobei er die ganze Zeit miaute.

»Da siehst du, was du getan hast, du garstiger Floh- und Krankheitsträger! Das Licht ist erloschen, es ist gerade da erloschen, als ich –«

Dann hörte sie ein Geräusch von dem Feldweg, der zu ihrer Hütte führte, und verstand, warum Musty sich so aufgeführt hatte. Sie hörte Gesang. Sie hörte das *Mädchen*. Das Mädchen kam zu früh.

Sie verzog das Gesicht zu einer gräßlichen Fratze – sie haßte es, überrascht zu werden, und das kleine Fräulein da unten würde dafür bezahlen –, bückte sich und legte die Glaskugel wieder in das Kästchen. Das Innere war mit Seide ausgeschlagen, und die Kugel paßte so angegossen hinein wie das Frühstücksei in Seiner Lordschaft Eierbecher. Und von unten (der verfluchte Wind wehte aus der falschen Richtung, sonst hätte sie es früher gehört) weiterhin der Gesang des Mädchens, näher denn je:

»Love, o love, o careless love,
Can't you see what careless love has done?«

»Ich gebe dir unbedachte Liebe, du jungfräuliche Schlampe«, sagte die alte Frau. Sie konnte den sauren Geruch von Schweiß unter ihren Achseln riechen, aber die andere Feuchtigkeit war wieder getrocknet. »Ich werde dich dafür zahlen lassen, daß du zu früh bei der alten Rhea erscheinst, das werde ich!«

Sie strich mit den Fingern über das Schloß an der Vorderseite des Kästchens, aber es ging nicht mehr zu. Sie vermutete, daß sie in ihrem Übereifer, es zu öffnen, etwas im Inneren zerbrochen hatte, als sie die Gabe anwandte. Das Auge und der Sinnspruch schienen sie zu verspotten: **ICH SEHE, WER MICH ÖFFNET**. Es ließ sich wieder richten, und zwar im Nu, aber im Augenblick hatte sie nicht einmal einen Nu.

»Aufdringliche Fotze!« jammerte sie und hob den Kopf kurz

in Richtung der Stimme, die immer näher kam (fast schon hier, bei den Göttern, und fünfundvierzig Minuten zu früh!). Dann klappte sie den Deckel des Kästchens zu. Ein Stich fuhr ihr dabei durch das Herz, weil die Glaskugel wieder zum Leben erwachte und sich mit dem rosigen Leuchten füllte, aber jetzt blieb keine Zeit, um zu schauen oder zu träumen. Später vielleicht, wenn das Objekt von Thorins unziemlich greisenhafter Geilheit wieder gegangen war.

Und du mußt dich zurückhalten und dem Mädchen nichts allzu Schreckliches antun, ermahnte sie sich. *Vergiß nicht, sie ist seinetwegen hier und wenigstens keine dieser grünen Gören mit einem Braten in der Röhre und einem Freund, der nichts vom Ruf nach Eheschließung hören will. Es ist Thorins Tun, an diese da denkt er, wenn seine häßliche alte Vettel von einer Frau eingeschlafen ist und er sein Ding zum abendlichen Melken in die Hand nimmt; es ist Thorins Tun, und er hat das alte Gesetz auf seiner Seite, und er hat Macht. Außerdem ist das in dem Kästchen da Sache seines Mannes, und wenn Jonas herausfinden würde, daß du es dir angesehen … daß du es* benutzt *hast …*

Ay, aber das stand nicht zu befürchten. Und in der Zwischenzeit machte die Frage des Besitzes neun Zehntel des Gesetzes aus, oder nicht?

Sie klemmte das Kästchen unter einen Arm, raffte den Rock mit der freien Hand hoch und rannte den Weg zu ihrer Hütte zurück. Sie konnte noch rennen, wenn es darauf ankam, ay, auch wenn es kaum einer geglaubt hätte.

Musty lief neben ihr her, streckte den gespaltenen Schwanz in die Höhe, und seine Extrabeine baumelten im Mondschein auf und ab.

Kapitel 2
Der Test der Ehrbarkeit

1

Rhea lief hastig in ihre Hütte, eilte an dem prasselnden Kaminfeuer vorbei, blieb an der Tür ihres winzigen Schlafzimmers stehen und strich sich mit einer zerstreuten Geste durch das Haar. Das Flittchen hatte sie nicht vor der Hütte gesehen, sonst hätte sie gewiß mit ihrer Katzenmusik aufgehört oder wäre zumindest ins Stocken geraten – und das war gut, aber das verfluchte Versteck hatte sich wieder versiegelt, und das war schlecht. Und es blieb auch keine Zeit, es wieder zu öffnen. Rhea lief zum Bett, kniete nieder und schob das Kästchen weit nach hinten in die Schatten.

Ay, das würde genügen; bis Susan Delgado wieder fort war, würde es bestens genügen. Rhea lächelte mit der rechten Seite ihres Mundes (die linke war weitgehend starr), richtete sich auf, strich ihr Kleid zurecht und ging ihrem zweiten Besuch in dieser Nacht entgegen.

2

Hinter ihr ging der Deckel des Kästchens, das sie nicht verschlossen hatte, mit einem Klicken auf. Er öffnete sich keine zwei Zentimeter, aber das genügte, daß ein Strahl pulsierenden rosafarbenen Lichts herausdrang.

3

Susan Delgado blieb etwa vierzig Meter von der Hütte der Hexe entfernt stehen, und der Schweiß kühlte auf ihren Armen und dem Nackenansatz ab. Hatte sie gerade eine alte Frau erspäht (gewiß die, zu der sie unterwegs war), die die letzten paar Meter von der Hügelkuppe heruntergerannt war? Sie glaubte, ja.

Hör nicht auf zu singen – wenn eine alte Frau so flink läuft, will sie nicht gesehen werden. Wenn du aufhörst zu singen, wird sie bestimmt wissen, daß sie gesehen wurde.

Einen Augenblick dachte Susan, sie würde trotzdem aufhören – daß sich ihre Erinnerung schließen würde wie eine erschrockene Hand und ihr keine Zeile des alten Lieds mehr einfallen würde, das sie seit ihrer frühesten Kindheit sang. Aber der nächste Vers fiel ihr ein, und sie sang weiter und ging weiter:

»Once my cares were far away,
Yes, once my cares were far away,
Now my love has gone from me
And misery is in my heart to stay.«

Möglicherweise ein schlechtes Lied für eine solche Nacht, aber ihr Herz ging seine eigenen Wege und interessierte sich nicht besonders dafür, was ihr Kopf dachte oder wollte; so war es immer gewesen. Sie fürchtete sich davor, bei Mondschein unterwegs zu sein, wenn angeblich Werwölfe umherstreiften, sie fürchtete sich vor ihrem Auftrag und was dieser Auftrag mit sich brachte. Doch als sie Hambry auf der Großen Straße verlassen hatte und ihr Herz verlangte, daß sie rannte, da war sie gerannt – unter dem Licht des Kußmonds und mit über die Knie hochgezogenem Rock war sie galoppiert wie ein Pony, und ihr Schatten war dicht neben ihr galoppiert. Eine Meile oder mehr war sie gelaufen, bis jeder Muskel in ihrem Körper kribbelte und die Luft, die sie durch die Kehle sog, wie eine süße, erwärmte Flüssigkeit schmeckte. Und als sie den Hochlandpfad erreichte, der zu diesem höchst sinistren Ort führte, hatte sie gesungen. Weil ihr Herz es verlangt hatte. Und, überlegte sie, so eine schlechte Idee war es nicht gewesen; immerhin hatte es zumindest ihre schlimmste Schwermut ferngehalten. Dafür war Singen immer gut.

Nun kam sie zum Ende des Pfades und sang den Refrain von »Careless Love.« Als sie in das spärliche Licht trat, das durch die offene Tür auf die Veranda fiel, sprach eine krächzende Stimme, wie die einer Nebelkrähe, aus den Schatten: »Hör auf mit dem

Geheul, Miss – es bohrt sich in mein Gehirn wie ein Angelhaken!«

Susan, der man ihr ganzes Leben gesagt hatte, daß sie eine angenehme Singstimme besaß, zweifellos von ihrer Großmama geerbt, verstummte sofort fassungslos. Sie stand auf der Veranda und verschränkte die Hände vor der Schürze. Unter der Schürze trug sie ihr zweitbestes Kleid (sie hatte nur zwei). Darunter klopfte ihr Herz heftig.

Eine Katze – ein abscheuliches Ding mit zwei zusätzlichen Beinen, die wie Fleischgabeln aus seinen Flanken ragten – kam als erste zur Tür. Die Katze schaute zu ihr auf, schien sie abzuschätzen und verzog dann das Gesicht zu einem Ausdruck, der seltsam menschlich wirkte: Verachtung. Das Tier zischte sie an und verschwand blitzschnell in der Nacht.

Nun, dir auch einen guten Abend, dachte Susan.

Die alte Frau, zu der sie geschickt worden war, trat aus der Tür heraus. Sie betrachtete Susan mit demselben Ausdruck unverhohlener Verachtung von oben bis unten, dann trat sie zurück. »Komm rein. Und vergiß nicht, die Tür fest zuzumachen. Der Wind weht sie immerzu auf, wie du sehen kannst!«

Susan trat ein. Sie wollte sich nicht mit der alten Frau in diesem übelriechenden Zimmer einschließen, aber wenn einem keine Wahl blieb, war Zaudern immer ein Fehler. Das hatte ihr Vater stets gesagt, ob es um das Thema Addieren und Subtrahieren ging oder wie man sich gegenüber Jungs beim Scheunentanz verhielt, wenn ihre Hände zu abenteuerlustig wurden. Sie zog die Tür fest zu und hörte sie einrasten.

»Da bist du ja«, sagte die alte Frau und schenkte ihr ein groteskes Willkommenslächeln. Es war ein Lächeln, bei dem selbst tapfere Mädchen an die Geschichten dachten, die in der Schule erzählt wurden – Ammenmärchen von alten Frauen mit schiefen Zähnen und blubbernden Kesseln voll froschgrüner Brühe. In diesem Zimmer gab es keinen Kessel über dem Kaminfeuer (noch war das Feuer, nach Susans Meinung, besonders eindrucksvoll), aber das Mädchen vermutete, daß es dereinst einen gegeben hatte, mit Sachen darin, an die man vielleicht lieber nicht dachte. Daß diese Frau eine richtige Hexe war und nicht nur eine alte Frau, die sich für eine ausgab, dessen war Susan seit dem Moment gewiß, als sie Rhea mit der mißgebildeten

Katze im Schlepptau in die Hütte hatte laufen sehen. Man konnte es fast riechen, wie den unangenehmen Geruch, der von der Haut der Vettel ausging.

»Ja«, sagte sie lächelnd. Sie versuchte es gut hinzubekommen, strahlend und furchtlos. »Hier bin ich.«

»Und du bist recht früh, mein kleines Liebchen. Früh bist du! Hihi!«

»Ich bin ein Stück gelaufen. Ich schätze, der Mond ist mir ins Blut gefahren. Das hätte mein Da gesagt.«

Das Grinsen der alten Frau weitete sich zu etwas, bei dem Susan daran denken mußte, wie Aale manchmal zu grinsen schienen, nach dem Tod und kurz vor dem Kochtopf. »Ay, aber der ist tot, seit fünf Jahren tot, Pat Delgado mit dem roten Haar und Bart, sein eigenes Pferd hat das Leben aus ihm rausgetrampelt, ay, und er ist zur Lichtung am Ende des Weges gegangen mit der Musik seiner eigenen brechenden Knochen in den Ohren, das ist er!«

Das nervöse Lächeln verschwand von Susans Gesicht, als wäre es weggeohrfeigt worden. Sie spürte Tränen, die niemals fern waren, wenn der Name ihres Das auch nur erwähnt wurde, hinter ihren Augen brennen. Aber sie würde sie nicht herauskullern lassen. Nicht vor den Augen dieser herzlosen alten Krähe, auf keinen Fall.

»Kommen wir zum Geschäft, und bringen wir es rasch hinter uns«, sagte sie mit einer trockenen Stimme, die ganz anders als sonst klang; diese Stimme war normalerweise fröhlich und heiter und zu allen Späßen bereit. Aber sie war Pat Delgados Kind, die Tochter des besten Herdenführers, der jemals am Westhang gearbeitet hatte, und sie erinnerte sich sehr gut an sein Gesicht; falls erforderlich, konnte sie eine stärkere Natur entwickeln, und im Augenblick schien das eindeutig der Fall zu sein. Die alte Frau wollte so tief kratzen, wie sie nur konnte, und je mehr sie sah, daß ihre Versuche von Erfolg gekrönt wurden, desto hartnäckiger würde sie weitere anstellen.

Derweil beobachtete die Vettel Susan verschlagen, die knotigen Hände in die Hüften gestemmt, während ihre Katze ihr um die Knöchel strich. Ihre Augen trieften, aber Susan sah sie dennoch deutlich genug, um zu erkennen, daß sie dieselbe graugrüne Farbe wie die Augen der Katze hatten, und sich zu fragen, was für ein Zauber dafür verantwortlich sein mochte. Sie verspürte einen Drang – fast überwältigend –, den Blick zu senken, gab ihm aber nicht nach. Es war in Ordnung, Furcht zu empfinden, aber manchmal sehr schlecht, es sich anmerken zu lassen.

»Du schaust mich schnippisch an, Missy«, sagte Rhea schließlich. Ihr Lächeln löste sich allmählich zu einem beleidigten Stirnrunzeln auf.

»Nayn, alte Mutter«, erwiderte Susan gelassen. »Nur wie eine, die erledigen möchte, weshalb sie gekommen ist, damit sie wieder gehen kann. Ich bin auf Wunsch meines Herrn, des Bürgermeisters von Mejis, hergekommen, und auf den meiner Tante Cordelia, der Schwester meines Vaters. Meines *geliebten* Vaters, über den ich keine bösen Worte hören möchte.«

»Ich spreche, wie ich es gewohnt bin«, sagte die alte Frau. Die Worte klangen wegwerfend, aber die Stimme der Vettel drückte eine Andeutung von schmeichelnder Unterwürfigkeit aus. Susan maß dem keine besondere Bedeutung bei; es war ein Ton, den ein Weib wie dieses wahrscheinlich ihr Leben lang angenommen hatte und der ihr so sehr zur Gewohnheit wurde wie das Atmen. »Ich habe lange Zeit allein gelebt, mit keiner Herrin außer mir selbst, und wenn sie erst einmal angefangen hat, macht meine Zunge, was sie will.«

»Dann wäre es vielleicht manchmal besser, sie gar nicht erst anfangen zu lassen.«

Die Augen der alten Frau blitzten häßlich auf. »Hüte deine eigene, freches Ding, sonst findest du sie vielleicht einmal tot in deinem Mund, wo sie verrotten wird, so daß der Bürgermeister es sich zweimal überlegt, dich zu küssen, wenn er ihren Gestank riecht, ay, selbst unter einem Mond wie diesem!«

Elend und Bestürzung erfüllten Susans Herz. Sie war nur mit einem im Sinn hierhergekommen: die Angelegenheit so schnell wie möglich hinter sich zu bringen, einen kaum erklärten Ritus, der wahrscheinlich schmerzhaft und mit Sicherheit beschämend war. Nun sah diese alte Frau sie mit offensichtlichem und nacktem Haß an. Wie hatte alles nur so schnell schiefgehen können? Oder war es mit Hexen immer so?

»Wir haben einen schlechten Start erwischt, Herrin – können wir noch einmal anfangen?« fragte Susan plötzlich und streckte die Hand aus.

Die Vettel sah verblüfft drein, aber sie streckte ihre Hand aus und stellte einen kurzen Kontakt her, wobei ihre runzligen Fingerspitzen die Finger des sechzehnjährigen Mädchens mit den kurzgeschnittenen Nägeln berührten, das mit reinem Gesicht und auf dem Rücken zu einem Zopf geflochtenen langen Haar vor ihr stand. Susan mußte sich sehr anstrengen, bei der Berührung nicht das Gesicht zu verziehen, so kurz sie auch war. Die Finger der alten Frau waren kalt wie die einer Toten, aber Susan hatte früher schon kalte Hände berührt (»Kalte Hände, warmes Herz«, sagte Tante Cord manchmal). Das wirklich Unangenehme war die *Beschaffenheit*, der Eindruck von kaltem, schwammigem Fleisch, das lose an den Knochen hing, als wäre die Frau, der die Finger gehörten, schon vor langer Zeit ertrunken und in einem Teich gelegen.

»Nayn, nayn, es gibt keinen Neuanfang«, sagte die alte Frau, »aber vielleicht geht es besser weiter, als es angefangen hat. Du hast in dem Bürgermeister einen mächtigen Freund, den ich mir nicht zum Feind machen möchte.«

Wenigstens ist sie ehrlich, dachte Susan, doch dann mußte sie über sich selbst lachen. Diese Frau würde nur dann ehrlich sein, wenn es absolut notwendig war; ihren eigenen Machenschaften und Begierden überlassen, würde sie einfach in jeder Hinsicht lügen – was das Wetter, das Getreide, den Flug der Vögel zur Erntezeit betraf.

»Du bist gekommen, bevor ich dich erwartet hatte, und deshalb bin ich gereizt, das bin ich. Hast du mir etwas mitgebracht, Missy? Das hast du, jede Wette!« Ihre Augen funkelten wieder, diesmal nicht vor Zorn.

Susan griff unter ihre Schürze (es war so dumm, eine Schürze zu tragen, wenn man einen Ausflug an die Rückseite von Nirgendwo unternahm, aber so verlangte es der Brauch) und in ihre Tasche. Dort befand sich, mit einer Schnur festgebunden, damit es nicht verlorenging (wenn es jungen Mädchen zum Beispiel in den Sinn kam, im Mondschein zu laufen), ein Beutel aus Stoff. Susan zerriß die Schnur und holte den Beutel heraus. Sie legte ihn auf die ausgestreckte Hand vor ihr, deren Handfläche so verbraucht war, daß die Linien wenig mehr als Geister zu sein schienen. Sie achtete sorgsam darauf, Rhea nicht noch einmal zu berühren ... obwohl die alte Frau *sie* wieder anfassen würde, und zwar schon bald.

»Macht das Geräusch des Windes dich erschauern, Missy?« fragte Rhea, obwohl Susan sehen konnte, daß ihr ganzes Trachten dem kleinen Beutel galt; sie war mit den Fingern emsig beschäftigt, die Kordel aufzuknoten.

»Ja, der Wind.«

»So sollte es auch sein. Das sind die Stimmen der Toten, die du im Wind hörst, und wenn sie so schreien, dann liegt es daran, daß sie bedauern – ah!«

Der Knoten ging auf. Rhea lockerte die Kordel und ließ zwei Goldmünzen auf ihre Hand fallen. Sie waren unebenmäßig geprägt und schlicht – seit Generationen hatte niemand mehr solche hergestellt –, aber sie waren schwer, und die eingravierten Adler besaßen eine gewisse Ausdruckskraft. Rhea hob eine zum Mund, zog die Lippen zurück, entblößte abscheuliche Zähne und biß zu. Die Vettel betrachtete die schwachen Abdrücke, die ihre Zähne in dem Gold hinterlassen hatten. Ein paar Sekunden sah sie die Münzen entzückt an, dann schloß sie die Finger fest darum.

Während Rheas Aufmerksamkeit von den Münzen abgelenkt war, konnte Susan einen Blick durch die offene Tür ins angrenzende Zimmer werfen, vermutlich das Schlafzimmer der Hexe. Und da sah sie etwas Seltsames und Beunruhigendes: ein Licht unter dem Bett. Ein rosafarbenes, pulsierendes Licht. Es schien aus einer Art Kästchen zu kommen, auch wenn sie nicht recht ...

Die Hexe schaute auf, und Susan sah hastig in die Ecke des Zimmers, wo an einem Haken ein Netz mit drei oder vier seltsamen weißen Früchten hing. Als sich die alte Frau bewegte und ihr Schatten träge von diesem Teil der Wand wegtanzte, konnte Susan sehen, daß es sich gar nicht um Früchte handelte, sondern um Schädel. Sie verspürte ein Gefühl der Übelkeit in der Magengegend.

»Das Feuer muß neu entfacht werden, Missy. Geh um das Haus herum und hol einen Arm voll Holz. Schöne große Scheite brauchen wir, und fang nicht an zu jammern, daß du sie nicht tragen kannst. Du bist von kräftiger Statur, das bist du!«

Susan, die schon etwa seit der Zeit, als sie nicht mehr in die Windeln pißte, nicht mehr über zugewiesene Arbeiten gejammert hatte, sagte nichts ... obwohl ihr schon auf der Zunge lag, Rhea zu fragen, ob denn jeder, der ihr Gold brachte, dazu aufgefordert wurde, Holz für sie zu schleppen. In Wahrheit machte es ihr nichts aus; nach dem Gestank in der Hütte würde die Luft draußen wie Wein schmecken.

Sie war fast an der Tür, als sie mit dem Fuß etwas Warmes und Nachgiebiges berührte. Die Katze miaute. Susan stolperte und wäre beinahe gefallen. Hinter ihr stieß die alte Frau eine Reihe von Keuch- und Grunzlauten aus, die Susan schließlich als Gelächter identifizierte.

»Paß auf Musty auf, meinen kleinen Süßen! Ein Schelm, das ist er! Und ein Tolpatsch manchmal auch, das ist er! Hihi!« Und dann prustete sie wieder vor Lachen.

Der Kater sah mit angelegten Ohren und aufgerissenen graugrünen Augen zu Susan auf. Er fauchte sie an. Und Susan, der kaum bewußt war, was sie tat, fauchte zurück. Mustys überraschter Ausdruck war auf unheimliche – und in diesem Fall auf komische – Weise menschenähnlich, genau wie sein Ausdruck von Verachtung. Er wirbelte herum und floh mit zuckendem gespaltenem Schwanz in Rheas Schlafzimmer. Susan machte die Tür auf und ging nach draußen, um Holz zu holen. Ihr war bereits, als wäre sie schon tausend Jahre hier und als könnte es noch einmal tausend dauern, bis sie wieder nach Hause durfte.

4

Die Luft war so angenehm, wie sie gehofft hatte, vielleicht noch angenehmer, und einen Augenblick stand sie nur auf der Veranda, atmete ein und versuchte, ihre Lungen zu säubern … und ihren Geist.

Nach fünf kräftigen Atemzügen setzte sie sich in Bewegung. Sie ging um das Haus herum, aber anscheinend war es die falsche Seite, denn da befand sich kein Holzstoß. Es gab indessen den schmalen Abklatsch eines Fensters, halb vergraben in einer zähen und unschönen Kletterpflanze. Es befand sich am hinteren Teil der Hütte und mußte zur Schlafkammer der alten Frau gehören.

Sieh da nicht hinein! Was sie unter dem Bett hat, geht dich nichts an, und wenn sie dich erwischt …

Sie ging trotz dieser Ermahnung zum Fenster und sah hinein.

Es war unwahrscheinlich, daß Rhea Susans Gesicht durch das dichte Gestrüpp des Efeus hätte sehen können, selbst wenn der alte Besen in die Richtung geblickt hätte, und das tat sie nicht. Sie lag auf den Knien, hatte die Kordel des Beutels zwischen den Zähnen und streckte eine Hand unter das Bett.

Sie zog ein Kästchen hervor und klappte den Deckel auf, der ohnedies schon leicht offenstand. Sanfter rosa Glanz überstrahlte ihr Gesicht, und Susan schnappte nach Luft. Einen Augenblick lang war es das Gesicht eines jungen Mädchens – aber eines, das ebenso von Grausamkeit wie von Jugend bestimmt war, das Gesicht eines eigensinnigen Kindes, das beschlossen hat, alle falschen Dinge aus allen falschen Gründen zu lernen. Womöglich das Gesicht des Mädchens, das diese Vettel einmal gewesen war. Das Licht schien von einer Art Glaskugel auszugehen.

Die alte Frau betrachtete sie mehrere Augenblicke mit großen und faszinierten Augen. Sie bewegte die Lippen, als würde sie mit der Kugel sprechen oder ihr gar etwas vorsingen; der kleine Beutel, den Susan aus der Stadt mitgebracht hatte und dessen Kordel die Hexe immer noch im Mund hatte, tanzte auf und ab, während sie sprach. Dann schien sie das Kästchen unter großer Willensanstrengung zuzumachen, und das rosa Licht erlosch. Susan stellte fest, daß sie erleichtert war – etwas an dem Licht gefiel ihr nicht.

Die alte Frau hielt eine hohle Hand über das silberne Schloß in der Mitte des Deckels, worauf kurz scharlachrotes Licht zwischen ihren Fingern aufblitzte. Das alles, während ihr der Beutel an der Kordel immer noch aus dem Mund hing. Dann stellte sie das Kästchen auf das Bett, kniete nieder und strich mit den Händen direkt unterhalb der Bettkante über den Erdboden. Obwohl sie nur mit den Händen darüberstrich, tauchten Linien auf, als hätte sie ein Werkzeug zum Zeichnen benutzt. Diese Linien wurden dunkler, bis sie wie Rillen aussahen.

Das Holz, Susan! Geh das Holz holen, bevor ihr klar wird, wie lange du weg warst! Bei deinem Vater!

Susan zog ihren Rock bis zur Taille hoch – sie wollte nicht, daß die alte Frau Erde oder Blätter an ihrer Kleidung sah, wenn sie wieder in die Hütte kam, wollte keine Fragen beantworten, die der Anblick solcher Spuren aufwerfen könnte – und schlich mit im Mondschein weiß leuchtender Baumwollunterwäsche unter dem Fenster vorbei. Als sie es hinter sich gelassen hatte, richtete sie sich wieder auf und lief lautlos zur anderen Seite der Hütte. Hier fand sie den Holzstoß unter einem alten Fell, das nach Schimmel roch. Sie nahm ein halbes Dutzend recht große Scheite und ging mit ihnen auf den Armen wieder zur Vorderseite des Hauses.

Als sie eintrat, wobei sie sich zur Seite drehte, damit sie mit ihrer Last durch die Tür kam, ohne etwas fallen zu lassen, hielt sich die alte Frau wieder im vorderen Zimmer auf und sah verdrießlich ins Kaminfeuer, das inzwischen zu bloßer Glut heruntergebrannt war. Von dem Beutel war keine Spur mehr zu sehen.

»Hast ziemlich lange gebraucht, Missy«, sagte Rhea. Sie sah weiter ins Feuer, als wäre Susan vollkommen unwichtig... aber sie wippte unter dem schmutzigen Saum ihres Kleids mit einem Fuß und hatte die Augenbrauen zusammengezogen.

Susan durchquerte das Zimmer und sah beim Gehen so gut sie konnte über den Holzstapel auf ihren Armen. Sie wäre kein bißchen überrascht gewesen, wenn die Katze in der Nähe gelauert hätte, um sie zum Stolpern bringen zu können. »Ich habe eine Spinne gesehen«, sagte sie. »Und ich habe meine Schürze geschwenkt, um sie zu vertreiben. Ich kann ihren Anblick nicht ertragen, das kann ich nicht.«

»Bald wirst du etwas sehen, dessen Anblick dir noch weniger gefallen wird«, sagte Rhea und grinste ihr seltsam schiefes Grinsen. »Es wird aus dem Nachthemd des alten Thorin ragen, steif wie ein Stock und rot wie Rhabarber! Hihi! Moment mal, Mädchen; ihr Götter, du hast genug für ein Jahrmarktsfreudenfeuer gebracht!«

Rhea nahm zwei große Scheite von Susans Stapel und warf sie gleichgültig auf die Glut. Funken wirbelten spiralförmig den dunklen und leise säuselnden Schaft des Kamins hinauf. *Da, jetzt hast du alles verstreut, was von deinem Feuer noch übrig war, du dummes altes Ding, und wirst den ganzen Mist neu anzünden müssen,* dachte Susan. Dann hielt Rhea eine gespreizte Hand über das Feuer, stieß einen kehligen Laut aus, und die Scheite loderten auf, als wären sie in Öl getränkt worden.

»Leg den Rest dorthin«, sagte sie und zeigte auf die Holzkiste. »Und paß auf, daß du keinen Dreck machst, Missy.«

Was, und dieses gepflegte Heim beschmutzen? dachte Susan. Sie biß sich auf die Innenseite ihrer Wange, um das Lächeln abzutöten, das sich auf ihrem Mund zeigen wollte.

Rhea spürte es möglicherweise dennoch; als Susan wieder aufschaute, sah die alte Frau sie mit einer mißmutigen, wissenden Miene an.

»Na gut, Fräulein, kommen wir zu unserem Geschäft, und bringen wir es hinter uns. Weißt du, warum du hier bist?«

»Ich bin hier auf Wunsch von Bürgermeister Thorin«, wiederholte Susan, wohl wissend, daß das keine richtige Antwort war. Nun hatte sie Angst – mehr Angst als eben, als sie durch das Fenster geschaut und gesehen hatte, wie die alte Frau mit der Glaskugel sprach. »Seine Frau ist kinderlos ans Ende ihrer fruchtbaren Zeit gekommen. Er möchte einen Sohn haben, bevor er ebenfalls nicht mehr imstande ist –«

»Papperlapapp, verschon mich mit der Schönfärberei und den hochtrabenden Worten. Er will Titten und Arsch, die nicht unter seinen Händen nachgeben, und eine Dose, die auch noch packt, was er reinzustoßen hat. Das heißt, falls er noch Manns genug ist, zu stoßen. Wenn ein Sohn dabei rauskommt, fein, er wird ihn dir überlassen, damit du ihn großziehen kannst, bis er alt genug ist, in die Schule zu gehen, und danach wirst du ihn nie wiedersehen. Wenn es ein Mädchen wird, dann gibt er es wahrscheinlich seinem neuen Mann, dem Hinkenden mit dem Weiberhaar, damit er es in der nächsten Viehtränke ersäuft.«

Susan sah sie über alle Maßen schockiert an.

Die alte Frau sah den Ausdruck und lachte. »Hörst die Wahrheit nicht gerne, was? Ist bei den meisten so, Missy. Aber darauf kommt es nicht an; deine Tante war schon immer listig, und sie wird Thorin und Thorins Schatzkammer einiges abgeluchst haben. Wieviel Gold *du* dafür zu sehen bekommst, geht mich nichts an… und dich auch nicht, wenn du nicht gut aufpaßt! Hihi! Zieh das Kleid aus!«

Das werde ich nicht, lag ihr als Antwort auf der Zunge, aber was dann? Dann würde sie aus dieser Hütte verwiesen (und sie konnte sich schon glücklich schätzen, wenn sie weitgehend so daraus verwiesen wurde, wie sie gekommen war, und nicht als

Eidechse oder hüpfende Kröte) und nach Westen geschickt werden, und zwar so, wie sie jetzt war, selbst ohne die beiden Goldmünzen, die sie mitgebracht hatte. Und das war nur das kleinere Übel. Das größere war, sie hatte ihr Wort gegeben. Anfangs hatte sie sich geweigert, aber als Tante Cord den Namen ihres Vaters beschworen hatte, da hatte sie nachgegeben. Wie immer. Sie hatte wirklich keine andere Wahl. Und wenn man keine Wahl hatte, war das Zögern immer ein Fehler.

Sie strich über die Vorderseite ihrer Schürze, an der jetzt kleine Rindenstückchen klebten, dann band sie sie auf und streifte sie ab. Sie faltete sie zusammen, legte sie auf einen kleinen, rußigen Schemel beim Herd und knöpfte das Kleid bis zur Taille auf. Sie streifte es von den Schultern und stieg heraus. Sie faltete es zusammen, legte es auf die Schürze und versuchte, nicht zu beachten, wie gierig Rhea vom Cöos sie im Licht des Feuers anstarrte. Die Katze kam mit ihren grotesk baumelnden Extrabeinen auf dem Fußboden herbeigeschlichen und setzte sich zu Rheas Füßen hin. Draußen heulte der Wind. Es war warm am Herd, aber Susan fröstelte dennoch, als würde der Wind irgendwie in ihr Innerstes wehen.

»Beeil dich, Mädchen, bei deinem Vater!«

Susan zog das Leibchen über den Kopf, legte es auf das Kleid und stand mit vor der Brust verschränkten Armen nur noch im Höschen da. Das Feuer malte warme orangerote Lichtflecken auf ihre Oberschenkel; schwarze Kreise von Schatten in ihre zarten Kniekehlen.

»Und immer noch ist sie nicht nackig!« die alte Krähe lachte. »Sind wir nicht zimperlich! Ay, das sind wir, ausgezeichnet! Zieh dieses Höschen aus, Fräulein, und steh vor mir, wie du aus deiner Mutter geschlüpft bist! Obwohl du damals noch nicht so viele schöne Sächelchen gehabt hast, die Hart Thorin und seinesgleichen interessieren könnten, richtig? Hihi.«

Susan, die sich wie in einem Alptraum vorkam, tat, wie ihr geheißen wurde. Nachdem ihr Venushügel und ihr Busch entblößt waren, kamen ihr die verschränkten Arme albern vor. Sie ließ sie an den Seiten herabhängen.

»Ah, kein Wunder, daß er dich will!« sagte die alte Frau. »Bist wunderschön, und das ist wahr! Ist es nicht so, Musty?«

Die Katze miaute.

»Da ist Schmutz an deinen Knien«, sagte Rhea plötzlich. »Wie kommt der dahin?«

Susan verspürte einen Augenblick schrecklicher Panik. Sie hatte den Rock hochgehoben, um unter dem Fenster der Hexe hindurchzukriechen ... und sich damit selbst preisgegeben.

Dann fiel ihr eine Antwort ein, die sie gelassen aussprach. »Als ich deine Hütte sah, bekam ich es mit der Angst zu tun. Ich kniete nieder zum Gebet und hob dabei den Rock, um ihn nicht zu beschmutzen.«

»Ich bin gerührt – du willst ein sauberes Kleid für eine wie mich! Wie gut du bist! Findest du nicht auch, Musty?«

Die Katze miaute und fing an, eine ihrer Vorderpfoten zu lecken.

»Mach weiter«, sagte Susan. »Du bist bezahlt worden, und ich gehorche, aber hör auf, mich zu verspotten, und komm zur Sache.«

»Du weißt, was ich zu tun habe, Fräulein.«

»Das weiß ich *nicht*«, sagte Susan. Die Tränen waren wieder nahe und brannten hinter ihren Augen, aber sie würde sie nicht herauskullern lassen. *Niemals*. »Ich habe eine ungefähre Vorstellung, aber als ich Tante Cord fragte, ob ich recht hätte, sagte sie, du würdest ›dich um meine Unterweisung in dieser Hinsicht kümmern‹.«

»Wollte sich an den Worten den Mund nicht schmutzig machen, was? Nun, macht nichts. Deine Tante Rhea ist sich nicht zu fein, das auszusprechen, was deine Tante Cordelia nicht über die Lippen bringt. Ich muß sicherstellen, daß du körperlich und seelisch unversehrt bist, Missy. Den Test der Ehrbarkeit haben die Alten das genannt, und es ist eine gute Bezeichnung. So ist es. Komm zu mir.«

Susan kam widerwillig zwei Schritte vorwärts, so daß ihre bloßen Füße fast die Schuhe und ihre bloßen Brüste fast das Kleid der alten Frau berührten.

»Wenn ein Teufel oder Dämon deinen Geist vergiftet hat, was dem Kind schaden könnte, das du wahrscheinlich empfangen wirst, bleibt dabei meistens ein Mal zurück. Häufig ist es ein Lutschfleck oder eine Bißspur, aber es gibt noch andere ... Mach den Mund auf!«

Susan gehorchte, und als sich die alte Frau zu ihr beugte, war der Gestank so schlimm, daß sich dem Mädchen der Magen zusammenzog. Sie hielt den Atem an und betete, daß es bald vorbei sein würde.

»Streck die Zunge raus.«

Susan streckte die Zunge raus.

»Und jetzt hauch mir ins Gesicht.«

Susan atmete den angehaltenen Atem aus. Rhea atmete ihn ein und wich gnädigerweise ein wenig mit dem Kopf zurück. Sie war so nahe gewesen, daß Susan die Läuse in ihrem Haar hüpfen sehen konnte.

»Frisch genug«, sagte die alte Frau. »Ay, schön und gut. Jetzt dreh dich um.«

Susan gehorchte und spürte, wie die Finger der alten Hexe an ihrem Rücken und ihren Pobacken hinabglitten. Die Fingerspitzen waren kalt wie Schlamm.

»Bück dich und zieh die Backen auseinander, Missy, und sei nicht schüchtern, Rhea hat zeit ihres Lebens mehr als eine Rosette gesehen!«

Errötend – sie konnte ihr Herz in der Mitte der Stirn und in den Schläfen schlagen spüren – kam Susan der Aufforderung nach. Und dann spürte sie, wie einer dieser kalten Leichenfinger sich in ihren Anus bohrte. Susan biß sich auf die Lippen, um nicht zu schreien.

Das Eindringen blieb barmherzig kurz … aber Susan fürchtete, daß es zu einem weiteren kommen würde.

»Dreh dich um.«

Sie drehte sich um. Die alte Frau strich mit den Händen über Susans Brüste, rieb mit den Daumen sanft über die Brustwarzen und untersuchte die Unterseiten gründlich. Rhea steckte dem Mädchen einen Finger in den Nabel, dann hob sie selbst den Rock und ließ sich grunzend vor Anstrengung auf die Knie nieder. Sie strich mit den Händen über Susans Beine, erst vorne, dann hinten. Die Stellen unterhalb der Waden, wo die Sehnen verliefen, schien sie sich besonders gründlich vorzunehmen.

»Heb den rechten Fuß, Mädchen.«

Susan gehorchte und stieß ein nervöses, schrilles Lachen aus, als Rhea mit dem Daumennagel vom Fußballen bis zur Ferse fuhr. Dann spreizte die alte Frau ihre Zehen und sah zwischen jedes Paar.

Als sie diesen Vorgang mit dem anderen Fuß wiederholt hatte, sagte die alte Frau – immer noch auf den Knien –: »Du weißt, was als nächstes kommt.«

»Ay.« Das Wort kam mit einem kleinen Zittern aus ihr hervorgestürzt.

»Halt still, Mädchen – alles andere ist gut, sauber wie ein Weidenstreifen, das bist du, aber nun kommen wir zu der behaglichen Nische, die alles ist, was Thorin interessiert; wir kommen dahin, wo die Ehrbarkeit wirklich bewiesen werden muß. Also halt still!«

Susan machte die Augen zu und dachte an Pferde, die an der Schräge entlangliefen – nominell waren sie Pferde der Baronie, unter Aufsicht von Rimer, Thorins Kanzler und Inventarminister der Baronie, aber das wußten die Pferde nicht; sie dachten, sie wären frei, und wenn man im Geiste frei war, was zählte sonst?

Laß mich im Geiste frei sein, so frei wie die Pferde an der Schräge, und bitte mach, daß sie mir nicht weh tut. Bitte mach, daß sie mir nicht weh tut. Und wenn doch, dann hilf mir, daß ich es in schicklichem Schweigen ertragen kann.

Kalte Finger teilten das Schamhaar unter ihrem Nabel; nach einer Pause glitten zwei kalte Finger in sie hinein. Es *tat* weh, aber nur einen Augenblick und nicht schlimm; wenn sie mitten in der Nacht zum Abtritt gegangen war, hatte sie sich schon schlimmer weh getan, wenn sie mit den Zehen oder dem Schienbein irgendwo dagegengestoßen war. Das Schlimmste war die Demütigung und der Ekel vor Rheas uralten Fingern.

»Schön eng, das bist du!« rief Rhea. »Und unberührt wie eh und je! Aber das wird Thorin schon ändern, das wird er! Was dich betrifft, Mädchen, ich verrate dir ein Geheimnis, das deine knausrige, verklemmte Tante mit ihrer langen Nase und ihren kleinen Flohstichen von Titten nie erfahren hat: Auch ein Mädchen, das unberührt ist, muß nicht auf einen Kitzel dann und wann verzichten, wenn sie weiß, wie!«

Als die Vettel ihre Finger wieder herauszog, schloß sie sie sanft um den kleinen fleischigen Knubbel am oberen Ende von Susans Spalte. Einen schrecklichen Moment lang glaubte Susan, sie würde die empfindliche Stelle kneifen, wo sie doch manchmal tief durchatmen mußte, wenn sie sie beim Reiten nur am

Knauf des Sattels rieb, aber statt dessen liebkosten die Finger … drückten … und das Mädchen verspürte voller Entsetzen, wie sich eine Wärme in ihrem Bauch ausbreitete, die alles andere als unangenehm war.

»Wie eine kleine Seidenknospe«, gurrte die alte Frau und bewegte ihre tastenden Finger schneller. Susan spürte, wie ihre Hüften nach vorne stießen, als wären sie von einem Eigenleben beseelt, und dann dachte sie an das gierige, selbstsüchtige Gesicht der alten Frau, rosa wie das Gesicht einer Hure bei Gaslicht, als es über dem offenen Kästchen schwebte; sie dachte daran, wie der Beutel mit den zwei Goldstücken an seiner Kordel von dem runzligen Mund gehangen hatte wie ein abgetrenntes Stück Fleisch, und da war es um die Wärme geschehen, die sie empfand. Sie wich zitternd zurück und bekam eine Gänsehaut auf Armen und Bauch und Brüsten.

»Du bist fertig mit dem, wofür du bezahlt worden bist«, sagte Susan. Ihre Stimme klang trocken und schroff.

Rheas Gesicht erstarrte. »Du wirst mir nicht sagen, ob ja, nein oder vielleicht, du impertinentes Balg! *Ich* weiß, wann ich fertig bin, *ich*, Rhea, die Geisterfrau vom Cöos, und –«

»Sei still und steh auf, bevor ich dich ins Feuer trete, unnatürliches Ding.«

Die alte Frau fletschte ihre wenigen verbliebenen Zähne wie ein Hund, und Susan wurde klar, daß sie und das Hexenweib nun wieder genau da waren, wo sie angefangen hatten: drauf und dran, einander die Augen auszukratzen.

»Wenn du auch nur einen Fuß gegen mich hebst, du unverschämte Fotze, wird das, was mein Haus verläßt, ohne Hände und Füße und blinden Auges sein.«

»Ich zweifle nicht daran, daß du das könntest, aber es würde Thorin nicht gefallen«, sagte Susan. Zum erstenmal in ihrem Leben hatte sie sich auf den Namen eines Mannes berufen, um Schutz zu suchen. Als ihr das klar wurde, schämte sie sich … und kam sich irgendwie klein vor. Sie wußte nicht, woran das liegen mochte, zumal sie eingewilligt hatte, in seinem Bett zu schlafen und sein Kind auszutragen, aber es war so.

Die alte Frau sah sie an, und ihr runzliges Gesicht arbeitete, bis es sich zur Parodie eines Lächeln arrangierte, das schlimmer war als die höhnische Grimasse. Rhea stand schnaufend auf, indem sie sich an der Armlehne ihres Stuhls festhielt. Währenddessen begann Susan sich rasch anzuziehen.

»Ay, es würde ihm nicht gefallen. Vielleicht weißt du es doch am besten, Mädchen; ich habe eine seltsame Nacht hinter mir, die Seiten von mir wachgerufen hat, welche besser im Schlaf geblieben wären. Alles andere, was geschehen ist – betrachte es als Kompliment für deine Jugend und Reinheit ... und auch deine Schönheit. Ay. Du bist ein schönes Ding, gar keine Frage. Dein Haar ... wenn du es öffnest, und ich wotte, das wirst du für Thorin tun, wenn du ihm beiwohnst ... es glänzt wie die Sonne, oder nicht?«

Susan wollte der alten Vettel nicht den Mund verbieten, aber sie wollte diese heuchlerischen Komplimente auch nicht ermutigen. Zumal sie immer noch den Haß in Rheas Triefaugen sehen und die Berührung der alten Frau immer noch wie Käfer auf ihrer Haut kribbeln fühlen konnte. Sie sagte nichts, stieg nur in ihr Kleid, zog es über die Schultern und knöpfte die Vorderseite zu.

Möglicherweise begriff Rhea, welche Richtung ihre Gedanken einschlugen, denn das Lächeln verschwand von ihrem Gesicht, und ihr Verhalten wurde sachlich. Für Susan war das eine große Erleichterung.

»Nun, vergiß es. Du hast den Test deiner Ehrbarkeit bestanden; kannst dich anziehen und gehen. Aber bedenke, kein Wort von dem, was zwischen uns geschehen ist, zu Thorin! Worte zwischen Frauen müssen Männern nicht zu Ohren gebracht werden, schon gar nicht einem so großen Mann wie ihm.« Doch bei diesen Worten konnte Rhea ein zuckendes, höhnisches Grinsen nicht verbergen. Susan wußte nicht, ob die alte Frau sich dessen überhaupt bewußt war. »Sind wir uns einig?«

Alles, was du willst, solange ich nur hier rauskomme und fortgehen kann.

»Du erklärst, daß ich den Test bestanden habe?«

»Ay, Susan, Patrickstochter. Das tue ich. Aber nicht was ich *sage* ist wichtig. Nun ... warte ... irgendwo hier ...«

Sie kramte auf dem Kaminsims herum und schob Kerzenstummel auf gesprungenen Untertassen hierhin und dorthin, hob zuerst eine Petroleumlampe und dann eine Taschenlampe hoch, betrachtete einen Moment gebannt die Zeichnung eines Knaben und legte sie beiseite.

»Wo ... wo ... *arrrrr* ... hier!«

Sie nahm einen Block Papier mit rußigem Umschlag (CITGO stand in uralten Goldbuchstaben darauf) und einen Bleistiftstummel zur Hand. Sie mußte fast bis zum Ende des Blocks blättern, bis sie ein freies Blatt gefunden hatte. Darauf kritzelte sie etwas, dann riß sie das Blatt aus der Spiralbindung am oberen Ende des Blocks. Sie hielt Susan das Blatt hin, die es nahm und betrachtete. Dort stand ein Wort gekritzelt, das sie zuerst nicht verstand:

erbar

Darunter befand sich ein Symbol:

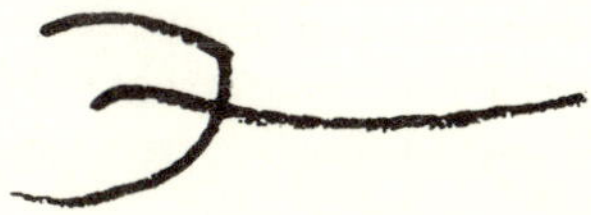

»Was ist das?« fragte sie und zeigte auf die kleine Zeichnung.

»Rhea, ihr Zeichen. In sechs Baronien bekannt, das ist es, und kann nicht kopiert werden. Zeig dieses Blatt deiner Tante. Dann Thorin. Wenn deine Tante es nehmen und Thorin selbst zeigen will – siehst du, ich kenne sie und ihre befehlshaberische Art –, dann sagst du nein, Rhea sagt nein, sie darf es nicht behalten.«

»Und wenn Thorin es will?«

Rhea zuckte gleichgültig die Achseln. »Laß es ihn behalten oder verbrennen oder sich den Hintern damit abwischen, mir ist es gleich. Und dir kann es auch egal sein, denn du hast die ganze Zeit gewußt, daß du ehrbar bist, das hast du. Stimmt's?«

Susan nickte. Einmal, auf dem Heimweg von einer Tanzveranstaltung, hatte sie einen Jungen einen oder zwei Augenblicke seine Hand in ihre Bluse schieben lassen, na und? Sie war ehrbar. In mehr Weisen, als dieses garstige Geschöpf meinte.

»Aber verlier dieses Stück Papier nicht. Es sei denn, du willst mich wiedersehen und die Sache noch einmal durchmachen.«

Gott behüte mich allein vor dem Gedanken, dachte Susan, brachte es aber fertig, nicht zu erschauern. Sie steckte das Blatt in ihre Tasche, wo der Beutel gewesen war.

»Jetzt komm zur Tür, Mädchen.« Sie sah aus, als wollte sie Susan am Arm packen, doch dann überlegte sie es sich anders. Die beiden gingen Seite an Seite zur Tür und bemühten sich so sehr, einander nicht zu berühren, daß es linkisch aussah. Aber als sie da waren, ergriff Rhea *doch* Susans Arm. Dann zeigte sie mit der anderen Hand zu der strahlenden Silberscheibe, die über dem Gipfel des Cöos schwebte.

»Der Kußmond«, sagte Rhea. »Es ist Mittsommer.«

»Ja.«

»Sag Thorin, daß er dich nicht in seinem Bett – oder einem Heuhaufen, auf dem Boden der Waschküche oder sonstwo – nehmen soll, bevor der Dämonenmond voll am Himmel steht.«

»Erst zur Ernte?« Das waren noch drei Monate – ihr kam es wie ein ganzes Leben vor. Susan versuchte, sich ihr Entzücken angesichts dieses Aufschubs nicht anmerken zu lassen. Sie hatte geglaubt, Thorin würde ihr in der nächsten Nacht bei Mondaufgang die Jungfräulichkeit nehmen. Ihr entging nicht, wie er sie ansah.

Derweil sah Rhea zum Mond und schien zu rechnen. Sie griff mit der Hand nach Susans langem Zopf und streichelte ihn. Susan ertrug es, so gut sie konnte, und als sie glaubte, daß sie es nicht mehr ertragen konnte, ließ Rhea die Hand sinken und nickte. »Ay, nicht nur die Ernte, sondern das wahre *fin de año* – Jahrmarktsnacht, sag ihm das. Sag ihm, daß er dich nach dem Freudenfeuer haben kann. Hast du verstanden?«

»Das wahre *fin de año*, ja.« Sie konnte ihre Freude kaum verbergen.

»Wenn das Feuer in Green Heart niederbrennt und die letzten Männer mit den roten Händen Asche sind«, sagte Rhea. »Dann, und *nicht* vorher. Das mußt du ihm sagen.«

»Werde ich.«

Sie streckte die Hand aus und strich ihr wieder über das Haar. Susan ertrug es. Nach derart guten Nachrichten, dachte sie, wäre es gemein gewesen, sich anders zu verhalten. »Die Zeit zwischen jetzt und der Ernte wirst du nutzen, um zu meditieren und deine Kräfte zu sammeln, um den männlichen Nachkommen hervorzubringen, den sich der Bürgermeister wünscht … vielleicht auch nur, um an der Schräge entlangzureiten und die letzten Blumen deiner Mädchenschaft zu sammeln. Hast du verstanden?«

»Ja.« Sie machte einen Hofknicks. »Danke-Sai.«

Rhea tat das als Schmeichelei ab. »Und kein Wort von dem, was sich zwischen uns abgespielt hat, vergiß nicht. Geht keinen was an außer uns.«

»Gewiß nicht. Sind wir jetzt fertig?«

»Nun... vielleicht ist da noch eine *winzige* Sache...« Rhea lächelte, um zu zeigen, daß es wirklich eine Kleinigkeit war, dann hob sie die linke Hand mit drei zusammengepreßten und einem abgespreizten Finger vor Susans Augen. In der Gabel dazwischen schimmerte ein silbernes Medaillon, das sie scheinbar aus dem Nichts herbeigezaubert hatte. Das Mädchen richtete den Blick sofort darauf. Das heißt, bis Rhea ein einziges kehliges Wort sprach.

Dann machte sie die Augen zu.

5

Rhea betrachtete das Mädchen, das schlafend im Mondschein auf ihrer Veranda stand. Als sie das Medaillon wieder in ihrem Ärmel verstaute (ihre Finger waren alt und gichtig, aber falls erforderlich konnten sie sich noch behende bewegen, ay), verschwand der nüchterne Ausdruck von ihrem Gesicht und wich einer verkniffenen Fratze blinder Wut. *Du wolltest mich ins Feuer treten, was, du Trulla? Zu Thorin petzen gehen?* Aber ihre Drohungen und ihre Anmaßung waren nicht das Schlimmste. Das Schlimmste war der Ausdruck des Ekels auf ihrem Gesicht gewesen, als sie vor Rheas Berührung zurückgezuckt war.

Sie war also zu gut für Rhea! Und glaubte zweifellos auch, daß sie zu gut für Thorin war, sie mit ihren sechzehn Jahren und dem feinen blonden Haar, das von ihrem Kopf herabhing; Haar, in dem Thorin zweifellos in seinen Träumen die Hände vergrub, während er weiter unten grub und stieß und pflügte.

Sie konnte dem Mädchen nicht weh tun, so sehr sie es wollte und so sehr es das Mädchen verdient hatte; möglicherweise hätte ihr Thorin die Glaskugel weggenommen, und das konnte Rhea nicht ertragen. Jedenfalls noch nicht. Sie konnte dem Mädchen nicht weh tun, aber sie *konnte* etwas tun, das ihm die Lust an ihr verderben würde, jedenfalls vorläufig.

Rhea beugte sich dichter zu dem Mädchen, ergriff den langen Zopf auf ihrem Rücken, ließ ihn durch die Faust gleiten und genoß die seidige Glätte.

»Susan«, flüsterte sie. »Kannst du mich hören, Susan, Tochter des Patrick?«

»Ja.« Sie schlug die Augen nicht auf.

»Dann hör zu.« Das Licht des Kußmonds fiel auf Rheas Gesicht und verwandelte es in einen silbernen Totenschädel. »Hör mir gut zu und denk dran. Denk dran in der tiefen Höhle, wohin dein wacher Verstand niemals hinabsteigt.«

Sie zog den Zopf immer und immer wieder durch ihre Hand. Seidig und glatt. Wie die kleine Knospe zwischen ihren Beinen.

»Denk dran«, sagte das Mädchen an der Tür.

»Ay. Du wirst etwas tun, wenn er dich entjungfert hat. Du wirst es sofort tun, ohne auch nur darüber nachzudenken. Hör mir jetzt zu, Susan, Patrickstochter, und hör mir gut zu.«

Rhea streichelte weiter das Haar des Mädchens, als sie die runzligen Lippen an Susans Ohr hielt und im Mondschein flüsterte.

Kapitel 3
Eine Begegnung auf der Straße

I

In ihrem ganzen Leben hatte sie keine derart seltsame Nacht erlebt, daher war es wahrscheinlich nicht überraschend, daß sie den Reiter hinter sich erst hörte, als er sie fast erreicht hatte.

Was sie auf dem Rückweg in die Stadt am meisten beschäftigte, war ihr neues Verständnis der Übereinkunft, die sie geschlossen hatte. Es war gut, einen Aufschub zu haben – es dauerte noch Monate, bis sie ihren Teil der Vereinbarung erfüllen mußte –, aber der Aufschub änderte nichts an den grundlegenden Fakten: Wenn der Dämonenmond voll war, würde sie ihre Jungfräulichkeit an Bürgermeister Thorin verlieren, einen spindeldürren, zappeligen Mann mit flaumigem weißem Haar, das wie eine Wolke von dem kahlen Fleck oben auf seinem Kopf abstand. Ein Mann, dessen Frau ihn mit einer gewissen resignierten Traurigkeit betrachtete, deren Anblick einem weh tat. Hart Thorin war ein Mann, der brüllend lachte, wenn eine Schauspielertruppe ein Stück aufführte, bei dem Köpfe aneinandergestoßen wurden, zum Schein zugeschlagen und mit faulen Früchten geworfen wurde, der aber nur verwirrt dreinschaute, wenn eine Geschichte pathetisch oder tragisch war. Er ließ die Knöchel knacken, klopfte jedem auf den Rücken, rülpste bei Tisch und war ein Mann, der die Angewohnheit hatte, bei jedem zweiten Wort seinen Kanzler anzusehen, als wollte er sich vergewissern, daß er Rimer nicht in irgendeiner Form vor den Kopf gestoßen hatte.

Das alles hatte Susan häufig bemerkt; ihr Vater war jahrelang verantwortlich für die Pferde der Baronie und hatte häufig geschäftlich in Seafront zu tun gehabt. Seine heißgeliebte Tochter hatte er viele Male mitgenommen. Oh, sie hatte eine Menge von Hart Thorin im Lauf der Jahre zu Gesicht bekommen, und er auch von ihr. Vielleicht zuviel! Denn im Augenblick schien das wichtigste Faktum an ihm zu sein, daß er fast fünfzig Jahre älter als das Mädchen war, das möglicherweise seinen Sohn austragen sollte.

Sie hatte die Vereinbarung leichten Herzens geschlossen –

Nein, nicht leichten Herzens, damit war sie unfair gegen sich selbst... aber es hatte ihr auch nicht den Schlaf geraubt, soviel war richtig. Sie hatte gedacht, als sie sich sämtliche Argumente von Tante Cord angehört hatte: *Nun, es ist wirklich eine Kleinigkeit, wenn man dafür den Kontrakt vom Land bekommt; endlich unser eigenes kleines Stück der Schräge zu besitzen, nicht nur das Lehen... Dokumente zu besitzen, eines in unserem Haus und eines in Rimers Unterlagen, in denen geschrieben steht, daß es uns gehört. Ay, und wieder Pferde zu besitzen. Nur drei, das ist wahr, aber das sind drei mehr, als wir jetzt haben. Und was ist dafür zu tun? Ihm ein- oder zweimal beizuwohnen und ein Kind auszutragen, was Millionen Frauen vor mir getan haben, ohne Schaden zu nehmen. Schließlich werde ich nicht gebeten, mit einem Mutanten oder Leprakranken die Partnerschaft einzugehen, sondern nur mit einem alten Mann, dessen Knöchel knacken. 's ist nicht für ewig, und, wie Tante Cord sagt, ich könnte immer noch heiraten, wenn die Zeit und* Ka *es verfügen; ich wäre nicht die erste Frau, die als Mutter ins Bett ihres Mannes kommt. Und macht es mich zur Hure, das zu tun? Das Gesetz sagt nein, doch darauf kommt es nicht an; einzig das Gesetz meines Herzens zählt, und mein Herz sagt, wenn ich das Land bekommen kann, das meinem Da gehörte, und drei Pferde obendrein, die darauf laufen, indem ich eine bin, dann will ich eben eine Hure sein.*

Da war noch etwas: Tante Cord hatte – ziemlich ruchlos, wie Susan nun einsah – ihre kindliche Unschuld ausgenutzt. Von dem *Baby* hatte Tante Cord in den höchsten Tönen gesungen, dem *niedlichen kleinen Baby,* das sie bekommen würde. Tante Cord hatte gewußt, daß Susan, die die Puppen ihrer Kindheit noch nicht lange weggeräumt hatte, der Gedanke gefallen würde, ein eigenes Baby zu haben, eine kleine lebende Puppe, die sie anziehen und füttern und mit der sie in der Nachmittagshitze ein Schläfchen halten konnte.

Freilich hatte Cordelia dabei außer acht gelassen (*vielleicht ist sie so arglos, daß sie nicht einmal daran gedacht hat,* dachte Susan, glaubte es aber selbst nicht so recht), was das Hexenweib ihr an diesem Abend so brutal deutlich gemacht hatte: Thorin wollte mehr als nur ein Kind.

Er will Titten und Arsch, die nicht unter seinen Händen nachgeben, und eine Dose, die auch noch packt, was er reinzustoßen hat.

Wenn sie nur an diese Worte dachte, pochte ihr Gesicht, während sie in der Dunkelheit nach Monduntergang Richtung Stadt ging (und diesmal lief sie nicht unbekümmert dahin und sang auch nicht). Sie hatte bei ihrer Zustimmung verschwommen daran gedacht, wie sich das Zuchtvieh paarte – man erlaubte ihnen, es zu treiben, »bis der Same anschlug«, dann trennte man sie wieder. Aber nun wußte sie, daß Thorin ihr möglicherweise immer wieder beiwohnen wollen würde, und das Gesetz, das seit zweihundert Jahren mit eiserner Härte galt, sagte ausdrücklich, daß er ihr so lange beiwohnen konnte, bis sie, die bereits ihre persönliche Ehrbarkeit bewiesen hatte, ihre Ehrbarkeit darüber hinaus mit einem Kind unter Beweis stellte, einem Kind, das unversehrt sein mußte … nicht etwa eine mutierte Mißgeburt. Susan hatte diskret Erkundigungen eingezogen und wußte, daß dieser zweite Beweis für gewöhnlich im vierten Monat der Schwangerschaft angetreten werden mußte … etwa zu dem Zeitpunkt, wenn man es ihr ansehen würde, auch wenn sie die Kleider anhatte. Es würde Rhea obliegen, dieses Urteil zu treffen … und Rhea konnte sie nicht ausstehen.

Jetzt, wo es zu spät war – wo sie die vom Kanzler förmlich aufgesetzte Übereinkunft akzeptiert hatte, wo jene verschrobene Schlampe ihre Ehrbarkeit bestätigt hatte –, reute sie die Abmachung. Sie dachte hauptsächlich daran, wie Thorin ohne Hosen aussehen würde, mit seinen weißen und dünnen Beinen, wie die Beine eines Storchs, und wie sie, wenn sie beisammen lagen, seine langen Knochen knacken hören würde: Knie und Rücken und Ellbogen und Hals.

Und Knöchel. Vergiß seine Knöchel nicht.

Ja. Die großen Knöchel eines alten Mannes, aus denen Haare wuchsen. Susan kicherte bei dem Gedanken, so komisch war es, aber gleichzeitig lief ihr eine warme Träne unbemerkt aus einem Augenwinkel und die Wange hinab. Sie wischte sie weg, ohne es zu registrieren, ebensowenig wie das *Klipp-klapp* von Hufen, die im Staub des Weges langsam näher kamen. Mit den Gedanken war sie immer noch weit entfernt und beschäftigte sich mit dem seltsamen Ding, das sie durch das Schlafzimmerfenster der alten Frau gesehen hatte – das sanfte, aber irgendwie unangenehme Licht, das aus der rosa Kugel drang, die hypnotisierte Art und Weise, wie die Hexe sie angesehen hatte …

Als Susan das Pferd schließlich hörte, war ihr erster erschrockener Gedanke, daß sie sich in dem Wäldchen, das sie gerade passierte, verstecken mußte. Die Chance, daß um diese Zeit ein rechtschaffener Reisender auf der Straße unterwegs war, kam ihr nicht sehr groß vor, besonders jetzt, wo so schlechte Zeiten in Mittwelt herrschten – aber dafür war es zu spät.

Also in den Straßengraben, und flach auf den Boden gedrückt. Da der Mond untergegangen war, bestand zumindest die Möglichkeit, daß der Reisende vorüberreiten würde, ohne –

Aber bevor sie den Gedanken auch nur zu Ende spinnen konnte, hatte der Reiter, der sich hinter ihr angeschlichen hatte, während sie ihren langen und wehmütigen Gedanken nachhing, sie grüßend angesprochen. »Einen guten Abend, Lady, und mögen Eure Tage auf Erden lang sein.«

Sie drehte sich um und dachte: *Und wenn es nun einer der Männer ist, die neuerdings ständig im Haus des Bürgermeisters oder im Traveller's Rest herumhängen? Nicht der älteste, so zittrig ist seine Stimme nicht, aber möglicherweise einer der anderen … Es könnte derjenige sein, den sie Depape nennen …*

»Einen guten Abend«, hörte sie sich zu dem Männerumriß auf dem großen Pferd sagen. »Mögen Eure ebenfalls lang sein.«

Ihre Stimme bebte nicht, jedenfalls konnte sie es nicht hören. Sie glaubte nicht, daß es Depape war, auch nicht derjenige namens Reynolds. Sie konnte nur eines mit Sicherheit über den Mann sagen, daß er einen Hut mit flacher Krempe trug, die sie stets mit den Männern in den Inneren Baronien in Verbindung gebracht hatte, als Reisen zwischen Ost und West noch verbreiteter gewesen waren als heute. Damals, bevor John Farson kam – der Gute Mann – und das Blutvergießen begann.

Als der Fremde an ihre Seite ritt, sah sie sich ein wenig nach, daß sie ihn nicht gehört hatte – sie konnte keine Gürtelschnalle oder Glocke an seiner Ausrüstung sehen, und alles war festgezurrt, damit es nicht flatterte oder klatschte. Es sah fast aus wie das Zaumzeug eines Gesetzlosen oder Plünderers (sie hatte eine Ahnung, als könnten Jonas mit der zittrigen Stimme und seine beiden Freunde in anderen Zeiten und an anderen Orten beides gewesen sein) oder sogar eines Revolvermanns. Aber dieser

Mann trug keine Waffen, es sei denn, sie wären verborgen gewesen. Ein Bogen am Knauf seines Sattels und eine Art Lanze in einer Scheide, das war alles. Und es hatte auch nie, überlegte sie sich, einen so jungen Revolvermann gegeben.

Er schnalzte dem Pferd seitlich aus dem Mund etwas zu, wie ihr Da es immer getan hatte (und sie selbstverständlich auch), und es blieb augenblicklich stehen. Als er ein Bein hoch und mit unbewußter Anmut über den Sattel schwang, sagte Susan: »Nayn, nayn, Fremder, macht Euch keine Umstände, sondern geht Eurer Wege!«

Falls er den erschrockenen Tonfall ihrer Stimme hörte, schenkte er ihm keine Beachtung. Er ließ sich vom Pferd rutschen, ohne den festgezurrten Steigbügel zu benutzen, und landete unmittelbar vor ihr, so daß der Staub der Straße neben seinen klobigen Stiefeln aufflog. Im Sternenlicht sah sie, daß er wahrhaftig jung war, ungefähr in ihrem Alter. Seine Kleidung war die eines arbeitenden Cowboys, allerdings neu.

»Will Dearborn, zu Euren Diensten«, sagte er, dann zog er den Hut, streckte einen Fuß auf dem Absatz aus und verbeugte sich, wie es in den Inneren Baronien üblich war.

Diese absurde Ritterlichkeit hier draußen, im Nirgendwo, wo der ätzende Geruch des Ölfelds am Stadtrand schon in ihre Nasenlöcher drang, befreite sie von ihrer Furcht und brachte sie zum Lachen. Sie nahm an, daß es ihn wahrscheinlich beleidigen würde, aber statt dessen lächelte er. Ein gutes Lächeln, ehrlich und ungekünstelt, bei dem man ebenmäßige Zähne erkennen konnte.

Sie machte einen Knicks und hielt dabei eine Seite ihres Kleides hoch. »Susan Delgado, zu Euren Diensten.«

Er klopfte sich dreimal mit der rechten Hand an die Kehle. »Danke-Sai, Susan Delgado. Ich hoffe, unsere Begegnung steht unter einem guten Stern. Ich wollte Euch nicht erschrecken –«

»Doch das habt Ihr ein wenig.«

»Ja, ich dachte es mir. Es tut mir leid.«

Ja. Nicht *ay*, sondern *ja*. Ein junger Mann aus den Inneren Baronien, wie es sich anhörte. Sie sah ihn mit neu erwachtem Interesse an.

»Nayn, Ihr müßt Euch nicht entschuldigen, denn ich war tief in Gedanken«, sagte sie. »Ich war eine … Freundin … besuchen und hatte nicht gemerkt, wieviel Zeit vergangen war, bis der Mond unterging. Falls Ihr aus Sorge angehalten habt, danke ich Euch, Fremder, aber Ihr solltet Eures Weges ziehen und ich meines. Ich muß nur noch zum Rand des Dorfes gehen – Hambry. Das ist nicht mehr weit.«

»Hübsch gesagt und reizend ausgedrückt«, antwortete er mit einem Grinsen, »aber es ist spät, Ihr seid allein, und ich denke, wir können auch gemeinsam weitergehen. Reitet Ihr, Sai?«

»Ja, aber im Ernst –«

»Dann kommt näher und lernt meinen Freund Rusher kennen. Er wird Euch die letzten beiden Meilen tragen. Er ist ein Wallach, Sai, und die Sanftmut in Person.«

Sie sah Will Dearborn mit einer Mischung aus Heiterkeit und Verärgerung an. Ein Gedanke ging ihr durch den Kopf: *Wenn er mich noch einmal Sai nennt, als wäre ich eine Schulmeisterin oder seine tatterige alte Großtante, ziehe ich diese alberne Schürze aus und schlage sie ihm um die Ohren.* »Mich hat etwas Temperament bei einem Pferd, das friedlich genug ist, einen Sattel zu tragen, nie gestört. Bis zu seinem Tod war mein Vater für des Bürgermeisters Pferde zuständig ... und der Bürgermeister ist in dieser Gegend gleichzeitig Gardekommandant der Baronie. Ich bin mein Leben lang geritten.«

Sie dachte, er würde sich vielleicht entschuldigen, möglicherweise sogar ins Stottern geraten, aber er nickte nur mit einer ruhigen Bedächtigkeit, die ihr gefiel. »Dann tretet auf den Steigbügel, meine Lady. Ich werde an Eurer Seite gehen und Euch nicht mit meiner Unterhaltung behelligen, so Ihr sie nicht wünscht. Es ist spät, und Gespräche verlieren nach Monduntergang ihren Reiz, sagen manche.«

Sie schüttelte den Kopf und milderte ihre Ablehnung mit einem Lächeln. »Nayn. Ich danke Euch für Eure Güte, aber vielleicht wäre es nicht gut für mich, sähe man mich um elf Uhr auf dem Pferd eines fremden jungen Mannes. Mit Zitronensaft läßt sich der Ruf einer Dame nicht reinwaschen wie ein Unterhemd, wißt Ihr.«

»Niemand hier draußen wird Euch sehen«, sagte der junge Mann mit einer vernünftigen Stimme, die einen rasend machen konnte. »Und daß Ihr müde seid, kann ich sehen. Kommt, Sai –«

»Bitte nennt mich nicht so. Dabei fühle ich mich so alt wie eine …« Sie zögerte einen Sekundenbruchteil und dachte noch einmal über das Wort nach

(Hexe),

das ihr als erstes in den Sinn kam. »… wie eine alte Frau.«

»Dann Miss Delgado. Seid Ihr sicher, daß Ihr nicht reiten wollt?«

»Ganz sicher. Ich würde in einem Kleid ohnehin nicht auf einem Herrensattel reiten, Mr. Dearborn – nicht einmal wenn Ihr mein Bruder wärt. Es schickt sich nicht.«

Er stieg selbst in den Steigbügel, griff über den Sattel (Rusher stand derweil gelassen da und zuckte nur mit den Ohren, mit denen Susan selbst nur zu gern gezuckt hätte, wäre sie an Rushers Stelle gewesen – so schön waren sie) und kam mit einem zusammengerollten Kleidungsstück in der Hand wieder herunter. Es war mit einer Wildlederschnur zusammengebunden. Sie hielt es für einen Poncho.

»Ihr mögt das wie einen Staubmantel über euren Schoß und die Beine breiten«, sagte er. »Es reicht aus, der Schicklichkeit Genüge zu tun – er gehörte meinem Vater, der größer ist als ich.« Er sah einen Moment zu den Hügeln im Westen, und sie sah, daß er auf eine harte Art stattlich war, die nicht zu seiner Jugend passen wollte. Sie verspürte ein kurzes Erschauern in ihrem Inneren und wünschte sich zum tausendstenmal, die widerliche alte Frau hätte sich mit ihren Händen ausschließlich auf das Notwendige beschränkt, so unangenehm dieses Notwendige auch sein mochte. Susan wollte diesen stattlichen Fremden nicht ansehen und sich dabei an Rheas Berührung erinnern.

»Nayn«, sagte sie sanft. »Nochmals danke schön, ich weiß Eure Freundlichkeit zu schätzen, muß aber ablehnen.«

»Dann werde ich an Eurer Seite gehen, und Rusher wird unsere Anstandsdame sein«, sagte er fröhlich. »Zumindest bis zum Stadtrand wird niemand uns sehen und Schlechtes über eine vollkommen anständige junge Dame und einen mehr oder weniger anständigen jungen Mann denken können. Und sobald wir dort angelangt sind, werde ich den Hut ziehen und Euch eine gute Nacht wünschen.«

»Ich wünschte, Ihr würdet es lassen. Wirklich.« Sie strich mit einer Hand über ihre Stirn. »Ihr könnt leicht sagen, daß niemand uns sehen kann, aber manchmal gibt es Augen, wo keine sein sollten. Und meine Position ist im Augenblick ... ein wenig delikat.«

»Ich werde Euch dennoch begleiten«, wiederholte er, aber nun war sein Gesicht ernst. »Es sind keine guten Zeiten, Miss Delgado. Hier in Mejis seid Ihr weitab von den schlimmsten Unruhen, aber manchmal breitet sich ein Unruheherd aus.«

Sie machte den Mund auf – um erneut Einwände vorzubringen, vermutete sie, vielleicht um ihm zu sagen, daß Pat Delgados Tochter auf sich selbst aufpassen konnte –, aber dann dachte sie an die neuen Männer des Bürgermeisters und die kalten Blicke, mit denen sie sie betrachtet hatten, als Thorins Augenmerk von ihr abgelenkt war. Sie hatte diese drei an genau diesem Abend gesehen, als sie zur Hütte der Hexe aufgebrochen war. Diese drei *hatte* sie näher kommen hören, und zwar rechtzeitig genug, um die Straße verlassen und sich hinter einer Pinie ausruhen zu können, die ihr gut zupaß kam (sie wollte es nicht unbedingt als *verstecken* bezeichnen). Sie waren zurück in die Stadt geritten, und Susan vermutete, daß sie derzeit im Traveller's Rest tranken – und zwar bis Stanley Ruiz die Bar zumachte –, aber mit Sicherheit konnte sie es nicht sagen. Sie könnten zurückkommen.

»Wenn ich es Euch nicht ausreden kann, nun denn«, sagte sie und seufzte voll ergebener Resignation, die sie in Wirklichkeit gar nicht empfand. »Aber nur bis zum ersten Briefkasten – dem von Mrs. Beech. Der steht genau an der Stadtgrenze.«

Er tippte sich wieder an den Hals und machte wieder diese absurde, bezaubernde Verbeugung – Fuß ausgestreckt, als wollte er jemandem ein Bein stellen, Absatz in den Sand gedrückt. »Danke schön, Miss Delgado!«

Wenigstens hat er mich nicht Sai genannt, dachte sie. *Das ist ein Anfang.*

2

Sie dachte, er würde trotz seines Versprechens, still zu sein, schwatzen wie eine Elster, weil Jungs das in ihrer Gegenwart immer taten – sie war ihres Aussehens wegen nicht eitel, fand aber, daß sie tatsächlich gut aussah, und sei es nur, weil die Jungs nicht still sein oder aufhören konnten, mit den Füßen zu scharren, wenn sie sich in ihrer Nähe befanden. Und dieser hier würde eine Menge Fragen haben, die die Jungs aus der Stadt nicht stellen mußten – wie alt war sie, hatte sie immer in Hambry gelebt, lebten ihre Eltern noch, sowie ein halbes Hundert andre, ebenso langweilige –, aber alle würden auf die eine hinauslaufen: Hatte sie einen festen Begleiter?

Aber Will Dearborn von den Inneren Baronien fragte sie nicht nach ihrer Schulausbildung oder Familie oder Freunden (die gebräuchlichsten Wege, sich an mögliche romantische Rivalen heranzutasten, wie sie festgestellt hatte). Will Dearborn ging einfach an ihrer Seite, hatte Rushers Zügel um eine Hand geschlungen und sah nach Osten zum Reinen Meer. Sie waren ihm so nahe, daß sich der tränentreibende Geruch von Salz mit dem Teergestank des Öls vermischte, obwohl der Wind von Süden wehte.

Sie befanden sich gerade auf der Höhe von Citgo, und sie war froh um Will Dearborns Anwesenheit, auch wenn sein Schweigend ein wenig ärgerlich war. Das Ölfeld mit seinem Skelettwald von Stahlgerüsten war ihr stets ein wenig unheimlich vorgekommen. Die meisten der Fördertürme hatten das Ölpumpen schon vor langer Zeit eingestellt, und es gab weder die Ersatzteile noch das Wissen, sie zu reparieren, noch bestand die Notwendigkeit. Und diejenigen, die noch förderten – neunzehn von etwa zweihundert –, konnten nicht abgeschaltet werden. Sie pumpten und pumpten einfach, und die Ölvorräte unter ihnen schienen unerschöpflich zu sein. Ein wenig wurde noch benutzt, aber sehr wenig – das meiste floß einfach zurück in die Quellen unter den kaputten Fördertürmen. Es gab immer weniger Maschinen, die Öl verbrauchten, und mit jedem Jahr wurden es noch weniger. Die Welt hatte sich weitergedreht, und dieser Ort erinnerte sie an einen seltsamen mechanischen Friedhof, wo einige der Toten nicht ganz –

Etwas Kaltes und Weiches knabberte an ihrem Rücken, und es gelang ihr nicht ganz, einen spitzen Schrei zu unterdrücken. Will Dearborn wirbelte zu ihr herum und griff mit den Händen nach dem Gürtel. Dann entspannte er sich und lächelte.

»Rushers Art, zu sagen, daß er sich vernachlässigt fühlt. Es tut mir leid, Miss Delgado.«

Sie betrachtete das Pferd. Rusher erwiderte den Blick sanftmütig, dann neigte er den Kopf, als wollte er sagen, daß es ihm ebenfalls leid tat, sie erschreckt zu haben.

Albernes Mädchen, dachte sie und hörte die herzliche, sachliche Stimme ihres Vaters. *Er will wissen, warum du so störrisch bist, das ist alles. Und ich ebenfalls. Sieht dir gar nicht ähnlich, tut es nicht.*

»Mr. Dearborn, ich hab's mir anders überlegt«, sagte sie. »Ich würde doch gerne reiten.«

3

Er wandte ihr den Rücken zu und sah mit den Händen in den Taschen hinüber auf Citgo, während Susan zuerst den Poncho über die Krone des Sattels legte (den schlichten schwarzen Sattel eines arbeitenden Cowboys ohne Baroniesiegel oder auch nur das Abzeichen einer Ranch) und dann in den Steigbügel stieg. Sie hob den Rock und drehte sich unvermittelt um, weil sie sicher war, daß er einen Blick riskieren würde, aber er drehte ihr weiterhin den Rücken zu. Die rostigen Öhlbohrtürme schienen ihn zu faszinieren.

Was ist so interessant daran, Süßer? dachte sie ein wenig erbost – es lag an der späten Stunde und dem Nachhall ihrer aufgewühlten Emotionen, vermutete sie. *Die schmutzigen alten Dinger sind seit sechs Jahrhunderten oder mehr hier, und ich habe ihren Gestank mein ganzes Leben lang gerochen.*

»Bleib jetzt ruhig stehen, mein Junge«, sagte sie, als sie den Fuß fest im Steigbügel hatte. Mit einer Hand hielt sie sich oben am Horn des Sattels fest, in der anderen hatte sie die Zügel. Derweil zuckte Rusher mit den Ohren, als wollte er sagen, daß er die ganze Nacht ruhig stehenbleiben würde, sollte sie das von ihm erwarten.

Sie schwang sich hinauf, wobei ein langer nackter Oberschenkel im Licht der Sterne aufblitzte, und spürte das Hochgefühl, das sie zu Pferde stets empfand … nur schien es heute nacht ein wenig stärker, ein wenig süßer, ein wenig klarer zu sein. Vielleicht, weil das Pferd so ein schönes Tier war; vielleicht, weil das Pferd ein Fremder war …

Vielleicht, weil der Besitzer des Pferdes ein Fremder ist, dachte sie. *Und anmutig.*

Das war natürlich Unsinn ... potentiell gefährlicher Unsinn obendrein. Und doch traf es auch zu. Er *war* anmutig.

Als sie den Poncho aufklappte und über ihren Beinen ausbreitete, fing Dearborn an zu pfeifen. Und sie erkannte die Melodie mit einer Mischung aus Überraschung und abergläubischer Furcht: »Careless Love.« Genau das Lied, das sie auf dem Weg zu Rheas Hütte gesungen hatte.

Vielleicht ist es Ka, *Mädchen,* flüsterte die Stimme ihres Vaters.

Das gibt es nicht, dachte sie zurück. *Ich sehe* Ka *nicht in jedem Windhauch und jedem Schatten, so wie die alten Damen, die sich an einem Sommerabend in Green Heart zusammenfinden. Es ist ein altes Lied; jeder kennt es.*

Vielleicht ist es besser, wenn du recht hast, erwiderte Pat Delgados Stimme. *Denn wenn es* Ka *ist, wird es wie ein Sturm daherkommen, und deine Pläne werden ebensowenig davor bestehen können, wie der Schuppen meines Da dem Zyklon standhalten konnte, als er kam.*

Nicht *Ka;* sie würde sich nicht von der Dunkelheit und den Schatten und den finsteren Umrissen der Ölbohrtürme verführen lassen, das zu glauben. Nicht *Ka,* nur eine zufällige Begegnung mit einem netten jungen Mann auf der einsamen Straße zurück in die Stadt.

»Ich habe mich angemessen bedeckt«, sagte sie mit einer trockenen Stimme, die sich nicht sehr nach ihrer eigenen anhörte. »Ihr dürft Euch wieder umdrehen, wenn Ihr mögt, Mr. Dearborn.«

Er drehte sich um und sah sie an. Einen Augenblick sagte er nichts, aber sie erkannte an dem Ausdruck in seinen Augen nur zu gut, daß er sie ebenfalls anmutig fand. Und obwohl sie das beunruhigte – vielleicht auch wegen des Liedes, das er gepfiffen hatte –, freute es sie auch. Dann sagte er: »Ihr seht gut da oben aus. Ihr sitzt gut.«

»Und nicht mehr lange, dann werde ich eigene Pferde besitzen, auf denen ich sitzen kann«, sagte sie. *Jetzt werden die Fragen kommen,* dachte sie.

Aber er nickte nur, als hätte er es bereits gewußt, und ging wieder auf die Stadt zu. Sie fühlte sich ein wenig enttäuscht, ohne recht zu wissen, warum, schnalzte mit der Zunge zu Rusher und drückte ihm die Knie in die Seiten. Er setzte sich in Bewegung und zog mit seinem Herrn gleich, der Rushers Nüstern freundschaftlich streichelte.

»Wie nennt man jenen Ort?« fragte er und zeigte auf die Bohrtürme.

»Das Ölfeld? Citgo. Ich weiß nicht, warum.«

»Pumpen einige der Türme noch?«

»Ay, und man kann sie nicht abschalten. Nicht, daß noch jemand wüßte, wie es geht.«

»Oh«, sagte er, und das war alles – nur *oh*. Aber er wich einen Moment von Rushers Seite, als sie den überwachsenen Weg erreichten, der nach Citgo hinein führte, und ging zu dem alten leerstehenden Wachhaus. In ihrer Kindheit hatte ein Schild hier gehangen, auf dem ZUTRITT NUR FÜR PERSONAL stand, aber das war in diesem oder jenem Orkan weggerissen worden. Will Dearborn sah sich um, dann schlenderte er in seiner neuen Kleidung gleichmütig zu seinem Pferd zurück, und seine Stiefel wirbelten den Sommerstaub auf.

Sie gingen auf die Stadt zu, ein junger Mann mit flachkrempigem Hut zu Fuß, eine junge Frau zu Pferde, die einen Poncho über Schoß und Beine gelegt hatte. Das Licht der Sterne strahlte auf sie herab, wie es seit Anbeginn der Zeit auf junge Männer und Frauen hinabgeschienen hat, und einmal schaute sie auf und sah eine Sternschnuppe am Himmel verglühen – eine kurze und gleißende orangerote Bahn am Himmelszelt. Susan wollte sich etwas wünschen, doch dann wurde ihr mit einem Gefühl, das an Panik grenzte, bewußt, daß sie keine Ahnung hatte, was sie sich wünschen sollte. Nicht die geringste.

4

Sie verharrte schweigend, bis sie eine Meile oder so von der Stadt entfernt waren, dann stellte sie die Frage, die ihr durch den Kopf gegangen war. Sie hatte vorgehabt, ihre zu stellen, wenn er mit seinen angefangen hatte, und es verdroß sie, daß sie diejenige war, die das Schweigen brach, aber am Ende siegte ihre Neugier.

»Woher kommt Ihr, Mr. Dearborn, und was führt Euch in unser kleines Eckchen von Mittwelt… wenn Ihr keinen Anstoß an der Frage nehmt?«

»Keineswegs«, sagte er und sah lächelnd zu ihr auf. »Ich bin froh, daß wir miteinander reden, und hatte nur nach einem Anlaß dazu gesucht. Gespräche sind nicht meine starke Seite.« *Was dann, Will Dearborn?* fragte sie sich. Ja, das fragte sie sich sehr, denn als sie sich auf dem Sattel zurechtgesetzt hatte, da hatte sie die Hand auf die zusammengerollte Decke hinter sich gestützt… und etwas gespürt, das in dieser Decke versteckt war. Etwas, das sich wie eine Waffe anfühlte. Natürlich *mußte* es keine sein, aber sie erinnerte sich auch, wie er instinktiv an den Gürtel gegriffen hatte, als sie vor Überraschung aufgeschrien hatte.

»Ich komme von der Innerwelt. Ich denke aber, das hattet Ihr schon von selbst vermutet. Wir haben unsere eigene Art zu reden.«

»Ay. Aus welcher Baronie stammt Ihr, wenn ich fragen darf?«

»Neu-Kanaan.«

Daraufhin verspürte sie einen Anflug echter Aufregung. Neu-Kanaan! Zentrum des Bundes! Das bedeutete natürlich nicht mehr soviel wie früher, aber dennoch –

»Nicht Gilead?« fragte sie und registrierte mißfällig die Andeutung mädchenhafter Aufregung in ihrer Stimme. Womöglich mehr als nur eine Andeutung.

»Nein«, sagte er mit einem Lachen. »Nichts so Grandioses wie Gilead. Nur Hemphill, ein Dorf etwa vierzig Räder westlich von hier. Kleiner als Hambry, wotte ich.«

Räder, dachte sie und staunte über den archaischen Ausdruck. *Er hat Räder gesagt.*

»Und was führt Euch dann nach Hambry? Dürft Ihr es sagen?«

»Warum nicht, ich bin mit zwei Freunden unterwegs, Mr. Richard Stockworth aus Pennilton, Neu-Kanaan, und Mr. Arthur Heath, ein lustiger junger Mann, der tatsächlich aus Gilead stammt. Wir sind auf Geheiß des Bundes hier und sind als Schätzer unterwegs.«

»Was sollt Ihr schätzen?«

»Alles und jedes, das dem Bund in den kommenden Jahren hilfreich sein könnte«, sagte er, und jetzt war das Unbekümmerte aus seiner Stimme verschwunden. »Die Sache mit dem Guten Mann ist ernst geworden.«

»Tatsächlich? Wir hören so weit südlich und östlich der Nabe wenig wirkliche Neuigkeiten.«

Er nickte. »Die Distanz der Baronie von der Nabe ist der Hauptgrund, weswegen wir hier sind. Mejis stand dem Bund stets loyal gegenüber, und wenn Nachschub aus diesem Teil der Außenländer gebraucht wird, wird er geliefert werden. Die Frage, die einer Klärung bedarf, ist die, auf wieviel der Bund zählen kann.«

»Wieviel wovon?«

»Ja«, stimmte er zu, als hätte sie eine Feststellung getroffen, und keine Frage gestellt. »Und wieviel wovon.«

»Ihr sprecht, als wäre der Gute Mann eine echte Bedrohung. Gewiß ist er doch nur ein Bandit, der seine Diebstähle und Morde mit Geschwätz von ›Demokratie‹ und ›Gleichheit‹ beschönigt?«

Dearborn zuckte die Achseln, und sie glaubte einen Augenblick lang, dies wäre sein einziger Kommentar zu dem Thema, aber dann sagte er widerwillig: »Das war vielleicht einmal so. Die Zeiten haben sich geändert. Irgendwann wurde der Bandit zum General, und nun möchte der General ein Herrscher im Namen des Volkes werden.« Er machte eine Pause und fügte ernst hinzu: »Die Nördlichen und Westlichen Baronien stehen in Flammen, Lady.«

»Aber die sind gewiß Tausende Meilen entfernt!« Dieses Gespräch war beunruhigend, und dennoch auch seltsam aufregend. Vor allem schien es *exotisch* zu sein, nach dem drögen alltäglichen Einerlei von Hambry, wo ein ausgetrockneter Brunnen Gesprächsstoff für drei Tage lieferte.

»Ja«, sagte er. Nicht *ay*, sondern *ja* – für Susan hörte es sich fremd und erfreulich zugleich an. »Aber der Wind weht in diese Richtung.« Er drehte sich lächelnd zu ihr um. Wieder machte das sein hartes gutes Aussehen sanfter; er wirkte mehr wie ein Kind, das zu lange aufgeblieben ist. »Aber ich glaube nicht, daß wir John Farson heute nacht sehen werden – Ihr?«

Sie lächelte zurück. »Wenn dem so wäre, Mr. Dearborn, würdet Ihr mich vor ihm beschützen?«

»Ohne Zweifel«, sagte er immer noch lächelnd, »aber ich

wotte, ich würde es mit größerer Begeisterung tun, wenn ich Euch mit dem Namen ansprechen dürfte, den Euch Euer Vater gegeben hat.«

»Dann mögt Ihr dies im Interesse meiner eigenen Sicherheit tun. Und ich denke, im selben Interesse werde ich Euch Will nennen müssen.«

»Ebenso weise wie hübsch gesprochen«, sagte er, und das Lächeln wurde zu einem breiten und einnehmenden Grinsen. »Ich –« Und da er das Gesicht beim Gehen ihr zugewendet hatte und aufschaute, stolperte Susans neuer Freund in diesem Moment über einen Stein, der aus dem Weg ragte, und wäre beinahe gefallen. Rusher wieherte durch die Nüstern und scheute ein wenig. Susan lachte fröhlich. Der Poncho verrutschte und gab ein bloßes Bein frei, aber sie ließ sich einen Augenblick Zeit, bevor sie ihn wieder zurechtrückte. Sie mochte ihn, ay, das tat sie. Und was konnte es schon schaden? Schließlich war er nur ein Knabe. Wenn er lächelte, konnte sie sehen, daß er vor ein oder zwei Jahren noch in Heuhaufen herumgetollt war. (Der Gedanke, daß auch sie erst kürzlich damit aufgehört hatte, in Heuhaufen zu hüpfen, war ihr irgendwie entfallen.)

»Für gewöhnlich bin ich nicht so ungeschickt«, sagte er. »Ich hoffe, ich habe Euch nicht erschreckt.«

Ganz und gar nicht, Will; Jungs stoßen sich in meiner Gegenwart die Zehen an, seit mir Brüste gewachsen sind.

»Ganz und gar nicht«, sagte sie und kehrte wieder zum Thema zurück. Es interessierte sie sehr. »Also kommt Ihr und Eure Freunde im Namen des Bundes, um unsere Vorräte zu schätzen, richtig?«

»Ja. Ich habe jenem Ölfeld dort nur deshalb größere Beachtung geschenkt, weil einer von uns hierher zurückkommen und die noch funktionierenden Bohrtürme zählen muß –«

»Das kann ich Euch abnehmen. Es sind neunzehn.«

Er nickte. »Ich stehe in Eurer Schuld. Aber wir müssen auch feststellen – sofern möglich –, wieviel Öl diese neunzehn Pumpen fördern.«

»Funktionieren in Neu-Kanaan noch so viele ölbetriebene Maschinen, daß derlei Informationen von Bedeutung wären? Und verfügt Ihr über die Alchimie, um den Rohstoff umzuwandeln, den Eure Maschinen brauchen?«

»In diesem Fall spricht man eher von Raffinerie, nicht von Alchimie – glaube ich jedenfalls –, und ich glaube, eine funktioniert noch. Doch nein, wir haben nicht so viele Maschinen, obschon es noch einige funktionierende Leuchtröhren im Großen Saal von Gilead gibt.«

»Man stelle sich vor!« sagte sie entzückt. Sie hatte Bilder von Leuchtröhren und elektrischen Flambeaux gesehen, aber nie die Leuchten selbst. Die letzten in Hambry (in diesem Teil der Welt hatte man sie »Funkenlichter« genannt, aber sie war sicher, daß es sich um dieselben handelte), waren vor zwei Generationen ausgebrannt.

»Ihr habt gesagt, Euer Vater war bis zu seinem Tod Verwalter der Pferde des Bürgermeisters«, sagte Will Dearborn. »War sein Name Patrick Delgado? Das war er, oder nicht?«

Sie schaute, zutiefst erschrocken und unvermittelt in die Wirklichkeit zurückgeholt, zu ihm hinunter. »Woher wißt Ihr das?«

»Sein Name steht auf unserer Besuchsliste. Wir sollen Rinder, Schafe, Schweine, Ochsen ... und Pferde zählen. Von allem Nutzvieh sind Pferde das Wichtigste. Patrick Delgado sollten wir aus diesem Grund aufsuchen. Es tut mir leid, zu hören, daß er die Lichtung am Ende des Weges erreicht hat, Susan. Werdet Ihr mein Beileid akzeptieren?«

»Ay, mit Dank.«

»War es ein Unfall?«

»Ay.« Sie hoffte, ihre Stimme sagte, was sie sagen sollte, nämlich: *Laß dieses Thema ruhen, und frag nicht weiter.*

»Ich will ehrlich zu Euch sein«, sagte er, und da glaubte sie zum erstenmal, einen falschen Unterton zu hören. Vielleicht bildete sie es sich nur ein. Gewiß wußte sie wenig von der Welt (Tante Cord erinnerte sie fast täglich daran), aber sie hatte eine Ahnung, daß Leute, die ihre Rede mit *Ich will ehrlich zu Euch sein* anfingen, einem wahrscheinlich, ohne eine Miene zu verziehen, sagen würden, daß Regen nach oben fiel, Geld auf Bäumen wuchs und Babys vom Großen Federix gebracht wurden.

»Ay, Will Dearborn«, sagte sie mit einem nur unmerklich trockenen Tonfall. »Man sagt, Ehrlichkeit sei die beste Politik, so sagt man.«

Er sah sie ein wenig zweifelnd an, doch dann erstrahlte sein Lächeln wieder. Dieses Lächeln war gefährlich, fand sie; ein

Treibsand-Lächeln, wenn sie je eines gesehen hatte. Man kam leicht hinein, aber nicht so leicht wieder heraus.

»Der Bund hat heutzutage nicht mehr allzu viele Mitglieder. Das ist einer der Gründe, weshalb Farson sein Spiel so lange treiben konnte; darum sind seine Ambitionen so sehr gewachsen. Er hat es weit gebracht, seit er als Plünderer und Postkutschenräuber in Garlan und Desoy angefangen hat, und er wird es noch weiter bringen, wenn der Bund nicht wiederbelebt wird. Vielleicht sogar bis nach Mejis.«

Sie konnte sich nicht vorstellen, was der Gute Mann mit ihrer eigenen verschlafenen Stadt in der Baronie anfangen wollte, die am nächsten beim Reinen Meer lag, aber sie schwieg.

»Wie dem auch sei, in Wahrheit hat uns eigentlich nicht der Bund geschickt«, sagte er. »Nicht den weiten Weg, um Kühe und Ölbohrtürme und Hektar bestelltes Land zu zählen.«

Er machte eine Pause, sah auf die Straße (als suchte er nach weiteren Steinen, die seinen Stiefeln in die Quere kommen könnten) und streichelte Rushers Nase mit geistesabwesender Zärtlichkeit. Sie glaubte, daß er verlegen war, vielleicht sogar beschämt. »Unsere Väter haben uns geschickt.«

»Eure –« Dann verstand sie. Böse Jungs, das waren sie, auf eine Mission geschickt, die nicht ganz einer Verbannung gleichkam. Sie dachte, ihre wahre Aufgabe in Hambry könnte sein, ihren guten Ruf wiederherzustellen. *Nun,* dachte sie, *das erklärt sicherlich das Treibsand-Lächeln, oder nicht? Hüte dich vor diesem Jungen, Susan, er ist der Typ, der Brücken niederbrennt und Postwagen umstößt und dann ohne einen Blick zurück fröhlich seines Weges zieht. Nicht aus Bosheit, sondern aus schlichter knabenhafter Achtlosigkeit.*

Dabei mußte sie wieder an das alte Lied denken, das sie gesungen und das er gepfiffen hatte.

»Unsere Väter, ja.«

Susan Delgado hatte zu ihrer Zeit auch die eine oder andere Dummheit begangen (vielleicht waren es auch zwei Dutzend), daher verspürte sie neben Vorsicht auch Mitgefühl für Will Dearborn. Und Interesse. Böse Jungs konnten amüsant sein … bis zu einem gewissen Punkt. Die Frage war, wie böse waren Will und seine Kumpane gewesen?

»Auf den Putz gehauen?« fragte sie.

»Auf den Putz gehauen«, stimmte er zu und hörte sich immer noch düster an, aber vielleicht nahmen seine Augen und sein Mund einen etwas fröhlicheren Ausdruck an. »Wir wurden gewarnt; ja, eindringlich gewarnt. Es wurde ... eine gewisse Menge getrunken.«

Und es waren ein paar Mädchen dabei, die von den Händen gedrückt wurden, die nicht gerade damit beschäftigt waren, den Bierkrug zu drücken, was? Es war eine Frage, die kein anständiges Mädchen ohne Umschweife stellen konnte, die ihr aber trotzdem sofort in den Sinn kam.

Nun verschwand das Lächeln, das kurze Zeit seine Mundwinkel umspielt hatte. »Wir sind zu weit gegangen, und der Spaß hörte auf. Das ist bei Narren immer so. Eines Nachts fand ein Rennen statt. In einer *mondlosen* Nacht. Nach Mitternacht. Wir waren alle betrunken. Eines der Pferde blieb mit dem Huf in einem Rattenloch stecken und brach sich ein Vorderbein. Es mußte erschossen werden.«

Susan verzog das Gesicht. Es war nicht das Schlimmste, das sie sich denken konnte, aber schlimm genug. Doch als er wieder den Mund aufmachte, wurde es noch schlimmer.

»Das Pferd war ein Vollblut, eines von nur dreien, die dem Vater meines Freundes Richard gehörten, der nicht wohlhabend ist. Es kam zu Szenen in unserem Haushalt, an die ich mich nicht erinnern möchte, geschweige denn darüber reden. Langer Rede kurzer Sinn, nach langen Beratungen und der Diskussion über viele mögliche Strafen wurden wir hierher geschickt, auf diese Mission. Arthurs Vater kam auf die Idee. Ich glaube, Arthurs Da ist immer ein wenig enttäuscht von Arthur gewesen. Gewiß kommt Arthurs Tolldreistigkeit nicht von George Heaths Seite.«

Susan lächelte bei sich und dachte an Tante Cordelia, die sagte: »Von *unserer* Seite der Familie hat sie das ganz sicher nicht.« Dann die kalkulierte Pause, gefolgt von: »Sie hatte eine Großtante mütterlicherseits, die den Verstand verloren hat ... Hast du das nicht gewußt? Doch! Hat sich selbst in Brand gesteckt und die Schräge hinabgestürzt. Im Jahre des Kometen war das.«

»Jedenfalls«, fuhr Will fort, »hat uns Mr. Heath ein Sprichwort seines eigenen Vaters mit auf den Weg gegeben – ›Man sollte im Fegefeuer meditieren.‹ Und hier sind wir.«

»Hambry ist keineswegs das Fegefeuer.«

Er deutete wieder seine komische kleine Verbeugung an. »Wäre es das Fegefeuer, würden bestimmt alle böse genug sein wollen, um hierherkommen und die hübschen Einwohnerinnern kennenlernen zu dürfen.«

»Arbeitet noch ein bißchen daran«, sagte sie mit ihrer sprödesten Stimme. »Ich fürchte, sie ist noch nicht ganz perfekt. Vielleicht –«

Sie verstummte, als ihr mit Bestürzung klar wurde: Sie mußte hoffen, daß sich dieser Junge auf eine kleine Verschwörung mit ihr einließ. Andernfalls würde sie in Verlegenheit kommen.

»Susan?«

»Ich habe nur nachgedacht. Seid Ihr schon hier, Will? Offiziell, meine ich?«

»Nein«, sagte er und begriff sofort, was sie meinte. Und sah bereits, worauf es hinauslief. Auf seine Weise schien er durchaus gescheit zu sein. »Wir sind erst heute nachmittag in der Baronie eingetroffen, und Ihr seid die erste Person, mit der einer von uns gesprochen hat … es sei denn, Richard und Arthur haben Leute kennengelernt. Ich konnte nicht schlafen, darum kam ich hierher, um zu reiten und ein wenig über alles nachzudenken. Unser Lager befindet sich da drüben.« Er zeigte nach rechts. »Auf jenem langen Hang, der zum Meer hinabführt.«

»Ay, er heißt die Schräge.« Ihr wurde klar, daß Will und seine Kameraden möglicherweise an der Stelle ihr Lager aufgeschlagen hatten, die in kurzer Zeit per Gesetz ihr eigenes Land sein würde. Der Gedanke war amüsant und aufregend und ein klein wenig erschreckend.

»Morgen reiten wir in die Stadt und überreichen dem Lord Bürgermeister Hart Thorin unser Akkreditiv. Nach allem, was man uns gesagt hat, bevor wir Neu-Kanaan verlassen haben, ist er ein Narr.«

»Hat man Euch das tatsächlich gesagt?« fragte sie und zog eine Braue hoch.

»Ja – neigt zur Schwatzhaftigkeit, liebt starke Getränke, aber noch mehr liebt er junge Mädchen«, sagte Will. »Stimmt das, was würdet Ihr sagen?«

»Ich denke, davon müßt Ihr Euch selbst ein Bild machen«, sagte sie und unterdrückte mühsam ein Lächeln.

»Wie auch immer, wir werden auch dem Ehrenwerten Kimba Rimer unsere Aufwartung machen, Thorins Kanzler, und soweit ich weiß, kennt der seine Schäfchen. Und *zählt* seine Schäfchen.«

»Thorin wird Euch zum Abendessen ins Haus des Bürgermeisters einladen«, sagte Susan. »Vielleicht nicht morgen abend, aber sicher am Abend danach.«

»Ein Staatsempfang in Hambry«, sagte Will, der lächelnd immer noch Rushers Nüstern streichelte. »Ihr Götter, wie soll ich nur die Qual meiner Vorfreude ertragen?«

»Hütet Euer Schandmaul«, sagte sie, »aber hört gut zu, wenn Ihr mein Freund seid. Es ist sehr wichtig.«

Das Lächeln verschwand, und sie sah wieder – wie vor einem oder zwei Augenblicken – den Mann, zu dem er in nicht allzu vielen Jahren heranreifen würde. Das harte Gesicht, die konzentrierten Augen, der gnadenlose Mund. Es war ein in jeder Hinsicht beängstigendes Gesicht – eine beängstigende *Aussicht* –, und doch war die Stelle warm, wo die alte Vettel sie angefaßt hatte, und sie konnte den Blick kaum von ihm abwenden. Wie, fragte sie sich, mochte sein Haar unter dem albernen Hut aussehen, den er trug?

»Heraus damit, Susan.«

»Wenn Ihr und Eure Freunde bei Thorin am Tisch sitzt, werdet Ihr mich vielleicht sehen. Wenn Ihr mich seht, Will, seht mich zum erstenmal. Seht Miss Delgado, so wie ich Mr. Dearborn sehen werde. Habt Ihr meine Worte verstanden?«

»Voll und ganz.« Er sah sie nachdenklich an. »Gehört Ihr zum Gesinde? Wenn Euer Vater der Oberste Herdenführer der Baronie war, müßt Ihr doch sicher nicht –«

»Kümmert Euch nicht darum, was ich tue oder lasse. Versprecht mir nur, daß wir uns zum erstenmal begegnen, wenn wir uns in Seafront begegnen.«

»Ich verspreche es. Aber –«

»Keine Fragen mehr. Wir haben die Stelle fast erreicht, wo unsere Wege sich trennen müssen, und ich möchte Euch eine Warnung mitgeben – womöglich als gerechten Lohn für den Ritt auf Eurem wunderschönen Pferd. Wenn Ihr mit Thorin und Rimer speist, werdet Ihr nicht die einzigen Neuankömmlinge an seinem Tisch sein. Wahrscheinlich sind drei andere anwesend, Männer, die Thorin als private Leibgarde angeheuert hat.«

»Nicht als Deputy Sheriffs?«

»Nayn, sie sind keinem anderen als Thorin verantwortlich... oder vielleicht Rimer. Ihre Namen sind Jonas, Depape und Reynolds. Für mich sehen sie wie schwere Jungs aus... wenn auch Jonas' Jugendzeit so lange zurückliegen dürfte, daß er selbst nicht mehr weiß, daß er einmal eine gehabt hat.«

»Jonas ist der Anführer?«

»Ay. Er hinkt, hat Haar, das ihm hübsch wie das eines Mädchens auf die Schultern fällt, und die zittrige Stimme eines Greises, der seine Tage damit verbringt, den Kaminsims zu polieren. Aber ich glaube dennoch, daß er der gefährlichste der drei ist. Ich glaube, diese drei haben mehr vergessen, wie es ist, auf den Putz zu hauen, als Ihr und Eure Freunde je lernen werdet.«

Also warum hatte sie ihm das alles erzählt? Sie wußte es nicht genau. Vielleicht aus Dankbarkeit. Er hatte versprochen, diese nächtliche Begegnung für sich zu behalten, und er sah aus wie einer, der seine Versprechen hält, ob er nun überkreuz mit seinem Vater war oder nicht.

»Ich werde sie im Auge behalten. Und ich danke Euch für den Rat.« Sie erklommen einen langen, sanften Hang. Oben funkelte die Alte Mutter unbarmherzig. »Eine Leibgarde«, sagte er nachdenklich. »Eine Leibgarde im verschlafenen kleinen Hambry. Es sind seltsame Zeiten, Susan. Wahrlich seltsam.«

»Ay.« Sie hatte sich auch schon Gedanken wegen Jonas, Depape und Reynolds gemacht, aber keinen guten Grund gefunden, weshalb sie in der Stadt sein sollten. War es Rimers Tun, Rimers Entscheidung gewesen? Es schien wahrscheinlich – Thorin gehörte nicht zu dem Typ Mann, der auch nur an Leibwächter *dachte*, hätte sie gesagt, der Hohe Sheriff hatte stets gut auf sich alleine aufpassen können – aber dennoch... warum?

Sie ritten bergauf. Unter ihnen lag eine Ansammlung von Gebäuden – das Dorf Hambry. Nur wenige Lichter brannten noch. Die hellste Stelle kennzeichnete das Traveller's Rest. Von hier konnten sie mit dem warmen Wind ein Klavier hören, auf dem »Hey Jude« gespielt wurde, wobei eine ganze Anzahl betrunkener Stimmen fröhlich den Refrain massakrierten. Aber nicht die Leute, vor denen sie Will Dearborn gewarnt hatte; die würden an der Bar stehen und den ganzen Raum mit ihren ausdruckslosen Augen beobachten. Die drei gehörten nicht zum

Typ Mann, der gerne sang. Jeder hatte einen kleinen blauen Sarg auf die rechte Hand tätowiert, direkt in das Häutchen zwischen Daumen und Zeigefinger gebrannt. Sie dachte kurz daran, Will das zu sagen, doch dann machte sie sich klar, daß er es selbst bald sehen würde. Statt dessen zeigte sie ein kleines Stück den Hang hinab zu einem dunklen Umriß, der an einer Kette über der Straße hing. »Seht Ihr das?«

»Ja.« Er gab einen gewaltigen und eher komischen Stoßseufzer von sich. »Ist es der Gegenstand, den ich mehr als jeden anderen fürchte? Ist es der grauenhafte Umriß von Mrs. Beechs Briefkasten?«

»Ay. Und dort müssen wir uns trennen.«

»Wenn Ihr sagt, wir müssen, dann müssen wir. Doch ich wünschte –« In diesem Augenblick drehte der Wind, wie es im Sommer manchmal vorkam, und eine heftige Bö kam von Westen herangebraust. Der Geruch von Meersalz war binnen eines Augenblicks verschwunden, ebenso das Grölen der trunkenen, singenden Stimmen. An ihre Stelle trat ein unendlich bedrohlicheres Geräusch, das ihr stets kalte Schauer über den Rücken jagte: ein leises, atonales Geräusch, gleich dem Heulton einer Sirene, die von einem Mann gedreht wird, der nicht mehr lange zu leben hat.

Will wich einen Schritt zurück, seine Augen wurden groß, und wieder griff er mit den Händen an den Gürtel, als wollte er nach etwas greifen, das nicht da war.

»Was, in Gottes Namen, ist das?«

»Das ist eine Schwachstelle«, sagte sie leise. »Im Eyebolt Canyon. Habt Ihr nie davon gehört?«

»*Davon* gehört schon, aber bis eben noch nie eine *gehört*. Götter, wie könnt Ihr das ertragen? Es hört sich so *lebendig* an!«

So hatte sie es noch nie gesehen, aber jetzt, als sie gewissermaßen mit seinen Ohren und nicht mit ihren hörte, dachte sie, daß er recht hatte. Es war, als hätte ein widerlicher Teil der Nacht eine Stimme bekommen und versuchte tatsächlich zu singen.

Sie erschauerte. Rusher spürte den kurzzeitig stärkeren Druck ihrer Knie, wieherte leise und drehte den Kopf, um sie anzusehen.

»Um diese Jahreszeit hören wir es nicht oft so deutlich«, sagte sie. »Im Herbst verbrennen die Männer sie, so daß sie still ist.«

»Das verstehe ich nicht.«

Wer schon? Wer verstand überhaupt noch etwas? Götter, sie konnten nicht einmal die wenigen Ölpumpen von Citgo abschalten, die noch funktionierten, obwohl die Hälfte davon quietschte wie Schweine im Schlachthof. Heutzutage war man gemeinhin schon dankbar, wenn man etwas fand, das überhaupt noch funktionierte.

»Im Sommer, wenn die Zeit gekommen ist, bringen Viehhirten und Cowboys Wagenladungen Unterholz zum Eingang des Eyebolt«, sagte sie. »Abgestorbenes Unterholz ist gut, aber frisches ist noch besser, denn auf den Rauch kommt es an, je dichter, je besser. Eyebolt ist eine kastenförmige Schlucht, sehr kurz und mit steilen Wänden. Fast wie ein Schornstein, der auf der Seite liegt, versteht Ihr?«

»Ja.«

»Die traditionelle Zeit für das Feuer ist der Erntemorgen – der Tag nach dem Jahrmarkt und dem Fest und dem Freudenfeuer.«

»Der erste Wintertag.«

»Ay, aber in diesen Breiten kommt der Winter nicht so früh. Wie auch immer, es ist keine Tradition, das Gestrüpp wird manchmal früher angezündet, wenn der Wind launisch oder das Geräusch besonders stark ist. Es beunruhigt das Vieh, wißt Ihr – Kühe geben kaum Milch, wenn das Geräusch der Schwachstelle laut ist –, und man kann kaum schlafen.«

»Das kann ich mir denken.« Will sah immer noch nach Norden, als eine heftigere Windbö ihm den Hut vom Kopf wehte. Er fiel ihm auf den Rücken, und die Wildlederschnur schnürte sich in Wills Hals. Das Haar, das damit bloßgelegt wurde, war ein bißchen lang und schwarz wie der Flügel einer Krähe. Sie verspürte ein plötzliches, gieriges Verlangen, mit den Händen hindurchzufahren und mit den Fingern seine Beschaffenheit zu spüren – war es rauh, glatt oder seidig? Und wie würde es riechen? Bei diesem Gedanken verspürte sie wieder eine Hitzewallung im Unterleib. Er drehte sich zu ihr um, als hätte er ihre Gedanken gelesen, worauf sie errötete und froh war, daß er ihre dunkler werdenden Wangen nicht sehen konnte.

»Wie lange ist sie schon da?«

»Seit vor meiner Geburt«, sagte sie, »aber nicht, bevor mein Da geboren wurde. Er sagte, daß der Boden von einem Erdbeben erschüttert wurde, bevor sie auftauchte. Manche sagen, das Erdbeben hat sie gebracht, andere halten das für abergläubischen Unsinn. Ich weiß nur, daß sie schon immer da war. Der Rauch beruhigt sie eine Weile, so wie er einen Schwarm Bienen oder Wespen beruhigen würde, aber das Geräusch kehrt immer wieder. Das am Eingang aufgeschichtete Gestrüpp hilft auch, daß sich kein Vieh hinein verirrt – manchmal wird es davon angezogen, die Götter wissen, warum. Aber wenn einmal eine Kuh oder ein Schaf hineingerät – nach dem Feuer und bevor der Stapel für das nächste Jahr hoch genug ist –, kommt es nicht wieder heraus. Was immer es ist, es ist hungrig.«

Sie legte seinen Poncho beiseite, hob das rechte Bein über den Sattel, ohne den Knauf auch nur zu streifen, und glitt von Rusher herunter – alles mit einer einzigen geschmeidigen Bewegung. Es war ein Manöver, das eher für Hosen gedacht war als für ein Kleid, und an seinen noch größer gewordenen Augen konnte sie erkennen, daß er einen Gutteil von ihr gesehen hatte, aber nichts, das sie nur bei geschlossener Badezimmertür waschen konnte, also wozu die Aufregung? Und dieses rasche Absteigen war immer einer ihrer Lieblingstricks gewesen, wenn sie in angeberischer Stimmung war.

»Hübsch!« rief er aus.

»Hab ich von meinem Da gelernt«, sagte sie und antwortete damit auf die unschuldigere Interpretation seines Kompliments. Doch als sie ihm die Zügel reichte, deutete ihr Lächeln an, daß sie bereit war, das Kompliment in jeder möglichen Hinsicht zu akzeptieren.

»Susan? Habt Ihr die Schwachstelle je gesehen?«

»Ay, ein- oder zweimal. Von oben.«

»Wie sieht sie aus?«

»Häßlich«, antwortete sie sofort. Bis heute nacht, als sie Rheas Lächeln aus der Nähe gesehen und ihre zwickenden, fummelnden Finger erduldet hatte, hätte sie gesagt, daß die Schwachstelle das Häßlichste war, das sie je gesehen hatte. »Sie sieht ein wenig wie ein langsam brennendes Torffeuer aus, und ein wenig wie ein Sumpf mit fauligem grünem Brackwasser. Nebel steigt von ihr auf. Manchmal sieht er wie lange, knochige Arme aus. Mit Händen an den Enden.«

»Wächst sie?«

»Ay, sie sagen, daß sie wächst, wie jede Schwachstelle, aber langsam. Sie wird zeit Eures oder meines Lebens nicht aus dem Eyebolt Canyon herauskommen.

Sie schaute zum Himmel auf und sah, daß die Sternbilder, während sie beide sich unterhalten hatten, auf ihren Bahnen weitergezogen waren. Ihr schien, als könnte sie die ganze Nacht mit ihm reden – über die Schwachstelle, über Citgo oder darüber, wie ihre Tante ihr auf die Nerven ging, einfach über alles –, und der Gedanke erschreckte sie. Warum passierte ihr das ausgerechnet jetzt, bei den Göttern? Nachdem sie sich drei Jahre die Jungs in Hambry vom Hals gehalten hatte, warum sollte sie nun einen Jungen treffen, der sie auf so seltsame Weise interessierte? Warum war das Leben so ungerecht?

Ihr früherer Gedanke, den sie in der Stimme ihres Vaters gehört hatte, fiel ihr wieder ein: *Wenn es* Ka *ist, wird es wie ein Sturm daherkommen, und deine Pläne werden ebensowenig davor bestehen können wie ein Schuppen vor einem Zyklon.*

Aber nein. Und nein. Und nein. Derart sperrte sie sich mit all ihrer beachtlichen Entschlossenheit gegen den Gedanken. Dies war kein Schuppen; dies war ihr *Leben*.

Susan streckte die Hand aus und berührte das rostige Blech von Mrs. Beechs Briefkasten, als wollte sie einen Anhaltspunkt in der Welt finden. Möglicherweise bedeuteten ihre kleinen Hoffnungen und Tagträume nicht soviel, aber ihr Vater hatte sie gelehrt, sich selbst an ihrer Fähigkeit zu messen, das, was sie sagte, auch in die Tat umzusetzen, und sie würde seine Lehren nicht einfach über Bord werfen, weil sie zu einer Zeit, da ihr Körper und ihre Gefühle durcheinander waren, einen gutaussehenden Jungen kennenlernte.

»Ich lasse Euch hier zurück, damit Ihr Euch wieder zu Euren Freunden gesellen oder Euren Ritt fortsetzen könnt«, sagte sie. Ihre Stimme klang so ernst, daß sie sich ein wenig traurig fühlte, denn es war der Ernst einer Erwachsenen. »Aber vergeßt nicht Euer Versprechen, Will – wenn Ihr mich in Seafront seht – dem Haus des Bürgermeisters –, und wenn Ihr mein Freund seid, dann seht mich dort zum erstenmal. Wie ich Euch sehen werde.«

Er nickte, und nun sah sie ihren eigenen Ernst als Spiegelung in seinem Gesicht. Und vielleicht die Traurigkeit. »Ich habe noch nie ein Mädchen gebeten, mit mir auszureiten, oder gefragt, ob sie einen Besuch von mir akzeptieren würde. Euch würde ich fragen, Susan, Tochter des Patrick – ich würde Euch sogar Blumen bringen, um meine Chancen zu verbessern –, aber ich fürchte, es würde nichts nützen.«

Sie schüttelte den Kopf. »Nayn. Würde es nicht.«

»Habt Ihr ein Eheversprechen gegeben? Ich weiß, es ist dreist von mir, das zu fragen, doch führe ich nichts Böses im Schilde.«

»Dessen bin ich gewiß, aber ich ziehe es vor, nicht zu antworten. Meine Position ist derzeit ein wenig delikat, wie ich Euch schon sagte. Außerdem ist es spät. Hier werden sich unsere Wege trennen, Will. Aber bleibt … noch einen Augenblick …«

Sie suchte in der Tasche ihrer Schürze und holte ein halbes Stück Kuchen heraus, in ein grünes Blatt gewickelt. Die andere Hälfte hatte sie auf dem Weg den Cöos hinauf gegessen … in der anderen Hälfte ihres Lebens, wie es ihr jetzt vorkam. Sie hielt den Rest ihres kleinen Abendessens Rusher hin, der daran schnupperte, es aß und ihr dann die Hand leckte. Sie lächelte, weil ihr das samtige Kitzeln auf der Handfläche gefiel. »Ay, bist ein gutes Pferd, das bist du.«

Sie sah Will Dearborn an, der auf der Straße stand, mit seinen staubigen Stiefeln scharrte und sie unglücklich ansah. Der harte Ausdruck war aus seinem Gesicht gewichen; er sah wieder aus, als wäre er in ihrem Alter oder jünger. »Es war eine gute Begegnung, oder nicht?« fragte er.

Sie trat nach vorne, und ehe sie darüber nachdenken konnte, was sie tat, stellte sie sich auf Zehenspitzen und gab ihm einen Kuß auf den Mund. Der Kuß war kurz, aber alles andere als schwesterlich.

»Ay, eine sehr gute Begegnung, Will.« Aber als er sich auf sie zubewegte (so unbewußt wie eine Blume, die ihr Gesicht der Sonne zudreht), um die Erfahrung zu wiederholen, stieß sie ihn sanft, aber bestimmt einen Schritt zurück.

»Nayn, das war nur ein Dankeschön, und ein Dankeschön sollte einem Gentleman genügen. Gehe hin in Frieden, Will.«

Er nahm die Zügel wie ein Mann in einem Traum, sah sie einen Moment an, als wüßte er nicht um alles in der Welt, was das sein könnte, was er da in der Hand hielt, und richtete seinen Blick wieder auf Susan. Sie konnte sehen, wie er sich anstrengte, um sein Denken und seine Gefühle von dem Eindruck zu klären, den der Kuß auf ihn gemacht hatte. Dafür mochte sie ihn. Und sie war sehr froh, daß sie es getan hatte.

»Und du ebenso«, sagte er und schwang sich in den Sattel. »Ich freue mich darauf, dir zum erstenmal zu begegnen.«

Er lächelte ihr zu, und sie sah Sehnsucht und Wünsche in diesem Lächeln. Dann gab er dem Pferd ein Zeichen, dirigierte es herum und ritt in die Richtung zurück, aus der sie gekommen waren – vielleicht, um sich das Ölfeld noch einmal anzusehen. Sie blieb stehen, wo sie stand, bei Mrs. Beechs Briefkasten, und wünschte sich, er würde sich umdrehen und winken, damit sie sein Gesicht noch einmal sehen konnte… aber er drehte sich nicht um. Doch als sie sich gerade abwenden und den Hügel hinab in die Stadt gehen wollte, drehte er sich doch um und hob die Hand, die einen Moment in der Dunkelheit flatterte wie ein Falter.

Susan hob ihre ebenfalls und ging dann ihres Wegs, glücklich und unglücklich zur selben Zeit. Aber – und das war vielleicht das Entscheidende – sie fühlte sich nicht mehr beschmutzt. Als sie die Lippen des Jungen berührt hatte, schien Rheas Berührung von ihr abgefallen zu sein. Möglicherweise ein unbedeutender Zauber, aber höchst willkommen.

Sie ging weiter, lächelte verhalten und sah häufiger zu den Sternen auf, als es ihrer Gewohnheit entsprach, wenn sie nach Einbruch der Dunkelheit unterwegs war.

Kapitel 4
Lange nach Monduntergang

I

Er ritt fast zwei Stunden lang rastlos an der sogenannten Schräge entlang und drängte Rusher zu keiner schnelleren Gangart als dem Trab, obwohl er mit dem großen Wallach lieber unter den Sternen dahingaloppiert wäre, bis sich sein eigenes Blut ein wenig abkühlte.

Es wird ordentlich abkühlen, wenn du Aufmerksamkeit auf dich lenkst, dachte er, *und wahrscheinlich wirst du es nicht einmal selbst abkühlen müssen. Narren sind die einzigen Menschen auf der Welt, die sich absolut darauf verlassen können, daß sie bekommen, was sie verdienen.* Bei diesem alten Sprichwort mußte er an den narbigen und O-beinigen Mann denken, der der größte Lehrmeister seines Lebens gewesen war, und lächelte.

Schließlich lenkte er sein Pferd bergab zu dem Rinnsal eines Bächleins, das dort verlief, und folgte ihm anderthalb Meilen flußaufwärts (an mehreren Pferdeherden vorbei; die Tiere betrachteten Rusher mit einer Art verschlafener, glotzäugiger Überraschung) bis zu einem Weidenwäldchen. Aus dem Inneren wieherte leise ein Pferd. Rusher wieherte als Antwort, scharrte mit einem Huf und nickte mit dem Kopf.

Sein Reiter zog den Kopf ein, als er unter den Weidenzweigen hindurchritt, und plötzlich schwebte ein schmales, nichtmenschliches Gesicht vor ihm, dessen obere Hälfte förmlich von schwarzen Augen ohne Pupillen verschlungen wurde.

Er griff nach seiner Waffe – zum drittenmal heute nacht, verflucht noch mal, und zum drittenmal war nichts da. Nicht, daß es eine Rolle gespielt hätte; er erkannte bereits, was da an einer Schnur vor ihm hing: dieser idiotische Krähenschädel.

Der junge Mann, der sich derzeit Arthur Heath nannte, hatte ihn von seinem Sattel abgenommen (es amüsierte ihn, den Schädel, der so ihr Versteck bewachte, »häßlich wie eine alte Oma, aber total genügsam im Unterhalt« zu nennen) und als scherzhafte Begrüßung aufgehängt. Er und seine Witze! Rushers Herr schlug den Schädel so heftig beiseite, daß die Schnur riß und er in die Dunkelheit flog.

»Pfui, Roland«, sagte eine Stimme aus den Schatten. Sie klang vorwurfsvoll, aber unter der Oberfläche blubberte Gelächter ... wie immer. Cuthbert war sein ältester Freund – die Spuren ihrer ersten Zähne hatten sich in viele gemeinsame Spielsachen eingegraben –, aber Roland hatte ihn in mancherlei Hinsicht nie verstanden. Und es war nicht nur sein Gelächter; an jenem längst vergangenen Tag, als Hax, der Palastkoch, wegen Hochverrat auf dem Galgenhügel gehängt werden sollte, hatte Cuthbert die Qualen von Grauen und Gewissensbissen durchlebt. Er hatte Roland gesagt, er könne nicht bleiben, könne nicht zusehen ... aber am Ende hatte er doch beides getan. Denn weder die dummen Witze noch die Gefühle an der Oberfläche entsprachen dem wahren Cuthbert Allgood.

Als Roland die Mulde in der Mitte des Wäldchens erreichte, trat eine dunkle Gestalt hinter einem der Bäume hervor, wo sie Wache gestanden hatte. Auf halbem Weg über die Lichtung wurde sie zu einem großen Jungen mit schmalen Hüften, der unterhalb der Jeans barfüßig und oberhalb barbrüstig war. In einer Hand hielt er einen riesigen antiken Revolver – ein Typ, der aufgrund der Größe der Trommel manchmal Bierfaß genannt wurde.

»Pfui«, wiederholte Cuthbert, als gefiele ihm der Klang dieses Wortes, das nur in vergessenen Hinterländern wie Mejis nicht archaisch klang. »Eine schöne Art, die diensthabende Wache zu behandeln, den armen schmalgesichtigen Burschen halb bis zur nächsten Bergkette zu schlagen!«

»Wenn ich eine Waffe getragen hätte, dann hätte ich ihn wahrscheinlich in Stücke geschossen und das halbe Land aufgeweckt.«

»Ich wußte, daß du nicht gegürtet herumlaufen würdest«, antwortete Cuthbert nachsichtig. »Du siehst bemerkenswert schlecht aus, Roland, Sohn des Steven, aber du läßt dich von niemandem zum Narren halten, auch wenn du dich schon dem biblischen Alter von fünfzehn Jahren näherst.«

»Ich dachte, wir wären uns einig gewesen, die Namen zu benutzen, unter denen wir reisen. Auch unter uns.«

Cuthbert streckte den Fuß aus, drückte die bloße Ferse in den Sand und verbeugte sich mit ausgestreckten Armen und an den Gelenken übertrieben geneigten Händen – eine begnadete Imitation des Typs Mann, der für eine Karriere am Hof bestimmt war. Außerdem hatte er frappante Ähnlichkeit mit einem Reiher, der in einer Marsch steht, und Roland konnte ein schnaubendes Lachen nicht unterdrücken. Dann legte er die Innenseite seines linken Handgelenks an die Stirn, um zu sehen, ob er Fieber hatte. In seinem Kopf fühlte er sich fiebrig genug, das wußten die Götter, aber die Haut oberhalb seiner Augen war kalt.

»Ich erflehe deine Verzeihung, Revolvermann«, sagte Cuthbert, der Hände und Augen immer noch demütig abwärts gerichtet hielt.

Rolands Lächeln erlosch. »Und nenn mich nie wieder so, Cuthbert. Bitte. Hier nicht, und anderswo auch nicht. Nicht, wenn dir etwas an mir liegt.«

Cuthbert gab die Haltung unverzüglich auf und kam rasch zu der Stelle gelaufen, wo Roland zu Pferde saß. Er sah aufrichtig zerknirscht aus.

»Roland – Will – es tut mir leid.«

Roland schlug ihm auf die Schulter. »Nichts passiert. Vergiß es nur von jetzt an nicht. Mejis mag am Ende der Welt liegen … aber es *ist* eben Teil der Welt. Wo ist Alain?«

»Du meinst Dick? Was glaubst du denn?« Cuthbert zeigte über die Lichtung, wo ein dunkler Umriß entweder schnarchte oder langsam erstickte.

»Der«, sagte Cuthbert, »würde glatt ein Erdbeben verschlafen.«

»Aber du hast mich kommen gehört und bist aufgewacht.«

»Ja«, sagte Cuthbert. Er sah Roland ins Gesicht und studierte es so durchdringend, daß Roland ein wenig unbehaglich wurde. »Ist dir etwas geschehen? Du siehst verändert aus.«

»Wirklich?«

»Ja. Erregt. Irgendwie außer Atem.«

Wenn er Cuthbert von Susan erzählen wollte, wäre jetzt der geeignete Zeitpunkt. Er beschloß, ohne recht darüber nachzudenken (seine meisten Entscheidungen, gewiß aber die besten, traf er auf diese Weise), es ihm nicht zu erzählen. Wenn er sie im

Haus des Bürgermeisters traf, würde es auch für Cuthbert und Alain das erste Mal sein. Was konnte es schaden?

»Ich bin auch außer Atem, das stimmt«, sagte er, stieg ab und bückte sich, um den Sattelgurt zu öffnen. »Und ich habe ein paar interessante Sachen gesehen.«

»Ach ja? Sprich, Gefährte des teuersten Bewohners meines Busens.«

»Ich denke, ich werde warten bis morgen, wenn jener winterschlafende Bär endlich erwacht ist. Dann muß ich es nur einmal erzählen. Außerdem bin ich müde. Aber eines kann ich dir sagen: Es gibt zu viele Pferde in dieser Gegend, selbst für eine Baronie, die für ihr Pferdefleisch berühmt ist. Viel zu viele.«

Bevor Cuthbert irgendwelche Fragen stellen konnte, zog Roland den Sattel von Rushers Rücken und legte ihn neben drei kleinen Weidenkörben ab, die mit Wildlederschnüren zusammengebunden waren, womit sie zu einem Behältnis wurden, das man auf den Rücken eines Pferdes schnallen konnte. Im Inneren gurrten drei Tauben mit weißen Ringen um die Hälse verschlafen. Eine nahm den Kopf unter dem Flügel hervor und sah Roland an, dann steckte sie ihn wieder darunter.

»Mit diesen Burschen alles in Ordnung?«

»Bestens. Sie picken und scheißen fröhlich in ihr Stroh. Soweit es sie betrifft, sind sie im Urlaub. »Was hast du gemeint mit –«

»Morgen«, sagte Roland, und Cuthbert, der sah, daß er nichts mehr aus ihm herausbekommen würde, nickte nur und ging seinen schlanken und knochigen Wachposten suchen.

Zwanzig Minuten später, als Rusher abgesattelt und abgerieben und mit Buckskin und Glue Boy zum Grasen geschickt worden war (Cuthbert konnte seinem Pferd nicht einmal einen Namen wie ein normaler Mensch geben), lag Roland in seinem Schlafsack auf dem Rücken und sah zu den Sternen hinauf. Cuthbert war so mühelos wieder eingeschlafen, wie er bei Rushers Hufschlag wach geworden war, aber Roland war noch nie in seinem Leben weniger zum Schlafen zumute gewesen.

In Gedanken sah er sich einen Monat zurückversetzt, in das Zimmer der Hure, wo sein Vater auf dem Bett der Hure saß und ihm zusah, wie er sich anzog. Die Worte, die sein Vater gesprochen hatte – *Ich weiß es seit zwei Jahren* –, hatten wie ein Gongschlag in Rolands Kopf gehallt. Er vermutete, daß das den Rest seines Lebens so bleiben würde.

Aber sein Vater hatte noch viel mehr zu sagen gehabt. Über Marten. Über Rolands Mutter, an der man – vielleicht – mehr gesündigt, als sie sündigte. Über Plünderer, die sich Patrioten nannten. Und über John Farson, der tatsächlich in Cressia gewesen war und mittlerweile diesen Ort wieder verlassen hatte – verschwunden, wie es seiner Art entsprach, als hätte er sich in Luft aufgelöst. Vor seiner Weiterreise hatten er und seine Männer Indrie, die Hauptstadt der Baronie, praktisch bis auf die Grundmauern niedergebrannt. Hunderte waren abgeschlachtet worden, und es war vielleicht nicht überraschend, daß Cressia sich seitdem vom Bund abgewandt und sich für den Guten Mann erklärt hatte. Der Gouverneur der Baronie, der Bürgermeister von Indrie und der Hohe Sheriff hatten jenen Frühsommertag, der den Abschluß von Farsons Besuch bedeutete, damit beendet, daß ihre Köpfe an der Mauer über dem Stadttor ausgestellt wurden. Das war, wie Steven Deschain sich ausgedrückt hatte, »eine ziemlich überzeugende Politik«.

Es war wie bei einer Partie Schloß, bei der beide Armeen hinter ihren kleinen Hügeln hervorkamen und die letzten Züge begannen, hatte Rolands Vater gesagt, und wie es bei Volksaufständen häufig geschah, war dieses Spiel wahrscheinlich zu Ende, bevor irgend jemandem in den Inneren Baronien von Mittwelt richtig klar wurde, daß John Farson eine ernsthafte Bedrohung darstellte ... oder, man gehörte zu denen, die ernsthaft an seine Vision von Demokratie und dem Ende der, wie er es nannte, »Klassensklaverei und uralten Märchen« glaubte, und sah in ihm einen ernstzunehmenden Verfechter von Veränderungen.

Seinem Vater und Vaters kleinem *Ka-tet* von Revolvermännern, erfuhr Roland zu seinem Erstaunen, lag so oder so wenig an Farson; sie betrachteten ihn als kleinen Fisch. Was das anging, betrachteten sie auch den Bund als kleinen Fisch.

Ich werde dich fortschicken, hatte Steven gesagt, während er auf dem Bett saß und seinen einzigen Sohn, den, der überlebt hatte, ernst ansah. *Es gibt keinen sicheren Ort mehr in Mittwelt, aber die Baronie Mejis am Reinen Meer ist so sicher, wie heutzutage ein Ort nur sein kann ... Also wirst du dorthin gehen, zusammen mit minde-*

stens zweien deiner Freunde. Alain, nehme ich an, wird einer sein. Nur nicht dieser lachende Junge als anderen, ich flehe dich an. Du wärst mit einem bellenden Hund besser bedient.

Roland, der an jedem anderen Tag seines Lebens die Aussicht enthusiastisch begrüßt hätte, in die Welt hinaus geschickt zu werden, hatte energisch widersprochen. Wenn die letzten Schlachten gegen den Guten Mann geschlagen werden sollten, wollte er an der Seite seines Vaters kämpfen. Immerhin war er jetzt ein Revolvermann, wenn auch nur ein Lehrling, und –

Sein Vater hatte langsam und nachdrücklich den Kopf geschüttelt. *Nein, Roland. Du verstehst nicht. Aber das wirst du; so gut es geht, das wirst du.*

Später waren die beiden auf den hohen Zinnen über der letzten lebenden Stadt von Mittwelt spazierengegangen – dem grünen und prachtvollen Gilead im Licht der Morgensonne, mit seinen flatternden Wimpeln und den Händlern auf den Straßen der Altstadt und Pferden, die auf den Reitwegen trotteten, die strahlenförmig vom Palast wegführten, der im Zentrum von allem lag. Sein Vater hatte ihm mehr erzählt (nicht alles), und er hatte mehr verstanden (aber längst nicht alles – ebensowenig wie sein Vater alles verstand). Der Dunkle Turm war von keinem der beiden erwähnt worden, aber er beherrschte bereits Rolands Denken, eine Möglichkeit wie eine Sturmwolke, weit entfernt am Horizont.

Ging es bei alledem wirklich um den Turm? Nicht um einen plündernden Emporkömmling, der davon träumte, Mittwelt zu beherrschen, nicht um den Magier, der Rolands Mutter bezaubert hatte, nicht um die Glaskugel, die Steven und sein Trupp in Cressia zu finden gehofft hatten … sondern um den Dunklen Turm?

Er hatte nicht gefragt.

Er hatte nicht *gewagt* zu fragen.

Nun verschob er seinen Schlafsack und machte die Augen zu. Sofort sah er das Gesicht des Mädchens; er spürte wieder ihre Lippen, die fest auf seine gedrückt wurden, und roch den Duft ihrer Haut. Ihm wurde unverzüglich heiß vom Scheitel bis zum Ansatz der Wirbelsäule, aber kalt vom Ansatz der Wirbelsäule bis zu den Zehen. Dann dachte er daran, wie ihre Beine aufgeblitzt hatten, als sie von Rushers Rücken geglitten war (und an den Blick auf ihre Unterwäsche unter dem kurz hochgehobenen Kleid), und seine heiße und kalte Hälfte tauschten die Plätze.

Die Hure hatte ihm seine Jungfräulichkeit genommen, wollte ihn aber nicht küssen; sie hatte das Gesicht weggedreht, als er versucht hatte, sie zu küssen. Sie hatte ihn alles tun lassen, was er wollte, nur das nicht. Damals war er bitter enttäuscht gewesen. Nun war er froh.

Mit dem inneren Auge seines halbwüchsigen Verstands, rastlos und klar zugleich, betrachtete er den Zopf, der auf ihrem Rücken bis zur Taille hinabhing, die sanften Grübchen, die sich an ihren Mundwinkeln bildeten, wenn sie lächelte, ihre musikalische Stimme, ihre altmodische Art, Ihr und Euer zu sagen, ay und Da. Er dachte daran, wie sich ihre Hände auf seinen Schultern angefühlt hatten, als sie sich streckte, um ihn zu küssen, und dachte, er würde alles dafür geben, ihre Hände noch einmal dort zu spüren, so leicht und doch so fest. Und ihren Mund auf seinem. Es war ein Mund, der nur wenig vom Küssen verstand, nahm er an, aber das war immerhin etwas mehr, als er selbst davon verstand.

Sei vorsichtig, Roland – laß deine Gefühle für dieses Mädchen nicht irgendwas umkippen. Sie ist ohnehin nicht frei – soviel hat sie gesagt. Nicht verheiratet, aber auf andere Weise versprochen.

Roland war längst nicht das erbarmungslose Geschöpf, das er einmal werden sollte, aber der Keim dieser Erbarmungslosigkeit war da – kleine, steinerne Dinge, die im Lauf der Zeit zu Bäumen mit tiefen Wurzeln heranwachsen sollten … und mit bitteren Früchten. Nun platzte einer dieser Samen auf und ließ seine erste scharfe Klinge wachsen.

Was versprochen wurde, kann rückgängig gemacht werden, und was geschehen ist, kann ungeschehen gemacht werden. Nichts ist sicher, nur … Ich will sie.

Ja. *Das* wußte er mit Sicherheit, und er wußte es so sicher, wie er das Gesicht seines Vaters kannte: Er wollte sie. Nicht so, wie er die Hure gewollt hatte, als sie nackt und mit gespreizten Beinen auf dem Bett lag und mit ihren halbgeschlossenen Augen zu ihm aufschaute, sondern auf eine Weise, wie er Essen wollte, wenn er hungrig war, oder Wasser, wenn ihn dürstete. In derselben Weise, vermutete er, wie er Martens staubigen Leichnam hinter seinem Pferd durch die High Street von Gilead schleifen wollte, um ihn dafür bezahlen zu lassen, was er seiner Mutter angetan hatte.

Er wollte sie; er wollte das Mädchen Susan.

Roland drehte sich auf die andere Seite, machte die Augen zu und schlief ein. Sein Schlaf war unruhig und von den grobschlächtig poetischen Träumen heimgesucht, die nur heranwachsende Jungs haben; Träume, in denen sexuelle Anziehung und romantische Liebe zusammenkommen und stärker widerhallen als jemals später wieder. In diesen durstigen Visionen legte Susan Delgado immer wieder ihre Hände auf Rolands Schultern, küßte ihn immer wieder auf den Mund, sagte ihm immer wieder, daß er zum erstenmal zu ihr kommen, zum erstenmal bei ihr sein sollte, daß er sie zum erstenmal sehen sollte, und zwar sehr genau sehen.

2

Etwa fünf Meilen von der Stelle entfernt, wo Roland schlief und seine Träume träumte, lag Susan Delgado in ihrem Bett, schaute zum Fenster hinaus und sah, wie der Alte Stern langsam in der Dämmerung verblaßte. Der Schlaf war jetzt ebenso fern wie zuvor, als sie sich hingelegt hatte, und sie spürte ein Pochen zwischen den Beinen, wo die alte Frau sie angefaßt hatte. Es war eine Ablenkung, aber nicht mehr unangenehm, denn nun brachte sie es mit dem Jungen in Verbindung, den sie auf der Straße getroffen und im Licht der Sterne impulsiv geküßt hatte. Jedesmal, wenn sie die Beine bewegte, wurde das Pochen zu einem kurzen, süßen Schmerz.

Als sie nach Hause gekommen war, hatte Tante Cord (die in einer gewöhnlichen Nacht schon eine Stunde zuvor zu Bett gegangen wäre) in ihrem Schaukelstuhl am – um diese Jahreszeit erloschenen und kalten und von Asche gereinigten – Kamin gesessen und ein Spitzendeckchen auf dem Schoß liegen gehabt, das auf ihrem altmodischen schwarzen Kleid aussah wie Gischt. Sie klöppelte mit einer Geschwindigkeit, die Susan beinahe übernatürlich vorkam, und hatte nicht aufgeschaut, als die Tür aufging und ihre Nichte, gefolgt von einer Windbö, hereinkam.

»Ich hatte dich schon vor einer Stunde zurückerwartet«, sagte

Tante Cord. Und dann, obwohl es sich nicht so anhörte: »Ich habe mir Sorgen gemacht.«

»Ay?« sagte Susan, und dann nichts mehr. Sie dachte, in jeder anderen Nacht hätte sie eine ihrer zaghaften Entschuldigungen präsentiert, die selbst in ihren eigenen Augen stets verlogen anmuteten – das war eine Wirkung, die Tante Cord ihr ganzes Leben lang bei ihr erzielt hatte –, aber dies war keine gewöhnliche Nacht. In ihrem ganzen Leben hatte sie noch keine solche Nacht erlebt. Sie stellte fest, daß sie Will Dearborn nicht vergessen konnte.

Da hatte Tante Cord aufgesehen, und ihre dicht beieinanderstehenden Knopfaugen hatten stechend und fragend über der scharfen Klinge des Nasenrückens geblickt. Manches hatte sich nicht verändert, seit Susan zum Cöos aufgebrochen war; sie konnte den Blick ihrer Tante immer noch spüren, der über ihr Gesicht und ihren Körper strich wie winzige Bürsten mit scharfen Borsten.

»Was hat dich so lange aufgehalten?« fragte Tante Cord. »Gab es Schwierigkeiten?«

»Keine Schwierigkeiten«, hatte Susan geantwortet, aber einen Augenblick dachte sie daran, wie die Hexe neben ihr an der Tür stand und ihren Zopf durch die knotige Röhre einer locker geballten Faust gleiten ließ. Sie entsann sich, daß sie hatte gehen wollen, und sie entsann sich, daß sie Rhea gefragt hatte, ob sie jetzt fertig wären.

Nun, vielleicht ist da noch eine Kleinigkeit, hatte die alte Frau gesagt ... glaubte Susan jedenfalls. Aber was war diese Kleinigkeit gewesen? Sie konnte sich nicht erinnern. Und was spielte es schon für eine Rolle? Sie war Rhea los, bis Thorins Kind ihren Bauch wölben würde ... Und wenn das Baby frühestens in der Erntenacht gemacht werden konnte, würde sie frühestens im tiefsten Winter auf den Cöos zurückkehren müssen. Eine Ewigkeit! Und es würde noch länger dauern, wenn sie nicht gleich empfangen würde ...

»Ich bin langsam nach Hause gegangen, Tante. Das ist alles.«

»Und weshalb schaust du dann so aus?« hatte Tante Cord gefragt und die dünnen Brauen gegen die vertikale Linie zusammengezogen, die ihre Stirn furchte.

»Wie denn?« hatte Susan gefragt, ihre Schürze abgenommen,

die Träger zusammengeknotet und sie am Haken an der Küchentür aufgehängt.

»Gerötet. Schaumig. Wie Milch frisch aus der Kuh.«

Sie hätte fast gelacht. Tante Cord, die von Männern so wenig wußte wie Susan von den Sternen und Planeten, hatte den Nagel auf den Kopf getroffen. Gerötet und schaumig, ganz genau so fühlte sie sich. »Wahrscheinlich liegt es nur an der Nachtluft«, hatte sie gesagt. »Ich habe einen Meteor gesehen, Tante. Und ich habe die Schwachstelle gehört. Das Geräusch ist heute nacht sehr laut.«

»Ay?« hatte ihre Tante ohne Interesse gefragt, dann kehrte sie zu dem Thema zurück, das sie interessierte. »Hat es weh getan?«

»Ein wenig.«

»Hast du geschrien?«

Susan schüttelte den Kopf.

»Gut. Besser nicht. Immer besser. Ich habe gehört, es gefällt ihr, wenn sie schreien. Also, Sue – hat sie dir etwas gegeben? Hat die alte Schachtel dir etwas gegeben?«

»Ay.« Sie griff in ihre Tasche und holte den Zettel heraus, auf dem

erbar

geschrieben stand. Sie streckte ihn aus, und ihre Tante ergriff ihn mit einem gierigen Ausdruck. Cordelia war in den vergangenen Monaten zuckersüß zu ihr gewesen, aber jetzt, wo sie hatte, was sie wollte (und nachdem Susan zu weit gegangen war und zuviel versprochen hatte, um noch einen Rückzieher zu machen), war sie wieder zu der giftigen, hochmütigen und häufig mißtrauischen Frau geworden, mit der Susan aufgewachsen war; die Frau, die von ihrem phlegmatischen Das-Leben-macht-was-es-will-Bruder zu allwöchentlichen Wutausbrüchen gereizt worden war. In gewisser Weise war das eine Erleichterung. Es war aufreibend gewesen, daß Tante Cordelia Tag für Tag Sybilla Sonnenschein gespielt hatte.

»Ay, ay, das ist ihr Zeichen, in Ordnung«, hatte Susans Tante gesagt und mit den Fingern über die untere Hälfte des Papiers gestrichen. »Es soll einen Teufelshuf darstellen, sagen manche, aber was schert uns das, hm, Sue? Sie mag ein garstiges, abscheuliches Geschöpf sein, aber sie hat es zwei Frauen möglich gemacht, noch ein wenig länger in der Welt zurechtzukommen. Und du wirst sie nur noch einmal aufsuchen müssen, wahrscheinlich gegen Jahresausklang, wenn du empfangen hast.«

»Es wird später sein«, hatte Susan ihr gesagt. »Ich soll ihm erst beiwohnen, wenn der Dämonenmond voll ist. Nach dem Erntejahrmarkt und dem Freudenfeuer.«

Tante Cord hatte sie mit großen Augen und offenem Mund angesehen. »Das hat sie gesagt?«

Nennst du mich eine Lügnerin, Tantchen? hatte sie mit einer Schärfe gedacht, die ihr gar nicht ähnlich sah; normalerweise entsprach ihr Naturell mehr dem ihres Vaters.

»Ay.«

»Aber warum? Warum so *lange?*« Tante Cord war eindeutig außer sich, eindeutig enttäuscht. Bisher waren acht Silber- und vier Goldstücke bei der Sache herausgesprungen; sie waren dort versteckt, wo Tante Cord immer ihre Barschaft aufbewahrte (und Susan vermutete, daß das nicht wenig war, obschon Cordelia bei jeder sich bietenden Gelegenheit Armut vorgab), und doppelt soviel stand noch aus ... und würde fällig werden, sobald das blutbefleckte Laken in die Waschküche im Haus des Bürgermeisters gebracht werden würde. Noch einmal dieselbe Summe würde bezahlt werden, wenn Rhea das Baby und seine Unversehrtheit bestätigte. Alles in allem eine Menge Geld. Eine *große* Menge für ein kleines Kaff wie dieses und kleine Leute wie sie. Und nun wurde die Auszahlung so weit hinausgeschoben ...

Dann kam eine Sünde, um derentwillen Susan gebetet hatte (wenn auch ohne rechte Inbrunst), bevor sie ins Bett gegangen war: Sie hatte sich über den betrogenen, frustrierten Gesichtsausdruck von Tante Cord gefreut – den Ausdruck eines Geizhalses, dem man einen Strich durch die Rechnung gemacht hatte.

»Warum so *lange?*« wiederholte sie.

»Ich nehme an, du könntest auf den Cöos gehen und sie fragen.«

Cordelia Delgado hatte die ohnehin dünnen Lippen so fest zusammengepreßt, daß sie beinahe verschwanden. »Bist du unverschämt, Miss? Bist du unverschämt zu mir?«

»Nein. Ich bin viel zu müde, um unverschämt zu jemandem zu sein. Ich möchte mich waschen – ich kann immer noch ihre Hände an mir spüren, das kann ich –, und ich will ins Bett.«

»Dann tu es. Vielleicht können wir uns morgen auf damenhaftere Weise darüber unterhalten. Und natürlich müssen wir zu Hart gehen.« Sie legte das Papier zusammen, das Rhea Susan gegeben hatte, schien erfreut zu sein, daß sie Hart Thorin besuchen durfte, und bewegte die Hand zur Tasche ihres Kleides.

»Nein«, sagte Susan mit ungewöhnlich schneidender Stimme – so schneidend, daß die Hand ihrer Tante in der Bewegung erstarrte. Cordelia hatte sie unverhohlen erschrocken angesehen. Susan fühlte sich ein wenig verlegen unter diesem Blick, aber sie hatte den Blick nicht gesenkt, und ihre Hand zitterte nicht, als sie sie ausstreckte.

»Ich bin diejenige, die das aufbewahren soll, Tante!«

»Wer hat dir gesagt, daß du so sprechen sollst?« hatte Tante Cord mit einer vor Entrüstung beinahe winselnden Stimme gefragt – Susan vermutete, daß es einer Blasphemie gleichkam, aber einen Augenblick hatte sie Tante Cords Stimme an das Geräusch der Schwachstelle erinnert. »Wer hat dir gesagt, daß du so mit der Frau sprechen sollst, die ein mutterloses Kind großgezogen hat? Mit der Schwester des armen toten Vaters dieses Mädchens?«

»Du weißt, wer«, sagte Susan. Sie hielt die Hand immer noch ausgestreckt. »Ich soll es aufbewahren, und ich soll es Bürgermeister Thorin geben. Sie hat gesagt, was danach damit geschieht, wäre ihr gleich, er könne sich den Hintern damit abwischen« (es war außerordentlich spaßig gewesen, mit anzusehen, wie das Gesicht ihrer Tante rot anlief), »aber *bis dahin* soll es in meiner Obhut bleiben.«

»So etwas habe ich noch nie gehört«, hatte Tante Cordelia geschmollt… Aber sie hatte ihr das schmutzige Stück Papier zurückgegeben. »Ein derart bedeutendes Dokument der Obhut eines so kleinen Krümels von einem Mädchen anzuvertrauen.«

Aber kein so kleiner Krümel, daß ich nicht seine Mätresse sein kann, was? Daß ich nicht unter ihm liegen und seine Knochen knacken hören und seinen Samen empfangen und möglicherweise sein Kind austragen kann.

Sie sah auf ihre Tasche, als sie das Papier wegsteckte, weil sie Tante Cordelia die Verachtung, die in ihrem Blick lag, nicht sehen lassen wollte.

»Geh hinauf«, hatte Tante Cord gesagt und die Spitzenklöppelei von ihrem Schoß in das Nähkörbchen gefegt, wo sie in einem unüblichen Durcheinander liegenblieb. »Und wenn du dich wäschst, widme deinem Mund besondere Aufmerksamkeit. Reinige ihn von der Frechheit und Respektlosigkeit gegenüber denen, die viel Liebe für das Mädchen geopfert haben, dem er gehört.«

Susan war schweigend nach oben gegangen, hatte sich tausend Antworten verkniffen und war, wie so oft, die Treppe mit einer Mischung von Scham und Geringschätzung hinaufgestiegen.

Und nun lag sie in ihrem Bett und war immer noch wach, während die Sterne verblaßten und die ersten helleren Töne den Himmel färbten. Die Ereignisse der gerade vergangenen Nacht gingen ihr wie ein phantastischer Bilderreigen durch den Kopf, gemischten Spielkarten gleich – und diejenige, die mit größter Beharrlichkeit aufgedeckt wurde, war die mit dem Gesicht von Will Dearborn. Sie dachte daran, wie hart dieses Gesicht werden konnte, und wie unerwartet sanft schon im nächsten Augenblick. Und war es ein hübsches Gesicht? Ay, das dachte sie. Für sie auf jeden Fall.

Ich habe noch nie ein Mädchen gebeten, mit mir auszureiten, oder gefragt, ob sie einen Besuch von mir akzeptieren würde. Euch würde ich fragen, Susan, Patrickstochter.

Warum jetzt? Warum lerne ich ihn jetzt kennen, wo nichts Gutes daraus werden kann?

Wenn es Ka *ist, wird es wie der Wind kommen. Wie ein Zyklon.*

Sie warf sich von einer Seite des Betts auf die andere und wälzte sich schließlich wieder auf den Rücken. Sie dachte, daß sie auch im Rest der Nacht keinen Schlaf mehr finden würde. Sie konnte ebensogut zur Schräge gehen und den Sonnenaufgang betrachten.

Doch sie lag weiter im Bett und fühlte sich irgendwie krank und wohl zugleich, sah in die Schatten und lauschte dem ersten

Zwitschern der Vögel, dachte daran, wie sich seine Lippen auf ihren angefühlt hatten, ihre sanfte Rauhheit und der Druck der Zähne unter den Lippen; an den Geruch seiner Haut und den rauhen Stoff seines Hemds unter ihren Handflächen.

Diese Handflächen legte sie nun auf ihr Nachthemd und umfing die Brüste mit den Fingern. Die Brustwarzen waren so hart wie kleine Perlen. Und wenn sie sie berührte, loderte die Hitze zwischen ihren Beinen plötzlich und drängend auf.

Sie *könnte* schlafen, dachte sie. Sie könnte, wenn sie sich um die Hitze kümmern würde. Wenn sie wüßte, wie.

Aber das wußte sie. Die alte Frau hatte es ihr gezeigt. *Auch ein Mädchen, das unberührt ist, muß nicht auf einen Kitzel dann und wann verzichten ... Wie eine kleine Seidenknospe.*

Susan legte sich im Bett anders hin und schob eine Hand weit unter die Decke. Sie verdrängte das Bild der glänzenden Augen und hohlen Wangen der alten Frau aus ihrem Denken – das war nicht schwer, wenn man es sich erst einmal vorgenommen hatte, stellte sie fest – und ersetzte es durch das Bild des Jungen mit dem großen Wallach und dem albernen flachen Hut. Einen Augenblick wurde die Vision in ihrem Kopf so klar und süß, als wäre sie real und ihr anderes Leben nur ein trostloser Traum. In dieser Vision küßte er sie immer wieder, ihre Münder öffneten sich, ihre Zungen berührten sich; was er ausatmete, atmete sie ein.

Sie brannte. Sie brannte in ihrem Bett wie eine Fackel. Und als die Sonne kurze Zeit später schließlich über dem Horizont aufging, schlief sie tief, mit dem Hauch eines Lächelns auf den Lippen, und ihr offenes Haar lag über einer Seite ihres Gesichts und auf dem Kissen wie gesponnenes Gold.

3

In der letzten Stunde vor der Dämmerung war es in der Bar des Traveller's Rest so ruhig, wie es nur sein konnte. Die Gaslichter, die den Lüster in den meisten Nächten bis gegen zwei Uhr in ein funkelndes Juwel verwandelten, waren zu flackernden blauen Pünktchen heruntergedreht, der lange, hohe Raum wirkte schattig und geisterhaft.

In einer Ecke lag ein Durcheinander von Holztrümmern – Überreste von zwei Stühlen, die bei einem Streit wegen einer Partie Watch Me zertrümmert worden waren (die Kontrahenten residierten derzeit in der Ausnüchterungszelle des Hohen Sheriffs). In einer anderen Ecke befand sich eine ziemlich große Lache gerinnender Kotze. Auf der erhöhten Plattform am östlichen Ende des Raums stand ein zerkratztes Piano; am zugehörigen Schemel lehnte der Schlagstock aus Eisenholz, der Barkie gehörte, dem Mann fürs Grobe und Rausschmeißer des Saloons. Barkie selbst lag schnarchend unter dem Schemel, wo der nackte Hügel seines Bauchs über dem Saum seiner Kordhose aufragte wie ein Klumpen Brotteig. In einer Hand hielt er eine Spielkarte: die Karo-Zwei.

Am westlichen Ende der Bar standen die Kartentische. Auf einem lagen zwei Betrunkene, den Kopf auf dem grünen Filz, schnarchend und sabbernd. Ihre ausgestreckten Hände berührten sich. Über ihnen an der Wand hing ein Bild von Arthur, dem großen König von Eld, auf seinem weißen Hengst, sowie ein Bild, auf dem (in einer seltsamen Mischung aus Hoch- und Niedersprache) geschrieben stand: HADERE NICHT MIT DEN KARTEN, DIE DIR IM SPIEL UND IM LEBEN AUSGETEILT WERDEN.

Hinter der Bar, die sich durch die gesamte Länge des Zimmers erstreckte, war eine monströse Trophäe an die Wand montiert: ein Elch mit zwei Köpfen, einem Geweih, das wie ein dichtes Wäldchen aussah, und vier Glotzaugen. Dieses Tier trug bei den einheimischen Stammgästen des Traveller's den Namen Wildfang. Warum das so war, konnte niemand sagen. Ein Witzbold hatte behutsam zwei Sauzitzen-Kondome über zwei Enden des Geweihs gestreift. Auf der Bar selbst, direkt unter dem mißbilligenden Blick des Wildfangs, lag Pettie der Trampel, eine der Tänzerinnen und leichten Mädchen des Traveller's ... Obschon Petties Mädchentage längst vergangen waren und sie bald gezwungen sein würde, ihrem Gewerbe auf den Knien hinter dem Traveller's nachzugehen, und nicht mehr oben in einer der winzigen Kammern. Ihre plumpen Beine waren gespreizt, eines hing an der Innenseite über die Bar, eines an der Außenseite, dazwischen bauschte sich das schmutzige Durcheinander ihres Rocks. Sie atmete mit langgezogenen Schnarchtönen und zuckte dann und wann mit ihren Füßen und Wurstfingern. Die einzigen anderen Geräusche waren der heiße Sommerwind draußen und das leise, regelmäßige Klatschen von Karten, die eine nach der anderen umgedreht wurden.

Neben der Schwingtür, die auf die High Street von Hambry hinausging, stand ein kleiner Tisch abseits; dort saß Coral Thorin, die Besitzerin des Traveller's Rest (und Schwester des Bürgermeisters), in den Nächten, wenn sie von ihrer Suite herabkam, »um an der Gesellschaft teilzunehmen«. Wenn sie herunterkam, kam sie früh – wenn noch mehr Steaks als Whiskey über die zerkratzte Theke geschoben wurden – und ging etwa zu der Zeit wieder nach oben, wenn Sheb, der Klavierspieler, seinen Platz einnahm und anfing, auf sein gräßliches Instrument einzuhämmern. Der Bürgermeister selbst kam niemals, obwohl allgemein bekannt war, daß ihm das Traveller's mindestens zur Hälfte gehörte. Dem Thorin-Klan gefiel das Geld, das das Etablissement einbrachte; nur der Anblick nach Mitternacht gefiel ihnen nicht, wenn das Sägemehl auf dem Boden das verschüttete Bier und das vergossene Blut aufzusaugen begann. Doch Coral, die vor zwanzig Jahren der Typ gewesen war, den man als »wildes Kind« bezeichnete, hatte einen harten Zug an sich. Sie war jünger als ihr Politikerbruder, nicht so dünn, und mit ihren Glubschaugen und dem Wieselkopf auf eine eigentümlich herbe Weise hübsch. Niemand setzte sich an ihren Tisch, solange der Saloon geöffnet hatte – Barkie hätte jeden daran gehindert, der es versucht hätte, und zwar schleunigst –, aber jetzt war geschlossen, die Betrunkenen weitgehend gegangen oder oben umgekippt, Sheb zusammengerollt und schlafend in der Ecke hinter seinem Klavier. Der schwachsinnige Junge, der die Bar putzte, war seit etwa zwei Uhr fort (unter Johlen und Beleidigungen und ein paar fliegenden Biergläsern hinausgejagt, wie immer; zumal Roy Depape verspürte keinerlei Liebe zu diesem speziellen Burschen). Gegen neun oder so würde er wiederkommen und den alten Amüsierpalast für eine weitere ausgelassene Nacht vorbereiten, aber bis dahin hatte der Mann, der an Mistress Thorins Tisch saß, das Lokal ganz für sich allein.

Vor ihm lag eine Patience: Schwarz auf Rot, Rot auf Schwarz, und über allem die bereits abgelegten Karten, genau wie es in den Angelegenheiten der Menschen sein sollte. In der linken Hand hielt der Spieler den Rest des Blatts. Wenn er die Karten eine nach der anderen umdrehte, bewegte sich die Tätowierung auf seiner rechten Hand. Das sah irgendwie beunruhigend aus, als würde der Sarg atmen. Der Kartenspieler war ein älterer Herr, nicht so dünn wie der Bürgermeister und dessen Schwester, aber dennoch dünn. Sein langes, weißes Haar fiel ihm auf den Rücken. Er war braungebrannt, außer am Hals, wo er immer einen Sonnenbrand bekam; die Haut dort hing in Lappen herab. Sein Schnurrbart war so lang, daß die zerfransten weißen Enden fast bis zum Unterkiefer herabhingen – ein falscher Revolvermannschnurrbart, dachten viele, aber niemand hätte Eldred Jonas das Wort »falsch« ins Gesicht gesagt. Er trug ein weißes Seidenhemd, ein Revolver mit schwarzem Griff hing tief an seiner Hüfte. Seine großen, rotumränderten Augen wirkten auf den ersten Blick traurig. Ein zweiter, gründlicherer Blick zeigte, daß sie lediglich wäßrig waren. Abgesehen davon blickten sie so emotionslos drein wie die Augen des Wildfangs.

Er drehte das Kreuz-As um. Kein Platz dafür. »Pah, du Miststück«, sagte er mit einer seltsam quäkenden Stimme. Sie zitterte obendrein, wie die Stimme eines Mannes, der gleich in Tränen ausbrechen wird. Sie paßte perfekt zu seinen feuchten, rotumränderten Augen. Er strich die Karten zusammen.

Bevor er neu mischen konnte, ging oben leise eine Tür auf und wieder zu. Jonas legte die Karten beiseite und die Hand auf den Revolvergriff. Als er hörte, daß es Reynolds war, der in seinen Stiefeln die Galerie entlanggeschritten kam, ließ er die Waffe los und zog statt dessen den Tabaksbeutel vom Gürtel. Der Saum des Mantels, den Reynolds immer trug, kam in Sicht, und dann kam er selbst die Treppe herunter – mit frisch gewaschenem Gesicht und seinem roten Lockenhaar, das ihm über die Ohren hing. Bildete sich viel auf sein gutes Aussehen ein, der liebe alte Mr. Reynolds, und warum auch nicht? Er hatte seinen Schwanz auf Erkundung in mehr feuchte und warme Spalten hineingeschoben, als Jonas je in seinem Leben gesehen hatte, und dabei war Jonas doppelt so alt.

Am unteren Ende der Treppe angelangt, ging Reynolds an der Bar entlang, blieb kurz stehen, um einen plumpen Oberschenkel von Pettie zu drücken, und kam dann herüber zu dem Tisch, wo Jonas mit seinem Gewinn und seinem Kartenspiel saß.

»Abend, Eldred.«

»Morgen, Clay.« Jonas machte den Beutel auf, holte ein Blättchen heraus und krümelte Tabak darauf. Seine Stimme zitterte, aber seine Hände waren ruhig. »Möchtest du eine mitrauchen?«

»Könnte eine vertragen.«

Reynolds zog einen Stuhl heran, drehte ihn um, setzte sich und verschränkte die Arme auf der Lehne. Als Jonas ihm die Zigarette gab, ließ Reynolds sie über die Finger tanzen, ein alter Revolvermanntrick. Die Großen Sargjäger kannten eine Menge alte Revolvermanntricks.

»Wo ist Roy? Bei Ihrer Hochtrabendheit?« Sie waren etwas über einen Monat in Hambry, und in dieser Zeit hatte Depape eine Leidenschaft für eine fünfzehnjährige Hure namens Deborah entwickelt. Ihr O-beiniger, stapfender Gang und ihre Art, mit zusammengekniffenen Augen in die Ferne zu schauen, weckten in Jonas den Verdacht, daß sie ein Cowgirl aus einer langen Reihe von Cowgirls war, aber sie hatte eine hochnäsige Art. Clay hatte angefangen, das Mädchen Ihre Hochtrabendheit zu nennen, Ihre Majestät oder manchmal (betrunken) »Roys Krönungsfotze«.

Jetzt nickte Reynolds. »Es ist, als wäre er berauscht von ihr.«

»Der kommt schon wieder zu sich. Er wird uns nicht auffliegen lassen wegen einem kleinen Betthäschen mit Pickeln auf den Titten. Mann, die ist so dumm, daß sie Katze nicht buchstabieren kann. Nicht einmal Katze, nein. Ich hab sie gefragt.«

Jonas drehte eine zweite Zigarette, holte ein Schwefelholz aus dem Beutel und riß es mit dem Daumennagel an. Er zündete zuerst Reynolds' Zigarette an, dann seine.

Ein kleiner gelber Köter kam unter der Flügeltür herein. Die Männer beobachteten ihn schweigend und rauchend. Er durchquerte den Raum, schnupperte zuerst an der geronnenen Kotze in der Ecke und machte sich danach daran, sie zu fressen. Sein Stummelschwanz wedelte hin und her, während er speiste.

Reynolds nickte zu dem Sinnspruch, nicht mit den Karten zu hadern, die einem ausgeteilt wurden. »Ich würde sagen, diese Töle da würde das verstehen.«

»Ganz und gar nicht, ganz und gar nicht«, widersprach Jonas. »Nur ein Hund, mehr ist er nicht, ein Hund, der Erbrochenes frißt. Ich hab vor zwanzig Minuten ein Pferd gehört. Zuerst kommen, dann gehen. Könnte es eine unserer angeheuerten Wachen gewesen sein?«

»Dir entgeht gar nichts, was?«

»Verlaß dich nicht drauf, nein, verlaß dich nicht drauf. War es so?«

»Jawoll. Ein Bursche, der für einen der kleinen Landpächter am östlichen Ende der Schräge arbeitet. Er hat sie kommen seh'n. Drei. Jung. Babys.« Reynolds sprach das letzte Wort aus wie in den Nördlichen Baronien: *Babbys*. »Kein Grund zur Sorge.«

»Sachte, sachte, das wissen wir nicht«, sagte Jonas, der sich aufgrund seiner zitternden Stimme anhörte wie ein willfähriger alter Mann. »Junge Augen sehen weit, sagt man.«

»Junge Augen sehen das, was man ihnen zeigt«, entgegnete Reynolds. Der Hund lief an ihnen vorbei und leckte sich die Lefzen. Reynolds verabschiedete ihn mit einem Tritt, und der Köter war nicht schnell genug, ihm auszuweichen. Er rannte unter der Flügeltür durch und stieß dabei kläffende Laute aus, bei denen Barkie hinter seinem Klavier heftig schnarchte. Er öffnete seine Hand, und die Spielkarte fiel heraus.

»Vielleicht, vielleicht auch nicht«, sagte Jonas. »Wie auch immer, sie sind Bälger des Bundes, Söhne von den großen Anwesen im Grünen Irgendwo, wenn Rimer und dieser Narr, für den er arbeitet, es richtig mitbekommen haben. Das bedeutet, wir werden sehr, sehr vorsichtig sein. Behutsam auftreten, wie auf Eierschalen. Wir sind noch mindestens drei Monate hier! Und diese jungen Spunde könnten die ganze Zeit hier sein, dies zählen und das zählen und alles zu Papier bringen. Leute, die Inventur machen, sind im Augenblick nicht gut für uns. Nicht für Männer, die in der Nachschubbranche tätig sind.«

»Komm schon, das ist eine Strafarbeit, mehr nicht – ein Schlag auf die Finger, weil sie Ärger gemacht haben. Ihre Daddys –«

»Ihre Daddys wissen, daß Farson mittlerweile den gesamten Südwestlichen Rand kontrolliert und fest im Sattel sitzt. Diese Bengel wissen es vielleicht auch – daß die Zeit des Bundes mit seinem Adelsgesindel so gut wie abgelaufen ist. Man kann nie wissen, Clay. Bei solchen Leuten kann man nie sagen, welche Richtung sie einschlagen. Im günstigsten Fall versuchen sie, eine halbwegs anständige Arbeit zu leisten, nur um sich wieder gut mit ihren Eltern zu stellen. Wir werden es besser wissen, wenn wir sie sehen, aber eines will ich dir sagen: Wir können ihnen nicht einfach die Revolver an den Hinterkopf halten und sie abknallen wie ein Pferd mit einem gebrochenen Bein, wenn sie etwas sehen, das sie nicht sehen sollen. Ihre Daddys mögen wütend auf sie sein, solange sie leben, aber ich denke, wenn sie tot sind, wäre alles vergeben und vergessen – so sind Daddys nun mal. Wir sollten vorsichtig sein, Clay; so vorsichtig, wie wir nur können.«

»Dann sollten wir Depape lieber raushalten.«

»Roy kommt schon klar«, sagte Jonas mit seiner zitternden Stimme. Er warf die Kippe seiner Zigarette auf den Boden und trat sie mit dem Absatz aus. Dann sah er dem Wildfang in die Glasaugen und kniff die Augen zusammen, als würde er rechnen. »Heute nacht, hat dein Freund gesagt? Sie sind heute nacht angekommen, diese Bengel?«

»Jawoll.«

»Dann, schätze ich, werden sie morgen Avery ihren Besuch abstatten.« Gemeint war Herk Avery, der Hohe Sheriff von Mejis und Chief Constable von Hambry, ein großer Mann, der so locker war wie ein Bündel Wäsche.

»Denk' ich auch«, sagte Clay Reynolds. »Um ihre Papiere zu präsentieren und alles.«

»Ja, Sir, ja, wahrhaftig. Wie geht's Ihnen, wie geht's Ihnen, und noch mal wie geht's Ihnen?«

Reynolds sagte nichts. Er verstand Jonas häufig nicht, aber er ritt seit seinem fünfzehnten Lebensjahr mit ihm und wußte, für gewöhnlich war es besser, nicht nach einer Erklärung zu fragen. Tat man es doch, bekam man meistens einen Manni-Kult-Vortrag über die anderen Welten zu hören, die der alte Geier durch, wie er sich ausdrückte, »spezielle Türen« besucht hatte. Soweit es Reynolds betraf, gab es genug normale Türen auf der Welt, um ihn beschäftigt zu halten.

»Ich spreche mit Rimer, und Rimer wird mit dem Sheriff darüber reden, wo sie untergebracht werden sollen«, sagte Jonas. »Ich denke an das Schlafhaus in der alten Bar-K-Ranch. Weißt du, wo ich meine?«

Reynolds wußte es. In einer Baronie wie Mejis lernte man die wenigen Orientierungspunkte schnell. Die Bar K war ein menschenleerer Landstrich nordwestlich der Stadt, nicht zu weit von diesem unheimlichen heulenden Canyon entfernt. In jedem Herbst entfachten sie ein Feuer am Anfang des Canyons, und einmal, vor sechs oder sieben Jahren, hatte sich der Wind gedreht und in die falsche Richtung zurückgeweht und den größten Teil von Bar K niedergebrannt – Schuppen, Stallungen und das Haupthaus. Aber das Schlafhaus war verschont geblieben, und es war ein guter Platz für drei Muttersöhnchen aus den Inneren. Es lag fern von der Schräge; es lag auch fern von dem Ölfeld.

»Gefällt dir, was?« fragte Jonas mit einem übertriebenen Hambry-Akzent. »Ay, das gefällt dir sehr, sieht man dir an, Lockenkopf. Weißt du, was sie in Cressia sagen? ›Wenn du das Tafelsilber aus dem Eßzimmer stehlen willst, sperr zuerst den Hund in die Vorratskammer.‹«

Reynolds nickte. Das war ein guter Rat. »Und diese Lastwagen? Diese wie-nennst-du-sie-noch, Tankwagen?«

»Sind gut aufgehoben da, wo sie sind«, sagte Jonas. »Nicht, daß wir sie bewegen könnten, ohne die falsche Art von Aufmerksamkeit auf uns zu lenken, hm? Du und Roy, ihr solltet rausgehen und sie mit Zweigen abdecken. Schön dicht und dick drauflegen. Das macht ihr übermorgen.«

»Und wo wirst du sein, während wir draußen bei Citgo unsere Muskeln spielen lassen?«

»Tagsüber? Mich auf das Dinner im Haus des Bürgermeisters vorbereiten, du Holzkopf – das Dinner, das Thorin geben wird, um seiner popeligen kleinen Gesellschaft seine Gäste aus der großen Welt vorzustellen.« Jonas drehte eine neue Zigarette. Dabei richtete er seinen Blick auf den Wildfang, nicht darauf, was er machte, und verschüttete trotzdem kaum ein Krümelchen Tabak. »Ein Bad, eine Rasur, ein Schnitt für diese verfilzten Altmännerlocken ... Vielleicht wichse ich mir sogar den Bart, Clay, was würdest du dazu sagen?«

»Brich dir keinen ab, Eldred.«

Jonas lachte so schrill, daß Barkie murmelte und Pettie sich unbehaglich auf ihrem behelfsmäßigen Bett auf der Bar räkelte.

»Also werden Roy und ich nicht zu dieser schicken Party eingeladen.«

»Ihr werdet eingeladen werden, o doch, ihr werdet außerordentlich herzlich eingeladen werden«, sagte Jonas und reichte Reynolds die frische Zigarette. Er drehte eine weitere für sich selbst. »Ich werde eure Entschuldigung überbringen. Ich werde euch Jungs keine Schande machen, verlaßt euch auf mich. Gestandene Männer werden weinen.«

»Und alles nur, damit wir den Tag da draußen in Staub und Gestank verbringen und diese Hüllen abdecken können. Du bist zu gütig, Jonas.«

»Ich werde auch Fragen stellen«, sagte Jonas verträumt. »Ich werde hierhin und dorthin schlendern, geschniegelt aussehen, nach Myrte durften… und meine kleinen Fragen stellen. Ich habe Leute in unserer Branche kennengelernt, die zu einem dicken, gutmütigen Kerl gehen, um den Klatsch zu erfahren – einem Saloonbesitzer oder Barkeeper, möglicherweise einem Mietstallbesitzer oder einem dieser pausbäckigen Burschen, die immer vor dem Gefängnis oder dem Gerichtsgebäude herumhängen und die Daumen in die Westentaschen einhaken. Was mich selbst betrifft, Clay, ich finde immer, daß eine Frau die beste Quelle ist, und je dünner, desto besser – eine, bei der die Nase weiter absteht als die Titten. Ich suche nach einer, die sich nicht die Lippen anmalt und das Haar streng am Kopf anliegen hat.«

»Schwebt dir schon jemand vor?«

»Jaaa. Cordelia Delgado ist ihr Name.«

»Delgado?«

»Du kennst den Namen, ich schätze, derzeit reden sie in der ganzen Stadt über nichts anderes. Susan Delgado, die zukünftige Mätresse unseres geschätzten Bürgermeisters. Cordelia ist ihre Tante. Und nun eine Erkenntnis über die menschliche Rasse, die ich herausgefunden habe: Die Leute reden lieber mit jemandem wie ihr, der sie kurzhält, als mit den ortsansässigen jovialen Typen, die sie zu einem Drink einladen. Und diese Lady hält sie kurz. Ich werde mich beim Essen neben sie setzen, ich werde ihr ein Kompliment wegen ihres Parfüms machen, das sie zweifellos nicht auflegen wird, und ich werde dafür sorgen, daß ihr Weinglas immer voll ist. Hört sich das nach einem guten Plan an?«

»Einem Plan wofür? Das möchte ich gern wissen.«

»Für die Partie Schloß, die wir möglicherweise spielen müssen«, sagte Jonas, und da verschwand jegliche Heiterkeit aus seiner Stimme. »Wir sollen glauben, daß diese Jungs mehr zur Strafe hierhergeschickt wurden, als um tatsächlich eine Arbeit zu erledigen. Und das klingt auch plausibel. Ich habe genügend Tunichtgute kennengelernt, und es klingt wahrlich plausibel. Ich glaube es jeden Tag bis drei Uhr morgens, und dann kommen mir kleine Zweifel. Weißt du was, Clay?«

Reynolds schüttelte den Kopf.

»Ich habe *recht*, zu zweifeln. So, wie ich recht hatte, mit Rimer zu dem alten Thorin zu gehen und ihn zu überzeugen, daß Farsons Glaskugel vorläufig bei der Hexenfrau besser aufgehoben wäre. Sie wird sie an einem Ort aufbewahren, wo ein *Revolvermann* sie nicht finden würde, geschweige denn ein naseweiser Bengel, der sein erstes Stück Arsch noch vor sich hat. Es sind seltsame Zeiten. Ein Sturm braut sich zusammen. Und wenn man weiß, daß es windig wird, tut man besser daran, seine Ausrüstung festzuzurren.«

Er betrachtete die Zigarette, die er gedreht hatte. Er hatte sie über die Knöchel tanzen lassen, wie Reynolds zuvor. Jonas schob sein Haar zurück und steckte sich die Zigarette hinter das Ohr.

»Ich will jetzt nicht rauchen«, sagte er, stand auf und streckte sich. Sein Rücken knackte leise. »Ich muß verrückt sein, um diese Zeit zu rauchen. Zu viele Zigaretten werden einen alten Mann wie mich wach halten.«

Er ging zur Treppe und kniff Pettie unterwegs in ihr bloßes Bein, wie es Reynolds zuvor getan hatte. Am Fuß der Treppe drehte er sich um.

»Ich will sie nicht töten. Die Lage ist auch so kompliziert genug. Ich werde ein bißchen riechen, was mit ihnen nicht stimmt, und keinen Finger rühren, nein, keinen einzigen Finger meiner Hand. Aber … ich möchte ihnen ihren Platz im großen Plan des Lebens klarmachen.«

»Ihnen eins auf die Finger geben.«

Jonas strahlte. »Ja, Sir, Partner, vielleicht möchte ich ihnen nur eins auf die Finger geben. Damit sie es sich späterhin zweimal überlegen, ob sie sich mit den Großen Sargjägern anlegen wollen, wenn es darauf ankommt. So, daß sie einen großen Bogen um uns machen, wenn sie uns auf der Straße sehen. Ja, Sir, darüber sollte man nachdenken. Das sollte man wirklich.«

Er ging die Treppe hinauf, kicherte ein wenig, und sein Hinken war deutlich zu sehen – spät nachts wurde es schlimmer. Es war ein Hinken, das Cort, Rolands alter Lehrmeister, möglicherweise erkannt haben würde, denn Cort hatte den Schlag gesehen, der es verursachte. Corts eigener Vater hatte ihn mit einem Schläger aus Eisenholz ausgeteilt und Eldred Jonas' Bein im Garten hinter der Großen Halle von Gilead gebrochen, bevor er dem Jungen seine Waffe abgenommen und ihn, ohne Revolver, nach Westen geschickt hatte, in die Verbannung.

Mit der Zeit hatte der Mann, zu dem der Junge herangewachsen war, natürlich einen Revolver gefunden; Verbannte fanden stets Revolver, wenn sie lange genug suchten. Daß solche Waffen niemals dasselbe sein konnten wie die großen mit den Sandelholzgriffen, quälte sie möglicherweise für den Rest ihres Lebens, aber wer eine Schußwaffe suchte, konnte sie immer noch finden, selbst in dieser Welt.

Reynolds sah ihm nach, bis er außer Sicht war, dann setzte er sich an Coral Thorins Tisch, mischte die Karten und setzte das Spiel fort, das Jonas halbfertig liegengelassen hatte.

Draußen ging die Sonne auf.

Kapitel 5
Willkommen in der Stadt

I

Zwei Nächte, nachdem sie in der Baronie Mejis angekommen waren, ritten Roland, Cuthbert und Alain mit ihren Pferden unter einem Lehmziegelbogen hindurch, auf dem die Worte KOMMET IN FRIEDEN geschrieben standen. Dahinter lag ein kopfsteingepflasterter, von Fackeln beleuchteter Innenhof. Das Harz, mit dem die Fackeln überzogen waren, hatte man irgendwie bearbeitet, so daß sie in verschiedenen Farben flackerten: Grün, Orangerot und einer Art von sprühendem Rosa, bei dem Roland an ein Feuerwerk denken mußte. Er konnte den Klang von Gitarren hören, das Murmeln von Stimmen, das Gelächter von Frauen. Die Luft roch nach den Düften, die ihn stets an Mejis erinnern sollten: Meersalz, Öl und Kiefern.

»Ich weiß nicht, ob ich das kann«, murmelte Alain. Er war ein großer Junge mit einem störrischen blonden Haarschopf, der unter seinem Viehzüchterhut hervorquoll. Er hatte sich in Schale geworfen – wie sie alle –, aber Alain, der schon unter günstigsten Bedingungen nicht eben ein Salonlöwe war, schien Todesängste auszustehen. Cuthbert hielt sich besser, aber Roland vermutete, daß die Patina der Sorglosigkeit nicht sehr tief reichte. Wenn hier ein Anführer vonnöten war, dann würde er selbst es sein müssen.

»Du wirst das prima machen«, sagte er zu Alain. »Nur –«

»Oh, er sieht *prima* aus«, sagte Cuthbert mit einem nervösen Lachen, als sie den Innenhof überquerten. Auf der anderen Seite lag das Haus des Bürgermeisters, eine geräumige Lehmziegelhacienda mit zahlreichen Flügeln, aus der Licht und Gelächter zu allen Fenstern herauszudringen schienen. »Weiß wie ein Laken, häßlich wie ein –«

»Sei still«, sagte Roland brüsk, und das spöttische Lächeln verschwand sofort von Cuthberts Gesicht. Roland nahm es zur

Kenntnis, dann drehte er sich wieder zu Alain um. »Trink nur nichts mit Alkohol. Du weißt, was du in dem Fall sagen sollst. Und vergiß nicht den Rest unserer Geschichte. Lächle. Sei liebenswürdig. Zieh alle Register gesellschaftlicher Umgangsformen, die du hast. Vergiß nicht, wie sich der Sheriff förmlich überschlagen hat, damit wir uns hier willkommen fühlen.«

Darauf nickte Alain und sah ein klein wenig selbstsicherer drein.

»Was die Register gesellschaftlicher Umgangsformen betrifft«, sagte Cuthbert, »werden sie selbst nicht viele haben, daher dürften wir ihnen einen Schritt voraus sein.«

Roland nickte, dann sah er, daß sich der Vogelschädel wieder an Cuthberts Sattelknauf befand. »Und schaff das Ding weg!«

Cuthbert verstaute den »Wachtposten« hastig und schuldbewußt in seiner Satteltasche. Zwei Männer in weißen Jacketts, weißen Hosen und weißen Sandalen kamen näher, verbeugten sich und lächelten.

»Behaltet einen klaren Kopf«, sagte Roland mit gedämpfter Stimme. »Alle beide. Vergeßt nicht, weshalb ihr hier seid. Und vergeßt die Gesichter eurer Väter nicht.« Er gab Alain, der immer noch zweifelnd dreinschaute, einen Klaps auf die Schulter. Dann drehte er sich zu den Stallknechten um. »Guten Abend, meine Herren«, sagte er. »Mögen Eure Tage auf Erden lang sein.«

Sie grinsten beide, so daß ihre Zähne in dem extravaganten Licht der Fackeln blitzten. Der ältere verbeugte sich. »Und Eure ebenfalls, junge Herren. Willkommen im Haus des Bürgermeisters.«

2

Der Hohe Sheriff hatte sie tags zuvor ebenso freundlich begrüßt wie die Stallknechte.

Bisher hatten *alle* sie freundlich begrüßt, sogar die Fuhrunternehmer, an denen sie auf dem Weg in die Stadt vorbeigekommen waren, und das allein machte Roland argwöhnisch und wachsam. Er sagte sich, daß er sich wahrscheinlich albern benahm – *natürlich* waren die Einheimischen freundlich und hilfreich, darum waren sie hierhergeschickt worden, weil Mejis sowohl abgelegen war als auch dem Bund freundschaftlich gegenüberstand –, und es *war* wahrscheinlich albern, dennoch fand er, konnte es nicht schaden, auf der Hut zu sein. Etwas nervös zu sein. Schließlich waren sie drei kaum mehr als Kinder, und wenn sie hier Ärger bekamen, dann höchstwahrscheinlich deshalb, weil sie alles so nahmen, wie es sich gab.

Das Büro des Sheriffs und das Baroniegefängnis lagen in der Hill Street über der Bucht. Roland wußte es nicht mit Bestimmtheit, dachte aber, daß nur wenige verkaterte Betrunkene und Männer, die ihre Frauen verprügelten, irgendwo in Mittwelt mit einer derart malerischen Aussicht aufwachten: eine Reihe bunter Bootshäuser im Süden, direkt unterhalb die Piers, wo Jungs und alte Männer mit Angelruten fischten, während die Frauen Netze und Segel flickten; dahinter die winzige Flotte von Hambry, die auf dem funkelnden blauen Wasser der Bucht kreuzte, am Morgen die Netze auswarf und sie am Nachmittag einholte.

Die meisten Gebäude in der High Street waren aus Lehmziegeln, aber hier oben, über dem Geschäftsviertel von Hambry, sah man so klotzige Backsteinhäuser wie in den schmalen Straßen von Gileads altem Viertel. Und gepflegt, mit schmiedeeisernen Gittern vor den meisten Häusern, und von Bäumen überschattete Wege. Die Dächer waren mit orangeroten Ziegeln gedeckt, die Jalousien wegen der Sommersonne heruntergelassen. Als sie durch diese Straßen ritten, wo die Hufe ihrer Pferde auf dem gefegten Kopfsteinpflaster klapperten, konnten sie kaum glauben, daß die nordwestliche Flanke des Bundes – das uralte Land Eld, Arthurs Königreich – brannte und kurz vor dem Fall stand.

Das Gefängnis war eine größere Version des Postamts und des Grundstücksamts; eine kleinere Version der Stadthalle. Abgesehen natürlich von den Gittern an den Fenstern über dem kleinen Hafen.

Sheriff Herk Avery war ein Mann mit dickem Bauch in der Khakiuniform eines Gesetzeshüters. Er mußte sie durch das Guckloch im Zentrum der eisenbeschlagenen Gefängnistür beobachtet haben, als sie näher kamen, denn die Tür wurde aufgerissen, noch ehe Roland überhaupt nach der Glocke in der

Mitte greifen konnte. Sheriff Avery erschien auf der Schwelle, und sein Bauch eilte ihm voraus wie ein Gerichtsdiener dem Hohen Richter in den Gerichtssaal. Er breitete die Arme zu einem überaus herzlichen Willkommensgruß aus.

Er verbeugte sich tief vor ihnen (Cuthbert sagte später, er habe befürchtet, der Mann könnte das Gleichgewicht verlieren und die Stufen herunterrollen; möglicherweise den ganzen Weg bis zum Hafen hinunter), wünschte ihnen wiederholt einen guten Morgen und klopfte sich derweil die ganze Zeit wie ein Irrer auf das Brustbein. Sein Lächeln war so breit, daß es aussah, als würde es seinen Kopf in zwei Teile spalten. Drei Deputies, die eindeutig das Aussehen von Farmern hatten, aber wie der Sheriff Khaki trugen, drängten sich hinter Avery an der Tür und gafften. Genau darum handelte es sich, um ein Gaffen; es gab einfach kein anderes Wort für diese Art von unverhohlen neugierigem und vollkommen unbefangenem Blick.

Avery schüttelte jedem Jungen die Hand, während er sich weiter verbeugte, und nichts, was Roland sagte, brachte ihn dazu, damit aufzuhören. Als er endlich mit der Begrüßung fertig war, führte er sie ins Innere. Trotz der glutheißen Sommersonne war es in dem Büro angenehm kühl. Das war natürlich der Vorteil von Backsteinen. Außerdem war es groß – größer als jedes Büro eines Hohen Sheriffs, das Roland je gesehen hatte, und im Lauf der vergangenen drei Jahre war er in mindestens dreien gewesen, als er seinen Vater auf mehreren kurzen Ausflügen und einer längeren Patrouille begleitet hatte.

In der Mitte stand ein Rollpult, rechts von der Tür befand sich ein Schwarzes Brett (dieselben Blätter Propatriapapier waren immer und immer wieder beschrieben worden; Papier war ein seltenes Gut in Mittwelt), und in der Ecke gegenüber zwei Gewehre in einem Ständer mit Vorhängeschloß. Es handelte sich um so alte Schießprügel, daß sich Roland fragte, ob es überhaupt noch Munition dafür gab. Und er fragte sich, ob sie überhaupt schießen würden. Links von dem Gewehrständer führte eine offene Tür in den Gefängnisbereich – drei Zellen auf jeder Seite eines kurzen Gangs, aus denen ein starker Geruch von Seifenlauge drang.

Sie haben geputzt, weil wir kommen, dachte Roland. Er war amüsiert, gerührt und nervös. *Geputzt, als wären wir ein Trupp Kaval-*

leriesoldaten der Inneren Baronien, die zu einer gründlichen Inspektion gekommen sind, anstatt drei Jungs, die ihre Strafe abbüßen müssen.

Aber war diese Art von nervöser Sorgfalt seitens ihrer Gastgeber wirklich so seltsam? Immerhin stammten sie aus Neu-Kanaan, und die Leute in dieser entlegenen Ecke der Welt betrachteten sie vielleicht wirklich als eine Abordnung königlichen Geblüts.

Sheriff Avery stellte seine Deputies vor. Roland schüttelte allen die Hände und versuchte nicht, sich die Namen einzuprägen. Cuthbert kümmerte sich um die Namen, und es kam selten vor, daß er einmal einen vergaß. Der dritte, ein kahler Bursche, der ein Monokel an einem Band um den Hals hängen hatte, ließ sich sogar vor ihnen auf ein Knie nieder.

»Laß das sein, du großer Idiot!« schrie Avery und riß ihn am Kragen wieder hoch. »Für was für einen Hinterwäldler werden sie dich jetzt halten? Außerdem hast du sie in Verlegenheit gebracht, das hast du!«

»Schon gut«, sagte Roland (er war tatsächlich sehr verlegen, auch wenn er versuchte, es sich nicht anmerken zu lassen). »Wissen Sie, wir sind wirklich nichts Besonderes –«

»Nichts Besonderes!« sagte Avery lachend. Sein Bauch, bemerkte Roland, schwabbelte nicht, wie man erwarten sollte; er war fester, als er aussah. Dasselbe galt vielleicht für seinen Besitzer. »Nichts Besonderes, sagt er! Da kommen sie fünfhundert Meilen oder mehr von der Innerwelt, unsere ersten offiziellen Besucher aus dem Bund, seit ein Revolvermann vor vier Jahren auf der Großen Straße durchgekommen ist, und er sagt, sie sind nichts Besonderes! Möchtet ihr euch setzen, meine Jungs? Ich habe *Graf*, das ihr so früh am Tag vielleicht nicht wollt – vielleicht überhaupt nicht, wenn man euer Alter bedenkt (und wenn ihr mir vergeben wollt, daß ich so unverblümt die Tatsache eurer Jugend anspreche, denn Jugend ist nichts, dessen man sich schämen müßte, das ist es nicht, wir waren alle einmal jung), und ich habe ebenfalls weißen Eistee, den ich wärmstens empfehlen möchte, da Daves Frau ihn gemacht hat, die ein gutes Händchen für fast jedes Getränk besitzt.«

Roland sah Cuthbert und Alain an, die nickten und lächelten (und versuchten, nicht völlig verwirrt auszusehen), dann wieder Sheriff Avery. Weißer Tee wäre ein Labsal für durstige Kehlen, sagte er.

Einer der Deputies ging den Tee holen, Stühle wurden herbeigerückt und in einer Reihe auf der Seite von Sheriff Averys Rollpult aufgestellt, dann konnte das Geschäft des Tages beginnen.

»Ihr wißt, wer ihr seid und woher ihr kommt, und ich weiß es auch«, sagte Sheriff Avery und setzte sich auf seinen Stuhl (der ein klägliches Ächzen unter dem Gewicht von sich gab, aber hielt). »Ich kann Innerwelt in euren Stimmen hören, aber wichtiger noch, ich sehe sie in euren Gesichtern.

Aber wir hier in Hambry halten uns an die alten Weisen, so verschlafen und ländlich es hier auch sein mag; ay, wir halten uns an unseren Kurs und erinnern uns der Gesichter unserer Väter, so gut wir können. Obzwar ich euch nicht lange von euren Pflichten abhalten möchte, und wenn ihr mir die Anmaßung verzeihen wollt, würde ich darum gerne irgendwelche Papiere und Reisedokumente sehen, die ihr zufällig mit in die Stadt gebracht habt.«

Sie hatten »zufällig« *alle* ihre Papiere mit in die Stadt gebracht, und Roland war sicher, daß Sheriff Avery das genau gewußt hatte. Er studierte sie ziemlich lange dafür, daß er versprochen hatte, sie nicht von ihren Pflichten abzuhalten, folgte den Zeilen der ordentlich zusammengelegten Blätter (deren Leinengehalt so hoch war, daß die Dokumente wahrscheinlich mehr aus Stoff als aus Papier bestanden) mit einem feisten Finger und bewegte die Lippen dabei. Ab und zu rückte der Finger zurück, wenn Avery eine Zeile zweimal las. Die beiden anderen Deputies standen hinter ihm und sahen ihm weise über die breiten Schultern. Roland fragte sich, ob einer von ihnen tatsächlich lesen konnte.

William Dearborn. Sohn eines Viehtreibers.

Richard Stockworth. Sohn eines Ranchers.

Arthur Heath. Sohn eines Viehzüchters.

Jedes persönliche Dokument war von einem Notar beglaubigt – James Reed (aus Hemphill) im Falle von Dearborn, Piet Ravenhead (aus Pennilton) im Falle Stockworth, Lucas Rivers (aus Gilead) im Falle von Heath. Alles in Ordnung, Beschreibungen gut abgestimmt. Die Dokumente wurden mit verschwenderischem Dank zurückgegeben. Danach überreichte Roland Avery einen

Brief, den er behutsam aus seiner Aktentasche nahm. Avery behandelte ihn mit derselben Behutsamkeit, und seine Augen wurden groß, als er das Siegel am unteren Rand sah. »Bei meiner Seele, Jungs! 's war ein Revolvermann, der das geschrieben hat!«

»Ay, so ist es«, stimmte Cuthbert mit verwunderter Stimme zu. Roland trat ihm – fest – gegen den Knöchel, ohne den respektvollen Blick von Averys Gesicht abzuwenden.

Der Brief über dem Siegel stammte von einem gewissen Steven Deschain aus Gilead, einem Revolvermann (was bedeutete, ein Ritter, Edelmann, Friedensstifter und Baron ... wobei der letzte Titel in der modernen Zeit trotz John Farsons Polemik fast keine Bedeutung mehr hatte) der neunundzwanzigsten Generation in direkter Abstammung von Arthur von Eld, freilich von einer Nebenlinie (mit anderen Worten, der entfernte Nachfahre einer von Arthurs zahlreichen Mätressen). Er übermittelte Grüße an Bürgermeister Hartwell Thorin, Kanzler Kimba Rimer und den Hohen Sheriff Herkimer Avery und empfahl die drei jungen Männer, welche dieses Dokument überbrachten, die Junker Dearborn, Stockworth und Heath, ihrer besonderen Aufmerksamkeit. Diese seien vom Bund auf eine besondere Mission gesandt worden, um eine Inventur aller Materialien durchzuführen, welche dem Bund in Zeiten der Not hilfreich sein konnten (das Wort Krieg stand nicht in dem Dokument, erstrahlte aber zwischen allen Zeilen). Steven Deschain bat die Herren Thorin, Rimer und Avery im Namen des Bundes der Baronien, den ernannten Schätzern des Bundes in jeder Hinsicht zu Diensten zu sein, besondere Sorgfalt aber auf die Inventur von Vieh, Nahrungsmittelvorräten und jede Form von Transportmitteln zu verwenden. Dearborn, Stockworth und Heath würden sich mindestens drei Monate in Mejis aufhalten, schrieb Deschain, möglicherweise sogar ein ganzes Jahr. Das Dokument endete mit der Aufforderung, »schriftliche Meldung über diese jungen Männer und ihre Arbeit zu übersenden, und zwar in allen Einzelheiten, die Eurer Ansicht nach für uns von Interesse sind«. Und mit der Bitte: »Bitte seid in dieser Hinsicht nicht nachlässig, wenn Ihr uns gewogen seid.«

Mit anderen Worten, laßt uns wissen, ob sie sich benehmen. Laßt uns wissen, ob sie ihre Lektion gelernt haben.

Der Deputy mit dem Monokel kam zurück, während der Hohe Sheriff das Dokument studierte. Er trug ein Tablett mit vier Gläsern weißen Tees herein und bückte sich damit wie ein Butler. Roland murmelte ein Dankeschön und reichte die Gläser herum. Das letzte nahm er für sich, führte es an die Lippen und merkte, daß Alain ihn mit leuchtendblauen Augen in dem gleichmütigen Gesicht ansah.

Alain schüttelte das Glas ein wenig – gerade genug, daß das Eis klirrte –, und Roland antwortete mit einem fast unmerklichen Nicken. Er hatte kühlen Tee aus einem Krug erwartet, der in einem angrenzenden Brunnenhaus aufbewahrt wurde, aber es schwammen tatsächlich Eiswürfel in den Gläsern. Eis im Hochsommer. Das war interessant.

Und der Tee war, wie versprochen, köstlich.

Avery las den Brief zu Ende und reichte ihn Roland zurück wie jemand, der eine heilige Reliquie weiterreicht. »Ihr solltet das sicher an Eurer Person tragen, Will Dearborn – ay, wahrlich sehr sicher!«

»Ja, Sir.« Er steckte Brief und Ausweis wieder in die Tasche. Seine Freunde »Richard« und »Arthur« folgten seinem Beispiel.

»Das ist ein vorzüglicher weißer Tee, Sir«, sagte Alain. »Ich habe nie einen besseren getrunken.«

»Ay«, sagte Avery und nippte an seinem eigenen Glas. »'s ist der Honig, der ihn so köstlich macht. Hm, Dave?«

Der Deputy mit dem Monokel, der am Schwarzen Brett stand, lächelte. »Ich glaube, ja, aber Judy rückt nicht gerne damit heraus. Sie hat das Rezept von ihrer Mutter.«

»Ay, wir dürfen auch die Gesichter unserer Mütter nicht vergessen, das dürfen wir nicht.« Sheriff Avery sah einen Moment sentimental drein, aber Roland hatte eine Ahnung, als läge dem großen Mann im Augenblick nichts ferner als seine Mutter. Er drehte sich zu Alain um, und der sentimentale Ausdruck wich einer überraschenden Verschlagenheit.

»Ihr wundert Euch über das Eis, Master Stockworth?«

Alain zuckte zusammen. »Nun, ich …«

»Ihr habt eine derartige Annehmlichkeit in einem Kaff wie Hambry nicht erwartet, möchte ich wetten«, sagte Avery, und obwohl seine Stimme oberflächlich fröhlich klang, glaubte Roland, einen völlig anderen Unterton darunter zu hören.

Er mag uns nicht. Er mag unser für ihn »städtisches Gebaren« nicht. Er kennt uns noch nicht lange genug, um zu wissen, was für ein Gebaren wir haben, wenn überhaupt, und schon mißfällt es ihm. Er hält uns für ein Trio von Rotznasen, die ihn und alle anderen hier als Landeier betrachten.

»Nicht nur in Hambry«, sagte Alain ruhig. »Eis ist im Inneren Bogen heutzutage so selten wie überall, Sheriff Avery. Als ich aufwuchs, bekam ich es zumeist als besondere Leckerei bei Geburtstagspartys und dergleichen.«

»Es gab immer Eis am Glühtag«, warf Cuthbert ein. Er sagte es mit un-Cuthbertscher Zurückhaltung. »Abgesehen vom Feuerwerk hat uns das immer am besten gefallen.«

»Ist das so, ist das so«, sagte Sheriff Avery in einem erstaunten Die-Wunder-hören-nicht-auf-Tonfall. Avery gefiel vielleicht nicht, daß sie so in die Stadt geritten kamen, es gefiel ihm nicht, daß er, wie er sich vielleicht ausdrücken mochte, den »halben verdammten Vormittag« mit ihnen vergeuden mußte; er mochte ihre Kleidung nicht, ihre schicken Ausweispapiere, ihren Akzent, ihre Jugend. Am wenigsten ihre Jugend. Das alles konnte Roland verstehen, fragte sich aber, ob das alles war. Wenn hier noch etwas anderes vor sich ging, was war es?

»In der Stadthalle gibt es einen gasbetriebenen Kühlschrank und Herd«, sagte Avery. »Beide funktionieren. Draußen, auf dem Citgo-Gelände, gibt es eine Menge Erdgas – das ist das Ölfeld östlich der Stadt. Ich wotte, Ihr seid auf dem Weg hierher daran vorbeigeritten.«

Sie nickten.

»Der Herd ist heutzutage nichts weiter als ein Kuriosum – Geschichtsunterricht für Schulkinder –, aber der Kühlschrank kommt gut zupaß, das tut er.« Avery hielt sein Glas hoch und sah hindurch. »Zumal im Sommer.« Er trank Tee, schmatzte mit den Lippen und lächelte Alain an. »Seht Ihr? Kein Geheimnis.«

»Mich überrascht, daß Ihr keine Verwendung für das Öl gefunden habt«, sagte Roland. »Gibt es keine Generatoren in der Stadt, Sheriff?«

»Ay, vier oder fünf«, sagte Avery. »Der größte draußen auf Francis Lengylls Rocking B Ranch. Und ich kann mich erinnern, wie er noch gelaufen ist. Ein HONDA. Kennt ihr den Namen, Jungs? HONDA?«

»Ich hab ihn ein- oder zweimal gesehen«, sagte Roland, »auf alten motorbetriebenen Fahrrädern.«

»Ay? Wie auch immer, keiner der Generatoren läuft mit dem Öl vom Citgo-Feld. 's ist zu dick. Und teerig, allemal. Wir haben keine Raffinerien hier.«

»Verstehe«, sagte Alain. »Auf jeden Fall ist Eis im Sommer eine Leckerei. Wie auch immer es in das Glas kommt.« Er ließ eines der Stücke in den Mund gleiten und zerbiß es mit den Zähnen.

Avery sah ihn noch einen Moment an, als wollte er sich vergewissern, daß das Thema damit erledigt war, dann richtete er den Blick wieder auf Roland. Sein feistes Gesicht erstrahlte wieder in seinem breiten, wenig vertraueneinflößenden Lächeln.

»Bürgermeister Thorin hat mich gebeten, euch seine besten Wünsche zu übermitteln und sein Bedauern auszudrücken, daß er heute nicht hier sein kann – sehr beschäftigt, unser Lord Bürgermeister, wahrlich sehr beschäftigt. Aber er hat für morgen abend eine Dinnerparty im Haus des Bürgermeisters angesetzt – sieben Uhr für die meisten Leute, acht Uhr für euch junge Herren ... damit ihr einen eindrucksvollen Auftritt habt, schätze ich, wegen der Dramatik. Da ihr wahrscheinlich mehr solcher Partys besucht habt, als ich warme Mahlzeiten gegessen habe, muß ich euresgleichen nicht eigens sagen, daß es am besten wäre, auf die Minute pünktlich einzutreffen.«

»Ist es ein formeller Empfang?« fragte Cuthbert nervös. »Wir haben eine lange Reise hinter uns, fast vierhundert Räder, und haben keine förmliche Kleidung und Schärpen eingepackt, keiner von uns.«

Avery kicherte – diesmal aufrichtiger, fand Roland, wahrscheinlich weil er dachte, daß »Arthur« einen Hauch von Unbildung und Unsicherheit hatte erkennen lassen. »Nayn, junger Herr, Thorin weiß, daß ihr gekommen seid, um zu arbeiten – fast so was wie Cowboys werdet ihr sein! Gebt acht, daß sie euch als nächstes nicht Netze in der Bucht schleppen lassen!«

Aus der Ecke ließ Dave – der Deputy mit dem Monokel – unerwartet Gelächter ertönen. Möglicherweise war es einer dieser Witze, die man nur als Einheimischer verstehen konnte, dachte Roland.

»Tragt eure beste Kleidung, das genügt. Mit Schärpen wird

sowieso auf keinen Fall jemand dasein – so wird das in Hambry nicht gemacht.« Wieder fiel Roland auf, wie dieser Mann ständig lächelnd seine Stadt und seine Baronie herabwürdigte ... und die Verachtung für die Gäste von auswärts, die direkt darunter lag.

»In jedem Fall werdet ihr morgen abend mehr arbeiten als spielen, schätze ich. Hart hat alle bedeutenden Rancher, Viehzüchter und Viehbesitzer aus diesem Teil der Baronie eingeladen ... Nicht, daß es so viele wären, müßt ihr wissen, wo Mejis doch direkt an der Wüste liegt, sobald man von der Schräge nach Westen geht. Aber alle, deren Vorräte und Tiere zu zählen ihr geschickt worden seid, werden anwesend sein, und ich denke, ihr werdet feststellen, daß alle loyale Männer des Bundes sind, die bereitwillig und gerne helfen. Da ist Francis Lengyll von der Rocking B ... John Croydon von der Piano Ranch ... Henry Wertner, der Viehzüchter der Baronie ist, aber auch selbständiger Pferdezüchter ... Hash Renfrew, dem die Lazy Susan gehört, die größte Pferderanch in Mejis (nicht, daß es in den Maßstäben, die ihr Jungs gewohnt seid, etwas Besonderes ist, wotte ich), und andere werden auch da sein. Rimer wird euch vorstellen und euch gewandt in eure Aufgabe einführen.«

Roland nickte und wandte sich an Cuthbert. »Du wirst morgen abend alle Hände voll zu tun haben.«

Cuthbert nickte. »Hab keine Angst, Will, ich werde sie mir alle merken.«

Avery trank wieder von seinem Tee und betrachtete sie über das Glas hinweg mit einem derart falschen schelmischen Ausdruck, daß Roland ganz zappelig wurde.

»Die meisten haben Töchter im heiratsfähigen Alter, die sie mitbringen werden. Ihr Jungs solltet euch umschauen.«

Roland entschied, daß er für einen Vormittag genug Tee und Scheinheiligkeit gehabt hatte. Er nickte, trank sein Glas leer, lächelte (er hoffte, daß es echter aussah, als ihm Averys Lächeln mittlerweile vorkam) und stand auf. Cuthbert und Alain verstanden den Wink mit dem Zaunpfahl und erhoben sich ebenfalls.

»Danke für den Tee und den Empfang«, sagte Roland. »Bitte dankt Bürgermeister Thorin in unserem Namen für seine Freundlichkeit, und teilt ihm mit, daß er uns morgen abend Punkt acht Uhr sehen wird.«

»Ay. Das werde ich.«

Roland wandte sich daraufhin an Dave. Der Wackere war so überrascht, noch einmal angesprochen zu werden, daß er zurückwich und sich fast den Kopf am Schwarzen Brett anstieß. »Und bitte danken Sie Ihrer Frau für den Tee. Er war wunderbar.«

»Das werde ich. Danke-Sai.«

Sie gingen nach draußen, wobei der Hohe Sheriff Avery sie hinaustrieb wie ein gutmütiger, übergewichtiger Hirtenhund.

»Was eure Unterkunft betrifft –«, begann er, als sie die Treppe hinunter und den Bürgersteig entlang gingen. Kaum gelangten sie in die Sonne, fing er an zu schwitzen.

»Oh, beim Henker, ich habe vergessen, danach zu fragen«, sagte Roland und schlug sich mit dem Handballen an die Stirn. »Wir haben unser Lager auf diesem langen Hang aufgeschlagen, jede Menge Pferde bis zur Brandung runter, ich bin sicher, Sie wissen, welche Stelle ich meine –«

»Die Schräge, ja.«

»– aber ohne Erlaubnis, weil wir noch nicht wissen, wen wir fragen müssen.«

»Das müßte John Croydons Land sein, und ich bin sicher, er würde keinen Groll gegen euch hegen, aber wir haben etwas Besseres für euch im Auge. Es gibt eine Ranch nordwestlich von hier, die Bar K. Gehörte der Familie Garber, aber die haben sie nach einem Brand aufgegeben und sind weitergezogen. Jetzt gehört sie dem Verband der Pferdezüchter – das ist eine kleine örtliche Gruppe von Farmern und Ranchern. Ich habe mit Francis Lengyll über euch Burschen gesprochen – er ist derzeit der Vorsitzende des VP –, und er sagte: ›Wir bringen sie in dem alten Garber-Haus unter, warum nicht?‹«

»Warum nicht?« stimmte Cuthbert mit sanfter, bedächtiger Stimme zu. Roland warf ihm einen scharfen Blick zu, aber Cuthbert sah zum Hafen, wo die kleinen Fischerboote hin und her schossen wie Wasserläufer.

»Ay, genau das habe ich auch gesagt: ›Warum eigentlich nicht?‹ hab ich gesagt. Das Haupthaus ist abgebrannt, aber das Schlafhaus steht noch; ebenso die Stallungen und der Küchenschuppen daneben. Auf Geheiß von Bürgermeister Thorin habe ich mir die Freiheit genommen, die Vorratskammer zu bestücken und das Schlafhaus fegen und etwas aufräumen zu lassen. Ihr werdet vielleicht vereinzelte Käfer sehen, aber nichts, das beißt oder sticht... und keine Schlangen, es sei denn, es sind ein paar unter dem Boden, und wenn ja, dann laßt sie dort bleiben, würde ich sagen. He, Jungs? Laßt sie dort bleiben!«

»Lassen wir sie einfach dort bleiben, direkt unter dem Boden, wo sie glücklich sind«, stimmte Cuthbert zu, der immer noch mit vor der Brust verschränkten Armen zum Hafen hinuntersah.

Avery warf ihm einen kurzen, unsicheren Blick zu, und sein Lächeln flackerte ein wenig an den Mundwinkeln. Dann drehte er sich wieder zu Roland um, und das Lächeln erstrahlte wieder in alter Pracht. »Es sind keine Löcher im Dach, junger Mann, und wenn es regnet, seid ihr im Trockenen. Was haltet ihr davon? Hört sich das gut an?«

»Besser, als wir es verdienen. Ich denke, Sie sind sehr gründlich gewesen, und Bürgermeister Thorin bei weitem zu gütig.« Und das dachte er *wirklich*. Die Frage war, warum? »Aber wir wissen diese Umsicht zu schätzen. Nicht wahr, Jungs?«

Cuthbert und Alain stimmten nachdrücklich zu.

»Und wir nehmen dankend an.«

Avery nickte. »Ich werde es ihm sagen. Reitet wohlbehütet, Jungs.«

Sie hatten den Pferdebalken erreicht. Avery schüttelte wieder reihum Hände, aber diesmal galt den Pferden sein gründlichster Blick.

»Dann bis morgen abend, junge Herren?«

»Morgen abend«, stimmte Roland zu.

»Werdet ihr die Bar K alleine finden, was meint ihr?«

Wieder fiel Roland die unausgesprochene Verachtung und unbewußte Geringschätzung des Mannes auf. Aber vielleicht war es so am besten. Wenn der Hohe Sheriff sie für dumm hielt, wer konnte sagen, welcher Vorteil sich daraus ergeben würde?

»Wir werden sie finden«, sagte Cuthbert und stieg auf. Avery betrachtete den Krähenschädel an Cuthberts Sattelhorn mißtrauisch. Cuthbert sah den Blick, schaffte es aber ausnahmsweise einmal, den Mund zu halten. Roland erstaunte und freute diese unerwartete Zurückhaltung. »Gehabt Euch wohl, Sheriff.«

»Du auch, Junge.«

Er blieb am Geländer stehen, ein großer Mann in einem Khakihemd mit Schweißflecken unter den Armen und schwarzen Stiefeln, die für einen arbeitenden Sheriff zu sehr glänzten. *Und wo ist das Pferd, das ihn tragen könnte, wenn er einen ganzen Tag durch sein Revier reitet?* dachte Roland. *Ich würde zu gern sehen, wie dieses Cayuse-Pferd gebaut ist.*

Avery winkte ihnen, als sie davonritten. Die anderen Deputies traten auf den Bürgersteig, allen voran Deputy Dave. Sie winkten ebenfalls.

3

Kaum waren die Bälger des Bundes auf dem teuren Pferdefleisch ihrer Väter bergab in Richtung High Street um die Ecke verschwunden, hörten der Sheriff und die Deputies auf zu winken. Avery drehte sich zu Dave Hollis um, dessen Ausdruck dümmlicher Ehrfurcht einer nur unwesentlich intelligenteren Miene gewichen war.

»Was denkst du, Dave?«

Dave hob das Monokel zum Mund und knabberte nervös an dessen Messingfassung, eine Gewohnheit, derentwegen Sheriff Avery ihn schon lange nicht mehr aufzog. Was das anging, hatte selbst Daves Frau Judy aufgegeben, und Judy Renfrew – das hieß Judy Wertner – konnte eine ordentliche Maschine sein, wenn es darum ging, ihren Kopf durchzusetzen.

»Weich«, sagte Dave. »So weich wie Eier, die gerade aus einem Hühnerarsch gefallen sind.«

»Möglich«, sagte Avery, hakte die Daumen in den Gürtel und wippte heftig hin und her, »aber derjenige, der am meisten geredet hat, der mit dem flachen Hut, der *denkt* nicht, daß er weich ist.«

»Spielt keine Rolle, was er *denkt*«, sagte Dave, der immer noch an seinem Monokel kaute. »Jetzt ist er in Hambry. Vielleicht muß er seine Denkweise unserer anpassen.«

Hinter ihm lachten die anderen Deputies. Sogar Avery lächelte. Sie würden die reichen Jungs in Ruhe lassen, wenn die reichen Jungs sie in Ruhe ließen – so lauteten die Befehle direkt aus dem Haus des Bürgermeisters –, aber Avery mußte zugeben, daß er nichts dagegen hätte, ihnen eine kleine Abreibung zu verpassen, nichts hätte er dagegen. Es würde ihm gefallen, demjenigen mit dem idiotischen Vogelschädel am Sattelhorn mit dem Stiefel in die Eier zu treten – hatte dagestanden und sich über ihn lustig gemacht, und derweil die ganze Zeit gedacht, daß Herk Avery ein einfältiger Provinzler war und nicht merkte, was er im Schilde führte –, aber am *liebsten* hätte er den überheblichen Ausdruck vom Gesicht des Jungen mit dem flachen Predigerhut geprügelt, um einen heißeren Ausdruck von Angst in seinen Augen zu sehen, wenn Mr. Will Dearborn aus Hemphill begriff, daß Neu-Kanaan weit weg war und sein reicher Vater ihm nicht helfen konnte.

»Ay«, sagte er und schlug Dave auf die Schulter. »Vielleicht wird er seine Denkweise ändern müssen.« Er lächelte – ein gänzlich anderes Lächeln als das, welches er den Schätzern des Bundes gezeigt hatte. »Vielleicht werden sie das alle.«

4

Die drei Jungs ritten in einer Reihe, bis sie am Traveller's Rest vorbei waren (ein junger und offenbar geistig zurückgebliebener Mann mit pechschwarzem Haar, der die gemauerte Veranda schrubbte, schaute auf und winkte ihnen; sie winkten zurück). Dann ritten sie nebeneinander, Roland in der Mitte.

»Was haltet ihr von unserem neuen Freund, dem Hohen Sheriff?« fragte Roland.

»Ich habe keine Meinung«, sagte Cuthbert strahlend. »Nein, überhaupt keine. Meinung ist Politik, und Politik ist ein Übel, durch das mancher Mann gehängt wurde, als er noch jung und hübsch war.« Er beugte sich nach vorne und klopfte mit den Knöcheln auf den Krähenschädel. »Aber dem Wachtposten hat er nicht gefallen. Tut mir leid, es sagen zu müssen, aber unser getreuer Wachtposten hält Sheriff Avery für einen Fettsack voller Eingeweide ohne einen einzigen vertrauenswürdigen Knochen in seinem Körper.«

Roland drehte sich zu Alain um. »Und Ihr, Junker Stockworth?«

Alain überlegte eine Weile, wie es seine Art war, und kaute dabei auf einem Grashalm, den er am Wegesrand gepflückt hatte, indem er sich tief aus dem Sattel beugte. Schließlich sagte er: »Ich glaube, wenn er uns brennend auf der Straße sehen würde, würde er nicht mal auf uns pissen, um uns zu löschen.«

Darüber mußte Cuthbert herzlich lachen. »Und du, Will, was sagst du, teurer Captain?«

»Er interessiert mich nicht besonders … aber etwas, was er gesagt hat, schon. Bedenkt man, daß die Pferdeweide, die sie die Schräge nennen, mindestens dreißig Räder lang ist und sich fünf oder mehr bis zur Staubwüste erstreckt, woher hat Sheriff Avery wohl gewußt, daß wir uns auf dem Abschnitt aufgehalten haben, der zu Croydons Piano Ranch gehört?«

Sie sahen ihn zuerst überrascht, dann nachdenklich an. Nach einem Augenblick beugte sich Cuthbert nach vorne und klopfte wieder auf den Vogelschädel. »Wir werden beobachtet, und du hast es nicht gemeldet? Kein Abendessen für Sie, Sir, und die Bastonade, wenn so etwas noch einmal vorkommt!«

Aber sie waren noch nicht weit gekommen, da wichen Rolands Gedanken über Sheriff Avery den weitaus angenehmeren über Susan Delgado. Er würde sie morgen abend sehen, dessen war er ganz sicher. Er fragte sich, ob sie das Haar offen tragen würde.

Er konnte es kaum erwarten, das herauszufinden.

5

Und nun standen sie hier, vor dem Haus des Bürgermeisters. *Laßt das Spiel beginnen*, dachte Roland, war sich aber, noch während ihm der Gedanke durch den Kopf ging, nicht darüber im klaren, was es bedeutete, und er dachte gewiß nicht an eine Partie Schloß … da noch nicht.

Die Stallburschen führten ihre Pferde weg, und die drei standen einen Moment am Fuß der Treppe – fast dicht zusammengedrängt, wie Pferde bei einem Unwetter –, wo das Licht der Fackeln auf ihren Gesichtern spielte. Drinnen erklangen Gitarren, Stimmen schwollen zu einer neuerlichen Lachsalve an.

»Klopfen wir?« fragte Cuthbert. »Oder machen wir einfach auf und marschieren rein?«

Roland blieb die Antwort erspart. Die Haupttür der *haci* wurde aufgerissen, und zwei Frauen kamen heraus, beide in langen Kleidern mit weißen Kragen, die die Jungs an die Kleider erinnerten, welche Frauen von Viehzüchtern in ihrem Teil der Welt trugen. Sie hatten ihr Haar mit Netzen zurückgebunden, in denen helle Glasperlen wie Diamanten im Licht der Fackeln funkelten.

Die untersetztere der beiden kam nach vorne, lächelte und machte einen tiefen Hofknicks. Ihre Ohrringe, die wie quadratisch geschnittene Feuerjuwelen aussahen, blitzten und hüpften. »Ihr seid die jungen Männer vom Bund, das seid ihr, und ihr seid willkommen. Guten Abend, junge Herren, und mögen eure Tage auf Erden lang sein!«

Sie verbeugten sich wie ein Mann, mit vorgestreckten Stiefeln, und dankten ihr in einem unabsichtlichen Chor, bei dem sie lachte und in die Hände klatschte. Die hochgewachsene Frau neben ihnen schenkte ihnen ein Lächeln, das so schmal war wie ihre Gestalt.

»Ich bin Olive Thorin«, sagte die untersetzte Frau, »die Gattin des Bürgermeisters. Das ist Coral, meine Schwägerin.«

Coral Thorin, die immer noch dieses schmale Lächeln zur Schau trug (sie verzog kaum die Lippen dabei, und ihre Augen waren überhaupt nicht davon betroffen), machte einen angedeuteten Hofknicks. Roland, Cuthbert und Alain verbeugten sich wieder über ihren ausgestreckten Beinen.

»Ich heiße euch in Seafront willkommen«, sagte Olive Thorin, und ihr ungezwungenes Lächeln sowie ihr unverhohlenes Staunen über die Ankunft ihrer jungen Besucher aus Innerwelt steigerten ihre Würde und verliehen ihr etwas Freundliches. »Betretet unser Haus mit Freuden. Das sage ich aus vollem Herzen, das tue ich.«

»Und das werden wir, Madam«, sagte Roland, »denn Eure Grüße haben uns mit Freude erfüllt.« Er nahm ihre Hand, hob sie ohne eine Spur von Berechnung zu den Lippen und küßte sie. Über ihr entzücktes Lachen mußte er lächeln. Er mochte Olive Thorin auf den ersten Blick, und wahrscheinlich war es gut, daß er so jemanden gleich zu Anfang kennenlernte, denn mit der problematischen Ausnahme von Susan Delgado lernte er in der ganzen Nacht niemanden kennen, den er mochte oder dem er vertraute.

6

Es war trotz der Brise vom Meer recht warm, und der Aufseher über Mäntel und Jacken im Foyer sah aus, als hätte er wenig bis gar keinen Zulauf. Roland stellte nicht sonderlich überrascht fest, daß es sich um Deputy Dave handelte, der seine verbliebenen Haarsträhnen mit einer Art von glänzendem Gel zurückgekämmt hatte und dessen Monokel nun auf der schneeweißen Brust einer Hausjacke lag. Roland nickte ihm zu. Dave, der die Hände hinter dem Rücken verschränkt hatte, erwiderte das Nicken.

Zwei Männer – Sheriff Avery und ein älterer Herr, der so hager aussah wie der Alte Doktor Tod in Karikaturen – kamen auf sie zu. Hinter ihnen, jenseits einer Doppeltür, deren Flügel nun weit offen standen, wartete ein ganzer Raum voll Menschen, die Punschgläser aus Kristall in den Händen hielten, lachten und sich von den Tabletts mit Speisen bedienten, die herumgetragen wurden.

Roland hatte gerade noch Zeit, einen verkniffenen Blick auf Cuthbert zu werfen: *Alles. Jeder Name, jedes Gesicht… jede Nuance. Besonders diese.*

Cuthbert zog eine Braue hoch – seine diskrete Version eines Nickens –, und dann wurde Roland, ob er wollte oder nicht, in den Abend hineingezogen, sein erster echter Abenddienst als arbeitender Revolvermann. Und er hatte selten härter gearbeitet.

Der alte Doktor Tod entpuppte sich als Kimba Rimer, Thorins Kanzler und Inventurminister (Roland vermutete, daß der Titel eigens für ihren Besuch erfunden worden war). Er war gut und gerne zehn Zentimeter größer als Roland, der in Gilead als groß galt, und seine Haut war so blaß wie Kerzenwachs. Kein ungesundes Aussehen; nur blaß. Eisengraue Haarsträhnen, fein wie Sommerfäden, wehten rechts und links um seinen Kopf. Sein Schädel war vollkommen kahl. Auf seinem Pickel von einer Nase balancierte ein Kneifer.

»Meine Jungs!« sagte er, als sie einander vorgestellt worden waren. Er hatte die glatte, traurig aufrichtige Stimme eines Politikers oder Bestattungsunternehmers. »Willkommen in Mejis! In Hambry! Und in Seafront, unserem bescheidenen Bürgermeisterhaus!«

»Wenn das bescheiden ist, möchte ich gerne den Palast sehen, den Eure Leute bauen würden«, sagte Roland. Es war eine zurückhaltende Bemerkung, mehr höflich als geistreich (normalerweise überließ er geistreiche Bemerkungen Bert), aber Kanzler Rimer lachte lauthals. Ebenso Sheriff Avery.

»Kommt, Jungs!« sagte Rimer, als er der Meinung schien, daß er genug Amüsement gezeigt hatte. »Ich bin sicher, der Bürgermeister erwartet euch mit Ungeduld.«

»Ay«, sagte eine schüchterne Stimme hinter ihnen. Coral, die magere Schwägerin, hatte sich zurückgezogen, aber Olive Thorin stand noch da und hatte die Hände dekorativ vor der Körperregion verschränkt, die einmal ihre Taille gewesen sein mochte. Sie lächelte immer noch ihr hoffnungsvolles, freundliches Lächeln. »Sehr erpicht darauf, euch kennenzulernen, ist Hart, wahrlich sehr erpicht. Soll ich sie hinbringen, Kimba, oder –«

»Nayn, nayn, du mußt dir keine Mühe machen, wo du dich um so viele andere Gäste kümmern mußt«, sagte Rimer.

»Ich schätze, du hast recht.« Sie machte einen letzten Hofknicks vor Roland und seinen Gefährten, und auch wenn sie immer noch lächelte und Roland dieses Lächeln vollkommen aufrichtig vorkam, dachte er: *Sie ist dennoch wegen irgend etwas unglücklich. Verzweifelt unglücklich, glaube ich.*

»Meine Herren?« fragte Rimer. Beim Lächeln entblößte er fast beängstigend große Zähne. »Kommt ihr mit?«

Er führte sie an dem grinsenden Sheriff vorbei in den Empfangssaal.

7

Roland war kaum überwältigt davon; immerhin war er schon im Großen Saal von Gilead gewesen – dem Saal der Großväter, wie er manchmal genannt wurde – und hatte sogar einmal auf die große Party hinabgespäht, die alljährlich dort stattfand, dem sogenannten Tanz von Osterling, der das Ende der Weiten Erde und den Beginn des Säens bedeutete. Im Großen Saal hingen fünf Leuchter statt einem, aber mit Glühbirnen, nicht mit Öllampen. Die Kleidung der Partygäste (viele wohlhabende junge Männer und Frauen, die in ihrem ganzen Leben keinen Handschlag getan hatten, eine Tatsache, die John Farson bei jeder Gelegenheit erwähnte) war prunkvoller gewesen, die Musik volltönender, und die Gesellschaft selbst bestand aus älteren und edleren Geschlechtern, die immer mehr zusammenwuchsen, je weiter sie zu Arthur Eld zurückreichten, dem mit dem weißen Pferd und dem Schwert der Einigung.

Doch auch hier herrschte Leben, und zwar jede Menge. Es herrschte eine Robustheit vor, die in Gilead gefehlt hatte, und zwar nicht nur an Osterling. Die Atmosphäre, die Roland spürte, als er den Empfangsraum im Haus des Bürgermeisters betrat, war eines von den Dingen, überlegte er, die man nicht ganz vermißte, wenn sie nicht mehr da waren, weil sie leise und schmerzlos verschwanden. Wie Blut aus einer Ader, die man sich in einer Badewanne mit heißem Wasser aufschnitt.

Der Raum – fast, aber nicht ausreichend groß für einen Saal – war kreisrund, die furnierten Wände mit Gemälden (die meisten ziemlich schlecht) der früheren Bürgermeister geschmückt. Auf einer erhöhten Bühne rechts von den Türen zum Speisesaal spielten vier grinsende Gitarristen in *Tati*-Jacken und *sombreros* etwas, das sich wie ein gepfefferter Walzer anhörte. In der Mitte des Raums stand ein Tisch mit zwei Punschschüsseln aus geschliffenem Glas, eine riesengroß und eindrucksvoll, eine kleiner und schlichter. Der Mann im weißen Jackett, für den Ausschank zuständig, war auch einer von Averys Deputies.

Im Gegensatz zu dem, was ihnen der Hohe Sheriff am Tag zuvor gesagt hatte, trugen mehrere Männer Schärpen verschiedener Farben, aber Roland kam sich in seinem weißen Seidenhemd, seiner schmalen schwarzen Krawatte und einem Paar Röhrenhosen nicht zu fehl am Platze vor. Auf jeden Mann mit Schärpe sah er drei, die altbackene Gehröcke mit langen Schößen trugen, wie er sie stets mit Viehzüchtern in der Kirche assoziierte, und er sah einige (vorwiegend jüngere) Männer, die gar keinen Rock trugen. Einige Frauen trugen Schmuck (wenn auch nichts so Teures wie Sai Thorins Ohrringe aus Feuerjuwelen), und einige sahen aus, als hätten sie viele Mahlzeiten versäumt, aber auch sie trugen Sachen, die Roland kannte: lange Kleider mit runden Kragen, bei denen man für gewöhnlich den Spitzenrand eines bunten Unterkleids sehen konnte, dunkle Schuhe mit flachen Absätzen, Haarnetze (in denen meistens Edelsteinsplitter funkelten wie bei Olive und Coral Thorin).

Und dann sah er eine, die anders war.

Das war natürlich Susan Delgado, strahlend und fast zu schön zum Anschauen in ihrem blauen Seidenkleid mit hoher Taille und einem ausgeschnittenen Leibchen, das die Ansätze ihrer Brüste zeigte. Um den Hals trug sie einen Anhänger aus Saphir, neben dem Olive Thorins Ohrringe wie Tinnef wirkten. Sie stand neben einem Mann, der eine Schärpe von der Farbe von Kohlen in einem heißen Holzfeuer trug. Dieses dunkle Orange war die Farbe der Baronie, und Roland vermutete, daß der Mann ihr Gastgeber war, aber im Moment sah ihn Roland so gut wie nicht. Susan Delgado zog seinen Blick auf sich: das blaue Kleid, die braune Haut, die farbigen Dreiecke auf ihren Wangen, zu blaß und perfekt für Make-up; am meisten aber ihr Haar, das sie heute abend offen trug, so daß es wie ein Schimmer hellster Seide auf ihre Taille fiel. Er wollte sie, plötzlich und rückhaltlos, mit einer verzweifelten Gefühlsaufwallung, die einer Übelkeit gleichkam. Alles, was er war und weswegen er gekommen war, so schien es, war neben ihr zweitrangig.

Da drehte sie sich ein wenig um und erblickte ihn. Ihre Augen (sie waren grau, sah er) weiteten sich eine Winzigkeit. Er glaubte, daß die Farbe ihrer Wangen ein wenig dunkler wurde. Sie öffnete ein wenig ihre Lippen – Lippen, die seine berührt hatten, als sie auf einer dunklen Straße standen, dachte er staunend. Dann sagte der Mann neben Thorin (ebenfalls groß, ebenfalls mager, mit einem weißen Schnurrbart und langem weißem Haar, das auf die dunklen Schultern seines Jacketts fiel) etwas, und sie drehte sich zu ihm um. Einen Augenblick später lachte die Gruppe um Thorin, Susan eingeschlossen. Der Mann mit dem weißen Haar stimmte nicht ein, sondern lächelte nur dünn.

Roland, der hoffte, man möge seinem Gesicht nicht ansehen, daß sein Herz wie ein Hammer schlug, wurde direkt zu dieser Gruppe geführt, die bei den Punschschüsseln stand. Wie aus weiter Ferne konnte er spüren, daß Rimers knochiges Bündnis von Fingern seinen Arm oberhalb des Ellbogens umklammerten. Deutlicher roch er verschiedene Parfüms, das Öl der Lampen an den Wänden, den Duft des Meeres. Und dachte vollkommen grundlos: *Oh, ich sterbe. Ich sterbe.*

Reiß dich zusammen, Roland von Gilead. Hör auf mit diesem albernen Gehabe, bei deinem Vater. Reiß dich zusammen!

Er versuchte es … mit einem gewissen Erfolg … wußte aber, wenn sie ihn das nächste Mal ansah, wäre er verloren. Es lag an ihren Augen. Beim erstenmal, in der Dunkelheit, hatte er diese nebelfarbenen Augen nicht sehen können. *Ich wußte nicht, was für ein Glück ich hatte,* dachte er trocken.

»Bürgermeister Thorin?« fragte Rimer. »Darf ich Ihnen unsere Gäste aus den Inneren Baronien vorstellen?«

Thorin wandte sich von dem Mann mit dem langen weißen Haar und der Frau ab, die neben ihm stand, und strahlte über das ganze Gesicht. Er war kleiner als sein Kanzler, aber genauso hager, und sein Körperbau war eigentümlich: ein kurzer Oberkörper mit schmalen Schultern über unglaublich langen und dünnen Beinen. Er sah, fand Roland, wie die Art von Vögeln aus, die man bei Morgengrauen in den Sümpfen sehen konnte, wo sie nach ihrem Frühstück pickten.

»Ay, Sie dürfen!« rief er mit einer kräftigen, hohen Stimme. »Sie dürfen wahrlich, wir haben voller Ungeduld, *großer* Ungeduld, auf diesen Augenblick gewartet! Ein guter Stern steht über unserer Begegnung, ein sehr guter Stern! Willkommen, ihr Herren! Möge euer Abend in diesem Haus, dessen vorübergehender Besitzer ich bin, glücklich sein, und mögen eure Tage auf Erden lang sein!«

Roland nahm die ausgestreckte knochige Hand, hörte Knöchel unter seinem Händedruck knacken, suchte nach einem Ausdruck des Unbehagens im Gesicht des Bürgermeisters und sah zu seiner Erleichterung keinen. Er verbeugte sich tief über seinem ausgestreckten Bein.

»William Dearborn, Bürgermeister Thorin, zu Euren Diensten. Danke für Euren Willkommensgruß, und mögen Eure Tage auf Erden lang sein.«

»Arthur Heath« entbot seinen Gruß als nächster, danach »Richard Stockworth«. Thorins Lächeln wurde mit jeder tiefen Verbeugung breiter. Rimer gab sich größte Mühe, eine strahlende Miene zu präsentieren, schien aber nicht daran gewöhnt zu sein. Der Mann mit dem langen weißen Haar nahm ein Glas Punsch, gab es seiner Begleiterin und lächelte weiter dünn. Roland merkte, daß jeder in dem Raum – alles in allem rund fünfzig Gäste – sie ansahen, aber am deutlichsten spürte er *ihren* Blick auf seiner Haut, gleich einem sanften Flügelschlag. Aus einem Augenwinkel konnte er ihr blaues Seidenkleid sehen, wagte aber nicht, sie direkter anzuschauen.

»Hatten Sie eine schwierige Reise?« fragte Thorin. »Haben Sie Abenteuer und Gefahren erlebt? Wir möchten beim Dinner alle Einzelheiten hören, das möchten wir, denn wir haben heutzutage wenig Gäste aus dem Inneren Bogen.« Sein eifriges, leicht albernes Lächeln verblaßte; er zog die buschigen Brauen zusammen. »Sind Sie auf Patrouillen von Farson gestoßen?«

»Nein, Exzellenz«, sagte Roland. »Wir –«

»Nayn, Freund, nayn – nicht Exzellenz, das dulde ich nicht, und die Fischersleute und Kuhhirten, denen ich diene, würden es auch nicht, selbst wenn ich es wollte. Nur Bürgermeister Thorin, wenn ich bitten dürfte.«

»Danke. Wir haben auf unserer Reise viele seltsame Dinge gesehen, Bürgermeister Thorin, aber keine Guten Männer.«

»Gute Männer!« stieß Rimer hervor und lächelte, wobei er die Oberlippe hochzog, was ihm ein hündisches Aussehen verlieh. »Gute Männer, wahrhaftig!«

»Wir wollen alles hören, jedes Wort«, sagte Thorin. »Aber bevor ich in meinem Eifer meine Manieren vergesse, junge Herren, möchte ich Sie den Menschen in meiner unmittelbaren Umgebung vorstellen. Kimba haben Sie schon kennengelernt; dieser treffliche Bursche zu meiner Linken ist Eldred Jonas, der Chef meiner jüngst eingerichteten Leibgarde.« Thorins Lächeln sah einen Moment verlegen aus. »Ich bin nicht überzeugt, daß ich eine zusätzliche Wache brauche, Sheriff Avery hat es stets geschafft, den Frieden in unserer Ecke der Welt zu erhalten, aber Kimba besteht darauf. Und wenn Kimba auf etwas besteht, muß sich der Bürgermeister beugen.«

»Sehr weise, Sir«, sagte Rimer und verbeugte sich selbst. Alle lachten, außer Jonas, der einfach sein dünnes Lächeln beibehielt.

Jonas nickte. »Hocherfreut, meine Herren, ganz bestimmt.«

Die Stimme war ein schnarrendes Zittern. Dann wünschte er ihnen lange Tage auf Erden, allen dreien, und schüttelte Roland als letztem die Hand. Sein Griff war trocken und fest, vollkommen unberührt vom Zittern seiner Stimme. Und nun bemerkte Roland den merkwürdigen blauen Umriß, der auf die rechte Hand des Mannes tätowiert war, direkt in das Häutchen zwischen Daumen und Zeigefinger. Sah wie ein Sarg aus.

»Lange Tage, angenehme Nächte«, sagte Roland ohne nachzudenken. Es war eine Grußformel aus seiner Kindheit, und ihm sollte erst später klarwerden, daß man sie eher mit Gilead als mit einem ländlichen Flecken wie Hemphill in Verbindung bringen würde. Nur ein kleiner Ausrutscher, aber er kam zur Überzeugung, daß die Spanne für derartige Ausrutscher bei weitem nicht so groß sein könnte, wie sein Vater glaubte, als er Roland hierhergeschickt hatte, um ihn aus Martens Einflußbereich zu entfernen.

»Ihnen auch«, sagte Jonas. Seine leuchtenden Augen maßen Roland mit einer an Beleidigung grenzenden Gründlichkeit, ohne seine Hand loszulassen. Dann gab er sie frei und trat zurück.

»Cordelia Delgado«, sagte Bürgermeister Thorin und verbeugte sich vor der Frau, die mit Jonas gesprochen hatte. Als Roland sich in ihre Richtung verbeugte, sah er die Familienähnlichkeit... aber was an Susans Gesicht großzügig und liebenswert erschien, sah an diesem Gesicht verkniffen und verschlossen aus. Nicht die Mutter des Mädchens; Roland schätzte, daß Cordelia Delgado dafür ein bißchen zu jung war.

»Und unsere ganz besondere Freundin, Miss Susan Delgado«, sagte Thorin zuletzt und hörte sich aufgeregt an (Roland vermutete, daß sie diese Wirkung auf alle Männer hatte, selbst so alte wie den Bürgermeister). Thorin schob sie nach vorne, nickte mit dem Kopf und grinste, dabei drückte er ihr eine seiner knochigen Hände in den Rückenansatz, und Roland verspürte einen Stich giftigster Eifersucht. Lächerlich, wenn man das Alter dieses Mannes und seine plumpe, liebenswerte Frau bedachte, aber die Eifersucht war dennoch da, und sie war spitz. Spitz wie ein Bienenarsch, hätte Cort gesagt.

Dann wandte sie ihm das Gesicht zu, und er sah wieder in ihre Augen. In einem Gedicht oder einer Geschichte hatte er einmal die Formulierung gelesen: »in den Augen einer Frau zu ertrinken« und sie für lächerlich gehalten. Er hielt sie immer noch für lächerlich, verstand aber jetzt, daß es dennoch durchaus möglich war. Und sie wußte es. Er sah Besorgnis in ihren Augen, vielleicht sogar Furcht.

Versprich mir, wenn wir uns im Haus des Bürgermeisters begegnen, begegnen wir uns zum erstenmal.

Die Erinnerung an diese Worte hatte eine ernüchternde, klärende Wirkung und schien sein Gesichtsfeld ein wenig zu erweitern. Soweit, daß er erkennen konnte, wie die Frau neben Jonas, die eine gewisse Ähnlichkeit mit Susan hatte, das Mädchen mit einer Mischung aus Neugier und Besorgnis ansah.

Er verbeugte sich tief, berührte ihre ausgestreckte, nicht mit Ringen geschmückte Hand aber nur flüchtig. Dennoch spürte er so etwas wie einen Funken zwischen ihren Fingern überspringen. Da ihre Augen ganz kurz groß wurden, glaubte er, daß sie es auch gespürt hatte.

»Freut mich, Euch kennenzulernen, Sai«, sagte er. Sein Bemühen, beiläufig zu klingen, hörte sich selbst für ihn falsch an. Trotzdem hatte er angefangen – es schien, als würde die ganze Welt ihn (*sie beide*) beobachten –, und ihm blieb nichts anderes übrig, als weiterzumachen. Er klopfte sich dreimal an die Kehle. »Mögen Eure Tage lang sein –«

»Ay, und Eure, Mr. Dearborn. Danke-Sai.«

Sie wandte sich mit einer Geschwindigkeit, die fast unhöflich war, an Alain, dann an Cuthbert, der sich verbeugte, an seine Kehle klopfte und ernst sagte: »Dürfte ich kurz zu Euren Füßen ruhen, Miss? Eure Schönheit hat meine Knie weich gemacht. Ich bin sicher, wenn ich Euer Profil einige Augenblicke von unten schauen dürfte, mit dem Hinterkopf auf diesen kühlen Fliesen, würde alles wieder in Ordnung kommen.«

Darüber lachten alle – sogar Jonas und Miss Cordelia. Susan errötete anmutig und gab Cuthbert einen Klaps auf den Handrücken. Zum erstenmal war Roland dankbar um den unerbittlichen Sinn seines Freundes für Albernheiten.

Ein anderer Mann gesellte sich zu der Gruppe bei den Punschschüsseln. Dieser Neuankömmling im Frack war vierschrötig und erfreulicherweise nicht dünn. Seine Wangen leuchteten in einer kräftigen Farbe, die vom Wind und nicht vom Alkohol zu stammen schien, und seine hellen Augen lagen in einem Netz aus Fältchen. Ein Rancher; Roland war so oft mit seinem Vater ausgeritten, daß er diese Art Gesicht einordnen konnte.

»Ihr Jungs werdet heute abend ausreichend Gelegenheit haben, Mädels kennenzulernen«, sagte der Neuankömmling mit einem freundlichen Lächeln. »Wenn ihr nicht aufpaßt, werdet ihr betrunken vom Parfüm werden. Aber bevor ihr sie kennenlernt, würde ich mich gern vorstellen. Fran Lengyll, zu euren Diensten.«

Sein Handschlag war schnell und kräftig; keine Verbeugung oder ein anderer Unsinn begleitete ihn.

»Mir gehört die Rocking B ... oder ich ihr, wie man es auch immer betrachten will. Außerdem bin ich Boss des Pferdezüchterverbands, jedenfalls bis sie mich feuern. Das mit der Bar K war meine Idee. Hoffe, ihr habt nichts dagegen.«

»Es ist perfekt, Sir«, sagte Alain. »Sauber und trocken und Platz für zwanzig. Danke. Sie waren zu gütig.«

»Unsinn«, sagte Lengyll, sah aber trotzdem erfreut aus, als er ein Glas Punsch kippte. »Wir stehen alle auf derselben Seite, Junge. John Farson ist heutzutage nur ein falscher Fuffziger in einer ganzen Börse voll Falschgeld. Die Welt hat sich weitergedreht, sagen die Leute. Ha! So ist es, und ein gutes Stück auf der Straße zur Hölle hat sie sich weitergedreht. Unsere Aufgabe ist es, das Heu so gut es geht und so lange es geht aus dem Ofen herauszuhalten. Für unsere Kinder sogar noch mehr als für unsere Väter.«

»Hört, hört«, sagte Bürgermeister Thorin mit einer Stimme, die nach der Hochebene der Ernsthaftigkeit strebte und dennoch mit einem Platschen in den Graben des Lächerlichen fiel. Roland stellte fest, daß der knochige alte Bursche eine von Susans Händen hielt (sie schien es kaum zu bemerken und sah statt dessen wie gebannt Lengyll an), und plötzlich begriff er: Der Bürgermeister war entweder ihr Onkel oder möglicherweise ein Vetter engsten Grades. Lengyll schenkte beiden keine Beachtung, sondern sah die drei Neuankömmlinge an, die er einer eingehenden Prüfung unterzog, zuletzt Roland.

»Falls wir in Mejis etwas tun können, um zu helfen, Junge, frag nur – mich, John Croydon, Hash Renfrew, Jake White, Hank

Wertner, wen auch immer. Ihr werdet sie heute abend kennenlernen, ay, und ihre Frauen, Söhne und Töchter, und ihr müßt nur fragen. Wir mögen hier draußen ein gutes Stück von der Nabe Neu-Kanaans entfernt sein, aber dennoch stehen wir treu zum Bund. Ay, sehr treu.«

»Gut gesprochen«, sagte Rimer leise.

»Und jetzt«, sagte Lengyll, »werden wir angemessen auf eure Ankunft anstoßen. Ihr habt ohnehin schon lange auf einen Schluck Punsch warten müssen. Trocken wie Staub müßt ihr sein.«

Er drehte sich zu den Bowleschalen um und griff nach der Schöpfkelle in der größeren und prunkvolleren der beiden, winkte aber den Kellner weg, weil er ihnen offensichtlich die Ehre zuteil werden lassen wollte, sie persönlich zu bedienen.

»Mr. Lengyll«, sagte Roland leise. Und doch hatte die Stimme einen befehlsgewohnten Unterton; Fran Lengyll hörte es und drehte sich um.

»In der kleineren Schüssel ist alkoholfreier Punsch, oder nicht?«

Lengyll überlegte und schien zuerst nicht zu verstehen. Dann zog er die Brauen hoch. Zum erstenmal schien er Roland und die anderen nicht als lebende Symbole des Bundes und der Inneren Baronien anzusehen, sondern als richtige Menschen. Junge Menschen. Knaben, wenn man es recht überlegte.

»Ay?«

»Gebt uns davon, wenn Ihr so gütig sein wollt.« Nun spürte er aller Blicke auf sich. Besonders *ihren* Blick. Er selbst hielt seinen starr auf den Rancher gerichtet, aber seine periphere Sicht war gut, daher bekam er mit, daß Jonas wieder dünn lächelte. Jonas wußte bereits, was das zu bedeuten hatte. Roland vermutete, Thorin und Rimer ebenfalls. Diese Landeier wußten eine Menge. Mehr, als sie sollten, und darüber würde er später gründlich nachdenken müssen. Im Augenblick freilich war es seine geringste Sorge.

»Wir haben die Gesichter unserer Väter in einer Weise vergessen, die etwas mit unserem derzeitigen Aufenthalt in Hambry zu tun hat.« Roland stellte unbehaglich fest, daß er eine Rede hielt, ob es ihm gefiel oder nicht. Er wendete sich nicht an den ganzen Raum – den Göttern sei wenigstens für diesen kleinen Vorzug gedankt –, sondern nur an den Kreis der Zuhörer, der freilich schon deutlich größer geworden war als die ursprüngliche Gruppe. Doch ihm blieb keine andere Wahl, als zu Ende zu sprechen; das Boot hatte abgelegt. »Ich muß nicht auf Einzelheiten eingehen – und weiß, Ihr würdet keine erwarten –, aber ich sollte bemerken, daß wir versprochen haben, während unseres Aufenthalts hier keinerlei alkoholische Getränke zu uns zu nehmen. Eine Strafe, versteht Ihr.«

Ihr Blick. Es schien, als könnte er ihn immer noch auf seiner Haut spüren.

Einen Augenblick herrschte völlige Stille in der kleinen Gruppe rings um die Punschschüsseln, dann sagte Lengyll: »Ihr Vater wäre stolz, Sie so offen sprechen zu hören, Will Dearborn – ay, das wäre er. Und welcher Junge, der sein Salz wert ist, würde nicht hin und wieder einmal über die Stränge schlagen?« Er schlug Roland auf die Schulter, und obschon der Griff seiner Hand fest war und sein Lächeln echt aussah, waren seine Augen schwer zu lesen, lediglich ein nachdenkliches Funkeln tief in den Falten. »Darf ich an seiner Statt stolz sein?«

»Ja«, sagte Roland und lächelte als Erwiderung. »Mit meinem aufrichtigen Dank.«

»Und meinem«, sagte Cuthbert.

»Meinem ebenfalls«, sagte Alain, nahm das angebotene Glas Punsch und verbeugte sich vor Lengyll.

Lengyll füllte weitere Gläser und reichte sie hastig herum. Diejenigen, die bereits Gläser hatten, bekamen ihre weggenommen und alkoholfreien Punsch nachgeschenkt. Als jeder von der ursprünglichen Gruppe ein Glas hatte, drehte sich Lengyll um, da er offenbar den Trinkspruch selbst ausbringen wollte. Rimer klopfte ihm auf die Schulter, schüttelte verhalten den Kopf und warf einen Blick auf den Bürgermeister. Jener Ehrenmann sah sie mit aus den Höhlen quellenden Augen und offenem Mund an. Roland fand, er sah wie ein gefesselter Theaterbesucher auf den billigen Plätzen aus; ihm fehlten nur noch ein Schoß voll Orangenschalen. Lengyll folgte dem Blick des Kanzlers und nickte.

Als nächstes sah Rimer zu dem Gitarristen, der im Zentrum der Musiker stand. Er hörte auf zu spielen; die anderen ebenso. Die Gäste sahen dorthin, dann in die Mitte des Raums zurück, als Thorin zu reden anfing. Wenn er sie so wie jetzt einsetzte, hatte seine Stimme nichts Lächerliches – sie klang tragend und angenehm.

»Ladies and Gentlemen, meine Freunde«, sagte er. »Ich möchte Sie bitten, mir dabei zu helfen, drei *neue* Freunde willkommen zu heißen – junge Männer aus den Inneren Baronien, wackere junge Männer, die für den Bund im Dienste von Ordnung und Frieden eine weite Reise mit vielen Gefahren auf sich genommen haben.«

Susan Delgado stellte ihr Punschglas weg, entzog ihre Hand (unter nicht unerheblichen Schwierigkeiten) dem Griff ihres Onkels und klatschte. Andere stimmten ein. Der Applaus im Saal war kurz, aber herzlich. Eldred Jonas, fiel Roland auf, stellte sein Glas nicht ab, um einzustimmen.

Thorin drehte sich lächelnd zu Roland um. Er hob sein Glas. »Dürfte ich Sie mit wenigen Worten vorstellen, Will Dearborn?«

»Ay, das dürfen Sie, und mit Dank«, sagte Roland. Gelächter und neuerlicher Applaus ertönten angesichts dieser Wendung.

Thorin hob das Glas noch höher. Alle anderen in dem Raum folgten seinem Beispiel; Kristall funkelte wie Sterne im Licht der Kronleuchter.

»Ladies and Gentlemen, ich darf Ihnen William Dearborn aus Hemphill, Richard Stockworth aus Pennilton und Arthur Heath aus Gilead vorstellen.«

Bei letzterem wurden Aufatmen und Murmeln laut, als hätte der Bürgermeister Arthur Heath aus dem Himmel vorgestellt.

»Nehmt sie wohl auf, gebt ihnen wohl, und macht ihnen ihren Aufenthalt in Mejis angenehm und die Erinnerung daran noch angenehmer. Helft ihnen bei ihrer Arbeit, dem Ziel zu dienen, das uns allen so sehr am Herzen liegt. Mögen ihre Tage auf Erden lang sein. Das sagt euer Bürgermeister.«

»*DAS SAGEN WIR ALLE!*« donnerten sie zurück.

Thorin trank; die anderen folgten seinem Beispiel. Erneut ertönte Applaus. Roland drehte sich um, ohne daß er es verhindern konnte, und sah Susan sofort wieder in die Augen. Einen Augenblick sah sie ihn direkt an, und an ihrem offenen Blick sah er, daß sie durch seine Anwesenheit ebenso erschüttert wurde wie er durch ihre. Dann bückte sich die ältere Frau, die Ähnlichkeit mit ihr hatte, und flüsterte ihr etwas ins Ohr. Susan wandte sich ab, ihr Gesicht eine gefaßte Maske … aber er hatte die Anteilnahme in ihren Augen gesehen. Und dachte wieder, daß ungeschehen gemacht werden konnte, was geschehen war, und unausgesprochen, was gesprochen worden war.

8

Als sie den Speisesaal betraten, in dem heute abend vier lange Tischreihen beieinander standen (so dicht, daß kaum ein Durchkommen dazwischen war), zupfte Cordelia ihre Nichte an der Hand und zog sie weg von dem Bürgermeister und Jonas, der eine Unterhaltung mit Fran Lengyll begonnen hatte.

»Warum hast du ihn so angesehen, Miss?« flüsterte Cordelia wütend. Die vertikale Linie auf ihrer Stirn war erschienen. Heute abend sah sie so tief wie ein Graben aus. »Was ist nur in deinem hübschen dummen Kopf vorgegangen?«

»Wen angesehen? Und wie?« Ihr Tonfall hörte sich richtig an, dachte sie, aber oh, ihr Herz –

Die Hand drückte ihre so fest, daß es weh tat. »Komm mir nicht so, Miss Oh So Jung Und Hübsch! Hast du diesen feinen Burschen vorher schon einmal gesehen? Sag mir die Wahrheit!«

»Nein, wie könnte ich? Tante, du tust mir weh.«

Tante Cord lächelte gehässig und drückte noch fester zu. »Besser jetzt ein kleiner Schmerz als später ein großer. Laß deine Unverschämtheit. Und laß deine lüsternen Blicke!«

»Tante, ich weiß nicht, was du –«

»Ich glaube doch«, sagte Cordelia grimmig und drückte ihre Nichte fest an die Holztäfelung, damit die anderen Gäste vorbeiströmen konnten. Als der Rancher, dem das Bootshaus neben ihrem gehörte, hallo sagte, lächelte Tante Cord ihm freundlich zu und wünschte ihm einen guten Abend, bevor sie sich wieder Susan zuwandte.

»Hör mir zu, Miss – und hör gut zu. Wenn ich deine Kuhaugen gesehen habe, dann kannst du sicher sein, daß die halbe Gesellschaft sie auch gesehen hat. Nun, geschehen ist geschehen, aber das hört jetzt auf. Deine Zeit für derlei kindische Spiele ist vorbei. Hast du verstanden?«

Susan schwieg, und ihr Gesicht nahm diesen störrischen Ausdruck an, den Cordelia am meisten haßte; es war ein Anblick, bei dem sie ihre verstockte Nichte immer schlagen wollte, bis ihre Nase blutete und Tränen aus ihren grauen Rehaugen liefen.

»Du hast ein Gelübde abgelegt und einen Vertrag unterschrieben. Dokumente wurden getauscht, die Geisterfrau wurde konsultiert, Geld hat den Besitzer gewechselt. *Und du hast dein Versprechen gegeben.* Wenn so etwas deinesgleichen nichts bedeutet, Mädchen, bedenke, was es deinem Vater bedeutet hätte.«

Susan traten Tränen in die Augen, und Cordelia freute sich, sie zu sehen. Ihr Bruder war ein leichtsinniges Ärgernis gewesen und hatte nur dieses allzu hübsche Frauenzimmer hervorgebracht … aber er konnte nützlich sein, sogar als Toter.

»Und jetzt versprich mir, daß du deine Augen bei dir behalten wirst und du einen großen Bogen um diesen Jungen machst, wenn du ihn kommen siehst – ay, so groß du nur kannst –, um ihm aus dem Weg zu gehen.«

»Ich verspreche es, Tante«, flüsterte Susan. »Ich verspreche es.«

Cordelia lächelte. Eigentlich war sie ziemlich hübsch, wenn sie lächelte. »Dann ist es gut. Gehen wir rein. Man starrt uns schon an. Halt meinen Arm, Kind!«

Susan nahm den gepuderten Arm ihrer Tante. Sie betraten den Raum nebeneinander, ihre Kleider raschelten, der Saphir auf Susans Brust funkelte, und es waren viele anwesend, die bemerkten, wie ähnlich sie einander sahen und wie zufrieden der alte Pat Delgado mit ihnen gewesen wäre.

9

Roland saß dicht am Kopf des mittleren Tisches zwischen Hash Renfrew (einem Rancher, der noch größer und vierschrötiger als Lengyll war) und Thorins ziemlich mürrischer Schwester Coral. Renfrew hatte dem Punsch tüchtig zugesprochen; jetzt, als die Suppe aufgetragen wurde, stellte sich heraus, daß sein Bierkonsum dem in nichts nachstand.

Er redete über das Fischereigeschäft (»nicht wasses mal war, Junge, obwohl sie heutzutage nicht mehr so viele Muties in den

Netzen rausziehen, und das issen Segen«), das Farmgeschäft (»die Leute hier können fast alles anbauen, solang's Mais oder Bohnen sind«) und zuletzt über das, was ihm offenbar am meisten am Herzen lag: Pferdezucht, Pferderennen und das Ranchergeschäft. Diese Geschäfte liefen wie eh und je, ay, das taten sie, obwohl die Zeiten in den Gras-und-Küsten-Baronien seit vierzig Jahren oder mehr ziemlich hart waren.

Wurden die Vererbungslinien nicht allmählich wieder reiner? fragte Roland. Denn dort, wo er herkam, war es so.

Ay, stimmte Renfrew zu, beachtete seine Kartoffelsuppe nicht und stopfte statt dessen gegrillte Streifen Rindfleisch in sich hinein. Die aß er aus der bloßen Hand und spülte sie mit noch mehr Bier hinunter. Ay, junger Herr, die Vererbungslinien wurden reiner, wunderbar, wahrhaftig, drei Fohlen von fünf taugten zur Zucht – Vollblüter ebenso wie Halbblüter –, und das vierte konnte man zum Arbeiten behalten, wenn schon nicht zur Zucht. Nur eines von fünf wurde heutzutage mit zusätzlichen Beinen oder zusätzlichen Augen oder den Eingeweiden außen geboren, und das war gut. Aber die Geburtenraten waren im Keller, das waren sie; die Hengste, so schien es, hatten soviel Stöße wie immer in ihren Stoßstangen, aber nicht soviel Pulver zum Verschießen.

»Bitte um Verzeihung, Ma'am«, sagte Renfrew und beugte sich kurz an Roland vorbei zu Coral Thorin. Sie lächelte ihr dünnes Lächeln (es erinnerte Roland an das von Jonas), zog ihren Löffel durch die Suppe und sagte nichts. Renfrew leerte sein Bierglas, schmatzte herzhaft und hielt das Glas wieder hoch. Als es gefüllt wurde, wandte er sich wieder an Roland.

Es war nicht gut, nicht so, wie es früher gewesen war, aber es könnte schlimmer sein. *Würde* schlimmer sein, wenn es nach diesem Arschficker Farson ging. (Diesmal machte er sich nicht die Mühe, sich bei Sai Thorin zu entschuldigen.) Sie mußten alle an einem Strang ziehen, darauf kam es an – reich und arm, groß und klein, solange es noch etwas nützte, zu ziehen. Und dann sekundierte er Lengyll und ließ Roland wissen, was immer er und seine Freunde wollten, was immer sie brauchten, sie mußten es nur sagen.

»Informationen sollten genügen«, sagte Roland. »Zahlen der Bestände.«

»Ay, ohne Zahlen kann man kein Schätzer sein«, sagte Renfrew und wieherte bierschäumendes Gelächter. Links von Roland knabberte Coral Thorin an etwas Grünem (die Rinderstreifen hatte sie nicht einmal angerührt), lächelte ihr verkniffenes Lächeln und ließ weiter ihren Löffel Boot fahren. Roland vermutete jedoch, daß mit ihren Ohren alles in Ordnung war und ihr Bruder einen vollständigen Bericht über die Unterhaltung bekommen würde. Oder möglicherweise würde es Rimer sein, der den Bericht erhielt. Denn obwohl es zu früh war, um etwas Definitives zu sagen, hatte Roland den Eindruck, als ob Rimer hier die treibende Kraft wäre. Vielleicht zusammen mit Sai Jonas.

»Zum Beispiel«, sagte Roland, »was meinen Sie, wieviel Reitpferde werden wir dem Bund wohl melden können?«

»Den Zehnten oder total?«

»Total.«

Renfrew stellte das Glas ab und schien zu rechnen. Währenddessen schaute Roland über den Tisch und sah, wie Lengyll und Henry Wertner, der Viehzüchter der Baronie, einen raschen Blick wechselten. Sie hatten es gehört. Und er sah noch etwas, als er seine Aufmerksamkeit wieder seinem Sitznachbarn zuwandte: Hash Renfrew war betrunken, aber sicher nicht so betrunken, wie er den jungen Will Dearborn glauben machen wollte.

»Total, sagen Sie – nicht nur das, was wir dem Bund schulden oder im Bedarfsfall schicken könnten.«

»Ja.«

»Nun, mal seh'n, junger Sai. Fran muß hundertvierzig haben; John Croydon hat an die hundert. Hank Wertner hat vierzig auf eigene Kappe, und noch mal sechzig draußen an der Schräge für die Baronie. Regierungspferdchen, Mr. Dearborn.«

Roland lächelte. »Ich kenne sie gut. Gespaltene Hufe, kurze Hälse, langsam, durchhängende Bäuche.«

Darüber lachte Renfrew unbändig und nickte ... aber Roland fragte sich, ob der Mann tatsächlich amüsiert war. In Hambry schienen die Wasser oben und die Wasser unten in entgegengesetzte Richtungen zu fließen.

»Was mich betrifft, ich hab zehn oder zwölf schlechte Jahre gehabt – Staupe, Gehirnfieber, Hufkrebs. Seinerzeit sind mal zweihundert Stück mit dem Brandzeichen der Lazy Susan dort draußen auf der Schräge rumgelaufen; heute können es nicht mehr als achtzig sein.«

Roland nickte. »Also sprechen wir von vierhundertundzwanzig Tieren.«

»Oh, es sind mehr«, sagte Renfrew mit einem Lachen. Er griff nach seinem Bierglas, stieß mit der Seite einer von Wetter und Arbeit geröteten Hand dagegen, warf es um, fluchte, hob es auf und fluchte über den Kellner, der zu langsam herbeieilte, um es nachzufüllen.

»Es sind mehr?« drängte Roland, als Renfrew endlich zufriedengestellt war und den Eindruck erweckte, als könne er fortfahren.

»Sie müssen dran denken, Mr. Dearborn, daß das hier mehr Pferdeland als Fischerland ist. Wir ziehen uns gegenseitig auf, wir und die Fischer, aber es gibt 'ne Menge Schuppenkratzer, die 'nen Klepper hinterm Haus stehn haben oder in den Stallungen der Baronie, falls sie selbst kein Dach haben um das Pferd bei Regen unterzustellen. Ihr armer Da hat 'n Auge auf die Baronieställe gehabt.«

Renfrew deutete mit dem Kopf auf Susan, die drei Stühle weiter oben auf der gegenüberliegenden Seite von Roland saß – nur eine Tischecke vom Bürgermeister entfernt, der natürlich am Kopfende der Tafel saß. Roland fand ihren Platz sonderbar, besonders eingedenk der Tatsache, daß die Gattin des Bürgermeisters fast am anderen Ende des Tisches saß, mit Cuthbert auf einer Seite und einem Rancher, dem sie noch nicht vorgestellt worden waren, auf der anderen.

Roland dachte sich, daß ein alter Bursche wie Thorin gern eine hübsche junge Verwandte neben sich hatte, um die Aufmerksamkeit auf sich zu lenken oder sein Auge zu erfreuen, aber es schien dennoch seltsam zu sein. Fast eine Beleidigung für die eigene Frau. Wenn er ihrer Konversation überdrüssig war, warum setzte er sie dann nicht ans Kopfende eines anderen Tisches?

Sie haben ihre eigenen Bräuche, das ist alles, und die Bräuche auf dem Land gehen dich nichts an. Die irre Pferdezählung, die dieser Mann vornimmt, die geht dich etwas an.

»Wie viele Pferde sonst noch, was würden Sie sagen?« fragte er Renfrew. »Alles in allem?«

Renfrew sah ihn listig an. »'ne ehrliche Antwort wird mir nicht zum Schaden gereichen, oder, Sonny? Ich bin ein Mann des Bundes – das bin ich, durch und durch Mann des Bundes, wahrscheinlich werden sie mir Excalibur auf den Grabstein schreiben –, aber ich würde es nicht gern sehen, wenn Hambry und Mejis all ihrer Schätze beraubt würden.«

»Dazu wird es nicht kommen, Sai. Wie könnten wir euch auch zwingen, etwas aufzugeben, das ihr nicht wollt? Unsere Kräfte sind alle im Norden und Westen zusammengezogen, im Einsatz gegen den Guten Mann.«

Renfrew dachte darüber nach, dann nickte er.

»Und möchten Sie mich nicht Will nennen?«

Renfrew strahlte, nickte und streckte zum zweitenmal die Hand aus. Er grinste breit, als Roland sie diesmal mit beiden Händen schüttelte, der Griff drüber-und-drunter, den Viehtreiber und Cowboys bevorzugten.

»Wir leben in schlechten Zeiten, Will, und sie haben schlechte Manieren hervorgebracht. Ich schätze, es gibt noch etwa hundertfünfzig Pferde in und um Mejis. Gute Tiere, meine ich.«

»Standardblut-Bestände.«

Renfrew nickte, schlug Roland auf den Rücken, kippte sich einen kräftigen Schluck Bier hinter die Binde. »Standardblut, ay.«

Vom Kopfende ihres Tisches ertönte eine Lachsalve. Jonas hatte offenbar etwas Komisches gesagt. Susan lachte rückhaltlos, hatte den Kopf nach hinten gelegt und die Hände vor dem Saphiranhänger verschränkt. Cordelia, die das Mädchen zu ihrer Linken und Jonas zu ihrer Rechten hatte, lachte ebenfalls. Thorin wand sich förmlich in Krämpfen, wippte auf dem Stuhl hin und her und wischte sich die Augen mit einer Serviette ab.

»Das ist 'n reizendes Kind«, sagte Renfrew. Er sagte es fast ehrerbietig. Roland konnte nicht recht beschwören, ob ein gedämpfter Laut – möglicherweise ein damenhaftes *hmmpf* – von seiner anderen Seite erklungen war. Er drehte sich dahin um und sah Sai Thorin, die immer noch ihre Suppe bearbeitete. Er sah wieder zum Kopfende der Tafel.

»Ist der Bürgermeister ihr Onkel oder vielleicht ihr Vetter?« fragte Roland.

Was danach geschah, besaß in seiner Erinnerung eine gesteigerte Klarheit, als hätte jemand sämtliche Farben und Geräusche der Welt höher eingestellt. Die Samtbahnen hinter Susan schienen plötzlich leuchtender rot zu sein; das meckernde Gelächter von Coral Thorin war das Geräusch eines brechenden Zweiges. Es war ganz bestimmt laut genug, daß alle in der unmittelbaren Umgebung ihre Unterhaltungen einstellen und sie ansehen würden, dachte Roland… aber nur Renfrew und die beiden Rancher auf der anderen Seite machten es.

»Ihr *Onkel!*« Es war ihr erster Beitrag zur Konversation an diesem Abend. »Ihr *Onkel,* das ist gut! Was, Rennie?«

Renfrew sagte nichts, sondern schob nur seinen Bierkrug weg und aß endlich seine Suppe.

»Ihr überrascht mich, junger Mann, das tut Ihr. Ihr mögt aus Innerwelt stammen, aber, meine Güte, wer immer Eure Ausbildung über die *wirkliche* Welt übernommen hat – der Welt außerhalb von Büchern und Landkarten –, hat seine Sache ziemlich schlecht gemacht, würde ich sagen. Sie ist seine –« Und dann folgte ein derart dialektgefärbtes Wort, daß Roland keine Ahnung hatte, was es bedeutete. *Seefin,* so hörte es sich an, oder vielleicht auch *Sheevin.*

»Pardon?« Er lächelte, aber das Lächeln seines Mundes wirkte kalt und falsch. Er verspürte eine Schwere im Magen, als hätten sich der Punsch und die Suppe und der einzige Rindfleischstreifen, den er höflichkeitshalber gegessen hatte, in seinem Bauch zusammengeklumpt. *Gehört Ihr zum Gesinde?* hatte er sie gefragt und gemeint, ob sie an den Tischen bediente. Möglicherweise bediente sie *tatsächlich,* aber wahrscheinlich in einem abgeschiedeneren Raum als diesem. Plötzlich wollte er nichts mehr hören; hatte nicht das geringste Interesse, was das Wort bedeuten könnte, das die Schwester des Bürgermeisters gebraucht hatte.

Eine weitere Lachsalve brachte das Kopfende des Tisches zum Erbeben. Susan lachte mit zurückgelegtem Kopf, leuchtenden Wangen und glänzenden Augen. Ein Träger ihres Kleides war an ihrem Arm heruntergerutscht und gab die zarte Rundung ihrer Schulter frei. Er sah ihr mit vor Furcht und Verlangen schwerem Herzen zu, wie sie den Träger mit der Handfläche abwesend wieder hinaufschob.

»Es bedeutet ›stille kleine Frau‹«, sagte Renfrew, der sich eindeutig nicht wohl fühlte. »Es ist ein alter Ausdruck, der heutzutage kaum noch verwendet wird –«

»Hör auf, Rennie«, sagte Coral Thorin. Dann, zu Roland: »Er ist nur ein alter Cowboy, der nicht aufhören kann, Pferdescheiße zu schippen, auch wenn er nicht bei seinen geliebten Mähren ist. *Sheevin* bedeutet Nebenfrau. Zu Zeiten meiner Urgroßmutter bedeutete es Hure … aber eine ganz bestimmte Art.« Sie sah mit ihren hellen Augen zu Susan, die Bier trank, dann wieder zu Roland. Eine gehässige Heiterkeit leuchtete in ihren Augen, ein Ausdruck, der Roland nicht gefiel. »Die Art von Hure, die man mit Münzen bezahlen mußte, die zu fein war für das Geschäft mit einfachen Leuten.«

»Ist sie seine Mätresse?« fragte Roland mit Lippen, die sich anfühlten, als wären sie mit Eis gekühlt worden.

»Ay«, sagte Coral. »Noch nicht vollzogen, erst am Erntetag – und mein Bruder ist nicht besonders glücklich darüber, möchte ich wetten –, aber gekauft und bezahlt wie in alten Zeiten. Das ist sie.« Coral machte eine Pause, dann sagte sie: »Ihr Vater würde vor Scham sterben, wenn er sie sehen könnte.« Sie sagte es mit einer Art melancholischer Befriedigung.

»Ich finde, wir sollten nicht zu hart über den Bürgermeister urteilen«, sagte Renfrew mit einer verlegenen, beschwichtigenden Stimme.

Coral beachtete ihn nicht. Sie studierte den Umriß von Susans Kinn, die sanfte Wölbung ihres Busens unter dem Seidensaum ihres Leibchens, ihr offenes Haar. Der verkniffene Humor war aus Coral Thorins Gesicht gewichen. Es drückte nun eine Art von kalter Verachtung aus.

Obwohl Roland es nicht wollte, stellte er sich vor, wie der Bürgermeister mit seinen knochigen Fingern die Träger von Susans Kleid nach unten streifte, die Finger über ihre nackten Schultern krabbeln ließ, sie wie graue Krabben in die Höhlung unter ihrem Haar bohrte. Er sah nach unten, zum Ende des Tisches, doch der Anblick, der sich ihm dort bot, war nicht besser. Olive Thorin war es, auf die sein Auge fiel – Olive, die ans Fußende des Tischs verwiesen worden war; Olive, die zu den lachenden Leuten sah, die an seinem Kopf saßen. Olive, die ihren Mann ansah, der sie zugunsten eines wunderschönen jungen Mädchens verstoßen und dieses Mädchen mit einem Juwel ausgestattet hatte, neben dem ihre Ohrringe aus Feuerjuwelen billig wirkten. Ihr Gesicht drückte weder die kalte Verachtung noch den Haß von Coral aus. In dem Fall wäre es vielleicht einfacher gewesen, sie anzusehen. Sie sah ihren Mann nur mit Augen an, die demütig, hoffnungsvoll und unglücklich waren. Nun begriff Roland, warum er gedacht hatte, daß sie traurig war. Sie hatte allen Grund, traurig zu sein.

Wieder brach die Gruppe um den Bürgermeister in Gelächter aus; Rimer hatte sich vom Nebentisch, wo er den Vorsitz führte, herübergebeugt und eine geistreiche Bemerkung beigesteuert. Sie mußte ganz gut gewesen sein. Diesmal lachte selbst Jonas. Susan legte eine Hand auf den Busen, dann nahm sie eine Serviette und wischte sich damit eine Lachträne aus dem Augenwinkel. Thorin legte seine Hand auf ihre. Sie schaute zu Roland hin und sah ihm, immer noch lachend, in die Augen. Er dachte an Olive Thorin, die da unten am Fußende des Tische saß, bei Salz und Gewürzen, einen unberührten Teller Suppe vor sich und dieses unglückliche Lächeln im Gesicht. Die dort saß, wo das Mädchen sie auch sehen konnte. Und er dachte, wenn er seine Revolver getragen hätte, dann hätte es gut und gerne sein können, daß er einen gezogen und eine Kugel in Susan Delgados kaltes und verhurtes kleines Herz geschossen hätte.

Und dachte: *Wem willst du etwas vormachen?*

Dann kam einer der Kellner und stellte ein Fischgericht vor ihn. Roland dachte, daß ihm in seinem ganzen Leben noch nie weniger nach Essen zumute gewesen war ... aber er würde *trotzdem* essen, genau so, wie er seine Gedanken wieder den Fragen zuwenden würde, die seine Unterhaltung mit Hash Renfrew von der Lazy Susan Ranch aufgeworfen hatte. Er würde sich an das Gesicht seines Vaters erinnern.

Ja, ich werde mich ganz genau daran erinnern, dachte er. *Wenn ich nur das über jenem Saphir dort vergessen könnte.*

10

Das Dinner zog sich endlos hin, und auch danach gab es kein Entkommen. Der Tisch in der Mitte des Empfangsraums war entfernt worden, und als die Gäste dorthin zurückkehrten – wie eine Flut, die ihren Höchststand erreicht hat und wieder abklingt –, bildeten sie auf Geheiß eines lebhaften kleinen rothaarigen Mannes, dem Cuthbert später den Titel Bürgermeister Thorins Spaßminister verlieh, zwei Kreise nebeneinander.

Die Abfolge Junge-Mädchen, Junge-Mädchen, Junge-Mädchen wurde mit viel Gelächter und einiger Mühe eingenommen (Roland schätzte, daß inzwischen drei Viertel der Gäste gut abgefüllt waren), und dann begannen die Gitarristen eine *Quesa*. Das entpuppte sich als ein einfacher Tanz. Die Kreise drehten sich in entgegengesetzter Richtung, alle hielten sich an den Händen, bis die Musik einen Moment aussetzte. Dann tanzte das Paar am Schnittpunkt der beiden Kreise in die Mitte des Kreises der Frau, während alle anderen klatschten und johlten.

Der Erste Gitarrist bewältigte diese alte und eindeutig heißgeliebte Tradition mit einem guten Blick für das Lächerliche und ließ seine *muchachos* immer so aufhören, daß die amüsantesten Paare zustande kamen: große Frau – kleiner Mann, dicke Frau – dünner Mann, alte Frau – junger Mann (Cuthbert mußte das Tanzbein mit einer Frau schwingen, die so alt wie seine Urgroßmutter war, wobei die Sai atemlos kicherte und die ganze Gesellschaft zustimmend brüllte).

Als Roland gerade dachte, dieser alberne Tanz würde nie zu Ende gehen, verstummte die Musik – und er stand Susan Delgado gegenüber.

Einen Augenblick konnte er sie nur ansehen; er glaubte, seine Augen müßten aus den Höhlen quellen und es würde ihm nicht gelingen, auch nur einen seiner dummen Füße zu bewegen. Dann hob sie die Arme, die Musik begann, der Kreis (zu dem auch Bürgermeister Thorin und der wachsame, dünnlippig lächelnde Eldred Jonas gehörten) applaudierte, und er führte sie zum Tanz.

Anfangs, als er sie durch eine Figur wirbelte (seine Füße bewegten sich, taub oder nicht, mit der üblichen Anmut und Präzision), kam er sich vor wie ein Mann aus Glas. Dann spürte er, wie ihr Körper seinen berührte, hörte das Rascheln ihres Kleides, und war wieder allzu menschlich.

Sie rückte nur einen Augenblick näher, und als sie sprach, kitzelte ihr Atem ihn am Ohr. Er fragte sich, ob eine Frau einen in den Wahnsinn treiben konnte – buchstäblich in den Wahnsinn. Bis heute abend hätte er das nicht für möglich gehalten, aber heute abend hatte sich alles verändert.

»Danke für deine Diskretion und deinen Anstand«, flüsterte sie.

Er wich ein wenig vor ihr zurück, wirbelte sie gleichzeitig herum und preßte eine Hand auf ihren Rücken – Handfläche auf kühlem Satin, Finger auf warmer Haut. Ihre Füße folgten seinen ohne eine Pause, ohne einmal zu straucheln; sie bewegten sich in vollkommener Anmut, ohne Angst vor seinen großen, gestiefelten Lehmstampfern, obwohl sie nur hauchzarte Seidenslipper trugen.

»Ich kann diskret sein, Sai«, sagte er. »Was Anstand betrifft? Ich bin überrascht, daß du das Wort überhaupt kennst.«

Sie sah in sein kaltes Gesicht, ihr Lächeln erlosch. Er sah Zorn an seine Stelle treten, aber zuvor Qual, als hätte er sie geschlagen. Er war froh und traurig zugleich.

»Warum sprichst du so?« flüsterte sie.

Die Musik verstummte, bevor er antworten konnte … aber er hatte keine Ahnung, was er geantwortet hätte. Sie machte einen Hofknicks, er eine Verbeugung, während die Umstehenden klatschten und pfiffen. Sie gingen zu ihren Plätzen zurück, zu ihren verschiedenen Kreisen, und die Gitarren setzten wieder ein. Roland spürte, wie seine Hände von beiden Seiten ergriffen wurden, und tanzte wieder im Kreis.

Er lachte. Tanzte. Klatschte im Takt. Spürte sie irgendwo hinter sich, wie sie dasselbe tat. Fragte sich, ob sie sich so sehnlich wie er wünschte, hier rauszukommen, draußen in der Dunkelheit zu sein, allein in der Dunkelheit zu sein, wo er sein falsches Gesicht abstreifen konnte, bevor das wahre darunter so heiß wurde, daß es jenes in Flammen setzte.

Kapitel 6
Sheemie

I

Gegen zehn Uhr entbot das Trio der jungen Männer aus den Inneren Baronien Gastgeber und Gastgeberin seine Empfehlungen zum Abschied und ging hinaus in die duftende Sommernacht. Cordelia Delgado, die neben Henry Wertner stand, dem Viehzüchter der Baronie, machte die Bemerkung, daß sie müde sein müßten. Wertner lachte darüber und antwortete mit einem derart starken Akzent, daß es fast komisch wirkte: »Nay, Ma'am, Jongs innem Aller sin wie Rattn, die 'n Holzstoß nach'm Platschregen dorchwühln, dassinse. Wird Stonnen dauern, bisse draußn auffer Bar K auffe Pritschen falln.«

Olive Thorin verließ die öffentlichen Räume kurz nach den Jungs und machte Kopfschmerzen geltend. Sie war so blaß, daß man sie ihr fast abnahm.

Um elf unterhielten sich der Bürgermeister, sein Kanzler und der Chef der neuernannten Leibgarde im Arbeitszimmer des Bürgermeisters mit den wenigen verbliebenen Gästen (allesamt Rancher, alle Mitglieder des Pferdezüchterverbands). Das Gespräch war kurz, aber eindringlich. Mehrere der anwesenden Rancher brachten ihre Erleichterung darüber zum Ausdruck, daß die Sendboten des Bundes so jung waren. Eldred Jonas sagte nichts dazu, sondern sah nur auf seine blassen Hände mit den langen Fingern herab und lächelte sein dünnes Lächeln.

Um Mitternacht war Susan zu Hause und entkleidete sich, um zu Bett zu gehen. Wenigstens um den Saphir mußte sie sich keine Gedanken machen; es handelte sich um einen Edelstein der Baronie und war vor ihrem Weggehen wieder im Tresor im Haus des Bürgermeisters verwahrt worden, was auch Mr. Sind-wir-nicht-edel Will Dearborn davon und von ihr halten mochte. Bürgermeister Thorin (sie brachte es nicht über sich, ihn Hart zu nennen, obwohl er sie darum gebeten hatte – nicht einmal ganz für sich konnte sie es) hatte ihn ihr persönlich abgenommen. Im Flur gleich neben dem Empfangsraum war das gewesen, vor dem Gobelin, der Arthur Eld zeigte, wie er sein Schwert aus der Pyramide trug, in der es eingemauert gewesen war. Und er (Thorin, nicht der Eld) hatte die Gelegenheit genutzt, ihren Mund zu küssen und hastig über ihre Brüste zu streichen – ein Teil von ihr, der ihr den ganzen endlosen Abend lang viel zu nackt vorgekommen war. »Ich brenne darauf, daß der Erntetag kommt«, hatte er ihr melodramatisch ins Ohr geflüstert. Sein Atem hatte nach Branntwein gerochen. »Jeder Tag dieses Sommers kommt mir wie eine Ewigkeit vor.«

Jetzt, in ihrem Zimmer, wo sie ihr Haar mit heftigen, schnellen Strichen bürstete und den abnehmenden Mond betrachtete, glaubte sie, daß sie in ihrem ganzen Leben noch nie so wütend gewesen war: wütend auf Thorin, wütend auf Tante Cord, *außer sich* vor Wut auf diesen selbstgerechten, eingebildeten Fant von einem Will Dearborn. Aber am meisten war sie wütend auf sich selbst.

»Es gibt drei Möglichkeiten, was du in jeder gegebenen Situation tun kannst, Mädchen«, hatte ihr Vater einmal zu ihr gesagt. »Du kannst dich dafür entscheiden, etwas zu tun, du kannst dich entscheiden, etwas *nicht* zu tun ... oder du kannst dich entscheiden, dich nicht zu entscheiden.« Letzteres war, was ihr Da nie offen ausgesprochen hatte (weil es nicht nötig war), die Wahl von Schwächlingen und Narren. Sie hatte sich geschworen, daß sie selbst sich niemals dafür entscheiden würde ... und doch hatte sie zugelassen, daß sie in diese häßliche Situation hineingeriet. Nun schienen alle Entscheidungen schlecht und ehrlos zu sein, alle Straßen entweder voller Steine oder bis zur Radnabe voller Schlamm.

In ihrem Zimmer im Haus des Bürgermeisters (sie teilte sich seit zehn Jahren keine Kammer mehr mit Hart und hatte seit fünf Jahren kein Bett mehr mit ihm geteilt, auch nicht kurzfristig) saß Olive in ihrem Nachthemd aus schlichter weißer Baumwolle und betrachtete ebenfalls den Vollmond. Nachdem sie sich in die wohlbehütete Abgeschiedenheit ihres Zimmers zurückgezogen hatte, hatte sie geweint ... aber nicht lange. Nun waren ihre Augen trocken, und sie fühlte sich so hohl wie ein abgestorbener Baum.

Und was war das Schlimmste? Daß Hart nicht begriff, wie gedemütigt sie sich fühlte, und nicht nur ihretwegen. Er war zu sehr damit beschäftigt, herumzustolzieren und sich aufzuplustern (und zu beschäftigt, Sai Delgado bei jeder sich bietenden Gelegenheit in den Ausschnitt zu schauen), um zu merken, daß die Leute – darunter sein eigener Kanzler – hinter seinem Rücken über ihn lachten. Vielleicht hörte das auf, wenn das Mädchen mit einem dicken Bauch zu ihrer Tante zurückgekehrt war, aber bis dahin würden noch Monate vergehen. Dafür hatte die Hexe gesorgt. Und wenn das Mädchen nicht gleich empfing, würde es noch länger dauern. Und was war das Dümmste und Demütigendste von allem? Daß sie, John Havertys Tochter Olive, ihren Mann immer noch liebte. Hart war ein jämmerlicher, eitler, wichtigtuerischer Geck von einem Mann, aber sie liebte ihn trotzdem.

Und da war noch etwas, davon abgesehen, daß sich Hart in seinen späten mittleren Jahren in einen Ziegenbock verwandelte: Sie glaubte, daß eine Art Intrige eingefädelt wurde, etwas Gefährliches und höchst wahrscheinlich Unehrenhaftes. Hart wußte ein bißchen davon, doch sie vermutete, daß er nur wußte, was Kimba Rimer und dieser gräßliche hinkende Mann ihn wissen lassen *wollten*.

Es gab eine Zeit, und die lag gar nicht so lange zurück, da hätte sich Hart von Leuten wie Rimer nicht auf diese Weise hinters Licht führen lassen, eine Zeit, da hätte er einen Blick auf Eldred Jonas und seine Freunde geworfen und sie nach Westen geschickt, noch bevor sie auch nur eine einzige warme Mahlzeit im Bauch gehabt hätten. Aber das war gewesen, bevor Hart völlig vernarrt war in Sai Delgados graue Augen, ihren straffen Busen und ihren flachen Bauch.

Olive drehte die Lampe herunter, blies die Flamme aus und kroch ins Bett, wo sie bis zum Einbruch der Dämmerung wach liegen würde.

Um ein Uhr hielt sich niemand mehr in den öffentlichen Räumen im Haus des Bürgermeisters auf, abgesehen von vier Putzfrauen, die ihre Arbeit stumm (und nervös) unter der Aufsicht von Eldred Jonas verrichteten. Als eine von ihnen hochsah und feststellte, daß er nicht mehr in dem Sessel am Fenster saß, wo er geraucht hatte, murmelte sie ihren Freundinnen leise etwas zu, und alle entspannten sich ein wenig. Aber es wurde weder gesungen noch gelacht. *Il spectro*, der Mann mit dem blauen Sarg auf der Hand, hatte sich vielleicht nur in die Schatten zurückgezogen. Vielleicht beobachtete er sie immer noch.

Um zwei Uhr waren selbst die Putzfrauen gegangen. Es war die Stunde, da eine Party in Gilead gerade den Höhepunkt an Prunk und Klatsch erreicht hätte, aber Gilead war weit entfernt, nicht nur in einer anderen Baronie, sondern fast in einer anderen Welt. Dies war der Äußere Bogen, und im Äußeren gingen selbst die Edelleute früh zu Bett.

Im Traveller's Rest freilich waren keine Edelleute zu sehen, und unter dem allumfassenden Blick des Wildfangs war die Nacht immer noch recht jung.

2

An einem Ende des Saloons tranken Fischer, die noch ihre heruntergerollten Stiefel trugen, und spielten Watch Me um kleine Einsätze. Rechts von ihnen stand ein Pokertisch; links von ihnen stand eine Traube schreiender, schwitzender Männer – überwiegend Kuhhirten – an Satan's Alley und sahen zu, wie die Würfel über den Filzbelag rollten. Am anderen Ende des Raums haute Sheb McCurdy einen zackigen Boogie heraus, ließ die rechte Hand fliegen und pumpte mit der linken, während ihm Schweiß über den Hals und die blassen Wangen lief. An seiner Seite, über ihm, stand Pettie der Trampel betrunken auf einem Hocker, ließ ihre enorme Kehrseite kreisen und plärrte den Text des Songs aus vollem Hals: »*Come on over, baby, we got chicken in the barn, what barn, whose barn, my barn! Come on over, baby, baby got the bull by the horns …*«

Sheemie blieb neben dem Klavier stehen, hielt den Kameleimer in einer Hand, grinste zu ihr hinauf und versuchte, mitzusingen. Pettie tätschelte ihn, ohne ein Wort, einen Hüftschwung oder einen Schritt zu verpassen, und Sheemie trollte sich mit einem eigentümlichen Lachen – schrill, aber irgendwie nicht unangenehm.

Eine Partie Darts wurde gespielt; in einer Nische ziemlich hinten gelang es einer Hure, die sich selbst Gräfin Jillian von Up'ard

Killian nannte (verbanntes Mitglied der Königlichen Familie des fernen Garlan, meine Lieben, oh, wie sind wir was Besonderes), zwei Freiern gleichzeitig einen runterzuholen und dazu noch Pfeife zu rauchen. Und an der Bar tranken eine ganze Schar der unterschiedlichsten Schläger, Drifter, Kuhhirten, Viehtreiber, Fahrer, Fuhrunternehmer, Stellmacher, Wichtigtuer, Zimmerleute, Hochstapler, Fischer und Revolverhelden unter dem zweifachen Kopf des Wildfangs.

Die beiden einzigen *echten* Revolverhelden im Saloon saßen am Ende der Bar und tranken allein. Niemand versuchte, sich zu ihnen zu gesellen, aber nicht nur, weil sie Schießeisen in Holstern hatten, die sie nach Art von Revolvermännern tief am Oberschenkel festgebunden trugen. Revolver waren in jener Zeit ungewöhnlich, aber nicht unbekannt in Mejis, und wurden nicht unbedingt gefürchtet, aber diese beiden hatten das mürrische Aussehen von Männern, die einen langen Tag damit verbracht haben, eine Arbeit zu erledigen, die sie nicht wollten – das Aussehen von Männern, die grundlos einen Streit anfangen und mit Vergnügen den Mann einer frischgebackenen Witwe im Leichenwagen nach Hause schicken würden.

Stanley, der Barkeeper, servierte ihnen einen Whiskey nach dem anderen, ohne den Versuch zu machen, ein Gespräch in Gang zu bringen, nicht einmal ein: »War 'n heißer Tag, Gents, nicht wahr?« Sie rochen nach Schweiß, ihre Hände waren klebrig von Kiefernharz. Aber nicht so sehr, daß Stanley nicht die blauen Särge sehen konnte, die sie darauf tätowiert hatten. Wenigstens war ihr Freund, der alte hinkende Geier mit dem Frauenhaar und dem Klumpfuß, nicht hier. Für Stanley war Jonas der Schlimmste der Großen Sargjäger, aber diese beiden waren auch schon schlimm genug, und er hatte nicht die Absicht, ihnen in die Quere zu kommen, wenn es sich vermeiden ließ. Mit etwas Glück würde das keinem passieren; sie sahen so müde aus, daß sie wahrscheinlich beizeiten das Handtuch werfen würden.

Reynolds und Depape waren müde, das stimmte – sie hatten den ganzen Tag draußen auf dem Citgo-Gelände verbracht und eine Reihe leerer Edelstahltankwagen mit sinnlosen Wörtern (TEXACO, CITGO, SUNOCO, EXXON) auf den Seiten getarnt und zu diesem Zweck, schien es, eine Milliarde Kiefernzweige geschleppt und aufgestapelt –, aber sie hatten nicht wirklich die Absicht, beizeiten mit dem Trinken aufzuhören. Depape hätte es vielleicht getan, wenn Ihre Hochtrabendheit zur Verfügung gestanden haben würde, aber diese junge Schönheit (richtiger Name: Gert Moggins) hatte einen Job auf einer Ranch und würde erst in zwei Nächten wieder hier sein. »Und es könnte eine Woche sein, wenn die Bezahlung stimmt«, sagte Depape verdrossen. Er schob seine Brille auf der Nase hinauf.

»Fick sie«, sagte Reynolds.

»Genau das würde ich, wenn ich könnte, aber ich kann nicht.«

»Ich hol mir einen Teller von dem kostenlosen Essen«, sagte Reynolds und zeigte zum anderen Ende der Bar, wo gerade ein Blecheimer mit dampfenden Muscheln darin aus der Küche aufgetragen worden war. »Möchtest du auch welche?«

»Die Dinger sehen aus wie Rotzklumpen und fühlen sich auch so an beim Schlucken. Bring mir einen Streifen Dörrfleisch.«

»Na gut, Partner.« Reynolds ging an der Bar entlang. Die Leute machten ihm Platz; machten sogar seinem mit Seide eingefaßten Mantel Platz.

Depape, der jetzt, wo er daran gedacht hatte, wie Ihre Hochtrabendheit da draußen auf der Piano Ranch Cowboy-Spareribs runterschluckte, übellauniger denn je wurde, kippte seinen Drink, verzog das Gesicht wegen des Geruchs von Kiefernharz an seinen Händen und hielt das Glas in Stanley Ruiz' Richtung. »Mach das voll, du Hund!« rief er. Ein Kuhhirte, der mit Rücken, Hintern und Ellbogen an der Bar lehnte, schrak zusammen, als Depapes Brüllen ertönte, und das reichte schon aus, daß der Ärger begann.

Sheemie näherte sich geschäftig dem Durchgang, aus dem die Muscheln gerade gebracht worden waren, und hielt den Kameleimer mit beiden Händen vor sich. Später, wenn es im Traveller's ruhiger wurde, bestand seine Aufgabe darin, sauberzumachen. Im Augenblick jedoch mußte er nur mit dem Kameleimer herumlaufen und die Reste aller Drinks hineinschütten, die er fand. Diese Mischung wurde in einen Krug hinter der Bar geschüttet. Der Krug trug eine wahrheitsgemäße Aufschrift – KAMELPISSE –, und man konnte einen Doppelten für drei Pennies bekommen. Es war ein Drink ausschließlich für die Waghalsigen oder die Ärmsten der Armen, aber in jeder Nacht hielten sich von beiden eine hinreichende Zahl unter dem strengen Blick des Wildfangs auf; Stanley hatte selten Probleme, den Krug leerzubekommen. Und wenn er bis zur Sperrstunde nicht leer war, nun, dann gab es immer einen neuen Abend. Ganz zu schweigen von einer neuen Meute durstiger Narren.

Aber bei dieser Gelegenheit schaffte es Sheemie nicht bis zum Krug Kamelpisse am hinteren Ende der Bar. Er stolperte über den Stiefel des Cowboys, der zusammengezuckt war, und ging mit einem überraschten Grunzen in die Knie. Der Inhalt des Eimers spritzte heraus und tränkte, Satans Erstem Hauptsatz der Boshaftigkeit folgend – der da lautet, wenn das Schlimmste passieren kann, passiert es für gewöhnlich auch –, Roy Depape von den Knien abwärts mit einer tränentreibenden Mischung aus Bier, *Graf* und weißem Blitz.

Die Unterhaltung an der Bar verstummte, und das brachte auch die Unterhaltung der Männer am Würfeltisch zum Verstummen. Sheb drehte sich um, sah Sheemie vor einem von Jonas' Männern knien und hörte auf zu spielen. Pettie, die die Augen zugekniffen hatte, damit sie ihre ganze Seele in den Gesang legen konnte, fuhr noch zwei oder drei Takte *a cappella* fort, bis ihr das Schweigen auffiel, das sich wie eine Welle fortpflanzte. Sie hörte auf zu singen und schlug die Augen auf. Diese Art von Schweigen bedeutete für gewöhnlich, daß jemand getötet werden würde. Wenn dem so war, hatte sie nicht die Absicht, es sich entgehen zu lassen.

Depape stand vollkommen reglos da und inhalierte den durchdringenden Alkoholgeruch. Im großen und ganzen störte ihn der Gestank nicht; dem Gestank von Kiefernharz war er allemal haushoch überlegen. Auch wie ihm seine Hosen an den Knien klebten, störte ihn nicht. Es hätte ein wenig ärgerlich sein können, wenn etwas von dem Freudensaft in seine Stiefel gespritzt wäre, aber das war nicht der Fall.

Er ließ die Hand auf den Griff seines Revolvers fallen. Hier, bei Gott und Göttin, war etwas, womit er sich von seinen klebrigen Händen und seiner abwesenden Hure ablenken konnte. Und ein guter Spaß war allemal eine feuchte Hose wert.

Inzwischen lag Schweigen über dem Saloon. Stanley stand steif wie ein Soldat hinter der Bar und zupfte nervös an einem seiner Ärmelhalter. Am anderen Ende der Bar sah Reynolds interessiert zu seinem Partner. Er nahm eine Muschel aus dem dampfenden Eimer und schlug sie an der Kante der Bar auf wie ein gekochtes Ei. Sheemie, der zu Depapes Füßen lag, sah hoch, und seine Augen unter dem schwarzen Haarschopf waren groß und ängstlich. Er gab sich größte Mühe, zu lächeln.

»Also, Junge«, sagte Depape. »Du hast mich ziemlich naß gemacht.«

»Entschuldige, Großer, hab stolper-di-stolper gemacht.« Sheemie zeigte mit einer Hand zuckend über die Schulter; ein paar Tropfen Kamelpisse flogen von seinen Fingerspitzen. Irgendwo räusperte sich jemand nervös – *hrrhm-hrrhm!* Der Raum war voller Augen und so still, daß sie alle den Wind in den Erkern und die Wellen hören konnten, die sich zwei Meilen entfernt, bei Hambry Point, an den Felsen brachen.

»Einen Scheißdreck hast du«, sagte der Kuhhirt, der zusammengezuckt war. Er war um die Zwanzig und hatte plötzlich Angst, er würde seine Mutter nie wiedersehen. »Versuch bloß nicht, mir deinen Ärger anzuhängen, verdammter Schwachkopf.«

»Mir ist egal, *wie* es passiert ist«, sagte Depape. Er merkte, daß er vor Publikum spielte, und wußte genau, das Publikum wollte vor allen Dingen unterhalten werden. Sai R. B. Depape, immer ein Sportsmann, wollte ihm den Wunsch erfüllen.

Er kniff über den Knien in den Kordstoff seiner Hose, zog die Hose hoch und ließ die Stiefelspitzen sehen. Sie waren glänzend und naß.

»Schau her! Sieh dir an, was du mir auf die Stiefel geschüttet hast.«

Sheemie sah grinsend und voller Todesangst zu ihm auf.

Stanley Ruiz entschied, daß er das nicht zulassen konnte, ohne wenigstens einen Versuch zu unternehmen, es zu verhindern. Er hatte Dolores Sheemer gekannt, die Mutter des Jungen; es bestand sogar die Möglichkeit, daß er selbst der Vater des Jungen war. Wie auch immer, er mochte Sheemie. Er war schwachsinnig, hatte aber ein Herz aus Gold, er trank nie und machte immer seine Arbeit. Außerdem hatte er selbst an den kältesten, nebligsten Wintertagen ein Lächeln für einen parat. Das war eine Begabung, die die meisten Menschen mit normaler Intelligenz nicht hatten.

»Sai Depape«, sagte er, kam einen Schritt vorwärts und sprach mit tiefer, respektvoller Stimme. »Es tut mir sehr leid. Ihre Drinks gehen den Rest des Abends auf Kosten des Hauses, wenn wir dafür diesen bedauerlichen Zwischenfall –«

Depapes Bewegung war so schnell, daß man sie kaum sehen konnte, aber das erstaunte die Leute, die sich an diesem Abend im Rest aufhielten, nicht so sehr; sie gingen davon aus, daß ein Mann, der mit Jonas ritt, schnell sein würde. Was sie erstaunte, war die Tatsache, daß er sich *nicht einmal umdrehte, um sein Ziel ins Auge zu fassen*. Er lokalisierte Stanley allein durch seine Stimme.

Depape zog seine Waffe und schwenkte sie in einem Aufwärtsbogen nach rechts. Sie traf Stanley Ruiz genau auf den Mund, quetschte seine Lippen und zertrümmerte drei seiner Zähne. Blut spritzte auf den Spiegel hinter der Bar; mehrere Tropfen, die besonders hoch spritzten, verzierten die linke Nase des Wildfangs. Stanley schrie, schlug die Hände vor das Gesicht und taumelte gegen das Regal hinter ihm. In der Stille klang das Klirren der Flaschen sehr laut.

Am anderen Ende der Bar öffnete Reynolds eine weitere Muschel und sah fasziniert zu. Das war so gut wie ein Theaterstück.

Depape konzentrierte sich wieder auf den knienden Jungen. »Putz meine Schuhe«, sagte er.

Ein Ausdruck vager Erleichterung kam über Sheemies Gesicht. Seine Schuhe putzen! Ja! Jede Wette! Auf der Stelle! Er zog das Tuch heraus, das er immer in der Gesäßtasche hatte. Es war noch nicht einmal schmutzig. Jedenfalls nicht sehr.

»Nein«, sagte Depape geduldig. Sheemie sah mit offenem Mund erstaunt zu ihm auf. »Steck diesen häßlichen Fetzen dahin, wo er hergekommen ist – ich will ihn nicht mal sehen.«

Sheemie steckte das Tuch wieder in die Tasche.

»Leck sie«, sagte Depape mit derselben geduldigen Stimme. »Das ist es, was ich will. Du leckst meine Stiefel, bis sie wieder trocken sind, und so sauber, daß du dein dummes Kaninchengesicht darin sehen kannst.«

Sheemie zögerte, als wäre er immer noch nicht sicher, was von ihm erwartet wurde. Vielleicht verarbeitete er auch nur die Informationen.

»Ich würde es machen, Junge«, sagte Barkie Callahan von seinem, wie er hoffte, sicheren Platz hinter Shebs Klavier. »Wenn du die Sonne noch einmal aufgehen sehen möchtest, würde ich es auf jeden Fall tun.«

Depape hatte bereits beschlossen, daß der Matschkopf keinen Sonnenaufgang mehr sehen würde, nicht in *dieser* Welt, hielt aber den Mund. Noch nie hatte ihm jemand die Stiefel geleckt. Er wollte wissen, wie man sich dabei fühlte. Wenn es schön war – irgendwie sexy –, konnte er vielleicht versuchen, Ihre Hochtrabendheit dazu zu bringen.

»Muß ich?« Tränen traten in Sheemies Augen. »Kann ich nicht nur tut mir leid und sie richtig toll polieren?«

»*Leck*, du schwachsinniger Esel«, sagte Depape.

Sheemie fiel das Haar in die Stirn. Er streckte zaghaft die Zunge zwischen den Lippen hervor, und als er den Kopf über Depapes Stiefel beugte, fiel die erste seiner Tränen hinunter.

»Aufhören, aufhören, aufhören«, sagte eine Stimme. Sie klang schockierend in dieser Stille – nicht, weil sie so plötzlich ertönte, und bestimmt nicht, weil sie wütend war. Sie klang schockierend, weil sie amüsiert war. »Ich kann das einfach nicht zulassen. Nee. Ich würde es gerne, kann es aber nicht. Unhygienisch, versteht ihr? Wer weiß, welche Krankheiten auf diesem Wege übertragen werden können? Der Verstand sträubt sich. Staräubt sich *ab-so-lut!*«

Der Überbringer dieser idiotischen und potentiell fatalen Worte stand direkt innerhalb der Schwingtür: ein junger Mann mittlerer Größe, der seinen flachen Hut zurückgeschoben hatte, so daß man ein schiefes Komma von braunem Haar sehen konnte. Aber *junger Mann* wurde ihm nicht gerecht, stellte Depape fest; *junger Mann* dehnte den Begriff schon beträchtlich. Er war noch ein Kind. Um den Hals trug er, die Götter wußten warum, einen Vogelschädel wie einen riesigen komischen Anhänger. Der Schädel hing an einer Kette durch die Augenlöcher. Und in den Händen hielt der Junge kein Schießeisen (*woher hätte ein Bengel wie er, der noch kein Haar auf den Wangen hatte, auch ein Schießeisen bekommen sollen?* fragte sich Depape), sondern eine verdammte Schleuder. Depape prustete vor Lachen.

Der Junge lachte ebenfalls und nickte, als würde er verstehen, wie lächerlich die ganze Sache aussah, wie lächerlich die ganze Sache *war*. Sein Lachen wirkte ansteckend; Pettie, die nach wie vor auf ihrem Hocker stand, kicherte selbst, bevor sie die Hände vor den Mund schlug.

»Das ist kein Platz für einen Knaben wie dich«, sagte Depape. Seinen Revolver, eine alte fünfschüssige Waffe, hatte er immer noch gezückt; er hielt ihn in der Hand auf der Bar, und Stanley Ruiz' Blut tropfte vom Korn. Depape winkte verhalten damit, ohne die Hand vom Eisenholztresen zu nehmen. »Jungs, die in solche Lokale kommen, lernen schlechte Gewohnheiten, Kind. Sterben gehört auch dazu. Darum gebe ich dir diese eine Chance. Raus hier.«

»Danke, Sir, ich weiß die eine Chance zu schätzen«, sagte der Junge. Er sagte es mit großer und einnehmender Aufrichtigkeit… bewegte sich aber nicht. Er blieb einfach an der Schwingtür stehen und hielt das breite, elastische Band seiner Schleuder gespannt. Depape konnte nicht recht erkennen, was in der Lasche lag, aber es funkelte im Gaslicht. Eine Art Metallkugel.

»Ja, und?« fauchte Depape. Die Sache wurde abgeschmackt, und zwar ziemlich schnell.

»Ich weiß, ich bin nichts weiter als ein Quälgeist – ganz zu schweigen von einem Schmerz im Arsch und einem milchigen Tropfen von der Spitze eines wunden Pimmels –, aber wenn es Ihnen nichts ausmacht, mein teurer Freund, würde ich meine Chance gern dem jungen Burschen geben, der da vor Ihnen auf den Knien liegt. Lassen sie ihn sich entschuldigen, lassen Sie ihn Ihre Stiefel mit dem Tuch polieren, bis Sie vollkommen zufrieden sind, und dann lassen Sie ihn sein Leben weiterleben.«

Undeutliches zustimmendes Murmeln ertönte aus dem Bereich, wo die Kartenspieler saßen. Das gefiel Depape ganz und gar nicht, und er fällte eine plötzliche Entscheidung. Der Junge würde ebenfalls sterben, er würde wegen des Verbrechens der Impertinenz hingerichtet werden. Der Tölpel, der den Eimer mit den Resten über ihn geschüttet hatte, war eindeutig zurückgeblieben. Jener Bengel dort hatte nicht einmal diese Entschuldigung. Er glaubte nur, daß er komisch wäre.

Aus dem Augenwinkel sah Depape, wie sich Reynolds geschmeidig wie geölte Seide bewegte, um die Flanke des Jungen abzudecken. Depape wußte die Geste zu schätzen, glaubte aber nicht, daß er nennenswerte Hilfe bei dem Schleuderspezialisten brauchen würde.

»Junge, ich glaube, du hast einen Fehler gemacht«, sagte er mit einer freundlichen Stimme. »Ich glaube wirklich –« Die Lasche der Schleuder zuckte ein wenig nach unten … oder Depape bildete es sich ein. Er reagierte sofort.

3

In Hambry erzählten sie noch Jahre später davon; drei Jahrzehnte nach dem Fall von Gilead und dem Ende des Bundes erzählten sie immer noch davon. Zu dem Zeitpunkt gab es schon mehr als fünfhundert alte Opas (und ein paar alte Omas), die behaupteten, daß sie in jener Nacht ein Bier im Rest getrunken und alles mit angesehen hätten.

Depape war jung und besaß die Schnelligkeit einer Schlange. Trotzdem bekam er nicht einmal den Hauch einer Chance, einen Schuß auf Cuthbert Allgood abzufeuern. Ein *zip-TWENGG!* ertönte, als das elastische Band losgelassen wurde, ein Funkeln von Stahl zog durch die rauchige Luft des Saloons wie ein Kreidestrich über eine Schiefertafel, und dann schrie Depape. Sein Revolver fiel zu Boden, ein Fuß kickte ihn durch das Sägemehl weg von ihm (niemand wollte der Besitzer des Fußes gewesen sein, solange sich die Großen Sargjäger noch in Hambry aufhielten; als sie fort waren, wollten es Hunderte gewesen sein). Depape hob immer noch kreischend – er konnte keine Schmerzen ertragen – die blutende Hand und betrachtete sie mit gequältem, fassungslosem Blick. Eigentlich hatte er Glück gehabt. Cuthberts Kugel hatte die Spitze des zweiten Fingers zertrümmert und den Nagel abgerissen. Etwas tiefer, und Depape hätte Rauchringe durch seine eigene Hand blasen können.

Derweil hatte Cuthbert die Schleuder bereits nachgeladen und das elastische Band wieder gespannt. »Nun gut«, sagte er, »wenn ich Ihre Aufmerksamkeit haben dürfte, werter Herr –«

»Für seine kann ich nicht sprechen«, sagte Reynolds hinter ihm, »aber meine hast du ganz gewiß, Partner. Ich weiß nicht, ob du gut mit diesem Ding bist oder einfach nur Scheißglück gehabt hast, aber wie auch immer, jetzt ist es gelaufen. Du solltest das Band langsam entspannen und loslassen. Ich will das Ding auf dem Tisch dort vor dir sehen.«

»Ich war verblendet«, sagte Cuthbert traurig. »Wieder einmal von meiner unreifen Jugend verraten.«

»Von deiner unreifen Jugend weiß ich nichts, Bruder, aber verblendet bist du wahrhaftig gewesen«, stimmte Reynolds zu. Er stand links hinter Cuthbert und hob nun die Waffe, bis Cuthbert die Mündung an seinem Hinterkopf spüren konnte. Reynolds spannte den Hahn. In der Höhle des Schweigens, zu der das Traveller's Rest geworden war, klang das Geräusch sehr laut. »Und jetzt leg die Schleuder weg.«

»Ich glaube, guter Mann, ich muß dieses Ansinnen mit Bedauern ablehnen.«

»Was?«

»Sehen Sie, ich ziele mit meiner vertrauenswürdigen Schlinge auf den Kopf Ihres Freundes –«, begann Cuthbert, und als sich Depape nervös an der Bar bewegte, schwoll Cuthberts Stimme zu einem messerscharfen Tonfall an, der überhaupt nichts Unreifes an sich hatte. *»Stehenbleiben! Noch eine Bewegung, und Sie sind ein toter Mann!«*

Depape gehorchte und hielt die blutende Hand an sein vom Kiefernharz klebriges Hemd. Zum erstenmal sah er ängstlich aus, und zum erstenmal in dieser Nacht – sogar zum erstenmal, seit er sich mit Jonas zusammengetan hatte – spürte Reynolds, wie ihm die Kontrolle über die Situation entglitt ... aber wie konnte das sein? Wie konnte das sein, wo es ihm doch gelungen war, sich hinter diese klugscheißerische halbe Portion zu schleichen und sie zu überrumpeln? Es hätte *vorbei* sein müssen.

Cuthbert senkte die Stimme wieder zu seinem vorherigen, beinahe verspielten Plauderton und sagte: »Wenn Sie auf mich schießen, fliegt die Kugel, und Ihr Freund stirbt auch.«

»Das glaube ich nicht«, sagte Reynolds, aber ihm gefiel nicht, was er in seiner eigenen Stimme hörte. Es hörte sich wie Zweifel an. »Kein Mensch könnte so einen Schuß bewerkstelligen.«

»Warum überlassen wir die Entscheidung nicht Ihrem Freund?« Cuthberts Stimme schwoll zu einem heiteren Johlen an. »Hi-ho, Sie da drüben, Mr. Brillenschlange! Möchten Sie, daß Ihr Kumpel auf mich schießt?«

»Nein!« Depapes Aufschrei war schrill und grenzte an Panik. »Nein, Clay! Nicht schießen!«

»Also haben wir ein Patt«, sagte Reynolds nachdenklich. Aus

dieser Nachdenklichkeit wurde das blanke Entsetzen, als er spürte, wie die Klinge eines sehr großen Messers an seine Kehle gedrückt wurde. Sie drückte direkt unter dem Adamsapfel in seine empfindliche Haut.

»Nein, keineswegs«, sagte Alain sanft. »Legen Sie die Waffe weg, mein Freund, oder ich schneide Ihnen die Kehle durch.«

4

Jonas, der durch reines Glück gerade rechtzeitig eingetroffen war, um Zeuge dieser Pinch-und-Jilly-Vorstellung zu werden, stand unmittelbar vor der Schwingtür und beobachtete alles mit Staunen, Verachtung und fast so etwas wie Entsetzen. Zuerst macht einer dieser Bengel des Bundes Depape fertig, und als Reynolds sich um den gekümmert hat, kommt der große Junge mit dem runden Gesicht und den Schultern eines Bauernlümmels daher und hält Reynolds ein Messer an die Kehle. Keiner der Bengel einen Tag älter als fünfzehn, und keiner mit einer Schußwaffe. Unfaßbar. Jonas hätte es besser als einen Wanderzirkus gefunden, wären die Probleme nicht gewesen, die sich ergaben, wenn die Sache nicht bereinigt wurde. Was konnten sie in Hambry schon bewerkstelligen, wenn sich herumsprach, daß die Buhmänner Angst vor den Kindern hatten, anstatt umgekehrt?

Vielleicht könnte man dem Einhalt gebieten, bevor jemand getötet wird. Wenn du willst. Willst du?

Jonas entschied, daß er wollte; sie konnten als Sieger hinausgehen, wenn sie es richtig anstellten. Er entschied auch, daß die Bengel des Bundes Mejis nicht lebend verlassen würden, wenn sie nicht großes Glück hatten.

Wo ist der andere? Dearborn?

Eine gute Frage. Eine *wichtige* Frage. Aus der peinlichen Situation würde eine regelrechte Demütigung werden, wenn er sich genauso aufs Kreuz legen ließ wie Roy und Clay.

Dearborn befand sich nicht in der Bar, soviel stand fest. Jonas machte auf dem Absatz kehrt und suchte die High Street in beiden Richtungen ab. Unter dem Kußmond, zwei Tage nach Vollmond, war es fast taghell. Niemand da, nicht auf der Straße, nicht auf der anderen Seite, wo sich der Gemischtwarenladen von Hambry befand. Der Laden hatte eine Veranda, aber auf der befand sich nichts, abgesehen von einer Reihe geschnitzter Totems, die die Wächter des Balkens darstellten: Bär, Schildkröte, Fisch, Adler, Löwe, Fledermaus und Wolf. Sieben von zwölf, hell wie Marmor im Mondschein, und zweifelsohne große Favoriten der Kinderchen. Aber keine Männer da drüben. Gut. Reizend.

Jonas warf einen scharfen Blick in die Gasse zwischen dem Gemischtwarenladen und der Metzgerei, erblickte einen Schatten hinter umgestürzten Kisten, verkrampfte sich und entspannte sich wieder, als er die grün leuchtenden Augen einer Katze sah. Er nickte, wandte sich der vor ihm liegenden Aufgabe zu, stieß die linke Schwingtür auf und betrat das Traveller's Rest. Alain hörte das Quietschen eines Scharniers, aber Jonas hielt ihm den Revolver an die Schläfe, ehe er auch nur zum Umdrehen ansetzen konnte.

»Sonny, wenn du kein Barbier bist, solltest du diesen Schweinestecher besser weglegen. Ich sage es nur einmal.«

»Nein«, sagte Alain.

Jonas, der nur mit Gehorsam gerechnet hatte und auf nichts anderes vorbereitet war, war wie vom Donner gerührt. »*Was?*«

»Sie haben schon verstanden«, sagte Alain. »Ich habe nein gesagt.«

5

Nachdem sie sich in Seafront förmlich verabschiedet hatten, hatte Roland seine Freunde ihren eigenen Vergnügungen überlassen – er vermutete, daß sie im Traveller's Rest landen, aber nicht lange bleiben oder großen Ärger bekommen würden, da sie kein Geld zum Spielen hatten und nichts Aufregenderes als kalten Tee trinken durften. Er war auf einem anderen Weg in die Stadt geritten, hatte sein Pferd an einem der Pfosten auf dem unteren der beiden öffentlichen Plätze festgezurrt (Rusher hatte ein einziges kurzes verwundertes Wiehern angesichts dieser Behandlung ausgestoßen, aber sonst nichts) und schlenderte seitdem mit tief ins Gesicht gezogenem Hut und schmerzhaft hinter dem Rücken verschränkten Händen durch die menschenleeren, verschlafenen Straßen.

Unzählige Fragen gingen ihm durch den Kopf – hier stimmte etwas nicht, ganz und gar nicht. Zuerst hatte er geglaubt, daß er es sich nur einbildete, daß der kindliche Teil in ihm eingebildete Probleme und Intrigen wie aus einem Abenteuerroman suchte, weil er aus dem Zentrum des wahren Geschehens entfernt worden war. Aber nach seiner Unterhaltung mit »Rennie« Renfrew wußte er es besser. Es gab Fragen, regelrechte Geheimnisse, und das Schlimmste war, daß er sich nicht darauf konzentrieren, geschweige denn auch nur den Versuch unternehmen konnte, sie zu verstehen. Jedesmal, wenn er es versuchte, kam ihm Susan Delgados Gesicht in die Quere ... ihr Gesicht, der Schwung ihres Haars oder auch die anmutige, furchtlose Weise, wie ihre Füße in den Seidenschuhen beim Tanz seinen Stiefeln gefolgt waren, ohne einen Schritt zu verpassen oder zu zögern. Immer wieder hörte er seine letzten Worte an sie, die er mit der gestelzten, pedantischen Stimme eines jungen Predigers an sie gerichtet hatte. Er hätte fast alles darum gegeben, den Tonfall und die Worte selbst zurückzunehmen. Zur Erntezeit würde sie das Bett mit Thorin teilen und ihm ein Kind austragen, ehe der erste Schnee fiel, vielleicht einen männlichen Erben, und was war dabei? Reiche Männer, berühmte Männer und blaublütige Männer hatten sich seit Anbeginn der Zeit Mätressen gehalten; Arthur Eld hatte, der Überlieferung zufolge, mehr als vierzig gehabt. Also wirklich, was bedeutete es ihm?

Ich glaube, ich habe mich in sie verliebt. Das bedeutet es mir.

Ein bestürzender Gedanke, doch nicht von der Hand zu weisen; er kannte die Landschaft seines eigenen Herzens zu gut. Er liebte sie, höchstwahrscheinlich war das so, aber ein Teil von ihm haßte sie auch und klammerte sich an den erschreckenden Gedanken, den er beim Dinner gehabt hatte: daß er Susan Delgado ins Herz hätte schießen können, wäre er bewaffnet dort gewesen. Teils war Eifersucht dafür verantwortlich, aber nicht nur; vielleicht nicht einmal zum größeren Teil. Er hatte eine unerklärliche, aber machtvolle Verbindung zwischen Olive Thorin – mit ihrem traurigen, aber tapferen Lächeln vom unteren Ende der Tafel – und seiner eigenen Mutter hergestellt. Hatte er diesen traurigen, wehmütigen Ausdruck an dem Tag, als er sie mit dem Ratgeber seines Vaters überrascht hatte, nicht auch in den Augen seiner Mutter gesehen? Marten im offenen Hemd, Gabrielle Deschain in einem Morgenmantel, der ihr von einer Schulter gerutscht war, und das ganze Zimmer vom Geruch dessen erfüllt, was sie an jenem heißen Vormittag getrieben hatten?

Sein Verstand, so abgebrüht er schon war, schrak entsetzt vor diesem Bild zurück. Statt dessen kreiste er wieder um Susan Delgado – ihre grauen Augen und ihr glänzendes Haar. Er sah sie lachen, Kinn hochgereckt, Hände vor dem Saphir verschränkt, den ihr Thorin gegeben hatte.

Roland nahm an, daß er ihr die Mätressengeschichte vergeben konnte. Was er ihr trotz seiner Gefühle für sie nicht vergeben konnte, war das schreckliche Lächeln auf Olive Thorins Gesicht, als sie das Mädchen beobachtete, das an dem Platz saß, der rechtmäßig ihr zugestanden hätte. An ihrem Platz saß und lachte.

Das waren die Gedanken, die ihm durch den Kopf gingen, während er Felder von Mondlicht abschritt. Er hatte kein Recht, solche Gedanken zu hegen, Susan Delgado war nicht der Grund für sein Hiersein, noch der lächerliche Bürgermeister mit seinen knackenden Knöcheln und seine bemitleidenswerte Landpomeranze von einer Frau … und doch konnte er sie nicht aus seinen Gedanken verbannen und sich auf das konzentrieren, was seine Aufgabe *war*. Er hatte das Gesicht seines Vaters vergessen und ging in der Hoffnung im Mondschein spazieren, es wiederzufinden.

Auf diese Weise gelangte er zu der schlafenden, versilberten High Street, ging von Norden nach Süden und überlegte sich, daß er vielleicht doch noch zu Alain und Cuthbert stoßen würde, um etwas zu trinken und ein- oder zweimal die Würfel Satan's Alley hinunterrollen zu lassen, bevor er aufbrach, um Rusher zu holen und ins Bett zu gehen. Und aus diesem Grund erblickte er Jonas – die hagere Gestalt und das weiße Haar des Mannes waren unmöglich zu übersehen –, der an der Flügeltür des Traveller's Rest stand und ins Innere schaute. Jonas machte das mit einer Hand am Griff seines Revolvers und einer angespannten Haltung, die Roland sofort auffiel. Etwas ging dort vor, und falls Bert und Alain da drinnen waren, hatte es möglicherweise etwas mit ihnen zu tun. Immerhin waren sie Fremde in der Stadt, und es war möglich – sogar wahrscheinlich –, daß nicht jeder in Hambry den Bund so inbrünstig liebte, wie es beim heutigen Abendessen vorgegeben worden war. Vielleicht waren auch Jonas' Freunde in Schwierigkeiten. Auf jeden Fall braute sich dort *etwas* zusammen.

Ohne klare Vorstellung, warum er so handelte, schlich Roland auf die Veranda des Gemischtwarenladens. Dort standen eine Reihe geschnitzter Tiere (wahrscheinlich am Boden festgeschraubt, damit Trunkenbolde aus dem Saloon gegenüber sie nicht wegtragen und dabei die Kinderlieder ihrer Jugend singen konnten). Roland trat hinter das letzte in der Reihe – es war der Bär –, und drückte die Knie durch, damit sein Hut nicht zu sehen sein würde. Dann stand er so reglos wie die Statue. Er konnte sehen, wie sich Jonas umdrehte, über die Straße schaute, dann nach links blickte, wo er etwas entdeckt hatte –

Ein Geräusch, ganz leise: *Miau! Miau!*

Es ist eine Katze. In der Gasse.

Jonas sah noch einen Moment hin, dann betrat er das Rest. Roland kam unverzüglich hinter dem Bären hervor, sprang die Stufen hinunter und lief auf die Straße. Er hatte Alains Gabe des zweiten Gesichts nicht, aber Intuitionen, die manchmal sehr stark waren. Und die sagten ihm jetzt, daß er sich beeilen mußte.

Über ihm verschwand der Kußmond hinter einer Wolke.

6

Pettie der Trampel stand immer noch auf ihrem Hocker, aber sie fühlte sich nicht mehr betrunken und dachte als allerletztes an das Singen. Sie konnte kaum glauben, was sie da sah: Jonas hielt einen Jungen in Schach, der Reynolds in Schach hielt, der *einen anderen* Jungen in Schach hielt (letzterer trug einen Vogelschädel an einer Kette um den Hals), der Roy Depape in Schach hielt. Der sogar Roy Depapes Hand blutig geschossen hatte. Und als Jonas dem großen Jungen gesagt hatte, daß er das Messer weglegen sollte, das er Reynolds an die Kehle hielt, *hatte sich der große Junge geweigert.*

Man kann mir das Licht auspusten und mich zur Lichtung am Ende des Weges schicken, dachte Pettie, *denn jetzt habe ich alles gesehen, das habe ich*. Sie überlegte sich, daß sie von dem Hocker steigen sollte – wahrscheinlich würde jeden Moment eine Schießerei anfangen, und das nicht zu knapp –, aber manchmal mußte man einfach ein Risiko eingehen.

Weil manche Sachen einfach zu gut waren, um sie zu verpassen.

7

»Wir sind in Angelegenheiten des Bundes in dieser Stadt«, sagte Alain. Er hatte eine Hand tief in Reynolds schweißnassem Haar vergraben; mit der anderen übte er konstanten Druck auf das Messer an Reynolds' Kehle aus. Nicht genug, um die Haut zu ritzen. »Wenn Sie uns etwas antun, wird es dem Bund nicht entgehen. Und unseren Vätern auch nicht. Ob es Ihnen gefällt oder nicht, man würde Sie wie Hunde jagen und mit den Köpfen nach unten aufhängen, wenn man Sie erwischt.«

»Sonny, es ist keine Patrouille des Bundes im Umkreis von zweihundert Rädern von hier, wahrscheinlich nicht im Umkreis von dreihundert«, sagte Jonas, »und ich würde keinen Furz im Sturm darauf geben, wenn eine hinter der nächsten Ecke warten würde. Und eure Väter sind mir auch piepegal. Leg das Messer hin, oder ich puste dir dein verdammtes Gehirn weg.«

»Nein.«

»Die weitere Entwicklung dieser Lage dürfte großartig werden«, sagte Cuthbert fröhlich ... obwohl man seinem Geplänkel inzwischen die angespannten Nerven anhörte. Keine Angst, vielleicht nicht einmal *Nervosität*, nur angespannte Nerven. Und wahrscheinlich, dachte Jonas gallig, nicht einmal überstrapaziert. Er hatte diese Jungs einfach unterschätzt; das immerhin stand nun fest. »Sie erschießen Richard, Richard schneidet Mr. Mantel die Kehle durch, während Mr. Mantel mich erschießt und meine armen sterbenden Finger die Schleuder freigeben und eine Stahlkugel durch das jagen, was als Mr. Brillenschlanges Gehirn gelten mag. *Sie* wenigstens werden unbeschadet davonkommen, und ich nehme an, das wird ein großer Trost für Ihre toten Freunde sein.«

»Nennen wir es ein Unentschieden«, sagte Alain zu dem

Mann mit der Waffe an seiner Schläfe. »Wir ziehen uns alle zurück und gehen unserer Wege.«

»Nein, Sonny«, sagte Jonas. Seine Stimme klang geduldig, und er glaubte nicht, daß man ihr den Zorn anhörte, doch der Zorn schwoll an. Götter, derart bloßgestellt zu werden, und sei es nur kurz! »Niemand springt so mit den Großen Sargjägern um. Dies ist eure letzte Chance, zu –«

Etwas Hartes und Kaltes und vollkommen Unmißverständliches wurde gegen Jonas' Hemd gedrückt, mitten zwischen die Schulterblätter. Er wußte sofort, was es war und wem es gehörte, und wußte auch, daß das Spiel verloren war, konnte aber nicht begreifen, wie es zu dieser lächerlichen, ihn rasend machenden Wendung der Ereignisse hatte kommen können.

»Stecken Sie die Waffe weg«, sagte die Stimme hinter der scharfen Metallspitze. Sie klang irgendwie leer – nicht nur ruhig, sondern emotionslos. »Sofort, sonst bohre ich Ihnen das hier ins Herz. Kein weiteres Wort. Der Worte sind genug gewechselt. Tun Sie's oder sterben Sie.«

Jonas hörte zweierlei aus dieser Stimme heraus: Jugend und Aufrichtigkeit. Er steckte die Waffe ein.

»Sie mit dem schwarzen Haar. Nehmen Sie die Waffe aus dem Ohr meines Freundes, und stecken Sie sie ins Holster. Sofort.«

Das mußte man Clay Reynolds nicht zweimal sagen, und er stieß einen langen, bebenden Stoßseufzer aus, als Alain das Messer von seiner Kehle nahm und zurücktrat. Cuthbert drehte sich nicht um, sondern stand nur mit gespannter Schleuder und angewinkeltem Ellbogen da.

»Sie da an der Bar«, sagte Roland. »Ins Holster damit.«

Depape gehorchte und verzog vor Schmerzen das Gesicht, als er sich den verletzten Finger am Patronengurt stieß. Erst als die Waffe weggesteckt war, entspannte Cuthbert die Schleuder und ließ die Metallkugel aus der Lasche auf seine Handfläche fallen.

Die Ursache all dessen war im Lauf der Ereignisse in Vergessenheit geraten. Nun stand Sheemie auf und stolperte durch den Raum. Seine Wangen waren feucht von Tränen. Er nahm eine von Cuthberts Händen, küßte sie mehrmals (laute Schmatzer, die unter anderen Umständen komisch gewirkt hätten) und drückte die Hand einen Augenblick an seine Wange. Dann stapfte er an Reynolds vorbei, stieß die rechte Schwingtür auf und fiel direkt in die Arme eines verschlafenen und noch halb betrunkenen Sheriffs. Sheb hatte Avery aus dem Gefängnisgebäude geholt, wo der Sheriff den Rausch von der Dinnerparty des Bürgermeisters in einer seiner eigenen Zellen ausgeschlafen hatte.

8

»Ein schönes Durcheinander, was?«

Avery hatte es gesagt. Niemand antwortete. Er hatte nicht damit gerechnet – nicht, wenn sie wußten, was gut für sie war.

Das Büroabteil des Gefängnisses war zu klein, um bequem Platz für drei Männer, drei stämmige Halbwüchsige und einen übergewichtigen Sheriff zu bieten, daher hatte Avery sie in die nahegelegene Stadthalle getrieben, wo leise der Flügelschlag von Tauben im Dachgestühl raschelte und das unablässige Ticktack der Standuhr hinter dem Podium ertönte.

Es war ein nüchterner Raum, aber dennoch eine begnadete Wahl. Hierher waren Stadtleute und Grundbesitzer der Baronie seit Jahrhunderten gekommen, um ihre Entscheidungen zu treffen, ihre Gesetze zu verabschieden und gelegentlich, um einen Störenfried besonderer Art nach Westen zu schicken. Eine Aura von Ernsthaftigkeit herrschte im mondglitzernden Halbdunkel, und Roland glaubte, daß selbst der alte Mann, Jonas, etwas davon spürte. Auf jeden Fall verlieh es Sheriff Avery eine Autorität, die er sonst vielleicht nicht ausgestrahlt hätte.

Der Raum stand voller Möbelstücke, die zu jener Zeit und an jenem Ort »Nacktrücken-Bänke« genannt wurden – Sitzreihen aus Eichenholz ohne Polster für Hintern *und* Rücken. Alles in allem sechzig, dreißig auf beiden Seiten eines breiten Mittelgangs. Jonas, Depape und Reynolds saßen auf der ersten Bank links vom Gang. Roland, Cuthbert und Alain auf der ersten Bank rechts. Reynolds und Depape sahen mürrisch und verlegen drein; Jonas distanziert und gefaßt. Will Dearborns kleiner Trupp war ruhig. Roland hatte Cuthbert einen Blick zugeworfen, den der Junge hoffentlich verstanden hatte: *Eine klugscheißerische Bemerkung, und ich reiße dir die Zunge aus dem Kopf.* Er glaubte, daß die Botschaft angekommen war. Bert hatte seinen idiotischen »Wachtposten« irgendwo verstaut, was ein gutes Zeichen war.

»Ein schönes Durcheinander«, wiederholte Avery und blies mit einem tiefen Seufzer alkoholgeschwängerten Atem in ihre Richtung. Er saß auf dem Bühnenrand, ließ seine Beine herunterbaumeln und sah alle mit einer Art angewiderter Verwunderung an.

Die Seitentür ging auf, und Deputy Dave kam herein; er hatte seine weiße Kellnerjacke abgelegt und sein Monokel in der Tasche seines Khakihemds, das er üblicherweise trug, verstaut. In einer Hand hielt er einen Krug, in der anderen ein zusammengefaltetes Etwas, das für Roland wie Birkenrinde aussah.

»Hast du die erste Hälfte gekocht, David?« fragte Avery. Sein Gesicht trug nun einen gequälten Ausdruck.

»Ay.«

»Zweimal gekocht?«

»Ay, zweimal.«

»Denn so lauteten die Anweisungen.«

»Ay«, wiederholte Dave mit resignierter Stimme. Er reichte Avery den Krug und warf das restliche Stück Birkenrinde hinein, als ihm der Sheriff den Krug entgegenstreckte.

Avery wirbelte die Flüssigkeit herum, sah mit einem zweifelnden, resignierten Blick hinein und trank. Er verzog das Gesicht. »Bäh, widerlich!« schrie er. »Wie kann etwas nur so abscheulich sein?«

»Was ist das?« fragte Jonas.

»Kopfschmerzpulver. *Kater*pulver, könnte man sagen. Von der alten Hexe. Die droben auf dem Cöos lebt. Wißt ihr, wo ich meine?« Avery sah Jonas mit einem wissenden Blick an. Der alte Haudegen tat so, als hätte er ihn nicht gesehen, aber Roland glaubte, daß er ihn doch gesehen hatte. Und was hatte er zu bedeuten? Noch ein Geheimnis.

Beim Wort *Cöos* sah Depape auf, dann machte er sich wieder daran, seinen verletzten Finger zu lutschen. Neben Depape saß Reynolds, der den Mantel um sich geschlungen hatte und grimmig auf seinen Schoß sah.

»Wirkt er?« fragte Roland.

»Ay, Junge, aber man bezahlt einen Preis für Hexenmedizin. Vergiß das nie: Man muß immer bezahlen. Das hier nimmt einem die Kopfschmerzen, wenn man zuviel vom verdammten Punsch des Bürgermeisters trinkt, aber es zwickt nicht schlecht in den Eingeweiden. Und erst die Fürze!« Er winkte mit einer Hand vor seinem Gesicht, um es zu demonstrieren, trank noch einen Schluck aus dem Krug und stellte ihn beiseite. Er setzte wieder seine ernste Miene auf, aber die Stimmung in dem Raum war etwas unbeschwerter geworden; alle spürten es. »Was sollen wir nun in dieser Angelegenheit unternehmen?«

Herk Avery maß sie langsam mit Blicken, von Reynolds rechts außen bis zu Alain – »Richard Stockworth« – ganz links. »Hm, Jungs? Wir haben die Männer des Bürgermeisters auf der einen und die ... Männer ... des Bundes auf der anderen Seite, sechs Burschen, die um ein Haar gemordet hätten, und weswegen? Wegen einem Schwachsinnigen und einem verschütteten Eimer Kamelpisse.« Er zeigte zuerst auf die Großen Sargjäger, dann auf die Schätzer des Bundes. »Zwei Pulverfässer, und ein dicker Sheriff in der Mitte. Also, was meint ihr dazu? Sprecht, seid nicht schüchtern, unten in Corals Hurenhöhle seid ihr nicht schüchtern gewesen, also seid es auch hier nicht!«

Niemand sagte etwas. Avery kostete noch einmal von seinem widerlichen Gebräu, stellte es ab und sah sie abwartend an. Was er als nächstes sagte, überraschte Roland nicht sehr; es war genau das, was er von einem Mann wie Avery erwartet hatte, bis hin zu dem Tonfall, der sagen sollte, daß er ein Mann war, der schwere Entscheidungen treffen konnte, wenn es darauf ankam, bei den Göttern.

»Ich werde euch sagen, was wir machen werden: Wir werden das Ganze vergessen.«

Nun nahm er die Haltung von jemandem ein, der einen Aufschrei erwartet und bereit ist, damit fertig zu werden. Als keiner etwas sagte oder auch nur mit einem Fuß scharrte, sah er enttäuscht drein. Doch er hatte eine Aufgabe zu erledigen, und die Nacht war nicht mehr jung. Er straffte die Schultern und machte weiter im Text.

»Ich werde nicht die nächsten drei oder vier Monate abwarten, wer von euch wen getötet hat. Nayn! Und ich werde mich auch nicht in eine Position bringen lassen, wo ich der Leidtragende eures dummen Streits wegen diesem Schwachkopf Sheemie sein werde.

Ich appelliere an euren Sinn für Vernunft, Jungs, wenn ich darauf hinweise, daß ich während eures Aufenthalts hier entweder euer Freund oder euer Feind sein kann... Aber es wäre falsch, wenn ich nicht gleichzeitig an eure edleren Charakterzüge appellieren würde, die zweifellos beträchtlich und feinfühlig sind.«

Der Sheriff versuchte es nun mit einem exaltierten Ausdruck, den Roland nicht für besonders gelungen hielt. Avery wandte Jonas seine Aufmerksamkeit zu.

»Sai, ich kann nicht glauben, daß Ihr drei jungen Männern des Bundes Ärger machen wollt – des Bundes, der seit fünfzig Generationen wie die Muttermilch und die schützende Hand eines Vaters für uns ist; so unhöflich wollt Ihr doch nicht sein, oder?«

Jonas schüttelte den Kopf und lächelte sein dünnes Lächeln.

Avery nickte wieder. Bis jetzt lief alles gut, sagte dieses Nicken. »Ihr habt alle eure eigenen Kuchen zu backen und eure eigenen Suppen zu kochen, und niemand möchte, daß diese Sache euch daran hindert, euren Aufgaben nachzugehen, oder?«

Diesmal schüttelten alle die Köpfe.

»Ich möchte also, daß ihr aufsteht, euch ins Gesicht seht, euch die Hände schüttelt und einander um Verzeihung bittet. Wenn ihr das nicht tut, könnt ihr, soweit es mich betrifft, bei Sonnenaufgang alle nach Westen aus der Stadt reiten.«

Er ergriff den Krug und nahm diesmal einen größeren Schluck. Roland sah, daß die Hand des Mannes ein wenig zitterte, was ihn nicht überraschte. Denn natürlich war alles Schall und Rauch. Dem Sheriff mußte klar gewesen sein, daß Jonas, Reynolds und Depape außerhalb seiner Autorität standen, sobald er die kleinen blauen Särge auf ihren Händen sah; heute nacht mußte er denselben Eindruck haben, was Dearborn, Stockworth und Heath betraf. Er konnte nur hoffen, daß alle einsehen, wo ihre Hauptinteressen lagen. Roland sah es ein. Jonas offenbar auch, denn er erhob sich im selben Augenblick wie Roland.

Avery lehnte sich ein wenig zurück, als rechnete er damit, daß Jonas nach seinem Revolver und Dearborn nach dem Messer in seinem Gürtel greifen würde – dem Messer, das er Jonas an den Rücken gehalten hatte, als Avery in den Saloon geschnauft gekommen war.

Aber es wurde kein Revolver und kein Messer gezogen. Jonas drehte sich zu Roland um und streckte die Hand aus.

»Er hat recht, Kamerad«, sagte Jonas mit seiner quäkenden, bebenden Stimme.

»Ja.«

»Wirst du einem alten Mann die Hand schütteln und geloben, noch einmal von vorne anzufangen?«

»Ja.« Roland streckte die Hand aus.

Jonas nahm sie. »Ich erflehe deine Verzeihung.«

»Ich erflehe die Ihre, Mr. Jonas.« Roland klopfte sich mit der linken Hand auf das Brustbein, wie es angemessen war, wenn man einen Älteren auf diese Weise ansprach.

Als die beiden sich setzten, standen Alain und Reynolds auf, als hätten sie es einstudiert. Als letzte erhoben sich Cuthbert und Depape. Roland war überzeugt, daß Cuthberts Albernheit hervorgeschnellt kommen würde wie ein Kastenteufelchen – der Idiot würde einfach nicht anders können, obwohl ihm klar sein mußte, daß Depape kein Mann war, der die heutige Nacht vergeben und vergessen würde.

»Erflehe Ihre Verzeihung«, sagte Bert mit einem bewundernswerten Mangel an Gelächter in seiner Stimme.

»Erflehe deine«, murmelte Depape und streckte seine blutige Hand aus. Roland sah in einer alptraumhaften Vision, wie Bert sie drückte, so fest er konnte, damit der Rothaarige aufschrie wie eine Eule auf der heißen Herdplatte, aber Berts Händedruck war so zurückhaltend wie seine Stimme.

Avery saß am Bühnenrand, ließ seine plumpen Beine baumeln und verfolgte alles mit onkelhafter Heiterkeit. Sogar Deputy Dave lächelte.

»Ich schätze, jetzt werde auch ich allen Anwesenden die Hände schütteln und euch dann eurer Wege schicken, denn es ist spät, das ist es, und jemand wie ich braucht seinen Schönheitsschlaf.« Er kicherte und sah wieder unbehaglich drein, als niemand einstimmte. Aber er ließ sich von der Bühne gleiten und schüttelte allen die Hände, was er mit der Inbrunst eines Pfarrers tat, dem es endlich gelungen ist, ein störrisches Paar nach einer langen und stürmischen Werbung zu verheiraten.

9

Als sie nach draußen kamen, war der Mond untergegangen und über dem Reinen Meer der erste Silberstreif des Tageslichts zu erkennen.

»Vielleicht sehen wir uns wieder, Sai«, sagte Jonas.

»Vielleicht tun wir das«, sagte Roland und schwang sich in seinen Sattel.

10

Die Großen Sargjäger bewohnten das Haus des Nachtwächters etwa eine Meile südlich von Seafront – das war fünf Meilen außerhalb der Stadt.

Auf halbem Weg dorthin hielt Jonas an einer Biegung der Straße. Von hier aus fiel das Land steil und steinig zum heller werdenden Meer hin ab.

»Absteigen, Mister«, sagte er. Depape war es, den er dabei ansah.

»Jonas … Jonas … ich …«

»Absteigen.«

Depape biß sich nervös auf die Lippen und stieg ab.

»Nimm deine Brille ab.«

»Jonas, was soll das? Ich verstehe nicht –«

»Wenn du willst, daß sie kaputtgeht, dann laß sie auf. Mir ist das egal.«

Depape biß sich noch fester auf die Lippen und nahm seine Nickelbrille ab. Er hielt sie kaum in der Hand, als Jonas ihm eine schallende Ohrfeige versetzte. Depape schrie auf und taumelte dem Abgrund entgegen. Jonas zuckte so schnell vor, wie er zugeschlagen hatte, und packte ihn am Hemd, bevor er hinunterstürzen konnte. Jonas krallte die Hände in den Stoff und zog Depape zu sich. Er atmete tief ein und inhalierte den Geruch von Kiefernharz und Depapes Schweiß.

»Ich sollte dich einfach in den Abgrund stoßen«, hauchte er. »Ist dir klar, wieviel Schaden du angerichtet hast?«

»Ich … Jonas, ich wollte doch nicht … nur ein bißchen Spaß, mehr wollte ich … woher konnten wir wissen sollen, daß sie …«

Langsam lockerte Jonas seinen Griff. Das letzte Geplapper hatte er registriert. Woher konnten wir wissen sollen, das war grammatikalisch nicht ganz astrein, aber es traf zu. Und wenn das heute abend nicht passiert wäre, hätten sie es vielleicht nicht erfahren. Wenn man es so betrachtete, hatte Depape ihnen sogar einen Gefallen getan. Mit dem Teufel, den man kannte, wurde man leichter fertig als mit dem, den man nicht kannte. Trotzdem würde es sich herumsprechen, und die Leute würden lachen. Aber vielleicht war selbst das in Ordnung. Mit der Zeit würde das Lachen schon aufhören.

»Jonas, ich erflehe deine Verzeihung.«

»Sei still«, sagte Jonas. Im Osten würde die Sonne sich bald über den Horizont aufschwingen und das erste Funkeln eines neuen Tages in diese Welt des Aufruhrs und Kummers werfen. »Ich werde dich nicht runterwerfen, weil ich dann auch Clay runterwerfen und anschließend selbst hinterherspringen müßte. Schließlich haben sie uns genauso in Schach gehalten wie dich, richtig?«

Depape wollte zustimmen, dachte aber, es könnte gefährlich sein. Er schwieg bedachtsam.

»Komm her, Clay.«

Clay glitt von seinem Reittier.

»Hockt euch hin.«

Sie gingen alle drei auf den Schuhsohlen in die Hocke, Absätze in die Höhe. Jonas pflückte einen Grashalm und schob ihn sich zwischen die Lippen. »Man hat uns gesagt, sie wären Bengel des Bundes, und wir hatten keinen Grund, es nicht zu glauben«, sagte er. »Die bösen Jungs, die bis nach Mejis geschickt wurden, eine verschlafene Baronie am Reinen Meer, um eine Arbeit zu erledigen, die zu zwei Teilen als Buße und zu drei Teilen als Strafe gedacht war. Hat man uns das nicht gesagt?«

Sie nickten.

»Glaubt das nach heute nacht noch einer von euch?«

Depape schüttelte den Kopf. Clay ebenfalls.

»Sie mögen reiche Jungs sein, aber das ist nicht alles«, sagte Depape. »Wie sie sich heute nacht benommen haben … sie waren wie …« Er verstummte, weil er nicht recht bereit war, den Satz zu beenden. Es war zu absurd.

Jonas war bereit. »Sie haben sich wie Revolvermänner benommen.«

Zuerst antwortete weder Depape noch Reynolds. Dann sagte Clay Reynolds: »Sie sind zu jung, Eldred. Um *Jahre* zu jung.«

»Aber vielleicht nicht zu jung für Lehrlinge. Wie auch immer, wir werden es herausfinden.« Er wandte sich an Depape. »Du wirst ein wenig reiten müssen, Freundchen.«

»Och, Jonas –!«

»Keiner von uns hat sich heute mit Ruhm bekleckert, aber du warst der Narr, der das Faß zum Überlaufen gebracht hat.« Er sah Depape an, aber Depape schaute nur auf den Boden zwischen ihnen. »Du wirst ihre Spur zurückverfolgen, Roy, und du wirst Fragen stellen, bis du die Antworten bekommen hast, von denen du glaubst, daß sie meine Neugier befriedigen können. Clay und ich werden hauptsächlich warten. Und aufpassen. Eine Partie Schloß mit ihnen spielen, wenn du so willst. Wenn ich denke, es ist genug Zeit vergangen und wir können ein bißchen herumschnüffeln, ohne aufzufallen, werden wir es möglicherweise tun.«

Er biß auf den Grashalm in seinem Mund. Das größere Stück fiel herunter und blieb zwischen seinen Stiefeln liegen.

»Wißt ihr, warum ich ihm die Hand geschüttelt habe? Die Hand dieses verdammten Dearborn? Weil wir das Boot nicht zum Kentern bringen dürfen. Nicht jetzt, wo es gerade in den Hafen einläuft. Latigo und die Leute, auf die wir gewartet haben, werden sehr bald zu uns stoßen. Bis sie in diese Gegend vorgedrungen sind, ist es in unserem Interesse, Frieden zu halten. Aber ich sage euch eines: Niemand hält Eldred Jonas ein Messer an den Rücken und überlebt. Jetzt hör mir zu, Roy. Ich will nichts hiervon zweimal sagen müssen.«

Jonas fing an zu sprechen und beugte sich dabei über die Knie zu Depape. Nach einer Weile nickte Depape. Vielleicht fand er sogar Spaß an einem kleinen Ausflug. Nach der Komödie im Traveller's Rest konnte ein Tapetenwechsel genau das richtige sein.

11

Die Jungs hatten die Bar K Ranch fast erreicht, und die Sonne ging am Horizont auf, als Cuthbert endlich das Schweigen brach. »Mann! Das war ein amüsanter und lehrreicher Abend, oder nicht?« Weder Roland noch Alain antwortete, daher beugte sich Cuthbert über den Vogelschädel, der wieder seinen Platz auf dem Sattelhorn eingenommen hatte. »Was sagst *du* dazu, mein alter Freund? Hat uns der Abend Spaß gemacht? Dinner, ein Tanz, und um dem Ganzen die Krone aufzusetzen, wären wir beinahe getötet worden. Hat es dir gefallen?«

Der Wachtposten starrte nur mit seinen großen, dunklen Augen über Cuthberts Pferd hinweg.

»Er sagt, er ist zu müde zum Reden«, sagte Cuthbert und gähnte. »Ich im übrigen auch.« Er sah Roland an. »Ich konnte Mr. Jonas direkt in die Augen sehen, nachdem er dir die Hand geschüttelt hatte, Will. Er will dich töten.«

Roland nickte.

»Sie wollen uns alle töten«, sagte Alain.

Roland nickte wieder. »Wir werden es ihnen nicht leichtmachen, aber sie wissen jetzt mehr über uns als beim Dinner. Auf diese Weise werden wir sie nicht noch einmal übertölpeln können.«

Er hielt an, genau wie Jonas keine drei Meilen von der Stelle entfernt angehalten hatte, wo sie sich jetzt befanden. Aber statt direkt auf das Reine Meer hinaus zu schauen, sahen Roland und seine Freunde den langen Hang der Schräge hinab. Eine Pferdeherde zog von Westen nach Osten, bei diesem Licht kaum mehr als Schatten.

»Was siehst du, Roland?« fragte Alain fast zaghaft.

»Ärger«, sagte Roland, »und das mitten in unserem Weg.« Dann trieb er sein Pferd an und ritt weiter. Sie hatten das Schlafhaus der Bar K noch nicht erreicht, da dachte er schon wieder an Susan. Fünf Minuten, nachdem er auf sein flaches Bärlappkissen gesunken war, träumte er von ihr.

Kapitel 7
Auf der Schräge

I

Drei Wochen waren seit dem Willkommensessen im Haus des Bürgermeisters und dem Zwischenfall im Traveller's Rest vergangen. Es war zu keinerlei Schwierigkeiten mehr zwischen Rolands *Ka-tet* und dem von Jonas gekommen. Am Nachthimmel hatte der Kußmond abgenommen und der Marketendermond seinen ersten schmalen Auftritt gehabt. Die Tage waren hell und warm. Selbst die alten Leute gestanden ein, daß es einer der schönsten Sommer war, an die sie sich erinnern konnten.

An einem Vormittag, der so schön wie jeder andere in diesem Sommer war, galoppierte Susan Delgado mit einem zweijährigen *rosillo* namens Pylon an der Schräge entlang nach Norden. Der Wind trocknete die Tränen auf ihren Wangen und ließ ihr offenes Haar hinter ihr wehen. Sie drängte Pylon, noch schneller zu laufen, indem sie ihm sanft die Absätze – ohne Sporen – in die Seiten drückte. Pylon erhöhte unverzüglich das Tempo, legte die Ohren an und peitschte mit dem Schwanz. Susan, die Jeans und ein ausgebleichtes, zu großes Khakihemd trug (eines von ihrem Da), welches den ganzen Ärger verursacht hatte, beugte sich über den leichten Trainingssattel, hielt sich mit einer Hand am Knauf fest und strich mit der anderen über den kräftigen, seidenweichen Hals des Pferdes.

»Mehr!« flüsterte sie. »Mehr und schneller! Los doch, Junge!«

Pylon legte noch einen Zahn zu. Daß er noch einen draufhatte, wußte sie; daß er darüber hinaus zu noch einem fähig war, vermutete sie.

Sie flogen über den höchsten Kamm der Schräge, aber sie sah den atemberaubenden, ganz goldenen und grünen Hang unter sich kaum, auch nicht, wie er mit dem blauen Dunst des Reinen Meeres verschmolz. An jedem anderen Tag hätten der Anblick und die kühle, salzige Brise sie aufgemuntert. Heute wollte sie nur das konstante tiefe Donnern von Pylons Hufen hören und spüren, wie er unter ihr die Muskeln spannte; heute wollte sie ihren eigenen Gedanken entfliehen.

Und das alles nur, weil sie heute morgen zum Reiten mit einem der alten Hemden ihres Vaters bekleidet nach unten gekommen war.

2

Tante Cord hatte im Morgenmantel am Herd gestanden und noch ihr Haarnetz getragen. Sie füllte sich eine Schüssel mit Weizenkleie und ging damit zum Tisch. Susan hatte in dem Moment gewußt, daß die Dinge nicht gut standen, als ihre Tante sich mit der Schüssel in der Hand zu ihr umdrehte; sie konnte das unzufriedene Zucken von Tante Cords Lippen und den mißbilligenden Blick sehen, mit dem sie die Orange bedachte, die Susan schälte. Ihre Tante war immer noch verstimmt wegen den Silber- und Goldstücken, die sie inzwischen bereits in ihren Händen hatte halten wollen, Münzen, die ihr aufgrund der aberwitzigen Anordnung der Hexe, daß Susan bis Herbst Jungfrau bleiben sollte, noch vorenthalten wurden.

Aber das war nicht die Hauptsache, und Susan wußte es. Ganz einfach ausgedrückt, die beiden hatten genug voneinander. Das Geld war nur eine von Tante Cords enttäuschten Erwartungen; sie hatte sich darauf verlassen, das Haus am Rand der Schräge noch in diesem Sommer für sich allein zu haben … abgesehen vielleicht von gelegentlichen Besuchen Mr. Eldred Jonas', von dem Cordelia recht angetan zu sein schien. Statt dessen saßen sie immer noch hier beieinander, eine Frau, die sich dem Ende ihrer Tage näherte, dünne, mißbilligende Lippen in einem dünnen, mißbilligenden Gesicht, winzige Apfelbrüste unter ihren hochgeschlossenen Kleidern mit den Würgekragen (Der Hals, sagte sie häufig zu Susan, Ist Das Erste, Dem Man Das Alter Ansieht), ihr Haar verlor seinen früheren kastanienfarbenen Glanz und ließ erste graue Strähnen erkennen; die andere jung, intelligent, behende und vor der Blüte ihrer körperlichen Schönheit. Sie rieben sich aneinander, jedes Wort schien Funken zu schlagen, und das war nicht überraschend. Der Mann, der sie beide so sehr geliebt hatte, daß er sie dazu brachte, sich gegenseitig zu lieben, war nicht mehr.

»Reitest du mit diesem Pferd aus?« hatte Tante Cord gefragt, ihre Schüssel abgestellt und in einem frühmorgendlichen Lichtstrahl gesessen. Es war ein schlechter Platz, an dem sie sich nie und nimmer hätte erwischen lassen, wenn Mr. Jonas zugegen gewesen wäre. In dem kräftigen Licht sah ihr Gesicht wie eine geschnitzte Maske aus. Ein Fieberbläschen wuchs in einem Mundwinkel; die bekam sie immer, wenn sie nicht gut schlief.

»Ay«, sagte Susan.

»Dann solltest du mehr als das essen. 's wird nicht bis neun Uhr vorhalten, Mädchen.«

»Mir wird es reichen«, hatte Susan geantwortet und die Orangenschnitze schneller gegessen. Sie konnte sehen, worauf das hinauslief, konnte den Ausdruck von Antipathie und Mißbilligung in den Augen ihrer Tante sehen und wollte vom Tisch aufstehen, bevor der Ärger losgehen konnte.

»Warum soll ich dir nicht eine Schüssel hiervon geben?« fragte Tante Cord und ließ den Löffel in die Weizenkleie klatschen. Susan fand, es hörte sich an, als würde ein Pferdehuf in Schlamm stapfen – oder Scheiße –, und ihr Magen krampfte sich zusammen. »Es wird bis zum Mittagessen vorhalten, wenn du vorhast, so lange zu reiten. Ich nehme an, eine feine junge Dame wie dich kann man nicht mit Hausarbeiten behelligen –«

»Die sind erledigt.« *Und du weißt, daß sie erledigt sind,* fügte sie nicht hinzu. *Ich hab sie erledigt, während du vor dem Spiegel gesessen und an dem Bläschen an deinem Mund herumgedrückt hast.*

Tante Cord ließ einen Schlag Sahnebutter in den Brei fallen – Susan hatte keine Ahnung, wie die Frau so dünn bleiben konnte, wirklich nicht – und sah zu, wie es langsam schmolz. Einen Augenblick sah es so aus, als könnten sie das Frühstück doch noch auf eine einigermaßen zivilisierte Weise hinter sich bringen.

Dann hatte die Sache mit dem Hemd angefangen.

»Bevor du gehst, Susan, möchte ich, daß du diesen Fetzen ausziehst, den du da trägst, und eine der neuen Reitblusen anziehst, die Thorin dir vorletzte Woche geschickt hat. Es ist das mindeste, was du tun kannst, um zu zeigen –«

Alles, was ihre Tante nach diesem Punkt gesagt haben könnte, wäre im Zorn untergegangen, auch wenn Susan sie nicht unterbrochen hätte. Sie strich mit einer Hand über den Hemdsärmel, weil sie die Struktur liebte – nach dem vielen Waschen war sie beinahe samten. »Dieser *Fetzen* hat meinem Vater gehört!«

»Ay, Pat.« Tante Cord schniefte. »Es ist zu groß für dich, abgetragen und sowieso nicht schicklich. Als du jung warst, hast du vielleicht das geknöpfte Hemd eines Mannes tragen können, aber jetzt, wo du den Busen einer Frau hast ...«

Die Reitblusen hingen auf Bügeln in der Ecke; sie waren vor vier Tagen gekommen, und Susan hatte sich nicht einmal dazu herabgelassen, sie mit in ihr Zimmer zu nehmen. Es waren drei, eine rote, eine grüne, eine blaue, alle aus Seide und alle zweifellos ein kleines Vermögen wert. Sie verabscheute ihre Protzigkeit und ihre übertrieben bauschig-gefältelte Beschaffenheit: lange Ärmel, die malerisch im Wind flattern sollten, große, herunterhängende, alberne Kragen ... und natürlich die tiefen Ausschnitte, die Thorin wahrscheinlich als einziges sehen würde, wenn sie in einer vor ihm stand. Aber das würde sie nicht, wenn sie es irgendwie verhindern konnte.

»Mein ›Busen einer Frau‹, wie du dich ausdrückst, interessiert mich nicht und kann unmöglich jemand anders interessieren, wenn ich beim Ausreiten bin«, sagte Susan.

»Vielleicht, vielleicht auch nicht. Wenn einer der Viehtreiber der Baronie dich sieht – selbst Rennie, der ständig da draußen ist, wie du sehr wohl weißt –, könnte es nicht schaden, wenn er Hart erzählen würde, daß du eine der *camisas* getragen hast, die er dir freundlicherweise geschenkt hat. Oder? Warum mußt du so ein Starrkopf sein, Mädchen? Warum immer so ablehnend, so unfair?«

»Was kümmert es dich, so oder so?« hatte Susan gefragt. »Du hast das Geld, oder nicht? Und du wirst noch mehr bekommen. Wenn er mich gefickt hat.«

Tante Cord hatte sich mit kalkweißem und schockiertem und wütendem Gesicht über den Tisch gebeugt und sie geohrfeigt. »Wie kann Sie es wagen, dieses Wort in meinem Haus in den Mund zu nehmen, Sie *malhablada?* Wie kann Sie es *wagen*?«

Da flossen ihre Tränen – als sie hörte, wie Tante Cord von ihrem Haus sprach. »Es war das Haus meines *Vaters!* Seins und meins! Du warst ganz allein und hattest keine Bleibe, außer vielleicht im Viertel, und er hat dich aufgenommen! *Er hat dich aufgenommen, Tante!*«

Sie hatte die beiden letzten Orangenschnitze noch in der Hand. Die warf sie ihrer Tante ins Gesicht und stieß sich so heftig vom Tisch ab, daß ihr Stuhl wankte, kippte und mit ihr umfiel. Der Schatten ihrer Tante fiel auf Susan, die sich verzweifelt bemühte, davonzukriechen, derweil ihr Haar herunterhing, ihre Wange von dem Schlag pochte, Tränen ihr in den Augen brannten und ihr Hals sich geschwollen und heiß anfühlte. Schließlich kam sie auf die Füße.

»Sie undankbares Mädchen«, sagte ihre Tante. Ihre Stimme war ruhig und so voller Gift, daß sie sich beinahe zärtlich anhörte. »Nach allem, was ich für Sie getan habe, was Hart Thorin für Sie getan hat. Sogar der Klepper, den Sie heute morgen reiten will, war Harts respektvolle Gabe an –«

»*PYLON HAT UNS GEHÖRT!*« kreischte sie, fast rasend vor Wut über diese absichtliche Verdrehung der Tatsachen. »*ALLE GEHÖRTEN UNS! DIE PFERDE, DAS LAND – ALLES GEHÖRTE UNS!*«

»Mäßige deinen Tonfall«, sagte Tante Cord.

Susan holte tief Luft und versuchte, sich irgendwie zu beherrschen. Sie strich sich das Haar aus dem Gesicht und enthüllte den roten Abdruck von Tante Cords Hand auf ihrer Wange. Cordelia verzog ein wenig das Gesicht, als sie ihn sah.

»Mein Vater hätte das niemals zugelassen«, sagte Susan. »Er hätte niemals zugelassen, daß ich Hart Thorins Mätresse werde. Was auch immer er von Hart als Bürgermeister gehalten hätte ... oder als seinem *patrono* ... er hätte es niemals zugelassen. Und du weißt es. *Sie* weiß es.«

Tante Cord verdrehte die Augen und ließ einen Finger am Ohr kreisen, als wäre Susan verrückt geworden. »Sie selbst hat zugestimmt, Miss Oh So Jung Und Hübsch. Ay, das hat Sie. Und wenn Ihre kindischen Launen Sie jetzt dazu verleiten, ungeschehen machen zu wollen, was geschehen ist –«

»Ay«, stimmte Susan zu. »Ich habe mich auf den Handel eingelassen, das habe ich. Nachdem Sie mich Tag und Nacht damit bekniet hat, nachdem Sie in Tränen aufgelöst zu mir gekommen ist –«

»Das habe ich nie getan!« rief Cordelia gekränkt.

»Hat Sie es so schnell vergessen, Tante? Ay, wahrscheinlich. So wie Sie heute abend vergessen haben wird, daß Sie mich beim Frühstück geschlagen hat. Nun, *ich* habe es nicht vergessen. Sie hat geweint, o ja, und mir gesagt, Sie fürchtet, man würde uns von dem Land jagen, da wir keinen rechtlichen Anspruch mehr darauf hätten, daß wir auf der Straße sitzen würden, Sie hat geweint und gesagt –«

»*Höre Sie auf, mich so anzusprechen!*« brüllte Tante Cord. Nichts auf der Welt brachte sie so in Rage, als ihrerseits mit Sie und Ihr angesprochen zu werden. »Sie hat ebensowenig ein Recht darauf, die alten Anreden in den Mund zu nehmen, als Sie ein Recht auf Ihr schafsdummes Gejammere hat. Los doch! Hinaus!«

Aber Susan machte weiter. Ihre Wut war wie eine Flut, die sich nicht umleiten ließ.

»Sie hat geweint und gesagt, wir würden hinausgeworfen werden, nach Westen geschickt, daß ich die Heimat meines Da oder Hambry nie wiedersehen würde … Und dann, als ich genug Angst hatte, hat Sie von dem süßen kleinen Baby gesprochen, das ich haben könnte. Daß man uns das Land zurückgeben würde, das von vornherein uns gehört hat. Daß man uns die Pferde zurückgeben würde, die ebenfalls von vornherein uns gehört haben. Als Zeichen für die Aufrichtigkeit des Bürgermeisters bekomme ich ein Pferd, *das ich selbst als Fohlen zur Welt habe bringen helfen.* Und was habe ich getan, das alles zu verdienen, das sowieso mir gehört hätte, wenn nicht ein einziges Dokument verlorengegangen wäre? Was habe ich getan, daß er dir Geld geben sollte? Was habe ich anderes getan, als zu versprechen, mich von ihm ficken zu lassen, während die Frau, mit der er seit vierzig Jahren verheiratet ist, wenige Zimmer entfernt schläft?«

»Also will Sie das Geld?« fragte Tante Cord und lächelte wütend. »Wirklich und wahrhaftig und ay? Dann soll Sie es haben. Nehme Sie's, behalte Sie's, verliere Sie's, verfüttere Sie's den Schweinen, mir ist es gleich!«

Sie drehte sich zu ihrer Handtasche um, die an einem Pfosten beim Herd hing. Sie kramte darin, aber ihre Bewegungen verloren bald ihre Schnelligkeit und Überzeugungskraft. Links von der Küchentür war ein ovaler Spiegel angebracht, und darin konnte Susan das Gesicht ihrer Tante sehen. Was sie da sah –

eine Mischung aus Haß, Mißfallen und Habgier –, deprimierte sie zutiefst.

»Vergesse Sie es, Tante. Ich sehe, wie ungern Sie es hergeben will, und ich will es sowieso nicht haben. Es ist Hurengeld.«

Tante Cord drehte sich mit entsetztem Gesicht zu ihr um; die Handtasche war passenderweise bereits vergessen. »Das ist kein Huren, du dummes Ding! Einige der größten Frauen der Geschichte waren Mätressen, und einige der größten Männer wurden *von* Mätressen geboren. *Das ist kein Huren*!«

Susan riß die rote Seidenbluse von dem Bügel und hielt sie hoch. Das Hemd schmiegte sich an ihre Brüste, als hätte es sich die ganze Zeit danach gesehnt, sie zu berühren. »Und warum schickt er mir dann diese Hurenkleider?«

»Susan!« Tränen standen in Tante Cords Augen.

Susan warf ihr die Bluse genau wie die Orangenschnitze entgegen. Die Bluse landete zu Cords Füßen. »Heb sie auf und zieh sie selbst an, wenn du magst. Und mach *du* doch die Beine für ihn breit, wenn du magst!«

Sie drehte sich um und stürzte zur Tür hinaus. Der halb hysterische Schrei ihrer Tante war ihr gefolgt: »Gehe Sie nicht hinaus und komme auf dumme Gedanken, Susan! Auf dumme Gedanken folgen dumme Taten, und für beides ist es zu spät! Sie hat eingewilligt!«

Das wußte sie. Und so schnell sie mit Pylon auf der Schräge reiten mochte, sie konnte diesem Wissen nicht entkommen. Sie hatte zugestimmt, und so entsetzt Pat Delgado auch über die Klemme gewesen sein mochte, in die sie sich selbst gebracht hatte, eines wäre ihm sonnenklar gewesen – sie hatte ein Versprechen gegeben, und Versprechen mußten eingehalten werden. Wer sein Versprechen nicht einhielt, auf den wartete die Hölle.

3

Sie ließ den *rosillo* langsamer galoppieren, solange er noch genügend Luft hatte. Sie drehte sich um, stellte fest, daß sie fast eine Meile zurückgelegt hatte, und nahm ihn noch mehr zurück – zu einem Kanter, einem Trab, einem schnellen Schritt. Sie holte tief

Luft und stieß sie wieder aus. Zum erstenmal an diesem Morgen registrierte sie die strahlende Schönheit des Tages – Möwen kreisten in der dunstigen Luft im Westen, ringsum wuchs hohes Gras, in jeder schattigen Nische blühten Blumen: Kornblumen und Lupinen und Flammenblumen und ihre Lieblinge, die zierlichen blauen Seidenfäden-Albizzien. Allerorten war das emsige Summen von Bienen zu hören. Das Geräusch beruhigte sie, und als ihre Gefühlsaufwallungen ein wenig nachließen, konnte sie sich etwas eingestehen – es sich eingestehen und dann laut aussprechen.

»Will Dearborn«, sagte sie und erschauerte, als sie seinen Namen auf den Lippen spürte, obwohl niemand ihn hören konnte, abgesehen von Pylon und den Bienen. Also sprach sie ihn noch einmal aus, und als die Worte heraus waren, drehte sie unvermittelt das Handgelenk mit der Innenseite zu ihrem Mund und küßte es da, wo das Blut dicht unter der Haut pulsierte. Die Tat schockierte sie, weil sie nicht gewußt hatte, daß sie so handeln würde, und schockierte sie um so mehr, als der Geschmack ihrer Haut und ihres Schweißes sie sofort erregte. Sie verspürte den Drang, sich wieder abzukühlen, wie sie es nach ihrer ersten Begegnung in ihrem Bett getan hatte. So, wie sie sich fühlte, würde es nicht lange dauern.

Statt dessen knurrte sie den Lieblingsfluch ihres Vaters – »Oh, beiß drauf!« – und spuckte an ihrem Stiefel vorbei. Will Dearborn war verantwortlich für zuviel Aufregung in ihrem Leben in den vergangenen drei Wochen; Will Dearborn mit seinen beunruhigenden blauen Augen, seinem dunklen Haarschopf und seinem steifen Sittenrichtergebaren. *Ich kann diskret sein, Sai. Was Anstand betrifft? Ich bin überrascht, daß du das Wort überhaupt kennst.*

Jedesmal, wenn sie daran dachte, sang ihr Blut vor Wut und Scham. Überwiegend Wut. Wie konnte er sich anmaßen, über sie zu richten? Er, der mit jedem erdenklichen Luxus aufgewachsen war, zweifellos mit Dienern, die ihm jeden Wunsch von den Augen ablasen, und soviel Gold, daß er es wahrscheinlich nicht einmal brauchte – er bekam alles, was er wollte, umsonst, als Gefälligkeit. Was konnte ein Knabe wie er – und etwas anderes war er wirklich nicht, ein Knabe – schon von den schweren Entscheidungen wissen, die sie treffen mußte? Und was das betraf, wie konnte jemand wie Mr. Will Dearborn aus Hemphill begreifen, daß diese Entscheidungen eigentlich gar nicht von ihr selbst getroffen worden waren? Daß sie dazu gebracht worden war, wie eine Katzenmutter ein streunendes Kätzchen zum Körbchen zurückbrachte, indem sie es am Nacken trägt?

Trotzdem ging er ihr nicht aus dem Sinn; sie wußte, auch wenn es Tante Cord nicht wußte, daß bei ihrem Streit heute morgen ein unsichtbarer Dritter zugegen gewesen war.

Und sie wußte noch etwas, etwas, das ihre Tante in endlose Aufregung versetzt hätte.

Will Dearborn hatte sie auch nicht vergessen.

4

Etwa eine Woche nach dem Begrüßungsdinner und Dearborns katastrophaler, verletzender Bemerkung ihr gegenüber war der zurückgebliebene Handlanger aus dem Traveller's Rest – Sheemie, so nannten ihn die Leute – in dem Haus erschienen, wo Susan mit ihrer Tante wohnte. In den Händen hielt er einen großen Strauß, überwiegend Wildblumen, die draußen an der Schräge wuchsen, aber dazwischen auch vereinzelte dunkle wilde Rosen. Sie sahen wie rosige Satzzeichen aus. Der Junge trug ein breites, sonniges Grinsen auf dem Gesicht, als er das Tor aufgemacht hatte, ohne auf eine Einladung zu warten.

Zu dem Zeitpunkt hatte Susan den Aufgang zum Haus gefegt; Tante Cord war hinten im Garten gewesen. Das war ein Glück, aber nicht besonders überraschend; in diesen Tagen kamen sie beide am besten miteinander aus, wenn sie sich so weit wie möglich aus dem Weg gingen.

Susan hatte Sheemie, der hinter seiner hochgehaltenen Blumenlast hervorgrinste, mit einer Mischung aus Faszination und Grauen entgegengesehen.

»G'Tag, Susan Delgado, Patrickstochter«, sagte Sheemie fröhlich. »Ich komme als Bote zu Ihnen und erflehe Ihre Verzeihung für alle Ungelegenheitigkeiten, die ich bereiten könnte, oh ay, denn ich bin ein Problem für die Leute, weiß ich so gut wie sie. Die sein für Sie. Hier.«

Er hielt sie ihr hin, und sie sah einen kleinen, zusammengelegten Umschlag dazwischen stecken.

»Susan?« Tante Cords Stimme von seitlich hinter dem Haus … und sie kam näher. »Susan, habe ich das Tor gehört?«

»Ja, Tante!« rief sie zurück. Verflucht seien die scharfen Ohren der Frau! Susan nahm den Umschlag mit tauben Fingern zwischen den Phlox und den Gänseblümchen heraus. Und ließ ihn in der Tasche ihres Kleids verschwinden.

»Sie sind von meinem drittbesten Freund«, sagte Sheemie. »Ich habe jetzt drei verschiedene Freunde. So viele.« Er hielt zwei Finger hoch, runzelte die Stirn, fügte noch zwei hinzu und grinste dann strahlend. »Arthur Heath, mein bester Freund, Dick Stockworth, mein zweitbester Freund. Mein drittbester Freund –«

»Still!« sagte Susan mit einer leisen, zischenden Stimme, bei der Sheemies Lächeln verschwand. »Kein Wort über deine drei Freunde.«

Ein komisches Erröten, fast wie ein kleiner Fieberanfall, huschte über ihre Haut – es schien von den Wangen über ihren Hals bis hinunter zu den Füßen zu laufen. In den vergangenen Wochen war in ganz Hambry viel über Sheemies drei neue Freunde geredet worden – und, wie es schien, über kaum etwas anderes. Die Geschichten, die sie gehört hatte, waren unfaßbar, aber wenn sie nicht stimmten, warum stimmten dann die Versionen so vieler Zeugen so sehr miteinander überein?

Susan versuchte immer noch, sich wieder unter Kontrolle zu bekommen, als ihre Tante Cord um die Ecke gerauscht kam. Sheemie wich bei ihrem Anblick einen Schritt zurück, und aus seiner Verwirrung wurde regelrechter Widerwille. Ihre Tante war allergisch gegen Bienenstiche und derzeit von der Krempe ihrer Stroh-*'brera* bis zum Saum ihres ausgebleichten Gartenkleids in Gazestoff gehüllt, mit dem sie im hellen Licht seltsam aussah, im Schatten aber regelrecht unheimlich. Als letzten Schliff für ihr Kostüm hielt sie in einer behandschuhten Hand eine schmutzverkrustete Gartenschere.

Sie sah den Strauß und stürzte sich mit erhobener Schere darauf. Als sie neben ihrer Nichte stand, schob sie die Schere in eine Schlaufe ihres Gürtels (fast widerwillig, wollte es der Nichte scheinen) und teilte den Schleier vor ihrem Gesicht. »Wer hat die geschickt?«

»Ich weiß nicht, Tante«, sagte Susan weitaus ruhiger, als sie sich fühlte. »Das ist der junge Mann aus der Schänke –«

»Schänke!« schnaubte Tante Cord.

»Er scheint nicht zu wissen, wer ihn geschickt hat«, fuhr Susan fort. Wenn sie ihn nur von hier wegbringen könnte! »Er ist, nun, du würdest wahrscheinlich sagen, er ist –«

»Er ist ein Narr, ja, das weiß ich.« Tante Cord warf Susan einen kurzen, gereizten Blick zu, dann widmete sie Sheemie ihre ungeteilte Aufmerksamkeit. Sie stützte beim Reden die Hände in ihren Handschuhen auf die Knie und schrie ihm direkt ins Gesicht, als sie fragte: »*WER ... HAT ... DIESE ... BLUMEN ... GESCHICKT ... JUNGER ... MANN?*«

Die Flügel ihres Gesichtsschleiers, die sie zur Seite gestreift hatte, fielen wieder nach vorne. Sheemie wich einen weiteren Schritt zurück. Er sah verängstigt aus.

»*WAR ES ... MÖGLICHERWEISE ... JEMAND AUS ... SEAFRONT? ... VON ... BÜRGERMEISTER ... THORIN? ... SAG ES ... MIR ... UND ... ICH ... GEBE ... DIR ... EINEN PENNY.*«

Susan verließ der Mut, ganz bestimmt würde er es sagen – er hatte nicht Verstand genug, um zu begreifen, daß er sie in Schwierigkeiten bringen würde. Und Will wahrscheinlich auch.

Aber Sheemie schüttelte nur den Kopf. »Kann mich nicht erinnern. Hab ein leeren Kopf, Sai, das hab ich. Stanley sagt, ich ein Spatzenhirn.«

Sein Grinsen kam wieder zum Vorschein, eine strahlende Angelegenheit mit weißen, ebenmäßigen Zähnen. Tante Cord beantwortete es mit einer Grimasse. »Oh, pfui! Dann geh fort. Und zwar direkt in die Stadt zurück – häng nicht hier herum und mach dir Hoffnungen. Ein Junge, der sich nicht erinnern kann, hat keinen Penny verdient! Und komm nicht wieder hierher, wer immer dir auch Blumen für die junge Sai mitgibt. Hast du verstanden?«

Sheemie hatte nachdrücklich genickt. Dann: »Sai?«

Tante Cord sah ihn finster an. An jenem Tag war die vertikale Linie auf ihrer Stirn überdeutlich zu sehen gewesen.

»Warum Sie ganz in Spinnwebchen gehüllt, Sai?«

»Verschwinde von hier, du frecher Kerl!« schrie Tante Cord. Sie hatte eine ordentlich laute Stimme, wenn sie wollte, und Sheemie sprang erschrocken zurück. Als sie sicher war, daß er die High Street Richtung Stadt zurückschlurfte und nicht die

Absicht hatte, zu ihrem Tor zurückzukommen und in der Hoffnung auf ein Trinkgeld herumzuhängen, war Tante Cord zu Susan zurückgekehrt.

»Stell sie ins Wasser, bevor sie welken, Miss Oh So Jung Und Hübsch, und träum nicht und frag dich nicht, wer dein heimlicher Verehrer sein könnte.«

Dann hatte Tante Cord gelächelt. Ein *richtiges* Lächeln. Was Susan am meisten weh tat, sie am meisten verwirrte, war die Tatsache, daß ihre Tante kein Ungeheuer aus einem Kinderbuch war, keine Hexe wie Rhea vom Cöos. Sie war kein Monster, nur eine alte Jungfer mit bescheidenen gesellschaftlichen Ambitionen, einer Liebe zu Gold und Silber und der Angst davor, mittellos in die Welt geschickt zu werden.

»Für Leute wie uns, Susie-Schätzchen«, sagte sie mit einer schrecklich getragenen Freundlichkeit, »ist's am besten, wenn wir uns an unsere Hausarbeit halten und Träume denen überlassen, die sie sich leisten können.«

5

Sie war sicher gewesen, daß die Blumen von Will waren, und sie hatte recht. Seine Nachricht war in einer klaren und einigermaßen schönen Handschrift geschrieben.

Liebe Susan Delgado,

Ich habe in jener Nacht neulich unbedacht gesprochen und erflehe Deine Verzeihung. Kann ich Dich sehen und mit Dir sprechen? Es muß unter vier Augen geschehen. In einer Sache von großer Bedeutung. Wenn Du mich sehen willst, gib dem Jungen, der Dir dies bringt, eine Nachricht. Er ist zuverlässig

Will Dearborn

Eine Sache von großer Bedeutung. Unterstrichen. Sie verspürte den ausgeprägten Wunsch, zu erfahren, was so wichtig für ihn war, ermahnte sich aber, keine Dummheiten zu machen. Vielleicht war er vernarrt in sie ... und wenn ja, wessen Schuld war das? Wer hatte mit ihm gesprochen, war auf seinem Pferd geritten, hatte ihm bei dem spektakulären Abstieg vom Pferd, die reinste Zirkusnummer, die Beine gezeigt? Wer hatte ihm die Hände auf die Schultern gelegt und ihn geküßt?

Ihre Wangen und Stirn brannten beim Gedanken daran, und ein weiterer heißer Ring schien an ihrem Körper hinabzugleiten. Sie war nicht sicher, ob sie den Kuß bedauerte, aber er war ein Fehler gewesen, Bedauern hin oder her. Ihn jetzt wiederzusehen würde alles nur noch schlimmer machen.

Und doch wollte sie ihn wiedersehen und wußte im Grunde ihres Herzens, daß sie bereit war, die Wut auf ihn zu vergessen. Aber sie hatte ein Versprechen gegeben.

Dieses vermaledeite Versprechen.

In dieser Nacht lag sie schlaflos in ihrem Bett, warf sich unruhig hin und her und dachte, daß es besser wäre, würdevoller, einfach zu schweigen, doch dann entwarf sie im Geiste dennoch Antwortbriefe – manche schroff, manche kalt, manche mit einem flirtenden Unterton.

Als sie die Mitternachtsglocke hörte, die den alten Tag verabschiedete und den neuen begrüßte, entschied sie, daß es reichte. Sie war aus dem Bett gestiegen, zur Tür gegangen, hatte sie aufgestoßen und den Kopf auf den Flur hinausgestreckt. Als sie Tante Cords flötengleiches Schnarchen hörte, hatte sie die Tür wieder zugemacht, war zu ihrem kleinen Schreibtisch am Fenster gegangen und hatte ihre Lampe angezündet. Sie nahm ein Blatt Pergamentpapier aus der obersten Schublade, riß es entzwei (in Hambry gab es nur ein schlimmeres Verbrechen als Papierverschwendung, nämlich die Verschwendung von Zuchtvieh), und dann schrieb sie hastig, weil sie spürte, daß das geringste Zögern sie zu weiteren Stunden der Unentschlossenheit verdammen würde. Ohne Anrede und Unterschrift dauerte es nur einen Atemzug, ihre Antwort niederzuschreiben:

Ich kann dich nicht sehen! Es wäre nicht <u>schicklich</u>.

Sie hatte den Zettel zusammengefaltet, ihre Lampe ausgeblasen, war wieder ins Bett gegangen und hatte den Zettel unter ihr Kopfkissen gelegt. Innerhalb von zwei Minuten war sie eingeschlafen. Am folgenden Tag, als das Einkaufen auf dem Markt sie in die Stadt führte, war sie zum Traveller's Rest gegangen, das morgens um elf den Charme von etwas besaß, das am Straßenrand eines schrecklichen Todes gestorben war.

Der Vorplatz des Saloons bestand aus gestampfter Erde und wurde von einem langen Querholz mit einem Wassertrog darunter geteilt. Sheemie fuhr mit einer Schubkarre an dem Querholz entlang und sammelte mit einer Schaufel die Pferdeäpfel der vergangenen Nacht auf. Er trug eine komische rosa *sombrera* und sang »Golden Slippers«. Susan bezweifelte, daß viele Gäste des Rest heute morgen aufwachen und sich so wohl fühlen würden, wie Sheemie es offensichtlich tat... Wer also, wenn man es recht überlegte, war weicher im Kopf?

Sie sah sich um und vergewisserte sich, daß niemand sie beobachtete, dann ging sie zu Sheemie und klopfte ihm auf die Schulter. Zuerst sah er ängstlich drein, und Susan konnte es ihm nicht verdenken – wenn man den Gerüchten Glauben schenken durfte, hatte Jonas' Freund Depape den armen Jungen fast getötet, nur weil er ihm einen Drink auf die Stiefel geschüttet hatte.

Dann erkannte Sheemie sie. »Hallo, Susan Delgado von da draußen am Stadtrand«, sagte er freundschaftlich. »Einen guten Tag wünsche ich Ihnen, Sai.«

Er verbeugte sich – eine amüsante Imitation der Verbeugung der Inneren Baronien, wie seine drei neuen Freunde sie bevorzugten. Sie antwortete lächelnd mit einem Hofknicks (da sie Jeans trug, mußte sie so tun, als würde sie einen Rock heben, aber die Frauen in Mejis hatten sich an Hofknickse mit nichtvorhandenen Röcken gewöhnt).

»Sehen Sie meine Blumen, Sai?« fragte er und zeigte zur nicht gestrichenen Seitenwand des Rest. Was sie da sah, rührte sie zutiefst: eine Reihe abwechselnd blauer und weißer Seidenfäden-Albizzien wuchsen entlang der Hauswand. Sie sahen tapfer und bemitleidenswert zugleich aus, wie sie sich in der schwachen Morgenbrise wiegten, vor ihnen der kahle, kotbedeckte Hof und die Kneipe mit ihren gesplitterten Brettern hinter ihnen.

»Hast du die gepflanzt, Sheemie?«

»Ay, das habe ich. Und Mr. Arthur Heath aus Gilead hat mir gelbe versprochen.«

»Ich habe noch nie gelbe Albizzien gesehen.«

»Neini-nein, ich auch nicht, aber Mr. Arthur Heath sagt, in Gilead gibt es sie.« Er sah Susan ernst an und hielt dabei die Schaufel in einer Hand wie ein Soldat, der ein Gewehr oder eine Lanze präsentierte. »Mr. Arthur Heath hat mir das Leben gerettet. Ich würde alles für ihn tun.«

»Tatsächlich, Sheemie?« fragte sie gerührt.

»Außerdem hat er einen Wachtposten! Das ist ein Vogelkopf! Und wenn er mit ihm redet, tut-so-als-ob, lache ich dann? Ay, laut und deutlich!«

Sie drehte sich wieder um und vergewisserte sich, daß niemand sie beobachtete (abgesehen von den geschnitzten Totems auf der anderen Straßenseite), dann holte sie den zusammengelegten Zettel aus der Jeanstasche.

»Würdest du das Mr. Dearborn von mir geben? Er ist auch dein Freund, oder nicht?«

»Will? Ay!« Er nahm die Nachricht und steckte sie sorgfältig in seine eigene Tasche.

»Und erzähl es keinem.«

»Schhhhhhh!« stimmte er zu und legte einen Finger an die Lippen. Seine Augen unter dem lächerlichen rosa Damenhut, den er trug, waren auf ergötzliche Weise rund gewesen. »Wie als ich Ihnen die Blumen gebracht habe. Pschhhtibischhh!«

»Ganz recht, Pschhhtibischhh. Gehab dich wohl, Sheemie.«

»Und Sie auch, Susan Delgado.«

Er wandte sich wieder seinen Reinigungsaufgaben zu. Susan beobachtete ihn noch einen Moment und fühlte sich unbehaglich und unsicher. Jetzt, wo sie den Zettel glücklich übergeben hatte, verspürte sie den Wunsch, Sheemie zu bitten, ihn ihr zurückzugeben, damit sie durchstreichen konnte, was sie geschrieben hatte, um statt dessen ein Treffen mit ihm zu vereinbaren. Und sei es nur, um noch einmal seine gelassenen blauen Augen zu sehen, wie sie ihr ins Gesicht blickten.

Dann kam Jonas' anderer Freund, der mit dem weiten Mantel, aus dem Gemischtwarenladen gelaufen. Sie war sicher, daß er sie nicht gesehen hatte – er hielt den Kopf gesenkt und drehte eine Zigarette –, aber sie hatte nicht die Absicht, das Schicksal zu versuchen. Reynolds redete mit Jonas, und Jonas redete – allzu oft! – mit Tante Cord. Wenn Tante Cord hörte, daß sie mit dem Jungen gesehen worden war, der ihr die Blumen gebracht hatte, würde sie Fragen stellen. Fragen, die Susan nicht beantworten wollte.

6

Das alles ist Vergangenheit, Susan – Schnee von gestern. Es wäre am besten, wenn du mit deinen Gedanken wieder in die Gegenwart zurückkehrst.

Sie ließ Pylon halten und sah die Länge der Schräge hinunter zu den Pferden, die dort liefen und grasten. Eine überraschend große Zahl heute morgen.

Es funktionierte nicht. Ihre Gedanken kehrten immer wieder zu Will Dearborn zurück.

Was für ein Pech sie gehabt hatte, ihn zu treffen! Ohne diese zufällige Begegnung auf dem Rückweg vom Cöos hätte sie inzwischen wahrscheinlich ihren Frieden mit der Situation gemacht, in der sie sich befand – schließlich war sie ein praktisches Mädchen, und ein Versprechen war ein Versprechen. Sie hätte sich nie träumen lassen, daß sie sich so zimperlich anstellen würde, wenn es um den Verlust ihrer Jungfräulichkeit ging, und die Aussicht, ein Kind zu empfangen und auszutragen, versetzte sie sogar in Aufregung.

Aber Will Dearborn hatte alles verändert; hatte sich in ihrem Kopf eingenistet und hauste nun dort, ein Untermieter, der sich nicht mehr hinauswerfen ließ. Seine Bemerkung beim Tanzen blieb ihr erhalten wie eine Melodie, die man immer wieder summen muß, auch wenn man sie haßt. Sie war grausam und auf dumme Weise selbstgerecht gewesen, diese Bemerkung … aber enthielt sie nicht auch ein Körnchen Wahrheit? Rhea hatte recht gehabt, was Hart Thorin betraf, daran hegte Susan längst keinen Zweifel mehr. Sie vermutete, daß Hexen recht hatten, wenn es um die Lust der Männer ging, auch wenn sie sich in allem anderen irrten. Kein glücklicher Gedanke, aber höchstwahrscheinlich wahr.

Es war Will-Der-Teufel-Soll-Dich-Holen-Dearborn, der es ihr

so schwer gemacht hatte, zu akzeptieren, was akzeptiert werden mußte, der sie zu Auseinandersetzungen angestiftet hatte, bei denen sie ihre eigene schrille und verzweifelte Stimme kaum wiedererkannte, der sie in ihren Träumen aufsuchte – in Träumen, wo er die Arme um ihre Taille legte und sie küßte, küßte, küßte.

Sie stieg ab und ging ein wenig bergab, während sie die Zügel locker in der Hand hielt. Pylon folgte ihr bereitwillig, und als sie stehenblieb, um in den blauen Dunst im Südwesten zu sehen, senkte er den Kopf und fing an zu grasen.

Sie dachte, daß sie Will Dearborn noch einmal sehen mußte, und sei es nur, um sich eine Chance zu geben, wieder zu Verstand zu kommen. Sie mußte ihn in seiner richtigen Größe sehen, und nicht in den Proportionen, die er in ihren warmen Gedanken und noch wärmeren Träumen angenommen hatte. Wenn das erledigt war, konnte sie ihr Leben weiterleben und tun, was getan werden mußte. Vielleicht hatte sie darum diesen Weg eingeschlagen – denselben, den sie gestern entlanggeritten war, und vorgestern, und vorvorgestern. Er ritt durch diesen Abschnitt der Schräge, das hatte sie auf dem unteren Marktplatz erfahren.

Sie wandte sich von der Schräge ab, weil sie plötzlich wußte, daß er dasein würde, als hätten ihre Gedanken ihn gerufen – oder ihr *Ka*.

Sie sah nur blauen Himmel und flache Hügelkämme, die sich sanft erstreckten wie Schenkel und Hüften und Taille einer Frau, wenn sie auf der Seite im Bett liegt. Susan fühlte eine bittere Enttäuschung in sich aufsteigen. Sie konnte sie fast im Mund schmecken, so wie nasse Teeblätter.

Sie ging zu Pylon zurück, um nach Hause zurückzukehren und die Entschuldigung hinter sich zu bringen, die wohl angebracht war. Je früher sie das tat, desto früher wäre es überstanden. Sie griff nach dem linken Steigbügel, der ein wenig verdreht war, und in diesem Augenblick kam ein Reiter über den Horizont, genau an der Stelle, die für sie wie die Hüfte einer Frau aussah. Dort verweilte er, nur eine Silhouette zu Pferde, aber sie wußte sofort, wer es war.

Lauf weg! sagte sie sich in plötzlicher Panik. *Steig auf und galoppiere davon! Verschwinde von hier! Schnell! Bevor etwas Schreck-*

liches passiert ... bevor es wirklich Ka *ist, das wie ein Sturm daherkommt und dich mitsamt deinen Plänen himmelwärts und weit fort trägt!*

Sie lief nicht weg. Sie stand mit Pylons Zügel in der Hand und redete murmelnd auf ihn ein, als der *rosillo* aufschaute und dem großen, rötlichbraunen Wallach, der den Hügel herunterkam, eine Begrüßung zuwieherte.

Dann war Will da, zuerst über ihr, von wo er herabschaute, dann stieg er mit einer anmutigen, geschmeidigen Bewegung ab, die sie trotz ihrer jahrelangen Erfahrung mit Pferden wohl niemals fertiggebracht hätte. Diesmal gab es kein ausgestrecktes Bein mit in den Sand gedrückter Ferse, keinen Hut, der bei einer komisch ernsten Verbeugung geschwenkt wurde; diesmal war der Blick, mit dem er sie betrachtete, fest und ernst und beunruhigend erwachsen.

Sie sahen einander in der großen Stille der Schräge an, Roland von Gilead und Susan von Mejis, und in ihrem Herzen spürte sie, wie Wind aufkam. Sie fürchtete und begrüßte ihn im gleichen Maß.

7

»Guten Morgen, Susan«, sagte er. »Ich freue mich, dich wiederzusehen.«

Sie sagte nichts, wartete ab und beobachtete. Konnte er ihr Herz so deutlich schlagen hören wie sie selbst? Natürlich nicht; das war nichts weiter als romantisches Geschwätz. Und doch kam es ihr so vor, als müßte alles innerhalb eines Radius von fünfzig Metern dieses Pochen hören können.

Will machte einen Schritt vorwärts. Sie trat einen Schritt zurück und sah ihn mißtrauisch an. Er senkte den Kopf einen Moment, dann sah er mit zusammengepreßten Lippen wieder auf.

»Ich erflehe deine Verzeihung«, sagte er.

»Tatsächlich?« Ihre Stimme war kühl.

»Was ich in jener Nacht gesagt habe, war ungerechtfertigt.«

Darauf verspürte sie einen Funken aufrichtigen Zorns. »Mir ist gleich, ob es ungerechtfertigt war; es war unfair. Und es hat mir weh getan.«

Eine Träne quoll aus ihrem linken Auge und lief an ihrer Wange hinab. Es schien, als hätte sie doch noch nicht alle vergossen.

Sie dachte, was sie gesagt hatte, würde ihn vielleicht beschämen, aber obwohl eine leichte Röte seine Wangen überzog, sah er ihr weiter fest in die Augen.

»Ich habe mich in dich verliebt«, sagte er. »Darum habe ich es gesagt. Ich glaube, es ist passiert, noch bevor du mich geküßt hast.«

Darüber mußte sie lachen ... aber die Schlichtheit, mit der er gesprochen hatte, ließ ihr Gelächter in ihren eigenen Ohren falsch klingen. Blechern. »Mr. Dearborn –«

»Will. Bitte.«

»Mr. Dearborn«, sagte sie so geduldig wie eine Lehrerin, die mit einem dummen Schüler arbeitet, »der Gedanke ist lächerlich. Auf der Grundlage einer einzigen Begegnung? Eines einzigen Kusses? Eines *schwesterlichen* Kusses?« Nun war sie diejenige, die errötete, fuhr aber hastig fort: »So etwas passiert in Geschichten. Aber im wirklichen Leben? Ich glaube nicht.«

Aber er nahm den Blick nicht von ihren Augen, und sie sah in seinen etwas von dem wahren Roland: die tiefe Romantik seines Charakters, die wie eine sagenhafte Ader fremden Metalls im Granit seines Pragmatismus begraben war. Er akzeptierte Liebe eher wie eine Tatsache, nicht wie eine Blume, und das machte ihre freundliche Geringschätzung, was sie beide betraf, wirkungslos.

»Ich erflehe deine Verzeihung«, wiederholte er. Er hatte eine Art dickfelliger Sturheit in sich. Das ärgerte sie, amüsierte sie und stieß sie ab, alles gleichzeitig. »Ich bitte dich nicht, meine Liebe zu erwidern, darum habe ich es nicht gesagt. Du hast mir gesagt, deine Angelegenheiten seien kompliziert ...« Nun nahm er den Blick von ihr und sah zur Schräge. Er lachte sogar ein wenig. »Ich habe ihn einen Narren genannt, oder nicht? Dir ins Gesicht. Und wer ist jetzt der Narr?«

Sie lächelte; konnte nicht anders. »Sie haben auch gesagt, daß er starke Getränke und junge Mädchen liebt.«

Roland schlug sich mit dem Handballen gegen die Stirn. Wenn sein Freund Arthur Heath das gemacht hätte, dann hätte sie es für eine absichtliche, komische Geste gehalten. Nicht bei

Will. Sie hatte eine Ahnung, als hielte er nicht viel von Komödien.

Wieder herrschte Schweigen zwischen ihnen, aber diesmal kein peinliches. Die beiden Pferde, Rusher und Pylon, grasten zufrieden nebeneinander. *Wenn wir Pferde wären, wäre das alles viel einfacher*, dachte sie und hätte um ein Haar gekichert.

»Mr. Dearborn, Euch ist klar, daß ich einem Arrangement zugestimmt habe?«

»Ay.« Er lächelte, als sie überrascht die Brauen hochzog. »Es ist kein Nachäffen, sondern der Dialekt. Er schleicht sich ... einfach ein.«

»Wer hat Euch von meinen Angelegenheiten erzählt?«

»Die Schwester des Bürgermeisters.«

»Coral.« Sie rümpfte die Nase und kam zum Ergebnis, daß sie das nicht überraschte. Und sie vermutete, es gab andere, die ihre Situation noch derber hätten erläutern können. Eldred Jonas, zum Beispiel. Oder Rhea vom Cöos. Am besten ließ sie es dabei bewenden. »Wenn Ihr also versteht, und wenn Ihr mich nicht bittet, Eure ... was immer Ihr zu empfinden glaubt, zu erwidern ... warum reden wir dann miteinander? Warum habt Ihr mich ausfindig gemacht? Ich denke, es erfüllt Euch mit Unbehagen –«

»Ja«, sagte er, und dann, als würde er eine simple Tatsache feststellen: »Es erfüllt mich mit Unbehagen. Ich kann dich kaum ansehen und dabei einen klaren Kopf bewahren.«

»Dann ist es vielleicht am besten, nicht zu sehen, nicht zu sprechen, nicht zu denken!« Ihre Stimme klang schneidend und ein wenig zitternd zugleich. Wie konnte er den Mut aufbringen, so etwas zu sagen, es einfach, ohne eine Miene zu verziehen, offen auszusprechen? »Warum habt Ihr mir den Blumenstrauß und die Nachricht geschickt? Ist Euch nicht klar, in welche Schwierigkeiten Ihr mich hättet bringen können? Wenn Ihr meine Tante kennen würdet ...! Sie hat mich schon nach Euch gefragt, und wenn sie von der Nachricht wüßte ... oder uns hier draußen zusammen sehen würde ...«

Sie schaute sich um und vergewisserte sich, daß sie immer noch unbeobachtet waren. Sie waren es, jedenfalls soweit sie feststellen konnte. Er streckte die Hand aus und berührte sie an der Schulter. Sie sah ihn an, da zog er die Finger zurück, als hätte er etwas Heißes berührt.

»Ich habe gesagt, was ich gesagt habe, damit du es verstehst«, sagte er. »Das ist alles. Ich fühle das, was ich fühle, und du bist nicht dafür verantwortlich.«

Doch, das bin ich, dachte sie. *Ich habe dich geküßt. Ich glaube, ich bin mehr als nur ein bißchen dafür verantwortlich, wie wir beide fühlen, Will.*

»Was ich beim Tanzen gesagt habe, bedaure ich von ganzem Herzen. Kannst du mir nicht verzeihen?«

»Ay«, sagte sie, und wenn er sie in diesem Augenblick in die Arme genommen hätte, hätte sie es zugelassen, zum Teufel mit den Konsequenzen. Aber er nahm nur den Hut ab und machte eine reizende knappe Verbeugung vor ihr, und der Wind erstarb.

»Danke-Sai.«

»Nenn mich nicht so. Ich hasse es. Mein Name ist Susan.«

»Wirst du mich Will nennen?«

Sie nickte.

»Gut. Susan, ich möchte dich etwas fragen – nicht als der Bursche, der dich beleidigt und gekränkt hat, weil er eifersüchtig war. Es geht um etwas vollkommen anderes. Darf ich?«

»Ay, ich denke schon«, sagte sie argwöhnisch.

»Bist du für den Bund?«

Sie sah ihn entgeistert an. Mit dieser Frage hatte sie als allerletztes auf der Welt gerechnet … aber er sah sie ernst an.

»Ich hatte erwartet, daß Ihr und Eure Freunde Kühe und Gewehre und Speere und Boote und wer weiß was noch alles zählen würdet«, sagte sie, »aber nicht, daß Er auch die Befürworter des Bundes zählen würde.«

Sie sah seinen überraschten Gesichtsausdruck und ein verhaltenes Lächeln an seinen Mundwinkeln. Diesmal machte ihn das Lächeln älter, als er sein konnte. Susan dachte darüber nach, was sie gerade gesagt hatte, begriff, was ihm aufgestoßen sein mußte, und stieß ein verlegenes Lachen aus. »Meine Tante hat die Angewohnheit, immer wieder in Er und Sie zu verfallen. Mein Vater hat das auch gemacht. Es geht auf eine Sekte des Alten Volkes zurück, die sich Freunde nannte.«

»Ich weiß. In meinem Teil der Welt existiert das Freundliche Volk noch.«

»Tatsächlich?«

»Ja … oder ay, wenn dir das besser gefällt; ich gewöhne mich daran. Und ich mag, wie die Freunde reden. Es hört sich so reizend an.«

»Nicht, wenn meine Tante es tut«, sagte Susan und dachte an den Streit wegen des Hemdes zurück. »Um deine Frage zu beantworten – ay, ich bin für den Bund, denke ich. Weil mein Da es war. Wenn du mich fragst, ob ich *sehr* für den Bund bin, vermutlich nicht. Heutzutage sehen und hören wir wenig von ihnen. Hauptsächlich Gerüchte und Geschichten, die Streuner und weitgereiste Trommler erzählen. Jetzt, wo es keine Eisenbahn mehr gibt …« Sie zuckte die Achseln.

»Die meisten kleinen Leute, mit denen ich gesprochen habe, scheinen ähnlich zu denken. Aber dein Bürgermeister Thorin –«

»Er ist nicht *mein* Bürgermeister Thorin«, sagte sie, schärfer als beabsichtigt.

»Aber der Bürgermeister *der Baronie* hat uns jede Hilfe zuteil werden lassen, um die wir gebeten hatten, und auch welche, um die wir nicht gebeten hatten. Ich muß nur mit den Fingern schnippen, und schon steht Kimba Rimer vor mir.«

»Dann schnipp eben nicht damit«, sagte sie und sah sich unwillkürlich um. Sie versuchte zu lächeln, um zu zeigen, daß es ein Scherz gewesen war, aber es gelang ihr nicht besonders gut.

»Das Stadtvolk, die Fischersleute, die Farmer, die Cowboys … alle sprechen nur Gutes über den Bund, aber distanziert. Doch der Bürgermeister, sein Kanzler und die Mitglieder des Pferdezüchterverbands, Lengyll und Garber und diese Bande –«

»Ich kenne sie«, sagte sie knapp.

»Sie sind absolut enthusiastisch in ihrer Unterstützung. Wenn man den Bund gegenüber Sheriff Avery auch nur erwähnt, springt er im Rechteck. Und es scheint, als würde man uns im Salon jeder Ranch ein Getränk aus einem Eld-Gedächtnispokal servieren.«

»Was für ein Getränk?« fragte sie ein wenig boshaft. »Bier? Ale? *Graf?*«

»Außerdem Wein, Whiskey und Pettibone«, sagte er, ohne auf ihr Lächeln zu reagieren. »Es sieht fast so aus, als wollten sie alle, daß wir unser Gelübde brechen. Kommt dir das seltsam vor?«

»Ay, ein wenig; vielleicht ist es auch nur die Gastfreundschaft Hambrys. Wenn in dieser Gegend jemand – zumal ein junger

Mann – sagt, daß er einen Eid geschworen hat, halten ihn die Leute für schüchtern, nicht ernst.«

»Und diese freudige Unterstützung des Bundes bei den Machern und Mächtigen? Wie kommt dir das vor?«

»Komisch.«

Und das stimmte. Pat Delgados Arbeit hatte ihn fast täglich in Kontakt mit diesen Landbesitzern und Pferdezüchtern gebracht, und eben darum hatte Susan, die hinter ihrem Da hergetapst war, wann immer er sie ließ, sie auch öfter getroffen. Im großen und ganzen hatte sie sie für einen eiskalten Haufen gehalten. Sie konnte sich nicht vorstellen, daß John Croydon oder Jake White einen Steinkrug mit dem Konterfei Arthur Elds zu einem sentimentalen Trinkspruch erhob ... schon gar nicht am hellichten Tag, wenn Vieh auf den Markt getrieben und verkauft werden mußte.

Will hatte die Augen unverwandt auf sie gerichtet, als würde er ihre Gedanken lesen.

»Aber du siehst die wichtigen Männer wahrscheinlich nicht mehr so oft wie früher«, sagte er. »Als dein Vater noch lebte, meine ich.«

»Vielleicht nicht ... aber lernen Bumbler, rückwärts zu sprechen?«

Diesmal kein zurückhaltendes Lächeln, diesmal grinste er unverhohlen. Und strahlte dabei über das ganze Gesicht. Götter, wie hübsch er war! »Ich vermute nicht. Ebensowenig, wie Katzen ihre Flecken wechseln, wie man bei uns sagt. Und Bürgermeister Thorin spricht nicht über unseresgleichen – mich und meine Freunde – zu dir, wenn ihr allein seid? Oder habe ich kein Recht, so eine Frage zu stellen? Ich vermute ja.«

»Das ist mir egal«, sagte sie und warf keck den Kopf herum, so daß ihr langer Zopf schwang. »Ich verstehe wenig von dem, was schicklich ist, wie einige so nett waren zu betonen.« Aber sie freute sich nicht so sehr über seine niedergeschlagenen Augen und sein verlegenes Erröten, wie sie es erwartet hatte. Sie kannte Mädchen, die ebenso gerne neckten wie flirteten – und manche neckten ziemlich herb –, aber anscheinend fand sie keinen Gefallen daran. Ganz sicher hatte sie kein Interesse daran, ihre Krallen in ihn zu schlagen, daher fuhr sie in einem milderen Tonfall fort. »Wie auch immer, ich bin nicht mit ihm allein.«

Und oh, wie du lügst, dachte sie traurig und erinnerte sich, wie Thorin sie am Abend der Party auf dem Flur umarmt und ihre Brüste befummelt hatte wie ein Kind, das versucht, die Hand ins Glas mit den Süßigkeiten zu schieben; wie er ihr sagte, daß er sich nach ihr verzehrte. *Oh, du große Lügnerin.*

»Auf jeden Fall, Will, kann dich und deine Freunde kaum kümmern, was Hart von euch hält, oder? Ihr habt eine Aufgabe zu erledigen, das ist alles. Wenn er euch hilft, warum akzeptiert ihr es nicht einfach und seid dankbar?«

»Weil hier etwas nicht stimmt«, sagte er, und der ernste, fast todernste Klang seiner Stimme machte ihr ein wenig angst.

»Nicht stimmt? Mit dem Bürgermeister? Mit dem Pferdezüchterverband? Was redest du da?«

Er sah sie konzentriert an, dann schien er eine Entscheidung zu treffen. »Ich werde dir vertrauen, Susan.«

»Ich bin nicht sicher, ob ich dein Vertrauen auch nur ein wenig mehr will als deine Liebe«, sagte sie.

Er nickte. »Aber um die Aufgabe zu erledigen, derentwegen ich geschickt wurde, *muß* ich jemandem vertrauen. Kannst du das verstehen?«

Sie sah ihm in die Augen und nickte.

Er trat neben sie, so nahe, daß sie sich einbildete, sie könnte die Wärme seiner Haut spüren. »Sieh da runter. Sag mir, was du siehst.«

Sie sah hin und zuckte die Achseln. »Die Schräge. Wie immer.« Sie lächelte verhalten. »Und hübsch wie immer. Dies ist schon immer mein liebster Platz auf der ganzen Welt gewesen.«

»Ay, es ist wunderschön, das stimmt. Was siehst du sonst noch?«

»Pferde, 'ne ganze Herde.« Sie lächelte, um zu zeigen, daß es scherzhaft gemeint war (tatsächlich war es ein alter Scherz ihres Da), aber er erwiderte das Lächeln nicht. Hübsch anzusehen und mutig, wenn die Geschichten stimmten, die sie sich in der Stadt erzählten; und schnell im Denken wie im Handeln. Aber wirklich nicht viel Sinn für Humor. Nun, es gab schlimmere Unzulänglichkeiten. Einem Mädchen an den Busen zu fassen, wenn es nicht damit rechnete, mochte eine davon sein.

»Pferde. Ja. Aber meinst du, es ist die richtige *Anzahl*? Du hast dein Leben lang Pferde auf der Schräge gesehen, und bestimmt wäre niemand außerhalb des Pferdezüchterverbandes so qualifiziert wie du, eine Antwort zu geben.«

»Und denen traust du nicht?«

»Sie haben uns alles gegeben, was wir wollten, und sind freundlicher als Hunde unter dem Eßtisch, aber nein – ich glaube nicht.«

»Aber mir vertraust du.«

Er sah sie mit seinen wunderschönen und furchteinflößenden Augen gelassen an – ein dunkleres Blau, als sie später annehmen würden, noch nicht in zehntausend Wandertagen von der Sonne ausgebleicht. »Ich muß jemandem vertrauen«, wiederholte er.

Sie senkte den Blick, als hätte er sie zurechtgewiesen. Er streckte eine Hand aus, hielt ihr sanft die Finger unter das Kinn und hob das Gesicht wieder hoch. »Scheint es die richtige Anzahl zu sein? Denk gründlich nach!«

Aber jetzt, wo er sie darauf aufmerksam gemacht hatte, mußte sie nicht weiter darüber nachdenken. Sie hatte die Veränderung schon seit geraumer Zeit bemerkt, vermutete sie, aber die Veränderung war allmählich vonstatten gegangen und leicht zu übersehen gewesen.

»Nein«, sagte sie schließlich. »Sie ist nicht richtig.«

»Zuwenig oder zuviel? Was?«

Sie blieb einen Moment stumm. Holte Luft. Ließ sie als langgezogenen Seufzer entweichen. »Zu viele. Viel zu viele.«

Will Dearborn hob die geballten Fäuste in Schulterhöhe und schüttelte sie einmal heftig. Seine blauen Augen blitzten wie die Funkenlichter, von denen ihr Großda ihr erzählt hatte. »Ich wußte es«, sagte er. »Ich *wußte* es.«

8

»Wie viele Pferde sind da unten?« fragte er.

»Unter uns? Oder auf der gesamten Schräge?«

»Nur unter uns.«

Sie sah genau hin, machte aber keinen Versuch, genau zu zählen. Das funktionierte nicht und verwirrte einen nur. Sie sah vier größere Gruppen mit jeweils rund zwanzig Pferden, die fast genauso auf dem Grün dahinzogen wie die Vögel über ihnen auf dem Blau. Es waren etwa neun kleinere Gruppen, von vier bis acht Tieren ... mehrere Paare (die sie an Liebespaare erinnerten, aber das schien heute bei fast allem so zu sein) ... ein paar galoppierende Einzelgänger – überwiegend junge Hengste ...

»Hundertsechzig?« fragte er mit einer leisen, fast zögernden Stimme.

Sie sah überrascht zu ihm auf. »Ay. Hundertsechzig hatte ich auch gedacht. Auf den Punkt genau.«

»Und wieviel von der Schräge sehen wir? Ein Viertel? Ein Drittel?«

»Viel weniger.« Sie schenkte ihm ein kurzes Lächeln. »Wie ihr wohl wißt, glaube ich. Vielleicht ein Sechstel der gesamten freien Weidefläche.«

»Wenn auf jedem Sechstel hundertundsechzig Pferde frei grasen, macht das ...«

Sie wartete darauf, daß er neunhundertsechzig sagen würde. Als er es tat, nickte sie. Er schaute noch einen Moment hinunter und stieß einen überraschten Laut aus, als Rusher ihn mit der Nase unten gegen den Rücken stieß. Susan hielt eine hohle Hand vor den Mund, um ein Lachen zu unterdrücken. An der ungeduldigen Art, wie er die Schnauze des Pferdes wegdrückte, konnte sie erkennen, daß ihm immer noch wenige Dinge lustig vorkamen.

»Wie viele stehen noch in den Ställen oder sind beim Training oder Arbeiten, was meinst du?« fragte er.

»Eines auf drei da unten. Schätzungsweise.«

»Also sprechen wir von zwölfhundert Pferden. Ausnahmslos zur Zucht geeignete Tiere, keine Muties.«

Sie sah ihn gelinde überrascht an. »Ay. Es gibt fast keine Muties hier in Mejis ... in *keiner* der Äußeren Baronien, was das betrifft.«

»Ihr zieht mehr als drei gesunde von fünf Fohlen auf?«

»Wir ziehen *alle* auf! Natürlich haben wir ab und zu einmal eine Mißbildung, die getötet werden muß, aber –«

»Nicht eine Mißbildung unter fünf Lebendgeburten? Ein Fohlen von fünf, das mit –« Wie hatte Renfrew sich ausgedrückt: »Mit zusätzlichen Beinen oder den Eingeweiden außen geboren wird?«

Ihr schockierter Gesichtsausdruck genügte ihm als Antwort. »Wer hat dir das gesagt?«

»Renfrew. Außerdem hat er mir gesagt, daß es etwa fünfhundertsiebzig Pferde hier in Mejis gibt.«

»Das ist einfach...« Sie stieß ein kurzes, verblüfftes Lachen aus. »Einfach verrückt! Wenn mein Da hier wäre –«

»Ist er aber nicht«, sagte Roland mit einer Stimme, so trocken wie ein brechender Zweig. »Er ist tot.«

Einen Augenblick registrierte sie seinen veränderten Tonfall nicht. Dann verdüsterte sich ihre ganze Stimmung, als hätte irgendwo in ihrem Inneren eine Verfinsterung angefangen. »Mein Da hatte einen Unfall. Begreifst du das, Will Dearborn? Einen *Unfall*. Es war schrecklich traurig, aber so etwas passiert eben manchmal. Ein Pferd hat sich auf ihn gewälzt. Ocean Foam. Fran sagt, Foam hätte eine Schlange im Gras gesehen.«

»Fran Lengyll?«

»Ay.« Ihre Haut war blaß, abgesehen von zwei wilden Rosen – rosa, wie die in dem Strauß, den er ihr durch Sheemie hatte bringen lassen –, die hoch auf ihren Wangenknochen erblühten. »Fran ist viele Meilen mit meinem Vater geritten. Sie waren keine dicken Freunde – zum einen war da der Klassenunterschied –, aber sie ritten zusammen. Ich habe irgendwo eine Haube aufbewahrt, die Frans erste Frau zu meiner Taufe gemacht hat. Sie sind gemeinsam auf dem Trail geritten. Ich kann nicht glauben, daß Fran Lengyll lügen würde, wie mein Da gestorben ist, geschweige denn, daß er... etwas damit zu tun haben könnte.«

Und doch sah sie mit zweifelnder Miene zu den freilaufenden Pferden hinunter. So viele. *Zu* viele. Ihr Da hätte es gesehen. Und ihr Da hätte sich genau die Frage gestellt, die sie sich jetzt stellte: Wessen Brandzeichen trugen die zusätzlichen?

»Es hat sich ergeben, daß Fran Lengyll und mein Freund Stockworth ein Gespräch über Pferde hatten«, sagte Will. Seine Stimme klang beinahe beiläufig, aber sein Gesicht drückte keinerlei Beiläufigkeit aus. »Bei Gläsern voll Quellwasser, nachdem Bier angeboten und dankend abgelehnt worden war. Sie haben ebenso darüber gesprochen wie ich mit Renfrew beim Willkommensempfang von Bürgermeister Thorin. Als Richard Sai Lengyll bat, die Zahl der Reitpferde zu schätzen, sagte er, etwa vierhundert.«

»Wahnsinn.«

»Könnte man meinen«, stimmte Will zu.

»Wissen sie nicht, daß die Pferde da draußen sind, wo ihr sie sehen könnt?«

»Sie wissen, daß wir noch kaum richtig angefangen haben«, sagte er, »und daß wir uns zuerst die Fischersleute vornehmen. Ich bin sicher, sie glauben, daß wir mindestens einen Monat brauchen werden, bis wir uns mit den Pferden in der Gegend beschäftigen können. Und bis dahin legen sie uns gegenüber ein Benehmen an den Tag, das man… Wie soll ich mich ausdrücken? Nun, vergiß, wie ich mich ausdrücken würde. Ich kann nicht besonders gut mit Worten umgehen, aber mein Freund Arthur nennt es ›freundliche Verachtung‹. Sie lassen die Pferde vor unseren Augen draußen, glaube ich, weil sie denken, wir wüßten nicht, was wir sehen. Oder sie denken, wir werden nicht glauben, was wir sehen. Ich bin sehr froh, daß ich dich hier draußen gefunden habe.«

Nur, damit ich dir eine akkuratere Schätzung der Zahl der Pferde geben kann? Ist das der einzige Grund?

»Aber ihr *werdet* dazu kommen, die Pferde zu zählen. Mit der Zeit. Ich meine, ganz bestimmt wäre der Bund darauf doch am meisten angewiesen.«

Er sah sie seltsam an, als hätte sie etwas übersehen, das auf der Hand liegen müßte. Sie fühlte sich befangen.

»Was? Was ist es?«

»Vielleicht rechnen sie damit, daß die überzähligen Pferde fort sein werden, bis wir uns um diesen Aspekt der Geschäfte der Baronie kümmern können.«

»Fort *wohin?*«

»Ich weiß nicht. Aber es gefällt mir nicht. Susan, das alles bleibt doch unter uns, oder nicht?«

Sie nickte. *Sie* müßte des Wahnsinns fette Beute sein, wenn sie jemandem erzählte, daß sie ohne eine Anstandsdame, abgesehen von Rusher und Pylon, mit Will Dearborn auf der Schräge gewesen war.

»Möglicherweise entpuppt sich alles als harmlos, aber wenn nicht, könnte es gefährlich sein, etwas zu wissen.«

Was wieder zu ihrem Da führte. Lengyll hatte ihr und Tante Cord erzählt, daß Pat abgeworfen worden war und Ocean Foam sich auf ihn gerollt hatte. Sie hatten keinen Grund gehabt, an den Worten des Mannes zu zweifeln. Aber Fran Lengyll hatte Wills Freunden auch erzählt, daß es nur vierhundert Reitpferde in Mejis gab, und das war eine faustdicke Lüge.

Will drehte sich zu seinem Pferd um, und sie war froh darüber.

Ein Teil von ihr wollte, daß er blieb – daß er dicht neben ihr stand, während die langen Schatten der Wolken über das Gras zogen –, aber sie waren schon zu lange hier draußen zusammen. Es gab keinen Grund zu der Vermutung, jemand könnte vorbeikommen und sie sehen, aber aus einem unerfindlichen Grund machte sie dieser Gedanke nervöser denn je.

Er rückte den Steigbügel zurecht, der neben der Scheide mit dem Schaft seiner Lanze hing (Rusher wieherte leise tief im Hals, als wollte er sagen: *Wurde auch Zeit, daß wir weiterziehen*), dann drehte er sich wieder zu ihr um. Sie bekam fast einen Schwächeanfall, als er sie ansah, und jetzt war der Gedanke an *Ka* so übermächtig, daß er sich kaum mehr leugnen ließ. Sie wollte sich einreden, daß es sich lediglich um die Ahnung handelte – das Gefühl, etwas schon einmal erlebt zu haben –, aber es war nicht die Ahnung; es war das Gefühl, als hätte man die Straße gefunden, die man die ganze Zeit gesucht hatte.

»Ich möchte noch etwas sagen. Ich kehre nicht gern an den Anfang unseres Gesprächs zurück, aber es muß sein.«

»Nein«, sagte sie kläglich. »Das ist gewiß erledigt.«

»Ich habe dir gesagt, daß ich dich liebe und eifersüchtig war«, sagte er, und seine Stimme geriet zum erstenmal ein klein wenig aus den Fugen und zitterte in der Kehle. Sie sah zu ihrem Schrecken, daß ihm Tränen in den Augen standen. »Da ist mehr. Noch etwas.«

»Will, ich mag es nicht –« Sie wandte sich blind zu ihrem Pferd um. Er hielt sie an der Schulter fest und drehte sie wieder um. Es war keine grobe Berührung, aber sie hatte etwas Unentrinnbares an sich, das gräßlich war. Sie schaute ihm hilflos ins Gesicht, stellte fest, daß er jung und fern seiner Heimat war, und wußte plötzlich, daß sie ihm nicht lange würde widerstehen können. Sie wollte ihn so sehr, daß es ihr Schmerzen bereitete. Sie hätte ein Jahr ihres Lebens gegeben, nur um die Handflächen auf seine Wangen zu legen und seine Haut zu spüren.

»Vermißt du deinen Vater, Susan?«

»Ay«, flüsterte sie. »Von ganzem Herzen.«

»Ich vermisse meine Mutter auf dieselbe Weise.« Er hielt sie jetzt an beiden Schultern. Ein Auge lief über; eine Träne zog eine silberne Spur über seine Wange.

»Ist sie tot?«

»Nein, aber etwas ist geschehen. Mit ihr. *Scheiße!* Wie kann ich darüber reden, wenn ich nicht mal weiß, wie ich daran *denken* soll? In gewisser Weise *ist* sie gestorben. Für mich.«

»Will, das ist schrecklich.«

Er nickte. »Als ich sie das letzte Mal sah, hat sie mich in einer Weise angesehen, die mich bis ins Grab verfolgen wird. Scham und Liebe und Hoffnung, alles ineinander verschlungen. Scham über das, was ich gesehen hatte und von ihr wußte, Hoffnung, vielleicht, daß ich es verstehen und ihr vergeben könnte ...« Er holte tief Luft. »In der Nacht der Party, gegen Ende der Mahlzeit, hat Rimer etwas Komisches gesagt. Ihr habt alle gelacht –«

»Wenn ich gelacht habe, dann nur deshalb, weil es merkwürdig ausgesehen hätte, wenn ich als einzige nicht gelacht hätte«, sagte Susan. »Ich mag ihn nicht. Ich halte ihn für einen Ränkeschmied und Roßtäuscher.«

»Ihr habt alle gelacht, und ich habe zufällig zum Ende der Tafel gesehen. Zu Olive Thorin. Und einen Augenblick – nur einen Augenblick – dachte ich, sie wäre meine Mutter. Der Gesichtsausdruck war derselbe, weißt du. Derselbe, den ich an dem Morgen gesehen habe, als ich zum falschen Zeitpunkt die falsche Tür aufgemacht und meine Mutter erwischt habe, zusammen mit ihrem –«

»Hör auf!« schrie sie und entzog sich seinen Händen. Plötzlich war alles in ihr in Bewegung geraten, alle Taue und Klammern und Schnallen, mit denen sie sich selbst zusammengehalten hatte, schienen gleichzeitig zu schmelzen. »Hör auf, hör doch auf, ich kann nicht mit anhören, wie du über sie sprichst!«

Sie streckte die Hände nach Pylon aus, aber jetzt bestand die ganze Welt aus feuchten Prismen. Sie fing an zu schluchzen. Sie spürte seine Hände auf ihren Schultern, als er sie wieder umdrehte, und wieder leistete sie keinen Widerstand.

»Ich schäme mich so«, sagte sie. »Ich schäme mich so, ich habe

Angst, und es tut mir leid. Ich habe das Gesicht meines Vaters vergessen, und ... und ...«

Und ich werde es nie wiederfinden können, wollte sie sagen, aber sie mußte gar nichts sagen. Er verschloß ihr den Mund mit seinen Küssen. Zuerst ließ sie sich einfach nur küssen ... und dann erwiderte sie die Küsse, erwiderte sie fast ungestüm. Sie wischte mit sanften Daumenbewegungen die Nässe unter seinen Augen weg, dann strich sie mit den Handflächen über seine Wangen, wie sie es sich gewünscht hatte. Das Gefühl war überwältigend; selbst das sanfte Kratzen der Stoppeln dicht über der Haut war überwältigend. Sie schlang die Arme um seinen Hals, preßte den offenen Mund auf seinen, hielt ihn fest und küßte ihn so heftig, wie sie konnte, küßte ihn zwischen den beiden Pferden, die einander einfach nur ansahen und dann weitergrasten.

9

Es waren die besten Küsse seines ganzen Lebens, und er vergaß sie nie: die nachgiebige Festigkeit ihrer Lippen und die festen Zähne darunter, drängend und nicht im geringsten schüchtern; ihr duftender Atem, die sanften Rundungen ihres Körpers, den sie an seinen preßte. Er glitt mit einer Hand zu ihrer linken Brust, drückte sie behutsam und spürte ihr Herz darunter, wie es rasend schlug. Mit der anderen Hand strich er über ihr Haar, Seide an ihrer Schläfe. Er vergaß nie, wie es sich anfühlte.

Dann stand sie ein Stück von ihm entfernt, ihr Gesicht flammend vor Röte und Leidenschaft, und strich mit einer Hand über ihre Lippen, die er geküßt hatte, bis sie geschwollen waren. Eine hauchdünne Blutspur lief aus dem Winkel der unteren. Sie sah ihn mit aufgerissenen Augen an. Ihr Busen hob und senkte sich, als hätte sie gerade einen Wettlauf hinter sich gebracht. Und zwischen ihnen floß eine Strömung, wie er sie noch niemals in seinem Leben verspürt hatte. Sie war reißend wie ein Fluß und verzehrend wie ein Fieber.

»Nicht mehr«, sagte sie mit bebender Stimme. »Nicht mehr, bitte. Wenn du mich wirklich liebst, laß nicht zu, daß ich mich entehre. Ich habe ein Versprechen gegeben. Später, wenn dieses

Versprechen erfüllt ist, kann alles mögliche geschehen, denke ich ... wenn du mich dann noch willst ...«

»Ich würde immer auf dich warten«, sagte er ruhig, »und alles für dich tun, nur nicht dabeistehen und zusehen, wie du zu einem anderen Mann gehst.«

»Dann geh fort von mir, wenn du mich liebst. Bitte, Will!«

»Noch einen Kuß.«

Sie kam sofort näher, streckte ihm voller Vertrauen das Gesicht entgegen, und er begriff, daß er alles mit ihr tun konnte. Sie war, zumindest im Augenblick, nicht mehr Herrin ihrer selbst; er konnte sie haben. Er konnte mit ihr tun, was Marten mit seiner Mutter getan hatte, wenn das sein Wunsch war.

Dieser Gedanke zerbrach seine Leidenschaft und verwandelte sie in Schlacke, die als strahlender Regen herabfiel und nach und nach in einer dunklen Bestürzung erlosch. Daß sein Vater es akzeptiert hatte

(Ich weiß es seit zwei Jahren),

war in vieler Hinsicht der schlimmste Teil von allem, was Roland in diesem Jahr widerfahren war; wie konnte er sich in dieses – oder ein anderes – Mädchen verlieben, in einer Welt, wo ein derartiges Elend des Herzens notwendig war und sich möglicherweise sogar wiederholte?

Und doch liebte er sie.

Statt des leidenschaftlichen Kusses, den er wollte, preßte er die Lippen behutsam auf den Mundwinkel, wo das hauchfeine Rinnsal Blut floß. Er küßte sie und schmeckte Salz wie den Geschmack seiner eigenen Tränen. Er machte die Augen zu und erschauerte, als sie mit der Hand das Haar in seinem Nacken streichelte.

»Ich würde Olive Thorin nicht um alles in der Welt weh tun«, flüsterte sie ihm ins Ohr. »Ebensowenig wie ihm, Will. Ich habe es nicht verstanden, und nun ist es zu spät, um alles in Ordnung zu bringen. Aber ich danke dir dafür, daß du dir nicht ... nicht genommen hast, was du hättest haben können. Und ich werde dich nie vergessen. Wie es war, von dir geküßt zu werden. Es ist das Beste, was mir je widerfahren ist, glaube ich. Als würden Himmel und Erde eins werden, ay.«

»Ich werde es auch nicht vergessen.« Er sah ihr zu, wie sie sich in den Sattel schwang, und erinnerte sich an ihre bloßen Beine in der Dunkelheit jener Nacht, als er sie kennengelernt hatte. Und plötzlich konnte er sie nicht gehen lassen. Er streckte die Hand aus, berührte sie am Stiefel.

»Susan –«

»Nein«, sagte sie. »Bitte.«

Er wich zurück. Irgendwie.

»Dies ist unser Geheimnis«, sagte sie. »Ja?«

»Ay.«

Darüber lächelte sie… aber es war ein trauriges Lächeln. »Halte dich ab jetzt fern von mir, Will. Bitte. Und ich werde mich von dir fernhalten.«

Er dachte darüber nach. »Wenn wir können.«

»Wir müssen, Will. Wir müssen.«

Sie ritt schnell davon. Roland stand neben Rushers Steigbügel und sah ihr nach. Und als sie hinter dem Horizont verschwunden und nicht mehr zu sehen war, sah er ihr immer noch nach.

10

Sheriff Avery, Deputy Dave und Deputy George Riggins saßen auf der Veranda vor dem Gefängnis und dem Büro des Sheriffs, als Mr. Stockworth und Mr. Heath (letzterer hatte den idiotischen Vogelschädel immer noch auf seinem Sattelhorn befestigt) in stetem Schritt vorbeiritten. Fünfzehn Minuten zuvor hatte die Mittagsglocke geläutet, und Sheriff Avery vermutete, daß sie auf dem Weg zum Mittagessen waren, möglicherweise im Millbank oder im Rest, wo es einen akzeptablen Mittagstisch gab. Popkins und dergleichen. Avery bevorzugte etwas Sättigenderes; ein halbes Hähnchen oder eine Rinderhüfte waren mehr nach seinem Geschmack.

Mr. Heath winkte ihnen zu und grinste. »Guten Tag, Gentlemen! Langes Leben! Sanfte Winde! Glückliche *siestas*!«

Sie winkten und lächelten zurück. Als die beiden nicht mehr zu sehen waren, sagte Dave: »Sie haben den ganzen Vormittag unten auf den Piers verbracht und Netze gezählt! *Netze!* Ist das zu glauben?«

»Ja, Sir«, sagte Sheriff Avery, hob eine Backe ein Stück von seinem Schaukelstuhl und ließ einen lautstarken Mittagspausenfurz fliegen. »Ja, Sir, ich glaube es. Ay.«

George sagte: »Wenn sie Jonas' Jungs nicht derart fertiggemacht hätten, würde ich sie für eine Bande von Narren halten.«

»Und wahrscheinlich hätten sie nichts dagegen«, sagte Avery. Er sah Dave an, der sein Monokel am Ende des Bands drehte und in die Richtung sah, die die Jungs eingeschlagen hatten. Es gab Leute in der Stadt, die nannten die Bengel des Bundes bereits Kleine Sargjäger. Avery war nicht sicher, was er davon halten sollte. Er hatte die Wogen zwischen ihnen und Thorins harten Jungs geglättet und für seine Bemühungen ein Lob und ein Goldstück von Rimer bekommen, aber dennoch ... was sollte er von ihnen halten?

»An dem Tag, als sie angekommen sind«, sagte er zu Dave, »hast du sie für weich gehalten? Und jetzt?«

»Jetzt?« Dave drehte sein Monokel ein letztesmal, dann klemmte er es ins Auge und sah den Sheriff damit an. »Jetzt denke ich, daß sie doch ein bißchen härter sein könnten, als ich geglaubt habe.«

Ja, wahrhaftig, dachte Avery. *Aber hart heißt nicht smart, den Göttern sei Dank. Ay, dafür sei den Göttern Dank.*

»Ich habe Hunger wie ein Stier, das hab ich«, sagte er und stand auf. Er bückte sich, stützte die Hände auf die Knie und ließ einen weiteren lauten Furz streichen. Dave und George sahen einander an. George wedelte mit einer Hand vor seinem Gesicht. Sheriff Herkimer Avery, Sheriff der Baronie, richtete sich erleichtert und erwartungsvoll zugleich auf. »Draußen ist mehr Platz als drinnen«, sagte er. »Kommt, Jungs. Gehen wir die Straße runter und schieben uns was zwischen die Zähne.«

II

Nicht einmal der Sonnenuntergang konnte die Aussicht von der Veranda des Schlafhauses der Bar K Ranch wesentlich verbessern. Das Gebäude – abgesehen vom Kochschuppen und dem Stall das einzige, das noch auf dem Gelände stand – war L-förmig, die Veranda an der Innenseite des kurzen Flügels gebaut. Man hatte gerade die passende Anzahl Sitzgelegenheiten für sie zurückgelassen: zwei gesplitterte Schaukelstühle und eine Holzkiste, auf die jemand ein wackliges Brett genagelt hatte.

An diesem Abend saß Alain auf einem der Schaukelstühle und Cuthbert auf der Kiste, der er den Vorzug zu geben schien. Auf dem Querholz saß der Wachtposten und sah über den gestampften Boden des Hofs zur ausgebrannten Ruine des Wohnhauses der Garbers.

Alain war hundemüde, und obwohl sie beide in dem Bach am westlichen Rand des Farmgeländes gebadet hatten, bildete er sich ein, daß er immer noch nach Fisch und Seetang roch. Sie hatten den Tag damit verbracht, Netze zu zählen. Er hatte nichts gegen harte Arbeit einzuwenden, auch wenn sie monoton war, aber sinnlose Arbeit paßte ihm nicht. Und das war sinnlose Arbeit. Hambry gliederte sich in zwei Teile: Fischer und Pferdezüchter. Bei den Fischern würden sie nichts finden, und nach drei Wochen wußten sie das alle drei. Ihre Antworten lagen draußen, auf der Schräge, die sie sich bisher nur flüchtig angesehen hatten. Auf Rolands Anordnung.

Der Wind wehte böig, und einen Moment konnten sie den leisen, grummelnden, heulenden Ton der Schwachstelle hören.

»Ich hasse dieses Geräusch«, sagte Alain.

Cuthbert, der diesen Abend ungewöhnlich schweigsam und introvertiert war, nickte und sagte nur: »Ay.« Inzwischen sagten sie es alle, ganz zu schweigen von *Das tust du* und *Das bin ich* und *Das ist es*. Alain hatte den Verdacht, sie würden Hambry noch auf den Zungen haben, wenn sie seinen Staub schon längst von den Stiefeln gewischt hatten.

Hinter ihnen, aus der Tür des Schlafhauses, drang ein weniger unangenehmes Geräusch – das Gurren von Tauben. Und dann, von der anderen Seite des Schlafhauses, ein drittes, auf das er und Cuthbert unbewußt gewartet hatten, während sie den Sonnenuntergang betrachteten: Pferdehufe. Rusher.

Roland kam anmutig um die Ecke geritten, und da geschah etwas, das Alain seltsam bedeutungsvoll vorkam ... wie ein Omen. Das Flattern von Schwingen ertönte, und plötzlich saß ein Vogel auf Rolands Schulter.

Er zuckte nicht zusammen, drehte sich nur um. Er ritt bis zu dem Querholz an der Veranda, wo er sitzenblieb und die Hand ausstreckte. »Heil«, sagte er leise, worauf die Taube auf seine

Handfläche hüpfte. An einem Bein hatte sie eine Kapsel festgebunden. Roland entfernte sie, machte sie auf und holte einen winzigen Papierstreifen heraus, der fest zusammengerollt worden war. Mit der anderen Hand hielt er die Taube.

»Heil«, sagte Alain und streckte seinerseits die Hand aus. Die Taube flog zu ihm. Als Roland abstieg, nahm Alain die Taube mit ins Schlafhaus, wo Käfige unter einem offenen Fenster standen. Er öffnete den mittleren und streckte die Hand aus. Die Taube, die gerade eingetroffen war, lief hinein; die Taube aus dem Käfig hüpfte heraus auf seine Handfläche. Alain machte die Käfigtür zu, verriegelte sie, durchquerte das Zimmer und hob das Kissen von Berts Pritsche. Darunter befand sich ein Stoffumschlag mit einer Anzahl leerer Papierstreifen und einem winzigen Füller. Er nahm einen der Streifen und den Füller, der über einen kleinen Vorrat an Tinte verfügte und nicht eingetaucht werden mußte. Er ging wieder auf die Veranda hinaus. Roland und Cuthbert studierten den aufgerollten Papierstreifen, den die Taube aus Gilead gebracht hatte. Eine Reihe winziger geometrischer Figuren befand sich darauf:

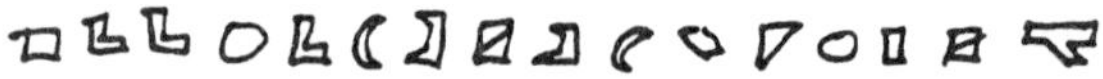

»Was steht da?« fragte Alain. Der Kode war ziemlich einfach, aber er konnte ihn nicht auswendig lernen oder aus dem Stegreif lesen, so wie Roland und Bert es fast von Anfang an gekonnt hatten. Alains Talente – seine Fähigkeiten als Fährtensucher, sein einfacher Zugang zu der Gabe – lagen auf anderen Gebieten.

»›Farson rückt nach Osten vor‹«, las Cuthbert. »›Streitkräfte teilen sich, eine große, eine kleine Gruppe. Seht ihr etwas Ungewöhnliches?‹« Er sah Roland fast beleidigt an. »Etwas Ungewöhnliches, was soll das bedeuten?«

Roland schüttelte den Kopf. Er wußte es nicht. Und er bezweifelte, ob es die Männer – zu denen mit Sicherheit sein Vater gehörte – wußten, die die Nachricht geschickt hatten.

Alain gab Cuthbert den Streifen und den Füller. Bert streichelte mit einem Finger den Kopf der leise gurrenden Taube. Sie spreizte die Schwingen, als könnte sie es kaum erwarten, nach Westen zu fliegen.

»Was soll ich schreiben?« fragte Cuthbert. »Dasselbe?«
Roland nickte.

»Aber wir *haben* etwas Ungewöhnliches gesehen!« sagte Alain. »Und wir wissen, daß hier etwas nicht stimmt! Die Pferde… und auf der kleinen Ranch im Süden… ich kann mich nicht an den Namen erinnern…«

Cuthbert konnte es. »Rocking H.«

»Ay, Rocking H. *Ochsen* gibt es dort. *Ochsen!* Meine Götter, ich habe nie welche gesehen, außer in Bilderbüchern!«

Roland sah beunruhigt drein. »Weiß jemand, daß du sie gesehen hast?«

Alain zuckte ungeduldig die Achseln. »Ich glaube nicht. Es waren Treiber da – drei, vielleicht vier –«

»Vier, ay«, sagte Cuthbert leise.

»– aber die haben uns nicht beachtet. Auch wenn wir etwas sehen, glauben sie, wir sehen es nicht.«

»Und so muß es bleiben.« Roland ließ den Blick über sie schweifen, aber sein Gesicht hatte einen abwesenden Ausdruck, als wären seine Gedanken ganz woanders. Er drehte sich um und sah zum Sonnenuntergang, und da sah Alain etwas an seinem Hemdkragen. Er entfernte es mit einer derart schnellen und behenden Bewegung, daß nicht einmal Roland selbst es bemerkte. *Bert hätte das nicht gekonnt*, dachte Alain nicht ohne Stolz.

»Ay, aber –«

»Dieselbe Botschaft«, sagte Roland. Er setzte sich auf die oberste Stufe und sah zum Abendrot im Westen. »Geduld, Mr. Richard Stockworth und Mr. Arthur Heath. Wir wissen bestimmte Dinge und vermuten bestimmte andere. Aber würde John Farson den weiten Weg auf sich nehmen, nur um sich Pferde zu beschaffen? Ich glaube nicht. Ich bin nicht sicher, Pferde sind wertvoll, ay, das sind sie… aber ich bin nicht sicher. Also warten wir.«

»Schon gut, schon gut, dieselbe Botschaft.« Cuthbert glättete den Papierstreifen auf dem Verandageländer und kritzelte eine kurze Folge von Symbolen darauf. Diese Botschaft konnte Alain lesen; er hatte seit ihrer Ankunft in Hambry dieselbe Abfolge mehrmals gesehen. »Nachricht erhalten. Uns geht es gut. Diesmal nichts zu melden.«

Die Nachricht wurde in die Kapsel gesteckt und am Bein der

Taube befestigt. Alain ging die Stufen hinunter, stellte sich neben Rusher (der immer noch geduldig darauf wartete, abgesattelt zu werden) und hielt den Vogel in den verblassenden Sonnenuntergang. »Heil!«

Die Taube verschwand flügelschlagend. Sie sahen sie nur einen Augenblick, ein dunkler Umriß am zunehmend dunkleren Himmel.

Roland blieb sitzen und sah ihr nach. Er hatte immer noch den verträumten Gesichtsausdruck. Alain fragte sich, ob Roland heute abend die richtige Entscheidung getroffen hatte. In seinem ganzen Leben hatte er noch nie einen derartigen Gedanken gehabt. Und hätte nie damit gerechnet.

»Roland?«

»Hmmm?« Wie ein Mann, der halb aus tiefem Schlaf erwacht.

»Ich sattle ihn ab, wenn du willst.« Er nickte zu Rusher. »Und striegle ihn.«

Lange Zeit keine Antwort. Alain wollte noch einmal fragen, als Roland sagte: »Nein. Ich mache es. In einer oder zwei Minuten.« Und betrachtete weiter den Sonnenuntergang.

Alain ging die Stufen hinauf und setzte sich in seinen Schaukelstuhl. Bert hatte seinen Platz auf der Kiste wieder eingenommen. Sie saßen jetzt hinter Roland, und Cuthbert sah Alain mit hochgezogenen Brauen an. Er zeigte auf Roland, dann sah er wieder Alain an.

Alain gab ihm, was er von Rolands Kragen geholt hatte. Zwar war es so fein, daß man es in diesem Licht kaum erkennen konnte, aber Cuthbert hatte die Augen eines Revolvermannes, und er nahm es mühelos entgegen, ohne herumzutasten.

Es war ein langes Haar von der Farbe gesponnenen Goldes. Er entnahm Berts Gesichtsausdruck, daß dieser wußte, von wessen Kopf es stammte. Seit ihrer Ankunft in Hambry hatten sie nur ein Mädchen mit langen blonden Haaren kennengelernt. Die beiden Jungen sahen einander in die Augen. In Berts Augen sah Alain Mißfallen und Gelächter zu gleichen Teilen.

Cuthbert Allgood hob den Zeigefinger an die Schläfe und ahmte das Abdrücken eines Revolvers nach.

Alain nickte.

Roland saß mit dem Rücken zu ihnen auf der Treppe und sah mit verträumten Augen zum erlöschenden Sonnenuntergang.

Kapitel 8
Unter dem Marketendermond

I

Die Stadt Ritzy, fast vierhundert Meilen westlich von Mejis, war alles andere als. Roy Depape erreichte sie, drei Nächte bevor der Marketendermond – manche nannten ihn auch den Spätsommermond – voll wurde, und verließ sie einen Tag danach wieder.

Ritzy war tatsächlich ein armseliges kleines Bergarbeiterdorf am Osthang des Vi-Castis-Gebirges, etwa fünfzig Meilen von der Vi-Castis-Kluft entfernt. Die Stadt hatte nur eine Straße; die Spuren eisenbeschlagener Räder hatten sich hineingefressen, und etwa drei Tage nach Beginn der Herbststürme würde sie sich in eine einzige Schlammpfütze verwandeln. Es gab den Bear and Turtle Gemischtwaren- & Kramladen, wo den Bergarbeitern das Einkaufen auf Anordnung der Vi Castis Company verboten war, und ein Geschäft der Bergwerksgesellschaft, wo niemand außer Minenarbeitern *auf die Idee kam* einzukaufen; es gab eine Stadthalle mit integriertem Gefängnis, vor der ein Windrad stand, das auch als Galgen benutzt wurde; es gab sechs gutgehende Bars, jede schäbiger, verzweifelter und gefährlicher als die vorhergehende.

Ritzy glich einem häßlichen gesenkten Kopf zwischen zwei riesenhaften hochgezogenen Schultern – dem Vorgebirge. Südlich über der Stadt lagen die Baracken, wo die Company ihre Bergleute unterbrachte; mit jedem Windhauch wehte der Gestank ihrer ungekalkten öffentlichen Abtritte herunter. Im Norden lagen die Minen selbst: gefährliche Geröllschächte ohne Abstützung, die sich rund fünfzehn Meter in die Tiefe erstreckten und dann ausbreiteten wie Finger, die nach Gold und Silber und Kupfer und vereinzelten Feuerjuweldrusen griffen. Von außen waren sie nur Löcher in der kahlen, felsigen Erde, Löcher wie Glotzaugen, jedes mit einem Haufen Geröll und Schotter neben dem Zugang.

Einst hatte es private Minen hier gegeben, aber die existierten nicht mehr, weil die Vi Castis Company sie verdrängt hatte. Depape wußte darüber Bescheid, weil die Großen Sargjäger an diesem kleinen Tanzfest beteiligt gewesen waren. Das war gewesen, kurz nachdem er sich mit Jonas und Reynolds zusammengetan hatte. Sie hatten sich die Särge keine fünfzig Meilen von hier auf die Hände tätowieren lassen, in einem Kaff namens Wind, das noch abgehalfterter als Ritzy war. Wie lange das her war? Konnte er nicht genau sagen, obwohl er dachte, daß er es können sollte. Aber wenn es darum ging, vergangene Ereignisse einzuordnen, stand Depape oft auf verlorenem Posten. Es fiel ihm schwer, sich auch nur daran zu erinnern, wie alt er war. Weil die Welt sich weitergedreht hatte und die Zeit jetzt anders geworden war. *Weicher*.

Aber es fiel ihm überhaupt nicht schwer, sich an eine Sache zu erinnern – die vermaledeiten Schmerzen, die er jedesmal verspürte, wenn er sich den verletzten Finger anstieß, halfen seinem Gedächtnis auf die Sprünge. Diese eine Sache war sein Schwur, daß er Dearborn, Stockworth und Heath tot in einer Reihe liegen sehen würde, mit ausgestreckten Händen aneinander wie die Papierpuppen eines kleinen Mädchens. Er hatte die Absicht, den Teil von sich herauszuholen, der sich in den letzten drei Wochen so vergeblich nach Ihrer Hochtrabendheit gesehnt hatte, und damit ihre toten Gesichter abzuspritzen. Den größten Teil dieser Ladung würde er für Arthur Heath aus Gilead, Neu-Kanaan, aufsparen. Speziell diesen lachenden, geschwätzigen Wichser würde er *gehörig* mit seinem Schlauch abduschen.

Depape ritt am Sonnenaufgangsende von Ritzys einziger Straße hinaus, ließ sein Pferd den Hang des ersten Hügels hinauftrotten und blieb oben stehen, für einen einzigen Blick zurück. Gestern nacht, als er mit dem alten Mistkerl hinter Hattigan's gesprochen hatte, war Ritzy von Leben erfüllt gewesen. Heute morgen um sieben sah es so gespenstisch aus wie der Marketendermond, der immer noch über dem Grat der ausgeplünderten Berge am Himmel stand. Doch er konnte es in den Minen kling-klongen hören. Und wie. In diesen Babys wurde an sieben Tagen in der Woche gekling-klongt. Keine Pause für die Bösen ... und er schätzte, dazu gehörte er auch. Er riß den Kopf seines Pferdes mit der ihm eigenen gleichgültigen Brutalität herum, gab ihm die Sporen, ritt nach Osten und dachte dabei an den alten Mistkerl. Er schätzte, daß er den alten Mistkerl einigermaßen fair behandelt hatte. Er hatte ihm eine Belohnung versprochen und für die erhaltenen Informationen bezahlt.

»Jar«, sagte Depape, dessen Brille in der Morgensonne funkelte (es war einer der seltenen Morgen, an denen er keinen Kater hatte und sich recht fröhlich fühlte), »ich schätze, der alte Pisser kann sich nicht beschweren.«

Depape hatte keine Mühe, den Weg der jungen Burschen zurückzuverfolgen; es schien, als hätten sie den ganzen Weg von Neu-Kanaan auf der Großen Straße zurückgelegt, und in jeder Stadt, wo sie Rast gemacht hatten, waren sie aufgefallen. In den meisten waren sie auch aufgefallen, wenn sie einfach nur durchgeritten waren. Warum nicht? Junge Männer auf guten Pferden, keine Narben in den Gesichtern, keine Regulatorentätowierungen auf den Händen, gute Kleidung am Leib, teure Hüte auf den Köpfen. In den Gasthäusern und Saloons, wo sie Rast gemacht und sich erfrischt, aber keine alkoholischen Getränke zu sich genommen hatten, erinnerte man sich besonders deutlich an sie. Nicht einmal Bier oder *Graf*, was das betraf. Ja, man erinnerte sich an sie. Jungs auf der Straße, Jungs, die fast zu glänzen schienen. Als wären sie aus einer früheren, besseren Zeit gekommen.

Ich werde ihnen in die Gesichter pissen, dachte Depape beim Reiten. *Einem nach dem anderen. Mr. Arthur »Ha-ha« Heath zuletzt. Ich werde genügend aufheben, daß du ertrinken würdest, wenn du nicht schon auf der Lichtung am Ende des Weges angekommen wärst.*

Sie waren aufgefallen, durchaus, aber das reichte nicht aus – wenn er nicht mit mehr nach Hambry zurückkam, würde Jonas ihm wahrscheinlich die Nase abschießen. Und er hätte es nicht anders verdient. *Sie mögen reiche Jungs sein, aber das ist nicht alles.* Das hatte Depape selbst gesagt. Die Frage war, was waren sie noch? Und in dem Scheiße-und-Schwefel-Gestank in Ritzy hatte er es schließlich herausgefunden. Vielleicht nicht alles, aber genug, um mit seinem Pferd kehrtmachen zu können, bevor er den ganzen Weg bis ins beschissene Neu-Kanaan zurückgelegt hatte.

Er hatte es in zwei anderen Saloons versucht und gepanschtes Bier getrunken, bevor er im Hattigan's gelandet war. Er bestellte noch ein gepanschtes Bier und bereitete sich darauf vor, den

Barkeeper in eine Unterhaltung zu verwickeln. Aber der Apfel, den er wollte, fiel vom Baum, bevor er überhaupt angefangen hatte, am Stamm zu rütteln, und direkt in seine Hand – was will man mehr!

Es war die Stimme eines alten Mannes (eines alten *Mistkerls*), der mit der schrillen, sich durch den Schädel bohrenden Eindringlichkeit sprach, die einzig und allein alten Mistkerlen vorbehalten ist. Er erzählte von den alten Zeiten, wie alle alten Mistkerle, und davon, wie sich die Welt weitergedreht hatte und wie in seiner Jugend alles viel besser gewesen war. Dann sagte er etwas, bei dem Depape die Ohren spitzte: etwas darüber, daß es wieder wie in den alten Zeiten sein könnte, denn hatte er vor zwei Monaten, vielleicht sogar weniger, nicht drei junge Lords gesehen, und einem sogar einen Drink spendiert, auch wenn es nur Sasparillalimonade gewesen war?

»Du könntest doch einen jungen Lord nicht von einem jungen Scheißhaufen unterscheiden«, sagte eine junge Miss, die noch etwa vier Zähne in ihrem bezaubernden jungen Kopf zu haben schien.

Das löste allgemeines Gelächter aus. Der alte Mistkerl sah sich beleidigt um. »Das könnte ich doch«, sagte er. »Ich habe mehr vergessen, als ihr je lernen werdet, das habe ich. Mindestens einer davon stammte aus dem Geschlecht der Eld, denn ich habe seinen Vater in seinem Gesicht gesehen ... so deutlich, wie ich deine Hängetitten sehe, Jolene.« Und dann hatte der alte Mistkerl etwas gemacht, das Depape insgeheim bewunderte – er hatte die Bluse der Saloonhure vorgezogen und ihr den Rest seines Biers hineingeschüttet. Nicht einmal das brüllende Gelächter und der Beifall, der daraufhin erschallte, konnten das giftige Keifen des Mädchens völlig übertönen, noch die Schreie des alten Mannes, als sie ihn auf Kopf und Schultern schlug. Die Schreie des letzteren waren anfangs nur indigniert, aber als das Mädchen den Bierkrug des alten Mistkerls ergriff und ihn ihm an den Schädel schlug, wurden Schmerzensschreie daraus. Blut – mit einigen verwässerten Bierschlieren darin – lief dem alten Mistkerl am Gesicht hinab.

»Mach, daß du rauskommst!« kreischte sie und stieß ihn auf die Tür zu. Mehrere kräftige Tritte der anwesenden Bergarbeiter (die so schnell die Seiten gewechselt hatten, wie der Wind dreht) begleiteten ihn. »Und laß dich nicht mehr blicken! Ich kann das Gras in deinem Atem riechen, du alter Schwanzlutscher! Verschwinde und nimm deine götterverfluchten Geschichten von alten Zeiten und jungen Lords mit dir!«

Auf diese Weise wurde der alte Mistkerl durch den ganzen Raum befördert, vorbei an dem tutenden Trompeter, der die Zecher im Hattigan's unterhalten sollte (der junge Ehrenmann mit dem Bowler auf dem Schädel landete ebenfalls einen Tritt auf dem staubigen Hosenboden des alten Mistkerls, ohne auch nur eine einzige Note von »Play, Ladies, Play« zu verpassen), und schließlich zur Flügeltür hinaus, wo er mit dem Gesicht voraus auf die Straße stürzte.

Depape war ihm nachgegangen und hatte ihm aufgeholfen. Dabei nahm er einen beißenden Geruch – kein Bier – im Atem des alten Mannes wahr und sah die verräterischen graugrünen Verfärbungen an den Mundwinkeln. Gras, wahrhaftig. Der alte Mistkerl hatte vermutlich gerade damit angefangen (und zwar aus den üblichen Gründen: Teufelsgras wuchs umsonst auf den Hügeln, ganz im Gegensatz zu Bier und Whiskey, für die man in der Stadt bezahlen mußte), aber wenn man erst mal damit angefangen hatte, kam das Ende meistens ziemlich schnell.

»Sie haben keinen Respekt«, sagte der alte Mistkerl. »Und keine Ahnung.«

»Ay, das haben sie nicht«, sagte Depape, der sich den Akzent der Küste und der Schräge noch nicht abgewöhnt hatte.

Der alte Mistkerl stand schwankend da, schaute zu ihm auf und wischte ohne großen Erfolg das Blut weg, das ihm von der Platzwunde am Kopf über die runzeligen Wangen lief. »Sohn, hast du Geld für einen Drink? Erinnere dich an das Gesicht deines Vaters, und gib einem alten Mann das Geld für einen Drink!«

»Ich bin nicht die Fürsorge, Alter«, sagte Depape, »aber vielleicht könntest du dir das Geld für einen Drink verdienen. Komm hier rüber, in mein Büro, dann werden wir ja sehen.«

Er hatte den alten Mistkerl von der Straße runter zurück auf den Gehsteig geführt, wobei er sich ein gutes Stück links von der schwarzen Schwingtür hielt, über und unter der sich goldenes Licht ins Freie ergoß. Er wartete, bis eine Gruppe Bergarbeiter vorbei waren, die aus vollem Halse sangen (»*Woman I love ... is long and tall ... she moves her body ... like a cannonball ...*«), und dann leitete er den alten Mistkerl, den er immer noch am Ellbogen führte, in die Gasse zwischen Hattigan's und dem Bestattungsunternehmen nebenan. Für manche Leute, überlegte Depape, konnte ein Besuch in Ritzy gut und gerne zu einem einmaligen Einkaufserlebnis werden: Hol dir deinen Drink, hol dir deine Kugel, laß dich nebenan aufbahren.

»Ihr Büro«, gackerte der alte Mistkerl, während Depape ihn die Gasse entlang zum Bretterzaun und den Abfallhaufen am anderen Ende führte. Der Wind wehte und brannte mit dem Geruch von Schwefel und Karbolsäure aus den Minen in Depapes Nase. Rechts ertönte der Lärm trunkener Ausgelassenheit durch die Wand von Hattigan's. »Ihr Büro, das ist gut.«

»Ay, mein Büro.«

Der alte Mann sah ihn im Licht des Mondes an, der am Ausschnitt des Himmels über der Gasse stand. »Sind Sie aus Mejis? Oder Tepachi?«

»Vielleicht aus dem einen, vielleicht aus dem andern, vielleicht aus keinem von beiden.«

»Kenne ich Sie?« Der alte Mistkerl sah ihn noch eingehender an und stellte sich dabei auf Zehenspitzen, als würde er sich Hoffnung auf einen Kuß machen. Bah.

Depape stieß ihn weg. »Komm mir nicht zu nahe, Väterchen.« Aber er fühlte sich ein wenig ermutigt. Er und Jonas und Reynolds *waren* schon hier gewesen, und wenn sich der alte Bursche an sein Gesicht erinnerte, konnte es gut sein, daß er sich auch an Leute erinnerte, die vor kurzem hier gewesen waren.

»Erzähl mir von den drei jungen Lords, alter Mann.« Depape trommelte mit den Fingern auf die Wand von Hattigan's. »Die da drinnen interessiert das vielleicht nicht, aber mich schon.«

Der alte Mistkerl sah ihn mit trübem, berechnendem Blick an. »Könnte ein Stück Metall für mich dabei rausspringen?«

»Jar«, sagte Depape. »Wenn du mir sagst, was ich hören will, gebe ich dir Metall.«

»Gold?«

»Erzähl mir was, dann werden wir sehen.«

»Nein, Sir, erst die Mücken, dann erzählen.«

Depape packte ihn am Arm, wirbelte ihn herum und bog ein Handgelenk, das sich wie ein Bündel Stöcke anfühlte, bis zu den knochigen Schulterblättern des alten Mistkerls. »Wenn du mich verscheißerst, Väterchen, fangen wir damit an, daß wir dir den Arm brechen.«

»Loslassen!« schrie der alte Mistkerl atemlos. »Lassen Sie mich los, ich vertraue auf Ihre Großzügigkeit, junger Sir, denn Sie haben ein großzügiges Gesicht! Ja! Ja, wahrhaftig!«

Depape ließ ihn los. Der alte Mistkerl sah ihn argwöhnisch an und rieb sich die Schulter. Im Mondschein sah das Blut, das auf seiner Wange trocknete, schwarz aus.

»Zu dritt waren sie«, sagte er. »Junge Burschen von edlem Geblüt.«

»Burschen oder Lords? Was denn nun, Väterchen?«

Der alte Mistkerl hatte gründlich über die Frage nachgedacht. Der Schlag auf den Kopf, die frische Luft und der umgedrehte Arm hatten ihn zumindest vorübergehend nüchtern gemacht.

»Beides, glaube ich«, sagte er schließlich. »Einer war mit Sicherheit ein Lord, ob die da drinnen es glauben oder nicht. Denn ich habe seinen Vater gesehen, und sein Vater trug die Revolver. Und keine so armseligen, wie Sie welche haben – bitte um Verzeihung, ich weiß, daß es die besten sind, die man heutzutage bekommen kann –, sondern *richtige* Revolver, wie man sie sehen konnte, als mein eigener Dad noch ein Knabe war. Die großen mit den Sandelholzgriffen.«

Depape hatte den alten Mann angesehen und wachsende Erregung verspürt ... und eine Art von widerwilliger Ehrfurcht. *Sie haben gehandelt wie Revolvermänner*, hatte Jonas gesagt. Als Reynolds einwandte, sie wären zu jung, hatte Jonas gesagt, sie könnten Lehrlinge sein, und nun sah es so aus, als könnte der Boss womöglich recht haben.

»*Sandelholz*griffe?« hatte er gefragt. »*Sandelholz*griffe, Väterchen?

»Jawoll.« Der alte Mann sah, daß Depape aufgeregt war und ihm glaubte. Er blühte sichtlich auf.

»Ein Revolvermann, meinst du? Der Vater dieses jungen Burschen hat die großen Schießeisen getragen?«

»Jawoll, ein Revolvermann. Einer der letzten Lords. Ihr Geschlecht stirbt aus, aber mein Dad kannte ihn gut. Steven Deschain von Gilead. Steven, Sohn des Henry.«

»Und derjenige, den du vor nicht allzu langer Zeit gesehen hast –«

»Sein Sohn, der Enkel von Henry dem Großen. Die anderen schienen wohlgeboren zu sein, als könnten sie ebenfalls einem Geschlecht von Lords entstammen, aber der, den ich gesehen habe, stammte von Arthur Eld ab, in der einen oder anderen Linie. So sicher, wie Sie auf zwei Beinen gehen. Habe ich mir mein Metall schon verdient?«

Depape wollte ja sagen, dann wurde ihm klar, daß er nicht wußte, von welchem der drei Bengel der alte Mistkerl sprach.

»Drei junge Männer«, überlegte er. »Drei von edlem Geblüt. Und hatten sie Waffen?«

»Nicht da, wo die Dreckschipper *dieser* Stadt sie sehen konnten«, hatte der alte Mistkerl gesagt und häßlich gelacht. »Aber sie hatten sie bei sich. Wahrscheinlich in den Schlafsäcken eingerollt. Darauf würde ich meine Uhr und meine Barschaft verwetten.«

»Ay«, sagte Depape. »Das würdest du wohl. Drei junge Männer, einer davon der Sohn eines Lords. Eines *Revolvermanns,* glaubst du. Steven von Gilead.« Und der Name war ihm vertraut, ay, das war er.

»Steven Deschain von Gilead, das ist er.«

»Und welchen Namen hat er genannt, dieser junge Lord?«

Der alte Mistkerl hatte bei der Anstrengung, sich zu erinnern, beängstigend das Gesicht verzogen. »Deerfield? Deerstine? Ich kann mich nicht recht erinnern –«

»Schon gut, ich weiß Bescheid. Und du hast dir dein Metall verdient.«

»Wirklich?« Der alte Mistkerl war wieder näher gekommen, und sein Atem war erstickend süßlich vom Gras. »Gold oder Silber? Was ist es, mein Freund?«

»Blei«, hatte Depape geantwortet, blank gezogen und dem alten Mann zweimal in die Brust geschossen. Womit er ihm wirklich einen Gefallen tat.

Nun ritt er Richtung Mejis zurück – die Rückreise würde schneller gehen, weil er nicht mehr in jedem kleinen Scheißkaff haltmachen und Fragen stellen mußte.

Dicht über seinem Kopf ertönte Flügelschlag. Eine Taube – dunkelgrau war sie, mit einem weißen Ring um den Hals – flatterte dicht vor ihm auf einen Felsen, als wollte sie Rast machen. Ein interessanter Vogel. Keine wilde Taube, fand Depape. Ein entflogenes Haustier? Er konnte sich nicht vorstellen, daß sich jemand in dieser götterverlassenen Ecke der Welt etwas anderes halten würde als einen halbwilden Hund, um mögliche Einbrecher abzuschrecken (was allerdings die Leute hier besitzen mochten, das Einbrecher anlocken könnte, war wiederum eine andere Frage, die er nicht beantworten konnte), aber er dachte, daß alles möglich war. Auf jeden Fall wäre eine gebratene Taube eine Köstlichkeit, wenn er heute abend Rast machte.

Depape zog die Waffe, aber bevor er den Hahn spannen konnte, hatte sich die Taube wieder in die Luft geschwungen und flog nach Osten. Depape jagte ihr trotzdem einen Schuß hinterher. Manchmal hatte man Glück, aber diesmal offenbar nicht; die Taube trudelte ein wenig, dann fing sie sich wieder und verschwand in der Richtung, die auch Depape eingeschlagen hatte. Er blieb einen Moment auf seinem Pferd sitzen, nicht sonderlich beunruhigt; er dachte, Jonas würde äußerst zufrieden mit dem sein, was er herausgefunden hatte.

Nach einer Weile gab er seinem Pferd die Sporen und ritt auf der Küstenstraße nach Osten in Richtung Mejis zurück, wo die Jungs, die ihn lächerlich gemacht hatten, darauf warteten, daß er mit ihnen abrechnete. Möglicherweise waren sie Lords, möglicherweise waren sie Söhne von Revolvermännern, aber in diesen letzten Tagen konnten selbst sie sterben. Wie der alte Mistkerl zweifellos festgestellt haben würde, die Welt hatte sich weitergedreht.

2

An einem Spätnachmittag, drei Tage nachdem Roy Depape Ritzy verlassen und mit seinem Pferd den Rückweg nach Hambry angetreten hatte, ritten Roland, Cuthbert und Alain in nordwestlicher Richtung von der Stadt weg, zuerst den langen Hang der Schräge hinunter, dann in das freie Land, das die Leute von Hambry Böses Gras nannten, dann in das trockene wüste Land. Hinter ihnen, im offenen Gelände deutlich zu erkennen, lagen verfallene und erodierte Klippen. In deren Mitte befand sich eine dunkle Spalte, beinahe wie eine Vagina, deren Ränder so zersplittert aussahen, daß man meinen konnte, ein erboster Gott hätte sie mit einem Beil in die Wirklichkeit hineingeschlagen.

Die Entfernung zwischen dem Ende der Schräge und den Klippen betrug rund sechs Meilen. Nach drei Vierteln des Weges kamen sie an der einzigen geographischen Markierung des Flachlands vorbei: einer emporragenden Felsnadel, die wie ein am ersten Gelenk angewinkelter Finger aussah. Darunter befand sich ein kleiner, bumerangförmiger Grünstreifen, und als Cuthbert einen hallenden Schrei ausstieß, um zu hören, wie seine Stimme von den Klippen vor ihnen zurückgeworfen wurde, stürmte ein Rudel schwatzender Billy-Bumbler aus dem Grünstreifen und rannte zurück nach Südosten, zur Schräge.

»Das ist Hanging Rock«, sagte Roland. »An seinem Fuß liegt eine Quelle – die einzige in dieser Gegend, sagen sie.«

Mehr wurde bei diesem Ausritt nicht gesprochen, aber hinter Rolands Rücken wechselten Cuthbert und Alain einen unverwechselbaren Blick der Erleichterung. In den vergangenen drei Wochen waren sie mehr oder weniger auf der Stelle getreten, während sich der Sommer rings um sie herum entfaltet hatte. Es war gut und schön für Roland, ihnen zu sagen, daß sie warten mußten, daß sie den unwichtigen Dingen größte Aufmerksamkeit widmen und die wichtigen nur aus den Augenwinkeln wahrnehmen durften, aber keiner von ihnen beiden traute der verträumten, distanzierten Aura, die Roland neuerdings einhüllte wie seine eigene spezielle Version von Clay Reynolds' Mantel. Sie unterhielten sich untereinander nicht darüber; es war nicht nötig. Beide wußten, wenn Roland dem hübschen Mädchen den Hof machte, das Bürgermeister Thorin als seine Mätresse haben wollte (und von wem sonst hätte das blonde Haar sein können?), würden sie in böse Schwierigkeiten geraten. Aber Roland führte keinen Balztanz auf, sie fanden keine blonden Haare mehr an seinem Kragen, und heute abend schien er wieder mehr bei sich zu sein, als hätte er diesen Mantel der Zerstreutheit abgelegt. Vielleicht vorübergehend. Für immer, wenn sie Glück hatten. Sie konnten nur abwarten. Am Ende würde *Ka* es verraten, wie immer.

Etwa eine Meile von den Klippen entfernt ließ der starke Wind vom Meer, der ihnen den ganzen Ritt in den Rücken geblasen hatte, plötzlich nach, und sie hörten das leise, atonale

Heulen aus der Schlucht des Eyebolt Canyon. Alain blieb stehen und verzog das Gesicht wie ein Mann, der in eine über die Maßen saure Frucht gebissen hat. Er konnte nur an eine Handvoll Kieselsteine denken, die von einer kräftigen Faust zusammengedrückt und zermalmt wurden. Geier kreisten über der Schlucht, als hätte das Geräusch sie angezogen.

»Dem Wachtposten gefällt es hier nicht, Will«, sagte Cuthbert und klopfte mit den Knöcheln auf den Schädel. »Und mir auch nicht besonders. Weshalb sind wir hier?«

»Um zu zählen«, sagte Roland. »Wir sind geschickt worden, um alles zu zählen und zu sehen, und dies ist etwas, das wir zählen und sehen sollten.«

»Oh, ay«, sagte Cuthbert. Er hielt sein Pferd mühsam zurück; das leise, knirschende Wimmern der Schwachstelle hatte es nervös gemacht. »Sechzehnhundertundvierzehn Fischernetze, siebenhundertundzehn kleine Boote, zweihundertundvierzehn große Boote, siebzig Ochsen, die niemand gesehen haben will, und nördlich der Stadt eine Schwachstelle. Was immer, zur Hölle, *das* sein mag.«

»Wir werden es herausfinden«, sagte Roland.

Sie ritten in das Geräusch hinein, und obwohl es keinem gefiel, machte niemand den Vorschlag, wieder umzukehren. Sie hatten den weiten Weg zurückgelegt, und Roland hatte recht – es war ihr Job. Außerdem waren sie neugierig.

Der Eingang des Canyons war weitgehend mit Ästen versperrt, wie Susan es Roland gesagt hatte. Im Herbst würde es wahrscheinlich weitgehend trocken sein, aber jetzt trugen die aufgeschichteten Äste noch soviel Laub, daß man kaum in das Tal hineinsehen konnte. Ein Pfad führte mitten durch den Haufen der Äste, aber er war zu schmal für die Pferde (die sich wahrscheinlich ohnehin geweigert haben würden, dort hindurchzugehen), und in dem düsteren Licht konnte Roland kaum etwas erkennen.

»Gehen wir rein?« fragte Cuthbert. »Ich möchte für das Protokoll festhalten, daß ich dagegen bin, auch wenn ich keine Meuterei vom Zaun brechen will.«

Roland hatte nicht die Absicht, sie durch die Äste zum Ursprung des Geräuschs zu führen. Zumal er nur eine vage Vorstellung davon hatte, was eine Schwachstelle überhaupt war. Er hatte im Laufe der vergangenen Wochen ein paar Fragen gestellt, aber keine brauchbaren Antworten erhalten. »Ich würde mich davon fernhalten«, hatte Sheriff Averys Rat gelautet. Bis jetzt waren die besten Informationen immer noch die, die er von Susan bekommen hatte, in der Nacht, als sie sich kennenlernten.

»Beruhige dich, Bert. Wir gehen nicht rein.«

»Gut«, sagte Alain leise, und Roland lächelte.

Auf der Westseite des Canyons führte ein Pfad hinauf, steil und schmal, aber passierbar, wenn man vorsichtig war. Sie gingen in einer Reihe, mußten einmal anhalten, um eine Steinlawine wegzuräumen, indem sie gesplitterte Schieferbrocken und Hornfels in den heulenden Abgrund zu ihrer Rechten warfen. Als das geschehen war und sie gerade weiterklettern wollten, schwang sich ein großer Vogel – möglicherweise ein Wald- oder Präriehuhn – mit einem explosionsartigen Flügelschlag über den Rand des Abgrunds. Roland griff nach seiner Waffe und sah, daß Cuthbert und Alain dasselbe taten. Ziemlich komisch, wenn man bedachte, daß ihre Feuerwaffen in schützendes Ölpapier gewickelt und unter den Bodendielen im Schlafhaus der Bar K versteckt waren.

Sie sahen sich an, sagten nichts (außer vielleicht mit den Augen, die Bände sprachen) und ritten weiter. Roland stellte fest, daß der Effekt in dieser Nähe der Schwachstelle kumulativ war – es war ein Geräusch, an das man sich nicht gewöhnen konnte. Ganz im Gegenteil: Je länger man sich in der unmittelbaren Umgebung des Eyebolt Canyon aufhielt, desto mehr schabte einem das Geräusch das Gehirn weg. Es wirkte auf die Zähne ebenso wie auf die Ohren; es vibrierte in dem Nervenknoten unterhalb des Brustbeins und schien das feuchte und empfindliche Gewebe hinter den Augen zu zerfressen. Aber am meisten drang es einem in den Kopf ein und sagte einem, daß alles, wovor man je Angst gehabt hatte, direkt hinter der nächsten Wegbiegung oder hinter jenem Haufen umgestürzter Felsbrocken lauerte, wo es nur darauf wartete, aus seinem Versteck gekrochen zu kommen und einen zu schnappen.

Als sie den flachen und unfruchtbaren Boden am höchsten Punkt des Pfades erreicht hatten und der freie Himmel sich wieder über ihnen spannte, ging es etwas besser, aber da war das Licht schon fast erloschen, und als sie abstiegen und zum bröckelnden Rand des Canyons gingen, konnten sie außer Schatten kaum etwas erkennen.

»Nützt nichts«, sagte Cuthbert verdrossen. »Wir hätten früher aufbrechen sollen, Roland ... Will, meine ich. Was sind wir doch für Dummköpfe!«

»Hier draußen kannst du mich Roland nennen, wenn du möchtest. Und wir werden sehen, was wir sehen wollten, und zählen, was wir zählen wollten – eine Schwachstelle, genau wie du gesagt hast. Warte einfach ab.«

Sie warteten, und keine zwanzig Minuten später ging der Marketendermond über dem Horizont auf – ein perfekter Sommermond, riesig und orangefarben. Er schwamm im dunkelvioletten Meer des Himmels wie ein abstürzender Planet. Auf seinem Antlitz konnte man klar und deutlich den Marketender erkennen, der mit seinem Sack voll schreiender Seelen aus Nones kam. Eine bucklige Gestalt aus verschwommenen Schatten, die deutlich sichtbar einen Rucksack über einer gekrümmten Schulter trug. Hinter ihr schien das orangerote Licht wie das Höllenfeuer zu lodern.

»Bah«, sagte Cuthbert. »Das ist ein Anblick, den man sich bei diesem Geräusch von da unten lieber ersparen sollte.«

Und doch blieben sie an Ort und Stelle (und hielten ihre Pferde fest, die immer wieder an ihren Zügeln zogen, als wollten sie darauf hinweisen, daß sie diesen Ort schon längst verlassen haben sollten), und der Mond stieg zum Himmel auf, während er ein wenig schrumpfte und silberfarben wurde. Schließlich stand er so hoch, daß er sein knöchernes Licht in den Eyebolt Canyon warf. Die drei Jungen standen da und sahen nach unten. Keiner sagte ein Wort. Roland konnte nicht für seine Freunde sprechen, aber er glaubte, daß er kein Wort herausgebracht hätte, selbst wenn es von ihm verlangt worden wäre.

Eine kastenförmige Schlucht, sehr kurz und mit steilen Wänden, hatte Susan gesagt, und die Beschreibung paßte haargenau. Sie hatte auch gesagt, daß der Eyebolt wie ein Schornstein aussah, der auf der Seite lag, und Roland vermutete, daß das ebenfalls stimmte, wenn man davon ausging, daß ein Schornstein beim Umstürzen ein wenig auseinanderbrach und mit einem Knick in der Mitte liegen lieb.

Bis zu diesem Knick sah der Grund des Canyons durchaus

normal aus; nicht einmal die Knochen, die der Mond ihnen zeigte, waren ungewöhnlich. Viele Tiere, die in einen solchen Kasten-Canyon wanderten, besaßen nicht genügend Verstand, um wieder hinauszufinden, und im Falle des Eyebolt waren die Möglichkeiten, zu entkommen, durch das am Eingang aufgeschichtete Gehölz zusätzlich reduziert. Die Seitenwände waren viel zu steil zum Erklettern, abgesehen vielleicht von einer Stelle kurz vor dem kleinen Knick. Dort sah Roland eine Art von Rille an der Felswand entlanglaufen, in der es – möglicherweise! – genug Vorsprünge gab, an denen man Platz für Hände und Füße finden konnte. Er hatte keinen Grund, das zu registrieren; er nahm es einfach zur Kenntnis, wie er sein ganzes Leben lang mögliche Fluchtwege zur Kenntnis nehmen würde.

Jenseits der Kerbe im Talboden befand sich etwas, das noch keiner von ihnen vorher gesehen hatte… Und als sie Stunden später ins Schlafhaus zurückkehrten, waren sie sich alle darin einig, daß sie nicht genau wußten, was sie gesehen hatten. Der hintere Teil des Eyebolt Canyon wurde von einer trüben, silbrigen Suppe verhüllt, aus der Dunst oder Nebel in schlangenförmigen Schwaden aufstieg. Die Flüssigkeit schien träge zu schwappen und gegen die Wände zu wogen, die sie umschlossen. Später sollten sie feststellen, daß Flüssigkeit und Nebel eine hellgrüne Farbe hatten; lediglich im Mondschein sahen sie silbern aus.

Während sie noch hinuntersahen, kam ein dunkler fliegender Umriß – vielleicht war es derselbe, der sie vorhin erschreckt hatte – auf die Oberfläche der Schwachstelle herabgestoßen. Er schnappte etwas aus der Luft – ein Insekt? einen anderen, kleineren Vogel? – und stieg wieder höher. Bevor ihm das jedoch gelingen konnte, stieg ein silbriger Arm der Flüssigkeit vom Boden des Canyons empor. Einen Moment wurde das sämige, knirschende Grollen einen Ton höher und verwandelte sich fast in eine Stimme. Der Arm schnappte den Vogel in der Luft und zog ihn nach unten. Kurz und verschwommen blitzte grünliches Licht wie Elektrizität über die Oberfläche der Schwachstelle und erlosch wieder.

Die drei Jungen sahen einander mit erschrockenen Augen an.

Spring rein, Revolvermann, rief plötzlich eine Stimme. Es war die Stimme der Schwachstelle; es war die Stimme seines Vaters; es war auch die Stimme von Marten, dem Zauberer, Marten, dem Verführer. Am schrecklichsten aber, es war seine eigene Stimme.

Spring rein und mach all diesen Sorgen ein Ende. Hier gibt es keine Liebe von Mädchen, um die du dich grämen mußt, keine Trauer um verlorene Mütter, die dir das kindliche Herz schwermachen. Nur das Summen der wachsenden Höhle im Zentrum des Universums; nur die faulige Süße von verwesendem Fleisch

Komm, Revolvermann. Sei Teil der Schwachstelle.

Mit verträumtem Gesicht und leerem Blick ging Alain am Rand des Abgrunds entlang; sein rechter Fuß war so dicht an der Kante, daß der Absatz kleine Staubwölkchen über der Kluft aufsteigen ließ und Geröll den Hang hinunterrollte. Er war noch keine fünf Schritte weit gekommen, als Roland ihn am Gürtel packte und grob zurückzog.

»Wo willst du denn hin?«

Alain sah ihn mit den Augen eines Schlafwandlers an. Sie klärten sich allmählich, aber langsam. »Ich … weiß nicht, Roland.«

Unter ihnen summte und knurrte und sang die Schwachstelle. Und obendrein ertönte ein Geräusch: ein blubberndes, schleimiges Murmeln.

»*Ich* weiß es«, sagte Cuthbert. »Ich weiß, wohin wir alle gehen. Zurück zur Bar K. Kommt, laßt uns von hier verschwinden.« Er sah Roland flehentlich an. »Bitte. Es ist schrecklich.«

»Einverstanden.«

Aber bevor er sie den Weg zurück führte, trat er an den Rand des Abgrunds und sah in den rauchigen, silbernen Glibber unter ihm. »Ich zähle«, sagte er mit einer Art eindeutigem Trotz. »Zähle: eine Schwachstelle.« Dann, mit gesenkter Stimme: »Und der Teufel soll dich holen.«

3

Auf dem Rückweg gewannen sie ihre Fassung wieder – nach dem toten und irgendwie *verbrannten* Geruch des Canyons und der Schwachstelle war die frische Meeresluft in ihren Gesichtern wunderbar belebend.

Als sie die Schräge hinaufritten (auf einer langen Diagonalen, um die Pferde ein wenig zu schonen), sagte Alain: »Was machen wir als nächstes, Roland? Weißt du es?«

»Nein. Um ehrlich zu sein, ich weiß es nicht.«

»Abendessen wäre ein guter Anfang«, sagte Cuthbert strahlend und klopfte auf den hohlen Schädel des Wachtpostens, um seinem Vorschlag Nachdruck zu verleihen.

»Du weißt, was ich meine.«

»Ja«, stimmte Cuthbert zu. »Und ich will dir etwas sagen, Roland –«

»Will, bitte. Jetzt, wo wir wieder auf der Schräge sind, laß mich Will sein.«

»Ay, fein. Ich will dir etwas sagen, Will: Wir können nicht mehr lange Netze und Boote und Webstühle und Radeisen zählen. Uns gehen allmählich die unwichtigen Sachen aus. Und ich glaube, wenn wir uns erst einmal um den Pferdezüchteraspekt des Lebens in Hambry kümmern, dürfte es uns deutlich schwerer fallen, die Dummen zu spielen.«

»Ay«, sagte Roland. Er ließ Rusher anhalten und sah in die Richtung, aus der sie gekommen waren. Der Anblick der Pferde, die offenbar einer Art Mondsucht verfallen waren und ausgelassen über das silberne Gras tollten, verzauberte ihn vorübergehend. »Aber ich sage euch beiden noch einmal, *es geht nicht nur um die Pferde*. Braucht Farson sie? Ay, vielleicht. Der Bund ebenfalls. Und Ochsen. Aber es gibt überall Pferde – zugegeben, vielleicht nicht so gute wie hier, aber bei Sturm ist jeder Hafen recht, wie man so sagt. Also, wenn es nicht die Pferde sind, was dann? Solange wir nicht wissen, was es ist, oder zu der Überzeugung kommen, daß wir es nie erfahren werden, machen wir weiter wie gehabt.«

Ein Teil der Antwort erwartete sie auf der Bar K. Er saß auf dem Pferdebalken und wippte mit den Schwanzfedern. Als die Taube in Rolands Hand hüpfte, sah er, daß einer ihrer Flügel seltsam ausgefranst war. Ein Tier – wahrscheinlich eine Katze – hatte sich dicht genug für einen Pfotenhieb anschleichen können, vermutete er.

Die Nachricht, die die Taube an ihrem Bein beförderte, war kurz, erklärte aber einen Großteil dessen, was sie nicht verstanden hatten.

Ich muß sie wiedersehen, dachte Roland, als er die Nachricht gelesen hatte, und fühlte, wie eine Woge des Glücks ihn überschwemmte. Sein Puls schlug schneller, und er lächelte im kalten silbernen Licht des Marketendermonds.

Kapitel 9
Citgo

I

Der Marketendermond nahm ab; er würde den heißesten, schönsten Teil des Sommers mit sich nehmen, wenn er ging. An einem Nachmittag vier Tage nach Vollmond kam der alte *Mozo* vom Haus des Bürgermeisters (Miguel war schon lange vor Hart Thorins Zeit dagewesen und würde wahrscheinlich noch lange, nachdem Thorin wieder auf seine Ranch zurückgekehrt war, dasein) zu dem Haus, das Susan mit ihrer Tante bewohnte. Er führte eine wunderschöne kastanienrote Stute am Zügel. Es war das zweite von drei Pferden, die ihnen versprochen worden waren, und Susan erkannte Felicia sofort. Die Stute war in ihrer Kindheit eines ihrer Lieblingspferde gewesen.

Susan umarmte Miguel und bedeckte sein bärtiges Gesicht mit Küssen. Der alte Mann grinste so breit, daß man sämtliche Zähne in seinem Mund hätte sehen können, wenn er noch welche gehabt hätte. »*Gracias, gracias,* tausend Dank, altes Väterchen«, sagte sie zu ihm.

»*De nada*«, entgegnete er und gab ihr die Zügel. »Es ist das aufrichtige Geschenk des Bürgermeisters.«

Sie sah ihm nach, und das Lächeln verschwand langsam von ihren Lippen. Felicia stand friedlich neben ihr, und das dunkelbraune Fell des Tiers glänzte im Sommersonnenschein wie ein Traum. Aber dies war kein Traum. Anfangs war es ihr wie einer vorgekommen – das Gefühl des Unwirklichen war auch ein Grund gewesen, daß sie in die Falle getappt war, inzwischen wußte sie das –, aber es war kein Traum. Ihre Ehrbarkeit war bestätigt worden, nun sah sie sich als Empfängerin »aufrichtiger Geschenke« eines reichen Mannes. Der Ausdruck war natürlich ein konventionelles Zugeständnis … oder ein bitterer Witz, je nach Stimmung und Einstellung. Felicia war ebensowenig ein Geschenk, wie Pylon eines gewesen war – es handelte sich um die schrittweise Erfüllung des Vertrages, auf den sie sich eingelassen hatte. Tante Cord mochte noch so schockiert tun, aber Susan kannte die Wahrheit: was ihr unmittelbar bevorstand, war das Dasein einer Hure, schlicht und einfach.

Tante Cord stand am Küchenfenster, als Susan ihr Geschenk (bei dem es sich ihrer Meinung nach lediglich um ihren Besitz handelte, den sie zurückbekam) in den Stall brachte. Sie rief etwas gequält Fröhliches, daß das Pferd ein Segen wäre, daß die Fürsorge Susan weniger Zeit für ihre Launen lassen würde. Susan spürte eine hitzige Antwort auf der Zunge, hielt sie aber zurück. Seit dem Streit wegen des Hemdes herrschte ein behutsamer Waffenstillstand zwischen den beiden, und Susan wollte nicht diejenige sein, die ihn brach. Zuviel ging ihr durch den Kopf und lag ihr auf dem Herzen. Sie dachte, noch ein Streit mit ihrer Tante, und sie würde einfach brechen wie ein trockener Zweig unter einem Stiefel. *Weil Schweigen oft das beste ist,* hatte ihr Vater ihr einmal gesagt, als sie ihn im Alter von etwa zehn Jahren fragte, warum er immer so still war. Damals hatte die Antwort sie verwirrt, aber jetzt verstand sie sie besser.

Sie stellte Felicia neben Pylon in den Stall, striegelte sie und gab ihr zu fressen. Während die Stute ihre Kleie mampfte, untersuchte Susan die Hufe. Das Hufeisen, welches das Tier trug, gefiel ihr nicht besonders – es war typisch Seafront –, daher nahm sie den Hufeisenbeutel ihres Vaters vom Haken neben der Stalltür, schlang sich den Gurt über Kopf und Schulter und ging die zwei Meilen zu Hookeys Stall. Als sie den Lederbeutel an der Hüfte spürte, überkamen sie so frische und deutliche Erinnerungen an ihren Vater, daß sie wieder einmal von Kummer überwältigt wurde und ihr zum Weinen zumute war. Sie glaubte, daß er entsetzt über ihre derzeitige Situation gewesen wäre, vielleicht sogar angewidert. Und er hätte Will Dearborn gemocht, da war sie ganz sicher – er hätte ihn gemocht und für sie gutgeheißen. Das war die letzte klägliche Einzelheit.

2

Sie hatte fast ihr ganzes Leben lang gewußt, wie man Pferde beschlug, und sogar Gefallen daran gefunden, wenn sie in der richtigen Stimmung war; es war eine staubige, elementare Arbeit, und es bestand immer die Gefahr, daß man einen anständigen Tritt in den Hintern bekam, der die Langeweile vertrieb und ein Mädchen in die Wirklichkeit zurückholte. Aber von der *Herstellung* von Hufeisen verstand sie gar nichts und wollte es auch nicht. Brian Hookey machte jedoch welche in der Schmiede hinter seinem Stall und dem Wirtshaus; Susan wählte in aller Ruhe vier neue in der richtigen Größe aus und genoß dabei den Geruch von Pferden und frischem Heu. Und frischer Farbe. Hookeys Stall sah wirklich sehr gut aus. Als sie aufschaute, konnte sie kein einziges Loch im Scheunendach erkennen. Es schien, als wären Hookeys Geschäfte gutgegangen.

Er addierte den Preis für die neuen Hufeisen auf einem Balken, während er noch seine Hufschmiedschürze trug und seine eigenen Zahlen mit einem gräßlich zugekniffenen Auge betrachtete. Als Susan stockend von der Bezahlung sprach, lachte er, sagte ihr, er wisse schon, daß sie ihre Schulden bezahlen würde, so schnell sie konnte, die Götter mögen sie segnen, ja. Und außerdem würde keiner von ihnen fortgehen, oder? Noin, noin. Während er sie die ganze Zeit durch den Duft von Heu und Pferden zum Tor begleitete. Noch vor einem Jahr hätte er selbst eine Kleinigkeit wie vier Hufeisen nicht so großzügig abgetan, aber nun war sie die gute Freundin von Bürgermeister Thorin, und alles hatte sich verändert.

Nach dem Halbdunkel in Hookeys Stall kam ihr das nachmittägliche Sonnenlicht grell vor, und sie war vorübergehend geblendet und tastete sich zur Straße, während der Lederbeutel an ihre Hüfte schlug und die Hufeisen darin leise klirrten. Sie hatte gerade noch Zeit, eine Gestalt in der Helligkeit zu erkennen, und dann stießen sie so fest zusammen, daß ihre Zähne aufeinanderschlugen und Felicias neue Eisen schepperten. Sie wäre gestürzt, hätten nicht kräftige Hände sie rasch an den Schultern gepackt. Inzwischen paßten sich ihre Augen an das Licht an, und sie sah bestürzt und erheitert, daß der junge Mann, der sie fast in den Schmutz gestoßen hätte, einer von Wills Freunden war – Richard Stockworth.

»Oh, Sai, Verzeihung!« sagte er und strich über die Ärmel ihres Kleids, als *hätte* er sie umgestoßen. »Geht es Ihnen gut? Geht es Ihnen wirklich gut?«

»Wirklich gut«, sagte sie lächelnd. »Bitte entschuldigen Sie sich nicht.« Sie verspürte einen plötzlichen, ungestümen Impuls, sich auf Zehenspitzen zu stellen, seinen Mund zu küssen und zu sagen: *Gib das Will und sag ihm, er soll vergessen, was ich gesagt habe! Sag ihm, es warten noch tausend Küsse mehr auf ihn, wo dieser hergekommen ist! Sag ihm, er soll kommen und sich jeden einzelnen holen!*

Statt dessen konzentrierte sie sich auf ein komisches Bild: diesen Richard Stockworth, wie er Will einen Schmatz mitten auf den Mund gab und sagte, er wäre von Susan Delgado. Sie fing an zu kichern. Sie hielt die Hände vor den Mund, aber es nützte nichts. Sai Stockworth lächelte sie an... zaghaft, vorsichtig. *Wahrscheinlich denkt er, daß ich verrückt bin ... und das bin ich auch! Das bin ich auch!*

»Guten Tag, Mr. Stockworth«, sagte sie und ging weiter, bevor sie sich noch mehr blamieren konnte.

»Guten Tag, Susan Delgado«, rief er zurück.

Sie drehte sich einmal um, als sie fünfzig Meter entfernt war, aber er war schon verschwunden. Nicht in Hookeys Hufschmiede, da war sie ganz sicher. Sie fragte sich, was Mr. Stockworth überhaupt an diesem Ende der Stadt zu suchen hatte.

Eine halbe Stunde später, als sie die neuen Hufeisen aus der Tasche ihres Da holte, fand sie es heraus. Ein zusammengelegtes Stück Papier steckte zwischen zwei Hufeisen, und noch ehe sie es auseinanderfaltete, wurde ihr klar, daß ihr Zusammenstoß mit Mr. Stockworth kein Zufall gewesen war.

Sie erkannte Wills Handschrift sofort von der Nachricht in dem Blumenstrauß wieder.

Susan,

können wir uns heute oder morgen auf dem Gelände von Citgo treffen? Sehr wichtig. Hat damit zu tun, worüber wir uns schon unterhalten haben. Bitte.

W.

P.S. Am besten verbrennst Du diese Nachricht.

Sie verbrannte sie auf der Stelle, und während sie zusah, wie die Flammen erst emporloderten und dann erloschen, murmelte sie immer wieder das eine Wort, das am meisten Eindruck auf sie gemacht hatte: *Bitte.*

3

Sie und Tante Cord aßen schweigend ihr einfaches Abendbrot – Brot und Suppe –, und als sie fertig waren, ritt Susan mit Felicia zur Schräge hinaus und betrachtete den Sonnenuntergang. Sie würde sich nicht heute abend mit ihm treffen, nein. Impulsives, gedankenloses Verhalten hatte ihr schon zuviel Kummer eingebracht. Aber morgen?

Warum Citgo?

Hat damit zu tun, worüber wir uns schon unterhalten haben.

Ja, wahrscheinlich. Sie zweifelte nicht an seiner Ehre, auch wenn sie sich inzwischen fragte, ob er und seine Freunde wirklich die waren, für die sie sich ausgaben. Wahrscheinlich wollte er sie *wirklich* aus einem Grund sehen, der mit seiner Mission zu tun hatte (was allerdings das Ölfeld mit zu vielen Pferden auf der Schräge zu tun haben konnte, wußte sie wirklich nicht), aber inzwischen bestand etwas zwischen ihnen, etwas Süßes und Gefährliches. Vielleicht redeten sie anfangs nur, aber dann würden sie sich küssen … und das Küssen wäre nur der Anfang. Doch dieses Wissen änderte nichts an ihren Gefühlen; sie wollte ihn sehen. *Mußte* ihn sehen.

Und so saß sie auf ihrem neuen Pferd – auch eine Vorauszahlung, die Hart Thorin für ihre Jungfräulichkeit ableistete – und sah mit an, wie die Sonne im Westen aufgedunsen und rot wurde. Sie lauschte dem fernen Heulen der Schwachstelle und war zum erstenmal in ihren sechzehn Jahren regelrecht von Unentschlossenheit zerrissen. Was sie wollte, stand in krassem Gegensatz zu dem, was sie als ehrenhaft betrachtete, und ihr schwirrte der Kopf von diesem Konflikt. Und ringsum spürte sie die Vorstellung von einem *Ka* wachsen, wie Wind um ein baufälliges Haus herum anschwillt. Aber die eigene Ehre aus diesem Grund aufzugeben hieße, es sich zu leicht zu machen, oder nicht? Den Fall der Tugend damit zu entschuldigen, daß man das allmächtige *Ka* heraufbeschwor. Das war einfältig.

Susan kam sich so blind vor wie in dem Moment, als sie aus dem Halbdunkel von Brian Hookeys Stall auf die grelle Straße getreten war. Einmal schrie sie vor Frustration leise auf, ohne es selbst zu merken, und ihr Verlangen, ihn wieder zu küssen und seine Hand auf ihrer Brust zu spüren, machte jede Bemühung, klar und vernünftig zu denken, wieder zunichte.

Sie war nie ein religiöses Mädchen gewesen, setzte wenig Vertrauen in die blassen Götter von Mittwelt, also versuchte sie schließlich, als die Sonne untergegangen war und der Himmel darüber sich von Rot zu Purpur verfärbte, wenigstens zu ihrem Vater zu beten. Und bekam eine Antwort, doch ob von ihm oder aus ihrem eigenen Herzen, vermochte sie nicht zu sagen.

Laß Ka *sich um sich selbst kümmern*, sagte die Stimme in ihrem Kopf. *Das wird es so oder so; wie immer. Wenn* Ka *sich über deine Ehre hinwegsetzt, so sei es; bis dahin, Susan, bist du die einzige, die es betrifft. Laß* Ka *in Ruhe und halte dich an dein Versprechen, so schwer es dir auch fallen mag.*

»Na gut«, sagte sie. In ihrer derzeitigen Verfassung, stellte sie fest, daß jede Entscheidung – auch wenn diese Entscheidung sie um die Möglichkeit brachte, Will wiederzusehen – eine Erleichterung war. »Ich werde mein Versprechen in Ehren halten. *Ka* kann sich um sich selbst kümmern.«

In der zunehmenden Dunkelheit schnalzte sie Felicia mit der Zunge zu und machte sich auf den Heimweg.

4

Der nächste Tag war Santag, der traditionelle freie Tag der Cowboys. Rolands kleine Gruppe machte an diesem Tag ebenfalls frei. »Es ist nur recht und billig, daß wir das auch tun«, sagte Cuthbert, »wo wir sowieso keine Ahnung haben, was wir überhaupt tun sollen.«

An diesem speziellen Santag – ihrem sechsten, seit sie nach Hambry gekommen waren – ging Cuthbert über den Obermarkt (der Untermarkt war im großen und ganzen billiger, roch für seinen Geschmack aber zu sehr nach Fisch), betrachtete bunte *serapes* und bemühte sich, nicht zu weinen. Denn seine Mutter besaß eine *serape,* eines ihrer Lieblingskleidungsstücke, und die Vorstellung, wie sie damit ausritt, so daß es über ihre Schultern wehte, erfüllte ihn mit einem starken, fast übermächtigen Heimweh. »Arthur Heath«, Rolands *Ka-mai,* vermißte seine Mama so sehr, daß ihm die Augen feucht wurden! Das war ein Witz, der … nun, der eines Cuthbert Allgood würdig war.

Während er so dastand und mit auf dem Rücken verschränkten Händen wie ein Mäzen in einer Kunstgalerie die *serapes* und einen Ständer mit *dolina*-Decken betrachtete (und derweil die ganze Zeit Tränen wegblinzelte), spürte er ein leichtes Klopfen auf der Schulter. Er drehte sich um, und da stand das Mädchen mit den blonden Haaren.

Es überraschte Cuthbert nicht, daß Roland sich in sie verknallt hatte. Selbst in Jeans und einem Baumwollhemd wirkte sie atemberaubend. Das Haar hatte sie mit einer Reihe derber Wildlederschnallen nach hinten gesteckt, und sie hatte die strahlendsten grauen Augen, die Cuthbert je gesehen hatte. Cuthbert hielt es für ein Wunder, daß sich Roland überhaupt auf die anderen Aspekte seines Lebens konzentrieren konnte, und sei es nur das Zähneputzen. Auf jeden Fall hatte sie ein Heilmittel für Cuthbert dabei; sentimentale Gedanken an seine Mutter waren auf der Stelle wie weggeblasen.

»Sai«, sagte er. Mehr brachte er nicht heraus, zumindest für den Anfang nicht.

Sie nickte und hielt ihm etwas hin, das die Leute von Mejis eine *corvette* nannten – »kleines Päckchen« lautete die wörtliche Übersetzung; »kleine Börse« die gebräuchliche. Diese kleinen Lederbeutelchen, groß genug für ein paar Münzen, aber mehr nicht, wurden häufiger von Damen als von Herren getragen, aber das war kein strenges Gebot der Mode.

»Ihr habt das fallen lassen, mein Freund«, sagte sie.

»Nayn, danke-Sai.« Diese hätte durchaus Besitz eines Mannes sein können – schlichtes schwarzes Leder, ohne schmückenden Zierat –, aber er hatte sie noch nie zuvor gesehen. Er hatte noch nie eine *corvette* besessen, was das betraf.

»Es gehört Euch«, sagte sie, und ihre Augen blickten jetzt so eindringlich, daß sich der Blick heiß auf seiner Haut anfühlte. Er hätte sofort begreifen müssen, aber ihr unerwartetes Auftauchen hatte ihn aus der Fassung gebracht. Ebenso, wie er zugeben mußte, ihre Klugheit. Irgendwie rechnete man nicht damit, daß so ein wunderschönes Mädchen klug war; es gab keine Regel, derzufolge wunderschöne Mädchen klug sein mußten. Soweit Bert das sagen konnte, mußten wunderschöne Mädchen nichts anderes tun als morgens aufzuwachen. »*Bestimmt.*«

»Oh, ay«, sagte er und entriß ihr die kleine Börse fast. Er konnte spüren, wie ein albernes Grinsen sein Gesicht verzerrte. »Jetzt, wo Sie es erwähnen, Sai –«

»Susan.« Die Augen über ihrem Lächeln waren ernst und wachsam. »Laßt mich Susan für Euch sein, bitte.«

»Mit Vergnügen. Ich erflehe Eure Verzeihung, Susan, es ist nur so, daß mein Verstand und mein Gedächtnis, weil Santag ist, einander die Hände gereicht haben und gemeinsam in Urlaub gegangen sind – stiftengegangen, könnte man sagen –, so daß ich vorübergehend kein Hirn im Kopf hatte.«

Möglicherweise hätte er auf diese Weise noch eine Stunde weitergeplappert (was schon vorgekommen war; das konnten Roland und Alain bezeugen), aber sie brachte ihn mit der unbekümmerten Strenge einer älteren Schwester zum Schweigen. »Ich kann mir gut vorstellen, daß Ihr keine Kontrolle über Euren Verstand habt, Mr. Heath – oder die Zunge, die darunter hängt –, aber vielleicht achtet Ihr in Zukunft besser auf Eure Börse. Guten Tag.« Sie verschwand, bevor er noch ein weiteres Wort herausbringen konnte.

5

Bert fand Roland da, wo er neuerdings häufig saß: draußen an einem Abschnitt der Schräge, die von vielen Einheimischen Städtischer Ausblick genannt wurde. Man hatte einen hübschen Blick auf Hambry, das seinen Santagnachmittag in blauem Dunst verträumte, aber Cuthbert bezweifelte sehr, daß der Blick auf Hambry seinen ältesten Freund immer wieder hierherzog. Er glaubte, der wahrscheinlichere Grund wäre wohl der Blick auf das Haus der Delgados.

Heute war Roland mit Alain dort, und keiner sprach ein Wort. Cuthbert hatte keine Mühe damit, die Tatsache zu *akzeptieren,* daß Leute längere Zeiträume zusammen verbringen konnten, ohne miteinander zu reden, aber er glaubte nicht, daß er es je *verstehen* konnte.

Er ritt im Galopp zu ihnen, griff in sein Hemd und holte die *corvette* heraus. »Von Susan Delgado. Sie hat es mir auf dem Obermarkt gegeben. Sie ist wunderschön, aber sie ist auch listig wie eine Schlange. Ich sage dies mit der allergrößten Bewunderung.«

Rolands Gesicht füllte sich mit Licht und Leben. Als Cuthbert ihm die *corvette* zuwarf, fing er sie mit einer Hand auf und zog die Spitzenkordel mit den Zähnen auf. Im Inneren, wo ein Reisender seine knappen Bargeldreserven aufbewahrt haben würde, befand sich ein einziges zusammengefaltetes Stück Papier. Roland las es rasch, und dabei erlosch das Licht in seinen Augen, das Lächeln verschwand von seinen Lippen.

»Was steht darin?« fragte Alain.

Roland gab ihm den Zettel und sah weiter über die Schräge. Erst als er die durchaus reale Trostlosigkeit in den Augen seines Freundes sah, wurde Cuthbert völlig klar, welche Rolle Susan Delgado in Rolands Leben spielte – und damit in ihrer aller Leben.

Alain gab ihm den Zettel. Es war nur eine einzige Zeile, zwei Sätze:

Es ist besser, wir sehen uns nicht. Tut mir leid.

Cuthbert las die Nachricht zweimal, als könnte sie sich beim erneuten Lesen ändern, und gab sie Roland zurück. Roland steckte den Zettel in die *corvette* zurück, knüpfte die Kordel zu und verstaute die kleine Börse in seinem eigenen Hemd.

Cuthbert haßte Schweigen mehr als Gefahr (für ihn *war* es eine Gefahr), aber jeder Anfang eines Gesprächs, der ihm in den Sinn kam, schien angesichts der Miene seines Freundes unreif und gefühllos zu sein. Es war, als wäre Roland vergiftet worden. Cuthbert war angeekelt bei dem Gedanken, daß dieses reizende junge Mädchen mit dem langen und knochigen Bürgermeister von Hambry Hüftstößen trieb, aber Rolands Gesichtsausdruck weckte stärkere Emotionen. Dafür konnte er sie hassen.

Schließlich ergriff Alain fast schüchtern das Wort. »Und jetzt, Roland? Sollen wir unsere Suche draußen auf dem Ölfeld ohne sie durchführen?«

Dafür bewunderte Cuthbert ihn. Nach einer flüchtigen Begegnung betrachteten viele Leute Alain Johns als einen Dummkopf. Das war weit von der Wahrheit entfernt. Gerade hatte er auf eine diplomatische Weise, zu der Cuthbert nie fähig gewesen wäre, darauf hingewiesen, daß Rolands unglückliche erste Liebe nichts an der Verantwortung änderte, die sie trugen.

Und Roland reagierte, richtete sich vom Sattelknauf auf und setzte sich gerade hin. Das kräftige goldene Licht des Sommernachmittags malte schroffe Kontraste in sein Gesicht, und einen Augenblick wurde sein Gesicht von dem Geist des Mannes heimgesucht, zu dem er einmal werden würde. Cuthbert sah diesen Geist und erschauerte – er wußte nicht, was er sah, wußte nur, daß es gräßlich war.

»Die Großen Sargjäger«, sagte er. »Habt ihr sie in der Stadt gesehen?«

»Jonas und Reynolds«, antwortete Cuthbert. »Immer noch keine Spur von Depape. Ich glaube, nach der Nacht in der Bar hat Jonas ihn in einem Wutanfall erwürgt und über die Klippen ins Meer geworfen.«

Roland schüttelte den Kopf. »Jonas ist zu sehr auf die Männer angewiesen, denen er vertraut, um sie zu beseitigen – er ist so weit draußen auf dünnem Eis wie wir. Nein, Depape ist nur eine Zeitlang weggeschickt worden.«

»Wohin weggeschickt?« fragte Alain.

»Wo er in die Büsche scheißen und im Regen schlafen muß, wenn das Wetter schlecht ist.« Roland lachte kurz und humorlos. »Jonas hat ihn wahrscheinlich unsere Spuren zurückverfolgen lassen.«

Alain grunzte leise und überrascht, obwohl er eigentlich gar nicht überrascht war. Roland saß entspannt auf Rusher und sah über den verträumten Landstrich zu den grasenden Pferden. Mit einer Hand strich er unbewußt über die *corvette,* die er in sein Hemd gesteckt hatte. Schließlich drehte er sich wieder zu ihnen um.

»Wir warten noch ein Weilchen«, sagte er. »Vielleicht überlegt sie es sich anders.«

»Roland –«, begann Alain, und sein Tonfall war tödlich in seiner Sanftheit.

Roland hob die Hand, bevor Alain fortfahren konnte. »Zweifle nicht an mir, Alain – ich spreche als meines Vaters Sohn.«

»Na gut.« Alain streckte die Hand aus und berührte Roland kurz an der Schulter. Was Cuthbert betraf, er enthielt sich eines Urteils. Roland mochte als seines Vaters Sohn handeln oder auch nicht; Cuthbert vermutete, daß Roland im Augenblick überhaupt nicht Herr seiner Sinne war.

»Erinnert ihr euch, was Cort zu sagen pflegte, was die Hauptschwäche von Maden wie uns wäre?« fragte Roland mit dem Anflug eines Lächelns.

»›Wenn ihr lauft, ohne nachzudenken, fallt ihr in ein Loch‹«, zitierte Alain, eine bärbeißige Imitation, bei der Cuthbert laut lachen mußte.

Rolands Lächeln wurde eine Spur breiter. »Ay. Das sind Worte, die ich nicht vergessen werde, Jungs. Ich werde diesen Wagen nicht umwerfen, um zu sehen, was darin ist … es sei denn, uns bleibt keine andere Wahl. Susan überlegt es sich vielleicht, wenn sie Zeit zum Nachdenken hat. Ich glaube, sie hätte gleich eingewilligt, mich zu sehen, wenn nicht … andere Dinge zwischen uns stünden.«

Er machte eine Pause, und eine Zeitlang herrschte Schweigen zwischen ihnen.

»Ich wünschte, unsere Väter hätten uns nicht geschickt«, sagte Alain schließlich … obwohl es *Rolands* Vater war, der sie geschickt hatte, was alle drei genau wußten. »Wir sind zu jung für derartige Dinge. Um Jahre zu jung.«

»In jener Nacht im Rest haben wir richtig gehandelt«, sagte Cuthbert.

»Das war Training, keine Kunst – und sie haben uns nicht ernst genommen. Das wird nicht noch einmal passieren.«

»Sie hätten uns nicht geschickt – weder mein Vater noch eure –, wenn sie gewußt hätten, was wir finden würden«, sagte Roland. »Aber jetzt haben wir es gefunden, und nun müssen wir dafür geradestehen. Ja?«

Alain und Cuthbert nickten. Sie würden dafür geradestehen, allerdings – daran schien kein Zweifel mehr zu bestehen.

»Jedenfalls ist es jetzt zu spät, sich darüber Gedanken zu machen. Wir warten und hoffen auf Susan. Ich würde das Citgo-Gelände lieber nicht ohne jemanden aus Hambry betreten, der sich dort auskennt… aber wenn Depape zurückkehrt, müssen wir das Risiko eingehen. Gott weiß, was er herauskriegen oder welche Geschichten er erfinden könnte, um Jonas gefällig zu sein, oder was Jonas tun mag, nachdem sie miteinander palavert haben. Es könnte zu einer Schießerei kommen.«

»Nach diesem ganzen Herumschleichen wäre mir das fast willkommen«, sagte Cuthbert.

»Wirst du ihr noch eine Nachricht schicken, Will Dearborn?« fragte Alain.

Roland dachte darüber nach. Cuthbert wettete insgeheim mit sich selbst, wie sich Roland entscheiden würde. Und verlor.

»Nein«, sagte er schließlich. »Wir müssen ihr Zeit lassen, so schwer es uns fällt. Und hoffen, daß ihre Neugier sie zu uns führt.«

Damit trieb er Rusher in Richtung des leerstehenden Schlafhauses, das ihnen als Zuhause diente. Cuthbert und Alain folgten ihm.

6

Susan arbeitete den Rest des Santags hart, mistete die Ställe aus, trug Wasser, putzte alle Treppen. Tante Cord sah das alles schweigend und mit einer halb zweifelnden und halb erstaunten Miene an. Susan war vollkommen gleich, wie ihre Tante dreinschaute – sie wollte nur bis zur Erschöpfung arbeiten, um eine weitere schlaflose Nacht zu vermeiden. Es war vorbei. Will würde es inzwischen ebenfalls wissen, und das war gut. Aus und vorbei.

»Bist du närrisch, Mädchen?« fragte Tante Cord, als Susan den letzten Eimer schmutziges Spülwasser hinter der Küche ausschüttete. »Es ist Santag!«

»Kein bißchen närrisch«, antwortete sie kurz angebunden, ohne sich umzudrehen.

Sie erreichte die erste Hälfte des Ziels, das sie sich gesetzt hatte, und ging kurz nach Mondaufgang mit müden Armen, schmerzenden Beinen und einem pochenden Rücken ins Bett –

aber schlafen konnte sie trotzdem nicht. Sie lag mit aufgerissenen Augen und unglücklich im Bett. Die Stunden vergingen, der Mond ging unter, und Susan konnte immer noch nicht schlafen. Sie sah in die Dunkelheit und fragte sich, ob eine Möglichkeit bestand, und sei sie noch so winzig, daß ihr Vater ermordet worden war. Um ihn am Reden zu hindern, um ihm die Augen zu verschließen.

Schließlich kam sie zu der Schlußfolgerung, zu der Roland schon gekommen war: Hätten seine Augen nicht diese Anziehungskraft auf sie ausgeübt, oder die Berührung seiner Hände und Lippen, hätte sie dem gewünschten Treffen wie der Blitz zugestimmt. Und wenn es nur gewesen wäre, damit ihr gequälter Verstand Ruhe fand.

Nach dieser Einsicht überkam sie Erleichterung, und sie konnte endlich schlafen.

7

Am Spätnachmittag des nächsten Tages, während Roland und seine Freunde im Traveller's Rest spachtelten (kalte Rindfleischsandwiches und literweise weißer Eistee – nicht so gut wie der von Deputy Daves Frau, aber nicht schlecht), kam Sheemie von draußen herein, wo er seine Blumen gegossen hatte. Er trug eine rosa *sombrera* auf dem Kopf und ein breites Grinsen im Gesicht. In einer Hand hielt er ein kleines Päckchen.

»Hallo, ihr Kleinen Sargjäger!« rief er fröhlich und machte eine Verbeugung, die auf amüsante Weise ihre eigene imitierte. Cuthbert gefiel es besonders, eine derartige Verbeugung mit Gartensandalen zu sehen. »Wie gehn es euch? Gut, hoff ich, das tu ich!«

»Astrein«, sagte Cuthbert, »aber keinem von uns gefällt es, wenn wir Kleine Sargjäger genannt werden, wenn du dich da also vielleicht ein bißchen zurückhalten könntest, in Ordnung?«

»Ay«, sagte Sheemie so fröhlich wie immer. »Ay, Mr. Arthur Heath, guter Bursch, der mir das Leben gerettet hat!« Er verstummte und sah einen Moment verwirrt drein, als versuchte er sich zu erinnern, warum er überhaupt zu ihnen gekommen war. Dann wurden seine Augen klar, sein Grinsen erstrahlte erneut, und er hielt Roland das Päckchen hin. »Für dich, Will Dearborn!«

»Wirklich? Was ist es?«

»Samenkörner! Das sind sie!«

»Von dir, Sheemie?«

»O nein!«

Roland nahm das Päckchen – nur ein Umschlag, der einmal umgeklappt und versiegelt worden war. Weder auf der Vorder- noch auf der Rückseite stand etwas, und er konnte mit den Fingerspitzen keine Samen darin ertasten.

»Von wem dann?«

»Kann mich nicht erinnern«, sagte Sheemie, der daraufhin den Blick abwandte. Sein Gehirn war gerade so sehr durcheinander, überlegte Roland, daß er nie lange unglücklich sein und überhaupt nicht lügen konnte. Dann sah er Roland wieder mit hoffnungsvollem und schüchternem Blick an. »Ich erinnere mich aber daran, was ich dir bestellen soll.«

»Ay? Dann raus damit, Sheemie.«

Wie jemand, der eine qualvoll auswendig gelernte Zeile aufsagt, sagte er stolz und nervös zugleich: »Das sind die Samenkörner, die du auf der Schräge verstreut hast.«

Rolands Augen blitzten so heftig, daß Sheemie einen Schritt zurückwich. Er zupfte kurz an seiner *sombrera*, drehte sich um und lief hastig zu seinen ungefährlichen Blumen hinaus. Er mochte Will Dearborn und Wills Freunde (besonders Mr. Arthur Heath, der manchmal Sachen sagte, daß Sheemie sich totlachen konnte), aber in diesem Augenblick sah er etwas in Will-Sais Augen, das ihn zutiefst erschreckte. In diesem Augenblick begriff er, daß Will ebenso ein Killer war wie derjenige im Mantel, oder derjenige, der gewollt hatte, daß Sheemie ihm die Stiefel sauber leckte, oder der alte weißhaarige Jonas mit seiner zitternden Stimme.

So schlimm wie sie, vielleicht noch schlimmer.

8

Roland schob das Päckchen mit den »Samenkörnern« in sein Hemd und machte es erst auf, als sie alle drei wieder auf der Veranda der Bar K waren. In der Ferne grollte die Schwachstelle, so daß ihre Pferde nervös mit den Ohren zuckten.

»Und?« fragte Cuthbert schließlich, als er sich nicht mehr zurückhalten konnte.

Roland nahm den Umschlag aus seinem Hemd und riß ihn auf. Dabei überlegte er, daß Susan genau gewußt hatte, was sie sagen mußte. Bis aufs Haar genau.

Die anderen beugten sich über ihn, Alain von links, Cuthbert von rechts, während er das Stück Papier auseinanderfaltete. Wieder sah er ihre schlichte, fein säuberliche Handschrift, und die Nachricht war nicht viel länger als die vorherige. Allerdings völlig anderen Inhalts.

Auf der Stadtseite von Citgo liegt ein Orangenhain, etwa eine Meile abseits der Straße. Du triffst mich dort bei Mondaufgang. Komm allein. S

Und darunter stand in Großbuchstaben:

VERBRENNE DIES

»Wir halten Wache«, sagte Alain.

Roland nickte. »Ay. Aber von ferne.«

Dann verbrannte er die Nachricht.

9

Der Orangenhain war ein sorgfältig gehegtes Rechteck mit etwa einem Dutzend Baumreihen am Ende eines teilweise zugewachsenen Feldwegs. Roland traf nach Einbruch der Dunkelheit ein, aber noch eine gute halbe Stunde, bevor der rapide dünner werdende Marketender sich noch einmal über den Horizont erheben würde.

Als der Junge durch eine der Reihen schlenderte und den irgendwie skeletthaften Geräuschen des Ölfelds im Norden lauschte (quietschende Kolben, knirschende Zahnräder, hämmernde Bohrschächte), überkam ihn ein tiefes Heimweh. Es lag am zarten Duft der Orangenblüten – eine helle Tünche auf dem dunkleren Geruch des Öls –, der es auslöste. Dieser Spielzeughain hatte nicht die geringste Ähnlichkeit mit den riesigen Obstgärten von Neu-Kanaan... aber irgendwie doch. Hier herrschte dasselbe Gefühl von Würde und Zivilisation vor, von viel Zeit, die für etwas aufgewendet wurde, das nicht zwingend erforderlich war. Und in diesem Fall, vermutete er, auch nicht besonders nützlich. Orangen, die so weit nördlich der warmen Breiten gezüchtet wurden, schmeckten wahrscheinlich fast so sauer wie Zitronen. Doch wenn die Brise in den Bäumen raschelte, erfüllte ihn das mit einer bitteren Sehnsucht nach Gilead, und er dachte zum erstenmal an die Möglichkeit, daß er seine Heimat nie wiedersehen würde – daß er so sehr ein Wanderer geworden war wie der alte Marketendermond am Himmel.

Er hörte sie, aber erst, als sie schon fast bei ihm war – wäre sie Feind statt Freund gewesen, hätte er vielleicht immer noch Zeit gehabt, zu ziehen und feuern, aber es wäre knapp geworden. Bewunderung erfüllte ihn, und als er ihr Gesicht im Licht der Sterne sah, hüpfte sein Herz vor Freude.

Sie blieb stehen, als er sich umdrehte, und sah ihn nur an, derweil sie die Hände in einer Weise vor der Taille verschränkte, die auf reizende und unbewußte Weise kindlich wirkte. Er ging einen Schritt auf sie zu, da hob sie die Hände zu einer anscheinend erschrockenen Geste. Er blieb verwirrt stehen. Aber er hatte ihre Geste in dem spärlichen Licht falsch ausgelegt. Sie hätte stehenbleiben können, entschied sich aber dagegen. Sie trat ihm bewußt entgegen, eine große, junge Frau im Hosenrock und schlichten schwarzen Stiefeln. Ihr *sombrero* hing auf ihrem Rücken über dem geflochtenen Zopf ihres Haares.

»Will Dearborn, unsere Begegnung steht unter einem günstigen und einem ungünstigen Stern«, sagte sie mit bebender Stimme, und dann küßte er sie; sie drückten sich brennend aneinander, während sich der Marketender in der ausgehungerten Gestalt seines letzten Viertels in den Himmel erhob.

10

In ihrer einsamen Hütte hoch droben auf dem Cöos saß Rhea an ihrem Küchentisch über die Glaskugel gebeugt, die ihr die Großen Sargjäger vor anderthalb Monaten gebracht hatten. Ihr Gesicht war in das rosa Leuchten getaucht, aber niemand hätte es mehr für das Gesicht eines jungen Mädchens halten können. Sie besaß eine außerordentliche Vitalität, die sie viele Jahre aufrecht gehalten hatte (nur die Bewohner Hambrys, die schon am längsten hier lebten, hatten eine Vorstellung davon, wie alt Rhea vom Cöos wirklich war, und auch sie nur eine höchst ungefähre), aber die Glaskugel entzog sie ihr nun doch – saugte sie aus wie ein Vampir das Blut. Der große Raum der Hütte hinter ihr war noch schmutziger und unordentlicher als gewöhnlich. Neuerdings hatte sie nicht einmal mehr Zeit, so zu tun, als würde sie putzen; die Glaskugel beanspruchte ihre ganze Zeit. Wenn sie nicht hineinsah, dann *dachte* sie daran, hineinzusehen ... und oh! Was hatte sie nicht alles schon gesehen!

Ermot wand sich um eines ihrer hageren Beine und zischte vor Aufregung, aber sie bemerkte ihn kaum. Statt dessen beugte sie sich dichter über das verderbliche rosa Leuchten der Glaskugel und war wie verzaubert von dem, was sie da sah.

Es war das Mädchen, das zu ihr gekommen war, um ihre Ehrbarkeit unter Beweis zu stellen, und es war der junge Mann, den sie bei ihrem ersten Blick in die Glaskugel gesehen hatte. Den sie für einen Revolvermann gehalten hatte, bis ihr seine Jugend klargeworden war.

Das närrische Mädchen, das singend zu Rhea gekommen, aber in angemessenerem Schweigen gegangen war, hatte sich als ehrbar erwiesen und mochte durchaus noch ehrbar sein (sie küßte und berührte den Jungen eindeutig mit einer für Jungfrauen typischen Mischung aus Wollust und Schüchternheit), aber wenn sie so weitermachten, würde sie nicht mehr lange ehrbar bleiben. Und wäre es nicht eine Überraschung für Hart

Thorin, wenn er seine angeblich unberührte junge Mätresse mit ins Bett nahm? Es gab Mittel und Wege, Männer in dieser Hinsicht zu täuschen (Männer *bettelten* förmlich darum, in dieser Hinsicht getäuscht zu werden); eine Phiole Schweineblut erfüllte den Zweck voll und ganz, aber das konnte *sie* nicht wissen. Oh, das war zu schön! Und wenn sie daran dachte, daß sie hier mitverfolgen konnte, in diesem Glas, wie Miss Hochmut in Ungnade fiel! Oh, das war zu schön! Zu wunderbar!

Sie beugte sich noch dichter darüber, und in ihren tiefen Augenhöhlen erstrahlte ein rosa Feuer. Ermot, der spürte, daß sie seiner Umgarnung gegenüber immun bleiben würde, kroch verdrossen auf dem Boden dahin und machte sich auf die Suche nach Insekten. Musty tänzelte von ihm weg und fauchte Katzenflüche, während ihr sechsbeiniger Schatten riesig und ungeschlacht auf die vom Licht angestrahlte Wand fiel.

11

Roland spürte, wie der große Augenblick auf sie zugestürmt kam. Dennoch gelang es ihm irgendwie, sich von ihr zu lösen, und sie sich von ihm, aber ihre Augen waren groß und ihre Wangen gerötet – diese Röte konnte er selbst im Licht des gerade aufgegangenen Mondes sehen. Seine Hoden pulsierten. Seine Lenden fühlten sich an, als wären sie voll flüssigen Bleis.

Sie wandte sich halb von ihm ab, und Roland sah, daß ihr *sombrero* auf dem Rücken verrutscht war. Er streckte eine zitternde Hand aus und rückte ihn zurecht. Sie umklammerte seine Finger mit einem kurzen, aber kräftigen Druck, dann bückte sie sich und hob ihre Reithandschuhe auf, die sie im Verlangen abgestreift hatte, seine Haut auf ihrer zu spüren. Als sie sich wieder aufrichtete, strömte das Blut plötzlich aus ihrem Gesicht, und sie taumelte. Hätte er sie nicht mit den Händen an den Schultern gestützt, wäre sie möglicherweise gefallen. Sie drehte sich mit wehmütigem Blick zu ihm um.

»Was sollen wir tun? Oh, Will, was sollen wir nur tun?«

»Unser Bestes«, sagte er. »Was wir beide stets getan haben. Wie unsere Väter es uns beigebracht haben.«

»Das ist Wahnsinn.«

Roland, der sich in seinem Leben noch nie so normal gefühlt hatte – selbst der bohrende Schmerz in seinen Lenden kam ihm normal und richtig vor –, sagte nichts.

»Wißt Ihr, wie gefährlich das ist?« fragte sie, fuhr aber fort, bevor er antworten konnte: »Ay, Ihr wißt es. Ich sehe, daß Ihr es wißt. Würde man uns zusammen sehen, 's wäre ernst. Würde man uns so sehen wie wir jetzt gerade –«

Sie erschauerte. Er streckte die Hände nach ihr aus, sie wich zurück. »Bitte nicht, Will. Tut Ihr's doch, wird zwischen uns nichts weiter passieren als Liebkosungen. Sollte das Eure Absicht gewesen sein?«

»Du weißt, daß es nicht so ist.«

Sie nickte. »Habt Ihr Eure Freunde als Wachen aufgestellt?«

»Ay«, sagte er, und sein Gesicht erstrahlte in dem unerwarteten Lächeln, das sie so liebte. »Aber nicht so, daß sie uns sehen können.«

»Dafür sei den Göttern Dank«, sagte sie und lachte zerstreut. Dann kam sie näher zu ihm, so nahe, daß er alle Willenskraft aufbieten mußte, sie nicht wieder in die Arme zu nehmen. Sie sah ihm neugierig ins Gesicht. »Wer bist du wirklich, Will?«

»Fast der, der ich zu sein vorgebe. Das ist ja der Witz, Susan. Meine Freunde und ich wurden nicht hierhergeschickt, weil wir getrunken und Unsinn gemacht haben, aber wir wurden auch nicht hergeschickt, um dunkle Machenschaften oder eine heimliche Verschwörung aufzudecken. Wir sind einfach Jungs, die man in Zeiten der Gefahr aus dem Weg haben wollte. Was seither alles geschehen ist –« Er schüttelte wieder den Kopf, um zu zeigen, wie hilflos er sich fühlte, und Susan dachte wieder an ihren Vater, der sagte, daß *Ka* wie der Wind war – wenn es kam, konnte es einem die Hühner, das Haus, die Scheune nehmen. Sogar das Leben.

»Und ist Will Dearborn dein richtiger Name?«

Er zuckte die Achseln. »Ein Name ist so gut wie der andere, wotte ich, wenn das Herz, das zu ihm gehört, aufrichtig ist. Susan, du bist heute im Haus des Bürgermeisters gewesen, denn mein Freund Richard hat dich hinreiten sehen –«

»Ay, stimmt«, sagte sie. »Ich soll das diesjährige Erntemädchen sein – bedenke, das ist Harts Entscheidung, ich hätte sie nie und nimmer selbst getroffen. Es ist reichlich albern, und obendrein hart für Olive, denke ich.«

»Du wirst das schönste Erntemädchen aller Zeiten sein«, sagte er, und die klare Aufrichtigkeit seiner Stimme machte sie vor Freude erschauern; ihre Wangen wurden wieder warm. Zwischen dem Mittagsschmaus und dem Freudenfeuer bei Dämmerung mußte das Erntemädchen fünfmal das Kostüm wechseln, und jedes war üppiger als das vorhergehende (in Gilead wären es neun gewesen; was das anging, wußte Susan gar nicht, wie glücklich sie sich schätzen konnte), und für Will hätte sie alle fünf mit Freuden getragen, wäre er zum Erntejüngling bestellt worden. (Der diesjährige Jüngling war Jamie McCann, ein blasser und pickliger Ersatz für Hart Thorin, der rund vierzig Jahre zu alt und grau für die Aufgabe war.) Noch glücklicher wäre sie gewesen, das sechste für ihn zu tragen – ein silbernes Nachtgewand mit hauchdünnen Trägern, dessen Saum unmittelbar an den Oberschenkeln aufhörte. Dieses Kostüm würde außer ihrer Zofe Maria, ihrer Schneiderin Conchetta und Hart Thorin keiner je zu sehen bekommen. Sie würde es tragen, wenn sie den alten Mann nach dem Fest als seine Mätresse zu seinem Lager begleitete.

»Als du da warst, hast du da diejenigen gesehen, die sich selbst die Großen Sargjäger nennen?«

»Ich habe Jonas und den mit dem Mantel gesehen, sie standen im Hof beisammen und haben geredet«, sagte sie.

»Nicht Depape? Den Rothaarigen?«

Sie schüttelte den Kopf.

»Kennst du das Spiel Schloß, Susan?«

»Ay. Mein Vater hat es mir beigebracht, als ich noch klein war.«

»Dann weißt du, daß die roten Spielfiguren an einem Ende und die weißen am anderen stehen. Wie sie um die Hügel kommen, sich einander nähern und dabei Schutzwehren als Deckung aufbauen. Was hier in Hambry vor sich geht, ist dem sehr ähnlich. Und wie bei dem Spiel ist die Frage inzwischen, wer als erster aus seiner Deckung herauskommen wird. Hast du verstanden?«

Sie nickte einmal. »In dem Spiel ist der erste, der hinter seinem Hügel hervorgekommen ist, verwundbar.«

»Im Leben auch. Immer. Aber manchmal ist es eben schwierig, in Deckung zu bleiben. Meine Freunde und ich haben inzwischen so gut wie alles gezählt, was wir zu zählen wagten. Um den Rest zu zählen –«

»Die Pferde auf der Schräge, zum Beispiel.«

»Ay, zum Beispiel. Wenn wir sie zählen würden, müßten wir unsere Deckung verlassen. Oder die Ochsen, von denen wir wissen –«

Sie zog die Brauen hoch. »Es gibt keine Ochsen in Hambry. Du mußt dich irren.«

»Kein Irrtum.«

»Wo?«

»Auf der Rocking H.«

Nun glitten ihre Brauen wieder nach unten, als sie sie nachdenklich zusammenzog. »Das ist Laslo Rimers Ranch.«

»Ay – Kimbas Bruder. Und das sind nicht die einzigen Schätze, die derzeit in Hambry versteckt werden. Es gibt zusätzliche Wagen, zusätzliches Stallzeug, die in den Scheunen von Mitgliedern des Pferdezüchterverbands versteckt werden, zusätzliche Futtersäcke –«

»Will, *nein!*«

»Doch. Das alles und mehr. Aber wenn wir sie zählen würden – wenn man uns *sieht*, wie wir sie zählen –, müßten wir unsere Deckung verlassen. Und das Risiko eingehen, von Schlössern umzingelt zu werden. Die letzten Tage waren ein einziger Alptraum für uns – wir versuchen, so geschäftig wie möglich auszusehen, ohne uns auf die an der Schräge gelegene Seite von Hambry vorzuwagen, wo die größte Gefahr lauert. Es fällt uns immer schwerer. Dann haben wir eine Nachricht erhalten –«

»Eine Nachricht? Wie? Von wem?«

»Ich glaube, es ist besser, wenn du das nicht weißt. Aber sie hat uns zu der Überzeugung gebracht, daß einige der Antworten, die wir suchen, hier auf dem Gelände von Citgo sein könnten.«

»Will, glaubst du, was hier draußen ist, könnte mir helfen, mehr darüber herauszufinden, was mit meinem Da passiert ist?«

»Ich weiß nicht. Es wäre möglich, schätze ich, aber unwahrscheinlich. Ich weiß nur, ich habe endlich die Chance, etwas zu zählen, das wichtig ist, ohne dabei gesehen zu werden.« Sein Blut war hinreichend abgekühlt, daß er die Hand nach ihr ausstrecken konnte; das von Susan soweit, daß sie sie guten Gewissens in ihre nehmen konnte. Sie hatte aber den Handschuh wieder angezogen. Lieber auf Nummer Sicher gehen.

»Komm mit«, sagte sie. »Ich kenne einen Weg.«

12

Im fahlen Licht des Mondes führte Susan ihn aus dem Orangenhain und auf das Pochen und Quietschen des Ölfelds zu. Als Roland diese Geräusche hörte, bekam er eine Gänsehaut und wünschte sich, er hätte einen der Revolver dabei, die auf der Bar K unter den Bodendielen versteckt waren.

»Du kannst mir vertrauen, Will, aber das heißt nicht, daß ich dir eine große Hilfe sein kann«, sagte sie mit einer Stimme, die gerade etwas lauter als ein Flüstern war. »Ich habe mein ganzes Leben in Hörweite von Citgo verbracht, aber die Gelegenheiten, wo ich tatsächlich auf dem Gelände gewesen bin, könnte ich an den Fingern beider Hände abzählen, das könnte ich. Die ersten zwei oder drei Male waren Mutproben mit meinen Freundinnen.«

»Und dann?«

»Mit meinem Da. Er hat sich immer für das Alte Volk interessiert, und meine Tante Cord hat immer gesagt, daß es ein böses Ende mit ihm nehmen würde, wenn er sich in ihre Hinterlassenschaften einmischt.« Sie schluckte hart. »Und er hat ein böses Ende gefunden, auch wenn ich bezweifle, daß das Alte Volk dafür verantwortlich ist. Armer Da.«

Sie hatten einen Drahtzaun erreicht. Dahinter ragten die Bohrtürme in den Himmel wie Wachtposten von der Größe Lord Perths. Wieviel, hatte sie gesagt, funktionierten noch? Neunzehn, dachte er. Die Geräusche, die sie von sich gaben, waren abscheulich – die Geräusche von Ungeheuern, die erwürgt wurden. Natürlich war dieser Ort wie geschaffen für kindliche Mutproben: eine Art Freilichtspukhaus.

Er hielt zwei der Drähte auseinander, damit sie dazwischen durchschlüpfen konnte, und sie leistete ihm denselben Dienst. Als er hindurchtrat, sah er eine Reihe weißer Porzellanzylinder an dem Pfosten unmittelbar neben ihm. Ein Draht war durch jeden einzelnen gespannt.

»Ist dir klar, was das ist? War?« fragte er Susan und klopfte auf einen der Zylinder.

»Ay. Als es noch Strom gab, ist welcher hier durchgeflossen. Um Eindringlinge fernzuhalten.« Nach einer Pause fügte sie schüchtern hinzu: »So fühlt es sich an, wenn du mich berührst.«

Er küßte sie dicht unter dem Ohr auf die Wange. Sie erschauerte und hielt ihm kurz eine Hand an die Wange, bevor sie weiterging.

»Ich hoffe, deine Freunde passen gut auf.«

»Das werden sie.«

»Gibt es ein Signal?«

»Den Pfiff des Ziegenmelkers. Hoffen wir, daß wir ihn nicht hören.«

»Ay, so sei es.« Sie nahm seine Hand und zog ihn auf das Ölfeld.

13

Als die Gasfackel zum erstenmal vor ihnen aufloderte, stieß Will einen leisen Fluch aus (einen obszön drastischen, den sie seit dem Tod ihres Vaters nicht mehr gehört hatte) und ließ die Hand, mit der er nicht ihre hielt, zum Gürtel fallen.

»Bleib ruhig! Das ist nur die Fackel! Das Gasrohr!«

Er entspannte sich langsam. »Das benutzen sie noch, richtig?«

»Ay. Um ein paar Maschinen zu betreiben – eigentlich kaum mehr als Spielsachen. Vorwiegend, um Eis zu machen.«

»Ich habe an dem Tag, als wir den Sheriff kennengelernt haben, welches bekommen.«

Als die Flamme wieder emporloderte – hellgelb, mit einem blauen Kern –, zuckte er nicht zusammen. Er betrachtete die drei Gastanks hinter »der Fackel«, wie die Leute von Hambry sagten, ohne großes Interesse. In der Nähe standen einige rostige Flaschen, in denen Gas abgefüllt und transportiert werden konnte.

»Hast du solche schon gesehen?« fragte sie.

Er nickte.

»Die Inneren Baronien müssen sehr seltsam und wunderbar sein«, sagte Susan schüchtern.

»Ich komme allmählich zu der Überzeugung, daß sie nicht seltsamer und wunderbarer als die des Äußeren Bogens sind«, sagte er und drehte sich langsam um. Er streckte den Arm aus. »Was ist das da unten für ein Gebäude? Übriggeblieben vom Alten Volk?«

»Ay.«

Östlich von Citgo fiel das Gelände als bewaldeter Steilhang ab, durch dessen Mitte eine Straße gewalzt worden war – im Mondschein war diese Straße so deutlich zu erkennen wie ein Scheitel. Nicht weit vom Grund des Hangs entfernt stand ein baufälliges, von Geröll umgebenes Haus. Das Durcheinander stammte von den Überresten umgestürzter Schornsteine – soviel konnte man aus dem Vorhandensein derer schließen, die noch standen. Was immer das Alte Volk sonst noch getrieben hatte, sie hatten eine Menge Rauch erzeugt.

»Als mein Da ein Kind war, gab es nützliche Sachen da unten«, sagte sie. »Papier und so was – sogar ein paar Füllfederhalter, die noch funktionierten... jedenfalls eine Zeitlang. Wenn man sie fest schüttelte.« Sie zeigte auf eine Stelle links von dem Gebäude, wo ein riesiger Platz lag, dessen gepflasterte Oberfläche zerbröckelt war und auf dem ein paar rostige Karossen standen, die seltsamen, pferdelosen Transportmittel des Alten Volkes. »Einst lag da drüben etwas, das wie die Gastanks ausgesehen hat, nur viel, viel größer. Wie riesige silberne Dosen. Die sind nicht gerostet, so wie die, die erhalten geblieben sind. Ich weiß nicht, was daraus geworden ist, wenn sie nicht jemand als Wassertanks fortgeschleppt hat. Ich hätte das nie getan. 's wäre ein Unglück, selbst wenn sie nicht verseucht gewesen sind.«

Sie wandte ihm das Gesicht zu, und er küßte sie im Mondschein auf den Mund.

»Oh, Will, was für ein Jammer für dich.«

»Was für ein Jammer für uns beide«, sagte er, und dann sahen sie sich mit einem der langen und schmachtenden Blicke an, deren nur Teenager fähig sind. Schließlich wandten sie sich wieder ab und gingen Hand in Hand weiter.

Sie konnte nicht sagen, was ihr mehr angst machte – die wenigen Fördertürme, die noch pumpten, oder diejenigen, die ausgefallen waren. Eines wußte sie mit Sicherheit, daß keine Macht der Welt sie an diesen Ort gebracht hätte, ohne einen Freund in der Nähe. Die Pumpen heulten; ab und zu schrie ein Zylinder wie jemand, der abgestochen wurde; in regelmäßigen Abständen loderte »die Fackel« mit einem Geräusch wie der Atem eines Drachen empor und warf lange Schatten vor die beiden. Susan hielt die Ohren gespitzt, um den gellenden Zwei-Ton-Pfiff des Ziegenmelkers nicht zu verpassen, hörte aber nichts.

Sie kamen zu einem breiten Weg – einst zweifellos eine Zufahrtsstraße für die Wartung –, der das Ölfeld in zwei Teile teilte. In der Mitte verlief ein Stahlrohr mit rostenden Scharnieren. Es lag in einem tiefen Betongraben, so daß nur die rostige obere Hälfte über dem Erdboden zu sehen war.

»Was ist das?« fragte er.

»Das Rohr, mit dem das Öl zu jenem Gebäude befördert wurde, denke ich. Es bedeutet nichts, es ist seit Jahren trocken.«

Er ließ sich auf ein Knie nieder und schob die Hand behutsam in den Raum zwischen der Betonhülle und dem rostigen Rohr. Sie sah ihm nervös zu und biß sich auf die Lippen, damit sie nichts sagte, das sich zweifellos kläglich oder weibisch anhören würde: Was wäre, wenn es giftige Spinnen da unten in der vergessenen Dunkelheit gab? Oder wenn er mit der Hand steckenblieb? Was würden sie dann machen?

Die letztere Möglichkeit zumindest hatte nicht ernstlich bestanden, sah sie, als er die Hand wieder herauszog. Sie war verschmiert und schwarz von Öl.

»Seit Jahren trocken?« fragte er mit einem leichten Lächeln.

Sie konnte nur bestürzt den Kopf schütteln.

14

Sie folgten der Leitung bis zu einer Stelle, wo ein halbverfallenes Tor die Straße versperrte. Das Rohr (selbst im schwachen Mondlicht konnte sie nun überall Öl aus den alten Scharnieren sickern sehen) duckte sich unter dem Tor hindurch, sie kletterten darüber. Sie fand seine Hände zu intim für einen galanten Begleiter, als er ihr dabei half, und genoß jede Berührung. *Wenn er nicht damit aufhört, wird mein Kopf explodieren wie »die Fackel«*, dachte sie und lachte.

»Susan?«

»Es ist nichts, Will. Nur die Nerven.«

Wieder tauschten sie einen dieser langen Blicke, als sie auf der anderen Seite des Tors standen, und dann gingen sie gemeinsam bergab. Dabei fiel Susan etwas Seltsames auf: Vielen der Kiefern waren die untersten Äste abgehackt worden. Die Spuren der Beile und das Harz konnte man im Mondlicht deutlich erkennen, und sie sahen wie neu aus. Sie wies Will darauf hin, der nickte, aber nichts sagte.

Am Fuß des Hügels erhob sich das Rohr aus dem Boden und verlief, von einer Reihe rostiger Stahlstützen gehalten, etwa sechzig Meter auf das baufällige Gebäude zu, bevor es so unvermittelt und unebenmäßig aufhörte wie eine Amputation auf dem Schlachtfeld. Unter dieser Stelle befand sich eine flache Lache trocknenden, zähen Öls. Daß sie schon eine Weile dasein mußte, konnte Susan an den zahlreichen Vogelkadavern erkennen, die darin verteilt lagen – sie waren heruntergeflogen, um die Pfütze zu untersuchen, kleben geblieben und mußten auf eine unangenehm langwierige Art gestorben sein.

Sie betrachtete das Stilleben mit großen, verständnislosen Augen, bis Will gegen ihr Bein klopfte. Er war in die Hocke gegangen. Sie leistete ihm Knie an Knie Gesellschaft und folgte der Bewegung seines Fingers mit zunehmender Fassungslosigkeit und Verwirrung. Da waren Spuren. Sehr große. Nur eines konnte sie gemacht haben.

»Ochsen«, sagte sie.

»Ay. Von hier sind sie gekommen.« Er zeigte auf die Stelle, wo das Rohr aufhörte. »Und gegangen sind sie –« Er drehte sich, nach wie vor in der Hocke, auf den Absätzen um und zeigte zu dem Hang, wo der Wald anfing. Jetzt, wo er sie mit der Nase darauf stieß, konnte sie sehen, was ihr als Tochter eines Pferdezüchters sofort hätte auffallen müssen. Ein halbherziger Versuch war unternommen worden, die Spuren und den zertrampelten Boden zu verbergen, wo etwas Schweres gezogen oder gerollt worden war. Die Zeit hatte einen großen Teil des Schlamassels geglättet, aber die Spuren waren noch deutlich zu sehen. Sie glaubte sogar zu wissen, was die Ochsen gezogen hatten, und konnte sehen, daß Will es auch wußte.

Die Spuren verliefen in zwei Bögen vom Ende des Rohrs. Susan und »Will Dearborn« folgten der rechten. Sie war nicht überrascht, als sie die Spuren von Rädern zwischen denen der Ochsen sah. Die Spuren waren nicht sehr tief – im großen und ganzen war es ein trockener Sommer gewesen, der Boden fast so hart wie Beton –, aber sie waren da. Und daß man sie immer noch erkennen konnte, bedeutete, daß ein ziemliches Gewicht transportiert worden war. Ay, natürlich, wozu sonst wären Ochsen notwendig gewesen?

»Schau«, sagte Will, als sie sich dem Waldrand am Fuß des Hangs näherten. Endlich erkannte auch sie, was seine Aufmerksamkeit erregt hatte, aber sie mußte dazu auf Hände und Knie gehen – wie scharf seine Augen waren! Fast übernatürlich. Da waren Stiefelabdrücke. Nicht frisch, aber viel jüngeren Datums als die Spuren der Ochsen und Räder.

»Das war derjenige mit dem Mantel«, sagte er und deutete auf deutlich sichtbare Fußspuren. »Reynolds.«

»Will! Das kannst du nicht wissen!«

Er sah überrascht drein, dann lachte er. »Aber sicher kann ich das. Er dreht beim Gehen einen Fuß ein wenig nach innen – den linken Fuß. Und das sieht man hier.« Er ließ den Finger über den Spuren kreisen und lachte wieder über den Blick, mit dem sie ihn ansah. »Das ist keine Zauberei, Susan, Patrickstochter; nur die Kunst des Spurenlesens.«

»Wie kommt es, daß du so jung schon soviel weißt?« fragte sie. »Wer bist du, Will?«

Er stand auf und sah ihr in die Augen. Tief hinab mußte er nicht sehen; sie war groß für ein Mädchen. »Mein Name ist nicht Will, sondern Roland«, sagte er. »Und damit habe ich mein Leben in deine Hände gelegt. Das stört mich nicht, aber womöglich habe ich auch dein Leben in Gefahr gebracht. Du mußt das Geheimnis um jeden Preis wahren.«

»Roland«, sagte sie staunend. Kostete den Namen.

»Ay. Welcher gefällt dir besser?«

»Dein richtiger«, sagte sie sofort. »Das ist ein edler Name, das ist er.«

Er grinste erleichtert, und es war das Grinsen, mit dem er wieder jung aussah.

Sie stellte sich auf Zehenspitzen und drückte die Lippen auf seine. Der Kuß, der anfangs züchtig und mit geschlossenem

Mund gegeben wurde, erblühte wie eine Blume: wurde offen und lang und feucht. Sie spürte, wie seine Zunge ihre Unterlippe berührte, und folgte ihr, anfangs zaghaft, mit der eigenen. Er legte ihr die Hände auf den Rücken, dann ließ er sie nach vorne gleiten. Er berührte ihre Brüste, anfangs ebenfalls schüchtern, doch dann strich er mit den Handflächen daran hinauf bis zu den Brustwarzen. Er stieß einen leisen stöhnenden Seufzer direkt in ihren Mund aus. Und als er sie näher an sich zog und seine Lippen allmählich ihren Hals hinunterwanderten, spürte sie seine steinerne Härte direkt unter der Schnalle seines Gürtels, ein schlankes, warmes Stück, das genau dem schmelzenden Gefühl entsprach, das sie an derselben Stelle verspürte; diese beiden Stellen waren füreinander bestimmt, so wie sie für ihn und er für sie. Es war doch *Ka – Ka* wie der Wind, und sie würde sich bereitwillig von ihm fortreißen und ihre Ehre und ihr Versprechen hinter sich lassen.

Sie machte den Mund auf, um es ihm zu sagen, doch dann überkam sie ein seltsames, doch völlig überzeugendes Gefühl: Sie wurden beobachtet. Es war lächerlich, aber es war da; ihr war sogar, als wüßte sie genau, wer sie beobachtete. Sie rückte von Roland ab und wippte mit den Absätzen nervös auf den halb erodierten Ochsenspuren. »Verschwinde Sie, alte Hexe«, hauchte sie. »Wenn Sie uns irgendwie nachspioniert, ich weiß nicht, wie, *dann mache Sie, daß Sie verschwindet!*«

15

Auf dem Gipfel des Cöos zuckte Rhea von der Glaskugel zurück und stieß mit einer so leisen und zischenden Stimme Verwünschungen aus, daß sie sich anhörte wie ihre eigene Schlange. Sie wußte nicht, was Susan gesagt hatte – das Glas übertrug keine Töne, nur Bilder –, aber sie wußte, daß das Mädchen sie gespürt hatte. In diesem Augenblick war das Bild erloschen. Die Glaskugel hatte gleißend rosa aufgeleuchtet und war dunkel geworden, und nichts, was sie damit anstellte, konnte die Kugel dazu bewegen, wieder zu erstrahlen.

»Ay, fein, so sei es«, sagte sie schließlich und gab auf. Sie erinnerte sich an das freche, schamhafte Mädchen (nur bei dem jungen Mann war sie nicht so schamhaft, oder?), das hypnotisiert an ihrer Tür stand, erinnerte sich, was sie dem Mädchen zu tun befohlen hatte, wenn es seine Jungfernschaft verloren hatte, und fing an zu grinsen. Denn wenn sie ihre Jungfernschaft an diesen umherziehenden Burschen verlor, statt an Hart Thorin, Lord Bürgermeister von Mejis, wäre die Komödie noch viel größer, oder nicht?

Rhea saß in den Schatten ihrer stinkenden Hütte und fing gackernd an zu lachen.

16

Roland sah sie mit aufgerissenen Augen an, und als Susan ihren Besuch bei Rhea etwas ausführlicher schilderte (die peinlichen abschließenden Untersuchungen der »Ehrbarkeitsprüfung« ließ sie unerwähnt), kühlte seine Leidenschaft soweit ab, daß er sich wieder unter Kontrolle hatte. Das hatte nichts damit zu tun, daß er die Position in Gefahr brachte, die er und seine Freunde in Hambry bewahren wollten (redete er sich jedenfalls ein), sondern damit, daß er die von Susan bewahrte – ihre Position war wichtig, ihre Ehre noch wichtiger.

»Ich glaube, das war deine Einbildung«, sagte er, als sie fertig war.

»Ich glaube nicht.« Mit einem kühlen Tonfall.

»Vielleicht gar dein Gewissen?«

Darauf senkte sie den Blick und sagte nichts.

»Susan, ich würde dir um nichts auf der Welt weh tun.«

»Und du liebst mich?« Immer noch ohne aufzuschauen.

»Ay, so ist es.«

»Dann ist es besser, wenn du mich nicht mehr berührst oder küßt – nicht heute nacht. Ich könnte es nicht ertragen.«

Er nickte wortlos und hielt ihr die Hand hin. Sie nahm die Hand und ging mit ihm in die Richtung weiter, die sie eingeschlagen hatten, bevor sie auf so angenehme Weise abgelenkt wurden.

Als sie noch zehn Meter vom Waldrand entfernt waren, sahen sie beide das Glänzen von Metall, trotz des dichten Grüns davor – *zu dicht*, dachte sie. *Viel zu dicht*.

Natürlich handelte es sich um die Kiefernäste; die Äste, die von den Bäumen am Hang abgehackt worden waren. Man hatte sie benutzt, um die großen silbernen Behälter zu tarnen, die auf dem gepflasterten Platz fehlten. Die silbernen Vorratsbehälter waren – wahrscheinlich von den Ochsen – hierher geschleppt und dann versteckt worden. Aber warum?

Roland inspizierte die lange Linie der ineinander verflochtenen Kiefernzweige, dann blieb er stehen und zog mehrere beiseite. Auf diese Weise schuf er einen Durchgang und winkte ihr, daß sie hineinkriechen sollte. »Sei auf der Hut«, sagte er. »Ich bezweifle, daß sie sich die Mühe gemacht haben, Fallen oder Stolperdrähte einzurichten, aber es ist immer besser, vorsichtig zu sein.«

Hinter dem Schutz der Äste waren die Tanks so ordentlich aufgereiht worden wie Spielzeugsoldaten am Ende des Tages, und Susan sah sofort den Grund, weswegen sie versteckt worden waren: Man hatte sie wieder mit Rädern ausgestattet, handwerklich perfekten Rädern aus massivem Eichenholz, die Susan bis zur Brust reichten. Jedes war mit einem Eisenstreifen beschlagen. Die Räder waren neu, die Streifen ebenso, und die Naben waren handgemacht. Susan kannte nur einen Schmied in der Baronie, der eine so feine Arbeit abliefern konnte: Brian Hookey, bei dem sie Felicias neue Hufeisen geholt hatte. Brian Hookey, der gelächelt und ihr auf die Schulter geklopft hatte wie ein *compadre*, als sie mit dem Beutel ihres Da an der Hüfte zu ihm gekommen war. Brian Hookey, der einer der besten Freunde von Pat Delgado gewesen war.

Sie erinnerte sich, wie sie sich umgesehen und gedacht hatte, daß die Zeiten es gut mit Sai Hookey gemeint hatten, und natürlich hatte sie recht gehabt. Das Schmiedehandwerk hatte Hochkonjunktur gehabt. Hookey hatte eine Menge Räder und Eisenbänder angefertigt, und jemand mußte ihn dafür bezahlt haben. Eldred Jonas war eine Möglichkeit; noch wahrscheinlicher schien Kimba Rimer. Hart? Das konnte sie nicht glauben. Harts Verstand – das bißchen, was noch davon übrig war – beschäftigte sich in diesem Sommer mit anderen Dingen.

Hinter den Tanks verlief eine Art Trampelpfad. Roland schritt ihn langsam entlang, ging wie ein Prediger mit auf dem Rücken verschränkten Händen und las die unverständlichen Worte, die auf den Seiten der Tanks geschrieben standen: CITGO. SUNOCO. EXXON. CONOCO. Einmal blieb er stehen und las laut und stockend: »Sauberer Treibstoff für ein besseres Morgen.« Er schnaubte leise. »Von wegen! *Dies* ist das Morgen.«

»Roland – ich meine, Will –, wozu *sind* die?«

Zuerst antwortete er nicht, sondern drehte um und ging die Reihe der glänzenden Stahltanks zurück. Vierzehn auf dieser Seite der auf geheimnisvolle Weise reaktivierten Rohrleitung und, vermutete sie, dieselbe Anzahl auf der anderen. Beim Gehen schlug er mit der Faust auf jeden. Die Schläge klangen dumpf und flach. Die Tanks waren mit dem nutzlosen Öl des Citgo-Ölfelds gefüllt.

»Sie wurden vor einiger Zeit gefüllt, denke ich«, sagte er. »Ich bezweifle, ob es die Großen Sargjäger ganz alleine vollbracht haben, aber sie hatten zweifellos die Aufsicht … Zuerst wurden die neuen Räder angebracht, um die alten und verrotteten Gummireifen zu ersetzen, dann wurden sie gefüllt. Sie haben die Tanks mit den Ochsen hierher geschleppt, zum Fuß des Hügels, weil es praktisch war. Ebenso, wie es praktisch ist, die überzähligen Pferde draußen auf der Schräge laufen zu lassen. Als wir kamen, schien es geboten, die Tanks als Vorsichtsmaßnahme abzudecken. Wir mögen dumme Babys sein, aber womöglich schlau genug, daß wir uns über achtundzwanzig gefüllte Öltanks mit neuen Rädern gewundert hätten. Also kamen sie hierher und haben sie abgedeckt.«

»Jonas, Reynolds und Depape.«

»Ay.«

»Aber warum?« Sie nahm ihn am Arm und wiederholte ihre Frage. »Wozu *sind* die?«

»Für Farson«, sagte Roland mit einer Gelassenheit, die er nicht verspürte. »Für den Guten Mann. Der Bund weiß, daß er eine Anzahl Kriegsmaschinen gefunden hat; sie stammen entweder vom Alten Volk oder aus einem anderen Wo. Aber der Bund fürchtet sie nicht, weil sie nicht funktionieren. Manche glauben, daß Farson den Verstand verloren haben muß, sein Vertrauen in diese kaputten Maschinen zu setzen, aber …«

»Aber vielleicht sind sie nicht kaputt. Vielleicht brauchen sie nur dieses Zeug. Und vielleicht weiß Farson das.«

Roland nickte.

Sie strich über einen der Tanks. Ihre Finger wurden ölig. Sie rieb die Fingerspitzen aneinander, roch daran, bückte sich und riß ein Büschel Gras heraus, um sie abzuwischen. »Das funktioniert in unseren Maschinen nicht. Ist schon versucht worden. Es verstopft sie.«

Roland nickte wieder. »Meine Fa... mein Volk im Inneren Halbmond weiß das auch. Und verläßt sich darauf. Aber wenn sich Farson diese Mühe gemacht hat – *und* eine Truppe seiner Männer eigens abgestellt hat, um diese Tanks zu holen, was er offenbar getan hat –, dann kennt er entweder eine Methode, um es zu verdünnen, damit es brauchbar wird, oder er bildet es sich ein. Wenn es ihm gelingt, die Streitkräfte des Bundes in einen Hinterhalt zu locken, aus dem eine schnelle Flucht nicht möglich ist, und wenn er Maschinenwaffen wie diejenigen, die auf Ketten fahren, zum Einsatz bringen kann, dann könnte er mehr als nur eine Schlacht gewinnen. Er könnte zehntausend berittene Kämpfer niedermetzeln und den Krieg gewinnen.«

»Aber das wissen eure Väter doch bestimmt ...?«

Roland schüttelte hilflos den Kopf. Wieviel ihre Väter wußten, war eine Frage. Was sie mit ihrem Wissen anfingen, eine andere. Welche Kräfte sie motivierten – Notwendigkeit, Angst, der unvorstellbare Stolz, der im Geschlecht von Arthur Eld ebenfalls vom Vater auf den Sohn vererbt worden war –, das war die dritte. Er konnte ihr nur seinen klarsten Verdacht mitteilen.

»Ich glaube, sie werden nicht wagen, noch lange zu warten, bis sie Farson den Todesstoß versetzen. Wenn sie warten, wird der Bund einfach von innen verrotten. Und wenn das geschieht, wird ein großer Teil von Mittwelt mit ihm untergehen.«

»Aber ...« Sie machte eine Pause, biß sich auf die Lippen und schüttelte den Kopf. »Gewiß muß doch selbst Farson wissen ... verstehen ...« Sie sah mit großen Augen zu ihm auf. »Die Wege des Alten Volkes sind die Wege des Todes. Das wissen alle, das tun sie.«

Roland von Gilead erinnerte sich an einen Koch namens Hax, der an einem Strick baumelte, während die Krähen verstreute Brotkrumen unter den Füßen des toten Mannes pickten. Hax war für Farson gestorben. Aber davor hatte er für Farson Kinder vergiftet.

»Tod«, sagte er, »ist das einzige, worum es John Farson geht.«

17

Wieder in dem Hain.

Den Liebenden (denn das waren sie jetzt in jedem Sinne, außer im körperlichen) kam es so vor, als wären Stunden verstrichen, aber es waren nicht mehr als fünfundvierzig Minuten gewesen. Der letzte Mond des Sommers, kleiner geworden, aber immer noch hell, schien weiterhin auf sie herab.

Sie führte ihn einen der Wege hinab zu der Stelle, wo sie ihr Pferd festgezurrt hatte. Pylon nickte mit dem Kopf und wieherte Roland leise zu. Er sah, daß das Pferd auf Lautlosigkeit getrimmt worden war – jede Schnalle gepolstert, die Steigbügel selbst in Filz gehüllt.

Dann drehte er sich zu Susan um.

Wer kann sich an die Qualen und die Süße jener frühen Jahre erinnern? Wir erinnern uns an unsere erste Liebe nicht deutlicher als an die Halluzinationen bei hohem Fieber. Es soll genügen zu sagen, daß Roland Deschain und Susan Delgado in jener Nacht unter dem abnehmenden Mond von ihrem Verlangen nacheinander fast zerrissen wurden; sie quälten sich darum, richtig zu handeln, und litten unter Gefühlen, die ebenso verzweifelt wie tief empfunden waren.

Was heißen soll, sie gingen aufeinander zu, wichen wieder zurück, sahen einander, von hilfloser Faszination erfüllt, in die Augen, gingen wieder aufeinander zu und blieben stehen. Sie erinnerte sich mit einer Art von Entsetzen daran, was er gesagt hatte: daß er alles für sie tun würde, außer sie mit einem anderen Mann zu teilen. Sie würde ihr Versprechen gegenüber Bürgermeister Thorin nicht brechen – *konnte* es vielleicht gar nicht –, und es schien, als wollte (oder *konnte*) Roland es nicht für sie brechen. Am allerschrecklichsten jedoch war: So stark der Wind des *Ka* sein mochte, es schien, als würden sich Ehre und die Versprechen, die sie gegeben hatten, doch als stärker erweisen.

»Was wirst du jetzt tun?« fragte sie mit trockenen Lippen.

»Ich weiß nicht. Ich muß nachdenken und mit meinen Freunden sprechen. Wirst du Ärger mit deiner Tante haben, wenn du nach Hause kommst? Wird sie wissen wollen, wo du gewesen bist und was du getan hast?«

»Machst du dir um mich Sorgen oder um dich und deine Pläne, Will?«

Er antwortete nicht, sondern sah sie nur an. Nach einem Moment schlug Susan die Augen nieder.

»Tut mir leid, das war grausam. Nein, sie wird mir keine Fragen stellen. Ich reite oft nachts aus, wenn auch nicht oft so weit vom Haus weg.«

»Sie wird nicht wissen, wie weit du geritten bist?«

»Nayn. Und neuerdings gehen wir uns sorgfältig aus dem Weg. Es ist, als hätte man zwei Pulverfässer im selben Haus.« Sie streckte die Hände aus. Die Handschuhe hatte sie in den Gürtel gesteckt, die Finger, die seine ergriffen, waren kalt. »Dies wird kein gutes Ende nehmen«, sagte sie flüsternd.

»Sag das nicht, Susan.«

»Ay, ich sage es. Ich muß. Aber was immer kommen mag, ich liebe Ihn, Roland.«

Er nahm sie in die Arme und küßte sie. Als er ihre Lippen freigab, hielt sie sie an sein Ohr und flüsterte: »Wenn du mich liebst, dann liebe mich. Bring mich dazu, mein Versprechen zu brechen.«

Einen langen Augenblick, in dem ihr Herz nicht schlug, bekam sie keine Antwort von ihm und erlaubte sich, zu hoffen. Dann schüttelte er den Kopf – nur einmal, aber mit Nachdruck. »Susan, ich kann nicht.«

»Ist demnach deine Ehre soviel größer als die Liebe, die du mir geschworen hast? Ay? Dann soll es so sein.« Sie entzog sich seiner Umarmung, fing an zu weinen und beachtete seine Hand an ihrem Stiefel nicht, als sie sich in den Sattel schwang – ebensowenig seinen leisen Ruf, sie möge warten. Sie machte den Knoten auf, mit dem sie Pylon angebunden hatte, und dirigierte ihn mit einem sporenlosen Fuß herum. Roland rief immer noch nach ihr, diesmal lauter, aber sie trieb Pylon zum Galopp und entfernte sich von ihm, bevor ihr kurzer Wutausbruch vergehen konnte. Er wollte sie gebraucht nicht haben, und ihr Versprechen gegenüber Hart Thorin hatte sie gegeben, bevor sie gewußt hatte, daß Roland auf Erden wandelte. Da das so war, wie konnte er darauf beharren, daß der Verlust der Ehre und die daraus resultierende Schande nur sie betraf? Später, als sie schlaflos im Bett lag, wurde ihr klar, daß er auf gar nichts beharrt hatte.

Und sie hatte den Orangenhain noch nicht einmal hinter sich gelassen, als sie die linke Hand zum Gesicht hob, die Nässe dort spürte und merkte, daß auch er geweint hatte.

18

Roland ritt bis nach Monduntergang auf den Straßen vor der Stadt und versuchte, seine aufgewühlten Gefühle irgendwie unter Kontrolle zu bringen. Er fragte sich eine Zeitlang, was er wegen ihrer Entdeckung bei Citgo unternehmen sollte, doch dann schweiften seine Gedanken wieder zu Susan ab. War er ein Narr, daß er sie nicht genommen hatte, als sie genommen werden wollte? Daß er nicht geteilt hatte, was sie mit ihm teilen wollte? *Wenn du mich liebst, dann liebe mich.* Diese Worte hatten ihn beinahe zerrissen. Doch in den tiefen Kammern seines Herzens – Kammern, wo die deutlichste Stimme die seines Vaters war – spürte er, daß er nicht falsch gehandelt hatte. Und es war auch nicht nur eine Frage der Ehre, was immer sie denken mochte. Aber sollte sie es denken, wenn sie wollte; es war besser, sie haßte ihn ein klein wenig, als daß ihr klar wurde, in welch großer Gefahr sie beide schwebten.

Gegen drei Uhr, als er endlich zur Bar K reiten wollte, hörte er raschen Hufschlag auf der Hauptstraße, von Westen kommend. Ohne zu überlegen, warum es so wichtig war, es zu tun, schwenkte Roland in diese Richtung zurück und brachte Rusher hinter einer hohen Reihe wild wuchernder Hecken zum Stehen. Der Hufschlag wurde fast zehn Minuten lang kontinuierlich lauter – in der Totenstille der frühen Morgenstunden konnte man Geräusche weit hören –, und das war genug Zeit für Roland, sich zu überlegen, wer da zwei Stunden vor Morgengrauen nach Hambry ritt, als wäre der Teufel hinter ihm her. Und er irrte sich nicht. Der Mond war untergegangen, aber selbst durch die mit Dornengebüsch überwucherten Lücken in der Hecke hatte er keine Mühe, Roy Depape zu erkennen. Am Morgen würden die Großen Sargjäger wieder zu dritt sein.

Roland dirigierte Rusher wieder in seine ursprüngliche Richtung und ritt los, um sich wieder mit seinen Freunden zu treffen.

Kapitel 10
Vogel und Bär und Fisch und Hase

1

Der wichtigste Tag in Susan Delgados Leben – der Tag, an dem sich ihr Leben wendete wie ein Stein auf einem Drehzapfen – kam etwa zwei Wochen nach ihrem Mondscheinspaziergang über das Ölfeld mit Roland. Seither hatte sie ihn nur ein halbes dutzendmal gesehen, stets aus der Ferne, und sie hatten die Hände zum Gruß erhoben, wie flüchtige Bekannte zu tun pflegen, wenn ihre Angelegenheiten sie kurz in Sichtweite des anderen führen. Jedesmal, wenn das geschah, verspürte sie Schmerzen so stechend wie Messerstiche in sich ... Und auch wenn es zweifellos grausam war, hoffte sie, daß er dieselben Messerstiche verspürte. Wenn diese erbärmlichen Wochen überhaupt etwas Gutes hatten, dann nur, daß ihre größte Befürchtung – es könnte über sie und den jungen Mann, der sich Will Dearborn nannte, geklatscht werden – langsam nachließ, was sie sogar mit einer gewissen Traurigkeit erfüllte. Klatsch? Es *gab* nichts, worüber man klatschen konnte.

Dann, an einem Tag zwischen dem Untergang des Marketendermondes und dem Aufgang der Jägerin, kam *Ka* schließlich und blies sie fort – Haus und Scheune und alles. Es begann mit einem Besucher an der Tür.

2

Sie hatte gerade die Wäsche erledigt – bei nur zwei Frauen eine recht leichte Aufgabe –, als es an der Tür klopfte.

»Wenn es der Lumpensammler ist, schick ihn weg, hörst du!« rief Tante Cord aus dem Nebenzimmer, wo sie das Bettzeug wendete.

Aber es war nicht der Lumpensammler. Es war Maria, ihr

Mädchen von Seafront, die am Boden zerstört zu sein schien. Das zweite Kleid, das Susan am Erntetag tragen sollte – das Seidenkleid für das Mittagessen beim Bürgermeister und den anschließenden Empfang –, wäre ruiniert, sagte Maria, und ihr schob man die ganze Schuld dafür in die Schuhe. Sie würde nach Onnie's Ford zurückgeschickt werden, wenn sie Pech hatte, dabei war sie die einzige Unterstützung für ihre Mutter und ihren Vater – oh, es wäre hart, viel zu hart, das wäre es. Könnte Susan mitkommen? Bitte?

Susan ging gerne mit – heutzutage war sie immer froh, wenn sie das Haus verlassen und der keifenden, quengeligen Stimme ihrer Tante entfliehen konnte. Je näher der Erntetag rückte, schien es, desto weniger konnten sie und Tante Cord einander ausstehen.

Sie nahmen Pylon, der mit Vergnügen zwei Mädchen trug, die in der Morgenkühle hintereinander auf ihm saßen, und Marias Geschichte war rasch erzählt. Susan begriff ziemlich schnell, daß Marias Position in Seafront nicht sonderlich gefährdet war; das kleine, dunkelhaarige Mädchen hatte lediglich ihrer angeborenen (und recht charmanten) Neigung gefrönt, aus einer Mücke einen Elefanten zu machen.

Das zweite Erntekleid (das Susan als »Blaues Kleid mit Perlen« betrachtete; das erste, ihr Frühstückskleid, hieß »Weißes Kleid mit hoher Taille und Puffärmeln«) war abseits der anderen aufbewahrt worden, weil noch einige Änderungen durchzuführen waren, aber etwas war in das Nähzimmer im Erdgeschoß eingedrungen und hatte das Kleid so gut wie zerfetzt. Wäre es das Kostüm gewesen, das sie zum Entzünden des Freudenfeuers oder zum Ball nach dem Freudenfeuer tragen sollte, wäre die Angelegenheit wahrhaftig ernst gewesen. Aber das »Blaue Kleid mit Perlen« war im Grunde genommen nichts weiter als ein herausgeputztes Tageskleid und konnte in den zwei Monaten zwischen jetzt und dem Erntefest mühelos ersetzt werden. Nur zwei! Einst – in der Nacht, als die alte Hexe ihr den Aufschub gewährt hatte – war es ihr vorgekommen wie Äonen, bis sie Bürgermeister Thorin im Bett zu Willen sein mußte. Und jetzt waren es nur noch zwei Monate! Bei diesem Gedanken wand sie sich in einer Art von unwillkürlichem Aufbegehren.

»Mum?« fragte Maria. Susan duldete nicht, daß das Mädchen

sie Sai nannte, und Maria, die es nicht über sich bringen konnte, ihre Herrin mit Namen anzusprechen, hatte sich für diesen Kompromiß entschieden. Susan fand den Ausdruck amüsant, besonders wenn sie daran dachte, daß sie erst sechzehn und Maria wahrscheinlich nur zwei oder drei Jahre älter war. »Mum, alles in Ordnung?«

»Nur ein Hexenschuß, Maria, das ist alles.«

»Ay, das kenne ich. Ziemlich schlimm, das sind sie. Ich hab drei Tanten, die an der Schwindsucht gestorben sind, und wenn ich diese Schmerzen bekomme, hab ich immer Angst, daß –«

»Was für ein Tier hat das blaue Kleid zerfetzt? Weißt du es?«

Maria beugte sich nach vorne, damit sie ihrer Herrin vertraulich ins Ohr sprechen konnte, als befänden sie sich auf einem bevölkerten Marktplatz anstatt auf der Straße nach Seafront. »Man sagt, daß ein Waschbär durch das Fenster reingekommen ist, das tagsüber wegen der Hitze offensteht und nachts vergessen wurde, aber ich konnte in dem Zimmer herumschnuppern, und Kimba Rimer ebenfalls, als er herunterkam, um nachzusehen. Kurz bevor er mich zu Ihnen geschickt hat, war das.«

»Was hast du gerochen?«

Maria beugte sich noch näher, und diesmal flüsterte sie fast, obwohl niemand auf der Straße war, der sie hätte hören können: »Hundefürze.«

Es folgte ein Augenblick fassungslosen Schweigens, dann fing Susan an zu lachen. Sie lachte, bis ihr der Bauch weh tat und Tränen über ihre Wangen liefen.

»Willst du damit sagen, daß W-W-Wolf … der Hund des *B-B-Bürgermeisters* … in die Nähkammer gelaufen ist und mein Empfangsk-k-« Aber sie konnte nicht zu Ende sprechen. Sie mußte zu sehr lachen.

»Ay«, sagte Maria unumwunden. Sie schien nichts Ungewöhnliches an Susans Gelächter zu finden … und das war eine der Eigenschaften, für die Susan sie gern hatte. »Aber man kann ihm keinen Vorwurf machen, das sage ich, denn ein Hund folgt seinen natürlichen Instinkten, wenn es ihm freisteht, das zu tun. Die Zimmermädchen –« Sie verstummte. »Sie werden das doch nicht dem Bürgermeister oder Kimba Rimer erzählen, Mum, oder?«

»Maria, ich bin enttäuscht von dir – hältst du mich für so billig?«

»Nein, Mum, ich halte Euch für anständig, das tu ich, aber es ist immer am besten, auf Nummer Sicher zu gehen. Ich wollte nur sagen, daß die Zimmermädchen an heißen Tagen manchmal zum Vespern in die Nähkammer gehen. Sie liegt direkt im Schatten des Wachturms, wißt Ihr, und ist der kühlste Raum im Haus – sogar kühler als die Empfangsräume.«

»Ich werde daran denken«, sagte Susan. Sie überlegte, das Mittagessen und den Empfang in der Kleiderkammer hinter der Küche abzuhalten, wenn der große Tag kam, und fing wieder an zu kichern. »Weiter.«

»Nichts mehr zu sagen, Mum«, antwortete Maria, als wäre alles andere zu offensichtlich, es eigens zu erwähnen. »Die Mädchen haben ihren Kuchen gegessen und die Krümel liegenlassen. Ich schätze, Wolf hat sie gerochen, und diesmal wurde die Tür offengelassen. Als die Krümel weg waren, hat er das Kleid probiert. Sozusagen als zweiten Gang.«

Diesmal lachten sie gemeinsam.

3

Aber als sie nach Hause kam, lachte sie nicht mehr.

Cordelia Delgado, die dachte, der glücklichste Tag ihres Lebens wäre der, wenn ihre aufmüpfige Nichte endlich das Haus verließ und die ärgerliche Angelegenheit ihrer Defloration überstanden war, schoß aus dem Schaukelstuhl und lief zum Küchenfenster, als sie, rund zwei Stunden nachdem Susan das Haus mit diesem kleinen Krümel von einem Mädchen verlassen hatte, um eines ihrer Kleider neu richten zu lassen, den Hufschlag eines galoppierenden Pferdes hörte. Sie hegte keinen Zweifel daran, daß er Susans Rückkehr ankündigte, und sie hegte keinen Zweifel daran, daß Ärger ins Haus stand. Unter gewöhnlichen Umständen hätte das dumme Ding an so einem heißen Tag keines ihrer geliebten Pferde je zum Galopp gezwungen.

Sie sah hinaus und zupfte nervös an ihren Fingern, als Susan Pylon ganz undelgadohaft scharf zum Stehen brachte und mit einem alles andere als damenhaften Sprung abstieg. Ihr Zopf war teilweise aufgegangen, so daß ihr blondes Haar, das ihr ganzer Stolz (und ihr Fluch) war, in alle Richtungen wehte. Ihre Haut war blaß, abgesehen von zwei roten Flecken auf den Wangenknochen. Diese Flecken gefielen Cordelia ganz und gar nicht. Pat hatte sie immer an denselben Stellen gehabt, wenn er ängstlich oder wütend gewesen war.

Nun stand sie am Spülstein und biß sich zusätzlich zum Fingerzupfen noch auf die Lippen. Oh, es wäre so schön, dieses störende Weibsbild endlich von hinten zu sehen. »Du hast doch keinen Ärger gemacht, oder?« flüsterte sie, als Susan den Sattel von Pylons Rücken zog und das Tier zum Stall führte. »Das hast du besser nicht, Miss Oh So Jung Und Hübsch. Nicht zu diesem vorgerückten Zeitpunkt. Das hast du besser nicht.«

4

Als Susan zwanzig Minuten später hereinkam, merkte man ihrer Tante die Anspannung und Wut nicht an; Cordelia hatte sie weggeschlossen, wie man vielleicht eine gefährliche Waffe – zum Beispiel einen Revolver – in einem hohen Fach im Schrank verstaut. Sie saß in ihrem Schaukelstuhl und strickte, und das Gesicht, das sie Susan beim Eintreten zuwandte, hatte etwas oberflächlich Gelassenes. Sie sah dem Mädchen zu, wie es zum Spülstein ging, kaltes Wasser ins Becken pumpte und es sich dann ins Gesicht spritzte. Aber statt nach einem Handtuch zu greifen, um sich abzutrocknen, sah Susan nur mit einer Miene zum Fenster hinaus, die Cordelia zutiefst ängstigte. Das Mädchen hielt diese Miene fraglos für gequält und verzweifelt; für Cordelia sah sie nur kindisch eigensinnig aus.

»Nun gut, Susan«, sagte sie mit einer ruhigen, wohlmodulierten Stimme. Das Mädchen würde nie erfahren, wieviel Anstrengung es kostete, diesen Tonfall zu erreichen, geschweige denn zu halten. Es sei denn, sie würde es eines Tages auch einmal mit einem eigensinnigen Teenager zu tun bekommen. »Was hat Sie so aus der Fassung gebracht?«

Susan drehte sich zu ihr um – Cordelia Delgado, die einfach nur seelenruhig in ihrem Schaukelstuhl saß. In diesem Augenblick glaubte Susan, sie könnte sich auf ihre Tante stürzen, ihr das schmale, selbstgefällige Gesicht zerkratzen und schreien: *Das ist deine Schuld! Deine! Ganz allein deine!* Sie fühlte sich besudelt; nein, das war nicht stark genug, sie fühlte sich *beschmutzt*, und dabei war eigentlich gar nichts passiert. Das war das Schreckliche daran. *Noch* war eigentlich gar nichts passiert.

»Sieht man es mir an?« sagte sie nur.

»Natürlich sieht man es Ihr an«, antwortete Cordelia. »Nun sag mir, Mädchen, hat er Sie bedrängt?«

»Ja ... nein ... nein.«

Tante Cord saß im Schaukelstuhl, hatte das Strickzeug im Schoß, die Brauen hochgezogen, und wartete auf mehr.

Schließlich erzählte ihr Susan, was geschehen war – mit einer Stimme, die größtenteils tonlos klang, gegen Ende ein wenig bebend, aber das war alles. Tante Cord verspürte eine Art von zurückhaltender Erleichterung. Vielleicht waren es doch wieder nur die Nerven, die mit einem dummen Mädchen durchgegangen waren!

Das Ersatzkleid war, wie alle anderen Ersatzkleider, noch nicht fertig; es gab zuviel anderes zu tun. Aus diesem Grund hatte Maria Susan an Conchetta Morgenstern, die oberste Schneiderin, verwiesen, die Susan ohne ein Wort ins Nähzimmer im Erdgeschoß führte – wenn Schweigen Gold war, hatte Susan sich schon häufig überlegt, dann müßte Conchetta so reich sein, wie es die Schwester des Bürgermeisters angeblich war.

Das »Blaue Kleid mit Perlen« war über eine kopflose Schneiderpuppe drapiert worden, die unter einem niedrigen Vorsprung stand, und obschon Susan zerfetzte Stellen am Saum und ein kleines Loch auf der Rückseite sehen konnte, war es keineswegs das zerfetzte Ding, das sie erwartet hatte.

»Kann man es nicht retten?« fragte sie ziemlich schüchtern.

»Nein«, sagte Conchetta brüsk. »Zieh die Hosen aus, Mädchen. Hemd auch.«

Susan gehorchte, stand barfuß in dem kühlen, kleinen Raum und verschränkte die Arme vor der Brust ... nicht, daß Conchetta je auch nur das geringste Interesse an dem gezeigt hätte, was sie hatte, weder vorne noch hinten, weder oben noch unten.

Es schien, als sollte das »Blaue Kleid mit Perlen« durch das »Rosa Kleid mit Applikationsstickerei« ersetzt werden. Susan stieg hinein, zog die Träger hoch und blieb geduldig stehen, während Conchetta sich bückte, Maß nahm und murmelte, derweil sie manchmal mit einem Stück Kreide Zahlen auf einen Stein an der Wand schrieb und manchmal ein Stück Stoff nahm und fester an Susans Taille oder Hüfte zog und im Spiegel an der gegenüberliegenden Wand überprüfte, wie es aussah. Wie immer bei dieser Prozedur schweiften Susans Gedanken ab, und sie ließ ihnen freien Lauf. In letzter Zeit gab sie sich gerne Tagträumen hin, wie sie Seite an Seite mit Roland die Schräge entlangritt, bis sie schließlich zu einem Weidenwäldchen über dem Hambry Creek gelangten.

»Bleib so reglos stehen, wie du kannst«, sagte Conchetta knapp. »Bin gleich wieder da.«

Susan merkte kaum, daß sie fort war; merkte kaum, daß sie sich im Haus des Bürgermeisters befand. Der Teil von ihr, auf den es wirklich ankam, war *nicht* da. Dieser Teil war bei Roland in dem Weidenwäldchen. Sie konnte den schwachen, halb lieblichen, halb stechenden Duft der Bäume riechen und das leise Murmeln des Bachs hören, als sie sich Stirn an Stirn niederlegten. Er strich ihr mit der Handfläche über das Gesicht, bevor er sie in die Arme nahm …

Dieser Tagtraum war so realistisch, daß Susan zuerst auf die Arme reagierte, die von hinten um ihre Taille gelegt wurden, und den Rücken krümmte, als die Hände zuerst über ihren Bauch strichen und sich dann zu den Brüsten hocharbeiteten. Dann hörte sie eine Art pflügenden, schnaubenden Atem im Ohr, roch Tabak und begriff, was geschah. Nicht Roland berührte ihre Brüste, sondern Hart Thorin mit seinen langen und knochigen Fingern. Sie sah in den Spiegel und erblickte ihn, wie er ihr wie ein Inkubus über die Schulter sah. Seine Augen quollen aus den Höhlen, er hatte trotz der Kühle in dem Zimmer große Schweißperlen auf der Stirn, und seine Zunge hing tatsächlich aus dem Mund, wie die eines Hundes an einem heißen Tag. Ekel stieg ihr im Hals empor wie der Geschmack von verdorbenen Speisen. Sie versuchte, sich ihm zu entziehen, aber er hielt sie nur fester und zog sie an sich. Seine Knöchel knackten widerwärtig, und nun konnte sie den harten Klumpen in seiner Leibesmitte spüren.

In den vergangenen Wochen hatte Susan manchmal die Hoffnung gehegt, daß Thorin außerstande sein würde, wenn der Zeitpunkt gekommen war – daß er nicht in der Lage wäre, ein Eisen aus der Esse zu ziehen. Sie hatte gehört, daß es Männern häufig passierte, wenn sie älter wurden. Der harte, pochende Stab, der an ihrem Hintern lag, machte dieses Wunschdenken im Handumdrehen zunichte.

Sie hatte wenigstens ein gewisses Maß Diplomatie aufgebracht, indem sie einfach ihre Hände auf seine legte und von ihren Brüsten wegzog, anstatt wieder von ihm abzurücken (Cordelia blieb gleichgültig und ließ sich die große Erleichterung darüber nicht anmerken).

»Bürgermeister Thorin – Hart – Sie dürfen nicht – es ist weder der Ort noch die Zeit – Rhea hat gesagt –«

»Scheiß auf sie und alle Hexen!« Sein kultivierter Politikertonfall war einer Sprechweise gewichen, die so breit war wie die eines hinterwäldlerischen Farmarbeiters aus Onnie's Ford. »Ich muß etwas haben, ein Bonbon, ay, das muß ich. Scheiß auf die Hexe, sage ich! Eulenscheiße auf sie!« Der Tabaksgeruch hüllte ihren Kopf wie eine dicke Wolke ein. Sie dachte, sie würde sich übergeben, wenn sie ihn noch länger einatmen mußte. »Bleib einfach stehen, Mädchen. Bleib stehen, meine Versuchung. Und gib fein acht!«

Irgendwie gelang es ihr. Es gab sogar einen entlegenen Teil ihres Verstandes, einem einzig und allein auf Selbsterhaltung ausgerichteten Teil, der hoffte, er würde ihre Krämpfe des Ekels für jungfräuliche Erregung halten. Er hatte sie fest an sich gezogen, bearbeitete mit den Händen hektisch ihre Brüste, und sein Atem war wie eine stinkende Dampfmaschine in ihrem Ohr. Sie stand mit dem Rücken zu ihm und hatte die Augen geschlossen, während Tränen ihr zwischen den Lidern und den Spitzen ihrer Wimpern hervorquollen.

Er brauchte nicht lang. Er rieb sich an ihr hin und her und stöhnte dabei wie ein Mann mit Magenkrämpfen. Einmal leckte er ihr das Ohrläppchen, und Susan glaubte, ihre Haut würde sich vor Ekel vom Körper abschälen. Schließlich spürte sie voller Dankbarkeit, wie er an ihr zuckte.

»Oh, ay, raus mit dir, du verdammtes Gift!« sagte er mit einer fast piepsenden Stimme. Er stieß so heftig zu, daß sie sich mit den Händen an der Wand abstützen mußte, damit sie nicht mit dem Gesicht voraus dagegengerammt wurde. Dann trat er endlich einen Schritt zurück.

Einen Augenblick blieb Susan nur stehen, wie sie war, und preßte die Hände auf die kalten Steine der Nähkammerwand. Sie konnte Thorin im Spiegel sehen, und in seinem Bild erblickte sie das gewöhnliche Schicksal, das auf sie zugerast kam, das gewöhnliche Schicksal, von dem dies nur ein Vorgeschmack war: das Ende ihrer Mädchenzeit, das Ende der Romantik, das Ende von Träumen, in denen sie und Roland Stirn an Stirn in einem Weidenwäldchen lagen. Der Mann im Spiegel sah selbst auf seltsame Weise wie ein Junge aus, einer, der etwas getan hat, das er seiner Mutter nicht erzählen wird. Nur ein großer und schlaksiger Bursche mit seltsam grauem Haar und schmalen, bebenden Schultern und einem feuchten Fleck auf der Vorderseite der Hose. Hart Thorin sah aus, als wüßte er nicht recht, wo er sich befand. In diesem Augenblick war die Lust aus seinem Gesicht gewichen, doch was statt dessen kam, war nicht besser – diese leere Verwirrung. Es war, als wäre er ein Eimer mit einem Loch im Boden: Was man auch hineinfüllte, oder wieviel, nicht lange, und es lief unweigerlich wieder heraus.

Er wird es wieder machen, dachte sie und spürte, wie eine grenzenlose Müdigkeit sie überkam. *Jetzt, wo er es einmal gemacht hat, wird er es wahrscheinlich immer wieder machen, wenn er die Möglichkeit dazu bekommt. Wenn ich von jetzt an hierherkomme, wird es sein wie … nun …*

Wie Schloß. Als würde man Schloß spielen.

Thorin sah sie noch einen Moment an. Langsam, wie ein Mann in einem Traum, zog er den Saum seines bauschigen weißen Hemds aus der Hose und ließ es herunterhängen wie einen Rock, damit es den feuchten Fleck verdeckte. Sein Kinn glänzte; er hatte in seiner Erregung gesabbert. Er schien es zu spüren und wischte die Nässe mit einem Handrücken ab, während er sie ununterbrochen mit diesen leeren Augen ansah. Dann kam endlich wieder Leben in sie, und er drehte sich ohne ein weiteres Wort herum und verließ das Zimmer.

Ein leises, raschelndes Poltern ertönte, als er auf dem Flur mit jemandem zusammenstieß. Susan hörte ihn »Tut mir leid« murmeln (eine deutlichere Entschuldigung, als er ihr gegönnt hatte, gemurmelt oder nicht), und dann betrat Conchetta wieder das

Zimmer. Den Stoff, den sie holen gegangen war, hatte sie wie eine Stola um die Schultern drapiert. Sie bemerkte Susans blasses Gesicht und die tränenüberströmten Wangen sofort. *Sie wird nichts sagen,* dachte Susan. *Keiner wird etwas sagen, ebensowenig, wie jemand einen Finger rühren wird, um mich von dem Pflock zu holen, mit dem ich mich selbst aufgespießt habe. »Du hast ihn selbst gespitzt, Mätresse«, würden sie sagen, wenn ich um Hilfe rufen würde, und das wäre ihre Ausrede, um mich weiter zappeln zu lassen.*

Aber Conchetta hatte sie überrascht. »Das Leben ist hart, Missy, das ist es. Am besten gewöhnen Sie sich daran.«

5

Susans Stimme – trocken, mittlerweile bar jeglicher Emotionen – verstummte endlich. Tante Cord legte ihr Strickzeug weg, stand auf und stellte den Teekessel hin.

»Du übertreibst, Susan.« Sie sagte es mit einer Stimme, die sich bemühte, gütig und weise zugleich zu klingen, aber keines davon bewerkstelligte. »Das ist eine Eigenschaft, die du von deiner Manchester-Seite hast – zur Hälfte haben sie sich für Dichter gehalten, zur Hälfte haben sie sich für Maler gehalten, und fast alle waren jede Nacht zu betrunken zum Steptanzen. Er hat deine Tittchen begrapscht und dich trocken gerammelt, das ist alles. Kein Grund, so aus dem Häuschen zu geraten. Und ganz gewiß kein Grund für schlaflose Nächte.«

»Woher willst du das wissen?« fragte Susan. Das war respektlos, doch das kümmerte sie nicht. Sie glaubte, sie hätte einen Punkt erreicht, an dem sie alles von ihrer Tante ertragen konnte, nur nicht diesen herablassenden, weltklugen Tonfall. Der tat ihr weh wie eine frische Schürfwunde.

Cordelia zog eine Braue hoch, antwortete aber ohne Mißstimmung. »Wie es dir gefällt, mir das vorzuhalten! Tante Cordelia, der trockene alte Stecken. Tante Cord, die alte Jungfer. Tante Cord, die grauhaarige Jungfrau. Ay? Nun, Miss Oh So Jung Und Hübsch, ich *mag* eine Jungfrau sein, aber ich hatte auch einen oder zwei Liebhaber, als ich jung war ... bevor die Welt sich weitergedreht hat, könnte man sagen. Vielleicht war einer davon der große Fran Lengyll.«

Vielleicht auch nicht, dachte Susan; Fran Lengyll war mindestens fünfzehn Jahre älter als ihre Tante, vielleicht sogar fünfundzwanzig.

»Ich habe auch ein- oder zweimal die Ziege des alten Tom auf dem Rücken gespürt, Susan. Ay, und auf der Vorderseite auch.«

»Und war einer dieser Liebhaber sechzig, mit schlechtem Atem und Knöcheln, die knackten, wenn er deine Tittchen drückte, Tante? Hat einer davon versucht, dich durch die nächste Wand zu hämmern, wenn der alte Tom anfing, mit seinem Bart zu wackeln und Mäh-mäh-mäh sagte?«

Die Wut, mit der sie gerechnet hatte, blieb aus. Was statt dessen kam, war schlimmer – ein Ausdruck, welcher der Leere, die sie im Spiegel auf Thorins Gesicht gesehen hatte, ziemlich nahe kam. »Geschehen ist geschehen, Susan.« Ein Lächeln, kurzlebig und gräßlich, huschte wie ein Lidschlag über das schmale Gesicht ihrer Tante. »Geschehen ist geschehen, ay.«

In einer Art von Entsetzen schrie Susan: »Mein Vater hätte das alles gehaßt! Hätte es *gehaßt!* Und er hätte dich gehaßt, weil du es zuläßt! Weil du es noch *unterstützt!*«

»Schon möglich«, sagte Tante Cord, und das gräßliche Lächeln blitzte wieder auf. »Schon möglich. Aber was hätte er noch mehr gehaßt? Die Ehrlosigkeit eines gebrochenen Versprechens, die Schande eines treulosen Kindes. Er würde wollen, daß Sie es tut, Susan. Wenn Sie sich an sein Gesicht erinnert, dann *muß* Sie es tun.«

Susan sah sie an, zog den Mund zu einem bebenden Bogen hinab, und wieder traten ihr Tränen in die Augen. *Ich habe jemanden kennengelernt, den ich liebe!* Das hätte sie ihr gesagt, wenn sie könnte. *Begreifst du nicht, wie das alles verändert? Ich habe jemanden kennengelernt, den ich liebe!* Aber wenn Tante Cord jemand gewesen wäre, zu dem sie das sagen konnte, hätte sich Susan wahrscheinlich niemals auf diesem Pflock aufgespießt. Daher drehte sie sich um und lief ohne ein weiteres Wort aus dem Haus; ihre Sicht verschwamm vor ihren tränenden Augen und malte die Spätsommerwelt in trostlosen Farben.

6

Sie ritt ohne eine bewußte Vorstellung davon los, wohin sie wollte, und doch mußte ein Teil von ihr ein ganz bestimmtes Ziel vor Augen gehabt haben, denn vierzig Minuten nachdem sie das Haus verlassen hatte, näherte sie sich genau dem Weidenwäldchen, von dem sie geträumt hatte, als Thorin sich an sie herangeschlichen hatte wie ein böser Troll in einem Ammenmärchen.

Unter den Weiden war es herrlich kühl. Susan band Felicia (auf der sie ohne Sattel geritten war) an einem Ast fest und ging langsam über die kleine Lichtung im Herzen des Wäldchens. Hier floß der Bach, und hier setzte sie sich auf das federnde Moos, das auf der Lichtung wuchs. Natürlich war sie hierher gekommen; hierher hatte sie jeden heimlichen Kummer und jede heimliche Freude gebracht, seit sie die Lichtung im Alter von acht oder neun Jahren entdeckt hatte. Hierher war sie immer wieder gekommen in den nahezu endlosen Tagen nach dem Tod ihres Vaters, als es ihr vorkam, als wäre die ganze Welt – zumindest ihre Version davon – mit Pat Delgado zu Ende gegangen. Nur diese Lichtung kannte das ganze schmerzliche Ausmaß ihres Kummers; dem Bach hatte sie davon erzählt, und der Bach hatte ihn fortgespült.

Nun wurde sie von einem neuerlichen Weinkrampf geschüttelt. Sie stützte den Kopf auf die Knie und schluchzte – laute, undamenhafte Töne, gleich dem Kreischen streitender Krähen. In diesem Augenblick dachte sie, daß sie alles – *rein alles* – gegeben hätte, um ihren Vater noch einmal eine Minute bei sich zu haben, damit sie ihn fragen konnte, ob sie wirklich zu ihrem Wort stehen mußte.

Sie weinte über dem Bach, und als sie das Geräusch eines brechenden Zweiges hörte, erschrak sie und sah voller Angst und Ärger über die Schulter. Dies war ihre geheime Zuflucht, und hier wollte sie nicht gefunden werden, schon gar nicht, wenn sie plärrte wie eine Göre, die gefallen war und sich den Kopf gestoßen hatte. Noch ein Zweig brach. Es war tatsächlich jemand hier, der zum denkbar schlechtesten Zeitpunkt in ihr geheimes Versteck eindrang.

»Geh weg!« schrie sie mit einer tränenerstickten Stimme, die sie selbst kaum erkannte. »Geh weg, wer immer du bist, sei anständig und laß mich allein!«

Aber die Gestalt – inzwischen konnte sie sie sehen – kam näher. Als sie sah, um wen es sich handelte, hielt sie Will Dearborn (*Roland*, dachte sie, *sein richtiger Name ist Roland*) zuerst für eine Ausgeburt ihrer überanstrengten Phantasie. Sie war erst sicher, daß er wirklich da war, als er sich niederkniete und die Arme um sie legte. Da aber drückte sie ihn voller Panik fest an sich. »Woher hast du gewußt, daß ich hier –«

»Ich habe dich auf der Schräge reiten sehen. Von einer Stelle aus, wo ich manchmal zum Nachdenken hingehe, und da habe ich dich gesehen. Ich wäre dir nicht gefolgt, aber ich habe gesehen, daß du ohne Sattel reitest, und dachte mir, es wäre vielleicht etwas nicht in Ordnung.«

»Nichts ist in Ordnung.«

Er küßte ihre Wangen mit Bedacht, voller Ernst und mit offenen Augen. Er hatte es auf beiden Seiten ihres Gesichts mehrmals gemacht, bis ihr klar wurde, daß er ihre Tränen fortküßte. Dann hielt er sie an den Schultern von sich weg, damit er ihr in die Augen sehen konnte.

»Sag es noch einmal, Susan, und ich werde es tun. Ich weiß nicht, ob das ein Versprechen ist oder eine Warnung oder beides zugleich, aber … sag es noch einmal, und ich werde es tun.«

Es war nicht nötig, ihn zu fragen, was er meinte. Sie schien zu spüren, wie sich der Boden unter ihren Füßen bewegte, und später sollte sie denken, daß sie zum ersten und einzigen Mal in ihrem Leben *Ka* wirklich gespürt hatte, einen Wind, der nicht vom Himmel kam, sondern aus der Erde. *Nun ist es doch zu mir gekommen*, dachte sie. *Mein* Ka, *ob gut oder schlecht*.

»Roland!«

»Ja, Susan.«

Sie ließ die Hand unter seine Gürtelschnalle sinken und ergriff, was dort wartete, ohne den Blick je von seinen Augen abzuwenden.

»Wenn du mich liebst, dann liebe mich.«

»Ay, Lady. Das werde ich.«

Er knöpfte sein Hemd auf, das in einem Teil von Mittwelt gemacht worden war, den sie nie sehen würde, und nahm sie in die Arme.

7

Ka:

Sie halfen einander beim Ausziehen; sie lagen einander in den Armen auf dem Sommermoos, das so weich war wie die feinsten Eiderdaunen. Sie lagen Stirn an Stirn, wie in ihrem Tagtraum, und als er in sie eindrang, verspürte sie einen Schmerz, der zu einer Süße dahinschmolz wie ein wildes und exotisches Gewürz, das man nur einmal in seinem Leben kosten kann. Sie klammerte sich so lange sie konnte an den Geschmack, dann gewann die Süße die Oberhand, und sie gab sich ihr hin, stöhnte tief in der Kehle und rieb die Unterarme seitlich an seinem Hals. Sie liebten sich in dem Weidenwäldchen, ließen Fragen der Ehre außer acht, brachen Versprechen ohne einen Blick zurück, und am Ende stellte Susan fest, daß die Süße nicht alles war; es folgte ein köstliches Nervenzucken, das an der Stelle ihres Körpers begann, die sich vor ihm geöffnet hatte wie eine Blüte; es begann da und griff auf ihren ganzen Körper über. Sie schrie immer und immer wieder auf und dachte, daß es in der Welt der Sterblichen unmöglich soviel Lust geben konnte; sie würde daran sterben. Roland stimmte in ihre Schreie ein, und das Plätschern des Wassers, das über Steine floß, überlagerte alles. Als sie ihn dichter an sich zog, hinter seinen Knien die Knöchel verschränkte und sein Gesicht mit leidenschaftlichen Küssen bedeckte, folgte sein ausströmendes Lustgefühl dem ihren so rasend, als wollte er es einholen. So lagen die Liebenden vereint in der Baronie Mejis, fast am Ende des letzten großen Zeitalters, und das grüne Moos unter der Stelle, wo Susans Oberschenkel sich vereinten, nahm eine hübsche rote Farbe an, als ihre Jungfernschaft dahinschied; so lagen sie vereint, und so waren sie dem Verderben geweiht.

Ka.

8

Sie lagen einander in den Armen und küßten sich zärtlich unter Felicias nachsichtigem Blick, und Roland spürte, wie er schläfrig wurde. Das war verständlich – er stand in diesem heißen Sommer unter einer gewaltigen Belastung und hatte schlecht geschlafen. Damals wußte er es noch nicht, aber er sollte den Rest seines Lebens schlecht schlafen.

»Roland?« Ihre Stimme, von ferne. Und süß.

»Ja?«

»Wird Er sich meiner annehmen?«

»Ja.«

»Ich kann nicht zu ihm gehen, wenn die Zeit gekommen ist. Ich kann seine Berührung und seine kleinen Diebstähle ertragen – wenn ich dich habe, kann ich es –, aber ich kann nicht das Bett mit Hart Thorin teilen. Ich glaube, es gibt Mittel und Wege, mit denen man kaschieren kann, daß ein Mädchen seine Jungfernschaft verloren hat, aber die werde ich nicht benutzen. Ich kann einfach nicht das Bett mit ihm teilen.«

»In Ordnung«, sagte er, »gut.« Und als sie erschrocken die Augen aufriß, drehte er sich um. Es war niemand da. Er betrachtete Susan hellwach. »Was? Was ist denn?«

»Ich könnte bereits Sein Kind tragen«, sagte sie. »Hat Er daran schon gedacht?«

Hatte er nicht. Jetzt schon. Ein Kind. Ein weiteres Glied in der Kette, die sich in die graue Vorzeit erstreckte, als Arthur Eld seine Revolvermänner in den Kampf geführt hatte, das große Schwert Excalibur hoch über den Kopf erhoben und die Krone von All-Welt auf der Stirn. Aber darauf kam es nicht an; was würde sein Vater dazu sagen? Oder Gabrielle, wenn sie erfuhr, daß sie Großmutter geworden war?

Ein leises Lächeln hatte seine Mundwinkel umspielt, aber der Gedanke an seine Mutter vertrieb es. Er dachte an das Mal an ihrem Hals. Wenn er in diesen Tagen an seine Mutter dachte, sah er *immer* das Mal, das er an ihrem Hals gesehen hatte, als er unerwartet ihre Gemächer betrat. Und an das schwache, wehmütige Lächeln in ihrem Gesicht.

»Wenn du mein Kind trägst, ist es mein Glück«, sagte er.

»Und meines.« Nun war sie es, die lächelte, aber es hatte dennoch etwas Trauriges, dieses Lächeln. »Ich nehme an, wir sind zu jung. Wir sind selbst fast noch Kinder.«

Er drehte sich auf den Rücken und sah zum blauen Himmel hinauf. Was sie gesagt hatte, mochte stimmen, aber es zählte nicht. Wahrheit war manchmal nicht dasselbe wie Wirklichkeit –

das war eine der Gewißheiten, die in dem höhlenartigen Raum im Zentrum seines gespaltenen Charakters lagen. Daß er sich über beide erheben und willentlich den Wahnsinn der Romantik umarmen konnte, war ein Geschenk seiner Mutter. Alles andere an seinem Charakter war humorlos… und, vielleicht noch wichtiger, ohne Metapher. Daß sie zu jung waren, um Eltern zu sein? Na und? Wenn er ein Samenkorn gepflanzt hatte, würde es aufgehen.

»Was immer kommt, wir werden tun, was wir tun müssen. Und ich werde dich immer lieben, was auch geschieht.«

Sie lächelte. Er hatte es gesagt, wie ein Mann eine nüchterne Tatsache aussprechen würde: Der Himmel ist oben, die Erde ist unten, Wasser fließt nach Süden.

»Roland, wie alt *bist* du?« Manchmal beunruhigte sie der Gedanke, daß Roland noch jünger sein könnte als sie selbst, so jung sie auch war. Wenn er sich auf etwas konzentrierte, konnte er so hart dreinschauen, daß sie Angst bekam. Wenn er lächelte, sah er nicht wie ein Liebhaber aus, sondern wie ein kleiner Bruder.

»Älter als ich war, als ich hierhergekommen bin«, sagte er. »Viel älter. Und wenn ich noch sechs Monate im Angesicht von Jonas und seinen Männern bleiben muß, werde ich humpeln und einen Schubs in den Arsch brauchen, damit ich auf mein Pferd komme.«

Sie grinste, und er gab ihr einen Kuß auf die Nase.

»Und Er wird sich meiner annehmen?«

»Ay«, sagte er und grinste sie ebenfalls an. Susan nickte und drehte sich auch auf den Rücken. Auf diese Weise blieben sie liegen, Hüfte an Hüfte, und schauten in den Himmel. Sie nahm seine Hand und legte sie auf ihre Brust. Als er die Warze mit dem Daumen streichelte, hob sie den Kopf, wurde hart und fing an zu kribbeln. Dieses Gefühl wanderte rasch ihren Körper hinab zu der Stelle zwischen ihren Beinen, die immer noch pochte. Sie preßte die Schenkel zusammen und stellte entzückt und bestürzt zugleich fest, daß sie es damit nur noch schlimmer machte.

»Du *mußt* dich meiner annehmen«, sagte sie mit leiser Stimme. »Ich habe mein ganzes Vertrauen auf dich gesetzt, alles andere ist nebensächlich.«

»Ich werde mein Bestes tun«, sagte er. »Zweifle nicht daran.

Aber vorerst, Susan, mußt du weitermachen wie bisher. Es muß noch mehr Zeit vergehen; das weiß ich, weil Depape zurückgekehrt ist und seine Geschichte erzählt haben wird, aber sie haben immer noch nichts gegen uns unternommen. Was immer sie herausgefunden haben, Jonas hält es immer noch für besser, zu warten. Das macht ihn wahrscheinlich um so gefährlicher, *wenn* er endlich handelt, aber im Augenblick ist es noch wie eine Partie Schloß.«

»Aber nach dem Erntefreudenfeuer – Thorin –«

»Du wirst nicht mit ihm ins Bett gehen. Darauf kannst du dich verlassen. Ich gebe dir mein Siegel darauf.«

Ein wenig schockiert über ihre eigene Kühnheit, faßte sie ihn unten an. »Das ist ein Siegel, das du mir geben kannst, wenn du willst«, sagte sie.

Er wollte. Konnte. Tat es.

Als es vorbei war (für Roland war es noch süßer gewesen als beim erstenmal, soweit das überhaupt möglich war), fragte er sie: »Dieses Gefühl, das du draußen bei Citgo hattest, Susan – beobachtet zu werden. Hattest du es diesmal auch?«

Sie sah ihn lange und nachdenklich an. »Ich weiß nicht. Ich hatte meinen Kopf woanders, weißt du.« Sie berührte ihn zärtlich und lachte, als er zuckte – es schien, als wären die Nerven an der halb harten, halb weichen Stelle, die sie mit der Handfläche streichelte, immer noch sehr lebendig.

Sie nahm die Hand weg und sah zu dem kreisförmigen Ausschnitt des Himmels über dem Wäldchen. »Es ist so wunderschön hier«, murmelte sie, und die Augen fielen ihr zu.

Roland spürte ebenfalls, wie er eindöste. Es war nicht ohne Ironie, dachte er. Diesmal hatte sie nicht das Gefühl gehabt, als wären sie beobachtet worden … aber er, beim zweitenmal. Und doch hätte er schwören können, daß sich niemand in der Nähe dieses Wäldchens aufhielt.

Einerlei. Das Gefühl, Einbildung oder Wirklichkeit, war jetzt verschwunden. Er nahm Susans Hand und spürte, wie sie die Finger ganz natürlich zwischen seine schob und damit verflocht.

Er machte die Augen zu.

9

Das alles sah Rhea in der Glaskugel, und es war sähr interessant, was sich da abspielte, ay, wirklich sähr interessant. Aber sie hatte schon Gepimper gesehen – manchmal trieben es drei oder vier oder mehr gleichzeitig (manchmal mit Partnern, die nicht im eigentlichen Sinne am Leben waren) –, und der Kokolores interessierte sie in ihrem hohen Alter nicht mehr besonders. Sie interessierte vielmehr, was *nach* dem Kokolores kommen würde.

Sind wir jetzt fertig? hatte das Mädchen gefragt.

Vielleicht ist da noch eine winzige Sache, hatte Rhea geantwortet und der anmaßenden Trulla gesagt, was sie zu tun hatte.

Ay, sie hatte dem Mädchen eindeutige Anweisungen gegeben, als sie beide an der Tür der Hütte standen und der Kußmond auf sie herabschien, während Susan Delgado den fremden Schlaf schlief und Rhea ihren Zopf streichelte und ihr Anweisungen ins Ohr flüsterte. Nun würde die Erfüllung dieses Zwischenspiels kommen … Das wollte sie sehen, und nicht zwei Babys, die einander pimperten, als wären sie die beiden ersten auf der Welt, die entdeckt hatten, wie es gemacht wird.

Zweimal hatten sie es getrieben und dazwischen kaum eine Pause für Geplauder gemacht (und dabei hätte sie viel darum gegeben, auch dieses Geplauder hören zu können). Rhea war nicht überrascht; in diesem jugendlichen Alter hatte der Bengel wahrscheinlich genug Saft in seinem Beutel, daß er ihr eine Wochenration von Doppelnummern hätte besorgen können, und so, wie sich die kleine Schlampe aufführte, wäre das wohl nach ihrem Geschmack gewesen. Manche kamen auf den Geschmack und wollten nie wieder was anderes. Sie war eine von denen, dachte Rhea.

Aber laß uns mal sehen, wie spitz du dich in ein paar Minuten noch fühlst, du vorlaute Schlampe, dachte sie und beugte sich tiefer in das pulsierende rosa Licht der Glaskugel. Manchmal konnte sie spüren, wie ihr dieses Licht in den Schädelknochen Schmerzen zufügte … aber es waren gute Schmerzen. Ay, sehr gute.

Schließlich waren sie fertig … zumindest vorerst. Sie hielten einander an den Händen und dösten ein.

»Jetzt«, murmelte Rhea. »Jetzt, meine Kleine. Sei ein braves Mädchen und tu, was dir gesagt wurde.«

Susan schlug die Augen auf, als hätte sie es verstanden – aber sie waren ausdruckslos. Sie war wach und schlief doch zugleich. Rhea sah, wie sie die Hand behutsam aus der des Jungen löste. Sie richtete sich auf, nackte Brüste an nackten Schenkeln, und sah sich um. Sie stand auf –

In diesem Augenblick sprang Musty, der sechsbeinige Kater, auf Rheas Schoß und *miaute*, weil er entweder Futter oder Zuwendung wollte. Die alte Frau schrie vor Überraschung auf, und das Zauberglas wurde sofort dunkel – ausgeblasen wie eine Kerzenflamme von einem Windstoß.

Rhea schrie wieder, diesmal vor Wut, und packte die Katze, ehe sie die Flucht ergreifen konnte. Sie warf den Kater quer durch das Zimmer in den Kamin. Der Kamin war so tot und erloschen, wie es ein Kamin im Hochsommer nur sein kann, aber als Rhea mit einer knochigen, gichtigen Hand darauf zeigte, loderte eine gelbe Flamme von dem einzigen verkohlten Scheit empor, das darin lag. Musty kreischte und floh mit aufgerissenen Augen aus dem Kamin, während sein gespaltener Schwanz rauchte wie eine achtlos ausgedrückte Zigarre.

»Lauf, ay!« keifte Rhea hinter ihm her. »Schaff dich fort, du garstiger Gesell!«

Sie drehte sich wieder zu der Glaskugel um und spreizte die Hände darüber, Daumen an Daumen. Aber obwohl sie sich mit aller Macht konzentrierte und Willenskraft aufbot, bis ihr das Herz mit einer kranken Wut in der Brust schlug, gelang es ihr nicht, das rosa Leuchten der Kugel wieder zu entfachen. Keine Bilder zeigten sich. Das war eine herbe Enttäuschung, aber es ließ sich nichts dagegen machen. Und schließlich konnte sie sich die Folgen mit eigenen Augen anschauen, wenn sie die Lust überkam, in die Stadt zu gehen und nachzusehen.

Alle würden es sehen können.

Nachdem ihre gute Laune wiederhergestellt war, legte Rhea die Glaskugel in ihr Versteck zurück.

10

Nur Augenblicke, bevor er so tief schlief, daß er es nicht mehr hören konnte, ertönte in Rolands Kopf eine Alarmglocke. Vielleicht lag es an der verschwommenen Wahrnehmung, daß ihre Hand nicht mehr in seiner lag; vielleicht war es reine Intuition. Er hätte die leise Glocke nicht beachten können, und beinahe hätte er es getan, aber am Ende gewann seine Ausbildung die Überhand. Er entfernte sich von der Schwelle des Tiefschlafs und kämpfte sich ins Wachsein zurück wie ein Taucher, der zur Oberfläche eines Sees emportaucht. Anfangs fiel es ihm schwer, aber es ging zusehends leichter; als er sich dem Wachsein fast genähert hatte, wuchs seine Unruhe.

Er schlug die Augen auf und sah nach links. Susan war nicht mehr da. Er richtete sich auf, sah nach rechts und erblickte nichts oberhalb der Uferböschung des Bachs ... und doch spürte er, daß sie sich in dieser Richtung befand.

»Susan?«

Keine Antwort. Er stand auf, sah auf seine Hose hinab, und da sagte Cort – ein Besucher, mit dem er an diesem romantischen Ort nie und nimmer gerechnet hätte – mit seiner bärbeißigen Stimme in Rolands Kopf: *Keine Zeit, Made*.

Er ging nackt zum Ufer und sah nach unten. Da war Susan tatsächlich, ebenfalls nackt, und hatte ihm den Rücken zugedreht. Sie hatte ihr Haar geöffnet. Es hing wie Goldfäden fast bis zur Lyra ihrer Hüfte hinab. In der kalten Luft, die von der Oberfläche des Bachs aufstieg, erbebten die Haarspitzen wie Nebel.

Sie hatte sich am fließenden Wasser auf ein Knie niedergelassen. Einen Arm hatte sie fast bis zum Ellbogen hineingesteckt; es schien, als suchte sie nach etwas.

»Susan!«

Keine Antwort. Und jetzt erfüllte ihn ein kalter Gedanke: *Sie ist von einem Dämon besessen. Während ich sorglos neben ihr geschlafen habe, hat ein Dämon von ihr Besitz ergriffen*. Aber er dachte nicht, daß er das wirklich glaubte. Wenn sich ein Dämon in der Nähe dieser Lichtung aufgehalten hätte, dann hätte er es bemerkt. Wahrscheinlich hätten sie es beide gespürt; und die Pferde auch. Aber *irgend etwas* stimmte nicht mit ihr.

Sie nahm einen Gegenstand aus dem Bachbett und hielt ihn

mit einer tropfenden Hand vor die Augen. Ein Stein. Sie begutachtete ihn, warf ihn zurück – *platsch*. Sie streckte die Hand mit gebeugtem Kopf wieder ins Wasser, und nun schwammen zwei ihrer Haarsträhnen tatsächlich darin, und der Bach zog sie spielerisch in die Richtung, in die er floß.

»Susan!«

Keine Antwort. Sie nahm einen weiteren Stein aus dem Bachbett, ein dreieckiges Stück weißen Quarzes, das abgesplittert war und fast die Form einer Speerspitze hatte. Susan neigte den Kopf nach links und nahm eine Haarsträhne in die Hand, wie eine Frau, die eine verfilzte Stelle auskämmen möchte. Aber sie hatte keinen Kamm, nur den scharfkantigen Stein, und Roland blieb noch einen Moment starr vor Entsetzen oben an der Böschung stehen, überzeugt davon, daß sie sich vor Scham oder aus einem Schuldgefühl angesichts dessen, was sie getan hatten, die Kehle aufschneiden wollte. In den kommenden Wochen quälte ihn immer wieder ein Bild, klar und deutlich: Wenn sie sich wirklich die Kehle hätte aufschneiden wollen, wäre er nicht mehr rechtzeitig gekommen, um sie aufzuhalten.

Dann überwand er seine Lähmung, rannte die Böschung hinunter und achtete nicht auf die spitzen Steine, die ihm die Sohlen aufrissen. Ehe er sie erreichen konnte, hatte sie sich mit dem Stück Quarz schon ein Stück der goldenen Strähne abgeschnitten, die sie in der Hand hielt.

Roland packte sie am Handgelenk und zog es weg. Jetzt konnte er ihr Gesicht deutlich sehen. Was er von oben, am Ufer, für Verklärung gehalten haben könnte, entpuppte sich nun als das, was es wirklich war: Leere, Ausdruckslosigkeit.

Als er sie festhielt, verdrängte ein düsteres und ärgerliches Lächeln ihre leere Miene; ihr Mund bebte, als würde sie leichte Schmerzen verspüren, und ein fast unartikulierter Laut der Verneinung kam aus ihrem Mund: »*Nnnnnnnn –*«

Etwas von dem Haar, das sie abgeschnitten hatte, lag wie ein Stück goldener Draht auf ihrem Schenkel; das meiste war in den Bach gefallen und fortgetragen worden. Susan zog an Rolands Hand, wollte den scharfkantigen Stein wieder zu ihrem Haar führen, wollte den verrückten Haarschnitt fortsetzen. Die beiden rangen miteinander wie Kontrahenten beim Armdrücken in einer Bar. Und Susan siegte. Er war stärker als sie, aber nicht stärker als der Zauberbann, der sie gefangen hielt. Stück für Stück bewegte sich das weiße Dreieck des Quarzes zu ihrem Haar zurück. Der erschreckende Laut – *Nnnnnnnn* – kam wieder aus ihrem Mund.

»Susan! Aufhören! Wach auf!«

»Nnnnnnnn –«

Ihr bloßer Arm bebte sichtlich in der Luft, die Muskeln wölbten sich wie feste kleine Steine. Und das Stück Quarz näherte sich immer mehr ihrem Haar, ihrer Wange, ihrer Augenhöhle.

Ohne nachzudenken – so handelte er stets am erfolgreichsten – hielt Roland sein Gesicht dicht an ihres, wobei er der Faust, die den Stein hielt, noch einmal zehn Zentimeter nachgeben mußte. Er legte die Lippen an ihre Ohrmuschel und schnalzte mit der Zunge am Gaumen. Schnalzte mit seitlich geöffnetem Mund, um genau zu sein.

Susan zuckte vor dem Geräusch zurück, das ihr wie ein Speer durch den Kopf geschossen sein mußte. Ihre Lider bebten hektisch, und der Druck auf Rolands Hand ließ ein wenig nach. Er nutzte die Chance und drehte ihr das Handgelenk herum.

»Au! Auuuuu!«

Der Stein fiel ihr aus der offenen Hand und platschte ins Wasser. Susan sah ihn hellwach an, Tränen der Bestürzung schossen ihr in die Augen. Sie rieb sich das Handgelenk ... das, dachte Roland, wahrscheinlich anschwellen würde.

»Du hast mir weh getan, Roland! Warum hast du m...«

Ihre Stimme erstarb, und sie sah sich um. Nun drückte nicht nur ihr Gesicht, sondern ihre ganze Körperhaltung Bestürzung aus. Sie wollte sich mit den Händen bedecken, dann wurde ihr klar, daß sie immer noch allein waren, und sie ließ sie wieder sinken. Sie sah über die Schulter zu den Spuren – allesamt von bloßen Füßen –, die zum Ufer führten.

»Wie bin ich hierhergekommen?« fragte sie. »Hat Er mich getragen, als ich eingeschlafen war? Und warum hat Er mir weh getan? Oh, Roland, ich liebe Ihn – warum hat Er mir weh getan?«

Er nahm die Haarlocke, die noch auf ihrem Oberschenkel lag, und zeigte sie ihr. »Du hast einen scharfkantigen Stein genommen. Du hast versucht, dir damit das Haar abzuschneiden, und du wolltest nicht aufhören. Ich habe dir weh getan, weil ich

Angst hatte. Ich bin nur froh, daß ich dir nicht das Handgelenk gebrochen habe... jedenfalls glaube ich nicht, daß ich es getan habe.«

Roland ergriff es, drehte es behutsam in beide Richtungen und horchte nach den Knirschen kleiner Knochen.

Er hörte nichts, und das Handgelenk ließ sich frei drehen. Vor Susans verwirrten und fassungslosen Augen hob er es an die Lippen und küßte die Innenseite über dem zarten Geflecht der Adern.

II

Roland hatte Rusher weit genug unter den Weiden festgebunden, daß niemand, der zufällig über die Schräge ritt, den großen Wallach sehen konnte.

»Bleib ruhig«, sagte Roland, als er näher kam. »Sei noch ein Weilchen ruhig, mein Guter.«

Rusher stampfte und wieherte, als wollte er sagen, daß er bis ans Ende der Zeiten ruhig bleiben könne, sollte es erforderlich sein.

Roland machte die Satteltasche auf und holte das Stahlutensil heraus, das entweder als Topf oder als Bratpfanne diente, je nach Bedarf. Er wandte sich ab, drehte sich aber noch einmal um. Er hatte den Schlafsack hinter Rushers Sattel festgebunden – ursprünglich wollte er die Nacht auf der Schräge verbringen und nachdenken. Es war eine Menge passiert, worüber er nachdenken mußte, und jetzt kam noch mehr dazu.

Er zog eine der Wildlederschnüre auf, schob die Hand in die Decke und nahm ein kleines Metallkästchen heraus. Das öffnete er mit einem kleinen Schlüssel, den er um den Hals trug. In dem Kästchen befand sich ein kleines quadratisches Medaillon an einer feinen Silberkette (das Medaillon enthielt eine Porträtzeichnung seiner Mutter) und eine Handvoll Ersatzpatronen – nicht ganz ein Dutzend. Er nahm eine, schloß die Faust darum und ging zu Susan zurück. Sie sah ihn mit großen, ängstlichen Augen an.

»Ich kann mich an nichts erinnern, was danach passiert ist, als wir uns zum zweitenmal geliebt haben«, sagte sie. »Nur, daß ich zum Himmel gesehen und gedacht habe, wie schön es war, und daß ich eingeschlafen bin. Oh, Roland, wie schlimm sieht es aus?«

»Nicht schlimm, glaube ich, aber das kannst du besser beurteilen als ich. Hier.«

Er füllte den Kochtopf mit Wasser und stellte ihn ans Ufer. Susan beugte sich ängstlich darüber, legte das Haar der linken Kopfseite über den Unterarm und bewegte den Unterarm langsam von sich weg, wodurch sie die Haare zu einem strahlend goldenen Band spannte. Sie sah den unebenmäßigen Schnitt sofort. Sie begutachtete ihn gründlich, dann ließ sie das Haar mit einem Seufzer, der mehr Erleichterung als Gram ausdrückte, wieder sinken.

»Ich kann es verbergen«, sagte sie. »Wenn es geflochten ist, wird niemand etwas merken. Und außerdem, 's ist nur Haar – nichts weiter als der Stolz einer Frau. Meine Tante hat mir das sicherlich oft genug gesagt. Aber, Roland, *warum?* Warum habe ich es getan?«

Roland hatte eine Ahnung. Wenn Haar der Stolz einer Frau war, dann ging das Abschneiden der Haare wahrscheinlich auf die Gemeinheit einer Frau zurück – ein Mann würde an so etwas kaum denken. Die Frau des Bürgermeisters, war sie es gewesen? Er glaubte es nicht. Ihm schien wahrscheinlicher, daß Rhea, da oben auf ihrem Berg, der im Norden das Böse Gras, den Hanging Rock und den Eyebolt Canyon überblickte, diese häßliche Falle gestellt hatte. Bürgermeister Thorin hatte am Morgen nach der Ernte mit einem Kater und einer kahlköpfigen Mätresse aufwachen sollen.

»Susan, kann ich etwas ausprobieren?«

Sie lächelte ihn an. »Etwas, das du da oben noch nicht ausprobiert hast? Ay, was du willst.«

»Nichts dergleichen.« Er öffnete die Hand, die zur Faust geballt gewesen war, und zeigte ihr die Patrone. »Ich möchte herausfinden, wer dir das angetan hat und warum.« Und noch viel mehr. Er wußte nur noch nicht, was.

Sie betrachtete die Patrone. Roland bewegte sie über den Handrücken, ließ sie mit einer geschmeidigen Bewegung hin und her tanzen. Seine Knöchel hoben und senkten sich wie die Schiffchen eines Webstuhls. Sie betrachtete es mit der faszinierten Verzückung eines Kindes. »Wo hast du das gelernt?«

»Zu Hause. Ist nicht wichtig.«

»Du hypnotisierst mich?«

»Ay ... und ich glaube, es ist nicht das erste Mal.« Er ließ die Patrone ein wenig schneller tanzen – mal nach Osten auf den wogenden Knöcheln, mal nach Westen. »Darf ich?«

»Ay«, sagte sie. »Wenn du kannst.«

12

Er konnte es durchaus; die Schnelligkeit, mit der sie in Hypnose fiel, bestätigte, daß es Susan schon einmal passiert sein mußte, und zwar vor kurzem erst. Aber er bekam nicht aus ihr heraus, was er wissen wollte. Sie war vollkommen hilfsbereit (*manche schlafen eifrig*, hätte Cort gesagt), aber weiter als bis zu einem bestimmten Punkt wollte sie nicht gehen. Das war auch kein Getue oder Schamhaftigkeit – als sie mit offenen Augen am Ufer des Bachs schlief, erzählte sie ihm mit einer distanzierten, aber ruhigen Stimme von der Untersuchung durch die alte Frau und wie Rhea versucht hatte, sie »hochzukitzeln«. (Dabei ballte Roland die Fäuste so sehr, daß ihm die Nägel in die Handflächen schnitten.) Aber es kam der Punkt, an dem sie sich einfach nicht mehr erinnern konnte.

Sie und Rhea seien zur Tür der Hütte gegangen, sagte Susan, und da hatten sie gestanden, während der Kußmond auf ihre Gesichter hinunterschien. Die alte Frau hatte ihr Haar berührt, daran erinnerte sie sich noch. Die Berührung ekelte sie, besonders nach den vorherigen Berührungen durch die Hexe, aber Susan hatte nichts dagegen tun können. Arme zu schwer, um sie zu heben; Zunge zu schwer, um zu sprechen. Sie konnte nur dastehen, während ihr die Hexe ins Ohr flüsterte.

»Was?« fragte Roland. »Was hat sie geflüstert?«

»Ich weiß nicht«, sagte Susan. »Der Rest ist rosa.«

»*Rosa?* Was meinst du damit?«

»Rosa«, wiederholte sie. Sie hörte sich fast amüsiert an, als würde sie glauben, daß Roland sich absichtlich dumm stellte. »Sie sagt: ›Ay, prima, genau so, bist ein braves Mädchen‹, und dann wird alles rosa. Rosa und hell.«

»Hell.«

»Ay, wie der Mond. Und dann …« Eine Pause. »Dann *wird* es, glaube ich, zum Mond. Dem Kußmond vielleicht. Einem leuchtendrosa Kußmond, so rund und voll wie eine Pampelmuse.«

Er suchte erfolglos nach anderen Wegen, in ihre Erinnerung vorzustoßen – jeder Pfad, mit dem er es versuchte, hörte an dem hellen rosa Licht auf, das zuerst ihre Erinnerungen überstrahlte und dann zum Vollmond wurde. Das sagte Roland nichts; er hatte von blauen Monden gehört, aber noch nie von rosaroten. Er wußte nur eines mit Sicherheit, daß die alte Frau Susan einen eindringlichen Befehl gegeben hatte, zu vergessen.

Er überlegte sich, ob er sie noch tiefer führen sollte – sie wäre ihm gefolgt –, wagte es aber nicht. Seine Erfahrungen rührten überwiegend daher, daß er seine Freunde hypnotisiert hatte – Übungen im Unterricht, die lustig und manchmal gruselig waren. Und stets waren Cort oder Vannay dabeigewesen, um alles in Ordnung zu bringen, falls etwas schiefging. Hier waren keine Lehrmeister, die eingreifen konnten; ob gut oder schlecht, die Schüler hatten die Schule für sich alleine. Wenn er sie tiefer führte und nicht mehr zurückbringen konnte? Und man hatte ihm gesagt, daß Dämonen im Unterbewußtsein lauerten. Wenn man hinabstieg, wo sie sich aufhielten, kamen sie manchmal aus ihren Höhlen geschwommen, um einem aufzulauern …

Abgesehen von allen anderen Einwänden, es wurde spät. Es wäre nicht klug, noch länger zu bleiben.

»Susan, kannst du mich hören?«

»Ay, Roland, ich höre dich sehr gut.«

»Gut. Ich werde jetzt einen Vers aufsagen. Während ich ihn aufsage, wirst du wach. Wenn ich fertig bin, wirst du wach sein und dich an alles erinnern, was ich gesagt habe. Hast du verstanden?«

»Ay.«

»Hör zu: Vogel und Bär und Fisch und Hase, Lies meiner Liebsten jeden Wunsch von der Nase.«

Ihr Lächeln, als sie wieder zu sich kam, war einer der schönsten Anblicke, die sich ihm je geboten hatten. Sie streckte sich und legte ihm die Arme um den Hals und bedeckte sein Gesicht mit Küssen. »Du, du, du, du«, sagte sie. »Du bist mein einziger Wunsch. Du und du, für immer und immer.«

Sie liebten sich noch einmal am Ufer, neben dem murmelnden

Bach, hielten einander so fest, wie sie konnten, atmeten einander in die Münder und lebten vom Atem des anderen. *Du, du, du, du.*

13

Zwanzig Minuten später half er ihr auf Felicias Rücken. Susan beugte sich herab, nahm sein Gesicht zwischen die Hände und küßte ihn innig.

»Wann werde ich dich wiedersehen?« fragte sie.

»Bald. Aber wir müssen vorsichtig sein.«

»Ay. So vorsichtig, wie zwei Liebende nur jemals waren, glaube ich. Den Göttern sei Dank, daß du schlau bist.«

»Wir können Sheemie bitten, wenn es nicht allzu oft geschieht.«

»Ay. Und, Roland – kennst du den Pavillon in Green Heart? Ganz in der Nähe der Stelle, wo sie bei schönem Wetter Tee und Kuchen servieren?«

Roland kannte ihn. Green Heart, vom Gefängnis und der Stadthalle aus fünfzig Meter weiter die Hill Street hinauf gelegen, war mit seinen hübschen Wegen, den Tischen unter Schirmen, dem Tanzpavillon auf dem Rasen und der Menagerie eines der schönsten Fleckchen in der Stadt.

»Dahinter ist eine Steinmauer«, sagte sie. »Zwischen dem Pavillon und der Menagerie. Wenn du mich dringend brauchst –«

»Ich werde dich immer dringend brauchen«, sagte er.

Sie lächelte über seinen Ernst. »In einer der unteren Reihen gibt es einen Stein – einen rötlichen. Du wirst ihn sehen. Meine Freundin Amy und ich haben einander dort Nachrichten hinterlassen, als wir noch klein waren. Ich werde dort nachsehen, wenn ich kann. Das solltest du auch.«

»Ay.« Mit Sheemie konnte es eine Zeitlang klappen, wenn sie vorsichtig waren. Auch mit dem roten Stein konnte es eine Zeitlang klappen, wenn sie vorsichtig waren. Aber wie vorsichtig sie auch sein mochten, irgendwann würden sie sich verraten, weil die Großen Sargjäger inzwischen wahrscheinlich mehr über Roland und seine Freunde wußten, als Roland lieb war. Aber er mußte sie sehen, ganz gleich, wie hoch das Risiko war.

Er hatte das Gefühl, sterben zu müssen, wenn er das nicht täte. Und er mußte sie nur einmal anschauen und wußte, daß sie ebenso fühlte.

»Gib besonders auf Jonas und die beiden anderen acht«, sagte er.

»Das werde ich. Noch einen Kuß, wenn du magst?«

Er küßte sie mit Freuden und hätte sie ebenso gerne für eine vierte Runde vom Rücken der Stute gezogen… aber es wurde Zeit, wieder aus dem Sinnestaumel zu erwachen und vorsichtig zu sein.

»Gehab dich wohl, Susan, ich liebe d-« Er machte eine Pause und lächelte. »Ich liebe Sie.«

»Und ich Ihn, Roland. Mein Herz gehört Ihm allein.«

Sie hat ein großes Herz, dachte er, als sie zwischen den Weiden verschwand, und er spürte das Gewicht ihres Herzens bereits auf seinem eigenen. Er wartete, bis er dachte, daß sie weit genug weg sein würde. Dann ging er zu Rusher und ritt in die entgegengesetzte Richtung, wohl wissend, daß ein neuer und gefährlicher Teil des Spiels begonnen hatte.

14

Nicht lange nachdem Susan und Roland sich verabschiedet hatten, kam Cordelia Delgado mit einem Korb Lebensmittel und sorgenschweren Gedanken aus dem Gemischtwarenladen von Hambry. Sorgen machte sie sich natürlich wegen Susan, wie immer Susan, und Cordelias Befürchtung, das Mädchen könnte eine Dummheit machen, bevor der Tag der Ernte kam, ließ sich nicht mehr unterdrücken.

Diese Gedanken wurden ebenso aus ihrem Denken gerissen wie der Lebensmittelkorb von Händen – kräftigen Händen – aus ihren Armen. Cordelia keifte überrascht, schirmte die Augen vor der Sonne ab und sah Eldred Jonas zwischen den Totems von Bär und Schildkröte stehen und sie anlächeln. Sein Haar, lang und weiß (und ihrer Meinung nach wunderschön), fiel ihm auf die Schultern. Cordelia spürte, wie ihr Herz ein wenig schneller schlug. Sie hatte sich stets zu Männern wie Jonas hingezogen gefühlt, die ihr Lächeln und ihr Geplänkel bis an die

Grenze des Gewagten treiben konnten … sich aber gerade hielten wie eine Klinge.

»Ich habe Sie erschreckt. Ich erflehe Ihre Verzeihung, Cordelia.«

»Nayn«, sagte sie und hörte sich in ihren eigenen Ohren ein wenig atemlos an. »Es ist nur die Sonne – so grell um diese Tageszeit –«

»Ich werde Sie ein Stück auf Ihrem Weg begleiten, wenn Sie gestatten. Ich gehe nur bis zur nächsten Ecke der High Street, dann biege ich in die Hill ab, aber darf ich Ihnen bis dahin behilflich sein?«

»Mit bestem Dank«, sagte sie. Sie gingen die Stufen hinunter auf den Dielenweg, und Cordelia spähte unauffällig in alle Richtungen, wer sie sehen mochte – sie an der Seite des stattlichen Sai Jonas, der zufällig ihre Einkäufe trug. Eine zufriedenstellende Anzahl Zuschauer waren zugegen. Sie sah zum Beispiel Millicent Ortega, die ihren dummen Kuhmund zu einem O der Überraschung geformt hatte, aus dem Schaufenster von Ann's Kleiderladen gaffen.

»Ich hoffe, es stört Sie nicht, wenn ich Sie Cordelia nenne.« Jonas klemmte sich den Karton, für den sie zwei Hände gebraucht hatte, mühelos unter einen Arm. »Seit dem Willkommensdinner im Haus des Bürgermeisters kommen Sie mir wie eine alte Bekannte vor.«

»Cordelia ist vortrefflich.«

»Und würden Sie mich Eldred nennen?«

»Ich denke, ›Mr. Jonas‹ wird es noch eine Weile tun«, sagte sie und schenkte ihm ein, wie sie hoffte, kokettes Lächeln. Ihr Herz schlug noch schneller. (Auf den Gedanken, daß Susan möglicherweise nicht die einzige dumme Gans in der Familie Delgado war, kam sie nicht.)

»So sei es«, sagte Jonas mit einem so komischen Ausdruck der Enttäuschung im Gesicht, daß sie lachen mußte. »Und Ihre Nichte? Geht es ihr gut?«

»Recht gut, danke der Nachfrage. Manchmal ist sie eine Plage –«

»Welches sechzehnjährige Mädchen wäre das nicht gewesen?«

»Da haben Sie wohl recht.«

»Und doch tragen Sie ihretwegen eine zusätzliche Last in diesem Herbst. Obwohl ich bezweifle, daß *ihr* das klar ist.«

Cordelia sagte nichts – es wäre nicht diskret gewesen –, sah ihn aber mit einem bedeutsamen Blick an, der alles sagte.

»Bitte bestellen Sie ihr meine Grüße.«

»Das werde ich.« Aber das würde sie nicht. Susan hatte eine große (und nach Cordelias Meinung irrationale) Abneigung gegen Bürgermeister Thorins Regulatoren entwickelt. Es würde wahrscheinlich nichts nützen, wenn sie versuchte, ihr das auszureden; junge Mädchen bildeten sich ein, sie wüßten alles. Sie betrachtete den Stern, der unauffällig unter dem Kragen von Jonas' Jacke hervorlugte. »Wie ich sehe, habt Ihr eine weitere Verantwortung in unserer unwürdigen Stadt übernommen, Sai Jonas.«

»Ay, ich helfe Sheriff Avery«, stimmte er zu. Seine Stimme bebte auf eine zittrige Weise, die Cordelia irgendwie ganz reizend fand. »Einer seiner Deputies – Claypool, so heißt er –«

»Frank Claypool, ay.«

»– ist aus seinem Boot gefallen und hat sich ein Bein gebrochen. Wie fällt man aus einem Boot und bricht sich das Bein, Cordelia?«

Sie lachte herzlich (die Vorstellung, daß ganz Hambry sie beobachtete, war sicher nicht richtig ... aber ihr kam es so vor, und das Gefühl war nicht unangenehm) und sagte, sie wüßte es nicht.

Er blieb an der Ecke High Street und Camino Vega stehen, ein Ausdruck des Bedauerns auf seinem Gesicht. »Hier muß ich abbiegen.« Er gab ihr den Korb zurück. »Sind Sie sicher, daß Sie das tragen können? Ich denke, ich könnte Sie bis zu Ihrem Haus begleiten –«

»Nicht nötig, nicht nötig. Danke. Danke, *Eldred*.« Die Röte, die ihr an Hals und Wangen emporstieg, fühlte sich so heiß wie Feuer an, aber sein Lächeln war jedes Ausmaß an Hitze wert. Er tippte zum Abschied mit zwei Fingern an den Hut und schlenderte den Hügel hinauf zum Büro des Sheriffs.

Cordelia ging weiter nach Hause. Der Korb, der ihr so eine Last gewesen war, als sie den Laden verlassen hatte, schien nun fast gar nichts mehr zu wiegen. Dieses Gefühl dauerte etwa eine halbe Meile an, aber als sie ihr Haus sehen konnte, merkte sie wieder, wie ihr der Schweiß an den Seiten hinablief und ihre Arme schmerzten. Den Göttern sei Dank, daß der Sommer fast vorbei war … und war das nicht Susan, die ihre Mähre gerade zum Tor hineinführte?

»Susan!« rief sie, und inzwischen war sie wieder soweit auf den Boden zurückgekehrt, daß man ihrer Stimme den Zorn auf das Mädchen anhörte. »Komm und hilf mir, bevor ich das fallen lasse und die Eier zerbreche!«

Susan kam und ließ Felicia im Vorgarten grasen. Zehn Minuten früher wäre Cordelia nicht aufgefallen, wie das Mädchen aussah – ihre Gedanken kreisten so sehr um Eldred Jonas, daß kaum Raum für etwas anderes blieb. Aber die heiße Sonne hatte ihr den größten Teil ihrer romantischen Gefühle aus dem Kopf gebrannt und sie auf den Boden der Tatsachen zurückgeholt. Und als Susan ihr den Karton abnahm (den sie fast so mühelos trug wie Eldred Jonas), dachte Cordelia, daß ihr das Äußere des Mädchens ganz gut gefiel. Zunächst einmal hatte sich ihre Stimmung verändert – aus der halb hysterischen Verwirrung bei ihrem Aufbruch war eine fröhliche und glückliche Ruhe geworden. Das war die Susan früherer Zeiten, von Kopf bis Fuß … nicht das launische Klageweib dieses Jahres. Cordelia konnte nichts Bestimmtes erkennen, außer –

Doch, da war etwas. Eine Sache. Sie streckte die Hand aus und packte den Zopf des Mädchens, der heute nachmittag ungewöhnlich nachlässig aussah. Natürlich war Susan ausgeritten, das konnte eine Erklärung für die unordentliche Frisur sein. Aber es war keine Erklärung dafür, wie dunkel ihr Haar war, als wäre die goldene Pracht angelaufen. Und sie zuckte fast schuldbewußt zusammen, als sie Cordelias Hand spürte. Woran, bitte, konnte das liegen?

»Dein Haar ist feucht, Susan«, sagte sie. »Bist du irgendwo schwimmen gewesen?«

»Nayn! Ich habe vor Hookeys Scheune Rast gemacht und den Kopf unter die Pumpe gehalten. Er hat nichts dagegen, es ist ein tiefer Brunnen, den er da hat. Es ist so heiß. Vielleicht gibt es später noch ein bißchen Regen. Ich hoffe es. Und ich habe Felicia zu trinken gegeben.«

Die Augen des Mädchens waren so direkt und freimütig wie immer, aber Cordelia fand trotzdem, daß irgend etwas Sonderbares in ihnen lag. Was das war, konnte sie nicht sagen. Der Gedanke, daß Susan ein großes und ernstes Geheimnis hegen könnte, kam Cordelia nicht gleich; sie hätte gesagt, daß ihre Nichte kein größeres Geheimnis als ein Geburtstagsgeschenk oder eine Überraschungsparty für sich behalten konnte ... und selbst solche Geheimnisse höchstens einen oder zwei Tage. Und doch war hier irgend etwas nicht in Ordnung. Cordelia schob ihre Finger in den Kragen von Susans Reithemd.

»Aber das ist trocken.«

»Ich war vorsichtig«, sagte sie und sah ihre Tante mit einem fragenden Blick an. »Schmutz bleibt besser an einem nassen Hemd kleben. Das hast du mir beigebracht, Tante.«

»Du bist zusammengezuckt, als ich dein Haar berührt habe, Susan.«

»Ay«, sagte Susan. »Das bin ich. Die Geisterfrau hat es auf dieselbe Weise berührt. Seitdem mag ich es nicht mehr leiden. Darf ich jetzt diese Lebensmittel hineinbringen und mein Pferd aus der heißen Sonne nehmen?«

»Sei nicht unverschämt, Susan.« Doch die Gereiztheit in der Stimme ihrer Nichte erleichterte sie auf seltsame Weise. Das Gefühl, daß sich Susan irgendwie verändert hatte – das Gefühl, daß etwas nicht in Ordnung war –, ließ ein wenig nach.

»Dann geh mir nicht auf die Nerven.«

»Susan! Entschuldige dich bei mir!«

Susan holte tief Luft, hielt den Atem an und stieß ihn wieder aus. »Ja, Tante. Ich entschuldige mich. Aber es ist heiß.«

»Ay. Bring das in die Vorratskammer. Und danke.«

Susan ging mit dem Karton auf den Armen ins Haus. Als das Mädchen weit genug voraus war, daß sie nicht zusammen gehen mußten, folgte Cordelia ihr. Zweifellos war alles eine Grille ihrerseits – ein Argwohn, den ihr Flirt mit Eldred geweckt hatte –, aber das Mädchen war in einem gefährlichen Alter, und vieles hing von ihrem untadeligen Verhalten in den nächsten sieben Wochen ab. Danach würde sie Thorins Problem sein, doch bis dahin blieb sie das von Cordelia. Cordelia dachte, daß Susan am Ende ihrem Versprechen die Treue halten würde, aber bis zum Erntejahrmarkt würde sie genau aufpassen müssen. Wenn es um Dinge wie die Jungfräulichkeit eines Mädchens ging, empfahl es sich, wachsam zu sein.

Zwischenspiel

Kansas, irgendwo, irgendwann

Eddie regte sich. Um sie herum jammerte die Schwachstelle immer noch wie eine unangenehme Schwiegermutter; über ihnen funkelten die Sterne so klar wie Hoffnungen … oder böse Absichten. Er betrachtete Susannah, die mit verschränkten Beinstümpfen dasaß; er sah Jake an, der einen Burrito aß, er sah Oy an, der die Schnauze auf Jakes Knöchel liegen hatte und mit einem Ausdruck gelassener Bewunderung zu dem Jungen aufschaute.

Das Feuer war niedergebrannt, leuchtete aber noch. Dasselbe galt für den Dämonenmond weit im Westen.

»Roland.« Seine Stimme hörte sich in seinen eigenen Ohren alt und rostig an.

Der Revolvermann, der eine Pause gemacht hatte, um einen Schluck Wasser zu trinken, sah ihn mit hochgezogenen Brauen an.

»Wie kannst du jeden Winkel dieser Geschichte kennen?«

Roland wirkte amüsiert. »Ich glaube nicht, daß es das ist, was du wirklich wissen willst, Eddie.«

Damit hatte er recht – der alte Lange, Große und Häßliche hatte so eine Angewohnheit, recht zu haben. Das war, soweit es Eddie betraf, eine seiner ärgerlichsten Eigenschaften. »Na gut. Wie lange hast du geredet? *Das* ist es, was ich wirklich wissen möchte.«

»Fühlst du dich unwohl? Möchtest du schlafen?«

Er macht sich über mich lustig, dachte Eddie … aber noch während ihm der Gedanke kam, wußte er, daß es nicht stimmte. Nein, er fühlte sich *nicht* unwohl. Seine Gelenke waren nicht steif, obwohl er mit überkreuzten Beinen dasaß, seit Roland angefangen hatte, ihnen von Rhea und der Glaskugel zu erzählen, und er mußte auch nicht auf die Toilette. Und er war auch nicht hungrig. Jake aß den letzten Burrito, aber wahrscheinlich aus demselben Grund, weshalb Leute auf den Mount Everest kletterten … weil er da war. Und warum *sollte* er hungrig oder müde oder steif sein? Wo doch das Feuer noch brannte und der Mond noch nicht untergegangen war?

Er sah in Rolands amüsierte Augen und wußte, daß der Revolvermann seine Gedanken las.

»Nein, ich will nicht schlafen. Das weißt du genau. Aber, Roland ... du erzählst schon so *lange Zeit.*« Er machte eine Pause, betrachtete seine Hände, schaute wieder auf und lächelte nervös. »Tage, hätte ich gesagt.«

»Aber die Zeit ist hier anders. Das habe ich dir gesagt; jetzt siehst du es selbst. Nicht alle Nächte sind in letzter Zeit gleich lang. Tage auch nicht ... aber nachts fällt uns die Zeit mehr auf, oder nicht? Ja, ich glaube, so ist es.«

»Dehnt die Schwachstelle die Zeit?« Und jetzt, wo er sie erwähnt hatte, konnte Eddie sie in all ihrer unheimlichen Pracht hören – ein Geräusch wie vibrierendes Metall, oder vielleicht der größte Moskito der Welt.

»Das könnte sein, aber hauptsächlich liegt es daran, daß es in meiner Welt eben so ist.«

Susannah regte sich wie eine Frau, die teilweise aus einem Traum erwacht, der sie wie feiner Treibsand festhält. Sie betrachtete Eddie mit einem Blick, der distanziert und ungeduldig zugleich war. »Laß den Mann reden, Eddie.«

»Ja«, sagte Jake. »Laß den Mann reden.«

Und Oy, ohne die Schnauze von Jakes Knöchel zu heben: »An. Eden.«

»Na gut«, sagte Eddie. »Kein Problem.«

Roland maß sie mit Blicken. »Seid ihr sicher? Der Rest ist ...« Er konnte nicht zu Ende sprechen, und Eddie ging auf, daß Roland Angst hatte.

»Mach weiter«, sagte Eddie leise zu ihm. »Laß den Rest sein, wie er ist. Wie er war.« Er sah sich um. Kansas. Sie waren in Kansas. Irgendwo, irgendwann. Aber er spürte, daß Mejis und diese Leute, die er nie gesehen hatte – Cordelia und Jonas und Brian Hookey und Sheemie und Pettie der Trampel und Cuthbert Allgood –, jetzt sehr nahe waren. Daß Roland Susan verlor, war auch sehr nahe. Denn die Realität war dünn hier – so dünn wie der Hosenboden einer alten Jeans –, und die Dunkelheit würde so lange währen, wie Roland sie brauchte. Eddie bezweifelte, daß Roland die Dunkelheit überhaupt groß zur Kenntnis nahm. Warum sollte er auch? Eddie glaubte, daß in Rolands Verstand schon lange, lange Zeit Nacht herrschte ... und die Dämmerung noch längst nicht in Sicht.

Er streckte den Arm aus und berührte eine dieser schwieligen Killerhände. Berührte sie sanft und voller Liebe.

»Los, Roland. Erzähl deine Geschichte. Bis zum bitteren Ende.«

»Bis zum bitteren Ende«, sagte Susannah verträumt. »Raus damit.« Ihre Augen waren voller Mondschein.

»Bis zum bitteren Ende«, sagte Jake.

»Ende«, flüsterte Oy.

Roland hielt Eddies Hand einen Moment, dann ließ er sie los. Er sah in das prasselnde Feuer, sagte aber zunächst nichts, und Eddie spürte, wie er versuchte, einen Weg zu finden. Wie er eine Tür nach der anderen ausprobierte, bis er eine fand, die aufging. Was er dahinter sah, veranlaßte ihn, zu lächeln und Eddie anzusehen.

»Wahre Liebe ist langweilig«, sagte er.

»*Was* sagst du da?«

»Wahre Liebe ist langweilig«, wiederholte Roland. »So langweilig wie jede andere starke und süchtig machende Droge. Und wie bei jeder anderen starken Droge ...«

Dritter Teil

Komm, Ernte

Kapitel 1
Unter dem Jägerinnenmond

1

Wahre Liebe ist langweilig, wie jede andere starke und süchtig machende Droge – wenn die Geschichte von Begegnung und Entdeckung erzählt ist, werden Küsse schnell schal und Zärtlichkeiten ermüdend ... außer natürlich für diejenigen, die sich küssen, die zärtlich zueinander sind, während jedes Geräusch und jede Farbe der Welt um sie herum tiefer und leuchtender zu werden scheint. Und wie bei jeder anderen starken Droge ist die wahre erste Liebe wirklich nur für diejenigen interessant, die ihre Gefangenen geworden sind.

Und, was ebenfalls auf jede andere starke und süchtig machende Droge zutrifft, wahre erste Liebe ist gefährlich.

2

Manche nannten die Jägerin den letzten Mond des Sommers; manche den ersten des Herbstes. Wie man sie auch nannte, sie war das Signal für Veränderungen im Leben der Baronie. Die Männer, die auf die Bucht hinausfuhren, trugen Pullover unter dem Ölzeug, wenn die Winde immer entschlossener in den herbstlichen Ost-West-Korridor einschwenkten und dabei zunehmend schneidender wurden. In den großen Obstgärten der Baronie nördlich von Hambry (und in den kleineren Obstgärten, die sich im Besitz von John Croydon, Henry Wertner, Jake White und der mürrischen, aber wohlhabenden Coral Thorin befanden) konnte man die ersten Pflücker mit ihren seltsam schiefen Leitern zwischen den Reihen sehen; ihnen folgten die mit leeren Fässern beladenen Pferdekarren. Auf den windabgewandten Seiten der Apfelmostereien – besonders der großen Mosterei der Baronie eine Meile nördlich von Seafront –, erfüllte der süße Duft der in die Körbe gepreßten Äpfel die Brise. Fernab vom Ufer des Reinen Meeres blieben die Tage warm, während die Jägerin zunahm; der Himmel war Tag und Nacht klar, aber der Marketender hatte die größte Sommerhitze mit sich genommen. Die letzte Heuernte begann und wurde binnen einer Woche abgeschlossen – diese letzte Ernte fiel stets kümmerlich aus, und die Rancher und Landpächter verfluchten sie gleichermaßen, kratzten sich an den Köpfen und fragten sich, warum sie die Mühe überhaupt auf sich nahmen ... aber wenn der regnerische, stürmische März kam und die Scheunen und Silos zunehmend leerer wurden, wußten sie es immer. In den Gärten der Baronie – den großen der Rancher, den kleineren der Landpächter, den winzigen Grundstücken der Stadtbewohner – tauchten Männer und Frauen und Kinder in ihrer ältesten Kleidung auf, mit Stiefeln und *sombreros* und *sombreras*. Sie hatten die Hosenbeine an den Knöcheln fest zugebunden, denn zur Zeit der Jägerin kamen Schlangen und Skorpione in großer Zahl von der Wüste hereingewandert. Bis der alte Dämonenmond am Himmel anschwoll, würden eine ganze Reihe Klapperschlangen an den Pferdebalken des Traveller's Rest und des Gemischtwarenladens auf der anderen Straßenseite hängen. Andere Geschäfte würden ihre Querbalken ähnlich dekorieren, aber wenn am Erntetag der Preis für die meisten Häute vergeben wurde, ging stets entweder das Gasthaus oder der Kaufladen als Sieger hervor. Auf den Feldern und in den Gärten trugen Frauen mit bunten Kopftüchern und in den Ausschnitten versteckten Ernteglücksbringern Körbe, die gefüllt werden mußten. Die letzten Tomaten wurden geerntet, die letzten Gurken, die letzten Maiskolben, die letzten Pareys und Mingos. Im Anschluß daran, wenn die Tage frischer wurden und die Herbststürme näherrückten, würden Scharfwurzeln, Kartoffeln und Kürbisse folgen. In Mejis hatte die Zeit der Ernte begonnen, während oben am Himmel die Jägerin in jeder sternenklaren Nacht deutlicher ihren Bogen spannte und nach Osten über die seltsamen, meilenweiten Wasserflächen schaute, die kein Mann und keine Frau von Mittwelt je gesehen hatte.

3

Diejenigen, die unter dem Einfluß einer starken Droge stehen – Heroin, Teufelsgras, wahre Liebe –, versuchen häufig, ein prekäres Gleichgewicht zwischen Heimlichtuerei und Ekstase zu wahren, während sie auf dem Hochseil ihres Lebens balancieren. Selbst unter günstigsten Umständen ist es schwierig, auf einem Hochseil zu gehen; im Zustand des Deliriums ist es so gut wie unmöglich. *Völlig* unmöglich auf lange Sicht.

Roland und Susan waren im Delirium, genossen aber zumindest den winzigen Vorteil, daß sie es wußten. Und das Geheimnis mußte nicht für immer gewahrt werden, sondern allerhöchstens bis zum Erntejahrmarkt. Und vielleicht wurde es schon früher enthüllt, wenn die Großen Sargjäger aus ihrer Deckung kamen. Der tatsächliche erste Zug mochte von einem der anderen Spieler gemacht werden, dachte Roland, aber wer auch immer zuerst handelte, Jonas und seine Männer würden zur Stelle sein und ihren Part spielen. Den Part, der den drei Jungs wahrscheinlich am gefährlichsten werden würde.

Roland und Susan waren vorsichtig – jedenfalls so vorsichtig wie Menschen im Delirium nur sein können. Sie trafen sich nie zweimal nacheinander an derselben Stelle, sie trafen sich nie zweimal nacheinander zur selben Zeit, sie schlichen sich niemals verstohlen zu ihrem Stelldichein. In Hambry waren Reiter nichts Ungewöhnliches, aber Heimlichtuer fielen auf. Susan versuchte nie, ihre »Ausritte« mit Hilfe einer Freundin zu erklären (obschon sie Freundinnen hatte, die ihr diesen Gefallen getan hätten); Menschen, die Alibis brauchten, waren Menschen, die Geheimnisse hatten. Sie hatte das Gefühl, daß ihre Ausritte Tante Cord zunehmend nervös machten – besonders die in den frühen Abendstunden –, aber bislang akzeptierte sie Susans ständig wiederholte Gründe dafür noch: Sie brauchte Zeit, um allein zu sein, um über ihr Versprechen zu meditieren und ihre Verantwortung zu akzeptieren. Ironischerweise stammten diese Vorschläge ursprünglich von der Hexe vom Cöos.

Sie trafen sich in dem Weidenwäldchen, in mehreren der verlassenen Bootshäuser, die verfallend am nördlichen Ausläufer der Bucht standen, in einer Schäferhütte weit draußen in der Einsamkeit des Cöos, in einem unbewohnten Pflückerschuppen, der versteckt im Bösen Gras lag. Die Treffpunkte waren im großen und ganzen so trostlos wie alle, wo sich Süchtige trafen, um ihrem Laster zu frönen, aber Susan und Roland sahen weder die verrottenden Wände des Schuppens oder die Löcher im Dach der Hütte, noch rochen sie die schimmelnden Netze in den Ecken der alten, feuchten Bootshäuser. Sie waren im Rausch, rettungslos verliebt, und für sie war jede Narbe im Antlitz der Welt ein Schönheitsmal.

In den ersten Wochen des Deliriums benutzten sie zweimal den roten Stein an der Wand hinter dem Pavillon, um Treffen zu vereinbaren, und dann meldete sich tief in Rolands Innerem eine Stimme zu Wort und sagte ihm, daß sie damit aufhören mußten – der Stein mochte genau das Richtige für spielende Kinder gewesen sein, aber er und seine Liebste waren keine Kinder mehr; wenn sie entdeckt wurden, war Verbannung die mildeste Strafe, auf die sie hoffen konnten. Der rote Stein war zu auffällig, außerdem war es schrecklich gefährlich, Nachrichten aufzuschreiben, selbst wenn sie nicht unterzeichnet und absichtlich vage gehalten wurden.

Sheemie zu benutzen kam ihnen beiden sicherer vor. Unter seiner lächelnden Gedankenlosigkeit verbarg sich eine überraschend tiefe … nun, Diskretion. Roland hatte lange und gründlich nachgedacht, bevor er sich für dieses Wort entschied, und es war das richtige Wort: eine Fähigkeit, die würdevoller war als bloße Verschlagenheit. Zu Verschlagenheit wäre Sheemie ohnehin nicht fähig gewesen, und so würde es immer sein – ein Mann, der keine Lüge erzählen konnte, ohne den Blick abwenden zu müssen, war ein Mann, den man nicht als verschlagen betrachten konnte.

Sie benutzten Sheemie ein halbes Dutzend Mal im Lauf der fünf Wochen, in denen ihre körperliche Liebe am heißesten brannte – dreimal, um Treffen zu vereinbaren, zweimal, um Treffpunkte zu ändern, und einmal, um ein Stelldichein abzusagen, als Susan Reiter von der Piano Ranch erblickte, die in der Nähe des Schuppens im Bösen Gras nach verstreuten Tieren suchten.

Die tiefe, warnende Stimme richtete Sheemies wegen nie das Wort an Roland, wie sie es hinsichtlich der Gefahren des roten Steins getan hatte … aber sein Gewissen meldete sich bei ihm, und als er es schließlich Susan gegenüber erwähnte (als die beiden, in eine Satteldecke eingehüllt, einander nackt in den Armen lagen), erfuhr er, daß auch sie von Gewissensbissen geplagt war. Es war nicht recht, den Jungen ihretwegen in Gefahr zu bringen. Nachdem sie zu dieser Schlußfolgerung gelangt waren, vereinbarten Roland und Susan ihre Treffen ausschließlich unter sich. Wenn sie ihn nicht treffen konnte, sagte Susan, würde sie ein rotes Hemd an ihrem Fenstersims aufhängen, als wollte sie es trocknen. Wenn er sie nicht sehen konnte, sollte er einen weißen Stein in der nordöstlichen Ecke des Hofs hinlegen, schräg gegenüber von Hookeys Mietstall, wo die Wasserpumpe der Stadt stand. Als letzte Möglichkeit wollten sie lieber auf den roten Stein im Pavillon zurückgreifen, so riskant es sein mochte, als Sheemie wieder in ihre Angelegenheiten – ihre *Affäre* – hineinzuziehen.

Cuthbert und Alain verfolgten Rolands Abstieg in die Sucht zuerst mit Unglauben, Neid und nervöser Fassungslosigkeit, schließlich mit einer Art stummen Grauens. Sie waren an einen scheinbar sicheren Ort geschickt worden und statt dessen einer Verschwörung auf die Spur gekommen; sie waren gekommen, um Zählungen in einer Baronie durchzuführen, wo der größte Teil der Aristokratie offenbar zum erbittertsten Feind des Bundes übergelaufen war; sie hatten sich drei harte Männer, die wahrscheinlich genug Menschen getötet hatten, um einen mittelgroßen Friedhof zu bevölkern, zu persönlichen Feinden gemacht. Und doch hatten sie sich der Situation gewachsen gefühlt, weil sie unter der Führerschaft ihres Freundes hierher gekommen waren, der in ihren Augen einen beinahe legendären Status erreicht hatte, als er Cort – mit einem Falken als Waffe! – besiegt hatte und im unerhörten Alter von vierzehn Jahren zum Revolvermann geworden war. Sie selbst hatten für diese Mission Waffen bekommen, was ihnen viel bedeutete, als sie Gilead verließen, aber gar nichts mehr, als sie das ganze Ausmaß dessen erkannten, was sich in Hambry und der Baronie, zu der es gehörte, tatsächlich abspielte. Als diese Erkenntnis kam, war Roland die Waffe, auf die sie zählten. Und jetzt –

»Er ist wie ein Revolver, der ins Wasser geworfen wurde!« rief Cuthbert eines Abends aus, als Roland kurz zuvor fortgeritten war, um sich mit Susan zu treffen. Über der Veranda des Schlafhauses erhob sich die Jägerin in ihrem ersten Viertel. »Die Götter wissen, ob er jemals wieder schießen wird, wenn man ihn herausholt und abtrocknet.«

»Psst, warte«, sagte Alain und sah zum Verandageländer. In der Hoffnung, Cuthbert aufzuheitern (eine Aufgabe, die unter normalen Umständen ziemlich einfach war), sagte Alain: »Wo ist der Wachtposten? Zur Abwechslung einmal früh zu Bett gegangen, ja?«

Aber das erboste Cuthbert nur noch mehr. Er hatte den Krähenschädel seit Tagen nicht mehr gesehen – konnte nicht einmal sagen, wie viele genau – und betrachtete den Verlust als böses Omen. »Er ist gegangen, aber nicht ins Bett«, antwortete er und sah gehässig nach Westen, wo Roland auf seinem großen alten Klotz von einem Pferd verschwunden war. »Verloren, schätze ich. So wie Hirn und Herz und Verstand eines gewissen Burschen.«

»Der kommt schon wieder zu sich«, sagte Alain verlegen. »Du kennst ihn so gut wie ich, Bert – wir kennen ihn unser ganzes Leben lang. Er kommt schon wieder zu sich.«

Leise und ohne eine Spur seines sonstigen Humors sagte Cuthbert: »Mir ist, als wäre er mir vollkommen fremd geworden.«

Sie hatten beide auf ihre unterschiedliche Art versucht, mit Roland zu reden; beide hatten dieselbe Antwort erhalten, die gar keine Antwort war. Der verträumte (und vielleicht ein wenig beunruhigte) zerstreute Ausdruck in Rolands Augen während dieser einseitigen Unterhaltungen wäre jedem vertraut gewesen, der je versucht hatte, mit einem Drogensüchtigen vernünftig zu reden. Es war ein Ausdruck, der besagte, daß Rolands ganzes Denken mit der Form von Susans Gesicht beschäftigt war, mit dem Geruch von Susan Haut, mit der Beschaffenheit ihres Körpers. Und *beschäftigt* war ein albernes Wort dafür, das den Kern nicht traf. Es war keine Beschäftigung, sondern eine Besessenheit.

»Ich hasse sie ein wenig für das, was sie getan hat«, sagte Cuthbert, und in seiner Stimme klang ein Unterton mit, den Alain noch nie gehört hatte – eine Mischung aus Eifersucht, Frustration und Angst. »Vielleicht mehr als ein wenig.«

»Das darfst du nicht!« Alain versuchte, sich nicht schockiert anzuhören, aber es gelang ihm nicht. »Sie ist nicht verantwortlich für –«

»Wirklich nicht? Sie ist mit ihm zu Citgo gegangen. Sie hat gesehen, was er gesehen hat. Gott weiß, was er ihr sonst noch erzählt hat, als sie fertig waren, das Tier mit den zwei Rücken zu machen. Und sie ist alles andere als dumm. Das sieht man schon daran, wie sie ihren Teil der Affäre gehandhabt hat.« Bert dachte, vermutete Alain, an ihren netten kleinen Trick mit der *corvette*. »Sie muß wissen, daß sie inzwischen selbst zu einem Teil des Problems geworden ist. Das muß sie *wissen*!«

Nun war ihm seine Verbitterung beängstigend deutlich anzumerken. *Er ist eifersüchtig auf sie, weil sie ihm den besten Freund gestohlen hat,* dachte Alain, *aber das ist nicht alles. Er ist eifersüchtig auf seinen besten Freund, weil sein bester Freund das schönste Mädchen bekommen hat, das je einer von uns gesehen hat.*

Alain beugte sich zu Cuthbert und hielt ihn an der Schulter fest. Als Bert, der verdrossen über den Hof geschaut hatte, sich zu seinem Freund umdrehte, erschreckte ihn Alains grimmiges Gesicht. »Es ist *Ka*«, sagte Alain.

Cuthbert schnaubte fast höhnisch. »Wenn ich eine warme Mahlzeit für jedes Mal bekommen würde, wenn jemand die Schuld für Diebstahl oder Wollust oder eine andere Narretei auf *Ka* geschoben hat –«

Alains Griff wurde fester, bis es schmerzte. Cuthbert hätte sich herauswinden können, ließ es aber bleiben. Er sah Alain eingehend an. Der Witzbold war verschwunden, zumindest vorübergehend. »Schuldzuweisung ist genau das, was wir uns nicht leisten können«, sagte Alain. »Begreifst du das nicht? Und wenn es wirklich *Ka* war, das sie hinweggefegt hat, können wir ihnen keine Schuld geben. *Dürfen* wir ihnen keine Schuld geben. Wir müssen darüberstehen. Wir brauchen ihn. Und sie brauchen wir vielleicht auch.«

Cuthbert sah Alain eine anscheinend sehr lange Zeit in die Augen. Alain sah, wie Berts Wut im Wettstreit mit seinem gesunden Menschenverstand lag. Schließlich (und vielleicht nur vorübergehend) behielt der gesunde Menschenverstand die Oberhand.

»Na gut, fein. Es ist *Ka*, jedermanns beliebtester Sündenbock. Dazu ist die große unsichtbare Welt schließlich da, oder nicht? Damit wir nicht selbst die Schuld für unser dummes Handeln auf uns nehmen müssen, ja? Und jetzt laß mich los, Al, bevor du mir die Schulter brichst.«

Alain ließ los und setzte sich erleichtert wieder auf seinen Stuhl. »Wenn ich nur wüßte, was wir wegen der Schräge anstellen sollen. Wenn wir nicht bald anfangen, dort zu zählen –«

»Was das angeht, hab ich eine Idee«, sagte Cuthbert. »Sie müßte nur noch ein bißchen ausgearbeitet werden. Ich bin sicher, Roland könnte uns helfen … das heißt, wenn es einer von uns fertigbringt, daß er uns ein paar Minuten seine Aufmerksamkeit schenkt.«

Sie saßen eine Zeitlang wortlos zusammen und sahen über den Hof. Im Schlafhaus gurrten die Tauben – neuerdings ebenfalls ein ständiger Grund für Zwistigkeiten zwischen Roland und Bert. Alain drehte sich eine Zigarette. Es ging ihm langsam von der Hand, und das Endprodukt sah recht komisch aus, aber die Zigarette hielt, als er sie anzündete.

»Dein Vater würde dir die Haut abziehen, wenn er dieses Ding in deiner Hand sähe«, bemerkte Cuthbert, aber er sagte es mit einer gewissen Bewunderung. Bis die nächstjährige Jägerin am Himmel stand, würden sie alle drei überzeugte Raucher sein, braungebrannte Männer, aus deren Augen alles Jungenhafte verschwunden war.

Alain nickte. Der kräftige Tabak des Äußeren Bogens machte ihm den Kopf schwindelig und den Hals rauh, aber eine Zigarette konnte die Nerven beruhigen, und im Augenblick konnte er etwas Beruhigung vertragen. Er wußte nicht, wie es Bert ging, aber er konnte neuerdings Blut im Wind riechen. Möglicherweise würde etwas davon ihr eigenes sein. Er hatte nicht unbedingt Angst – jedenfalls noch nicht –, aber er machte sich große, große Sorgen.

4

Obwohl sie seit frühester Kindheit wie Falken auf Waffen abgerichtet worden waren, saßen Cuthbert und Alain noch einem Irrglauben auf, der vielen Jungs ihres Alters eigen ist: daß Ältere ihnen automatisch überlegen waren, zumindest wenn es um Planung und Geisteskraft ging; sie glaubten wirklich, daß Erwachsene wußten, was sie taten. Roland wußte es selbst in seinem Liebestaumel besser, aber seine Freunde hatten vergessen, daß bei einer Partie Schloß *beide* Seiten eine Augenbinde trugen.

Es hätte sie überrascht, herauszufinden, daß zumindest zwei der Großen Sargjäger außerordentlich nervös über die drei jungen Männer aus Innerwelt waren und das Spiel des Abwartens, das beide Seiten spielten, extrem satt hatten.

Eines frühen Morgens, als sich die Jägerin dem Halbmond näherte, kamen Reynolds und Depape gemeinsam vom ersten Stock des Traveller's Rest herunter. In der Bar herrschte Schweigen, von mannigfachem Schnarchen und verschleimtem Röcheln einmal abgesehen. In der bestbesuchten Bar von Hambry war die Party für diese Nacht vorbei.

Jonas spielte im Beisein eines schweigsamen Gasts Kanzlerpatience an Corals Tisch links von der Schwingtür. Heute nacht trug er seinen Staubmantel, und wenn er sich über die Karten beugte, bildete sein Atem kleine Dampfwölkchen. Es war noch nicht kalt genug für Frost – noch nicht ganz –, aber der Frost würde nicht mehr lange auf sich warten lassen. Die kühle Luft ließ daran nicht den geringsten Zweifel.

Der Atem seines Gasts dampfte ebenfalls. Kimba Rimers knochendürre Gestalt war fast zur Gänze unter einer grauen *serape* mit orangeroten Streifen verborgen. Die beiden waren gerade im Begriff gewesen, zum Geschäftlichen zu kommen, als Roy und Clay (*Pinch und Jilly*, dachte Rimer) sich sehen ließen, nachdem sie ihr Pflügen und Säen in den Betten im ersten Stock für diese Nacht offenbar ebenfalls beendet hatten.

»Eldred«, sagte Reynolds, und dann: »Sai Rimer.«

Rimer nickte zurück und sah mit kaum verhohlener Abneigung von Reynolds zu Depape. »Lange Tage und angenehme Nächte, meine Herren.« Natürlich hatte die Welt sich weitergedreht, dachte er. Daß man zwei derart niedere Gesellen in wichtigen Positionen fand, war der lebende Beweis dafür. Jonas selbst war nur ein wenig besser.

»Könnten wir dich kurz sprechen, Eldred?« fragte Clay Reynolds. »Wir haben miteinander geredet, Roy und ich –«

»Unklug«, bemerkte Jonas mit seiner bebenden Stimme. Es würde Rimer nicht überraschen, wenn er am Ende seines Lebens feststellen müßte, daß der Todesengel so eine Stimme hatte. »Reden kann zu Denken führen, und Denken ist gefährlich für Jungs wie euch. Als würde man sich mit Patronen in der Nase bohren.«

Depape blökte sein verdammtes I-ahh-Gelächter, als hätte er nicht begriffen, daß der Witz auf seine Kosten ging.

»Jonas, hör zu«, begann Reynolds, dann sah er Rimer unsicher an.

»Du kannst vor Sai Rimer sprechen«, sagte Jonas und legte eine frische Reihe Karten hin. »Schließlich ist er unser oberster Dienstherr. Ich spiele Kanzlerpatience zu seinen Ehren, das tue ich.«

Reynolds sah überrascht drein. »Ich dachte … will sagen, ich habe geglaubt, Bürgermeister Thorin wäre …«

»Hart Thorin will keine Einzelheiten unserer Vereinbarung mit dem Guten Mann wissen«, sagte Rimer. »Was das angeht, will er nur einen Anteil am Profit, Mr. Reynolds. Die Hauptsorge des Bürgermeisters im Augenblick ist, daß das Fest am Erntetag glatt über die Bühne geht und seine Übereinkunft mit der jungen Dame … reibungslos vollzogen werden kann.«

»Ay, das ist wahrlich diplomatisch von Euch gesprochen«, sagte Jonas im breiten Dialekt von Mejis. »Aber da Roy ein wenig verwirrt dreinschaut, werde ich es übersetzen. Bürgermeister Thorin verbringt seine Zeit neuerdings überwiegend auf dem Abort, rubbelt sich seinen rosa Knubbel ab und stellt sich vor, seine Faust wäre Susan Delgados Dose. Ich wette, wenn die Muschel endlich geöffnet wird und ihre Perle vor ihm liegt, wird er sie nie pflücken – sein Herz wird vor Aufregung explodieren, und er wird tot auf sie fallen, das wird er. Jar!«

Depape ließ wieder sein Eselsgelächter ertönen. Er stieß Reynolds mit dem Ellbogen an. »Er hat es drauf, was, Clay? Hört sich ganz so an wie die aus Mejis!«

Reynolds grinste, aber sein Blick blieb besorgt. Rimer brachte ein Lächeln zustande, so dünn wie eine Schicht Novembereis, und zeigte auf die Sieben, die gerade umgedreht worden war. »Rot auf Schwarz, mein lieber Jonas.«

»Ich bin nicht Ihr lieber Irgendwas«, sagte Jonas und legte die Karo Sieben auf die Pik Acht, »und Sie täten gut daran, das nicht zu vergessen.« Dann, zu Reynolds und Depape: »Also, was wollt ihr, Jungs? Rimer und ich wollten gerade ein kleines Palaver abhalten.«

»Vielleicht könnten wir *alle* die Köpfe zusammenstecken«,

sagte Reynolds und stützte sich mit einer Hand auf eine Stuhllehne. »Mal sehen, ob unsere Ansichten übereinstimmen.«

»Ich glaube nicht«, sagte Jonas und schob die Karten zusammen. Er sah gereizt aus, und Clay Reynolds nahm die Hand hastig von der Stuhllehne. »Sagt, was ihr zu sagen habt, und bringt es hinter euch. Es ist spät.«

»Wir haben gedacht, es wäre an der Zeit, zur Bar K rauszugehen«, sagte Depape. »Uns mal umsehen. Mal sehen, ob da was ist, das untermauern kann, was der alte Kerl in Ritzy gesagt hat.«

»Und nachsehen, was sie sonst noch da draußen haben«, fügte Reynolds hinzu. »Es ist nicht mehr lange hin, Eldred, und wir können uns nicht leisten, ein Risiko einzugehen. Sie haben vielleicht –«

»Ay? Revolver? Elektrisches Licht? Feen in Fläschchen? Wer weiß? Ich werde darüber nachdenken, Clay.«

»Aber –«

»Ich sagte, ich werde darüber nachdenken. Und jetzt geht nach oben, alle beide, zurück zu euren eigenen Feen.«

Reynolds und Depape sahen ihn an, sahen einander an und wichen vom Tisch zurück. Rimer sah ihnen mit seinem dünnen Lächeln nach.

An der Treppe drehte sich Reynolds noch einmal um. Jonas hörte auf, die Karten zu mischen, und sah ihn mit hochgezogenen struppigen Augenbrauen an.

»Wir haben sie einmal unterschätzt und wie Trottel ausgesehen. Ich will nicht, daß das noch mal passiert. Das ist alles.«

»Dein Arsch ist deswegen immer noch wund, was? Nun, meiner auch. Und ich sage dir noch einmal, sie werden für das bezahlen, was sie getan haben. Ich habe die Rechnung schon fertig, und wenn der Zeitpunkt gekommen ist, werde ich sie ihnen mit Zins und Zinseszins präsentieren. Bis dahin werden sie mich nicht so sehr aus der Fassung bringen, daß ich den ersten Schritt unternehme. Die Zeit ist auf *unserer* Seite, nicht auf ihrer. Hast du das verstanden?«

»Ja.«

»Wirst du es beherzigen?«

»Ja«, wiederholte Reynolds. Er schien zufrieden zu sein.

»Roy? Vertraust du mir?«

»Ay, Eldred. Bis ans Ende.« Jonas hatte ihn für die Arbeit gelobt, die er in Ritzy geleistet hatte, und Depape hatte sich in dem Lob gewälzt wie ein Rüde im Geruch einer Hündin.

»Dann geht nach oben, alle beide, und laßt mich mit dem Boss palavern, damit ich es hinter mir habe. Ich bin zu alt für diese langen Nächte.«

Als sie gegangen waren, legte Jonas eine neue Reihe Karten hin und sah sich in dem Raum um. Etwa ein halbes Dutzend Leute, darunter der Klavierspieler Sheb und Barkie, der Rausschmeißer, lagen herum und schliefen. Niemand war nahe genug, um die leise Unterhaltung der beiden Männer an der Tür mithören zu können, selbst wenn einer der schnarchenden Trunkenbolde einen Grund gehabt hätte, den Schlaf nur vorzutäuschen. Jonas legte eine rote Dame auf einen schwarzen Buben und schaute zu Rimer auf. »Sagen Sie, was Sie zu sagen haben.«

»Eigentlich haben es diese beiden für mich gesagt. Sai Depape wird nie durch ein Übermaß an Klugheit in Verlegenheit kommen, aber Reynolds ist ein ziemlich schlauer Bursche für einen Revolverhelden, oder nicht?«

»Clay ist ganz helle, wenn der Mond richtig steht und er sich rasiert hat«, stimmte Jonas zu. »Wollen Sie mir sagen, daß Sie von Seafront hierhergekommen sind, um mir zu sagen, daß wir diesen drei Babbies genauer auf die Finger schauen sollten?«

Rimer zuckte die Achseln.

»Vielleicht sollten wir es, und vielleicht bin ich der Mann, der es machen sollte – stimmt schon. Aber was sollte es zu finden geben?«

»Das wird sich zeigen«, sagte Rimer und klopfte auf eine von Jonas' Karten. »Da ist ein Kanzler.«

»Ay. Fast so häßlich wie derjenige, der bei mir am Tisch sitzt.« Jonas legte den Kanzler – es war Paul – über sein Blatt. Als nächstes drehte er Lukas um, den er neben Paul legte. Nun lauerten nur noch Peter und Matthäus irgendwo im Busch. Jonas sah Rimer listig an. »Sie verbergen es besser als meine Kameraden, aber insgeheim sind Sie genauso nervös wie sie. Wollen Sie wissen, was da draußen im Schlafhaus ist? Ich werde es Ihnen sagen: Ersatzstiefel, Bilder ihrer Mamies, Socken, die zum Himmel stinken, fleckige Laken von Jungs, denen man beigebracht hat, daß es unter ihrer Würde ist, den Schafen nachzustellen … und Revolver, die irgendwo versteckt sind. Wahrscheinlich unter den Bodendielen.«

»Sie glauben wirklich, daß die Revolver haben?«

»Ay, das hat Roy rausgekriegt. Sie stammen aus Gilead, sie stammen wahrscheinlich vom Geschlecht Eld ab oder von Leuten, die glauben, daß sie davon abstammen, und sie sind wahrscheinlich Lehrlinge, die mit den Waffen losgeschickt wurden, die sie sich noch nicht verdient haben. Ich bin mir bei dem Großen mit dem Ist-mir-scheißegal-Ausdruck in den Augen nicht sicher – ich schätze, er *könnte* ein Revolvermann sein –, aber ist das wahrscheinlich? Ich glaube nicht. Und selbst wenn, könnte ich es mühelos mit ihm aufnehmen. Ich weiß es, und er weiß es auch.«

»Warum sind sie dann hergeschickt worden?«

»Nicht, weil diejenigen in den Inneren Baronien etwas von Ihrem Verrat ahnen, Sai Rimer – seien Sie in der Hinsicht ganz unbesorgt.«

Rimers Kopf schoß aus der *serape* heraus, als er sich kerzengerade aufrichtete. »Wie können Sie es wagen, mich einen Verräter zu nennen? Wie können Sie es *wagen*?«

Eldred Jonas bedachte Hambrys Inventarminister mit einem unangenehmen Lächeln. Der weißhaarige Mann sah damit wie ein Fuchs aus. »Ich habe die Dinge mein Leben lang beim Namen genannt und werde jetzt nicht damit aufhören. Sie muß nur interessieren, daß ich noch nie einen Arbeitgeber hintergangen habe.«

»Wenn ich nicht daran glauben würde, an die Sache von –«

»Zur Hölle damit, woran Sie glauben! Es ist spät, und ich will ins Bett. Die Leute in Neu-Kanaan und Gilead haben nicht den blassesten Schimmer, was hier draußen auf dem Bogen vor sich geht; ich wette, es gibt nicht viele, die jemals hier gewesen sind. Sie sind zu sehr damit beschäftigt, zu verhindern, daß alles um sie herum zusammenbricht, um noch weite Reisen zu unternehmen. Nein, was sie wissen, stammt alles aus Bilderbüchern, die ihnen vorgelesen wurden, als sie selber noch Babbies gewesen sind: gückliche Cowboys, die Kühen hinterhergaloppieren, glückliche Fischer, die dicke Kaventsmänner in ihre Boote ziehen, Leute, die Scheunenrichtfeste feiern und große Krüge *Graf* im Green-Heart-Pavillon trinken. Um des Mannes Jesus willen, Rimer, kommen Sie mir nicht dumm – damit habe ich tagein, tagaus zu tun.«

»Sie betrachten Mejis als einen Ort der Ruhe und Sicherheit.«

»Ay, ländliche Idylle, genau so, gar keine Frage. Sie wissen, daß ihr ganzer Lebensstil – Adel und Ritterlichkeit und Ahnenverehrung – in Flammen steht. Das letzte Gefecht könnte zweihundert Räder nordwestlich ihrer Grenzen stattfinden, aber wenn Farson mit seinen Feuerkutschen und Robotern ihre Armee auslöscht, wird es ziemlich schnell auch im Süden Ärger geben. Es gibt Leute in den Inneren Baronien, die haben es schon seit zwanzig Jahren oder länger kommen sehen. Sie haben diese Bengel nicht hergeschickt, um unsere Geheimnisse auszukundschaften, Rimer; Leute wie die schicken ihre Babbies nicht vorsätzlich in die Gefahr. Sie schicken sie hierher, damit sie aus dem Weg sind, das ist alles. Das macht die Bengel nicht blind oder blöd, aber um der Götter willen, seien wir vernünftig. Sie sind *Kinder*.«

»Was könnten Sie sonst noch finden, wenn Sie da rausgingen?«

»Vielleicht eine Methode, um Nachrichten zu schicken. Höchstwahrscheinlich ein Heliograph. Und jenseits des Eyebolt einen Schafhirten oder vielleicht einen Landpächter, die bestechlich sind – jemanden, den sie ausgebildet haben, die Nachricht zu empfangen und entweder weiterzusenden oder zu Fuß zu überbringen. Aber nicht mehr lange, und es wird zu spät sein, daß Nachrichten noch etwas bewirken können, oder?«

»Vielleicht, aber noch ist es nicht zu spät. Und Sie haben recht, Kinder oder nicht, sie machen mich nervös.«

»Ich sage Ihnen, Sie haben keinen Grund dazu. Schon bald werde ich wohlhabend sein, und Sie regelrecht reich. Und selbst Bürgermeister, wenn Sie wollen. Wer könnte sich Ihnen entgegenstellen? Thorin? Der ist eine Witzfigur. Coral? Ich wotte, die würde Ihnen helfen, ihn aufzuknüpfen. Vielleicht möchten Sie ein Baron sein, wenn solche Titel wieder eingeführt werden?« Er sah ein kurzes Funkeln in Rimers Augen und lachte. Matthäus wurde aufgedeckt, und Jonas legte ihn zu den anderen Kanzlern. »Jar, ich sehe, wonach Ihnen das Herz steht. Edelsteine sind hübsch, und Gold ist noch schöner, aber nicht zu vergleichen damit, wenn sich Leute vor einem verbeugen und Kratzfüße machen, richtig?«

Rimer sagte: »Sie müßten schon längst auf der Cowboyseite sein.«

Jonas' Hände verharrten über den Spielkarten. Das war ein Gedanke, der ihm schon mehr als einmal durch den Kopf gegangen war, besonders in den letzten beiden Wochen oder so.

»Was meinen Sie, wie lange es dauert, unsere Netze und Boote zu zählen und die Fischgründe zu kartographieren?« fragte Rimer. »Sie müßten schon längst auf der Schräge sein, Kühe und Pferde zählen, in Scheunen sehen und die Fohlenkarteien studieren. Eigentlich hätten sie damit schon vor zwei Wochen anfangen sollen. Es sei denn, sie wissen bereits, was sie finden werden.«

Jonas begriff, worauf Rimer hinauswollte, konnte es aber nicht glauben. *Wollte* es nicht glauben. Diese Gerissenheit erwartete er nicht von Jungs, die sich höchstens einmal die Woche rasieren mußten.

»Nein«, sagte er. »Das ist Ihr schuldbewußtes Herz, das zu Ihnen spricht. Die Bengel sind nur so fest entschlossen, es richtig zu machen, daß sie dahinkriechen wie alte Greise mit schlechten Augen. Nicht mehr lange, und sie werden an der Schräge sein und sich blutig zählen.«

»Und wenn nicht?«

Eine gute Frage. Dann mußte man sie irgendwie loswerden, dachte Jonas. Möglicherweise ein Hinterhalt. Drei Schüsse aus der Deckung, keine Babbies mehr. Hinterher würde es zu Mißstimmungen kommen – die Jungs waren sehr beliebt in der Stadt –, aber damit konnte Rimer bis zum Jahrmarkt fertig werden, und nach der Ernte würde es keine Rolle mehr spielen. Dennoch –

»Ich werde mich auf der Bar K umsehen«, sagte Jonas schließlich. »Allein – ich will nicht, daß Clay und Roy hinter mir her trampeln.«

»Hört sich gut an.«

»Vielleicht möchten Sie mitkommen und mir zur Hand gehen.«

Kimba Rimer lächelte sein eisiges Lächeln. »Ich glaube nicht.«

Jonas nickte und legte wieder Karten aus. Es war ein bißchen riskant, zur Bar K hinauszureiten, aber er rechnete nicht mit Problemen – besonders nicht, wenn er allein ging. Schließlich waren sie nur *Knaben* und sowieso fast den ganzen Tag unterwegs.

»Wann darf ich mit einem Bericht rechnen, Sai Jonas?«

»Wenn ich bereit bin, ihn abzugeben. Drängen Sie mich nicht.«

Rimer hob seine dünnen Hände und zeigte Jonas die offenen Handflächen. »Erflehe Ihre Verzeihung, Sai«, sagte er.

Jonas nickte etwas besänftigt. Er drehte eine Karte um. Es war Peter, der Schlüsselkanzler. Er legte die Karte in die oberste Reihe und sah sie an, während er mit den Fingern durch sein langes Haar fuhr. Er sah von der Karte zu Rimer, der den Blick mit hochgezogenen Brauen erwiderte.

»Sie lächeln«, sagte Rimer.

»Jar!« sagte Jonas und legte wieder aus. »Ich bin glücklich! Alle Kanzler sind draußen. Ich glaube, ich werde dieses Spiel gewinnen.«

5

Für Rhea war die Zeit der Jägerin eine Zeit der Frustration und der unerfüllten Sehnsüchte gewesen. Ihre Pläne waren schiefgegangen, und wegen des denkbar schlecht gewählten Zeitpunkts für den Sprung ihrer Katze wußte sie nicht einmal, warum. Der junge Bursche, der Susan Delgado entkorkt hatte, hatte sie wahrscheinlich daran gehindert, sich die Mähne abzuschneiden… aber wie? Und wer war er wirklich? Das fragte sie sich immer öfter, aber ihre Neugier war nicht so stark wie ihre Wut. Rhea vom Cöos war es nicht gewöhnt, übertrumpft zu werden.

Sie sah durch das Zimmer zu der Stelle, wo Musty lag und sie argwöhnisch beobachtete. Normalerweise hätte er es sich im Kamin bequem gemacht (er schien den kühlen Luftzug zu mögen, der den Kamin herunterfiel), aber seit sie ihm das Fell versengt hatte, zog Musty den Holzstoß vor. Angesichts von Rheas Laune war das wahrscheinlich weise. »Kannst von Glück sagen, daß ich dich am Leben gelassen habe, du Teufel«, knurrte die alte Frau.

Sie drehte sich zu der Kugel um und ließ die Hände darüber kreisen, aber in der Glaskugel wallte nur weiter rosa Licht – kein einziges Bild kam zum Vorschein. Schließlich ging Rhea zur Tür, riß sie auf und betrachtete den Nachthimmel. Der Mond war etwas mehr als halb voll, und man sah die Jägerin allmählich deutlich auf seinem leuchtenden Antlitz. Rhea ließ einen Schwall übelster Verwünschungen zu der Frau im Mond hinauf erschallen, da sie nicht wagte, sie an die Glaskugel zu richten (wer konnte wissen, was für ein Wesen darin hausen und solche Schimpfworte übelnehmen mochte). Zweimal schlug sie beim Fluchen mit den knochigen Händen auf den Türrahmen und kramte jedes Schimpfwort aus dem Gedächtnis, das ihr einfiel, sogar die Babywörter, die kleine Kinder einander auf dem Spielplatz zuriefen. Noch nie war sie so wütend gewesen. Sie hatte dem Mädchen einen Befehl gegeben, und das Mädchen hatte ihn, aus welchen Gründen auch immer, nicht befolgt. Das Flittchen hatte allein dafür den Tod verdient, daß sie sich Rhea vom Cöos widersetzt hatte.

»Aber nicht auf der Stelle«, flüsterte die alte Frau. »Zuerst müßte sie im Dreck gerollt und dann vollgepißt werden, bis der Dreck zu Schlamm geworden und ihr schönes blondes Haar voll davon ist. Gedemütigt ... gequält ... angespuckt ...«

Sie schlug noch einmal mit der Faust gegen den Türrahmen, und diesmal floß Blut aus den Knöcheln. Es lag nicht nur daran, daß das Mädchen dem hypnotischen Befehl nicht gehorcht hatte. Da war noch etwas, das damit zusammenhing, aber weitaus schwerer wog: Rhea selbst war so aufgebracht, daß sie die Glaskugel nicht mehr benutzen konnte, abgesehen von kurzen und unvorhersehbaren Augenblicken. Die Handbewegungen, die sie darüber ausführte, und die Beschwörungen, die sie murmelte, waren nutzlos, das wußte sie; Worte und Gesten halfen ihr nur, ihre Willenskraft zu konzentrieren. Darauf reagierte die Glaskugel – auf Willenskraft und konzentrierte Gedanken. Nun war Rhea dank dieser Schlampe und ihrem Stecher zu wütend, um die Konzentration aufzubringen, die sie brauchte, um den rosa Nebel zu teilen, der in der Kugel kreiste. Sie war tatsächlich zu wütend, um zu sehen.

»Wie kann ich es machen, wie es war?« fragte Rhea die halb sichtbare Frau im Mond. »Sag es mir! *Sag es mir!*« Aber die Jägerin sagte ihr nichts, und schließlich ging Rhea wieder hinein und saugte an ihren blutenden Knöcheln.

Musty sah sie kommen und zwängt sich in die Spinnweben der Nische zwischen Holzstapel und Kamin.

Kapitel 2
Das Mädchen am Fenster

I

Die Jägerin »füllte ihren Bauch«, wie die alten Leute sagten – man konnte sie schon am Nachmittag am Himmel sehen, eine bleiche Vampirfrau, die im hellen Herbstsonnenlicht gefangen war. Vor Läden wie dem Traveller's Rest und auf den Veranden großer Ranchhäuser wie Lengylls Rocking B und Renfrews Lazy Susan tauchten nach und nach ausgestopfte Burschen mit Strohköpfen über alten Overalls auf. Jeder trug seinen *sombrero*, jeder hielt einen Korb mit Ernteerträgen in den Armen; jeder sah mit weißen Kreuzstichaugen in die zunehmend leerere Welt.

Wagen voller Melonen verstopften die Straßen; hellorangefarbene Kürbis- und leuchtend magentarote Scharfwurzelhalden türmten sich an Scheunenwänden auf. Auf den Feldern rollten die Kartoffelwagen, denen die Erntehelfer folgten. Vor dem Gemischtwarenladen von Hambry tauchten wie durch Zauberei Ernteamulette auf, die wie Windspiele an den geschnitzten Totems hingen.

Überall in Mejis nähten die Mädchen ihre Kostüme für das Erntefest (und weinten manchmal darüber, wenn die Arbeit nicht von der Hand ging), während sie von den Jungs träumten, mit denen sie im Green-Heart-Pavillon tanzen würden. Ihre kleinen Brüder konnten kaum noch schlafen, wenn sie an die Karussells und Spiele und Preise dachten, die sie beim Jahrmarkt gewinnen konnten. Selbst die Ältesten lagen manchmal trotz wunder Hände und schmerzender Rücken wach und dachten an die Freuden des Erntefests.

Frau Sommer war mit einem letzten Schwung ihres grünen Rocks entschwunden; die Erntezeit war gekommen.

2

Rhea scherte sich einen Dreck um Erntetänze oder Jahrmarktsspiele, aber sie konnte genausowenig schlafen wie diejenigen, denen etwas daran lag. In den meisten Nächten wälzte sie sich bis zum Morgengrauen auf ihrer stinkenden Pritsche, und ihr Schädel pochte vor Wut. In einer Nacht nicht lange nach Jonas' Unterhaltung mit Kanzler Rimer beschloß sie, sich bis zur Besinnungslosigkeit zu betrinken. Als sie herausfand, daß ihr Graffaß so gut wie leer war, verbesserte das ihre Laune nicht; sie versengte die Luft mit ihren Flüchen.

Sie holte gerade Luft für einen neuerlichen Schwall, als ihr ein Einfall kam. Ein großartiger Einfall. Ein brillanter Einfall. Sie hatte gewollt, daß sich Susan Delgado das Haar abschneiden sollte. Das hatte nicht geklappt, und sie wußte nicht, warum ... aber sie wußte etwas über das Mädchen, oder nicht? Etwas Interessantes, ay, so war es, etwas wahrlich sähr Interessantes.

Rhea verspürte nicht den Wunsch, mit ihrem Wissen zu Thorin zu gehen; sie hegte die inbrünstige (und wahrscheinlich närrische) Hoffnung, der Bürgermeister könnte seine wunderbare Glaskugel vergessen haben. Aber die Tante des Mädchens ... Angenommen, Cordelia Delgado würde herausfinden, daß nicht nur die Jungfräulichkeit des Mädchens dahin war, sondern sie obendrein im Begriff war, zu einer geübten Schlampe zu werden. Rhea glaubte auch nicht, daß Cordelia zum Bürgermeister gehen würde – die Frau war verklemmt, nicht verrückt –, aber trotzdem hätte sie damit die Katze in den Taubenschlag gesetzt, oder nicht?

»Miau!«

Und da sie gerade an Katzen dachte, da war Musty, der im Mondschein auf der Veranda stand und sie mit einer Mischung aus Hoffnung und Mißtrauen ansah. Rhea grinste gräßlich und breitete die Arme aus. »Komm zu mir, mein treuer Freund! Komm her, mein Süßer!«

Musty begriff, daß alles vergeben und vergessen war, lief seiner Herrin in die Arme und schnurrte laut, als Rhea ihm mit ihrer alten und gelblichen Zunge die Flanken leckte. In dieser Nacht schlief die Geisterfrau zum erstenmal seit einer Woche tief und fest, und als sie am darauffolgenden Morgen die Glaskugel in die Hände nahm, klärte sich der Nebel sofort. Sie verbrachte den ganzen Tag in ihrem Bann, spionierte den Leuten nach, die sie verabscheute, trank wenig und aß gar nichts. Gegen Sonnenuntergang erwachte sie soweit aus ihrer Trance, daß ihr bewußt wurde, sie hatte noch nichts wegen der unverschämten kleinen Schlampe unternommen. Aber das machte nichts, sie sah jetzt, wie sie es anstellen konnte ... und sie konnte das Ergebnis in ihrer Glaskugel mitverfolgen! Die ganzen Ausflüchte, die Schreie und Vorwürfe! Sie würde Susans Tränen sehen. Das wäre das Beste, ihre Tränen zu sehen.

»Meine eigene kleine Ernte«, sagte sie zu Ermot, der an ihrem Bein hoch zu der Stelle gekrochen kam, wo sie ihn am liebsten hatte. Es gab nicht viele Männer, die es dir so besorgen konnten, wie Ermot es dir besorgen konnte, wahrhaftig nicht. Rhea saß mit der Schlange im Schoß da und fing an zu lachen.

3

»Denk an dein Versprechen«, sagte Alain nervös, als sie Rushers Hufschlag näher kommen hörten. »Reiß dich zusammen.«

»Das werde ich«, sagte Cuthbert, aber er hatte seine Zweifel. Als Roland um den längeren Flügel des Schlafhauses auf den Hof geritten kam, wo ihm sein Schatten im Sonnenlicht vorauseilte, ballte Cuthbert nervös die Fäuste. Er zwang sich dazu, sie zu entspannen, und es ging. Aber als er sah, wie Roland abstieg, ballten sie sich wieder so fest, daß die Nägel in die Handflächen schnitten.

Ein weiterer Streit, dachte Cuthbert. Götter, aber ich habe es satt. Zum Erbrechen satt.

Der Streit gestern abend hatte wegen der Tauben angefangen – wieder einmal. Cuthbert wollte eine mit einer Nachricht über die Öltanks nach Westen schicken; Roland immer noch nicht. Und darum hatten sie gestritten. Nur (auch das war etwas, das ihn zur Weißglut trieb, das an seinen Nerven zehrte wie das Geräusch der Schwachstelle), Roland stritt nicht. Neuerdings ließ sich Roland nicht mehr dazu herab, zu streiten. Seine Augen behielten stets diesen verklärten Ausdruck, als wäre nur sein Körper anwesend. Der Rest – Verstand, Seele, Geist, *Ka* – war bei Susan Delgado.

»Nein«, hatte er einfach nur gesagt. »Dafür ist es zu spät.«

»Das kannst du nicht wissen«, hatte Cuthbert eingewandt. »Und selbst wenn es zu spät ist, daß Hilfe aus Gilead kommt, ist es nicht zu spät für einen Rat aus Gilead. Bist du so verblendet, daß du das nicht sehen kannst?«

»Was für einen Rat können sie uns schicken?« Roland hatte Cuthberts schroffen Tonfall anscheinend nicht gehört. Seine eigene Stimme klang ruhig. Vernünftig. Und völlig unbeeindruckt, dachte Cuthbert, von der Dringlichkeit der Situation.

»Wenn wir das wüßten«, hatte er geantwortet, »müßten wir nicht fragen, Roland, oder?«

»Wir können nur warten und sie aufhalten, wenn sie ihren Zug machen. Du suchst nach Trost, Cuthbert, nicht nach einem Rat.«

Du meinst, wir sollen abwarten, während du sie auf so vielfache Weise und in so viele Stellen fickst, wie du dir vorstellen kannst, dachte Cuthbert. Drinnen, draußen, vornerum und hintenrum.

»Du kannst nicht klar denken«, hatte Cuthbert kalt gesagt. Er hörte Alains Stoßseufzer. In ihrem ganzen Leben hatte noch keiner von ihnen so etwas zu Roland gesagt, und als es heraus war, wartete er nervös auf die Explosion, die folgen würde.

Aber es erfolgte keine. »Doch«, antwortete Roland. »Das tue ich.« Und er war ohne ein weiteres Wort ins Schlafhaus gegangen.

Als Cuthbert nun zusah, wie Roland die Gurte löste und Rusher den Sattel vom Rücken zog, dachte er: Du tust es nicht, das weißt du, aber du solltest besser klar denken. Bei allen Göttern, das solltest du.

»Heil«, sagte er, als Roland den Sattel zur Veranda trug und auf die Treppe legte. »Anstrengender Nachmittag?« Er spürte, wie Alain ihn gegen den Knöchel trat, achtete aber nicht darauf.

»Ich war bei Susan«, sagte Roland. Keine Verteidigung, kein Einwand, keine Ausflüchte. Und einen Augenblick hatte Cuthbert eine Vision von schockierender Deutlichkeit: Er sah die beiden irgendwo in einer Hütte, wo das Sonnenlicht des Spätnachmittags durch Löcher im Dach einfiel und ihre Körper scheckig bemalte. Sie war oben und ritt auf ihm. Cuthbert sah ihre Knie auf den alten, schimmligen Brettern und die Anspannung in ihren langen Oberschenkeln. Er sah, wie braungebrannt ihre Arme waren, wie weiß ihr Bauch. Er sah, wie Roland mit den Händen die Halbkugeln ihrer Brüste umfing und sie drückte, während sie sich auf ihm bewegte, und er sah, wie das Sonnenlicht auf ihr Haar fiel und es in ein feingesponnenes Netz verwandelte.

Warum mußt du immer der erste sein? schrie er Roland im Geiste an. Warum mußt immer du derjenige sein? Die Götter sollen dich verfluchen, Roland! Die Götter sollen dich verfluchen!

»Wir waren auf den Piers«, sagte Cuthbert, dessen Tonfall nur ein schwacher Abklatsch seiner sonstigen Unbekümmertheit war. »Wir haben Boote und Fischereiwerkzeug und etwas gezählt, das sie Muschelreusen nennen. Was haben wir für einen Spaß gehabt, was, Al?«

»Hättet ihr dabei meine Hilfe gebraucht?« fragte Roland. Er ging zu Rusher zurück und nahm ihm die Satteldecke ab. »Klingst du deshalb so zornig?«

»Wenn ich zornig bin, dann deshalb, weil die meisten Fischer hinter unserem Rücken über uns lachen. Wir kommen immer wieder zurück. Roland, sie halten uns für Idioten.«

Roland nickte. »Um so besser«, sagte er.

»Vielleicht«, sagte Alain ruhig, »aber Rimer hält uns nicht für Idioten – das sieht man daran, wie er uns anschaut, wenn wir ihm begegnen. Und Jonas auch nicht. Aber wenn sie uns nicht für Idioten halten, Roland, wofür dann?«

Roland stand auf der zweiten Stufe, die Satteldecke hing vergessen über seinem Arm. Endlich schienen sie tatsächlich einmal seine Aufmerksamkeit erregt zu haben, dachte Cuthbert. Die Wunder hören nimmer auf.

»Sie glauben, wir meiden die Schräge, weil wir schon wissen, was dort ist«, sagte Roland. »Und wenn sie das noch nicht denken, dann werden sie es bald.«

»Cuthbert hat einen Plan.«

Rolands Blick – milde, interessiert, aber schon wieder etwas abwesend – fiel auf Cuthbert. Cuthbert, den Witzbold. Cuthbert, den Lehrling, der sich den Revolver nicht verdient hatte, mit dem er nach Osten in den Äußeren Bogen geritten war. Cuthbert, die Jungfrau und ewige zweite Geige. Götter, ich will ihn nicht hassen. Wirklich nicht, aber inzwischen fällt es mir so leicht.

»Wir beide sollten morgen zu Sheriff Avery gehen«, sagte Cuthbert. »Wir werden es als Höflichkeitsbesuch darstellen. Wir haben uns schon als drei höfliche, wenn auch geistig leicht beschränkte junge Burschen eingeführt, oder nicht?«

»Bis zu einem gewissen Grad«, stimmte Roland lächelnd zu.

»Wir werden ihm sagen, daß wir endlich mit der Küstenseite von Hambry fertig sind und hoffen, daß wir auf der Farm- und Cowboyseite genau so gründlich vorgehen werden. Aber wir wollen ganz bestimmt keinen Ärger machen oder jemandem im Weg herumstehen. Immerhin ist es die arbeitsreichste Jahreszeit – für Rancher ebenso wie für Farmer –, und selbst vom Leben in der Stadt geprägte Narren wie wir wissen das. Also geben wir dem guten Sheriff eine Liste –«

Rolands Augen leuchteten. Er warf die Decke über das Geländer der Veranda, packte Cuthbert an den Schultern und umarmte ihn stürmisch. Cuthbert konnte den Fliederduft an Rolands Kragen riechen und verspürte den irren, aber starken Impuls, die Hände um Rolands Hals zu legen, um ihn zu erwürgen. Statt dessen klopfte er ihm flüchtig auf den Rücken.

Roland wich breit grinsend zurück. »Eine Liste der Ranchen, die wir besuchen wollen«, sagte er. »Ay! Mit dieser Vorwarnung können sie alles Vieh, das sie uns nicht sehen lassen wollen, zur nächsten oder vorherigen Ranch schaffen. Dasselbe gilt für Stallzeug, Futter und Ausrüstung… Das ist meisterhaft, Cuthbert! Du bist ein Genie!«

»Ganz und gar nicht«, sagte Cuthbert. »Ich habe nur ein wenig Zeit darauf verwendet, über ein Problem nachzudenken, das uns alle angeht. Das womöglich den ganzen Bund betrifft. Wir müssen denken. Würdest du das nicht auch sagen?«

Alain verzog das Gesicht, aber Roland schien es nicht zu bemerken. Er grinste immer noch. Selbst bei einem Vierzehnjährigen war dieser Gesichtsausdruck beunruhigend. In Wahrheit war es so, daß Roland, wenn er grinste, ein klein bißchen verrückt aussah. »Weißt du, sie könnten sogar eine hinreichende Anzahl Muties für uns herbeischaffen, damit wir die Lügen über die Verseuchung ihrer Bestände, die sie uns bereits aufgetischt haben, auch weiterhin glauben sollen.« Er machte eine

Pause, schien nachzudenken und sagte: »Warum gehst du nicht mit Alain zum Sheriff, Bert? Ich denke, das würde völlig ausreichen.«

An diesem Punkt stürzte sich Cuthbert beinahe auf Roland und wollte schreien: Ja, warum nicht? Dann könntest du sie morgen früh auch noch pimpern, und nicht nur morgen nachmittag! Du Idiot! Du hirnloser, verliebter Idiot!

Al rettete ihn – rettete sie möglicherweise alle.

»Sei kein Narr«, sagte er schneidend, und Roland fuhr überrascht zu ihm herum. An den Tonfall war er aus dieser Richtung nicht gewöhnt. »Du bist unser Anführer, Roland – so sehen es Thorin, Avery und die Leute in der Stadt. Und so sehen wir es auch.«

»Niemand hat mich dazu –«

»Das war auch nicht nötig!« brüllte Cuthbert. »Du hast dir deine Waffen verdient! Die Leute hier würden es kaum glauben – in letzter Zeit kann ich es selbst kaum glauben –, aber du bist ein Revolvermann! Du mußt gehen. Das ist doch klar wie Kloßbrühe! Es spielt keine Rolle, wer von uns dich begleitet, aber du mußt gehen!« Er hätte mehr sagen können, viel mehr, aber wenn er es tat, wo würde es enden? Wahrscheinlich damit, daß ihre Freundschaft unwiderruflich zerbrach. Also hielt er den Mund – diesmal mußte Alain ihm keinen Tritt geben – und wartete wieder auf die Explosion. Und abermals blieb sie aus.

»Na gut«, sagte Roland in seiner neuen Art – dieser sanften Spielt-keine-große-Rolle-Art, bei der Cuthbert ihn beißen wollte, um ihn aufzuwecken. »Morgen vormittag. Du und ich, Bert. Ist dir acht Uhr recht?«

»Vollkommen«, sagte Cuthbert. Nun, wo die Entscheidung gefallen war, schlug Berts Herz wie wild, und die Muskeln seiner Oberschenkel fühlten sich wie Gummi an. So hatte er sich nach ihrer Auseinandersetzung mit den großen Sargjägern gefühlt.

»Wir werden uns fein herausputzen«, sagte Roland. »Nette Jungs aus den Inneren, mit guten Absichten, aber nicht viel Grips. Prima.« Und er ging ins Haus und grinste nicht mehr (was eine Erleichterung war), sondern lächelte verklärt.

Cuthbert und Alain sahen sich an und ließen die Luft in ihren Lungen als gemeinsamen Stoßseufzer entweichen. Cuthbert nickte mit dem Kopf zum Hof und ging die Treppe hinunter. Alain folgte ihm, die beiden Jungs blieben in der Mitte des gestampften Rechtecks stehen, die Rücken dem Schlafhaus zugewandt. Im Osten war der aufgehende Vollmond hinter einem Wolkenstreifen verborgen.

»Sie hat ihn verhext«, sagte Cuthbert. »Ob sie es will oder nicht, am Ende wird sie uns alle umbringen. Paß nur auf, ob es nicht so kommt.«

»So etwas solltest du nicht mal im Scherz sagen.«

»Na gut, sie wird uns mit den Juwelen von Eld krönen, und wir werden alle ewig leben.«

»Du mußt aufhören, wütend auf ihn zu sein, Bert. Du mußt.«

Cuthbert sah ihn trostlos an. »Ich kann nicht.«

4

Die schweren Herbststürme waren immer noch rund einen Monat entfernt, aber der folgende Morgen zog diesig und grau herauf. Roland und Cuthbert hüllten sich in *serapes*, ritten in die Stadt und überließen Alain die wenigen häuslichen Pflichten. Roland hatte die Liste der Farmen und Ranchen im Gürtel stecken – angefangen mit den drei kleinen im Besitz der Baronie –, die sie in der vergangenen Nacht ausgearbeitet hatten. Der Zeitplan, den die Liste vorgab, war auf fast lächerliche Weise langsam – er würde sie fast bis zum Jahresendfest auf der Schräge und in den Obstgärten beschäftigt halten –, stimmte aber mit dem Tempo überein, das sie bereits auf den Piers vorgelegt hatten.

Nun ritten sie beide schweigend in die Stadt und hingen ihren jeweiligen Gedanken nach. Ihr Weg führte sie am Haus der Delgados vorbei. Roland schaute auf und sah Susan am Fenster sitzen, eine strahlende Vision im grauen Licht dieses Herbstmorgens. Das Herz ging ihm über, und auch wenn er es da noch nicht wußte, so würde er sie für alle Zeiten am deutlichsten in Erinnerung behalten – die liebliche Susan, das Mädchen am Fenster. So begegnen uns die Gespenster, die uns unser ganzes Leben lang heimsuchen; sie sitzen unspektakulär am Straßenrand wie arme Bettler, und wir sehen sie nur aus dem Augenwinkel, wenn wir sie überhaupt sehen. Der Gedanke, daß sie da auf uns gewartet haben, kommt uns selten, wenn überhaupt, in den Sinn. Und doch warten sie, und wenn wir vorbei sind, nehmen sie ihre Bündel der Erinnerung und folgen uns, treten in unsere Fußstapfen und holen Schritt für Schritt auf.

Roland hob grüßend eine Hand. Er führte sie zuerst zum Mund, weil er ihr einen Kuß zuwerfen wollte, aber das wäre Wahnsinn gewesen. Er hob die Hand, bevor sie seine Lippen berühren konnte, und tippte statt dessen als kecken Gruß mit einem Finger an die Stirn.

Susan lächelte und erwiderte den Gruß. Niemand sah Cordelia, die in den Nieselregen hinausgegangen war, um nach ihren letzten Kürbissen und Scharfwurzeln zu sehen. Diese Lady blieb wie angewurzelt stehen, hatte eine *sombrera* fast bis zu den Augen in die Stirn gezogen und wurde halb von der ausgestopften Puppe verborgen, die das Kürbisbeet bewachte. Sie sah Roland und Cuthbert vorüberreiten (Cuthbert schenkte sie kaum einen Blick; ihre Aufmerksamkeit galt dem anderen). Von dem Jungen zu Pferde schaute sie zu Susan hinauf, die an ihrem Fenster saß und so unbeschwert summte wie ein Vogel im goldenen Käfig.

Ein scharfer Splitter des Argwohns bohrte sich tief in Cordelias Herz. Susans Sinneswandel – von abwechselnden Anfällen der Traurigkeit und ängstlicher Wut hin zu einer Art benommener, aber überwiegend fröhlicher Hinnahme ihres Schicksals – war so plötzlich gekommen. Vielleicht war es gar keine Hinnahme?

»Du bist verrückt«, flüsterte sie bei sich, aber ihre Hand blieb fest am Griff der Machete, die sie hielt. Sie ließ sich in dem schlammigen Garten auf die Knie nieder und schlug unvermittelt auf die Scharfwurzeln ein, wobei sie die Wurzeln selbst mit schnellen, exakten Bewegungen zur Hauswand warf. »Sie haben nichts miteinander. Ich wüßte es. Kinder in diesem Alter verfügen über ebensowenig Diskretion wie … wie die Trunkenbolde im Rest.«

Aber wie sie gelächelt hatten! Wie sie einander zugelächelt hatten.

»Vollkommen normal«, flüsterte sie und hackte und warf dabei. Sie schnitt eine Scharfwurzel entzwei und ruinierte sie damit, ohne es zu merken. Das Flüstern war eine Gewohnheit, mit der sie erst vor kurzem angefangen hatte, seit der Erntetag näherrückte und der Ärger mit der aufmüpfigen Tochter ihres Bruders immer schlimmer wurde. »Leute lächeln einander zu, das ist alles.«

Dasselbe galt für den Gruß und Susans Winken als Antwort. Unten der stattliche Kavalier, der die hübsche Maid grüßt; oben die Maid selbst, die es genießt, von jemandem wie ihm bewundert zu werden. Ein junger Mensch nahm den andern wahr. Und doch ...

Der Ausdruck in seinen Augen ... und der Ausdruck in ihren.

Natürlich war das Unsinn. Aber –

Aber du hast noch etwas gesehen.

Ja, vielleicht. Einen Moment hatte es ausgesehen, als wollte der junge Mann Susan einen Kuß zuwerfen ... dann hatte er sich im letzten Augenblick besonnen und die Hand statt dessen zum Gruß erhoben.

Selbst wenn du das gesehen hast, hat es nichts zu sagen. Junge Kavaliere sind keck, besonders wenn sie der Obhut ihrer Väter entronnen sind. Und diese drei haben bereits eine einschlägige Vorgeschichte, wie du wohl weißt.

Das alles stimmte, aber es reichte nicht aus, um diesen kalten Splitter aus ihrem Herzen zu entfernen.

5

Jonas machte auf, als Roland klopfte, und ließ die beiden Jungen in das Büro des Sheriffs. Er trug den Stern eines Hilfssheriffs am Hemd und sah sie mit ausdruckslosen Augen an. »Jungs«, sagte er. »Kommt rein ins Trockene.«

Er wich zurück und gewährte ihnen Einlaß. Sein Hinken war ausgeprägter, als Roland es je gesehen hatte; er vermutete, daß das feuchte Wetter der Grund dafür war.

Roland und Cuthbert traten ein. In einer Ecke stand ein Gasofen – der zweifellos durch »die Fackel« bei Citgo gefüllt wurde –, und in dem Raum, wo es bei ihrem ersten Besuch so angenehm kühl gewesen war, herrschte eine übertriebene Hitze. In den drei Zellen saßen fünf jämmerlich anzusehende Trunkenbolde, je zwei Männer links und rechts und eine Frau allein in der mittleren Zelle, wo sie mit weit gespreizten Beinen saß, so daß man ihre rote Unterwäsche sehen konnte. Roland fürchtete, wenn sie den Finger noch tiefer in die Nase steckte, würde sie ihn nie wieder herausbekommen. Clay Reynolds lehnte am Schwarzen Brett und reinigte seine Zähne mit einem Grashalm. Am Rollpult saß Deputy Dave, strich über sein Kinn und betrachtete stirnrunzelnd das Spielbrett, das dort aufgestellt worden war. Es überraschte Roland kein bißchen, daß er und Bert eine Partie Schloß unterbrochen hatten.

»Da schau her, Eldred!« sagte Reynolds. »Zwei von den Innerwelt-Jungs! Wissen eure Mamis, daß ihr ausgegangen seid, Freunde?«

»Sie wissen es«, sagte Cuthbert strahlend. »Und Sie sehen sehr gut aus, Sai Reynolds. Das feuchte Wetter ist gut für Ihre Pickel, richtig?«

Ohne Bert anzusehen oder sein freundliches Lächeln aufzugeben, stieß Roland seinen Freund mit dem Ellbogen an der Schulter an. »Verzeiht meinem Freund, Sai. Sein Humor überschreitet regelmäßig die Grenzen des guten Geschmacks; offenbar kann er nichts dafür. Es besteht keine Veranlassung, daß wir aufeinander herumhacken – wir waren uns einig, die Vergangenheit ruhen zu lassen, oder nicht?«

»Ay, gewiß, alles ein Mißverständnis«, sagte Jonas. Er hinkte zum Schreibtisch und dem Spielbrett. Als er sich hinsetzte, wurde sein Lächeln zu einer galligen Grimasse. »Ich bin schlimmer als ein alter Hund«, sagte er. »Jemand sollte mir den Gnadenschuß geben, so ist es. Die Erde ist kalt, tut aber nicht weh, was, Jungs?«

Er sah auf das Brett und führte eine Figur um den Hügel herum. Er war in die Offensive gegangen, und damit verwundbar ... wenn auch in diesem Fall nicht sehr, dachte Roland; Deputy Dave schien kein nennenswerter Gegner zu sein.

»Wie ich sehe, steht Ihr inzwischen im Dienst der Baronie«, sagte Roland und nickte zu dem Stern an Jonas' Hemd.

»Dienst, darauf läuft's hinaus«, sagte Jonas liebenswürdig. »Ein Mann hat sich das Bein gebrochen. Ich helfe aus, das ist alles.«

»Und Sai Reynolds? Sai Depape? Helfen sie ebenfalls aus?«

»Jar, schätze schon«, sagte Jonas. »Wie geht Ihre Arbeit bei den Fischersleuten voran? Langsam, wie man hört.«

»Wir sind endlich fertig. Die Arbeit ging wohl nicht so langsam voran wie wir. Aber in Ungnade hierherzukommen hat uns gereicht – wir haben nicht die Absicht, ebenso wieder abzureisen. Langsam, aber sicher kommt man ans Ziel, wie sie sagen.«

»Das tun sie«, stimmte Jonas zu. »Wer immer ›sie‹ sein mögen.«

Irgendwo im Inneren des Gebäudes ertönte das Wusch einer Wasserspülung. Sämtlicher Komfort des Hauses im Sheriffsbüro von Hambry, dachte Roland. Dem Geräusch der Spülung folgte wenig später das Stapfen der Schritte, und Augenblicke später kam Herk Avery herein. Mit einer Hand machte er seinen Gürtel zu, mit der anderen wischte er sich die breite und schweißnasse Stirn ab. Roland bewunderte den Mann für seine Geschicklichkeit.

»Mann!« rief der Sheriff aus. »Die Bohnen, die ich gestern abend gegessen habe, haben die Abkürzung genommen, das kann ich euch sagen.« Er sah von Roland zu Cuthbert und wieder zu Roland. »Na, ihr Jungs! Zu naß, um Netze zu zählen, ja?«

»Sai Dearborn hat gerade gesagt, daß sie damit fertig sind, Netze zu zählen«, sagte Jonas. Er kämmte mit den Fingerspitzen sein langes Haar zurück. Hinter ihm lehnte Clay Reynolds wieder am Schwarzen Brett und sah sie mit unverhohlener Antipathie an.

»Ay? Nun, wie schön, wie schön. Was kommt als nächstes, Jungs? Und können wir euch irgendwie dabei helfen? Denn das machen wir besonders gern, Hilfe leisten, wo Hilfe vonnöten ist. So ist es.«

»Ihr könntet uns tatsächlich helfen«, sagte Roland. Er zog die Liste aus seinem Gürtel. »Wir müssen uns die Schräge vornehmen, möchten aber niemandem zur Last fallen.«

Deputy Dave grinste breit und schob seinen Junker um seinen eigenen Hügel herum. Jonas bot sofort Schloß und riß Daves gesamte linke Flanke auf. Das Grinsen verschwand von Daves Gesicht und hinterließ eine verwirrte Leere. »Wie haben Sie das gemacht?«

»Ganz leicht.« Jonas lächelte, stieß sich vom Tisch ab und

schenkte auch den anderen seine Aufmerksamkeit. »Sie sollten nicht vergessen, Dave, daß ich spiele, um zu gewinnen. Ich kann nichts dafür; das ist eben meine Natur.« Er konzentrierte sich ganz auf Roland. Sein Lächeln wurde breiter. »Wie der Skorpion zu der Jungfer sagte, als sie im Sterben lag: ›Du wußtest, daß ich giftig bin, als du mich aufhobst.‹«

6

Als Susan das Vieh gefüttert hatte und wieder ins Haus kam, ging sie wie immer direkt in die Kühlkammer, um Saft zu holen. Sie sah nicht, daß ihre Tante in der Kaminecke stand und sie beobachtete, und als Cordelia den Mund aufmachte, erschrak Susan zutiefst. Nicht nur, weil die Stimme so unerwartet kam, sondern auch wegen des eiskalten Tonfalls.

»Kennst du ihn?«

Der Saftkrug rutschte ihr aus den Fingern, und Susan hielt eine Hand darunter, damit er nicht fiel. Orangensaft war zu kostbar, um vergeudet zu werden, besonders um diese späte Jahreszeit. Sie drehte sich um und sah ihre Tante bei der Holzkiste. Cordelia hatte ihre *sombrera* an einen Haken im Durchgang gehängt, trug aber noch die *serape* und die erdverschmierten Stiefel. Ihr *cuchillo* lag auf dem Holzstapel, grüne Scharfwurzelranken hingen noch an der Schneide. Cordelias Tonfall war kalt, aber ihre Augen erglühten vor Mißtrauen.

Plötzliche Klarheit erfüllte Susans Geist und all ihre Sinne. Wenn du »Nein« sagst, bist du erledigt, dachte sie. Wenn du nur fragst, wen, bist du wahrscheinlich erledigt. Du mußt sagen –

»Ich kenne sie beide, Tante«, antwortete sie beiläufig. »Ich habe sie bei der Party kennengelernt. Du ebenfalls. Du hast mich erschreckt, Tante.«

»Warum hat er dich so gegrüßt?«

»Woher soll ich das wissen? Vielleicht war ihm einfach danach.«

Ihre Tante schnellte vorwärts, rutschte mit den lehmigen Stiefeln aus, fing sich wieder und packte Susan an den Armen. Jetzt blitzten ihre Augen. »Sei nicht frech zu mir, Mädchen! Sei nicht schnippisch, Miss Oh So Jung Und Hübsch, sonst werde ich –«

Susan wich so heftig zurück, daß ihre Tante vielleicht doch noch gestürzt wäre, hätte sie sich nicht am Tisch festhalten können. Hinter ihr bedeckten vorwurfsvoll erdige Fußspuren den Küchenboden. »Wenn Sie mich noch einmal so nennt, hau ich Ihr eine runter!« schrie Susan. »Das werde ich!«

Cordelia fletschte die Zähne zu einem trockenen, grausamen Lächeln. »Du würdest die einzige Blutsverwandte deines Vaters schlagen? Könntest du so schlecht sein?«

»Warum nicht? Schlägst du mich nicht, Tante?«

Die Hitze in den Augen ihrer Tante erlosch ein wenig, ihr Lächeln verschwand. »Susan! Kaum jemals! Kein halbes dutzendmal, seit du ein Baby warst, das alles greifen wollte, was ihm in die Finger kam, sogar den Topf mit kochendem Wasser auf dem –«

»Heutzutage schlägt Sie vorwiegend mit dem Mund«, sagte Susan. »Ich habe es ertragen – schön dumm von mir –, aber nun ist Schluß damit. Ich werde es nicht mehr dulden. Wenn ich alt genug bin, für Geld zu einem Mann ins Bett geschickt zu werden, dann bin ich auch alt genug, daß du einen anständigen Tonfall anschlägst, wenn du mit mir redest.«

Cordelia machte den Mund auf, um sich zu verteidigen – die Wut des Mädchens hatte sie erschreckt, ebenso ihre Vorwürfe –, doch dann wurde ihr klar, wie klug sie vom Thema der Jungen abgebracht wurde. Des Jungen.

»Du kennst ihn nur von der Party, Susan? Ich meine diesen Dearborn.« Wie du wohl weißt, nehme ich an.

»Ich habe ihn in der Stadt gesehen«, sagte Susan. Sie sah ihrer Tante direkt in die Augen, obwohl es sie Anstrengung kostete; Lügen folgten Halbwahrheiten, so wie das Dunkel der Dämmerung folgt. »Ich habe alle drei in der Stadt gesehen. Bist du jetzt zufrieden?«

Nein, sah Susan mit wachsendem Mißfallen, das war sie nicht.

»Schwörst du mir, Susan – beim Namen deines Vaters –, daß du dich nicht mit diesem Jungen Dearborn getroffen hast?«

Die ganzen Ausritte am Spätnachmittag, dachte Susan. Alle Ausreden. Alle Vorsicht, daß uns niemand sehen sollte. Und alles läuft auf ein achtloses Winken an einem regnerischen Vormittag hinaus. So leicht wird alles gefährdet. Haben wir gedacht, daß es anders kommen könnte? Waren wir so närrisch?

Ja ... und nein. Die Wahrheit war, sie waren verrückt gewesen. Und waren es noch.

Susan erinnerte sich an den Ausdruck in den Augen ihres Vaters, wenn er sie einmal bei einer Flunkerei ertappt hatte. Diesen Ausdruck halb neugieriger Enttäuschung. Das Gefühl, daß ihr Geflunker, so unbedeutend es gewesen war, ihm weh getan hatte, als hätte er sich an einer Dorne verletzt.

»Ich werde gar nichts schwören«, sagte sie. »Du hast kein Recht, das von mir zu verlangen.«

»Schwöre!« schrie Cordelia schrill. Sie tastete wieder nach dem Tisch und hielt sich daran fest, als wollte sie sich daran abstützen. »Schwöre es! Schwöre es! Das ist kein Fangen- oder Versteckspiel oder Seilhüpfen! Sie ist kein Kind mehr! Schwöre Sie es mir! Schwöre mir, daß Sie noch unberührt ist!«

»Nein«, sagte Susan und wandte sich zum Gehen. Ihr Herz schlug wie wild, aber immer noch erfüllte diese schreckliche Klarheit die Welt. Roland hätte gewußt, was es war: Sie sah mit den Augen eines Revolvermanns. Es gab ein Glasfenster in der Küche, durch das man zur Schräge sehen konnte, und darin sah Susan das gespenstische Ebenbild von Tante Cord, die mit einem erhobenen Arm und zur Faust geballter Hand auf sie zukam. Ohne sich umzudrehen, hob Susan die eigene Hand zu einer abwehrenden Geste. »Wage es nicht, die Hand gegen mich zu erheben«, sagte sie. »Wage es nicht, du Schlampe.«

Sie sah, wie die Gespensteraugen des Spiegelbilds vor Schock und Entsetzen groß wurden. Sie sah, wie sich die Gespensterfaust entspannte und wieder zu einer Hand wurde, die an die Seite der Gespensterfrau sank.

»Susan«, sagte Cordelia mit leiser, verletzter Stimme. »Wie kannst du mich so nennen? Was hat deine Zunge so grob und deine Achtung vor mir so gering gemacht?«

Susan ging hinaus, ohne ihr eine Antwort zu geben. Sie ging über den Hof und in die Scheune. Hier betörten die Gerüche, die sie seit ihrer Kindheit kannte – Pferde, Holz, Heu –, ihren Kopf und vertrieben die schreckliche Klarheit. Sie fühlte sich in ihre Kindheit zurückversetzt, verloren in den Schatten ihrer Verwirrung. Pylon drehte sich zu ihr um und wieherte. Susan legte den Kopf an seinen Hals und weinte.

7

»Na also!« sagte Sheriff Avery, als die Sais Dearborn und Heath gegangen waren. »Es ist, wie Sie gesagt haben – sie sind nur langsam, das ist alles; nur äußerst sorgfältig.« Er hielt die fein säuberlich geschriebene Liste hoch, studierte sie einen Moment und meckerte fröhlich. »Und seht euch das an! Was für ein netter Zug von ihnen! Har! Wir können alles, was sie nicht sehen sollen, vorher wegschaffen, das können wir.«

»Sie sind Narren«, sagte Reynolds … aber er hoffte trotzdem, daß er seine Chance noch bekommen würde. Wenn Dearborn wirklich glaubte, daß der kleine Zwischenfall im Traveller's Rest vergeben und vergessen war, war er schon kein bloßer Narr mehr, sondern wohnte im Land der Idioten.

Deputy Dave sagte nichts. Er betrachtete durch sein Monokel untröstlich das Schloßbrett, wo seine weiße Armee mit sechs raschen Zügen vernichtend geschlagen worden war. Jonas' Streitmacht hatte den Roten Hügel wie Wasser überflutet, und die Flut hatte Daves Hoffnungen mitgerissen.

»Ich bin versucht, mich in Regenzeug zu wickeln und damit nach Seafront rüberzugehen«, sagte Avery. Er frohlockte immer noch über das Papier mit seiner peinlich genauen Liste von Farmen und Ranchen und anvisierten Inspektionsterminen. Bis zum Jahresende und darüber hinaus! Götter!

»Warum machen Sie das nicht?« fragte Jonas und stand auf. Schmerzen zuckten durch sein Bein wie scharfe Blitze.

»Noch ein Spiel, Sai Jonas?« fragte Dave und stellte die Figuren wieder auf.

»Lieber würde ich mit einem graskauenden Penner spielen«, sagte Jonas und empfand ein boshaftes Vergnügen angesichts der Röte, die Daves Hals hinaufkroch und sein argloses Schafsgesicht überzog. Er hinkte zur Tür, machte sie auf und ging auf die Veranda hinaus. Das Nieseln war zu einem konstanten leichten Regen geworden. Hill Street war menschenleer, die Pflastersteine glänzten feucht.

Reynolds war ihm hinaus gefolgt. »Eldred –«

»Geh weg«, sagte Jonas, ohne sich umzudrehen.

Clay zögerte einen Moment, dann ging er wieder hinein und machte die Tür zu.

Verdammt, was ist nur in dich gefahren? fragte sich Jonas.

Er hätte sich über die beiden jungen Welpen und ihre Liste freuen sollen – so wie Avery sich freute und Rimer sich freuen würde, wenn er von dem Besuch heute vormittag erführe. Hatte er Rimer nicht selbst vor drei Tagen gesagt, daß die Jungs bald mit der Schräge anfangen und sich blutig zählen würden? Ja. Warum war er dann so beunruhigt? So verdammt zappelig. Weil Farsons Mann Latigo immer noch keinen Kontakt mit ihm aufgenommen hatte? Weil Reynolds an einem Tag mit leeren Händen vom Hanging Rock zurückkam, und Depape am nächsten? Sicher nicht. Latigo würde kommen, zusammen mit einem großen Trupp von Männern, aber es war noch zu früh, und Jonas wußte es. Es war immer noch fast ein Monat bis zum Erntetag.

Also ist es nur das schlechte Wetter, das deinem Bein zu schaffen macht, die alte Wunde brennen und dich reizbar werden läßt?

Nein. Die Schmerzen waren schlimm, aber sie waren schon schlimmer gewesen. Das Problem war sein Kopf. Jonas lehnte sich an einen Pfosten unter dem Vordach, lauschte dem Regen, der auf die Dachziegel prasselte, und dachte daran, wie ein schlauer Spieler manchmal bei einer Partie Schloß einen kurzen Blick um seinen Hügel warf und sich schnell wieder zurückzog. Genauso war es hier – es paßte so perfekt, daß es nach List und Tücke roch. Verrückter Gedanke, aber irgendwie ganz und gar nicht verrückt.

»Versuchst du, Schloß mit mir zu spielen, Grünschnabel?« murmelte Jonas. »Wenn ja, wirst du dir bald wünschen, du wärst daheim bei deiner Mami geblieben. Das wirst du.«

8

Roland und Cuthbert ritten an der Schräge entlang zur Bar K zurück – heute würde nichts gezählt werden. Zunächst war Cuthberts gute Laune trotz des Regens und des grauen Himmels fast wiederhergestellt.

»Hast du sie gesehen?« fragte er lachend. »Hast du sie gesehen, Roland … Will, meine ich? Sie haben es uns abgekauft, oder nicht? Den Köder in einem Stück geschluckt, das haben sie!«

»Ja.«

»Was machen wir jetzt? Was ist unser nächster Zug?«

Roland sah ihn einen Moment ausdruckslos an, als wäre er aus einem Nickerchen gerissen worden. »Sie müssen den nächsten Zug machen. Wir zählen. Und warten.«

Cuthberts gute Laune fiel in sich zusammen, und er mußte wieder einmal einen Schwall Verwünschungen zurückhalten, die alle um zwei grundsätzliche Themen kreisten: daß Roland seine Pflichten vernachlässigte, damit er sich weiter den unbestreitbaren Reizen einer gewissen jungen Dame widmen konnte, und – wichtiger –, daß Roland vollkommen den Verstand verloren hatte, während ganz Mittwelt am dringendsten darauf angewiesen war.

Aber welche Pflichten vernachlässigte Roland? Und was machte ihn so sicher, daß Roland sich irrte? Logik? Intuition? Oder nur kleinkarierte Eifersucht? Cuthbert mußte daran denken, wie mühelos Jonas Deputy Daves Armee vernichtet hatte, als Deputy Dave zu früh aus seinem Versteck gekommen war. Aber das Leben war keine Partie Schloß… oder? Er wußte es nicht. Aber er dachte, daß er zumindest eine funktionierende Intuition hatte: Roland ging einer Katastrophe entgegen. Wie sie alle.

Wach auf, dachte Cuthbert. Bitte, Roland, wach auf, bevor es zu spät ist.

Kapitel 3
Eine Partie Schloß

I

Es folgte eine Woche mit Wetter, bei dem sich die Leute für gewöhnlich nach dem Mittagessen wieder in ihre Betten verkriechen, lange Nickerchen machen und sich dumm und desorientiert fühlen, wenn sie aufwachen. Es goß nicht gerade in Strömen, aber es machte die letzte Phase der Apfelernte gefährlich (es kam zu mehreren Beinbrüchen, und im Obstgarten Seven-Mile fiel eine junge Frau von der Leiter und brach sich den Rücken), und es wurde schwieriger, auf den Kartoffeläckern zu arbeiten; es kostete fast soviel Zeit, Wagen herauszuziehen, die in Schlammlöchern steckengeblieben waren, wie das tatsächliche Einsammeln der Kartoffeln. In Green Heart wurden die Dekorationen für den Erntejahrmarkt pitschnaß und mußten abgenommen werden. Die freiwilligen Helfer warteten zunehmend nervös darauf, daß das Wetter besser wurde, damit sie wieder anfangen konnten.

Es war ungünstiges Wetter für junge Männer, deren Aufgabe es ist, Inventur zu machen, obwohl sie endlich damit anfangen konnten, Scheunen zu besuchen und das Vieh zu zählen. Es war günstiges Wetter für einen jungen Mann und eine junge Frau, die gerade die Freuden der körperlichen Liebe entdeckt hatten, könnte man sagen, aber Roland und Susan sahen sich nur zweimal während dieser Schlechtwetterperiode. Die Gefahr dessen, was sie taten, war inzwischen fast spürbar.

Das erste Mal trafen sie sich in einem leerstehenden Bootshaus an der Küstenstraße. Das zweite Mal in der hintersten Ecke des verfallenen Gebäudes unterhalb von Citgo im Osten – sie liebten sich mit verzweifelter Inbrunst auf einer von Rolands Satteldecken, die er auf dem Boden der einstigen Kantine der Ölraffinerie ausgebreitet hatte. Als Susan ihren Höhepunkt hatte, schrie sie immer wieder seinen Namen. Aufgeschreckte

Tauben erfüllten die alten, schattigen Zimmer und verfallenden Flure mit dem sanften Donner ihres Flügelschlags.

2

Als es gerade den Anschein hatte, als würde der Nieselregen nie aufhören und das Heulen der Schwachstelle in der stehenden Luft alle in Hambry wahnsinnig machen, wehte ein starker Wind – fast ein Sturm – vom Meer herein und vertrieb die Wolken. Die Stadt erwachte eines Morgens unter einem Himmel wie blauer Stahl und einer Sonne, die die Bucht am Morgen in Gold und am Abend in weißes Feuer verwandelte. Das Gefühl der Lethargie war dahin. Auf den Kartoffeläckern wurden die Wagen mit frischer Tatkraft geschoben. In Green Heart machte sich eine ganze Armee Frauen daran, die Bühne mit Blumen zu schmücken, auf der Jamie McCann und Susan Delgado dieses Jahr zum Erntejüngling und Erntemädchen gekürt werden sollten.

Auf dem Abschnitt der Schräge, der am dichtesten beim Haus des Bürgermeisters lag, ritten Roland, Cuthbert und Alain mit neuer Entschlossenheit, und zählten die Pferde, die das Brandzeichen der Baronie auf den Flanken trugen. Der strahlende Himmel und der frische Wind erfüllten sie mit Energie und guter Laune, und ein paar Tage lang – drei oder vielleicht vier – galoppierten sie johlend, brüllend und lachend in alter Freundschaft hintereinander her.

An einem dieser klaren und strahlenden Tage kam Eldred Jonas aus dem Büro des Sheriffs und ging die Hill Street hinauf Richtung Green Heart. Heute morgen hatte er weder Reynolds noch Depape am Hals – sie waren gemeinsam zum Hanging Rock geritten, um nach Latigos Vorhut Ausschau zu halten, die jetzt jeden Tag auftauchen mußte –, und Jonas' Pläne waren simpel: Er wollte ein Glas Bier im Pavillon trinken und den Vorbereitungen dort zuschauen: dem Ausheben der Räuchergruben, dem Aufschichten der Scheite für das Freudenfeuer, den erbitterten Auseinandersetzungen darüber, wie die Kracher anzubringen seien, die den Auftakt für das Feuerwerk bilden sollten, den Damen, die die Bühne mit Blumen ausschmückten, wo der diesjährige Jüngling und das Mädchen die Huldigung der Stadt entgegennehmen sollten. Vielleicht, überlegte Jonas, würde er sich ein hübsches Blumenmädchen auf ein Schäferstündchen mitnehmen. Die Wartung der Saloonhuren überließ er ausschließlich Roy und Clay, aber ein knuspriges junges Blumenmädchen um die Siebzehn, das war etwas anderes.

Die Schmerzen in seiner Hüfte waren mit dem feuchten Wetter verschwunden; seine gequälte, schlurfende Gangart der vergangenen Woche wieder zu einem bloßen Hinken geworden. Vielleicht würden ein oder zwei Biere im Freien genügen, aber der Gedanke an ein Mädchen ging ihm nicht aus dem Sinn. Jung, mit reiner Haut und festen Brüsten. Frischem, süßem Atem. Frischen, süßen Lippen –

»Mr. Jonas? Eldred?«

Er drehte sich lächelnd zu der Stimme um. Kein Blumenmädchen mit einer Haut wie Tau, großen Augen und feuchten, leicht geöffneten Lippen stand da, sondern eine magere Frau jenseits der Lebensmitte – flacher Busen, flacher Hintern, verkniffene blasse Lippen und das Haar so straff an den Kopf gespannt, daß es fast schrie. Nur die großen Augen entsprachen seinem Tagtraum. Ich glaube, ich habe eine Eroberung gemacht, dachte Jonas sarkastisch.

»Oh, Cordelia!« sagte er und nahm eine ihrer Hände zwischen die seinen. »Wie bezaubernd Sie heute morgen aussehen!«

Ihre Wangen bekamen etwas Farbe, sie lachte zaghaft. Einen Augenblick schien sie fünfundvierzig zu sein, nicht sechzig. Und sie ist nicht sechzig, dachte Jonas. Die Linien um ihren Mund und die Schatten unter ihren Augen ... die sind neu.

»Sie sind zu freundlich«, sagte sie, »aber ich weiß es besser. Ich habe kaum geschlafen, und wenn Frauen in meinem Alter nicht schlafen, altern sie zu schnell.«

»Es tut mir leid zu hören, daß Sie schlecht schlafen«, sagte er. »Aber jetzt, nach dem Wetterumschwung, wird es vielleicht –«

»Es liegt nicht am Wetter. Könnte ich mit Ihnen reden, Eldred? Ich habe gründlich nachgedacht, und Sie sind der einzige, den ich um Rat zu bitten wage.«

Sein Lächeln wurde noch breiter. Er führte ihre Hand unter seinem Arm hindurch und bedeckte sie mit seiner eigenen. Nun glich ihre Röte einem Feuer. Mit dem vielen Blut im Kopf redete sie vielleicht stundenlang. Und Jonas hatte eine Ahnung, daß jedes einzelne Wort interessant sein würde.

3

Bei Frauen in einem gewissen Alter wirkte Tee weitaus besser als Wein, wenn es darum ging, ihnen die Zunge zu lösen. Jonas hatte seine Pläne für ein Bier (und vielleicht ein Blumenmädchen) aufgegeben, ohne auch nur noch einen Gedanken daran zu verschwenden. Er nahm mit Sai Delgado in einer sonnigen Ecke des Green-Heart-Pavillons Platz (nicht weit von einem roten Stein entfernt, den Roland und Susan nur zu gut kannten) und bestellte eine große Kanne Tee und Kuchen. Sie sahen zu, wie die Vorbereitungen für den Erntetag vonstatten gingen, während sie auf ihre Bestellung warteten. Hämmern und Sägen und Rufe und Gelächter hallten durch den sonnigen Park.

»Alle Jahrmärkte sind schön, aber die Ernte macht uns alle wieder zu Kindern, finden Sie nicht auch?« fragte Cordelia.

»Ja, gewiß«, sagte Jonas, der sich nicht einmal wie ein Kind gefühlt hatte, als er noch eines gewesen war.

»Am besten gefällt mir immer noch das Freudenfeuer«, sagte sie und sah zu dem großen Scheiterhaufen aus Stöcken und Brettern hin, der am anderen Ende des Parks aufgeschichtet wurde, in der Ecke schräg gegenüber der Bühne. Er sah wie ein riesiges hölzernes Tipi aus. »Ich mag es, wenn die Leute aus der Stadt ihre ausgestopften Puppen bringen und hineinwerfen. Barbarisch, aber ich bekomme dabei immer so ein angenehmes Erschauern.«

»Ay«, sagte Jonas und fragte sich, ob sie auch so ein angenehmes Erschauern verspüren würde, wenn sie wüßte, daß drei der ausgestopften Burschen, die in diesem Jahr auf das Freudenfeuer geworfen werden würden, wie gegrilltes Schweinefleisch riechen und wie Harpyien schreien würden, während sie verbrannten. Wenn er großes Glück hatte, würde der mit den blaßblauen Augen derjenige sein, der am längsten schrie.

Tee und Kuchen wurden gebracht, und Jonas würdigte die volle Brust des Mädchens keines Blickes, als sie sich zum Servieren herunterbeugte. Er hatte nur Augen für die faszinierende Sai Delgado mit ihren nervösen, zappeligen Bewegungen und dem seltsamen, verzweifelten Gesichtsausdruck.

Als das Mädchen gegangen war, schenkte er ein, stellte die Kanne auf das Stövchen und bedeckte ihre Hand mit seiner. »Nun ja, Cordelia«, sagte er in seinem wärmsten Tonfall. »Ich kann sehen, daß etwas Sie quält. Heraus damit. Sagen Sie es Ihrem Freund Eldred.«

Sie preßte die Lippen so fest zusammen, daß sie fast verschwanden, aber nicht einmal diese Anstrengung konnte verhindern, daß sie bebten. Tränen traten ihr in die Augen, flossen über. Er nahm seine Serviette, beugte sich über den Tisch und wischte ihre Tränen weg.

»Sagen Sie es mir«, bat er zärtlich.

»Das werde ich. Ich muß mit jemandem darüber sprechen, sonst werde ich verrückt. Aber Sie müssen mir eines versprechen, Eldred.«

»Gewiß, schöne Frau.« Er sah, wie sie bei diesem harmlosen Kompliment heftiger denn je errötete. »Alles.«

»Sie dürfen Hart nichts erzählen. Und auch nicht dieser abscheulichen Spinne von einem Kanzler, aber auf gar keinen Fall dem Bürgermeister. Wenn ich recht habe mit meiner Vermutung und er davon erfährt, könnte er sie nach Westen schicken!« Und den nächsten Satz brachte sie fast stöhnend vor, als würde ihr der wahre Sachverhalt zum erstenmal klarwerden. »Er könnte uns beide nach Westen schicken!«

Jonas wahrte sein teilnahmsvolles Lächeln und sagte: »Kein Wort zu Bürgermeister Thorin, kein Wort zu Kimba Rimer. Versprochen.«

Einen Augenblick glaubte er, sie würde den Sprung nicht wagen... oder doch nicht fertigbringen. Dann sagte sie mit einer leisen, seufzenden Stimme, die sich anhörte, als würde Stoff reißen, nur ein einziges Wort: »Dearborn.«

Er spürte, wie sein Herz einen Schlag aussetzte, als sie den Namen aussprach, der ihn die ganze Zeit so sehr beschäftigte, und obwohl er weiterhin lächelte, konnte er nicht verhindern, daß er ihre Finger kurz und schmerzhaft zusammendrückte, bis sie das Gesicht verzog.

»Tut mir leid«, sagte er. »Sie haben mich nur ein wenig erschreckt. Dearborn … ein wohlberedter Bursche, aber ich frage mich, ob man ihm voll und ganz vertrauen kann.«

»Ich fürchte, er war mit meiner Susan zusammen.« Nun war sie diejenige, die seine Hand drückte, aber das störte Jonas nicht. Er spürte es kaum. Er lächelte nach wie vor und hoffte, daß er nicht so verblüfft aussah, wie er sich fühlte. »Ich fürchte, er war mit ihr zusammen … wie ein Mann mit einer Frau. Oh, das ist so schrecklich!«

Sie weinte in stummer Verbitterung, sah sich dabei aber ständig mit verstohlenen Blicken um, ob sie auch nicht beobachtet wurden. Jonas hatte gesehen, wie Kojoten und wilde Hunde auf dieselbe Weise von ihren stinkenden Mahlzeiten aufgesehen hatten. Er ließ sie sich ausweinen, so gut er konnte – er wollte, daß sie sich beruhigte; es würde ihm nichts nützen, wenn sie zusammenhanglos stammelte –, und als er sah, daß ihre Tränen nachließen, hielt er ihr eine Tasse Tee hin. »Trinken Sie das.«

»Ja. Danke.« Der Tee war noch so heiß, daß er dampfte, aber sie trank ihn gierig. Ihre alte Kehle muß mit Schiefer ausgekleidet sein, dachte Jonas. Sie stellte die Tasse hin, und während er ihr nachschenkte, wischte sie sich mit ihrem spitzengesäumten *pañuelo* fast verbissen die Tränen aus dem Gesicht.

»Ich mag ihn nicht«, sagte sie. »Ich mag ihn nicht, und ich traue ihm nicht, keinem von den dreien aus Innerwelt, mit ihren koketten Verbeugungen und ihren anmaßenden Blicken und ihrer seltsamen Sprechweise, aber ihm ganz besonders nicht. Aber falls irgend etwas Ungebührliches zwischen den beiden passiert ist (und ich fürchte, es ist so), dann fällt es auf sie zurück, oder nicht? Immerhin ist es die Frau, nicht wahr, die den tierischen Neigungen widerstehen muß.«

Er beugte sich über den Tisch und sah sie voll aufrichtigen Mitgefühls an. »Erzählen Sie mir alles, Cordelia.«

Und das tat sie.

4

Rhea mochte alles an der Glaskugel, aber was ihr besonders daran gefiel, war die Tatsache, daß sie die Menschen unfehlbar in ihrer ganzen Niedertracht zeigte. Kein einziges Mal hatte Rhea in den rosa Tiefen ein Kind gesehen, das ein anderes nach einem Sturz tröstete, einen müden Mann, der den Kopf in den Schoß seiner Frau gebettet hatte, oder alte Leute, die am Ende eines langen Tages friedlich zusammen aßen; das alles, schien es, barg für die Glaskugel ebensowenig Interesse wie für Rhea selbst.

Statt dessen hatte sie Inzest gesehen, Mütter, die ihre Kinder, Ehemänner, die ihre Frauen schlugen. Sie hatte eine Bande Jungs westlich der Stadt gesehen (Rhea wäre amüsiert gewesen, wenn sie gewußt hätte, daß diese großspurigen Achtjährigen sich die Großen Sargjäger nannten), die streunende Hunde mit einem Knochen anlockten und ihnen dann aus Jux und Dollerei die Schwänze abschnitten. Sie hatte Einbrüche und mindestens einen Mord gesehen: Ein Wanderer hatte seinen Gefährten im Streit um eine unbedeutende Kleinigkeit mit einer Heugabel erstochen. Das war in der ersten Nacht des Nieselregens gewesen. Die Leiche lag immer noch verwesend in einem Graben der Großen Straße nach Westen, mit einer Schicht Stroh und Unkraut bedeckt. Vielleicht wurde sie entdeckt, bevor die Herbstunwetter ein weiteres Jahr ertränkten; vielleicht nicht.

Sie sah auch, daß Cordelia Delgado und das Rauhbein Jonas im Green Heart an einem der Tische im Freien saßen und sich unterhielten... worüber, nun, das wußte sie natürlich nicht, oder? Aber sie sah den Ausdruck in den Augen der alten Jungfer. Verknallt in ihn, das war sie, und ganz rosa im Gesicht. Völlig in Hitze und außer sich wegen eines Heckenschützen und gescheiterten Revolvermanns. Das war komisch, ay, und Rhea dachte, sie würde von Zeit zu Zeit ein Auge auf sie werfen. Sähr unterhaltsam würde das wahrscheinlich sein.

Nachdem sie ihr Cordelia und Jonas gezeigt hatte, hüllte sich die Glaskugel wieder in Schleier. Rhea legte sie in die Kiste mit dem Auge am Schloß zurück. Als sie Cordelia in dem Glas gesehen hatte, war ihr eingefallen, daß sie noch ein Hühnchen mit Cordelias verbuhlter Nichte zu rupfen hatte. Daß Rhea das noch nicht erledigt hatte, war nicht ohne Ironie, aber verständlich – kaum hatte sie gewußt, wie sie der jungen Sai am Zeug flicken konnte, hatten sich Rheas Geist und ihre Gefühle wieder soweit beruhigt, daß die Bilder in der Glaskugel erneut zum Vorschein kamen, und in ihrer Faszination darüber hatte Rhea vorübergehend vergessen, daß Susan Delgado überhaupt existierte. Nun jedoch erinnerte sie sich wieder an ihren Plan. Die Katze in den Taubenschlag setzen. Und da sie gerade von Katzen sprach –

»Musty! Ju-huu, Musty, wo steckst du?«

Die Katze kam aus dem Holzstapel geschlichen, ihre Augen leuchteten im schmutzigen Dunkel der Hütte (als das Wetter wieder schöner wurde, hatte Rhea die Läden geschlossen), und sie wedelte mit dem geteilten Schwanz. Sie sprang auf Rheas Schoß.

»Ich habe eine Aufgabe für dich«, sagte Rhea und bückte sich, um die Katze zu lecken. Der faszinierende Geruch von Mustys Fell füllte ihren Mund und Rachen.

Musty schnurrte und krümmte den Rücken unter ihren Lippen. Für eine sechsbeinige mutierte Katze war das Leben schön.

5

Jonas schaffte sich Cordelia so schnell wie möglich vom Hals, wenn auch nicht so schnell, wie er es gerne gehabt hätte, denn er mußte der spindeldürren alten Krähe Honig ums Maul schmieren. Irgendwann brauchte er sie vielleicht noch einmal. Zuletzt hatte er sie auf den Mundwinkel geküßt (was eine derart heftige Röte hervorrief, daß er fürchtete, sie könnte eine Gehirnblutung bekommen) und versprach ihr, daß er sich um die Angelegenheit kümmern würde, die ihr so sehr zu schaffen machte.

»Aber diskret!« sagte sie erschrocken.

Ja, hatte er gesagt, als er sie nach Hause brachte, er würde diskret sein; Diskretion sei sein zweiter Vorname. Cordelia wollte – konnte – sich erst beruhigen, wenn sie es mit Sicherheit wußte, aber er vermutete, die ganze Sache würde sich als heiße Luft entpuppen. Teenager trugen gern dick auf, oder nicht? Und wenn das junge Ding sah, daß sich ihre Tante über etwas grämte, würde sie Tantchens Befürchtungen wahrscheinlich eher schüren, statt sie zu zerstreuen.

Cordelia war an dem weißen Lattenzaun stehengeblieben, der ihr Grundstück von der Straße trennte, und ihr Gesicht hatte einen Ausdruck zaghafter Erleichterung angenommen. Jonas dachte, daß sie wie ein Maultier aussah, dem mit einer harten Bürste der Rücken geschrubbt wurde.

»Nun, daran habe ich noch gar nicht gedacht... aber es ist wahrscheinlich, oder nicht?«

»Höchst wahrscheinlich«, hatte Jonas gesagt, »aber ich werde dennoch gründliche Nachforschungen anstellen. Sicher ist sicher.« Er gab ihr noch einen Kuß auf den Mundwinkel. »Und kein Wort zu den Männern in Seafront. Kein Sterbenswörtchen.«

»Danke, Eldred! Oh, danke!« Und sie hatte ihn umarmt, bevor sie hineingegangen war, wobei sich ihre winzigen Brüste wie Steine an sein Hemd gedrückt hatten. »Vielleicht kann ich heute nacht doch ruhig schlafen.«

Sie vielleicht, aber Jonas fragte sich, ob es ihm gelingen würde.

Er ging zu Fuß, mit gesenktem Kopf und auf dem Rücken verschränkten Händen, auf Hookeys Stall zu, wo er sein Pferd untergestellt hatte. Auf der anderen Straßenseite kam eine Bande Jungs gerannt; zwei schwenkten abgeschnittene Hundeschwänze mit geronnenem Blut an den Enden.

»Sargjäger! Wir sind Große Sargjäger, genau wie ihr!« rief einer frech über die Straße.

Jonas zog seinen Revolver und richtete ihn auf die Jungs – es geschah blitzschnell, und einen Moment sahen ihn die verängstigten Jungs so, wie er wirklich war: ein Mann mit blitzenden Augen und gefletschten Zähnen – Jonas sah wie ein weißer Wolf in Menschengestalt aus.

»Trollt euch, ihr kleinen Hosenscheißer!« fauchte er. »Trollt euch, bevor ich euch aus den Schuhen puste und euren Vätern Grund zum Feiern gebe!«

Einen Augenblick waren sie wie erstarrt, dann flohen sie als kreischende Meute. Einer ließ seine Trophäe zurück; der Hundeschwanz lag auf dem Bürgersteig wie ein grausiger Fächer. Jonas verzog das Gesicht, als er ihn sah, steckte die Waffe weg, verschränkte die Hände hinter dem Rücken und ging weiter, wobei er wie ein Priester aussah, der über die Natur der Götter meditiert. Und was, in der Götter Namen, hatte er sich dabei gedacht, einfach so das Schießeisen auf eine Bande junger Satansbraten zu richten?

Ich bin durcheinander, dachte er. Ich bin besorgt.

Er war besorgt, das stimmte. Die Befürchtungen der tittenlosen alten Schachtel hatten ihn vollkommen aus der Fassung gebracht. Nicht wegen Thorin – soweit es Jonas betraf, hätte Dearborn das Mädchen am Erntetag um die Mittagszeit auf dem Dorfplatz ficken können –, sondern weil es darauf hindeutete, daß Dearborn ihn auch noch in anderer Hinsicht hinters Licht geführt haben könnte.

Er hat sich einmal hinter dir angeschlichen, und du hast dir geschworen, daß das nie wieder vorkommen würde. Aber wenn er dieses Mädchen gepimpert hat, dann ist es wieder vorgekommen. Oder nicht?

Ay, wie sie in dieser Gegend sagten. Wenn der Junge die Unverfrorenheit besaß, eine Affäre mit der zukünftigen Mätresse des Bürgermeisters anzufangen, und die unglaubliche Verschlagenheit, es auch noch unbemerkt durchzuziehen, was wurde dann aus Jonas' Bild von drei Bengeln aus Innerwelt, die kaum ihren eigenen Hintern mit beiden Händen und einer Kerze finden konnten?

Wir haben sie einmal unterschätzt und wie Trottel ausgesehen, hatte Clay gesagt. Ich will nicht, daß das noch mal passiert.

War es wieder passiert? Wieviel wußten Dearborn und seine Freunde wirklich? Wieviel hatten sie herausgefunden? Und wem hatten sie es gesagt? Wenn Dearborn die Auserwählte des Bürgermeisters nageln konnte, ohne daß ihm jemand draufkam … wenn er ein derart starkes Stück hinter Eldred Jonas' Rücken abzog … hinter aller Rücken …

»Guten Tag, Sai Jonas«, sagte Brian Hookey. Er grinste breit, drückte seinen *sombrero* an die breite Schmiedebrust und machte praktisch einen Kotau vor Jonas. »Würden Sie gerne ein frisches *Graf* trinken, Sai? Ich habe gerade die frische Pressung angeliefert bekommen und –«

»Ich will nur mein Pferd«, sagte Jonas brüsk. »Bringen Sie es schnell her, und hören Sie auf zu quasseln.«

»Ay, das werde ich, stets zu Diensten, danke-Sai.« Er machte sich eilfertig an die Aufgabe und warf nur ein kurzes Grinsen über die Schulter, um sich zu vergewissern, daß er nicht über den Haufen geschossen werden würde.

Zehn Minuten später ritt Jonas auf der Großen Straße nach Westen. Er verspürte den lächerlichen, aber nichtsdestoweniger starken Impuls, seinem Pferd einfach die Sporen zu geben und all diesen Blödsinn hinter sich zu lassen: Thorin, den grauhaarigen Stenz, Roland und Susan mit ihrer zweifellos kitschigen Teenagerliebe, Roy und Clay mit ihren schnellen Händen und ihrem langsamen Verstand, Rimer mit seinen Ambitionen, Cordelia Delgado mit ihren abgeschmackten Phantasien von ihnen beiden in einem schattigen Tal, wo er ihr wahrscheinlich Gedichte vorlas, während sie ihm einen Blumenkranz für sein Haar flocht.

Er war schon früher einfach fortgeritten, wenn seine Intuition zu ihm gesprochen hatte; viele Male. Aber diesmal würde er nicht fortreiten können. Er hatte den Bengeln Rache geschworen, und obwohl er schon jede Menge Versprechen gebrochen hatte, die er anderen gemacht hatte – noch nie hatte er eins gebrochen, das er sich selbst gegenüber abgelegt hatte.

Und es galt, John Farson zu bedenken. Jonas hatte nie persönlich mit dem Guten Mann gesprochen (und wollte es auch nicht; man behauptete, daß Farson ein launischer und gefährlicher Irrer sein sollte), aber er hatte mit George Latigo zu tun gehabt, der wahrscheinlich den Trupp von Farsons Männern anführen würde, der an einem der nächsten Tage hier eintreffen mußte. Latigo hatte die Großen Sargjäger angeheuert, einen gewaltigen Vorschuß bezahlt (den Jonas nicht mit Reynolds und Depape geteilt hatte) und einen noch größeren Anteil an der Kriegsbeute versprochen, wenn die Hauptstreitmacht des Bundes in der Gegend um die Kahlen Berge ausgelöscht worden war.

Latigo war eine ziemlich große Nummer, sicher, aber nichts im Vergleich mit der großen Nummer, die nach ihm kam. Und außerdem verdiente man sich nie eine große Belohnung ohne Risiko. Wenn sie die Pferde, Ochsen, Wagenladungen frischen Gemüses, das Futter, das Öl und die Glaskugel – ganz besonders das Glas – übergaben, würde alles gut sein. Wenn sie das nicht schafften, würde sehr wahrscheinlich das Schicksal ihrer Köpfe darin bestehen, daß Farson und seine Adjutanten bei einem ihrer nächtlichen Polospiele darauf eindroschen. Das konnte durchaus passieren, und Jonas wußte es. Zweifellos würde es eines Tages passieren. Aber wenn sein Kopf sich schließlich von seinen Schultern verabschieden würde, dann würde diese Trennung gewiß nicht von solchen Hosenscheißern wie Dearborn und seinen Freunden verursacht werden, ganz gleich, von welchem Geschlecht sie abstammen mochten.

Aber wenn er eine Affäre mit Thorins Augenstern hatte ... wenn es ihm gelungen ist, ein derartiges Geheimnis zu wahren, welche anderen mag er dann noch hüten? Vielleicht spielt er ja wirklich Schloß mit dir.

Wenn ja, würde er nicht mehr lange spielen. Wenn der junge Mr. Dearborn zum erstenmal die Nase hinter seinem Hügel hervorstreckte, würde Jonas zur Stelle sein und sie ihm abschießen.

Die im Moment akute Frage war nur, wohin sollte er zuerst? Raus zur Bar K, um einen längst überfälligen Blick in das Quartier der Jungs werfen? Das könnte er; sie zählten die Pferde der Baronie auf der Schräge, alle drei. Aber er würde den Kopf nicht wegen der Pferde verlieren, oder? Nein, die Pferde waren nur eine kleine zusätzliche Attraktion, soweit es den Guten Mann betraf.

Jonas ritt statt dessen nach Citgo.

6

Zuerst überprüfte er die Tankwagen. Sie waren so, wie sie gewesen waren und sein sollten – fein säuberlich in einer Reihe aufgestellt, die neuen Räder fahrtauglich, sollte der Zeitpunkt kommen, und hinter ihrer neuen Tarnung versteckt. Manche der Kiefernzweige wurden gelb an den Spitzen, aber die jüngste Regenperiode hatte sie erstaunlich frisch gehalten. Jonas konnte nicht erkennen, daß etwas verändert worden wäre.

Als nächstes erklomm er den Hügel, ging an der Pipeline entlang und machte dabei immer häufiger Pausen; als er das verfallene Tor zwischen dem Hang und dem Ölfeld erreichte, bereitete ihm sein schlimmes Bein starke Schmerzen. Er studierte das Tor und betrachtete stirnrunzelnd die Erdspuren an der obersten Sprosse. Möglicherweise bedeuteten sie nichts, aber Jonas hielt es für möglich, daß jemand über das Tor geklettert sein könnte, anstatt es zu öffnen und das Risiko einzugehen, daß es aus den Scharnieren fiel.

Die nächste Stunde verbrachte er damit, zwischen den Bohrtürmen herumzuschlendern, wobei seine besondere Aufmerksamkeit denen galt, die noch funktionierten, und suchte nach einem Hinweis. Er fand eine Menge Spuren, aber es war unmöglich, sie mit hinreichender Verläßlichkeit zu lesen (besonders nach einer Woche Regenwetter). Die Jungs von Innerwelt hätten hier draußen gewesen sein können; die häßliche kleine Bande von Gassenbengeln aus der Stadt hätte hier draußen gewesen sein können; Arthur Eld und eine ganze Kompanie seiner Ritter hätten hier draußen gewesen sein können. Die Unsicherheit versetzte Jonas in üble Laune, wie einfach jede Unsicherheit (abgesehen von der auf einem Schloßbrett).

Er ging in die Richtung zurück, aus der er gekommen war, um den Hang hinabzugehen und in die Stadt zurückzureiten. Sein Bein schmerzte wie verrückt, und er wollte einen kräftigen Drink, um es zu betäuben. Das Schlafhaus der Bar K konnte noch einen Tag warten.

Er legte den halben Weg zum Tor zurück, sah den mit Unkraut überwucherten Feldweg, der Citgo mit der Großen Straße verband, und seufzte. Auf diesem kurzen Streckenabschnitt würde es nichts zu sehen geben, aber wo er schon den weiten Weg hierhergeritten war, sollte er den Job wohl besser zu Ende bringen.

Scheiß auf den Job, ich will einen Drink.

Aber Roland war nicht der einzige, dessen Wünsche manchmal von seiner Ausbildung revidiert wurden. Jonas seufzte, rieb sein Bein und ging die überwucherte doppelte Reifenspur entlang. Wo es anscheinend schließlich doch etwas zu finden gab.

Es lag kein Dutzend Schritte von der Stelle entfernt im Gras, wo der alte Weg auf die Große Straße stieß. Zuerst sah er nur einen glatten weißen Umriß in dem Unkraut, den er für einen Stein hielt. Dann sah er etwas Rundes, Schwarzes, das nur eine Augenhöhle sein konnte. Also kein Stein; ein Schädel.

Grunzend ging Jonas in die Knie und fischte ihn heraus, während die wenigen funktionierenden Förderanlagen hinter ihm quietschten und pochten. Ein Krähenschädel. Er hatte ihn schon einmal gesehen. Verdammt, wahrscheinlich die ganze Stadt hatte ihn schon gesehen. Er gehörte dem Wichtigtuer, Arthur Heath … der wie alle Wichtigtuer seine kleinen Requisiten brauchte.

»Er hat ihn den Wachtposten genannt«, murmelte Jonas. »Und ihn manchmal am Sattelhorn befestigt, oder nicht? Und manchmal trug er ihn um den Hals wie einen Anhänger.« Ja. So hatte der Junge ihn in jener Nacht im Traveller's Rest getragen, als –

Jonas drehte den Vogelschädel um. Etwas rasselte im Inneren wie der letzte einsame Gedanke. Jonas hielt den Schädel schief, schüttelte ihn über der offenen Handfläche und ließ das Bruchstück einer Goldkette herausfallen. So hatte der Junge ihn getragen. Die Kette war gerissen, der Schädel in den Straßengraben gefallen, und Sai Heath hatte sich nicht die Mühe gemacht, danach zu suchen. Der Gedanke, daß ihn jemand finden könnte, war ihm wahrscheinlich gar nicht gekommen. Jungs waren sorglos. Es war ein Wunder, daß überhaupt welche zu Männern heranwuchsen.

Jonas' Gesicht blieb ruhig, als er kniend den Vogelschädel betrachtete, aber hinter seiner glatten Stirn war er so wütend wie noch nie in seinem Leben. Sie waren tatsächlich hier draußen gewesen – auch das war etwas, worüber er gestern noch verächtlich gelacht hätte. Er mußte davon ausgehen, daß sie die Tankwagen gesehen hatten, Tarnung hin oder her, und wenn er nicht zufällig diesen Schädel gefunden hätte, dann hätte er es so oder so nie mit Sicherheit sagen können.

»Wenn ich mit ihnen fertig bin, werden ihre Augenhöhlen so leer sein wie deine, Sai Krähe. Ich werde ihnen die Augen höchstpersönlich herausquetschen.«

Er wollte den Schädel wegwerfen, überlegte es sich aber anders. Möglicherweise kam er ihm noch gut zupaß. Er trug ihn in einer Hand, als er zu der Stelle zurückging, wo er sein Pferd gelassen hatte.

7

Coral Thorin ging die High Street entlang zum Traveller's Rest; ihr Kopf pochte rostig, und ihr Herz schlug gallig in ihrer Brust. Sie war erst eine Stunde auf, aber ihr Kater war so schlimm, daß es ihr schon wie ein ganzer Tag vorkam. In letzter Zeit trank sie zuviel und wußte es – fast jede Nacht –, aber sie achtete sorgsam darauf, daß sie nie mehr als einen oder zwei zu sich nahm (und immer leichte), wo die Leute es sehen konnten. Bis jetzt, glaubte sie, hatte niemand Verdacht geschöpft. Und solange niemand Verdacht geschöpft hatte, vermutete sie, würde sie weitermachen. Wie sonst hätte sie ihren idiotischen Bruder ertragen können? Diese idiotische Stadt? Und natürlich das Wissen, daß alle Rancher im Pferdezüchterverband und mindestens die Hälfte aller Großgrundbesitzer Verräter waren? »Scheiß auf den Bund«, flüsterte sie. »Lieber den Spatz in der Hand.«

Aber hatte sie wirklich einen Spatz in der Hand? Irgendeiner von ihnen? Würde Farson seine Versprechen einhalten – Versprechen, die ein Mann namens Latigo gegeben und die ihr eigener unnachahmlicher Kimba Rimer übermittelt hatte? Coral hatte ihre Zweifel; Despoten neigten dazu, ihre Versprechen einfach zu vergessen, und Spatzen in der Hand hatten die ärgerliche Angewohnheit, einem in die Finger zu picken, in die Handfläche zu scheißen und dann wegzufliegen. Nicht, daß es noch eine Rolle spielte; ihr Bett war gemacht. Außerdem würden die Leute immer trinken und spielen und vögeln wollen, ganz gleich, vor wem sie sich verbeugten und in wessen Namen ihre Steuern eingetrieben wurden.

Doch wenn sich die Stimme des alten Dämons Gewissen zu Wort meldete, halfen ein paar Drinks, sie zum Schweigen zu bringen.

Sie blieb vor Cravens Bestattungsinstitut stehen und sah die Straße hinauf, wo lachende Jungs auf Leitern Papierlaternen an hohen Pfosten und Erkern aufhängten. Diese fröhlichen Lampions würden in der Nacht der Erntefeier aufgehängt werden und hundert Schattierungen sanften, wetteifernden Lichts auf die Hauptstraße von Hambry werfen.

Einen Augenblick lang erinnerte sich Coral an das Kind, das sie gewesen war, das staunend die bunten Papierlaternen betrachtete, das den Rufen und dem Knattern des Feuerwerks lauschte, das der Tanzmusik lauschte, die aus dem Green Heart drang, während ihr Vater ihre Hand hielt … und auf der anderen Seite die ihres großen Bruders Hart. In dieser Erinnerung trug Hart stolz sein erstes Paar lange Hosen.

Nostalgie überkam sie, zuerst süß, dann bitter. Dieses Kind war zu einer bläßlichen Frau herangewachsen, der ein Saloon und ein Puff gehörten (ganz zu schweigen von einem großen Stück Land an der Schräge), einer Frau, deren einziger Sexualpartner in letzter Zeit der Kanzler ihres Bruders war, einer Frau, deren erstes Sinnen und Trachten nach dem Aufstehen neuerdings war, so schnell wie möglich dem Hund an die Haare zu gehen, der sie gebissen hatte. Wie hatte es nur soweit kommen können? Diese Frau, durch deren Augen sie sah, war die letzte Frau, die das Kind von damals zu werden erwartet hatte.

»Wo bin ich vom Weg abgekommen?« fragte sie sich und lachte. »Oh lieber Mann Jesus, wo ist diese verirrte kleine Sünderin vom Weg abgekommen? Kannst du es sagen, halleluja?« Sie hörte sich so sehr an wie die Wanderpredigerin, die im Jahr zuvor durch die Stadt gekommen war – Pittston, so hatte sie geheißen, Sylvia Pittston –, daß sie wieder lachen mußte, diesmal beinahe ungekünstelt. Sie ging besserer Laune zum Rest.

Sheemie war draußen und versorgte die Überreste seiner Albizzien. Er winkte ihr zu und rief einen Gruß. Sie winkte zurück und rief etwas als Antwort. Ein guter Junge, dieser Sheemie, und obwohl sie leicht einen anderen gefunden hätte, war sie vermutlich froh, daß Depape ihn nicht getötet hatte.

Die Bar war fast menschenleer, aber hell erleuchtet; sämtliche Gaslampen flackerten. Sauber war sie auch. Sheemie hatte sicher die Spucknäpfe geleert, aber Coral nahm an, alles andere hatte die plumpe Frau hinter der Bar getan. Das Make-up konnte nicht ihre blassen Wangen, die hohlen Augen oder den runzligen Hals verbergen (wenn Coral diese echsenähnlichen Hautlappen am Hals einer Frau sah, erschauerte sie stets innerlich).

Es war Pettie der Trampel, die unter dem strengen Glasblick des Wildfangs die Bar versorgte, und wenn sie geduldet wurde, würde sie es tun, bis Stanley kam und sie wegjagte. Pettie hatte Coral gegenüber nichts davon laut werden lassen – dafür besaß sie genug Verstand –, aber ihre Wünsche dennoch klargemacht. Ihre Zeit als Hure ging dem Ende entgegen. Sie hatte den verzweifelten Wunsch, als Barkeeperin zu arbeiten. Es gab noch andere, das wußte Coral – im Forest Tree in Pass o' the River hatten sie eine Barkeeperin, und im Glencove, flußaufwärts in Tavares, hatten sie auch eine gehabt, bis sie an den Pocken gestorben war. Pettie weigerte sich einzusehen, daß Stanley Ruiz fünfzehn Jahre jünger und bei weitaus besserer Gesundheit war. Er würde noch Drinks ausschenken, wenn Pettie der Trampel schon längst ausgetrampelt hatte und in einem Armengrab verfaulte.

»Guten Abend, Sai Thorin«, sagte Pettie. Und bevor Coral auch nur den Mund aufmachen konnte, hatte ihr die Hure ein

Glas auf die Bar gestellt und Whiskey eingeschenkt. Coral betrachtete es voller Mißfallen. Wußten sie es denn alle?

»Das will ich nicht«, bellte sie. »Warum, in Elds Namen, sollte ich das trinken? Die Sonne ist noch nicht mal untergegangen! Kipp es in die Flasche zurück, bei deinem Vater, und dann sieh zu, daß du hier rauskommst. Was meinst du, wen du um fünf Uhr bedienen kannst? Gespenster?«

Petties Gesichtszüge entgleisten so sehr, daß die dicke Tünche ihres Make-ups tatsächlich Risse zu bekommen schien. Sie nahm den Trichter unter der Bar hervor, steckte ihn in die Flasche und goß den Whiskey zurück. Etwas spritzte trotz des Trichters auf die Bar; ihre plumpen Finger (ohne Ringe; ihre Ringe hatte sie schon vor langer Zeit im Laden gegenüber für Lebensmittel eingetauscht) zitterten. »Es tut mir leid, Sai. Das tut es. Ich wollte nur –«

»Mir ist gleich, was du nur wolltest«, sagte Coral und richtete ihre blutunterlaufenen Augen auf Sheb, der am Klavier gesessen und alte Notenblätter durchgesehen hatte. Nun starrte er mit offenem Mund zur Bar. »Und was starrst du an, du Frosch?«

»Nichts, Sai Thorin. Ich –«

»Dann geh es anderswo anstarren. Und nimm dieses Schwein mit. Mach ein bißchen Matratzengymnastik mit ihr, warum nicht? Das ist gut für ihre Haut. Könnte sogar gut für deine sein.«

»Ich –«

»Raus! Seid ihr taub? Alle beide!«

Pettie und Sheb gingen zur Küche statt zu den Kammern oben, aber Coral war es einerlei. Ihretwegen konnten sie zur Hölle gehen. Wohin sie wollten, solange sie ihr nur aus den schmerzenden Augen gingen.

Sie ging hinter die Bar und sah sich um. In der Ecke gegenüber spielten zwei Männer Karten. Reynolds, der Galgenvogel, sah ihnen dabei zu und trank ein Bier. Am anderen Ende der Bar saß ein Mann, aber der starrte ins Leere und befand sich in seiner eigenen Welt. Niemand schenkte Sai Coral Thorin besondere Aufmerksamkeit, und selbst wenn, was spielte es schon für eine Rolle? Wenn Pettie es wußte, wußten es alle.

Sie strich mit dem Finger durch die Whiskeypfütze an der Bar, lutschte daran, strich wieder hindurch, lutschte wieder. Sie griff nach der Flasche, aber bevor sie sich einschenken konnte, sprang ein spinnenähnliches Monstrum mit graugrünen Augen fauchend auf die Bar. Coral kreischte, wich zurück und ließ die Whiskeyflasche zwischen ihren Füßen zu Boden fallen ... wo sie wie durch ein Wunder nicht zerplatzte. Einen Augenblick dachte Coral, ihr Kopf würde statt dessen platzen – daß ihr anschwellendes, pochendes Gehirn einfach ihren Schädel spalten würde wie eine verfaulte Eierschale. Der Tisch der Kartenspieler fiel mit einem lauten Krachen um, als sie aufsprangen. Reynolds hatte seinen Revolver gezogen.

»Nayn«, sagte sie mit einer bebenden Stimme, die sie kaum wiedererkannte. Ihre Augäpfel pulsierten, ihr Herzschlag raste. Man konnte vor Angst sterben, das war ihr jetzt klar. »Nayn, meine Herren, es ist alles gut.«

Das sechsbeinige Monster auf der Theke machte das Maul auf, fletschte die spitzen Fangzähne und fauchte wieder.

Coral bückte sich (und als sie den Kopf unterhalb der Taille hatte, war sie wieder sicher, daß er explodieren würde), hob die Flasche auf, stellte fest, daß sie noch zu einem Viertel voll war, und trank direkt daraus, ohne sich darum zu kümmern, wer sie dabei sah und was sie dachten.

Als hätte er ihre Gedanken gehört, fauchte Musty wieder. Er trug heute nachmittag ein rotes Halstuch – was an ihm eher abscheulich als fröhlich aussah. Ein weißes Stück Papier war daruntergesteckt worden.

»Soll ich sie erschießen?« sagte eine schleppende Stimme. »Ich werde es tun, wenn Sie möchten. Ein Schuß, und es wird nichts außer Krallen übrig sein.« Das war Jonas, der direkt innerhalb der Flügeltür stand, und obwohl er kaum besser aussah, als sie sich fühlte, hegte Coral keine Zweifel, daß er es schaffen würde.

»Nayn. Die alte Schlampe würde uns alle in Heuschrecken oder etwas Vergleichbares verwandeln, wenn wir ihren Vertrauten töten würden.«

»Welche Schlampe?« fragte Jonas und durchquerte den Raum.

»Rhea Dubativo. Rhea vom Cöos, wie sie genannt wird.«

»Ah! Nicht die Schlampe, sondern die Hexe.«

»Sie ist beides.«

Jonas streichelte den Rücken der Katze. Sie ließ sich kraulen, krümmte sogar den Rücken gegen seine Hand, aber er strich ihr nur einmal darüber. Das Fell fühlte sich unangenehm feucht an.

»Würden Sie eventuell mit mir teilen?« fragte er und nickte zu der Flasche. »Es ist noch früh, aber mein Bein tut weh wie ein Teufel, der die Sünde satt hat.«

»Ihr Bein, mein Kopf, früh oder spät. Auf Kosten des Hauses.«

Jonas zog die weißen Brauen hoch.

»Schätzen Sie sich glücklich, und greifen Sie zu, Kumpel.«

Sie streckte die Hand nach Musty aus. Der Kater zischte wieder, ließ sie aber den Zettel unter seinem Halstuch hervorziehen. Sie klappte ihn auf und las die sieben Worte, die darauf standen:

Ich bin trocken, schick mir den Jungen

»Darf ich sehen?« fragte Jonas. Als er den ersten Schluck genommen hatte, der ihm den Bauch wärmte, sah die Welt schon besser aus.

»Warum nicht?« Sie gab ihm die Nachricht. Jonas las sie und gab sie zurück. Er hätte Rhea fast vergessen, und das wäre gar nicht gut gewesen. Ah, aber es war schwer, an alles zu denken, oder nicht? In letzter Zeit kam sich Jonas nicht so sehr wie ein gedungener Revolverheld vor, sondern eher wie ein Koch, der versuchte, alle neun Gänge eines Staatsbanketts gleichzeitig auf den Tisch zu bringen. Glücklicherweise hatte sich ihm die alte Vettel selbst ins Gedächtnis zurückgerufen. Gott segne ihren Durst. Und seinen eigenen, da er ihn rechtzeitig hierhergeführt hatte.

»Sheemie!« bellte Coral. Sie konnte die Wirkung des Whiskeys ebenfalls spüren; sie fühlte sich fast wieder wie ein Mensch. Sie fragte sich sogar, ob Eldred Jonas an einem stürmischen Abend mit der Schwester des Bürgermeisters interessiert sein könnte ... Wer konnte wissen, was einem helfen würde, die Stunden zu vertreiben?

Sheemie kam zu der Flügeltür herein; seine Hände waren schmutzig, seine rosa *sombrera* baumelte am Ende ihrer *cuerda* auf seinem Rücken. »Ay, Coral Thorin! Hier ich bin!«

Sie sah an ihm vorbei und betrachtete prüfend den Himmel. Nicht heute, nicht einmal für Rhea; sie würde Sheemie nicht im Dunkeln dort hinauf schicken, und damit war das vom Tisch.

»Nichts«, sagte sie mit einer Stimme, die sanfter als gewöhnlich klang. »Geh zurück zu deinen Blumen, und sieh zu, daß du sie gut abdeckst. Es wird Frost geben.«

Sie drehte Rheas Zettel um und kritzelte ein einziges Wort darauf:

morgen

Sie faltete den Zettel zusammen und gab ihn Jonas. »Stecken Sie ihn bitte für mich unter das Halsband des stinkenden Viehs, ja? Ich will es nicht anfassen.«

Jonas kam ihrer Bitte nach. Die Katze sah die beiden mit einem letzten wilden grünen Blick an, dann sprang sie von der Bar und verschwand unter der Schwingtür.

»Die Zeit wird knapp«, sagte Coral. Sie hatte nicht die geringste Ahnung, was sie damit meinte, aber Jonas nickte, als verstünde er voll und ganz. »Möchten Sie mit einer heimlichen Trinkerin nach oben gehen? Ich sehe nicht mehr so toll aus, aber ich kann sie immer noch bis zur Bettkante spreizen, und ich liege auch nicht bloß so da.«

Er dachte nach, dann nickte er. Seine Augen glänzten. Die hier war so dünn wie Cordelia Delgado, aber was für ein Unterschied, hm? Was für ein Unterschied! »Einverstanden.«

»Ich bin dafür bekannt, daß ich schlimme Sachen sagen kann – nur als Vorwarnung.«

»Teuerste Lady, ich werde ganz Ohr sein.«

Sie lächelte. Ihre Kopfschmerzen waren wie weggeblasen. »Ay. Das will ich Ihnen gerne glauben.«

»Geben Sie mir noch eine Minute. Rühren Sie sich nicht vom Fleck.« Er ging zu Reynolds.

»Hol dir einen Stuhl, Eldred.«

»Ich glaube nicht. Eine Dame wartet auf mich.«

Reynolds warf einen kurzen Blick zur Bar. »Du machst Witze.«

»Ich mache nie Witze über Frauen, Clay. Und jetzt hör mir zu.«

Reynolds beugte sich konzentriert nach vorne. Jonas war dankbar, daß er es nicht mit Depape zu tun hatte. Roy machte, worum man ihn bat, und normalerweise ziemlich gut, aber erst, wenn man es ihm ein halbes dutzendmal erklärt hatte.

»Geh zu Lengyll«, sagte er. »Sag ihm, er soll ein Dutzend Männer – nicht weniger als zehn – auf dem Ölfeld draußen postieren. Gute Männer, die die Köpfe unten behalten können und die Falle bei einem Hinterhalt nicht zu schnell zuschnappen lassen, falls ein Hinterhalt erforderlich ist. Sag ihm, Brian Hookey soll der Anführer sein. Er hat einen kühlen Kopf, und das ist mehr, als man von den meisten anderen armen Teufeln hier sagen kann.«

Reynolds' Augen schauten hitzig und glücklich. »Erwartest du die Bengel?«

»Sie waren schon mal dort, vielleicht kommen sie wieder. Wenn ja, sollen sie von allen Seiten unter Feuer genommen und abgeknallt werden. Sofort und ohne Warnung. Hast du verstanden?«

»Jar! Und was erzählen wir hinterher?«

»Na, das Öl und die Tankwagen müssen ihre Angelegenheit gewesen sein«, sagte Jonas mit einem schiefen Lächeln. »Die auf ihren Befehl hin und von unbekannten Gesinnungsgenossen zu Farson gebracht werden sollten. Am Erntetag werden wir auf den Schultern der Stadtbewohner durch die Straßen getragen werden. Als die Männer bejubelt, die die Verräter ausgemerzt haben. Wo ist Roy?«

»Zum Hanging Rock zurück. Ich hab ihn am Mittag gesehen. Er sagt, sie kommen, Eldred; er sagt, wenn der Wind nach Osten dreht, kann er Pferde näher kommen hören.«

»Vielleicht hört er nur, was er hören will.« Aber er vermutete, daß Depape recht hatte. Jonas' Stimmung, die ihren Tiefpunkt erreicht hatte, als er das Traveller's Rest betrat, erholte sich zusehends.

»Wir werden die Tankwagen bald wegbringen, ob die Bengel kommen oder nicht. Nachts, und in Paaren, wie die Tiere an Bord der Arche des Alten Pa gegangen sind.« Darüber lachte er. »Aber wir werden welche zurücklassen, was? Wie Käse in der Falle.«

»Und wenn die Mäuse nicht kommen?«

Jonas zuckte die Achseln. »Wenn nicht auf die eine, dann auf die andere Weise. Ich habe vor, sie morgen ein wenig unter Druck zu setzen. Ich möchte, daß sie wütend sind, und verwirrt. Und jetzt geh an deine Arbeit. Die Dame dort wartet auf mich.«

»Besser auf dich als auf mich, Eldred.«

Jonas nickte. Er schätzte, daß er in einer halben Stunde sein schmerzendes Bein vergessen haben würde. »Ganz recht«, sagte er. »Dich würde sie mit Haut und Haaren verspeisen.«

Er ging zur Bar zurück, wo Coral mit verschränkten Armen stand. Nun nahm sie sie auseinander und ergriff seine Hände. Seine rechte drückt sie auf ihre linke Brust. Die Brustwarze unter seinen Fingern war aufgerichtet und hart. Den Zeigefinger seiner linken Hand schob sie sich in den Mund und biß sanft darauf.

»Sollen wir die Flasche mitnehmen?« fragte Jonas.

»Warum nicht?« sagte Coral Thorin.

8

Wenn sie so betrunken eingeschlafen wäre, wie sie es sich in den letzten paar Monaten angewöhnt hatte, hätte das Quietschen der Bettfedern sie nicht geweckt – die Explosion einer Bombe hätte sie nicht geweckt. Doch hatten sie zwar die Flasche mitgenommen, aber die stand immer noch auf dem Nachttisch des Schlafzimmers, das sie im Rest hatte (es war so groß wie die drei Kammern der Huren zusammen), und der Pegelstand des Whiskeys war unverändert. Sie fühlte sich am ganzen Körper wund, aber wenigstens ihr Kopf war klar; zumindest dafür war Sex gut.

Jonas stand am Fenster und sah ins erste graue Tageslicht hinaus, während er seine Hose hochzog. Sein bloßer Rücken war kreuz und quer mit Narben bedeckt. Sie wollte ihn fragen, wer ihn derart brutal ausgepeitscht und wie er es überlebt hatte, beschloß aber, daß es besser wäre, das Thema nicht anzuschneiden.

»Wohin gehst du?« fragte sie.

»Ich denke, ich werde damit anfangen, daß ich etwas Farbe hole – der Farbton spielt keine Rolle –, und danach einen Straßenköter, der seinen Schwanz noch hat. Ich glaube, was ich danach mache, Sai, willst du nicht wissen.«

»Nun gut.« Sie legte sich hin und zog die Decke bis zum Kinn hoch. Sie hatte das Gefühl, eine ganze Woche schlafen zu können.

Jonas zog seine Stiefel an und ging zur Tür, wobei er den Revolvergurt zumachte. Mit der Hand auf dem Knauf blieb er stehen. Sie sah ihn an, und ihre grauen Augen waren schon wieder halb voll Schlaf.

»Ich habe es nie besser erlebt«, sagte Jonas.

Coral lächelte. »Nein, Kumpel«, sagte sie. »Ich auch nicht.«

Kapitel 4
Roland und Cuthbert

I

Roland, Cuthbert und Alain kamen, fast zwei Stunden nachdem Jonas Corals Zimmer im Traveller's Rest verlassen hatte, auf die Veranda des Schlafhauses der Bar K heraus. Inzwischen stand die Sonne schon über dem Horizont. Sie waren von Natur aus keine Spätaufsteher, aber wie Cuthbert sagte: »Wir haben ein gewisses Innerwelt-Image zu wahren. Nicht Faulheit, sondern Müßiggang.«

Roland streckte sich, reckte dem Himmel die Arme als weites Y entgegen, bückte sich und ergriff die Spitzen seiner Schuhe. Dabei knackte sein Rücken.

»Ich hasse dieses Geräusch«, sagte Alain. Er hörte sich mürrisch und verschlafen an. Tatsächlich hatten ihn die ganze Nacht seltsame Träume und Vorahnungen gequält – etwas, wofür er als einziger von den dreien empfänglich war. Möglicherweise wegen der Gabe – bei ihm war sie immer sehr stark gewesen.

»Darum macht er es ja«, sagte Cuthbert und klopfte Alain auf die Schulter. »Sei fröhlich, alter Junge. Du bist zu hübsch, um niedergeschlagen zu sein.«

Roland richtete sich auf, und sie gingen über den staubigen Hof zu den Stallungen. Auf halbem Weg blieb er so unvermittelt stehen, daß Alain fast mit ihm zusammenstieß. Roland schaute nach Osten. »Oh«, sagte er mit einer komischen, nachdenklichen Stimme. Er lächelte sogar ein wenig.

»Oh?« wiederholte Cuthbert. »Oh was, großer Führer? Oh Freude, ich werde bald die duftend parfümierte Lady besuchen, oder oh Mist, ich muß den ganzen lieben langen Tag mit meinen stinkenden Gefährten arbeiten?«

Alain betrachtete seine Stiefel, die neu und unbequem gewesen waren, als sie Gilead verlassen hatten, inzwischen aber rissig und ausgetreten, an den Absätzen ein wenig abgelaufen und so bequem waren, wie Arbeitsstiefel nur sein konnten. Im Augenblick war es besser, sie anzusehen als seine Freunde. Neuerdings hatte Cuthberts Spott immer einen beißenden Unterton; sein alter Sinn für Humor war durch etwas ersetzt worden, das gemein und unangenehm war. Alain rechnete immer damit, daß Roland nach einer anzüglichen Bemerkung von Cuthbert wie Stahl, der von einem scharfkantigen Feuerstein getroffen wird, Funken schlagen und Bert niederschlagen würde. In gewisser Weise wünschte sich Alain das fast. Es könnte die Luft reinigen.

Aber nicht die Luft des heutigen Morgens.

»Nur oh«, sagte Roland nachsichtig und ging weiter.

»Erflehe deine Verzeihung, weil ich weiß, daß du es nicht hören willst, aber ich würde gern noch ein Wort zu den Tauben loswerden«, sagte Cuthbert, während sie ihre Pferde sattelten. »Ich glaube immer noch, daß eine Nachricht –«

»Ich verspreche dir etwas«, sagte Roland lächelnd.

Cuthbert sah ihn mit einem gewissen Mißtrauen an. »Ay?«

»Wenn du morgen früh immer noch eine losschicken willst, dann tun wir es. Diejenige, für die du dich entscheidest, soll mit einer von dir selbst verfaßten Nachricht am Bein nach Gilead geschickt werden. Was sagst du dazu, Arthur Heath? Ist das fair?«

Cuthbert sah ihn einen Augenblick mit einem Mißtrauen an, das Alain im Herzen weh tat. Dann lächelte er ebenfalls. »Fair«, sagte er. »Danke.«

Und dann sagte Roland etwas, das Alain seltsam vorkam und den feinfühligen Teil in ihm vor Nervosität erschauern ließ. »Dank mir noch nicht.«

2

»Ich will da nicht raufgehen, Sai Thorin«, sagte Sheemie. Ein ungewöhnlicher Gesichtsausdruck zog sein ansonsten glattes Gesicht in Falten – ein beunruhigtes und ängstliches Stirnrunzeln. »Sie ist eine schreckliche Lady. So schrecklich wie ein Stinkfisch, das ist sie. Hat eine Warze auf der Nase, genau hier.« Er zeigte mit dem Daumen auf seine eigene Nase, die klein und glatt und wohlgeformt war.

Coral, die ihm für solche Widerworte gestern noch den Kopf

abgerissen hätte, zeigte sich heute ungewöhnlich geduldig. »Das stimmt«, sagte sie. »Aber, Sheemie, sie hat eigens nach dir gefragt, und sie gibt Trinkgeld. Du weißt, daß sie das tut, und nicht wenig.«

»Wird mir nix nützen, wenn sie mich in einen Käfer verwandelt«, sagte Sheemie verdrossen. »Käfer können keine Pennies ausgeben.«

Dennoch ließ er sich zu der Stelle führen, wo Caprichoso, der Packesel des Saloons, festgebunden war. Barkie hatte zwei kleine Fässer auf den Rücken des Esels geschnallt. Eines war mit Sand gefüllt und diente nur als Gegengewicht. Das andere enthielt frisch gepreßtes *Graf*, das Rhea so gerne trank.

»Der Jahrmarkt rückt näher«, sagte Coral strahlend. »Es sind keine drei Wochen mehr.«

»Ay.« Daraufhin sah Sheemie glücklicher aus. Er liebte Jahrmärkte leidenschaftlich – die Lichter, die Kracher, die Tänze, die Spiele, das Gelächter. Wenn Jahrmarkt war, dann waren alle glücklich und niemand sagte ein böses Wort.

»Ein junger Mann mit Pennies in der Tasche wird bestimmt seinen Spaß auf dem Jahrmarkt haben«, sagte Coral.

»Das ist wahr, Sai Thorin.« Sheemie sah aus wie jemand, der gerade eines der Grundprinzipien des Lebens herausgefunden hat. »Ay, wahri-wahr, das ist es.«

Coral drückte Sheemie Caprichosos Zügel in die Hand und legte seine Finger darum. »Eine schöne Reise, Junge. Sei höflich zu der alten Krähe, mach deine beste Verbeugung … und sieh zu, daß du wieder von dem Berg herunter bist, bevor es dunkel wird.«

»Lange vorher, ay«, sagte Sheemie und erschauerte bei dem bloßen Gedanken, nach Einbruch der Dunkelheit noch auf dem Cöos zu sein. »Lange vorher, so sicher wie Brot und Fische.«

»Guter Junge.« Coral sah ihm nach, wie er davonzog, die rosa *sombrera* inzwischen auf dem Kopf, und den mürrischen Packesel am Zügel führte. Und als er hinter der Kuppe des ersten flachen Hügels verschwunden war, sagte sie es noch einmal: »Guter Junge.«

3

Jonas wartete bäuchlings im hohen Gras auf der Flanke eines Hügels, bis eine Stunde verstrichen war, seit die Bengel die Bar K Ranch verlassen hatten. Dann ritt er auf die Hügelkuppe und sah sie, drei Pünktchen, vier Meilen entfernt auf dem braunen Hang. Auf dem Weg zu ihrer täglichen Pflicht. Kein Anzeichen, daß sie etwas vermuteten. Sie waren schlauer, als er ihnen anfangs zugetraut hatte... aber längst nicht so schlau, wie sie selbst glaubten.

Er ritt bis auf eine Viertelmeile an die Bar K heran – abgesehen von Schlafhaus und Stall war die Ranch eine ausgebrannte Ruine im hellen Sonnenlicht dieses frühherbstlichen Tages – und zurrte sein Pferd in einem Pappelwäldchen fest, das um die Quelle der Ranch herum wuchs. Hier hatten die Jungs etwas Wäsche zum Trocknen aufgehängt. Jonas nahm die Hosen und Hemden von den niederen Zweigen, wo sie hingen, warf sie auf einen Haufen, pißte darauf und ging zu seinem Pferd zurück.

Das Tier stapfte nachdrücklich auf den Boden, als Jonas den Hundeschwanz aus einer seiner Satteltaschen holte, als wäre es froh, ihn endlich loszuwerden. Jonas war auch froh, daß er ihn los wurde. Er verbreitete bereits einen unmißverständlichen Geruch. Aus der anderen Satteltasche holte er eine Dose rote Farbe und einen Pinsel. Beides hatte er bei Brian Hookeys ältestem Sohn gekauft, der sich heute um den Mietstall kümmerte. Sai Hookey selbst würde inzwischen zweifellos nach Citgo unterwegs sein.

Jonas ging zum Schlafhaus und bemühte sich nicht einmal um Deckung... nicht, daß es hier draußen eine nennenswerte Deckung gegeben hätte. Und da die Jungs fort waren, gab es auch niemanden, vor dem man sich verstecken mußte.

Einer hatte ein richtiges Buch – Mercers Predigten und Meditationen – auf dem Sitz eines Schaukelstuhls auf der Veranda liegenlassen. Bücher waren etwas außerordentlich Seltenes in Mittwelt, besonders so weit vom Zentrum entfernt. Dies war das erste, abgesehen von einigen wenigen in Seafront, das Jonas sah, seit er nach Mejis gekommen war. Er schlug es auf. In einer geschwungenen Frauenhandschrift stand da: Meinem teuersten Sohn, von seiner liebenden MUTTER. Jonas riß diese Seite heraus, machte die Farbdose auf und steckte die Spitzen der beiden letzten Finger hinein. Er strich das Wort Mutter mit der Kuppe des Ringfingers aus, benutzte den Nagel des kleinen Fingers als behelfsmäßige Feder und schrieb FOTZE über MUTTER. Das Blatt steckte er an einem rostigen Nagel fest, wo sie es gar nicht übersehen konnten, danach zerriß er das Buch und trampelte auf den Fetzen herum. Welchem Jungen hatte es gehört? Er hoffte, daß es das von Dearborn gewesen war, aber eigentlich spielte es keine Rolle.

Als Jonas das Haus betrat, bemerkte er als erstes die Tauben, die in ihren Käfigen gurrten. Er hatte gedacht, daß sie ihre Nachrichten mit einem Heliographen übermitteln würden, aber Tauben! Mannomann! Das war noch viel raffinierter!

»Zu euch komme ich in ein paar Minuten«, sagte er. »Habt Geduld, ihr Süßen; pickt und scheißt, so lange ihr noch könnt.«

Er sah sich mit einer gewissen Neugier um, während das leise Gurren der Tauben beruhigend in seinen Ohren ertönte. Burschen oder Lords? hatte Roy den alten Mann in Ritzy gefragt. Der alte Mann hatte gesagt, möglicherweise beides. Immerhin ordentliche Burschen, ihrem Schlafquartier nach zu schließen, dachte Jonas. Wohlerzogen. Drei Betten, alle gemacht. Drei Stapel Vorräte am Fußende von jedem, ebenfalls ordentlich aufgestapelt. In jedem Stapel fand er das Bild einer Mutter – ach, was waren sie für gute Jungs –, und in einem ein Bild beider Eltern. Er hatte auf Namen gehofft, möglicherweise irgendwelche Dokumente (vielleicht sogar Liebesbriefe des Mädchens), fand aber nichts dergleichen. Männer oder Lords, sie waren vorsichtig. Jonas nahm die Bilder aus ihren Rahmen und zerriß sie. Die Vorräte verstreute er in alle Himmelsrichtungen und zerstörte, soviel er in der knappen Zeit konnte. Als er ein Stofftaschentuch in der Tasche einer Ausgehhose fand, schneuzte er sich hinein und breitete es dann sorgfältig auf den Ausgehstiefeln eines der Jungs aus, damit man den grünen Klumpen deutlich sehen konnte. Was konnte unangenehmer – beunruhigender – sein, als nach einem harten Tag, den man viehzählend verbracht hatte, nach Hause zu kommen und den Rotz eines Fremden auf seinen persönlichen Habseligkeiten zu finden?

Inzwischen waren die Tauben aufgeregt; sie konnten nicht schimpfen wie Eichelhäher oder Krähen, versuchten aber, von ihm wegzuflattern, als er ihre Käfige öffnete. Natürlich nützte es ihnen nichts. Er fing sie eine nach der anderen und drehte ihnen den Hals um. Als er das bewerkstelligt hatte, legte Jonas unter jedes Strohkissen der Jungs einen Vogel.

Unter einem dieser Kissen fand er einen kleinen Bonus: Papierstreifen und einen Füllfederhalter, zweifellos um Nachrichten zu schreiben. Er zerbrach den Füller und warf ihn durch das Zimmer. Die Streifen steckte er in seine Tasche. Papier konnte man immer brauchen.

Nachdem die Tauben versorgt waren, konnte er besser hören. Er ging langsam auf dem Dielenboden entlang, hielt den Kopf schräg und lauschte.

4

Als Alain im Galopp zu ihm geritten kam, achtete Roland nicht auf das abgespannte Gesicht und die brennenden, furchtsamen Augen des Jungen. »Ich habe einunddreißig auf meiner Seite«, sagte er, »alle mit dem Brandzeichen der Baronie, Krone und Schild. Du?«

»Wir müssen zurück«, sagte Alain. »Es stimmt etwas nicht. Es ist die Gabe. Ich hab sie noch nie so deutlich gespürt.«

»Deine Zählung?« fragte Roland wieder. Es gab Zeiten, so wie jetzt, da fand er Alains Fähigkeit, die Gabe zu benutzen, eher ärgerlich als hilfreich.

»Vierzig. Oder einundvierzig, hab ich vergessen. Und was spielt es schon für eine Rolle? Sie haben weggeschafft, was wir nicht zählen sollen. Roland, hast du mich nicht gehört? Wir müssen zurück! Etwas stimmt nicht! Bei uns zu Hause stimmt etwas nicht!«

Roland sah zu Bert, der friedlich etwa fünfhundert Meter entfernt ritt. Dann sah er Alain wieder an und hatte die Augenbrauen zu einer stummen Frage hochgezogen.

»Bert? Er ist taub für die Gabe, schon immer gewesen – das weißt du. Ich nicht. Auch das weißt du! Roland, bitte! Wer immer es ist, er wird die Tauben sehen! Vielleicht unsere Waffen finden!« Der normalerweise phlegmatische Alain weinte fast vor Aufregung und Schrecken. »Wenn du nicht mit mir zurückreiten willst, gib mir wenigstens die Erlaubnis, selbst zu reiten! Laß mich reiten, Roland, bei deinem Vater!«

»Bei deinem Vater, ich lasse dich nicht gehen«, sagte Roland. »Ich habe einunddreißig gezählt. Du vierzig. Ja, sagen wir vierzig. Vierzig ist eine schöne Zahl; so gut wie jede andere auch, wotte ich. Jetzt wechseln wir die Seiten und zählen noch einmal.«

»Was ist bloß los mit dir?« flüsterte Alain fast. Er sah Roland an, als hätte Roland den Verstand verloren.

»Nichts.«

»Du hast es gewußt! Du hast es gewußt, als wir heute morgen aufgebrochen sind!«

»Oh, ich habe vielleicht etwas gesehen«, sagte Roland. »Vielleicht eine Spiegelung, aber ... Vertraust du mir, Al? Ich glaube, darauf kommt es an. Vertraust du mir, oder glaubst du, ich habe den Verstand verloren, als ich mein Herz verloren habe? So wie er?« Er nickte mit dem Kopf in Cuthberts Richtung. Roland sah Alain mit einem leisen Lächeln auf den Lippen an, aber seine Augen waren grimmig und distanziert – es war Rolands Über-den-Horizont-Blick. Alain fragte sich, ob Susan Delgado diesen Ausdruck schon gesehen hatte, und wenn ja, was sie davon hielt.

»Ich vertraue dir.« Inzwischen war Alain so verwirrt, daß er nicht mehr wußte, ob das eine Lüge oder die Wahrheit war.

»Gut. Dann tausche die Seiten mit mir. Vergiß nicht, ich habe einunddreißig gezählt.«

»Einunddreißig«, stimmte Alain zu. Er hob die Hände und ließ sie mit einem so lauten Klatschen auf die Oberschenkel fallen, daß sein sonst so gelassenes Pferd die Ohren anlegte und ein wenig unter ihm tänzelte. »Einunddreißig.«

»Ich glaube, wir können heute früher zurückkehren, wenn dir das genügt«, sagte Roland und ritt weg. Alain sah ihm nach. Er fragte sich immer, was in Rolands Kopf vorging, aber noch nie mehr als jetzt.

5

Quietsch. Quietsch-quietsch.

Da war das, wonach er gehorcht hatte, und gerade als Jonas die Suche schon aufgeben wollte. Er hatte damit gerechnet, ihr Versteck ein bißchen näher bei den Betten zu finden, aber sie waren raffiniert, das mußte man ihnen lassen.

Er ließ sich auf ein Knie nieder und stemmte mit dem Messer das Dielenbrett hoch, das gequietscht hatte. Darunter lagen drei Bündel, jedes in dunkle Baumwollstreifen eingewickelt. Diese Streifen fühlten sich feucht an und rochen intensiv nach Waffenöl. Jonas nahm die Bündel heraus und wickelte sie auf, weil er neugierig war, was für Kaliber die Burschen mitgebracht hatten. Die Antwort erwies sich als nützlich, aber unspektakulär. Zwei der Bündel enthielten jeweils einen fünfschüssigen Revolver eines Typs, der damals (aus Gründen, die mir nicht bekannt sind) »Schnitzer« genannt wurde. Das dritte enthielt zwei Waffen, Sechsschüsser von besserer Qualität als die Schnitzer. Eine Schrecksekunde lang glaubte Jonas wahrhaftig, er hätte die großen Revolver eines Revolvermanns gefunden – Läufe aus echtem blauem Stahl, Sandelholzgriffe, Mündungen wie Bergwerksstollen. Solche Waffen hätte er nicht zurücklassen können, auch wenn es seinen Plänen geschadet hätte. Daher kam es ihm wie eine Erleichterung vor, als er die schlichten Griffe sah. Man suchte nie ausdrücklich nach einer Enttäuschung, aber sie konnte einen wunderbar ernüchtern.

Er wickelte die Waffen wieder ein, legte sie zurück und setzte auch das Brett wieder richtig ein. Eine Bande klotzköpfiger Tunichtgute aus der Stadt konnte möglicherweise hierherkommen und möglicherweise das unbewachte Schlafhaus verwüsten, aber konnten sie auch ein solches Versteck finden? Nein, mein Sohn. Unwahrscheinlich.

Denkst du, sie werden wirklich glauben, daß Schläger aus der Stadt dafür verantwortlich sind?

Möglicherweise; nur weil er sie anfangs unterschätzt hatte, sollte er jetzt nicht ins andere Extrem verfallen und sie überschätzen. Und er konnte sich den Luxus erlauben, daß ihm das ziemlich egal war. Wie auch immer, es würde sie wütend machen. Möglicherweise wütend genug, daß sie mit wehenden

Fahnen um ihren Hügel herumgestürmt kamen. Daß sie die Vorsicht in den Wind schlugen … und Sturm ernteten.

Jonas steckte das Ende des abgeschnittenen Hundeschwanzes in einen der Taubenkäfige, damit er wie eine riesige, spöttische Feder aufragte. Mit der Farbe schrieb er so reizend jungenhafte Sprüche wie

Lutsch meinen Schwanz!

und

get nach Hause ihr raichen Wixer

auf die Wände. Dann ging er hinaus, blieb einen Moment auf der Veranda stehen und vergewisserte sich, daß er die Bar K noch für sich allein hatte. Natürlich war das so. Und doch hatte er sich gegen Ende einen oder zwei Augenblicke nervös gefühlt – fast so, als wäre er ertappt worden. Vielleicht durch eine Art von Innerwelt-Telepathie.

Das gibt es; und du weißt es. Sie nennen es die Gabe.

Ay, aber das war das Werkzeug von Revolvermännern, Künstlern und Irren. Nicht von Jungs, seien sie nun Lords oder nur irgendwelche Burschen.

Jonas ging dennoch fast im Laufschritt zu seinem Pferd zurück, stieg auf und ritt in die Stadt. Die Situation näherte sich dem Siedepunkt, und es war noch viel zu tun, bis der Dämonenmond voll am Himmel stand.

6

Rheas Hütte mit ihren Steinmauern und den moosglitschigen *guijarros* auf dem Dach kauerte auf dem letzten Gipfel des Cöos. Dahinter hatte man eine atemberaubende Aussicht nach Nordwesten – das Böse Gras, die Wüste, Hanging Rock, Eyebolt Canyon –, aber malerische Aussicht interessierte Sheemie als allerletztes, als er Caprichoso nicht lange nach Mittag vorsichtig in Rheas Hof führte. Er hatte seit etwa einer Stunde Hunger verspürt, aber jetzt war das Magenknurren verstummt. Diesen Ort haßte er mehr als jeden anderen in der Baronie, sogar mehr als Citgo mit seinen großen Türmen, die immerzu quietschediquietsch und klapperdiklapp machten.

»Sai?« rief er und führte den Esel in den Hof. Capi bockte, als sie sich der Hütte näherten, machte die Beine steif und senkte den Kopf, aber als Sheemie am Zaumzeug zerrte, kam er doch mit. Er tat Sheemie fast leid.

»Ma'am? Nette alte Dame, die keiner Fliege was zuleide tun würde? Sind Sie da-ha-ha? Es ist der gute alte Sheemie mit Ihrem *Graf*.« Er lächelte und streckte die Hand aus, Handfläche nach oben, um zu zeigen, wie außerordentlich harmlos er war, aber aus der Hütte kam immer noch keine Antwort. Sheemie spürte, wie sich seine Eingeweide erst zusammenzogen, dann verkrampften. Einen Augenblick dachte er, er würde in seine Hosen scheißen wie ein Babby; dann ließ er einen fahren und fühlte sich etwas besser. Zumindest in seinem Bauch.

Er ging weiter, fühlte sich aber mit jedem Schritt weniger wohl in seiner Haut. Der Hof war steinig, das kümmerliche Unkraut gelblich, als hätte die Bewohnerin der Hütte die Erde selbst durch ihre Berührung verseucht. Es gab einen Garten, und Sheemie sah, daß es sich bei dem Gemüse, das noch darin wuchs – überwiegend Kürbisse und Scharfwurzeln – um Muties handelte. Dann bemerkte er die ausgestopfte Puppe des Gartens. Auch sie war ein Mutie, ein garstiges Ding mit zwei Strohköpfen statt einem und einer ausgestopften Hand in einem Damensatinhandschuh, die mitten aus der Brust herausragte.

Sai Thorin wird mich nie wieder beschwatzen können, hierherzugehen, dachte er. Nicht für alle Pennies auf der Welt.

Die Tür der Hütte stand offen. Sheemie fand, daß sie wie ein klaffendes Maul aussah. Ein ekelerregender, klammer Geruch drang heraus.

Sheemie blieb etwa fünfzehn Schritte von dem Haus entfernt stehen, und als Capi an seinem Hintern knabberte (als wollte er fragen, was sie hier noch hielt), stieß der Junge einen kurzen Schrei aus. Das Geräusch seines eigenen Schreis hätte ihn um ein Haar wegrennen lassen; nur unter Aufbietung aller Willenskraft gelang es ihm, dennoch stehenzubleiben. Der Tag war hell, aber hier oben, auf diesem Hügel, schien die Sonne bedeutungslos zu sein. Dies war nicht sein erster Ausflug hierher, und Rheas Hügel war nie ein angenehmer Aufenthaltsort gewesen, aber jetzt war es irgendwie noch schlimmer. Er bekam dasselbe Gefühl wie von dem Geräusch der Schwachstelle, wenn er mitten in der Nacht aufwachte und sie hörte. Als würde etwas Schreckliches auf ihn zugekrochen kommen – etwas, das nur aus irren Augen und roten, ausgestreckten Klauen bestand.

»S-S-Sai? Ist jemand da? Ist –«

»Komm näher.« Die Stimme drang aus der offenen Tür heraus. »Komm hierher, wo ich dich sehen kann, Idiotenjunge.«

Sheemie versuchte, nicht zu stöhnen oder zu weinen, als er dem Befehl der Stimme nachkam. Er hegte die Befürchtung, daß er nie wieder den Berg hinabsteigen würde. Caprichoso vielleicht, aber er nicht. Der arme alte Sheemie würde im Kochtopf enden – heute ein heißes Abendessen, morgen Suppe, und bis zum Jahresende kalte Snacks. Das würde aus ihm werden.

Er ging widerwillig auf Beinen wie aus Gummi zu Rheas Veranda – wenn seine Knie näher beisammen gewesen wären, hätten sie geklappert wie Kastagnetten. Sie hörte sich nicht mal mehr an wie früher.

»S-Sai? Ich hab Angst. Das hab i-i-ich.«

»Das solltest du auch«, sagte die Stimme. Sie wallte und waberte und drang ins Sonnenlicht heraus wie eine eklige Rauchwolke. »Aber das ist nicht wichtig – tu einfach, was ich dir sage. Komm näher, Sheemie, Sohn des Stanley.«

Sheemie gehorchte, obwohl Entsetzen jeden seiner Schritte lähmte. Der Esel folgte ihm mit gesenktem Kopf. Capi hatte den ganzen Weg herauf geschrien wie eine Gans – ununterbrochen geschrien –, aber jetzt war er verstummt.

»Da bist du also«, flüsterte die in den Schatten begrabene Stimme. »Da bist du wahrhaftig.«

Sie trat in das Sonnenlicht, das durch die offene Tür hineinfiel, und zuckte kurz zusammen, als sie davon geblendet wurde. In den Händen hielt sie das leere Graffaß. Ermot hatte sie wie eine Kette um den Hals gelegt.

Sheemie hatte die Schlange schon früher gesehen und sich stets gefragt, welche Qualen er vor seinem Tod erleiden würde, sollte er von so einer gebissen werden. Heute kamen ihm solche Gedanken nicht. Verglichen mit Rhea, sah Ermot normal aus. Das Gesicht der alten Frau war an den Wangen eingefallen, was dem Rest ihres Kopfes das Aussehen eines Totenschädels verlieh. Braune Flecken schwärmten aus ihrem dünnen Haar hervor und über ihre gewölbte Stirn wie Insekten. Unter dem linken Auge hatte sie eine offene Schwäre, und wenn sie grinste, konnte man nur noch ein paar verbliebene Zähne sehen.

»Magst mein Aussehen nicht, was?« fragte sie. »Macht dein Herz kalt, was?«

»N-Nein«, sagte Sheemie, aber dann, weil es sich nicht richtig anhörte: »Ich meine: ja!« Aber, Götter, das hörte sich noch schlimmer an. »Sie sind wunderschön, Sai!« stieß er hervor.

Sie schnaufte fast lautloses Lachen und drückte ihm das leere Faß so fest in die Arme, daß er sich um ein Haar auf den Hosenboden gesetzt hätte. Sie berührte ihn nur kurz mit den Fingern, aber lange genug, daß er überall eine Gänsehaut bekam.

»Eh nun, eh nun. Man sagt, schön ist, wer schön handelt, oder nicht? Und das ist mir recht. Ay, bis auf den Boden. Bring mir mein *Graf*, Idiotenkind.«

»J-ja, Sai! Sofort, Sai!« Er trug das leere Faß zu dem Esel zurück, stellte es ab und fummelte den Strick auf, mit dem das kleine Faß *Graf* festgebunden war. Er spürte zu deutlich, wie sie ihn beobachtete, aber schließlich bekam er das Faß los. Es rutschte ihm fast aus den Händen, und er erlebte einen alptraumhaften Augenblick, als er dachte, es würde auf den steinigen Boden fallen und zerschellen, aber in der allerletzten Sekunde bekam er es wieder zu fassen. Er brachte es ihr, hatte gerade einen Augenblick Zeit zu denken, daß sie die Schlange nicht mehr trug, und spürte schon, wie sie auf seine Stiefel kroch. Ermot sah zu ihm auf, zischte und entblößte ein doppeltes Paar Giftzähne zu einem unheimlichen Grinsen.

»Beweg dich nicht zu schnell, mein Junge. 's wäre unklug – Ermot ist heute verdrießlicher Laune. Stell das Faß direkt hier neben der Tür ab. Es ist zu schwer für mich. Hab in letzter Zeit ein paar Mahlzeiten ausfallen lassen, das hab ich.«

Sheemie bückte sich in der Taille (mach deine schönste Verbeugung, hatte Sai Thorin gesagt, und nun war er hier und machte genau das), verzog das Gesicht, wagte nicht, seinen

Rücken zu entlasten, indem er die Füße bewegte, weil die Schlange immer noch darauf lag. Als er sich aufrichtete, hielt ihm Rhea einen alten und fleckigen Umschlag hin. Die Klappe war mit einem Klumpen rotem Wachs versiegelt worden. Sheemie graute vor der Frage, was eingeschmolzen worden sein mochte, um dieses Wachs zu machen.

»Nimm das und gib es Cordelia Delgado. Kennst du sie?«

»A-ay«, brachte Sheemie heraus. »Susan-Sais Tantchen.«

»Ganz recht.« Sheemie griff zögernd nach dem Umschlag, aber sie hielt ihn noch einen Moment zurück. »Kannst nicht lesen, oder, Idiotenjunge?«

»Nayn. Worte und Buchstaben verschwinden einfach aus meinem Kopf.«

»Gut. Denk dran, daß du das niemandem zeigst, der lesen kann, sonst wird eines Nachts Ermot unter deinem Kissen warten. Ich sehe weit, Sheemie, hast mich verstanden? Ich sehe weit.«

Es war nur ein Umschlag, aber in Sheemies Fingern fühlte er sich schwer und irgendwie grauenhaft an, als wäre er aus Menschenhaut statt aus Papier gemacht. Und was für eine Art von Brief konnte Rhea überhaupt an Cordelia Delgado schicken? Sheemie dachte zurück an den Tag, als er Sai Delgados Gesicht voller Spinnwebchen gesehen hatte, und erschauerte. Die grauenhafte Kreatur, die da vor ihm an der Tür ihrer Hütte stand, hätte genau die Kreatur sein können, die diese Fäden gesponnen hatte.

»Wenn du ihn verlierst, werde ich es erfahren«, flüsterte Rhea. »Wenn du meine Angelegenheiten einem anderen zeigst, werde ich es wissen. Vergiß nicht, Sohn des Stanley, ich sehe weit.«

»Ich werde aufpassen, Sai.« Es wäre vielleicht besser, er würde den Umschlag verlieren, aber das konnte er nicht. Sheemie war dumpf im Kopf, das sagten alle, aber nicht so dumpf, daß er nicht begriffen hätte, warum er hierhergerufen worden war: nicht, um ein Faß *Graf* zu liefern, sondern um diesen Brief in Empfang zu nehmen und weiterzugeben.

»Möchtest du ein bißchen reinkommen?« flüsterte sie und zeigte mit einem Finger auf seinen Schritt. »Wenn ich dir ein kleines Stückchen Pilz zu essen gebe – einen Pilz, den nur ich kenne –, kann ich jedes Aussehen annehmen, das du magst.«

»Oh, ich kann nicht«, sagte er, griff sich an die Hose und lächelte ein ungeheuer breites Lächeln, das sich innerlich wie ein Schrei anfühlte, der aus seiner Haut hinauswollte. »Das Pillerding ist letzte Woche abgefallen, das ist es.«

Einen Augenblick konnte Rhea ihn nur anstarren; es war eine der wenigen Gelegenheiten in ihrem Leben, daß sie wirklich überrascht war, und dann brach sie wieder in schnaufendes Gelächter aus. Sie hielt sich den Bauch mit ihren wachsähnlichen Händen und wippte vor Heiterkeit hin und her. Ermot kroch erschrocken auf seinem langen grünen Bauch ins Haus. Irgendwo im Inneren fauchte ihre Katze ihn an.

»Geh«, sagte Rhea immer noch lachend. Sie beugte sich nach vorne und ließ drei oder vier Pennies in seine Hemdentasche fallen. »Verschwinde von hier, du großer Lügenbold! Und trödle nicht herum, Blumen anschauen!«

»Nein, Sai –«

Bevor er noch mehr sagen konnte, fiel die Tür so fest ins Schloß, daß Staub aus den Ritzen zwischen den Brettern gepustet wurde.

7

Roland überraschte Cuthbert, indem er um zwei Uhr vorschlug, daß sie zur Bar K zurückreiten sollten. Als Bert nach dem Grund fragte, zuckte Roland nur die Achseln und sagte nicht mehr. Bert sah zu Alain und sah einen seltsam nachdenklichen Ausdruck im Gesicht des Jungen.

Als sie sich dem Schlafhaus näherten, überkam Cuthbert ein Gefühl der Vorahnung. Sie erklommen eine Hügelkuppe und sahen auf die Bar K Ranch hinab. Die Tür des Schlafhauses stand offen.

»Roland!« schrie Alain. Er zeigte zu dem Baumwollwäldchen, wo die Quelle der Ranch lag. Ihre Kleidungsstücke, die sie vor ihrem Aufbruch ordentlich aufgehängt hatten, waren wild durcheinandergeworfen worden.

Cuthbert stieg ab und lief hin. Hob ein Hemd auf, roch daran, warf es weg. »Vollgepißt!« rief er angewidert.

»Kommt«, sagte Roland. »Sehen wir uns den Schaden an.«

8

Es gab eine Menge Schaden anzusehen. Wie du erwartet hast, dachte Cuthbert und sah Roland an. Dann drehte er sich zu Alain um, der düsterer Stimmung zu sein schien, aber nicht wirklich überrascht. Wie ihr beide erwartet habt.

Roland beugte sich über eine der toten Tauben und zupfte etwas so Feines von ihr ab, daß Cuthbert zuerst nicht sehen konnte, was es war. Dann richtete er sich auf und zeigte es seinen Freunden. Ein einzelnes Haar. Sehr lang, sehr weiß. Er spreizte Daumen und Zeigefinger und ließ es zu Boden schweben. Dort lag es zwischen den Fetzen von Cuthbert Allgoods Mutter und Vater.

»Wenn du gewußt hast, daß der alte Rabe hier war, warum sind wir dann nicht zurückgekommen und haben sein Licht ausgeblasen?« hörte sich Cuthbert fragen.

»Weil der Zeitpunkt falsch gewesen wäre«, sagte Roland nachsichtig.

»Er hätte es getan, wäre einer von uns bei ihm gewesen und hätte seine Sachen verwüstet.«

»Wir sind nicht wie er«, sagte Roland nachsichtig.

»Ich werde ihn finden und ihm die Zähne zum Hinterkopf rausschlagen.«

»Keineswegs«, sagte Roland nachsichtig.

Wenn Bert sich noch ein nachsichtiges Wort aus Rolands Mund anhören mußte, würde er durchdrehen. Alle Gedanken an Bruderschaft und Ka-tet verschwanden aus seinem Geist, der in den Körper zurücksank und augenblicklich von einer simplen roten Wut ertränkt wurde. Jonas war hier gewesen. Jonas hatte auf ihre Kleidung gepißt, hatte Alains Mutter eine Hure genannt, hatte ihre kostbarsten Bilder zerrissen, kindische Obszönitäten an die Wände geschmiert, ihre Tauben getötet. Roland hatte es gewußt … nichts getan … beabsichtigte, auch weiterhin nichts zu tun. Außer sein Mätressenmädchen zu ficken. Das würde er bei jeder sich bietenden Gelegenheit tun, ay, weil ihn überhaupt nichts anderes mehr interessierte.

Aber wenn du das nächste Mal in den Sattel steigst, wird ihr dein Gesicht nicht gefallen, dachte Cuthbert. Dafür werde ich sorgen.

Er holte mit der Faust aus. Alain hielt sein Handgelenk fest. Roland wandte sich ab und fing an, verstreute Decken aufzuheben, als wären ihm Cuthberts wütendes Gesicht und die geballte Faust einfach gleichgültig.

Cuthbert ballte die andere Faust, um Alain so oder so zu überzeugen, ihn loszulassen, aber der Anblick des runden und ehrlichen Gesichts seines Freundes, so arglos und erschrocken, besänftigte seine Wut ein wenig. Er lag nicht mit Alain im Streit. Cuthbert war sicher, der andere Junge hatte gewußt, daß etwas Schlimmes sich hier abspielte, aber er war auch sicher, daß Roland darauf bestanden hatte, nichts zu unternehmen, bis Jonas wieder fort war.

»Komm mit mir«, murmelte Alain und legte Bert einen Arm um die Schultern. »Hinaus. Bei deinem Vater, komm. Du mußt dich abkühlen. Es ist nicht der Zeitpunkt, untereinander zu kämpfen.«

»Es ist auch nicht der Zeitpunkt, daß unser Anführer nur noch mit seinem Schwanz denkt«, sagte Cuthbert und versuchte erst gar nicht, seine Stimme zu dämpfen. Aber als Alain ihn zum zweitenmal zog, ließ sich Cuthbert zur Tür führen.

Ich werde meine Wut auf ihn noch einmal bezähmen, dachte er, aber ich glaube – ich weiß –, noch einmal schaffe ich es nicht. Ich muß dafür sorgen, daß Alain ihm das klarmacht.

Der Gedanke, Alain als Mittelsmann zu seinem besten Freund zu benutzen – das Wissen, daß es soweit hatte kommen können –, erfüllte Cuthbert mit einer rasenden, verzweifelten Wut, darum drehte er sich an der Tür zur Veranda zu Roland um. »Sie hat dich zu einem Feigling gemacht«, sagte er in der Hochsprache. Alain, der neben ihm stand, sog zischend den Atem ein.

Roland blieb mit Decken auf den Armen mit dem Rücken zu ihnen stehen, als wäre er plötzlich zu Stein erstarrt. In diesem Augenblick war Cuthbert sicher, daß sich Roland umdrehen und auf ihn losstürmen würde. Sie würden kämpfen, höchstwahrscheinlich bis einer von ihnen tot oder blind oder bewußtlos war. Wahrscheinlich würde er das sein, doch das interessierte ihn nicht mehr.

Aber Roland drehte sich nicht um. Statt dessen sagte er, ebenfalls in der Hochsprache: »Er ist hergekommen, um uns unsere

Gelassenheit und unsere Vorsicht zu stehlen. Bei dir ist ihm das gelungen.«

»Nein«, sagte Cuthbert und fiel wieder in die Niedersprache zurück. »Ich weiß, daß ein Teil von dir das wirklich glaubt, aber es stimmt nicht. Die Wahrheit ist, du hast deinen Kompaß verloren. Du hast deine Unbedachtheit Liebe genannt und Verantwortungslosigkeit zur Tugend erhoben. Ich –«

»Um Gottes willen, komm!« fauchte Alain nur und zerrte ihn zur Tür hinaus.

9

Als Roland nicht mehr zu sehen war, spürte Cuthbert, wie sich seine Wut unwillkürlich gegen Alain richtete; sie drehte sich wie eine Wetterfahne, wenn der Wind wechselt. Die beiden standen sich in dem sonnigen Hof gegenüber, Alain unglücklich und geistesabwesend, Cuthbert mit so fest geballten Fäusten, daß sie an seinen Seiten bebten.

»Warum nimmst du ihn immer in Schutz? Warum?«

»Draußen auf der Schräge hat er mich gefragt, ob ich ihm vertraue. Ich habe gesagt, das täte ich. Und ich tue es noch.«

»Dann bist du ein Narr.«

»Und er ist der Revolvermann. Wenn er sagt, wir müssen noch warten, dann müssen wir noch warten.«

»Er ist durch Zufall ein Revolvermann! Er ist ein Freak! Ein Mutie!«

Alain starrte ihn stumm schockiert an.

»Komm mit mir, Alain. Es wird Zeit, daß wir diesem verrückten Spiel ein Ende bereiten. Wir finden Jonas und töten ihn. Unser *Ka-tet* ist zerbrochen. Wir bilden ein neues, du und ich.«

»Es ist nicht zerbrochen. Wenn es zerbricht, ist das deine Schuld. Und das würde ich dir nie verzeihen.«

Nun war Cuthbert derjenige, der stumm blieb.

»Geh reiten, warum nicht? Lange. Nimm dir Zeit und reg dich ab. Es hängt soviel von unserer Gemeinschaft ab –«

»Sag ihm das!«

»Nein, ich sage es dir. Jonas hat meine Mutter mit einem schlimmen Wort beleidigt. Glaubst du nicht, ich würde mit dir gehen, um nur das allein zu rächen, wenn ich nicht glauben würde, daß Roland recht hat? Daß es das wäre, was Jonas will? Daß wir die Beherrschung verlieren und blindwütig hinter unserem Hügel hervorgeprescht kommen?«

»Das ist richtig und auch wieder falsch«, sagte Cuthbert. Aber er entspannte die Hände langsam, und aus den Fäusten wurden wieder Finger. »Du siehst es nicht, und mir fehlen die Worte, es dir zu erklären. Wenn ich sage, daß Susan den Brunnen unseres *Ka-tet* vergiftet hat, würdest du sagen, daß ich eifersüchtig bin. Aber ich glaube, das hat sie, ohne es zu wissen und ohne es zu wollen. Sie hat seinen Verstand vergiftet, und das Tor zur Hölle wurde aufgestoßen. Roland spürt die Hitze, die aus dieser offenen Tür kommt, und denkt, daß es nur seine Gefühle für sie sind ... Aber wir müssen es besser machen, Al. Wir müssen besser denken. Für ihn, wie auch für uns und unsere Väter.«

»Nennst du sie unseren Feind?«

»Nein! Wenn sie das wäre, dann wäre es leichter.« Er holte tief Luft, atmete aus, holte wieder Luft, atmete wieder aus, holte ein drittesmal Luft und atmete wieder aus. Mit jedem Atemzug fühlte er sich ein wenig normaler, ein wenig mehr wie er selbst. »Vergiß es. Vorerst gibt es nichts mehr zu sagen. Dein Rat ist gut – ich denke, ich werde reiten. Lange.«

Bert ging zu seinem Pferd, drehte sich noch einmal um.

»Sag ihm, daß er sich irrt. Sag ihm, selbst wenn er recht hat, zu warten, hat er aus den falschen Gründen recht, und damit liegt er durch und durch falsch.« Er zögerte. »Erzähl ihm, was ich über das Tor zur Hölle gesagt habe. Sag ihm, das ist mein Teil der Gabe. Wirst du ihm das sagen?«

»Ja. Halte dich von Jonas fern, Bert.«

Cuthbert stieg auf. »Ich kann nichts versprechen.«

»Du bist kein Mann.« Alain hörte sich traurig an; sogar den Tränen nahe. »Keiner von uns ist ein Mann.«

»Was das angeht, solltest du dich besser irren«, sagte Cuthbert, »weil nämlich Männerarbeit auf uns zukommt.«

Er wendete sein Pferd und ritt im Galopp davon.

10

Er ritt ein gutes Stück die Küstenstraße entlang und bemühte sich, überhaupt nicht zu denken. Er hatte festgestellt, daß einem manchmal unerwartete Gedanken in den Sinn kamen, wenn man die Tür für sie offenließ. Häufig nützliche Gedanken.

Heute nachmittag kam es nicht dazu. Verwirrt, elend und ohne einen frischen Gedanken im Kopf (oder auch nur der Hoffnung auf einen) wandte sich Bert schließlich nach Hambry zurück. Er ritt die Hochstraße von einem Ende zum anderen entlang und winkte oder sprach mit Leuten, die ihn grüßten. Sie drei hatten hier eine Menge gute Menschen kennengelernt. Manche betrachtete er als Freunde, und er glaubte, daß die einfachen Leute von Hambry sie in ihre Herzen geschlossen hatten – junge Burschen, die weit entfernt von ihrem eigenen Zuhause und ihren Familien waren. Und je besser Bert diese einfachen Leute kennenlernte und sah, desto weniger glaubte er, daß sie etwas mit Rimers und Jonas' häßlichem kleinem Spiel zu tun hatten. Weshalb sonst hatte sich der Gute Mann sonst für Hambry entschieden, wenn nicht aus dem Grund, daß es so eine ausgezeichnete Deckung bot?

Heute waren eine Menge Leute unterwegs. Der Farmermarkt brodelte, die Stände auf den Straßen waren gut besucht, Kinder lachten über eine Vorführung mit Pinch und Jilly (Jilly jagte Pinch im Augenblick hin und her und verprügelte den armen, alten, ewig unterlegenen Kerl mit ihrem Besen), und die Dekorationen für den Erntejahrmarkt machten gute Fortschritte. Aber Cuthbert verspürte nur wenig Erregung und Vorfreude wegen des Jahrmarkts. Weil es nicht seiner war, nicht das Erntefest von Gilead? Möglich... aber hauptsächlich, weil ihm Verstand und Herz so schwer waren. Wenn dies das Erwachsenwerden war, dachte er, könnte er gut auf die Erfahrung verzichten.

Er ritt zur Stadt hinaus, hatte das Meer nun im Rücken und die Sonne im Gesicht, und sein Schatten hinter ihm wurde noch länger. Er dachte, daß er bald von der Großen Straße abbiegen und über die Schräge zur Bar K Ranch zurückreiten würde. Aber ehe er den Vorsatz in die Tat umsetzen konnte, sah er seinen alten Freund Sheemie, der einen Esel am Zügel führte. Sheemie hatte den Kopf gesenkt, ließ die Schultern hängen, die rosa *sombrera* saß ihm schief auf dem Kopf, und seine Stiefel waren staubig. Cuthbert fand, er sah aus, als wäre er zu Fuß von der Spitze der Welt hergelaufen.

»Sheemie!« rief Cuthbert und erwartete bereits das fröhliche Grinsen und irre Geschwätz des Jungen. »Lange Tage und angenehme Nächte! Wie geht es d–«

Sheemie hob den Kopf, und als die Krempe seiner *sombrera* in die Höhe ging, verstummte Cuthbert. Er sah die schreckliche Angst im Gesicht des Jungen – die blassen Wangen, die gequälten Augen, den bebenden Mund.

II

Sheemie hätte schon zwei Stunden früher im Haus der Delgados sein können, wenn er gewollt hätte, aber er war wie eine Schildkröte gekrochen, und der Brief in seiner Tasche schien ihn bei jedem Schritt nach unten zu ziehen. Es war schrecklich, so schrecklich. Er konnte nicht einmal darüber nachdenken, weil sein Denker größtenteils kaputt war, das war er.

Cuthbert sprang wie der Blitz vom Pferd und rannte zu Sheemie hin. Er legte dem Jungen die Hände auf die Schultern. »Was ist los? Sag es deinem alten Freund. Er wird nicht lachen, kein bißchen.«

Als er die freundliche Stimme von »Arthur Heath« hörte und sein besorgtes Gesicht sah, fing Sheemie an zu weinen. Rheas strikter Befehl, daß er niemandem etwas erzählen durfte, schoß aus seinem Kopf. Schluchzend erzählte er alles, was ihm seit heute morgen widerfahren war. Zweimal mußte Cuthbert ihn bitten, langsamer zu sprechen, und als Bert den Jungen zu einem Baum führte, in dessen Schatten sie sich beide setzten, gelang es Sheemie schließlich. Cuthbert hörte mit wachsendem Unbehagen zu. Am Ende seiner Geschichte zog Sheemie einen Umschlag aus dem Hemd.

Cuthbert brach das Siegel und las, was darin stand; seine Augen wurden riesengroß.

12

Roy Depape wartete im Traveller's Rest auf ihn, als Jonas bester Laune von seinem Ausflug zur Bar K zurückkehrte. Ein Kundschafter sei endlich eingetroffen, verkündete Depape, und Jonas' Stimmung hob sich noch ein Stück. Nur sah Roy darüber nicht so glücklich aus, wie Jonas erwartet hätte. Ganz und gar nicht glücklich.

»Der Bursche ist nach Seafront gegangen, wo er vermutlich erwartet wird«, sagte Depape. »Du sollst sofort hinkommen. Ich an deiner Stelle würde nicht hier bleiben und was essen, nicht mal ein Popkin. Und ich würde auch nichts trinken. Du solltest einen klaren Kopf haben, wenn du dich mit dem beschäftigst.«

»Bist heute großzügig mit deinem Rat, was, Roy?« sagte Jonas. Er sagte es in einem vor Sarkasmus triefenden Tonfall, aber als Pettie ihm ein Glas Whiskey brachte, ließ er es zurückgehen und verlangte statt dessen Wasser. Roy hatte so einen Ausdruck an sich, entschied Jonas. Viel zu blaß war er, der gute alte Roy. Und als Sheb sich an sein Klavier setzte und einen Akkord anschlug, fuhr Depape in diese Richtung herum und ließ eine Hand zum Revolver sinken. Interessant. Und ein wenig beunruhigend.

»Spuck's aus, mein Sohn – was hat dich so aus der Fassung gebracht?«

Roy schüttelte mürrisch den Kopf. »Kann ich nicht genau sagen.«

»Wie heißt dieser Bursche?«

»Ich hab nicht gefragt, er hat's nicht gesagt. Aber Farsons Sigul hat er mir gezeigt. Du weißt schon.« Depape dämpfte die Stimme ein wenig. »Das Auge.«

Jonas wußte es durchaus. Er haßte dieses offene Glotzauge, konnte sich nicht erklären, wieso Farson sich ausgerechnet dafür entschieden hatte. Warum nicht eine geballte Faust? Gekreuzte Schwerter? Oder einen Vogel? Zum Beispiel einen Falken – ein Falke hätte ein erstklassiges Sigul abgegeben. Aber dieses Auge –

»Na gut«, sagte er und trank sein Glas Wasser leer. Es ging sowieso besser runter als Whiskey – er war knochentrocken gewesen. »Den Rest werde ich selbst rausfinden, ja?«

Als er bei der Schwingtür angekommen war und sie aufstieß, rief Depape seinen Namen. Jonas drehte sich um.

»Er sieht wie andere Menschen aus«, sagte Depape.

»Was meinst du damit?«

»Weiß ich selber nicht recht.« Depape sah verlegen und bestürzt drein ... aber auch nervös. Klebte geradezu an seinen Revolvern. »Wir haben uns nur fünf Minuten unterhalten, alles in allem, aber einmal hab ich ihn angesehen und gedacht, er wäre der alte Mistkerl aus Ritzy – der, den ich erschossen habe. Wenig später werf ich ihm einen Blick zu und denke: ›Feuer in der Hölle, da steht mein alter Pa.‹ Dann ging auch das vorbei, und er sah wieder wie er selber aus.«

»Und wie das?«

»Wirst du selber sehen, schätze ich. Aber ich weiß nicht, ob es dir besonders gefallen wird.«

Jonas stand an einer Flügeltür, die er offenhielt, und dachte nach. »Roy, es war doch nicht Farson selbst, oder? Der Gute Mann in einer Verkleidung?«

Depape zögerte, runzelte die Stirn und schüttelte den Kopf. »Nein.«

»Bist du sicher? Vergiß nicht, wir haben ihn nur einmal gesehen, aus der Ferne.« Latigo hatte ihnen den Mann gezeigt. Vor sechzehn Monaten war das gewesen, mehr oder weniger.

»Ich bin sicher. Erinnerst du dich, wie groß er war?«

Jonas nickte. Farson war kein Lord Perth, aber einen Meter achtzig oder mehr, mit breiter Brust und breiten Schultern.

»Dieser Mann ist so groß wie Clay, oder kleiner, Und er bleibt gleich groß, ganz egal, wie er aussieht.« Depape zögerte einen Moment und sagte: »Er lacht wie ein Toter. Ich konnte es kaum ertragen, das anzuhören.«

»Was meinst du damit, wie ein Toter?«

Roy Depape schüttelte den Kopf. »Kann ich nicht sagen.«

13

Zwanzig Minuten später ritt Eldred Jonas unter KOMMET IN FRIEDEN hindurch auf den Hof von Seafront und fühlte sich unbehaglich, weil er Latigo erwartet hatte ... und wenn Roy sich nicht sehr irrte, war nicht Latigo gekommen.

Miguel schlurfte näher, grinste sein altes Zahnfleischgrinsen und nahm die Zügel von Jonas' Pferd.

»*Reconocimiento.*«

»*Por nada, jefe.*«

Jonas trat ein, sah Olive Thorin im Salon sitzen wie einen unglücklichen Geist und nickte ihr zu. Sie nickte zurück und brachte ein klägliches Lächeln zustande.

»Sai, Jonas, wie gut Sie aussehen. Wenn Sie Hart sehen –«

»Erflehe Ihre Verzeihung, Lady, aber ich bin gekommen, um den Kanzler zu sprechen«, sagte Jonas. Er ging rasch nach oben zur Suite des Kanzlers, dann einen schmalen gemauerten Flur entlang, der (nicht besonders gut) von Gaslaternen erhellt wurde.

Als er das Ende des Flurs erreichte, klopfte er an die Tür – ein massives Ding aus Eiche und Messing in einem eigenen Torbogen. Rimer lag nichts an jemandem wie Susan Delgado, aber er liebte die Symbole der Macht; das nahm die Krümmung aus seiner Nudel und machte sie hart. Jonas klopfte.

»Herein, mein Freund«, rief eine Stimme – nicht die von Rimer. Es folgte ein kicherndes Lachen, bei dem Jonas eine Gänsehaut bekam. Er lacht wie ein Toter, hatte Roy gesagt.

Jonas stieß die Tür auf und trat ein. Rimer lag ebenso wenig an Weihrauch wie an den Lenden und Lippen von Frauen, aber heute brannte Weihrauch hier – ein Holzgeruch, bei dem Jonas an den Hof in Gilead denken mußte, an Staatsempfänge im Großen Saal. Die Gaslampen waren aufgedreht. Die Vorhänge – purpurner Samt, die Farbe der Könige, Rimers absolute Lieblingsfarbe – bebten unmerklich im Hauch der Meeresbrise, die zu den offenen Fenstern hereinwehte. Von Rimer war keine Spur zu sehen. Übrigens auch von sonst niemandem. Das Zimmer hatte einen kleinen Balkon, aber die Türen, die hinaus führten, standen offen, und auch dort hielt sich niemand auf.

Jonas trat ein Stück weiter in das Zimmer und sah in den goldgerahmten Spiegel auf der anderen Seite, damit er hinter sich schauen konnte, ohne den Kopf zu drehen. Links vor ihm stand ein Tisch, wo für zwei Personen gedeckt und ein kalter Imbiß angerichtet worden war, aber beide Stühle waren frei. Und doch hatte jemand zu ihm gesprochen. Jemand, der, wie es sich anhörte, unmittelbar auf der anderen Seite der Tür gestanden hatte. Jonas zog den Revolver.

»Jetzt aber«, sagte die Stimme, die ihn hereingebeten hatte. Sie sprach direkt hinter Jonas' linker Schulter. »Das ist nicht nötig, wir sind alle Freunde hier. Alle auf derselben Seite, Sie wissen schon.«

Jonas wirbelte herum und fühlte sich plötzlich alt und langsam. Ein mittelgroßer Mann stand da, kräftig gebaut, wie es aussah, mit hellblauen Augen und den rosigen Wangen, die entweder auf gute Gesundheit oder guten Wein hindeuten. Seine offenen, lächelnden Lippen entblößten ebenmäßige kleine Zähne, die zugespitzt worden zu sein schienen – ganz sicher konnten derart spitze Zähne nicht natürlichen Ursprungs sein. Er trug ein schwarzes Gewand, wie die Robe eines heiligen Mannes, mit zurückgeschlagener Kapuze. Jonas' erster Eindruck, daß der Mann kahl war, traf nicht zu, wie er jetzt sah. Das Haar war einfach so kurz geschnitten, daß es bestenfalls ein Flaum war.

»Stecken Sie diese Spielzeugkanone weg«, sagte der Mann in Schwarz. »Wir sind Freunde hier, sage ich Ihnen – absolut unter uns. Wir brechen das Brot und unterhalten uns über vieles – Ochsen und Öltanks und ob Frank Sinatra wirklich ein besserer Säusler war als Der Bingle.«

»Wer? Ein besserer was?«

»Niemand, den Sie kennen; nichts, das wichtig wäre.« Der Mann in Schwarz kicherte wieder. Es war ein Geräusch, dachte Jonas, das man aus den vergitterten Fenstern eines Irrenhauses zu hören erwartete.

Er drehte sich um. Sah wieder in den Spiegel. Diesmal sah er den Mann in Schwarz dastehen und ihm zulächeln, in voller Lebensgröße. Götter, war er die ganze Zeit dagewesen?

Ja, aber du hast ihn erst sehen können, als er gesehen werden wollte. Ich weiß nicht, ob er ein Zauberer ist, aber er ist auf jeden Fall ein Gaukler. Vielleicht sogar Farsons Magier.

Er drehte sich um. Der Mann im Priestergewand lächelte noch. Keine spitz zugefeilten Zähne mehr. Aber sie waren spitz gewesen. Jonas hätte sein Hab und Gut darauf verwettet.

»Wo ist Rimer?«

»Ich habe ihn weggeschickt, damit er mit der jungen Sai Delgado ihren Erntefestkatechismus übt«, sagte der Mann in Schwarz. Er legte Jonas vertraulich den Arm um die Schultern und führte ihn zu dem Tisch. »Ich finde, es ist am besten, wenn wir alleine palavern.«

Jonas wollte Farsons Mann nicht vor den Kopf stoßen, aber er konnte die Berührung dieses Arms nicht ertragen. Warum, das konnte er nicht sagen, aber er war unerträglich. Verpestend. Jonas schüttelte den Arm ab, ging zu einem der Stühle und versuchte, nicht zu erschauern. Kein Wunder, daß Depape so blaß vom Hanging Rock zurückgekommen war. Überhaupt kein Wunder.

Der Mann in Schwarz war keineswegs beleidigt, sondern kicherte nur wieder (Ja, dachte Jonas, er lacht wie die Toten, genau so, das ist wahr). Einen Augenblick hatte Jonas den Eindruck, der Mann in diesem Raum mit ihm wäre Fardo, Corts Vater, – wäre der Mann, der ihn vor vielen Jahren nach Westen geschickt hatte –, und er griff erneut nach seiner Waffe. Dann stand wieder nur der Mann in Schwarz vor ihm, lächelte ihm auf eine unangenehm wissende Weise zu, und diese blauen Augen tanzten wie die Flammen der Gaslaternen.

»Etwas Interessantes gesehen, Sai Jonas?«

»Ay«, sagte Jonas und setzte sich. »Fressalien.« Er nahm ein Stück Brot und biß davon ab. Das Brot klebte an seiner trockenen Zunge, aber er kaute es dennoch entschlossen.

»Guter Junge.« Der andere setzte sich ebenfalls und schenkte Wein ein, Jonas' Glas zuerst. »Nun, mein Freund, erzählen Sie mir alles, was Sie getan haben, seit die drei jungen Unruhestifter eingetroffen sind, und alles, was Sie wissen und geplant haben. Ich möchte, daß Sie nicht ein einziges Jota auslassen.«

»Zeigen Sie mir zuerst Ihr Sigul.«

»Gewiß. Wie korrekt Sie sind.«

Der Mann in Schwarz griff in sein Gewand und holte ein Metallquadrat heraus – Silber, vermutete Jonas. Er warf es auf den Tisch, wo es scheppernd bis zu Jonas' Teller rutschte. Genau das, was er erwartet hatte, war darin eingraviert – dieses gräßliche starrende Auge.

»Zufrieden?«

Jonas nickte.

»Schieben Sie es mir wieder her.«

Jonas wollte danach greifen, aber bei dieser Gelegenheit hatten seine sonst sicheren Hände Ähnlichkeit mit seiner brüchigen, instabilen Stimme. Er sah die Finger einen Moment beben und ließ die Hand hastig auf den Tisch sinken.

»Ich ... ich will nicht.«

Nein. Er wollte nicht. Plötzlich wußte er, wenn er es anfaßte, würde sich das gravierte Silberauge drehen ... und ihn direkt ansehen.

Der Mann in Schwarz kicherte und machte mit den Fingern der rechten Hand eine winkende Geste. Die Silberschnalle (so sah es für Jonas aus) rutschte zu ihm zurück ... und den Ärmel seiner handgewirkten Robe hinauf.

»Abrakadabra! Bool! Das Ende! Also«, fuhr der Mann in Schwarz fort und trank geziert von seinem Wein, »wenn wir die langweiligen Formalitäten hinter uns haben ...«

»Eines noch«, sagte Jonas. »Sie kennen meinen Namen; ich wüßte gerne Ihren.«

»Nennen Sie mich Walter«, sagte der Mann in Schwarz, und plötzlich verschwand das Lächeln von seinen Lippen. »Der gute alte Walter, das bin ich. Und nun lassen Sie uns sehen, wo wir sind und wohin wir gehen. Lassen Sie uns, kurz gesagt, palavern.«

14

Als Cuthbert in das Schlafhaus zurückkehrte, war die Nacht hereingebrochen. Roland und Alain spielten Karten. Sie hatten das Zimmer aufgeräumt, so daß es fast wie vorher aussah (dank dem Terpentin, das sie in einem Schrank im alten Büro des Vormanns gefunden hatten, waren die Parolen an den Wänden nur noch rosa Gespenster ihrer selbst), und waren eifrig mit einer Partie Casa Fuerte beschäftigt, oder Heißer Fleck, wie es in ihrem Teil der Welt genannt wurde. Wie auch immer, es handelte sich im Grunde genommen um eine für zwei Spieler ausgelegte Variante von Watch Me, dem Kartenspiel, das in Saloons und Gesindehäusern und an Lagerfeuern gespielt wurde, seit die Welt jung war.

Roland schaute sofort auf und versuchte, Berts Stimmungswetterlage zu erkunden. Äußerlich war Roland so gleichgültig wie eh und je, er hatte Alain sogar bei einer Partie über vier komplizierte Spiele hinweg ein Patt abgetrotzt, aber innerlich befand er sich in einem Durcheinander von Schmerz und Unentschlossenheit. Alain hatte ihm gesagt, was Cuthbert gesagt hatte, als sie beide draußen im Hof gestanden und sich unterhalten hatten, und es waren schreckliche Vorwürfe von einem Freund, auch wenn man sie aus zweiter Hand erfuhr. Am meisten quälte ihn jedoch, was Bert unmittelbar vor seinem Aufbruch gesagt hatte: Du hast deine Unbedachtheit Liebe genannt und Verantwortungslosigkeit zur Tugend erhoben. Bestand auch nur die Möglichkeit, daß er das getan hatte? Er sagte immer wieder nein – daß die Vorgehensweise, die er ihnen befohlen hatte, zwar hart, aber sinnvoll war, die einzig sinnvolle Vorgehensweise. Cuthberts ließ mit seinem Gebrüll nur den Dampf seiner Nervosität ab ... und seiner Wut, daß ihr Heim so schändlich entweiht worden war. Und doch ...

Sag ihm, er hat aus den falschen Gründen recht, und damit liegt er durch und durch falsch.

Das konnte nicht sein.

Oder doch?

Cuthbert lächelte und hatte Farbe im Gesicht, als wäre er den größten Teil des Rückwegs galoppiert. Er sah jung, stattlich und vital aus. Tatsächlich sah er sogar glücklich aus, wie der alte Cuthbert – der einem Vogelschädel unaufhörlich fröhlichen Unsinn erzählen konnte, bis ihm jemand sagte, daß er bitte, bitte den Mund halten sollte.

Aber Roland traute dem nicht, was er sah. Etwas an dem Lächeln stimmte nicht, die Farbe von Berts Wangen konnte Wut statt Gesundheit bedeuten, und das Funkeln in seinen Augen sah mehr nach Fieber als nach Heiterkeit aus. Roland ließ sich im Gesicht nichts anmerken, aber seine Hoffnung schwand. Er hatte gehofft, mit der Zeit würde der Sturm sich von selbst legen, aber das schien nicht passiert zu sein. Er warf Alain einen Blick zu und sah, daß Alain genauso dachte.

Cuthbert, in drei Wochen wird es vorbei sein. Wenn ich dir das nur sagen könnte.

Der Gedanke, der als Antwort kam, war verblüffend in seiner Einfachheit: Warum kannst du es nicht?

Ihm wurde klar, daß er es nicht wußte. Warum hatte er geschwiegen und seine Gedanken für sich behalten? Aus welchem Zweck? War er verblendet gewesen? Götter, war er es gewesen?

»Hallo, Bert«, sagte er. »Hast du einen angenehmen R–«

»Ja, sehr angenehm, einen sehr angenehmen Ritt, einen lehrreichen Ritt. Kommt mit raus. Ich will dir etwas zeigen.«

Roland gefiel die dünne Glasur der Ausgelassenheit auf Berts Augen immer weniger, aber er legte seine Karten als fein säuberlichen Fächer verkehrt herum auf die Tischplatte und stand auf.

Alain zog ihn am Ärmel. »Nein!« Seine Stimme klang leise und panisch. »Siehst du denn nicht, wie er aussieht?«

»Ich sehe es«, sagte Roland. Und verspürte Unbehagen im Herzen.

Als er auf seinen Freund zuging, der nicht mehr wie ein Freund aussah, überlegte sich Roland zum erstenmal, daß er Entscheidungen in einem Zustand getroffen hatte, der Trunkenheit gleichkam. Hatte er überhaupt Entscheidungen getroffen? Er war nicht mehr sicher.

»Was möchtest du mir zeigen, Bert?«

»Etwas Wunderbares«, sagte Bert und lachte. Haß klang in dem Lachen mit. Vielleicht Mordlust. »Du wirst dir das genau ansehen wollen. Ich bin ganz sicher, daß du das willst.«

»Bert, was ist los mit dir?« fragte Alain.

»Mit mir? Nichts ist mit mir los, Al – ich bin so glücklich wie ein Pfeil bei Sonnenaufgang, eine Biene in einer Blüte, ein Fisch im Wasser.« Und als er sich abwandte und wieder zur Tür ging, lachte er erneut.

»Geh da nicht raus«, sagte Alain. »Er hat den Verstand verloren.«

»Wenn unsere Gemeinschaft zerbrochen ist, haben wir keine Chance mehr, Mejis lebend zu verlassen«, sagte Roland. »Und weil das so ist, würde ich lieber von der Hand eines Freundes als eines Feindes sterben.«

Er ging hinaus. Nach einem Augenblick des Zögerns folgte Alain ihm. Er stellte einen Gesichtsausdruck reinsten Jammers zur Schau.

15

Die Jägerin war gegangen, der Dämon zeigte sein Antlitz noch nicht, aber am Himmel prangten Sterne, deren Licht ausreichte, um zu sehen. Cuthberts noch gesatteltes Pferd war am Balken festgebunden. Dahinter glänzte der quadratische staubige Hof wie ein Baldachin aus angelaufenem Silber.

»Was ist?« fragte Roland. Sie trugen keine Waffen, keiner von ihnen. Wenigstens dafür mußte man dankbar sein. »Was möchtest du mir zeigen?«

»Es ist hier.« Cuthbert blieb an einem Punkt auf halbem Weg zwischen dem Schlafhaus und der verkohlten Ruine des Herrenhauses stehen. Er zeigte mit großer Selbstsicherheit auf etwas, aber Roland konnte nichts Außergewöhnliches sehen. Er ging zu Cuthbert und sah nach unten.

»Ich sehe nichts –«

Gleißendes Licht – tausendfacher Sternenschein – explodierte in seinem Kopf, als Cuthbert ihm die Faust unter das Kinn schlug. Es war das erste Mal, abgesehen von Spielen (und als ganz kleine Kinder), daß Bert ihn je geschlagen hatte. Roland verlor nicht das Bewußtsein, aber er verlor die Kontrolle über seine Arme und Beine. Sie waren da, aber offenbar in einem anderen Land, wo sie ruderten wie die Gliedmaßen einer Flickenpuppe. Er fiel auf den Rücken. Staub wirbelte um ihn herum auf. Die Sterne schienen seltsamerweise in Bewegung zu sein, sie kreisten und zogen milchige Schlieren hinter sich her. Ein schrilles Läuten ertönte in seinen Ohren.

Aus weiter Ferne hörte er Alain schreien: »Oh, du Narr! Du dummer Narr!«

Unter immenser Anstrengung gelang es Roland, den Kopf zu drehen. Er sah, wie Alain auf ihn zukam und Cuthbert, der nicht mehr lächelte, ihn wegstieß. »Das geht nur Roland und mich etwas an, Al. Halt du dich da raus.«

»Du hast ihn abgelenkt und dann niedergeschlagen, du

Dreckskerl!« Alain, den nichts aus der Ruhe brachte, arbeitete sich in eine Wut hinein, die Cuthbert möglicherweise noch bedauern würde. Ich muß aufstehen, dachte Roland. Ich muß dazwischentreten, bevor etwas noch Schlimmeres passiert. Er ruderte mit Armen und Beinen kläglich im Staub.

»Ja – so hat er es mit uns gemacht«, sagte Cuthbert. »Ich habe es ihm nur mit gleicher Münze zurückgezahlt.« Er sah nach unten. »Das wollte ich dir zeigen, Roland. Dieses spezielle Fleckchen Erdboden. Diese spezielle Staubwolke, in der du jetzt liegst. Nimm eine kräftige Nase voll davon. Vielleicht wirst du davon wach.«

Nun wurde Roland selbst wütend. Er spürte die Kälte, die in seine Gedanken einströmte, kämpfte dagegen an und stellte fest, daß er unterlag. Jonas spielte keine Rolle mehr; die Tanks von Citgo spielten keine Rolle mehr; die logistische Verschwörung, die sie aufgedeckt hatten, spielte keine Rolle mehr. Und bald würden auch der Bund und das *Ka-tet*, für deren Erhalt er sich so stark gemacht hatte, keine Rolle mehr spielen.

Die oberflächliche Taubheit wich aus seinen Füßen und Beinen; er richtete sich in eine sitzende Haltung auf. Er schaute mit beherrschter Miene und auf dem Boden aufgestützten Händen gelassen zu Bert hinauf. Sternenlicht verschwamm in seinen Augen.

»Ich habe dich sehr gern, Cuthbert, aber ich werde keinen Ungehorsam und keine Eifersuchtsanfälle mehr dulden. Wenn ich dir alles zurückzahlen wollte, würdest du wahrscheinlich am Ende in Fetzen daliegen, daher werde ich dir nur heimzahlen, daß du mich geschlagen hast, als ich nicht damit gerechnet habe.«

»Und ich habe keine Zweifel, daß du das kannst, Kumpel«, sagte Cuthbert, der mühelos in den Dialekt von Hambry verfiel. »Aber vorher möchtest du dir vielleicht das hier ansehen.« Er warf ihm fast verächtlich ein zusammengelegtes Stück Papier zu. Es traf Roland an der Brust und fiel in seinen Schoß.

Roland hob es auf und spürte, wie die scharfe Kante seiner Wut stumpf wurde. »Was ist das?«

»Mach es auf und sieh selbst. Das Sternenlicht reicht aus, um zu lesen.«

Langsam, mit widerwilligen Fingern faltete Roland das Stück Papier auseinander und las, was darauf geschrieben stand:

nicht mehr unberürt! er hat jedes Loch
von ihr gehabt, der Will Dearborn!
WIE GEFÄLLT DIR DAS?

Er las es zweimal. Das zweite Mal fiel es ihm schwerer, weil seine Hände angefangen hatten zu zittern. Er sah jede Stelle, wo er und Susan sich getroffen hatten – das Bootshaus, die Hütte, den Schuppen –, aber jetzt sah er sie in einem neuen Licht, weil er wußte, daß noch jemand sie gesehen hatte. Für wie schlau hatte er sich und Susan gehalten! Wie sicher ihrer Geheimnisse und ihrer Diskretion. Und dennoch hatte die ganze Zeit jemand zugesehen. Susan hatte recht gehabt. Jemand hatte sie gesehen.

Ich habe alles in Gefahr gebracht. Ihr Leben ebenso wie unsere.

Sag ihm, was ich über das Tor zur Hölle gesagt habe.

Und auch Susans Stimme: *Ka* ist wie der Wind … Wenn du mich liebst, dann liebe mich.

Das hatte er getan, und in seiner jugendlichen Arroganz geglaubt, daß alles einzig und allein aus dem Grund gut werden müßte – ja, genau das hatte er geglaubt –, weil er schließlich er war und Ka seiner Liebe dienen mußte.

»Ich war ein Narr«, sagte er. Seine Stimme zitterte so sehr wie seine Hände.

»Ja, wahrhaftig«, sagte Cuthbert. »Das warst du.« Er ließ sich im Staub auf die Knie sinken und sah Roland an. »Wenn du mich jetzt noch schlagen willst, dann schlag zu. So fest du willst und so oft du kannst. Ich werde nicht zurückschlagen. Ich habe getan, was ich konnte, damit du deiner Verantwortung wieder bewußt wirst. Wenn du immer noch schläfst, so sei es. Wie auch immer, auch ich habe dich noch sehr gern.« Bert legte Roland die Hände auf die Schultern und küßte kurz die Wange seines Freundes.

Roland fing an zu weinen. Es waren zum Teil Tränen der Dankbarkeit, aber zum größten Teil der Scham und Verwirrung; es existierte sogar ein kleiner, dunkler Teil in ihm, der Cuthbert haßte und immer hassen würde. Dieser Teil haßte Cuthbert mehr wegen des Kusses als wegen des unerwarteten Kinnhakens; mehr für die Vergebung als für das Wecken.

Er stand auf, hielt den Brief immer noch in einer staubigen Hand und strich mit der anderen wirkungslos über seine Wangen, so daß feuchte Schlieren zurückblieben. Als er stolperte und Cuthbert eine Hand ausstreckte, um ihn zu stützen, stieß Roland ihn so heftig weg, daß Cuthbert selbst gefallen wäre, wenn Alain ihn nicht an den Schultern gehalten hätte.

Dann ließ sich Roland langsam wieder sinken – diesmal vor Cuthbert, mit erhobenen Händen und gesenktem Kopf.

»Roland, nein!« rief Cuthbert.

»Doch«, sagte Roland. »Ich habe das Gesicht meines Vaters vergessen und erflehe deine Verzeihung.«

»Ja, schon gut, bei den Göttern, ja!« Jetzt hörte sich Cuthbert an, als würde er selbst weinen. »Nur … bitte steh auf! Es bricht mir das Herz, dich so zu sehen!«

Und meines, so dazuliegen, dachte Roland. So gedemütigt zu werden. Aber ich habe es mir selbst zuzuschreiben, oder nicht? Diesen dunklen Hof, mit Kopfschmerzen und einem Herzen voll Scham und Furcht. Das gehört mir, ich habe es nicht anders gewollt.

Sie halfen ihm auf, und Roland ließ sich helfen. »Eine ganz ordentliche Linke, Bert«, sagte er mit einer Stimme, die fast als normal durchgehen konnte.

»Nur wenn sie jemanden trifft, der nicht weiß, daß sie kommt«, antwortete Cuthbert.

»Dieser Brief – wie bist du an den gekommen?«

Cuthbert erzählte von seinem Zusammentreffen mit Sheemie, der in seinem Elend dahingeschlurft war, als hätte er darauf gewartet, daß *Ka* eingriff … was *Ka* auch in Gestalt von »Arthur Heath« getan hatte.

»Von der Hexe«, überlegte Roland. »Ja, aber woher hat sie es gewußt? Sie verläßt den Coös niemals, das hat Susan mir gesagt.«

»Das kann ich nicht sagen. Und es interessiert mich auch nicht besonders. Im Augenblick interessiert mich am meisten, daß Sheemie nichts geschieht, weil er es mir erzählt und mir den Zettel gegeben hat. Danach interessiert mich, daß diese alte Hexe

Rhea nicht noch mal zu erzählen versucht, was sie schon einmal zu erzählen versucht hat.«

»Ich habe mindestens einen schrecklichen Fehler begangen«, sagte Roland, »aber rechne mir nicht als weiteren an, daß ich Susan liebe. Daran konnte ich nichts ändern. Ebensowenig wie sie. Glaubst du das?«

»Ja«, sagte Alain sofort, und nach einem Augenblick sagte auch Cuthbert, fast zögernd: »Ay, Roland.«

»Ich bin arrogant und dumm gewesen. Wenn dieser Brief ihre Tante erreicht hätte, hätten sie sie in die Verbannung schicken können.«

»Und uns zum Teufel, per Henkersstricken«, fügte Cuthbert trocken hinzu. »Aber ich weiß, daß das im Vergleich dazu eine Nebensächlichkeit für dich ist.«

»Was ist mit der Hexe?« fragte Alain. »Was sollen wir ihretwegen unternehmen?«

Roland lächelte ein wenig und wandte sich nach Nordwesten. »Rhea«, sagte er. »Was immer sie sonst noch sein mag, sie ist eine erstklassige Unruhestifterin, oder nicht? Und Unruhestifter muß man in ihre Schranken weisen.«

Er schleppte sich mit gesenktem Kopf zum Schlafhaus zurück. Cuthbert schaute Alain an und sah, daß auch Al Tränen in den Augen hatte. Bert streckte die Hand aus. Einen Augenblick sah Alain sie nur an. Dann nickte er – mehr zu sich selbst als zu Cuthbert, schien es – und schüttelte sie.

»Du hast getan, was du tun mußtest«, sagte Alain. »Anfangs hatte ich meine Zweifel, aber jetzt nicht mehr.«

Cuthbert atmete seufzend aus. »Und ich habe es so getan, wie ich es tun mußte. Wenn ich ihn nicht überrascht hätte –«

»– hätte er dich grün und blau geschlagen.«

»Viel mehr Farben als diese«, sagte Cuthbert. »Ich hätte wie ein Regenbogen ausgesehen.«

»Vielleicht sogar wie des Zauberers Regenbogen«, sagte Alain. »Extrafarben für deinen Penny.«

Darüber mußte Cuthbert lachen. Die beiden gingen zum Schlafhaus zurück, wo Roland Cuthberts Pferd absattelte.

Cuthbert wollte zu ihm gehen und ihm helfen, aber Alain hielt ihn zurück. »Laß ihn eine Weile allein«, sagte er. »Das ist das Beste.«

Sie gingen hinein, und als Roland zehn Minuten später folgte, stellte er fest, daß Cuthbert mit seinem Blatt spielte. Und gewann.

»Bert«, sagte er.

Cuthbert sah auf.

»Wir haben morgen etwas zu erledigen, du und ich. Oben auf dem Cöos.«

»Werden wir sie töten?«

Roland dachte lange und gründlich nach. Schließlich sah er auf und biß sich auf die Lippen. »Sollten wir.«

»Ay. Sollten wir. Aber werden wir es tun?«

»Ich denke, nur dann, wenn es sich nicht vermeiden läßt.« Später sollte er diese Entscheidung – wenn es denn eine Entscheidung war – noch bitter bereuen, aber es kam nie eine Zeit, da er sie nicht verstanden hätte. Er war in jenem Herbst in Mejis ein Junge gewesen, kaum älter als Jake Chambers, und die Entscheidung zu töten fällt den meisten Jungen nicht leicht. »Nur, wenn sie uns dazu zwingt.«

»Vielleicht wäre es das beste, wenn sie es tun würde«, sagte Cuthbert. Das waren harte Revolvermannworte, aber er sah besorgt aus, als er sie aussprach.

»Ja. Vielleicht. Aber es ist nicht wahrscheinlich, nicht bei jemand, der so arglistig ist wie sie. Sei bereit, in aller Frühe aufzustehen.«

»Gut. Willst du dein Blatt zurück?«

»Wo du im Begriff bist, ihn fertigzumachen? Auf keinen Fall.«

Roland ging an ihnen vorbei zu seiner Pritsche. Dort saß er und betrachtete seine im Schoß gefalteten Hände. Möglicherweise betete er; möglicherweise dachte er nur konzentriert nach. Cuthbert sah ihn einen Moment an, dann beugte er sich wieder über seine Karten.

16

Die Sonne stand gerade über dem Horizont, als Roland und Cuthbert am nächsten Morgen aufbrachen. Die Schräge, die noch im Frühtau erstrahlte, schien im ersten Sonnenschein in orangefarbenen Flammen zu stehen. Ihr Atem und der Atem der Pferde bildeten Dunstwölkchen in der frostigen Luft. Es war ein Morgen, den keiner der beiden je vergaß. Zum erstenmal in ihrem Leben ritten sie mit ihren Revolvern in den Holstern; zum erstenmal in ihrem Leben ritten sie als Revolvermänner in die Welt.

Cuthbert sagte kein Wort – er wußte, wenn er erst einmal anfing, würde er endlos seinen üblichen Unsinn plappern –, und Roland war von Natur aus wortkarg. Es kam nur zu einem Gespräch zwischen ihnen, und das war kurz.

»Ich habe gesagt, ich habe mindestens einen schweren Fehler gemacht«, sagte Roland zu ihm. »Einen, den mir dieser Brief –«, er klopfte auf seine Brusttasche, »– deutlich gemacht hat. Weißt du, was für ein Fehler das war?«

»Nicht, daß du sie liebst – das nicht«, sagte Cuthbert. »Du nennst es *Ka*, und so würde ich es auch nennen.« Es war eine Erleichterung, daß er das sagen konnte, und eine noch größere, daß er es glaubte. Cuthbert glaubte, daß er jetzt sogar Susan selbst akzeptieren konnte, nicht als Geliebte seines besten Freundes, ein Mädchen, das er selbst gewollt hatte, als er sie zum erstenmal sah, sondern als Teil ihres gemeinsamen Schicksals.

»Nein«, sagte Roland. »Nicht, daß ich sie liebe, sondern daß ich gedacht habe, Liebe könnte irgendwie unabhängig von allem anderen sein. Daß ich zwei Leben leben könnte – eines mit dir und Al und unserer Arbeit hier, und eines mit ihr. Ich dachte, daß Liebe mich über *Ka* stellen könnte, so wie die Flügel eines Vogels ihn über alles hinaustragen können, das ihn ansonsten töten und fressen würde. Verstehst du das?«

»Es hat dich blind gemacht«, sagte Cuthbert mit einer Sanftheit, die dem jungen Mann, der die letzten beiden Monate hatte erdulden müssen, fremd war.

»Ja«, sagte Roland traurig. »Es hat mich blind gemacht ... aber jetzt sehe ich. Komm, ein bißchen schneller, wenn es recht ist. Ich will es hinter mich bringen.«

17

Sie ritten den Feldweg hinauf, auf dem Susan (eine Susan, die eine ganze Menge weniger von der Welt wußte) im Licht des Kußmonds »Careless Love« gesungen hatte. Wo der Weg in Rheas Hof mündete, blieben sie stehen.

»Herrliche Aussicht«, murmelte Roland. »Man kann das gesamte Panorama der Wüste von hier aus genießen.«

»Aber der Anblick direkt vor uns ist nicht der Rede wert.«

Das stimmte. Der Garten war voll von nicht abgeerntetem mutiertem Gemüse, die Strohpuppe, die darüber wachte, war entweder ein schlechter Scherz oder ein böses Omen. Nur ein Baum wuchs in dem Garten, von dem widerliches Herbstlaub abfiel, als würde ein alter Geier sein Gefieder abstoßen. Hinter dem Baum lag die Hütte selbst, aus rauhen Steinen gebaut und mit einem einzigen rußigen Schornstein, auf den mit leuchtendgelber Farbe ein Hexenzeichen gemalt war. In der hinteren Ecke, hinter einem zugewachsenen Fenster, war ein Holzstoß aufgeschichtet.

Roland hatte eine Menge Hütten wie diese gesehen – auf dem Weg von Gilead hierher waren die drei an einigen vorbeigekommen –, aber niemals eine, die so durch und durch falsch wirkte wie diese. Er sah nichts Außergewöhnliches, und doch hatte man das Gefühl einer Präsenz, das zu stark war, um geleugnet zu werden. Einer Präsenz, die wartete und beobachtete.

Cuthbert spürte es auch. »Müssen wir näher ran?« Er schluckte. »Müssen wir gar hinein? Weil ... Roland, die Tür ist offen. Siehst du das?«

Er sah es. Als hätte Rhea sie erwartet. Als wollte sie sie hereinbitten, damit sie sich zu einem unaussprechlichen Frühstück mit ihr hinsetzen konnten.

»Bleib hier.« Roland trieb Rusher weiter.

»Nein! Ich komme mit!«

»Nein, gib mir Deckung. Wenn ich rein muß, rufe ich dich, damit du mitkommst ... aber wenn ich reinmuß, wird die alte Frau, die hier lebt, nicht mehr atmen. Wie du gesagt hast, das wäre vielleicht am besten.«

Mit jedem langsamen Schritt, den Rusher ging, wuchs in Rolands Herz und Verstand der Eindruck des Falschen. Ein Gestank haftete dem Haus an, ein Gestank wie von verwestem

Fleisch und heißen, verfaulten Tomaten. Der Gestank kam aus der Hütte, vermutete Roland, aber er schien auch aus dem Boden selbst zu kommen. Mit jedem Schritt schien das Heulen der Schwachstelle lauter zu werden, als würde die Atmosphäre dieses Ortes das Geräusch irgendwie verstärken.

Susan ist alleine und in der Dunkelheit hierhergekommen, dachte er. Götter, ich bin nicht sicher, ob ich mit meinen Freunden als Begleitung in der Dunkelheit hierhergekommen wäre.

Unter dem Baum blieb er stehen und sah zu der offenen, zwanzig Schritt entfernten Tür. Er sah so etwas wie eine Küche: Tischbeine, eine Stuhllehne, einen schmutzigen Herd. Keine Spur von der Dame des Hauses. Aber sie war da. Roland konnte spüren, wie ihre Blicke über ihn krochen wie abscheuliche Käfer.

Ich kann sie nicht sehen, weil sie ihre Kunst benutzt hat, um sich dunkel zu machen … aber sie ist da.

Aber vielleicht sah er sie doch. Unmittelbar rechts von der Tür flimmerte die Luft seltsam, als wäre sie erhitzt worden. Roland hatte gesagt bekommen, daß man jemanden sehen konnte, der sich getarnt hatte, indem man den Kopf drehte und aus den Augenwinkeln sah. Das machte er nun.

»Roland?« rief Cuthbert hinter ihm.

»Bis jetzt alles klar, Bert.« Er achtete kaum auf die Worte, die er aussprach, denn … ja! Das Flimmern wurde deutlicher und hatte fast die Umrisse einer Frau. Natürlich konnte er es sich nur einbilden, aber …

Aber in diesem Augenblick glitt das Flimmern weiter in die Schatten zurück, als wäre ihr klargeworden, daß er sie gesehen hatte. Roland sah flüchtig den schwingenden Saum eines alten schwarzen Kleids, der gleich wieder verschwand.

Einerlei. Er war nicht gekommen, um sie zu sehen, sondern um ihr eine einzige Warnung zu geben … und das war zweifellos eine mehr, als Rolands oder Cuthberts Vater ihr gegeben hätte.

»Rhea!« Seine Stimme erschallte im schroffen alten Tonfall, streng und gebieterisch. Zwei gelbe Blätter fielen von dem Baum, als hätte seine Stimme sie gelöst, eines fiel in sein schwarzes Haar. Aus der Hütte drang nur eine abwartende, gespannte Stille … und dann das disharmonische, schrille Miauen einer Katze.

»Rhea Niemandstochter! Ich habe dir etwas zurückgebracht, Weib! Etwas, das du verloren haben mußt!« Aus der Hemdentasche holte er den zusammengelegten Brief und warf ihn auf den steinigen Boden. »Heute war ich dein Freund, Rhea – wenn er seine Adressatin erreicht hätte, hättest du mit deinem Leben dafür bezahlt.«

Er wartete ab. Noch ein Blatt fiel von dem Baum herab. Es landete in Rushers Mähne.

»Hör mir gut zu, Rhea Niemandstochter, und versteh mich gut. Ich bin unter dem Namen Will Dearborn hierhergekommen, aber Dearborn ist nicht mein Name, und ich diene dem Bund. Mehr noch, allem, was hinter dem Bund steht – 's ist die Kraft des Lichts. Du hast den Weg unseres *Ka* gekreuzt, und ich warne dich nur dies eine Mal: Kreuze ihn nicht noch einmal. Hast du das verstanden?«

Nur diese abwartende Stille.

»Du wirst dem Jungen, der deinen bösartigen Unfug von hier fortgebracht hat, kein Haar krümmen, oder du stirbst. Sprich nicht ein Wort von dem, was du weißt oder zu wissen glaubst, zu irgend jemandem – nicht zu Cordelia Delgado, nicht zu Jonas, nicht zu Rimer und auch nicht zu Thorin –, oder du stirbst. Wahre deinen Frieden, und wir wahren den unseren. Brich ihn, und wir bringen dich zum Schweigen. Hast du verstanden?«

Immer noch Stille. Schmutzige Fenster sahen ihn wie Augen an. Ein Windstoß ließ noch mehr Blätter ringsum herabregnen und die Strohpuppe auf ihrer Holzstange garstig knirschen. Roland mußte kurz an Hax, den Koch, denken, der am Ende seines Stricks baumelte.

»Hast du verstanden?«

Keine Antwort. Jetzt konnte er nicht einmal mehr das Flimmern durch die offene Tür sehen.

»Nun gut«, sagte Roland. »Schweigen bedeutet Zustimmung.« Er dirigierte sein Pferd herum. Dabei hob er ein wenig den Kopf und sah etwas Grünes über sich zwischen den gelben Blättern dahingleiten. Ein leises Zischeln ertönte.

»Roland, paß auf! Schlange!« schrie Cuthbert, aber er hatte das zweite Wort noch nicht ausgesprochen, da hatte Roland schon einen seiner Revolver gezogen.

Er ließ sich seitlich im Sattel kippen und hielt sich mit dem linken Bein und Absatz fest, während Rusher tänzelte und sich aufbäumte. Er feuerte dreimal, das Donnern der großen Waffe raste durch die Stille und wurde von den nahen Hügeln zurückgeworfen. Mit jedem Schuß wurde die Schlange wieder in die Höhe geschleudert, ihr Blut bildete rote Pünktchen vor dem Hintergrund blauen Himmels und gelber Blätter. Die letzte Kugel riß ihr den Kopf ab, und als die Schlange endgültig herunterfiel, landete sie in zwei Teilen auf dem Boden. Aus der Hütte ertönte ein so gräßliches Heulen des Kummers und der Wut, daß Rolands Rückgrat sich in eine Säule aus Eis verwandelte.

»Du Dreckskerl!« kreischte eine Frauenstimme aus den Schatten. »Oh, du Mordbube! Mein Freund! Mein Freund!«

»Wenn er dein Freund war, hättest du ihn nicht auf mich hetzen sollen«, sagte Roland. »Vergiß es nicht, Rhea Niemandstochter.«

Die Stimme stieß einen letzten Schrei aus und verstummte.

Roland ritt zu Cuthbert zurück und steckte die Waffe ein. Berts Augen waren rund und fassungslos. »Roland, was für Schüsse! Ihr Götter, was für Schüsse!«

»Gehen wir.«

»Aber wir wissen immer noch nicht, woher sie es gewußt hat!«

»Glaubst du, das würde sie uns verraten?« Rolands Stimme bebte ein ganz klein wenig. Wie die Schlange aus dem Baum gekommen war, einfach so auf ihn zu... Er konnte immer noch kaum glauben, daß er nicht tot war. Den Göttern sei Dank für seine Hand, die sich der Sache angenommen hatte.

»Wir könnten sie zum Reden bringen«, sagte Cuthbert, aber Roland hörte seiner Stimme an, daß das nicht nach Berts Geschmack war. Vielleicht später, vielleicht nach Jahren als Präriereiter und Revolvermann, aber heute hatte er ebensowenig den Schneid für Folter wie für bedingungsloses Töten.

»Selbst wenn wir könnten, wir könnten sie nicht dazu bringen, die Wahrheit zu sagen. Solche wie sie lügen, wie andere Leute atmen. Wenn wir sie überzeugt haben, zu schweigen, haben wir für heute genug erreicht. Komm. Ich hasse diesen Ort.«

18

Als sie zurück zur Stadt ritten, sagte Roland: »Wir müssen ein Treffen vereinbaren.«

»Wir vier. Das hast du gemeint, oder nicht?«

»Ja. Ich will alles sagen, was ich weiß und vermute. Ich will euch in meinen Plan einweihen, wie er ist. Worauf wir gewartet haben.«

»Das wäre wirklich ausgezeichnet.«

»Susan kann uns helfen.« Roland schien mit sich selbst zu sprechen. Cuthbert bemerkte amüsiert, daß das einzelne Blatt immer noch sein Haar schmückte wie eine Krone. »Es ist Susans Bestimmung, uns zu helfen. Warum habe ich das nicht gesehen?«

»Weil Liebe blind ist«, sagte Cuthbert. Er lachte schnaubend und schlug Roland auf die Schulter. »Liebe ist blind, alter Junge.«

19

Als sie sicher war, daß die Jungs weggeritten waren, schlich Rhea zur Tür hinaus in das verhaßte Sonnenlicht. Sie hinkte zu dem Baum, ließ sich vor ihrer zerfetzten Schlange auf die Knie nieder und weinte laut.

»Ermot, Ermot!« schluchzte sie. »Sieh nur, was aus dir geworden ist!«

Da lag sein Kopf, das Maul weit aufgerissen, Gift tropfte noch von den doppelten Fangzähnen – klare Tropfen, die wie Prismen im zunehmenden Tageslicht funkelten. Die glasigen Augen schauten blicklos. Sie hob Ermot hoch, küßte seinen Schuppenmund, leckte das letzte Gift von den freiliegenden Nadeln und weinte dabei die ganze Zeit.

Als nächstes hob sie mit der anderen Hand den langen und zerfetzten Körper auf, stöhnte angesichts der Löcher, die in Ermots seidige Haut geschossen worden waren; angesichts der Löcher und des zerrissenen roten Fleischs darunter. Zweimal legte sie den Kopf an den Kadaver und murmelte Beschwörungen, aber nichts geschah. Natürlich nicht. Ermot befand sich außer Reichweite ihrer Zaubersprüche. Armer Ermot.

Sie drückte seinen Kopf an eine alte Hängebrust und seinen Körper an die andere. Während sein letztes Blut ihr Kleid tränkte, sah sie in die Richtung, wohin die verhaßten Jungs geritten waren.

»Das zahle ich euch heim«, flüsterte sie. »Bei allen Göttern, die je existiert haben, das zahle ich euch heim. Wenn ihr am wenigsten damit rechnet, wird Rhea zur Stelle sein, und eure Schreie werden euch die Kehlen zerreißen. Habt ihr mich gehört? Eure Schreie werden euch die Kehlen zerreißen!«

Sie kniete noch einen Augenblick, dann stand sie auf, drückte Ermot an ihren Busen und schlurfte zu ihrer Hütte zurück.

Kapitel 5
Des Zauberers Regenbogen

I

An einem Nachmittag drei Tage nach Rolands und Cuthberts Besuch auf dem Cöos gingen Roy Depape und Clay Reynolds den oberen Flur des Traveller's Rest entlang zu dem geräumigen Zimmer, das Coral Thorin dort für sich reserviert hatte. Clay klopfte. Jonas rief ihm zu, er solle hereinkommen, es sei offen.

Als Depape eintrat, sah er als erstes Sai Thorin selbst in einem Schaukelstuhl am Fenster. Sie trug ein wattiertes Nachthemd aus weißer Seide und eine rote *bufanda* auf dem Kopf. Sie hatte Strickzeug auf dem Schoß. Depape sah sie überrascht an. Sie schenkte ihm und Reynolds ein rätselhaftes Lächeln, sagte »Hallo, meine Herren« und machte sich wieder über ihre Strickarbeit her. Draußen ertönte das Knattern von Feuerwerkskörpern (junge Leute konnten nie bis zum großen Tag warten; wenn sie Kracher in Händen hatten, dann hatten sie auch ein Streichholz, um sie anzuzünden), das nervöse Wiehern eines Pferdes und das ausgelassene Gelächter von Jungs.

Depape drehte sich zu Reynolds um, der die Achseln zuckte, die Arme verschränkte und die Seiten seines Mantels hielt. Auf diese Weise drückte er Zweifel oder Mißfallen aus, oder beides.

»Problem?«

Jonas stand an der Tür zum Bad und wischte sich mit dem Ende des Handtuchs, das er über der Schulter hängen hatte, Rasierschaum vom Gesicht. Er war bis zur Taille nackt. Depape hatte ihn schon oft so gesehen, aber die alten weißen Zickzacklinien seiner Narben erfüllten ihn stets mit einer gewissen Übelkeit.

»Nun ... ich wußte, daß wir das Zimmer der Lady benutzen, ich wußte nur nicht, daß die Lady dabei ist.«

»Ist sie.« Jonas warf das Handtuch ins Bad, ging zum Bett und nahm sein Hemd, das an einem der Pfosten am Fußende hing.

Hinter ihm schaute Coral auf, betrachtete seinen nackten Rükken mit einem kurzen, gierigen Blick und widmete sich wieder ihrer Arbeit. Jonas zog sein Hemd an. »Wie sieht es in Citgo aus, Clay?«

»Ruhig. Aber es wird ziemlich laut werden, wenn gewisse junge *vagabundos* ihre Nasen reinstecken.«

»Wie viele sind draußen, und wie haben sie sich verteilt?«

»Zehn tagsüber. Ein Dutzend nachts. Roy und ich sind bei jeder Schicht einmal draußen, aber wie ich schon sagte, es ist ruhig gewesen.«

Jonas nickte, war aber nicht glücklich. Er hatte sowohl die Hoffnung gehegt, die Jungs in der Zwischenzeit nach Citgo locken zu können, als auch die andere, sie zu einer Konfrontation zu zwingen, indem er ihre Unterkunft verwüstete und ihre Tauben tötete. Aber bis jetzt versteckten sie sich noch immer hinter ihrem verdammten Hügel. Er kam sich vor wie ein Mann mit drei jungen Stieren in der Arena. Er hat ein rotes Tuch, dieser Möchtegern-Torero, und winkt damit wie verrückt, und trotzdem wollen die Stiere nicht angreifen. Warum?

»Die Verlegungsaktion? Wie läuft die?«

»Wie am Schnürchen«, sagte Reynolds. »Vier Tankwagen pro Nacht, in Paaren, die letzten vier Nächte. Renfrew hat die Aufsicht, der von der Lazy Susan. Möchtest du immer noch ein halbes Dutzend als Köder zurücklassen?«

»Jar«, sagte Jonas, und da klopfte es an der Tür.

Depape zuckte zusammen. »Ist das –«

»Nein«, sagte Jonas. »Unser Freund im schwarzen Gewand hat die Zelte abgebrochen. Vielleicht geht er den Truppen des Guten Mannes vor der großen Schlacht Trost spenden.«

Darüber lachte Depape bellend. Die Frau im Nachthemd, die am Fenster saß, sah hinunter auf ihr Strickzeug und sagte nichts.

»Es ist offen!« rief Jonas.

Der Mann, der eintrat, trug den *sombrero*, die *serape* und die *sandalias* eines Farmers oder *vaquero*, aber sein Gesicht war blaß, und die Haarlocke, die unter der Krempe des *sombrero* hervorlugte, war blond. Es war Latigo. Ein harter Mann, kein Zweifel, aber dennoch deutlich besser als der lachende Mann in der schwarzen Robe.

»Schön, Sie zu sehen, meine Herren«, sagte er, als er eintrat und die Tür zumachte. Sein Gesicht – unbeugsam, finster – war das eines Mannes, der seit Jahren nichts Gutes mehr gesehen hat. Vielleicht seit seiner Geburt. »Jonas? Geht's Ihnen gut? Macht unsere Sache Fortschritte?«

»Das tut es, und das tut sie«, sagte Jonas. Er streckte die Hand aus. Latigo schüttelte sie rasch und trocken. Depape und Reynolds kamen nicht in den Genuß dieser Gunst, statt dessen sah er Coral an.

»Lange Tage und angenehme Nächte, Lady.«

»Und mögen Sie die doppelte Anzahl haben, Sai Latigo«, sagte sie, ohne von ihrem Strickzeug aufzuschauen.

Latigo setzte sich auf die Bettkante, holte einen Tabaksbeutel aus seiner *serape* und drehte sich eine Zigarette.

»Ich werde nicht lange bleiben«, sagte er. Er sprach im brüsken, abgehackten Tonfall der nördlichen Innerwelt, wo – hatte Depape jedenfalls gehört – Rentierficken immer noch die beliebteste Sportart war. Aber nur, wenn man nicht so schnell rennen konnte wie seine Schwester. »Es wäre nicht klug. Ich passe nicht recht hierher, wenn man genau hinsieht.«

»Nein«, sagte Reynolds, der sich amüsiert anhörte. »Das stimmt.«

Latigo warf ihm einen scharfen Blick zu, dann konzentrierte er sich wieder auf Jonas. »Der größte Teil meiner Leute lagert dreißig Räder von hier, im Wald westlich des Eyebolt Canyon ... Was ist das eigentlich für ein widerliches Geräusch in dem Canyon? Es verstört die Pferde.«

»Eine Schwachstelle«, sagte Jonas.

»Sie macht auch den Männern angst, wenn sie zu dicht rangehen«, sagte Reynolds. »Am besten halten Sie sich davon fern, Cap'n.«

»Wie viele sind sie?« fragte Jonas.

»Hundert. Und gut bewaffnet.«

»Das waren Lord Perths Männer dem Vernehmen nach auch.«

»Seien Sie kein Esel.«

»Haben sie Kampferfahrung?«

»Genug, um zu wissen, was es ist«, sagte Latigo, und Jonas wußte, daß er log. Farson hatte seine Veteranen in ihren Schlupflöchern in den Bergen gehalten. Hier hatten sie es mit einer kleinen Vorhut zu tun, wo zweifellos nur die Unteroffiziere imstande waren, mehr mit ihren Schwänzen anzufangen, als Wasser durchlaufen zu lassen.

»Ein Dutzend sind am Hanging Rock und bewachen die Tankwagen, die Ihre Männer bis jetzt gebracht haben«, sagte Latigo. »Wahrscheinlich mehr, als erforderlich wären.«

»Ich bin nicht das Risiko eingegangen, in diesen gottvergessenen Scheißhaufen von einer Stadt zu kommen, um mit Ihnen über meine Anweisungen zu diskutieren, Jonas.«

»Erflehe Ihre Verzeihung, Sai«, entgegnete Jonas, aber nur beiläufig. Er setzte sich neben Corals Schaukelstuhl auf den Boden und drehte sich eine Kippe. Sie legte das Strickzeug weg und strich ihm über das Haar. Depape wußte nicht, was sie an sich hatte, das Eldred so faszinierend fand – wenn er selbst sie ansah, sah er nur eine häßliche Schlampe mit einer großen Nase und Titten wie Schnakenstichen.

»Was die drei jungen Männer betrifft«, sagte Latigo mit dem Gebaren eines Mannes, der ohne Umschweife zur Sache kommt. »Der Gute Mann war zutiefst beunruhigt, als er erfuhr, daß Besucher aus Innerwelt in Mejis weilen. Und nun sagen Sie mir auch noch, daß sie nicht die sind, für die sie sich ausgeben. Also, wer sind sie?«

Jonas streifte Corals Hand von seinem Haar wie ein lästiges Insekt. Sie wandte sich unbekümmert wieder ihrem Strickzeug zu. »Sie sind keine jungen Männer, sondern reine Knaben, und wenn ihr Hiersein *Ka* ist – ich weiß, daß sich Farson darüber große Sorgen macht –, dann ist es vermutlich eher unser *Ka* als das des Bundes.«

»Unglücklicherweise müssen wir darauf verzichten, dem Guten Mann Ihre theologischen Schlußfolgerungen mitzuteilen«, sagte Latigo. »Wir haben Funkgeräte mitgebracht, aber die sind entweder kaputt oder funktionieren nicht auf die Entfernung. Niemand weiß, welches von beiden. Ich hasse all diese Spielsachen sowieso. Die Götter lachen darüber. Wir sind auf uns allein gestellt, mein Freund. Im Guten wie im Bösen.«

»Es besteht kein Grund, daß Farson sich unnötig Sorgen macht«, sagte Jonas.

»Der gute Mann möchte, daß diese Burschen als Bedrohung für seine Pläne behandelt werden. Ich gehe davon aus, daß Walter Ihnen dasselbe gesagt hat.«

»Ay. Und ich habe kein Wort davon vergessen. Sai Walter ist eine unvergeßliche Erscheinung.«

»Ja«, stimmte Latigo zu. »Er ist der Unterstreicher des Guten Mannes. Und er ist hauptsächlich aus dem Grund zu Ihnen gekommen, um diese drei Jungs zu unterstreichen.«

»Und das hat er getan. Roy, erzähl Sai Latigo von deinem Besuch beim Sheriff vorgestern.«

Depape räusperte sich nervös. »Der Sheriff… Avery –«

»Ich kenne ihn, fett wie ein Schwein in Voller Erde, das ist er«, sagte Latigo. »Weiter.«

»Einer von Averys Deputies hat den drei Jungs eine Nachricht überbracht, als sie auf der Schräge Pferde gezählt haben.«

»Was für eine Nachricht?«

»Haltet euch am Erntetag von der Stadt fern; haltet euch am Erntetag von der Schräge fern; bleibt am Erntetag am besten in euren Unterkünften, da es den Leuten der Baronie nicht gefällt, Ausländer zu sehen – auch solche, die sie mögen –, wenn sie ihre Feste feiern.«

»Und wie haben sie es aufgenommen?«

»Sie haben sofort eingewilligt, am Erntetag unter sich zu bleiben«, sagte Depape. »Das ist die ganze Zeit ihre Angewohnheit gewesen, mit allem einverstanden zu sein, was von ihnen verlangt wurde. Sie wissen es besser, natürlich wissen sie es – es gibt hier genausowenig einen Brauch gegen Außenstehende am Erntetag wie anderswo. Es ist sogar durchaus üblich, Fremde in die Lustbarkeiten mit einzubeziehen, und ich bin sicher, auch das wissen die Jungs. Die Absicht –«

»– ist, sie glauben zu machen, daß wir am Erntetag selbst losschlagen wollen, ja, ja«, vollendete Latigo seine Ausführungen ungeduldig. »Ich will nur wissen, ob sie tatsächlich davon überzeugt sind? Könnt ihr sie wie versprochen am Tag vor der Erntefeier erwischen, oder werden sie euch erwarten?«

Depape und Reynolds sahen Jonas an. Jonas hob eine Hand und legte sie auf Corals schlanken, aber nicht uninteressanten Oberschenkel. Das war es, dachte er. Auf das, was er jetzt sagte, würde er festgenagelt werden, und zwar erbarmungslos. Wenn er recht behielt, würde man den Großen Sargjägern danken und sie bezahlen… vielleicht sogar noch mit einer Extraprämie. Wenn er nicht recht behielt, würde man sie wahrscheinlich so hoch und brutal aufhängen, daß ihre Köpfe abgerissen wurden, wenn sie das Ende des Stricks erreichten.

»Wir werden sie so leicht erwischen wie Vögel am Boden«, sagte Jonas. »Die Anklage ist Verrat, drei junge Männer, alle hochgeboren, im Sold von John Farson. Schockierende Neuigkeiten. Was könnte deutlicher Zeugnis ablegen von den schlimmen Zeiten, in denen wir leben?«

»Ein Wort von Verrat, und schon ist der Mob zur Stelle?«

Jonas schenkte Latigo ein frostiges Lächeln. »Als Begriff mag Verrat ein bißchen über den Horizont des gemeinen Volks gehen, auch wenn der Mob betrunken ist und die Rädelsführer vom Pferdezüchterverband gekauft und bezahlt wurden. Aber Mord ... besonders der an einem vielgeliebten Bürgermeister –«

Depape sah mit erschrockenem Blick zur Schwester des Bürgermeisters.

»Was für ein Jammer wird das sein«, sagte die Dame und seufzte. »Ich könnte mich veranlaßt sehen, den Mob persönlich anzuführen.«

Depape glaubte, daß er endlich begriff, was Eldred zu ihr hinzog: Die Frau war ebenso kaltblütig wie Jonas selbst.

»Noch etwas«, sagte Latigo. »Ein Stück aus dem Besitz des Guten Mannes wurde Ihrer Obhut anvertraut. Eine bestimmte Glaskugel.«

Jonas nickte. »Ja, wahrhaftig. Ein schönes Stück.«

»Soweit ich weiß, haben Sie die Kugel bei der hiesigen *bruja* gelassen.«

»Ja.«

»Sie sollten sie wiederholen. Bald.«

»Erzählen Sie Ihrem Großvater nicht, wie man Eier aussaugt«, sagte Jonas ein wenig säuerlich. »Ich warte, bis die Bengel kaltgestellt sind.«

Reynolds murmelte neugierig: »Haben Sie sie selbst gesehen, Sai Latigo?«

»Nicht aus der Nähe, aber ich kenne Männer, die sie gesehen haben.« Latigo machte eine Pause. »Einer ist verrückt geworden und mußte erschossen werden. Ich habe nur ein anderes Mal jemanden in so einer Verfassung gesehen, vor dreißig Jahren, am Rande der großen Wüste. Es war ein Hüttenbewohner, der von einem tollwütigen Kojoten gebissen worden war.«

»Gesegnet sei die Schildkröte«, murmelte Reynolds und klopfte sich dreimal an die Kehle. Er hatte Todesangst vor der Tollwut.

»Sie werden überhaupt nichts mehr segnen, wenn der Regenbogen des Zauberers Sie gepackt hat«, sagte Latigo grimmig und wandte sich wieder an Jonas. »Sie sollten, wenn Sie die Kugel zurückfordern, noch vorsichtiger sein als bei der Übergabe. Inzwischen ist das alte Hexenweib wahrscheinlich völlig unter ihren Bann geraten.«

»Ich wollte Rimer und Avery schicken. Avery ist keine große Leuchte, aber Rimer ist ein harter Junge.«

»Ich fürchte, das wird nicht gehen«, sagte Latigo.

»Nicht?« sagte Jonas. Sein Griff um Corals Bein wurde fester, er lächelte Latigo unangenehm an. »Vielleicht könnten Sie Ihrem bescheidenen Diener sagen, warum es nicht gehen wird?«

Es war Coral, die antwortete. »Weil«, sagte sie, »wenn das Stück vom Regenbogen des Zauberers, das Rhea verwahrt, zurückgebracht wird, ist der Kanzler voll und ganz damit beschäftigt, meinen Bruder zu seiner letzten Ruhestätte zu begleiten.«

»Was redet sie da, Eldred?« fragte Depape.

»Daß Rimer ebenfalls stirbt«, sagte Jonas. Er grinste. »Noch ein gemeines Verbrechen, das man John Farsons elenden Spionen ankreiden wird.«

Coral lächelte in süßer Eintracht, legte ihre Hand auf die von Jonas, schob sie höher an ihrem Oberschenkel hinauf und wandte sich wieder ihrem Strickzeug zu.

2

Das Mädchen, obschon jung, war verheiratet.

Der Junge, obschon hübsch anzusehen, war unausgeglichen.

Sie traf ihn eines Abends an einer entlegenen Stelle, um ihm zu sagen, daß ihre Affäre, so stürmisch sie gewesen war, ein Ende haben müsse. Er antwortete, daß sie niemals enden würde, sie stünde in den Gestirnen geschrieben. Sie sagte ihm, das könnte sein, aber die Sternbilder hätten sich an einem bestimmten Punkt eben geändert. Vielleicht begann er zu weinen. Vielleicht lachte sie – wahrscheinlich aus Nervosität. Aus welchem Grund auch immer, dieses Lachen kam zu einem denkbar schlechten Zeitpunkt. Er nahm einen Stein und schlug ihr damit den Schädel ein. Und als er dann wieder zur Vernunft kam und begriff, was er getan hatte, setzte er sich mit dem Rücken an einen Granitfelsen, zog ihren armen, zertrümmerten Schädel in seinen Schoß und schnitt sich unter den Blicken einer Eule auf einem nahegelegenen Baum selbst die Kehle durch. Sterbend bedeckte er ihr Gesicht mit Küssen, und als sie gefunden wurden, hatte sein Blut und ihres ihre Lippen miteinander versiegelt.

Eine alte Geschichte. Jede Stadt hat ihre Version. Schauplatz ist für gewöhnlich ein bei Nacht kaum besuchter Parkplatz, ein abgelegener Abschnitt des Flußufers oder der städtische Friedhof. Wenn die Einzelheiten des tatsächlichen Geschehens soweit verzerrt sind, daß sie morbid-romantischen Gemütern genügen, werden Balladen geschrieben. Diese werden für gewöhnlich von schmachtenden Jungfrauen gesungen, die schlecht Gitarre oder Mandoline spielen und kaum den Ton halten können. Refrains enthalten meistens Tränendrüsendrücker wie Mei-di-dei-di-o, Hand in Hand starben sie so.

In Hambrys Version dieser abgedroschenen Geschichte hießen die Liebenden Robert und Francesca, und sie hatte sich in alten Zeiten zugetragen, bevor die Welt sich weitergedreht hatte. Schauplatz des mutmaßlichen Mordes/Selbstmordes war der Friedhof von Hambry, der Stein, mit dem Francescas Schädel eingeschlagen worden war, war ein Markierstein aus Schiefer, und die Granitwand, an der Robert lehnte, als er sich die Luftröhre durchschnitt, war die des Mausoleums der Thorins gewesen. (Es ist fraglich, ob es in Hambry oder Mejis vor fünf Generationen schon Thorins gegeben hat, aber folkloristische Überlieferungen sind im großen und ganzen nichts weiter als in Versform gebrachte Lügen.)

Ob wahr oder unwahr, man erzählte sich, daß die Geister der Liebenden auf dem Friedhof umgingen, und man könne sehen (wurde behauptet), wie sie blutüberströmt und mit sehnsüchtigen Blicken Hand in Hand zwischen den Grabsteinen einhergingen. Aus diesem Grund wurde der Friedhof nachts selten besucht und bot daher einen logischen Treffpunkt für Roland, Cuthbert, Alain und Susan.

Als das Treffen stattfand, fühlte sich Roland in zunehmendem Maße besorgt... sogar verzweifelt. Susan war das Problem – oder besser gesagt, Susans Tante. Auch ohne Rheas verderblichen Brief hatten sich Cordelias Mutmaßungen über Roland und Susan fast zur Gewißheit verhärtet. An einem Tag – keine Woche vor dem Treffen auf dem Friedhof – hatte Cordelia Susan praktisch schon in dem Moment angeschrien, als sie mit dem Korb auf dem Arm zur Haustür hereingekommen war.

»Du warst bei ihm! Das warst du, du böses Mädchen, es steht dir deutlich im Gesicht geschrieben!«

Susan, die an jenem Tag nicht einmal in Rolands Nähe gewesen war, konnte ihre Tante zuerst nur fassungslos ansehen. »Bei wem?«

»Oh, stell dich nicht dümmer, als du bist, Miss Oh So Jung Und Hübsch! Stell dich nicht so dumm, ich bitte dich! Wem hängt denn praktisch die Zunge heraus, wenn er nur an unserem Haus vorbeireitet? Dearborn, der ist es! Dearborn! Dearborn! Ich sage es tausendmal! Schäm dich! Schäm dich! Sieh dir deine Hose an! Grün vom Gras, in dem ihr beiden euch gewälzt habt, ist sie! Und ich bin überrascht, daß sie nicht auch noch im Schritt zerrissen ist!« Inzwischen hatte Tante Cord fast gekreischt. Die Adern an ihrem Hals standen wie Taue vor.

Susan hatte nachdenklich die alte Khakihose angesehen, die sie trug.

»Tante, das ist Farbe – siehst du das denn nicht? Chetta und ich haben im Haus des Bürgermeisters Dekorationen für den Jahrmarkt gemacht. Was an meiner Kehrseite ist, habe ich abbekommen, als Hart Thorin – nicht Dearborn, sondern Thorin – im Schuppen über mich gekommen ist, wo die Dekorationen und Feuerwerkskörper gelagert werden. Er dachte sich, Zeit und Ort wären günstig für einen weiteren kleinen Ringkampf. Er ist über mich gekommen, hat seinen Strahl wieder in seine Hose geschossen und ist glücklich von dannen gezogen. Gesummt hat er dabei.« Sie rümpfte die Nase, obwohl sie neuerdings nur noch einen traurigen Widerwillen gegen Thorin verspürte. Ihre Angst vor ihm war dahin.

Tante Cord hatte sie derweil mit funkelnden Augen angesehen. Zum erstenmal stellte sich Susan offen die Frage nach Cordelias Geisteszustand.

»Eine glaubwürdige Geschichte«, flüsterte Cordelia schließlich. Kleine Schweißperlen standen über ihren Augenbrauen, und die blauen Stränge der Adern an ihren Schläfen tickten wie Uhren. Neuerdings hatte sie sogar einen Geruch an sich, ob sie badete oder nicht – einen ranzigen, beißenden Geruch. »Habt ihr euch das ausgedacht, als ihr hinterher gekuschelt habt, du und er?«

Susan hatte einen Schritt nach vorn gemacht, das knochige Handgelenk ihrer Tante gepackt und auf den Flecken auf einem Knie der Hose gedrückt. Cordelia schrie auf und versuchte, die Hand wegzuziehen, aber Susan hielt sie fest. Dann hielt sie ihrer Tante die Hand vor das Gesicht, und zwar so lange, bis sie wußte, daß Cordelia gerochen hatte, was auf ihrer Handfläche war.

»Riecht Sie es, Tante? Farbe! Wir haben Reispapier für bunte Lampions damit bemalt!«

Langsam ließ die Spannung des Handgelenks nach, das Susan festhielt. Die Augen, die in ihre sahen, bekamen wieder eine gewisse Klarheit. »Ay«, hatte sie schließlich gesagt. »Farbe.« Eine Pause. »Diesmal.«

Seitdem hatte Susan nur zu oft den Kopf gedreht und eine Gestalt mit schmalen Hüften erblickt, die ihr auf der Straße nachschlich; oder eine der zahlreichen Freundinnen ihrer Tante verfolgte sie mit mißtrauischen Blicken. Wenn sie auf der Schräge ausritt, hatte sie neuerdings immer das Gefühl, als würde sie beobachtet werden. Vor dem Zusammentreffen auf dem Friedhof hatte sie zweimal eingewilligt, sich mit Roland und seinen Freunden zu treffen. Beide Male war sie gezwungen gewesen, die Treffen abzusagen, das zweite im allerletzten Augenblick. Bei dieser Gelegenheit hatte sie Brian Hookeys ältesten Sohn gesehen, der sie auf eine seltsame, durchdringende Weise betrachtete. Es war nur eine Intuition gewesen ... aber eine starke Intuition.

Ihre Lage wurde dadurch verschlimmert, daß sie sich so sehr nach einem Treffen sehnte wie Roland auch, aber nicht nur zum Palaver. Sie mußte sein Gesicht sehen, eine seiner Hände zwischen ihren halten. Der Rest, so schön es war, konnte warten, aber sie mußte ihn sehen und berühren; mußte sicherstellen, daß er nicht nur ein Traum war, den ein einsames, ängstliches Mädchen sich zurechtgesponnen hatte, um sich zu trösten.

Zuletzt hatte Maria ihr geholfen – Gott segne das kleine Zimmermädchen, das möglicherweise mehr verstand, als Susan je vermuten konnte. Maria war mit einer Nachricht zu Cordelia gegangen, auf der stand, daß Susan die Nacht im Gästeflügel von Seafront verbringen würde. Die Nachricht kam von Olive Thorin, und Cordelia konnte bei allem Mißtrauen nicht glauben, daß es sich um eine Fälschung handelte. Und es war auch keine. Olive hatte sie gleichgültig und ohne Fragen zu stellen geschrieben, als Susan sie darum gebeten hatte.

»Was ist los mit meiner Nichte?« hatte Cordelia gefaucht.

»Sie müde, Sai. Und mit der *dolor de garganta*.«

»Halsschmerzen? So kurz vor dem Erntejahrmarkt? Lächerlich! Das glaube ich nicht! Susan ist nie krank!«

»*Dolor de garganta*«, wiederholte Maria so gleichgültig, wie nur eine Bauersfrau im Angesicht von Zweifeln sein kann, und damit mußte sich Cordelia zufriedengeben. Maria selbst hatte keine Ahnung, was Susan im Schilde führte, und genau so war es Susan recht.

Sie war zum Balkon gegangen, behende die acht Meter Reben hinabgeklettert, die an der Nordseite des Gebäudes wuchsen, und durch den Dienstboteneingang an der Rückseite hinaus. Dort hatte Roland gewartet, und nach zwei feurigen Minuten, mit denen wir uns nicht näher befassen müssen, ritten sie gemeinsam auf Rusher zum Friedhof, wo Cuthbert und Alain voller Erwartung und nervöser Hoffnung warteten.

3

Susan betrachtete zuerst den gemütlichen Blonden mit dem runden Gesicht, dessen Name nicht Richard Stockworth war, sondern Alain Johns. Dann den anderen – denjenigen, von dem sie solche Zweifel bezüglich ihrer Person gespürt hatte, vielleicht sogar Wut. Cuthbert Allgood war sein Name.

Sie saßen nebeneinander auf einem efeuüberwucherten umgestürzten Grabstein, und ihre Füße steckten in einem flachen Rinnsal aus Nebel. Susan glitt von Rushers Rücken und näherte sich ihnen langsam. Sie standen auf. Alain machte eine Verbeugung, wie sie in Innerwelt üblich war – Bein ausgestreckt, Knie durchgedrückt, Fersen fest aufgestützt. »Lady«, sagte er. »Lange Tage –«

Nun stand der andere neben ihm – schlank und dunkel, mit einem Gesicht, das hübsch gewesen wäre, hätte es nicht diese Ruhelosigkeit besessen. Seine dunklen Augen sahen wirklich wunderschön aus.

»– und angenehme Nächte«, sprach Cuthbert zu Ende und ahmte Alains Verbeugung nach. Die beiden sahen so sehr wie komische Höflinge in einem Jahrmarktsschauspiel aus, daß Susan lachen mußte. Sie konnte nicht anders. Dann machte sie einen tiefen Hofknicks vor den beiden und breitete die Arme aus, als würde sie einen Rock ziehen, den sie nicht trug. »Mögen Sie die doppelte Anzahl haben, meine Herren.«

Danach sahen sie einander nur an, drei junge Leute, die nicht sicher waren, wie es nun genau weitergehen sollte. Roland half ihnen nicht; er saß auf Rusher und beobachtete alles genau.

Susan ging zögernd einen Schritt vor und hörte auf zu lachen. Sie hatte noch Grübchen an den Mundwinkeln, aber ihre Augen blickten ängstlich.

»Ich hoffe, ihr haßt mich nicht«, sagte sie. »Ich würde es verstehen – ich habe eure Pläne durchkreuzt –, aber ich konnte nicht anders.« Sie hatte die Arme immer noch ausgebreitet, jetzt hob sie sie und zeigte Alain und Cuthbert die Handflächen. »Ich liebe ihn.«

»Wir hassen dich nicht«, sagte Alain. »Oder, Bert?«

Cuthbert schwieg einen schrecklichen Augenblick lang, sah über Susans Schulter und schien den zunehmenden Dämonenmond zu betrachten. Sie spürte, wie ihr das Herz stehenblieb. Dann fiel sein Blick wieder auf sie, und er schenkte ihr ein so reizendes Lächeln, daß ein verwirrter, aber glasklarer Gedanke (wenn ich den als ersten getroffen hätte –, begann er) ihr durch den Kopf schoß wie ein Komet.

»Rolands Liebe ist auch meine Liebe«, sagte Cuthbert. Er nahm ihre Hände und zog sie näher, so daß sie zwischen ihm und Alain stand wie eine Schwester mit ihren zwei Brüdern. »Denn wir sind Freunde, seit wir Windeln getragen haben, und wir werden Freunde sein, bis einer von uns den Weg verläßt und die Lichtung betritt.« Dann grinste er wie ein Kind. »So, wie es aussieht, könnte es sein, daß wir das Ende des Weges alle zusammen finden.«

»Und zwar bald«, fügte Alain hinzu.

»Hauptsache«, sagte Susan Delgado abschließend, »meine Tante Cordelia kommt nicht als unsere Anstandsdame mit.«

4

»Wir sind *Ka-tet*«, sagte Roland. »Wir sind eins aus vielen.«

Er sah jeden der Reihe nach an und konnte keinen Widerspruch in ihren Augen lesen. Sie hatten sich in das Mausoleum zurückgezogen, wo ihr Atem aus Mund und Nase Dampfwölkchen bildete. Roland hockte auf den Fersen und sah die drei anderen an, die in einer Reihe auf einer Gebetsbank aus Stein saßen, welche von Skelettblumensträußen in Steingutvasen flankiert wurde. Blütenblätter welker Rosen lagen auf dem Boden verstreut. Cuthbert und Alain, die rechts und links von Susan saßen, hatten die Arme arglos um sie gelegt. Wieder mußte Roland an eine Schwester mit ihren beiden fürsorglichen Brüdern denken.

»Wir sind größer, als wir waren«, sagte Alain. »Das spüre ich ganz deutlich.«

»Ich auch«, sagte Cuthbert. Er schaute sich um. »Und ein schöner Treffpunkt ist das. Besonders für ein *Ka-tet* wie unseres.«

Roland lächelte nicht; Schlagfertigkeit war nie seine starke Seite gewesen. »Reden wir darüber, was in Hambry vor sich geht«, sagte er, »und dann darüber, wie es in unmittelbarer Zukunft weitergehen soll.«

»Weißt du, wir wurden nicht auf eine Mission hierhergeschickt«, sagte Alain zu Susan. »Wir wurden von unseren Vätern geschickt, damit wir aus dem Weg sind, das ist alles. Roland hat die Feindschaft eines Mannes erregt, der höchstwahrscheinlich gemeinsame Sache mit John Farson –«

»Die Feindschaft erregt«, sagte Cuthbert. »Das ist ein schöner Ausdruck. Rund. Ich werde ihn mir einprägen und bei jeder passenden Gelegenheit an den Mann bringen.«

»Reiß dich zusammen«, sagte Roland. »Ich habe nicht den Wunsch, die ganze Nacht hier zu verbringen.«

»Erflehe deine Verzeihung, o Großmächtiger«, sagte Cuthbert, aber seine Augen sahen alles andere als bußfertig aus.

»Wir sind mit Brieftauben hergekommen, um Botschaften zu schicken und zu empfangen«, fuhr Alain fort, »aber ich denke, die Tauben dienten nur dazu, unsere Eltern wissen zu lassen, daß es uns gutgeht.«

»Ja«, sagte Cuthbert. »Was Alain damit sagen will, ist nur, daß wir überrascht wurden. Roland und ich hatten ... Unstimmigkeiten ... über die weitere Vorgehensweise. Er wollte abwarten. Ich nicht. Jetzt glaube ich, daß er recht hatte.«

»Aber aus den falschen Gründen«, sagte Roland in trockenem Tonfall. »Wie auch immer, wir haben unsere Meinungsverschiedenheiten beigelegt.«

Susan sah fast etwas erschrocken zwischen den beiden hin und her. Ihr Blick fiel schließlich auf den Bluterguß an Rolands Unterkiefer, der selbst im schwachen Licht, das zur Tür der Gruft hereinfiel, deutlich zu sehen war. »Wie beigelegt?«

»Spielt keine Rolle«, sagte Roland. »Farson will eine Schlacht schlagen, möglicherweise eine ganze Reihe, und zwar in den Kahlen Bergen nordwestlich von Gilead. Den Streitkräften des Bundes, die gegen ihn ziehen, wird es so vorkommen, als säße er in der Falle. Unter gewöhnlicheren Umständen hätte das sogar stimmen können. Farson will sie in Gefechte verwickeln, in einen Hinterhalt locken und mit den Waffen des Alten Volkes vernichten. Die gedenkt er mit dem Öl von Citgo zu betreiben. Das Öl in den Tanks, die wir gesehen haben, Susan.«

»Wo wird es raffiniert werden, damit Farson es benutzen kann?«

»Irgendwo auf seinem Weg, im Westen von hier«, sagte Cuthbert. »Wir glauben, sehr wahrscheinlich im Vi Castis. Kennst du es? Es ist Bergwerksland.«

»Ich habe davon gehört, bin aber in meinem ganzen Leben noch nie außerhalb von Hambry gewesen.« Sie sah Roland gelassen an. »Ich glaube, das wird sich bald ändern.«

»In diesen Bergen existieren noch eine Menge Maschinen aus der Zeit des Alten Volkes«, sagte Alain. »Die meisten in den Schluchten und Canyons, sagen sie. Roboter und Mordlichter – Rasierstrahlen werden die genannt, weil sie einen glatt durchschneiden können, wenn man hineinläuft. Die Götter wissen, was sonst noch. Manches sind zweifellos nur Legenden, aber wo Rauch ist, da ist oft auch Feuer. Auf jeden Fall scheint es die wahrscheinlichste Stelle für eine Raffinerie zu sein.«

»Und dann bringen sie es dorthin, wo Farson wartet«, sagte Cuthbert. »Nicht, daß das eine Rolle für uns spielt; wir haben hier in Mejis ohnehin alle Hände voll zu tun.«

»Ich habe gewartet, um alles zu bekommen«, sagte Roland. »Jedes einzelne Stück von ihrem verdammten Plunder.«

»Falls du es noch nicht bemerkt hast, unser Freund ist nur ein klitzebißchen ehrgeizig«, sagte Cuthbert und zwinkerte.

Roland beachtete ihn nicht. Er sah in Richtung Eyebolt Canyon. Heute nacht ertönte kein Geräusch von dort; der Wind hatte auf seinen herbstlichen Kurs gedreht und wehte von der Stadt weg. »Wenn wir das Öl anzünden können, wird der ganze Rest damit hochgehen ... und das Öl ist sowieso das Wichtigste. Ich will es vernichten, und dann will ich fort von hier wie der Teufel. Wir alle vier.«

»Sie wollen am Erntetag handeln, richtig?« fragte Susan.

»O ja, sieht so aus«, sagte Cuthbert und lachte. Es war ein unbeschwertes, ansteckendes Lachen – das Lachen eines Kindes –, und er wiegte sich dabei hin und her und hielt sich den Bauch, genau wie ein Kind.

Susan sah verwirrt drein. »Was? Was ist denn?«

»Ich kann es dir nicht erzählen«, sagte er kichernd. »Es ist zuviel für mich. Ich würde die ganze Zeit lachen, und Roland wäre verärgert. Mach du es, Al. Erzähl Susan von dem Besuch von Deputy Dave.«

»Er kam uns auf der Bar K besuchen«, sagte Alain, der ebenfalls lächelte. »Hat wie ein Onkel mit uns gesprochen. Hat uns gesagt, die Leute von Hambry mögen keine Auswärtigen bei ihren Jahrmärkten und es wäre das Beste, wenn wir am Tag des Vollmonds einfach zu Hause bleiben würden.«

»Das ist Wahnsinn!« Susan sprach empört, wie man es von jemandem erwarten würde, dessen Heimatstadt ungerechtfertigt schlechtgemacht wurde. »Wir begrüßen Fremde bei unseren Jahrmärkten, das tun wir, und so ist es immer gewesen! Wir sind kein Haufen von ... von Wilden!«

»Sachte, sachte«, sagte Cuthbert kichernd. »Das wissen wir, aber Deputy Dave weiß nicht, daß wir es wissen, oder? Er weiß, daß seine Frau den besten weißen Tee im Umkreis von Meilen macht, aber viel mehr weiß er nicht. Sheriff Herk weiß 'n bieschen mehr, würd' ich mein', aber nicht viel.«

»Daß sie es auf sich genommen haben, uns vorzuwarnen, bedeutet zweierlei«, sagte Roland. »Erstens, daß sie vorhaben, am Tag der Erntefeier zuzuschlagen, wie du gesagt hast, Susan. Zweitens, daß sie glauben, sie könnten uns Farsons Zeug unter der Nase wegstehlen.«

»Um anschließend vielleicht uns die Schuld dafür in die Schuhe zu schieben«, sagte Alain.

Sie sah neugierig von einem zum anderen und sagte: »Und was habt ihr geplant?«

»Zu vernichten, was sie bei Citgo zurückgelassen haben, gleichsam als unseren eigenen Köder, und dann zuzuschlagen, wo sie sich versammeln«, sagte Roland leise. »Das ist Hanging Rock. Mindestens die Hälfte der Tanks, die sie mit nach Westen nehmen wollen, sind bereits dort. Sie haben eine Streitmacht. Möglicherweise zweihundert Männer, aber ich glaube, es wird sich herausstellen, daß es weniger sind. Ich habe die Absicht, all diese Männer sterben zu lassen.«

»Wenn sie nicht sterben, dann wir«, sagte Alain.

»Wie wollt ihr drei zweihundert Soldaten töten?«

»Das können wir nicht. Aber wenn wir einen oder zwei der versammelten Tanks anzünden können, glauben wir, daß es zu einer Explosion kommen wird – vielleicht einer fürchterlichen. Die überlebenden Soldaten werden starr vor Angst sein, die verbliebenen Anführer wütend. Sie werden uns sehen, weil wir uns zeigen werden ...«

Alain und Cuthbert sahen ihn atemlos an. Den Rest hatten sie entweder gesagt bekommen oder sich selbst zusammengereimt, aber diesen Teil des Plans hatte Roland bis jetzt für sich behalten.

»Was dann?« fragte sie ängstlich. »Was dann?«

»Ich glaube, wir können sie in den Eyebolt Canyon führen«, sagte Roland. »Ich glaube, wir können sie in die Schwachstelle locken.«

5

Die drei saßen da wie vom Donner gerührt. Dann sagte Susan nicht ohne Respekt: »Du bist verrückt.«

»Nein«, sagte Cuthbert nachdenklich. »Das ist er nicht. Du denkst an diesen kleinen Einschnitt in der Felswand, richtig, Roland? Den kurz vor der Biegung des Tals.«

Roland nickte. »Vier könnten dort ohne größere Schwierigkeiten hinaufklettern. Oben werden wir eine hinreichende Anzahl Steine aufschichten. Genug, daß wir eine Lawine auslösen können, sollten sie versuchen, uns zu folgen.«

»Das ist schrecklich«, sagte Susan.

»Es ist notwendig zum Überleben«, entgegnete Alain. »Wenn sie das Öl bekommen und einsetzen können, werden sie jeden Mann des Bundes abschlachten, der in die Reichweite ihrer Waffen kommt. Der Gute Mann macht keine Gefangenen.«

»Ich habe nicht gesagt, daß es falsch ist, nur schrecklich.«

Sie schwiegen eine Weile, vier Kinder, die über die Ermordung von zweihundert Männern nachdenken. Aber nicht alle würden Männer sein; viele (vielleicht die Mehrzahl) würden Jungs etwa in ihrem Alter sein.

Schließlich sagte sie: »Diejenigen, die nicht von eurer Lawine gefangen werden, werden einfach wieder aus dem Canyon hinausreiten.«

»Das werden sie nicht.« Alain hatte die landschaftlichen Gegebenheiten gesehen und begriff fast vollkommen. Roland nickte, und die Andeutung eines Lächelns umspielte seine Lippen.

»Warum nicht?«

»Das Holz am Eingang des Canyons. Wir werden es anzünden, oder nicht, Roland? Und wenn die günstigen Winde auch an diesem Tag günstig sind, wird der Rauch …«

»Er wird sie noch weiter hineintreiben«, stimmte Roland zu. »In die Schwachstelle.«

»Und wie wollt ihr den Holzstapel anzünden?« fragte Susan. »Ich weiß, das Holz ist trocken, aber ihr habt doch sicher keine Zeit, um ein Schwefelholz oder Feuerstein und Stahl zu benutzen.«

»Da kannst du uns helfen«, sagte Roland, »wie du uns helfen

kannst, die Tanks anzuzünden. Wir können uns nicht darauf verlassen, daß wir das Öl allein mit unseren Revolvern anzünden können, weißt du; Rohöl ist nicht so leicht brennbar, wie die meisten Leute glauben. Und ich hoffe, Sheemie wird dir helfen.«

»Sag mir, was ich tun soll.«

6

Sie unterhielten sich noch zwanzig Minuten, feilten aber überraschend wenig an dem Plan – allen war klar, wenn sie zu präzise planten und sich plötzlich etwas änderte, würde sie das lähmen. *Ka* hatte sie in das hineingezogen; vielleicht war es am besten, wenn sie sich darauf verließen, daß *Ka* – und ihr Mut – sie auch wieder herausholte.

Cuthbert wollte Sheemie nicht mit hineinziehen, gab aber schließlich klein bei – die Rolle des Jungen würde minimal sein, wenn auch nicht ganz risikofrei, und Roland stimmte zu, daß sie ihn mitnehmen konnten, wenn sie Mejis für immer verließen. Eine Gruppe von fünf wäre genauso gut wie eine Gruppe von vier, sagte er.

»In Ordnung«, sagte Cuthbert schließlich und drehte sich zu Susan um. »Einer von uns beiden sollte mit ihm reden.«

»Ich werde es tun.«

»Mach ihm klar, daß er Coral Thorin kein Sterbenswörtchen erzählen darf«, sagte Cuthbert. »Nicht, weil der Bürgermeister ihr Bruder ist; ich traue der alten Hexe nur nicht.«

»Ich kann euch einen besseren Grund als Hart nennen, ihr nicht zu trauen«, sagte Susan. »Meine Tante sagt, sie hat sich mit Eldred Jonas eingelassen. Arme Tante Cord! Sie hatte den schlimmsten Sommer ihres Lebens. Und ich wotte, der Herbst wird auch nicht besser werden. Die Leute werden sie die Tante einer Verräterin schimpfen.«

»Manche werden es besser wissen«, sagte Alain. »Das ist immer so.«

»Schon möglich, aber meine Tante Cordelia gehört zu den Leuten, die nie positiven Klatsch hören. Sowenig, wie sie welchen erzählt. Sie hat sich selbst Hoffnungen auf Jonas gemacht, müßt ihr wissen.«

Cuthbert war wie vom Schlag getroffen. »Hoffnungen auf Jonas! Bei allen fiedelnden Göttern! Kann man sich das vorstellen! Wenn sie Leute wegen schlechten Geschmacks in Liebesdingen aufhängen würden, dann wäre dein Tantchen als eine der ersten dran, was?«

Susan kicherte, schlang die Arme um die Knie und nickte.

»Es wird Zeit, daß wir aufbrechen«, sagte Roland. »Sollte sich etwas ergeben, das Susan sofort wissen muß, greifen wir auf den roten Stein der Wand in Green Heart zurück.«

»Gut«, sagte Cuthbert. »Gehen wir. Die Kälte dieses Raums geht mir durch Mark und Bein.«

Roland stand auf und streckte die eingeschlafenen Beine. »Wichtig ist, daß sie beschlossen haben, uns frei herumlaufen zu lassen, während sie ihre Vorbereitungen treffen. Das ist unser Vorteil, und er ist gut. Und jetzt –«

Alains ruhige Stimme unterbrach ihn. »Da ist noch etwas. Sehr wichtig.«

Roland ließ sich wieder auf die Fersen nieder und sah Alain neugierig an.

»Die Hexe.«

Susan zuckte zusammen, aber Roland bellte nur ein ungeduldiges Lachen. »Sie hat nichts mit unserer Sache zu tun, Al – ich sehe nicht, wie das gehen sollte. Ich glaube nicht, daß sie zu Jonas' Verschwörung gehört –«

»Ich auch nicht«, sagte Alain.

»– und Cuthbert und ich haben sie davon überzeugt, über Susan und mich zu schweigen. Wenn nicht, wäre Susans Tante schon längst in die Luft gegangen.«

»Aber begreifst du denn nicht?« fragte Alain. »Wem Rhea es gesagt haben könnte, darum geht es nicht. Die Frage ist, wie sie es überhaupt herausgefunden hat.«

»Es ist rosa«, sagte Susan unvermittelt. Sie berührte mit der Hand ihr Haar, die Stelle, wo die abgeschnittene Strähne langsam nachwuchs.

»Was ist rosa?« fragte Alain.

»Der Mond«, sagte sie und schüttelte den Kopf. »Ich weiß es nicht. Ich weiß nicht, wovon ich rede. Hirnlos wie Pinch und Jilly, das bin ich ... Roland? Was ist los? Was ficht dich an?«

Roland kauerte nicht mehr auf den Fersen; er hatte sich in eine sitzende Haltung auf dem blütenübersäten Boden fallen lassen. Er sah aus wie ein junger Mann, der sich Mühe gibt, nicht ohnmächtig zu werden. Vor dem Mausoleum ertönten das dürre Rascheln von herbstlichem Laub und der Schrei eines Hähers.

»Große Götter«, sagte er mit leiser Stimme. »Es kann nicht sein. Es kann nicht wahr sein.« Er sah Cuthbert in die Augen.

Das Gesicht des jungen Mannes hatte jede Spur von Heiterkeit verloren und ein unbarmherziges und berechnendes Urgestein hinterlassen, das seine eigene Mutter nicht wiedererkannt hätte oder nicht hätte wiedererkennen wollen.

»Rosa«, sagte Cuthbert. »Ist das nicht interessant – dasselbe Wort, das dein Vater kurz vor unserer Abreise erwähnt hat, oder nicht? Er hat uns vor der rosafarbenen Kugel gewarnt. Wir haben es für einen Witz gehalten. Beinahe.«

»Oh!« Alain riß die Augen weit auf. »Oh, du dicke Scheiße!« stieß er hervor. Ihm wurde klar, was er da gesagt hatte, während er Bein an Bein mit der Liebsten seines besten Freundes saß, und er schlug die Hände vor den Mund. Seine Wangen wurden knallrot.

Susan bemerkte es kaum. Sie sah Roland mit wachsender Furcht und Verwirrung an. »Was?« fragte sie. »Was wißt ihr? Sagt es mir! Sagt es mir!«

»Ich würde dich gerne noch mal hypnotisieren, wie an dem Tag im Weidenwäldchen«, sagte Roland. »Ich will es jetzt gleich machen, bevor wir uns weiter darüber unterhalten und deine Erinnerung trüben.«

Während er mit ihr sprach, hatte Roland eine Hand in die Tasche gesteckt. Nun holte er eine Patrone heraus und ließ sie wieder über seinen Handrücken tanzen. Sie sah sofort hin, wie Stahl, der von einem Magneten angezogen wird.

»Darf ich?« fragte er. »Deine Entscheidung, Liebste.«

»Ay, wie du willst.« Ihre Augen wurden groß und glasig. »Ich weiß nicht, warum du glaubst, daß es diesmal anders sein sollte, aber ...« Sie verstummte, folgte der tanzenden Patrone auf Rolands Hand aber weiter mit ihrem Blick. Als er sie zur Ruhe kommen ließ und die Faust darum schloß, fielen Susan die Augen zu. Sie atmete sanft und regelmäßig.

»Götter, sie ist wie ein Stein untergegangen«, flüsterte Cuthbert erstaunt.

»Sie ist schon einmal hypnotisiert worden. Von Rhea, glaube ich.« Roland machte eine Pause. Dann: »Susan, kannst du mich hören?«

»Ay, Roland, ich höre dich sehr gut.«

»Ich möchte, daß du noch eine Stimme hörst.«

»Wessen?«

Roland winkte Alain. Wenn es jemandem gelingen konnte, die Blockierung in Susans Gehirn zu durchbrechen (oder einen Weg um sie herum zu finden), dann war er es.

»Meine, Susan«, sagte Alain, der an Rolands Seite kam. »Kennst du sie?«

Sie lächelte mit geschlossenen Augen. »Ay, du bist Alain. Du warst Richard Stockworth.«

»Ganz recht.« Er sah Roland mit einem nervösen, fragenden Blick an – Was soll ich sie fragen? –, aber Roland antwortete einen Moment lang nicht. Er war zur gleichen Zeit an zwei anderen Orten und hörte zwei verschiedene Stimmen.

Susan, am Ufer des Bachs in dem Weidenwäldchen. Sie sagt: ›Ay, prima, genau so, bist ein braves Mädchen‹, und dann wird alles rosa.

Sein Vater, im Garten hinter dem Großen Saal: ›Es ist die Pampelmuse. Womit ich meine, es ist die rosafarbene Kugel.‹

Die rosafarbene.

7

Ihre Pferde waren gesattelt und beladen; die drei Jungs standen davor, äußerlich gelassen, innerlich brannten sie darauf, endlich aufzubrechen. Die Straße und die Geheimnisse auf dem Weg sprechen niemanden so deutlich an wie die Jungen.

Sie befanden sich in dem Innenhof östlich des Großen Saals, nicht weit von der Stelle entfernt, wo Roland Cort besiegt und damit den Stein ins Rollen gebracht hatte. Es war früher Morgen, die Sonne noch nicht aufgegangen, graue Nebelstreifen zogen über die grünen Felder. In einer Entfernung von rund zwanzig Schritt standen Cuthberts und Alains Väter breitbeinig und mit den Händen an den Griffen ihrer Revolver Wache. Es schien unwahrscheinlich, daß Marten (der sich vorübergehend aus dem Palast verabschiedet hatte und, soweit man wußte, auch aus Gilead selbst) einen Angriff gegen sie riskieren würde – nicht hier –, aber völlig ausschließen konnte man es auch nicht.

So kam es, daß nur Rolands Vater mit ihnen sprach, als sie aufsaßen, um ihren Ritt nach Osten, nach Mejis und zum Äußeren Bogen, anzutreten.

»Eines noch«, sagte er, als sie ihre Sattelgurte festzogen. »Ich bezweifle, daß ihr etwas sehen werdet, das unsere Interessen berührt – nicht in Mejis –, aber ich möchte, daß ihr die Augen offenhaltet nach einer Farbe des Regenbogens. Ich meine den Regenbogen des Zauberers.« Er lächelte und fügte hinzu: »Es ist die Pampelmuse. Womit ich meine, es ist die rosa Kugel.«

»Zauberers Regenbogen ist nur ein Märchen«, sagte Cuthbert und lächelte als Antwort auf Stevens Lächeln. Doch dann – möglicherweise wegen etwas in Steven Deschains Augen – erlosch Cuthberts Lächeln. »Oder nicht?«

»Nicht alle alten Geschichten sind wahr, aber ich glaube, die von Maerlyns Regenbogen ist es«, antwortete Steven. »Man sagt, daß er einst dreizehn Glaskugeln enthielt – eine für jeden der zwölf Wächter und eine, die den Kreuzpunkt der Balken darstellt.«

»Eine für den Turm«, sagte Roland mit leiser Stimme und verspürte eine Gänsehaut. »Eine für den Dunklen Turm.«

»Ay, Dreizehn wurde sie genannt, als ich ein Junge war. Wir haben uns manchmal am Lagerfeuer Geschichten von dem Schwarzen Ball erzählt und uns gegenseitig eine Heidenangst eingejagt... es sei denn, unsere Väter haben uns dabei erwischt. Mein eigener Da hat gesagt, es wäre nicht klug, über die Dreizehn zu sprechen, denn sie könnte ihren Namen hören und zu einem gerollt kommen. Aber die Schwarze Dreizehn soll euch nicht interessieren... jedenfalls jetzt nicht. Nein, es ist die rosarote. Maerlyns Pampelmuse.«

Man konnte unmöglich sagen, wie ernst es ihm war... oder ob es ihm überhaupt ernst war.

»Wenn die anderen Glaskugeln vom Regenbogen des Zauberers existiert haben, sind die meisten inzwischen zerbrochen. Solche Sachen bleiben selten lange an einem Ort oder in den Händen eines einzelnen, wißt ihr, und selbst verzaubertes Glas bricht in gewisser Weise. Doch es könnte sein, daß noch immer drei oder vier Farben des Regenbogens durch unsere traurige Welt rollen. Blau mit ziemlicher Sicherheit. Ein Wüstenstamm langsamer Mutanten – die Totalen Schweine haben sie sich genannt – besaß sie vor weniger als fünfzig Jahren, aber seitdem ist sie wieder verschwunden. Die grüne und die orangefarbene befinden sich angeblich in Lud und Dis. Und, vielleicht, die rosafarbene.«

»Was genau machen sie?« fragte Roland. »Wozu sind sie gut?«

»Um zu sehen. Manche Farben vom Regenbogen des Zauberers können angeblich in die Zukunft sehen. Andere sehen in andere Welten – dorthin, wo die Dämonen leben, dorthin, wo das Alte Volk angeblich verschwunden ist, als sie unsere Welt verlassen haben. Diese zeigen möglicherweise auch die verborgenen Türen zwischen den Welten. Andere Farben, sagt man, können tief in unsere Welt hineinschauen und Dinge zeigen, die die Menschen lieber geheimhalten würden. Sie sehen niemals das Gute; nur das Böse. Niemand weiß mit Sicherheit, wieviel davon Wahrheit ist und wieviel Mythos.«

Er sah sie an, und sein Lächeln verschwand.

»Aber eines wissen wir: John Farson besitzt angeblich einen Talisman, etwas, das spät nachts in seinem Zelt leuchtet... manchmal vor Schlachten, manchmal vor großen Truppenbewegungen und Pferdetransporten, manchmal bevor gewichtige Entscheidungen verkündet werden. Und er leuchtet rosa.«

»Vielleicht besitzt er elektrisches Licht und hängt einen rosa Schal darüber, wenn er betet«, sagte Cuthbert. Er drehte sich ein wenig defensiv zu seinen Freunden um. »Ich mache keine Witze; es gibt Leute, die machen das.«

»Vielleicht«, sagte Rolands Vater. »Vielleicht ist es nur das, oder etwas Ähnliches. Aber vielleicht ist es auch viel mehr. Ich kann aus eigener Erfahrung nur sagen, daß er uns immer wieder besiegt, daß er uns immer wieder entkommt, daß er immer wieder auftaucht, wo man ihn am wenigsten erwartet. Wenn der Zauber in ihm ist und nicht in einem Talisman, den er besitzt, dann mögen die Götter dem Bund gnädig sein.«

»Wir werden die Augen offenhalten, wenn du willst«, sagte Roland, »aber Farson ist im Norden oder Westen. Wir gehen nach Osten.« Als hätte sein Vater das nicht gewußt.

»Wenn es eine Farbe des Regenbogens ist«, antwortete Steven, »könnte sie überall sein – Osten und Süden sind ebenso wahrscheinlich wie Westen. Er kann sie nicht die ganze Zeit bei sich haben, wißt ihr. Sosehr es ihn auch beruhigen würde. Niemand kann das.«

»Warum nicht?«

»Weil sie am Leben und hungrig sind«, sagte Steven. »Am Anfang benutzt man sie; am Ende wird man von ihnen benutzt. Falls Farson ein Stück des Regenbogens besitzt, wird er es weggeben und nur zurückholen, wenn er es braucht. Er kennt das Risiko, es zu verlieren, aber auch das Risiko, es zu lange zu behalten.«

Es gab eine Frage, die die anderen, den Geboten der Höflichkeit folgend, nicht stellen konnten. Roland konnte es und stellte sie. »Das ist wirklich dein Ernst, Dad, richtig? Du ziehst uns nicht nur auf, oder?«

»Ich schicke euch in einem Alter fort, in dem viele Jungs immer noch nicht gut schlafen können, wenn ihre Mütter ihnen keinen Gutenachtkuß gegeben haben«, sagte Steven. »Ich gehe davon aus, daß ich euch alle lebend und gesund wiedersehe – Mejis ist ein reizender, stiller Ort, jedenfalls war es das in meiner Jugend –, aber ich kann es nicht mit Gewißheit sagen. So wie die Dinge in diesen Tagen stehen, kann man gar nichts mehr mit Gewißheit sagen. Ich würde euch nicht mit einem Witz auf den Lippen wegschicken. Mich überrascht, daß du das denkst.«

»Erflehe deine Verzeihung«, sagte Roland. Ein unbehaglicher Friede herrschte zwischen ihm und seinem Vater, und er wollte ihn nicht brechen. Dennoch brannte er darauf, endlich loszureiten. Rusher tänzelte unter ihm, als erginge es ihm nicht anders.

»Ich gehe nicht davon aus, daß ihr Jungs Maerlyns Glas zu Gesicht bekommen werdet … aber ich hatte auch nicht erwartet, euch im Alter von vierzehn Jahren mit Revolvern in euren Bettrollen wegzuschicken. Hier ist *Ka* am Werk, und wo *Ka* am Werk ist, ist alles möglich.«

Langsam, langsam nahm Steven den Hut ab, trat zurück und machte eine Verbeugung. »Geht in Frieden, Jungs. Und kommt gesund wieder.«

»Lange Tage und angenehme Nächte, Sai«, sagte Alain.

»Viel Glück«, sagte Cuthbert.

»Ich hab dich lieb«, sagte Roland.

Steven nickte. »Danke-Sai – ich dich auch. Meinen Segen, Jungs.« Letzteres sagte er mit lauter Stimme, und die beiden anderen Männer – Robert Allgood und Christopher Johns, der in den Tagen seiner wilden Jugend Burning Chris genannt worden war – fügten ebenfalls ihren Segen hinzu.

Und so ritten die drei zu ihrem Ende der Großen Straße, während um sie herum der Sommer atemlos wie ein Seufzer regierte. Roland schaute auf und sah etwas, das ihn des Zauberers Regenbogen völlig vergessen ließ. Es war seine Mutter, die aus dem Schlafzimmerfenster ihres Gemachs lehnte: das Oval ihres Gesichts, vom zeitlosen grauen Stein des Westflügels der Burg eingerahmt. Tränen liefen an ihren Wangen hinab, aber sie lächelte und winkte mit einer Hand. Von den dreien sah nur Roland sie.

Er winkte nicht zurück.

8

»Roland!« Ein Ellbogen wurde ihm so fest in die Rippen gestoßen, daß die Erinnerungen, so leuchtend klar sie waren, zerstoben und er in die Gegenwart zurückkehrte. Es war Cuthbert. »Tu etwas, wenn du das vorhast! Bring uns aus diesem Totenhaus, bevor ich mir die Haut von den Knochen gezittert habe!«

Roland ging mit dem Mund dicht an Alains Ohr. »Sei bereit, mir zu helfen.«

Alain nickte.

Roland wandte sich an Susan. »Als wir das erste Mal *An-tet* zusammen waren, bist du zum Bach in dem Wäldchen gegangen.«

»Ay.«

»Du hast dir etwas von deinem Haar abgeschnitten.«

»Ay.« Dieselbe verträumte Stimme. »Das habe ich.«

»Hättest du es ganz abgeschnitten?«

»Ay, jede Strähne und Locke.«

»Weißt du, wer dir befohlen hat, es abzuschneiden?«

Eine lange Pause. Roland wollte sich schon an Alain wenden, als sie sagte: »Rhea.« Pause. »Sie wollte mir eins auswischen.«

»Ja, aber was ist später passiert? Was ist passiert, als du an der Tür gestanden hast?«

»Oh, vorher ist noch etwas passiert.«

»Was?«

»Ich habe ihr Holz geholt«, sagte sie, und dann nichts mehr.

Roland sah Cuthbert an, der die Achseln zuckte. Alain spreizte die Hände. Roland wollte ihn schon bitten, zu übernehmen, entschied aber, daß es noch nicht an der Zeit war.

»Vergiß jetzt das Holz«, sagte er, »und alles, was vorher war. Wir reden vielleicht später darüber, aber jetzt nicht. Was ist passiert, als du gegangen bist? Was hat sie über dein Haar zu dir gesagt?«

»In mein Ohr geflüstert. Und sie hatte einen Jesus-Mann.«

»Was geflüstert?«

»Ich weiß es nicht. Der Teil ist rosa.«

Da war es. Er nickte Alain zu. Alain biß sich auf die Lippen. Er sah ängstlich aus, aber als er Susans Hände in seine nahm und mit ihr sprach, klang seine Stimme gelassen und beruhigend.

»Susan? Ich bin es, Alain Johns. Kennst du mich?«

»Ay – du warst Richard Stockworth.«

»Was hat dir Rhea ins Ohr geflüstert?«

Ein Stirnrunzeln, unscharf wie ein Schatten an einem wolkenverhangenen Tag, huschte über ihr Gesicht. »Ich kann es nicht sehen. Es ist rosa.«

»Du mußt es nicht sehen«, sagte Alain. »Sehen wollen wir im Augenblick nicht. Mach die Augen zu, damit du überhaupt nichts sehen kannst.«

»Sie sind zu«, sagte sie ein wenig gereizt. Sie hat Angst, dachte Roland. Er verspürte den Impuls, Alain zu sagen, daß er aufhören und sie aufwecken sollte, beherrschte sich aber.

»Die im Inneren«, sagte Alain. »Die Augen, die ins Gedächtnis sehen. Mach die zu, Susan. Mach sie um deines Vaters willen zu, und sag mir nicht, was du siehst, sondern was du hörst. Erzähl mir, was sie gesagt hat.«

Es kam unerwartet und war beängstigend, daß sie die Augen in ihrem Gesicht aufschlug, als sie die in ihrem Gedächtnis zumachte. Sie sah Roland mit den Augen einer uralten Statue an und durch ihn hindurch. Roland unterdrückte einen Schrei.

»Du warst an der Tür?« fragte Alain.

»Ay. Das waren wir beide.«

»Sei wieder dort.«

»Ay.« Eine verträumte Stimme. Schwach, aber klar. »Selbst mit geschlossenen Augen kann ich das Mondlicht sehen. Groß wie eine Pampelmuse ist er.«

Es ist die Pampelmuse, dachte Roland. Womit ich meine, es ist die rosa Kugel.

»Und was hörst du? Was sagt sie?«

»Nein, ich sage.« Die leicht mutwillige Stimme eines kleinen Mädchens. »Zuerst sage ich etwas, Alain. Ich sage: ›Sind wir jetzt fertig?‹ Und sie sagt: ›Nun … vielleicht ist da noch eine Kleinigkeit‹, und dann … dann …«

Alain drückte ihre Hände sanft und benutzte, was er in sich hatte, seine Gabe, die er in sie schickte. Sie versuchte halbherzig, sie ihm zu entziehen, aber er ließ sie nicht los. »Was dann? Was geschieht dann?«

»Sie hat ein kleines Medaillon aus Silber.«

»Ja?«

»Sie beugt sich dicht zu mir und fragt, ob ich sie hören kann. Ich kann ihren Atem riechen. Er stinkt nach Knoblauch. Und nach anderen Sachen, die noch schlimmer sind.« Susan verzog angewidert das Gesicht. »Ich sage, ich höre sie. Jetzt kann ich sehen. Ich sehe ihr Medaillon.«

»Ausgezeichnet, Susan«, sagte Alain. »Was kannst du sonst noch sehen?«

»Rhea. Sie sieht im Mondschein wie ein Totenschädel aus. Ein Totenschädel mit Haaren.«

»Götter«, murmelte Cuthbert und verschränkte die Arme vor der Brust.

»Sie sagt, ich soll zuhören. Ich sage, ich werde zuhören. Sie sagt, ich soll gehorchen. Ich sage, ich werde gehorchen. Sie sagt: ›Ay, prima, genau so, bist ein braves Mädchen.‹ Sie streichelt mein Haar. Die ganze Zeit. Meinen Zopf.« Susan hob träumend eine im Schatten der Gruft blasse Hand träge zu ihrem blonden Haar. »Und dann sagt sie etwas, das ich tun soll, wenn meine Jungfernschaft dahin ist. ›Warte‹, sagt sie, ›bis er neben dir eingeschlafen ist. Und dann schneide dir das Haar auf dem Kopf ab. Jede Strähne. Bis zur Kopfhaut.‹«

Die Jungs sahen sie mit wachsendem Entsetzen an, als ihre Stimme zu der von Rhea wurde – die knurrende, winselnde Tonlage der alten Frau vom Cöos. Selbst das Gesicht – abgesehen von den kalten, verträumten Augen – war zu dem der alten Vettel geworden.

»›Schneid alles ab, Mädchen, jede Hurensträhne, ay, und geh so kahl zu ihm zurück, wie du aus deiner Mutter gekommen bist! Mal sehen, wie du ihm dann gefällst!‹«

Sie verstummte. Alain wandte Roland das bleiche Gesicht zu. Seine Lippen bebten, aber er hielt immer noch ihre Hand.

»Warum ist der Mond rosa?« fragte Roland. »Warum ist der Mond rosa, wenn du versuchst, dich zu erinnern?«

»Es ist ihr Zauber.« Susan schien fast überrascht, fast fröhlich zu sein. Heimlichtuerisch. »Sie bewahrt ihn unter dem Bett auf, das tut sie. Sie weiß nicht, daß ich es gesehen habe.«

»Bist du sicher?«

»Ay«, sagte Susan und fügte schlicht hinzu: »Sie hätte mich getötet, wenn sie es gewußt hätte.« Sie kicherte und schockierte sie damit alle. »Rhea bewahrt den Mond in einer Kiste unter ihrem Bett auf.« Das trug sie in der Singsangstimme eines kleinen Kindes vor.

»Einen rosa Mond«, sagte Roland.

»Ay.«

»Unter dem Bett.«

»Ay.« Diesmal entzog sie Alain die Hände. Sie beschrieb einen Kreis damit in der Luft, und als sie zu ihm aufschaute, kam ein gräßlicher Ausdruck der Habgier wie ein Krampf über ihr Gesicht. »Ich hätte ihn gerne, Roland. Das hätte ich. Hübscher Mond! Ich habe ihn gesehen, als sie mich Holz holen geschickt hat. Durch ihr Fenster. Sie hat … jung ausgesehen.« Dann, noch einmal: »Ich hätt ihn wirklich gern.«

»Nein – bestimmt nicht. Aber er ist unter ihrem Bett?«

»Ay, an einem magischen Ort, den sie mit Zaubersprüchen erschafft.«

»Sie besitzt ein Stück von Maerlyns Regenbogen«, sagte Cuthbert mit erstaunter Stimme. »Die alte Hexe hat das, wovon uns dein Da erzählt hat – kein Wunder, daß sie all das weiß, was sie weiß!«

»Müssen wir noch mehr wissen?« fragte Alain. »Ihre Hände

sind ganz kalt geworden. Ich halte sie nicht gerne in dieser Tiefe. Sie hat sich gut gehalten, aber ...«

»Ich glaube, wir sind fertig.«

»Soll ich ihr befehlen, alles zu vergessen?«

Roland schüttelte sofort den Kopf – ob gut oder schlecht, sie waren ein *Ka-tet*. Er nahm ihre Finger, die wirklich kalt waren.

»Susan?«

»Ay, Liebster.«

»Ich werde einen Vers aufsagen. Wenn ich fertig bin, wirst du dich an alles erinnern, wie vorher. Alles klar?«

Sie lächelte und machte die Augen zu. »Vogel und Bär und Fisch und Hase ...«

Lächelnd sprach Roland zu Ende: »Lies meiner Liebsten jeden Wunsch von der Nase.«

Sie schlug die Augen auf. Sie lächelte. »Du«, sagte sie wieder und küßte ihn. »Immer noch du, Roland. Du bist immer noch alles, was ich mir wünsche, mein Liebster.«

Roland konnte nicht anders und legte die Arme um sie.

Cuthbert wandte sich ab. Alain sah auf seine Stiefel und räusperte sich.

9

Als sie nach Seafront zurückritten, Susan mit den Armen um Rolands Taille, fragte sie: »Wirst du ihr das Glas wegnehmen?«

»Am besten lassen wir es vorerst, wo es ist. Jonas hat es im Auftrag von Farson ihrer Obhut anvertraut, daran zweifle ich nicht. Sie soll zusammen mit dem anderen Plunder nach Westen transportiert werden; auch daran zweifle ich nicht. Wir kümmern uns darum, wenn wir uns um die Tanks und Farsons Männer kümmern.«

»Du wirst sie mitnehmen?«

»Mitnehmen oder zertrümmern. Ich denke, ich würde sie lieber meinem Vater bringen, aber das hat seine Risiken. Wir müssen vorsichtig sein. Es ist ein mächtiger Zauber.«

»Und wenn sie nun unsere Pläne sieht? Wenn sie Jonas oder Kimba Rimer warnt?«

»Wenn sie nicht sieht, wie wir kommen, um ihr das kostbare

Spielzeug wegzunehmen, dürfte es ihr so oder so egal sein. Ich glaube, wir haben ihr eine Heidenangst eingejagt, und wenn die Kugel wirklich einen Bann auf sie ausübt, wird sie nichts anderes mehr mit ihrer Zeit anfangen wollen, als hineinzuschauen.«

»Und die Glaskugel behalten. Das wird sie auch wollen.«

»Ay.«

Rusher trottete einen Weg durch den Wald auf den Meeresklippen entlang. Durch die Zweige konnten sie die elfenbeinüberwucherte graue Mauer um das Haus des Bürgermeisters sehen und das rhythmische Tosen der Wellen hören, die sich unten an den Felsen brachen.

»Kannst du sicher wieder hinein, Susan?«

»Keine Bange.«

»Und du weißt, was ihr zu tun habt, du und Sheemie?«

»Ay. Ich fühle mich so wohl wie seit Ewigkeiten nicht. Es ist, als hätte mein Geist endlich einen alten Schatten abgestreift.«

»Wenn das so ist, mußt du Alain danken. Ich selbst hätte es nicht fertiggebracht.«

»Seine Hände besitzen Zauberkräfte.«

»Ja.« Sie hatten den Dienstboteneingang erreicht. Susan stieg mit anmutiger Behendigkeit ab. Er stieg ebenfalls ab und stand mit einem Arm um ihre Taille neben ihr. Sie sah zum Mond hinauf.

»Sieh nur, er hat schon so zugenommen, daß man den Ansatz des Dämonengesichts erkennen kann. Sieht Er es?«

Eine scharfgeschnittene Nase, ein knöchernes Grinsen. Noch keine Augen, aber ja, er sah es.

»Als ich klein war, hatte ich schreckliche Angst davor.« Jetzt flüsterte Susan, weil sie sich in unmittelbarer Nähe des Hauses aufhielten. »Ich habe die Fensterläden zugezogen, wenn der Dämon voll war. Ich hatte Angst, wenn er mich sehen könnte, würde er heruntergreifen, mich zu sich hinaufziehen und mich fressen.« Ihre Lippen bebten. »Kinder sind albern, nicht wahr?«

»Manchmal.« Er hatte als kleines Kind keine Angst vor dem Dämonenmond gehabt, aber vor diesem fürchtete er sich. Die Zukunft schien so düster zu sein, und der Weg ins Licht so schmal. »Ich liebe Sie, Susan. Von ganzem Herzen, das tue ich.«

»Ich weiß. Und ich liebe Ihn.« Sie küßte ihn sanft mit offenen Lippen auf den Mund. Legte einen Moment seine Hand auf ihre

Brust und küßte dann die warme Handfläche. Er hielt sie in den Armen, und sie sah zum zunehmenden Mond.

»Eine Woche bis zum Erntetag«, sagte sie. »*Fin de año* sagen die *vaqueros* und *labradoro*s dazu. Nennen sie es in deinem Land auch so?«

»Ähnlich«, sagte Roland. »Es wird Jahresausklang genannt. Die Frauen gehen umher und verteilen Eingemachtes und Küsse.«

Sie lachte leise an seiner Schulter. »Vielleicht wird mir doch nicht alles fremd vorkommen.«

»Deine besten Küsse mußt du für mich aufheben.«

»Das werde ich.«

»Was immer kommen mag, wir werden zusammensein«, sagte er, aber über ihnen grinste der Dämonenmond ins Sternendunkel über dem Reinen Meer, als würde er eine andere Zukunft sehen.

Kapitel 6
Jahresausklang

I

Und so kommt *fin de año* nach Mittwelt, näher am Zentrum von Mittwelt auch Jahresausklang genannt. Es kommt wie schon tausendmal zuvor … oder zehntausend-, oder hunderttausendmal. Niemand kann es mit Sicherheit sagen; die Welt hat sich weitergedreht, und die Zeit ist seltsam geworden. In Mejis lautet ein Sprichwort: »Zeit ist ein Gesicht auf dem Wasser.«

Auf den Feldern werden die letzten Kartoffeln von Männern und Frauen geerntet, die Handschuhe und ihre dicksten *serapes* tragen, denn nun hat sich der Wind endgültig gewendet, er weht von Osten nach Westen, weht heftig, und die kalte Luft bringt stets den Geruch von Salz mit sich – einen Geruch wie von Tränen. *Los campesinos* ernten die letzten Reihen fröhlich ab und sprechen von allem, was sie vorhaben, und von den Kapriolen, die sie beim Erntefest schlagen wollen, aber sie alle spüren die alte Traurigkeit des Herbstes im Wind; den Abschied des Jahres. Es fließt ihnen davon wie Wasser in einem Bach, und auch wenn es keiner ausspricht, wissen es alle ganz genau.

In den Obstgärten werden die letzten und höchsten Äpfel von lachenden jungen Männern gepflückt (in den schon fast stürmischen Böen gehören die letzten Tage des Pflückens ihnen allein), die mit einer Geschwindigkeit hinauf- und hinunterklettern wie Matrosen zwischen Deck und Krähennest. Über ihnen, an einem strahlendblauen, wolkenlosen Himmel, fliegen ganze Schwärme von Wildgänsen nach Süden und lassen ihr rostiges *Adieu* erschallen.

Die kleinen Fischerboote sind schon aus dem Wasser gezogen worden; ihre Rümpfe werden von singenden Besitzern, die meist trotz der Kälte mit entblößtem Oberkörper arbeiten, abgekratzt und frisch gestrichen. Sie singen die alten Lieder bei der Arbeit –

I am a man of the bright blue sea,
All I see, all I see,
I am a man of the Barony,
All I see is mine-o!

I am a man of the bright blue bay,
All I say, all I say,
Until my nets are full I stay,
All I say is fine-o!

– und manchmal wird ein kleines Faß *Graf* von Pier zu Pier geworfen. In der Bucht selbst bleiben nur die großen Boote und ziehen um die großen Kreise ihrer ausgeworfenen Netze wie Schäferhunde um eine Schafherde. Nachmittags ist die Bucht ein wogendes Leintuch herbstlichen Feuers, und die Männer auf den Booten sitzen mit überkreuzten Beinen da, essen ihre Mahlzeiten und wissen, daß alles, was sie sehen, ihnen gehört ... zumindest bis die grauen Böen des Herbstes über den Horizont wehen und ihre Ladungen Hagel und Schnee aushusten.

Ausklang, Jahresausklang.

In den Straßen von Hambry brennen inzwischen nachts die Erntelichter, und die Hände der Strohpuppen sind rot bemalt. Überall hängen Ernteamulette, und obwohl die Frauen auf den Straßen und beiden Marktplätzen häufig küssen und geküßt werden – oft von Männern, die sie nicht kennen –, kommt es fast nicht mehr zu Geschlechtsverkehr. Er wird (mit einem Knall, könnte man sagen) in der Erntenacht wieder aufgenommen. Als Folge davon wird es im darauffolgenden Jahr die übliche Babyernte zur Vollen Erde geben.

Auf der Schräge galoppieren die Pferde ungestüm, als würden sie begreifen (was sie wahrscheinlich auch tun), daß ihre Zeit der Freiheit zu Ende geht. Sie drehen sich, bleiben mit den Gesichtern nach Westen stehen, wenn die Böen wehen, und zeigen dem Winter ihren Hintern. Auf den Ranches werden die Verandanetze abgenommen und die Läden wieder eingehängt. In den riesigen Ranch- und kleineren Farmküchen stiehlt niemand Ernteküsse, und niemand denkt auch nur an Sex. Dies ist die Zeit des Einmachens und Einlagerns, und in den Küchen wallt Dampf und pulsiert die Hitze von der Zeit vor der Morgendämmerung bis lange nach Einbruch der Dunkelheit. Der Geruch von Äpfeln und roten Beten und Bohnen und Scharfwurzeln und Dörrfleisch hängt in der Luft. Die Frauen arbeiten den ganzen Tag ohne Unterlaß und gehen wie Schlafwandler zu Bett, wo sie bis zum nächsten dunklen Morgen, wenn sie wieder in ihre Küchen zurückkehren müssen, wie Tote liegen.

Auf öffentlichen Plätzen wird Laub verbrannt, und je deutlicher das Gesicht des Alten Dämons wird, um so häufiger werden Strohpuppen mit roten Händen auf die Scheiterhaufen geworfen. Auf den Feldern lodern die Maishülsen wie Fackeln, und häufig brennen Strohpuppen mit ihnen, deren rote Hände und weiße Kreuzstichaugen in der Hitze wabern. Männer stehen wortlos und mit ernsten Gesichtern um die Feuer herum. Niemand will aussprechen, welche schrecklichen alten Götter durch das Verbrennen der Strohpuppen besänftigt werden sollen, aber alle wissen es ganz genau. Von Zeit zu Zeit haucht einer der Männer flüsternd ein Wort: *Charyou*-Baum.

Sie lassen das Jahr ausklingen, ausklingen, ausklingen.

Kracher knattern in den Straßen – und manchmal ein größerer Kanonenschlag, bei dem selbst die ruhigsten Karrengäule sich aufbäumen –, die vom Lachen der Kinder widerhallen. Auf der Veranda des Gemischtwarenladens und gegenüber dem Traveller's Rest wird geküßt – manchmal feuchte Küsse mit offenem Mund und süßem Zungenschlag –, aber Coral Thorins Huren (»Baumwollmätressen« nennen sich die feenhaften, wie zum Beispiel Gert Moggins, gern selbst) langweilen sich. Sie werden in dieser Woche kaum Freier haben.

Dies ist nicht Jahresende, wenn die Winterscheite brennen und in Mejis von einem Ende zum anderen in den Scheunen getanzt wird… aber doch auch wieder. Dies ist das *wahre* Jahresende, *Charyou*-Baum, und alle, von Stanley Ruiz, der unter dem Wildfang hinter der Bar steht, bis zum niedersten von Fran Lengylls *vaqueros* draußen im Bösen Gras, wissen es. Eine Art Echo erfüllt die strahlende Atmosphäre, Fernweh liegt im Blut, eine Einsamkeit im Herzen, die wie der Wind singt.

Aber diesmal herrscht noch etwas anderes vor: ein Gefühl, daß etwas nicht stimmt, das niemand richtig aussprechen kann. Leute, die in ihrem Leben nie einen Alptraum hatten, werden in der Woche des *fin de año* schreiend aus ihnen erwachen; Männer, die sich als friedfertig betrachten, werden sich nicht nur in Schlägereien hineinziehen lassen, sondern sie provozieren; unzufriedene Jungs, die in anderen Jahren nur davon geträumt hätten, von zu Hause wegzulaufen, werden es dieses Jahr tatsächlich tun; es ist auch der Ausklang des Friedens. Denn hier, in der verschlafenen Außerweltbaronie Mejis, wird in Kürze der letzte große Konflikt von Mittwelt beginnen; hier wird das Blutvergießen seinen Anfang nehmen. In zwei Jahren, nicht mehr, wird die Welt, wie sie gewesen ist, hinweggefegt sein. Hier nimmt es seinen Anfang. In seinem Rosenfeld schreit der Dunkle Turm mit seiner bestialischen Stimme auf. Zeit ist ein Gesicht auf dem Wasser.

2

Coral Thorin kam vom Bayview Hotel die Hochstraße herunter, als sie Sheemie erblickte, der Caprichoso in die entgegengesetzte Richtung führte. Der Junge sang »Careless Love« mit einer hohen und angenehmen Stimme. Er kam nur langsam voran; die Fässer auf Capis Rücken waren anderthalbmal so groß wie diejenigen, die er vor kurzer Zeit erst auf den Cöos befördert hatte.

Coral grüßte ihren Jungen für alles fröhlich. Sie hatte allen Grund zur Fröhlichkeit; Eldred Jonas hielt nichts von der *fin-de-año*-Abstinenz. Und für einen Mann mit einem schlimmen Bein konnte er außerordentlich erfinderisch sein.

»Sheemie!« rief sie. »Wohin gehst du? Seafront?«

»Ay«, sagte Sheemie. »Ich hab das *Graf,* das sie verlangt haben. Alle Partys finden am Erntejahrmarkt statt, ay, tonnenweise. Tanz viel, werd viel heiß, trink viel *Graf,* um dich viel abzukühlen! Wie hübsch Sie aussehen, Sai Thorin, die Wangen ganz rosi-rosa, das sind sie.«

»Oh herrje! Wie lieb von dir, das zu sagen, Sheemie!« Sie schenkte ihm ein strahlendes Lächeln. »Geh jetzt, du Süßholzraspler – trödle nicht.«

»Neini-nein, ich geh schon fein.«

Coral blieb stehen und sah ihm lächelnd nach. *Tanz viel, werd viel heiß,* hatte Sheemie gesagt. Was das Tanzen anbetraf, hatte Coral keine Ahnung, aber sie war sicher, daß der diesjährige Erntetag durchaus heiß werden würde. Wirklich sehr heiß.

3

Miguel empfing Sheemie am Torbogen von Seafront, maß ihn mit dem geringschätzigen Blick, den er dem gemeinen Volk vorbehielt, und zog erst den Korken des einen Fasses heraus, dann den des anderen. Beim ersten schnupperte er nur an der Öffnung, beim zweiten steckte er den Daumen hinein und leckte ihn nachdenklich ab. Mit seinen hohlen, runzligen Wangen und dem saugenden, zahnlosen alten Mund sah er wie ein uraltes bärtiges Baby aus.

»Lecker, was?« fragte Sheemie. »Lecker wie ein Schmecker, oder nicht, guter alter Miguel, der schon seit tausend Jahren hier ist?«

Miguel, der immer noch an seinem Daumen lutschte, sah Sheemie mit einem giftigen Blick an. »*Andale. Andale, Simplon*.«

Sheemie führte seinen Esel um das Haus herum zur Küche. Hier wehte der Wind vom Meer beißend und kalt. Er winkte den Frauen in der Küche, aber keine winkte zurück; wahrscheinlich sahen sie ihn nicht einmal. Auf jedem der riesigen Herde stand ein dampfender Topf, und die Frauen – die in weiten, kittelartigen, langärmligen Baumwollkleidern arbeiteten und die Haare in bunte Tücher gehüllt hatten – schritten dazwischen einher wie Phantome im Nebel.

Sheemie nahm das erste Faß von Capis Rücken, dann das andere. Grunzend trug er sie zu dem riesigen Eichentank an der Hintertür. Er klappte den Deckel des Tanks hoch, beugte sich darüber und drehte den Kopf weg, als der tränentreibende Geruch gelagerten *Grafs* ihm entgegenschlug.

»Mann!« sagte er und kippte das erste Faß. »Nur vom Geruch von dem Stoff kann man betrunken werden!«

Er leerte das frische *Graf* hinein und gab acht, daß er nichts verschüttete. Als er fertig war, war der Tank fast voll. Das war gut, denn in der Erntenacht würde Apfelbier aus den Hähnen in der Küche fließen wie Wasser.

Er hievte die leeren Fässer in ihre Halterungen, sah noch einmal in die Küche, ob er beobachtet wurde (was nicht der Fall war; an diesem Morgen verschwendete keiner einen Gedanken an Corals einfältigen Handlanger), und dann führte er Capi nicht den Weg zurück, den er gekommen war, sondern auf einen Pfad, der zu den Lagerschuppen von Seafront führte.

Drei Schuppen standen in einer Reihe, und vor jedem befand sich eine Strohpuppe mit roten Händen. Die Kerle schienen Sheemie zu beobachten, und das machte ihm eine Gänsehaut. Dann erinnerte er sich an seinen Ausflug zum Haus der verrückten alten Hexenlady Rhea. *Die* war furchteinflößend gewesen. Das waren nur alte Puppen voller Stroh.

»Susan?« rief er leise. »Bist du da?«

Die Tür des mittleren Schuppens war nur angelehnt. Nun wurde sie ein Stückchen aufgestoßen. »Komm rein!« rief sie, ebenfalls leise. »Bring den Esel mit! Beeil dich!«

Er führte Capi in den Schuppen, der nach Stroh und Bohnen und Futter roch… und noch etwas. Etwas Beißendem. *Feuerwerkskörper*, dachte er. *Und Schießpulver*.

Susan, die den Morgen mit letzten Anproben verbracht hatte, trug ein dünnes Seidenkleid und große Lederstiefel. Ihr Haar war mit bunten blauen und roten Papierschlangen hochgesteckt.

Sheemie kicherte. »Du siehst lustig aus, Susan Patstochter. Zum Kichern, find ich.«

»Ja, ich bin ein Bild für die Götter, das stimmt«, sagte Susan, die geistesabwesend wirkte. »Wir müssen uns beeilen. Ich habe zwanzig Minuten, bis man mich vermissen wird. Und man wird mich noch früher vermissen, wenn dieser geile alte Bock wieder nach mir sucht… sputen wir uns!«

Sie nahmen die Fässer von Capis Rücken. Susan holte ein zerbrochenes Hufeisen aus einer Tasche und stemmte mit dem scharfkantigen Ende einen der Deckel hoch. Sie warf das Hufeisen Sheemie zu, der den des anderen aufstemmte. Der Apfeltortengeruch von *Graf* erfüllte den Schuppen.

»Hier!« Sie warf Sheemie ein weiches Tuch zu. »Trockne es innen ab, so gut du kannst. Es muß nicht perfekt sein, sie sind verpackt, aber sicher ist sicher.«

Sie wischten die Innenseiten beider Fässer aus, wobei Susan

alle paar Sekunden nervöse Blicke zur Tür warf. »Nun gut«, sagte sie. »Prima. Jetzt ... es sind zweierlei. Ich bin sicher, niemand wird sie vermissen; hier drinnen ist ausreichend Material, um die halbe Welt in die Luft zu sprengen.« Sie lief hastig ins Halbdunkel des Schuppens, hielt den Rocksaum mit einer Hand hoch und stapfte geräuschvoll mit den Stiefeln. Als sie zurückkam, hatte sie die Arme voll eingewickelter Päckchen.

»Das sind die größeren«, sagte sie.

Er verstaute sie in einem der Fässer. Alles in allem waren es ein Dutzend Päckchen, und Sheemie konnte runde Sachen darin spüren, jedes etwa so groß wie eine Kinderfaust. Kanonenschläge. Als er mit Einpacken fertig war und das Faß wieder verankert hatte, kam sie mit einem Armvoll kleinerer Päckchen zurück. Diese wurden in dem anderen Faß verstaut. Offenbar waren das die kleinen, wie es sich anfühlte, die nicht nur knallten, sondern auch buntes Feuer versprühten.

Sie half ihm, die Fässer wieder auf Capis Rücken festzuzurren, warf aber immer wieder hastige Blicke zur Schuppentür. Als die Fässer an Caprichosos Seiten befestigt waren, seufzte Susan erleichtert und strich sich mit dem Handrücken über ihre verschwitzte Stirn. »Den Göttern sei Dank, daß dieser Teil erledigt ist«, sagte sie. »Weißt du, wohin du sie bringen mußt?«

»Ay, Susan Patstochter. Zur Bar K. Mein Freund Arthur Heath wird sie übernehmen.«

»Und wenn dich jemand fragt, was du dort zu suchen hast?«

»Bringe ich leckeres *Graf* zu den Jungs aus Innerwelt, weil sie beschlossen haben, nicht zum Jahrmarkt zu kommen ... warum wollen sie nicht, Susan? Mögen sie keine Jahrmärkte?«

»Wirst du bald genug erfahren. Kümmere dich jetzt nicht drum, Sheemie. Geh los – es ist besser, du machst dich auf den Weg.«

Doch er zögerte.

»Was?« fragte sie und versuchte, nicht ungeduldig zu klingen. »Sheemie, was ist los?«

»Ich hätte gern einen *fin-de-año*-Kuß von dir, das hätte ich.« Sheemies Gesicht hatte eine beängstigend rote Färbung angenommen.

Susan lachte unwillkürlich, dann stellte sie sich auf Zehenspitzen und gab ihm einen Kuß auf den Mundwinkel. Und dann schwebte Sheemie mit seiner feurigen Ladung aus dem Schuppen und zur Bar K Ranch.

4

Reynolds ritt am darauffolgenden Tag mit einem Tuch vor dem Gesicht, so daß nur seine Augen zu sehen waren, nach Citgo hinaus. Er wäre heilfroh, wenn er aus dieser verdammten Gegend verschwinden könnte, die sich nicht entscheiden konnte, ob sie Ranchland oder Küste sein wollte. Die Temperatur war nicht so niedrig, aber der Wind, der über das Wasser kam, schnitt durch die Haut wie ein Rasiermesser. Und das war nicht alles – je näher der Erntetag rückte, desto düsterer wurde die Atmosphäre über Hambry und ganz Mejis; ein Gefühl der Heimsuchung, das ihm ganz und gar nicht gefiel. Roy spürte es auch. Reynolds konnte es in seinen Augen sehen.

Nein, er wäre heilfroh, wenn diese drei Babyritter Asche im Wind und diese Gegend nur noch eine Erinnerung für ihn waren.

Er stieg auf dem verfallenen Parkplatz der Raffinerie ab, band sein Pferd an der Stange einer rostigen alten Hülle fest, auf deren Heckplatte gerade noch das rätselhafte Wort CHEVROLET entziffert werden konnte, dann ging er zu Fuß zu dem Ölfeld. Der Wind wehte heftig und machte ihn selbst durch den schaffellgefütterten Ranchermantel hindurch frösteln, und er mußte sich zweimal den Hut auf die Ohren ziehen, damit er nicht fortgeweht wurde. Alles in allem war er froh, daß er sich nicht sehen konnte; wahrscheinlich sah er wie ein beschissener Farmer aus.

Aber hier schien alles in Ordnung zu sein … sollte heißen, menschenleer. Der Wind strich mit einem einsamen Heulen durch die Fichten auf der anderen Seite der Rohrleitung. Du hättest nie vermutet, daß dich ein Dutzend Augenpaare beobachteten, während du dort rumschlendertest.

»Hai!« rief er. »Kommt raus, Leute, und laßt uns ein bißchen palavern.«

Einen Augenblick lang war nichts zu hören oder zu sehen; dann kamen Hiram Quint von der Piano Ranch und Barkie Callahan vom Traveller's Rest geduckt unter den Bäumen hervor. *Ach du Scheiße*, dachte Reynolds zwischen Ehrfurcht und Erheiterung. *Soviel Fleisch gibt es in keiner Metzgerei.*

Quint hatte eine klapprige alte Muskete im Hosenbund stecken; Reynolds hatte seit Jahren keine mehr gesehen. Wenn Quint Glück hatte, dachte er, käme es beim Abdrücken nur zu einem Versager. Wenn er Pech hatte, würde die Waffe vor seinem Gesicht explodieren und ihn blenden.

»Alles ruhig?« fragte er.

Quint antwortete im typischen Gesibbelsabbel von Mejis. Barkie hörte zu und sagte dann: »Alles prima, Sai. Er sagt, er und seine Männer würden ungeduldig.« Mit fröhlicher Miene, die nicht verriet, was er sagte, fügte Barkie hinzu: »Wenn das Gehirn aus Schwarzpulver wäre, könnte dieser Idiot nicht mal seine Nase putzen.«

»Aber er ist ein Idiot, dem man trauen kann?«

Barkie zuckte die Achseln. Hätte Zustimmung bedeuten können.

Sie gingen zu den Bäumen. Wo Roland und Susan fast dreißig Tanks gesehen hatten, standen jetzt nur noch ein halbes Dutzend, und von diesen sechs enthielten nur zwei tatsächlich Öl. Männer saßen am Boden oder dösten mit ihren *sombreros* auf den Gesichtern. Die meisten hatten Waffen, die nicht vertrauenswürdiger aussahen als die in Quints Hosenbund. Ein paar der armen *vaqs* hatten *bolas*. Alles in allem, vermutete Reynolds, wären das die wirksameren Waffen.

»Sag Lord Perth hier, wenn die Jungs kommen, sollen sie in einen Hinterhalt gelockt werden, und sie haben nur eine Chance, die Sache richtig zu erledigen«, sagte Reynolds zu Barkie.

Barkie sprach mit Quint. Quint teilte die Lippen zu einem Grinsen, bei dem er einen furchterregenden Lattenzaun schwarzer und gelber Hauer entblößte. Er sprach nur kurz, dann streckte er die Hände vor sich aus und ballte sie zu riesigen, vernarbten Fäusten, eine über der anderen, als würde er einem unsichtbaren Gegner den Hals umdrehen. Als Barkie zu übersetzen anfing, winkte Clay Reynolds ab. Er hatte nur ein Wort verstanden, aber das war genug: *muerto*.

5

Die ganze Woche vor dem Jahrmarkt saß Rhea vor der Glaskugel und sah in ihre Tiefen. Sie hatte sich die Zeit genommen, Ermots Kopf mit groben Stichen schwarzen Zwirns wieder an den Körper zu nähen und hatte die verwesende Schlange um den Hals gelegt, während sie beobachtete und träumte, ohne den Gestank zu bemerken, der im Lauf der Zeit von dem Reptil ausging. Zweimal kam Musty näher und bat miauend um Futter, und zweimal kickte Rhea den Störenfried weg, ohne ihn eines Blickes zu würdigen. Sie selbst magerte immer mehr ab, und ihre Augen sahen inzwischen wie die Höhlen der Schädel im Netz neben der Schlafzimmertür aus. Gelegentlich döste sie mit der Kugel im Schoß und der stinkenden Schlange um den Hals ein, ließ den Kopf sinken und das spitze Kinn auf der Brust ruhen, während ihr Sabberfäden aus den Hautfalten ihrer Mundwinkel hingen, aber sie schlief nie richtig. Es gab zuviel zu sehen, viel zuviel zu sehen.

Und alles stand ihr uneingeschränkt zur Verfügung. Neuerdings mußte sie nicht einmal mehr die Hände über dem Glas kreisen lassen, um seine rosa Nebel zu vertreiben. Alle Gemeinheiten der Baronie, alle kleinen (und nicht so kleinen) Grausamkeiten, alles Lügen und Betrügen wurde vor ihr ausgebreitet. Das meiste, was sie sah, war unbedeutend und nebensächlich – masturbierende Jungs, die ihre nackten Schwestern durch Gucklöcher beobachteten; Frauen, die die Taschen ihrer Männer nach Geld oder Tabak filzten; Sheb, der Klavierspieler, der die Sitzfläche des Stuhls leckte, wo seine Lieblingshure eine Zeitlang gesessen hatte; ein Zimmermädchen in Seafront, das in Kimba Rimers Kissenbezug spuckte, nachdem der Kanzler ihr einen Tritt gegeben hatte, weil sie ihm nicht schnell genug aus dem Weg gegangen war.

Das alles bestätigte ihr ihre Meinung über die Gesellschaft, der sie den Rücken gekehrt hatte. Manchmal lachte sie wild; manchmal redete sie mit den Leuten, die sie in der Glaskugel sah, als ob sie sie hören könnten. Am dritten Tag der Woche vor dem Erntefest ging sie nicht einmal mehr zum Abort, obwohl sie die Glaskugel mitnehmen konnte, und der saure Geruch von Urin ging von ihr aus.

Am vierten Tag wagte sich Musty nicht mehr in ihre Nähe.

Rhea träumte in der Kugel und verlor sich in ihren Träumen wie schon andere vor ihr; sie war so tief in die kleinen Freuden des Fern-Sehens versunken, daß sie gar nicht bemerkte, wie die rosa Kugel die runzligen Überreste ihrer *Anima* stahl. Hätte sie es gewußt, hätte sie es wahrscheinlich als fairen Tausch betrachtet. Sie sah alles, was die Menschen im verborgenen trieben, und nur das interessierte sie, und dafür hätte sie ihre Lebenskraft sicherlich als angemessenen Preis betrachtet.

6

»Hier«, sagte der Junge, »laß mich ihn anzünden, die Götter sollen dich verfluchen.« Jonas hätte die Stimme erkannt; es war derselbe Junge, der auf der anderen Straßenseite mit dem abgeschnittenen Hundeschwanz gewinkt und gerufen hatte: Wir sind Große Sargjäger, genau wie ihr!

Der Junge, mit dem dieses reizende Kerlchen gesprochen hatte, gab sich Mühe, ein Stück Leber festzuhalten, das sie aus der Abdeckerei hinter dem Untermarkt gestohlen hatten. Der erste Junge packte ihn am Ohr und drehte. Der zweite Junge heulte und hielt das Stück Leber von sich, wobei ihm dunkles Blut über seine schmutzigen Knöchel lief.

»Schon besser«, sagte der erste Junge und nahm es. »Du solltest nicht vergessen, wer hier der *capataz* ist.«

Sie standen hinter einer Bäckerbude im Untermarkt. In der Nähe lungerte, vom Geruch des frisch gebackenen Brots angelockt, ein hungriger Straßenköter mit einem blinden Auge herum. Er sah sie hungrig und voller Hoffnung an.

In dem rohen Fleisch war ein Schlitz. Die grüne Zündschnur eines Kanonenschlags schaute heraus. Unter der Zündschnur war das Stück Leber aufgebläht wie der Bauch einer schwangeren Frau. Der erste Junge nahm ein Schwefelholz, steckte es zwischen seine vorstehenden Vorderzähne und zündete es an.

»Das macht er nie!« sagte ein dritter Junge in der Qual von Hoffnung und Vorfreude.

»So dünn wie der ist?« sagte der erste Junge. »O doch, er wird. Ich wette mein Kartenspiel gegen deinen Pferdeschwanz.«

Der dritte Junge dachte nach und schüttelte den Kopf.

Der erste Junge grinste. »Bist ein kluger Junge, das bist du«, sagte er und zündete die Zündschnur des Kanonenschlags an. »He, Burschi!« rief er dem Hund zu. »Willst du was Feines haben? Da hast du's!«

Er warf das Stück rohe Leber. Der ausgemergelte Hund zögerte keine Sekunde wegen der zischenden Zündschnur, sondern sprang vorwärts, sein gutes Auge auf das erste anständige Stück Fressen fixiert, das er seit Tagen gesehen hatte. Als der Hund die Leber aus der Luft schnappte, explodierte der Kanonenschlag, den die Jungs hineingesteckt hatten. Ein Knall ertönte, ein Blitz leuchtete auf. Der Kopf des Hundes platzte vom Kiefer an abwärts. Einen Moment stand er noch blutüberströmt da und sah sie mit seinem guten Auge an, dann brach er zusammen.

»Habseuchdochgesagt!« johlte der erste Junge. »Habseuchdochgesagt, daß er's nimmt! Fröhliche Ernte, was?«

»Was macht ihr Jungs da?« rief eine Frauenstimme. »Verschwindet von hier, ihr Raben!«

Die Jungs flohen kichernd in den strahlenden Nachmittag. Sie hörten sich tatsächlich wie Raben an.

7

Cuthbert und Alain saßen am Eingang des Eyebolt auf ihren Pferden. Obwohl der Wind das Geräusch der Schwachstelle von ihnen weg wehte, drang es in ihre Köpfe ein und brachte ihre Zähne zum Klappern.

»Ich hasse es«, sagte Cuthbert mit zusammengebissenen Zähnen. »Götter, beeilen wir uns.«

»Ay«, sagte Alain. Sie stiegen ab, plumpe Gestalten in ihren Ranchermänteln, und banden ihre Pferde an dem Holz fest, das am Zugang des Canyons aufgeschichtet worden war. Normalerweise wäre es nicht erforderlich gewesen, sie festzubinden, aber die beiden Jungen konnten sehen, daß die Pferde das heulende, knirschende Geräusch ebensosehr haßten wie sie selbst. Cuthbert schien die Schwachstelle in seinem Geist zu hören, wo sie mit einer stöhnenden, schrecklich überzeugenden Stimme lockende Worte sprach.

Komm schon, Bert. Laß all diese Albernheiten hinter dir: die Trommeln, den Stolz, die Angst vor dem Tod, die Einsamkeit, über die du lachst, weil du nichts anderes kannst als lachen. Und das Mädchen, laß auch sie zurück. Du liebst sie, richtig? Und selbst wenn du sie nicht liebst, du willst sie. Es ist traurig, daß sie deinen Freund liebt und nicht dich, aber wenn du zu mir kommst, wird das alles dich bald nicht mehr quälen. Also komm. Worauf wartest du?

»Worauf warte ich?« murmelte er.

»Hm?«

»Ich habe gesagt, worauf warten wir? Bringen wir es hinter uns und verschwinden wir schleunigst.«

Beide nahmen ein kleines Baumwollbeutelchen aus ihren Satteltaschen. Sie enthielten Schießpulver aus den kleineren Feuerwerkskrachern, die Sheemie ihnen tags zuvor gebracht hatte. Alain ließ sich auf ein Knie nieder, zog das Messer, kroch rückwärts und zog eine Furche so weit unter das Holz, wie er konnte.

»Grab tief«, sagte Cuthbert. »Wir wollen nicht, daß es der Wind wegweht.«

Alain warf ihm einen bemerkenswert bösen Blick zu. »Möchtest du es machen? Damit du sicher sein kannst, daß es richtig gemacht wird?«

Das ist die Schwachstelle, dachte Cuthbert. Sie macht ihm auch zu schaffen.

»Nein, Al«, sagte er demütig. »Du machst das prima für jemanden, der blind und nicht richtig im Kopf ist. Mach weiter.«

Alain sah ihn noch einen Moment wütend an, dann grinste er und grub weiter seine Furche unter dem Holzstapel. »Du wirst jung sterben, Bert.«

»Ay, wahrscheinlich.« Cuthbert ließ sich auf die Knie nieder, kroch hinter Alain her, schüttete Schießpulver in die Furche und versuchte, die betörende Stimme der Schwachstelle zu überhören. Nein, das Schießpulver würde wahrscheinlich nicht fortgeweht werden, höchstens bei Sturm. Aber wenn es regnete, würde auch die Holzschicht keinen Schutz bieten. Wenn es regnete –

Denk nicht daran, sagte er zu sich. Das ist *Ka*.

Sie gruben in nur zehn Minuten Furchen für das Schießpulver unter beiden Seiten der Holzbarriere, aber es kam ihnen länger vor. Den Pferden offenbar auch; sie stapften am äußersten Ende ihrer Seile ungeduldig mit den Hufen, hatten die Ohren angelegt und verdrehten die Augen. Cuthbert und Alain banden sie los und stiegen auf. Cuthberts Pferd bäumte sich sogar zweimal auf ... nur kam es Cuthbert eher so vor, als würde das arme alte Ding erschauern.

In einiger Entfernung vor ihnen prallte strahlendes Sonnenlicht von glänzendem Stahl ab. Die Tanks am Hanging Rock. Sie waren so dicht wie möglich an den Sandsteinfelsen gerollt worden, aber wenn die Sonne hoch am Himmel stand, verschwand der Schatten fast völlig, und mit ihm der Schutz.

»Ich kann es nicht glauben«, sagte Alain, als sie zurückritten. Es würde ein langer Ritt werden, einschließlich eines weiten Bogens um Hanging Rock, damit sie ganz bestimmt nicht gesehen wurden. »Sie müssen denken, wir sind blind.«

»Sie denken, daß wir dumm sind«, sagte Cuthbert, »aber ich schätze, das läuft auf dasselbe hinaus.« Nun, wo der Eyebolt Canyon hinter ihnen zurückfiel, fühlte er sich fast ausgelassen vor Erleichterung. Würden sie in ein paar Tagen da reingehen? Tatsächlich reingehen, bis auf wenige Meter zu der Stelle reiten, wo diese verfluchte Pfütze anfing? Er konnte es nicht glauben ... und zwang sich, nicht mehr daran zu denken, bevor er anfing, es zu glauben.

»Es sind mehr Reiter in Richtung Hanging Rock unterwegs«, sagte Alain und zeigte zum Wald hinter dem Canyon. »Kannst du sie sehen?«

Aus dieser Entfernung waren sie winzig wie Ameisen, aber Bert sah sie sehr gut. »Wachablösung. Wichtig ist, daß sie uns nicht sehen ... Du glaubst doch nicht, daß sie das können?«

»Hier drüben? Unwahrscheinlich.«

Cuthbert glaubte es auch nicht.

»Sie werden am Erntetag alle dort sein, oder nicht?« fragte Alain. »Es wird uns nicht viel nützen, nur ein paar zu fangen.«

»Ja – ich bin ziemlich sicher, daß sie alle dort sind.«

»Jonas und seine Kumpane?«

»Die auch.«

Vor ihnen rückte das Böse Gras näher. Der Wind wehte ihnen heftig ins Gesicht, so daß ihre Augen tränten, aber das störte Cuthbert nicht. Das Geräusch der Schwachstelle war nur noch ein schwaches Summen hinter ihnen und würde bald völlig verstummt sein. Im Augenblick brauchte er nicht mehr, um glücklich zu sein.

»Glaubst du, wir werden es schaffen, Bert?«

»Keine Ahnung«, sagte Cuthbert. Dann dachte er an die Schießpulverfurchen unter dem Holzstoß und grinste. »Aber eines kann ich dir garantieren, Al: Sie werden wissen, daß wir hier gewesen sind.«

8

In Mejis war die Woche vor dem Erntefest, wie in jeder anderen Baronie in Mittwelt, eine Woche der Politik. Wichtige Leute kamen aus entlegeneren Ecken der Baronie, und es fand eine große Zahl Konversationalien statt, die alle zum wichtigsten Konversationalium am Erntetag führten. Von Susan wurde erwartet, daß sie an allen teilnahm – überwiegend als dekoratives Zeugnis für die anhaltende Macht des Bürgermeisters. Olive war ebenfalls anwesend; die beiden saßen – eine grausam komische Pantomime, die nur die Frauen wahrhaft würdigen konnten – auf beiden Seiten des alten Kakadus, Susan schenkte ihm Kaffee ein, Olive reichte ihm Kuchen, beide nahmen anmutig Komplimente für Speisen und Getränke entgegen, mit deren Zubereitung sie nichts zu tun gehabt hatten.

Susan fand es fast unmöglich, Olives lächelndes, unglückliches Gesicht anzusehen. Ihr Mann würde Pat Delgados Tochter niemals beiwohnen … aber das wußte Sai Thorin nicht, und Susan konnte es ihr nicht sagen. Sie mußte die Frau des Bürgermeisters nur aus den Augenwinkeln ansehen und erinnerte sich daran, was Roland an jenem Tag auf der Schräge gesagt hatte: Einen Augenblick dachte ich, sie wäre meine Mutter. Aber das war das Problem, oder nicht? Olive Thorin war niemandes Mutter. Das hatte dieser schrecklichen Situation ja überhaupt erst Tür und Tor geöffnet.

Susan wollte die ganze Zeit etwas tun, das ihr sehr am Herzen lag, aber aufgrund der Aktivitäten im Haus des Bürgermeisters kam sie erst drei Tage vor dem Erntefest dazu. Schließlich, nach der letzten Gesprächsrunde, konnte sie das rosa Kleid mit Applikationsstickerei ausziehen (wie sehr sie es haßte! Wie sie alle haßte!) und wieder in Jeans, ein Reithemd und einen Ranchermantel schlüpfen. Sie hatte keine Zeit, ihr Haar zu flechten, da sie zum Tee beim Bürgermeister wieder erwartet wurde, aber Maria band es ihr nach hinten, und dann brach sie zu dem Haus auf, das sie in Kürze für immer verlassen würde.

Ihre Angelegenheit führte sie ins Hinterzimmer des Stalls – den Raum, wo ihr Vater sein Büro gehabt hatte –, aber sie ging vorher ins Haus und hörte, worauf sie gehofft hatte: das damenhafte, flötende Schnarchen ihrer Tante. Wunderbar.

Susan nahm eine Scheibe Honigbrot und trug sie in den Schuppen, wobei sie sie, so gut es ging, vor den Staubwolken schützte, die vom Wind über den Hof geweht wurden. Die Strohpuppe ihrer Tante raschelte an ihrem Pfosten im Garten.

Sie duckte sich in den duftenden Schatten des Stalls. Pylon und Felicia schnaubten zur Begrüßung, und sie teilte das, was sie nicht gegessen hatte, unter ihnen auf. Sie schienen sich darüber zu freuen. Besonders verwöhnte sie Felicia, die sie bald zurücklassen würde.

Sie hatte das kleine Büro seit dem Tod ihres Vaters gemieden, weil sie sich genau vor dem Schmerz gefürchtet hatte, den sie verspürte, als sie die Luke aufmachte und hineinging. Die schmalen Fenster waren von Spinnweben verhangen, ließen das helle Herbstlicht aber noch durch, mehr als genug, um seine Pfeife im Aschenbecher zu sehen – die rote, seine Lieblingspfeife, die er seine Denkpfeife genannt hatte – und ein bißchen Zaumzeug, das er auf seinen Schreibtischstuhl gelegt hatte. Wahrscheinlich hatte er es bei Gaslicht ausgebessert und am nächsten Tag zu Ende bringen wollen ... Dann hatte die Schlange ihren Tanz unter Foams Hufen aufgeführt, und es hatte keinen nächsten Tag gegeben. Nicht für Pat Delgado.

»Oh, Da«, sagte sie mit leiser, gebrochener Stimme. »Ich vermisse dich so sehr.«

Sie ging zum Schreibtisch, strich mit den Fingern über die Platte und hinterließ Streifen im Staub. Sie setzte sich auf seinen Stuhl, hörte ihn unter sich knirschen, wie er stets unter ihm geknirscht hatte, und das war zuviel für sie. Die nächsten fünf Minuten saß sie da und weinte und drückte die Fäuste in die Augen, wie sie es als kleines Mädchen immer getan hatte. Aber natürlich gab es jetzt keinen Big Pat mehr, der kam und sie aufmunterte, sie auf den Schoß nahm und an der empfindlichen Stelle unter dem Kinn küßte (die besonders empfindlich für die Bartstoppeln über seiner Oberlippe gewesen war), bis ihre Tränen in ein Kichern übergingen. Zeit war ein Gesicht auf dem Wasser, und diesmal war es das Gesicht ihres Vaters.

Schließlich versiegten ihre Tränen zu einem Schniefen. Sie zog eine Schublade nach der anderen auf und fand noch mehr Pfeifen (viele unbrauchbar, weil er ständig auf den Stielen gekaut hatte), einen Hut, eine ihrer alten Puppen (mit einem abgebrochenen Arm, den Pat offenbar nie wieder festgemacht hatte), Federhalter, ein kleines Fläschchen – leer, aber immer noch von einem schwachen Whiskeyduft erfüllt. Das einzig Interessante fand sie in der unteren Schublade: ein Paar Sporen. Ein Sporn hatte noch das Sternenrad, aber bei dem anderen war es abgebrochen. Sie war fast sicher, daß er diese Sporen an dem Tag getragen hatte, als er gestorben war.

Wenn mein Da hier wäre, hatte sie an jenem Tag auf der Schräge gesagt. Aber das ist er nicht, hatte Roland geantwortet. Er ist tot.

Ein Paar Sporen, ein abgebrochenes Spornrad.

Sie wog sie in der Hand, sah Foam vor ihrem geistigen Auge scheuen und ihren Vater abwerfen (eine Spore verfängt sich im Steigbügel; das Rädchen bricht ab), dann stolpert das Pferd seitwärts und begräbt ihn unter sich. Das alles sah sie deutlich, aber nicht die Schlange, von der Fran Lengyll ihnen erzählt hatte. Die konnte sie überhaupt nicht sehen.

Sie legte die Sporen dorthin zurück, wo sie sie gefunden hatte, stand auf und betrachtete das Regal rechts vom Schreibtisch, genau in Reichweite von Pat Delgados Hand. Hier befand sich eine Reihe von ledergebundenen Kladden, ein kostbarer Schatz in einer Gesellschaft, die vergessen hatte, wie man Papier herstellt. Ihr Vater war fast dreißig Jahre für die Pferde der Baronie verantwortlich gewesen, und hier waren seine Züchterkladden, die es bewiesen.

Susan nahm die letzte herunter und blätterte sie durch. Diesmal begrüßte sie den Schmerz beinahe, den sie verspürte, als sie die vertraute Handschrift ihres Vaters sah – die mühsame Schrift, die aufrechten und irgendwie selbstbewußteren Zahlen.

Geboren von Henrietta, (2) Fohlen beide wohlauf
Totgeburt von Delia, ein Rotfuchs (MUTANT)
Geboren von Yolanda, ein VOLLBLUT,
ein GUTES HENGSTFÜLLEN

Und nach jedem das Datum. So ordentlich war er gewesen. So gründlich. So …

Sie hielt plötzlich inne, und ihr wurde klar, daß sie gefunden hatte, wonach sie suchte, obwohl sie ohne klare Vorstellung hergekommen war, was sie hier wollte. Die letzten Dutzend Seiten der letzten Züchterkladde ihres Da waren herausgerissen worden.

Wer hatte das getan? Nicht ihr Vater; als weitgehender Autodidakt hatte er Papier so sehr verehrt wie manche Menschen Götter oder Gold.

Und warum hatte man es getan?

Das glaubte sie zu wissen: Pferde, 'ne ganze Herde. Es waren zu viele auf der Schräge. Und die Rancher – Lengyll, Croydon, Renfrew – erzählten Lügen über die Qualität der Jungtiere. Das tat auch Henry Wertner, der Nachfolger ihres Vaters geworden war.

Wenn mein Da hier wäre.

Aber das ist er nicht. Er ist tot.

Sie hatte Roland gesagt, sie könnte nicht glauben, daß Fran Lengyll lügen würde, was den Tod ihres Vaters betraf … aber jetzt konnte sie es glauben.

Die Götter sollten ihr helfen, jetzt konnte sie es glauben.

»Was machst du hier drinnen?«

Sie stieß einen leisen Schrei aus, ließ das Buch fallen und wirbelte herum. Cordelia stand in einem ihrer verschossenen schwarzen Kleider vor ihr. Die obersten drei Knöpfe waren offen, und Susan konnte links und rechts das Schlüsselbein ihrer Tante über dem einfachen weißen Stoff des Unterkleids hervorstehen sehen. Erst als sie diese hervorstehenden Knochen sah, wurde Susan klar, wieviel Gewicht ihre Tante in den letzten drei Monaten verloren hatte. Sie konnte den roten Abdruck des Kissens auf der linken Wange ihrer Tante sehen – wie das Mal einer

Ohrfeige. Ihre Augen funkelten aus dunklen, aufgedunsenen Tränensäcken.

»Tante Cord! Du hast mich erschreckt! Du –«

»Was machst du hier drinnen?« wiederholte Tante Cord.

Susan bückte sich und hob das Buch auf. »Ich bin hergekommen, um meines Vaters zu gedenken«, sagte sie und stellte die Kladde wieder auf das Regal. Wer hatte diese Seiten herausgerissen? Lengyll? Rimer? Das bezweifelte sie. Sie hielt es für wahrscheinlicher, daß die Frau, die gerade vor ihr stand, es getan hatte. Vielleicht für die Kleinigkeit von einem einzigen Stück Rotgold. Keine Fragen, keine Antworten, also ist alles gut, hatte sie wahrscheinlich gedacht und die Münze in ihre Geldkiste geworfen, nicht ohne vorher darauf zu beißen, um ihre Echtheit zu bestätigen.

»Seiner gedenken? Seine Vergebung solltest du erflehen. Du hast sein Gesicht vergessen, das hast du. Aufs schmerzlichste hast du es vergessen, Sue.«

Susan sah sie nur an.

»Bist du heute bei ihm gewesen?« fragte Cordelia mit einer spröden, lachenden Stimme. Sie hob die Hand zum roten Abdruck des Kissens und strich darüber. Es war ihr schrittweise schlechtergegangen, wurde Susan klar, aber seit allerorten über Jonas und Coral Thorin getratscht wurde, hatte ihr Zustand sich drastisch verschlimmert. »Bist du bei Sai Dearborn gewesen? Ist deine Spalte noch feucht vom Tau seiner Lust? Komm her, laß mich selbst sehen!«

Ihre Tante kam nähergeschlichen – geisterhaft mit dem schwarzen Kleid, dem offenen Kragen, den Pantoffeln an den Füßen –, und Susan schubste sie weg. In ihrer Angst und ihrem Abscheu stieß sie fest zu. Cordelia prallte neben dem spinnwebverhangenen Fenster an die Wand.

»Du selbst solltest um Vergebung bitten«, sagte Susan. »So mit seiner Tochter zu sprechen – an diesem Ort. An diesem Ort.« Sie ließ den Blick zu den Kladden wandern, dann wieder zu ihrer Tante. Der Ausdruck ängstlicher Berechnung in Cordelia Delgados Gesicht sagte ihr alles, was sie wissen mußte oder wollte. Sie hatte nichts mit der Ermordung ihres Bruders zu tun gehabt, das konnte Susan nicht glauben, aber etwas davon hatte sie gewußt. Ja, etwas.

»Du treuloses Luder«, flüsterte Cordelia.

»Nein«, sagte Susan. »Ich war treu.«

Und das, wurde Susan klar, war die Wahrheit. Bei dem Gedanken schien eine große Last von ihren Schultern genommen zu werden. Sie ging zur Tür des Büros und drehte sich dort zu ihrer Tante um. »Ich habe meine letzte Nacht hier geschlafen«, sagte sie. »So etwas werde ich mir nicht mehr anhören. Und ich will dich nicht mehr in diesem Zustand sehen. Es tut mir im Herzen weh und stiehlt die Liebe, die ich seit meiner Kindheit für dich empfunden habe, als du dir große Mühe gegeben hast, meine Ma zu ersetzen.«

Cordelia schlug die Hände vors Gesicht, als würde es sie quälen, Susan anzusehen.

»Dann geh!« schrie sie. »Geh nach Seafront zurück, oder wo immer du dich mit diesem Jungen im Heu wälzt! Ich werde mich glücklich schätzen, wen ich dein verlogenes Gesicht nicht mehr sehen muß!«

Susan führte Pylon aus dem Stall. Als sie ihn im Hof hatte, schluchzte sie so sehr, daß sie fast nicht aufsitzen konnte. Aber sie saß auf, und sie konnte nicht leugnen, daß sie sowohl Erleichterung wie auch Traurigkeit in ihrem Herzen empfand. Als sie auf die High Street einbog und Pylon zum Galopp anspornte, drehte sie sich nicht um.

9

In einer dunklen Stunde am folgenden Morgen schlich Olive Thorin aus dem Zimmer, in dem sie jetzt schlief, zu dem, das sie fast vierzig Jahre mit ihrem Mann geteilt hatte. Der Boden unter ihren bloßen Füßen war kalt, und sie zitterte, als sie beim Bett angelangt war … aber der kalte Fußboden war nicht der einzige Grund, weshalb sie zitterte. Sie schlüpfte zu dem hageren, schnarchenden Mann mit der Nachthaube, und als er sich von ihr wegdrehte (wobei seine Knie und sein Rücken laut knackten), drückte sie sich an ihn und umarmte ihn fest. Ohne Leidenschaft, nur vom Bedürfnis nach ein wenig Wärme getrieben. Seine Brust – schmal, aber so vertraut für sie wie ihr eigener plumper Oberkörper – hob und senkte sich unter ihren Händen, und sie beruhigte sich ein wenig. Er regte sich, und sie dachte, er würde aufwachen und feststellen, daß sie zum erstenmal seit – die Götter wußten wie lange – das Lager mit ihm teilte.

Ja, wach auf, dachte sie. Los. Sie wagte nicht, ihn von sich aus zu wecken – es hatte ihren ganzen Mut erfordert, nach einem der schlimmsten Alpträume ihres Lebens auch nur in der Dunkelheit hierherzuschleichen –, aber wenn er aufwachte, würde sie es als ein Zeichen werten und ihm erzählen, daß sie von einem riesigen goldenen Vogel geträumt hatte, einem grausamen Vogel Rock mit goldenen Augen, der mit bluttriefenden Schwingen über der Baronie seine Kreise zog.

Wo immer sein Schatten hinfiel, floß Blut, würde sie ihm sagen. Die Baronie floß davon über, von Hambry bis raus zum Eyebolt. Und ich konnte ein gewaltiges Feuer im Wind riechen. Ich lief zu dir, um es dir zu sagen, aber du warst in deinem Arbeitszimmer, tot, du hast mit herausgedrückten Augen und einem Schädel im Schoß am Herd gesessen.

Aber statt zu erwachen, nahm er im Schlaf ihre Hand, wie er es früher immer getan hatte, bevor er den jungen Mädchen nachsah – sogar den Zimmermädchen –, wenn sie vorübergingen, und Olive beschloß, daß sie nur hier liegen und ihn ihre Hand halten lassen würde. Sollte es wieder ein wenig wie in alten Zeiten sein, als zwischen ihnen alles gestimmt hatte.

Sie selbst schlief wenig. Als sie erwachte, drang das erste graue Licht der Dämmerung zu den Fenstern herein. Er hatte ihre Hand losgelassen – war sogar ganz von ihr weggekrochen, ganz an den Bettrand auf seiner Seite. Sie entschied, daß es nicht gut wäre, wenn er aufwachen und sie hier finden würde, und die Panik nach ihrem Alptraum war verflogen. Sie schlug die Decke zurück, schwang die Füße hinaus und sah ihn noch einmal an. Seine Nachthaube hatte sich verschoben. Sie rückte sie zurecht und strich mit der Hand über den Stoff und die knochige Stirn darunter. Er regte sich wieder. Olive wartete, bis er sich beruhigt hatte, dann stand sie auf. Sie schlich wie ein Phantom in ihr eigenes Zimmer zurück.

10

Die Kirmesbuden öffneten in Green Heart zwei Tage vor dem eigentlichen Erntejahrmarkt, und die ersten Besucher kamen, um ihr Glück beim kreisenden Rad oder beim Flaschenwerfen oder beim Korbring zu versuchen. Außerdem gab es einen Pony-Expreß – einen Wagen voller lachender Kinder, der auf einem Schmalspurgleis in Form einer großen Acht entlanggezogen wurde.

(»Hieß dieses Pony Charlie?« fragte Eddie Dean Roland.

»Ich glaube nicht«, sagte Roland. »Wir haben ein ziemlich unangenehmes Wort in der Hochsprache, das ähnlich klingt.«

»Was für ein Wort?« fragte Jake.

»Das«, sagte der Revolvermann, »das Tod bedeutet.«)

Roy Depape sah dem Pony eine Zeitlang zu, wie es seine vorherbestimmten Bahnen zog, und erinnerte sich nostalgisch an seine eigenen Fahrten in derartigen Wagen, als er noch ein Kind gewesen war. Natürlich waren seine meistens gestohlen gewesen.

Als er genug gesehen hatte, schlenderte Depape zum Büro des Sheriffs und ging hinein. Herk Avery, Dave und Fran Claypool reinigten ein seltsames und phantastisches Sammelsurium von Schußwaffen. Avery nickte Depape zu und kümmerte sich wieder um seine Arbeit. Der Mann hatte etwas Seltsames an sich, und nach einem Augenblick ging Depape auf, was es war: Der Sheriff aß nichts. Es war das erste Mal, daß Depape hereinkam und der Sheriff hatte keinen Teller mit Leckereien in Reichweite stehen.

»Alles bereit für morgen?« fragte Depape.

Avery maß ihn mit einem halb erbosten, halb lächelnden Blick. »Was soll das für eine Frage sein?«

»Jonas hat mich geschickt, sie zu stellen«, sagte Depape, worauf das seltsame, nervöses Lächeln von Avery etwas nachließ.

»Ay, wir sind bereit.« Avery ließ einen feisten Arm über die Waffen schwenken. »Sehen Sie das denn nicht?«

Depape hätte das alte Sprichwort zitieren können, wonach sich die Qualität eines Puddings beim Essen erweist, aber wozu? Wenn die drei Bengel sich so hatten nasführen lassen, wie Jonas glaubte, würde alles glattgehen; wenn nicht, würden sie wahrscheinlich Herk Avery seinen fetten Hintern von den

Beinen schneiden und an den erstbesten Vielfraß verfüttern. Roy Depape war das so oder so Jacke wie Hose.

»Jonas hat mich noch gebeten, Sie daran zu erinnern, daß es früh losgeht.«

»Ay, ay, wir werden früh dasein«, stimmte Avery zu. »Diese beiden, und sechs weitere gute Männer. Fran Lengyll hat darum gebeten, mitkommen zu dürfen, und er hat ein Maschinengewehr.« Letzteres sagte Avery so voller Stolz, als hätte er persönlich das Maschinengewehr erfunden. Dann sah er Depape listig an. »Was ist mit Ihnen, Sargträger? Wollen Sie mitkommen? Ich könnte Sie im Handumdrehen zum Deputy ernennen.«

»Ich habe eine andere Aufgabe. Reynolds auch.« Depape lächelte. »Wir haben alle genug Arbeit, Sheriff – immerhin ist Ernte.«

II

An diesem Nachmittag trafen sich Susan und Roland in der Hütte im Bösen Gras. Sie erzählte ihm von dem Buch mit den ausgerissenen Seiten, und Roland zeigte ihr, was er in der nördlichen Ecke der Hütte, unter einem Stapel schimmelnder Häute versteckt, zurückgelassen hatte.

Sie sah es mit großen, ängstlichen Augen an, dann ihn. »Was stimmt nicht? Was vermutest du, stimmt nicht?«

Er schüttelte den Kopf. Alles stimmte ... jedenfalls auf den ersten Blick. Und doch hatte er den starken Wunsch verspürt, zu tun, was er getan hatte, zurückzulassen, was er zurückgelassen hatte. Es war nicht die Gabe, keineswegs, sondern nur Intuition.

»Ich glaube, es ist alles in Ordnung ... so gut es nur sein kann, wenn sich herausstellen könnte, daß sie uns zahlenmäßig fünfzig zu eins überlegen sind. Susan, unsere einzige Chance besteht darin, sie zu überraschen. Das wirst du doch nicht gefährden, oder? Du hast nicht vor, zu Lengyll zu gehen und die Züchterkladde deines Vaters zu schwenken?«

Sie schüttelte den Kopf. Wenn Lengyll getan hatte, was sie vermutete, würde er in zwei Tagen dafür bezahlen. Es würde wahrlich geerntet werden. Viel Arbeit für den Schnitter. Aber das ... das machte ihr angst, und sie sagte es.

»Hör zu.« Roland nahm ihr Gesicht in die Hände und sah ihr in die Augen. »Ich versuche nur, vorsichtig zu sein. Wenn es schiefgeht – und die Möglichkeit besteht –, wirst du höchstwahrscheinlich ungeschoren davonkommen. Du und Sheemie. Wenn das passiert, Susan, dann mußt du – muß Sie hierherkommen und meine Waffen nehmen. Bring sie nach Westen, nach Gilead. Suche meinen Vater. Er wird wissen, daß du die bist, für die du dich ausgibst, wenn er das hier sieht. Erzähl ihm, was hier passiert ist. Das ist alles.«

»Wenn Ihm etwas geschieht, Roland, werde ich gar nichts tun können. Außer sterben.«

Er hatte die Hände noch an ihrem Gesicht. Nun drehte er ihr den Kopf damit sacht von einer Seite auf die andere. »Du wirst nicht sterben«, sagte er. Seine Stimme und seine Augen hatten eine Kälte, die sie nicht mit Angst, sondern mit Ehrfurcht erfüllte. Sie dachte an sein Blut – wie alt es sein und wie kalt es manchmal fließen mußte. »Nicht, solange diese Aufgabe nicht erledigt ist. Versprich es mir.«

»Ich … ich verspreche es, Roland. Das tue ich.«

»Sag mir laut, was du versprichst.«

»Ich werde hierherkommen. Deine Revolver holen. Sie deinem Da bringen. Ihm sagen, was passiert ist.«

Er nickte und ließ ihr Gesicht los. Die Umrisse seiner Hände hatten sich auf ihren Wangen abgebildet.

»Du hast mich erschreckt«, sagte Susan, dann schüttelte sie den Kopf. Das war nicht richtig. »Du erschreckst mich.«

»Ich kann nicht anders sein, als ich bin.«

»Und ich wollte dich nicht anders haben.« Sie küßte seine linke Wange, seine rechte Wange, seinen Mund. Sie schob eine Hand in sein Hemd und liebkoste seine Brustwarze, die sofort unter ihren Fingerspitzen hart wurde. »Vogel und Bär und Fisch und Hase«, sagte sie und küßte ihn federleicht im ganzen Gesicht. »Lies meiner Liebsten ihren Wunsch von der Nase.«

Hinterher lagen sie unter einem Bärenfell, das Roland mitgebracht hatte, und horchten, wie der Wind durch das Gras wehte.

»Ich liebe dieses Geräusch«, sagte sie. »Ich wünsche mir dann stets, ich könnte ein Teil des Windes sein … dahin gehen, wohin er geht, und das sehen, was er sieht.«

»Wenn *Ka* es erlaubt, wirst du das in diesem Jahr können.«

»Ay. Und mit Ihm.« Sie drehte sich zu ihm um und stützte sich auf einen Ellbogen. Licht fiel durch das löcherige Dach und sprenkelte ihr Gesicht. »Roland, ich liebe Ihn.« Sie küßte ihn … und dann fing sie an zu weinen.

Er nahm sie besorgt in die Arme. »Was ist? Sue, was grämt Sie?«

»Ich weiß nicht«, sagte sie und weinte noch heftiger. »Ich weiß nur, daß ein Schatten auf meinem Herzen liegt.« Sie sah ihn an, während noch Tränen aus ihren Augen flossen. »Er würde mich nicht verlassen, Liebster, oder? Er würde nicht ohne Sue gehen, oder doch?«

»Nein.«

»Denn ich habe dir alles gegeben, was ich besaß, das habe ich. Und meine Jungfräulichkeit ist das Geringste darunter, das weiß Er.«

»Ich würde dich nie verlassen.« Aber er verspürte trotz des Bärenfells eine Kälte, und der Wind draußen – der vor einem Moment noch so tröstlich geklungen hatte – hörte sich nun an wie der Atem einer Bestie. »Niemals, ich schwöre es.«

»Ich habe trotzdem Angst. Das habe ich wahrlich.«

»Mußt du nicht«, sagte er langsam und mit Bedacht … denn plötzlich lagen ihm alle möglichen falschen Worte auf der Zunge. Wir gehen weg, Susan – nicht übermorgen, am Erntetag, sondern jetzt, in dieser Minute. Zieh dich an, und wir gehen quer zum Wind; wir reiten nach Süden und werfen nicht einen Blick zurück. Wir werden –

– verfolgt werden.

Das würden sie. Verfolgt von den Gesichtern von Alain und Cuthbert; verfolgt von den Gesichtern aller Männer, die in den Kahlen Bergen durch Waffen sterben könnten, die aus den Waffenkammern gestohlen worden waren, wo sie hätten bleiben sollen. Am meisten aber verfolgt von den Gesichtern ihrer Väter, und zwar den Rest ihres Lebens. Nicht einmal der Südpol würde weit genug entfernt sein, um diesen Gesichtern zu entkommen.

»Morgen mittag mußt du nichts anderes tun, als nach dem Essen eine Unpäßlichkeit vorzuschützen.« Sie hatten das alles zuvor schon durchgesprochen, aber nun, in seiner plötzlichen, grundlosen Furcht fiel ihm nichts anderes ein. »Geh auf dein

Zimmer, dann entferne dich wie in der Nacht, als wir uns auf dem Friedhof getroffen haben. Versteck dich ein wenig. Und wenn es drei Uhr ist, reite hierher und sieh unter den Häuten in der Ecke nach. Wenn meine Revolver weg sind – und sie werden weg sein, ich schwöre es –, dann ist alles in Ordnung. Du kommst uns entgegengeritten. Komm zu der Stelle über dem Canyon, von der wir dir erzählt haben. Wir –«

»Ay, das weiß ich alles, aber etwas stimmt nicht.« Sie sah ihn an, berührte sein Gesicht. »Ich habe Angst um dich und mich, Roland, und kenne den Grund dafür nicht.«

»Alles wird gut«, sagte er. »*Ka* –«

»Sprich mir nicht von *Ka*!« schrie sie. »Oh, bitte nicht! Ka ist wie ein Wind, hat mein Vater gesagt, es nimmt, was es will, und achtet nicht auf das Flehen von Männern oder Frauen. Das gierige alte *Ka*, wie ich es hasse!«

»Susan –«

»Nein, sag nichts mehr.« Sie lehnte sich zurück, schob das Bärenfell bis zu ihren Knien und entblößte einen Körper, für den größere Männer als Hart Thorin ein Königreich weggegeben hätten. Flecken des Sonnenlichts zogen über ihre nackte Haut wie Regen. Sie streckte die Arme nach ihm aus. Für Roland hatte sie nie schöner ausgesehen als da, mit dem offenen, ausgebreiteten Haar und dem gequälten Gesichtsausdruck. Später würde er denken: Sie wußte es. Ein Teil von ihr wußte es.

»Keine Worte mehr«, sagte sie. »Der Worte sind genug gewechselt. Wenn du mich liebst, dann liebe mich.«

Und Roland entsprach ihrem Wunsch zum letztenmal. Sie bewegten sich im Einklang, Haut an Haut und Atem an Atem, und draußen wehte brausend der Wind nach Westen wie eine Flutwelle.

12

An diesem Abend, als der grinsende Dämon am Himmel aufging, verließ Cordelia ihr Haus und ging langsam auf dem Rasen zu ihrem Garten, um den Laubhaufen herum, den sie am Nachmittag zusammengerecht hatte. In den Armen hielt sie ein Bündel Kleidungsstücke. Sie ließ sie vor dem Pfosten fallen, an dem ihre Strohpuppe festgebunden war, und sah gebannt zum aufgehenden Mond hinauf: das wissende Blinzeln des Auges, das Ghulsgrinsen; silbern wie Knochen war er, dieser Mond, ein weißer Knopf auf violetter Seide.

Er grinste Cordelia an; Cordelia grinste zurück. Schließlich ging sie wie eine Frau, die aus einer Trance erwacht, zu der Stange und zog die Strohpuppe herunter. Ihr Kopf rollte haltlos auf Cordelias Schulter wie der Kopf eines Mannes, der zu betrunken ist, um zu tanzen. Seine roten Hände baumelten lose herum.

Sie zog der Puppe die Kleider aus und entblößte eine gewölbte, ungefähr menschliche Gestalt in einem Paar langer Unterhosen ihres toten Bruders. Sie nahm eines der Kleidungsstücke, die sie aus dem Haus mitgebracht hatte, und hielt es ins Mondlicht. Ein Reithemd aus roter Seide, eines von Bürgermeister Thorins Geschenken für Miss Oh So Jung Und Hübsch. Eines von denen, die sie nicht anziehen wollte. Hurenkleider, hatte sie sie genannt. Und was machte das aus Cordelia Delgado, die sich ihrer angenommen hatte, nachdem ihr starrköpfiger Bruder beschlossen hatte, daß er sich mit Leuten vom Kaliber eines Fran Lengyll und John Croyden anlegen mußte? Sie nahm an, es machte sie zu einer Puffmutter.

Dieser Gedanke führte zu einem Bild von Eldred Jonas und Coral Thorin, wie sie es nackt miteinander trieben, während ein billiges Klavier unter ihnen den »Red Dirt Boogie« spielte, und Cordelia winselte wie eine Hündin.

Sie zog das Seidenhemd über den Kopf ihrer Strohpuppe. Danach kam Susans Hosenrock. Nach dem Hosenrock ein Paar ihrer Slipper. Und schließlich, anstelle des *sombrero*, eine von Susan Frühjahrshauben.

Presto! Der Strohjunge war jetzt ein Strohmädchen.

»Und mit roten Händen bist du erwischt worden«, flüsterte sie. »Ich weiß es. O ja. Ich weiß es. Ich bin nicht von gestern.«

Sie trug die Strohpuppe vom Garten zu dem Laubhaufen auf dem Rasen. Sie legte die Puppe dicht zu den Blättern, dann hob sie ein paar auf und schob sie unter das Reiterhemd, so daß ansatzweise Brüste entstanden. Als sie damit fertig war, holte sie ein Streichholz aus der Tasche und zündete es an.

Der Wind ließ nach, als wollte er unbedingt mithelfen. Cordelia hielt das Streichholz an das trockene Laub. Bald loderte der ganze Haufen. Sie hob die Strohpuppe hoch und stellte sich damit vor das Feuer. Sie hörte nicht das Knattern der Feuerwerkskörper in der Stadt, auch nicht das Flöten der Dampfpfeifenorgel in Green Heart oder die Mariachi-Kapelle, die im Untermarkt spielte; als ein brennendes Blatt emporgewirbelt wurde, an ihrem Haar vorbeiflog und es beinahe in Brand setzte, bemerkte sie es nicht. Ihre Augen waren groß und leer.

Als das Feuer seinen Höchststand erreicht hatte, trat sie an den Rand und warf die Strohpuppe hinein. Flammen leckten mit orangeroten Zungen über sie; Funken und brennende Blätter wirbelten trichterförmig himmelwärts.

»So laß es geschehen!« schrie Cordelia. Der Feuerschein auf ihrem Gesicht verwandelte ihre Tränen in Blut. »Charyou-Baum! Ay, genau so!«

Das Ding in der Reitkleidung fing Feuer, sein Gesicht verkohlte, die roten Hände loderten, die weißen Kreuzstichaugen wurden schwarz. Die Haube ging in Flammen auf; das Gesicht fing an zu brennen.

Cordelia stand da und sah zu, ballte und entspannte die Fäuste, achtete nicht auf die Funken, die ihre Haut berührten, achtete nicht auf die brennenden Blätter, die zum Haus geweht wurden. Wenn das Haus selbst Feuer gefangen hätte, hätte sie dem wahrscheinlich auch keine Beachtung geschenkt.

Sie sah zu, bis die Strohpuppe in den Kleidern ihrer Nichte nur noch ein Häufchen Asche war. Dann ging sie langsam wie ein Roboter mit rostigen Gelenken zum Haus zurück, legte sich auf das Sofa und schlief wie eine Tote.

13

Es war halb vier in der Früh am Tag vor dem Erntefest, und Stanley Ruiz dachte, er hätte es für diese Nacht endlich hinter sich. Das letzte Musikstück war vor zwanzig Minuten verklungen – Sheb hatte rund eine Stunde länger durchgehalten als die *mariachis* und lag jetzt schnarchend im Sägemehl. Sai Thorin war oben, und die Großen Sargjäger hatten sich nicht blicken lassen; Stanley hatte eine Ahnung, daß sie sich heute nacht in Seafront aufhielten. Außerdem hatte er eine Ahnung, als wäre Schwarzarbeit angesagt, doch das wußte er nicht mit Sicherheit. Er sah zum zweiköpfig glasig dreinschauenden Wildfang hinauf. »Und will es auch nicht wissen, alter Freund«, sagte er. »Ich will nur rund neun Stunden Schlaf – morgen geht die Party richtig los, und sie werden nicht vor Tagesanbruch nach Hause gehen. Also –«

Ein schriller Schrei ertönte irgendwo hinter dem Gebäude. Stanley zuckte zurück und stieß gegen die Bar. Neben dem Klavier hob Sheb kurz den Kopf, murmelte »Wassn?« und ließ ihn polternd wieder sinken.

Stanley verspürte nicht den geringsten Wunsch, nach der Ursache für den Schrei zu sehen, ging aber davon aus, daß er es trotzdem tun würde. Hatte sich nach diesem traurigen alten Flittchen Pettie dem Trampel angehört. »Ich würde deinen alten Hängearsch am liebsten aus der Stadt raustrampeln«, murmelte er, bückte sich und sah unter die Bar. Dort bewahrte er zwei solide Schläger aus Eschenholz auf, den »Besänftiger« und den »Killer«. Der Besänftiger bestand aus glattem, knotigem Holz, und wenn man den Kopf eines randalierenden Trunkenbolds damit an der richtigen Stelle antippte, gingen garantiert zwei Stunden lang die Lichter aus.

Stanley verließ sich auf sein Gefühl und nahm den anderen Schläger. Der war kürzer als der Besänftiger und oben breiter. Und der entscheidende Teil des Killers war mit Nägeln gespickt.

Stanley ging zum Ende der Bar, zur Tür hinaus und durch einen düsteren Vorratsraum mit Fässern, die nach *Graf* und Whiskey rochen. Am anderen Ende führte eine Tür auf den Hof. Stanley ging darauf zu, holte tief Luft und schloß auf. Er rechnete damit, daß Pettie noch einen ohrenbetäubenden Schrei ausstoßen würde, aber es kam keiner mehr. Nur das Geräusch des Windes war zu hören.

Vielleicht hast du Glück, und es hat sie einer kaltgemacht, dachte Stanley. Er machte die Tür auf, wich zurück und hob gleichzeitig den nagelbewehrten Schläger.

Pettie war nicht kaltgemacht worden. Die Hure trug einen fleckigen Kittel (ein Pettie-Kleid, konnte man sagen), stand am Weg, der zum Abort führte, und hatte die Hände über ihrem drallen Busen und unter den Truthahnfalten ihres Halses zusammengeschlagen. Sie sah zum Himmel hinauf.

»Was ist?« fragte Stanley und lief zu ihr. »Du hast mich fast zehn Jahre meines Lebens gekostet, so hast du mich erschreckt.«

»Der Mond, Stanley!« flüsterte sie. »Oh, schau dir doch nur den Mond an!«

Er sah hinauf, und was er sah, ließ sein Herz schneller schlagen, aber er versuchte, vernünftig und ruhig zu sprechen. »Komm schon, Pettie, das ist Staub, mehr nicht. Sei vernünftig, Liebste, du weißt, wie der Wind die letzten Tage geweht hat, und kein Regen fällt, um runterzuspülen, was er mit sich bringt; es ist Staub, mehr nicht.«

Aber es sah nicht wie Staub aus.

»Ich weiß, was ich sehe«, flüsterte Pettie.

Über ihnen grinste der Dämonenmond und blinzelte mit einem Auge durch etwas, das wie ein fließender Vorhang aus Blut aussah.

Kapitel 7
Die Kugel wird geholt

I

Während eine gewisse Hure und ein gewisser Barkeeper immer noch zu dem blutigen Mond hinaufstarrten, erwachte Kimba Rimer niesend.

Verdammt, eine Erkältung zum Erntefest, dachte er. So oft, wie ich die nächsten zwei Tage raus muß, kann ich von Glück reden, wenn es keine –

Etwas flatterte an seiner Nasenspitze vorbei, und er nieste wieder. Aus seiner schmalen Brust und dem trockenen Schlitz seines Mundes hervorgestoßen, klang es in dem schwarzen Zimmer wie der Schuß aus einer kleinkalibrigen Pistole.

»Wer ist da?« rief er.

Keine Antwort. Rimer stellte sich plötzlich einen Vogel vor, etwas Gemeines und Übellauniges, das bei Tage hier eingedrungen war und nun im Dunkeln herumflog und dabei über sein Gesicht hinwegstrich, während er schlief. Er bekam eine Gänsehaut – Vögel, Insekten, Fledermäuse, er haßte sie alle – und tastete so hektisch nach der Gaslaterne auf dem Tisch neben seinem Bett, daß er sie fast heruntergestoßen hätte.

Als er sie zu sich zog, kam das Flattern wieder. Diesmal strich es über seine Wange. Rimer schrie, ließ sich in sein Kissen sinken und drückte die Lampe an die Brust. Er drehte den Schalter an der Seite, hörte Gas zischen und drückte den Zünder. Die Lampe leuchtete auf, aber in ihrem schwachen Lichtkreis sah er keinen flatternden Vogel, sondern Clay Reynolds, der auf der Bettkante saß. In einer Hand hielt Reynolds die Feder, mit der er den Kanzler von Mejis gekitzelt hatte. Die andere war unter dem Mantel versteckt, den er auf dem Schoß liegen hatte.

Reynolds hatte Rimer schon bei ihrer ersten Begegnung in dem Wald weit im Westen der Stadt nicht ausstehen können – demselben Wald jenseits des Eyebolt Canyon, wo Farsons Mann

Latigo heute das Hauptkontingent seiner Truppen lagern ließ. Es war eine windige Nacht gewesen, und als er und die anderen Sargjäger die kleine Lichtung betraten, wo Rimer in Begleitung von Lengyll und Croydon an einem kleinen Lagerfeuer saß, war Reynolds Mantel um seine Gestalt herumgeflattert. »Sai Manto«, hatte Rimer gesagt, und die beiden anderen hatten gelacht. Es hatte ein harmloser Scherz sein sollen, aber Reynolds war er nicht harmlos vorgekommen. In vielen Ländern, die er bereist hatte, bedeutete *manto* nicht »Mantel«, sondern »Pflocker« oder »Bieger«. Es war, mit anderen Worten, ein umgangssprachlicher Ausdruck für Homosexuelle. Daß Rimer (unter der Maske zynischer Weltgewandtheit ein provinzieller Mann) das nicht wußte, kam Reynolds nie in den Sinn. Er wußte, wenn sich die Leute über ihn lustig machten, und wenn er jemanden dafür bezahlen lassen konnte, dann tat er es.

Für Kimba Rimer war der Zahltag gekommen.

»Reynolds? Was machen Sie hier? Wie sind Sie hier r–«

»Sie müssen den falschen Cowboy meinen«, antwortete der Mann, der auf dem Bett saß. »Hier ist kein Reynolds. Nur Señor Manto.« Er nahm die Hand unter dem Mantel hervor. Er hielt ein scharf gewetztes *cuchillo* darin. Reynolds hatte es zu diesem Zweck im Untermarkt gekauft. Nun hob er es hoch und stieß Rimer die dreißig Zentimeter lange Klinge in die Brust. Sie ging ganz durch und spießte ihn auf wie ein Insekt. Eine Bettwanze, dachte Reynolds.

Die Lampe fiel Rimer aus der Hand und rollte vom Bett. Sie landete auf dem Fußschemel, zerbrach aber nicht. An der Wand gegenüber zappelte Kimba Rimers verzerrter Schatten. Der Schatten des anderen Mannes beugte sich über ihn wie ein hungriger Geier.

Reynolds hob die Hand, mit der er das Messer geführt hatte. Er drehte sie so, daß sich die kleine blaue Sargtätowierung direkt vor Rimers Augen befand. Er wollte, daß es das letzte war, was Rimer auf dieser Seite der Lichtung sah.

»Laß hören, wie du dich jetzt über mich lustig machst«, sagte Reynolds. Er lächelte. »Komm schon. Laß doch mal hören.«

2

Kurz vor fünf Uhr erwachte Bürgermeister Thorin aus einem schrecklichen Traum. Darin war ein Vogel mit rosa Augen langsam über der Baronie gekreist. Wohin sein Schatten fiel, wurde das Gras gelb, fiel das Laub von den Bäumen, starb das Getreide ab. Der Schatten verwandelte seine grüne und reizvolle Baronie in ein wüstes Land. Es mag meine Baronie sein, aber es ist auch mein Vogel, dachte er, kurz bevor er, auf seiner Seite des Betts zu einem schlotternden Ball zusammengerollt, aufwachte. Mein Vogel. Ich habe ihn hergebracht, ich habe ihn aus seinem Käfig befreit.

Heute nacht würde er keinen Schlaf mehr finden, und das wußte Thorin. Er schenkte sich ein Glas Wasser ein, trank es, ging ins Arbeitszimmer und zog dabei geistesabwesend sein Nachthemd aus der Spalte seines knochigen alten Hinterns. Der Bommel am Ende seiner Nachtmütze baumelte zwischen seinen Schulterblättern; seine Knie knackten bei jedem Schritt.

Was die Schuldgefühle betraf, die der Traum ausdrückte... nun, was geschehen war, war geschehen. Noch einen Tag, dann würden Jonas und seine Freunde haben, weshalb sie gekommen waren (und fürstlich dafür belohnt werden); einen Tag danach würden sie fort sein. Flieg weg, Vogel mit den rosa Augen und dem Verderben bringenden Schatten; flieg dorthin zurück, woher du gekommen bist, und nimm die Großen Sargjägerjungs mit dir. Er hatte eine Ahnung, als wäre er am Jahresende so sehr damit beschäftigt, seinen Docht einzutauchen, daß er kaum Zeit haben würde, über solche Dinge nachzudenken. Oder solche Träume zu träumen.

Außerdem waren Träume ohne sichtbare Zeichen nur Träume, kein Omen.

Das sichtbare Zeichen hätten die Stiefel unter den Vorhängen des Arbeitszimmers sein können – nur die zerkratzten Stiefelspitzen schauten hervor –, aber Thorin sah nie in diese Richtung. Seine Augen waren auf die Flasche neben seinem Lieblingsstuhl gerichtet. Um fünf Uhr morgens Rotwein zu trinken war keine Gewohnheit, die man sich aneignen sollte, aber dieses eine Mal konnte nicht schaden. Er hatte einen schrecklichen Traum gehabt, bei den Göttern, und schließlich –

»Morgen ist Erntetag«, sagte er, als er in dem Ohrensessel neben dem Kamin saß. »Ich denke, wenn Ernte ist, kann ein Mann einmal über die Stränge schlagen.«

Er schenkte sich ein Glas ein, das letzte, das er in dieser Welt trinken sollte, und hustete, als das Feuer in seinem Bauch landete und wieder den Hals hinaufkroch und ihn wärmte. Besser, ay, viel besser. Keine riesigen Vögel mehr, keine verseuchten Schatten. Er streckte die Arme aus, verschränkte die langen, knochigen Finger ineinander und ließ sie laut knacken.

»Ich hasse es, wenn du das machst, du Knochengestell«, sagte eine Stimme direkt in Thorins linkes Ohr.

Thorin zuckte zusammen. Sein Herz machte einen gewaltigen Sprung in der Luft. Das leere Glas fiel ihm aus der Hand, und es gab keinen Fußschemel, um seinen Fall zu bremsen. Es zerschellte am Kamin.

Bevor Thorin schreien konnte, zog Roy Depape ihm die bürgermeisterliche Nachthaube ab, packte die flusigen Überreste der bürgermeisterlichen Haartracht und riß den bürgermeisterlichen Kopf zurück. Das Messer, das Depape in der anderen Hand hielt, war viel bescheidener als das von Reynolds, aber er konnte dem alten Mann damit zielsicher die Kehle durchschneiden. Blut spritzte scharlachrot in dem halbdunklen Raum auf. Depape ließ Thorins Haar los, ging zu dem Vorhang zurück, hinter dem er sich versteckt hatte, und hob etwas vom Boden auf. Es war Cuthberts Wachtposten. Depape brachte ihn zum Stuhl zurück und legte ihn dem sterbenden Bürgermeister auf den Schoß.

»Vogel ...«, röchelte Thorin durch einen Mund voll Blut. »Vogel!«

»Jar, alter Kumpel, und nett, daß dir das in so einem Moment auffällt, muß ich schon sagen.« Depape zog Thorins Kopf wieder zurück und stach dem alten Mann mit zwei raschen Bewegungen des Messers die Augen aus. Eines warf er in den kalten Kamin; das andere klatschte an die Wand und rutschte hinter dem Kaminbesteck herunter. Thorins rechter Fuß zitterte kurz und blieb reglos liegen.

Noch eine Aufgabe zu erledigen.

Depape schaute sich um, sah Thorins Nachthaube und entschied, daß der Bommel am Ende ausreichen würde. Er nahm sie, tauchte sie in die Blutlache im Schoß des Bürgermeisters und malte das Sigul des Guten Mannes –

– an die Wand.

»Na also«, murmelte er und wich zurück. »Wenn sie das nicht ans Messer liefert, dann wird es nichts auf der Welt tun.«

Wohl wahr. Die einzige unbeantwortete Frage war, ob Rolands *Ka-tet* lebendig gefangen werden konnte oder nicht.

3

Jonas hatte Fran Lengyll genau gesagt, wo er seine Männer plazieren mußte, zwei im Stall und sechs weitere außerhalb, drei davon hinter rostigen alten Geräten, zwei in der ausgebrannten Ruine des Hauses, einen – Dave Hollis – auf dem Stall selbst, wo er über den Dachfirst schauen konnte. Lengyll sah mit Freuden, daß die Männer des Aufgebots ihre Aufgabe ernst nahmen. Sie waren nur Jungs, das stimmte, aber Jungs, die die Großen Sargjäger bei einer Gelegenheit hatten alt aussehen lassen.

Sheriff Avery machte ganz den Eindruck, als hätte er das Sagen, bis sie in Rufweite der Bar K waren. Dann übernahm Lengyll, der das Maschinengewehr über die Schulter geschlungen hatte (und so aufrecht im Sattel saß wie mit zwanzig), das Kommando. Avery, der nervös aussah und außer Atem zu sein schien, wirkte mehr erleichtert als beleidigt.

»Ich sage euch, wohin ihr gehen müßt, wie es mir gesagt wurde, denn es ist ein guter Plan, und ich habe nichts dran auszusetzen«, hatte Lengyll seinen Leuten gesagt. In der Dunkelheit waren ihre Gesichter wenig mehr als helle Flecken. »Nur eines sage ich euch aus eigenem Antrieb. Wir brauchen sie nicht lebend, aber es wäre am besten so – wir wollen, daß die Baronie ein Ende mit ihnen macht, die einfachen Leute, und so auch mit dieser ganzen Geschichte. Die Tür zuschlägt, wenn ihr so wollt. Ich sage also folgendes: Wenn ihr einen Grund zum Schießen habt, schießt. Aber ich werde jedem Mann die Haut vom Gesicht abziehen, der ohne Grund schießt. Habt ihr verstanden?«

Keine Antwort. Offenbar ja.

»Nun gut«, sagte Lengyll. Sein Gesicht war wie aus Stein. »Ich gebe euch eine Minute, um nachzusehen, ob eure Ausrüstung keinen Lärm macht, und dann geht es los. Von jetzt an kein Wort mehr.«

4

Roland, Cuthbert und Alain kamen an diesem Morgen um Viertel nach sechs aus dem Schlafhaus und standen in einer Reihe auf der Veranda. Alain trank seinen Kaffee leer. Cuthbert gähnte und streckte sich. Roland knöpfte sein Hemd zu und sah nach Südwesten, zum Bösen Gras. Er dachte nicht an Hinterhalte, sondern an Susan. Ihre Tränen. Das gierige alte *Ka,* wie ich es hasse, hatte sie gesagt.

Seine Instinkte erwachten nicht; Alains Gabe, die Jonas an dem Tag gespürt hatte, als dieser die Tauben tötete, erbebte nicht einmal. Was Cuthbert betraf –

»Noch ein Tag der Ruhe!« rief jener Wackere dem Morgenhimmel zu. »Noch ein Tag der Gnade! Noch ein Tag der Stille, unterbrochen nur vom Seufzen des Geliebten und dem Getrappel von Pferdehufen!«

»Noch ein Tag mit deinem Unsinn«, sagte Alain. »Los, komm.«

Sie gingen über den Hof und spürten die acht Augenpaare nicht, die sie beobachteten. Sie gingen in den Stall, an den beiden Männern vorbei, die die Tür flankierten, einer hinter einer uralten Egge, der andere hinter einem unordentlichen Heuhaufen, beide mit gezogenen Schußwaffen.

Nur Rusher spürte, daß etwas nicht stimmte. Er stapfte mit den Hufen, verdrehte die Augen, und als Roland ihn aus dem Stall führte, versuchte er, sich aufzubäumen.

»He, Junge«, sagte Roland und sah sich um. »Spinnen, schätze ich. Die haßt er.«

Draußen stand Lengyll auf und winkte mit beiden Händen. Männer schlichen lautlos zur Vorderseite des Stalls. Dave Hollis stand mit der Waffe in der Hand auf dem Dach. Sein Monokel hatte er in die Westentasche gesteckt, damit sich nicht im falschen Moment das Licht darin spiegelte.

Cuthbert führte sein Reittier aus dem Stall. Alain folgte ihm. Roland kam als letzter und führte den nervös tänzelnden Wallach am kurzen Zügel.

»Seht«, sagte Cuthbert, der immer noch nichts von den Leuten merkte, die direkt hinter ihm und seinen Freunden standen. Er zeigte nach Norden. »Eine Wolke in Form eines Bären! Glücksbringer für –«

»Keine Bewegung, Freundchen«, rief Fran Lengyll. »Schlurft nicht einmal mit euren gottverfluchten Füßen.«

Alain wollte sich umdrehen – mehr vor Verblüffung als sonst etwas –, worauf eine Folge leiser, klickender Geräusche ertönte, als würden viele trockene Zweige auf einmal brechen. Das Geräusch von Revolvern und Musketen, die gespannt wurden.

»Nein, Al!« sagte Roland. »Keine Bewegung! Nicht!« Verzweiflung stieg wie Gift in seiner Kehle empor, Tränen der Wut brannten in seinen Augenwinkeln ... und doch blieb er reglos stehen. Cuthbert und Alain mußten ebenfalls reglos stehenbleiben. Wenn nicht, würden sie getötet werden. »Keine Bewegung!« rief er wieder. »Keiner von euch.«

»Das ist klug, Freundchen.« Lengylls Stimme war jetzt näher und wurde von verschiedenen Schritten begleitet. »Hände auf den Rücken.«

Zwei Schatten tauchten neben Roland auf, im ersten Licht wirkten sie lang. Dem Umfang des linken nach zu schließen, mußte er von Sheriff Avery geworfen werden. Heute würde er ihnen wahrscheinlich keinen weißen Tee anbieten. Lengyll dürfte der andere Schatten gehören.

»Machen Sie voran, Dearborn, oder wie immer Sie heißen mögen. Auf den Rücken. Auch auf deine Partner sind Waffen gerichtet, und wenn wir nur zwei von euch dreien lebend abliefern, wird die Welt davon nicht untergehen.«

Sie gehen kein Risiko mit uns ein, dachte Roland und verspürte einen Augenblick lang perversen Stolz. Mit ihm kam ein Beigeschmack von etwas, das fast auf Heiterkeit hinauslief. Aber bitter; dieser Geschmack wurde sehr bitter.

»Roland!« Es war Cuthbert, dessen Stimme gequält klang. »Roland, nicht!«

Aber es blieb ihm keine andere Wahl. Roland hielt die Hände hinter den Rücken. Rusher gab ein leises, vorwurfsvolles Schnauben von sich – als wollte er sagen, daß das alles höchst unpassend war – und stapfte davon zur Wand des Stalls, wo er stehenblieb.

»Du wirst gleich Metall an den Handgelenken spüren«, sagte Lengyll. »*Esposas.*«

Zwei kalte Ringe wurden über Rolands Hände geschoben. Ein Klick ertönte, und plötzlich drückten sich die Metallbügel der Handschellen fest gegen seine Handgelenke.

»Na gut«, sagte eine andere Stimme. »Jetzt du, mein Sohn.«

»Den Teufel werd ich!« Cuthberts Stimme bewegte sich am Rande der Hysterie.

Ein Klatschen und ein gedämpfter Schmerzensschrei ertönten. Roland drehte sich um und sah Alain auf einem, Knie, wo er den linken Handballen an die Stirn preßte. Blut lief ihm ins Gesicht.

»Soll ich ihm noch eine verpassen?« fragte Jake White. Er hielt einen alten Revolver in der Hand, verkehrt herum, so daß der Griff nach vorne zeigte. »Ich kann es, wißt ihr; mein Arm fühlt sich für diese frühe Tageszeit ziemlich geschmeidig an.«

»Nein!« Cuthbert bebte vor Schrecken und so etwas wie Kummer. Hinter ihm standen drei Männer, die sich mit nervöser Aufmerksamkeit umsahen.

»Dann sei ein guter Junge und nimm die Hände auf den Rücken.«

Cuthbert, der immer noch gegen Tränen ankämpfte, leistete dem Befehl Folge. Deputy Bridger legte ihm die *esposas* an. Die beiden anderen Männer rissen Alain auf die Füße. Er schwankte ein wenig, stand aber reglos, als ihm die Handschellen angelegt wurden. Er sah Roland in die Augen und versuchte zu lächeln. In gewisser Weise war das der schlimmste Augenblick dieses morgendlichen Hinterhalts. Roland nickte zurück und schwor sich etwas: Er würde sich nie wieder so überrumpeln lassen, und wenn er tausend Jahre alt wurde.

Lengyll trug an diesem Morgen einen Schal anstelle seiner schmalen Krawatte, aber Roland glaubte, daß er in demselben Gehrock steckte, den er vor so vielen Wochen zum Empfang des Bürgermeisters getragen hatte. Neben ihm stand Sheriff Avery, der vor Aufregung, Nervosität und Wichtigtuerei schnaufte.

»Jungs«, sagte der Sheriff, »ihr seid verhaftet wegen Verbrechen gegen die Baronie. Die Anklage lautet auf Hochverrat und Mord.«

»Wen haben wir ermordet?« fragte Alain milde, und einer der Schar stieß ein entweder schockiertes oder zynisches Lachen aus, das vermochte Roland nicht zu unterscheiden.

»Den Bürgermeister und den Kanzler, wie ihr sehr genau wißt«, sagte Avery. »Nun –«

»Wie können Sie das tun?« fragte Roland neugierig. Er hatte sich an Lengyll gewandt. »Mejis ist Ihre Heimat; ich habe die Linie Ihrer Vorfahren auf dem städtischen Friedhof gesehen. Wie können Sie Ihrer Heimat das antun, Sai Lengyll?«

»Ich habe nicht die Absicht, hier zu stehen und Palaver mit euch zu halten«, sagte Lengyll. Er sah über Rolands Schulter. »Alvarez! Hol sein Pferd! So geschickte Jungs wie diese hier dürften keine Schwierigkeiten haben, mit den Händen auf dem Rücken zu –«

»Nein, sagen Sie es mir«, unterbrach ihn Roland. »Zieren Sie sich nicht, Sai Lengyll – dies sind Ihre Freunde, mit denen Sie gekommen sind, nicht einer darunter, der nicht zu Ihrem Kreis gehört. Wie können Sie das tun? Würden Sie Ihre eigene Mutter vergewaltigen, wenn Sie sie mit hochgerutschtem Kleid im Bett sehen würden?«

Lengylls Mund zuckte – nicht vor Scham oder Verlegenheit, sondern weil er einen Moment lang prüde Anstoß nahm, und dann sah der alte Rancher Avery an. »Schöne Redeweisen bringen sie einem in Gilead bei, was?«

Avery hatte ein Gewehr. Nun kam er mit erhobenem Kolben auf den gefesselten Revolvermann zu. »Ich werde ihn lehren, wie man anständig mit einem Mann der Gesellschaft spricht, das werde ich! Ich schlag ihm die Zähne aus dem Mund, wenn Sie ay sagen, Fran!«

Lengyll hielt ihn mit müdem Gesichtsausdruck zurück. »Seien Sie kein Narr. Ich will ihn nicht quer über einen Sattel liegend zurückbringen, es sei denn, er wäre tot.«

Avery ließ das Gewehr sinken. Lengyll drehte sich zu Roland um.

»Sie werden nicht lange genug leben, um von einem guten Rat zu profitieren, Dearborn«, sagte er, »aber ich gebe Ihnen trotzdem einen: Halten Sie sich an die Gewinner dieser Welt. Und achten Sie stets darauf, woher der Wind weht, damit Sie sagen können, wenn er sich dreht.«

»Sie haben das Gesicht Ihres Vaters vergessen, Sie kriechende kleine Made«, sagte Cuthbert deutlich.

Das traf Lengyll mehr als Rolands Bemerkung über seine Mutter – man konnte es daran sehen, wie die wettergegerbten Wangen plötzlich Farbe bekamen.

»Laßt sie aufsitzen!« sagte er. »Ich möchte sie binnen einer Stunde hinter Schloß und Riegel haben!«

5

Roland wurde so heftig in Rushers Sattel gehoben, daß er fast auf der anderen Seite wieder herunterfiel – er wäre heruntergefallen, wenn Dave Hollis nicht zur Stelle gewesen wäre, um ihn zu stützen und anschließend Rolands Stiefel in den Steigbügel zu zwängen. Dave schenkte dem Revolvermann ein nervöses, halb verlegenes Lächeln.

»Ich finde es schade, Sie hier zu sehen«, sagte Roland ernst.

»Es ist schade, daß ich hier sein muß«, sagte der Deputy. »Da Sie schon Mord im Sinn hatten, wünschte ich, Sie hätten früher damit angefangen. Und Ihr Freund hätte nicht so arrogant sein und seine Visitenkarte hinterlassen sollen.« Er nickte zu Cuthbert hinüber.

Roland hatte keine Ahnung, worauf Deputy Dave sich bezog, aber es spielte auch keine Rolle. Es gehörte zum Beiwerk des Plans, mit dem man sie hereinlegen wollte, und keiner dieser Männer glaubte wirklich daran, Dave wahrscheinlich eingeschlossen. Aber, dachte Roland, in späteren Jahren würden sie es glauben und ihren Kindern und Enkelkindern als Evangelium verkünden. Der ruhmreiche Tag, als sie mit dem Sheriff geritten waren und die Verräter festgenommen hatten.

Der Revolvermann dirigierte Rusher mit den Knien herum … und da, am Tor zwischen dem Hof der Bar K und dem Weg, der zur Großen Straße führte, war Jonas selbst. Er saß auf einem kräftigen Braunen und trug den grünen Filzhut eines Viehtreibers und einen alten grauen Staubmantel. In der Tasche neben seinem rechten Knie steckte ein Gewehr. Die linke Seite des Staubmantels hatte er nach hinten geschlagen, damit man den Griff seines Revolvers sehen konnte. Jonas' weißes Haar, das er heute nicht zusammengebunden hatte, lag auf seinen Schultern.

Er zog den Hut ab und hielt ihn Roland zum höfischen Gruß hin. »Ein gutes Spiel«, sagte er. »Ihr habt ausgezeichnet gespielt für jemanden, der vor nicht allzu langer Zeit seine Milch noch aus einer Titte zu sich genommen hat.«

»Alter Mann«, sagte Roland, »Sie haben zu lange gelebt.«

Jonas lächelte. »Du würdest das ändern, wenn du könntest, was? Jar, ich schätze schon.« Er richtete den Blick auf Lengyll. »Holen Sie ihre Spielsachen, Fran. Suchen Sie besonders gründlich nach Messern. Sie haben Revolver, aber nicht bei sich. Aber ich weiß ein bißchen mehr über diese Schießeisen, als sie glauben. Und die Schleuder des Witzbolds. Vergeßt die nicht, bei den Göttern. Ist noch nicht so lange her, da hätte er Roy am liebsten den Kopf damit weggeschossen.«

»Sprechen Sie von dem Rotschopf?« fragte Cuthbert. Sein Pferd tänzelte unter ihm; Berth schwankte vor und zurück und von einer Seite zur anderen wie ein Zirkusreiter, um nicht herunterzufallen. »Der hätte seinen Kopf gar nicht vermißt. Seine Eier vielleicht, aber nicht seinen Kopf.«

»Schon möglich«, stimmte Jonas zu und beobachtete, wie die Speere und Rolands Kurzbogen eingesammelt wurden. Die Schleuder steckte hinten in Cuthberts Gürtel in einem Holster, das er selbst gemacht hatte. Roy Depape hatte gut daran getan, daß er Bert nicht herausgefordert hatte, das wußte Roland – Bert konnte auf fünfzig Meter Entfernung einen Vogel am Flügel treffen. Ein Beutel mit Stahlkugeln hing an der linken Seite des Jungen. Auch den nahm Bridger an sich.

Während das durchgeführt wurde, sah Jonas Roland mit einem liebenswerten Lächeln an. »Wie heißt du wirklich, Bengel? Raus damit – jetzt kann es nicht mehr schaden; du wirst bald deinen letzten Ritt antreten, und das wissen wir beide.«

Roland sagte nichts. Lengyll sah Jonas mit hochgezogenen Brauen an. Jonas zuckte die Achseln und wies mit dem Kopf in die Richtung zur Stadt. Lengyll nickte und stieß Roland mit einem harten, schwieligen Finger an. »Komm schon, Junge. Reiten wir.«

Roland drückte Rusher in die Seite; das Pferd lief auf Jonas zu. Und plötzlich wußte Roland etwas. Es kam von überall und nirgends, wie alle seine besten und treffendsten Intuitionen – eben noch keine Spur davon, und im nächsten Moment in voller Montur da.

»Wer hat Sie nach Westen geschickt, Made?« fragte er, als er an Jonas vorbeiritt. »Cort kann es nicht gewesen sein – Sie sind zu alt. War es sein Vater?«

Der Ausdruck leicht gelangweilter Heiterkeit verschwand von Jonas' Gesicht – flog von Jonas' Gesicht, als wäre er heruntergeschlagen worden. Einen erstaunlichen Augenblick lang war der Mann mit dem weißen Haar wieder ein Kind: schockiert, beschämt, verletzt.

»Ja, Corts Da – ich sehe es Ihren Augen an. Und jetzt sind Sie hier, am Reinen Meer … aber in Wahrheit sind Sie im Westen. Die Seele eines Mannes, wie Sie einer sind, kann den Westen niemals verlassen.«

Jonas hatte den Revolver so schnell gezogen und gespannt, daß nur Rolands außergewöhnliche Augen die Bewegung wahrnahmen. Gemurmel wurde unter den Männern hinter ihnen laut – teils Schock, größtenteils Ehrfurcht.

»Jonas, seien Sie kein Narr!« fauchte Lengyll. »Sie werden sie nicht töten, nachdem wir die Zeit und das Risiko auf uns genommen haben, sie festzunehmen und in Fesseln zu legen, oder?«

Jonas schien ihn nicht zu hören. Seine Augen waren groß; die Winkel seines runzligen Munds bebten. »Paß auf, was du sagst, Will Dearborn«, sagte er mit leiser, heiserer Stimme. »Paß ganz genau auf, was du sagst. Im Moment ruhen zwei Pfund Druck auf einem Drei-Pfund-Abzug.«

»Na gut, erschießen Sie mich«, sagte Roland. Er hob den Kopf und sah auf Jonas hinab. »Schießen Sie, Verbannter. Schießen Sie, Wurm. Schießen Sie, Versager. Sie werden trotzdem in der Verbannung leben und sterben, wie Sie gelebt haben.«

Einen Augenblick war er überzeugt, Jonas würde schießen, und in diesem Augenblick dachte Roland, daß der Tod genug wäre, ein akzeptables Ende nach der Schande, daß sie sich so leicht hatten fangen lassen. In diesem Augenblick dachte er nicht an Susan. Nichts atmete in diesem Augenblick, nichts rief, nichts bewegte sich. Die Schatten der Männer, die diese Konfrontation zu Fuß und zu Pferde beobachteten, waren dem Boden ohne Tiefe aufgeprägt.

Dann ließ Jonas den Hahn seiner Waffe sinken und steckte sie ins Holster zurück.

»Bringen Sie sie in die Stadt, und buchten Sie sie ein«, sagte er zu Lengyll. »Und wenn ich vorbeischaue, dann will ich nicht, daß ihnen auch nur ein Haar gekrümmt wurde. Wenn ich mich beherrschen konnte und den hier nicht getötet habe, dann können Sie sich auch beherrschen und den anderen nicht weh tun. Und jetzt los.«

»Bewegt euch«, sagte Lengyll. Seine Stimme hatte etwas von der aufgesetzten Autorität verloren. Es war die Stimme eines Mannes, dem (zu spät) klargeworden ist, daß er Chips für ein Spiel gekauft hat, dessen Einsatz wahrscheinlich viel zu hoch ist.

Sie ritten los. Roland drehte sich ein letztesmal um. Die Verachtung, die Jonas in diesen kalten jungen Augen sah, tat ihm mehr weh als die Peitschen, die ihm vor Jahren in Garlan den Rücken vernarbt hatten.

6

Als sie nicht mehr zu sehen waren, ging Jonas ins Schlafhaus, zog das Bodenbrett hoch, unter dem sich ihr kleines Waffenarsenal befand, und fand nur zwei Revolver. Die beiden zueinander passenden Sechsschüsser mit den dunklen Griffen – zweifellos Dearborns Waffen – waren nicht da.

Sie sind im Westen. Die Seele eines Mannes, wie Sie einer sind, kann den Westen niemals verlassen. Sie werden in der Verbannung leben und sterben, wie Sie gelebt haben.

Jonas' machte sich mit flinken Händen an die Arbeit und zerlegte die Revolver, die Cuthbert und Alain mit nach Westen genommen hatten. Alains waren noch nie getragen worden, es sei denn, auf dem Schießstand. Draußen warf Jonas die Einzelteile weg und verstreute sie in alle Winde. Er warf sie, so weit er konnte, und versuchte, diesen kalten blauen Blick abzuschütteln, und den Schock, das zu hören, was seiner Meinung nach kein Mensch gewußt hatte. Roy und Clay vermuteten es, aber selbst sie wußten es nicht mit Sicherheit.

Bevor die Sonne unterging, würde jeder in Mejis wissen, daß Eldred Jonas, der weißhaarige Regulator mit dem tätowierten Sarg auf der Hand, nichts weiter war als ein gescheiterter Revolvermann.

Sie werden in der Verbannung leben und sterben, wie Sie gelebt haben.

»Vielleicht«, sagte er; seine Augen ruhten auf dem ausgebrannten Ranchhaus, ohne es wirklich zu sehen. »Aber ich werde länger leben als du, junger Dearborn, und erst sterben, wenn deine Gebeine schon lange in der Erde vermodern.«

Er stieg auf, dirigierte sein Pferd herum und riß heftig an den Zügeln. Er ritt nach Citgo, wo Roy und Clay warten würden, und er ritt schnell, aber Rolands Augen ließen ihn nicht los.

7

»Wacht auf! Wacht auf, Sai! Wacht auf! Wacht auf!«

Zuerst schienen die Worte aus weiter Ferne zu kommen und durch Zauberei an den dunklen Ort zu gelangen, wo sie lag. Auch als sich eine Hand zu der Stimme gesellte, die grob zugriff, und Susan wußte, daß sie aufwachen mußte, war es ein langer, harter Kampf.

Es war Wochen her, daß sie eine Nacht durchgeschlafen hatte, und gestern nacht hatte sie mit nichts anderem gerechnet… schon gar nicht gestern nacht. Sie hatte wach in ihrem luxuriösen Schlafgemach in Seafront gelegen und sich von einer Seite auf die andere gewälzt, während ihr verschiedene Möglichkeiten – keine davon positiv – durch den Kopf gegangen waren. Das Nachthemd, das sie trug, schob sich immer zu den Hüften hoch und bauschte sich über dem Po. Als sie aufstand, um den Nachttopf zu benutzen, zog sie das verhaßte Ding aus, warf es in eine Ecke und kroch nackt ins Bett zurück.

Daß sie das schwere Seidennachthemd ausgezogen hatte, gab den Ausschlag. Sie fiel fast augenblicklich in einen tiefen Schlaf… und in diesem Fall war fiel genau der richtige Ausdruck: Es war weniger, als schliefe sie ein, sondern als fiele sie in eine gedankenlose, traumlose Erdspalte.

Und nun diese störende Stimme. Dieser störende Arm, der sie so fest schüttelte, daß ihr Kopf auf dem Kissen von einer Seite auf die andere rollte. Susan versuchte, ihm zu entkommen, indem sie die Knie zur Brust hochzog und nuschelnd Widerworte gab, aber der Arm ließ nicht locker. Das Schütteln wurde fortgesetzt; die quälende, rufende Stimme verstummte nicht.

»Wacht auf, Sai! Wacht auf! Im Namen von Schildkröte und Bär, wacht auf!«

Marias Stimme. Susan hatte sie zuerst nicht erkannt, weil Maria so außer sich war. Susan hatte sie noch nie so gehört und hätte es auch nie erwartet. Und doch war es so; das Zimmermädchen schien einem hysterischen Anfall nahe zu sein.

Susan richtete sich auf. Binnen eines Augenblicks wurde sie mit so vielen Daten bombardiert – und ausnahmslos falschen –, daß sie sich nicht bewegen konnte. Die Daunendecke, unter der sie geschlafen hatte, rutschte auf ihren Schoß und entblößte ihre Brüste, aber sie konnte nichts anderes machen, als mit den Fingerspitzen kraftlos daran zu zupfen.

Das erste, was falsch war, war das Licht. Es fiel heller als jemals zuvor durch das Fenster herein ... weil, wurde ihr klar, sie noch niemals so spät noch in diesem Zimmer gewesen war. Götter, es mußte zehn Uhr sein, vielleicht später.

Das zweite, was falsch war, waren die Geräusche von unten. Das Haus des Bürgermeisters war am Morgen für gewöhnlich ein Ort des Friedens; bis zur Mittagszeit hörte man kaum etwas, abgesehen von *casa vaqueros*, die die Pferde zum morgendlichen Training ausführten, das Schsch-schsch-sch von Miguel, der den Hof fegte, und das unablässige Donnern und Rauschen der Wellen. Heute morgen wurde gebrüllt, geflucht, Pferde galoppierten, ab und zu ertönte seltsames, abgerissenes Gelächter. Irgendwo außerhalb ihres Zimmers – vielleicht nicht in diesem Flügel, aber nicht weit entfernt – hörte Susan das Poltern von Stiefeln im Laufschritt.

Am meisten falsch aber war Maria selbst, deren Wangen unter der olivenfarbenen Haut aschfahl waren und deren sonst so ordentlich frisierte Haare heute ungekämmt und verfilzt herunterhingen. Susan hätte vermutet, daß nur ein Erdbeben sie in diesen Zustand versetzen konnte, wenn überhaupt.

»Maria, was ist denn?«

»Sie müssen gehen, Sai. Seafront ist im Augenblick vielleicht nicht sicher für Sie. Ihr eigenes Haus vielleicht besser. Als ich Sie vorher nicht gesehen, dachte ich, Sie schon dort gegangen. Sie haben sich schlechten Tag zum Ausschlafen ausgesucht.«

»Gehen?« fragte Susan. Langsam zog sie die Decke bis zu ihrer Nase und sah Maria mit großen, aufgequollenen Augen an. »Was meinst du damit, gehen?«

»Hinten raus.« Maria zog Susan die Decke aus den vom Schlaf tauben Händen und zog sie diesmal bis zu ihren Knöcheln hinunter. »Wie Sie schon mal gemacht haben. Jetzt, Missy, jetzt! Anziehen und gehen! Diese Jungs eingesperrt, ay, aber wenn sie nun Freunde haben? Wenn sie wiederkommen, Sie auch töten?«

Susan hatte aufstehen wollen. Nun wurden ihre Beine kraftlos, und sie setzte sich wieder auf das Bett. »Jungs?« flüsterte sie. »Jungs töten wen? Jungs töten wen?«

Das war alles andere als grammatikalisch korrekt, aber Maria verstand, was sie meinte.

»Dearborn und seine Freunde«, sagte sie.

»Und wen sollen sie getötet haben?«

»Den Bürgermeister und den Kanzler.« Sie sah Susan mit zerstreutem Mitgefühl an. »Jetzt stehn Sie auf, sag ich Ihnen. Und gehn Sie. Dieses Haus *loco* geworden.«

»Das haben sie nicht getan«, sagte Susan und biß sich gerade noch auf die Zunge, bevor sie hinzufügte: Es gehörte nicht zum Plan.

»Sai Thorin und Sai Rimer trotzdem tot, egal wer's getan hat.« Weitere Rufe wurden unten laut, gefolgt von einer kurzen Explosion, die sich nicht nach einem Feuerwerkskörper anhörte. Maria sah in diese Richtung und warf Susan ihre Kleidungsstücke zu. »Die Augen des Bürgermeisters sind direkt aus dem Kopf geschnitten.«

»Das können sie nicht gewesen sein! Maria, ich kenne sie –«

»Ich, ich weiß nichts von denen, und sie sind mir herzlich egal – aber Sie sind mir nicht egal. Ziehn Sie sich an und gehn Sie, sage ich. So schnell Sie können.«

»Was ist mit ihnen geschehen?« Ein schrecklicher Gedanke kam Susan, sie sprang auf die Beine, ihre Kleidungsstücke fielen herunter. Sie packte Maria an den Schultern. »Sie sind doch nicht getötet worden?« Susan schüttelte sie. »Sag mir, daß sie nicht getötet worden sind!«

»Ich glaube nicht. Es sind tausn Schreie laut geworden und zehntausn Gerüchte machen die Runde, aber ich glaube, sie nur eingesperrt. Aber …«

Sie mußte nicht zu Ende sprechen; sie wandte die Augen von Susan ab, und diese unwillkürliche Bewegung (in Verbindung mit den wirren Schreien von unten) sprach Bände. Noch nicht getötet, aber Hart Thorin war sehr beliebt gewesen, Sproß einer alten Familie. Roland, Cuthbert und Alain waren Fremde.

Noch nicht getötet … aber morgen war Erntetag, und morgen abend das Freudenfeuer.

Susan zog sich an, so schnell sie konnte.

8

Reynolds, der schon länger mit Jonas zusammen war als Depape, warf einen Blick auf die Gestalt, die zwischen den Skeletten der Fördertürme auf sie zugaloppiert kam, und drehte sich zu seinem Partner um. »Stell ihm keine Fragen – er ist heute morgen nicht in der Stimmung für dumme Fragen.«

»Woher weißt du das?«

»Unwichtig. Halt einfach nur deine ewig sabbelnde Klappe.«

Jonas brachte sein Pferd vor ihnen zum Stehen. Er saß, in sich zusammengesunken, im Sattel, blaß und gedankenverloren. Sein Aussehen veranlaßte Roy Depape trotz Reynolds' Warnungen zu einer Frage. »Eldred, alles in Ordnung?«

»Wer kann das schon von sich sagen?« antwortete Jonas und verstummte wieder. Hinter ihnen quietschten die wenigen verbliebenen Pumpen von Citgo müde.

Schließlich raffte Jonas sich auf und setzte sich etwas aufrechter in den Sattel. »Die Bengel dürften inzwischen auf Eis gelegt worden sein. Ich habe Lengyll und Avery gesagt, daß sie zweimal zwei Pistolenschüsse abfeuern sollen, wenn etwas schiefgeht, und bis jetzt hab ich keine solchen Schüsse gehört.«

»Wir haben auch nichts gehört, Eldred«, sagte Depape eifrig. »Überhaupt nichts in der Art.«

Jonas verzog das Gesicht. »Das wäre auch kaum möglich, oder? Nicht bei diesem Lärm. Idiot!«

Depape biß sich auf die Lippen, sah etwas in der Nachbarschaft seines linken Steigbügels, das gerichtet werden mußte, und beugte sich darüber.

»Seid ihr Jungs bei eurem Geschäft gesehen worden?« fragte Jonas. »Heute morgen, meine ich, als ihr Rimer und Thorin auf den Weg geschickt habt. Besteht die geringste Möglichkeit, daß einer von euch gesehen wurde?«

Reynolds schüttelte den Kopf für sie beide. »Es ist so glatt gegangen, wie's nur gehen konnte.«

Jonas nickte, als hätte ihn das Thema ohnehin nur am Rande interessiert, dann betrachtete er das Ölfeld und die rostigen Bohrtürme. »Vielleicht haben die Leute recht«, sagte er so leise, daß man es fast nicht hören konnte. »Vielleicht waren die Menschen des Alten Volks wirklich Teufel.« Er drehte sich wieder zu ihnen um. »Nun, jetzt sind wir die Teufel. Oder nicht, Clay?«

»Wie du meinst, Eldred«, sagte Reynolds.

»Ich habe gesagt, was ich meine. Wir sind jetzt die Teufel, und bei Gott, so werden wir uns auch benehmen. Was ist mit Quint und der Bande da unten?« Er neigte den Kopf zu dem bewaldeten Hang, wo der Hinterhalt gelegt worden war.

»Noch da und warten auf deinen Befehl«, sagte Reynolds.

»Wir brauchen sie nicht mehr.« Er sah Reynolds mit einem finsteren Blick an. »Dieser Dearborn ist ein frecher Bengel. Ich wünschte, ich könnte morgen abend in Hambry sein, nur um ihm persönlich eine Fackel zwischen die Füße zu legen. Ich hätte ihn fast auf der Bar K kaltgemacht. Wenn Lengyll nicht gewesen wäre. Frecher kleiner Bengel, das ist er.«

Sank beim Sprechen in sich zusammen. Sein Gesicht wurde immer schwärzer und schwärzer, wie Gewitterwolken, die vor die Sonne ziehen. Depape, der seinen Steigbügel gerichtet hatte, warf Reynolds einen nervösen Blick zu. Reynolds reagierte nicht darauf. Wozu? Wenn Eldred jetzt durchdrehte (und Reynolds hatte es schon früher erlebt), konnten sie nicht rechtzeitig aus seiner Killer-Zone entkommen.

»Eldred, wir haben noch ziemlich viel zu tun.«

Reynolds sagte es leise, aber es drang durch. Jonas richtete sich auf. Er nahm den Hut ab, hängte ihn an den Sattel, als wäre das Horn ein Kleiderhaken, und strich sich mit den Fingern geistesabwesend durch das Haar.

»Jar – ziemlich viel trifft es genau. Reite da runter. Sag Quint, er soll Ochsen kommen lassen und die beiden letzten Tankwagen zum Hanging Rock ziehen. Er soll vier Männer bei sich behalten, die sie anschirren und zu Latigo bringen. Die anderen können nach Hause.«

Nun hielt Reynolds es für sicher, eine Frage zu stellen. »Wann kommen die restlichen Männer von Latigo hierher?«

»Männer?« schnaubte Jonas. »Das hätten wir gern, Kumpel! Die restlichen Jungs von Latigo reiten im Mondschein zum Hanging Rock, zweifellos mit wehenden Fahnen, damit all die Kojoten und andere wohlsortierte Wüstenhunde sie sehen und vor Ehrfurcht erstarren können. Ich denke, sie werden morgen um zehn bereit sein für die Eskorte… aber wenn sie die Burschen sind, für die ich sie halte, dürften Pannen an der Tagesordnung sein. Die gute Nachricht ist, daß wir sie sowieso kaum brauchen werden. Es sieht alles ganz gut aus. Und jetzt geh da runter, erklär ihnen, was sie zu tun haben, und komm so schnell wie möglich wieder zu mir zurück.«

Jonas drehte sich um und sah zu den geschwungenen Hügeln im Nordwesten.

»Wir haben auch noch was zu erledigen«, sagte er. »Je früher, Jungs, desto besser. Ich will so schnell wie möglich den Staub dieses verfluchten Mejis von Hut und Stiefeln schütteln. Mir gefällt die Luft hier nicht mehr. Überhaupt nicht.«

9

Die Frau, Theresa Maria Dolores O'Shyven, war vierzig Jahre alt, untersetzt, hübsch, Mutter von vier Kindern, Frau des Peter, eines *vaquero* mit fröhlichem Gemüt. Außerdem verkaufte sie Teppiche und Vorhänge auf dem Obermarkt; viele der hübscheren und feineren Dekorationen waren durch Theresa O'Shyvens Hände gegangen, und ihre Familie war recht wohlhabend. Auch wenn ihr Mann ein Weidereiter war, hätte man den O'Shyven-Clan zu anderer Zeit, an einem anderen Ort, als Mittelschicht bezeichnen können. Die beiden ältesten Kinder waren erwachsen und aus dem Haus, eines hatte sogar die Baronie verlassen. Das drittälteste ging auf Freiersfüßen und hoffte, seine Herzallerliebste am Jahresende heiraten zu können. Nur das jüngste vermutete, daß mit Ma etwas nicht stimmte, aber auch dieses Kind hatte keine Ahnung, daß Theresa kurz davor war, zu einer absoluten Zwangsneurotikerin zu werden.

Bald, dachte Rhea und beobachtete Theresa gebannt in der Kugel. Sie wird bald damit anfangen, aber vorher muß sie sich den Balg vom Hals schaffen.

Am Erntetag blieb die Schule geschlossen, und die Verkaufsstände öffneten nur wenige Stunden am Nachmittag, daher schickte Theresa ihre jüngste Tochter mit einem Kuchen fort. Ein Erntegeschenk für eine Nachbarin, vermutete Rhea, obwohl sie die lautlosen Anweisungen nicht hören konnte, die die Frau ihrer Tochter mit auf den Weg gab, während sie dem Mädchen eine Strickmütze über den Kopf zog. Und es würde auch keine unmittelbare Nachbarin sein; sie brauchte Zeit, die brauchte Theresa Maria Dolores O'Shyven; Zeit für die Hausarbeit. Es war ein großes Haus mit vielen Ecken, die geputzt werden mußten.

Rhea kicherte; das Kichern wurde zu einem hohlen Hustenanfall. In der Ecke sah Musty die alte Frau gequält an. Musty war zwar nicht zu dem ausgemergelten Skelett abgemagert, das seine Herrin geworden war, sah aber gar nicht gut aus.

Das Mädchen verließ mit dem Kuchen unter dem Arm das Haus; sie blieb stehen, warf ihrer Mutter einen einzigen besorgten Blick zu, dann wurde ihr die Tür vor der Nase zugeschlagen.

»Jetzt!« krächzte Rhea. »Die Ecken warten! Auf die Knie, Weib, und fang endlich an!«

Zuerst ging Theresa zum Fenster. Als sie zufrieden war mit dem, was sie sah – wahrscheinlich ihre Tochter, die zum Tor hinausging und die High Street entlang –, drehte sie sich zu ihrer Küche um. Sie ging zum Tisch, wo sie stehenblieb und mit verträumten Augen ins Leere starrte.

»Nein, nicht das schon wieder!« rief Rhea ungeduldig. Sie sah ihre eigene schmutzige Hütte nicht mehr, nahm weder deren widerliche Gerüche wahr noch ihren eigenen. Sie war dem Regenbogen des Zauberers verfallen. Sie war bei Theresa O'Shyven, deren Haus die saubersten Ecken in ganz Mejis hatte. Vielleicht in ganz Mittwelt.

»Beeil dich, Weib!« schrie Rhea fast. »Mach dich an die Hausarbeit!«

Als hätte sie es gehört, knöpfte Theresa ihr Hauskleid auf, zog es aus und hängte es ordentlich über einen Stuhl. Sie zog den Saum ihres sauberen, geplätteten Unterrocks über die Knie, ging in eine Ecke und ließ sich auf alle viere nieder.

»So ist es recht, mein *corazón*!« rief Rhea und erstickte fast an einer verschleimten Mischung von Husten und Gelächter. »Mach jetzt deine Hausarbeit, und mach sie fein ordentlich!«

Theresa O'Shyven streckte den Hals, so lang sie konnte, machte den Mund auf, streckte die Zunge heraus und leckte die Ecke. Sie leckte sie, wie Musty seine Milch aufleckte. Rhea sah zu, schlug sich auf die Knie und johlte; ihr Gesicht wurde immer röter, während sie sich von einer Seite zur anderen wiegte. Oh, Theresa war ihr Liebling, ay! Ohne Zweifel! Sie würde jetzt stundenlang auf Händen und Knien kriechen, den Arsch in die Luft strecken, die Ecken auslecken und zu einem obskuren Gott beten – nicht einmal dem Gott des Mann-Jesus –, damit er ihr vergab, wofür auch immer sie diese ihre Buße auf sich nahm. Manchmal bekam sie Splitter in die Zunge und mußte Blut ins Spülbecken in der Küche spucken. Bis jetzt hatte ein sechster Sinn immer dafür gesorgt, daß sie aufstand und sich wieder anzog, bevor jemand von ihrer Familie zurückkam, aber Rhea wußte, früher oder später würde die Besessenheit der Frau sie zu weit treiben, und sie würde ertappt werden. Vielleicht war heute der große Tag – vielleicht kam das kleine Mädchen früher zurück, um sich eine Münze zu holen, die es in der Stadt ausgeben konnte, und fand ihre Mutter auf den Knien, wie sie die Ecken sauberleckte. Oh, was für ein Knüller! Das wollte Rhea auf gar keinen Fall versäumen! Wie sehnte sie sich danach –

Plötzlich war Theresa O'Shyven verschwunden. Das Innere ihres keimfreien kleinen Hauses war verschwunden. Alles war verschwunden, in Vorhängen wabernden rosa Lichts verschwunden. Zum erstenmal seit Wochen war das Glas des Zauberers erloschen.

Rhea hob die Kugel mit ihren knochigen Fingern und langen Fingernägeln hoch und schüttelte sie. »Was ist los mit dir, du verseuchtes Ding! Was ist los?«

Die Kugel war schwer, und Rheas Kräfte ließen nach. Nach

zwei- oder dreimaligem heftigem Schütteln rutschte die Kugel in ihrem Griff. Rhea drückte sie zitternd an die schlaffen Überreste ihrer Brüste.

»Nein, nein, Liebes«, gurrte sie. »Komm zurück, wenn du bereit bist, ay, Rhea hat ein wenig die Beherrschung verloren, aber jetzt hat sie sie wieder, sie wollte dich nicht schütteln, und sie würde dich niemals fallen lassen, also sei einfach –«

Sie verstummte, legte den Kopf schief und horchte. Pferde kamen näher. Nein, sie kamen nicht näher; sie waren schon da. Drei Reiter, wie es sich anhörte. Hatten sich angeschlichen, während sie abgelenkt gewesen war.

Die Jungs? Diese abscheulichen Jungs?

Rhea drückte die Kugel mit aufgerissenen Augen und feuchten Lippen an ihren Busen. Ihre Hände waren so dünn, daß das rosa Leuchten der Kugel durch sie hindurchschien und schwach die dunklen Speichen ihrer Knochen beleuchtete.

»Rhea! Rhea vom Cöos!«

Nein, nicht die Jungs.

»Komm heraus und bring mit, was dir anvertraut wurde!«

Schlimmer.

»Farson will sein Eigentum zurück! Wir sind gekommen, um es zu holen!«

Nicht die Jungs, sondern die Großen Sargjäger.

»Niemals, du dreckiger, weißhaariger alter Schwanz«, flüsterte sie. »Du wirst sie nie bekommen.« Sie ließ die Augen mit raschen Blicken von einer Seite zur anderen gleiten. Mit ihrem verfilzten Haar und dem bebenden Mund sah sie wie ein kranker Kojote aus, der in sein letztes trockenes Bachbett gejagt worden ist.

Sie betrachtete die Kugel und stieß ein klägliches Wimmern aus. Jetzt war sogar das rosa Leuchten verschwunden. Die Kugel war so dunkel wie der Augapfel eines Toten.

10

Ein Schrei ertönte aus der Hütte.

Depape drehte sich mit großen Augen zu Jonas um, seine Haut prickelte. Das Ding, das diesen Schrei ausgestoßen hatte, hörte sich kaum noch wie ein Mensch an.

»Rhea!« rief Jonas noch einmal. »Bring es sofort heraus, Weib, und gib es her! Ich habe keine Zeit, Spielchen mit dir zu spielen!«

Die Tür der Hütte wurde aufgestoßen. Depape und Jonas zogen die Waffen, als die alte Vettel herauskam und im Sonnenlicht blinzelte wie etwas, das sein ganzes Leben in einer Höhle verbracht hat. Sie hielt John Farsons Lieblingsspielzeug hoch über den Kopf. Es gab genügend Steine im Hof, gegen die sie die Kugel werfen konnte, und selbst wenn sie schlecht zielte und alle verfehlte, könnte die Kugel zerschellen.

Das konnte schlimm ausgehen, und Jonas wußte es – manchen Leuten konnte man einfach nicht drohen. Er hatte den Bengeln (deren Gefangennahme ironischerweise das reinste Kinderspiel gewesen war) soviel Aufmerksamkeit gewidmet, daß ihm nie in den Sinn gekommen war, sich um diesen Teil Sorgen zu machen. Und Kimba Rimer, der Mann, der Rhea als perfekte Hüterin von Maerlyns Regenbogen vorgeschlagen hatte, war tot. Wenn hier oben etwas schiefging, konnte man schlecht Rimer dafür verantwortlich machen, oder?

Und als er dachte, sie wären so weit nach Westen gegangen, wie sie konnten, ohne vom kalten Ende der Erde herunterzufallen, hörte Jonas, um die Lage zusätzlich zu komplizieren, das Klicken, als Depape den Hahn seines Revolvers spannte.

»Steck das weg, du Idiot!« fauchte er.

»Aber sieh sie dir an!« stöhnte Depape fast. »Sieh sie dir an, Eldred.«

Er sah sie an. Das Ding in dem schwarzen Kleid schien den Kadaver einer verwesenden Schlange als Kollier um den Hals zu tragen. Sie war so abgemagert, daß sie wie ein wandelndes Skelett aussah. Der grindige Schädel wurde nur noch von einzelnen Haarbüscheln geziert, der Rest war ausgefallen. Schwären bedeckten ihre Stirn und die Wangen, und auf der linken Seite des Mundes hatte sie ein Wundmal wie von einem Spinnenbiß. Jonas dachte, das letzte könnte ein Skorbutmal sein, aber eigentlich interessierte ihn das so oder so nicht. Was ihn interessierte, war die Glaskugel, die die sterbende Frau hoch erhoben in ihren langen und zitternden Klauen hielt.

11

Das Sonnenlicht blendete Rhea so sehr, daß sie die Waffe nicht sah, die auf sie gerichtet war, und als sich ihr Sehvermögen angepaßt hatte, hatte Depape sie schon wieder eingesteckt. Sie sah die Männer an, die ihr in einer Reihe gegenüberstanden – die rothaarige Brillenschlange, den mit dem Mantel und das Alte Weißhaar Jonas –, und stieß ein staubiges, krächzendes Lachen aus. Hatte sie Angst vor ihnen gehabt, vor diesen mächtigen Sargjägern? Vermutlich schon, aber warum, um der Götter willen, warum? Sie waren Männer, das war alles, nur Männer, und die hatte sie ihr Leben lang besiegt. Oh, sie glaubten, daß sie die Welt regierten, schon wahr – niemand in Mittwelt warf jemandem vor, er hätte das Gesicht seiner Mutter vergessen –, aber sie waren im Grunde genommen armselige Kreaturen, ein trauriges Lied rührte sie zu Tränen, der Anblick einer nackten Brust raubte ihnen den Verstand, und weil sie sich für stark und hart und weise hielten, ließen sie sich um so leichter manipulieren.

Das Glas war dunkel, und sosehr sie diese Dunkelheit haßte, sie hatte ihr Denken geklärt.

»Jonas!« rief sie. »Eldred Jonas!«

»Ich bin hier, altes Mütterchen«, sagte er. »Lange Tage und angenehme Nächte.«

»Laß das Getue, dafür ist die Zeit zu kurz.« Sie kam vier Schritte näher und blieb stehen, hielt die Kugel aber immer noch über den Kopf. In ihrer Nähe ragte ein graues Stück Stein aus dem unkrautüberwucherten Boden heraus. Sie sah es an, dann Jonas. Was sie damit meinte, blieb unausgesprochen, war aber vollkommen klar.

»Was willst du?« fragte Jonas.

»Die Kugel ist dunkel geworden«, sagte sie ausweichend. »Die ganze Zeit, als ich sie in Verwahrung hatte, war sie lebendig – ay, selbst wenn sie nichts Sichtbares zeigte, leuchtete sie hell und rosa –, aber als sie deine Stimme hörte, ist sie sofort erloschen. Sie will nicht mit dir gehen.«

»Trotzdem habe ich den Befehl, sie mitzunehmen.« Jonas' Stimme wurde leise und betörend. Es war nicht der Tonfall, den er im Bett bei Coral anschlug, aber fast. »Denk einen Moment nach, und du wirst meine Situation verstehen. Farson will sie, und wer bin ich, mich gegen den Willen eines Mannes zu stellen, der der mächtigste Mann in Mittwelt sein wird, wenn der Dämonenmond nächstes Jahr aufgeht? Wenn ich ohne sie zurückkehre und sage, Rhea vom Cöos wollte sie mir nicht geben, wird er mich töten.«

»Wenn du zurückkehrst und ihm sagst, daß ich sie vor deinem häßlichen alten Gesicht zerschmettert habe, wird er dich auch töten«, sagte Rhea. Sie war so nahe, daß Jonas sehen konnte, wie sehr die Krankheit sie zerfressen hatte. Über den wenigen verbliebenen Haarsträhnen zitterte die vermaledeite Kugel hin und her. Sie würde sie nicht mehr lange halten können. Höchstens eine Minute. Jonas spürte, wie ihm Schweißperlen auf die Stirn traten.

»Ay, Mütterchen. Aber wenn ich schon die Wahl zwischen zwei Todesarten habe, würde ich die Ursache meines Problems mitnehmen. Und das bist du, Schätzchen.«

Sie krächzte wieder – diese staubige Nachahmung eines Lachens – und nickte anerkennend. »Ohne mich wird sie Farson sowieso nichts nützen«, sagte sie. »Ich wotte, sie hat ihre Herrin gefunden – darum ist sie beim Klang deiner Stimme dunkel geworden.«

Jonas fragte, wie viele andere sich gedacht hatten, daß die Kugel ausschließlich für sie bestimmt wäre. Er wollte sich den Schweiß von der Stirn wischen, bevor er ihm in die Augen lief, behielt die Hände aber vor sich, fein säuberlich auf dem Sattelhorn gefaltet. Er wagte weder Reynolds noch Depape anzusehen und konnte nur hoffen, daß sie ihm das Spiel überlassen würden. Sie balancierte körperlich wie geistig auf des Messers Schneide; die kleinste Bewegung, und sie konnte in die eine oder andere Richtung abstürzen.

»Sie hat diejenige gefunden, die sie wollte, ja?« Er glaubte, daß er einen Ausweg aus der Situation sah. Wenn er Glück hatte. Und möglicherweise würde das auch ihr Glück sein. »Was sollen wir jetzt unternehmen?«

»Nimm mich mit.« Sie verzog das Gesicht zu einem abscheulichen Ausdruck der Gier; sie sah aus wie ein Leichnam, der zu niesen versucht. Ihr ist gar nicht klar, daß sie stirbt, dachte Jonas. Den Göttern sei Dank dafür. »Nimm die Kugel mit, aber mich auch. Ich gehe mit dir zu Farson. Ich werde seine Wahrsagerin, und nichts wird uns aufhalten können, wenn ich die Kugel für ihn lese. Nimm mich mit!«

»Einverstanden«, sagte Jonas. Das hatte er gehofft. »Aber ich habe keinen Einfluß darauf, was Farson entscheidet. Das weißt du?«

»Ay.«

»Gut. Jetzt gib mir die Kugel. Ich gebe sie wieder in deine Obhut, wenn du magst, aber ich muß mich vergewissern, daß sie unversehrt ist.«

Sie ließ die Kugel langsam sinken. Jonas glaubte, daß sie auch in den Armen der alten Frau nicht völlig sicher war, aber er konnte trotzdem etwas leichter atmen. Sie schlurfte auf ihn zu, und er mußte den Wunsch unterdrücken, sein Pferd von ihr wegzulenken.

Er bückte sich im Sattel und streckte die Hände nach der Glaskugel aus. Sie schaute zu ihm auf, und ihre alten Augen blickten immer noch listig aus den verklebten Lidern. Eines verzog sie sogar zu einem verschwörerischen Zwinkern. »Ich weiß, was du denkst, Jonas. Du denkst: ›Ich nehme die Kugel, dann ziehe ich meine Waffe und töte sie, was kann es schaden?‹ Ist es nicht so? Aber es könnte schaden, und zwar dir und denen, die bei dir sind. Wenn du mich tötest, wird die Kugel nie wieder für Farson leuchten. Für irgend jemanden, ay, eines Tages vielleicht; aber nicht für ihn … und wird er dich am Leben lassen, wenn du ihm sein Spielzeug zurückbringst, und er stellt fest, daß es kaputt ist?«

Darüber hatte Jonas bereits nachgedacht. »Wir haben eine Abmachung, altes Mütterchen. Du gehst mit dem Glas nach Westen … es sei denn, du stirbst eines Nachts am Wegesrand. Verzeih mir, wenn ich das sage, aber du siehst nicht gut aus.«

Sie gackerte. »Mir geht es besser, als ich aussehe, oh jar! Es wird noch Jahre dauern, bis meine alte Uhr abgelaufen ist!«

Ich glaube, da irrst du dich vielleicht, altes Mütterchen, dachte Jonas. Aber er blieb still und streckte nur die Hände nach der Kugel aus.

Sie behielt sie noch einen Augenblick. Ihre Vereinbarung war getroffen und beiderseits bestätigt, aber sie brachte es kaum fertig, die Kugel loszulassen. Gier leuchtete in ihren Augen wie Mondlicht durch Nebel.

Er hielt die Hände geduldig ausgestreckt, sagte nichts und wartete darauf, daß ihr Verstand die Realität akzeptierte – wenn sie losließ, bestand dafür eine gewisse Chance. Wenn sie nicht losließ, würden über kurz oder lang wahrscheinlich alle hier auf diesem steinigen, verwahrlosten Hof zur Lichtung reiten … sie eingeschlossen.

Schließlich übergab sie ihm die Kugel mit einem Seufzer des Bedauerns. In dem Augenblick, als sie von ihr zu ihm weitergereicht wurde, pulsierte tief in dem Glas ein Fünkchen rosa Lichts. Ein stechender Schmerz fuhr Jonas in den Kopf … und ein lüsternes Erschauern kribbelte in seinen Eiern.

Wie aus weiter Ferne hörte er Depape und Reynolds die Revolver ziehen.

»Steckt sie weg«, sagte Jonas.

»Aber –«, begann Reynolds verwirrt.

»Sie haben gedacht, du würdest Rhea übers Ohr hauen«, sagte die alte Frau gackernd. »Ein Glück, daß du das Kommando hast, und nicht die da, Jonas … vielleicht weißt du was, was die nicht wissen.«

Er wußte tatsächlich etwas – wie gefährlich das glatte Ding aus Glas in seinen Händen war. Wenn es wollte, hätte es ihn im Handumdrehen holen können. Und in einem Monat würde er wie die Hexe sein: abgemagert, von Schwären überzogen und zu besessen, daß er es wußte oder es ihn auch nur kümmerte.

»Steckt sie weg!« rief er.

Reynolds und Depape wechselten einen Blick und steckten ihre Waffen in die Holster.

»Dieses Ding hatte einen Beutel«, sagte Jonas. »Mit einer Kordel. Geh ihn holen.«

»Ay«, sagte Rhea und grinste unangenehm zu ihm herauf. »Aber das wird die Kugel nicht daran hindern, dich zu holen, wenn sie es will. Du mußt nicht denken, daß sie es tun wird.« Sie betrachtete die beiden anderen, und ihr Blick verweilte auf Reynolds. »In meinem Schuppen habe ich einen Wagen, und zwei gute graue Ziegen, die ihn ziehen.« Sie sprach mit Reynolds, aber ihr Blick kehrte immer wieder zu der Kugel zurück, bemerkte Jonas … und jetzt wollten auch seine verdammten Augen dort hinsehen.

»Du gibst mir keine Befehle«, sagte Reynolds.

»Nein, aber ich«, sagte Jonas. Er sah die Kugel an, weil er den rosa Funken darin sehen wollte, obwohl er sich gleichzeitig davor fürchtete. Nichts. Kalt und dunkel. Er richtete den Blick wieder auf Reynolds. »Hol den Karren.«

12

Reynolds hörte das Summen der Fliegen, bevor er durch die schiefe Tür des Schuppens gegangen war, und wußte gleich, daß Rheas Ziegen keinen Karren mehr ziehen würden. Sie lagen aufgebläht und tot in ihrem Stall, Beine in die Luft gestreckt, und in ihren Augen wimmelte es von Maden. Man konnte unmöglich sagen, wann Rhea ihnen zuletzt Futter und Wasser gegeben hatte, aber dem Geruch nach zu urteilen, dachte Reynolds, mußte es mindestens eine Woche her sein.

War zu sehr damit beschäftigt, in diese Glaskugel zu starren, um sich darum zu kümmern, dachte er. Und warum trägt sie eine tote Schlange um den Hals?

»Will ich gar nicht wissen«, murmelte er hinter seinem Taschentuch. Im Augenblick wollte er nur eines, schleunigst von hier weg.

Er sah den Karren, der schwarz gestrichen und mit goldenen kabbalistischen Symbolen geschmückt war. Reynolds fand, er sah wie der Wagen eines fahrenden Wunderheilers aus, aber auch ein wenig wie ein Leichenwagen. Er nahm ihn an den Griffen und zog ihn, so schnell er konnte, aus dem Schuppen. Den Rest konnte Depape machen, bei den Göttern. Sein Pferd vor den Wagen spannen und die stinkende Alte ziehen … aber wohin? Wer mochte das wissen? Vielleicht Eldred.

Rhea kam mit dem Beutel, in dem sie die Glaskugel hergebracht hatten, aus der Hütte, blieb aber mit schräggelegtem Kopf stehen und horchte, als Reynolds seine Frage stellte.

Jonas dachte nach, dann sagte er: »Vorerst einmal Seafront, würde ich sagen. Jar, da wird sie gut aufgehoben sein, schätze ich, und diese Glaskugel auch, bis die Party morgen vorbei ist.«

»Ay, Seafront, da war ich noch nie«, sagte Rhea und ging weiter. Als sie bei Jonas' Pferd ankam (das vor ihr zurückscheute), machte sie den Beutel auf. Nach einem Augenblick des Nachdenkens ließ Jonas die Kugel hineingleiten. Sie wölbte den Beutel an der Unterseite und zog ihn in die Form einer Träne.

Rhea lächelte listig. »Vielleicht treffen wir Thorin. Wenn ja, könnte ich ihm im Spielzeug des Guten Mannes etwas zeigen, das ihn außerordentlich interessieren dürfte.«

»Wenn du Thorin begegnen wirst«, sagte Jonas, der abstieg und mithalf, Depapes Pferd vor den schwarzen Karren zu schnallen, »dann an einem Ort, wo keine Magie erforderlich ist, um weit zu sehen.«

Sie sah ihn stirnrunzelnd an, dann kam das listige Lächeln wieder zum Vorschein. »Ach je, ich glaube, der Bürgermeister hat einen Unfall gehabt!«

»Könnte sein«, stimmte Jonas zu.

Sie kicherte, und kurz darauf wurde das Kichern zu einem ausgewachsenen Gackern. Sie gackerte immer noch, als sie den Hof verließen, gackerte und saß auf dem kleinen schwarzen Karren mit den kabbalistischen Symbolen wie die Königin der Schwarzen Stätten auf ihrem Thron.

Kapitel 8
Die Asche

I

Panik ist höchst ansteckend, zumal in Situationen, wo es keine Gewißheiten gibt und alles im Fluß ist. Der Anblick von Miguel, dem alten *mozo*, führte Susan auf diese schlüpfrige schiefe Ebene. Er stand mitten auf dem Innenhof von Seafront, drückte seinen Reisigbesen an die Brust und betrachtete die Reiter, die kamen und gingen, mit einem Ausdruck verwirrten Elends. Seinen *sombrero* hatte er verdreht auf dem Rücken hängen, und Susan sah beinahe mit einer Art Entsetzen, daß Miguel – der für gewöhnlich wie aus dem Ei gepellt aussah – seine *serape* verkehrt herum trug. Tränen liefen ihm über die Wangen, und wie er sich hin und her drehte, den Reitern nachsah und versuchte, diejenigen zu grüßen, die er kannte, dachte Susan an ein Kind, das sie einmal vor eine ankommende Postkutsche hatte laufen sehen. Das Kind war rechtzeitig von seinem Vater zurückgerissen worden; wer würde Miguel zurückreißen?

Sie wollte zu ihm gehen, aber ein *vaquero* auf einem wild dreinschauenden scheckigen Rotfuchs raste so dicht an ihr vorbei, daß ihr ein Steigbügel an die Hüfte schlug und der Schweif des Pferdes über ihren Unterarm peitschte. Sie gab ein seltsames kurzes Kichern von sich. Sie hatte sich um Miguel Sorgen gemacht und wäre um ein Haar selbst über den Haufen gerannt worden! Komisch!

Diesmal sah sie in beide Richtungen, ging los und wich wieder zurück, als ein beladener Wagen, der anfangs auf zwei Rädern balancierte, um die Ecke gerast kam. Sie konnte nicht sehen, womit er beladen war – die Waren auf der Pritsche waren mit Segeltuch abgedeckt –, aber sie sah, wie Miguel, der immer noch seinen Besen hielt, darauf zuging. Susan dachte wieder an das Kind vor der Postkutsche und stieß einen unartikulierten Schrei aus. Miguel zuckte im letzten Augenblick zurück, und der Wagen flog an ihm vorbei, raste schwankend über den Hof und verschwand durch den Torbogen.

Miguel ließ seinen Besen fallen, schlug beide Hände auf die Wangen, ließ sich auf die Knie fallen und fing mit lauter, wehklagender Stimme an zu beten. Susan sah ihn einen Moment mit bebendem Mund an, dann lief sie zu den Stallungen und bemühte sich erst gar nicht mehr, dicht an der Hauswand zu bleiben. Sie hatte sich mit der Krankheit angesteckt, die bis zum Nachmittag fast ganz Hambry im Griff zu haben schien, und obwohl es ihr gelang, Pylon einigermaßen gefaßt zu satteln (an jedem anderen Tag hätten sich drei Stallburschen darum gerissen, der hübschen Sai helfen zu dürfen), hatte sie zu dem Zeitpunkt, als sie dem erschrockenen Pferd vor dem Stalltor die Fersen in die Flanken drückte und es zum Galopp antrieb, jede Fähigkeit verloren, einen klaren Gedanken zu fassen.

Als sie an Miguel vorbeiritt, der immer noch auf den Knien lag und mit erhobenen Händen zum strahlenden Himmel betete, sah sie ihn ebensowenig wie die anderen Reiter vor ihr.

2

Sie ritt schnurstracks die High Street hinunter und hieb Pylon die sporenlosen Absätze in die Seiten, bis das große Pferd förmlich dahinflog. Gedanken, Fragen, mögliche Vorgehensweisen … auf das alles konnte sie sich beim Reiten nicht konzentrieren. Sie bemerkte am Rande, daß sich Menschen auf den Straßen aufhielten, ließ Pylon sich aber selbst einen Weg zwischen ihnen hindurch bahnen. Einzig und allein sein Name – Roland, Roland, Roland! – ging ihr durch den Kopf und hallte wie ein Schrei. Alles war schiefgegangen. Das tapfere kleine *Ka-tet*, das sie in jener Nacht auf dem Friedhof gegründet hatten, war zerbrochen, drei seiner Mitglieder saßen im Gefängnis und hatten nicht mehr lange zu leben (wenn sie überhaupt noch lebten), und das vierte Mitglied war hilflos und verwirrt und so verrückt vor Angst wie ein Vogel in einer Scheune.

Wäre ihre Panik von Dauer gewesen, hätte alles ganz anders kommen können. Aber als sie durch das Stadtzentrum ritt und auf der anderen Seite wieder hinaus, führte ihr Weg zu dem

Haus, wo sie mit ihrem Vater und ihrer Tante gewohnt hatte. Diese Lady hatte genau nach der Reiterin Ausschau gehalten, die nun des Weges kam.

Als sich Susan dem Haus näherte, wurde die Tür aufgerissen und Cordelia, von Hals bis Fuß in Schwarz gewandet, kam auf dem Gartenweg zur Straße gelaufen und kreischte entweder vor Entsetzen oder Gelächter. Vielleicht beides. Ihr Anblick drang durch den vordergründigen Dunst der Panik in Susans Geist... aber nicht, weil sie sie erkannte.

»Rhea!« schrie sie und zog so heftig an den Zügeln, daß das Pferd rutschte, sich aufbäumte und fast hintenübergekippt wäre. Damit hätte es seine Herrin mit großer Wahrscheinlichkeit zerquetscht, aber Pylon schaffte es wenigstens, auf den Hinterbeinen zu bleiben, ruderte mit den Vorderhufen in der Luft und wieherte laut. Susan schlang ihm einen Arm um den Hals und klammerte sich in Todesangst daran fest.

Cordelia Delgado, die ihr bestes schwarzes Kleid trug und eine *mantilla* aus Spitze auf dem Kopf, stand vor dem Pferd wie in ihrem eigenen Wohnzimmer und sah die Hufe offenbar gar nicht, die keinen halben Meter vor ihrer Nase die Luft durchschnitten. In einer Hand – sie trug Handschuhe – hielt sie ein Holzkästchen.

Susan erkannte mit Verspätung, daß es nicht Rhea war, aber der Irrtum schien verzeihlich. Tante Cord war nicht so abgemagert wie Rhea (jedenfalls noch nicht) und ordentlich angezogen (abgesehen von den schmutzigen Handschuhen – Susan hatte keine Ahnung, warum ihre Tante überhaupt Handschuhe trug geschweige denn, derart beschmierte), aber der irre Ausdruck in ihren Augen hatte schreckliche Ähnlichkeit mit dem der Hexe.

»Guten Tag, Miss Oh So Jung Und Hübsch!« begrüßte Tante Cord sie mit einer brüchigen, lebhaften Stimme, bei der Susans Herz erschauerte. Tante Cord machte einen einhändigen Hofknicks und hielt mit der anderen das Holzkästchen an ihre Brust gedrückt. »Wohin des Wegs an diesem schönen Herbsttag? Wohin so eilig? Sicher nicht in die Arme eines Liebhabers, das scheint mir sicher, denn einer ist tot und der andere gefangen!«

Cordelia lachte wieder und zog die dünnen Lippen über den

großen, weißen Zähnen zurück. Fast ein Pferdegebiß. Ihre Augen glitzerten im Sonnenlicht.

Sie hat den Verstand verloren, dachte Susan. Armes Ding. Armes altes Ding.

»Hat Sie Dearborn dazu angestiftet?« fragte Tante Cord. Sie schlich an Pylons Seite und sah mit glänzenden, feuchten Augen zu Susan auf. »Sie hat es getan, oder nicht? Ay! Vielleicht hat Sie ihm sogar das Messer gegeben, das er benutzt hat, nachdem Sie es mit den Lippen geküßt hat, um ihm Glück zu wünschen? Gemeinsame Sache habt ihr gemacht – warum gibt Sie es nicht zu? Wenigstens gestehen könnte Sie, daß Sie dem Jungen beigewohnt hat, denn ich weiß, daß es stimmt, ich habe gesehen, wie er Sie an jenem Tag angesehen hat, als Sie am Fenster saß, und wie Sie seinen Blick erwidert hat!«

Susan sagte: »Wenn du die Wahrheit wissen willst, dann sollst du sie erfahren. Wir sind Liebende. Und am Jahresende werden wir Mann und Frau sein.«

Cordelia hob einen schmutzigen Handschuh hoch zum blauen Himmel, als wollte sie den Göttern hallo sagen. Sie schrie vor Triumph und Gelächter, als sie winkte. »Und wird heiraten, denkt Sie! Oooooh! Und zweifellos wird Sie das Blut ihrer Opfer am Traualtar trinken, oder nicht? Oh, wie böse! Ich muß weinen!« Aber statt zu weinen lachte sie wieder, ein erheitertes Heulen ins blinde blaue Antlitz des Himmels.

»Wir haben keine Morde geplant«, sagte Susan und zog – zumindest im Geiste – eine Linie zwischen den Morden im Haus des Bürgermeisters und der Falle, die sie Farsons Soldaten stellen wollten. »Und er hat nicht gemordet. Nein, ich wotte, dies ist das Werk deines Freundes Jonas. Sein Plan, seine Drecksarbeit.«

Cordelia stieß die Hand in das Kästchen auf ihrem Arm, und Susan begriff endlich, warum ihre Handschuhe schmutzig waren: Sie hatte im Herd gewühlt.

»Ich verfluche Sie mit dieser Asche!« schrie Cordelia und schleuderte eine schwarze und rußige Wolke auf Susans Bein und die Hand, mit der sie Pylons Zügel hielt. »Ich verfluche Sie zu Dunkelheit, alle beide! Werdet glücklich miteinander, ihr Treulosen! Ihr Mörder! Ihr Betrüger! Ihr Lügner! Ihr Ehebrecher! Ihr Verlorenen und Hoffnungslosen!«

Mit jedem Schrei warf Cordelia Delgado eine Handvoll

Asche. Und mit jedem Schrei wurde Susans Geist klarer und kälter. Sie blieb standhaft und ließ sich von ihrer Tante bewerfen; als Pylon, der den rußigen Regen an seiner Seite spürte, zurückweichen wollte, zwang Susan ihn, an Ort und Stelle zu verharren. Inzwischen hatten sich Schaulustige eingefunden, die dieses alte Ritual der Verstoßung gebannt verfolgten (Sheemie befand sich mit großen Augen und bebenden Lippen unter ihnen), aber Susan bemerkte es kaum. Sie konnte endlich wieder klar denken, hatte einen Plan, was zu tun war, und sie dachte, daß sie ihrer Tante allein dafür einen gewissen Dank schuldig war.

»Ich vergebe dir, Tante«, sagte sie.

Das Kästchen mit der Herdasche, inzwischen fast leer, fiel Cordelia aus der Hand, als hätte Susan sie geschlagen. »Was?« flüsterte sie. »Was sagt Sie da?«

»Das, was du deinem Bruder und meinem Vater angetan hast«, sagte Susan. »Das, woran Sie beteiligt war.«

Sie rieb eine Hand an ihrem Bein und bückte sich mit ausgestreckter Hand. Bevor ihre Tante zurückweichen konnte, hatte ihr Susan Asche auf eine Wange gestrichen. Die Schliere zeichnete sich wie eine breite, dunkle Narbe ab. »Aber trag das dennoch«, sagte sie. »Wasch es ab, wenn du magst, aber ich glaube, im Herzen wirst du es noch eine Weile tragen.« Pause. »Ich glaube, da trägst du es bereits. Leb wohl.«

»Was denkt Sie sich, wohin Sie gehen will?« Tante Cord strich mit einem Handschuh über das Aschemal auf ihrer Wange, und als sie einen Schritt nach vorne machte, um Pylon am Zügel zu halten, stolperte sie über das Holzkästchen und fiel beinahe. Susan, die sich immer noch auf die Seite ihrer Tante gebeugt hatte, hielt sie an den Schultern fest und half ihr hoch. Cordelia schrak zurück wie vor dem Biß einer Natter. »Nicht zu ihm! Du wirst doch nicht zu ihm gehen, du verrückte Gans!«

Susan drehte das Pferd herum. »Das geht dich nichts an, Tante. Das ist das Ende zwischen uns. Aber merke dir, was ich sage: Bis zum Jahresende werden wir verheiratet sein. Unser Erstgeborenes ist bereits empfangen.«

»Sie wird morgen nacht verheiratet sein, wenn Sie in seine Nähe geht! Im Rauch vereint, im Feuer getraut, in Asche gebettet! In Asche gebettet, hast du gehört?«

Die Irre kam fuchtelnd auf sie zu, aber Susan hatte keine Zeit mehr, ihr zuzuhören. Der Tag flog dahin. Sie hatte noch Zeit, alle Vorbereitungen zu treffen, aber nur, wenn sie sich sputete.

»Leb wohl«, sagte sie noch einmal und ritt davon. Die letzten Worte ihrer Tante verfolgten sie: In Asche gebettet, hast du gehört?

3

Auf ihrem Weg aus der Stadt heraus sah Susan Reiter auf sich zukommen und verließ die Große Straße. Sie hatte den Eindruck, als sei dies kein günstiger Zeitpunkt, um Pilger zu treffen. In der Nähe befand sich ein alter Kornspeicher; sie ritt mit Pylon dorthin, streichelte ihm den Hals und befahl ihm murmelnd, still zu sein.

Die Reiter brauchten länger, bis sie auf ihrer Höhe waren, als sie erwartet hatte, aber als sie endlich da waren, sah sie den Grund. Rhea war bei ihnen; sie saß in einem schwarzen, mit magischen Symbolen geschmückten Karren. Die Hexe war beängstigend gewesen, als Susan sie in der Nacht des Kußmondes aufgesucht hatte, aber dennoch als Mensch erkennbar; was das Mädchen jetzt an sich vorbeifahren sah, in dem schwarzen Karren hin und her schaukelnd und eine Tasche auf dem Schoß an sich drückend, war eine geschlechtslose, von Schwären übersäte Kreatur, die mehr Ähnlichkeit mit einem Troll als mit einem menschlichen Wesen hatte. Die Großen Sargjäger waren bei ihr.

»Nach Seafront!« schrie das Ding auf dem Karren. »Sputet euch, so schnell es geht! Ich schlaf in Thorins Bett heut nacht und weiß den Grund dafür! Ich schlaf darin und piß darin, wenn es mich überkommt! Sputet euch, sage ich!«

Depape – an sein Pferd war der Karren angeschirrt worden – drehte sich um und sah sie voll Abscheu und Furcht an. »Halt den Mund.«

Ihre Antwort bestand in neuerlichem Gelächter. Sie schaukelte von einer Seite auf die andere, hielt die Tasche auf ihrem Schoß mit einer Hand und zeigte mit dem knotigen, verkrümmten Zeigefinger der anderen auf Depape. Als sie die Hexe sah, wurde Susan schwindelig vor Angst, und sie spürte die Panik wieder wie eine dunkle Flüssigkeit, die ihr Gehirn mit Freuden ertränken würde, wenn man ihr die Möglichkeit bot.

Sie kämpfte, so gut sie konnte, gegen das Gefühl an, klammerte sich an ihren Verstand, wollte nicht zulassen, daß er sich wieder in das verwandelte, was er zuvor gewesen war und wieder sein würde, wenn sie es zuließ – ein hirnloser, in einer Scheune gefangener Vogel, der gegen die Wände flog und das offene Fenster nicht sah, durch das er hereingekommen war.

Selbst als der Karren hinter dem nächsten Hügel verschwunden war und nur noch der Staub in der Luft hing, den sie aufgewirbelt hatten, konnte sie Rheas irres, gackerndes Gelächter hören.

4

Sie erreichte die Hütte im Bösen Gras um ein Uhr. Einen Augenblick blieb sie einfach auf Pylon sitzen und betrachtete sie. Waren sie und Roland vor kaum vierundzwanzig Stunden hier gewesen? Hatten sich geliebt und Pläne geschmiedet? Kaum zu glauben, aber als sie abstieg und eintrat, sah sie den Weidenkorb, in dem sie einen kalten Imbiß mitgebracht hatte, als Bestätigung. Er stand immer noch auf dem wackeligen Tisch.

Als sie den Korb sah, wurde ihr klar, daß sie seit dem vergangenen Abend nichts mehr gegessen hatte – einem erbärmlichen Abendessen mit Hart Thorin, das sie kaum angerührt hatte, weil sie ständig seine Blicke auf ihrem Körper spürte. Nun, sie hatten ihr letztes Gerangel hinter sich, nicht wahr? Und sie würde nie wieder einen Flur in Seafront entlanggehen und sich fragen müssen, aus welcher Tür er herausgeplatzt kommen würde wie ein Schachtelteufelchen, ganz grapschende Hände und steifer, lüsterner Schwanz.

Asche, dachte sie. Asche zu Asche. Aber nicht wir, Roland. Ich schwöre es, mein Liebling, nicht wir.

Sie war ängstlich und nervös, versuchte in das, was sie jetzt alles erledigen mußte, Ordnung hineinzubringen – eine Reihenfolge, an die man sich genauso halten mußte, wie man sich beim Satteln eines Pferdes an eine Reihenfolge halten mußte –, aber sie war auch sechzehn und gesund. Ein Blick auf den Korb, und sie verspürte einen Heißhunger.

Sie machte den Korb auf, stellte fest, daß Ameisen auf den beiden übriggebliebenen Roastbeefsandwiches krabbelten, strich sie herunter und schlang die Sandwiches in sich hinein. Das Brot war ziemlich trocken geworden, doch das merkte sie kaum. Außerdem waren noch ein Glas süßer Apfelwein und ein Stück Kuchen übrig.

Als sie alles aufgegessen hatte, ging sie zur nördlichen Ecke der Hütte und entfernte die Häute, die jemand angefangen hatte zu gerben, bevor er das Interesse verlor. Darunter befand sich ein Hohlraum. Darin lagen, in weiches Leder gewickelt, Rolands Revolver.

Wenn etwas schiefgeht, muß Sie hierherkommen und die Waffen mit nach Westen nehmen, nach Gilead. Meinen Vater suchen.

Mit leichter, aber aufrichtiger Neugier fragte Susan sich, ob Roland wirklich erwartet hatte, daß sie unbekümmert mit seinem ungeborenen Kind unter dem Herzen nach Gilead reiten würde, während er und seine Freunde schreiend und mit roten Händen auf dem Freudenfeuer des Erntejahrmarkts geröstet wurden.

Sie zog eine der Waffen aus dem Holster. Sie brauchte einen oder zwei Augenblicke, bis sie sah, wie man den Revolver öffnete, aber dann kippte der Zylinder heraus, und sie sah, daß jede Kammer geladen war. Sie ließ den Zylinder wieder einrasten und überprüfte den anderen.

Sie versteckte sie in der zusammengerollten Decke hinter ihrem Sattel, wie sie es bei Roland gesehen hatte, dann stieg sie auf und ritt wieder nach Osten. Aber nicht in die Stadt. Noch nicht. Sie mußte vorher noch einen Zwischenhalt einlegen.

5

Gegen zwei Uhr machte die Neuigkeit in Mejis die Runde, daß Fran Lengyll in der Stadthalle sprechen würde. Niemand konnte sagen, wo diese Nachricht (sie war zu präzise und spezifisch für ein Gerücht) ihren Anfang nahm, und es kümmerte auch niemanden; sie erzählten sie einfach weiter.

Um drei Uhr war die Stadthalle überfüllt, und weitere zweihundert oder mehr standen außerhalb und hörten zu, als Lengylls kurze Ansprache flüsternd an sie weitergegeben wurde. Coral Thorin, die die Nachricht von Lengylls bevorstehender Ansprache im Traveller's Rest in Umlauf gebracht hatte, war nicht anwesend. Sie wußte, was Lengyll sagen würde; hatte sogar Jonas' Argument unterstützt, daß es so einfach und direkt wie möglich sein sollte. Es bestand keine Veranlassung, sie aufzuhetzen; am Erntetag würden die Stadtbewohner bis Sonnenuntergang ein Mob sein, und ein Mob suchte sich stets seine eigenen Anführer, und er suchte sich stets die richtigen.

Lengyll hielt während seiner Ansprache den Hut in einer Hand und hatte ein silbernes Ernteamulett vorne auf der Weste hängen. Er faßte sich kurz, nahm kein Blatt vor den Mund und war überzeugend. Die meisten Zuhörer kannten ihn ihr ganzes Leben lang und stellten keines seiner Worte in Zweifel.

Hart Thorin und Kimba Rimer waren von Dearborn, Heath und Stockworth ermordet worden, sagte Lengyll der Menge der Männer in Drillich und Frauen in ausgebleichtem Gingham. Als Täter waren sie anhand eines bestimmten Gegenstands identifiziert worden – eines Vogelschädels –, der auf Bürgermeister Thorins Schoß zurückgelassen worden war.

Darauf ertönte Gemurmel. Viele von Lengylls Zuhörern hatten den Schädel entweder am Knauf von Cuthberts Sattel oder an einer Kette um seinen Hals gesehen. Sie hatten über seinen Mutwillen gelacht. Nun dachten sie daran, wie er zurückgelacht hatte, und ihnen wurde klar, daß er die ganze Zeit über einen anderen Witz gelacht hatte. Ihre Gesichter wurden finster.

Die Waffe, mit der dem Kanzler die Kehle aufgeschlitzt worden war, hatte Dearborn gehört. Die drei jungen Männer waren heute morgen festgenommen worden, als sie ihre Flucht aus Mejis vorbereiteten. Ihre Motive seien nicht völlig klar, aber wahrscheinlich hatten sie es auf Pferde abgesehen gehabt. In dem Fall mußten sie für John Farson bestimmt gewesen sein, der bekanntermaßen gut für brauchbare Pferde bezahlte, und in bar. Mit anderen Worten, sie waren Verräter an ihrem eigenen Land und an der Sache des Bundes.

Lengyll hatte Brian Hookeys Sohn Rufus drei Reihen weiter

hinten plaziert. Nun rief Rufus Hookey genau zum verabredeten Zeitpunkt: »Ham sie gestanden?«

»Ay«, sagte Lengyll. »Beide Morde gestanden und voller Stolz davon gesprochen, das haben sie.«

Darauf wurde lautes Murmeln laut, fast ein Grollen. Es verlief wie eine Welle nach draußen, wo es von Mund zu Mund weitergegeben wurde: Voller Stolz, voller Stolz, sie hatten im Dunkel der Nacht gemordet und voller Stolz davon gesprochen.

Mundwinkel wurden nach unten gezogen. Fäuste geballt.

»Dearborn hat gesagt, Jonas und seine Freunde hätten herausgefunden, was sie vorhatten, und Rimer informiert. Sie hätten Kanzler Rimer getötet, um ihn ein für allemal zum Schweigen zu bringen, während sie ihre Pläne durchführten, und Thorin für den Fall, daß Rimer ihn in Kenntnis gesetzt hatte.«

Das ergab keinen Sinn, hatte Latigo angemerkt. Jonas hatte lächelnd genickt. Nein, hatte er gesagt, kein bißchen Sinn, aber das spielt keine Rolle.

Lengyll war darauf vorbereitet, Fragen zu beantworten, aber es wurden keine gestellt. Nur das Murmeln, die finsteren Blicke, das gedämpfte Klicken und Klirren von Ernteamuletten, als die Leute unruhig ihr Gewicht verlagerten.

Die Jungs saßen im Gefängnis. Lengyll gab nicht bekannt, was weiter mit ihnen geschehen würde, und wurde wieder nicht gefragt. Er sagte, daß einige der für den nächsten Tag vorgesehenen Aktivitäten – die Spiele, die Fahrten, das Truthahnwettrennen, das Kürbispreisschnitzen, der Schweinewettlauf, der Rätselwettstreit und der Tanz – mit Rücksicht auf die tragischen Ereignisse abgesagt worden waren. Worauf es wirklich ankam, das würde natürlich stattfinden, wie es immer gewesen war und sein mußte: die Beurteilung des Viehs, das Pferdeziehen, die Schafschur, die Versammlung der Züchter und die Auktionen: Pferde, Schweine, Kühe, Schafe. Und das Freudenfeuer bei Mondaufgang. Das Freudenfeuer und das Verbrennen der Strohpuppen. Charyou-Baum war das Ende des Erntejahrmarkts, so war es seit Menschengedenken. Nichts würde sie davon abhalten, es sei denn das Ende der Welt.

»Das Freudenfeuer wird brennen, und die Strohpuppen werden mit ihm verbrennen«, hatte Eldred Jonas zu Lengyll gesagt. »Nur das werden Sie sagen. Nur das müssen Sie sagen.«

Und er hatte recht gehabt, sah Lengyll. Es stand in jedem Gesicht geschrieben. Nicht nur die Entschlossenheit, das Richtige zu tun, sondern eine Art schmutziger Begierde. Es gab alte Bräuche, alte Rituale, von denen die Strohpuppen mit den roten Händen nur ein Überbleibsel waren. Es gab *los ceremoniosos*: Charyou-Baum. Es war Generationen her, seit sie ausgeübt wurden (abgesehen von vereinzelten Vorkommnissen an geheimen Orten in den Bergen), aber manchmal, wenn die Welt sich weiter drehte, kam sie wieder dort an, wo sie angefangen hatte.

Machen Sie es kurz, hatte Jonas gesagt, und das war ein guter Rat, wahrlich ein guter Rat. Einen Mann wie ihn hätte Lengyll in friedlicheren Zeiten nicht um sich haben wollen, aber in Zeiten wie diesen war er nützlich.

»Die Götter geben euch Frieden«, sagte er jetzt, trat zurück und verschränkte die Arme mit den Händen auf den Schultern, um zu zeigen, daß er fertig war. »Mögen die Götter uns allen Frieden geben.«

»Lange Tage und friedliche Nächte«, antworteten sie, ein tiefer, automatischer Refrain. Und dann drehten sie sich einfach um und gingen hinaus, wo immer die Leute am Nachmittag vor dem Erntefest hingingen. Bei vielen, das wußte Lengyll, würde es das Traveller's Rest oder das Bayview Hotel sein. Er hob eine Hand und wischte sich die Stirn ab. Er haßte es, vor Menschen zu stehen, und so wie heute hatte er es noch nie gehaßt, aber er dachte, daß es gutgegangen war. Wirklich sehr gut.

6

Die Menge zerstreute sich wortlos. Die meisten gingen, wie Lengyll vorhergesehen hatte, in die Saloons. Ihr Weg führte sie am Gefängnis vorbei, aber die wenigsten sahen hin … und die wenigen, die es doch taten, taten es mit kurzen, verstohlenen Blicken. Die Veranda war verlassen (abgesehen von der plumpen Strohpuppe mit den roten Händen auf Sheriff Averys Schaukelstuhl), und die Tür war nur angelehnt, wie üblich an warmen und sonnigen Nachmittagen. Die Jungs waren drinnen, kein Zweifel, aber nichts deutete darauf hin, daß sie mit besonderem Eifer bewacht wurden.

Wenn die Männer, die bergab zum Rest und dem Bayview gingen, sich zu einer Bande zusammengefunden hätten, hätten sie Roland und seine Freunde ohne Mühe herausholen können. Statt dessen gingen sie mit gesenkten Köpfen vorbei und gingen gleichmütig und wortlos dahin, wo die Drinks warteten. Heute war nicht der Tag. Heute nacht auch nicht die Nacht.

Morgen hingegen –

7

Nicht weit von der Bar K entfernt sah Susan etwas auf dem langgezogenen Hang des Graslands der Baronie, bei dessen Anblick sie die Zügel zog und mit offenem Mund dasaß. Unter ihr und weit nach Osten, mindestens drei Meilen weit, hatte eine Gruppe von einem Dutzend Cowboys die größte Herde von Pferden auf der Schräge zusammengetrieben, die sie je gesehen hatte: alles in allem wahrscheinlich vierhundert Tiere. Sie trabten träge und gingen, ohne die geringsten Schwierigkeiten zu machen, in die Richtung, die die *vaqs* ihnen wiesen.

Denken wahrscheinlich, sie werden für den Winter reingetrieben, dachte Susan.

Aber sie liefen nicht in die Richtung der Ranches, die an der Kuppe der Schräge entlang lagen; die Herde, so groß, daß sie wie ein Wolkenschatten über das Gras strömte, wurde nach Westen getrieben, zum Hanging Rock.

Susan hatte alles geglaubt, was Roland ihr sagte, aber dies bewies ihr den Wahrheitsgehalt seiner Worte auf eine persönliche Weise, die sie in direkten Zusammenhang mit ihrem toten Vater bringen konnte.

Pferde, 'ne ganze Herde.

»Ihr Dreckskerle«, murmelte sie. »Ihr pferdestehlenden Dreckskerle.«

Sie ließ Pylon kehrtmachen und ritt zu der ausgebrannten Ranch. Rechts von ihr wurde ihr Schatten immer länger. Am Himmel leuchtete der Dämonenmond geisterhaft am Taghimmel.

8

Sie hatte sich Sorgen gemacht, Jonas könnte Männer auf der Bar K zurückgelassen haben – aus welchem Grund freilich, wußte sie nicht zu sagen, und ihre Befürchtung erwies sich als grundlos. Die Ranch war so gottverlassen wie in den fünf oder sechs Jahren seit dem Brand, der sie vernichtet hatte, und der Ankunft der Jungs von Innerwelt. Sie konnte jedoch Spuren der morgendlichen Konfrontation erkennen, und als sie das Schlafhaus betrat, wo die drei einquartiert worden waren, sah sie das klaffende Loch in den Bodendielen sofort. Jonas hatte es nicht wieder zugemacht, nachdem er Alains und Cuthberts Waffen herausgeholt hatte.

Sie ging den Mittelgang zwischen den Pritschen entlang, ließ sich auf ein Knie sinken und sah in das Loch. Nichts. Und doch bezweifelte sie, ob das, wonach sie suchte, sich überhaupt hier befunden hatte – das Loch war nicht groß genug.

Sie hielt inne und betrachtete die drei Pritschen. Welche war die von Roland? Sie vermutete, sie könnte es herausfinden – ihre Nase würde es ihr verraten, sie kannte den Geruch seines Haars und seiner Haut sehr gut –, hielt es aber für besser, solch weiche Anwandlungen zu unterdrücken. Jetzt mußte sie hart und schnell sein – handeln, ohne zu zögern und zurückzuschauen.

Asche, flüsterte Tante Cord in ihrem Kopf so leise, daß sie es kaum hören konnte. Susan schüttelte ungeduldig den Kopf, als wollte sie die Stimme vertreiben, und ging hinaus.

Hinter dem Schlafhaus fand sie nichts, auch nicht hinter dem Abort oder daneben. Als nächstes ging sie zur Rückseite des alten Kochschuppens, und dort fand sie, wonach sie gesucht hatte, achtlos hingelegt und nicht einmal versuchsweise versteckt: die beiden kleinen Fässer, die sie zuletzt auf Caprichosos Rücken gesehen hatte.

Als sie an den Esel dachte, mußte sie an Sheemie denken, der groß wie ein Mann und mit dem hoffnungsvollen Gesicht eines Jungen auf sie herabsah. Ich hätte gern einen *fin-de-año*-Kuß von dir, das hätte ich.

Sheemie, dem »Mr. Arthur Heath« das Leben gerettet hatte. Sheemie, der die Rache der Hexe riskiert hatte, als er Cuthbert die Nachricht gab, die für ihre Tante bestimmt gewesen war.

Sheemie, der die Fässer hierhergebracht hatte. Sie waren mit Ruß geschwärzt worden, um sie ein bißchen zu tarnen, und als Susan die Deckel abnahm, bekam sie etwas davon auf die Hände und die Ärmel ihres Hemds – wieder Asche. Aber die Feuerwerkskörper befanden sich noch darin: die runden, großen Kanonenschläge und die kleineren Kracher.

Von beiden nahm sie eine Menge, stopfte sich die Taschen voll, bis sie gewölbt waren, und trug noch mehr auf den Armen. Sie verstaute sie in den Satteltaschen, dann sah sie zum Himmel hinauf. Halb vier. Sie wollte frühestens bei Einbruch der Dämmerung wieder in Hambry sein, was bedeutete, daß sie noch mindestens eine Stunde warten mußte. Nun hatte sie doch ein wenig Zeit, weich zu werden.

Susan ging in das Schlafhaus und fand mühelos das Bett, das Rolands gewesen war. Sie kniete daneben wie ein Kind, das sein Nachtgebet spricht, legte das Gesicht auf das Kissen und atmete tief ein.

»Roland«, sagte sie mit gedämpfter Stimme. »Wie ich Ihn liebe. Wie ich Ihn liebe, Teuerster.«

Sie legte sich auf sein Bett, sah zum Fenster und beobachtete, wie das Licht versickerte. Einmal hob sie die Hände vor die Augen und untersuchte den Ruß des Fasses an ihren Fingern. Sie überlegte sich, ob sie zur Pumpe vor dem Kochschuppen gehen und sich waschen sollte, entschied sich aber dagegen. Sollte es so bleiben. Sie waren *Ka-tet*, eines aus vielen, stark im Entschluß und stark in der Liebe.

Sollte die Asche bleiben und ihr Schlimmstes versuchen.

9

Meine Susie hat ihre Fehler, aber sie ist immer pünktlich, pflegte Pat Delgado zu sagen. Schrecklich pünktlich, dieses Mädchen.

Das traf auch in der Nacht vor dem Erntefest zu. Sie mied ihr eigenes Haus und ritt, keine zehn Minuten nachdem die Sonne endlich hinter den Hügeln untergegangen war und dicke malvenfarbene Schatten die High Street füllten, zum Traveller's Rest.

Die Straße wirkte seltsam verlassen, wenn man bedachte, daß

es der Abend vor dem Erntefest war; die Kapelle, die letzte Woche jeden Abend in Green Heart gespielt hatte, war verstummt; ab und zu knatterten Feuerwerkskörper, aber man hörte keine schreienden, lachenden Kinder; nur wenige der vielen bunten Lampions waren angezündet worden.

Strohpuppen schienen von jeder schattigen Veranda zu schauen. Susan erschauerte beim Anblick ihrer leeren weißen Kreuzstichaugen.

Die Lage im Rest war gleichermaßen seltsam. Die Pferdebalken waren überfüllt (am Querholz des Ladens auf der gegenüberliegenden Straßenseite waren noch mehr Pferde angebunden worden), und aus jedem Fenster fiel Licht – so viele Fenster und so viele Lichter, daß der Saloon aussah wie ein riesiges Schiff auf einem dunklen Meer –, aber das übliche Tohuwabohu und Gejohle zu den Jagtime-Klängen von Shebs Klavier fehlte.

Sie stellte fest, daß sie sich die Kundschaft im Inneren nur zu gut vorstellen konnte – hundert Männer, vielleicht mehr –, die einfach nur herumstanden und tranken. Keine Unterhaltungen, kein Gelächter, keine rollenden Würfel in Satan's Alley und Johlen oder Stöhnen über das Ergebnis. Keine Pos wurden gekniffen oder gestreichelt; keine Ernteküsse gestohlen; kein Streit mit losem Mundwerk angefangen und mit geballten Fäusten beendet. Nur Männer, die tranken – keine dreihundert Meter von der Stelle entfernt, wo ihr Liebster und seine Freunde eingesperrt waren. Die Männer, die hier waren, würden heute nacht allerdings nichts anderes machen als trinken. Und wenn sie Glück hatte … wenn sie tapfer war und Glück hatte …

Als sie Pylon mit einem gemurmelten Wort vor den Saloon zog, erhob sich eine Gestalt aus den Schatten. Sie spannte jeden Muskel an, doch dann ergriff das erste orangerote Licht des aufgehenden Mondes Sheemies Gesicht. Sie entspannte sich wieder – und lachte sogar ein wenig, hauptsächlich über sich selbst. Er war ein Teil ihres *Ka-tet;* das wußte sie. War es überraschend, daß er es auch wußte?

»Susan«, murmelte er, nahm die *sombrera* ab und hielt sie an die Brust. »Ich hab auf dich gewartet.«

»Warum?« fragte sie.

»Weil ich wußte, daß du kommst.« Er sah über die Schulter zum Rest, ein schwarzer Klotz, der irres Licht in jede Himmelsrichtung abstrahlte. »Wir werden Arthur und die anderen befreien, nicht wahr?«

»Ich hoffe es«, sagte sie.

»Wir müssen. Die Leute da drinnen, die reden nicht, aber sie müssen auch nicht reden. Ich weiß, Susan Patstochter. Ich weiß.«

Sie vermutete, daß er es wußte. »Ist Coral drinnen?«

Sheemie schüttelte den Kopf. »Zum Haus des Bürgermeisters gegangen. Sie hat Stanley gesagt, sie hilft, die Toten für das Begräbnis übermorgen vorbereiten, aber ich glaube nicht, daß sie zum Begräbnis hier ist. Ich glaube, die Großen Sargjäger gehn fort, und sie geht mit ihnen.« Er hob eine Hand und wischte sich die tränenden Augen ab.

»Dein Esel, Sheemie –«

»Schon gesattelt, und ich hab den langen Strick.«

Sie sah ihn mit offenem Mund an. »Woher hast du gewußt –«

»So, wie ich gewußt hab, daß du kommst, Susan-Sai. Ich wußte einfach.« Er zuckte die Achseln und zeigte in die ungefähre Richtung. »Capi ist da hinten. Ich hab ihn an die Pumpe des Kochs gebunden.«

»Das ist gut.« Sie kramte in der Satteltasche, wo sie die Kracher versteckt hatte. »Hier. Nimm ein paar davon. Hast du ein oder zwei Schwefelhölzer?«

»Ay.« Er stellte keine Fragen, steckte die Kracher einfach in die Hosentasche. Sie jedoch, die in ihrem ganzen Leben noch nie durch die Schwingtür des Traveller's Rest gegangen war, hatte noch eine Frage an ihn.

»Was machen sie mit ihren Mänteln und Hüten und *serapes*, wenn sie reinkommen, Sheemie? Sie müssen sie doch abnehmen; beim Trinken wird einem warm.«

»Oh, ay. Die legen sie auf einen langen Tisch gleich hinter der Tür. Manche zanken sich, wem was gehört, wenn sie nach Hause gehn wollen.«

Sie nickte und dachte hart und schnell nach. Er stand vor ihr, die *sombrera* immer noch an die Brust gedrückt, und ließ sie tun, was er nicht konnte … jedenfalls nicht nach landläufiger Meinung. Schließlich hob sie wieder den Kopf.

»Sheemie, wenn du mir hilfst, bist du in Hambry erledigt … in Mejis erledigt … im Äußeren Bogen erledigt. Du kommst mit uns, wenn wir fliehen können. Das mußt du verstehen. Ja?«

Sie sah, daß er es verstand; sein Gesicht leuchtete förmlich bei dem Gedanken. »Ay, Susan! Ich komme mit dir und Will Dearborn und Richard Stockworth und meinem besten Freund, Mr. Arthur Heath! Nach Innerwelt! Wir werden Gebäude und Statuen und Frauen in Kleidern wie Feenprinzessinnen sehen, und –«

»Wenn wir geschnappt werden, werden wir getötet.«

Er hörte auf zu lächeln, aber sein Blick wurde nicht unsicher. »Ay, getötet werden wir, wenn erwischt, höchstwahrscheins.«

»Wirst du mir trotzdem helfen?«

»Capi ist gesattelt«, wiederholte er. Susan dachte sich, daß das als Antwort genügte. Sie ergriff die Hand, mit der er die *sombrera* an die Brust drückte (der Hut war ziemlich eingedrückt, und nicht zum erstenmal). Sie bückte sich, hielt Sheemies Finger mit einer Hand und das Horn ihres Sattels mit der anderen, und küßte ihn auf die Wange. Er lächelte zu ihr auf.

»Wir werden unser Bestes tun, richtig?« fragte sie ihn.

»Ay, Susan Patstochter. Wir werden unser Bestes für unsere Freunde tun. Unser Allerbestes.«

»Ja. Jetzt hör mir zu, Sheemie. Ganz genau.«

Sie begann zu reden, und Sheemie hörte zu.

10

Zwanzig Minuten später, als sich der aufgeblähte orangerote Mond über die Häuser der Stadt quälte wie eine schwangere Frau, die einen steilen Hügel erklimmt, führte ein einsamer *vaquero* einen Esel die Hill Street entlang auf das Büro des Sheriffs zu. Dieses Ende der Hill Street lag vollkommen im Schatten. Um Green Heart herum war ein wenig Licht, aber selbst der Park (der in jedem anderen Jahr überfüllt, laut und hell erleuchtet gewesen wäre) war weitgehend menschenleer. Fast alle Stände hatten geschlossen, und von den wenigen, die offen waren, hatte nur der Wahrsager ein wenig Zulauf. Heute konnte er nur Schlechtes prophezeien, aber dennoch kamen sie – taten sie das nicht immer?

Der *vaquero* trug eine schwere *serape;* falls dieser spezielle Cowboy die Brüste einer Frau hatte, waren sie gut verborgen.

Der *vaq* trug einen großen *sombrero* mit Schweißflecken; falls dieser Cowboy das Gesicht einer Frau hatte, war es ebenfalls verborgen. Unter der breiten Hutkrempe sang eine leise Stimme »Careless Love«.

Der Sattel des Esels war unter einem großen Bündel verborgen, das daran festgebunden worden war – Tuch oder Kleidungsstücke, obwohl man es in den dunklen Schatten unmöglich sagen konnte. Am amüsantesten freilich war das, was um den Hals des Esels hing wie ein eigenartiges Ernteamulett: zwei *sombreros* und ein Viehtreiberhut an einem Stück Schnur.

Als sich der *vaq* dem Büro des Sheriffs näherte, hörte der Gesang auf. Das Büro hätte verlassen sein können, hätte man nicht ein schwaches Licht durch eines der Fenster scheinen sehen. Im Schaukelstuhl auf der Veranda saß eine komische Strohpuppe mit einer bestickten Weste von Herk Avery und einem Blechstern. Wachen waren keine zu sehen, und nichts deutete darauf hin, daß die drei bestgehaßten Männer in Mejis im Inneren einsaßen. Nun konnte der *vaquero* ganz leise die Klänge einer Gitarre hören.

Das schwache Knattern von Krachern übertönte es. Der *vaq* blickte über eine Schulter und sah eine dunkle Gestalt. Sie winkte. Der *vaquero* nickte, winkte zurück und band den Esel am Pfosten fest – demselben, an dem Roland und seine Freunde ihre Pferde festgebunden hatten, als sie an einem Sommertag vor ganz langer Zeit gekommen waren, um dem Sheriff ihre Aufwartung zu machen.

II

Die Tür ging auf – niemand hatte sich die Mühe gemacht, sie abzuschließen –, während Dave Hollis schätzungsweise zum zweihundertstenmal versuchte, die Überleitung von »Captain Mills, You Bastard« zu spielen. Ihm gegenüber saß Sheriff Avery zurückgelehnt auf seinem Schreibtischstuhl und hatte die Hände auf seiner Wampe verschränkt. Weiches orangerotes Licht erfüllte den Raum.

»Wenn Sie nicht aufhören, Deputy Dave, wird es keine Hinrichtung geben müssen«, sagte Cuthbert Allgood. Er stand an der Tür einer der Zellen und hatte die Hände um die Gitterstäbe gelegt. »Wir werden uns selbst töten. Aus Notwehr.«

»Halt den Mund, Made«, sagte Sheriff Avery. Er döste halb im Anschluß an vier Koteletts zum Abendessen und dachte daran, wie er seinem Bruder (und seiner Schwägerin, die atemberaubend hübsch war) in der benachbarten Baronie von diesem Heldentag erzählen würde. Er würde bescheiden sein, ihnen aber trotzdem klarmachen, daß er eine zentrale Rolle gespielt hatte; wäre er nicht gewesen, hätten diese drei jungen *ladrones* vielleicht –

»Wenn Sie nur nicht singen«, sagte Cuthbert zu Dave. »Ich werde den Mord an Arthur Eld persönlich gestehen, wenn Sie nur nicht singen.«

Links von Bert saß Alain im Schneidersitz auf seiner Pritsche. Roland lag auf seiner, hatte die Hände hinter dem Kopf verschränkt und starrte zur Decke. Aber in dem Augenblick, als die Türfalle klickte, richtete er sich in eine sitzende Haltung auf. Als hätte er nur gewartet.

»Das wird Bridger sein«, sagte Deputy Dave und legte freudig die Gitarre beiseite. Er haßte diese Aufgabe und konnte es kaum erwarten, bis er endlich abgelöst wurde. Heaths Witze waren am schlimmsten. Daß er Witze im Angesicht dessen machen konnte, was ihnen morgen bevorstand.

»Ich glaube, es ist eher einer von ihnen«, sagte Sheriff Avery, der damit die Großen Sargjäger meinte.

Doch es war keiner von beiden. Es war ein Cowboy, förmlich unter einer *serape* begraben, die ihm viel zu groß zu sein schien (die Enden schleiften tatsächlich am Boden, als er hereingestapft kam und die Tür hinter sich schloß), mit einem Hut, den er über die Augen gezogen hatte. Herk Avery dachte, daß der Bursche so aussah, wie sich jemand eine Cowboy-Strohpuppe vorstellen mochte.

»Sagen Sie, Fremder!« sagte er und lächelte ... denn dies war sicher ein Spaß, und Herk Avery konnte einen Spaß besser verstehen als irgend jemand sonst. Besonders nach vier Koteletts und einem Berg Püree. »Wie geht's! Was führt Sie –«

Die Hand, die die Tür nicht geschlossen hatte, war unter der *serape* gewesen. Als sie zum Vorschein kam, hielt sie ungeschickt eine Waffe, die die drei Gefangenen auf der Stelle erkannten.

Avery starrte sie an, und sein Lächeln erlosch langsam. Er wand die Finger auseinander. Die Füße, die er auf den Schreibtisch gelegt hatte, landeten polternd auf dem Boden.

»Oha, Partner«, sagte er langsam. »Lassen Sie uns darüber reden.«

»Nehmen Sie die Schlüssel von der Wand, und schließen Sie die Zellen auf«, sagte der *vaq* mit einer heiseren, künstlich tiefen Stimme. Draußen explodierten mehr Kracher in einer Reihe trockener, knatternder Laute, aber außer Roland bemerkte es niemand.

»Das kann ich nicht so einfach machen«, sagte Avery und zog mit dem Fuß die unterste Schublade seines Schreibtischs auf. Im Inneren befanden sich mehrere Waffen, die von heute morgen übriggeblieben waren. »Ich habe keine Ahnung, ob das Ding geladen ist, kann mir aber nicht vorstellen, daß ein Präriehund wie Sie –«

Der Neuankömmling richtete die Waffe auf den Schreibtisch und drückte ab. In dem kleinen Raum hörte sich der Knall ohrenbetäubend an, aber Roland glaubte – hoffte –, daß es sich bei geschlossener Tür auch nur wie ein Kracher anhören würde. Größer als manche, kleiner als andere.

Gutes Mädchen, dachte er. Oh, gutes Mädchen – aber sei vorsichtig. Um der Götter willen, Sue, sei vorsichtig.

Alle drei standen jetzt mit großen Augen und zusammengepreßten Lippen in einer Reihe an den Zellentüren.

Die Kugel traf die Ecke von Sheriff Averys Rollpult und riß einen riesigen Splitter weg. Avery schrie, kippte seinen Stuhl wieder zurück und fiel um. Den Fuß bekam er nicht mehr aus dem Griff der Schublade heraus; die Schublade schoß aus dem Pult und überschlug sich; drei uralte Feuerwaffen fielen auf den Boden.

»Susan, paß auf!« rief Cuthbert, und dann: »Nein, Dave!«

Am Ende seines Lebens motivierte Pflichtgefühl und nicht Angst vor den Großen Sargjägern Dave Hollis, der gehofft hatte, selbst einmal Sheriff von Mejis zu werden, wenn Avery in den Ruhestand ging (und zwar, sagte er manchmal zu seiner Frau Judy, ein besserer, als der alte Fettsack je sein konnte). Er vergaß, daß er ernsthafte Zweifel angesichts der Art und Weise gehabt hatte, wie die Jungs verhaftet worden waren, und daran, ob sie etwas getan hatten oder nicht. Er dachte nur daran, daß sie Gefangene der Baronie waren und er sie nicht entkommen lassen würde, wenn er es verhindern konnte.

Er sprang den Cowboy in den zu großen Klamotten an, weil er ihm die Waffe aus den Händen reißen wollte. Und ihn damit erschießen, falls erforderlich.

12

Susan betrachtete das gelbe frische Holz am Schreibtisch des Sheriffs und vergaß in ihrem Erstaunen alles – soviel Schaden, verursacht durch einen krumm gemachten Finger! –, als Cuthberts verzweifelter Aufschrei sie in die Wirklichkeit zurückholte.

Sie wich zur Wand zurück, entging so Daves erstem Versuch, die übergroße *serape* zu packen, und drückte, ohne nachzudenken, noch einmal ab. Eine zweite laute Explosion ertönte, und Dave Hollis – ein junger Mann, nur zwei Jahre älter als sie selbst – wurde nach hinten geschleudert und hatte zwischen zwei Zacken des Sterns, den er trug, ein rauchendes Loch in seinem Hemd. Seine Augen waren groß und ungläubig. Sein Monokel lag an seinem schwarzen Seidenband neben einer ausgestreckten Hand. Mit einem Fuß stieß er an die Gitarre und warf sie auf den Boden, wo sie ein Geräusch von sich gab, das fast so musikalisch klang wie die Akkorde, an denen er sich versucht hatte.

»Dave«, flüsterte sie. »O Dave, es tut mir leid, was habe ich getan?«

Dave versuchte aufzustehen und kippte vornüber auf sein Gesicht. Das Loch vorne war klein gewesen, aber das Loch, das sie jetzt sah, hinten auf seinem Rücken, war riesig und scheußlich, schwarz und rot und verkohlte Stoffetzen ... als hätte sie ihn mit einem glühenden Schürhaken durchbohrt, nicht erschossen, was barmherzig und zivilisiert sein sollte und beides eindeutig nicht war.

»Dave«, flüsterte sie. »Dave, ich ...«

»Susan, paß auf!« rief Roland.

Es war Avery. Er kam auf Händen und Knien angekrochen, packte sie an den Knöcheln und riß ihre Füße unter ihr weg. Sie landete mit einem Plumps auf ihrer Kehrseite, daß ihre Zähne aufeinanderschlugen, und sah sich ihm Auge in Auge gegenüber – sein froschäugiges, großporiges Gesicht, sein Loch von einem Mund, das nach Knoblauch roch.

»Götter, du bist ein Mädchen«, flüsterte er und streckte die Hände nach ihr aus. Sie drückte Rolands Waffe wieder ab, setzte die Vorderseite ihrer *serape* in Brand und pustete ein Loch in die Decke. Mörtelstaub regnete herab. Avery legte seine feisten Hände um ihren Hals und drückte ihr die Luft ab. Irgendwo, weit entfernt, schrie Roland ihren Namen.

Sie hatte noch eine Chance.

Vielleicht.

Eine ist genug, Sue, meldete sich ihr Vater in ihrem Kopf zu Wort. Mehr als eine brauchst du nicht, mein Schatz.

Sie spannte Rolands Revolver mit dem Daumen, stieß den Lauf tief in die Hautfalte, die von Sheriff Averys Unterkiefer herabhing, und drückte ab.

Die Schweinerei war beachtlich.

13

Averys Kopf fiel so schwer und feucht wie rohes Fleisch in ihren Schoß. Darüber konnte sie zunehmende Wärme spüren. Am unteren Rand ihres Gesichtsfelds züngelten gelbe Flammen.

»Auf dem Schreibtisch!« rief Roland und riß so heftig an seiner Zellentür, daß sie in ihrem Rahmen klirrte. »Susan, der Wasserkrug! Bei deinem Vater!«

Sie rollte Averys Kopf von ihrem Schoß, stand auf, stolperte mit brennender *serape* zum Schreibtisch. Sie konnte den verbrannten Geruch wahrnehmen und war in einem entlegenen Winkel ihres Verstandes dankbar, daß sie Zeit gehabt hatte, ihr Haar nach hinten zu binden, während sie auf die Dämmerung gewartet hatte.

Der Krug war fast voll, aber nicht mit Wasser; sie konnte das süßsaure Aroma von *Graf* riechen. Sie schüttete das Getränk über sich und hörte das kurze Zischen, als die Flüssigkeit die Flammen löschte. Sie streifte die *serape* ab (und den zu großen *sombrero* gleich mit) und warf sie auf den Boden. Sie betrachtete Dave wieder, einen Jungen, mit dem sie aufgewachsen war, den sie einst, in längst vergangenen Zeiten, vielleicht sogar hinter Hookeys Tor geküßt haben mochte.

»Susan!« Das war Rolands Stimme, schroff und drängend. »Die Schlüssel! Beeil dich!«

Susan holte den Schlüsselring von seinem Nagel an der Wand. Sie ging zuerst zu Rolands Zelle und steckte den Ring blind zwischen die Gitterstäbe durch. Der Gestank von Pulverdampf, verbrannter Wolle und Blut hing schwer in der Luft. Bei jedem Atemzug krampfte sich ihr der Magen zusammen.

Roland fand den richtigen Schlüssel, hielt ihn zum Gitter hinaus und rammte ihn ins Schloß. Einen Moment später war er draußen und nahm sie ungestüm in die Arme, während ihre Tränen flossen. Einen Augenblick später waren auch Cuthbert und Alain draußen.

»Du bist ein Engel!« sagte Alain und umarmte sie ebenfalls.

»Ich nicht«, sagte sie und weinte noch hemmungsloser. Sie hielt Roland die Waffe hin. Der Revolver fühlte sich schmutzig in ihrer Hand an, und sie wollte nie wieder einen anfassen. »Er und ich haben zusammen gespielt, als wir Hemdenmätze waren. Er war einer von den Guten – hat nie an Zöpfen gezogen oder ist ruppig gewesen –, und er war auch als Erwachsener gut. Jetzt habe ich ihn umgebracht, und wer wird es seiner Frau sagen?«

Roland nahm sie wieder in die Arme und hielt sie einen Moment. »Du hast getan, was du tun mußtest. Wenn nicht er, dann wir. Weiß Sie das nicht?«

Sie nickte an seiner Brust. »Avery, um den ist es mir nicht schade, aber Dave …«

»Komm mit«, sagte Roland. »Jemand könnte die Schüsse als solche erkannt haben. Hat Sheemie die Kracher geworfen?«

Sie nickte. »Ich habe Kleidung für euch. Hüte und *serapes*.«

Susan lief zur Tür zurück, machte sie auf, sah in beide Richtungen hinaus und verschwand in der zunehmenden Dunkelheit.

Cuthbert nahm die versengte *serape* und legte sie über das Gesicht von Deputy Dave. »Scheißpech, Partner«, sagte er. »Bist zwischen die Fronten geraten, was? Ich schätze, du warst kein übler Kerl.«

Susan kam wieder herein und trug die gestohlene Ausrüstung, die an Capis Sattel festgezurrt gewesen war. Sheemie war bereits zu seinem nächsten Auftrag unterwegs, ohne daß man es ihm hätte sagen müssen. Wenn der Saloonjunge ein Schwachkopf war, hatte sie eine ganze Menge Leute kennengelernt, die noch weitaus schwächer im Kopf waren.

»Wo hast du das alles besorgt?« fragte Alain.

»Aus dem Traveller's Rest. Und ich habe es nicht besorgt. Das war Sheemie.« Sie hielt ihnen die Hüte hin. »Kommt, beeilt euch.«

Cuthbert nahm die Kopfbedeckungen und verteilte sie. Roland und Alain waren bereits in die *serapes* geschlüpft; mit den tief in die Gesichter gezogenen Hüten hätten sie jederzeit als Baronie-*vaqs* von der Schräge durchgehen können.

»Wohin gehen wir?« fragte Alain, als sie auf die Veranda traten. An diesem Ende war die Straße noch dunkel und verlassen; die Schüsse hatten keinerlei Aufmerksamkeit erregt.

»Als erstes zu Hookey's«, sagte Susan. »Dort sind eure Pferde.«

Sie gingen als Vierergruppe gemeinsam die Straße entlang. Capi war fort; Sheemie hatte den Esel mitgenommen. Susans Herz schlug rasend schnell, und sie konnte Schweißperlen auf der Stirn spüren, aber trotzdem war ihr kalt. Ob das, was sie getan hatte, nun Mord war oder nicht, sie hatte heute abend zwei Leben genommen und damit eine Grenze überschritten, über die es kein Zurück in die andere Richtung mehr gab. Sie hatte es für Roland getan, ihren Liebsten, und das Wissen, daß sie keine andere Wahl gehabt hatte, spendete ihr immerhin ein wenig Trost.

Werdet glücklich miteinander, ihr Treulosen! Ihr Mörder! Ich verfluche Sie mit dieser Asche!

Susan nahm Rolands Hand, und als er sie drückte, drückte sie auch. Und als sie zum Dämonenmond hinaufschaute, dessen boshaftes Antlitz nun die cholerische orangerote Färbung verlor und silbern wurde, dachte sie, daß sie für ihre Liebe den höchsten aller Preise bezahlt hatte, als sie auf den armen, aufrechten Dave Hollis schoß – sie hatte mit ihrer Seele bezahlt. Wenn er sie jetzt verließ, würde sich der Fluch ihrer Tante erfüllen, denn nur Asche würde zurückbleiben.

Kapitel 9
Ernte

I

Als sie den Stall betraten, der von einer einzigen trüben Gaslampe erleuchtet wurde, kam ein Schatten aus einer der Boxen. Roland, der beide Revolver umgeschnallt hatte, zog sie. Sheemie, der einen Steigbügel hochhielt, sah ihn mit einem unsicheren Lächeln an. Dann wurde sein Lächeln breiter, seine Augen strahlten vor Glück, und er rannte auf sie zu.

Roland steckte die Revolver weg und wollte den Jungen umarmen, aber Sheemie lief an ihm vorbei und warf sich in Cuthberts Arme.

»Mannomann«, sagte Cuthbert, stolperte erst komisch rückwärts und hob Sheemie hoch. »Du wirfst mich ja um, Junge!«

»Sie hat euch rausgeholt!« rief Sheemie. »Ich wußte, daß sie es schaffen würde, das wußte ich! Gute alte Susan!« Sheemie drehte sich zu Susan um, die neben Roland stand. Sie war immer noch blaß, wirkte aber gefaßt. Sheemie wandte sich zu Cuthbert und drückte ihm einen Kuß mitten auf die Stirn.

»Mann!« sagte Bert wieder. »Wofür war der denn?«

»Weil ich dich so gern hab, guter alter Arthur Heath! Du hast mir das Leben gerettet!«

»Nun, das mag sein«, sagte Cuthbert und lachte verlegen (sein geliehener *sombrero*, der ihm von Anfang an zu groß gewesen war, saß ihm nun komisch schief auf dem Kopf), »aber wenn wir uns jetzt nicht beeilen, wirst du nicht lange was davon haben.«

»Die Pferde sind alle gesattelt«, sagte Sheemie. »Susan hat gesagt, daß ich es tun soll, und das hab ich. Ich bin fast fertig. Ich muß nur noch den Steigbügel hier an Mr. Richard Stockworths Pferd dranmachen, weil der alte bald abfällt.«

»Das ist eine Arbeit für später«, sagte Alain und nahm den

Steigbügel. Er legte ihn beiseite und wandte sich an Roland. »Wohin gehen wir?«

Rolands erster Gedanke war, daß sie zum Mausoleum der Thorins zurückkehren sollten.

Sheemie reagierte darauf unverzüglich mit Entsetzen. »Auf den Beinhof? Wenn der Dämonenmond voll ist?« Er schüttelte so heftig den Kopf, daß sich seine *sombrera* löste und sein Haar von einer Seite auf die andere flog. »Die sind tot da drinnen, Sai Dearborn, aber wenn man sie zur Zeit des Dämons reizt, stehen sie vielleicht auf und gehen rum!«

»Das wäre sowieso nicht gut«, sagte Susan. »Die Frauen aus der Stadt werden den Weg von Seafront mit Blumen schmükken, und das Mausoleum selbst auch. Olive wird das beaufsichtigen, wenn sie kann, aber meine Tante und Coral werden wahrscheinlich mit von der Partie sein. Und diesen Damen wollen wir auf keinen Fall über den Weg laufen.«

»Na gut«, sagte Roland. »Steigen wir auf und reiten los. Denk darüber nach, Susan. Du auch, Sheemie. Wir suchen einen Platz, wo wir uns mindestens bis zum Morgengrauen verstecken können, und es sollte ein Versteck sein, das wir in höchstens einer Stunde erreichen können. Abseits der Großen Straße, und in jeder beliebigen Richtung, außer Nordwesten.«

»Warum nicht Nordwesten?« fragte Alain.

»Weil wir jetzt dorthin reiten. Wir haben eine Aufgabe zu erfüllen … und wir werden sie wissen lassen, daß wir sie erfüllen werden. Vor allem Eldred Jonas.« Sein Lächeln war dünn wie eine Messerklinge. »Er soll wissen, daß das Spiel vorbei ist. Keine Partie Schloß mehr. Die *echten* Revolvermänner sind da. Mal sehen, ob er es mit denen aufnehmen kann.«

2

Eine Stunde später, als der Mond hoch über den Bäumen stand, erreichte Rolands *Ka-tet* das Ölfeld von Citgo. Aus Sicherheitsgründen ritten sie parallel zur Großen Straße, aber es stellte sich heraus, daß die Vorsichtsmaßnahme unnötig war: Sie sahen keinen einzigen Reiter auf der Straße, weder in der einen noch in der anderen Richtung. *Es ist, als wäre das Erntefest dieses Jahr ab-*

gesagt worden, dachte Susan... dann dachte sie an die Strohpuppen mit den roten Händen und erschauerte. Morgen abend hätten sie Roland die Hände rot angemalt, und sie würden es immer noch tun, wenn man ihr *Ka-tet* erwischte. *Und nicht nur ihm. Uns allen. Auch Sheemie.*

Sie ließen die Pferde (und Caprichoso, der mißmutig, aber behende an einem Strick hinter ihnen hergetrottet war) angebunden an einer längst ausgefallenen Pumpenanlage in der südöstlichen Ecke des Geländes zurück und gingen zu Fuß langsam zu den funktionierenden Pumpen, die sich alle im selben Abschnitt befanden. Wenn sie sich überhaupt unterhielten, dann flüsternd. Roland wußte nicht, ob das notwendig wäre, aber es schien angemessen, zu flüstern. Roland fand Citgo weitaus unheimlicher als den Friedhof, und obwohl er bezweifelte, daß die Toten dort aufwachen würden, Dämonenmond hin oder her, gab es hier einige *äußerst* unruhige Leichen, quietschende Zombies, die rostzerfressen im Mondschein standen und ihre Kolben auf und ab bewegten wie marschierende Füße.

Roland führte sie trotzdem in den aktiven Teil der Anlage, vorbei an einem Schild mit der Aufschrift WAS MACHT IHR SCHUTZHELM? und einem weiteren, auf dem stand: WIR PRODUZIEREN ÖL, WIR RAFFINIEREN SICHERHEIT. Sie blieben unter einem Förderturm stehen, der so laut quietschte, daß Roland schreien mußte, um sich verständlich zu machen.

»Sheemie! Gib mir ein paar von den großen Kanonenschlägen!«

Sheemie hatte eine Handvoll aus Susans Satteltasche mitgenommen und gab ihm zwei davon. Roland nahm Bert am Arm und zog ihn mit. Ein rostiger Zaun umgab den Förderturm quadratisch, und als die Jungs darüberklettern wollten, brachen die verrosteten Querstreben wie alte Knochen. Sie sahen einander in den unruhigen Schatten, welche die Maschinen im Mondschein warfen, nervös und amüsiert an.

Susan faßte Roland am Arm. »*Sei vorsichtig!*« rief sie über das rhythmische *Wumpa-wumpa-wumpa* der Förderpumpe hinweg. Sie sah nicht ängstlich aus, stellte er fest, nur aufgeregt und wachsam.

Er grinste, zog sie zu sich und gab ihr einen Kuß auf das Ohrläppchen. »Mach dich bereit zu fliehen«, flüsterte er. »Wenn wir es richtig machen, dann wird es eine neue Fackel hier bei Citgo geben. Eine verdammt große.«

Er und Cuthbert duckten sich unter der untersten Strebe des rostigen Förderturms hindurch, standen neben dem Mechanismus und verzogen die Gesichter, weil ihnen der Lärm in den Ohren dröhnte. Roland wunderte sich, daß die Anlage nicht schon vor Jahren zusammengebrochen war. Die meisten mechanischen Teile befanden sich in rostigen Metallhüllen, aber er konnte einen gigantischen kreisenden Schaft sehen, auf dem Öl glänzte, das aus automatischen Ventilen stammen mußte. In der Nähe herrschte ein Geruch, der ihn an das ausströmende Gas erinnerte, das auf der anderen Seite des Ölfelds regelmäßig abgefackelt wurde.

»*Riesenfürze!*« rief Cuthbert.

»*Was?*«

»*Ich sagte, das riecht wie ... ach, vergiß es! Ziehen wir es durch, wenn wir können ... können wir?*«

Roland wußte es nicht. Er ging zu den Maschinen, die unter Blechgehäusen in einem verblassenden, rostigen Grünton ihren Unmut herausschrien. Bert folgte ihm widerstrebend. Die beiden schlüpften in einen kurzen Durchgang, stinkend und höllisch heiß, der sie fast direkt unter den Bohrturm führte. Vor ihnen drehte sich der Schaft am Ende des Kolbens unablässig; Öltränen liefen an seiner glatten Oberfläche hinab. Daneben befand sich ein gekrümmtes Rohr – mit ziemlicher Sicherheit ein Überlaufrohr, dachte Roland. Ab und zu fiel ein Tropfen Rohöl von seinem Rand herab, auf dem Boden darunter befand sich eine schwarze Pfütze. Er zeigte darauf, und Cuthbert nickte.

Hier drinnen nützte nicht einmal Brüllen etwas; die Welt war ein dröhnendes, quietschendes Pandämonium. Roland legte seinem Freund eine Hand um den Hals und zog Cuthberts Ohr an seine Lippen; mit der anderen hielt er Bert einen Kanonenschlag vor die Augen.

»Zünd ihn an und renn los«, sagte er. »Ich halte ihn fest und verschaffe dir soviel Zeit wie möglich. Deinetwegen ebenso wie meinetwegen. Ich will freie Bahn durch diese Maschine zurück haben, hast du verstanden?«

Cuthbert nickte an Rolands Lippen, dann drehte er den Kopf des Revolvermanns herum, so daß er auf dieselbe Weise sprechen konnte. »Und wenn hier genügend Gas ist, daß die Luft Feuer fängt, wenn ich einen Funken schlage?«

Roland wich zurück. Hob die Handflächen zu einer »Woher-soll-ich-das-wissen?«-Geste. Cuthbert lachte und holte eine Schachtel Schwefelhölzer heraus, die er vor ihrer Flucht von Averys Schreibtisch genommen hatte. Er fragte mit den Brauen, ob Roland bereit war. Roland nickte.

Der Wind wehte heftig, aber unter dem Förderturm wurde er von den umliegenden Maschinen abgehalten; die Flamme des Schwefels brannte ruhig. Roland hielt den Kanonenschlag daran und mußte kurz und schmerzlich an seine Mutter denken, wie sehr sie diese Dinger gehaßt hatte, wie sie stets sicher gewesen war, daß ihn irgendwann einer ein Auge oder einen Finger kosten würde.

Cuthbert klopfte sich über dem Herzen auf die Brust und küßte seine Handfläche, die universelle Geste, mit der man sich Glück wünschte. Dann hielt er die Flamme an die Zündschnur. Die Zündschnur fing an zu zischeln. Bert wirbelte herum, tat so, als würde er an einem abgedeckten Maschinenblock abprallen – typisch Bert, dachte Roland; er würde noch am Galgen seine Witze machen –, und dann schoß er wie ein Pfeil in den kurzen Durchgang, durch den sie hereingekommen waren.

Roland hielt den Feuerwerkskörper, so lange er es wagte, dann ließ er ihn in das Überlaufrohr fallen. Er verzog das Gesicht, als er sich abwandte, und rechnete halb damit, daß eintreten würde, was Bert befürchtet hatte: daß die Luft explodieren würde. Aber sie explodierte nicht. Er rannte den kurzen Durchgang entlang, gelangte ins Freie, sah Cuthbert direkt außerhalb des zerbrochenen Zauns stehen. Roland winkte ihm mit beiden Händen zu – *Lauf, du Idiot, lauf!* –, und dann explodierte die Welt hinter ihm.

Der Knall war ein tiefes, rülpsendes Pochen, das Rolands Trommelfelle nach innen zu drücken und ihm die Luft aus den Lungen zu saugen schien. Der Boden unter seinen Füßen rollte wie eine Welle unter einem Boot, eine große, warme Hand wurde auf seinen Rücken gelegt und schubste ihn vorwärts. Er bildete sich ein, daß er einen Schritt mit ihr rannte – vielleicht sogar zwei oder drei Schritte –, dann wurde er von den Füßen gerissen und gegen den Zaun geschleudert, wo Cuthbert nicht mehr stand; Cuthbert lag auf dem Rücken und starrte etwas hinter Roland an. Die Augen des Jungen waren groß und staunend; sein Mund stand offen. Roland konnte das alles deutlich sehen, denn Citgo war inzwischen taghell erleuchtet. Es schien, als hätten sie ihr eigenes Erntefreudenfeuer angezündet, eine Nacht zu früh und viel heller, als es das in der Stadt jemals sein konnte.

Er rutschte auf Knien zu Cuthbert und packte ihn unter den Armen. Hinter ihnen ertönte ein gewaltiges, reißendes Brüllen, und plötzlich regneten Metalltrümmer um sie herum vom Himmel. Sie sprangen auf und rannten zu Alain, der vor Susan und Sheemie stand und versuchte, sie abzuschirmen.

Roland riskierte einen raschen Blick über die Schulter und sah, daß die Überreste des Bohrturms – rund die Hälfte davon stand noch – inmitten einer gelben Feuersäule, die schätzungsweise fünfzig Meter in den Himmel ragte, schwarzrot glühten wie ein erhitztes Hufeisen. Das war immerhin ein Anfang. Er wußte nicht, wieviel Bohrtürme er noch sprengen konnte, bis Leute aus der Stadt eintrafen, war aber entschlossen, so viele wie möglich anzuzünden, wie groß das Risiko auch sein mochte. Wenn sie die Tanks beim Hanging Rock sprengten, war das nur die Hälfte der Aufgabe. Farsons *Quelle* mußte vernichtet werden.

Wie sich herausstellte, mußten sie keine Kanonenschläge mehr in andere Bohrtürme werfen. Unter dem Ölfeld verlief ein Netz verbundener Rohrleitungen, die überwiegend mit Erdgas gefüllt waren, das durch die uralten, lecken Dichtungen eingedrungen war. Roland und Cuthbert hatten die anderen kaum erreicht, als eine zweite Explosion ertönte und eine zweite Feuersäule aus einem Bohrturm rechts von dem ersten in die Höhe schoß. Einen Augenblick später explodierte ein dritter Bohrturm – volle sechzig Meter von den ersten beiden entfernt – mit einem Laut wie das Brüllen eines Drachen. Das Eisengerüst wurde aus den Betonsäulen gezogen, wo es verankert war, wie ein Zahn aus entzündetem Zahnfleisch. Es stieg auf einem gleißend blaugelben Kissen in die Höhe, erreichte seinen Höchststand bei rund zwanzig Metern, kippte und schlug krachend wieder auf, so daß Funken in alle Himmelsrichtungen stoben.

Noch einer. Noch einer. Und noch einer.

Die fünf jungen Leute standen fassungslos in ihrer Ecke und hielten die Hände hoch, um die Augen vor dem gleißenden Licht zu schützen. Inzwischen brannten Bohrtürme auf dem ganzen Ölfeld wie Kerzen auf einem Geburtstagskuchen, und die Hitze, die ihnen entgegenschlug, war gewaltig.

»Götter, seid uns gnädig«, flüsterte Alain.

Wenn sie noch länger hier blieben, wurde Roland klar, würden sie aufplatzen wie Popcorn. Und an die Pferde mußten sie auch denken; die waren zwar weit vom Mittelpunkt der Explosionen entfernt, aber es gab keine Garantie, daß dieser Mittelpunkt bleiben würde, wo er war; er sah schon zwei Bohrtürme, die gar nicht mehr funktioniert hatten, in Flammen gehüllt. Die Pferde mußten Todesangst haben.

Verdammt, *er* hatte Todesangst.

»Kommt mit!« rief er.

Sie liefen im wabernden orangegelben Licht zu den Pferden.

3

Zuerst glaubte Jonas, es würde nur in seinem Kopf passieren – daß die Explosionen ein Teil ihres Liebesspiels wären.

Liebesspiel, jar. Liebesspiel, Pferdescheiße. Er und Coral machten ebensowenig ein Liebesspiel, wie Esel addierten. Aber es war *etwas*. O ja, das war es wirklich.

Er hatte früher schon leidenschaftliche Frauen gehabt, die einen in eine Art Ofen einführten und festhielten und einen voll gieriger Hitze ansahen, während sie die Hüften bewegten, aber vor Coral hatte er noch nie eine Frau gehabt, die einen derart starken harmonischen Akkord in ihm zum Klingen brachte. Was Sex betraf, hatte er stets zu den Männern gehört, die ihn nahmen, wenn sie ihn bekamen, und vergaßen, wenn nicht. Aber bei Coral wollte er ihn nur nehmen, nehmen und nochmals nehmen. Wenn sie zusammen waren, liebten sie sich wie Katzen oder Frettchen, wanden sich und zischten und krallten; bissen einander und verfluchten einander, und bis jetzt hatten sie beide noch nicht einmal annähernd genug. In ihrem Beisein kam sich Jonas manchmal vor, als würde er in süßem Öl gebraten werden.

Heute abend hatte eine Versammlung des Pferdezüchterverbandes stattgefunden, der in letzter Zeit überwiegend zum Farson-Verband geworden war. Jonas hatte sie auf den neuesten Stand gebracht, hatte ihre idiotischen Fragen beantwortet und dafür gesorgt, daß sie wußten, was sie am nächsten Tag zu tun hatten. Als das erledigt war, hatte er nach Rhea gesehen, die in Kimba Rimers alter Suite untergebracht worden war. Sie hatte nicht einmal bemerkt, als Jonas nach ihr gesehen hatte. Sie saß in Rimers Arbeitszimmer mit der hohen Decke und den Bücherregalen an den Wänden – hinter Rimers Eisenholzschreibtisch, in Rimers Polstersessel, und sah so fehl am Platze aus wie das Höschen einer Hure auf dem Altar in der Kirche. Auf Rimers Schreibtisch lag Zauberers Regenbogen. Sie ließ die Hände darüber kreisen und murmelte verbissen vor sich hin, aber die Kugel blieb dunkel.

Jonas hatte sie eingeschlossen und war zu Coral gegangen. Sie hatte in dem Salon auf ihn gewartet, wo das morgige Konversationalium stattfinden sollte. In diesem Flügel gab es ausreichend Schlafzimmer, aber sie hatte ihn in das ihres toten Bruders geführt… und das nicht zufällig, wie Jonas vermutete. Sie hatten sich in dem Himmelbett geliebt, das Hart Thorin nie mit seiner Mätresse teilen würde.

Es war stürmisch, wie es immer gewesen war, und Jonas näherte sich seinem Orgasmus, als der erste Förderturm in die Luft flog. *Mann Jesus, die ist vielleicht eine Nummer*, dachte er. *Auf der ganzen verdammten Welt hat es nie eine Frau wie sie –*

Danach zwei weitere Explosionen in rascher Folge, und Coral erstarrte einen Moment unter ihm, bevor sie wieder mit den Hüften zustieß. »Citgo«, sagte sie mit einer heiseren, keuchenden Stimme.

»Jar«, knurrte er und paßte seine Stöße ihrem Rhythmus an. Er hatte jedes Interesse am Sex verloren, aber sie hatten den Punkt erreicht, wo es unmöglich war, einfach aufzuhören, selbst wenn man Gefahr lief, getötet oder verstümmelt zu werden.

Zwei Minuten später ging er nackt zu Thorins kleiner Nische von einem Balkon, und sein halb erigierter Penis baumelte vor ihm von einer Seite auf die andere, wie sich ein Schwachkopf einen Zauberstab vorstellen mochte. Coral folgte einen Schritt hinter ihm, ebenso nackt wie er.

»Warum gerade jetzt?« platzte sie heraus, als Jonas die Balkontür aufmachte. »Ich hätte noch dreimal kommen können!«

Jonas beachtete sie nicht. Die Landschaft im Nordwesten war in mondvergoldete Dunkelheit gehüllt ... nur da nicht, wo das Ölfeld lag. Dort sah er ein grelles gelbliches Licht, das sich vor seinen Augen ausbreitete und heller wurde; eine donnernde Explosion nach der anderen hallte über die Meilen zwischen dort und hier.

Er verspürte eine seltsame Verfinsterung seines Verstands – dieses Gefühl war da, seit dieser Bengel Dearborn ihn mittels eines fieberhaften intuitiven Gedankensprungs durchschaut, erkannt hatte, wer und was er war. Wenn er mit der holden und vitalen Coral schlief, ließ das Gefühl ein wenig nach, aber als er jetzt die Feuerlohe sah, wo sich bis vor fünf Minuten noch die Ölreserven des Guten Mannes befunden hatten, kehrte es mit lähmender Intensität zurück wie ein Sumpffieber, das manchmal aus dem Fleisch verschwindet, aber sich in den Knochen einnistet und nie wieder ganz weggeht. *Sie sind im Westen,* hatte Dearborn gesagt. *Die Seele eines Mannes, wie Sie einer sind, kann den Westen niemals verlassen.* Das stimmte natürlich, und es hätte keinen Knallkopf wie Will Dearborn gebraucht, um ihm das zu sagen ... aber jetzt, wo es gesagt worden war, konnte ein Teil seines Verstands nicht mehr aufhören, daran zu denken.

Der verfluchte Will Dearborn. Wo genau steckte er jetzt, er und seine beiden wohlerzogenen Kameraden? In Averys *calabozo?* Das glaubte Jonas nicht. Nicht mehr.

Erneute Explosionen zerrissen die Nacht. Unten liefen die Männer durcheinander und brüllten, die schon frühmorgens im Anschluß an die Morde durcheinandergelaufen waren und gebrüllt hatten.

»Das ist das größte Erntefeuerwerk, das wir je hatten«, sagte Coral mit leiser Stimme.

Bevor Jonas etwas erwidern konnte, wurde heftig an die Schlafzimmertür geklopft. Einen Augenblick später wurde sie aufgerissen, und Clay Reynolds, der nur ein Paar Bluejeans trug, kam hereingestürmt. Sein Haar war wild; seine Augen blitzten noch wilder.

»Schlechte Nachrichten aus der Stadt, Eldred«, sagte er. »Dearborn und die beiden anderen Bengel aus Innerwelt –«

Drei weitere Explosionen, die fast unmittelbar aufeinander folgten. Ein großer orangeroter Feuerball schwang sich träge über dem brennenden Citgo-Ölfeld in den nachtschwarzen Himmel, verblaßte, erlosch. Reynolds kam auf den Balkon und stand zwischen ihnen am Geländer, ohne ihrer Nacktheit Beachtung zu schenken. Er betrachtete den Feuerball mit großen, staunenden Augen, bis er fort war. Fort, genau wie die Bengel. Jonas spürte, wie die seltsame, lähmende Düsternis ihn wieder zu übermannen drohte.

»Wie sind sie entkommen?« fragte er. »Weißt du es? Weiß es Avery?«

»Avery ist tot. Der Deputy, der bei ihm war, auch. Ein anderer Deputy hat sie gefunden, Todd Bridger… Eldred, was geht da draußen vor? Was ist passiert?«

»Oh, das sind eure Jungs«, sagte Coral. »Sie haben nicht lange gebraucht, um ihre eigenen Erntefeuer zu organisieren, was?«

Wieviel Mumm haben sie? fragte sich Jonas. Das war eine gute Frage – vielleicht die einzige, die zählte. Hatten sie jetzt genug Ärger gemacht… oder fingen sie gerade erst an?

Wieder wollte er hier weg sein – weg von Seafront, weg von Hambry, weg von Mejis. Plötzlich wollte er mehr als alles andere Meilen, Räder weit entfernt sein. Er war hinter seinem Hügel hervorgekommen, es war zu spät, wieder zurückzugehen, und nun kam er sich schrecklich schutzlos vor.

»Clay.«

»Ja, Eldred?«

Aber die Augen des Mannes – und sein Verstand – waren noch mit der Feuersbrunst in Citgo beschäftigt. Jonas packte ihn an der Schulter und drehte ihn zu sich herum. Er spürte, wie sein eigenes Denken in die Gänge kam, einzelne Punkte und Details abhakte, und begrüßte das Gefühl. Dieser seltsame, dunkle Fatalismus war verblaßt und verschwunden.

»Wie viele Männer sind hier?« fragte er.

Reynolds runzelte die Stirn, dachte darüber nach. »Fünfunddreißig«, sagte er. »Schätzungsweise.«

»Wie viele bewaffnet?«

»Mit Schußwaffen?«

»Nein, mit Blasrohren, du verdammter Narr.«

»Wahrscheinlich…« Reynolds zupfte an seiner Unterlippe

und runzelte heftiger denn je die Stirn. »Wahrscheinlich ein Dutzend. Soll heißen, mit Schußwaffen, die vermutlich auch funktionieren.«

»Die Bosse vom Pferdezüchterverband? Sind die noch alle da?«

»Ich glaube, ja.«

»Hol Lengyll und Renfrew. Wenigstens mußt du sie nicht wecken; sie werden *alle* wach sein, und die meisten davon gleich da unten.« Jonas zeigte mit dem Daumen in den Innenhof. »Sag Renfrew, er soll eine Vorhut zusammenstellen. Bewaffnete Männer. Ich hätte gern acht oder zehn, aber fünf nehme ich auch. Laß das kräftigste, robusteste Pony des Hauses vor den Karren der alten Frau spannen. Sag diesem alten Penner Miguel, wenn das Pony, das er aussucht, zwischen hier und Hanging Rock tot umfällt, kann er seine verschrumpelten alten Eier als Ohrstöpsel benutzen.«

Coral Thorin lachte kurz und bellend auf. Reynolds sah sie an, riskierte noch einen Blick auf ihre Brüste und wandte sich mit Mühe wieder Jonas zu.

»Wo ist Roy?« fragte Jonas.

Reynolds sah nach oben. »Zweiter Stock. Mit einem kleinen Hausmädchen.«

»Wirf ihn aus dem Bett«, sagte Jonas. »Es ist seine Aufgabe, die alte Hexe reisefertig zu machen.«

»Wir brechen auf?«

»So schnell wir können. Wir beide zuerst, zusammen mit Renfrews Jungs, und dann Lengyll mit den restlichen Männern. Achte nur darauf, daß Hash Renfrew bei uns ist, Clay; der Mann hat Mumm in den Knochen.«

»Was ist mit den Pferden auf der Schräge?«

»Vergiß die verschissenen Pferde.« Eine weitere Explosion erfolgte bei Citgo; ein weiterer Feuerball schwebte himmelwärts. Jonas konnte die dunklen Rauchwolken nicht sehen, die aufsteigen mußten, oder das Öl riechen; der Wind, der von Osten nach Westen wehte, trug beides von der Stadt weg.

»Aber –«

»Mach einfach, was ich dir sage.« Inzwischen sah Jonas seine Prioritäten in einer klaren, aufsteigenden Ordnung. Die Pferde standen ganz weit unten – Farson konnte sich praktisch überall neue Pferde beschaffen. Über ihnen kamen die am Hanging Rock untergestellten Tankwagen. Die waren jetzt wichtiger denn je, weil die Quelle zerstört war. Wenn sie die Tankwagen verloren, konnten die Großen Sargjäger vergessen, wieder nach Hause zu gehen.

Aber am wichtigsten war Farsons kleines Stück vom Regenbogen des Zauberers. Das war der einzige wirklich unersetzliche Gegenstand. Wenn die Kugel zerschellte, dann sollte sie im Besitz von George Latigo zerschellen, und nicht in dem von Eldred Jonas.

»Beweg dich«, sagte er zu Reynolds. »Depape reitet mit Lengylls Männern. Du mit mir. Los doch. Laß knacken.«

»Und ich?« fragte Coral.

Er streckte die Hand aus und zog sie zu sich. »Dich hab ich nicht vergessen, Liebling«, sagte er.

Coral nickte und griff ihm zwischen die Beine, ohne auf den glotzenden Reynolds zu achten. »Ay«, sagte sie. »Und ich hab dich nicht vergessen.«

4

Sie entkamen von Citgo mit einem Klingeln in den Ohren und etwas versengt an den Rändern, aber weitgehend unverletzt; Sheemie ritt hinter Cuthbert auf dessen Pferd, Caprichoso trabte an seiner langen Leine hinterher.

Susan war es, der die Stelle einfiel, wo sie hingehen sollten, und wie die meisten Lösungen schien sie auf der Hand zu liegen ... sobald sie erst einmal jemandem eingefallen war. Und so kamen die fünf, als der Erntevorabend zum Erntemorgen geworden war, zu der Hütte im Bösen Gras, wo Susan und Roland sich mehrere Male getroffen hatten, um miteinander zu schlafen.

Cuthbert und Alain rollten Decken aus, setzten sich und begutachteten die Schußwaffen, die sie aus dem Büro des Sheriffs mitgenommen hatten. Berts Schleuder hatten sie ebenfalls gefunden.

»Das sind schwere Kaliber«, sagte Alain, hielt einen Revolver mit aufgeklappter Trommel hoch und sah mit einem Auge durch den Lauf. »Wenn ihre Streuung nicht zu groß ist, Roland, kann man wohl etwas damit anfangen.«

»Ich wünschte, wir hätten das Maschinengewehr dieses Ranchers«, sagte Cuthbert sehnsüchtig.

»Weißt du, was Cort über so ein Gewehr sagen würde?« fragte Roland, worauf Cuthbert zu lachen anfing. Alain ebenso.

»Wer ist Cort?« fragte Susan.

»Der harte Bursche, für den sich Eldred Jonas nur hält«, sagte Alain. »Er war unser Lehrmeister.«

Roland schlug vor, daß sie eine oder zwei Stunden schlafen sollten – der nächste Tag würde schwierig werden. Daß es gleichzeitig ihr letzter sein könnte, schien ihm nicht eigens erwähnenswert.

»Alain, paßt du auf?«

Alain, der genau wußte, daß Roland nicht von seinen Ohren oder seiner Aufmerksamkeitsspanne sprach, nickte.

»Hörst du etwas?«

»Noch nicht.«

»Bleib dran.«

»Mach ich... aber ich kann nichts versprechen. Die Gabe ist launisch. Das weißt du so gut wie ich.«

»Versuch es einfach.«

Sheemie hatte sorgfältig zwei Decken in der Ecke neben seinem erklärten besten Freund ausgebreitet. »Er ist Roland... und *er* ist Alain... wer bist du, guter alter Arthur Heath? Wer bist du wirklich?«

»Cuthbert ist mein Name.« Er streckte die Hand aus. »Cuthbert Allgood. Guten Tag, guten Tag, und noch mal guten Tag.«

Sheemie schüttelte die dargebotene Hand und fing an zu kichern. Es war ein fröhlicher, unerwarteter Laut, bei dem sie alle lächeln mußten. Das Lächeln tat Roland etwas weh, und er vermutete, wenn er sein Gesicht im Spiegel sehen könnte, würde er Verbrennungen entdecken, weil er so nahe an den explodierenden Bohrtürmen gewesen war.

»Ke-juth-bert«, sagte Sheemie kichernd. »Herrje! Ke-juthbert, das ist ein komischer Name, kein Wunder, daß du so ein komischer Kerl bist. Ke-juth-bert, oh-aha-ha-ha, das ist ein Knüller, ein echter Knüller!«

Cuthbert lächelte und nickte. »Kann ich ihn jetzt töten, Roland, falls wir ihn nicht mehr brauchen?«

»Behalten wir ihn noch eine Weile in Reserve, ja?« sagte Roland, drehte sich zu Susan um und hörte auf zu lächeln. »Kann Sie einen Moment mit mir hinauskommen, Sue? Ich würde gern mit Ihr reden.«

Sie sah zu ihm auf und versuchte, seinen Gesichtsausdruck zu lesen. »Einverstanden.« Sie streckte die Hand aus. Roland nahm sie, sie gingen zusammen in den Mondschein hinaus, und unter seinem Licht verspürte Susan, wie sich das Grauen in ihr Herz stahl.

5

Sie schritten schweigend durch süßlich duftendes Gras, das Kühen und Pferden gut schmeckte, auch wenn es ihre Bäuche dehnte, sie aufblähte und tötete. Es stand hoch – mindestens dreißig Zentimeter höher als Rolands Kopf – und war noch so grün wie der Sommer. Kinder verirrten sich manchmal im Bösen Gras und starben dort, aber Susan hatte sich nie gefürchtet, wenn sie mit Roland hier war, auch wenn es keine Orientierungspunkte am Himmel gab; sein Orientierungssinn war völlig unbeirrbar.

»Sue, Sie hat mir nicht gehorcht, was die Revolver angeht«, sagte er schließlich.

Sie sah ihn lächelnd an, halb amüsiert und halb wütend. »Wünscht Er demnach, wieder in seiner Zelle zu sein? Er und seine Freunde?«

»Nein, selbstverständlich nicht. Wie tapfer du warst!« Er drückte sie an sich und küßte sie. Als er sich von ihr löste, atmeten beide schwer. Er nahm sie an den Armen und sah ihr in die Augen. »Aber diesmal mußt du mir gehorchen.«

Sie sah ihn gelassen an und sagte nichts.

»Sie weiß«, sagte er. »Sie weiß, was ich Ihr sagen will.«

»Ay, vielleicht.«

»Sag es. Besser, du sagst es als ich.«

»Ich soll in der Hütte bleiben, wenn du und die anderen beiden aufbrechen. Sheemie und ich sollen bleiben.«

Er nickte. »Wirst du es tun? Wird *Sie* es tun?«

Sie dachte, wie fremd und unangenehm sich Rolands Revolver in ihrer Hand angefühlt hatte, als sie ihn unter der *serape* versteckt hatte; an Daves große, fassungslose Augen, als die Kugel ihn nach hinten riß, die sie ihm in die Brust geschossen hatte; wie die Kugel nur ihre eigene Kleidung in Brand gesetzt hatte, als sie das erste Mal versucht hatte, auf Sheriff Avery zu schießen, obwohl er direkt vor ihr gewesen war. Sie hatten keine Waffe für sie (es sei denn, sie nähme eine von Roland), sie konnte sowieso nicht besonders gut damit umgehen... und, noch wichtiger, sie *wollte* keine haben. Unter diesen Umständen schien es das beste, wenn sie sich vom Geschehen fernhielt, zumal sie auch an Sheemie denken mußten.

Roland wartete geduldig. Sie nickte. »Sheemie und ich werden auf Ihn warten. Das ist ein Versprechen.«

Er lächelte erleichtert.

»Und nun vergilt es mir mit Ehrlichkeit, Roland.«

»Wenn ich kann.«

Sie schaute zum Mond hinauf, erschauerte wegen der ominösen Fratze, die sie sah, und sah Roland wieder an. »Wie groß ist die Chance, daß Er zu mir zurückkommen wird?«

Darüber dachte er gründlich nach, ohne ihre Arme loszulassen. »Weitaus besser, als Jonas glaubt«, sagte er schließlich. »Wir werden am Rand des Bösen Grases warten und sollten ihn beizeiten kommen sehen.«

»Ay, die Herde Pferde, die ich gesehen habe –«

»Er könnte ohne Pferde kommen«, sagte Roland, ohne zu wissen, wie gut er sich in Jonas' Denkweise hineinversetzen konnte, »aber seine Leute werden auch ohne die Herde Lärm machen. Und wenn es genug sind, werden wir sie auch sehen – sie werden eine Schneise durch das Gras schlagen wie einen Scheitel durch Haar.«

Susan nickte. Das hatte sie mehrfach von der Schräge aus gesehen – wie sich das Böse Gras auf geheimnisvolle Weise teilte, wenn Männer hindurchritten.

»Und wenn sie nach Ihm suchen, Roland? Wenn Jonas Kundschafter vorausschickt?«

»Ich bezweifle, daß er sich die Mühe machen wird.« Roland zuckte die Achseln. »Und wenn doch, nun, dann töten wir sie.

Lautlos, wenn wir können. Wir sind dafür ausgebildet worden, zu töten; wir werden es tun.«

Sie drehte die Hände um, befreite sich aus seinem Griff und hielt nun seine Oberarme fest. Sie sah ungeduldig und furchtsam aus. »Er hat meine Frage nicht beantwortet. Wie groß ist die Chance, daß ich Ihn wiedersehen werde?«

Er dachte darüber nach. »Eins zu eins«, sagte er schließlich.

Sie machte die Augen zu, als wäre sie geschlagen worden, atmete ein, aus, schlug die Augen wieder auf. »Schlimm«, sagte sie, »aber vielleicht nicht ganz so schlimm, wie ich gedacht habe. Und wenn Er nicht zurückkehrt? Gehen Sheemie und ich dann nach Westen, wie Er zuvor gesagt hat?«

»Ay, nach Gilead. Dort wird es einen Ort der Sicherheit und Achtung für dich geben, Liebste, was immer kommen mag … Aber es ist besonders wichtig, daß du gehst, wenn du die Tanks *nicht* explodieren hörst. Das weiß Sie, oder nicht?«

»Um Sein Volk zu warnen – Sein *Ka-tet.*«

Roland nickte.

»Ich werde sie warnen, keine Bange. Und auch Sheemie behüten. Es ist ebenso sein Verdienst, daß wir so weit gekommen sind, wie alles, was ich getan habe.«

Roland setzte noch aus einem anderen Grund auf Sheemie. Wenn er und Bert und Alain getötet würden, wäre Sheemie es, der ihr Halt geben würde und einen Grund zum Weiterleben.

»Wann bricht Er auf?« fragte Susan. »Haben wir noch Zeit, uns zu lieben?«

»Wir haben Zeit, aber vielleicht wäre es besser, wir täten es nicht«, sagte er. »Auch ohne wird es mir schwer genug fallen, dich zu verlassen. Es sei denn, du willst es wirklich …« Seine Augen flehten sie fast an, ja zu sagen.

»Gehen wir einfach zurück und legen uns ein wenig hin«, sagte sie und nahm seine Hand. Einen Augenblick lag ihr auf der Zunge, ihm zu sagen, daß sie sein Kind empfangen hatte, aber im letzten Moment behielt sie es doch für sich. Er mußte auch ohne dieses Wissen über mehr als genug nachdenken … und sie wollte ihm solch frohe Kunde nicht unter einem so häßlichen Mond überbringen. Gewiß würde das kein Glück bringen.

Sie gingen durch das hohe Gras zurück, das sich bereits wieder über ihren Spuren schloß. Vor der Hütte drehte er sie zu sich um, legte ihr die Hände auf die Wangen und küßte sie noch einmal zärtlich.

»Ich werde Sie immer lieben, Susan«, sagte er. »Welche Stürme auch kommen mögen.«

Sie lächelte. Durch die Aufwärtsbewegung ihrer Wangen flossen Tränen in ihren Augen über. »Welche Stürme auch kommen mögen«, stimmte sie zu. Sie küßte ihn noch einmal, und sie gingen hinein.

6

Der Mond ging bereits unter, als eine acht Mann starke Gruppe unter dem Torbogen hindurchritt, auf dem in großen Lettern KOMMET IN FRIEDEN geschrieben stand. Jonas und Reynolds ritten voraus. Hinter ihnen kam Rheas schwarzer Karren, von einem trabenden Pony gezogen, das kräftig genug aussah, als könnte es die ganze Nacht und den halben nächsten Tag durchlaufen. Jonas hatte ihr einen Kutscher geben wollen, aber Rhea hatte sich geweigert – »Hat nie ein Tier gegeben, mit dem ich nicht besser zurechtgekommen wäre als mit jedem Mann«, sagte sie zu ihm, und das schien zu stimmen. Sie hatte die Zügel lose im Schoß liegen; das Pony tat auch ohne sie, was von ihm erwartet wurde. Bei den fünf anderen Männern handelte es sich um Hash Renfrew, Quint und drei von Renfrews besten *vaqueros*.

Coral hatte ebenfalls mitkommen wollen, aber Jonas hatte andere Pläne. »Wenn wir getötet werden, kannst du mehr oder weniger weitermachen wie zuvor«, hatte er gesagt. »Nichts wird dich mit uns in Verbindung bringen.«

»Ich bin nicht sicher, ob ich ohne dich einen *Grund* habe, weiterzumachen«, sagte sie.

»Ach, hör mit dieser Schulmädchenscheiße auf, das paßt nicht zu dir. Du wirst genug Gründe finden, weiter den Weg entlangzustolpern, wenn dir nichts anderes übrigbleibt. Wenn alles gutgeht – davon gehe ich aus – und du immer noch bei mir sein willst, dann brich hier auf, sobald du die Nachricht hörst, daß wir Erfolg hatten. In den Vi-Castis-Bergen, westlich von hier, gibt es eine Stadt. Ritzy. Reite auf dem schnellsten Pferd dorthin, über das du dein Bein schwingen kannst. Du wirst Tage vor uns dort sein, wie schnell wir auch vorankommen werden. Such dir ein anständiges Gasthaus, wo eine alleinstehende Frau aufgenommen wird … falls es so etwas in Ritzy gibt. Warte. Wenn wir mit den Tankwagen eintreffen, reihst du dich einfach an meiner rechten Seite in die Kolonne ein. Hast du verstanden?«

Das hatte sie. Coral Thorin war eine Frau unter tausend – gerissen wie der Herr Satan persönlich, und ficken konnte sie wie Satans Lieblingshure. Wenn jetzt nur noch alles so reibungslos ablief, wie es sich bei ihm angehört hatte.

Jonas fiel zurück, bis sein Pferd neben dem schwarzen Karren tänzelte. Rhea hatte die Kugel aus dem Beutel genommen und in ihrem Schoß liegen. »Irgendwas Neues?« fragte er. Er hoffte, das rosa Pulsieren wieder darin zu sehen, und zugleich graute ihm davor.

»Nayn. Aber sie wird sprechen, wenn es nötig ist – verlassen Sie sich drauf.«

»Wozu bist du dann gut, alte Frau?«

»Das werden Sie wissen, wenn die Zeit gekommen ist«, sagte Rhea und sah ihn voller Arroganz an (aber auch mit etwas Furcht, wie er zu seiner Freude sah).

Jonas gab seinem Pferd die Sporen und trieb es wieder zum Anfang der kleinen Kolonne. Er hatte beschlossen, Rhea die Kugel beim ersten Anzeichen von Ärger wegzunehmen. In Wahrheit hatte sie schon ihren seltsamen, süchtigmachenden Einfluß auf ihn ausgeübt; er dachte viel zu oft an dieses rosa Pulsieren, das er darin gesehen hatte.

Quatsch, dachte er. Ich fiebere dem Kampf entgegen, das ist alles. Sobald diese Sache vorbei ist, werde ich wieder ganz der alte sein.

Wenn das stimmte, wäre es schön, aber …

… aber in Wahrheit hatte er bereits seine Zweifel.

Renfrew ritt jetzt neben Clay. Jonas drängte sein Pferd zwischen sie. Sein wehes Bein schmerzte wie verrückt; auch ein schlechtes Zeichen.

»Lengyll?« fragte er Renfrew.

»Stellt eine gute Truppe zusammen«, sagte Renfrew, »machen Sie sich keine Sorgen um Fran Lengyll. Dreißig Mann.«

»Dreißig! Bei allen Göttern, ich hab Ihnen gesagt, ich wollte vierzig! Mindestens vierzig!«

Renfrew sah ihn mit einem Blick seiner blassen Augen an und verzog das Gesicht wegen einer besonders heftigen, frischen Windbö. Er zog sein Halstuch über Mund und Nase. Die *vaqs*, die hinter ihm ritten, hatten das bereits getan. »Wieviel Angst haben Sie denn vor diesen drei Jungs, Jonas?«

»Genug für uns beide, schätze ich, weil Sie zu dumm sind, um zu begreifen, wer sie sind oder wozu sie imstande sind.« Er zog sein eigenes Halstuch hoch und zwang sich zu einem umgänglicheren Tonfall. Das war das beste; er brauchte diese Tölpel noch eine Weile. Wenn die Kugel an Latigo übergeben worden war, konnte sich das ändern. »Obwohl wir sie vielleicht nie zu Gesicht bekommen werden.«

»Wahrscheinlich sind sie schon dreißig Meilen von hier und reiten nach Westen, so schnell ihre Pferde sie tragen«, stimmte Renfrew zu. »Ich würde eine Krone dafür geben, zu erfahren, wie sie entkommen konnten.«

Was spielt das für eine Rolle, du Idiot? dachte Jonas, sagte aber nichts.

»Was Lengylls Männer angeht, es werden die härtesten Jungs sein, die er bekommen kann – wenn es zum Kampf kommt, werden diese dreißig kämpfen wie sechzig.«

Jonas sah Clay kurz in die Augen. Das glaube ich erst, wenn ich es sehe, sagte Clays flüchtiger Blick, und Jonas wußte wieder, warum ihm dieser Mann immer sympathischer gewesen war als Roy Depape.

»Wie viele bewaffnet?«

»Mit Schußwaffen? Vielleicht die Hälfte. Sie dürften nicht mehr als eine Stunde hinter uns sein.«

»Gut.« Wenigstens war ihre Hintertür gedeckt. Das mußte genügen. Und er konnte es nicht erwarten, diese dreimal verfluchte Glaskugel loszuwerden.

Ach? flüsterte eine verschmitzte, halb irre Stimme von einer Stelle tiefer als sein Herz. Ach, wirklich?

Jonas beachtete die Stimme nicht mehr, bis sie von selbst verstummte. Eine halbe Stunde später bogen sie von der Straße auf die Schräge ab. Mehrere Meilen vor ihnen lag das Böse Gras, das sich im Wind bewegte wie ein silbernes Meer.

7

Etwa zu der Zeit, als Jonas und seine Gruppe über die Schräge ritten, schwangen sich Roland, Cuthbert und Alain in den Sattel. Susan und Sheemie standen vor der Tür der Hütte, hielten sich an den Händen und sahen ihnen ernst zu.

»Du wirst die Explosionen hören, wenn die Tanks hochgehen, und den Rauch riechen«, sagte Roland. »Auch wenn der Wind in die falsche Richtung weht, glaube ich, wirst du den Rauch riechen. Und dann, keine Stunde später, mehr Rauch. Dort.« Er wies mit dem Arm in die Richtung. »Das wird das Gestrüpp am Eingang des Canyons sein.«

»Und wenn wir nichts davon sehen?«

»Nach Westen. Aber das werdet ihr, Sue. Ich schwöre, das werdet ihr.«

Sie kam nach vorne, legte ihm die Hand auf den Oberschenkel und sah im späten Mondlicht zu ihm auf. Er bückte sich, legte ihr die Hand sanft auf den Hinterkopf, preßte seinen Mund auf ihren Mund.

»Geh deinen Weg unbeschadet«, sagte Susan, als sie sich von ihm löste.

»Ay«, fügte Sheemie plötzlich hinzu. »Seid aufrecht und treu, alle drei.« Er kam selbst nach vorne und berührte zaghaft Cuthberts Stiefel.

Cuthbert bückte sich, nahm Sheemies Hand und schüttelte sie. »Gib gut auf sie acht, alter Junge.«

Sheemie nickte ernst. »Das werde ich.«

»Kommt«, sagte Roland. Er dachte, wenn er das ernste, aufwärtsgerichtete Gesicht noch lange anschauen mußte, würde er anfangen zu weinen. »Gehen wir.«

Sie ritten langsam von der Hütte weg. Bevor das Gras sich hinter ihnen schloß und sie den Blicken entzog, drehte er sich ein letztesmal um.

»Susan, ich liebe Sie.«

Sie lächelte. Es war ein wunderschönes Lächeln. »Vogel und Bär und Fisch und Hase«, sagte sie.

Als Roland sie das nächste Mal sah, war sie in der Glaskugel des Zauberers gefangen.

8

Was Roland und seine Freunde westlich des Bösen Grases sahen, besaß eine schroffe, einsame Schönheit. Der Wind wehte gewaltige Sandschleier über den steinigen Wüstenboden; das Mondlicht verwandelte sie in tolldreiste Phantome. Manchmal konnte man zwei Räder entfernt Hanging Rock sehen, und weitere zwei Räder entfernt den Eingang des Eyebolt Canyon. Manchmal wurden beide vom Staub verborgen. Hinter ihnen gab das hohe Gras ein sehnsuchtsvoll singendes Geräusch von sich.

»Wie geht es euch, Jungs?« fragte Roland. »Alles in Ordnung?«

Sie nickten.

»Ich glaube, es wird eine große Schießerei geben.«

»Wir werden die Gesichter unserer Väter vor Augen haben«, sagte Cuthbert.

»Ja«, stimmte Roland fast geistesabwesend zu. »Wir werden sie ganz deutlich vor Augen haben.« Er streckte sich im Sattel. »Der Wind weht zu unseren Gunsten, nicht zu ihren – das ist eine gute Sache. Wir werden sie kommen hören. Wir müssen die Größe ihrer Gruppe abschätzen. Klar?«

Beide nickten.

»Wenn Jonas seine Zuversicht noch hat, wird er bald eintreffen, und zwar mit einer kleinen Gruppe – alle Bewaffneten, die er in kürzester Zeit zusammentrommeln konnte –, und er wird die Glaskugel bei sich haben. In dem Fall locken wir sie in einen Hinterhalt, töten alle und nehmen des Zauberers Regenbogen an uns.«

Alain und Cuthbert saßen stumm auf ihren Pferden und hörten aufmerksam zu. Der Wind wehte in Böen, und Roland hielt seinen Hut mit der Hand fest, damit er nicht wegflog. »Wenn er damit rechnet, daß wir weiterhin Ärger machen, wird er, glaube ich, später und mit einer größeren Gruppe von Reitern kommen. In dem Fall lassen wir sie vorbei … und wenn der Wind unser Freund ist und weiter günstig weht, folgen wir ihnen.«

Cuthbert fing an zu grinsen. »Oh, Roland«, sagte er. »Dein Vater wäre stolz auf dich. Erst vierzehn, aber gerissen wie der Teufel!«

»Fünfzehn, beim nächsten Mondaufgang«, sagte Roland ernst. »Wenn wir es auf diese Weise machen, werden wir wahrscheinlich ihre Nachzügler töten müssen. Achtet auf mein Zeichen, ja?«

»Wir werden als Teil ihrer Gruppe zum Hanging Rock reiten?« fragte Alain. Er war immer einen oder zwei Schritte langsamer als Cuthbert gewesen, aber das störte Roland nicht; manchmal war Zuverlässigkeit wichtiger als Schnelligkeit. »Ist es das?«

»Wenn die Karten so ausgegeben werden, ja.«

»Wenn sie die rosa Glaskugel bei sich haben, solltest du hoffen, daß sie uns nicht verrät«, sagte Alain.

Cuthbert sah überrascht drein. Roland biß sich auf die Unterlippe und dachte, daß Alain manchmal doch verdammt schnell war. Dieser unangenehme kleine Gedanke war ihm auf jeden Fall vor Cuthbert gekommen ... und vor Roland.

»Wir werden heute morgen auf vieles hoffen müssen, aber wir spielen unsere Karten so, wie sie aufgedeckt werden.«

Sie stiegen ab, setzten sich neben ihren Pferden am Rand des Grases und sprachen kaum ein Wort. Roland sah den silbernen Staubwolken nach, die einander über den Wüstenboden jagten, und dachte an Susan. Er stellte sich vor, daß sie verheiratet wären und irgendwo auf einer Pachtfarm südlich von Gilead lebten. Bis dahin würde Farson besiegt, der seltsame Niedergang der Welt rückgängig gemacht (der kindliche Teil von ihm ging einfach davon aus, daß das passieren würde, wenn John Farson sein verdientes Ende gefunden hatte) und seine Tage als Revolvermann vorüber sein. Kein Jahr war vergangen, seit er sich das Recht verdient hatte, die Sechsschüsser zu tragen, die an seinen Hüften hingen – und die großen Revolver seines Vaters zu tragen, wenn Steven Deschain beschloß, sie ihm weiterzugeben –, und schon war er ihrer überdrüssig. Susans Küsse hatten sein Herz sanfter gemacht und irgendwie seine Sinne geschärft; hatten ein anderes Leben in den Bereich des Möglichen gerückt. Möglicherweise ein besseres. Eines mit einem Haus, Kindern und –

»Sie kommen«, sagte Alain und riß Roland aus seiner Träumerei.

Der Revolvermann stand rasch auf, Rushers Zügel in einer

Hand. Cuthbert stand nervös daneben. »Große oder kleine Gruppe. Kannst du es sagen?«

Alain schaute nach Südosten und hatte die Hände ausgestreckt, Handflächen nach oben. Hinter seiner Schulter sah Roland, wie der Alte Stern gerade am Horizont unterging. Nur noch eine Stunde bis zur Dämmerung demnach.

»Kann ich noch nicht sagen«, sagte Alain.

»Kannst du wenigstens sagen, ob die Kugel –«

»Nein. Sei still, Roland, laß mich horchen!«

Roland und Cuthbert standen nervös neben Alain und beobachteten ihn, während sie gleichzeitig die Ohren spitzten, ob sie den Hufschlag der Pferde, das Quietschen von Rädern oder das Murmeln von Männern im Wind hören konnten. Zeit verging. Der Wind ließ nicht nach, während der Alte Stern verschwand und die Dämmerung heraufzog, sondern wehte heftiger denn je. Roland sah zu Cuthbert, der seine Schleuder in die Hand genommen hatte und nervös mit der Schlaufe spielte. Bert zuckte mit den Achseln.

»Es ist eine kleine Gruppe«, sagte Alain plötzlich. »Kann einer von euch sie fühlen?«

Sie schüttelten die Köpfe.

»Nicht mehr als zehn, vielleicht nur sechs.

»Götter!« murmelte Roland und schwenkte eine Faust zum Himmel. Er konnte nicht anders. »Und die Kugel?«

»Kann ich nicht fühlen«, sagte Alain. Er hörte sich fast an, als schliefe er. »Aber sie haben sie bei sich, glaubst du nicht?«

Roland glaubte es auch. Eine kleine Gruppe, sechs oder acht, die wahrscheinlich die Kugel dabeihatten. Es war perfekt.

»Macht euch fertig, Jungs«, sagte er. »Wir packen sie.«

9

Jonas' Gruppe kam auf der Schräge und durch das Böse Gras gut voran. Die Leitsterne standen funkelnd am Herbsthimmel, und Renfrew kannte sie alle. Er hatte eine Knotenschnur, um zwischen den beiden zu messen, die er die »Zwillinge« nannte, und ließ die Gruppe etwa alle zwanzig Minuten haltmachen, um sie zu benutzen. Jonas hatte nicht den leisesten Zweifel, daß der alte Cowboy sie schnurgerade in Richtung auf Hanging Rock aus dem Bösen Gras herausbringen würde.

Etwa eine halbe Stunde nachdem sie in das Böse Gras hineingeritten waren, kam Quint an seine Seite. »Diese alte Dame, die will Sie sehen, Sai. Sie sagt, es ist wichtig.«

»Ach, tatsächlich?« fragte Jonas.

»Ay.« Quint sprach mit gedämpfter Stimme weiter. »Die Kugel auf ihrem Schoß ist ganz leuchtend.«

»Ist das so? Ich sag Ihnen was, Quint – leisten Sie meinen alten Kumpels Gesellschaft, während ich mich darum kümmere.« Er fiel zurück, bis er neben dem schwarzen Karren trabte. Rhea schaute zu ihm auf, und einen Moment glaubte er in dem rosa Schein, ihr Gesicht wäre das eines jungen Mädchens.

»So«, sagte sie. »Da sind Sie ja, großer Junge. Ich dachte mir, daß Sie schleunigst auftauchen würden.« Sie gackerte, und als sie das Gesicht in ihre verkniffenen Lachfalten legte, sah Jonas sie wieder, wie sie wirklich war – so gut wie ausgelutscht von dem Ding auf ihrem Schoß. Dann sah er es selbst an – und war verloren. Er konnte spüren, wie dieses rosa Leuchten in die tiefsten Durchgänge und Höhlen seines Verstands strahlte und sie ausleuchtete, wie sie noch niemals ausgeleuchtet worden waren. Nicht einmal Coral hatte ihn mit ihren schmutzigsten Praktiken je derart ausleuchten können.

»Das gefällt Ihnen, was?« lachte und gurrte sie gleichermaßen. »Ay, so ist es, so wäre es bei jedem, so ein hübsches Leuchten ist es! Aber was sehen Sie, Sai Jonas?«

Jonas bückte sich, hielt sich mit einer Hand am Sattelhorn fest, und das Haar hing ihm wie ein Schleier herab, als er in die Kugel sah. Zuerst sah er nur das köstliche Lippenrosa, doch dann teilte es sich. Nun sah er eine von hohem Gras umgebene Hütte. Eine Hütte, wie sie nur einem Eremiten gefallen konnte. Die Tür – mit abblätternder, aber immer noch leuchtendroter Farbe bemalt – stand offen. Und dort saß auf einer Steinstufe, die Hände im Schoß, Decken zu ihren Füßen am Boden und das Haar offen auf den Schultern …

»Hol mich der Teufel!« flüsterte Jonas. Er hatte sich jetzt soweit aus dem Sattel gebeugt, daß er wie ein Kunstreiter in einer Zirkusvorstellung aussah, und seine Augen schienen verschwunden zu sein; an ihrer Stelle waren nur noch rosa Höhlen zu sehen.

Rhea gackerte entzückt. »Ay, Thorins Mätresse, die sie nie wurde! Dearborns Liebchen!« Das Gackern verstummte abrupt. »Liebchen des jungen Stechers, der meinen Ermot getötet hat. Und dafür wird er bezahlen, ay, das wird er. Sehen Sie genauer hin, Sai Jonas! Sehen Sie genauer hin!«

Er gehorchte. Alles war jetzt klar, und er dachte, daß er es schon früher hätte sehen müssen. Was die Tante dieses Mädchens befürchtet hatte, stimmte alles. Rhea hatte es gewußt, aber warum sie niemandem gesagt hatte, daß das Mädchen mit einem der Jungs von Innerwelt vögelte, wußte Jonas nicht. Und Susan hatte mehr getan, als nur mit Will Dearborn zu vögeln; sie hatte ihm zur Flucht verholfen, ihm und seinen Kumpanen, und wahrscheinlich hatte sie dabei gleich auch die beiden Männer des Gesetzes für ihn getötet.

Die Gestalt in der Kugel schwamm näher. Ihm wurde ein wenig schwindlig, als er es sah, aber es war ein angenehmes Schwindelgefühl. Hinter dem Mädchen wurde die Hütte von einer Lampe beleuchtet, die auf die kleinste Flamme heruntergedreht worden war. Zuerst dachte Jonas, jemand würde in der Ecke schlafen, aber auf den zweiten Blick sah er, daß es sich nur um einen Haufen Felle handelte, die beinahe wie eine menschliche Gestalt aussahen.

»Können Sie die Jungs sehen?« fragte Rhea scheinbar aus weiter Ferne. »Können Sie sie sehen, M'lord Sai?«

»Nein«, sagte er, und auch seine eigene Stimme schien aus derselben weiten Ferne zu kommen. Sein Blick war auf die Kugel gerichtet. Er konnte spüren, wie sich ihr Licht tiefer und tiefer in sein Gehirn fraß. Es war ein gutes Gefühl, wie ein wärmendes Feuer in einer kalten Nacht. »Sie ist allein. Sieht so aus, als würde sie warten.«

»Ay.« Rhea gestikulierte über der Kugel – eine knappe Handbewegung, wie beim Abstauben –, und das rosa Licht erlosch. Jonas stieß einen leisen, protestierenden Schrei aus, aber das änderte nichts; die Kugel war wieder dunkel. Er wollte die Hände ausstrecken und ihr sagen, daß sie das Licht zurückkehren lassen sollte – sie falls erforderlich anflehen –, und hielt sich durch reine Willenskraft zurück. Als Belohnung kam er langsam wieder zu Verstand. Er erinnerte sich, daß Rheas Gesten so sinnlos waren wie die Puppen in einer Aufführung von Pinch und Jilly. Die Kugel machte, was sie wollte, nicht was Rhea wollte.

Währenddessen sah ihn die häßliche Alte mit auf perverse Weise listigen und klaren Augen an. »Worauf wartet sie, was meinen Sie?« fragte sie.

Sie konnte nur auf eines warten, dachte Jonas mit wachsendem Unbehagen. Die Jungs. Die drei bartlosen Hurensöhne von Innerwelt. Und wenn sie nicht bei ihr waren, konnte es gut sein, daß sie sich irgendwo voraus aufhielten und ebenfalls warteten.

Auf ihn warteten. Möglicherweise sogar auf –

»Hör mir zu«, sagte er. »Ich werde nur einmal fragen, und du solltest mir wahrheitsgemäß antworten. Wissen sie von diesem Ding? Wissen die drei Jungs von dem Regenbogen?«

Sie wandte den Blick von ihm ab. Das war in einer Hinsicht ausreichend Antwort, in anderer nicht. Dort oben auf dem Hügel war es viel zu lange nach ihrem Willen gegangen; sie mußte wissen, wer hier unten der Boss war. Er beugte sich wieder hinunter und packte sie an der Schulter. Es war schrecklich – als würde er einen bloßen Knochen halten, der irgendwie noch lebte –, aber er zwang sich trotzdem, nicht loszulassen. Und zu drücken. Sie stöhnte und wand sich, aber er hielt sie fest.

»Sag es mir, du alte Schlampe! Mach dein verdammtes Maul auf!«

»Sie könnten davon wissen«, winselte sie. »Das Mädchen hätte etwas gesehen haben können in der Nacht, als sie zu mir kam – arrr, lassen Sie los, Sie bringen mich um!«

»Wenn ich dich umbringen wollte, wärst du schon tot.« Er warf noch einen sehnsüchtigen Blick auf die Kugel. Dann richtete er sich wieder im Sattel auf, hielt die hohlen Hände an den Mund und rief: »Clay! Anhalten!« Als Reynolds und Renfrew die Zügel anzogen, hob Jonas eine Hand, damit die *vaqs* hinter ihm stehenblieben.

Der Wind flüsterte im Gras, beugte es, ließ es wogen und peitschte Wirbel süßlichen Dufts auf. Jonas sah nach vorn in die Dunkelheit, obwohl er wußte, daß es vergeblich war, nach ihnen Ausschau zu halten. Sie konnten überall sein, und wenn es um einen Hinterhalt ging, wollte Jonas keine Unbekannten in seiner Gleichung haben. Keine einzige.

Er ritt zu Clay und Renfrew, die warteten. Renfrew sah ungeduldig aus. »Wo liegt das Problem? Die Dämmerung ist nicht mehr fern. Wir sollten voranmachen.«

»Kennen Sie die Hütten im Bösen Gras?«

»Ay, die meisten. Warum –«

»Kennen Sie eine mit einer roten Tür?«

Renfrew nickte und zeigte nach Norden. »Die Hütte des alten Sooney. Hatte eine Art religiöser Bekehrung – ein Traum oder eine Vision oder so was. Darum hat er die Tür seiner Hütte rot gestrichen. Die letzten fünf Jahre hat er bei den Manni gewohnt.« Wenigstens fragte er nicht mehr, warum; er hatte etwas in Jonas' Gesicht gesehen, durch das ihm die Lust aufs Fragen vergangen war.

Jonas hob die Hand, betrachtete einen Moment den eintätowierten blauen Sarg, drehte sich um und rief Quint. »Sie haben das Kommando«, sagte Jonas zu ihm.

Quint zog die struppigen Brauen hoch. »Ich?«

»Jar. Aber Sie reiten nicht weiter – unsere Pläne haben sich geändert.«

»Was –«

»Hören Sie zu, und machen Sie den Mund nicht noch mal auf, es sei denn, Sie haben etwas nicht verstanden. Wenden Sie diesen verdammten schwarzen Karren. Lassen Sie ihn von Ihren Männern sichern, und reiten Sie dorthin zurück, von wo wir gekommen sind. Stoßen Sie zu Lengyll und seinen Männern. Sagen Sie ihnen, Jonas befiehlt, daß alle warten sollen, wo Sie sie finden, bis er und Reynolds und Renfrew kommen. Klar?«

Quint nickte. Er schaute bestürzt drein, sagte aber nichts mehr.

»Gut. An die Arbeit. Und sagen Sie der Hexe, sie soll ihr Spielzeug wieder in die Tasche stecken.« Jonas strich sich mit einer Hand über die Stirn. Finger, die bislang kaum gezittert hatten, fingen nun ganz leicht an zu zittern. »Das Ding ist verwirrend.«

Quint wandte sich ab, drehte sich aber noch einmal um, als Jonas seinen Namen rief.

»Ich glaube, die Jungs von Innerwelt sind da draußen, Quint. Wahrscheinlich sind sie im Moment vor uns, aber wenn sie sich hinter uns befinden, wohin Sie jetzt wieder reiten, werden sie Ihnen wahrscheinlich auflauern.«

Quint sah sich nervös in dem Gras um, das ihm über den Kopf reichte. Dann kniff er die Lippen zusammen und richtete seine Aufmerksamkeit wieder auf Jonas.

»Wenn sie angreifen, werden sie versuchen, die Kugel an sich zu nehmen«, fuhr Jonas fort. »Und, Sai, bedenkt wohl: Jeder Mann, der nicht stirbt, um die Kugel zu schützen, wird sich wünschen, er wäre gestorben.« Er wies mit dem Kinn auf die *vaqs*, die in einer Reihe hinter dem Karren auf ihren Pferden saßen. »Sagen Sie ihnen das.«

»Ay, Boss«, sagte Quint.

»Wenn Sie Lengylls Trupp erreicht haben, sind Sie in Sicherheit.«

»Wie lange sollen wir auf Sie warten, wenn Sie nicht kommen?«

»Bis die Hölle zufriert. Los jetzt.« Als Quint abzog, wandte sich Jonas an Reynolds und Renfrew. »Wir werden einen kleinen Abstecher machen, Jungs«, sagte er.

10

»Roland.« Alains Stimme war leise und dringlich. »Sie haben kehrtgemacht.«

»Bist du sicher?«

»Ja. Hinter ihnen folgt eine zweite Gruppe. Eine viel größere. Dorthin sind sie unterwegs.«

»Sicherheit durch Überzahl, das ist alles«, sagte Cuthbert.

»Haben sie die Kugel?« fragte Roland. »Kannst du sie fühlen?«

»Ja, sie haben sie. Dadurch sind sie so leicht aufzuspüren, auch wenn sie jetzt in die andere Richtung reiten. Wenn man die Kugel erst einmal gefunden hat, strahlt sie wie eine Lampe in einem Bergwerksstollen.«

»Ist sie immer noch in Rheas Obhut?«

»Ich glaube, ja. Es ist schrecklich, sie zu fühlen.«

»Jonas hat Angst vor uns«, sagte Roland. »Er will mehr Männer bei sich haben, wenn er kommt. Das ist es, das muß es sein.« Und merkte nicht, daß er mit seiner Einschätzung richtig und zugleich böse danebenlag. Merkte nicht, daß dies eine der wenigen Gelegenheiten seit ihrer Abreise aus Gilead war, daß er in die katastrophale Gewißheit eines Teenagers verfiel.

»Was machen wir?« fragte Alain.

»Hier sitzen. Horchen. Warten. Sie werden die Kugel wieder hierherbringen, wenn sie zum Hanging Rock wollen. Sie müssen.«

»Susan?« fragte Cuthbert. »Susan und Sheemie? Was ist mit ihnen? Woher wissen wir, daß es ihnen gutgeht?«

»Ich schätze, das können wir nicht wissen.« Roland setzte sich hin, schlug die Beine übereinander und ließ Rushers Zügel lose im Schoß liegen. »Aber Jonas und seine Männer werden bald wieder zurück sein. Und wenn sie kommen, dann tun wir, was wir tun müssen.«

II

Susan hatte nicht in der Hütte schlafen wollen – ohne Roland schien es nicht richtig zu sein. Sie hatte Sheemie unter den alten Fellen in der Ecke zurückgelassen und war mit ihren Decken nach draußen gegangen. Sie blieb noch eine Zeitlang vor der Tür der Hütte sitzen, schaute zu den Sternen hinauf und betete auf ihre Weise für Roland. Als sie sich ein wenig besser fühlte, legte sie sich auf eine Decke und zog die andere über sich. Es schien eine Ewigkeit her zu sein, seit Maria sie aus dem Tiefschlaf wachgerüttelt hatte, daher störten die Schnarchlaute, die aus der Hütte ertönten, nicht sehr. Sie schlief mit dem Kopf auf einem Arm und wachte nicht auf, als Sheemie zwanzig Minuten später zur Tür der Hütte kam, sie verschlafen anblinzelte und ins hohe Gras ging, um zu urinieren. Der einzige, der ihn bemerkte, war Caprichoso, der seine lange Schnauze ausstreckte und Sheemie sanft ins Hinterteil biß, als der Junge an ihm vorbeiging. Sheemie, der fast noch schlief, griff hinter sich und stieß die Schnauze weg. Er kannte Capis Tricks gut genug, so war es.

Susan träumte von dem Weidenwäldchen – Vogel und Bär und Fisch und Hase –, und was sie weckte, war nicht Sheemies Rückkehr von seiner Notdurft, sondern ein kalter Kreis aus Stahl, der ihr in den Nacken gepreßt wurde. Das laute Klicken erkannte sie gleich aus dem Büro des Sheriffs wieder: Der Hahn eines Revolvers wurde gespannt. Das Weidenwäldchen verschwand vor ihrem geistigen Auge.

»Scheine, kleiner Sonnenstrahl«, sagte eine Stimme. Einen Augenblick versuchte ihr bestürzter Verstand im Halbschlaf zu glauben, es wäre gestern, und Maria wolle sie dazu bewegen, aufzustehen und Seafront zu verlassen, bevor die Mörder von Bürgermeister Thorin und Kanzler Rimer zurückkehren und auch sie töten konnten.

Vergebens. Sie schlug die Augen nicht im kräftigen Licht des Vormittags auf, sondern im aschfahlen Schimmer der Morgendämmerung. Keine Frauenstimme, sondern die eines Mannes. Und keine Hand, die sie an der Schulter schüttelte, sondern der Lauf eines Revolvers in ihrem Nacken.

Sie schaute auf und sah ein schmales, von weißen Haaren umrahmtes Gesicht voller Falten. Lippen, kaum mehr als eine Narbe. Augen im selben blaßblauen Farbton wie die Rolands. Eldred Jonas. Der Mann, der hinter ihm stand, hatte ihren eigenen Da einst in glücklicheren Zeiten zu Drinks eingeladen: Hash Renfrew. Ein dritter Mann, einer von Jonas' *Ka-tet*, verschwand geduckt in der Hütte. Lähmende Angst breitete sich in ihrer Leibesmitte aus – teils um sie, teils um Sheemie. Sie war nicht sicher, ob der Junge überhaupt begreifen würde, was mit ihnen geschah. Dies sind zwei der drei Männer, die ihn töten wollten, dachte sie. Soviel wird er begreifen.

»Da bist du, Sonnenschein, da kommst du«, sagte Jonas freundschaftlich und sah zu, wie sie den Nebel des Schlafs fortblinzelte. »Gut! Du solltest hier draußen, so ganz alleine, kein Nickerchen machen, eine hübsche Sai wie du. Aber keine Bange, ich werde dafür sorgen, daß du dorthin zurückkehrst, wo du hingehörst.«

Er schaute auf, als der Rothaarige mit dem Mantel aus der Hütte kam. Allein. »Was hat sie da drinnen, Clay? Irgendwas?«

Reynolds schüttelte den Kopf. »Alles ruhig im Stall, würde ich sagen.«

Sheemie, dachte Susan. Wo bist du, Sheemie?

Jonas streckte die Hand aus und streichelte kurz eine ihrer Brüste. »Hübsch«, sagte er. »Zart und anmutig. Kein Wunder, daß Dearborn dich mag.«

»Nehmen Sie Ihre dreckige blaumarkierte Hand von mir, Sie Dreckskerl!«

Jonas gehorchte lächelnd. Er drehte den Kopf und sah den Esel an. »Den kenne ich. Er gehört meiner guten Freundin Coral. Zu allem anderen bist du nun auch noch zur Viehdiebin geworden! Eine Schande, eine Schande, diese jüngere Generation. Finden Sie nicht auch, Sai Renfrew?«

Aber der alte Freund ihres Vaters sagte nichts. Sein Gesicht blieb bemüht ausdruckslos, und Susan dachte, daß er sich vielleicht ein ganz klein bißchen schämte, hier zu sein.

Jonas drehte sich wieder zu ihr um und verzog die dünnen Lippen zur Nachahmung eines gütigen Lächelns. »Nun, ich glaube, wenn man gemordet hat, fällt es einem leicht, einen Esel zu stehlen, was?«

Sie sagte nichts, sondern sah nur zu, wie Jonas Capis Nüstern streichelte.

»Was haben sie alles mitgeschleppt, diese Jungs, daß ein Esel erforderlich war, es zu tragen?«

»Leichentücher«, sagte sie mit tauben Lippen. »Für Sie und alle Ihre Freunde. Und was für eine beängstigend große Last ist es gewesen – hätte dem armen Tier fast den Rücken gebrochen.«

»In dem Land, wo ich herkomme, gibt es ein Sprichwort«, sagte Jonas, der immer noch lächelte. »Kluge Mädchen kommen in die Hölle. Schon mal gehört?« Er streichelte weiter Capis Nase. Dem Esel schien es zu gefallen; er hatte den Hals ganz lang gemacht und die dummen kleinen Augen vor Wonne halb geschlossen. »Ist dir nicht in den Sinn gekommen, daß Burschen, die ihr Lasttier entladen, unter sich aufteilen, was es getragen hat, und dann weiterreiten, für gewöhnlich nicht zurückkommen?«

Susan sagte nichts.

»Du bist auf dem Trockenen sitzengelassen worden, Sonnenschein. Schnell gefickt ist schnell vergessen, so traurig es ist, das zu sagen. Weißt du, wohin sie gegangen sind?«

»Ja«, sagte sie. Ihre Stimme klang leise, kaum mehr als ein Flüstern.

Jonas schaute zufrieden drein. »Wenn du es sagst, wird es vielleicht einfacher für dich. Meinen Sie nicht auch, Renfrew?«

»Ay«, sagte Renfrew. »Sie sind Verräter, Susan – für den Guten

Mann. Wenn du weißt, wo sie sind und was sie im Schilde führen, dann sag es uns.«

Susan ließ Jonas nicht aus den Augen, als sie sagte: »Kommen Sie näher.« Ihre tauben Lippen wollten sich nicht bewegen, und es hörte sich an wie »Gomsi nähr«, aber Jonas verstand sie, beugte sich nach vorne und streckte den Hals, wodurch er eine absurde Ähnlichkeit mit Caprichoso bekam. Sowie er das tat, spie Susan ihm ins Gesicht.

Jonas zuckte zurück und verzog vor Überraschung und Ekel die Lippen. »Arrr! MISTSTÜCK!« schrie er und versetzte ihr mit der offenen Hand einen kräftigen Schlag, der sie zu Boden warf. Sie landete auf der Seite, schwarze Sterne explodierten vor ihren Augen. Sie spürte, daß ihre Wange wie ein Ballon anschwoll, und dachte: Vier oder fünf Zentimeter tiefer, und er hätte mir das Genick gebrochen. Vielleicht wäre das am besten gewesen. Sie hob die Hand zur Nase und wischte Blut vom rechten Nasenloch.

Jonas drehte sich zu Renfrew um, der einen Schritt nach vorne gemacht hatte und dann stehengeblieben war. »Setzen Sie sie auf das Pferd, und fesseln Sie ihr die Hände vor dem Körper. Fest.« Er sah auf Susan hinab und trat sie so hart gegen die Schulter, daß sie bis zur Hütte rollte. »Du spuckst mich an, was? Spuckst Eldred Jonas an, du Flittchen, was?«

Reynolds hielt ihm sein Halstuch hin. Jonas nahm es, wischte sich die Spucke vom Gesicht und ging vor ihr in die Hocke. Er nahm eine Handvoll von ihrem Haar und wischte das Taschentuch gründlich damit ab. Dann zerrte er sie auf die Füße. Vor Schmerzen liefen ihr Tränen aus den Augenwinkeln, aber sie blieb stumm.

»Deinen Freund sehe ich vielleicht nie wieder, süße Sue mit den zarten kleinen Titten, aber ich habe dich, oder nicht? Jar. Und wenn Dearborn uns Ärger macht, werde ich dir doppelt soviel machen. Und sicherstellen, daß Dearborn es erfährt. Darauf kannst du dich verlassen.«

Sein Lächeln verschwand, und er versetzte ihr einen unerwarteten, heftigen Stoß, der sie fast wieder umgeworfen hätte.

»Und jetzt steig auf, und zwar bevor ich beschließe, dein Gesicht ein wenig mit dem Messer zu verändern.«

12

Sheemie sah im Gras voller Entsetzen und stumm weinend zu, als Susan dem bösen Sargjäger ins Gesicht spuckte und dafür zu Boden geschlagen wurde – so fest, daß der Schlag sie hätte töten können. Da wäre er fast aus seinem Versteck gestürmt, aber etwas – es hätte die Stimme seines Freundes Arthur in seinem Kopf sein können – sagte ihm, daß dann nur er getötet werden würde.

Er sah zu, wie Susan aufsaß. Einer der anderen Männer – kein Sargjäger, sondern ein großer Rancher, den Sheemie von Zeit zu Zeit im Rest gesehen hatte – versuchte, ihr zu helfen, aber Susan stieß ihn mit der Sohle ihres Stiefels weg. Der Mann wich mit rotem Gesicht zurück.

Mach sie nicht wütend, Susan, dachte Sheemie. O Götter, mach das nicht, sie werden dich wieder schlagen! Oh, dein armes Gesicht! Und du hast Nasenbluten, das hast du!

»Letzte Chance«, sagte Jonas zu ihr. »Wo sind sie, und was haben sie vor?«

»Gehen Sie zum Teufel«, sagte Susan.

Er lächelte – ein dünnes, rachevolles Lächeln. »Wahrscheinlich wirst du schon dort sein, wenn ich da eintreffe«, sagte er. Dann, zu dem anderen Sargjäger: »Hast du die Hütte gründlich durchsucht?«

»Was immer sie hatten, haben sie mitgenommen«, antwortete der Rothaarige. »Dearborns Rammelhäschen war das einzige, was sie zurückgelassen haben.«

Darauf mußte Jonas fiesi-fies lachen, während er auf sein eigenes Pferd kletterte. »Kommt«, sagte er, »reiten wir los.«

Sie ritten wieder ins Böse Gras. Das Gras schloß sich hinter ihnen, und es war, als wären sie nie dagewesen ... nur war Susan jetzt fort, und Capi auch. Der große Rancher, der neben Susan ritt, führte den Esel.

Als er sicher war, daß sie nicht zurückkommen würden, ging Sheemie langsam auf die Lichtung zurück und machte dabei den obersten Hosenknopf zu. Er sah in die Richtung, in die Roland und seine Freunde gegangen waren, und in die, wohin sie Susan gebracht hatten. Welche?

Nach kurzem Nachdenken kam er zu dem Ergebnis, daß er

keine Wahl hatte. Das Gras hier draußen war fest und elastisch. Die Spur, die Roland und Alain und der gute alte Arthur Heath (so nannte ihn Sheemie in Gedanken immer noch und würde es immer tun) hinterlassen hatten, würde sich wieder geschlossen haben. Die von Susan und ihren Häschern hingegen war noch deutlich zu sehen. Und wenn er ihr folgte, konnte er vielleicht etwas für sie tun. Ihr helfen.

Sheemie schlug die Richtung ein, in die Susan entführt worden war, zuerst langsam, und dann, als er keine Angst mehr hatte, daß sie umkehren und ihn erwischen könnten, im Laufschritt. Er sollte ihr fast den ganzen Tag folgen.

13

Cuthbert – der schon unter normalen Umständen nicht der Gelassenste war – wurde immer ungeduldiger, als der Tag heller wurde und die wirkliche Dämmerung näherrückte. Ernte, dachte er. Die Ernte ist endlich da, und hier sitzen wir mit gewetzten Messern und haben nichts, das wir schneiden könnten.

Zweimal fragte er Alain, was er »hörte«. Beim erstenmal grunzte Alain nur. Beim zweitenmal fragte er, was Bert erwartete, daß er hören würde, wenn ihm andauernd jemand ins Ohr kläffte.

Cuthbert, der zwei Fragen innerhalb von fünfzehn Minuten nicht als »andauerndes Kläffen« betrachtete, schlenderte davon und setzte sich verdrossen vor sein Pferd. Nach einer Weile kam Roland und setzte sich zu ihm.

»Warten«, sagte Cuthbert. »Das haben wir während unserer Zeit in Mejis am meisten gemacht, und es ist das, was ich am schlechtesten kann.«

»Du wirst es nicht mehr lange tun müssen«, sagte Roland.

14

Jonas und seine Begleitung erreichten die Stelle, wo Fran Lengylls Gruppe vorübergehend ihr Lager aufgeschlagen hatte, etwa eine Stunde nachdem die Sonne über dem Horizont aufgegangen war. Quint, Rhea und Renfrews *vaqs* waren schon da und tranken Kaffee, wie Jonas zu seiner Freude sah.

Lengyll kam nach vorne, sah Susan mit gefesselten Händen reiten und wich tatsächlich einen Schritt zurück, als wollte er eine Ecke suchen, um sich zu verkriechen. Aber es gab keine Ecken hier draußen, und so blieb er stehen. Aber glücklich sah er dabei nicht aus.

Susan trieb ihr Pferd mit den Knien voran, und als Reynolds sie an der Schulter packen wollte, beugte sie sich zur Seite und entkam ihm so vorerst.

»Schau an, Francis Lengyll! Sie hier zu treffen!«

»Susan, es tut mir leid, dich so zu sehen«, sagte Lengyll. Seine Röte näherte sich immer mehr der Stirn wie eine Flut einem Damm. »In schlechte Gesellschaft hast du dich begeben, Mädchen... und am Ende läßt dich schlechte Gesellschaft im Stich.«

Susan lachte tatsächlich. »Schlechte Gesellschaft!« sagte sie. »Ay, darüber wissen Sie ja bestens Bescheid, oder nicht, Fran?«

Er drehte sich in seiner Verlegenheit steif und ungelenk um. Sie hob einen Fuß, und ehe sie jemand hindern konnte, trat sie ihm fest zwischen die Schulterblätter. Er landete auf dem Bauch und verzog das Gesicht vor Schock und Überraschung.

»Wag das nicht, du freche Fotze!« brüllte Renfrew und versetzte ihr einen Schlag seitlich gegen den Kopf – auf die linke Seite, womit wenigstens wieder eine gewisse Symmetrie hergestellt wurde, sollte sie später denken, als ihr Verstand klar wurde und sie wieder denken konnte. Sie schwankte im Sattel, blieb aber sitzen. Und sie sah Renfrew nicht an, nur Lengyll, der sich auf Hände und Knie aufgerichtet hatte. Sein Gesichtsausdruck war benommen.

»Sie haben meinen Vater getötet!« schrie sie ihn an. »Sie haben meinen Vater getötet, Sie feiger, verlogener Jammerlappen von einem Mann!« Sie betrachtete die Gruppe von Ranchern und *vaqs*, die sie nun alle anstarrten. »Da ist er, Fran Lengyll, Vorstand des Pferdezüchterverbands, und der niedrigste Kriecher, den es jemals gab! Niedriger als Kojotenscheiße! Niedriger als –«

»Das reicht«, sagte Jonas und verfolgte interessiert, wie Lengyll mit hängenden Schultern zu seinen Männern zurückfloh – ja, es war eine regelrechte Flucht, wie Susan zu ihrer bitteren Freude sah. Rhea gackerte, schwankte von einer Seite auf die andere und gab ein Geräusch von sich, als würde jemand mit Fingernägeln über eine Schiefertafel kratzen. Das Geräusch schockierte Susan, aber es überraschte sie kein bißchen, daß sich Rhea bei dieser Gruppe befand.

»Es könnte nie und nimmer reichen«, sagte sie und sah mit einem abgrundtiefen Ausdruck der Verachtung von Jonas zu Lengyll. »Für ihn könnte es nie und nimmer reichen.«

»Nun, vielleicht, aber du hast es in der Zeit, die dir zur Verfügung stand, ziemlich gut gemacht, Lady-Sai. Wenige hätten es besser machen können. Und hör dir das Kichern der Hexe an! Wie Salz in seinen Wunden, wotte ich ... aber wir werden ihr bald das Maul stopfen.« Dann drehte er den Kopf: »Clay!«

Reynolds ritt zu ihm.

»Glaubst du, du kannst Sonnenschein unbeschadet nach Seafront zurückbringen?«

»Ich glaube schon.« Reynolds versuchte, sich die Erleichterung nicht anmerken zu lassen, die er empfand, weil er zurück nach Osten geschickt wurde, statt nach Westen. Er hatte kein gutes Gefühl, was Hanging Rock, Latigo und die Tankwagen betraf ... eigentlich die ganze Geschichte. Die Götter wußten, warum. »Gleich?«

»Warte noch einen Augenblick«, sagte Jonas. »Vielleicht muß genau hier gleich jemand getötet werden. Wer weiß? Aber es sind die unbeantworteten Fragen, die es die Mühe wert machen, am Morgen aufzustehen, auch wenn man Schmerzen im Bein hat wie in einem löchrigen Zahn. Würdest du nicht auch sagen?«

»Ich weiß nicht, Eldred.«

»Sai Renfrew, behalten Sie unseren hübschen Sonnenschein einen Moment im Auge. Ich muß ein Stück Eigentum wieder an mich nehmen.«

Seine Stimme hallte weit – so hatte es sein sollen –, und Rheas Gackern verstummte urplötzlich, als wäre es ihr mit einem Tranchiermesser aus dem Hals geschnitten worden. Lächelnd ritt Jonas zu dem schwarzen Karren mit den fröhlichen goldenen Symbolen. Reynolds ritt links von ihm, und Jonas spürte mehr, als er sah, wie Depape rechts einschwenkte. Roy war wirklich ein guter Junge; ein bißchen weich im Kopf, aber mit dem Herzen am rechten Fleck, und alles mußte man ihm nicht sagen.

Mit jedem Schritt von Jonas' Pferd wich Rhea ein Stückchen in ihrem Karren zurück. Ihre Augen in den tiefen Höhlen sahen von einer Seite auf die andere und suchten nach einem Ausweg, den es nicht gab.

»Bleib mir vom Leibe, gemeiner Mann!« rief sie und streckte ihm eine Hand entgegen. Mit der anderen drückte sie den Beutel mit der Glaskugel noch fester an sich. »Bleib mir vom Leibe, oder ich rufe die Blitze, damit sie dich auf deinem Pferd da oben treffen! Und deine wüsten Freunde gleich mit!«

Jonas glaubte, daß Roy daraufhin ein wenig zögerte, aber Clay nicht, und Jonas selbst auch nicht. Er schätzte, daß sie eine Menge tun konnte ... zumindest früher einmal. Aber das war, bevor das hungrige Glas in ihr Leben gekommen war.

»Gib sie mir«, sagte er. Er hielt vor ihrem Karren an und streckte die Hand nach dem Beutel aus. »Sie gehört dir nicht und war niemals dein. Eines Tages wird dir der Gute Mann zweifellos dafür danken, daß du so gut darauf aufgepaßt hast, aber jetzt mußt du sie hergeben.«

Sie schrie – ein so durchdringend schriller Laut, daß mehrere *vaqueros* ihre Blechtassen fallen ließen und die Hände auf die Ohren schlugen. Gleichzeitig schob sie die Hände durch die Schlaufe der Kordel und hob den Beutel über den Kopf. Darin schwang die gewölbte Form der Kugel hin und her wie ein Pendel.

»Niemals!« heulte sie. »Lieber würde ich sie auf dem Boden zerschmettern, als sie einem wie dir geben!«

Jonas bezweifelte, daß die Kugel zerschellen würde, wenn Rhea sie mit ihren kraftlosen Armen auf das niedergetrampelte, federnde Gras warf, aber er glaubte nicht, daß er Gelegenheit bekäme, das herauszufinden, so oder so.

»Clay«, sagte er. »Zieh deine Waffe.«

Er mußte Clay nicht ansehen, um zu wissen, daß er es getan hatte; er sah ihren panischen Blick nach links, wo Clay auf seinem Pferd saß.

»Ich werde jetzt zählen«, sagte Jonas. »Nur kurz; wenn ich bei drei bin und sie den Beutel nicht übergeben hat, pustest du ihr den häßlichen Kopf weg.«

»Ay.«

»Eins«, sagte Jonas und sah zu, wie die Kugel in dem hochgehaltenen Beutel hin und her schwang. Sie leuchtete; er konnte das trübe Rosa sogar durch den Stoff sehen. »Zwei. Viel Spaß in der Hölle, Rhea, leb wohl. Dr –«

»Hier!« schrie sie, hielt ihm den Beutel hin und schirmte mit dem gekrümmten Haken der rechten Hand ihr Gesicht ab. »Hier! Nimm sie! Und sie soll dich verdammen, wie sie mich verdammt hat!«

»Danke-Sai.«

Er ergriff den Beutel unter der Zugschnur und riß ihn hoch. Rhea schrie wieder, als die Kordel ihr die Knöchel aufschürfte und einen Fingernagel abriß. Jonas hörte es kaum. Sein Verstand war eine einzige weiße Explosion des Hochgefühls. Zum erstenmal in seinem langen Leben als professioneller Revolverheld vergaß er seinen Job, seine Umgebung und die sechstausend Dinge, die Tag für Tag sein Tod sein konnten. Er hatte sie; er hatte sie; bei allen Gräbern aller Götter, er hatte die verfluchte Kugel!

Sie gehört mir! dachte er, und das war alles. Irgendwie bezwang er den Drang, den Beutel aufzureißen und den Kopf hineinzustecken wie ein Pferd in einen Hafersack, und schlang die Kordel statt dessen zweimal um sein Sattelhorn. Er holte so tief Luft, wie es seine Lungen erlaubten, und atmete wieder aus. Besser. Ein wenig.

»Roy.«

»Ay, Jonas.«

Es wäre gut, von hier zu verschwinden, dachte Jonas, und nicht zum erstenmal. Fort von diesen Bauerntölpeln. Er hatte es satt, dieses Ay und Ihr und So ist es, durch und durch satt.

»Roy, diesmal zählen wir bis zehn für diese Hexe. Wenn sie mir bei zehn nicht aus den Augen gegangen ist, hast du meine Erlaubnis, ihr den Arsch wegzuschießen. Laß sehen, ob du so weit zählen kannst. Ich werde genau zuhören, damit du keine Zahl überspringst!«

»Eins«, sagte Depape eifrig. »Zwei. Drei. Vier.«

Rhea spie Verwünschungen aus, schnappte sich die Zügel des Karrens und schlug damit dem Pony auf den Rücken. Das Pony legte die Ohren an und zog den Wagen so ruckartig an, daß Rhea vom Sitzbrett fiel und die Füße in die Luft ragten, so daß ihre weißen und knochigen Schienbeine über den schwarzen Halbstiefeln und zwei verschiedenfarbigen Socken zum Vorschein kamen. Die *vaqueros* lachten. Jonas lachte auch. Es war ziemlich komisch, sie auf dem Rücken zu sehen, während sie die Stelzen in die Luft streckte.

»Fü-hü-hüünf!« sagte Depape, der so heftig lachte, daß er einen Schluckauf bekam. »Sek-sek-sechs!«

Rhea kam wieder hoch, ließ sich mit der Anmut eines sterbenden Fischs auf das Sitzbrett fallen und drehte sich mit aufgerissenen Augen und höhnischer Fratze zu ihnen um.

»Ich verfluche euch alle!« kreischte sie. Das traf sie und brachte ihr Gelächter zum Verstummen, während der Karren zum Rand der niedergetrampelten Lichtung rumpelte. »Jeden einzelnen von euch! Dich … und dich … und dich!« Mit ihrem gichtigen Finger zeigte sie zuletzt auf Jonas. »Dieb! Elender Dieb!«

Als ob sie dir gehörte, dachte Jonas (obwohl sein erster Gedanke »Sie gehört mir!« gewesen war, als er sie an sich genommen hatte). Als ob so etwas Wunderbares je einer hinterwäldlerischen Gekrösedeuterin, wie du eine bist, gehören könnte.

Der Karren rollte schwankend durch das Böse Gras, das Pony legte sich mit angelegten Ohren so fest ins Geschirr, wie es konnte; die Schreie der alten Frau trieben es besser an, als jede Peitsche es vermocht hätte. Der schwarze Karren verschwand im Grün. Sie sahen den Wagen flackern wie beim Trick eines Gauklers, dann war er verschwunden. Aber sie hörten noch lange, wie sie ihre Flüche kreischte und ihnen allen unter dem Dämonenmond den Tod wünschte.

15

»Los«, sagte Jonas zu Clay Reynolds. »Bring unseren Sonnenschein zurück. Und wenn du unterwegs anhalten und etwas mit ihr anstellen willst, bitte sehr.« Er sah Susan an, als er es sagte, um zu sehen, welche Wirkung seine Worte haben würden, wurde aber enttäuscht – sie sah benommen aus, als hätte Renfrews letzter Schlag ihr das Gehirn durchgeschüttelt, zumindest vorübergehend. »Sieh nur zu, daß du sie bei Coral ablieferst, wenn du deinen Spaß gehabt hast.«

»Mach ich. Irgendwelche Nachrichten für Sai Thorin?«

»Sag ihr, sie soll das Flittchen sicher verwahren, bis sie etwas von mir hört. Und ... warum bleibst du nicht bei ihr, Clay? Bei Coral, meine ich. Ich glaube nicht, daß wir uns noch Gedanken über dieses Herzchen machen müssen, aber Coral ... reite mit ihr nach Ritzy, wenn sie aufbricht. Sozusagen als ihre Eskorte.«

Reynolds nickte. Das wurde immer besser. Nach Seafront, und das war ausgezeichnet. Wenn er dort ankam, würde er das Mädchen vielleicht ein wenig vernaschen, aber nicht unterwegs. Nicht am hellichten Tag, unter dem gespenstischen vollen Dämonenmond.

»Dann los. Zisch ab.«

Reynolds führte sie über die Lichtung zu einem Punkt, der ein gutes Stück von der Bresche im Gras entfernt lag, wo Rhea ihren Abgang gemacht hatte. Susan ritt stumm und hatte die niedergeschlagenen Augen auf ihre gefesselten Handgelenke gerichtet.

Jonas drehte sich zu den Männern um. »Die drei jungen Burschen aus Innerwelt sind mit Hilfe dieser anmaßenden jungen Schlampe aus dem Gefängnis ausgebrochen«, sagte er und deutete auf Susans Rücken.

Leises, knurrendes Murmeln ertönte aus den Reihen der Männer. Daß »Will Dearborn« und seine Freunde frei waren, hatten sie gewußt; daß Sai Delgado ihnen bei der Flucht geholfen hatte, nicht ... und in diesem Augenblick war es wahrscheinlich gut für sie, daß Reynolds sie durch das Böse Gras aus ihrem Blickfeld führte.

»Das ist nicht wichtig!« rief Jonas und lenkte ihre Aufmerksamkeit wieder auf sich. Er streckte verstohlen eine Hand aus und streichelte damit die runde Unterseite des Beutels. Wenn er die Kugel nur berührte, hatte er das Gefühl, als könnte er alles bewerkstelligen, noch dazu mit einer auf den Rücken gebundenen Hand.

»Vergeßt sie, und vergeßt die Jungs!« Er sah nacheinander Lengyll, Wertner, Croydon, Brian Hookey und schließlich Roy Depape an. »Wir sind fast vierzig Mann und werden bald zu weiteren hundertfünfzig stoßen. Sie sind zu dritt, und keinen

Tag älter als sechzehn. Habt ihr Angst vor diesen kleinen Jungs?«

»Nein!« riefen sie.

»Wenn wir sie treffen, meine Freunde, was werden wir tun?«

»SIE TÖTEN!« Der Aufschrei war so laut, daß Krähen in die Morgensonne flogen und schreiend ihr Mißfallen kundtaten, während sie sich auf die Suche nach einem ruhigeren Plätzchen machten.

Jonas war zufrieden. Er hatte die Hand immer noch auf der angenehmen Rundung der Kugel liegen und spürte, wie Kraft aus ihr in ihn hineinströmte. Rosa Kraft, dachte er und grinste.

»Kommt, Jungs. Ich möchte, daß die Tankwagen im Wald westlich des Eyebolt sind, bevor die Leute zu Hause ihr Freudenfeuer in der Erntenacht anzünden.«

16

Sheemie, der sich ins Gras duckte und auf die Lichtung sah, wurde beinahe von Rheas schwarzem Karren überfahren; die kreischende, stammelnde Hexe raste so dicht an ihm vorbei, daß er den sauren Geruch ihrer Haut und ihres schmutzigen Haares riechen konnte. Wenn sie nach unten geschaut hätte, dann hätte sie ihn gar nicht übersehen können und ihn zweifellos in einen Vogel oder einen Bumbler oder gar einen Moskito verwandelt.

Der Junge sah, wie Jonas Susan der Obhut des Mannes im Mantel anvertraute, und schlich um die Lichtung herum. Er hörte, wie Jonas die Männer aufhetzte (Sheemie kannte viele davon; er schämte sich, daß so viele Cowboys von Mejis dem bösen Sargjäger zu Willen waren), achtete aber nicht auf das, was er sagte. Sheemie erstarrte, als sie aufsaßen, und fürchtete einen Moment, sie könnten auf ihn zu reiten, aber sie ritten in die andere Richtung, nach Westen. Die Lichtung leerte sich fast wie durch Zauberei... aber ganz leerte sie sich nicht. Caprichoso war zurückgelassen worden; sein Strick schleifte auf dem niedergetrampelten Gras. Capi sah den entschwindenden Reitern nach, iahte einmal – als wollte er ihnen sagen, daß sie sich alle zum Teufel scheren konnten –, dann drehte er sich um und sah Sheemie, der auf die Lichtung spähte. Der Esel zuckte mit den Ohren und versuchte zu grasen. Er knabberte ein einziges Mal an dem Bösen Gras, hob den Kopf und iahte Sheemie an, als wollte er sagen, daß das alles die Schuld des Saloonjungen war.

Sheemie sah Caprichoso nachdenklich an und überlegte sich, daß es viel einfacher war, zu reiten als zu laufen. Götter, ja ... aber dieses zweite Iah überzeugte ihn vom Gegenteil. Der Esel könnte zum falschen Zeitpunkt schreien und den Mann warnen, der Susan hatte.

»Ich schätze, du wirst nach Hause finden«, sagte Sheemie. »Bis dann, Junge. Bis dann, guter alter Capi. Wir sehen uns weiter vorne am Weg.«

Er fand die Spur, die Susan und Reynolds hinterlassen hatten, und machte sich wieder an die Verfolgung.

17

»Sie kommen wieder«, sagte Alain einen Augenblick, bevor Roland es selbst spürte – ein kurzes Flackern in seinem Kopf, wie ein rosa Blitz. »Alle.«

Roland ging vor Cuthbert in die Hocke. Cuthbert sah ihn ohne auch nur eine Spur seiner üblichen albernen Heiterkeit an.

»Vieles hängt von dir ab«, sagte Roland und klopfte auf die Schleuder. »Und davon.«

»Ich weiß.«

»Wieviel Munition hast du?«

»Fast vier Dutzend Stahlkugeln.« Bert hielt einen Baumwollbeutel hoch, in dem sich in friedlicheren Zeiten seines Vaters Tabak befunden hatte. »Und verschiedene Feuerwerkskörper in der Satteltasche.«

»Wie viele Kanonenschläge?«

»Genug, Roland.« Ohne zu lächeln. Wenn das Lachen aus ihnen verschwunden war, hatte er die hohlen Augen eines Killers. »Genug.«

Roland strich mit einer Hand über die Vorderseite seiner *serape*, damit seine Hand mit dem rauhen Stoff vertraut wurde. Er sah Cuthbert und Alain an und sagte sich wieder, daß es funktionieren konnte, ja, wenn sie nicht die Nerven verloren und daran dachten, daß sie drei gegen vierzig oder fünfzig waren, dann konnte es funktionieren.

»Diejenigen am Hanging Rock werden die Schüsse hören, wenn es losgeht, oder nicht?« fragte Al.

Roland nickte. »Da der Wind von uns zu ihnen weht, kann gar kein Zweifel daran bestehen.«

»Dann müssen wir uns beeilen.«

»Wir werden unser Bestes geben.« Roland dachte daran, wie er zwischen den verfilzten grünen Hecken hinter dem Großen Saal gestanden hatte, David, den Falken, auf seinem Arm, und der Angstschweiß ihm den Rücken hinunterlief. Ich glaube, du wirst heute sterben, hatte er zu dem Falken gesagt, und er hatte die Wahrheit gesprochen. Aber er selbst hatte überlebt, die Prüfung bestanden und den Flur der Prüfung in östlicher Richtung verlassen. Heute würden Cuthbert und Alain geprüft werden – nicht in Gilead, auf dem traditionellen Prüfungsplatz hinter dem Großen Saal, sondern hier in Mejis, am Rande des Bösen Grases, in der Wüste und im Canyon. Eyebolt Canyon.

»Bestehen oder sterben«, sagte Alain, als hätte er die Gedanken des Revolvermanns gelesen. »Darauf läuft es hinaus.«

»Ja. Am Ende läuft es immer darauf hinaus. Was meinst du, wie lange es dauert, bis sie hier sind?«

»Mindestens eine Stunde, würde ich sagen. Wahrscheinlich zwei.«

»Sie werden Kundschafter vorausschicken.«

Alain nickte. »Das glaube ich auch, ja.«

»Das ist nicht gut«, sagte Cuthbert.

»Jonas hat Angst vor einem Hinterhalt im Gras«, sagte Roland. »Vielleicht auch, daß wir Feuer rings um ihn herum legen. Wenn sie im offenen Gelände sind, werden sie nachlässiger werden.«

»Hoffst du«, sagte Cuthbert.

Roland nickte ernst. »Ja. Hoffe ich.«

18

Zuerst gab sich Reynolds damit zufrieden, das Mädchen im schnellen Schritt auf der Spur niedergetretener Grashalme zurückzuführen, aber etwa dreißig Minuten nachdem er sich von Jonas, Lengyll und den anderen verabschiedet hatte, ließ er die Pferde antraben. Pylon hielt locker das Tempo von Reynolds' Pferd, auch dann, als er zehn Minuten später in einen leichten, aber stetigen Galopp überging. Susan hielt sich mit den gefesselten Händen am Sattelhorn fest und ritt mit wehendem Haar mühelos rechts von Reynolds. Sie dachte, daß ihr Gesicht ziemlich bunt sein mußte; die Haut über ihren Wangen fühlte sich an, als wäre sie mindestens zwei Zentimeter dicker als sonst, geschwollen und empfindlich. Sogar der Wind tat ein bißchen weh.

Wo das Böse Gras in die Schräge überging, machte Reynolds halt und gönnte den Pferden eine Verschnaufpause. Er stieg ab, drehte ihr den Rücken zu und pißte. Derweil schaute Susan den sanften Hang entlang und sah die große Herde unbewacht und verstreut. Immerhin das hatten sie erreicht. Es war nicht viel, aber wenigstens etwas.

»Mußt du auch mal?« fragte Reynolds. »Ich würde dir runterhelfen, aber sag nicht jetzt nein und fang später deswegen an zu winseln.«

»Sie haben Angst. Der große, tapfere Regulator, der Sie sind, hat Angst, ist es nicht so? Ay, Sargtätowierung hin oder her.«

Reynolds versuchte ein verächtliches Grinsen. Es stand seinem Gesicht heute morgen nicht besonders gut. »Du solltest das Weissagen den Leuten überlassen, die etwas davon verstehen, Mädchen. Also, mußt du mal, oder nicht?«

»Nein. Und Sie haben Angst. Wovor?«

Reynolds, der nur wußte, daß sein ungutes Gefühl nicht wie erhofft von ihm gewichen war, als er Jonas verlassen hatte, fletschte die tabakfleckigen Zähne. »Wenn du nicht vernünftig reden kannst, halt einfach den Mund.«

»Warum lassen Sie mich nicht gehen? Vielleicht werden meine Freunde für Sie dasselbe tun, wenn sie uns einholen.«

Diesmal grunzte Reynolds ein Lachen, das fast echt war. Er schwang sich in den Sattel, räusperte sich, spuckte aus. Über ihnen war der Dämonenmond eine blasse und aufgeblähte Kugel am Himmel. »Du kannst träumen, Miss-Sai«, sagte er, »Träume sind frei. Aber diese drei wirst du nie wiedersehen. Die gehören den Würmern, das steht fest. Laß uns weiterreiten.«

Sie ritten weiter.

19

Cordelia war am Erntevorabend überhaupt nicht ins Bett gegangen. Sie saß die ganze Nacht in ihrem Sessel im Salon, und obwohl sie ihr Nähzeug auf dem Schoß hatte, hatte sie weder einen Stich gemacht, noch einen Faden aufgezogen. Nun, als es auf zehn Uhr zuging, saß sie in demselben Sessel und starrte ins Leere. Was hätte es auch schon zu sehen gegeben? Alles war mit einem lauten Krach in sich zusammengestürzt – all ihre Hoffnungen auf das Vermögen, das Thorin Susan und ihrem Kind geben würde, vielleicht solange er noch lebte, mit Sicherheit in seinem Testament; alle ihre Hoffnungen, zu der ihr gemäßen Stellung in der Gesellschaft aufzusteigen; alle ihre Pläne für die Zukunft. Hinweggefegt von zwei eigensinnigen jungen Leuten, die ihre Hosen nicht oben behalten konnten.

Sie saß mit dem Nähzeug auf dem Schoß in ihrem alten Sessel – das Aschezeichen, das ihr Susan auf die Wange geschmiert hatte, stand wie ein Schandmal vor – und dachte: Eines Tages werden sie mich tot in diesem Stuhl finden – alt, arm und vergessen. Dieses undankbare Kind! Nach allem, was ich für sie getan habe!

Ein schwaches Kratzen am Fenster rüttelte sie auf. Sie hatte keine Ahnung, wie lange es schon andauerte, bis es endlich in ihr Bewußtsein eingedrungen war, aber als es soweit war, legte sie ihr Nähzeug beiseite und stand auf, um nachzusehen. Vielleicht ein Vogel. Oder Kinder, die Erntestreiche spielten, ohne zu wissen, daß das Ende der Welt gekommen war. Was auch immer, sie würde es wegscheuchen.

Zuerst sah Cordelia nichts. Als sie sich gerade abwenden wollte, erblickte sie ein Pony nebst Wagen am Rand des Hofs. Der Wagen war ein wenig beunruhigend – schwarz mit aufgemalten goldenen Symbolen –, und das Pony an der Deichselgabel stand mit gesenktem Kopf da, ohne zu grasen, und sah aus, als wäre es halb zu Tode getrieben worden.

Sie betrachtete das alles noch stirnrunzelnd, als direkt vor ihr eine verkrümmte, schmutzige Hand in die Luft gehoben wurde und wieder anfing, am Glas zu kratzen. Cordelia keuchte und hielt beide Hände an die Brust, als ihr Herz vor Schrecken einen Schlag aussetzte. Sie wich einen Schritt zurück und stieß einen kurzen Schrei aus, als sie mit der Wade das Gitter des Ofens streifte.

Die langen, schmutzigen Nägel kratzten noch zweimal und verschwanden wieder nach unten.

Cordelia hielt einen Moment unentschlossen inne, wo sie war, dann ging sie zur Tür, blieb aber an der Holzkiste stehen und nahm ein Stück Schlacke, das in ihre Hand paßte. Für alle Fälle. Dann riß sie die Tür auf, ging zur Hausecke, holte tief Luft und ging weiter zur Gartenseite, wobei sie das Stück Schlacke hob.

»Hinaus, wer immer es ist! Fort, bevor ich –«

Der Anblick, der sich ihr bot, raubte ihr die Stimme: Eine unvorstellbar alte Frau kroch durch die vom Frost abgetöteten Blumen im Beet neben dem Haus – kroch auf sie zu. Das strähnige weiße Haar der Vettel – soweit noch vorhanden – hing ihr ins Gesicht. Eiternde Schwären bedeckten Wangen und Stirn; aus den aufgeplatzten Lippen lief Blut an ihrem spitzen, warzigen Kinn hinab. Ihr Augäpfel hatten eine schmutzige graugelbe Farbe angenommen, und sie keuchte bei jeder Bewegung wie ein undichter Blasebalg.

»Gute Frau, hilf mir«, keuchte diese Erscheinung. »Hilf mir bitte, denn ich bin fast am Ende.«

Cordelia ließ die Hand mit dem Schlackestück sinken. Sie konnte kaum glauben, was sie da sah. »Rhea?« flüsterte sie. »Ist das Rhea?«

»Ay«, flüsterte Rhea, kroch dabei unerbittlich durch die welken Albizzien und krallte die Hände in die kalte Erde. »Hilf mir.«

Cordelia wich einen Schritt zurück; der behelfsmäßige Totschläger hing jetzt neben ihrem Knie. »Nein, ich … ich kann eine wie Sie nicht in meinem Haus dulden … es tut mir leid, Sie so zu sehen, aber … aber ich habe einen Ruf, wißt Ihr … die Leute haben ein Auge auf mich, das haben sie …«

Sie blickte die High Street entlang, während sie das sagte, als rechnete sie damit, eine Reihe der Stadtbewohner an ihrem Zaun zu sehen, die begierig gafften und kaum erwarten konnten, mit ihrem schändlichen und verlogenen Klatsch und Tratsch von dannen zu ziehen, aber es war niemand zu sehen. Hambry war still, die Stege und Fußwege menschenleer, der sonst fröhliche Lärm des Erntejahrmarkts verstummt. Sie sah das Ding wieder an, das durch die welken Blumen kroch.

»Deine Nichte … hat das getan …«, flüsterte das Ding im Dreck. »Alles … ihre Schuld …«

Cordelia ließ das Stück Holzkohle fallen. Es schürfte ihr den Knöchel auf, aber das merkte sie kaum. Sie ballte die Hände vor sich zu Fäusten.

»Hilf mir«, flüsterte Rhea. »Ich weiß … wo sie ist … wir … haben eine Arbeit zu erledigen, wir zwei … Frauenarbeit …«

Cordelia zögerte einen Moment, dann ging sie zu der Frau, kniete nieder, legte einen Arm um sie und richtete sie irgendwie auf. Der Gestank, der von ihr ausging, war durchdringend und übelkeiterregend – der Gestank von verwesendem Fleisch.

Knochige Finger streichelten Cordelias Wange und ihren Hals, als sie der Hexe ins Haus half. Cordelia bekam vor Widerwillen eine Gänsehaut, ließ aber nicht los, bis sie Rhea auf einen Sessel geschafft hatte, wo sie zusammenbrach und aus dem einen Ende keuchte, während sie aus dem anderen furzte.

»Hör mir zu«, zischte die alte Frau.

»Ich höre.« Cordelia zog einen Stuhl herbei und setzte sich neben sie. Sie mochte an der Schwelle des Todes stehen, aber wenn sie einem in die Augen sah, konnte man den Blick kaum abwenden. Nun griff Rhea in das Mieder ihres schmutzigen Kleids, holte ein silbernes Amulett heraus und bewegte es rasch hin und her, als würde sie Perlen zahlen. Cordelia, die die ganze Nacht nicht müde gewesen war, wurde plötzlich schläfrig.

»Die andern sind außerhalb unserer Reichweite«, sagte Rhea, »und die Kugel ist aus meinem Griff geschlüpft. Aber sie –! Ins Haus des Bürgermeisters wurde sie zurückgebracht, und vielleicht können wir uns um sie kümmern – das wenigstens könnten wir, ay.«

»Sie können sich um gar nichts kümmern«, sagte Cordelia wie aus weiter Ferne. »Sie sterben.«

Rhea keuchte Gelächter und ein Rinnsal gelblichen Sabbers aus ihrem Mund. »Sterben? Nayn! Ich bin nur erschöpft und brauche eine Erfrischung. Und nun hör mir zu, Cordelia Hiramstochter und Patsschwester!«

Sie legte einen knochigen (und überraschend kräftigen) Arm um Cordelias Hals und zog sie zu sich. Gleichzeitig hob sie die andere Hand und ließ das Silbermedaillon vor Cordelias aufgerissenen Augen tanzen. Die Vettel tuschelte, und nach einer Weile nickte Cordelia, daß sie verstanden hatte.

»Dann tu es auch«, sagte die alte Frau und ließ sie los. Sie sank erschöpft in den Sessel zurück. »Jetzt gleich, denn ich kann so, wie ich bin, nicht mehr lange durchhalten. Und denk dran, hinterher brauche ich ein wenig Zeit. Zur Genesung, sozusagen.«

Cordelia ging durch das Zimmer zur Küche. Auf dem Tresen neben der Handpumpe stand ein Holzklotz mit den beiden scharfen Messern des Hauses. Sie nahm eines und kam zurück. Ihre Augen waren distanziert und leer, wie die von Susan, als sie im Licht des Kußmonds auf der Veranda von Rheas Hütte gestanden hatte.

»Würdest du es sie büßen lassen?« fragte Rhea. »Denn deshalb bin ich zu dir gekommen.«

»Miss Oh So Jung Und Hübsch«, murmelte Cordelia mit kaum hörbarer Stimme. Sie hob die freie Hand zum Gesicht und strich über ihre ascheverschmierte Wange. »Ja, ich werde sie es büßen lassen, das werde ich.«

»Bis zum Tode?«

»Ay. Ihrem oder meinem.«

»Es wird ihrer sein«, sagte Rhea, »keine Angst. Und nun erfrisch mich, Cordelia. Gib mir, was ich brauche!«

Cordelia knöpfte ihr Kleid an der Vorderseite auf, öffnete es und entblößte einen kümmerlichen Busen und einen Leib, der sich im Lauf des letzten Jahres oder so ein wenig vorgewölbt und einen kleinen Bauch gebildet hatte. Doch sie hatte noch die Spur einer Taille, und dort setzte sie das Messer an und schnitt durch ihren Unterrock und die obersten Hautschichten. Sofort erblühte Röte auf dem weißen Baumwollstoff über dem Schnitt.

»Ay«, flüsterte Rhea. »Wie Rosen. Ich träume oft von ihnen, blühende Rosen, und was schwarz in ihrer Mitte steht, am Ende der Welt. Komm näher!« Sie legte Cordelia eine Hand auf den

Rücken und zog sie näher. Sie sah Cordelia ins Gesicht, grinste und leckte sich die Lippen. »Gut. Gut genug.«

Cordelia sah leeren Blickes über den Kopf der alten Frau hinweg, als Rhea vom Cöos ihr Gesicht in dem roten Schnitt vergrub und trank.

20

Roland war zuerst erfreut, als das gedämpfte Klirren von Zaumzeug und Schnallen näher zu der Stelle kam, wo sie sich im hohen Gras versteckt hatten, aber als die Geräusche noch näher kamen – so nahe, daß er außerdem murmelnde Stimmen und leisen Hufschlag hören konnte –, wurde ihm doch etwas angst und bange. Denn wenn die Reiter dicht an ihnen vorüberzogen, war das gut, sollten sie aber durch einen bösen Zufall direkt auf sie stoßen, würden die drei Jungs wahrscheinlich sterben wie junge Maulwürfe, deren Nest der Pflug freigelegt hat.

Ka hatte sie sicher nicht so weit gebracht, damit sie ein derartiges Ende fanden, oder? Wie sollte eine Schar Reiter in der meilenweiten Ausdehnung des Bösen Grases ausgerechnet die Stelle treffen, wo sich Roland und seine Freunde versteckt hatten? Und dennoch kamen sie näher, und der Lärm von Pferdegeschirr und Schnallen und Männerstimmen wurde noch deutlicher.

Alain sah Roland mit besorgtem Blick an und deutete nach links. Roland schüttelte den Kopf und drückte die Hände gegen den Boden, um anzudeuten, daß sie an Ort und Stelle blieben. Sie mußten an Ort und Stelle bleiben; es war zu spät für einen Rückzug, ohne daß man sie gehört hätte.

Roland zog seine Revolver.

Cuthbert und Alain folgten seinem Beispiel.

Am Ende verfehlte der Pflug die Maulwürfe um zwanzig Meter. Die Jungen konnten Pferde und Reiter tatsächlich durch das dichte Gras ziehen sehen; Roland erkannte ohne Schwierigkeiten, daß der Trupp von Jonas, Depape und Lengyll angeführt wurde, die zu dritt nebeneinander ritten. Ihnen folgten mindestens drei Dutzend andere Reiter, die als brauner Schimmer und als das helle Rot und Grün von *serapes* durch das Gras zu sehen waren. Der Trupp war weit auseinandergezogen, und Roland dachte, er und seine Freunde könnten darauf hoffen, daß sich die Zwischenräume noch vergrößerten, wenn sie die offene Wüste erreicht hatten.

Die Jungs warteten, bis die Gruppe vorbeigezogen war, und hielten die Köpfe ihrer Pferde fest, falls es einem in den Sinn kommen sollte, den Artgenossen in der Nähe einen Gruß zuzuwiehern. Als sie vorüber waren, drehte Roland sein blasses, ernstes Gesicht zu seinen Freunden um.

»Sitzt auf«, sagte er. »Das Erntefest ist gekommen.«

21

Sie führten ihre Pferde zum Rand des Bösen Grases und fanden die Spur von Jonas' Gruppe, wo das Gras zuerst in einen Streifen verkrüppelter Büsche und dann in die Wüste selbst überging.

Der Wind heulte hoch und einsam und brachte körnigen Staub unter einem wolkenlosen, dunkelblauen Himmel mit sich. Der Dämonenmond starrte von ihm herab wie das milchige Auge eines Toten. Zweihundert Meter weiter ritt Jonas' Nachhut von drei Männern mit in die Gesichter gezogenen *sombreros*, gekrümmten Schultern und wehenden *serapes* in einer langgezogenen Linie.

Roland scherte aus, so daß Cuthbert in der Mitte des Trios ritt. Bert hielt die Schleuder in einer Hand. Nun gab er Alain ein halbes Dutzend Stahlkugeln, Roland ebenfalls ein halbes Dutzend. Dann zog er fragend die Brauen hoch. Roland nickte, und sie ritten los.

Staub wehte in prasselnden Schleiern an ihnen vorbei, verwandelte die Nachhut manchmal in Gespenster, gab sie manchmal völlig frei, aber die Jungs näherten sich stetig. Roland war nervös und wartete nur darauf, daß einer der Reiter sich im Sattel umdrehen und sie sehen würde, aber keiner schaute sich um – niemand wollte das Gesicht in diesen schneidenden, staubgeschwängerten Wind drehen. Und auch kein Geräusch konnte sie warnen; inzwischen befand sich gestampfter Sand unter den Hufen der Pferde, die kaum einen Laut erzeugten.

Als sie noch zwanzig Meter hinter der Nachhut waren, nickte Cuthbert – sie waren nahe genug, daß er anfangen konnte. Alain gab ihm eine Kugel. Bert, der stocksteif im Sattel saß, legte sie in die Lasche seiner Schleuder, spannte sie, wartete, bis der Wind nachließ, und ließ los. Der Reiter links außen zuckte zusammen, als er getroffen wurde, hob eine Hand ein Stück und kippte aus dem Sattel. Unglaublicherweise schien es keiner seiner beiden *compañeros* zu bemerken. Roland sah, wie der Reiter rechts außen offenbar doch reagierte, als Bert wieder abzog und der Reiter in der Mitte nach vorne auf den Hals seines Pferdes kippte. Das erschrockene Pferd bäumte sich auf. Der Reiter kippte nach hinten – sein *sombrero* fiel herunter – und stürzte vom Pferd. Der Wind ließ nach, so daß Roland hören konnte, wie das Knie des Mannes brach, als er mit dem Fuß im Steigbügel hängenblieb.

Der dritte Reiter drehte sich nun doch um. Roland sah flüchtig ein bärtiges Gesicht – eine Zigarette zwischen den Lippen, des Windes wegen nicht angezündet, ein verblüfftes Auge –, und dann wuppte Cuthberts Schleuder erneut. Das verblüffte Auge machte einer roten Augenhöhle Platz. Der Reiter glitt vom Sattel, griff nach dem Horn und verfehlte es.

Drei weniger, dachte Roland.

Er spornte Rusher zum Galopp an. Die anderen folgten seinem Beispiel, und die Jungen ritten eine Steigbügelbreite auseinander vorwärts in den Staub. Die Pferde der getöteten Nachhut stoben als Gruppe nach Süden, und das war gut. Pferde ohne Reiter erweckten in Mejis normalerweise keine Aufmerksamkeit, aber wenn sie gesattelt waren –

Vor ihnen befanden sich weitere Reiter: ein einzelner, zwei nebeneinander, wieder ein einzelner.

Roland zückte das Messer und ritt zu dem Mann, der jetzt die Nachhut bildete und davon keine Ahnung hatte.

»Was gibt's Neues?« fragte er im Plauderton, und als der Mann sich umdrehte, stieß Roland ihm das Messer in die Brust. Die braunen Augen des *vaq* über dem Tuch, das er sich wie ein Gesetzloser über Mund und Nase gezogen hatte, wurden groß, dann kippte er aus dem Sattel.

Cuthbert und Alain galoppierten an ihm vorbei, und Bert erledigte die beiden, die vor ihnen ritten, mit seiner Schleuder, ohne langsamer zu werden. Der Bursche vor ihnen hörte trotz des Windes etwas und wirbelte im Sattel herum. Alain hatte ebenfalls sein Messer gezückt und hielt es an der Spitze. Er warf mit der übertrieben ausholenden Geste, die man ihnen beigebracht hatte, und mit aller Kraft. Obwohl es eine lange Strecke für ein derartiges Manöver war – mindestens sechs Meter, bei starkem Wind –, traf er genau ins Schwarze. Der Griff des Messers ragte mitten aus dem Halstuch des Mannes heraus. Der *vaq* griff danach, stieß erstickte, gurgelnde Laute um das Messer in seiner Kehle herum aus, dann fiel auch er aus dem Sattel.

Jetzt waren es sieben.

Wie in dem Märchen vom Schuhmacher und den Fliegen, dachte Roland. Sein Herz schlug langsam und fest in seiner Brust, als er mit Alain und Cuthbert gleichzog. Der Wind heulte sein trostloses Winseln. Staub wurde hochgerissen, durcheinandergewirbelt, und fiel mit dem Wind wieder zu Boden. Vor ihnen befanden sich noch drei Reiter, dann die Hauptgruppe.

Roland zeigte auf die nächsten drei und tat so, als spanne er die Schleuder. Zeigte über sie hinaus und ahmte das Abdrücken eines Revolvers nach. Cuthbert und Alain nickten. Sie ritten wieder Steigbügel an Steigbügel los und holten auf.

22

Bert erwischte zwei der drei, die vor ihnen ritten, ohne Probleme, aber der dritte zuckte im falschen Augenblick zusammen, und die Stahlkugel, die für seinen Hinterkopf bestimmt gewesen war, riß im Vorbeiflug sein Ohrläppchen ab. Inzwischen hatte Roland jedoch seinen Revolver gezogen und jagte dem Mann eine Kugel in die Schläfe, als er sich umdrehte. Das machte zehn, ein Viertel von Jonas' gesamtem Kontingent, noch ehe die Reiter überhaupt bemerkt hatten, daß es Ärger gab. Roland wußte nicht, ob dieser Vorteil ausreichte, wußte aber, daß der erste Teil der Aufgabe erledigt war. Keine Heimlichkeiten mehr; nun ging es um das unverhohlene Töten.

»Heil! Heil!« schrie er mit einer hallenden, tragenden Stimme. »Zu mir, Revolvermänner! Zu mir! Reitet sie nieder! Keine Gefangenen!«

Sie galoppierten auf die Hauptgruppe zu, ritten zum erstenmal in den Kampf, fielen über sie her wie Wölfe über Schafe und schossen, bevor die Männer vor ihnen auch nur die leiseste Ahnung hatten, wer sie von hinten überfiel oder was eigentlich los war. Die drei Jungs waren zu Revolvermännern ausgebildet worden, und was ihnen an Erfahrung fehlte, das machten sie mit den scharfen Augen und Reflexen der Jugend wett. Unter ihren Revolvern wurde die Wüste östlich des Hanging Rock zu einem Schlachtfeld.

Schreiend und ohne einen bewußten Gedanken fuhren sie mit ihren todbringenden Händen wie ein dreischneidiges Schwert zwischen die unvorbereiteten Männer von Mejis und schossen dabei ununterbrochen. Nicht jeder Schuß war tödlich, aber es ging auch kein einziger völlig fehl. Männer stürzten aus den Sätteln und wurden an Stiefeln fortgeschleppt, die sich in Steigbügeln verfangen hatten, wenn ihre Pferde durchgingen; andere Männer, manche tot, manche nur verwundet, wurden unter den Hufen ihrer durchgehenden, sich aufbäumenden Reittiere zertrampelt.

Roland hatte beide Revolver gezogen und feuerte und hielt dabei Rushers Zügel zwischen den Zähnen, damit sie nicht hinunterfielen und das Pferd zum Stolpern brachten. Zwei Männer fielen links von ihm, zwei rechts. Vor ihnen drehte sich Brian Hookey mit fassungslosem, stoppelbärtigem Gesicht zu ihnen um. Um den Hals hatte er ein Ernteamulett in Form einer Glocke hängen, das baumelte und klingelte, als er nach der Flinte griff, die er in einer Tasche über einer breiten Schulter trug. Sobald er eine Hand an den Gewehrkolben gelegt hatte, pustete ihm Roland die Glocke mitsamt dem Herzen weg, das darunter schlug. Hookey kippte grunzend aus dem Sattel.

Cuthbert zog an der rechten Seite mit Roland gleich und schoß zwei weitere Männer von den Pferden. Er zeigte Roland ein verbissenes und strahlendes Grinsen. »Al hat recht gehabt!« brüllte er. »Das sind schwere Kaliber!«

Rolands geübte Finger taten ihre Arbeit, drehten die Trommeln seiner Revolver und luden im gestreckten Galopp nach – taten dies mit einer unvorstellbaren, übernatürlichen Schnelligkeit – und begannen dann wieder zu schießen. Inzwischen befanden sie sich fast in der Mitte der Gruppe, ritten unbeirrt, streckten auf beiden Seiten und vor sich Männer nieder. Alain blieb ein wenig zurück, drehte sein Pferd und gab Roland und Cuthbert von hinten Deckung.

Roland sah, wie Jonas, Depape und Lengyll die Pferde herumrissen, um sich ihren Angreifern zu stellen. Lengyll hantierte mit seinem Maschinengewehr, aber der Gurt hatte sich im breiten Kragen seines Staubmantels verheddert, und jedesmal, wenn er nach dem Kolben greifen wollte, schwang dieser außer Reichweite. Lengylls Mund unter dem graublonden Schnurrbart war vor Wut verzerrt.

Nun kam Hash Renfrew, der zwischen Roland und Cuthbert und diesen dreien ritt und einen riesigen Fünfschüsser aus blauem Stahl trug.

»Die Götter sollen euch verfluchen!« schrie Renfrew. »Oh, ihr stinkenden Schwesternficker!« Er ließ die Zügel fallen und legte den Fünfschüsser in die Armbeuge, um ihn zu stützen. Der Wind wehte in heftigen Böen und hüllte ihn in einen Schleier braunen Staubes ein.

Roland dachte nicht daran, zurückzuweichen oder auf die eine oder andere Seite zu schwenken. Eigentlich dachte er überhaupt nicht. Das Fieber war über seinen Verstand gekommen, und er brannte damit wie eine Fackel in einer Glashülle. Er schrie durch die Zügel zwischen seinen Zähnen und galoppierte auf Hash Renfrew und die drei Männer hinter ihm zu.

23

Jonas hatte keine klare Vorstellung davon, was eigentlich los war, bis er Will Dearborn einen Kriegsruf ausstoßen hörte

(Heil! Zu mir! Keine Gefangenen!),

den er aus alten Zeiten kannte. Dann wurde ihm alles klar, und die peitschenden Schüsse bekamen einen Sinn. Er riß sein Pferd herum und bekam mit, daß Roy neben ihm dasselbe tat… aber eigentlich hatte er nur Gedanken für die Kugel in ihrem Beutel, einen Gegenstand, mächtig und zerbrechlich zugleich, der am Hals seines Pferdes hin und her schwang.

»Es sind diese Kinder!« rief Roy aus. In seiner völligen Überraschung sah er dümmer denn je aus.

»Dearborn, du Dreckskerl!« spie Hash Renfrew aus, und die Waffe in seiner Hand donnerte einmal.

Jonas sah, wie Dearborns *sombrero* sich mit abgekauter Krempe von seinem Kopf erhob. Dann schoß der Junge, und er war gut – besser als alle, die Jonas in seinem Leben gesehen hatte. Renfrew wurde mit zuckenden Beinen nach hinten aus dem Sattel gehämmert, hielt noch seine Monsterwaffe und feuerte zweimal in den staubblauen Himmel, bevor er auf dem Rücken am Boden landete und tot auf die Seite rollte.

Lengyll ließ die Hand vom widerborstigen Metallkolben seines Schnellfeuergewehrs sinken und starrte nur ungläubig die Erscheinung an, die aus dem Staub auf ihn zugeritten kam. »Zurück!« schrie er. »Im Namen des Pferdezüchterverbands befehle ich dir –« Dann erblühte ein großes schwarzes Loch mitten in seiner Stirn, gerade über der Stelle, wo seine Brauen zusammenwuchsen. Er hob die Hände zu den Schultern, Handflächen nach außen, als wollte er kapitulieren. Und so starb er.

»Du Hurensohn, oh, du schwesternfickender kleiner Hurensohn!« heulte Depape. Er wollte ziehen, aber sein Revolver verfing sich in der *serape*. Er versuchte immer noch, ihn freizubekommen, als eine Kugel aus Rolands Revolver ihm den Mund fast bis hinunter zum Adamsapfel zu einem blutroten Schrei aufriß.

Das kann nicht wahr sein, dachte Jonas benommen. Es kann nicht wahr sein, wir sind zu viele.

Aber es war wahr. Die Jungs von Innerwelt hatten zielsicher an der Bruchstelle zugeschlagen; sie demonstrierten das Musterbeispiel eines Angriffs, wie ihn Revolvermänner durchführen sollten, wenn sie gegen eine Überzahl antraten. Und Jonas' bunt zusammengewürfelter Haufen von Ranchern, Cowboys und harten Burschen aus der Stadt war zerschlagen worden. Diejenigen, die nicht tot waren, flohen in alle Himmelsrichtungen und gaben ihren Pferden die Sporen, als wären ihnen hundert Teufel aus der Hölle auf den Fersen. Sie waren keineswegs hundert, aber sie kämpften wie hundert. Überall lagen Leichen im Staub, und vor Jonas' Augen ritt ihre Rückendeckung – Stockworth – einen weiteren Mann nieder, stieß ihn aus dem Sattel und jagte ihm im Sturz eine Kugel in den Kopf. Götter der Erde, dachte er, das war Croydon, der, dem die Piano Ranch gehört!

Nur gehörte sie ihm jetzt nicht mehr.

Und nun kam Dearborn mit erhobener Waffe auf Jonas zu.

Jonas schnappte sich die Kordel, die er um das Sattelhorn geschlungen hatte, und löste sie mit zwei schnellen, ruckartigen Bewegungen des Handgelenks. Er hielt den Beutel in den stürmischen Wind, fletschte die Zähne, und sein langes Haar wehte.

»Komm näher, und ich zertrümmere dieses Ding! Es ist mein Ernst, du verdammter Wicht! Bleib, wo du bist!«

Roland zögerte nicht eine Sekunde in seinem gestreckten Galopp, dachte nicht einmal nach; seine Hände dachten für ihn, und als er sich später an alles erinnerte, war es unscharf und seltsam verschwommen wie etwas, das man in einem Zerrspiegel sah ... oder in einer Glaskugel des Zauberers.

Jonas dachte: Götter, er ist es! Arthur Eld ist persönlich gekommen, um mich zu holen!

Und als sich die Mündung von Rolands Revolver vor seinen Augen auftat wie der Zugang zu einem Tunnel oder Stollen, fiel Jonas ein, was der Bengel auf dem staubigen Hof dieser ausgebrannten Ranch zu ihm gesagt hatte: Die Seele eines Mannes, wie Sie einer sind, kann den Westen niemals verlassen.

Ich wußte es, dachte Jonas. Schon damals wußte ich, daß mein *Ka* ziemlich abgelaufen war. Aber sicher wird er nicht riskieren, die Kugel zu verlieren ... er kann die Kugel nicht aufs Spiel setzen, er ist der *Dinh* seines *Ka-tet*, und er kann sie nicht aufs Spiel setzen ...

»Zu mir!« schrie Jonas. »Zu mir, Jungs! Sie sind nur zu dritt, um der Götter willen! Zu mir, ihr Feiglinge!«

Aber er war allein – Lengyll tot, und sein idiotisches Maschinengewehr lag neben ihm, Roys Leichnam starrte zum bitterkalten Himmel hinauf, Quint floh, Hookey tot, die Rancher, die mit ihnen geritten waren, ebenfalls fort. Nur Clay lebte noch, und der war meilenweit von hier entfernt.

»Ich zertrümmere sie!« schrie er dem Jungen mit den kalten Augen entgegen, der auf ihn zugeritten kam wie die geschmeidigste Todesmaschine. »Vor allen Göttern, ich –«

Roland spannte den Hahn seines Revolvers mit dem Daumen und schoß. Die Kugel traf die tätowierte Hand, die die Kordel hielt, pulverisierte die Handfläche und hinterließ nur Finger, die unkontrolliert in einer blutigen Masse zuckten. Roland sah nur einen Augenblick den blauen Sarg, bevor rotes Blut darüber strömte.

Der Beutel fiel. Und als Rusher mit Jonas' Pferd zusammenstieß und es zur Seite drängte, fing Roland den Beutel zielsicher in der Armbeuge auf. Jonas, der vor Schrecken aufschrie, als er seine Beute entschwinden sah, griff nach Roland, bekam ihn an der Schulter zu fassen und hätte es fast geschafft, den Revolvermann aus dem Sattel zu ziehen. Jonas' Blut regnete in heißen Tropfen gegen Rolands Gesicht.

»Gib sie mir, du Bengel!« Jonas wühlte unter seiner *serape* und brachte einen anderen Revolver zum Vorschein. »Gib sie mir wieder, sie gehört mir!«

»Nicht mehr«, sagte Roland. Und als Rusher herumtänzelte, rasch und behende für so ein großes Tier, jagte Roland aus nächster Entfernung zwei Kugeln mitten in Jonas' Gesicht. Das Pferd des weißhaarigen Mannes schoß unter ihm davon, und er landete ausgestreckt mit einem dumpfen Knall auf dem Rücken. Seine Arme und Beine zuckten, zappelten, zitterten, und dann blieb er reglos liegen.

Roland schwang sich die Kordel des Beutels über die Schulter und ritt zu Alain und Cuthbert zurück, um ihnen zu Hilfe zu kommen... aber das war nicht nötig. Sie saßen nebeneinander am Ende einer von verstreuten Leichen gesäumten Schneise im wirbelnden Staub auf den Pferden und sahen ihn mit großen und benommenen Augen an – Augen von Jungen, die gerade zum erstenmal durch das Feuer gegangen sind und nicht glauben können, daß sie nicht verbrannt wurden. Nur Alain war verwundet worden; eine Kugel hatte ihm die linke Wange aufgerissen, eine Wunde, die sauber verheilte, aber eine Narbe hinterließ, die er bis zum Tag seines Todes mit sich herumtrug. Er konnte sich nicht erinnern, wer ihn angeschossen hatte, sagte er später, oder in welchem Stadium des Kampfes. Er war während der Schießerei außer sich gewesen und konnte sich nur verschwommen daran erinnern, was sich abgespielt hatte, nachdem der Angriff begonnen hatte. Cuthbert sagte in etwa dasselbe.

»Roland«, sagte Cuthbert jetzt. Er strich sich mit einer zitternden Hand über das Gesicht. »Heil, Revolvermann.«

»Heil.«

Cuthberts Augen waren rot und gereizt vom Sand, als hätte er geweint. Als Roland ihm die nicht verschossenen silbernen Kugeln für seine Schleuder zurückgab, nahm er sie an sich, als wüßte er nicht, worum es sich handelte. »Roland, wir leben noch.«

»Ja.«

Alain sah sich verwundert um. »Wohin sind die anderen verschwunden?«

»Ich würde sagen, mindestens fünfundzwanzig sind dort«, sagte Roland und zeigte auf die Reihe der Toten. »Die anderen –«

Er beschrieb mit der Hand, in der er noch den Revolver hielt, einen weiten Halbkreis. »Sie sind auf und davon. Ich wotte, sie hatten die Nase voll von Mittwelt-Kriegen.«

Roland nahm die Kordel des Beutels von der Schulter, hielt ihn einen Moment vor sich auf dem Sattel und öffnete ihn dann. Einen Augenblick blieb die Öffnung des Beutels schwarz, dann erstrahlte ein unregelmäßig pulsierendes, liebliches rosa Licht darin.

Es huschte wie Finger über die glatten Wangen des Revolvermanns und schwamm in seinen Augen.

»Roland«, sagte Cuthbert plötzlich nervös, »ich glaube, du solltest nicht damit herumspielen. Schon gar nicht jetzt. Sie werden die Schüsse am Hanging Rock gehört haben. Wenn wir zu Ende bringen wollen, was wir angefangen haben, dann haben wir keine Zeit für –«

Roland beachtete ihn nicht. Er schob beide Hände in den Beutel und holte die Glaskugel des Zauberers heraus. Er hielt sie vor seine Augen und merkte nicht, daß er sie mit dem Blut von Jonas verschmiert hatte. Der Kugel schien es nichts auszumachen; es war nicht das erste Mal, daß sie mit Blut in Berührung kam. Sie pulsierte und bildete einen Augenblick lang formlose Strudel, dann öffnete sich der rosa Dunst wie ein Vorhang. Roland sah, was sich dahinter befand, und verlor sich darin.

Kapitel 10
Unter dem Dämonenmond (II)

I

Coral hielt Susan hart, aber nicht schmerzhaft am Arm fest. Die Art, wie sie Susan den Flur im Erdgeschoß entlangschob, hatte nichts ungewöhnlich Grausames an sich, aber eine Erbarmungslosigkeit, die niederschmetternd war. Susan versuchte nicht, Einwände vorzubringen; es wäre vergeblich gewesen. Hinter den beiden Frauen folgten zwei *vaqueros* (mit Messern und *bolas* statt mit Schußwaffen bewaffnet; die verfügbaren Schußwaffen hatte Jonas' Trupp alle mit nach Westen genommen). Hinter den *vaqs* folgte, wie ein mürrischer Geist, dem es an der notwendigen psychischen Energie fehlt, sich vollständig zu materialisieren, des verstorbenen Kanzlers älterer Bruder Laslo. Reynolds, dem die Lust auf eine kleine Vergewaltigung am Ziel des Ritts durch ein wachsendes Gefühl des Unbehagens gründlich vergangen war, war entweder oben geblieben oder in die Stadt gegangen.

»Ich werde dich in die Kühlkammer sperren, bis ich mir darüber im klaren bin, was ich mit dir anfangen werde, Teuerste«, sagte Coral. »Dort wirst du sicher verwahrt sein… und warm. Ein Glück, daß du eine *serape* trägst. Dann… wenn Jonas zurückkehrt…«

»Sie werden Sai Jonas nicht wiedersehen«, sagte Susan. »Er wird nie mehr –«

Ein frischer Schmerz durchzuckte ihr geschwollenes Gesicht. Einen Augenblick lang kam es ihr so vor, als wäre die ganze Welt explodiert. Susan taumelte gegen die verputzte Steinmauer des Flurs, ihr Blickfeld verschwamm erst und klärte sich dann wieder. Sie konnte Blut aus einer Wunde, die der Stein in Corals Ring bei dem Rückhandschlag gerissen hatte, an ihrer Wange hinablaufen spüren. Und aus ihrer Nase. *Dieses* verflixte Ding blutete auch wieder.

Coral sah sie auf eine kalte, geschäftsmäßige Weise an, aber Susan glaubte, daß sie noch etwas anderes in den Augen der Frau sehen konnte. Angst vielleicht.

»Sprich mir nicht von Eldred, Missy. Er wurde losgeschickt, die Jungs zu fangen, die meinen Bruder ermordet haben. Die Jungs, die *du* freigelassen hast.«

»Hört auf.« Susan wischte sich die Nase ab, verzog das Gesicht, als sie das Blut in ihrer Handfläche sah, und wischte es an ihrem Hosenbein ab. »Ich weiß ebensogut, wer Hart getötet hat, wie Ihr selbst es wißt, also erzählt mir keinen Stuß, dann werde ich es auch nicht tun.« Sie sah, wie Coral erneut die Hand hob, um sie zu schlagen, und brachte ein trockenes Lachen zustande. »Nur zu. Zerkratzt mir das Gesicht ruhig auch noch auf der anderen Seite, wenn es Euch gefällt. Wird das etwas daran ändern, wie Ihr heute nacht schlaft, wenn kein Mann da ist, der die andere Seite des Betts wärmt?«

Corals Hand fuhr schnell und fest herunter, aber anstatt sie zu schlagen, packte sie Susan am Arm. Diesmal fest genug, daß es weh tat, aber Susan spürte es kaum. Ihr war heute von Experten weh getan worden, und sie würde mit Freuden noch mehr Schmerzen auf sich nehmen, wenn dadurch der Augenblick schneller kam, an dem sie wieder mit Roland vereint sein würde.

Coral zerrte sie den restlichen Weg über den Flur, durch die Küche (der große Raum, in dem an jedem anderen Erntefest der Dampf aus zahllosen Töpfen aufgestiegen wäre und reges Kommen und Gehen geherrscht hätte, war unheimlich verlassen) und zu der eisenbeschlagenen Tür auf der anderen Seite. Diese Tür riß sie auf. Ein Geruch von Kartoffeln und Kürbissen und Scharfwurzel schlug ihr entgegen.

»Da rein! Und zwar ein bißchen plötzlich, bevor ich beschließe, dich in deinen liebreizenden Hintern zu treten.«

Susan sah ihr lächelnd in die Augen.

»Ich würde Euch verfluchen, weil Ihr die Bettgenossin eines Mörders seid, Sai Thorin, aber Ihr habt Euch schon selbst verflucht. Und Ihr wißt es auch – es steht Euch im Gesicht geschrieben, ganz deutlich. Daher werde ich nur einen Knicks vor Euch machen –« sie ließ den Worten, immer noch lächelnd, die Tat folgen »– und wünsche Euch einen ausnehmend guten Tag.«

»*Geh da rein, und halt dein loses Maul!*« schrie Coral und stieß Susan in die Kühlkammer. Sie schlug die Tür zu, schob den Riegel vor und sah die *vaqs*, die eingeschüchtert vor ihr zurückwichen, mit blitzenden Augen an.

»Gebt gut auf sie acht, *muchachos*. Vergeßt es nicht.«

Sie rauschte zwischen ihnen hindurch, ohne sich ihre Beteuerungen anzuhören, und ging in die Suite ihres verstorbenen Bruders, um auf Jonas oder eine Nachricht von Jonas zu warten. Das Flittchen mit dem verquollenen Gesicht, das da unten zwischen Karotten und Kartoffeln hockte, hatte keine Ahnung, aber jetzt gingen ihre Worte

(Sie werden Sai Jonas nicht wiedersehen)

Coral nicht mehr aus dem Kopf; sie hallten wider und wollten nicht mehr verstummen.

2

Zwölf Uhr schlug es von dem gedrungenen Glockenturm auf der Stadthalle. Und wenn die ungewohnte Stille, die über dem Rest von Hambry hing, seltsam wirkte, als der Morgen dieses Erntefestes in den Nachmittag überging, dann war die Stille im Traveller's Rest regelrecht unheimlich. Mehr als zweihundert Seelen, die alle heftig tranken, drängten sich unter dem toten Blick des Wildfangs, und doch war kaum ein Laut zu hören, abgesehen von schlurfenden Füßen und dem ungeduldigen Pochen von Gläsern auf der Bar, mit dem angezeigt werden sollte, daß ein neuer Drink gewünscht wurde.

Sheb hatte zögernd eine Melodie auf dem Klavier angestimmt – »Big Bottle Boogie«, das gefiel jedem –, worauf ein Cowboy mit einem Mutiemal auf einer Wange ihm die Spitze seines Messers ins Ohr gesteckt und ihm gesagt hatte, er solle mit diesem Lärm aufhören, wenn er das, was bei ihm als Gehirn galt, auf der Steuerbordseite seines Trommelfells behalten wollte. Sheb, der gerne noch tausend Jahre geatmet hätte, wenn es den Göttern gefiel, hörte sofort auf, Klavier zu spielen, und ging zur Bar, wo er Stanley und Pettie dem Trampel half, den Fusel auszuschenken.

Die Stimmung der Zecher war verwirrt und gedrückt. Man

hatte sie um den Erntejahrmarkt gebracht, und sie wußten nicht, was sie jetzt machen sollten. Das Freudenfeuer würde stattfinden, und es gab jede Menge Strohpuppen zum Verbrennen, aber es gab heute keine Ernteküsse, und heute abend würde kein Tanz stattfinden; keine Rätsel, keine Wettrennen, kein Schweineringen, keine Witze ... keine gute Laune, verdammt noch mal! Kein herzliches Lebewohl am Ende des Jahres! Statt Freude hatte es Morde im Dunkel gegeben, die Schuldigen waren entkommen, und nun blieb ihnen nur noch die Hoffnung auf Vergeltung anstelle der Gewißheit. Diese Leute, verdrossen, betrunken und potentiell so gefährlich wie Gewitterwolken voller Blitze, wollten jemanden, auf den sie sich konzentrieren konnten, jemanden, der ihnen sagte, was zu tun sei.

Und natürlich jemanden, den sie auf das Feuer werfen konnten, wie in den Tagen von Eld.

An diesem Punkt, nicht lange nachdem der letzte Ton der Mittagsglocke in der kalten Luft verhallt war, betraten zwei Frauen den Saloon durch die Flügeltür. Viele kannten die Vettel, die voranging, und viele hielten die Daumen vor die Augen, um den bösen Blick abzuwehren. Ein Raunen lief durch den Raum. Es war die vom Cöos, die alte Hexenfrau, und obwohl Schwären ihr Gesicht wie Pocken überzogen und ihre Augen so tief in den Höhlen lagen, daß man sie kaum sehen konnte, verströmte sie ein eigenartiges Gefühl der Vitalität. Ihre Lippen waren rot, als hätte sie Winterbeeren gegessen.

Die Frau hinter ihr ging langsam und steif und preßte eine Hand auf ihre Leibesmitte. Ihr Gesicht war so weiß, wie der Mund der Hexenfrau rot war.

Rhea lief zur Mitte des Raums und würdigte die gaffenden Landarbeiter an den Watch-Me-Tischen nicht einmal eines Blickes. Als sie den Mittelpunkt der Bar erreicht hatte und direkt unter dem Blick des Wildfangs stand, drehte sie sich um und betrachtete die stummen Viehtreiber und Stadtbewohner.

»Die meisten von euch kennen mich!« rief sie mit einer krächzenden, fast schneidenden Stimme. »Für diejenigen von euch, die nie Liebestropfen gebraucht haben, nie den alten Rammbock wieder auf Vordermann bringen lassen mußten und nie der zänkischen Zunge ihrer keifenden Schwiegermutter überdrüssig wurden: Ich bin Rhea, die weise Frau vom Cöos, und diese Lady an meiner Seite ist die Tante des Mädchens, das gestern abend die Mörder befreit hat... dasselbe Mädchen, das den Sheriff der Stadt und einen braven jungen Mann erschossen hat – verheiratet war er, ein Kind unterwegs. Er stand schutzlos und mit erhobenen Händen vor ihr und flehte wegen seiner Frau und seines ungeborenen Kindes um sein Leben, und trotzdem hat sie ihn erschossen! Grausam, das ist sie! Grausam und herzlos!«

Ein Murmeln lief durch die Menge. Rhea hob ihre gichtigen alten Klauen, woraufhin es sofort verstummte. Sie drehte sich langsam, mit nach wie vor erhobenen Händen im Kreis, damit sie alle ansehen konnten, und sah wie der älteste, häßlichste Preisboxer der Welt aus.

»Fremde sind gekommen, und ihr habt sie willkommen geheißen!« rief sie mit ihrer krächzenden Krähenstimme. »Willkommen geheißen und ihnen Brot zu essen gegeben, und mit Tod und Verderben haben sie es euch vergolten! Der Tod der Menschen, die ihr geliebt und auf die ihr euch verlassen habt; das Verderben der Erntezeit, und die Götter mögen wissen, welche Verwünschungen auf die Zeit im Anschluß an das *fin de año*!«

Mehr Gemurmel, diesmal lauter. Sie hatte ihre schlimmsten Befürchtungen angesprochen: daß sich das diesjährige Übel ausbreiten, vielleicht sogar das neue Zuchtvieh verderben konnte, das so langsam und hoffnungsvoll wieder im Äußeren Bogen zum Vorschein kam.

»Aber sie sind fort und werden wahrscheinlich nicht zurückkommen!« fuhr Rhea fort. »Vielleicht ist es das Beste so – warum sollte ihr fremdes Blut unseren Boden besudeln? Aber da ist diese andere... in unserer Mitte aufgewachsen... eine junge Frau, die zur Verräterin an ihrer Stadt und zur Einzelgängerin unter ihrem eigenen Volk geworden ist.«

Bei diesem letzten Satz senkte sie die Stimme zu einem heiseren Flüstern; ihre Zuhörer beugten sich mit grimmigen Gesichtern und großen Augen nach vorne, damit sie sie besser hören konnten. Und nun zog Rhea die bleiche, dünne Frau in dem staubigen schwarzen Kleid vorwärts. Sie stellte Cordelia vor sich wie eine Puppe oder die Marionette eines Bauchredners, und flüsterte ihr ins Ohr... aber das Flüstern war irgendwie laut genug; sie hörten es alle.

»Kommt, Teuerste. Erzählt ihnen, was Ihr mir erzählt habt.«

Mit einer leblosen, tragenden Stimme sagte Cordelia: »Sie hat gesagt, sie wollte nicht die Mätresse des Bürgermeisters sein. Er wäre nicht gut genug für jemanden wie sie, hat sie gesagt. Und dann hat sie Will Dearborn verführt. Der Preis für ihren Körper war eine hohe Stellung in Gilead als seine Gemahlin ... und die Ermordung von Hart Thorin. Dearborn hat ihren Preis bezahlt. So lüstern, wie er nach ihr war, hat er ihn mit Freuden bezahlt. Seine Freunde haben ihm dabei geholfen; es ist nicht ausgeschlossen, daß auch die beiden anderen sie gehabt haben. Kanzler Rimer muß ihnen in die Quere gekommen sein. Aber vielleicht haben sie ihn auch nur gesehen und Lust bekommen, ihn ebenfalls zu töten.«

»Dreckskerle!« schrie Pettie. »Arglistige junge Burschen!«

»Und nun sagt ihnen, was getan werden muß, um die neue Jahreszeit zu läutern, bevor sie verdirbt, Teuerste«, sagte Rhea mit lockender Stimme.

Cordelia Delgado hob den Kopf und sah die Männer an. Sie holte Luft und sog die sauren Gerüche von *Graf* und Bier und Rauch und Whiskey tief in ihre altjüngferlichen Lungen.

»Holt sie euch! Ihr müßt sie euch holen. Ich sage es voller Liebe und Traurigkeit, das tue ich.«

Schweigen. Ihre Augen.

»Bemalt ihre Hände.«

Der gläserne, starre Blick des Dings an der Wand, das seinen ausgestopften Urteilsspruch über der wartenden Versammlung zum Ausdruck brachte.

»*Charyou-Baum*«, flüsterte Cordelia.

Sie brüllten ihre Zustimmung nicht, sondern seufzten sie, wie Herbstwind, der durch entlaubte Bäume streicht.

3

Sheemie lief hinter dem bösen Sargjäger und Susan-Sai her, bis er buchstäblich nicht mehr konnte – seine Lungen standen in Flammen, und das Seitenstechen, das er bekommen hatte, wurde zu einem Krampf. Er ließ sich vorwärts auf das Gras der Schräge fallen, schlug die linke Hand unter die rechte Achselhöhle und verzog vor Schmerzen das Gesicht.

Er blieb einige Zeit so liegen und vergrub das Gesicht tief in dem duftenden Gras, obwohl er wußte, daß ihr Vorsprung immer größer und größer wurde; aber er wußte auch, daß es nichts nützen würde, wenn er aufstand und weiterlief, bevor das Seitenstechen aufgehört hatte. Wenn er versuchte, den Prozeß zu beschleunigen, würde das Stechen einfach wiederkommen und ihn erneut lahmlegen. Also blieb er liegen, hob den Kopf und betrachtete die Spuren, die Susan-Sai und der Große Sargjäger hinterlassen hatten, und er wollte gerade wieder aufstehen, als Caprichoso ihn biß. Kein Knabbern, wohlgemerkt, sondern ein kräftiger Biß. Capi hatte schwierige vierundzwanzig Stunden hinter sich, und es hatte ihm nicht gefallen, den Urheber für all sein Elend im Gras liegen und offenbar ein Nickerchen machen zu sehen.

»*Iiiii-AUUUU-ver-dammt!*« rief Sheemie und sprang auf die Füße. Nichts wirkt größere Wunder als ein kräftiger Biß in den Arsch, würde ein Mann philosophischeren Schlages gedacht haben; dagegen lösten sich alle anderen Probleme, wie gravierend oder traurig auch immer, gewissermaßen in Luft auf.

Er wirbelte herum. »Warum hast du das gemacht, du gemeiner, hinterlistiger Kerl von einem Capi?« Sheemie rieb sich die Kehrseite heftig, große Tränen des Schmerzes standen ihm in den Augen. »Das hat weh getan wie … wie ein großer alter *Hurensohn!*«

Caprichoso streckte den Hals auf maximale Länge, fletschte die Zähne zu dem satanischen Grinsen, über das nur Esel und Dromedare verfügen, und iahte. Sheemie fand, daß sich dieses Iah sehr nach einem Lachen anhörte.

Der Strick des Esels lag zwischen seinen scharfen kleinen Hufen. Sheemie bückte sich danach, und als Capi den Kopf senkte und zu einem weiteren Biß ansetzte, verpaßte ihm der Junge einen kräftigen Schlag seitlich an den Kopf. Capi schnaubte und blinzelte.

»Du hast es nicht anders gewollt, gemeiner alter Capi«, sagte Sheemie. »Ich werde eine Woche lang in der Hocke scheißen müssen, das werde ich. Weil ich nicht auf dem verdammten Abort sitzen kann.« Er schlang sich den Strick zweimal um das Handgelenk und stieg auf den Esel. Capi versuchte nicht, ihn abzuwerfen, aber Sheemie verzog das Gesicht, als sein wunder

Körperteil auf dem Wulst der Wirbelsäule des Esels zur Ruhe kam. Trotzdem war es ein Glück, dachte er, als er das Tier mit seinen Hacken antrieb. Sein Hintern tat weh, aber wenigstens würde er nicht mehr laufen müssen … oder versuchen, mit Seitenstechen zu rennen.

»Los, du Dummkopf!« sagte er. »Beeil dich! So schnell du kannst, alter Hurensohn!«

Im Lauf der nächsten Stunde nannte Sheemie Capi so oft wie möglich einen »alten Hurensohn« – er hatte, wie so viele vor ihm, herausgefunden, daß einem nur das erste Schimpfwort schwerfällt; danach gibt es nichts Besseres, wenn man seinen Gefühlen Luft machen will.

4

Susans Spur führte diagonal über die Schräge zur Küste und dem grandiosen alten Lehmziegelbau, der dort aufragte. Als Sheemie Seafront erreichte, stieg er vor dem Torbogen ab, blieb einfach stehen und fragte sich, was er als nächstes tun sollte. Daß sie hierhergekommen waren, daran zweifelte er nicht – Pylon, Susans Pferd, und das Pferd des bösen Sargjägers waren nebeneinander im Schatten angebunden worden, senkten von Zeit zu Zeit die Köpfe und schnaubten in den Trog aus rosa Stein, der an der meerwärts gelegenen Seite des Hofs verlief.

Was sollte er jetzt tun? Die Reiter, die unter dem Torbogen kamen und gingen (überwiegend weißhaarige *vaqs*, die wegen ihres Alters für Lengylls Trupp nicht in Frage gekommen waren), schenkten dem Saloonjungen und seinem Esel keine Beachtung, aber bei Miguel konnte das wieder etwas anderes sein. Der alte *mozo* hatte ihn nie leiden können und verhielt sich ihm gegenüber, als glaubte er, Sheemie würde etwas klauen, wenn sich ihm nur die Gelegenheit dazu bot, und wenn er Corals Handlanger im Hof herumlungern sah, würde Miguel ihn wahrscheinlich wegjagen.

Nein, das wird er nicht, dachte Sheemie grimmig. *Nicht heute, heute darf ich mich nicht von ihm rumkommandieren lassen. Ich werde nicht mal gehen, wenn er mich anbrüllt.*

Aber *wenn* der alte Mann brüllte und Alarm gab, was dann?

Dann kam möglicherweise der böse Sargjäger und tötete ihn. Sheemie hatte den Punkt erreicht, wo er bereit war, für seine Freunde zu sterben, aber nicht sinnlos.

Und so stand er im kalten Sonnenschein, trat unentschlossen von einem Fuß auf den anderen und wünschte sich, er wäre klüger und könnte sich einen Plan ausdenken. Auf diese Weise verging eine Stunde, dann eine zweite. Die Zeit verging langsam, jeder Augenblick eine Übung in Frustration. Er spürte, wie jede Möglichkeit verrann, Susan-Sai zu helfen, wußte aber nicht, was er dagegen tun sollte. Einmal hörte er so etwas wie Donner aus dem Westen ... aber an einem strahlenden Herbsttag wie diesem schien Donner nicht richtig zu sein.

Er hatte gerade beschlossen, sein Glück doch im Innenhof zu versuchen – der vorübergehend menschenleer war, so daß es ihm vielleicht gelingen könnte, bis zum Hauptgebäude vorzudringen –, als der Mann, den er gefürchtet hatte, aus den Stallungen gestolpert kam.

Miguel Torres war mit Ernteamuletten behängt und sehr betrunken. Er näherte sich der Mitte des Innenhofs mit schwankenden Schritten und fliegendem weißem Haar und hatte die Schnur seines *sombreros* verdreht um den dünnen Hals. Die Vorderseite seiner *chibosa* war naß, als hätte er versucht zu pinkeln, ohne daran zu denken, daß man vorher seinen Pillermann rausholen mußte. In einer Hand hielt er einen kleinen Keramikkrug. Seine Augen blickten wild und bestürzt.

»Wer hat das getan?« schrie Miguel. Er sah zum Nachmittagshimmel und dem Dämonenmond hinauf, der dort stand. So wenig Sheemie den alten Mann ausstehen konnte, wurde ihm doch das Herz schwer. Es brachte Unglück, den alten Dämon direkt anzusehen, das brachte es. »Wer hat das getan? Ich verlange, daß du mir das sagst, *Señor! Por favor!*« Eine Pause, dann ein so kraftvoller Schrei, daß Miguel auf den Füßen schwankte und beinahe hingefallen wäre. Er hob die Fäuste, als wollte er eine Antwort aus dem blinzelnden Mondgesicht herausprügeln, dann ließ er sie niedergeschlagen sinken. Maisschnaps schwappte aus der Öffnung des Krugs und durchnäßte ihn noch mehr. »*Maricon*«, murmelte er. Er torkelte zur Wand (wobei er fast über die Hinterbeine des Pferdes stolperte, das dem bösen Sargjäger gehörte) und setzte sich mit dem Rücken an die Lehmziegelmauer. Er trank gierig aus dem Krug, dann setzte er den *sombrero* auf und schob ihn tief in die Augen. Er stemmte den Krug und stellte ihn zurück, als wäre er schließlich doch zu schwer. Sheemie wartete, bis der Daumen des alten Mannes aus dem Griff des Krugs rutschte und seine Hand auf das Kopfsteinpflaster fiel. Er setzte sich in Bewegung und beschloß, doch noch etwas zu warten. Miguel war alt und gemein, aber Sheemie vermutete, daß Miguel auch listig sein könnte. Das waren eine Menge Leute, besonders die gemeinen.

Er wartete, bis er Miguels staubiges Schnarchen hörte, dann führte er Capi auf den Hof und zuckte bei jedem Hufklappern des Esels zusammen. Aber Miguel regte sich nicht. Sheemie band Capi am Ende des Querholzes fest (und zuckte zusammen, als Caprichoso die dort angebundenen Pferde mit einem unmelodischen Iah begrüßte), dann ging er hastig zur Haupttür, obwohl er in seinem Leben nicht damit gerechnet hatte, einmal dort einzutreten. Er legte die Hand auf den großen Eisenriegel, drehte sich noch einmal zu dem alten Mann um, der an der Wand schlief, machte die Tür auf und schlich auf Zehenspitzen hinein.

Einen Augenblick blieb er in dem beleuchteten Rechteck stehen, das durch die offene Tür hineinfiel, hatte die Schultern bis zu den Ohren hochgezogen und rechnete jeden Moment damit, daß ihn eine Hand im Nacken packen würde (den übellaunige Leute immer zu finden schienen, wie hoch man die Schultern auch zog); eine wütende Stimme würde folgen, die ihn fragte, was er hier zu suchen hatte.

Das Foyer war verlassen und still. An der Wand gegenüber zeigte ein Gobelin *vaqueros*, die Pferde über die Schräge trieben; daran lehnte eine Gitarre mit einer gerissenen Saite. Sheemies Füße erzeugten Echos, so leicht er auch auftreten mochte. Er erschauerte. Das war jetzt ein Haus des Mordes, ein böses Haus. Wahrscheinlich gab es Gespenster.

Trotzdem, Susan war hier. Irgendwo.

Er ging durch die Doppeltür auf der gegenüberliegenden Seite des Foyers und betrat den Empfangssaal. Unter der hohen Decke hallten seine Schritte lauter denn je. Längst verstorbene Bürgermeister schauten von den Wänden auf ihn herab; die meisten hatten gruselige Augen, die ihm zu folgen und ihn als

Eindringling zu entlarven schienen. Er wußte, ihre Augen waren nur Farbe, aber trotzdem …

Einer machte ihm besonders zu schaffen: ein dicker Mann mit dichtem rotem Haar, dem Mund einer Dogge und einem gemeinen Funkeln in den Augen, als wollte er fragen, was ein schwachsinniger Saloonjunge im Großen Saal im Haus des Bürgermeisters zu suchen hatte.

»Hör auf, mich so anzusehen, du fetter alter Hurensohn«, flüsterte Sheemie und fühlte sich ein wenig besser. Zumindest im Augenblick.

Als nächstes kam der Speisesaal, ebenfalls verlassen; die langen Tischplatten mitsamt ihren Böcken waren an die Wand geschoben worden. Auf einem standen die Überreste einer Mahlzeit – ein Teller kaltes Brathuhn mit Brotscheiben, ein halber Krug Bier. Als er diese Essensreste auf einem Tisch sah, der bei zahllosen Jahrmärkten und Festen Dutzenden Platz geboten hatte – der *heute* Dutzenden hätte Platz bieten müssen –, wurde Sheemie endgültig das enorme Ausmaß dessen, was geschehen war, bewußt. Und wie traurig es war. Alles in Hambry hatte sich verändert, und wahrscheinlich würde es nie wieder so sein wie früher.

Diese langwierigen Gedanken hinderten ihn nicht daran, die Reste von Brathuhn und Brot hinunterzuschlingen und alles mit dem Rest in dem Bierkrug hinunterzuspülen. Es war ein langer Tag ohne Essen gewesen.

Er rülpste, schlug beide Hände vor den Mund, warf über den schmutzigen Fingern rasche, schuldbewußte Blicke von einer Seite zur anderen und ging weiter.

Die Tür am anderen Ende des Raums war eingeklinkt, aber nicht abgeschlossen. Sheemie machte sie auf und streckte den Kopf in den Flur, der durch die gesamte Länge des Bürgermeisterhauses verlief. Gaslampen beleuchteten den Weg, der so breit wie eine Allee war. Keine Menschenseele war zu sehen – jedenfalls im Augenblick –, aber er konnte flüsternde Stimmen aus anderen Zimmern hören, und möglicherweise von anderen Stockwerken. Er vermutete, daß das die Zimmermädchen und anderen Diener waren, die sich heute nachmittag hier aufhalten mochten, aber ihm kamen sie trotzdem höchst gespenstisch vor. Vielleicht war eine die Stimme von Bürgermeister Thorin, der direkt vor ihm den Flur entlangschritt (wenn Sheemie ihn nur sehen könnte ... aber er war froh, daß er es nicht konnte). Bürgermeister Thorin, der herumwanderte und sich wunderte, was bloß mit ihm geschehen war, was diese kalte, geleeartige Flüssigkeit sein mochte, die sein Nachthemd tränkte, wer –

Eine Hand packte Sheemie dicht über dem Ellbogen am Arm. Er hätte beinahe aufgeschrien.

»Nicht!« flüsterte eine Frauenstimme. »Bei deinem Vater!«

Sheemie schaffte es irgendwie, den Schrei zu unterdrücken. Er drehte sich um. Und da stand die Witwe des Bürgermeisters in Jeans und einem einfachen karierten Rancherhemd; sie hatte das Haar nach hinten gekämmt, ihr blasses Gesicht war gefaßt, ihre Augen blitzten.

»S-S-Sai Thorin, ich ... ich ... ich ...«

Etwas anderes fiel ihm nicht ein. *Jetzt wird sie die Wachtposten rufen, wenn noch welche da sind,* dachte er. In gewisser Weise würde es eine Erleichterung sein.

»Bist du wegen dem Mädchen gekommen? Wegen der jungen Delgado?«

Der Kummer meinte es auf eine schreckliche Weise gut mit Olive – ihr Gesicht wirkte nicht mehr so plump und seltsam verjüngt. Sie sah ihn mit ihren dunklen Augen unverwandt an und machte es ihm unmöglich, zu lügen. Sheemie nickte.

»Gut. Ich kann deine Hilfe brauchen. Sie ist unten, in der Vorratskammer, und sie wird bewacht.«

Sheemie sperrte den Mund auf und konnte nicht glauben, was er hörte.

»Denkst du, ich glaube, sie hatte irgend etwas mit Harts Ermordung zu tun?« fragte Olive, als hätte Sheemie Einwände gegen ihren Plan vorgebracht. »Ich bin vielleicht dick und nicht mehr so schnell auf den Beinen, aber ich bin keine komplette Idiotin. Komm jetzt. Seafront ist im Augenblick kein guter Aufenthaltsort für Sai Delgado – zu viele Leute aus der Stadt wissen, wo sie ist.«

5

»Roland.«

Er wird diese Stimme den Rest seines Lebens in unruhigen Träumen hören, sich niemals richtig daran erinnern, was er geträumt hat, und nur wissen, daß er sich nach den Träumen irgendwie krank fühlt – unruhig umhergeht, in lieblosen Räumen Bilder geraderückt, dem Ruf des Muezzin *auf den Plätzen fremder Städte lauscht.*

»Roland von Gilead.«

Diese Stimme, die er fast erkennt; eine Stimme, die seiner eigenen so sehr gleicht, daß ein Psychiater aus Eddies oder Susannahs oder Jakes Wann-und-Wo sagen würde, es ist *seine Stimme, die Stimme seines Unterbewußtseins, aber Roland weiß es besser; Roland weiß, daß häufig die Stimmen, die am meisten Ähnlichkeit mit unserer eigenen haben, wenn sie in unseren Köpfen sprechen, die der schrecklichsten Fremden sind, der gefährlichsten Eindringlinge.*

»Roland, Sohn des Steven.«

Die Kugel hat ihn zuerst nach Hambry und ins Haus des Bürgermeisters geführt, und er hätte gern weiter gesehen, was sich dort abspielt, aber dann führt sie ihn weg – ruft ihn mit dieser seltsam vertrauten Stimme weg, und er muß gehen. Er hat keine andere Wahl, weil er im Gegensatz zu Rhea oder Jonas nicht in die Kugel schaut und die Geschöpfe sieht, die lautlos darin sprechen; er ist innerhalb der Kugel, ein Teil ihres endlosen rosa Sturms.

»Roland, komm. Roland, sich.«

Und so wirbelt der Sturm ihn zuerst hoch, und dann fort. Er fliegt über die Schräge, steigt durch Luftschichten, die zuerst warm und dann kalt sind, und er ist nicht allein in dem rosa Sturm, der ihn auf dem Pfad des Balkens nach Westen trägt. Sheb fliegt an ihm vorbei, den Hut auf dem Kopf zurückgeschoben; er singt »Hey Jude«, so laut er kann, während er mit seinen nikotingelben Fingern auf Tasten klimpert, die nicht da sind – Sheb scheint so gebannt von seiner Me-

lodie, daß er gar nicht bemerkt, daß der Sturm sein Klavier fortgerissen hat.

»Roland, komm«

sagt die Stimme – die Stimme des Sturms, die Stimme der Glaskugel –, und Roland kommt. Der Wildfang fliegt an ihm vorbei, und in seinen Glasaugen pulsiert rosa Licht. Ein hagerer Mann im Overall eines Farmers fliegt vorbei; sein rotes Haar weht hinter ihm. »Leben für dich und Leben für deine Saat«, sagt er – jedenfalls etwas in der Art –, und schon ist er fort. Als nächstes kommt ein Stuhl aus Eisen, mit Rädern, der sich dreht wie eine irre Windmühle (für Roland sieht er wie ein Foltergerät aus), und der junge Revolvermann denkt Die Herrin der Schatten, *ohne zu wissen, warum er es denkt oder was es bedeutet.*

Nun trägt der rosa Sturm ihn über verdorrte Berge, dann über ein fruchtbares grünes Delta, wo ein breiter Fluß seine jochbogenförmigen Windungen wie eine Ader zieht und einen heiteren blauen Himmel spiegelt, der das helle Rot wilder Rosen annimmt, als der Sturm darüber hinwegzieht. Vor sich sieht Roland eine Säule der Dunkelheit, die immer näher kommt, und sein Herz bebt, aber dorthin trägt ihn der rosa Sturm, und dorthin muß er gehen.

Ich will hier raus, denkt er, aber er ist nicht dumm, er begreift die Wahrheit: Vielleicht kommt er nie wieder raus. Das Glas des Zauberers hat ihn verschluckt. Möglicherweise wird er für immer in diesem stürmischen, getrübten Auge bleiben.

Ich werde mir den Weg hinaus schießen, wenn es sein muß, denkt er, aber nein – er hat keine Waffen. Er ist nackt in dem Sturm und rast mit bloßem Hintern auf die ansteckende blauschwarze Infektion zu, die die gesamte Landschaft unter sich begraben hat.

Und doch hört er Gesang.

Schwach, aber wunderschön – ein angenehmes, harmonisches Geräusch, bei dem er erschauert und an Susan denkt: Vogel und Bär und Fisch und Hase.

Plötzlich überholt ihn Sheemies Esel (Caprichoso, denkt Roland, ein wunderschöner Name), der mit Augen, so leuchtend wie Feuerjuwelen im *lumbre fuego* des Sturms, durch die Luft galoppiert. Hinter ihm kommt Rhea vom Cöos, die eine *sombrera* trägt und auf einem mit wehenden Ernteamuletten geschmückten Besen reitet. »Ich krieg dich, mein Süßer!« schreit sie hinter dem fliehenden Esel her, und dann verschwindet sie gackernd mit ihrem sausenden Besen.

Roland stößt in die Schwärze hinab und kann plötzlich nicht mehr atmen. Die Welt um ihn herum besteht aus undurchdringlicher Finsternis; die Luft scheint auf seiner Haut zu kribbeln wie eine Schicht Insekten. Er wird herumgewirbelt, von unsichtbaren Fäusten hin und her geboxt, und dann so heftig abwärts gestoßen, daß er befürchtet, am Boden zerschmettert zu werden: So fiel Lord Perth.

Abgestorbene Felder und verlassene Dörfer steigen aus der Dunkelheit empor; er sieht verbrannte Bäume, die keinen Schatten spenden – oh, aber hier ist alles Schatten, alles ist Tod, dies ist der Rand von Endwelt, wohin er eines dunklen Tages kommen wird, und alles ist Tod hier.

»Revolvermann, das ist Donnerhall.«

»Donnerhall«, sagt er.

»Hier sind die Nichtatmenden; die weißen Gesichter.«

»Die Nichtatmenden. Die weißen Gesichter.«

Ja. Irgendwie weiß er das. Dies ist die Stätte abgeschlachteter Soldaten, des gespaltenen Helms, der rostigen Hellebarde; von hier kommen die bleichen Krieger. Dies ist Donnerhall, wo die Uhren rückwärts laufen und die Friedhöfe ihre Toten erbrechen.

Vor ihm befindet sich ein Baum, der einer verkrümmten, zupackenden Hand gleicht; auf seinem höchsten Ast ist ein Billy-Bumbler gepfählt worden. Er müßte tot sein, aber als der rosa Sturm Roland vorüberträgt, hebt das Tier den Kopf und sieht ihn voll unsagbarer Schmerzen und Erschöpfung an. »Oy!« ruft es, und dann ist auch das Tier verschwunden und wird für viele Jahre vergessen bleiben.

»Schau nach vorne, Roland – sieh dein Schicksal!«

Nun weiß er plötzlich, was das für eine Stimme ist – es ist die Stimme der Schildkröte.

Er schaut auf und sieht, wie ein gleißendes, blau-goldenes Leuchten die schmutzige Dunkelheit von Donnerhall durchbohrt. Bevor er es noch richtig registrieren kann, durchbricht er die Dunkelheit und gelangt ins Licht wie etwas, das aus einem Ei schlüpft, ein Geschöpf, das endlich geboren wird.

»Licht! Es werde Licht!«

ruft die Stimme der Schildkröte, und Roland muß die Hände vor die Augen schlagen und zwischen den Fingern hindurchblinzeln, damit er nicht geblendet wird. Unter ihm liegt ein Feld des Blutes – denkt er jedenfalls damals, ein vierzehnjähriger Junge, der an diesem Tag zum erstenmal richtig getötet hat. Das ist das Blut, das aus Donnerhall geflossen ist und unsere Seite der Welt zu ertränken droht, denkt er, und es werden ungezählte Jahre vergehen, bis er schließlich seine Zeit in der Kugel wiederentdecken und seine Erinnerung mit Eddies Traum verbinden und seinen *compadres* auf der Standspur des Highways am Ende der Nacht sagen wird, daß er sich geirrt hat, daß er sich von dem Gleißen hat täuschen lassen, weil es so dicht auf den Schatten von Donnerhall folgte. »Es war kein Blut, es waren Rosen«, sagt er zu Eddie, Susannah und Jake.

»Revolvermann, schau – schau dort.«

Ja, da ist er, eine staubige, grau-schwarze Säule, die am Horizont aufragt: der Dunkle Turm, der Punkt, an dem sich alle Balken, alle Kraftlinien, vereinigen. In den spiralförmig angeordneten Fenstern sieht er pulsierendes elektrisches blaues Feuer und hört die Schreie aller, die darin eingeschlossen sind; er spürt sowohl die Macht dieses Ortes und seine Falschheit; er kann spüren, wie der Turm das Falsche über alles ergießt, wie er die Grenzen zwischen den Welten aufweicht, wie sein Potential für Unheil immer größer wird, während zugleich Krankheit seine Wahrheit und Kohärenz schwächt wie bei einem Körper, den der Krebs befallen hat; dieser lotrechte Arm aus dunkelgrauem Stein ist das größte Geheimnis und das letzte schreckliche Rätsel der Welt.

Es ist der Turm, der Dunkle Turm, der in den Himmel ragt, und während Roland in dem rosa Sturm darauf zufliegt, denkt er: Ich werde dich betreten, ich und meine Freunde, wenn *Ka* es so will; wir werden dich betreten und die Falschheit in dir bezwingen. Es mögen noch Jahre vergehen, aber ich schwöre bei

Vogel und Bär und Fisch und Hase, bei allem, was ich liebe, daß –

Aber nun füllt sich der Himmel mit Wolkenbannern, die aus Donnerhall hervorströmen, und die Welt wird dunkel; das blaue Licht in den aufsteigenden Fenstern des Turms leuchtet wie irre Augen, und Roland hört Tausende kreischender, wimmernder Stimmen.

»Du wirst alles und jeden töten, den du liebst«

sagt die Stimme der Schildkröte, und jetzt ist es eine grausame Stimme, grausam und hart,

»und dennoch wird der Turm für dich verschlossen bleiben.«

Der Revolvermann atmet ein und zieht seine gesamte Kraft zusammen; als er der Schildkröte seine Antwort entgegenschreit, schreit er es für alle Generationen seines Geschlechts: »NEIN! ER WIRD NICHT BESTEHEN! WENN ICH LEIBHAFTIG HIERHERKOMME, WIRD ER NICHT BESTEHEN! ICH SCHWÖRE BEIM NAMEN MEINES VATERS, ER WIRD NICHT BESTEHEN!«

»Dann stirb«

sagt die Stimme, und Roland wird auf die grau-schwarze Steinmauer des Turms zugewirbelt, um daran zerquetscht zu werden wie ein Insekt an einem Felsen. Aber bevor es dazu kommen kann –

6

Cuthbert und Alain betrachteten Roland mit wachsender Sorge. Er hielt sich das Stück von Maerlyns Regenbogen vor das Gesicht, umfing es mit den Händen, wie ein Mann einen Pokal umfangen mag, bevor er einen zeremoniellen Trinkspruch ausbringt. Der Beutel lag zusammengeknüllt auf den staubigen Spitzen seiner Stiefel; seine Wangen und Stirn wurden von einem rosa Leuchten erhellt, das keinem der Jungen gefiel. Irgendwie schien es am Leben zu sein, und hungrig.

Sie dachten, wie mit einem Verstand: Ich kann seine Augen nicht sehen. Wo sind seine Augen?

»Roland?« wiederholte Cuthbert. »Wenn wir Hanging Rock erreichen wollen, bevor sie auf uns vorbereitet sind, mußt du dieses Ding weglegen.«

Roland traf keine Anstalten, die Kugel zu senken. Er murmelte etwas; später, als Cuthbert und Alain die Möglichkeit hatten, ihre Notizen zu vergleichen, stimmten sie beide darin überein, daß es Donnerhall gewesen war.

»Roland?« fragte Alain und kam näher. So vorsichtig wie ein Chirurg, der ein Skalpell in den Körper eines Patienten führt, schob er die rechte Hand zwischen die Rundung der Kugel und Rolands entschlossenes, gebanntes Gesicht. Keine Reaktion. Alain zog die Hand zurück und drehte sich zu Cuthbert um.

»Kannst du ihn fühlen?« fragte Bert.

Alain schüttelte den Kopf. »Überhaupt nicht. Es ist, als wäre er ganz weit fort.«

»Wir müssen ihn aufwecken.« Cuthberts Stimme klang staubtrocken und zittrig an den Rändern.

»Vannay hat uns gesagt, wenn man jemanden zu schnell aus einer tiefen hypnotischen Trance weckt, kann er den Verstand verlieren«, sagte Alain. »Weißt du noch? Ich bin nicht sicher, ob ich es wagen –«

Roland bewegte sich. Die rosa Höhlen, wo seine Augen gewesen waren, schienen zu wachsen. Er kniff den Mund zu der bitteren Linie der Entschlossenheit zusammen, die sie beide nur zu gut kannten.

»Nein! Er wird nicht bestehen!« schrie er mit einer Stimme, bei der die beiden anderen Jungen eine Gänsehaut bekamen; das war ganz und gar nicht Rolands Stimme, jedenfalls nicht so, wie er jetzt war; das war die Stimme eines Mannes.

»Nein«, sagte Alain viel später, als Roland schlief und er und Cuthbert vor dem Lagerfeuer saßen. »Das war die Stimme eines Königs.«

Jetzt freilich sahen die beiden ihren abwesenden, brüllenden Freund nur starr vor Angst an.

»Wenn ich leibhaftig hierherkomme, wird er nicht bestehen! Ich schwöre beim Namen meines Vaters, ER WIRD NICHT BESTEHEN!«

Als Roland sein unnatürliches rosa Gesicht verzerrte wie ein Mann, der sich einem unaussprechlichen Grauen gegenübersieht, sprangen Cuthbert und Alain zu ihm. Es war nicht mehr die Frage, ob sie ihn vielleicht vernichteten, wenn sie versuchten, ihm zu helfen; wenn sie nichts unternahmen, würde die Glaskugel ihn vor ihren Augen töten.

Auf dem Hof der Bar K Ranch war es Cuthbert gewesen, der Roland niedergeschlagen hatte; diesmal fiel Alain diese Ehre zu, und er versetzte dem Revolvermann eine harte Rechte mitten auf die Stirn. Roland stolperte rückwärts, die Kugel fiel aus seinen erschlaffenden Händen, das schreckliche rosa Licht verschwand aus seinem Gesicht. Cuthbert fing den Jungen und Alain die Kugel. Ihr leuchtender rosa Schimmer war auf eine unheimliche Weise beharrlich, schlug gegen seine Augen und sog an seinem Verstand, aber Alain stopfte sie entschlossen in den Beutel, ohne sie anzusehen … und als er an der Kordel zog und die Öffnung des Beutels verschloß, sah er das rosa Licht erlöschen, als wüßte es, daß es verloren hatte. Zumindest vorläufig.

Er drehte sich um und verzog das Gesicht, als er den Bluterguß auf Rolands Stirn anschwellen sah. »Ist er –«

»Weggetreten«, sagte Cuthbert.

»Es wäre besser, wenn er bald wieder zu sich käme.«

Cuthbert sah ihn grimmig an, ohne eine Spur seiner sonstigen Heiterkeit. »Ja«, sagte er, »da hast du ganz sicher recht.«

7

Sheemie wartete am unteren Absatz der Treppe, die in den Küchenbereich hinunterführte, trat nervös von einem Fuß auf den anderen und wartete darauf, daß Sai Thorin zurückkam oder nach ihm rief. Er wußte nicht, wie lange sie in der Küche gewesen war, aber ihm kam es wie eine Ewigkeit vor. Er wollte, daß sie zurückkam, und mehr noch – mehr als alles andere – wollte er, daß sie Susan-Sai mitbrachte. Sheemie hatte ein schreckliches Gefühl, was dieses Haus und diesen Tag betraf; ein Gefühl, das wie der Himmel, der im Westen jetzt ganz rauchverhangen war, immer dunkler wurde. Was da draußen vor sich ging und ob es etwas mit dem Donnern zu tun haben konnte, das er vorhin gehört hatte, wußte Sheemie nicht, aber er wollte hier weg sein, bevor die rauchverhangene Sonne unterging und der echte Dämonenmond, nicht dieser blasse Tagesgeist, am Himmel stand.

Eine der Schwingtüren zwischen Flur und Küche wurde aufgestoßen, und Olive kam hastig heraus. Sie war allein.

»Sie ist tatsächlich in der Vorratskammer«, sagte Olive. Sie strich sich mit den Fingern durch ihr ergrauendes Haar. »Soviel habe ich aus diesen beiden *pupuras* herausbekommen, aber nicht mehr. Ich wußte, daß es so sein würde, sobald sie anfingen, ihr dummes *crunk* zu sprechen.«

Es gab kein passendes Wort für den Dialekt der *vaqueros* von Mejis, aber »crunk« genügte den hochgeborenen Bürgern der Baronie. Olive kannte beide *vaqs,* die die Kühlkammer bewachten, auf die flüchtige Weise von jemandem, der früher oft ausgeritten ist und mit anderen Reitern auf der Schräge getratscht und Gespräche übers Wetter geführt hat, und sie wußte verdammt gut, daß diese alten Jungs mehr kannten als *crunk.* Sie hatten es gesprochen, damit sie so tun konnten, als hätten sie sie falsch verstanden, um ihr und ihnen die Peinlichkeit einer unverhohlenen Weigerung zu ersparen. Sie hatte sich weitgehend aus demselben Grund auf das Täuschungsmanöver eingelassen, obwohl sie ihrerseits durchaus auch imstande gewesen wäre, auf *crunk* zu antworten – und ihnen ein paar Namen zu geben, die sie von ihren Müttern nie gehört hatten –, wenn sie gewollt hätte.

»Ich habe ihnen gesagt, daß Männer oben sind«, sagte sie, »und ich glaubte, sie wollten vielleicht das Silber stehlen. Ich habe gesagt, ich wollte, daß die *maloficios* hinausgeworfen werden. Und sie haben sich trotzdem dumm gestellt. *No habla,* Sai. Scheiße. Scheiße!«

Sheemie überlegte, ob er sie zwei große alte Hurensöhne nennen sollte, beschloß aber, den Mund zu halten. Sie ging vor ihm auf und ab und warf ab und zu einen wütenden Blick auf die geschlossene Küchentür. Schließlich blieb sie wieder vor Sheemie stehen.

»Mach deine Taschen leer«, sagte sie. »Mal sehen, was du für Krimskrams darin hast.«

Sheemie gehorchte und holte ein kleines Taschenmesser (ein Geschenk von Stanley Ruiz) und einen angegessenen Keks aus der einen. Aus der anderen holte er drei Damenfinger-Kracher, einen Kanonenschlag und ein paar Schwefelhölzer.

Olives Augen leuchteten, als sie die sah. »Hör mir zu, Sheemie«, sagte sie.

8

Cuthbert tätschelte Rolands Gesicht – ohne Ergebnis. Alain stieß ihn weg, kniete nieder und ergriff die Hand des Revolvermanns. Er hatte die Gabe noch nie auf diese Weise eingesetzt, wußte aber, daß es möglich war – daß man den Geist eines anderen berühren konnte, zumindest in manchen Fällen.

Roland! Roland, wach auf! Bitte! Wir brauchen dich.

Zuerst tat sich nichts. Dann regte sich Roland, murmelte und entzog Alain seine Hände. In dem Moment, bevor er die Augen aufschlug, erfüllte beide Jungs dieselbe Furcht davor, was sie vielleicht sehen würden: gar keine Augen, nur wirbelndes rosa Licht.

Aber es waren Rolands Augen – diese blaßblauen Scharfschützenaugen.

Er wollte aufstehen, aber beim erstenmal gelang es ihm nicht. Er streckte die Hände aus. Cuthbert nahm eine, Alain die andere. Als sie ihn in die Höhe zogen, sah Bert etwas Seltsames und Furchterregendes: weiße Strähnen in Rolands Haar. Heute morgen waren sie noch nicht dagewesen; das hätte er beschwören können. Aber der Morgen war schon lange her.

»Wie lange war ich weg?« Roland berührte die Schwellung auf seiner Stirn mit den Fingerspitzen und zuckte zusammen.

»Nicht lange«, sagte Alain. »Vielleicht fünf Minuten. Roland, es tut mir leid, daß ich dich geschlagen habe, aber es mußte sein. Es hat … ich dachte, sie wollte dich töten.«

»Vielleicht wollte sie das. Ist sie in Sicherheit?«

Alain zeigte wortlos auf den Beutel.

»Gut. Es ist besser, wenn von jetzt ab einer von euch sie trägt. Ich könnte …« Er suchte nach dem passenden Ausdruck, und als er ihn gefunden hatte, spielte ein kurzes, winterliches Lächeln um seine Mundwinkel. »… in Versuchung geführt werden«, sagte er. »Reiten wir zum Hanging Rock. Wir haben noch ein Stück Arbeit vor uns.«

»Roland ...«, begann Cuthbert.

Roland legte eine Hand auf das Sattelhorn und drehte sich um.

Cuthbert leckte sich die Lippen, und Alain glaubte einen Moment nicht, daß er fragen würde. Wenn du es nicht machst, werde ich es tun, dachte Alain ... aber Bert schaffte es und stieß die Worte in einem Schwall hervor.

»Was hast du gesehen?«

»Viel«, sagte Roland. »Ich habe viel gesehen, aber das meiste verblaßt bereits in meiner Erinnerung, wie Träume nach dem Aufwachen. Woran ich mich erinnere, das erzähle ich euch beim Reiten. Ihr müßt es wissen, weil es alles verändert. Wir kehren nach Gilead zurück, aber nicht für lange.«

»Wohin gehen wir danach?« fragte Alain, während er aufstieg.

»Nach Westen. Auf die Suche nach dem Dunklen Turm. Das heißt, wenn wir den heutigen Tag überleben. Kommt. Holen wir uns diese Tanks.«

9

Die beiden *vaqs* drehten sich gerade Zigaretten, als oben ein lauter Knall ertönte. Beide zuckten zusammen und sahen einander an, während der Tabak ihrer in Arbeit befindlichen Glimmstengel in Form kleiner brauner Krümel zu Boden rieselte. Eine Frau schrie. Die Tür wurde aufgerissen. Es war wieder die Witwe des Bürgermeisters, diesmal in Begleitung eines Mädchens. Die *vaqs* kannten sie gut – Maria Tomas, die Tochter eines alten *compadre* von der Piano Ranch.

»Die diebischen Dreckskerle haben das Haus in Brand gesteckt!« rief Maria, die in *crunk* zu ihnen sprach. »Kommt mit und helft uns!«

»Maria, Sai, wir haben Anweisung, unsere Posten –«

»Wegen einer in der Kammer eingesperrten *putina*?« schrie Maria mit blitzenden Augen. »Kommt, ihr dummen alten Esel, bevor das ganze Haus Feuer fängt! Dann könnt ihr Señor

Lengyll erklären, warum ihr hier herumgestanden seid und eure Daumen als Furzkorken benutzt habt, während Seafront über euren Köpfen niedergebrannt ist!«

»Los doch!« sagte Olive scharf. »Seid ihr Feiglinge?«

Mehrere kleinere Explosionen ertönten, als Sheemie über ihnen, im Großen Saal, die Damenfinger anzündete. Mit demselben Schwefelholz steckte er die Vorhänge in Brand.

Die beiden *viejos* wechselten einen Blick. »*Andelay*«, sagte der ältere der beiden und sah Maria an. Er sprach nicht länger *crunk*. »Behalt diese Tür im Auge«, sagte er.

»Wie ein Falke«, stimmte sie zu.

Die beiden alten Männer liefen hinaus, einer packte die Schnur seiner *bolas*, der andere zog ein langes Messer aus einer Scheide an seinem Gürtel.

Kaum hörten die Frauen ihre Schritte auf der Treppe am Ende des Flurs, nickte Olive Maria zu, und sie durchquerten den Flur. Maria öffnete die Riegel; Olive zog die Tür auf. Susan kam sofort heraus, sah von einer zur anderen und lächelte zaghaft. Maria stöhnte, als sie das geschwollene Gesicht ihrer Herrin und das verkrustete Blut um die Nase sah.

Susan nahm Marias Hand, bevor das Mädchen ihr Gesicht berühren konnte, und drückte ihre Finger sanft. »Glaubst du, Thorin würde mich jetzt noch wollen?« fragte sie, dann schien ihr klarzuwerden, wer ihre andere Retterin war. »Olive … Sai Thorin … es tut mir leid. Ich wollte nicht grausam sein. Aber Sie müssen mir glauben, daß Roland, den Sie als Will Dearborn kennen, niemals –«

»Das weiß ich wohl«, sagte Olive, »aber dafür haben wir jetzt keine Zeit. Komm mit.«

Sie und Maria führten Susan aus der Küche, weg von der Treppe zum Hauptgebäude und zu den Vorratsräumen am nördlichen Ende des Erdgeschosses. Im Trockenraum befahl Olive den beiden, zu warten. Sie blieb etwa fünf Minuten weg, aber Susan und Maria kam es wie eine Ewigkeit vor.

Als sie zurückkam, trug Olive eine grellbunte *serape*, die ihr viel zu groß war – möglicherweise von ihrem Mann, aber Susan fand, daß sie auch für den verstorbenen Bürgermeister zu groß aussah. Olive hatte einen Zipfel davon auf der Seite in ihre Jeans gesteckt, damit sie nicht darüber stolperte. Zwei weitere, kleinere und leichtere, hielt sie wie Decken über den Arm gelegt. »Zieht die an«, sagte sie. »Es wird kalt.«

Sie verließen die Trockenkammer und gingen einen schmalen Dienstbotenaufgang hinauf zum Innenhof. Dort würde Sheemie mit Reittieren auf sie warten, wenn sie Glück hatten (und wenn Miguel noch besinnungslos war). Olive hoffte von ganzem Herzen, daß sie Glück hätten. Sie wollte Susan wohlbehalten aus Hambry fort haben, bevor die Sonne unterging.

Und bevor der Mond aufging.

10

»Susan ist gefangengenommen worden«, sagte Roland zu den anderen, als sie nach Westen zum Hanging Rock ritten. »Das habe ich als erstes in der Glaskugel gesehen.«

Er sagte es so geistesabwesend, daß Cuthbert fast die Zügel angezogen hätte. Das war nicht der besessene Liebhaber der vergangenen Monate. Es war, als hätte Roland einen Traum gefunden, auf dem er in der Kugel durch die rosa Luft geritten war, und ein Teil von ihm würde ihn immer noch reiten. Oder ritt der Traum ihn? fragte sich Cuthbert.

»Was?« fragte Alain. »Susan gefangengenommen? Wie? Von wem? Geht es ihr gut?«

»Von Jonas. Er hat ihr weh getan, aber nicht sehr. Sie wird wieder gesund … und sie wird überleben. Ich würde auf der Stelle kehrtmachen, wenn ich glaubte, daß ihr Leben wirklich in Gefahr ist.«

Vor ihnen tauchte Hanging Rock auf, der aufblitzte und wieder verschwand wie eine Fata Morgana. Cuthbert konnte sehen, wie das Sonnenlicht dunstig von den Tanks reflektiert wurde, und er konnte Männer sehen. Viele Männer. Und viele Pferde. Er tätschelte seinem eigenen Reittier den Hals, dann sah er zu Alain, um sich zu vergewissern, daß er Lengylls Maschinengewehr mitgenommen hatte. Hatte er. Cuthbert griff hinter sich und vergewisserte sich, daß die Schlinge da war. Sie war da. Auch sein Munitionsbeutel aus Hirschleder, der neben Stahlkugeln auch noch ein paar Kanonenschläge enthielt, die Sheemie gestohlen hatte.

Er muß trotzdem jedes Quentchen Willenskraft aufbringen, um nicht umzukehren, dachte Cuthbert. Diese Erkenntnis fand er tröstlich – manchmal machte Roland ihm angst. Etwas in ihm war härter als Stahl. Etwas wie Wahnsinn. Wenn es da war, konnte man froh sein, es auf seiner Seite zu haben ... aber häufig wünschte man sich, es wäre überhaupt nicht da. Auf keiner Seite.

»Wo ist sie?« fragte Alain.

»Reynolds hat sie zurück nach Seafront gebracht. Sie ist in der Vorratskammer eingesperrt ... oder war dort eingesperrt. Was genau der Fall ist, kann ich nicht sagen, weil ...« Roland schwieg, dachte nach. »Die Kugel sieht weit, aber manchmal sieht sie mehr. Manchmal sieht sie eine Zukunft, die bereits stattfindet.«

»Wie kann eine Zukunft bereits stattfinden?« fragte Alain.

»Ich weiß nicht, und ich glaube nicht, daß es immer so war. Und ich glaube, das hat mehr mit der Welt zu tun als mit Maerlyns Regenbogen. Die Zeit ist mittlerweile seltsam. Das wissen wir, oder nicht? Wie manchmal etwas zu ... entgleiten scheint. Fast so, als wäre überall eine Schwachstelle, die alles zerbricht. Aber Susan ist in Sicherheit. Das weiß ich, und es genügt mir. Sheemie wird ihr helfen ... hilft ihr gerade. Irgendwie hat Jonas Sheemie übersehen, und er ist Susan den ganzen Weg zurück gefolgt.«

»Gut für Sheemie!« sagte Alain und streckte die Faust in die Luft. »Hurra!« Dann: »Was ist mit uns? Hast du uns in dieser Zukunft gesehen?«

»Nein. Dieser Teil wurde schnell übersprungen – ich konnte kaum einen Blick darauf werfen, bevor die Kugel mich weitergeführt hat. Weitergeflogen hat, wie es scheint. Aber ... ich habe Rauch am Horizont gesehen. Daran kann ich mich erinnern. Es könnte der Rauch der brennenden Tanks gewesen sein, oder das Holz vor dem Eyebolt Canyon. Oder beides. Ich glaube, wir werden es schaffen.«

Cuthbert sah seinen alten Freund auf eine seltsam nachdenkliche Weise an. Der junge Mann, der so verliebt war, daß Bert ihn auf dem Hof in den Staub niederstrecken mußte, um ihn an seine Verantwortung zu erinnern ... wo genau war dieser junge Mann? Was hatte ihn verändert und ihm zu diesen beunruhigenden Strähnen weißen Haars verholfen?

»Wenn wir überleben, was vor uns liegt«, sagte Cuthbert und sah den Revolvermann durchdringend an, »wird sie auf der Straße zu uns stoßen. Oder nicht, Roland?«

Er sah die Qual in Rolands Gesicht, und da begriff er: Der Liebhaber war da, aber die Kugel hatte ihm die Freude genommen und nur Kummer zurückgelassen. Das, und ein neues Ziel – ja, Cuthbert spürte es genau –, das erst noch benannt werden mußte.

»Ich weiß nicht«, sagte Roland. »Ich hoffe fast nicht, weil wir nie wieder so sein können, wie wir waren.«

»Was?« Diesmal zügelte Cuthbert sein Pferd tatsächlich.

Roland sah ihn gelassen an, aber jetzt hatte er Tränen in den Augen.

»Wir sind Narren des *Ka*«, sagte der Revolvermann. »*Ka* ist wie der Wind, sagt Susan.« Er sah zuerst Cuthbert auf seiner linken Seite an, dann Alain auf seiner rechten. »Der Turm ist unser *Ka*, besonders meines. Aber er ist nicht ihres; und sie nicht meines. Sowenig, wie John Farson unser *Ka* ist. Wir reiten nicht zu seinen Männern, um ihn zu besiegen, sondern nur, weil sie uns im Weg sind.« Er hob die Hände und ließ sie wieder sinken, als wollte er sagen: Was soll ich euch noch mehr erzählen?

»Es gibt keinen Turm, Roland«, sagte Cuthbert geduldig. »Ich weiß nicht, was du in dieser Glaskugel gesehen hast, aber es gibt keinen Turm. Nun, möglicherweise als Symbol – so, wie Arthurs Kelch oder das Kreuz des Jesus-Mannes –, aber nicht als etwas Reales, als wirkliches Gebäude –«

»Doch«, sagte Roland. »Er ist real.«

Sie schauten ihn unsicher an und sahen keinen Zweifel in seinem Gesicht.

»Er ist real, und unsere Väter wissen es. Jenseits des dunklen Landes – ich kann mich nicht mehr an seinen Namen erinnern, das ist eines der Dinge, die ich vergessen habe – liegt Endwelt, und in Endwelt steht der Dunkle Turm. Seine Existenz ist das große Geheimnis, das unsere Väter bewahren; das hat sie in all den Jahren des Niedergangs der Welt als *Ka-tet* zusammengehalten. Wenn wir nach Gilead zurückkehren – falls wir zurückkehren, und davon bin ich jetzt überzeugt –, werde ich ihnen sagen, was ich gesehen habe, und sie werden meine Worte bestätigen.«

»Das alles hast du in der Glaskugel gesehen?« fragte Alain mit vor Ehrfurcht flüsternder Stimme.

»Ich habe viel gesehen.«

»Aber nicht Susan Delgado«, sagte Cuthbert.

»Nein. Wenn wir mit jenen Männern dort fertig sind, und sie mit Mejis, dann ist ihre Rolle in unserem *Ka-tet* zu Ende. In der Kugel hatte ich eine Wahl: Susan und mein Leben als ihr Mann und Vater des Kindes, das sie unter dem Herzen trägt... oder der Turm.« Roland wischte sich das Gesicht mit einer zitternden Hand ab. »Ich hätte mich sofort für Susan entschieden, wenn eines nicht wäre: Der Turm zerfällt, und wenn er einstürzt, wird alles hinweggefegt, was wir kennen. Ein Chaos wird anbrechen, das unsere Vorstellungskraft übersteigt. Wir müssen gehen... und wir werden gehen.« Über seinen jugendlichen, faltenlosen Wangen, unter seiner jugendlichen, faltenlosen Stirn befanden sich die uralten Killeraugen, die Eddie Dean zuerst im Spiegel der Toilette eines Flugzeugs sehen sollte. Aber nun verschleierten kindliche Tränen sie.

Seine Stimme jedoch hatte ganz und gar nichts Kindliches.

»Ich habe mich für den Turm entschieden. Das mußte ich. Soll sie ein gutes und langes Leben mit einem anderen leben – das wird sie, mit der Zeit. Was mich betrifft, ich entscheide mich für den Turm.«

II

Susan schwang sich auf Pylons Rücken; Sheemie hatte das Pferd rasch zum hinteren Innenhof gebracht, nachdem er die Vorhänge im großen Salon in Brand gesteckt hatte. Olive Thorin ritt einen der Wallache der Baronie, Sheemie saß hinter ihr und hielt Capis Strick in der Hand. Maria machte das hintere Tor auf, wünschte ihnen Glück, und die drei trabten hinaus. Die Sonne neigte sich nach Westen, aber der Wind hatte den Rauch, der zuvor aufgestiegen war, weitgehend verweht. Was immer in der Wüste geschehen sein mochte, jetzt war es vorbei... oder spielte sich auf einer anderen Schicht derselben gegenwärtigen Zeit ab.

Roland, möge es Ihm gutgehen, dachte Susan. Ich werde Ihn bald wiedersehen, mein Liebster... so bald ich kann.

»Warum reiten wir nach Norden?« fragte sie, nachdem sie eine halbe Stunde schweigend geritten waren.

»Weil die Küstenstraße am besten ist.«

»Aber –«

»Psst! Sie werden feststellen, daß du fort bist, und zuerst das Haus durchsuchen … das heißt, wenn es nicht niedergebrannt ist. Wenn sie dich dort nicht finden, werden sie nach Westen ausschwärmen, auf der Großen Straße.« Sie sah Susan mit einem Blick an, der nicht viel mit der zaghaften, etwas geschwätzigen Olive Thorin gemein hatte, die die Leute von Hambry kannten … oder zu kennen glaubten. »Wenn ich weiß, daß du diese Richtung einschlagen würdest, werden es auch andere wissen, denen wir besser aus dem Weg gehen sollten.«

Susan schwieg. Sie war zu verwirrt, um zu sprechen, aber Olive schien zu wissen, was sie tat, und dafür war Susan dankbar.

»Bis sie soweit sind, im Westen herumzuschnüffeln, wird es dunkel sein. Heute nacht verstecken wir uns in einer der Höhlen in den Meeresklippen, etwa fünf Meilen von hier. Ich bin als Tochter eines Fischers aufgewachsen und kenne alle Höhlen, niemand kennt sie besser als ich.« Der Gedanke an die Höhlen, in denen sie als Mädchen gespielt hatte, schien sie aufzumuntern. »Morgen ziehen wir dann nach Westen, wie du magst. Ich fürchte, du wirst eine Zeitlang eine dickliche alte Witwe als Anstandsdame haben. Gewöhn dich besser an den Gedanken.«

»Ihr seid so gut«, sagte Susan. »Ihr solltet Sheemie und mich allein weiterschicken, Sai.«

»Und wohin soll ich zurückkehren? Ich kann nicht einmal zwei zum Küchendienst eingeteilte alte Ranchhelfer dazu bringen, meinen Anweisungen zu folgen. Fran Lengyll hat jetzt das Kommando über die Schießerei, und ich brenne nicht darauf, abzuwarten und zu sehen, wie er seine Aufgabe erfüllt. Auch nicht, ob er beschließt, daß er besser dran wäre, wenn er mich für verrückt erklären und in einer *haci* mit Gittern vor den Fenstern einsperren ließe. Oder soll ich bleiben und abwarten, wie sich Hash Renfrew als Bürgermeister macht, mit den Stiefeln auf meinen Tischen?« Olive lachte wahrhaftig.

»Sai, es tut mir leid.«

»Uns allen wird später noch eine Menge leid tun«, sagte Olive, die sich bemerkenswert fröhlich anhörte. »Im Augenblick ist es das Wichtigste, unbemerkt zu diesen Höhlen zu gelangen. Es muß so aussehen, als hätten wir uns in Luft aufgelöst. Halt mal kurz an.«

Olive zügelte ihr Pferd, stellte sich in den Steigbügeln auf, sah nach allen Seiten, um sich ihres Standorts zu versichern, nickte und drehte sich im Sattel herum, damit sie mit Sheemie sprechen konnte.

»Junger Mann, es wird Zeit, daß du deinen getreuen Esel besteigst und zurück nach Seafront reitest. Wenn uns Reiter verfolgen, mußt du sie mit ein paar wohlüberlegten Worten von unserer Spur abbringen. Kannst du das machen?«

Sheemie sah bestürzt aus. »Ich habe keine wohlüberlegten Worte, Sai Thorin, wirklich nicht. Ich habe fast überhaupt keine Worte.«

»Unsinn«, sagte Olive und küßte Sheemie auf die Stirn. »Reite in einem anständigen Trab zurück. Wenn du keine Verfolger siehst, bis die Sonne die Hügel berührt, reitest du wieder nach Norden und folgst uns. Wir werden an dem Hinweisschild auf dich warten. Weißt du, welches ich meine?«

Sheemie dachte, daß er es wußte, aber es war die äußerste nördliche Grenze seines kleinen kartographierten Stück Lands. »Das rote? Mit dem *sombrero* drauf und dem Pfeil, der in Richtung Stadt zeigt?«

»Genau das. Vor Einbruch der Dunkelheit wirst du nicht so weit kommen, aber heute nacht scheint der Mond ziemlich hell. Wenn du nicht gleich kommst, warten wir. Aber du mußt zurückkehren und alle Männer, die uns verfolgen, von unserer Spur abbringen. Verstehst du?«

Sheemie verstand. Er glitt von Olives Pferd, befahl Caprichoso mit einem Zungenschnalzen zu sich und stieg auf, wobei er das Gesicht verzog, als er mit der Stelle den Eselsrücken berührte, wo ihn das Tier gebissen hatte. »So soll es sein, Olive-Sai.«

»Gut, Sheemie. Gut. Dann ab mit dir.«

»Sheemie?« sagte Susan. »Bitte komm einen Moment zu mir.«

Er gehorchte, drückte den Hut an die Brust und sah mit dem Ausdruck glühender Verehrung zu ihr auf. Susan bückte sich und küßte ihn, nicht auf die Stirn, sondern fest auf den Mund. Sheemie schien einer Ohnmacht nahe zu sein.

»Danke-Sai«, sagte Susan. »Für alles.«

Sheemie nickte. Als er sprach, brachte er nicht mehr als ein Flüstern zustande. »Es war nur *Ka*«, sagte er. »Das weiß ich... aber ich liebe dich, Susan-Sai. Gehab dich wohl. Wir sehen uns bald wieder.«

»Ich freue mich darauf.«

Aber es gab kein Bald für sie, und auch kein Später. Sheemie drehte sich noch einmal um, als er auf seinem Esel nach Süden ritt, und winkte. Susan hob ebenfalls die Hand. So sah Sheemie sie zum letztenmal, und in mancher Hinsicht war das ein Segen.

12

Latigo hatte eine Meile vom Hanging Rock entfernt Wachtposten aufgestellt, aber der blonde Junge, den Roland, Cuthbert und Alain vorfanden, als sie sich den Tanks näherten, sah verwirrt und unsicher aus und stellte für niemanden eine Gefahr da. Skorbutflecken blühten um seinen Mund und seine Nase, ein Zeichen dafür, daß die Männer, die Farson für diese Aufgabe abgestellt hatte, einen weiten und anstrengenden Ritt hinter sich hatten und kaum frische Lebensmittel bekamen.

Als Cuthbert das Sigul des Guten Mannes zeigte – Hände vor der Brust verschränkt, die linke über der rechten, dann beide zu der Person ausgestreckt, die begrüßt wurde –, antwortete der blonde Wachtposten auf gleiche Weise und mit dankbarem Lächeln.

»Was war das da hinten für ein Gedings und Gedöns?« fragte er mit einem ausgeprägten Innerweltakzent – Roland fand, daß sich der Junge wie ein Nordit anhörte.

»Drei Jungs, die ein paar von den hohen Herren erschossen haben und dann in die Hügel geflohen sind«, antwortete Cuthbert. Er war ein unheimlich guter Imitator und gab den Akzent des Jungen fehlerfrei wieder. »Es gab einen Kampf. Ist jetzt vorbei, aber sie haben sich tapfer geschlagen.«

»Was –«

»Keine Zeit«, sagte Roland brüsk. »Wir haben Meldungen.« Er verschränkte die Hände vor der Brust und streckte sie wieder von sich. »Heil! Farson!«

»Guter Mann!« erwiderte der Blonde. Er salutierte mit einem Lächeln, das besagte, daß er Cuthbert gefragt haben würde, woher er käme und mit wem er verwandt sei, wenn sie mehr Zeit gehabt hätten. Dann waren sie an ihm vorbei und innerhalb von Latigos Postenkette. So einfach.

»Vergeßt nicht, wir schlagen zu und hauen ab«, sagte Roland. »Auf keinen Fall langsamer werden. Was wir nicht erwischen, muß zurückgelassen werden – es gibt keinen zweiten Anlauf.«

»Götter, so etwas solltest du nicht einmal andeuten«, sagte Cuthbert, aber er lächelte. Er zog seine Schleuder aus dem provisorischen Holster und überprüfte das elastische Band mit dem Daumen. Dann leckte er den Daumen ab und hielt ihn in den Wind. Kein Problem, wenn sie so vorrückten, wie sie waren; der Wind war stark, aber in ihrem Rücken.

Alain nahm Lengylls Maschinengewehr zur Hand, betrachtete es zweifelnd und riß den Verschlußhebel zurück. »Ich weiß nicht, Roland. Es ist geladen, und ich glaube, ich kann damit umgehen, aber –«

»Dann geh damit um«, sagte Roland. Sie ritten schneller, die Hufe ihrer Pferde trommelten auf dem harten Boden. Der Wind wehte böig und bauschte die Vorderseiten ihrer *serapes*. »Für Einsätze wie diesen ist es gemacht. Wenn es blockiert, wirf es weg, und nimm deine Revolver. Bist du bereit?«

»Ja, Roland.«

»Bert?«

»Ay«, sagte Cuthbert in einem maßlos übertriebenen Hambry-Akzent, »das bin ich, das bin ich.«

Vor ihnen stiegen Staubwölkchen auf, wenn Reiter vor oder hinter den Tanks vorbeizogen und die Gruppe zum Aufbruch vorbereiteten. Männer zu Fuß sahen den Neuankömmlingen neugierig, aber auf fatale Weise arglos entgegen.

Roland zog beide Revolver. »Gilead!« rief er. »Heil! Gilead!«

Er trieb Rusher zum Galopp an. Die beiden anderen Jungen taten desgleichen. Cuthbert ritt wieder in der Mitte, saß auf seinen Zügeln, hielt die Schleuder in der Hand, und Schwefelhölzer steckten zwischen seinen fest zusammengepreßten Lippen.

Die Revolvermänner ritten wie Furien auf den Hanging Rock zu.

13

Zwanzig Minuten nachdem sie Sheemie zurück nach Süden geschickt hatten, kamen Susan und Olive um eine scharfe Kurve und sahen sich drei berittenen Männern auf der Straße gegenüber. Im schrägen Licht der Nachmittagssonne sah sie, daß der Reiter in der Mitte einen blauen Sarg auf die Hand tätowiert hatte. Es war Reynolds. Susan verließ der Mut.

Den links von Reynolds – er trug einen schmutzigen weißen Viehtreiberhut und hatte ein schiefes Auge – kannte sie nicht, aber der rechts, der wie ein Prediger mit steinernem Herzen aussah, war Laslo Rimer. Reynolds sah Rimer an, nachdem er Susan zugelächelt hatte.

»He, Las und ich konnten uns nicht mal einen Drink gönnen, um auf seinen verstorbenen Bruder, den Kanzler von Was Immer Du Willst und Minister von Recht Schönen Dank Auch anzustoßen«, sagte Reynolds. »Wir waren kaum in der Stadt eingetroffen, da hat man uns überzeugt, sie wieder zu verlassen. Ich wollte nicht gehen, aber ... verdammt! Die alte Dame ist mir schon eine. Könnte eine Leiche dazu überreden, dir einen zu blasen, wenn Sie die rüde Ausdrucksweise entschuldigen möchten. Allerdings fürchte ich, Ihre Tante hat vielleicht ein Rad ab, oder auch zwei, Sai Delgado. Sie –«

»Ihre Freunde sind tot«, sagte Susan zu ihm.

Reynolds verstummte, zuckte die Achseln. »Nun ja. Vielleicht *si*, vielleicht *no*. Was mich betrifft, ich habe beschlossen, ohne sie weiterzureisen, auch wenn sie es nicht sind. Aber vielleicht bleibe ich noch eine Nacht in der Gegend. Dieses Erntefest ... ich habe soviel darüber gehört, wie die Leute es in den Äußeren begehen. Besonders über das Freudenfeuer.«

Der Mann mit dem schiefen Auge lachte verschleimt.

»Laßt uns durch«, sagte Olive. »Dieses Mädchen hat nichts getan, und ich auch nicht.«

»Sie hat Dearborn zur Flucht verholfen«, sagte Rimer, »ihm, der Ihren eigenen Mann und meinen Bruder ermordet hat. Das würde ich nicht nichts nennen.«

»Die Götter mögen Kimba Rimer auf der Lichtung vergeben«, sagte Olive, »aber die Wahrheit ist, er hat die Schatzkasse dieser Stadt zur Hälfte geplündert, und was er John Farson nicht gegeben hat, das hat er für sich selbst behalten.«

Rimer wich zurück, als wäre er geschlagen worden.

»Habt Ihr nicht gewußt, daß ich es weiß? Laslo, es macht mich wütend, wie gering ihr alle von mir denkt... aber wieso sollte mir daran gelegen sein, daß Leute wie Ihr überhaupt an mich denken? Ich wußte genug, daß mir schlecht wurde, belassen wir es dabei. Ich weiß, daß der Mann an Ihrer Seite –«

»Seien Sie still«, murmelte Rimer.

»– wahrscheinlich derjenige war, der das schwarze Herz Eures Bruders aufgeschnitten hat; Sai Reynolds wurde an jenem Morgen in dem Flügel gesehen, hat man mir gesagt –«

»Sei still, du Fotze!«

»– und ich glaube es.«

»Tun Sie besser, was er sagt, Sai, und zügeln Sie Ihre Zunge«, sagte Reynolds. Die träge gute Laune war teilweise aus seinem Gesicht verschwunden. Susan dachte: Er mag es nicht, daß die Leute wissen, was er getan hat. Nicht einmal, wenn er die Oberhand hat und ihm nicht schaden kann, was sie wissen. Und ohne Jonas ist er weniger wert. Viel weniger. Und auch das weiß er.

»Lassen Sie uns durch«, sagte Olive.

»Nein, Sai, das kann ich nicht.«

»Dann helfe ich Euch, ja?«

Während des Palavers hatte sie die Hand unter die lächerlich große *serape* geschoben, nun zog sie eine uralte und riesige *pistola* mit Griffen aus gelblichem Elfenbein und einem verzierten Lauf aus beschlagenem Silber hervor. Obenauf befand sich ein Steinschloß aus Messing.

Olive hätte das Ding nicht mal ziehen dürfen – es verfing sich in ihrer *serape*, und sie mußte es herauswinden. Sie hätte es auch nicht spannen dürfen, ein Vorgang, für den sie zwei Versuche und beide Daumen brauchte. Aber die drei Männer waren wie vom Donner gerührt beim Anblick des uralten Vorderladers in ihren Händen, Reynolds genauso wie die beiden anderen; er saß mit hängendem Unterkiefer auf seinem Pferd. Jonas wären die Tränen gekommen.

»Erledigt sie!« kreischte eine brüchige alte Stimme hinter den Männern, die die Straße versperrten. »Was ist los mit euch, ihr dummen Burschen? ERLEDIGT SIE!«

Reynolds zuckte zusammen und griff nach seiner Waffe. Er war schnell, hatte Olive aber zuviel Vorsprung gegeben, und so schlug sie ihn, schlug ihn um Längen. Als er den Revolver gerade aus dem Lederholster gezogen hatte, hielt die Witwe des Bürgermeisters die alte Pistole mit beiden Händen und drückte ab, wobei sie die Augen zusammenkniff wie ein kleines Mädchen, das gezwungen ist, etwas Ekelhaftes zu essen.

Der Funke sprang über, aber das feuchte Schießpulver gab nur ein müdes Schwuuup von sich und verschwand in einem blauen Rauchwölkchen. Die Kugel – groß genug, um Clay Reynolds' Kopf von der Nase an aufwärts wegzupusten, wenn sie nur abgefeuert worden wäre – blieb im Lauf.

Im nächsten Augenblick brüllte Reynolds' Waffe in seiner Faust auf. Olives Pferd scheute wiehernd. Olive stürzte kopfüber von dem Wallach und hatte ein schwarzes Loch im orangefarbenen Streifen ihrer *serape* – dem Streifen über ihrem Herzen.

Susan hörte sich selbst schreien. Der Laut schien aus weiter Ferne zu kommen. Sie hätte vielleicht noch eine Weile geschrien, doch da hörte sie Ponyhufe hinter den Männern auf der Straße näher kommen … und wußte es. Noch bevor der Mann mit dem schiefen Auge zur Seite wich und ihr den Blick freigab, wußte sie es, und ihr Schrei verstummte.

Das erschöpfte Pony, das die Hexe nach Hambry gebracht hatte, war durch ein frisches ersetzt worden, aber es war derselbe Karren mit denselben goldenen magischen Symbolen und derselben Fahrerin. Rhea hielt die Zügel in ihren blassen Klauen, drehte den Kopf von einer Seite auf die andere wie ein rostiger alter Roboter und grinste Susan humorlos an. Grinste wie eine Leiche.

»Hallo, mein kleines Liebchen«, sagte sie und nannte Susan genauso wie vor all diesen Wochen und Monaten, in der Nacht, als sie in ihre Hütte gekommen war, um ihre Ehrbarkeit unter Beweis zu stellen. In der Nacht, als Susan vor lauter Übermut fast nur gerannt war. Unter dem Licht des Kußmonds war sie gekommen, ihr Blut nach der Anstrengung in Wallung, ihre Haut gerötet; sie hatte »Careless Love« gesungen.

»Deine Spießgesellen und Fickpartner haben meine Kugel gestohlen, mußt du wissen«, sagte Rhea und brachte das Pony mit einem Schnalzen wenige Schritte vor den Reitern zum Stehen. Selbst Reynolds sah nervös auf sie hinab. »Haben mein schönes Zauberding genommen, das haben die bösen Buben getan. Die bösen, bösen Buben. Aber solange ich sie hatte, hat sie mir viel gezeigt, ay. Sie sieht fern, und in mehr als einer Hinsicht. Das meiste habe ich vergessen … aber nicht, welchen Weg du nehmen würdest, mein Liebchen. Nicht, welchen Weg diese alte tote Schlampe, die dort am Wegrand liegt, dich führen würde. Und nun mußt du in die Stadt zurück.« Ihr Grinsen wurde breiter, wurde zu etwas Unaussprechlichem. »Es ist Zeit für den Jahrmarkt, weißt du.«

»Lassen Sie mich gehen«, sagte Susan. »Lassen Sie mich gehen, wenn Sie sich nicht vor Roland von Gilead rechtfertigen wollen.«

Rhea beachtete sie nicht und wandte sich an Reynolds. »Bindet ihr die Hände vor dem Körper, und schafft sie hinten in den Karren. Es warten Leute, die sie sehen wollen. Sie wollen sie gut sehen können, und genau das werden sie auch bekommen. Wenn ihre Tante ihre Sache gut gemacht hat, werden eine Menge Leute in der Stadt sein. Schafft sie herauf, und macht eure Sache gut.«

14

Alain hatte Zeit für einen klaren Gedanken: Wir hätten ihnen aus dem Weg gehen können – wenn es stimmt, was Roland sagt, dann kommt es nur auf das Glas des Zauberers an, und das haben wir. Wir hätten ihnen aus dem Weg gehen können.

Aber natürlich war das unmöglich. Hundert Generationen Revolvermannblut sprachen dagegen. Turm oder kein Turm, man durfte den Dieben ihre Beute nicht überlassen. Nicht, wenn man sie aufhalten konnte.

Alain beugte sich nach vorne und sprach seinem Pferd direkt

ins Ohr. »Ein Zucken oder Aufbäumen, wenn ich schieße, und ich schlag dir den verdammten Schädel ein.«

Roland führte sie an, weil er mit seinem kräftigeren Pferd schneller war als sie. Die erste Gruppe von Männern – fünf oder sechs zu Pferde, ein weiteres Dutzend zu Fuß war damit beschäftigt, ein Paar Ochsen zu untersuchen, die die Tanks hergezogen hatten – starrte ihn dümmlich an, bis er zu schießen anfing, und dann stoben sie auseinander wie Wachteln. Er erwischte die Reiter ohne Ausnahme; ihre Pferde flohen fächerförmig auseinander und schleiften ihre Zügel nach (und, in einem Fall, einen toten Soldaten). Irgendwo schrie jemand: »Überfall! Überfall! Auf die Pferde, ihr Narren!«

»Alain!« rief Roland, während sie heranstürmten. Vor den Tankwagen scharten – rotteten – sich etwa zehn Reiter und bewaffnete Männer zu einer provisorischen Verteidigungslinie zusammen.

Alain hob das Maschinengewehr, stemmte sich den rostigen Metallkolben an die Schulter und rief sich das wenige, was er über automatische Feuerwaffen wußte, ins Gedächtnis: tief halten, schnell und ruhig schwenken.

Er drückte den Abzug, und das Schnellfeuergewehr bellte in der staubigen Luft, der Rückstoß hämmerte ihm als Folge rascher Stöße gegen die Schulter, und aus dem Ende des perforierten Laufs züngelte grelles Feuer. Alain schwenkte die Waffe von links nach rechts und ließ das Visier über die schreienden, auseinanderlaufenden Verteidiger und über die hohen Stahlwandungen der Tanks gleiten.

Der dritte Tank explodierte tatsächlich von selbst. Das Geräusch, das er von sich gab, glich keiner Explosion, die Alain je gehört hatte: ein kehliges, muskulöses Ratschen, von einem gleißenden Blitz orangeroten Feuers begleitet. Der Stahlmantel schoß in zwei Teilen empor. Einer wirbelte dreißig Meter durch die Luft und landete als lodernd brennender Klumpen auf dem Wüstenboden; der andere schoß auf einer fettigen schwarzen Rauchsäule kerzengerade in den Himmel. Ein brennendes Holzrad wirbelte durch die Luft wie ein Teller und fiel, Funken und brennende Splitter versprühend, wieder herab.

Männer flohen schreiend – manche zu Fuß, andere drückten

sich, Panik in den weit aufgerissenen Augen, flach an die Hälse ihrer Gäule.

Als Alain das Ende der Tankwagenreihe erreichte, ließ er die Mündung der Waffe in umgekehrter Richtung zurückwandern. Das Maschinengewehr lag jetzt heiß in seinen Händen, aber er preßte den Finger weiter auf den Abzug. In dieser Welt mußte man benutzen, was einem zur Verfügung stand, solange es funktionierte. Sein Pferd lief unter ihm weiter, als hätte es jedes Wort verstanden, das Alain ihm ins Ohr geflüstert hatte.

Noch einer! Ich will noch einen!

Aber bevor er noch einen Tankwagen hochjagen konnte, hörte das Gewehr auf zu knattern – vielleicht blockiert, wahrscheinlich leergeschossen. Alain warf es weg und zog den Revolver. Neben ihm ertönte das Schwupp von Cuthberts Schleuder, das man trotz der schreienden Männer, trampelnden Pferde und dem Wusch des brennenden Tanks hören konnte. Alain sah einen brennenden Kanonenschlag durch die Luft sausen und genau dort landen, wohin Cuthbert gezielt hatte: in der Öllache unter den Holzrädern eines Tanks mit der Aufschrift SUNOCO. Einen Augenblick konnte Alain deutlich die Reihe von neun oder einem Dutzend Löchern in der Stahlwand des Tanks sehen – Löcher, die er mit Sai Lengylls Schnellfeuergewehr hineingeschossen hatte –, und dann ertönte ein Knall, und ein Blitz leuchtete auf, als der Kanonenschlag explodierte. Einen Augenblick später leuchteten die Löcher in der polierten Wand des Tanks. Das Öl darunter hatte Feuer gefangen.

»Nichts wie weg!« schrie ein Mann mit ausgebleichter Uniformmütze. »Er wird explodier'n! Sie wer'n alle ex–«

Alain erschoß ihn, riß eine Seite seines Gesichts auf und hämmerte ihn aus einem alten, rissigen Stiefel. Einen Moment später ging der zweite Tank hoch. Ein brennendes Stück Stahlblech flog davon, landete in der wachsenden Rohölpfütze unter einem dritten Tank, und dann explodierte auch der. Schwarzer Rauch stieg zum Himmel wie der Qualm eines Scheiterhaufens; er verdunkelte den Tag und zog einen öligen Schleier vor die Sonne.

15

Die sechs Chief-Lieutenants von Farson waren Roland – wie allen vierzehn Revolvermännern in Ausbildung – sorgfältig beschrieben worden, daher erkannte er den Mann, der zur *remuda* lief, auf der Stelle: George Latigo. Roland hätte ihn auf der Flucht erschießen können, aber das hätte ihnen ironischerweise eine Möglichkeit zur Flucht eröffnet, die sauberer war, als er es wollte.

Statt dessen erschoß er den Mann, der Latigo entgegenlief.

Latigo wirbelte auf den Absätzen herum und sah Roland mit blitzenden, haßerfüllten Augen an. Dann rannte er weiter, rief einem anderen Mann etwas zu und brüllte nach den Reitern, die sich außerhalb des Brandherds drängten.

Zwei weitere Tanks explodierten, schlugen mit stumpfen eisernen Fäusten auf Rolands Trommelfelle und schienen ihm die Luft aus den Lungen zu saugen wie ein Rippstrom. Der Plan hatte vorgesehen, daß Alain die Tanks durchlöchern und Cuthbert danach einen Kanonenschlag nach dem andern verschießen sollte, um das auslaufende Öl anzuzünden. Der eine Kanonenschlag, den er tatsächlich abschoß, schien zu bestätigen, daß der Plan wirkungsvoll gewesen wäre, aber es war der letzte Schuß mit der Schleuder, den Cuthbert an diesem Tag abgab. Die Leichtigkeit, mit der die Revolvermänner die Postenkette des Feindes überwinden konnten und die Verwirrung, die auf ihren ersten Angriff folgte, hätte man der Unerfahrenheit und Erschöpfung seiner Leute zuschreiben können, aber die Plazierung der Tankwagen war Latigos Fehler gewesen, und ausschließlich seiner. Er hatte sie dicht nebeneinandergestellt, ohne auch nur einen Gedanken daran zu verschwenden, und nun flogen sie einer nach dem anderen in die Luft. Als die Feuersbrunst erst einmal angefangen hatte, gab es keine Möglichkeit mehr, sie einzudämmen. Noch bevor Roland den linken Arm hob und in der Luft kreisen ließ, womit er Alain und Cuthbert das Signal zum Abbruch gab, war die Arbeit getan. Latigos Lager war ein flammendes Inferno, und John Farsons Pläne für einen motorisierten Angriff nichts als schwarzer Rauch, der vom *fin-de-año*-Wind verweht wurde.

»Reitet!« schrie Roland. »Reitet, reitet, reitet!«

Sie ritten nach Westen, auf den Eyebolt Canyon zu. Roland spürte eine einzige Kugel an seinem linken Ohr vorbeisausen. Das war, soweit er wußte, der einzige Schuß, der beim Angriff auf die Tanks auf sie abgegeben worden war.

16

Latigo war außer sich vor Wut, er raste vor Wut, einer Wut, die ihm fast die Schädeldecke zerriß, und das war wahrscheinlich eine Gnade – es hinderte ihn, daran zu denken, was der Gute Mann machen würde, wenn er von diesem Fiasko erfuhr. Im Augenblick interessierte sich Latigo nur dafür, die Männer zu erwischen, die ihn aus dem Hinterhalt überfallen hatten… sofern ein Überfall aus dem Hinterhalt in Wüstenland überhaupt möglich war.

Männer? Nein.

Die Jungs, die es getan hatten.

Latigo wußte durchaus, wer sie waren; er wußte nicht, wie sie nach hier draußen gelangt waren, aber er wußte, wer sie waren, und ihr Vorstoß würde hier enden, im Osten des Waldes und der ansteigenden Hügel.

»Hendricks!« bellte er. Hendricks hatte es wenigstens geschafft, seine Männer – ein halbes Dutzend, alle beritten – in der Nähe der *remuda* zusammenzuhalten. »Hendricks, zu mir!«

Während Hendricks zu ihm geritten kam, wirbelte Latigo herum und sah eine Schar Männer dastehen und die brennenden Tanks angaffen. Als er ihre offenen Münder und dummen jungen Schafsgesichter sah, wollte er schreiend in die Luft springen, weigerte sich aber, diesem Drang nachzugeben. Er klammerte sich an einen schwachen Lichtstrahl der Konzentration, der direkt auf die Angreifer gerichtet war, denen auf gar keinen Fall die Flucht gelingen durfte. »Ihr da!« brüllte er die Männer an. Einer drehte sich um, die anderen nicht. Latigo ging auf sie zu und zog dabei seine Pistole. Er drückte sie dem Mann in die Hand, der sich zu ihm umgedreht hatte, und zeigte willkürlich auf einen derjenigen, die ihn nicht beachtet hatten. »Erschieß diesen Idioten.«

Mit dem benommenen Gesicht eines Mannes, der glaubt, daß

er träumt, hob der Soldat die Pistole und erschoß den Mann, auf den Latigo gezeigt hatte. Der unglückliche Bursche sackte zu einem Häufchen Knie und Ellbogen und zuckende Hände zusammen. Die anderen drehten sich um.

»Gut«, sagte Latigo und nahm seine Pistole zurück.

»Sir!« rief Hendricks. »Ich sehe sie, Sir! Ich habe den Feind deutlich im Blickfeld!«

Zwei weitere Tanks explodierten. Ein paar surrende Stahltrümmer flogen in ihre Richtung. Einige der Männer duckten sich; Latigo zuckte nicht einmal zusammen. Hendricks auch nicht. Ein guter Mann. Den Göttern sei Dank, daß ihm wenigstens einer seines Schlages in diesem Alptraum zur Verfügung stand.

»Soll ich sie verfolgen, Sir?«

»Ich nehme Ihre Männer und jage sie persönlich, Hendricks. Lassen Sie diese Arschgesichter vor uns aufsitzen.« Er zeigte mit einer Armbewegung auf die stehenden Männer, deren tölpelhafte Aufmerksamkeit nicht mehr auf die Tankwagen, sondern auf ihren toten Kameraden gerichtet war. »Treiben Sie so viele von den anderen zusammen, wie Sie können. Haben Sie einen Hornisten?«

»Ja, Sir, Raines, Sir!« Hendricks drehte sich um, winkte, und ein pickelgesichtiger, ängstlicher Junge ritt zu ihm. Ein verbeultes Horn hing an einer fadenscheinigen Schnur auf der Vorderseite seines Hemds.

»Raines«, sagte Latigo, »Sie bleiben bei Hendricks.«

»Ja, Sir.«

»Suchen Sie so viele Männer wie möglich zusammen, Hendricks, aber verzetteln Sie sich nicht zu lange damit. Sie fliehen zu diesem Canyon, und ich glaube, jemand hat mir gesagt, daß das ein Kasten-Canyon ist. Wenn ja, werden wir einen Schießstand daraus machen.«

Hendricks verzog die Lippen zu einem schiefen Grinsen. »Ja, Sir.«

Hinter ihnen explodierten weiterhin die Tanks.

17

Roland warf einen Blick zurück und sah erstaunt, wie gewaltig die schwarze Rauchsäule war, die in den Himmel stieg. Vor sich konnte er deutlich das Holz sehen, das den größten Teil des Zugangs zu dem Canyon versperrte. Und obwohl der Wind in die falsche Richtung wehte, konnte er das Moskitosummen der Schwachstelle hören, das einen schier wahnsinnig machte.

Er bewegte die ausgestreckten Hände auf und ab und gab Cuthbert und Alain damit das Signal, langsamer zu werden. Vor ihren Augen nahm er sein Halstuch ab und schlug es zu einem Strang zusammen, den er sich um den Kopf band, so daß er die Ohren bedeckte. Sie folgten seinem Beispiel. Es war besser als nichts.

Die Revolvermänner ritten weiter nach Westen, und ihre Schatten folgten ihnen mittlerweile so lang wie Bohrtürme auf dem Wüstenboden. Als Roland zurückschaute, konnte er zwei Gruppen Reiter erkennen, die die Verfolgung aufgenommen hatten. Roland glaubte, daß Latigo die erste anführte und seine Reiter absichtlich ein wenig zurückhielt, damit sich die beiden Gruppen vereinigen und gemeinsam angreifen konnten.

Gut, dachte er.

Die drei ritten in enger Formation zum Eyebolt, hielten die Pferde weiterhin zurück und erlaubten den Verfolgern, die Distanz zu verringern. Ab und an hallte ein weiterer dumpfer Schlag durch die Luft und brachte die Erde zum Erbeben, wenn einer der verbliebenen Tanks explodierte. Roland konnte nicht fassen, wie einfach es gewesen war – selbst nach dem Kampf mit Jonas und Lengyll, der die Männer hier draußen hätte wachsam machen müssen, war es einfach gewesen. Er mußte an ein Erntefest vor langer Zeit denken: Er und Cuthbert, sicher nicht älter als sieben Jahre, liefen an einer Reihe Strohpuppen mit Stöcken entlang, die sie eine nach der anderen umstießen, peng-peng-pengedi-peng.

Trotz des Tuchs über den Ohren bohrte sich ihm das Heulen der Schwachstelle ins Gehirn und ließ seine Augen tränen. Hinter sich konnte er die Schreie und Rufe der Verfolger hören. Sie versetzten ihn in Entzücken. Latigos Männer hatten das Verhältnis überschlagen – zwei Dutzend gegen drei, und viele andere aus ihrer Truppe sputeten sich, sie einzuholen und in den Kampf zu ziehen –, und nun standen ihre Pimmel wieder.

Roland drehte sich nach vorne und dirigierte Rusher zu der Lücke im aufgeschichteten Holz, die den Zugang zum Eyebolt Canyon bildete.

18

Hendricks ritt schwer atmend und mit geröteten Wangen an Latigos Seite. »Sir! Bitte, Meldung machen zu dürfen!«

»Dann tun Sie es!«

»Ich habe zwanzig Mann, und etwa dreimal soviel reiten wie der Teufel, um uns einzuholen.«

Das alles kümmerte Latigo nicht weiter. Seine Augen waren klare, blaue Eiskristalle. Unter seinem Schnurrbart zeigte er ein knappes, gieriges Lächeln. »Rodney«, sagte er und sprach Hendricks' Vornamen fast so zärtlich wie ein Liebhaber aus.

»Sir?«

»Ich glaube, sie reiten rein, Rodney. Ja ... sehen Sie, ich bin ganz sicher! Noch zwei Minuten, und sie werden nicht mehr umkehren können.« Er hob die Waffe, legte den Lauf auf den Unterarm und gab aus reinem Überschwang einen Schuß auf die drei Reiter ab.

»Ja, Sir, sehr gut, Sir.« Hendricks drehte sich um und winkte seinen Männern wie wild zu, sie sollten aufschließen, aufschließen.

19

»Absitzen!« rief Roland, als sie das verfilzte Gestrüpp erreicht hatten. Ein Geruch, der trocken und ölig zugleich war, ging davon aus – wie ein Feuer, das nur darauf wartete, brennen zu dürfen. Er wußte nicht, ob es Latigo stutzig machen würde, daß sie nicht auf ihren Pferden in den Canyon ritten, und es war ihm auch einerlei. Dies waren gute Reittiere aus der besten Zucht von Gilead, und in den vergangenen Monaten war Rusher so etwas wie ein Freund für ihn geworden. Er würde weder ihn noch eines der anderen beiden Pferde in den Canyon führen, wo sie zwischen dem Feuer und der Schwachstelle festsitzen würden.

Die Jungs sprangen blitzschnell von ihren Pferden; Alain löste die Kordel vom Horn seines Sattels und warf sich den Beutel über die Schulter. Cuthberts und Alains Pferde wieherten und liefen sofort parallel zu dem Gestrüpp davon, aber Rusher zögerte einen Moment und sah Roland an. »Los doch.« Roland gab ihm einen Klaps auf die Flanke. »Lauf.«

Rusher rannte mit wehendem Schweif davon. Cuthbert und Alain schlüpften durch die Lücke im Strauchwerk. Roland folgte ihnen, vergewisserte sich aber zuvor mit einem Blick nach unten, daß die Pulverspur noch da war. Sie war noch da und noch trocken – seit dem Tag, als sie sie gelegt hatten, war kein Tropfen Regen gefallen.

»Cuthbert«, sagte er. »Schwefelhölzer.«

Cuthbert gab ihm ein paar. So breit, wie er grinste, war es ein Wunder, daß sie ihm nicht aus dem Mund gefallen waren. »Wir haben ihnen einen heißen Tag bereitet, was, Roland? Ay!«

»Das haben wir wahrhaftig«, sagte Roland, der ebenfalls grinste. »Los jetzt. Nach hinten zu diesem steilen Pfad.«

»Laß mich es machen«, sagte Cuthbert. »Bitte, Roland, geh du mit Alain, und laß mich bleiben. Ich bin im Grunde meines Herzens ein Feuerteufel, schon immer gewesen.«

»Nein«, sagte Roland. »Das ist meine Aufgabe. Widersprich mir nicht. Geh. Und sag Alain, daß er auf die Glaskugel aufpassen soll, egal was passiert.«

Cuthbert sah ihn noch einen Moment an, dann nickte er. »Warte nicht zu lange.«

»Nein.«

»Möge dir das Glück hold sein, Roland.«

»Und dir zweifach.«

Cuthbert lief davon; seine Stiefel knirschten auf dem Geröll am Boden des Canyons. Er erreichte Alain, der Roland mit erhobener Hand grüßte. Roland nickte und duckte sich, als eine Kugel so dicht an seiner Schläfe vorbeizischte, daß seine Hutkrempe bebte.

Er duckte sich links von der Öffnung im Gestrüpp und spähte hinaus, wobei ihm der Wind frontal ins Gesicht wehte. Latigos

Männer kamen schnell näher. Schneller, als er erwartet hatte. Wenn der Wind die Schwefelhölzer ausblies –

Vergiß die Wenns. Halt aus, Roland … halt aus … warte auf sie …

Er hielt aus, kauerte dort mit einem Streichholz in jeder Hand und spähte durch das Dickicht der verflochtenen Äste hindurch. Der kräftige Geruch von Mesquite stieg ihm in die Nase. Nicht weit dahinter war der Geruch von brennendem Öl. Das Heulen der Schwachstelle hallte in seinem Kopf wider und machte ihn benommen, sich selbst fremd. Er dachte, wie es in dem rosa Sturm gewesen war, als er durch die Luft flog … wie er von der Vision Susans weggerissen worden war. Gott sei Dank für Sheemie, dachte er abwesend. Er wird dafür sorgen, daß sie den Tag an einem sicheren Ort verbringt. Aber das gierige Heulen der Schwachstelle schien ihn zu verspotten und zu fragen, ob es nicht mehr zu sehen gegeben hatte.

Inzwischen legten Latigo und seine Männer die letzten dreihundert Meter zum Eingang des Canyons in gestrecktem Galopp zurück, und diejenigen, die nachfolgten, holten rasch auf. Für die ersten würde es schwer sein, plötzlich anzuhalten, ohne niedergetrampelt zu werden.

Es wurde Zeit. Roland steckte sich eines der Schwefelhölzer zwischen die Zähne und riß es an. Es flammte auf und ließ einen heißen und sauren Funken auf das feuchte Bett seiner Zunge regnen. Bevor der Kopf des Schwefelhölzchens abbrennen konnte, hielt Roland es an das Pulver in dem Graben. Das Pulver fing sofort Feuer, eine gelbe Spur lief unter dem nördlichen Ende des Gestrüpps hindurch.

Er sprang auf die andere Seite der Öffnung – die breit genug war, daß zwei Pferde sie Seite an Seite passieren konnten – und hatte das zweite Schwefelholz bereits zwischen den Zähnen. Sobald er etwas windgeschützt stand, riß er es an, ließ es in das Pulver fallen, hörte das sprühende Zischen, drehte sich um und rannte los.

20

Mutter und Vater, war Rolands erster, schockierter Gedanke – so tiefe und unerwartete Erinnerungen, daß sie wie ein Schlag ins Gesicht waren. Am Saronisee.

Wann waren sie dort gewesen, am malerischen Saronisee im nördlichen Teil der Baronie Gilead? Daran konnte sich Roland nicht erinnern. Er wußte nur, daß er sehr klein gewesen war und es einen wunderschönen Sandstrand gab, wo er spielen konnte, geradezu perfekt für einen ehrgeizigen jungen Burgenbauer wie ihn. Das hatte er an einem Tag ihrer

(Ferien? Waren es Ferien? Haben meine Eltern tatsächlich einmal Ferien gemacht?)

Reise gemacht und aufgeschaut, weil ihn etwas – möglicherweise nur die Schreie der Vögel, die über dem See kreisten – veranlaßt hatte, aufzuschauen, und da standen seine Mutter und sein Vater, Gabrielle und Steven Deschain, am Ufer, hatten sich gegenseitig die Arme um die Hüften gelegt und sahen unter dem blauen Sommerhimmel auf das blaue Wasser hinaus. Das Herz war ihm übergegangen vor Liebe zu ihnen! Unendlich war die Liebe, mit Hoffnung und Erinnerung verflochten wie ein Zopf mit drei kräftigen Strängen, der Helle Turm im Leben jeder Menschenseele.

Aber jetzt verspürte er keine Liebe, sondern Grauen. Die Gestalten, die vor ihm standen, als er zum Ende des Canyons lief (zum Ende des rationalen Teils des Canyons), waren nicht Steven von Gilead und Gabrielle von Arten, sondern seine Freunde Cuthbert und Alain. Sie hatten auch nicht die Arme umeinander gelegt, hielten sich aber an den Händen wie Kinder im Märchen, die sich in einem furchterregenden Märchenwald verirrt hatten. Vögel kreisten, aber es waren Geier, keine Möwen, und die schimmernde, dunstige Substanz vor den beiden Jungs war kein Wasser.

Es war die Schwachstelle, und Cuthbert und Alain gingen vor Rolands Augen darauf zu.

»Halt!« schrie er. »Bei euren Vätern, bleibt stehen!«

Sie blieben nicht stehen. Sie gingen Hand in Hand zum weißen Saum des rauchigen grünen Schimmers. Die Schwachstelle winselte vor Freude, murmelte Zärtlichkeiten, versprach

Belohnungen. Sie briet die Nerven taub und riß am Gehirn.

Er hatte keine Zeit mehr, zu ihnen zu laufen, daher tat Roland das einzige, was ihm einfiel: Er hob einen seiner Revolver und feuerte über ihre Köpfe. Der Knall war wie ein Hammerschlag in der engen Schlucht, und einen Augenblick heulte der Querschläger lauter als die Schwachstelle selbst. Die beiden Jungen blieben nur Zentimeter von dem ekelhaften Flimmern entfernt stehen. Roland rechnete damit, daß es Fühler ausbilden und sie ergreifen würde wie den Vogel in der Nacht des Marketendermonds. Er feuerte noch zwei Schüsse in die Luft ab; das Donnern wurde gegen die Felswände geworfen und hallte wider. »Revolvermänner!« rief er. »Zu mir! Zu mir!«

Alain drehte sich als erster zu ihm um; seine verträumten Augen schienen in dem staubigen Gesicht zu schweben. Cuthbert ging einen Schritt weiter, bis seine Schuhspitzen in der grünlich-silbernen Gischt am Rand der Schwachstelle verschwanden (das wimmernde Grollen des Dings stieg wie erwartungsvoll eine halbe Note an), und dann riß Alain ihn am Band seines *sombreros* zurück. Cuthbert stolperte über einen großen Steinbrocken und fiel hin. Als er aufschaute, waren seine Augen klar.

»Götter!« murmelte er, und als er auf die Beine sprang, sah Roland, daß seine Schuhspitzen fort waren, sauber abgeschnitten wie mit einer Gartenschere. Seine großen Zehen schauten heraus.

»Roland«, keuchte er, als er und Alain zu ihm gestolpert kamen. »Roland, fast wäre es zu spät gewesen. Dieses Ding redet!«

»Ja. Ich habe es gehört. Kommt. Wir haben keine Zeit.«

Er führte sie zu der Kerbe in der Felswand und betete, daß sie schnell genug hinaufkamen, um nicht von Kugeln durchsiebt zu werden ... was ihnen mit Sicherheit blühte, wenn Latigo eintraf, bevor sie die Felswand nicht wenigstens teilweise erklommen hatten.

Ein beißender und bitterer Geruch hing in der Luft – ein Geruch wie von kochenden Wacholderbeeren. Und die ersten weiß-grauen Rauchfähnchen wehten an ihnen vorbei.

»Cuthbert, du als erster, dann Alain. Ich komme als letzter. Klettert schnell, Jungs. Klettert um euer Leben.«

21

Latigos Männer strömten durch die Lücke in dem Gestrüpp wie Wasser in einen Trichter und erweiterten sie dabei ein wenig. Die unterste Schicht der abgestorbenen Vegetation brannte bereits, aber in ihrer Aufregung sah keiner die züngelnden Flammen oder machte Meldung, falls sie doch jemand sah. Der Rauchgeruch blieb ebenfalls unbemerkt; ihre Nasen waren vom gewaltigen Gestank des brennenden Öls betäubt. Latigo selbst, der mit Hendricks die Führung übernommen hatte, hatte nur einen einzigen Gedanken; zwei Worte, die mit einer Art gehässigem Triumph an sein Gehirn schlugen: Kasten-Canyon! Kasten-Canyon! Kasten-Canyon!

Und doch störte etwas dieses Mantra, je weiter er in den Canyon hineingaloppierte und die Hufe seines Pferdes behende über das Durcheinander von Felsbrocken und

(Knochen)

weißen Rinderschädeln und Rippen flogen. Es war eine Art von leisem Summen, ein enervierendes, schlabberndes Winseln, insektenhaft und beharrlich. Seine Augen tränten davon. Doch so übermächtig das Geräusch sich anhörte (wenn es ein Geräusch war; es schien fast aus seinem Inneren zu kommen), er verdrängte es und konzentrierte sich auf sein Mantra

(Kasten-Canyon Kasten-Canyon wir haben sie in einem Kasten-Canyon),

und zwar ausschließlich. Wenn dies vorbei war, würde er Walter Rechenschaft ablegen müssen, möglicherweise Farson selbst, und er hatte keine Ahnung, was seine Strafe dafür sein würde, daß er die Tankwagen verloren hatte … aber all das kam später. Im Augenblick wollte er nur eines, diese Dreckskerle töten, die ihm einen Strich durch die Rechnung gemacht hatten.

Ein Stück weiter vorn machte der Canyon einen Knick nach Norden. Dahinter würden sie sein, und wahrscheinlich nicht weit dahinter. An der Rückwand des Canyons, wo sie versuchen würden, sich hinter heruntergefallene Felsbrocken zu quetschen, wenn sie denn welche fanden. Latigo würde seine Männer zusammenziehen und die drei mit Querschlägern aus ihrer Deckung treiben. Wahrscheinlich würden sie mit erhobenen Händen herauskommen und auf Gnade hoffen. Diese Hoffnung würde vergeblich sein. Nach allem, was sie getan hatten, nach dem ganzen Ärger, den sie verursacht hatten –

Als Latigo um den Knick in dem Canyon herum ritt und bereits seine Pistole anlegte, schrie sein Pferd – schrie wie eine Frau – und bäumte sich unter ihm auf. Latigo bekam das Sattelhorn zu fassen und schaffte es, nicht abgeworfen zu werden, aber das Pferd rutschte mit den Hinterhufen im Geröll aus und fiel. Latigo ließ den Sattel los, warf sich von dem Pferd weg und spürte bereits, daß das Geräusch, das in seinen Ohren hallte, plötzlich zehnmal stärker war und laut genug summte, daß seine Augäpfel in den Höhlen pulsierten, laut genug, daß seine Hoden unangenehm kribbelten, und laut genug, daß das Mantra übertönt wurde, das so beharrlich in seinem Kopf gehämmert hatte.

Die Beharrlichkeit der Schwachstelle war weit, weit größer als die, deren George Latigo fähig gewesen wäre.

Pferde drängten sich an ihm vorbei, als er in einer kauernden, hockenden Stellung landete, Pferde, die vom Druck der nachfolgenden einfach weitergeschoben wurden, von Reitern weitergeschoben, die sich in Paaren durch die Lücke drängten (dann in Dreierformation, als das Loch in dem Gestrüpp, das inzwischen auf voller Länge brannte, breiter wurde), um wieder auszuschwärmen, sobald sie den Flaschenhals hinter sich hatten, ohne zu erkennen, daß der gesamte Canyon ein Flaschenhals war.

Latigo hatte ein verworrenes Kaleidoskop vor sich: schwarze Schweife und graue Vorderbeine und scheckiges Hufhaar; er sah Beinschützer und Jeans und in Steigbügel gerammte Stiefel. Er versuchte aufzustehen, als ihn ein Hufeisen am Hinterkopf traf. Sein Hut verhinderte, daß er das Bewußtsein verlor, aber er sackte mit gesenktem Kopf auf die Knie wie ein Mann, der beten möchte, Sterne tanzten vor seinen Augen, und sein Nacken war sofort blutüberströmt, weil das Hufeisen ihm eine klaffende Wunde in die Kopfhaut gerissen hatte.

Nun hörte er noch mehr Pferde schreien. Und Männer. Er stand wieder auf, hustete im Staub, den die Pferde aufwirbelten (und was für ein beißender Staub; er kratzte in seinem Hals wie Rauch), und sah Hendricks, der versuchte, sein Pferd in der heranbrausenden Schar der Reiter nach Südosten zu dirigieren. Er schaffte es nicht. Das letzte Drittel des Canyons bestand aus einer Art Sumpf mit grünlichem, dampfendem Wasser, und darunter mußte Treibsand sein, denn Hendricks Pferd schien festzustecken. Es schrie wieder und versuchte, sich aufzubäumen. Seine Hinterbeine rutschten weg. Hendricks hieb dem Tier immer wieder die Stiefel in die Seiten und versuchte, es in Bewegung zu setzen, aber das Pferd wollte – oder konnte – sich nicht bewegen. Das gierige Summen ertönte in Latigos Ohren und schien die ganze Welt auszufüllen.

»Zurück! Kehrt um!«

Er versuchte, die Worte zu schreien, aber was herauskam, war wenig mehr als ein Krächzen. Immer noch strömten die Reiter an ihm vorbei und wirbelten Staub auf, der zu dick war, um nur Staub zu sein. Latigo holte Luft, damit er lauter schreien konnte – sie mußten umkehren, im Eyebolt Canyon stimmte etwas ganz und gar nicht –, und hustete sie wieder aus, ohne etwas zu sagen.

Schreiende Pferde.

Beißender Rauch.

Und überall dieses winselnde, wimmernde, dröhnende Summen, das die ganze Welt wie Wahnsinn erfüllte.

Hendricks Pferd fiel mit rollenden Augen, schnappte mit gefletschten Zähnen nach der rauchenden Luft und schleuderte Schaumfetzen von den Nüstern. Hendricks fiel in das dampfende, stehende Wasser, aber es war überhaupt kein Wasser. Irgendwie erwachte es zum Leben, als Hendricks hineinfiel; bekam grüne Hände und einen grünen, gefräßigen Mund; krallte nach seinen Wangen und schälte das Fleisch ab; krallte nach seiner Nase und riß sie auf; krallte nach seinen Augen und zog sie aus den Höhlen. Es zog Hendricks in die Tiefe, aber vorher sah Latigo noch seinen freigelegten Kieferknochen, einen blutigen Kolben, der die Zähne in dem kreischenden Mund antrieb.

Die Männer sahen es und versuchten, vor der grünen Falle zurückzuweichen. Die, denen es gelang, wurden von den nachrückenden Männern überrollt, von denen manche unvorstellbarerweise immer noch johlten oder aus vollem Halse Kriegsrufe ausstießen. Noch mehr Pferde und Reiter wurden in das grüne Flimmern getrieben, das sie gierig aufnahm. Latigo, der fassungslos und blutend wie mitten in einer Stampede stand (und genau das tat er auch), sah den Soldaten, dem er seine Waffe gegeben hatte. Dieser Bursche, der Latigos Befehl befolgt und einen seiner *compadres* erschossen hatte, um die anderen aufzuwecken, warf sich heulend aus dem Sattel und kroch von der grünen Masse weg, während sein Pferd hineinritt. Er versuchte, auf die Füße zu kommen, sah zwei Reiter vor sich und schlug die Hände vor das Gesicht. Einen Moment später wurde er niedergeritten.

Die Schreie der Verwundeten und Sterbenden hallten in dem rauchenden Canyon, aber Latigo hörte sie kaum. Am deutlichsten hörte er das Summen, ein Geräusch, das fast eine Stimme war. Die ihn aufforderte, hineinzuspringen. Hier ein Ende zu machen. Warum nicht? Es war vorbei, oder nicht? Aus und vorbei.

Statt dessen kämpfte er sich mühsam in die entgegengesetzte Richtung und konnte nun ein wenig Boden gutmachen; der Strom der Reiter, die in den Canyon vorstießen, ließ nach. Manchen der Reiter, die noch fünfzig oder sechzig Meter von dem Knick entfernt waren, war es sogar gelungen, ihre Pferde herumzureißen. Aber die sahen im zunehmenden Rauch geisterhaft und verwirrt aus.

Diese hinterlistigen Dreckskerle haben das Gestrüpp hinter uns in Brand gesteckt. Götter des Himmels, Götter der Erde, ich glaube, wir sind hier drinnen gefangen.

Er konnte keine Befehle geben – jedesmal, wenn er Luft holte, hustete er sie wortlos wieder aus –, aber er konnte einen vorbeistürmenden Reiter packen, der nicht älter als siebzehn zu sein schien, und aus dem Sattel reißen. Der Junge fiel kopfüber hinunter und schlug sich die Stirn an einem spitzen Felsbrocken auf. Latigo saß in seinem Sattel, als die Füße des Jungen noch nicht aufgehört hatten zu zucken.

Er riß das Pferd herum und galoppierte zum Eingang des Canyons zurück, war aber noch keine zwanzig Meter weit gekommen, als sich der Rauch zu einer dicken weißen Wolke verdichtete. Der Wind wehte sie in seine Richtung. Am anderen Ende, zur Wüste hin, konnte Latigo gerade noch das orangerote Leuchten des brennenden Gestrüpps erkennen.

Er riß sein neues Pferd in die Richtung herum, aus der er gekommen war. Andere Pferde ragten im Rauch auf. Latigo stieß mit einem zusammen und wurde zum zweitenmal innerhalb von fünf Minuten abgeworfen. Er landete auf den Knien, rappelte sich mit tränenden Augen auf und stolperte hustend und würgend mit dem Wind im Rücken vorwärts.

Hinter dem Knick des Canyons war es etwas besser, aber das würde nicht mehr lange so bleiben. Der Rand der Schwachstelle war ein Gewirr zuckender Pferde, viele mit gebrochenen Beinen, und kriechender, schreiender Männer. Latigo sah mehrere Hüte auf der grünlichen Oberfläche des heulenden Organismus treiben, der den hinteren Teil des Canyons ausfüllte; er sah Stiefel; er sah Armreife; er sah Halstücher; er sah das verbeulte Instrument des Hornisten, an dem noch die ausgefranste Schnur hing.

Komm rein, forderte das grüne Flimmern ihn auf, und nun fand Latigo sein Summen seltsam verlockend… fast intim. Komm und besuch mich, setz dich nieder, sei ruhig, sei friedlich, sei eins mit dir.

Latigo hob seine Waffe, um darauf zu schießen. Er bezweifelte, daß man es töten konnte, aber er würde sich trotzdem an das Gesicht seines Vaters erinnern und schießend untergehen.

Aber dazu kam es nicht. Die Waffe fiel aus seinen schlaffen Fingern, und er ging weiter – andere ringsum folgten seinem Beispiel – in die Schwachstelle hinein. Das Summen schwoll immer weiter an und erfüllte seine Ohren, bis er nichts anderes mehr hören konnte.

Überhaupt nichts.

22

Roland und seine Freunde sahen alles von der Kerbe aus, wo sie etwa sieben Meter unter dem Rand in einer auseinandergezogenen Linie haltgemacht hatten. Sie sahen die schreiende Verwirrung, das panische Durcheinander, die Männer, die niedergetrampelt, die Männer und die Pferde, die in die Schwachstelle hineingetrieben wurden… und die Männer, die am Ende freiwillig hineingingen.

Cuthbert war am dichtesten am Rand des Canyons, dann kam Alain, dann Roland, der auf einem fünfzehn Zentimeter breiten Felssims stand und sich an einem Überhang direkt oberhalb festhielt. Von ihrer Position aus konnten sie etwas sehen, das die

Männer, die sich in der rauchenden Hölle da unten quälten, nicht sehen konnten: daß die Schwachstelle wuchs, sich streckte, ihnen gierig entgegenkroch wie eine steigende Flut.

Roland, dessen Kampfeslust erloschen war, wollte nicht mit ansehen, was da unten vor sich ging, konnte sich aber nicht abwenden. Das Winseln der Schwachstelle – feige und triumphierend zugleich, glücklich und traurig zugleich, hilflos und entschlossen zugleich – hielt ihn fest wie süße, klebrige Stricke. Er blieb, wo er war, so hypnotisiert wie seine Freunde über ihm, selbst als der Rauch aufstieg und sie in seinem beißenden Geruch husten mußten.

Männer kreischten sich in dem dichten Qualm da unten die Seele aus dem Leib. Sie wanden sich darin wie Phantome. Sie verschwanden, als der Rauch immer dichter wurde und wie Wasser an den Felswänden emporstieg. Pferde wieherten verzweifelt unter dem ätzenden weißen Leichentuch. Der Wind kräuselte seine Oberfläche launisch zu Strudeln. Die Schwachstelle summte; über der Fläche, die sie einnahm, hatte der Rauch einen geheimnisvollen, ganz leicht grünlichen Farbton angenommen.

Dann, endlich, schrien John Farsons Männer nicht mehr.

Wir haben sie getötet, dachte Roland von einem Übelkeit erregenden und faszinierten Entsetzen erfüllt. Dann: Nein, nicht wir. Ich. Ich habe sie getötet.

Roland wußte nicht, wie lange er da stehengeblieben wäre – möglicherweise, bis der ätzende Rauch ihn ebenfalls eingehüllt hätte, doch dann rief Cuthbert, der weiter hinaufgeklettert war, drei Worte zu ihm hinunter; rief sie in einem überraschten und erschrockenen Tonfall.

»Roland! Der Mond!«

Roland schaute verblüfft auf und sah, daß der Himmel einen samtenen Violetton angenommen hatte. Die Silhouette seines Freundes, der nach Osten sah, zeichnete sich davor ab, und sein Gesicht wurde vom Licht des aufgehenden Mondes in ein fiebriges, orangefarbenes Licht gebadet.

Ja, orange, summte die Schwachstelle in seinem Kopf. Lachte sie in seinem Kopf. Orange wie in der Nacht, als du hierhergekommen bist, um mich zu sehen und zu zählen. Orange wie Feuer. Orange wie ein Freudenfeuer.

Wie kann es schon fast dunkel sein? schrie er innerlich, aber er wußte es – ja, er wußte es sehr wohl. Die Zeit hatte sich zusammengezogen, mehr nicht, wie die Ränder einer Erdspalte, die sich nach dem Streit eines Erdbebens wieder umarmten.

Zwielicht war gekommen.

Mondaufgang war gekommen.

Grauen traf Roland wie eine geballte Faust, die sein Herz zum Ziel hatte, und ließ ihn auf dem schmalen Sims zurückfahren. Er streckte die Hand nach dem hornförmigen Überhang aus, erlangte das Gleichgewicht aber noch lange nicht wieder; der größte Teil von ihm befand sich wieder in dem rosa Sturm, bevor er fortgerissen worden war und den halben Kosmos gezeigt bekommen hatte. Vielleicht hatte ihm das Glas des Zauberers nur gezeigt, was Welten entfernt lag, um ihn von dem abzulenken, was sich bald in unmittelbarer Nähe zutragen mochte.

Ich würde kehrtmachen, wenn ich glaubte, daß ihr Leben wirklich in Gefahr ist, hatte er gesagt. Auf der Stelle.

Und wenn die Kugel das gewußt hatte? Wenn sie nicht lügen konnte, konnte sie dann nicht vielleicht ablenken? Konnte sie ihn nicht mit sich fortnehmen und ihm ein dunkles Land zeigen, einen dunkleren Turm? Und sie hatte ihm noch etwas gezeigt, das ihm erst jetzt wieder einfiel: einen hageren Mann im Overall eines Farmers, der gesagt hatte … was? Nicht ganz das, was er gedacht hatte, was er sein ganzes Leben lang gehört hatte; nicht Leben für dich und Leben für deine Saat, sondern …

»Tod«, flüsterte er zu den umliegenden Steinen. »Tod für dich, Leben für meine Saat. Charyou-Baum. Das hat er gesagt. Charyou-Baum. Komm, Ernte.«

Orange, Revolvermann, sagte eine brüchige alte Stimme in seinem Kopf lachend. Die Stimme der vom Cöos. Die Farbe von Freudenfeuern. Charyou-Baum, *fin de año,* dies sind die alten Zeiten, von denen nur die Strohpuppen mit ihren roten Händen übriggeblieben sind … bis heute nacht. Heute nacht werden die alten Bräuche wiederbelebt, wie es von Zeit zu Zeit mit alten Bräuchen geschehen muß. Charyou-Baum, du verdammtes Babby, Charyou-Baum: Heute nacht bezahlst du für meinen reizenden Ermot. Heute nacht bezahlst du für alles. Komm, Ernte.

»Hinauf!« schrie er, hob eine Hand und schlug Alain auf den Hintern. »Klettert, klettert! Bei euren Vätern, klettert!«

»Roland, was –?« Alains Stimme klang benommen, aber er kletterte weiter, von Handgriff zu Handgriff, und ließ kleine Steinchen in Rolands Gesicht regnen. Roland kniff die Augen zu, streckte die Hand aus und schlug Alain wieder auf den Hintern, trieb ihn an wie ein Pferd.

»Klettert, götterverdammt!« schrie er. »Es ist vielleicht noch nicht zu spät!«

Aber er wußte es besser. Der Dämonenmond war aufgegangen, er hatte sein orangefarbenes Licht gesehen, das in Cuthberts Gesicht geleuchtet hatte wie ein Delirium, und er wußte es besser. In seinem Kopf vereinigte sich das irre Summen der Schwachstelle, dieser eiternden Schwäre, die sich durch das Fleisch der Wirklichkeit fraß, mit dem irren Gelächter der Hexe, und er wußte es besser.

Tod für dich, Leben für die Saat. Charyou-Baum.

Oh, Susan –

23

Susan begriff nichts, bis sie den Mann mit dem langen Haar und dem Strohhut sah, der seine Lammschlächteraugen nicht vollständig verbergen konnte; den Mann mit den Maisstrünken in den Händen. Er war der erste, nur ein Farmer (sie hatte ihn schon auf dem Untermarkt gesehen, dachte sie, hatte ihm sogar zugenickt, wie es auf dem Land üblich war, und er ihr), der ganz allein nicht weit von der Stelle entfernt stand, wo sich die Seidenranchstraße und die Große Straße kreuzten, der im Licht des aufgehenden Mondes stand. Bis sie ihm begegneten, begriff sie nichts; als er sein Bündel Maisstrünke nach ihr geworfen hatte, als sie vorbeikam, mit gefesselten Händen und gesenktem Kopf und einem Strick um den Hals auf dem langsam rollenden Karren, da begriff sie alles.

»Charyou-Baum«, rief er und stieß fast liebenswürdig Worte des Alten Volkes hervor, die sie seit ihrer Kindheit nicht mehr gehört hatte, Worte, die ›Komm, Ernte‹ … bedeuteten, und noch etwas anderes. Etwas Verborgenes, etwas Heimliches, etwas, das mit dem Wortstamm zusammenhing, *char*, das Wort, das nur Tod bedeutete. Als die trockenen Strünke raschelnd zu ihren

Füßen lagen, da begriff sie das Geheimnis ganz genau, und begriff auch, daß es für sie kein Baby geben würde, keine Hochzeit im fernen Märchenreich Gilead, keinen Großen Saal, in dem sie und Roland bei elektrischem Licht getraut und dann bejubelt werden würden, keinen Ehemann, keine süßen Liebesnächte mehr; das alles war vorbei. Die Welt hatte sich weitergedreht, und das alles war vorbei; geschehen, bevor es richtig angefangen hatte.

Sie wußte, daß sie auf den Wagen geladen worden war, auf dem Wagen stand, und daß der verbliebene Sargjäger ihr eine Schlinge um den Hals gelegt hatte. »Versuch nicht, dich hinzusetzen«, hatte er fast mitleidig gesagt. »Wir wollen dich nicht erwürgen, Mädchen. Wenn der Wagen holpert und du fällst, werde ich versuchen, die Schlinge locker zu halten, aber wenn du dich setzen willst, muß ich sie anziehen. Ihre Anweisungen.« Er nickte Rhea zu, die aufrecht auf dem Sitzbrett des Wagens saß und die Zügel in den gichtigen Händen hielt. »Sie hat jetzt das Kommando.«

Und so war es gewesen; und so war es jetzt immer noch, als sie sich der Stadt näherten. Was immer der Besitz der Zauberkugel ihrem Körper angetan hatte, was immer es sie von ihrem Verstand gekostet hatte, ihre Macht war ungebrochen; wenn überhaupt, schien sie sogar noch zugenommen zu haben, als hätte sie eine andere Quelle gefunden, aus der sie Kraft ziehen konnte, jedenfalls eine Weile. Männer, die sie wie einen dünnen Stock über einem Knie hätten brechen können, folgten wie Kinder ihren Anweisungen, ohne sie in Frage zu stellen.

Immer mehr Männer rotteten sich zusammen, als der Erntenachmittag dem Abend entgegenging; ein halbes Dutzend vor dem Wagen, die mit Rimer und dem Mann mit dem schiefen Auge ritten; ein volles Dutzend dahinter, angeführt von Reynolds, der das andere Ende des Stricks, der zu ihrem Hals führte, um seine tätowierte Hand geschlungen hatte. Sie wußte nicht, wer diese Männer waren oder wie man sie herbeigerufen hatte.

Rhea hatte diese schnell wachsende Gruppe noch ein Stück weit nach Norden geführt und war dann nach Südwesten auf die alte Seidenranchstraße abgebogen, die zur Stadt zurück führte. Am östlichen Rand von Hambry vereinigte sie sich mit der Großen Straße. Selbst in ihrem benommenen Zustand hatte Susan gemerkt, daß die Hexe langsam machte, stets den Stand der untergehenden Sonne vor Augen hatte und das Pony nicht anspornte, sondern sogar zurückhielt, jedenfalls bis das goldene Licht des Nachmittags erlosch. Als sie an dem einsamen Farmer mit seinem verkniffenen Gesicht vorbeikamen, zweifellos ein guter Mann mit einer Pachtfarm, auf der er vom ersten bis zum letzten Sonnenstrahl hart arbeitete, und einer Familie, die er liebte (aber oh, da waren diese Lammschlächteraugen unter der Krempe seines verbeulten Huts), begriff sie auch, warum dieses gemütliche Tempo angeschlagen worden war. Rhea hatte auf den Mond gewartet.

Da sie keine Götter hatte, zu denen sie beten konnte, betete Susan zu ihrem Vater.

Da? Wenn du da bist, hilf mir, so stark zu sein, wie ich kann, und hilf mir, zu ihm zu stehen, zu seinem Andenken. Und hilf mir, zu mir zu stehen. Nicht um meiner Rettung, nicht um meiner Erlösung willen, sondern nur, um ihnen nicht die Befriedigung zu geben, meine Qual und meine Furcht zu sehen. Und ihm, hilf auch ihm …

»Mach, daß er in Sicherheit ist«, flüsterte sie. »Beschütze meine Liebe; nimm meine Liebe wohlbehalten dorthin mit, wohin er geht, gib ihm Freude an allen, denen er begegnet, und mach ihn zu einem Anlaß der Freude für alle, die ihm begegnen.«

»Betest du, Liebchen?« fragte die alte Frau, ohne sich umzudrehen. Falsches Mitgefühl troff aus ihrer Stimme. »Ay, du tust gut daran, deinen Frieden mit den Mächten zu machen, solange du es noch kannst – bevor dir die Spucke aus der Kehle gebrannt wird!« Sie warf den Kopf zurück und lachte, und die wirren Strähnen, die vom Strohbesen ihres Haars übriggeblieben waren, flogen orangerot im Licht des aufgeblähten Mondes.

24

Ihre Pferde waren, angeführt von Rusher, auf Rolands entsetzten Aufschrei hin herbeigeeilt. Sie standen nicht weit entfernt mit vom Wind gezausten Mähnen, schüttelten die Köpfe und wieherten voller Mißfallen, wenn der Wind genug nachließ, daß sie einen Hauch des dicken weißen Rauchs mitbekamen, der aus dem Canyon aufstieg.

Roland schenkte weder den Pferden noch dem Rauch Beachtung. Sein Blick war auf den Beutel über Alains Schulter gerichtet. Die Kugel im Inneren war wieder zum Leben erwacht; in der zunehmenden Dunkelheit schien der Beutel wie ein unheimliches rosa Glühwürmchen zu leuchten. Er streckte seine Hände danach aus.

»Gib sie mir!«

»Roland, ich weiß nicht, ob –«

»Gib sie mir, verflucht sei dein Gesicht!«

Alain sah Cuthbert an, der nickte ... und dann die Hände in einer resignierten Geste zum Himmel hob.

Roland entriß ihm den Beutel, noch ehe Alain ihn richtig von der Schulter gestreift hatte. Der Revolvermann griff hinein und zog die Glaskugel heraus. Sie leuchtete hell, ein rosa Dämonenmond statt eines orangeroten.

Hinter und unter ihnen schwoll das quengelnde Winseln der Schwachstelle an und ab, an und ab.

»Sieh nicht direkt in das Ding«, sagte Cuthbert murmelnd zu Alain. »Auf keinen Fall, bei deinem Vater.«

Roland beugte das Gesicht über die pulsierende Kugel, deren Leuchten wie eine Flüssigkeit über seine Wangen und seine Stirn strömte und seine Augen in ihrem blendenden Glanz ertränkte.

In Maerlyns Regenbogen sah er sie – Susan, Tochter eines Herdenführers, holdes Mädchen am Fenster. Er sah sie auf einem schwarzen, mit goldenen Symbolen geschmückten Wagen stehen, dem Karren der alten Hexe. Reynolds ritt hinter ihr und hielt das Ende eines Stricks, den sie ihr um den Hals geschlungen hatten. Der Karren rollte feierlich langsam Green Heart entgegen. Die Hill Street war von Leuten gesäumt, von denen der Farmer mit den Lammschlächteraugen nur der erste gewesen war – alles Leute von Hambry und Mejis, die um ihren Jahrmarkt gebracht worden waren und nun statt dessen diese uralte und finstere Attraktion geboten bekamen: Charyou-Baum, komm, Ernte, Tod für dich, Leben für unsere Saat.

Ein lautloses Flüstern lief durch sie wie eine aufsteigende Welle, und sie bewarfen sie – zuerst mit Maisstrünken, dann mit verfaulten Tomaten, dann mit Kartoffeln und Äpfeln. Ein Apfel traf sie an der Wange. Sie wankte, wäre fast gefallen, dann stand sie wieder aufrecht und hob das geschwollene, aber immer noch liebliche Gesicht, so daß der Mond es bemalte. Sie sah starr geradeaus.

»Charyou-Baum«, flüsterten sie. Roland konnte sie nicht hören, aber er konnte das Wort auf ihren Lippen sehen. Stanley Ruiz war da, Pettie und Gert Moggins und Frank Claypool, der Deputy mit dem gebrochenen Bein; Jamie McCann, der dieses Jahr der Erntejüngling hätte sein sollen. Roland sah hundert Leute, die er während seines Aufenthalts in Mejis kennengelernt (und zum größten Teil gemocht) hatte. Nun bewarfen diese Leute seine Liebste mit Maisstrünken und Gemüse, während sie mit vor dem Körper gefesselten Händen hinten auf Rheas Karren stand.

Der Wagen, der langsam dahinrollte, erreichte Green Heart mit seinen bunten Lampions und dem stummen Karussell, wo keine lachenden Kinder fuhren ... nein, nicht dieses Jahr. Die Menge, die immer noch diese beiden Wörter flüsterte – sang, wie es nun aussah –, teilte sich. Roland sah das aufgeschichtete Holz für das Freudenfeuer. Um den Stapel herum saßen ringförmig Strohpuppen mit ausgestreckten Beinen und roten Händen. Eine einzige Lücke klaffte in ihrem Ring; ein einziger freier Platz.

Und nun kam eine Frau aus der Menge. Sie trug ein schwarzes Kleid und hielt einen Eimer in einer Hand. Ein Aschemal verunzierte ihre Wange wie ein Brandzeichen. Sie –

Roland schrie. Es war ein einzelnes Wort, immer und immer wieder: Nein, nein, nein, nein, nein, nein! Das rosa Licht der Kugel blitzte bei jeder Wiederholung heller auf, als würde sie frische Kraft aus seinem Grauen ziehen. Und nun konnten Cuthbert und Alain bei jedem Pulsieren den Schädel des Revolvermanns unter der Haut sehen.

»Wir müssen sie ihm wegnehmen«, sagte Alain. »Wir müssen, sie saugt ihn aus. Sie tötet ihn!«

Cuthbert nickte und ging einen Schritt vorwärts. Er nahm die Kugel, konnte sie aber nicht aus Rolands Händen reißen. Die Finger des Revolvermannes schienen damit verschmolzen zu sein.

»Schlag ihn!« sagte er zu Alain. »Schlag ihn noch einmal, es muß sein!«

Aber Alain hätte ebensogut einen Baumstamm schlagen können. Roland schwankte nicht einmal auf den Absätzen. Er schrie weiterhin diese einzelne Negation – »Nein! Nein! Nein! Nein!« –, und die Kugel blitzte immer schneller und schneller auf, fraß sich durch die Wunde, die sie gerissen hatte, in ihn hinein und saugte seinen Kummer auf wie Blut.

25

»Charyou-Baum!« rief Cordelia Delgado und lief von der Stelle los, wo sie gewartet hatte. Die Menge jubelte ihr zu, und über ihrer linken Schulter blinzelte der Dämonenmond verschwörerisch. »Charyou-Baum, du treuloses Flittchen! Charyou-Baum!«

Sie warf den Eimer Farbe auf ihre Nichte, bespritzte ihre Jeans und überzog ihre Hände mit einem Paar nasser, scharlachroter Handschuhe. Sie grinste zu Susan auf, als der Karren vorüberrollte. Das Aschemal hob sich deutlich von ihrer Wange ab; in der Mitte ihrer blassen Stirn pulsierte eine einzelne Ader wie ein Wurm.

»Flittchen!« kreischte Cordelia. Ihre Fäuste waren geballt; sie führte eine Art ausgelassenen Freudentanz auf, warf die Füße in die Luft, beugte die Knie unter ihrem Rock. »Leben für die Saat! Tod für das Flittchen! Charyou-Baum! Komm, Ernte!«

Der Karren rollte an ihr vorbei; Cordelia verschwand aus Susans Blickfeld wie ein weiteres grausames Phantom in einem Alptraum, der bald zu Ende gehen würde. Vogel und Bär und Fisch und Hase, dachte sie. Sicherheit auf deinen Wegen, Roland; geh mit meiner Liebe. Das ist mein sehnlichster Wunsch.

»Holt sie!« schrie Rhea. »Nehmt dieses mörderische Flittchen, und röstet sie mit roten Händen! Charyou-Baum!«

»Charyou-Baum!« wiederholte die Menge. Ein ganzer Wald bereitwilliger Hände wurde im Mondschein ausgestreckt; irgendwo knatterten Kracher, und Kinder lachten aufgeregt.

Susan wurde vom Karren gehoben und von den hochgestreckten Händen weitergereicht wie eine Heldin, die siegreich aus dem Krieg heimgekehrt ist. Von ihren Händen tropften rote

Tränen auf die verzerrten, gierigen Gesichter. Der Mond schaute auf alles herab und erstickte den Glanz der Lampions.

»Vogel und Bär und Fisch und Hase«, murmelte sie, als sie heruntergelassen und gegen die Pyramide aus trockenem Holz gedrückt wurde – an die Stelle, die man für sie freigelassen hatte –, und die Menge brüllte wie aus einem Mund: »Charyou-BAUM! Charyou-BAUM! Charyou-BAUM!«

»Vogel und Bär und Fisch und Hase.«

Sie versuchte sich zu erinnern, wie er in jener Nacht mit ihr getanzt hatte. Versuchte sich zu erinnern, wie er sie in dem Weidenwäldchen geliebt hatte. Versuchte sich zu erinnern, wie sie einander zum erstenmal auf der dunklen Straße begegnet waren: Danke-Sai, unsere Begegnung steht unter einem guten Stern, hatte er gesagt, und ja, trotz allem, trotz diesem kläglichen Ende inmitten der Leute, die ihre Nachbarn gewesen waren und sich im Mondschein in paradierende Kobolde verwandelt hatten, trotz Schmerzen und Verrat und dem, was ihr bevorstand, hatte er die Wahrheit gesagt: Ihre Begegnung hatte unter einem guten Stern gestanden, unter einem sehr guten, in der Tat.

»Charyou-BAUM! Charyou-BAUM! Charyou-BAUM!«

Frauen kamen und stapelten trockene Maisstrünke um ihre Füße. Einige schlugen sie (was keine Rolle spielte, ihr geschwollenes und aufgequollenes Gesicht schien taub geworden zu sein), und eine – es war Misha Alvarez, deren Tochter Susan das Reiten beigebracht hatte – spuckte ihr in die Augen und hüpfte dann unbekümmert davon, warf ihre Hände zum Himmel empor und lachte. Einen Augenblick sah sie Coral Thorin, mit Ernteamuletten behangen und mit trockenem Laub auf den Armen, das sie über Susan schüttete; die Blätter sanken als knisternder, duftender Regen um sie herum nieder.

Und dann kam ihre Tante wieder, und Rhea an ihrer Seite. Beide hielten eine Fackel in der Hand. Sie standen vor ihr, und Susan konnte kochendes Pech riechen.

Rhea hob die Fackel zum Mond. »CHARYOU-BAUM!« schrie sie mit ihrer krächzenden alten Stimme, und die Menge antwortete: »CHARYOU-BAUM!«

Cordelia hob ihre Fackel. »KOMM, ERNTE!«

»KOMM, ERNTE!« antworteten sie.

»Nun denn, Flittchen«, frohlockte Rhea. »Nun kommen heißere Küsse, als dein Liebster dir je geben konnte.«

»Stirb, Treulose«, flüsterte Cordelia. »Leben für die Saat, Tod für dich.«

Sie warf als erste ihre Fackel in die Maisstrünke, die Susan bis an die Knie reichten; Rhea warf ihre eine Sekunde später. Die Strünke fingen sofort Feuer und blendeten Susan mit ihrem gelben Licht.

Sie sog ein letztesmal kühle Luft ein, wärmte sie mit ihrem Herzen und stieß sie zusammen mit einem trotzigen Schrei wieder aus: »ROLAND, ICH LIEBE DICH!«

Die Menge wich murmelnd zurück, als würde sie jetzt, wo es zu spät war, mit Unbehagen erfüllen, was sie getan hatten; dies war keine Strohpuppe, sondern ein fröhliches Mädchen, das sie alle kannten, eine von ihnen, die aus einem unbegreiflichen Grund gefesselt und mit rotbemalten Händen auf dem Freudenfeuer des Erntefests saß. Noch einen Augenblick, und sie hätten sie vielleicht gerettet – jedenfalls einige –, aber es war zu spät. Das trockene Holz fing Feuer; ihre Hose fing Feuer; ihr Hemd fing Feuer; das lange blonde Haar loderte um ihren Kopf wie eine Krone.

»ROLAND, ICH LIEBE DICH!«

Am Ende ihres Lebens spürte sie Hitze, aber keine Schmerzen. Sie hatte Zeit, an seine Augen zu denken, Augen von jenem verwaschenen Blau, das die Farbe des Himmels beim ersten Morgenlicht ist. Sie hatte Zeit, ihn sich auf der Schräge vorzustellen, wo er auf Rusher galoppierte, während das schwarze Haar an seinen Schläfen zurückflog und sein Halstuch flatterte; ihn unbeschwert und von einem Frieden erfüllt lachen zu sehen, den er nie mehr in dem langen Leben finden sollte, das länger währte als ihres, und sein Lachen nahm sie mit sich, als sie das Bewußtsein verlor, als sie aus dem Licht und der Hitze in die seidige, tröstliche Dunkelheit floh, und sie rief sterbend immer wieder nach ihm, rief Vogel und Bär und Hase und Fisch.

26

Am Ende schrie er kein Wort mehr, nicht einmal »nein«, er heulte wie ein waidwundes Tier, und seine Hände blieben mit der Kugel verschmolzen, die wie ein gehetztes Herz pochte. Er sah darin, wie sie verbrannte.

Cuthbert versuchte wieder, ihm das verfluchte Ding wegzunehmen, und schaffte es nicht. Da tat er das einzige, das ihm noch einfiel – er zog den Revolver, richtete ihn auf die Kugel und spannte den Hahn. Wahrscheinlich würde er Roland verletzen, und die Glassplitter könnten ihn sogar blenden, aber es gab keine andere Wahl. Wenn sie nichts unternahmen, würde die Zauberkugel ihn töten.

Aber es war nicht nötig. Als würde sie Cuthberts Revolver sehen und wissen, was er bedeutete, wurde die Kugel augenblicklich schwarz und tot in Rolands Händen. Rolands verkrampfter Körper, in dem jede Sehne und jeder Muskel angespannt war und vor Grauen zitterte, wurde schlaff. Er fiel um wie ein Stein und ließ endlich die Kugel los. Sein Bauch milderte den Fall der Kugel; sie rollte von ihm herunter und blieb neben einer seiner schlaffen, ausgestreckten Hände liegen. Nichts leuchtete mehr in der Dunkelheit, außer einem häßlichen orangeroten Funken – die winzige Spiegelung des aufgehenden Dämonenmonds.

Alain betrachtete die Glaskugel mit einer Art angewiderter, furchtsamer Ehrfurcht; betrachtete sie wie ein gefährliches Tier, das schläft … aber wieder aufwachen und beißen wird.

Er machte einen Schritt vorwärts und wollte sie mit dem Stiefel zu Staub zertreten.

»Wage es nicht«, sagte Cuthbert mit heiserer Stimme. Er kniete neben Rolands regloser Gestalt, sah aber Alain an. Der aufgehende Mond spiegelte sich in seinen Augen, zwei kleine, helle Steinchen aus Licht. »Wage es nicht, nach all dem Elend und Tod, das wir durchgemacht haben, um sie zu bekommen. Denk nicht mal daran.«

Alain sah ihn einen Moment unsicher an, dachte, daß er das verfluchte Ding trotzdem vernichten sollte – erlittenes Elend rechtfertigte kein künftiges Elend, und solange dieses Ding auf dem Boden unversehrt blieb, würde es niemandem etwas anderes bringen als Not und Elend. Es war eine Elendsmaschine, das war es, und es hatte Susan Delgado getötet. Er hatte nicht gesehen, was Roland in dem Glas gesehen hatte, aber er hatte das Gesicht seines Freundes gesehen, und das hatte genügt. Das Ding hatte Susan getötet, und es würde noch mehr töten, wenn es unversehrt blieb.

Aber dann dachte er an *Ka* und wich zurück. Später sollte er bitter bereuen, daß er so gehandelt hatte.

»Steck sie wieder in den Beutel«, sagte Cuthbert, »und dann hilf mir mit Roland. Wir müssen hier weg.«

Der Beutel mit der Kordel lag zusammengeknüllt in der Nähe und flatterte im Wind. Alain hob die Kugel auf, deren glatte, runde Oberfläche er haßte, und rechnete damit, daß sie unter seiner Berührung zum Leben erwachen würde. Aber sie blieb dunkel. Er steckte sie in den Beutel, den er wieder über die Schulter schwang. Dann kniete er neben Roland nieder.

Er wußte nicht, wie lange sie vergeblich versuchten, ihn wieder zu sich zu bringen – bis der Mond so hoch am Himmel stand, daß er wieder seine Silberfarbe bekam und der Rauch aus dem Canyon sich auflöste, mehr wußte er nicht. Bis Cuthbert ihm sagte, es sei genug; sie würden ihn über Rushers Sattel legen und auf diese Weise mit ihm reiten müssen. Wenn sie es vor Morgengrauen in das bewaldete Land westlich der Baronie schafften, sagte Cuthbert, wären sie wahrscheinlich in Sicherheit… aber so weit mußten sie mindestens kommen. Sie hatten Farsons Männer verblüffend mühelos geschlagen, aber die versprengten Überreste würden sich mit Sicherheit bis zum folgenden Tag wieder zusammentun. Bevor das geschah, sollten sie schon verschwunden sein.

Und so verließen sie den Eyebolt Canyon und den Küstenstrich von Mejis; sie ritten unter dem Dämonenmond nach Westen, und Roland lag über seinem Sattel wie ein Toter.

27

Den nächsten Tag verbrachten sie in Il Bosque, dem Wald westlich von Mejis, und warteten darauf, daß Roland aufwachte. Als der Nachmittag kam und er bewußtlos blieb, sagte Cuthbert: »Sieh zu, ob du ihn spüren kannst.«

Alain nahm Rolands Hände in seine, bot alle Konzentration auf, beugte sich über das bleiche, schlafende Gesicht seines Freundes und blieb fast eine halbe Stunde in dieser Position. Schließlich schüttelte er den Kopf, ließ Rolands Hand los und stand auf.

»Nichts?« fragte Cuthbert.

Alain seufzte und schüttelte den Kopf.

Sie machten eine Schleppbahre aus Kiefernästen, damit er nicht noch eine Nacht quer über dem Sattel liegend reiten mußte (abgesehen davon schien es Rusher nervös zu machen, seinen Herrn auf diese Weise zu tragen), und zogen weiter, aber nicht auf der Großen Straße – das wäre viel zu gefährlich gewesen –, sondern parallel dazu. Als Roland auch am folgenden Tag bewußtlos blieb (Mejis blieb hinter ihnen zurück, und die beiden Jungen verspürten tiefes Heimweh, unerklärlich, aber so real wie die Gezeiten), setzten sie sich rechts und links von ihm hin und sahen sich über seine Brust hinweg an, die sich langsam hob und senkte.

»Kann ein Bewußtloser verhungern oder verdursten?« fragte Cuthbert. »Das geht doch, oder nicht?«

»Ja«, sagte Alain. »Ich glaube, ja.«

Es war eine lange und nervenaufreibende Nacht unterwegs gewesen. Am Tag zuvor hatte keiner der Jungen gut geschlafen, aber an diesem schliefen sie wie die Toten und zogen Decken über ihre Köpfe, um sie vor der Sonne abzuschirmen. Sie erwachten im Abstand von wenigen Minuten, als die Sonne unterging und der Dämonenmond, inzwischen zwei Nächte nach Vollmond, zwischen den unruhigen Wolkenfetzen aufging, die den ersten der großen Herbststürme ankündigten.

Roland saß aufgerichtet da. Er hatte die Glaskugel aus dem Beutel geholt. Er wiegte sie in den Armen, ein dunkles Stück Magie, so tot wie die Glasaugen des Wildfangs. Rolands Augen, die ebenso tot wirkten, schauten gleichgültig in die mondhellen Schneisen des Waldes. Er aß, schlief aber nicht. Er trank aus den Bächen, an denen sie vorbeikamen, sprach aber kein Wort. Und er wollte sich nicht von dem Stück von Maerlyns Regenbogen trennen, das sie aus Mejis geholt und für das sie einen so hohen Preis bezahlt hatten. Aber es leuchtete nicht für ihn.

Jedenfalls nicht, dachte Cuthbert einmal, wenn Al und ich wach sind und es sehen können.

Alain konnte Roland nicht dazu bringen, die Hände von der Kugel zu nehmen, daher legte er seine eigenen auf Rolands Wangen und fühlte ihn auf diese Weise. Aber es gab nichts zu fühlen, gar nichts. Das Ding, das mit ihnen nach Westen ritt, nach Gilead, war nicht Roland, nicht einmal ein Geist von Roland. Genau wie der Mond am Ende seines Zyklus war Roland verschwunden.

Vierter Teil

Alle Kinner Gottes haben Schuhe

Kapitel 1
Kansas am Morgen

1

Zum erstenmal seit

(Stunden? Tagen?)

verstummte der Revolvermann. Er saß einen Moment mit auf die Knie gestützten Unterarmen da und sah zu dem Gebäude im Osten von ihnen (jetzt, wo die Sonne hinter dem Glaspalast stand, war es ein schwarzer, von einer goldenen Aura umgebener Umriß). Dann nahm er den Wasserschlauch, der auf dem Asphalt neben ihm lag, hielt ihn über das Gesicht, machte den Mund auf und kippte ihn.

Er trank, was ihm in den Mund lief – die anderen konnten sehen, wie sich sein Adamsapfel bewegte, während er zurückgelehnt auf der Standspur lag –, aber das Trinken schien nicht sein Hauptanliegen zu sein. Wasser lief über seine gerunzelte Stirn und plätscherte über die geschlossenen Lider. Es bildete eine Pfütze in der dreieckigen Vertiefung unter seinem Halsansatz, lief über seine Schläfen, durchnäßte sein Haar und machte es dunkler.

Schließlich legte er den Wasserschlauch beiseite und blieb mit geschlossenen Augen und hoch über dem Kopf ausgestreckten Armen liegen wie ein Mann, der sich dem Schlaf ergibt. Dampf erhob sich in zierlichen Schwaden von seinem nassen Gesicht.

»Ahhh«, sagte er.

»Fühlst du dich besser?« fragte Eddie.

Der Revolvermann hob die Lider und ließ diese verwaschenen und dennoch irgendwie erschreckend blauen Augen sehen. »Ja. Viel besser. Mir ist unbegreiflich, wie das sein kann, wo mir so sehr davor gegraut hat, diese Geschichte zu erzählen … aber es ist so.«

»Ein Ologe-der-Psyche könnte es dir wahrscheinlich erklären«, sagte Susannah, »aber ich bezweifle, ob du ihm zuhören würdest.« Sie preßte die Hände unten auf den Rücken, streckte sich und verzog das Gesicht... aber die Grimasse war nur ein Reflex. Die Schmerzen und steifen Gliedmaßen, die sie erwartet hatte, waren nicht da, und obwohl es am Ansatz der Wirbelsäule einmal knirschte, bekam sie nicht die befriedigende Folge von Knacken, Schnappen und Klackern zu hören, die sie erwartet hatte.

»Ich will dir was sagen«, sagte Eddie, »damit bekommt der Ausdruck, ›sich etwas von der Seele reden‹, eine völlig neue Bedeutung. Wie lange sind wir hier, Roland?«

»Nur eine Nacht.«

»›Die Geister haben alles in einer einzigen Nacht vollbracht‹«, sagte Jake mit verträumter Stimme. Er hatte die Beine an den Knöcheln übereinandergeschlagen; Oy saß in dem rautenförmigen Umriß, den die Knie des Jungen bildeten, und sah ihn mit seinen leuchtenden, schwarz-goldenen Augen an.

Roland richtete sich auf, wischte sich die nassen Wangen mit seinem Halstuch ab und sah Jake stechend an. »Was sagst du da?«

»Nicht ich. Ein Mann namens Charles Dickens hat das geschrieben. In einer Story mit dem Titel ›Ein Weihnachtslied‹. Alles in einer einzigen Nacht, hm?«

»Sagt ein Teil deines Körpers, daß es länger war?«

Jake schüttelte den Kopf. Nein, er fühlte sich etwa so wie an jedem anderen Morgen – besser als an manchen. Er mußte pinkeln, aber es war nicht gerade so, daß seine Backenzähne schwammen oder etwas in der Art.

»Eddie? Susannah?«

»Mir geht es gut«, sagte Susannah. »Gewiß nicht so, als wäre ich die ganze Nacht aufgewesen, geschweige denn viele.«

Eddie sagte: »In gewisser Weise erinnert es mich an meine Zeit als Junkie –«

»Ist das nicht mit allem so?« fragte Roland trocken.

»Hach, ist das komisch«, sagte Eddie. »Ein echter Brüller. Wenn wir wieder einem durchgedrehten Zug begegnen, dann kannst du ihm die dummen Fragen stellen. Ich wollte damit sagen, man verbrachte so viele Nächte high, daß man sich fühlte wie zehn Pfund Scheiße in einer Neun-Pfund-Tüte, wenn man am Morgen aufstand – Kopfschmerzen, verstopfte Nase, Herzklopfen, eine Wirbelsäule wie aus Glas. Laß dir von deinem Kumpel Eddie sagen, allein daran, wie du dich morgens fühlst, kannst du erkennen, wie gut der Stoff für dich ist. Wie auch immer, man gewöhnte sich so sehr daran – ich jedenfalls –, daß man, wenn man einmal eine Nacht clean blieb, am anderen Morgen, wenn man aufgewacht war und auf der Bettkante saß, dachte: ›Was, zum Teufel, ist los mit mir? Bin ich krank? Ich fühle mich komisch. Habe ich in der Nacht einen Infarkt gehabt?‹«

Jake lachte, dann schlug er so fest eine Hand vor den Mund, als wollte er das Geräusch nicht nur einsperren, sondern zurückholen. »Entschuldigung«, sagte er. »Dabei mußte ich an meinen Dad denken.«

»Einer von meinem Volk, was?« sagte Eddie. »Wie auch immer, ich rechne damit, daß ich wund bin, daß ich müde bin, ich rechne damit, daß ich beim Gehen knirsche ... aber ich glaube, mehr als kurz in die Büsche zu pinkeln ist nicht erforderlich, um mich wieder auf Vordermann zu bringen.«

»Und einen Happen zu essen?« fragte Roland.

Eddie hatte verhalten gelächelt. Nun erlosch dieses Lächeln. »Nein«, sagte er. »Nach dieser Geschichte habe ich keinen großen Hunger. Eigentlich habe ich gar keinen Hunger.«

2

Eddie trug Susannah die Böschung hinunter und hinter eine Gruppe Lorbeerbüsche, damit sie ihre Notdurft verrichten konnte. Jake ging sechzig oder siebzig Meter nach Osten in ein Birkenwäldchen. Roland sagte, er würde den Mittelstreifen für seine morgendliche Notdurft benutzen, und zog die Brauen hoch, als seine New Yorker Freunde lachten.

Susannah lachte nicht, als sie aus den Büschen kam. Ihr Gesicht war tränenüberströmt. Eddie fragte sie nicht; er wußte es. Er hatte selbst gegen das Gefühl gekämpft. Er nahm sie zärtlich in die Arme, und sie drückte das Gesicht an seinen Hals. So verharrten sie eine Weile.

»Charyou-Baum«, sagte sie schließlich und sprach es aus wie Roland: Chair-you-baum, mit einem betonten u in der Mitte.

»Ja«, sagte Eddie und dachte, daß ein Charlie, wie er auch hieße, ein Charlie blieb. So, dachte er, wie eine Rose eine Rose eine Rose war. »Komm, Ernte.«

Sie hob den Kopf und rieb sich die feuchten Augen. »All das durchzumachen«, sagte sie mit gedämpfter Stimme ... und sah einmal zur Böschung des Highways, um sicherzugehen, daß Roland nicht dort stand und zu ihnen herabschaute. »Und das mit vierzehn.«

»Ja. Dagegen sehen meine Abenteuer bei der Suche nach dem verschwundenen Sparschwein im Tompkins Square ziemlich zahm aus. Aber in gewisser Weise bin ich fast erleichtert.«

»Erleichtert? Warum?«

»Weil ich dachte, er würde uns erzählen, daß er sie selbst getötet hat. Wegen seinem verdammten Turm.«

Susannah sah ihm direkt in die Augen. »Aber er glaubt, das ist es, was er getan hat. Begreifst du das nicht?«

3

Als sie wieder vereint waren und das Essen tatsächlich vor sich sahen, beschlossen sie alle, daß sie doch ein bißchen essen konnten. Roland verteilte die letzten *burritos* (Vielleicht können wir im Lauf des Tages beim nächsten Boing Boing Burger reinschauen und nachsehen, was sie an Resten haben, dachte Eddie), und sie griffen zu. Das heißt, sie alle, ausgenommen Roland. Er nahm seinen *burrito,* sah ihn an und wandte sich ab. Eddie sah einen Ausdruck von Trauer im Gesicht des Revolvermanns, mit dem er alt und verloren aussah. Es drückte Eddie das Herz ab, aber er wußte nicht, was er dagegen tun sollte.

Jake, der fast zehn Jahre jünger war, wußte es. Er stand auf, ging zu Roland, kniete sich neben Roland nieder, legte ihm die Arme um den Hals und drückte ihn. »Tut mir leid, daß du deine Freundin verloren hast«, sagte er.

Rolands Gesicht bebte, und Eddie war einen Augenblick überzeugt, daß er losheulen würde. Vielleicht war es lange her, daß er umarmt worden war. Verdammt lange. Eddie mußte sich einen Moment abwenden. Kansas am Morgen, dachte er. Ein

Anblick, den zu sehen du nie erwartet hättest. Konzentrier dich eine Weile darauf, und laß den Mann in Ruhe.

Als er wieder hinschaute, hatte Roland sich wieder gefangen. Jake saß neben ihm, und Oy hatte seine lange Schnauze auf einem Stiefel des Revolvermanns liegen. Roland hatte angefangen seinen *burrito* zu essen. Langsam und ohne Begeisterung … aber er aß.

Eine kalte Hand – die von Susannah – wurde in die von Eddie geschoben. Er nahm sie und legte die Finger darüber.

»Eine Nacht«, staunte sie.

»Zumindest für die Uhren in unseren Körpern«, sagte Eddie. »In unseren Köpfen …«

»Wer weiß?« stimmte Roland zu. »Aber Geschichtenerzählen verändert die Zeit immer. Wenigstens in meiner Welt.« Er lächelte. Es kam unerwartet, wie immer, und wie immer verwandelte es sein Gesicht fast in etwas Schönes. Wenn man es sah, dachte Eddie, konnte man sich gut vorstellen, wie sich ein Mädchen einst in Roland hatte verlieben können. Damals, als er lang und ziemlich schlank und vielleicht nicht so häßlich gewesen war; damals, als der Turm ihn noch nicht vollkommen beherrscht hatte.

»Ich glaube, das ist in allen Welten so, Süßer«, sagte Susannah. »Könnte ich dir ein paar Fragen stellen, bevor wir uns wieder auf den Weg machen?«

»Wenn du möchtest.«

»Was ist mit dir passiert? Wie lange warst du … weg?«

»Ich war eindeutig weg, damit hast du recht. Ich war auf Reisen. Auf Wanderschaft. Nicht gerade in Maerlyns Regenbogen … ich glaube nicht, daß ich jemals von dort zurückgekehrt wäre, wenn ich noch … krank … eingetaucht wäre … aber natürlich hat jeder ein Zauberglas. Hier.« Er klopfte sich ernst an die Stirn, dicht über den Brauen. »Dahin bin ich gegangen. Dort bin ich gereist, während meine Freunde mit mir nach Osten gezogen sind. Und da ging es mir besser, Stück für Stück. Aber die Glaskugel leuchtete nie wieder für mich, erst ganz am Ende … als die Zinnen des Schlosses und die Türme der Stadt schon zu sehen waren. Wenn sie früher wieder erwacht wäre …«

Er zuckte die Achseln.

»Wenn sie wieder erwacht wäre, bevor sich mein Verstand

wieder ein wenig erholt hatte, dann wäre ich jetzt wahrscheinlich nicht hier. Denn jede Welt – selbst eine rosafarbene mit einem gläsernen Himmel – wäre derjenigen vorzuziehen gewesen, in der es keine Susan gab. Ich glaube, die Macht, die der Glaskugel ihr Leben gibt, wußte das … und hat gewartet.«

»Aber als sie wieder für dich geleuchtet hat, hat sie dir den Rest erzählt«, sagte Jake. »Das muß sie getan haben. Sie hat dir alles erzählt, was du nicht selbst miterleben konntest.«

»Ja. Ich weiß soviel über die Geschichte, weil ich es in der Glaskugel gesehen habe.«

»Du hast uns mal gesagt, daß Farson deinen Kopf auf einem Pfahl haben wollte«, sagte Eddie. »Weil du ihm etwas gestohlen hast. Etwas, das ihm teuer war. Das war die Glaskugel, richtig?«

»Ja. Er war mehr als wütend, als er es herausfand. Er war tobsüchtig vor Raserei. In deiner Ausdrucksweise, Eddie, kriegte er ›den absoluten Affen‹.«

»Wie oft hat sie noch für dich geleuchtet?« fragte Susannah.

»Und was ist aus ihr geworden?« fragte Jake.

»Ich habe dreimal hineingesehen, nachdem wir die Baronie Mejis verlassen hatten«, sagte Roland. »Zum erstenmal in der Nacht, bevor wir wieder in Gilead ankamen. Da reiste ich am längsten darin, und sie hat mir gezeigt, was ich euch erzählt habe. Ein paar Einzelheiten konnte ich nur vermuten, aber das meiste wurde mir gezeigt. Sie zeigte mir das alles nicht, um mich zu lehren oder mich zu erleuchten, sondern um zu verletzen und weh zu tun. Die verbliebenen Stücke vom Regenbogen des Zauberers sind alle böse. Schmerz belebt sie irgendwie. Sie wartete, bis mein Verstand kräftig genug war, zu verstehen und zu widerstehen … und dann zeigte sie mir alles, was ich in meiner dummen jugendlichen Selbstgefälligkeit übersehen hatte. Meine verliebte Blindheit. Meinen stolzen, mörderischen Dünkel.«

»Roland, nicht«, sagte Susannah. »Laß dir nicht immer noch von ihr weh tun.«

»Aber das tut sie. Wird sie immer tun. Aber das ist egal. Es spielt keine Rolle mehr; diese Geschichte ist erzählt.

Das zweite Mal, als ich in die Kugel sah – in die Kugel hineinging –, war drei Tage nach unserer Rückkehr. Meine Mutter war nicht da, obwohl sie an diesem Abend erwartet wurde. Sie war in Debaria – einer Art Zuflucht für Frauen –, um zu warten und für meine Rückkehr zu beten. Auch Marten war nicht da. Er war in Cressia, bei Farson.«

»Die Kugel«, sagte Eddie, »hatte dein Vater sie da schon?«

»Nein«, sagte Roland. Er betrachtete seine Hände, und Eddie sah, daß seine Wangen ein bißchen rot wurden. »Zuerst habe ich sie ihm nicht gegeben. Es fiel mir schwer ... sie herzugeben.«

»Jede Wette«, sagte Susannah. »Dir und allen anderen, die je in das gottverdammte Ding hineingesehen haben.«

»Am dritten Nachmittag, vor dem Bankett anläßlich unserer wohlbehaltenen Rückkehr –«

»Ich wette, du warst echt in Stimmung für eine Party«, sagte Eddie.

Roland lächelte humorlos und betrachtete weiter seine Hände. »Gegen vier Uhr kamen Cuthbert und Alain in meine Gemächer. Ich wotte, wir waren ein Trio, das ein Künstler hätte malen sollen – windgegerbt, hohläugig, Schnitt- und Schürfwunden an den Händen, die wir uns beim Klettern zugezogen hatten, mager wie Vogelscheuchen. Selbst Alain, der zur Beleibtheit neigte, verschwand fast, wenn er sich zur Seite drehte. Man könnte sagen, sie haben mich zur Rede gestellt. Bis dahin hatten sie das Geheimnis der Kugel für sich behalten – aus Respekt vor mir und dem Verlust, den ich erlitten hatte, sagten sie mir, und ich glaubte ihnen –, aber sie wollten nicht länger als bis zur Mahlzeit an diesem Abend schweigen. Wenn ich die Kugel nicht freiwillig hergeben wollte, würden unsere Väter entscheiden müssen. Es war ihnen schrecklich peinlich, besonders Cuthbert, aber sie waren fest entschlossen.

Ich sagte, ich würde sie meinem Vater vor dem Bankett übergeben – sogar noch bevor meine Mutter mit der Kutsche aus Debaria zurückkehrte. Sie sollten beizeiten kommen und sehen, daß ich mein Versprechen hielt. Cuthbert druckste ein wenig herum und sagte, das sei nicht nötig, aber natürlich war es nötig –«

»Ja«, sagte Eddie. Er sah aus, als würde er diesen Teil der Geschichte voll und ganz verstehen. »Man kann alleine ins Scheißhaus gehen, aber es ist viel einfacher, all die Scheiße runterzuspülen, wenn jemand dabei ist.«

»Alain zumindest wußte, daß es besser für mich wäre – einfacher –, wenn ich die Kugel nicht alleine übergeben mußte. Er brachte Cuthbert zum Schweigen und sagte, daß sie dasein würden. Und sie waren da. Ich gab sie her, sosehr ich mich innerlich dagegen sträubte. Mein Vater wurde weiß wie Papier, als er in den Beutel schaute und sah, was sich darin befand, dann entschuldigte er sich und brachte sie weg. Als er zurückkam, nahm er sein Glas Wein und sprach weiter mit uns über unsere Abenteuer in Mejis, als wäre nichts geschehen.«

»Aber zwischen dem Gespräch mit deinen Freunden und dem Moment, als du sie übergeben hast, hast du hineingesehen«, sagte Jake. »Bist hineingegangen. Darin gereist. Was hat sie dir diesmal gezeigt?«

»Zuerst wieder den Turm«, sagte Roland, »und den Anfang des Wegs dorthin. Ich sah den Fall von Gilead und den Triumph des Guten Mannes. Dadurch, daß wir die Tanks und das Ölfeld vernichtet hatten, hatten wir seinen Sieg nur um etwa zwanzig Monate hinausgeschoben. Dagegen konnte ich nichts machen, aber sie zeigte mir etwas, das ich machen konnte. Es gab ein bestimmtes Messer. Die Klinge war mit einem besonders starken Gift behandelt worden, etwas aus einem fernen Königreich von Mittwelt namens Garlan. Das Zeug war so stark, daß selbst der kleinste Schnitt fast unmittelbar zum Tod führte. Ein fahrender Sänger – in Wahrheit John Farsons ältester Neffe – hatte dieses Messer an den Hof gebracht. Der Mann, dem er es gab, war der Haushofmeister des Schlosses. Dieser Mann sollte den Dolch dem eigentlichen Attentäter übergeben. Mein Vater sollte die Sonne am Morgen nach dem Bankett nicht mehr aufgehen sehen.« Er lächelte sie grimmig an. »Durch das, was ich im Glas des Zauberers sah, gelangte das Messer nie in die Hand, die es führen sollte, und Ende der Woche wurde ein neuer Haushofmeister eingestellt. Das sind hübsche Geschichten, die ich euch erzähle, oder nicht? Ay, wahrlich sehr hübsch.«

»Hast du die Person gesehen, für die das Messer bestimmt war?« fragte Susannah. »Den eigentlichen Mörder?«

»Ja.«

»Sonst noch etwas? Hast du sonst noch etwas gesehen?« fragte Jake. Der Plan, Rolands Vater zu ermorden, schien ihn nicht besonders zu interessieren.

»Ja.« Roland sah verwirrt drein. »Schuhe. Nur einen Moment.

Schuhe, die durch die Luft flogen. Zuerst hielt ich sie für Herbstlaub. Und als ich sah, worum es sich wirklich handelte, waren sie verschwunden und ich lag auf dem Bett und hielt die Kugel im Arm ... fast so, wie ich sie von Mejis nach Hause getragen hatte. Mein Vater ... wie ich schon sagte, seine Überraschung, als er in den Beutel sah, war in der Tat sehr groß.«

Du hast ihm gesagt, wer das Messer mit dem speziellen Gift hatte, dachte Susannah. Jeeves, der Butler, oder wer auch immer, aber du hast ihm nicht gesagt, wer es tatsächlich benutzen sollte, richtig, Süßer? Warum nicht? Weil du dich um diese kleine Angelegenheit selbst kümmern wolltest? Aber bevor sie fragen konnte, stellte Eddie eine Frage.

»Schuhe? Die durch die Luft flogen? Sagt dir das heute irgendwas?«

Roland schüttelte den Kopf.

»Erzähl uns, was du sonst noch darin gesehen hast«, sagte Susannah.

Er sah sie mit einem derart gequälten Gesichtsausdruck an, daß das, was Susannah nur vermutet hatte, sofort zur unumstößlichen Tatsache für sie wurde. Sie wandte sich von ihm ab und tastete nach Eddies Hand.

»Ich erflehe deine Verzeihung, Susannah, aber das kann ich nicht. Nicht jetzt. Vorerst habe ich alles erzählt, was ich kann.«

»Schon gut«, sagte Eddie. »Schon gut, Roland, kein Problem.«

»Lehm«, stimmte Oy zu.

»Hast du die Hexe je wiedergesehen?« fragte Jake.

Lange Zeit schien es so, als wollte Roland nicht antworten, aber schließlich antwortete er doch.

»Ja. Sie war noch nicht mit mir fertig. Sie verfolgte mich, wie meine Träume von Susan. Den ganzen Weg von Mejis folgte sie mir.«

»Was meinst du damit?« fragte Jake mit leiser, bestürzter Stimme. »Himmel, Roland, was meinst du damit?«

»Jetzt nicht.« Er stand auf. »Es wird Zeit, daß wir uns wieder auf den Weg machen.« Er nickte zu dem Gebäude, das vor ihnen schwebte; die Sonne ging gerade über seinen Zinnen auf. »Jener Glitzertempel ist noch ein gutes Stück entfernt, aber ich denke, wir können heute nachmittag dort sein, wenn wir uns sputen. Es wäre das beste. Es ist ein Ort, den ich nicht gerne nach Einbruch der Dunkelheit erreichen möchte, wenn es sich vermeiden läßt.«

»Weißt du schon, was es ist?« fragte Susannah.

»Ärger«, wiederholte er. »Und auf unserem Weg.«

4

Eine Zeitlang heulte die Schwachstelle an diesem Morgen so laut, daß nicht einmal die Kugeln in ihren Ohren das Geräusch völlig abhalten konnten; als es am schlimmsten war, glaubte Susan, ihr Nasenrücken würde einfach auseinanderfallen, und als sie Jake ansah, stellte sie fest, daß er reichlich Tränen vergoß – nicht so, wie die Menschen weinen, wenn sie traurig sind, sondern wie sie weinen, wenn ihre Nebenhöhlen den totalen Widerstand praktizieren. Der Sägenspieler, den der Junge erwähnt hatte, ging ihr nicht aus dem Kopf. Klingt nach Hawaii, dachte sie immer wieder, während Eddie sie grimmig mit ihrem Rollstuhl zwischen den liegengebliebenen Fahrzeugen hindurchschob. Klingt nach Hawaii, oder etwa nicht? Klingt verdammt nach Hawaii, oder etwa nicht, Miss Oh So Schwarz Und Hübsch?

Die Schwachstelle schwappte auf beiden Seiten des Highways bis zur Böschung, warf ihre zuckenden, unförmigen Spiegelungen von Bäumen und Getreidesilos und schien die Pilger im Vorübergehen zu beobachten wie hungrige Tiere in einem Zoo wohlgenährte Kinder beobachten mochten. Susannah mußte an die Schwachstelle im Eyebolt Canyon denken, die durch den Rauch gierig nach Latigos verstörten Männern griff und in sich hineinzog (und manche gingen freiwillig, bewegten sich wie Zombies in einem Horror-Film), und dann mußte sie wieder an den Kerl im Central Park denken, den Irren mit der Säge: Klingt nach Hawaii, oder etwa nicht? Eine Schwachstelle gezählt, und sie klingt nach Hawaii, oder etwa nicht?

Als sie gerade dachte, sie könnte es keinen Augenblick länger ertragen, wich die Schwachstelle wieder von der I-70 zurück, und das summende Wabern ließ endlich nach. Susannah konnte schließlich die Patronen wieder aus den Ohren nehmen. Sie steckte sie mit einer leicht zitternden Hand in eine Seitentasche des Rollstuhls.

»Das war schlimm«, sagte Eddie. Seine Stimme hörte sich belegt und verheult an. Sie drehte sich zu ihm um und sah, daß seine Augen rot und seine Wangen feucht waren. »Keine Bange, Susie-Schatz«, sagte er. »Es sind meine Nebenhöhlen, sonst nichts. Dieses Geräusch ist Gift für sie.«

»Für mich auch«, sagte Susannah.

»Meine Nebenhöhlen sind okay, aber ich habe Kopfschmerzen«, sagte Jake. »Roland, hast du noch Aspirin?«

Roland blieb stehen, kramte in seinen Taschen und fand das Fläschchen.

»Hast du Clay Reynolds je wiedergesehen?« fragte Jake, als er die Tabletten mit Wasser aus dem Schlauch, den er trug, genommen hatte.

»Nein, aber ich weiß, was aus ihm geworden ist. Er hat eine Bande zusammengestellt, zum Teil Deserteure aus Farsons Armee, und Banken überfallen ... das war in unserem inneren Teil der Welt, aber da hatten Postkutschen- und Bankräuber schon nicht mehr viel von Revolvermännern zu befürchten.«

»Die Revolvermänner hatten alle Hände voll mit Farson zu tun«, sagte Eddie.

»Ja. Aber Reynolds und seine Männer wurden von einem klugen Sheriff in eine Falle gelockt, der die Main Street eines Ortes namens Oakley in ein Schlachtfeld verwandelte. Sechs von den zehn Bandenmitgliedern wurden auf der Stelle getötet. Die anderen hat man aufgehängt. Zu denen gehörte Reynolds. Das war kein Jahr später, zur Zeit der Weiten Erde.« Nach einer Pause sagte er: »Eine von denen, die auf der Straße erschossen wurden, war Coral Thorin. Sie war Reynolds' Frau geworden; ritt mit den anderen und tötete mit ihnen.«

Sie gingen eine Zeitlang schweigend weiter. In der Ferne heulte die Schwachstelle ihr endloses Lied. Jake lief plötzlich voraus zu einem parkenden Wohnmobil. Auf der Fahrerseite war eine Nachricht unter den Scheibenwischer geklemmt worden. Wenn er sich auf Zehenspitzen stellte, kam er gerade dran. Er überflog sie und runzelte die Stirn.

»Was steht darauf?« fragte Eddie.

Jake gab Eddie den Zettel. Eddie studierte ihn und gab ihn Susan, die ihn ebenfalls las und Roland reichte. Er betrachtete ihn und schüttelte den Kopf. »Ich kann nur ein paar Worte entziffern – alte Frau, dunkler Mann. Was heißt der Rest? Lies es mir vor.«

Jake nahm den Zettel wieder an sich. »›Die alte Frau aus den Träumen ist in Nebraska. Ihr Name ist Abagail.‹« Pause. »Und hier unten steht: ›Der dunkle Mann ist im Westen. Möglicherweise Vegas.‹«

Jake sah mit verwirrtem und beunruhigtem Gesicht zu dem Revolvermann auf, und der Zettel flatterte in seinen Händen. Aber Roland sah zu dem Palast, der über dem Highway schimmerte – der Palast, der nicht im Westen war, sondern im Osten, der Palast, der hell war, nicht dunkel.

»Im Westen«, sagte Roland. »Dunkler Mann, Dunkler Turm, und immer im Westen.«

»Nebraska liegt auch westlich von hier«, sagte Susannah zögernd. »Ich weiß nicht, ob das wichtig ist, mit dieser Abagail, aber ...«

»Ich glaube, sie gehört zu einer anderen Geschichte«, sagte Roland.

»Aber einer Geschichte, die eng mit dieser verwandt ist«, warf Eddie unvermittelt ein. »Möglicherweise gleich nebenan. Dicht genug, daß sie Zucker gegen Salz eintauschen kann ... oder Streit vom Zaun brechen.«

»Ich bin sicher, daß du recht hast«, sagte Roland, »und vielleicht bekommen wir es noch mit der ›alten Frau‹ und dem ›dunklen Mann‹ zu tun ... aber heute liegt unsere Aufgabe im Osten. Kommt mit.«

Sie gingen wieder los.

5

»Was ist mit Sheemie?« fragte Jake nach einer Weile.

Roland lachte, teils vor Überraschung wegen der Frage, teils wegen angenehmer Erinnerungen. »Er ist uns gefolgt. Es kann nicht leicht für ihn gewesen sein, und an manchen Stellen muß es verdammt unheimlich für ihn gewesen sein – es lagen ganze Räder wilden Landes zwischen Mejis und Gilead, und es gab jede Menge wilde Leute. Womöglich Schlimmeres als nur Leute. Aber *Ka* war mit ihm, und er kam rechtzeitig zum Jahrmarkt am Jahresende. Er und dieser verdammte Esel.«

»Capi«, sagte Jake.

»Appy«, wiederholte Oy, der neben Jake hertrottete.

»Als wir uns auf die Suche nach dem Turm machten, meine Freunde und ich, hat Sheemie uns begleitet. Als eine Art Schildknappe, würdet ihr wohl sagen. Er...« Aber Roland verstummte und biß sich auf die Lippen und wollte nichts mehr davon erzählen.

»Cordelia?« fragte Susannah. »Die verrückte Tante?«

»War tot, noch ehe das Freudenfeuer zu Asche verbrannt war. Möglicherweise ein Herzsturm oder ein Hirnsturm – was Eddie einen Schlag nennt.«

»Vielleicht aus Scham«, sagte Susannah. »Oder Grauen davor, was sie getan hatte.

»Könnte sein«, sagte Roland. »Die Wahrheit zu erkennen, wenn es zu spät ist, ist etwas Schreckliches. Das weiß ich selbst sehr gut.«

»Da oben ist etwas«, sagte Jake und zeigte auf einen langen Straßenabschnitt, der von Autos geräumt worden war. »Seht ihr es?«

Roland sah es – mit seinen Augen schien er alles zu sehen –, aber es vergingen noch einmal fünfzehn Minuten, bis Susannah die kleinen schwarzen Pünktchen auf der Straße erkennen konnte. Sie war ziemlich sicher, daß sie wußte, worum es sich handelte, auch wenn sie das mehr ihrer Intuition als ihren guten Augen verdankte. Zehn Minuten später war sie ganz sicher.

Es waren Schuhe. Sechs Paar Schuhe standen fein säuberlich in einer Reihe quer über den Fahrspuren der Interstate 70, die nach Osten führten.

Kapitel 2
Schuhe auf der Straße

I

Sie kamen im Laufe des Vormittags zu den Schuhen. Dahinter stand, jetzt deutlicher zu sehen, der Glaspalast. Er leuchtete in einem schwachen Grünton, wie die Spiegelung eines Seerosenblatts in stillem Wasser. Leuchtende Tore befanden sich davor; rote Wimpel flatterten in einer leichten Brise auf den Türmen.

Die Schuhe waren ebenfalls rot.

Susannahs Eindruck, daß es sich um sechs Paar handelte, war verständlich, aber falsch – in Wirklichkeit waren es vier Paar und ein Quartett. Letzteres – vier dunkelrote Stiefelchen aus weichem Leder – war zweifellos für das vierfüßige Mitglied ihres *Ka-tet* bestimmt. Roland hob einen davon auf und tastete im Inneren. Er wußte nicht, wie viele Bumbler Schuhe getragen hatten, seit es die Welt gab, wäre aber jede Wette eingegangen, daß noch keiner jemals in den Genuß von seidengefütterten Lederstiefelchen gekommen war.

»Bally, Gucci, werdet blaß vor Neid«, sagte Eddie. »Das ist erstklassige Ware.«

Die von Susannah waren am eindeutigsten zuzuordnen, aber nicht nur wegen der femininen, funkelnden Schnallen an den Seiten. Es waren gar keine Schuhe – sie waren eigens angefertigt worden, damit sie über ihre Beinstümpfe paßten, die dicht unterhalb der Knie aufhörten.

»Schau sich einer das an«, sagte sie staunend und hielt einen hoch, damit die Sonne in einem der Bergkristalle funkeln konnte, mit denen sie geschmückt waren ... wenn es sich denn um Bergkristalle handelte. Sie hatte den irren Verdacht, daß es möglicherweise Diamantsplitter sein konnten. »Käppchen. Nachdem ich vier Jahre ›in Umständen reduzierten Beinraums‹ leben mußte, wie meine Freundin Cynthia zu sagen pflegt, habe ich endlich ein paar Käppchen bekommen. Das muß man sich vorstellen.«

»Käppchen«, staunte Eddie. »Nennt man sie so?«
»So nennt man sie, Süßer.«
Jake hatte knallrote Oxfords bekommen – abgesehen von der Farbe hätten sie geradezu perfekt in die gepflegten Klassenzimmer der Piper School gepaßt. Er drückte einen zusammen und drehte ihn um. Die Sohle war hell und ohne Aufdruck. Kein Herstellerstempel, aber er hatte auch keinen erwartet. Sein Vater besaß rund ein Dutzend Paar teure handgefertigte Schuhe. Jake erkannte sie, wenn er sie sah.
Eddies Schuhe waren flache Stiefel mit kubanischen Absätzen (vielleicht nennt man sie in dieser Welt Mejis-Absätze, dachte er) und spitzen Kappen... damals, in einem anderen Leben, hatte man »Straßentreter« dazu gesagt. Kids Mitte der sechziger Jahre – eine Zeit, die Odetta/Detta/Susannah knapp verpaßt hatte – hätten sie vielleicht »Beatles-Stiefel« genannt.
Roland hatte natürlich ein Paar Cowboystiefel bekommen. Prunkstiefel, in denen man eher zum Tanzen als zum Viehtrieb ging. Ziernähte, Schmuckornamente an den Seiten, schmaler, hoher Rist. Er musterte sie, ohne sie aufzuheben, dann sah er seine Mitreisenden an und runzelte die Stirn. Sie sahen einander an. Man würde sagen, daß drei Menschen das nicht können, nur ein Paar... aber das würde man nur sagen, wenn man nie Teil eines *Ka-tet* gewesen war.
Roland teilte immer noch *Khef* mit ihnen; er spürte den kräftigen Strom ihrer vereinten Gedanken, konnte sie aber nicht verstehen. Weil es aus ihrer Welt ist. Sie kommen aus verschiedenen Wanns dieser Welt, aber sie sehen hier etwas, das allen dreien gemeinsam ist.
»Was soll das?« fragte er. »Was haben sie zu bedeuten, diese Schuhe?«
»Ich glaube nicht, daß das einer von uns genau weiß«, sagte Susannah.
»Nein«, sagte Jake. »Das ist auch wieder ein Rätsel.« Er betrachtete den unheimlichen blutroten Oxford-Schuh in seinen Händen mit Mißfallen. »Wieder ein gottverdammtes Rätsel.«
»Erzählt, was ihr wißt.« Er sah wieder zu dem Glaspalast. Der Palast befand sich noch rund fünfzehn New Yorker Meilen entfernt und funkelte in dem klaren Tag so filigran wie ein Trug-

bild, aber so real wie ... nun, so real wie Schuhe. »Bitte erzählt mir, was ihr über diese Schuhe wißt.«

»Ich hab Schuhe, du hast Schuhe, alle Kinner Gottes haben Schuhe«, sagte Odetta. »Das ist jedenfalls die herrschende Meinung.«

»Nun«, sagte Eddie, »wir haben sie jedenfalls. Und du denkst, was ich denke, oder nicht?«

»Ich schätze, ja.«

»Und du, Jake?«

Statt mit Worten zu antworten, nahm Jake den anderen Oxford (Roland zweifelte nicht daran, daß alle Schuhe, die von Oy eingeschlossen, perfekt passen würden) und schlug sie dreimal in rascher Folge gegeneinander. Roland sagte das nichts, aber Eddie und Susannah reagierten heftig, sahen sich um und schauten insbesondere zum Himmel, als würden sie erwarten, daß ein Sturm aus dem klaren herbstlichen Sonnenschein herunterbrausen würde. Zuletzt sahen sie alle wieder zu dem Glaspalast ... und dann einander an, mit diesem wissenden Blick in ihren runden Augen, bei dem Roland sie beide schütteln wollte, bis ihre Zähne klapperten. Aber er wartete. Manchmal blieb einem nichts anderes übrig.

»Nachdem du Jonas getötet hast, hast du in die Kugel gesehen«, sagte Eddie und drehte sich zu ihm um.

»Ja.«

»Bist in der Kugel gereist.«

»Ja, aber ich will nicht noch einmal darüber reden; es hat nichts zu tun mit diesen –«

»Ich glaube, doch«, sagte Eddie. »Du bist in einem rosa Sturm geflogen. Zyklon ist ein Wort, das man auch für einen Sturm gebraucht, richtig? Besonders, wenn man ein Rätsel stellen will.«

»Klar«, sagte Jake. Er hörte sich verträumt an, fast wie ein Junge, der im Schlaf spricht. »Wann fliegt Dorothy über den Regenbogen des Zauberers? Wenn sie in einem Zyklon ist.«

»Wir sind nicht mehr in Kansas, Süßer«, sagte Susannah und gab ein seltsames, humorloses Bellen von sich, bei dem es sich, vermutete Roland, um eine Art von Lachen handelte. »Sieht vielleicht ein bißchen danach aus, aber Kansas war nie so ... ihr wißt schon, so dünn.«

»Ich verstehe dich nicht«, sagte Roland. Aber ihm war kalt,

und sein Herz schlug zu schnell. Inzwischen gab es überall Schwachstellen, hatte er das nicht zu ihnen gesagt? Welten, die miteinander verschmolzen, weil die Kraft des Turms nachließ? So, wie der Tag näherrückte, an dem die Rose niedergewalzt werden würde?

»Du hast vieles gesehen, während du geflogen bist«, sagte Eddie. »Bevor du in das dunkle Land gekommen bist, das du Donnerhall nanntest, hast du vieles gesehen. Den Klavierspieler, Sheb. Der später in deinem Leben wieder auftauchte, richtig?«

»Ja, in Tull.«

»Und den Farmer mit dem roten Haar?«

»Auch ihn. Er hatte einen Vogel namens Zoltan. Aber als wir uns begegneten, er und ich, sagten wir das Übliche. ›Leben für dich, Leben für deine Saat‹, so etwas. Ich dachte, ich hätte dasselbe gehört, als er in dem rosa Sturm an mir vorüberflog, aber in Wirklichkeit hat er etwas anderes gesagt.« Er sah Susannah an. »Deinen Rollstuhl habe ich auch gesehen. Den alten.«

»Und du hast die Hexe gesehen.«

»Ja. Ich –«

Mit einer krächzenden Stimme, die Roland beängstigend an Rhea erinnerte, rief Jake Chambers: »Ich krieg dich, meine Hübsche! Und deinen kleinen Hund auch!«

Roland sah ihn an und versuchte, nicht den Mund aufzusperren.

»Aber in dem Film ist die Hexe nicht auf einem Besenstiel geritten«, sagte Jake. »Sie war auf ihrem Fahrrad, dem mit dem Korb hinten drauf.«

»Ja, und Ernteamulette gab's auch keine«, sagte Eddie. »Wäre aber eine hübsche Idee gewesen. Ich kann dir sagen, Jake, als Kind hatte ich Alpträume wegen ihrer Art zu lachen.«

»Mir haben die Affen angst gemacht«, sagte Susannah. »Die Flügelaffen. Wenn ich an sie dachte, mußte ich zu meiner Mom und meinem Dad ins Bett kriechen. Sie stritten immer noch darüber, wessen brillante Idee es war, mich in diesen Film mitzunehmen, wenn ich zwischen ihnen einschlief.«

»Ich habe keine Angst davor gehabt, die Absätze zusammenzuschlagen«, sagte Jake. »Kein bißchen.« Er sagte es zu Eddie und Susannah; im Augenblick war es, als wäre Roland gar nicht da. »Schließlich habe ich die Schuhe nicht angehabt.«

»Stimmt«, sagte Susannah, die sich streng anhörte, »aber weißt du, was mein Daddy immer gesagt hat?«

»Nein, aber ich habe das Gefühl, wir werden es gleich herausfinden«, sagte Eddie.

Sie warf Eddie einen kurzen, strengen Blick zu, dann wandte sie sich wieder an Jake. »›Pfeife nie nach dem Wind, wenn du nicht willst, daß er weht‹«, sagte sie. »Und das ist ein guter Rat, was immer unser junger Mister Sorglos auch denken mag.«

»Schon wieder gerüffelt«, sagte Eddie grinsend.

»Rüffel!« sagte Oy und sah Eddie streng an.

»Erklärt es mir«, sagte Roland mit seiner sanftesten Stimme. »Ich möchte es hören. Ich möchte an eurem *Khef* teilhaben. Und ich möchte jetzt daran teilhaben.«

2

Sie erzählten ihm eine Geschichte, die fast jedes amerikanische Kind des zwanzigsten Jahrhunderts kannte: Von einem Farmermädchen aus Kansas namens Dorothy Gale, die von einem Sturm fortgetragen und zusammen mit ihrem Hund im Lande Oz wieder abgesetzt worden war. Es gab keine I-70 in Oz, aber es gab eine gelbe Ziegelsteinstraße, die demselben Zweck diente, und es gab Hexen, gute und böse. Es gab ein *Ka-tet*, das aus Dorothy, Toto und drei Freunden bestand, die sie unterwegs kennengelernt hatte: den feigen Löwen, den Blechholzfäller und die Vogelscheuche. Jeder hegte

(Vogel und Bär und Fisch und Hase)

einen sehnlichsten Wunsch, und mit dem von Dorothy konnten sich Rolands neue Freunde (und Roland selbst auch) am stärksten identifizieren: Sie wollte den Weg nach Hause finden.

»Die Mümmler haben ihr gesagt, daß sie der gelben Ziegelsteinstraße nach Oz folgen soll«, sagte Jake, »also ist sie gegangen. Unterwegs hat sie andere getroffen, so wie du uns, Roland –«

»Auch wenn du keine große Ähnlichkeit mit Judy Garland hast«, warf Eddie ein.

»– und schließlich gelangten sie dorthin. Nach Oz, in den Smaragdpalast und zu dem Burschen, der im Smaragdpalast wohnte.« Er sah wieder zu dem Glaspalast, der vor ihnen lag und im hellen Licht immer grüner und grüner wirkte, dann zu Roland.

»Ja, ich verstehe. Und war dieser Bursche, Oz, ein mächtiger Dinh? Ein Baron? Womöglich ein König?«

Wieder wechselten die drei einen Blick, von dem Roland ausgeschlossen blieb. »Das ist kompliziert«, sagte Jake. »Er war eine Art Humbug –«

»Ein Bumhug? Was ist das?«

»Humbug«, sagte Jake lachend. »Ein Blender. Nur Worte, keine Taten. Aber das Wichtigste ist vielleicht, in Wahrheit kam der Zauberer aus –«

»Zauberer?« fragte Roland schneidend. Er packte Jake mit seiner verstümmelten rechten Hand an der Schulter. »Warum nennst du ihn so?«

»Weil das sein Titel war, Süßer«, sagte Susannah. »Der Zauberer von Oz.« Sie nahm Rolands Hand sanft, aber bestimmt von Jakes Schulter. »Laß ihn zu Ende erzählen. Es ist nicht nötig, daß du es aus ihm herausquetschst.«

»Habe ich dir weh getan, Jake? Ich erflehe deine Verzeihung.«

»Nee, alles in Ordnung«, sagte Jake. »Mach dir keine Gedanken. Wie auch immer, Dorothy und ihre Freunde mußten viele Abenteuer bestehen, bis sie herausfanden, daß der Zauberer ein, du weißt schon, Bumhug war.« Jake kicherte mit auf die Stirn gepreßten Händen und strich sein Haar zurück wie ein fünfjähriger Junge. »Er konnte dem Löwen keinen Mut, der Vogelscheuche keinen Verstand und dem Blechholzfäller kein Herz geben. Am schlimmsten war, er konnte Dorothy nicht nach Kansas zurückschicken. Der Zauberer hatte einen Ballon, ist aber ohne sie abgereist. Ich glaube nicht, daß das Absicht war, aber er hat es getan.«

»So, wie du die Geschichte erzählst«, sagte Roland sehr langsam, »habe ich den Eindruck, daß Dorothys Freunde das, was sie wollten, die ganze Zeit hatten.«

»Das ist die Moral der Geschichte«, sagte Eddie. »Vielleicht das, was es zu einer so grandiosen Geschichte macht. Aber Dorothy saß in Oz fest, weißt du. Dann kam Glinda dazu. Glinda, die Gute. Und als Belohnung dafür, daß sie eine der bösen Hexen unter ihrem Haus zerquetscht und eine andere geschmolzen hat, erzählte Glinda Dorothy, wie sie die roten Schuhe benutzen mußte. Die, welche Glinda ihr gegeben hatte.«

Eddie hob seine Straßentreter mit den kubanischen Absätzen hoch, die auf der unterbrochenen weißen Linie der I-70 für ihn liegengelassen worden waren.

»Glinda erzählte Dorothy, daß sie die Absätze der roten Schuhe dreimal zusammenschlagen mußte. Das würde sie nach Kansas zurückbringen, sagte sie. Und so war es.«

»Und das ist das Ende der Geschichte?«

»Nun«, sagte Jake, »sie wurde so populär, daß der Mann, der sie geschrieben hat, noch tausend Geschichten von Oz dazu geschrieben hat –«

»Ja«, sagte Eddie. »So ziemlich alles, außer Glindas Fitneßprogramm für straffe Oberschenkel.«

»– und es gab ein verrücktes Remake mit dem Titel ›The Wiz‹, in dem Farbige mitspielten –«

»Wirklich?« fragte Susannah. Sie sah nachdenklich drein. »Was für eine eigenartige Vorstellung.«

»– aber die einzige, die wirklich zählt, ist die erste, glaube ich«, kam Jake zum Ende.

Roland ging in die Hocke und schob die Hände in die Stiefel, die für ihn bereitstanden. Er hob sie hoch, betrachtete sie, stellte sie wieder ab. »Sollen wir sie anziehen, was meint ihr? Hier und jetzt?«

Die drei Freunde aus New York sahen einander zweifelnd an. Schließlich sprach Susan für sie alle, vermittelte ihm das *Khef,* das er spüren, aber an dem er selbst nicht richtig teilhaben konnte.

»Vielleicht nicht gleich jetzt. Hier sind zu viele böse Geister.«

»Takurogeister«, murmelte Eddie mehr zu sich. Dann: »Hört zu, laßt sie uns mitnehmen. Wann wir sie anziehen sollen, werden wir wissen, sobald der Zeitpunkt gekommen ist. Bis dahin, denke ich, sollten wir uns vor Bumhugs hüten, die Geschenke bringen.«

Jake prustete vor Lachen, was Eddie genau gewußt hatte; manchmal setzte sich ein Wort oder ein Bild in der Lachdrüse fest und blieb eine Zeitlang dort. Morgen sagte das Wort »Bumhug« dem Jungen vielleicht nichts mehr; aber heute würde er jedesmal darüber lachen, wenn er es hörte. Eddie hatte vor, es oft zu benutzen, besonders wenn der olle Jake nicht damit rechnete.

Sie nahmen die roten Schuhe, die auf der nach Osten führenden Fahrbahn für sie hingelegt worden waren (Jake nahm die von Oy), und gingen weiter auf den schimmernden Glaspalast zu.

Oz, dachte Roland. Er suchte in seinem Gedächtnis, glaubte aber nicht, daß es sich um einen Namen handelte, den er schon gehört hatte, oder ein Wort der Hochsprache, das in Verkleidung daherkam, so wie *char* in Charlie verkleidet gewesen war. Aber es hörte sich an, als würde es in diese Sache passen; es klang mehr nach seiner Welt, als nach der, aus der Jake, Susannah und Eddie gekommen waren.

3

Jake ging davon aus, daß der Grüne Palast normal aussehen würde, wenn sie näher kamen, so wie die Attraktionen in Disneyworld normal aussahen, wenn man näher kam – nicht unbedingt gewöhnlich, aber normal, wie etwas, das so sehr Bestandteil der Welt war wie die Bushaltestelle an der Ecke oder ein Briefkasten oder eine Parkbank, etwas, das man berühren konnte, etwas, worauf man PIPER IST SCHEISSE schreiben konnte, wenn es einem in den Sinn kam.

Aber das passierte nicht, würde nicht passieren, und als sie sich dem Grünen Palast näherten, wurde Jake noch etwas klar: Es war das strahlendste, schönste Gebilde, das er in seinem ganzen Leben gesehen hatte. Daß er ihm nicht traute – und das war so –, änderte daran nichts. Der Palast glich einer Illustration in einem Märchenbuch, einer so vorzüglichen Illustration, daß sie irgendwie Wirklichkeit geworden war. Und er summte, genau wie die Schwachstelle... nur war dieses Geräusch leiser und nicht unangenehm.

Hellgrüne Mauern stiegen zu vorspringenden Zinnen und aufragenden Türmen empor, die fast die Wolken über der Ebene von Kansas zu berühren schienen. Diese Türme wurden von dunkleren, smaragdgrünen Nadeln gekrönt; an diesen flatterten die roten Wimpel. Auf jeden Wimpel war in Gelb das Symbol des offenen Auges

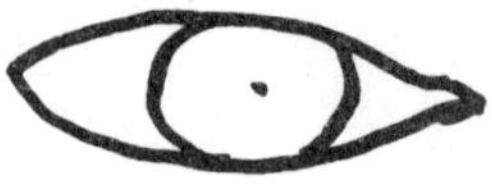

gemalt worden.

Das ist das Zeichen des Scharlachroten Königs, dachte Jake. In Wahrheit ist es sein Sigul, nicht das von John Farson. Er wußte nicht, wie er das wissen konnte (wie sollte er, wo doch Alabamas Crimson Tide das einzige scharlachrote Irgendwas war, das er kannte), aber er wußte es.

»So wunderschön«, murmelte Susannah, und als Jake sie ansah, dachte er, daß sie beinahe weinte. »Aber irgendwie nicht nett. Nicht richtig. Vielleicht nicht durch und durch schlecht, so wie die Schwachstelle, aber ...«

»Aber nicht nett«, sagte Eddie. »Ja. Das paßt. Vielleicht kein rotes Licht, aber auf jeden Fall ein leuchtend gelbes.« Er rieb sich das Gesicht an der Seite (eine Geste, die er von Roland übernommen hatte, ohne es zu merken) und sah verwirrt drein. »Es scheint fast nicht ernst gemeint zu sein – ein Streich.«

»Ich bezweifle, daß es ein Streich ist«, sagte Roland. »Glaubt ihr, es ist eine Kopie des Palastes, wo Dorothy und ihr *Ka-tet* den falschen Zauberer kennengelernt haben?«

Wieder schienen die drei ehemaligen New Yorker einen vielsagenden Blick zu wechseln. Als sie das getan hatten, sprach Eddie für sie alle. »Ja. Ja, schon möglich. Es ist nicht derselbe wie in dem Film, aber wenn dieses Ding aus unseren Köpfen stammt, kann es das auch nicht sein. Weil wir auch den Palast aus L. Frank Baums Buch sehen. Von den Illustrationen in dem Buch ...«

»Und denen in unserer Phantasie«, sagte Jake.

»Aber er ist es«, sagte Susannah. »Ich würde sagen, wir sind definitiv auf dem Weg zum Zauberer.«

»Jede Wette«, sagte Eddie. »Wegen-wegen-wegen-wegen-wegen–«

»Wegen der wundervollen Dinge, die er vollbringt!« antworteten Jake und Susannah wie aus einem Mund und lachten entzückt, während Roland sie stirnrunzelnd ansah, verwirrt war und sich ausgeschlossen fühlte.

»Aber ich muß euch Leuten sagen«, sagte Eddie, »daß nur noch ein einziges Wunder erforderlich ist, mich auf die dunkle Seite des Psychomonds zu schicken. Wahrscheinlich für immer.«

4

Als sie näher kamen, konnten sie sehen, wie die Interstate 70 in die blaßgrünen Tiefen der leicht gerundeten Außenmauer des Schlosses hineinführte; dort schwebte sie wie eine optische Täuschung. Noch näher, und sie konnten die Wimpel in der Brise peitschen hören und ihre eigenen flimmernden Spiegelbilder sehen, Ertrunkenen gleich, die irgendwie auf dem Grund nasser tropischer Gräber wandeln.

Es gab eine innere Schanze aus dunkelblauem Glas – eine Farbe, die Jake mit den Fäßchen assoziierte, in denen Füllfedertinte verkauft wurde – und einen rostbraunen Steg zwischen der Schanze und der Außenmauer. Diese Farbe erinnerte Susannah an die Flaschen, in denen Root-Beer von Hires verkauft wurde, als sie ein kleines Mädchen war.

Der Weg hinein wurde durch ein Tor versperrt, das riesig und ätherisch zugleich war: Es sah aus wie Schmiedeeisen, das sich in Glas verwandelt hatte. Jede kunstvoll gefertigte Strebe erstrahlte in einer anderen Farbe, und diese Farben schienen aus dem Inneren zu kommen, als wären die Streben mit einem leuchtenden Gas oder einer Flüssigkeit gefüllt.

Die Reisenden blieben davor stehen. Von dem Highway war auf der anderen Seite nichts mehr zu sehen; wo die Straße sein sollte, befand sich ein Innenhof aus silbernem Glas – ein riesiger flacher Spiegel. Wolken schwebten heiter durch seine Tiefen; ebenso vereinzelte kreisende Vögel. Die Sonne spiegelte sich in dem gläsernen Hof, ihr Licht lief wellenförmig die grünen Wände hinauf. Auf der anderen Seite stieg die Wand der inneren Schanze des Palastes zu einer funkelnden grünen Klippe an, die von schmalen Bullaugenfenstern aus pechschwarzem Glas unterbrochen wurde. In dieser Wand gab es auch einen bogenförmigen Eingang, der Jake an die St. Patrick's Cathedral erinnerte.

Links vom Haupteingang befand sich ein Wachhäuschen aus beigem, von dunstigen orangefarbenen Fäden durchzogenem Glas. Die mit roten Streifen bemalte Tür stand offen. Das Innere, nicht größer als eine Telefonzelle, war leer, aber auf dem Boden lag etwas, das für Jake wie eine Zeitung aussah.

Über dem Eingangstor befanden sich zwei geduckte, lauernde Monsterfratzen aus dunkelviolettem Glas und bewachten die dunkle Öffnung. Ihre spitzen Zungen ragten wie Beulen aus den Mäulern.

Die Banner auf den Türmen flatterten wie Flaggen auf einem Schulhof.

Krähen keiften über kargen Getreidefeldern; die Ernte lag jetzt eine Woche zurück.

In der Ferne heulte und wimmerte die Schwachstelle.

»Seht euch die Streben dieses Tors an«, sagte Susannah. Sie hörte sich atemlos und ehrfürchtig an. »Seht sie euch genau an.«

Jake beugte sich über eine gelbe Strebe, bis er fast mit der Nase dagegenstieß und ein blaßgelber Streifen mitten über sein Gesicht fiel. Zuerst sah er nichts, dann keuchte er. Was er für Sonnenstäubchen gehalten hatte, waren Lebewesen – Lebewesen, die in der Stange eingeschlossen waren und in winzigen Schwärmen darin schwammen. Sie sahen aus wie Fische in einem Aquarium, aber sie sahen auch (ihre Köpfe, dachte Jake, ich glaube, es liegt hauptsächlich an ihren Köpfen) auf beunruhigende Weise menschlich aus. Als würde er, überlegte Jake, in ein vertikales goldenes Meer sehen, der ganze Ozean in einem Glasstab – in dem lebende mythologische Wesen schwammen, nicht größer als Staubkörnchen. Eine winzige Frau mit einer Schwanzflosse wie ein Fisch und langem blondem Haar schwamm zur Glaswand, um den riesigen Jungen anzusehen (ihre Augen waren rund, erstaunt und wunderschön), dann schoß sie wieder davon.

Jake fühlte sich plötzlich schwindlig und schwach. Er machte die Augen zu, bis das Schwindelgefühl sich gelegt hatte, dann schlug er sie wieder auf und drehte sich zu den anderen um. »Heiliger Strohsack! Sind sie alle gleich?«

»Alle verschieden, glaube ich«, sagte Eddie, der bereits in zwei oder drei andere hineingesehen hatte. Er beugte sich dicht über den purpurnen Stab, und seine Wangen leuchteten auf wie im Glanz eines uralten Fluoroskops. »Die hier sehen wie Vögel aus – winzige Vögel.«

Jake sah hinein und stellte fest, daß Eddie recht hatte: In dem purpurnen Stab des Tors befanden sich Schwärme von Vögeln, die nicht größer als Mücken waren. Sie flatterten fröhlich in ihrer ewigen Dämmerung herum, über- und untereinander durch, und ihre Schwingen hinterließen winzige Silberspuren von Bläschen.

»Sind sie wirklich da?« fragte Jake atemlos. »Sind sie da, Roland, oder bilden wir sie uns nur ein?«

»Ich weiß nicht. Aber ich weiß, womit dieses Tor Ähnlichkeit haben soll.«

»Ich auch«, sagte Eddie. Er betrachtete die leuchtenden Stäbe, jeder mit einer eigenen eingeschlossenen Säule aus Licht und Leben. Jeder Torflügel bestand aus sechs bunten Streben. Die in der Mitte – breit und flach, statt rund –, die sich teilte, wenn das Tor geöffnet wurde, war die dreizehnte. Diese mittlere Strebe war pechschwarz; in ihr bewegte sich nichts.

Oh, du kannst es vielleicht nicht sehen, aber es bewegt sich durchaus etwas darin, dachte Jake. Es ist Leben darin, schreckliches Leben. Und vielleicht sind auch Rosen darin. Ertrunkene Rosen.

»Das ist ein Tor des Zauberers«, sagte Eddie. »Jede Stange ist so gemacht, daß sie einer der Kugeln von Maerlyns Regenbogen gleicht. Seht, hier ist eine rosafarbene.«

Jake stützte die Hände auf den Oberschenkeln ab und beugte sich darüber. Er wußte, was darin sein würde, noch ehe er es sah: Pferde, 'ne ganze Herde. Winzige Herden, die durch die seltsame rosa Masse galoppierten, bei der es sich weder um Licht noch um Flüssigkeit handelte. Vielleicht Pferde auf der Suche nach einer Schräge, die sie niemals finden würden.

Eddie streckte die Hände aus, um die mittlere Strebe zu berühren, die schwarze.

»Nicht!« rief Susannah schneidend.

Eddie achtete nicht auf sie, aber Jake sah, wie er einen Moment den Atem anhielt und die Lippen zusammenkniff, als er die Hände um die schwarze Stange legte, als würde er auf etwas warten – möglicherweise eine Kraft, die per Eilboten vom Dunklen Turm selbst hergeschickt wurde, um ihn zu verwandeln oder ihn tot umfallen zu lassen. Als nichts geschah, atmete er wieder tief durch und riskierte ein Lächeln. »Keine Elektrizität, aber ...« Er zog; das Tor gab nicht nach. »Auch kein Öffnen. Ich sehe den Riß in der Mitte, aber es geht nicht auf. Willst du es probieren, Roland?«

Roland streckte die Hände nach dem Tor aus, aber Jake legte ihm eine Hand auf den Arm, bevor der Revolvermann mehr als nur probeweise daran rütteln konnte. »Laß gut sein. Das ist nicht der Weg.«

»Was dann?«

Statt zu antworten, setzte sich Jake vor das Tor, nicht weit von der Stelle entfernt, wo diese seltsame Version der I-70 aufhörte, und zog die Schuhe an, die für ihn liegengelassen worden waren. Eddie betrachtete ihn einen Augenblick, dann setzte er sich neben ihn. »Ich schätze, wir sollten es versuchen«, sagte er zu Jake, »obwohl es sich wahrscheinlich auch als ein Bumhug entpuppen wird.«

Jake lachte, schüttelte den Kopf und band die Schnürsenkel der blutroten Oxfords zu. Er und Eddie wußten beide, daß es kein Bumhug sein würde. Diesmal nicht.

5

»Okay«, sagte Jake, als sie alle ihre roten Schuhe angezogen hatten (er fand, daß sie ausgesprochen albern aussahen, besonders Eddies Paar). »Ich zähle bis drei, dann schlagen wir alle die Hacken zusammen. So.« Er schlug die Oxfords einmal fest zusammen ... und das Tor erbebte wie ein nicht richtig befestigter Fensterladen bei starkem Wind. Susannah schrie auf. Es folgte ein leises, angenehmes Läuten von dem Grünen Palast, als hätten die Mauern selbst vibriert.

»Ich schätze, damit kriegen wir das Ding auf«, sagte Eddie. »Aber ich warne dich. Ich werde nicht ›Somewhere Over the Rainbow‹ singen. Das steht nicht in meinem Vertrag.«

»Der Regenbogen ist hier«, sagte der Revolvermann leise und streckte seine verstümmelte Hand zu dem Tor aus.

Das wischte das Lächeln von Eddies Gesicht. »Ja, ich weiß. Ich habe ein bißchen Angst, Roland.«

»Ich auch«, sagte der Revolvermann, und Jake fand tatsächlich, daß er blaß und elend aussah.

»Los, Süßer«, sagte Susannah. »Zähl, bevor wir alle den Mut verlieren.«

»Eins ... zwei ... drei.«

Sie schlugen die Absätze feierlich und im Gleichklang gegeneinander: Klack, klack, klack. Das Tor erbebte diesmal noch heftiger, die Farben der senkrechten Streben wurden sichtlich heller. Der Glockenklang, der folgte, war höher, lieblicher – der Klang eines kostbaren Kristallglases, an das der Griff eines Messers tippt. Das Echo der traumhaften Harmonien brachte Jake zum Erbeben – halb vor Freude und halb vor Schmerzen.

Aber das Tor ging nicht auf.

»Was –«, begann Eddie.

»Ich weiß«, sagte Jake. »Wir haben Oy vergessen.«

»O Gott«, sagte Eddie. »Ich habe die Welt verlassen, die ich kannte, um einem Jungen dabei zuzusehen, wie er versucht, einem verkorksten Wiesel Pantoffeln anzuziehen. Erschieß mich, Roland, bevor ich mich fortpflanzen kann.«

Roland beachtete ihn nicht, sondern sah Jake an, als der Junge sich auf den Highway setzte und rief: »Oy! Zu mir!«

Der Bumbler kam bereitwillig herbei, und obwohl er mit Sicherheit ein wildes Tier gewesen war, bevor sie ihn auf dem Pfad des Balkens getroffen hatten, ließ er sich die roten Lederschuhe von Jake über die Pfoten streifen, ohne Ärger zu machen. Als er es begriffen hatte, schlüpfte er von sich aus in die letzten beiden. Als er alle vier angezogen hatte (sie hatten tatsächlich die größte Ähnlichkeit mit Dorothys roten Schuhen), schnupperte Oy an einem und sah dann aufmerksam zu Jake.

Jake schlug dreimal die Absätze zusammen, sah dabei den Bumbler an und beachtete das Rasseln des Tors und das leise Läuten von den Wänden des grünen Palasts nicht.

»Du, Oy!«

»Oy!«

Er wälzte sich auf den Rücken wie ein Hund, der sich totstellt, dann sah er seine eigenen Füße mit einer Art angewiderter Bestürzung an. Als er ihn sah, überkam Jake eine deutliche Erinnerung: wie er versuchte, sich gleichzeitig auf den Kopf zu tätscheln und den Bauch zu reiben, und sein Vater sich über ihn lustig machte, weil er es nicht gleich konnte.

»Roland, hilf mir. Er weiß, was er tun soll, aber er weiß nicht, wie er es tun soll.« Jake sah zu Eddie auf. »Und keine klugen Bemerkungen, ja?«

»Nein«, sagte Eddie. »Keine klugen Bemerkungen, Jake. Glaubst du, diesmal muß es nur Oy machen, oder ist es immer noch ein Gruppending?«

»Nur er, glaube ich.«

»Aber es könnte nicht schaden, wenn wir trotzdem zusammen mit Mitch klicken«, sagte Susannah.

»Mitch wer?« fragte Eddie und sah sie verständnislos an.

»Vergiß es. Los, Jake, Roland. Zähl wieder vor.«

Eddie nahm Oys Vorderpfoten, Roland hielt den Bumbler behutsam an den Hinterpfoten. Oy betrachtete es mißtrauisch – als würde er damit rechnen, mit dem alten Hau-ruck in die Luft geworfen zu werden –, wehrte sich aber nicht.

»Eins, zwei, drei.«

Jake und Roland schlugen behutsam Oys Vorder- und Hinterpfoten zusammen. Gleichzeitig klickten sie mit den Absätzen ihrer eigenen Fußbekleidung. Eddie und Susannah ebenfalls.

Diesmal bestand der harmonische Klang aus einem tiefen, lieblichen Bong, wie von einer Kirchenglocke aus Glas. Die schwarze Mittelstrebe des Tors teilte sich nicht, sondern zersprang; Obsidianscherben flogen in alle Richtungen. Manche prasselten auf Oys Fell. Er sprang hastig auf, befreite sich aus Jakes und Rolands Griff und lief ein Stück weg. Er setzte sich auf die unterbrochene weiße Linie zwischen der rechten und der Überholspur des Highway, legte die Ohren an, betrachtete das Tor und hechelte.

»Kommt«, sagte Roland. Er ging zum linken Flügel des Tors und stieß ihn langsam auf. Er stand am Rand des spiegelnden Innenhofs, ein großer, schlaksiger Mann in Viehtreiberjeans, einem uralten Hemd von undefinierbarer Farbe und unglaublichen roten Cowboystiefeln. »Gehen wir rein und sehen nach, was der Zauberer von Oz selbst zu sagen hat.«

»Wenn er noch da ist«, sagte Eddie.

»Oh, ich glaube, er ist da«, sagte Roland. »Ja, ich glaube, er ist da.«

Er ging langsam zum Haupttor mit dem leeren Wachhäuschen daneben. Die anderen folgten ihm; an den roten Schuhen verschmolzen sie mit ihren eigenen, nach unten fallenden Spiegelbildern wie siamesische Zwillinge.

Oy kam zuletzt, er stakste zaghaft mit seinen roten Schuhen dahin und blieb einmal stehen, um an der Spiegelung seiner eigenen Schnauze zu schnuppern.

»Oy!« rief er dem Bumbler zu, der unter ihm schwebte, dann eilte er Jake hinterher.

Kapitel 3
Der Zauberer

I

Roland blieb an dem Wachhäuschen stehen, sah hinein und hob auf, was auf dem Boden lag. Die anderen kamen zu ihm und drängten sich um ihn. Es hatte wie eine Zeitung ausgesehen, und genau das war es … wenn auch eine überaus befremdliche. Kein Topeka Capital-Journal, und keine Meldungen über eine Seuche, die die Bevölkerung dezimierte.

Tagesblatt von Oz

»Tagesblatt, Tagesblatt – Wahre Schönheit kommt von innen«

Jg. MDLXVIII Nr. 96 — Wetter: Heute hier, morgen fort

Glückszahlen: Keine — Prognose: Schlecht

Blah blah blah blah blah blah blah blah blah blah blah blah blah blah blah blah blah blah blah blah blah blah blah blah blah blah blah blah blah blah blah yak yak yak yak yak yak yak yak yak yak yak yak yak yak yak yak yak yak yak yak blah blah blah gut ist schlecht schlecht ist gut alles ist dasselbe gut ist schlecht schlecht ist gut alles ist dasselbe geht langsam an den Schubladen vorbei alles ist dasselbe blah blah blah blah blah blah blah blah Blaine ist eine Pein alles ist dasselbe yak yak yak yak yak yak yak yak yak yak Charyou-Baum alles ist dasselbe blah yak blah blah yak yak blah blah yak yak yak baked turkey cooked goose alles ist dasselbe blah blah yak yak fahr im Zug stirb vor Schmerz alles ist dasselbe blah blah blah blah blah blah blah blah blah blah blah blah blah blah blah blah blah blah blah blah gib die Schuld gib die Schuld gib die Schuld gib die Schuld gib die Schuld gib die Schuld blah blah blah blah blah blah yak yak yak blah blah blah blah blah blah blah blah blah blah blah blah yak. (Lesen Sie weiter auf S. 6)

Darunter befand sich ein Bild von Roland, Eddie, Susannah und Jake, wie sie den spiegelnden Innenhof überquerten, als wäre das am Tag zuvor passiert, und nicht erst vor Minuten. Darunter stand folgende Legende:

Tragödie in Oz: Reisende auf der Suche nach Glück und Ruhm finden statt dessen den Tod

»Das gefällt mir«, sagte Eddie und rückte Rolands Revolver zurecht, den er tief an der Hüfte trug. »Trost und Ermutigung nach tagelanger Verwirrung. Wie ein heißes Getränk in einer kalten, beschissenen Nacht.«

»Deswegen mußt du keine Angst haben«, sagte Roland. »Das ist ein Witz.«

»Ich habe keine Angst«, sagte Eddie, »aber es ist etwas mehr als ein Witz. Ich habe viele Jahre mit Henry Dean verbracht, und ich weiß, wenn sich jemand in den Kopf gesetzt hat, mich fertigzumachen. Das weiß ich sehr gut.« Er sah Roland neugierig an. »Ich hoffe, es macht dir nichts aus, aber du bist derjenige, der aussieht, als ob er Angst hat, Roland.«

»Ich habe Todesangst«, sagte Roland nur.

2

Der Torbogen rief in Susannah Erinnerungen an einen Song wach, der zehn Jahre, bevor sie aus ihrer Welt in die von Roland gerissen wurde, populär gewesen war. Saw an eyeball peepin' through a smoky cloud behind the Green Door, ging der Text. When I said »Joe sent me,« someone laughed out loud behind the Green Door. Hier gab es zwei Türen statt einer, aber kein Guckloch, durch das ein Auge sehen konnte. Und Susannah versuchte auch nicht den alten Flüsterkneipentrick, daß Joe sie geschickt hätte. Aber sie beugte sich nach vorn und las das Schild, das an einem der kreisrunden Türgriffe hing. GLOCKE DEFEKT, BITTE KLOPFEN stand darauf.

»Laß gut sein«, sagte sie zu Roland, der schon die Faust geballt hatte, um zu tun, was auf dem Schild stand. »Das ist aus der Geschichte, mehr nicht.«

Eddie schob ihren Stuhl ein wenig zurück, trat davor und ergriff einen der runden Griffe. Die Tür ließ sich mühelos öffnen, die Scharniere drehten sich lautlos. Er ging einen Schritt in die schattige grüne Grotte, legte die Hände an den Mund und rief: »Hey!«

Der Ruf seiner Stimme verklang und kam verändert zurück ... leise, hallend, verloren. Sterbend, hätte man fast denken können.

»Herrgott«, sagte Eddie. »Müssen wir das machen?«

»Ich denke, ja, wenn wir zu dem Balken zurückkommen wollen.« Roland sah blasser denn je aus, aber er führte sie hinein. Jake half Eddie, Susannahs Rollstuhl über die Schwelle (einen milchigen Block jadefarbenen Glases) ins Innere zu heben. Oys winzige Schuhe glänzten trübe rot auf dem Glasboden. Sie waren erst zehn Schritte weit gekommen, als die Tür hinter ihnen ins Schloß fiel mit einem entschiedenen Dröhnen, das über sie hinwegrollte und in den Tiefen des Grünen Palastes verhallte.

3

Es gab keinen Empfangssaal, nur einen gewölbten, höhlenartigen Korridor, der kein Ende zu nehmen schien. Ein schwaches grünes Leuchten erhellte die Wände. Das ist wie der Flur in dem Film, dachte Jake, wo der Feige Löwe solche Angst bekam, daß er sich selbst auf den Schwanz getreten hat.

Und Eddie sah sich veranlaßt, ein weiteres Mosaiksteinchen der Filmwirklichkeit hinzuzufügen, auf das Jake gerne hätte verzichten können, und sagte mit einer zitternden (und mehr als passablen) Bert-Lahr-Imitation: »Moment mal, Freunde, ich hab gerade nachgedacht – so sehr will ich den Zauberer jetzt auch wieder nicht sehen. Ich warte besser draußen auf euch!«

»Hör auf!« sagte Jake schneidend.

»Örauf!« stimmte Oy zu. Er lief direkt zu Jake und sah dabei wachsam von einer Seite zur anderen. Jake konnte außer ihren eigenen Schritten kein Geräusch hören ... und doch spürte er etwas: ein Geräusch, das nicht da war. Es war, dachte er, als würde man ein Windglockenspiel ansehen, das nur auf den Hauch einer Brise wartet, um zu erklingen.

»Tut mir leid«, sagte Eddie. »Wirklich.« Er zeigte auf etwas. »Sieh, da vorne.«

Etwa vierzig Meter vor ihnen mündete der Flur in eine schmale, erstaunlich hohe grüne Tür – rund zehn Meter vom Boden bis zur Spitze des Torbogens. Und nun konnte Jake ein konstantes Summen dahinter hören. Als sie näher kamen und das Geräusch lauter wurde, wuchs auch seine Angst. Er mußte sich zwingen, das letzte Dutzend Schritte bis zur Tür zurückzulegen. Er kannte dieses Geräusch; kannte es von seiner Flucht mit Schlitzer unter der Stadt Lud und von der Fahrt, die er und seine Freunde mit Blaine dem Mono unternommen hatten. Es war das konstante Tap-tap-tap von Slo-Trans-Motoren.

»Wie in einem Alptraum«, sagte er mit einer kläglichen, tränenerstickten Stimme. »Wir sind wieder da, wo wir angefangen haben.«

»Nein, Jake«, sagte der Revolvermann und strich ihm über das Haar. »Das darfst du nicht denken. Was du empfindest, ist eine Illusion. Sei aufrecht und getreu.«

Das Schild an dieser Tür stammte nicht aus dem Film, und nur Susan wußte, daß der Text von Dante war.

Lasst alle Hoffnung fahren, die Ihr hier eintretet

stand darauf.

Roland streckte die rechte Hand mit ihren drei Fingern aus und zog die zehn Meter hohe Tür auf.

4

Was hinter der Tür lag, präsentierte sich Jake, Susannah und Eddie als unheimliche Mischung aus Der Zauberer von Oz und Blaine dem Mono. Ein dicker Teppichboden (hellblau, wie der im Baronswagen) lag auf dem Boden. Die Kammer sah aus wie ein Kirchenschiff und ragte in unvorstellbare schwarzgrüne Höhen hinauf. Die Säulen, die die leuchtenden Wände trugen, waren große Glasrippen aus wechselweise grünem und rosa Licht; das Rosa hatte genau dieselbe Farbe wie Blaines Rumpf. Jake sah, daß eine Milliarde verschiedener Bilder in diese tragenden Säulen graviert worden waren, und kein einziges davon war tröstlich; sie beleidigten das Auge und wirkten zutiefst beunruhigend. Schreiende Gesichter schienen vorherrschend zu sein.

Vor ihnen befand sich das einzige Möbelstück der Kammer, vor dem die Besucher zwergenhaft wirkten, nicht größer als Ameisen: ein riesiger Thron aus grünem Glas. Jake versuchte, seine Größe zu schätzen, konnte es aber nicht – er hatte keinerlei Anhaltspunkte, die ihm helfen konnten. Er dachte, daß die Rückenlehne des Throns fünfzehn Meter hoch sein mochte, aber es hätten ebenso gut zwanzig oder dreißig sein können. Das Symbol des offenen Auges schmückte ihn, aber diesmal in Rot, nicht in Gelb. Durch das rhythmische Pulsieren des Lichts wirkte das Auge lebendig; als würde es schlagen wie ein Herz.

Über dem Thron ragten dreizehn gigantische Zylinder wie die Pfeifen einer mittelalterlichen Orgel auf, und jeder pulsierte in einer anderen Farbe. Das heißt jeder, ausgenommen der mittlere, der direkt ins Zentrum des Throns verlief. Dieser war schwarz wie Mitternacht und so still wie der Tod.

»He!« rief Susannah aus ihrem Rollstuhl. »Ist jemand hier?«

Als ihre Stimme ertönte, leuchteten die Röhren so grell auf, daß Jake die Augen abschirmen mußte. Einen Augenblick leuchtete der ganze Thronsaal wie ein explodierender Regenbogen. Dann erloschen die Röhren, wurden dunkel, wurden tot, genau wie das Glas des Zauberers in Rolands Geschichte, als das Glas (oder die Macht, die in dem Glas wohnte) beschlossen hatte, eine Zeitlang stumm zu bleiben. Nun waren nur noch die schwarze Säule und das konstante grüne Pulsieren des leeren Throns zu sehen.

Danach ertönte ein müdes Summen in ihren Ohren, als würde ein uralter Servomechanismus zum letztenmal aktiviert. In den Armlehnen des Throns glitten Paneele beiseite, rund zwei Meter lang und sechzig Zentimeter breit. Aus den so freigelegten schwarzen Schlitzen stieg rosaroter Rauch auf. Je höher er stieg, desto leuchtender wurde das Rot. Und eine schrecklich vertraute Zickzacklinie leuchtete darin auf. Jake wußte, worum es sich handelte, noch bevor die Worte

(Lud Candleton Rilea Die Wasserfälle der Hunde Dasherville Topeka)

rauchig-leuchtend erstrahlten.

Es war Blaines Streckenplan.

Roland konnte sagen, was er wollte – daß sich ihre Lage verändert hatte, daß Jakes Gefühl, in einem Alptraum gefangen zu sein

(das ist der schlimmste Alptraum meines Lebens, und das ist die Wahrheit)

nur eine Illusion war, die sein verwirrter Verstand und sein furchtsames Herz erzeugten –, aber Jake wußte es besser. Dieses Zimmer sah vielleicht ein klein wenig wie der Thronsaal des großen und schrecklichen Oz aus, aber in Wahrheit war es Blaine der Mono. Sie befanden sich wieder an Bord von Blaine, und gleich würde der Rätselwettstreit von vorne anfangen.

Jake hätte am liebsten geschrien.

5

Eddie erkannte die Stimme, die aus der rauchigen Straßenkarte dröhnte, aber er glaubte ebensowenig, es handele sich um Blaine den Mono, wie er glaubte, es handele sich um den Zauberer von Oz. Um einen Zauberer möglicherweise, aber dies war nicht die Smaragdstadt, und Blaine war so tot wie Hundescheiße. Eddie hatte ihn mit einem verdammten Milzriß nach Hause geschickt.

»HALLO, DA SEID IHR JA WIEDER, KLEINE KUHTREIBER!«

Die rauchige Straßenkarte pulsierte, aber Eddie brachte sie nicht mehr mit der Stimme in Verbindung, obwohl er vermutete, daß es so geplant war. Nein, die Stimme kam aus den Röhren.

Er schaute nach unten, sah Jakes aschfahles Gesicht und kniete sich neben ihm nieder. »Das ist Quatsch, Junge«, sagte er.

»N-Nein ... das ist Blaine ... nicht tot ...«

»Er ist tot, glaub mir. Das ist nichts weiter als eine verstärkte Version der Durchsagen nach der Schule ... wer nachsitzen muß und wer sich in Zimmer 6 zur Sprachtherapie melden soll. Kapiert?«

»Was?« Jake sah ihn mit feuchten, bebenden Lippen und umwölkten Augen an. »Was meinst du –«

»Diese Röhren sind Lautsprecher. Sogar eine Fistelstimme kann sich durch ein Dolby-Soundsystem mit zwölf Lautsprechern gewaltig anhören; erinnerst du dich nicht an den Film? Er muß sich gewaltig anhören, weil er ein Bumhug ist, Jake – nur ein Bumhug.«

»WAS ERZÄHLST DU IHM DA, EDDIE VON NEW YORK? EINEN DEINER DUMMEN, GEMEINEN KLEINEN WITZE? EINES DEINER UNFAIREN RÄTSEL?«

»Ja«, sagte Eddie. »Eins, das geht: ›Wie viele dipolare Computer braucht man, um eine Glühbirne reinzuschrauben?‹ Wer bist du, Kumpel? Ich weiß verdammt genau, daß du nicht Blaine der Mono bist – also, wer bist du?«

»ICH ... BIN ... OZ!« sagte die Stimme donnernd. Die gläsernen Säulen blitzten; ebenso die Röhren hinter dem Thron. »OZ DER GROSSE! OZ DER MÄCHTIGE! WER SEID IHR?«

Susannah rollte nach vorne, bis sich ihr Rollstuhl an der untersten Stufe der Treppe zu dem Thron befand, vor dem sogar Lord Perth wie ein Zwerg gewirkt hätte.

»Ich bin Susannah Dean, die kleine und verkrüppelte«, sagte sie, »und ich wurde erzogen, höflich zu sein, aber nicht, mir Bockmist anzuhören. Wir sind hier, weil wir hier sein sollen – warum sonst hätte man die Schuhe für uns liegengelassen?«

»WAS WILLST DU VON MIR, SUSANNAH? WAS MÖCHTEST DU HABEN, KLEINES COWGIRL?«

»Das weißt du doch«, sagte sie. »Wir wollen, was alle wollen, soweit ich weiß – zurück nach Hause, weil es keinen schöneren Ort gibt als das Zuhause. Wir –«

»Du kannst nicht nach Hause zurück«, sagte Jake. Er sagte es als furchtsames, hastiges Murmeln. »Es führt kein Weg zurück, das hat Thomas Wolfe gesagt, und das ist die Wahrheit.«

»Es ist eine Lüge, Süßer«, sagte Susannah. »Eine krasse Lüge. Es gibt einen Weg zurück. Man muß nur den richtigen Regenbogen finden und unter ihm hindurchgehen. Wir haben ihn gefunden; der Rest ist nur, du weißt schon, Laufarbeit.«

»MÖCHTEST DU NACH NEW YORK ZURÜCK, SUSANNAH DEAN? EDDIE DEAN? JAKE CHAMBERS? VERLANGT IHR DAS VON OZ, DEM STARKEN UND MÄCHTIGEN?«

»New York ist nicht mehr unser Zuhause«, sagte Susannah. Sie sah sehr klein und dennoch furchtlos aus in ihrem Rollstuhl vor dem riesigen, pulsierenden Thron. »Sowenig, wie Gilead für Roland die Heimat ist. Bring uns auf den Pfad des Balkens zurück. Dorthin wollen wir, denn das ist für uns der Weg nach Hause. Das einzige Zuhause, das wir haben.«

»GEHT WEG!« rief die Stimme aus den Röhren. »GEHT WEG UND KOMMT MORGEN WIEDER! DANN WERDEN WIR UNS ÜBER DEN BALKEN UNTERHALTEN! FIDDLE-DE-DEE, SAGTE SCARLETT, WIR UNTERHALTEN UNS MORGEN ÜBER DEN BALKEN, DENN MORGEN IST EIN ANDERER TAG!«

»Nein«, sagte Eddie. »Wir unterhalten uns jetzt darüber.«

»ERWECKT NICHT DEN ZORN DES GROSSEN UND MÄCHTIGEN OZ!« brüllte die Stimme, und die Röhren blitzten bei jedem Wort wütend auf. Susannah war sicher, das sollte furchteinflößend wirken, aber sie fand es statt dessen beinahe amüsant. Als würde man einem Vertreter zusehen, der ein Kinderspielzeug vorführt. He, Kinder! Wenn ihr sprecht, leuchten die Röhren in bunten Farben! Versucht es und seht selbst!

»Süßer, du solltest jetzt besser zuhören«, sagte Susannah. »Was du bestimmt nicht tun willst, ist, den Zorn von Leuten mit Schußwaffen zu erwecken. Besonders nicht, wenn du in einem Glashaus wohnst.«

»ICH HABE GESAGT, KOMMT MORGEN WIEDER!«

Wieder quoll roter Rauch aus den Schlitzen in den Armlehnen. Jetzt war er dicker. Der Umriß von Blaines Streckenplan schmolz und ging darin auf. Diesmal formte der Rauch ein Gesicht. Es war ein schmales, hartes und wachsames, von langen Haaren eingerahmtes Gesicht.

Das ist der Mann, den Roland in der Wüste erschossen hat, dachte Susannah staunend. Es ist dieser Jonas. Ich weiß, daß er es ist.

Nun sprach Oz mit leicht bebender Stimme weiter: »ERKÜHNT IHR EUCH ETWA, DEM GROSSEN OZ ZU DROHEN?« Die Lippen des riesigen Rauchgesichts über dem Thron teilten sich zu einer Grimasse, in er sich Bedrohung und Verachtung die Waage hielten. »IHR UNDANKBAREN GESCHÖPFE! OH, IHR UNDANKBAREN GESCHÖPFE!«

Eddie, der Rauch und Spiegel erkannte, wenn er sie sah, hatte in eine andere Richtung gesehen. Er riß die Augen auf und packte Susannah über dem Ellbogen am Arm. »Sieh doch«, flüsterte er. »Himmel, Suze, sieh dir Oy an!«

Der Billy-Bumbler interessierte sich nicht für Rauchgespenster, ob sie nun Straßenkarten von Einschienenbahnen, tote Sargjäger oder einfach nur Hollywood-Spezialeffekte von vor dem Zweiten Weltkrieg waren. Er hatte etwas gesehen (oder gerochen), das interessanter war.

Susannah packte Jake, drehte ihn herum und zeigte auf den Bumbler. Sie sah, wie der Junge begreifend die Augen aufriß, kurz bevor Oy den kleinen Alkoven in der linken Wand erreichte. Ein grüner Vorhang im Farbton der Glaswand teilte ihn von der Haupthalle ab. Oy streckte den langen Hals, nahm den Stoff des Vorhangs zwischen die Zähne und zog.

6

Hinter dem Vorhang blinkten rote und grüne Lichter; Zylinder drehten sich in Glaskästchen; Zeiger bewegten sich in langen Reihen beleuchteter Skalen hin und her. Doch das alles sah Jake kaum. Dem Mann galt seine ganze Aufmerksamkeit, dem Mann, der an der Konsole saß und ihnen den Rücken zudrehte. Sein schmutziges, blutverklebtes Haar hing ihm in verfilzten Strähnen bis auf die Schultern. Er trug eine Art Kopfhörer und sprach in ein winziges Mikrophon vor seinem Mund. Da er ihnen den Rücken zugedreht hatte, bemerkte er zunächst gar nicht, daß Oy ihn aufgespürt und sein Versteck entlarvt hatte.

»GEHT!« donnerte die Stimme aus den Röhren … Aber nun sah Jake, woher sie wirklich kam. »KOMMT MORGEN WIEDER, WENN IHR WOLLT, ABER JETZT GEHT! ICH WARNE EUCH!«

»Es ist Jonas, Roland scheint ihn doch nicht getötet zu haben«, flüsterte Eddie, aber Jake wußte es besser. Er hatte die Stimme erkannt. Obwohl sie durch die Verstärkung der bunten Röhren verzerrt wurde, hatte er die Stimme erkannt. Wie hatte er nur jemals glauben können, daß es die Stimme von Blaine war?

»ICH WARNE EUCH, WENN IHR EUCH WEIGERT –«

Oy bellte, ein scharfes und irgendwie bedrohliches Geräusch. Der Mann in dem Alkoven drehte sich langsam um.

Zuerst, Bübchen, hatte diese Stimme gesagt, erinnerte sich Jake, bevor der Mann, dem sie gehörte, die zweifelhafte Attraktion von Verstärkern entdeckt hatte, sag mir, was du von dipolaren Computern und Transitivkreisen weißt. Sag's mir. Dann bekommst du was zu trinken.

Es war nicht Jonas, und es war nicht der Zauberer von Irgendwas. Es war David Quicks Enkel. Es war der Ticktackmann.

7

Jake sah ihn entsetzt an. Die listige, gefährliche Kreatur, die mit ihren Kumpanen – Schlitzer und Hoots und Brandon und Tilly – unter Lud gelebt hatte, war nicht mehr. Dies hätte der verweste Vater ... oder Großvater ... dieses Monsters sein können. Sein linkes Auge – das Oy mit seinen Klauen durchbohrt hatte – quoll weiß und mißgestaltet heraus, halb in der Höhle und halb auf der unrasierten Wange. Die rechte Seite des Kopfes sah fast wie skalpiert aus, unter einem langen, dreieckigen Streifen konnte man die Schädelknochen sehen. Jake konnte eine von Panik verdunkelte Erinnerung heraufbeschwören, wie ein Hautlappen Ticktack ins Gesicht fiel, aber da war er schon am Rande eines hysterischen Anfalls gewesen ... so wie jetzt auch wieder.

Oy hatte den Mann, der versucht hatte, ihn zu töten, ebenfalls wiedererkannt und bellte hysterisch mit gesenktem Kopf, gefletschten Zähnen und gekrümmtem Rücken. Ticktack sah ihn mit großen, fassungslosen Augen an.

»Beachtet den Mann hinter dem Vorhang gar nicht«, sagte eine Stimme hinter ihnen und kicherte. »Mein Freund Andrew hat wieder einen seiner vielen schlechten Tage. Armer Junge. Ich schätze, es war schlicht falsch, ihn aus Lud herauszuholen, aber er sah einfach so hilflos aus ...« Die Stimme kicherte wieder.

Jake fuhr herum und sah, daß jetzt ein Mann mit lässig übereinandergeschlagenen Beinen mitten auf dem großen Thron saß. Er trug Jeans, eine dunkle Jacke, die an der Taille gegürtet war, und alte, abgewetzte Cowboystiefel. An seiner Jacke hatte er einen Button, auf dem ein Schweinekopf mit einem Einschußloch zwischen den Augen zu sehen war. Auf dem Schoß hatte der Neuankömmling einen Beutel liegen. Er stand auf, stellte sich auf den Sitz des Throns wie ein Kind auf Daddys Stuhl, und das Lächeln fiel von seinem Gesicht ab wie lose Haut. Nun blitzten seine Augen, und er öffnete die Lippen über riesigen, gierigen Zähnen.

»Schnapp sie dir, Andrew! Schnapp sie dir! Töte sie! Jeden einzelnen von diesen Schwesternfickern!«

»Mein Leben für dich!« schrie der Mann in dem Alkoven, und nun sah Jake zum erstenmal die Maschinenpistole in der Ecke stehen. Ticktack sprang hin und riß sie hoch. »Mein Leben für dich!«

Er drehte sich um, und da kam Oy wieder über ihn, sprang vorwärts und hoch und vergrub die Zähne tief in Ticktacks Oberschenkel, direkt unter dem Schritt.

Eddie und Susannah zogen gleichzeitig, rissen beide einen von Rolands großen Revolvern hoch. Sie feuerten in völligem Einklang, das Geräusch ihrer Schüsse überlappte sich nicht im geringsten. Eine Kugel riß die obere Hälfte von Ticktacks mitleiderregendem Kopf weg, bohrte sich in die Ausrüstung und erzeugte ein lautes, aber erfreulich kurzes Feedbackpfeifen. Die andere traf ihn im Hals.

Er stolperte einen Schritt vorwärts, dann zwei. Oy ließ sich auf den Boden fallen und wich fauchend vor ihm zurück. Ein dritter Schritt führte Ticktack aus dem Alkoven heraus in den Thronsaal. Er hob die Arme in Jakes Richtung, und der Junge konnte Ticktacks Haß in dem verbliebenen grünen Auge erkennen; der Junge bildete sich sogar ein, daß er den letzten, haßerfüllten Gedanken des Mannes hören konnte: Oh, du elendes kleines Frettchen –

Dann kippte Ticktack nach vorne, genau wie in der Krippe der Grauen ... nur würde er diesmal nicht wieder aufstehen.

»So fiel Lord Perth, und das Land erbebte von jenem Donner«, sagte der Mann auf dem Thron.

Aber er ist kein Mann, dachte Jake. Überhaupt kein Mensch. Ich glaube, wir haben den Zauberer endlich gefunden. Und ich bin ziemlich sicher, daß ich weiß, was er in dem Beutel da hat.

»Marten«, sagte Roland. Er streckte die linke Hand aus, die unversehrte. »Marten Broadcloak. Nach all diesen Jahren. Nach all diesen Jahrhunderten.«

»Willst du das, Roland?«

Eddie drückte Roland die Waffe in die Hand, mit der er den Ticktackmann getötet hatte. Ein blaues Rauchfähnchen kräuselte sich noch aus dem Lauf. Roland sah den alten Revolver an, als hätte er ihn noch nie zuvor gesehen, dann hob er ihn langsam hoch und richtete ihn auf die grinsende Gestalt mit den rosigen Wangen, die immer noch mit übereinandergeschlagenen Beinen auf dem Thron des Grünen Palasts saß.

»Endlich«, hauchte Roland und spannte den Hahn. »Endlich vor meinem Visier.«

8

»Dieser Sechsschüsser wird dir nichts nützen, wie du sicher weißt«, sagte der Mann auf dem Thron. »Nicht gegen mich. Gegen mich gerichtet, würde er nur fehlschießen, Roland, alter Kamerad. Wie geht es übrigens der Familie? Ich habe im Lauf der Jahre den Kontakt verloren. Ich war schon immer ein lausiger Briefeschreiber. Man sollte mich mit der Pferdepeitsche prügeln, ay, das sollte man!«

Er warf den Kopf zurück und lachte. Roland drückte ab. Als der Hammer aufschlug, ertönte nur ein dumpfes Klicken.

»Habbich's nich gesagt«, sagte der Mann auf dem Thron. »Ich glaube, du mußt aus Versehen welche von den nassen Patronen geladen haben, richtig? Die mit dem unbrauchbaren Schießpulver. Die sind gut, um das Geräusch von Schwachstellen abzuhalten, aber nicht so gut, um auf alte Zauberer zu schießen, was? Zu dumm. Und deine Hand, Roland, sieh dir deine Hand an! Fehlen zwei Finger, wie es aussieht. Mann, du hast es wirklich schwergehabt, was? Aber es könnte einfacher werden. Du und deine Freunde, ihr könntet ein schönes, fruchtbares Leben führen – und, wie Jake sagen würde, das ist die Wahrheit. Keine

Monsterhummer mehr, keine Züge, keine beunruhigenden – ganz zu schweigen von gefährlichen – Ausflüge in andere Welten. Du mußt nur diese dumme und hoffnungslose Suche nach dem Turm aufgeben.«

»Nein«, sagte Eddie.

»Nein«, sagte Susannah.

»Nein«, sagte Jake.

»Nein«, sagte Oy und stieß ein Bellen aus.

Der dunkle Mann auf dem grünen Thron lächelte weiterhin ungerührt. »Roland?« fragte er. »Was ist mit dir?« Langsam hob er den Beutel an der Kordel hoch. Der Beutel sah staubig und alt aus. Er hing von der Faust des Zauberers wie eine Träne, und nun pulsierte das Ding in seinem Inneren mit einem rosa Licht. »Laß ab, und sie müssen nie sehen, was hier drinnen ist – sie müssen die letzte Szene dieses traurigen und längst vergangenen Schauspiels nicht sehen. Laß ab. Wende dich vom Turm ab, und geh deiner Wege.«

»Nein«, sagte Roland. Er lächelte, und als sein Lächeln breiter wurde, wurde das des Mannes auf dem Thron unsicher. »Du kannst meine Waffen verzaubern, die von dieser Welt, schätze ich«, sagte er.

»Roland, ich weiß nicht, woran du denkst, Freundchen, aber ich warne dich –«

»Oz den Großen zu brüskieren? Oz den Mächtigen? Aber ich denke, das werde ich, Marten ... oder Maerlyn ... oder wie immer du dich heute nennst ...«

»Eigentlich Flagg«, sagte der Mann auf dem Thron. »Und wir sind uns schon mal begegnet.« Er lächelte. Statt sein Gesicht breiter zu machen, wie es beim Lächeln normalerweise der Fall ist, schien es Flaggs Züge zu einer schmalen und häßlichen Fratze zusammenzuziehen. »In den Trümmern von Gilead. Du und deine überlebenden Kumpels – dieser lachende Esel Cuthbert Allgood gehörte zu deiner Gruppe, daran erinnere ich mich, und DeCurry, der Bursche mit dem Muttermal, auch –, ihr wart auf dem Weg nach Westen, um den Turm zu suchen. Oder, in der Ausdrucksweise von Jakes Welt, ihr wart losgezogen, um den Zauberer zu sehen. Ich weiß, daß du mich gesehen hast, aber ich bezweifle, daß du bis jetzt gewußt hast, daß ich dich auch gesehen habe.«

»Und ich schätze, wir werden uns wiedersehen«, sagte Roland. »Es sei denn, ich töte dich jetzt und mache deinen Einmischungen ein Ende.«

Er hielt seine eigene Waffe noch in der linken Hand und griff mit der rechten nach der, die er im Hosenbund stecken hatte – Jakes Ruger, eine Waffe von einer anderen Welt und möglicherweise immun gegen die Zauberkraft dieser Kreatur. Und er war schnell wie immer, atemberaubend schnell.

Der Mann auf dem Thron schrie auf und wich zurück. Der Beutel fiel ihm aus der Hand, und die Glaskugel – die einst Rhea gehalten hatte, einst Jonas und einst Roland selbst – glitt aus der Öffnung. Rauch, diesmal grün statt rot, quoll aus den Schlitzen in den Armlehnen des Throns. Er stieg in Schwaden empor, die alles einhüllten. Dennoch hätte Roland die Gestalt, die im Rauch verschwand, vielleicht noch erschießen können, wenn er ungehindert hätte ziehen können. Aber das gelang ihm nicht; die Ruger entglitt dem Griff seiner verstümmelten Hand und drehte sich. Das Korn verfing sich in Rolands Gürtelschnalle. Er brauchte nur eine zusätzliche Viertelsekunde, um die Waffe freizubekommen, aber das war die Viertelsekunde, die der Zauberer brauchte. Roland jagte drei Schüsse in die Rauchschwaden, dann rannte er los und achtete nicht auf die Schreie der anderen.

Er winkte den Rauch mit den Händen weg. Seine Schüsse hatten die Rückenlehne des Throns in dicke Glasscherben zerschmettert, aber die Kreatur in Menschengestalt, die sich Flagg genannt hatte, war verschwunden. Roland fragte sich bereits, ob er – oder es – wirklich dagewesen war.

Aber die Kugel lag noch da, sie war unversehrt und leuchtete in demselben hellen, fesselnden Rosa, an das er sich von vor so langer Zeit erinnerte – in Mejis, als er jung und verliebt gewesen war. Dieses Überbleibsel von Maerlyns Regenbogen war fast bis zum Rand des Thronsitzes gerollt; noch fünf Zentimeter, und es wäre heruntergestürzt und auf dem Boden zerschellt. Aber es war nicht heruntergefallen; es existierte noch, dieses verhexte Ding, das Susan Delgado im Licht des Kußmonds zum erstenmal durch das Fenster von Rheas Hütte gesehen hatte.

Roland hob sie auf – wie gut sie ihm in der Hand lag, wie natürlich sie sich in seiner Handfläche anfühlte, auch nach all den Jahren – und sah in ihre wolkigen, verschwommenen Tiefen. »Du hast immer ein behütetes Leben gehabt«, flüsterte er ihr zu. Er dachte an Rhea, wie er sie in dieser Kugel gesehen hatte – ihre uralten, lachenden Augen. Er dachte an das Freudenfeuer der Erntenacht, das rings um Susan herum emporloderte und ihre Schönheit in der Hitze flimmern ließ. Sie erzittern ließ wie ein Trugbild.

Elendes Zauberding! dachte er. Wenn ich dich auf dem Boden zertrümmern würde, würden wir gewiß in dem Meer der Tränen ertrinken, das aus deinem geborstenen Leib fließen würde... der Tränen aller, die du ins Verderben geführt hast.

Warum sollte er es nicht tun? Wenn er es ganz ließ, konnte das abscheuliche Ding ihnen vielleicht helfen, den Pfad des Balkens wiederzufinden, aber Roland glaubte nicht, daß sie es zu diesem Zweck überhaupt brauchen würden. Er glaubte, daß Ticktack und die Kreatur, die sich Flagg nannte, in dieser Hinsicht das letzte Hindernis gewesen waren. Der Grüne Palast war ihre Tür nach Mittwelt zurück... und jetzt gehörte er ihnen. Sie hatten ihn mit Waffengewalt erobert.

Aber du kannst noch nicht gehen, Revolvermann. Erst, wenn deine Geschichte zu Ende ist, wenn du die letzte Szene erzählt hast.

Wessen Stimme war das? Vannays? Nein. Corts? Nein. Und auch nicht die Stimme seines Vaters, der ihn einmal nackt aus dem Bett einer Hure geholt hatte. Das war die unerbittlichste Stimme, die er oft in seinen unruhigen Träumen hörte und so gern zufriedenstellen wollte, was ihm so selten gelang. Nein, nicht diese Stimme, diesmal nicht.

Diesmal hörte er die Stimme von *Ka* – *Ka,* wie der Wind. Er hatte so viel von jenem schrecklichen vierzehnten Jahr erzählt... aber er hatte die Geschichte nicht zu Ende erzählt. Wie bei Detta Walker und dem besonderen Teller der Blauen Lady blieb noch eines übrig. Etwas Verborgenes. Die Frage war nicht, sah er, ob sie fünf den Weg aus dem Grünen Palast finden und auf dem Pfad des Balkens weiterziehen konnten; die Frage war, ob sie als *Ka-tet* zusammenbleiben konnten oder nicht. Wenn sie das tun wollten, durfte nichts verborgen bleiben; er mußte ihnen erzählen, wie er in jenem längst vergangenen Jahr zum letztenmal in das Glas des Zauberers gesehen hatte. Drei Nächte nach dem Willkommensbankett war das gewesen. Er mußte es ihnen erzählen –

Nein, Roland, flüsterte die Stimme. Nicht nur erzählen. Diesmal nicht. Du weißt es besser.

Ja. Er wußte es besser.

»Kommt«, sagte er und drehte sich zu ihnen um.

Sie stellten sich langsam um ihn herum auf, und das pulsierende rosa Licht der Kugel überstrahlte ihre großen Augen. Sie waren schon halb hypnotisiert davon, selbst Oy.

»Wir sind *Ka-tet*«, sagte Roland und hielt ihnen die Kugel hin. »Wir sind eins aus vielen. Ich habe meine einzige wahre Liebe am Anfang meiner Suche nach dem Dunklen Turm verloren. Und nun schaut in dieses abscheuliche Ding, wenn ihr wollt, und seht, was ich nicht lange danach verloren habe. Seht es ein für allemal; und paßt gut auf.«

Sie schauten hin. Die Kugel in Rolands erhobenen Händen pulsierte schneller. Sog sie in sich hinein und trug sie fort. Im Griff des rosa Sturms gefangen, flogen sie über den Regenbogen des Zauberers in das Gilead von einst.

Kapitel 4
Das Glas

Jake aus New York steht im oberen Flur des Großen Saals von Gilead – hier im grünen Land mehr ein Schloß als das Haus eines Bürgermeisters. Er schaut sich um und sieht Susannah und Eddie mit großen Augen und fest ineinander verschränkten Händen vor einem Gobelin stehen. Und Susannah steht; sie hat ihre Beine wieder, zumindest vorübergehend, und ihre »Käppchen«, wie sie sich ausgedrückt hat, sind durch ein Paar rote Schuhe ersetzt worden, wie Dorothy sie getragen hatte, als sie auf ihrer Version der Großen Straße aufgebrochen war, um den Zauberer von Oz zu suchen, diesen Bumhug.

Sie hat ihre Beine wieder, weil das ein Traum ist, denkt Jake, weiß aber, es ist kein Traum. Er schaut nach unten und sieht Oy, der mit seinen ängstlichen, intelligenten, goldumrandeten Augen zu ihm aufblickt. Er trägt noch seine roten Stiefelchen. Jake bückt sich und streichelt Oy den Kopf. Er spürt deutlich das Fell des Bumblers unter seiner Hand. Nein, das ist kein Traum.

Aber Roland ist nicht hier, stellt er fest; sie sind zu viert statt zu fünft. Und er stellt noch etwas fest: Die Luft in diesem Korridor ist schwach rosa, und winzige rosa Heiligenscheine kreisen um die komischen altmodischen Glühbirnen, die den Korridor ausleuchten. Etwas wird passieren; eine Geschichte wird sich vor ihren Augen abspielen. Und nun hört der Junge Schritte, die näher kommen, als hätte dieser Gedanke sie herbeigerufen.

Es ist eine Geschichte, denkt Jake. Eine, die ich schon mal erzählt bekommen habe.

Als Roland um die Ecke kommt, wird ihm klar, was für eine Geschichte es ist: die Geschichte, wie Marten Broadcloak Roland auf dem Weg zum Dach aufhält, wo es vielleicht kühler sein wird. »Du, Junge«, wird Marten sagen. »Komm rein! Steh nicht auf dem Flur herum! Deine Mutter will mit dir sprechen!« Aber das ist natürlich nicht die Wahrheit, war nie die Wahrheit und wird nie die Wahrheit sein, wie sehr sich die Zeit auch dehnen und biegen mag. Marten will, daß der Junge seine Mutter sieht und begreift, daß Gabrielle Deschain zur Ge-

liebten des Zauberers seines Vaters geworden ist. Marten möchte den Jungen zu einer vorzeitigen Mannbarkeitsprüfung verlocken, während sein Vater nicht da ist und es verhindern kann; er möchte den Welpen aus dem Weg haben, bevor seine Zähne lang genug geworden sind, daß er zubeißen kann.

Nun werden sie das alles sehen; die traurige Komödie wird vor ihren Augen ihren traurigen und vorherbestimmten Verlauf nehmen. Ich bin zu jung, denkt Jake, aber natürlich ist er nicht zu jung; Roland wird nur drei Jahre älter sein, wenn er mit seinen Freunden nach Mejis kommt und Susan auf der Großen Straße kennenlernt. Nur drei Jahre älter, wenn er sich in sie verliebt, nur drei Jahre älter, wenn er sie verliert.

Mir egal, ich will es nicht sehen –

Und wird es auch nicht, wird ihm klar, als Roland näher kommt; das alles ist bereits geschehen. Denn dies ist nicht August, die Zeit der Vollen Erde, sondern Spätherbst oder früher Winter. Er sieht es an der *serape,* die Roland trägt, ein Souvenir seiner Reise zum Äußeren Bogen, und an dem Dampf, der jedesmal, wenn Roland ausatmet, aus seinem Mund und seiner Nase kommt: Es gibt keine Zentralheizung in Gilead, und es ist kalt hier oben.

Und es haben noch andere Veränderungen stattgefunden: Roland trägt die Waffen, die ihm durch das Geburtsrecht zustehen, die großen Revolver mit den Sandelholzgriffen. Sein Vater hat sie ihm bei dem Bankett übergeben, denkt Jake. Er weiß nicht, woher er das weiß, aber er weiß es. Und Rolands Gesicht ist immer noch das eines Jungen, aber nicht mehr das arglose, unbekümmerte Gesicht des Jungen, der fünf Monate zuvor durch diesen Flur gegangen ist; der Junge, der von Marten angesprochen wurde, hat seither viel durchgemacht, und davon war sein Kampf mit Cort das geringste.

Jake sieht noch etwas: Der junge Revolvermann trägt die roten Cowboystiefel. Aber er weiß es nicht. Weil es nicht wirklich passiert.

Und doch passiert es irgendwie. Sie sind im Inneren der Glaskugel des Zauberers, sie sind in dem rosa Sturm (diese rosa Heiligenscheine um die Leuchtkörper herum erinnern Jake an die Wasserfälle der Hunde und die Regenbogen, die im Nebel kreisten), und dies geschieht wieder ganz von vorne.

»Roland!« ruft Eddie, der neben Susannah vor dem Gobelin steht. Susannah stöhnt und drückt seine Schulter, damit er still bleibt, aber Eddie beachtet sie nicht. »Nein, Roland! Tu's nicht. Keine gute Idee!«

»Nein! Olan!« kläfft Oy.

Roland beachtet beide nicht und geht eine Handbreit an Jake vorbei, ohne ihn zu sehen. Für Roland sind sie nicht da, rote Schuhe hin oder her; dieses *Ka-tet* liegt noch weit in der Zukunft.

Er bleibt an einer Tür am Ende des Flurs stehen, zögert, hebt die Faust und klopft. Eddie geht den Flur entlang auf ihn zu, ohne Susannahs Hand loszulassen ... es sieht fast so aus, als würde er sie ziehen.

»Komm mit, Jake«, sagt Eddie.

»Nein, ich will nicht.«

»Es geht nicht darum, was du willst, und das weißt du. Wir müssen es sehen. Wenn wir ihn nicht aufhalten können, dann können wir wenigstens tun, wozu wir hergekommen sind. Und jetzt komm mit!«

Mit schwerem Herzen und einem Gefühl des Grauens folgt Jake ihm. Als sie sich Roland nähern – die Revolver sehen riesig an seinen schlanken Hüften aus, und beim Anblick seines glatten, aber bereits müden Gesichts ist Jake zum Weinen zumute –, klopft der Revolvermann wieder.

»Sie ist nicht da, Süßer!« brüllt Susannah ihn an. »Sie ist nicht da, oder sie macht nicht auf, welches von beiden, kann dir egal sein! Laß es! Laß sie in Ruhe! Sie ist es nicht wert! Daß sie deine Mutter ist, macht sie nicht besser! Geh weg!«

Aber er hört auch sie nicht, und er geht nicht weg. Während Jake, Eddie, Susannah und Oy sich unsichtbar hinter ihm aufstellen, stellt Roland fest, daß die Tür zum Gemach seiner Mutter nicht abgeschlossen ist. Er macht sie auf und betritt ein schattiges, mit Wandbehängen aus Seide geschmücktes Zimmer. Auf dem Boden liegt ein Teppich, der aussieht wie die geliebten Perserteppiche von Jakes Mutter ... nur stammt dieser Teppich, wie Jake weiß, aus der Provinz Kashamin.

Auf der anderen Seite des Salons, an einem Fenster, dessen Läden wegen des Winterwinds geschlossen wurden, sieht Jake einen Stuhl mit niederer Rückenlehne und weiß, das ist der Stuhl, wo sie am Tag von Rolands Mannbarkeitsprüfung gesessen hat; dort hat sie gesessen, als ihr Sohn den Knutschfleck an ihrem Hals gesehen hat.

Der Stuhl ist jetzt frei, aber als der Revolvermann einen weiteren Schritt in den Raum macht und zum Schlafzimmer schaut, bemerkt

Jake ein Paar Schuhe – schwarze, keine roten – unter den Vorhängen beim Fenster mit den geschlossenen Läden.

»Roland!« ruft er. »Roland, hinter den Vorhängen! Jemand ist hinter den Vorhängen! Paß auf!«

Aber Roland hört ihn nicht.

»Mutter?« ruft er. Und selbst seine Stimme ist dieselbe, Jake würde sie überall erkennen … aber eine auf so wundersame Weise frischere Version! Jung und unberührt von all den Jahren des Staubs und Winds und Zigarettenrauchs. »Mutter, ich bin es, Roland! Ich will mit dir reden!«

Immer noch keine Antwort. Er geht den kurzen Flur entlang, der zum Schlafzimmer führt. Ein Teil von Jake möchte hier im Salon bleiben, zu dem Vorhang gehen und ihn beiseite reißen, aber er weiß, daß es so nicht ablaufen soll. Selbst wenn er es versuchen würde, dürfte es kaum etwas nützen; seine Hand würde wahrscheinlich einfach durch den Vorhang durchgehen wie die Hand eines Gespensts.

»Komm«, sagt Eddie. »Bleib bei ihm.«

Sie gehen so dicht nebeneinander, daß es unter anderen Umständen komisch gewirkt haben könnte. Nicht unter diesen; hier handelte es sich um drei Menschen, die sich verzweifelt nach dem Trost von Freunden sehnen.

Roland steht da und betrachtet das Bett an der linken Wand des Zimmers. Er betrachtet es wie hypnotisiert. Vielleicht versucht er sich Marten und seine Mutter darin vorzustellen; vielleicht denkt er an Susan, mit der er nie in einem richtigen Bett geschlafen hat, geschweige denn in einem luxuriösen Himmelbett wie diesem. Jake kann das verschwommene Profil des Revolvermanns in einem dreiteiligen Spiegel auf der anderen Seite des Zimmers in einer Nische erkennen. Dieser dreiteilige Spiegel steht vor einem kleinen Tischchen, das Jake aus dem Schlafzimmer seiner Eltern kennt; es ist ein Frisiertisch.

Der Revolvermann schüttelt sich und läßt von den Gedanken ab, die ihn beschäftigt haben mögen. An den Füßen trägt er diese schrecklichen Stiefel; in dem Halbdunkel sehen sie aus wie die Stiefel eines Mannes, der durch Ströme von Blut gewatet ist.

»Mutter!«

Er geht einen Schritt auf das Bett zu und bückt sich sogar ein wenig, als dächte er, sie könnte sich darunter verstecken. Aber wenn sie sich versteckt hat, dann nicht dort; die Schuhe, die Jake unter dem Vorhang gesehen hat, waren Damenschuhe, und die Gestalt, die nun am Ende des kurzen Korridors steht, dicht außerhalb der Schlafzimmertür, trägt ein Kleid. Jake kann den Saum sehen.

Und er sieht noch mehr. Jake begreift Rolands gestörte Beziehung zu seiner Mutter und seinem Vater besser, als Eddie oder Susannah es je könnten, weil Jakes Eltern eine eigentümliche Ähnlichkeit mit ihnen haben; Elmer Chambers ist ein Revolvermann des Senders, und Megan Chambers hat mit jeder Menge falschen Freunden geschlafen. Das alles wurde Jake nicht gesagt, aber er weiß es irgendwie; er hat *Khef* mit seiner Mutter und seinem Vater geteilt und weiß, was er weiß.

Und er weiß auch etwas über Roland: daß er seine Mutter in dem Zauberglas gesehen hat. Es war Gabrielle Deschain, gerade von ihrer Klausur in Debaria zurück, Gabrielle, die ihrem Gemahl nach dem Bankett ihre Fehler gestehen, die seine Verzeihung erflehen und bitten sollte, wieder das Bett mit ihm teilen zu dürfen ... Und wenn Steven eindöste, nachdem sie sich geliebt hatten, sollte sie ihm das Messer in die Brust stoßen ... oder ihm vielleicht nur leicht den Arm damit ritzen, ohne ihn zu wecken. Bei dem Messer würde es auf dasselbe hinauslaufen.

Roland hat das alles in dem Glas gesehen, bevor er das abscheuliche Ding schließlich seinem Vater übergeben hat, und Roland hatte ihm ein Ende gemacht. Um Steven Deschains Leben zu retten, hätten Eddie und Susannah gesagt, hätten sie die Sache soweit durchschaut, aber Jake besitzt das unglückliche Wissen unglücklicher Kinder und sieht weiter. Auch, um das Leben seiner Mutter zu retten. Um ihr eine letzte Chance zu geben, wieder zu Verstand zu kommen, eine letzte Chance, zu ihrem Mann zu stehen und treu zu sein. Eine letzte Chance, Marten Broadcloak zu entsagen.

Das wird sie gewiß, das muß sie! Roland sah ihr Gesicht an jenem Tag, wie unglücklich sie war, und darum muß sie es ganz bestimmt! Ganz sicher kann sie sich nicht für den Magier entschieden haben! Wenn er ihr nur begreiflich machen könnte ...

Roland merkt nicht, daß er wieder der Unwissenheit der Jugend verfallen ist – er kann nicht begreifen, daß Unglück und Scham häufig keine angemessenen Gegner der Begierde sind –, und darum ist er hergekommen, um mit seiner Mutter zu sprechen, um sie anzuflehen, zu ihrem Mann zurückzukehren, bevor es zu spät ist. Er hat sie schon einmal vor sich selbst gerettet, das wird er ihr sagen, aber er kann es nicht noch einmal tun.

Und wenn sie immer noch nicht zurückwill, denkt Jake, oder versucht, es abzustreiten, so zu tun, als wüßte sie nicht, wovon er spricht, wird er sie vor die Wahl stellen: Gilead mit seiner Hilfe zu verlassen – jetzt, noch heute nacht – oder morgen in Ketten gelegt zu werden – wegen eines so ungeheuerlichen Verrats, daß man sie mit Sicherheit hängen wird wie Hax den Koch.

»Mutter?« ruft er und sieht immer noch nicht die Gestalt, die hinter ihm im Schatten steht. Er geht noch einen Schritt in das Zimmer, und nun bewegt sich die Gestalt. Die Gestalt hebt die Hand. Sie hält etwas in der Hand. Keinen Revolver, das kann Jake sehen, aber es sieht tödlich aus, irgendwie schlangenhaft –

»Roland, paß auf!« kreischt Susannah, und ihre Stimme wirkt wie ein magischer Schalter. Auf dem Frisiertisch liegt etwas – natürlich das Glas; Gabrielle hat es gestohlen, sie wird es ihrem Liebsten als Wiedergutmachung für den Mord bringen, den ihr Sohn verhindert hat – und nun leuchtet die Kugel auf, als hätte sie auf Susannahs Stimme angesprochen. Sie verströmt ihr gleißendes rosa Licht auf den dreigeteilten Spiegel und wirft den Abglanz in das Zimmer zurück. In diesem Licht, in dem dreigeteilten Spiegel, sieht Roland endlich die Gestalt hinter sich.

»Herrgott!« schreit Eddie Dean entsetzt. »O Gott, Roland! Das ist nicht deine Mutter! Das ist –«

Es ist nicht einmal eine Frau, nicht wirklich, nicht mehr; es ist eine Art lebender Leichnam in einem schwarzen Kleid voller Straßenschmutz. Nur ein paar Haarsträhnen sind noch auf dem Kopf, und anstelle der Nase ein klaffendes Loch, aber die Augen leuchten noch, und die Schlange, die sich zwischen ihren Händen windet, ist sehr lebendig. Selbst in seinem größten Entsetzen kann Jake sich noch fragen, ob sie sie wohl unter demselben Stein gefunden hat wie die andere, die Roland getötet hatte.

Es ist Rhea, die im Gemach seiner Mutter auf den Revolvermann gewartet hat; es ist die vom Cöos, die nicht nur gekommen ist, um ihre Zauberkugel zurückzuholen, sondern auch, um mit dem Jungen abzurechnen, der ihr soviel Ärger gemacht hat.

»Jetzt bekommst du es heimgezahlt!« kreischt sie schrill und gackernd. »Jetzt wirst du büßen!«

Aber Roland hat sie gesehen, in dem Glas hat er sie gesehen, Rhea ist von der Kugel verraten worden, die sie holen gekommen ist, und jetzt wirbelt er herum und greift mit seiner ganzen tödlichen Geschwindig-

keit nach den neuen Revolvern an seiner Seite. Er ist vierzehn, seine Reflexe sind so scharf und schnell, wie sie es nie wieder sein werden, und er reagiert wie explodierendes Schießpulver.

»Nein, Roland, nicht!« schreit Susannah. »Es ist ein Trick, ein Zauber!«

Jake hat gerade noch Zeit, von dem Spiegel zu der Frau zu sehen, die tatsächlich an der Tür steht; hat gerade noch Zeit, zu begreifen, daß auch er überlistet wurde.

Vielleicht begreift Roland im allerletzten Sekundenbruchteil auch die Wahrheit – daß die Frau an der Tür wirklich seine Mutter ist, das Ding in ihrer Hand keine Schlange, sondern ein Gürtel, den sie für ihn gemacht hat, möglicherweise als Friedensangebot, daß das Glas ihn auf die einzige Weise belogen hat, die ihm möglich ist … durch Spiegelung.

Wie auch immer, es ist zu spät. Die Revolver sind gezogen und donnern, ihr hellgelbes Mündungsfeuer erhellt das Zimmer. Er drückt mit jeder Waffe zweimal ab, bevor er aufhören kann, und die vier Kugeln schleudern Gabrielle Deschain noch mit ihrem hoffnungsvollen Können-wir-Frieden-schließen-Lächeln auf den Lippen in den Flur hinaus.

Auf diese Weise stirbt sie, lächelnd.

Roland bleibt wie angewurzelt stehen, die rauchenden Revolver in den Händen, das Gesicht zu einer Maske der Überraschung und des Entsetzens verzerrt, und begreift erst allmählich die schreckliche Wahrheit, die er sein ganzes Leben lang mit sich herumtragen muß: Er hat die Waffen seines Vaters benutzt, um seine Mutter zu töten.

Nun hallt gackerndes Gelächter durch das Zimmer. Roland dreht sich nicht um; der Anblick der Frau in dem blauen Kleid und den schwarzen Schuhen, die blutend auf dem Boden ihres Gemachs liegt, läßt ihn erstarren; die Frau, die er retten wollte und statt dessen getötet hat. Sie hat den handgewebten Gürtel auf ihrem blutenden Bauch liegen.

Jake dreht sich zu ihm um und ist nicht überrascht, daß er eine Frau mit grünem Gesicht und spitzem schwarzem Hut in der Kugel schweben sieht. Es ist die böse Hexe des Ostens; es ist auch, wie er weiß, Rhea vom Cöos. Sie sieht den Jungen mit den Revolvern in den Händen an und fletscht die Zähne zum gräßlichsten Grinsen, das Jake in seinem Leben gesehen hat.

»Ich habe das dumme Mädchen verbrannt, das du geliebt hast – ay, lebendig verbrannt, das habe ich –, und nun habe ich dich zum Mut-

termörder gemacht. Bereust du schon, daß du meine Schlange getötet hast, Revolvermann? Meinen armen, lieben Ermot? Bedauerst du es, daß du deine harten Spielchen mit jemand gespielt hast, der gerissener ist, als du es in deinem erbärmlichen Leben je sein wirst?«

Er läßt nicht erkennen, daß er sie gehört hat, sondern starrt nur seine Mutter an. Gleich wird er zu ihr gehen, an ihrer Seite knien, aber noch nicht; noch nicht.

Das Gesicht in der Kugel wendet sich nun den drei Pilgern zu, und dabei verändert es sich, wird alt und kahl und voller Schwären – wird zu dem Gesicht, das Roland in dem trügerischen Spiegel gesehen hat. Der Revolvermann hat seine zukünftigen Freunde nicht sehen können, aber Rhea sieht sie; ay, sie sieht sie ganz genau.

»Laßt ab!« krächzt sie – es ist das Krächzen eines Raben, der auf einem blattlosen Zweig unter einem wintergrauen Himmel sitzt. »Laßt ab! Entsagt dem Turm!«

»Niemals, du Schlampe«, sagt Eddie.

»Ihr seht, was er ist! Was für ein Monster er ist! Und das ist erst der Anfang, wohlgemerkt! Fragt ihn, was aus Cuthbert geworden ist! Aus Alain – Alains Gabe, so klug sie war, hat ihn am Ende nicht retten können, hat sie nicht! Fragt ihn, was aus Jamie DeCurry geworden ist! Er hatte nie einen Freund, den er nicht getötet hat, nie eine Geliebte, die nicht zu Staub im Wind geworden wäre!«

»Geh deiner Wege«, sagte Susannah, »und überlaß uns unseren.«

Rhea verzerrt die grünen, rissigen Lippen zu einem höhnischen Grinsen. »Er hat seine eigene Mutter getötet! Was wird er mit dir anstellen, du dummes braunhäutiges Flittchen?«

»Er hat sie nicht getötet«, sagte Jake. »Du hast sie getötet. Geh jetzt!«

Jake geht einen Schritt auf die Kugel zu, um sie aufzuheben und auf dem Boden zu zerschmettern, und ihm wird klar, daß er das kann, denn die Kugel ist real. Das einzige in dieser Vision, das real ist. Aber bevor er sie in die Hände nehmen kann, erfolgt eine lautlose Explosion rosaroten Lichts. Jake wirft die Hände vor die Augen, um nicht geblendet zu werden, und dann

(schmelze ich schmelze ich was für eine Welt oh was für eine Welt)

fällt er, wird durch den rosa Sturm gewirbelt, aus Oz und zurück nach Kansas, aus Oz und zurück nach Kansas, aus Oz und zurück nach –

Kapitel 5
Der Pfad des Balkens

1

»– Hause«, murmelte Eddie. Er fand selbst, daß sich seine Stimme belegt und sturzbetrunken anhörte. »Zurück nach Hause, weil es nichts Schöneres als das Zuhause gibt, wirklich nicht.«

Er versuchte, die Augen aufzuschlagen, und konnte es zunächst nicht. Es war, als wären sie zugeklebt worden. Er preßte die Handballen auf die Stirn, schob sie nach oben und spannte seine Gesichtshaut. Das funktionierte; seine Augen sprangen auf. Er sah weder den Thronsaal des Grünen Palastes noch (womit er eigentlich gerechnet hatte) das üppig ausgestattete, aber irgendwie bedrückende Schlafzimmer, in dem er eben noch gewesen war.

Er war draußen und lag auf einer kleinen Lichtung winterweißen Grases. In der Nähe befand sich ein kleines Wäldchen; vereinzelte braune Blätter klammerten sich noch an die Zweige der Bäume. Und ein Zweig mit einem seltsamen weißen Blatt, einem Albinoblatt. Weiter im Inneren des Wäldchens floß murmelnd ein kleiner Bach. Im hohen Gras stand einsam und verlassen Susannahs neuer Rollstuhl. Eddie konnte Schlamm an den Reifen sehen sowie ein paar Blätter Herbstlaub, braun und brüchig, die sich in den Speichen verfangen hatten. Und ein paar Grashalme. Über ihnen spannte sich ein Himmel träger weißer Wolken, genauso interessant wie ein Wäschekorb voller Laken.

Als wir in den Palast gegangen sind, war der Himmel klar, dachte er und begriff, daß die Zeit wieder einen Sprung gemacht hatte. Er war nicht sicher, ob er wissen wollte, wie groß oder klein dieser Sprung gewesen war – Rolands Welt war wie ein Getriebe mit fast völlig weggeschrammten Zahnrädern; man konnte nie sagen, wann die Zeit in den Leerlauf sprang oder im großen Gang mit dir davonrauschte.

Aber war dies Rolands Welt? Und falls ja, wie waren sie wieder dorthin gelangt?

»Woher soll ich das wissen?« krächzte Eddie und stand langsam auf, wobei er das Gesicht verzog. Er glaubte nicht, daß er einen Kater hatte, aber seine Beine taten weh, und er fühlte sich, als hätte er gerade das tiefste Sonntagnachmittagsnickerchen der Welt hinter sich.

Roland und Susannah lagen auf dem Boden unter den Bäumen. Der Revolvermann regte sich, aber Susannah lag auf dem Rücken, hatte die Arme weit abgespreizt und schnarchte auf eine gänzlich undamenhafte Weise, so daß Eddie grinsen mußte. Jake lag in der Nähe, und Oy schlief auf der Seite neben einem Knie des Jungen. Noch während Eddie sie ansah, schlug Jake die Augen auf und setzte sich auf. Seine Augen waren groß, aber leer; er war wach, hatte aber so fest geschlafen, daß er es noch nicht wußte.

»Grnnnz«, sagte Jake und gähnte.

»Jawoll«, sagte Eddie, »das gilt auch für mich.« Er drehte sich langsam im Kreis und hatte drei Viertel der Drehung zurückgelegt, als er den Grünen Palast am Horizont sah. Von hier aus wirkte er sehr klein, und der bewölkte Tag nahm ihm die Leuchtkraft. Eddie schätzte, daß er dreißig Meilen entfernt sein mochte. Die Spuren von Susannahs Rollstuhl führten aus dieser Richtung hierher.

Er konnte die Schwachstelle hören, aber ganz leise. Er glaubte, daß er sie auch sehen konnte – einen quecksilbernen Schimmer wie von Brackwasser, das sich über flaches, offenes Land erstreckte … und etwa fünf Meilen entfernt schließlich austrocknete. Fünf Meilen westlich von hier? Angesichts der Lage des Grünen Palastes und der Tatsache, daß sie auf der I-70 nach Osten gereist waren, schien das eine logische Vermutung zu sein, aber wer konnte es schon genau sagen, zumal die Sonne nicht sichtbar zur Orientierung am Himmel stand.

»Wo ist der Highway?« fragte Jake. Seine Stimme klang belegt und gummiartig. Oy gesellte sich zu ihm und streckte zuerst ein Hinterbein, dann das andere. Eddie sah, daß er unterwegs eines seiner Stiefelchen verloren hatte.

»Vielleicht wurde er mangels Interesse gestrichen.«

»Ich glaube, wir sind überhaupt nicht mehr in Kansas«, sagte

Jake. Eddie sah ihn scharf an, glaubte aber nicht, daß der Junge bewußt auf »Der Zauberer von Oz« anspielte. »Nicht in dem, wo die Kansas City Royals spielen, und auch nicht in dem, wo die Monarchs spielen.«

»Wie kommst du darauf?«

Jake zeigte mit einem Daumen zum Himmel, und als Eddie aufschaute, stellte er fest, daß er sich geirrt hatte: Nicht alles war reglos weiß verhangen und so langweilig wie ein Waschkorb voller Laken. Direkt über ihnen glitt ein Wolkenstreifen so gleichmäßig wie ein Förderband auf den Horizont zu.

Sie befanden sich wieder auf dem Pfad des Balkens.

2

»Eddie? Was ist los, Süßer?«

Eddie sah von dem Wolkenstreifen am Himmel herab und stellte fest, daß Susannah sich aufgesetzt hatte und ihren Nacken massierte. Sie schien nicht sicher zu sein, wo sie sich befand. Vielleicht nicht einmal, wer sie war. In diesem Licht sahen die roten Käppchen, die sie trug, seltsam stumpf aus, aber sie waren dennoch das leuchtendste in Eddies Sehbereich ... bis er seine eigenen Füße betrachtete und die Straßentreter mit den kubanischen Absätzen sah. Aber auch sie sahen stumpf aus, und Eddie glaubte nicht mehr, daß das nur am verhangenen Tageslicht lag. Er betrachtete Jakes Schuhe, Oys restliche drei Slipper, Rolands Cowboystiefel (der Revolvermann richtete sich gerade auf, schlang die Arme um die Knie und sah mit leerem Blick in die Ferne). Alle Schuhe waren rubinrot, aber irgendwie ein lebloses Rot. Als wäre eine innewohnende Magie verbraucht worden.

Plötzlich wollte Eddie sie nicht mehr an den Füßen haben.

Er setzte sich neben Susannah, gab ihr einen Kuß und sagte: »Guten Morgen, Dornröschen. Oder guten Tag, wie auch immer.« Dann riß sich Eddie hastig die Straßentreter von den Füßen, als ob er sich fast davor ekelte, sie anzufassen (es war irgendwie, als würde man tote Haut berühren). Dabei sah er, daß die Schuhe an den Spitzen zerkratzt und an den Absätzen schlammverkrustet waren und nicht mehr neu aussahen. Er hatte sich gefragt, wie sie hierhergekommen waren; als er nun den Muskelkater in seinen Beinen spürte und an die Reifenspuren des Rollstuhls dachte, wußte er es. Sie waren gelaufen, bei Gott. Während sie schliefen.

»Das«, sagte Susannah, »ist die beste Idee, die du gehabt hast, seit ... nun, seit langer Zeit.« Sie streifte die Käppchen ab. Eddie sah, wie Jake direkt neben ihnen Oy die Slipper abstreifte. »Waren wir dabei?« fragte Susannah ihn. »Eddie, waren wir wirklich dabei, als er ...«

»Als ich meine Mutter getötet habe«, sagte Roland. »Ja, ihr wart dabei. Wie ich. Die Götter mögen mir helfen, ich war dabei. Ich habe es getan.« Er bedeckte das Gesicht mit den Händen und gab einige rauhe Schluchzlaute von sich.

Susannah krabbelte auf ihre behende Weise, die einer Art Gehen gleichkam, zu ihm hinüber. Sie legte ihm einen Arm um die Schultern und zog mit der anderen seine Hände vom Gesicht. Zuerst wollte Roland es nicht zulassen, aber sie blieb hartnäckig, und schließlich ließ er die Hände – diese Killerhände – sinken und zeigte ihr gequälte Augen, in denen Tränen schwammen.

Susannah drückte sein Gesicht an ihre Schulter. »Ganz locker, Roland«, sagte sie. »Ganz locker, und laß es raus. Das ist jetzt vorbei. Du hast es überwunden.«

»So etwas überwindet ein Mann nie«, sagte Roland. »Nein, ich glaube nicht. Niemals.«

»Du hast sie nicht getötet«, sagte Eddie.

»Das ist zu einfach.« Das Gesicht des Revolvermanns lag immer noch an Susannahs Schulter, aber seine Worte waren deutlich. »Manche Verantwortung kann man nicht abstreifen. Manche Sünden kann man nicht abstreifen. Ja, Rhea war da – zumindest in gewisser Hinsicht –, aber ich kann nicht alle Schuld der vom Cöos geben, so gerne ich es wollte.«

»Sie war es auch nicht«, sagte Eddie. »Das habe ich nicht gemeint.«

Roland hob den Kopf. »Was, im Namen der Hölle, soll das heißen?«

»*Ka*«, sagte Eddie. »*Ka*, wie der Wind.«

3

In ihren Rucksäcken fanden sie Lebensmittel, die sie nicht eingepackt hatten – Kekse, auf deren Verpackung Keebler Elves stand, in Zellophan verpackte Sandwiches, die aussahen wie diejenigen, die man (wenn man verzweifelt genug war) aus Automaten an Autobahnraststätten ziehen konnte, und eine Colamarke, die weder Eddie noch Susannah noch Jake kannten. Sie schmeckte wie Coke und war in einer rot-weißen Dose, aber die Marke hieß Nozz-A-La.

Sie nahmen eine Mahlzeit zu sich – das Wäldchen im Rücken und den fernen Zauberglanz des Grünen Palastes vor Augen – und bezeichneten sie als Mittagessen. Wenn es in einer Stunde oder so dunkel wird, können wir immer noch per Abstimmung ein Abendessen daraus machen, dachte Eddie, glaubte aber nicht, daß es erforderlich sein würde. Seine innere Uhr lief wieder, und dieser geheimnisvolle, aber für gewöhnlich akkurate Mechanismus sagte ihm, daß es früher Nachmittag sein mußte.

Einmal stand er auf, hob seine Cola und lächelte in eine unsichtbare Kamera. »Wenn ich in meinem neuen Takuro Spirit durch das Land Oz reise, trinke ich Nozz-A-La!« verkündete er. »Es belebt mich ohne Völlegefühl! Es macht mich glücklich, ein Mann zu sein! Es läßt mich Gott erkennen! Es verleiht mir das Aussehen eines Engels und die Eier eines Tigers! Wenn ich Nozz-A-La trinke, sage ich: ›Mann! Bin ich froh, daß ich am Leben bin!‹ Ich sage –«

»Setz dich, du Bumhug«, sagte Jake lachend.

»Ug«, stimmte Oy zu. Er hatte die Schnauze auf Jakes Knöchel liegen und betrachtete das Sandwich des Jungen mit großem Interesse.

Eddie wollte sich setzen, als ihm das seltsame Albinoblatt wieder ins Auge fiel. Das ist kein Blatt, dachte er und ging hin. Nein, kein Blatt, sondern ein Stück Papier. Er drehte es um und sah spaltenweise »blah blah« und »yak yak« und »alles ist dasselbe.« Für gewöhnlich waren Zeitungen auf der Rückseite nicht unbedruckt, aber Eddie war nicht überrascht festzustellen, daß diese es doch war – das Tagesblatt von Oz war eben doch nur ein Requisit gewesen.

Aber die leere Seite war keineswegs leer. In fein säuberlichen Buchstaben stand folgende Nachricht darauf:

Nächstes Mal gehe ich nicht weg.
Entsagt dem Turm.
Das ist die letzte Warnung.
Und einen *schönen* Tag noch!
R. F.

Darunter befand sich eine kleine Zeichnung:

Eddie brachte die Nachricht zu den anderen, die noch aßen. Alle lasen sie. Roland bekam sie als letzter, strich nachdenklich mit den Daumen darüber, fühlte die Beschaffenheit des Papiers und gab Eddie den Zettel zurück.

»R. F.«, sagte Eddie. »Der Mann, der Ticktack hat ticken lassen. Das ist von ihm, richtig?«

»Ja. Er muß den Ticktackmann aus Lud herausgeholt haben.«

»Klar«, sagte Jake düster. »Dieser Flagg hat ausgesehen, als würde er einen erstklassigen Bumhug erkennen, wenn er einen findet. Aber wie konnten sie vor uns dasein? Was könnte schneller sein als Blaine der Mono, Himmel noch mal?«

»Eine Tür«, sagte Eddie. »Vielleicht sind sie durch eine dieser besonderen Türen gekommen.«

»Bingo«, sagte Susannah. Sie hielt eine Hand mit offener Handfläche hoch, und Eddie schlug dagegen.

»Wie auch immer, sein Vorschlag ist kein schlechter Rat«, sagte Roland. »Ich empfehle euch, ernsthaft darüber nachzudenken. Und wenn ihr in eure Welt zurückkehren wollt, dann werde ich euch gehen lassen.«

»Roland, das kann ich einfach nicht glauben«, sagte Eddie. »Das sagst du, nachdem du Suze und mich strampelnd und schreiend hierhergezogen hast? Weißt du, was mein Bruder von dir sagen würde? Du bist so widersprüchlich wie ein Schwein auf Schlittschuhen.«

»Ich habe getan, was ich getan habe, bevor ich lernte, Freunde in euch zu sehen«, sagte Roland. »Bevor ich lernte, euch zu lieben, wie ich Cuthbert und Alain geliebt habe. Und bevor ich gezwungen war... gewisse Momente noch einmal zu erleben. Als ich das tat, habe ich...« Er machte eine Pause und betrachtete seine Füße (er hatte die alten Stiefel wieder angezogen) und dachte lange nach. Schließlich schaute er wieder auf. »Ein Teil von mir hatte sich seit vielen Jahren nicht mehr geregt oder gesprochen. Ich hielt ihn für tot. Aber er ist nicht tot. Ich habe wieder lieben gelernt, und mir ist klar, daß dies vielleicht meine letzte Chance ist, zu lieben. Ich bin langsam – Vannay und Cort wußten das; mein Vater auch –, aber ich bin nicht dumm.«

»Dann benimm dich nicht so«, sagte Eddie. »Oder behandle uns nicht so, als ob wir es wären.«

»›Der Knackpunkt‹, wie du dich ausdrücken würdest, Eddie, ist folgender: Alle meine Freunde sterben durch meine Schuld. Und ich bin nicht sicher, ob ich das Risiko eingehen kann, daß das wieder passiert. Besonders bei Jake... ich... vergeßt es. Mir fehlen die Worte. Zum erstenmal, seit ich mich in einem dunklen Zimmer umgedreht und meine Mutter getötet habe, scheine ich etwas Wichtigeres als den Turm gefunden zu haben. Belassen wir es dabei.«

»Na gut, ich schätze, das kann ich akzeptieren.«

»Ich ebenfalls«, sagte Susannah, »aber Eddie hat recht mit *Ka*.« Sie nahm den Zettel und strich behutsam mit dem Finger darüber. »Roland, du kannst nicht davon sprechen – *Ka*, meine ich – und dann einen Rückzieher machen und es zurücknehmen, nur weil deine Willenskraft und Entschlossenheit ein bißchen nachlassen.«

»Willenskraft und Entschlossenheit sind gute Worte«, merkte Roland an. »Aber es gibt auch ein schlechtes, das dasselbe bedeutet. Es heißt Besessenheit.«

Das tat sie mit einem ungeduldigen Schulterzucken ab. »Zukkerschnütchen, entweder ist diese ganze Sache *Ka* – oder gar nichts. Und so beängstigend *Ka* sein mag – die Vorstellung eines Schicksals mit Adleraugen und der Spürnase eines Bluthunds –, die Vorstellung, daß es kein *Ka* gibt, finde ich noch beängstigender.« Sie warf die Nachricht von R. F. in das niedergedrückte Gras.

»Wie immer man es nennt, man ist so oder so tot, wenn es einen überrollt«, sagte Roland. »Rimer ... Thorin ... Jonas ... meine Mutter ... Cuthbert ... Susan. Fragt sie. Jeden einzelnen. Wenn ihr es nur könntet.«

»Du übersiehst das Wichtigste«, sagte Eddie. »Du kannst uns nicht zurückschicken. Ist dir das nicht klar, du langer Lulatsch? Selbst wenn es eine Tür gäbe, würden wir nicht gehen. Oder täusche ich mich da?«

Er sah Jake und Susannah an. Sie schüttelten die Köpfe. Sogar Oy schüttelte den Kopf. Nein, er täuschte sich nicht.

»Wir haben uns verändert«, sagte Eddie. »Wir ...« Nun war er derjenige, der nicht wußte, wie er fortfahren sollte. Wie er sein Bedürfnis in Worte kleiden sollte, den Turm zu sehen ... und sein anderes Bedürfnis, das ebenso stark war, weiter den großen Revolver mit den Sandelholzgriffen zu tragen. Das große Schießeisen, nannte er ihn inzwischen in Gedanken. Wie in dem alten Song von Marty Robbins über den Mann mit dem großen Schießeisen an der Hüfte. »Es ist *Ka*«, sagte er. Mehr fiel ihm nicht ein, das groß genug war, alles adäquat zu beschreiben.

»Kaka«, sagte Roland nach einem Augenblick des Nachdenkens. Die drei starrten ihn mit offenen Mündern an.

Roland von Gilead hatte einen Witz gemacht.

4

»Eines an dem, was wir gesehen haben, verstehe ich nicht«, sagte Susannah zögernd. »Warum hat sich deine Mutter hinter dem Vorhang versteckt, als du reingekommen bist, Roland? Wollte sie dich ...« Sie biß sich auf die Lippen, dann sprach sie es aus. »Wollte sie dich töten?«

»Wenn sie mich töten wollte, hätte sie keinen Gürtel als Waffe genommen. Die Tatsache, daß sie ein Geschenk für mich gemacht hat – und das war es, meine Initialen waren darin eingestickt –, deutet darauf hin, daß sie mich um Vergebung bitten wollte. Daß sie es sich anders überlegt hatte.«

Weißt du das, oder willst du es nur glauben? dachte Eddie. Es war eine Frage, die er niemals stellen würde. Roland hatte genug gelitten, hatte den Weg zum Pfad des Balkens zurückerobert, indem er diesen schrecklichen letzten Besuch im Gemach seiner Mutter noch einmal durchlebt hatte, und das war genug.

»Ich glaube, sie hat sich versteckt, weil sie sich geschämt hat«, sagte der Revolvermann. »Oder weil sie einen Moment Zeit brauchte, um sich zu überlegen, was sie zu mir sagen wollte. Wie sie es mir erklären sollte.«

»Und die Kugel?« fragte Susannah sanft. »Lag sie auf dem Frisiertisch, wo wir sie gesehen haben? Und hatte sie sie deinem Vater gestohlen?«

»Ja auf beide Fragen«, sagte Roland. »Aber ... hat sie die Kugel gestohlen?« Diese Frage schien er sich selbst zu stellen. »Mein Vater wußte vieles, aber manchmal behielt er sein Wissen für sich.«

»Zum Beispiel, daß deine Mutter und Marten sich trafen«, sagte Susannah.

»Ja.«

»Aber, Roland ... du glaubst doch sicher nicht, daß dein Vater wissentlich zugelassen hätte, daß du ... du ...«

Roland sah sie mit großen, gequälten Augen an. Seine Tränen waren versiegt, aber als er versuchte, über ihre Frage zu lächeln, konnte er es nicht. »Wissentlich zugelassen hat, daß sein Sohn seine Frau tötet?« fragte er. »Nein, das kann ich nicht sagen. So gern ich es täte, ich kann es nicht. Daß er verursacht hat, daß so etwas passiert, daß er es vorsätzlich in Gang gesetzt haben soll wie ein Mann, der Schloß spielt ... das kann ich nicht glauben. Aber hätte er zugelassen, daß *Ka* seinen Lauf nimmt? Ay, mit Sicherheit.«

»Was ist aus der Kugel geworden?« fragte Jake.

»Ich weiß nicht. Ich wurde ohnmächtig. Als ich zu mir kam, waren meine Mutter und ich immer noch allein, sie tot, ich lebendig. Niemand war durch das Geräusch der Schüsse alarmiert worden – die Wände des Palasts bestanden aus dickem

Stein, und dieser Flügel war weitgehend unbewohnt. Ihr Blut war getrocknet. Der Gürtel, den sie gemacht hatte, war damit bedeckt, aber ich nahm ihn an mich, und ich zog ihn an. Ich habe dieses blutbefleckte Geschenk viele Jahre lang getragen, und wie ich es verloren habe, das ist eine Geschichte, die an einem anderen Tag erzählt werden soll – ich erzähle sie euch, bevor wir am Ziel sind, denn sie hängt mit meiner Suche nach dem Turm zusammen.

Aber obwohl niemand gekommen war, um zu sehen, was die Schüsse zu bedeuten hatten, war jemand aus einem anderen Grund gekommen. Während ich bewußtlos neben der Leiche meiner Mutter lag, war jemand da und hat das Glas des Zauberers geholt.«

»Rhea?« fragte Eddie.

»Ich bezweifle, daß sie mit ihrem Körper so nahe war ... aber sie besaß eine Gabe, sich Freunde zu machen, jene Frau. Ay, eine Gabe, sich Freunde zu machen. Wißt ihr, ich habe sie wiedergesehen.« Roland gab keine weitere Erklärung ab, aber ein kalter Glanz erfüllte seine Augen. Eddie hatte ihn schon früher gesehen und wußte, er bedeutete Töten.

Jake hob den Zettel von R. F. auf und zeigte auf die kleine Zeichnung unter der Nachricht. »Weißt du, was das bedeutet?«

»Ich habe eine Ahnung, als wäre es das Sigul eines Ortes, den ich gesehen habe, als ich zum erstenmal in dem Zauberglas gereist bin. Das Land, das Donnerhall genannt wird.« Er sah sie nacheinander an. »Ich glaube, dort werden wir diesen Mann – dieses Ding – namens Flagg wiedersehen.«

Roland sah in die Richtung zurück, aus der sie schlafwandelnd in ihren feinen roten Schuhen gekommen waren. »Das Kansas, durch das wir gekommen sind, war sein Kansas, und die Seuche, die das Land entvölkert hat, war seine Seuche. Jedenfalls glaube ich das.«

»Aber vielleicht bleibt sie nicht dort«, sagte Susannah.

»Sie könnte reisen«, sagte Eddie.

»In unsere Welt«, sagte Jake.

Roland, der immer noch zu dem Grünen Palast zurückschaute, sagte: »In eure Welt oder jede andere.«

»Wer ist der Scharlachrote König?« fragte Susannah unvermittelt.

»Susannah, das weiß ich nicht.«

Danach schwiegen sie und betrachteten Roland, der zu dem Palast sah, wo er einem falschen Zauberer und einer wahren Erinnerung begegnet war und dadurch irgendwie die Tür zurück in seine eigene Welt geöffnet hatte.

Unsere Welt, dachte Eddie und legte einen Arm um Susannah. Jetzt ist es unsere Welt. Wenn wir nach Amerika zurückkehren, und das müssen wir vielleicht, bevor dies vorbei ist, dann kommen wir als Fremde in ein fremdes Land, ganz gleich, welches Wann es sein wird. Dies ist jetzt unsere Welt. Die Welt der Balken, der Wächter und des Dunklen Turms.

»Wir haben noch eine Weile Tageslicht«, sagte er zu Roland und legte dem Revolvermann zaghaft eine Hand auf die Schulter. Als Roland sofort seine eigene Hand darauf legte, lächelte Eddie. »Möchtest du es ausnutzen, oder was?«

»Ja«, sagte Roland. »Nutzen wir es.« Er bückte sich und schulterte seinen Rucksack.

»Was ist mit den Schuhen?« fragte Susannah und sah unsicher zu dem kleinen roten Stapel, den sie gemacht hatten.

»Die lassen wir hier«, sagte Eddie. »Sie haben ihren Zweck erfüllt. In deinen Rollstuhl, Mädchen.« Er legte die Arme um sie und half ihr hinein.

»Alle Kinder Gottes haben Schuhe«, sagte Roland nachdenklich. »Hast du das nicht gesagt, Susannah?«

»Nun«, sagte sie und machte es sich bequem, »die korrekte Aussprache verleiht ihm eine ganz eigene Note, aber das Wesentliche hast du erfaßt, Süßer, ja.«

»Dann werden wir zweifellos noch mehr Schuhe finden, wenn es Gottes Wille ist«, sagte Roland.

Jake sah in seinen Rucksack und machte eine Inventur der Lebensmittel, die von unbekannter Hand darin verstaut worden waren. Er hielt einen Hähnchenschlegel in Zellophan hoch und sah Eddie an. »Was meinst du, wer hat dieses Zeug eingepackt?«

Eddie zog die Brauen hoch, als wollte er Jake fragen, wie er nur so dumm sein konnte. »Die Keebler Elves«, sagte er. »Wer sonst? Kommt, laßt uns gehen.«

5

Sie sammelten sich in der Nähe des Wäldchens, fünf Wanderer in einem weiten, unbewohnten Land. Vor ihnen verlief eine Linie durch das Gras, die exakt mit der Richtung der Wolken übereinstimmte, die am Himmel dahinzogen. Diese Linie war nicht ganz so deutlich wie ein Weg … aber für den aufmerksamen Beobachter war die Art und Weise, wie sich alles in dieselbe Richtung neigte, so deutlich wie ein gemalter Strich.

Der Pfad des Balkens. Irgendwo vor ihnen, wo sich dieser Balken mit allen anderen kreuzte, stand der Dunkle Turm. Eddie glaubte, wenn der Wind richtig stand, würde er fast imstande sein, das düstere Gemäuer zu riechen.

Und Rosen – den samtenen Duft von Rosen.

Er nahm Susannahs Hand, als sie in ihrem Rollstuhl saß, Susannah die von Roland; Roland die von Jake. Oy stand zwei Schritte vor ihnen, hatte den Kopf erhoben, schnupperte in den Herbstwind, der ihm mit unsichtbaren Fingern das Fell kämmte, und seine goldumrandeten Augen waren groß.

»Wir sind *Ka-tet*«, sagte Eddie. Er überlegte staunend, wie sehr er sich verändert hatte; daß er selbst für sich zu einem Fremden geworden war. »Wir sind eins aus vielen.«

»*Ka-tet*«, sagte Susannah. »Wir sind eins aus vielen.«

»Eins aus vielen«, sagte Jake. »Kommt, laßt uns gehen.«

Vogel und Bär und Fisch und Hase, dachte Eddie.

Mit Oy an der Spitze brachen sie wieder in Richtung des Dunklen Turms auf und folgten dabei dem Pfad des Balkens.

Nachwort

Die Szene, in der Roland seinen alten Lehrmeister Cort besiegt und sich danach in dem weniger erfreulichen Viertel von Gilead vergnügen geht, wurde im Frühjahr 1970 geschrieben. Diejenige, in der Rolands Vater am nächsten Morgen auftaucht, im Sommer 1996. Obwohl in der Welt der Geschichte nur sechzehn Stunden zwischen den beiden Ereignissen liegen, sind im Leben des Geschichtenerzählers sechsundzwanzig Jahre vergangen. Doch der Augenblick ist endlich gekommen, und ich sah mich über das Bett einer Hure hinweg mit meinem anderen Selbst konfrontiert – auf der einen Seite der arbeitslose Schüler mit den langen schwarzen Haaren und dem Vollbart, auf der anderen Seite der erfolgreiche, populäre Schriftsteller (»Amerikas Schlockmeister«, wie mich meine Legionen bewundernder Kritiker liebevoll bezeichnen).

Ich erwähne das nur, weil es das wesentlich Groteske an der Erfahrung zusammenfaßt, die ich mit dem Dunklen Turm gemacht habe. Meine bisher erschienenen Romane und Kurzgeschichten reichen aus, um ein ganzes Sonnensystem mit Phantasie zu füllen, aber Rolands Geschichte ist mein Jupiter – ein Planet, der alle anderen zu Zwergen macht (jedenfalls meiner Meinung nach), ein Ort mit einer seltsamen Atmosphäre, einer irren Landschaft und einer wilden Schwerkraft. Zu Zwergen macht, habe ich gesagt? Ich glaube, in Wahrheit ist mehr daran. Ich begreife allmählich, daß Rolands Welt (oder Welten) in Wahrheit alle anderen enthält, die ich geschaffen habe; in Mittwelt gibt es einen Platz für Randall Flagg, Ralph Roberts, die wandernden Jungs aus »Die Augen des Drachen«, sogar für Pater Callahan, den verfluchten Priester aus »Salem's Lot«, der Neuengland mit dem Greyhound-Bus verließ und an der Grenze eines schrecklichen Landes von Mittwelt namens Donnerhall herauskam. Dort scheinen sie alle zu landen, und warum auch nicht? Mittwelt war zuerst da, vor allem anderen, und träumte unter dem Blick von Rolands blauen Kanoniersaugen.

Dieses Buch hat zu lange auf sich warten lassen – viele Leser, die Gefallen an Rolands Abenteuern finden, haben vor Frustration aufgeheult –, und dafür möchte ich mich entschuldigen. Der Grund dafür läßt sich am besten mit Susannahs Gedanken zusammenfassen, als sie sich anschickt, Blaine das erste Rätsel ihres Wettstreits zu stellen: Es ist schwer, den Anfang zu machen. Auf diesen Seiten steht nichts, dem ich mehr zustimmen würde.

Ich wußte, daß ich mit »Glas« in Rolands Jugend zurückkehren mußte, zu seiner ersten Liebe, und ich hatte eine Heidenangst vor dieser Geschichte. Spannung ist ziemlich leicht, jedenfalls für mich; Liebe ist schwer. Infolgedessen habe ich gezögert, Ausflüchte gesucht, aufgeschoben, und das Buch blieb ungeschrieben.

Schließlich fing ich an und schrieb mit meinem Macintosh Powerbook in Motelzimmern, als ich nach Fertigstellung der Miniserie von Shining quer durchs Land von Colorado nach Maine fuhr. Als ich durch die einsamen Weiten des westlichen Nebraska nach Norden fuhr (wo mir zufällig auch die Idee für eine Geschichte mit dem Titel »Kinder des Mais« kam), wurde mir klar, daß ich das Buch nie schreiben würde, wenn ich nicht bald damit anfinge.

Aber ich weiß nichts mehr über romantische Liebe, sagte ich mir. Ich weiß etwas über Ehe und reife Liebe, aber mit achtundvierzig vergißt man allzuleicht die Hitze und Leidenschaft von siebzehn.

Mit dem Teil werde ich dir helfen, kam die Antwort. Ich wußte nicht, wem die Stimme gehörte, die an jenem Tag vor Thetford, Nebraska, zu mir sprach, aber jetzt weiß ich es, weil ich ihm in einem Land, das in meiner Phantasie ganz deutlich existiert, über das Bett einer Hure hinweg in die Augen gesehen habe. Rolands Liebe zu Susan Delgado (und ihre zu ihm) wurde mir von dem Jungen erzählt, der mit dieser Geschichte angefangen hat. Wenn sie gut geworden ist, danken Sie ihm. Wenn sie schlecht geworden ist, schieben Sie es auf die lückenhafte Übermittlung.

Und danken Sie auch meinem Freund Chuck Verrill, der das Buch lektoriert und mich auf jedem Schritt des Weges begleitet hat. Seine Ermutigung und Hilfe waren von unschätzbarem

Wert, wie auch der Zuspruch von Elaine Koster, die all diese Cowboy-Romanzen im Taschenbuch veröffentlicht hat.

Am meisten Dank gebührt meiner Frau, die mich in diesem Wahnsinn unterstützt, so gut sie kann, und mir bei diesem Buch auf eine Weise geholfen hat, die ihr wahrscheinlich nicht einmal bewußt ist. Einmal, in einer finsteren Zeit, hat sie mir eine komische kleine Hartgummifigur geschenkt, die mich zum Lächeln brachte. Es ist Rocket J. Squirrel, der seine blaue Fliegermütze trägt und die Arme tapfer ausstreckt. Diese Figur habe ich auf das Manuskript gestellt, das wuchs (und wuchs … und wuchs), und gehofft, daß sie mir bei der Arbeit Glück bringen würde. Bis zu einem gewissen Grad scheint es funktioniert zu haben; immerhin ist das Buch da. Ich weiß nicht, ob es gut oder schlecht geworden ist – um Seite sechshundert herum habe ich jedes Gefühl für die Perspektive verloren –, aber es ist da. Das allein kommt mir wie ein Wunder vor. Und ich glaube allmählich, daß ich es tatsächlich erleben werde, diesen Zyklus von Geschichten noch zu vollenden. (Klopfen Sie auf Holz.)

Es müssen mindestens noch drei weitere erzählt werden, glaube ich, zwei davon werden überwiegend in Mittwelt spielen, und eine fast ausschließlich in unserer Welt – das ist diejenige, die mit dem unbebauten Grundstück Ecke Second und Forty-sixth zu tun hat, und mit der Rose, die dort wächst. Diese Rose, muß ich Ihnen sagen, ist in schrecklicher Gefahr.

Am Ende wird Rolands *Ka-tet* zu der nächtlichen Landschaft von Donnerhall kommen … und zu dem, was jenseits davon liegt. Vielleicht überleben nicht alle und erreichen den Turm, aber ich glaube, daß diejenigen, die ihn erreichen, aufrecht und treu sein werden.

Stephen King, Lovell, Maine, 27. Oktober 1996